메가스터디

분석노트

시즌1

2025
수능
연계
문학
작품

현대 문학편

목차

🪐 현대시

목차	작품명	분류	쪽수
01	· 노정기 ▶ 이육사	일제 강점기	008
02	· 우라지오 가까운 항구에서 ▶ 이용악	일제 강점기	010
03	· 장수산 1 ▶ 정지용	일제 강점기	012
04	· 거문고 ▶ 김영랑	일제 강점기	014
05	· 북방에서 – 정현웅에게 ▶ 백석	일제 강점기	016
06	· 나비와 철조망 ▶ 박봉우	남북 분단	018
07	· 초토의 시 · 8 – 적군 묘지 앞에서 ▶ 구상	남북 분단	020
08	· 어느 날 고궁을 나오면서 ▶ 김수영	독재 정권	022
09	· 성탄제 ▶ 오장환	문명 비판	026
10	· 새 1 ▶ 박남수	문명 비판	028
11	· 질투는 나의 힘 ▶ 기형도	성찰	030
12	· 나무 속엔 물관이 있다 ▶ 고재종	성찰	032
13	· 희미한 옛사랑의 그림자 ▶ 김광규	성찰	034
14	· 상한 영혼을 위하여 ▶ 고정희	인생	036
15	· 들길에 서서 ▶ 신석정	인생	038
16	· 장자를 빌려 – 원통에서 ▶ 신경림	인생/깨달음	040
17	· 설일 ▶ 김남조	인생/깨달음	042
18	· 등산 ▶ 오세영	인생/깨달음	044
19	· 등꽃 아래서 ▶ 송수권	인생/깨달음	046
20	· 고고 ▶ 김종길	자연	048
21	· 과목 ▶ 박성룡	자연	050
22	· 산 ▶ 김광섭	자연	052
23	· 가을 떡갈나무 숲 ▶ 이준관	자연	054
24	· 청산행 ▶ 이기철	자연	056
25	· 화체개현 ▶ 조지훈	생명	058
26	· 누에 ▶ 최승호	생명	060
27	· 초혼 ▶ 김소월	이별/그리움	062
28	· 이별가 ▶ 박목월	이별/그리움	064
29	· 낙화 ▶ 이형기	이별/성숙	066
30	· 봄비 ▶ 이수복	이별/애상	068
31	· 찔레 ▶ 문정희	사랑	070
32	· 낙화, 첫사랑 ▶ 김선우	사랑	072
33	· 추일서정 ▶ 김광균	기타/이미지/고독	074
34	· 흑백 사진 – 7월 ▶ 정일근	기타/유년/그리움	076
35	· 귤동리 일박 ▶ 곽재구	기타/역사	078
36	· 꽃을 위한 서시 ▶ 김춘수	기타/존재	080

🪐 현대 소설

목차	작품명	분류	쪽수
01	• 만세전 ▶ 염상섭	일제 강점기	084
02	• 만무방 ▶ 김유정	일제 강점기	094
03	• 명일 ▶ 채만식	일제 강점기	102
04	• 곡예사 ▶ 황순원	한국 전쟁	112
05	• 해방 전후 ▶ 이태준	이념 대립	122
06	• 단독 강화 ▶ 선우휘	이념 대립	130
07	• 마당 깊은 집 ▶ 김원일	전후	138
08	• 속삭임, 속삭임 ▶ 최윤	전후	150
09	• 제3 인간형 ▶ 안수길	전후	160
10	• 아버지의 땅 ▶ 임철우	전후	168
11	• 서울 1964년 겨울 ▶ 김승옥	인간 소외	178
12	• 모범 동화 ▶ 최인호	허위/위선	188
13	• 날개 또는 수갑 ▶ 윤흥길	독재 정권	198
14	• 개는 왜 짖는가 ▶ 송기숙	독재 정권	208
15	• 서울 사람들 ▶ 최일남	산업화	218
16	• 모래톱 이야기 ▶ 김정한	산업화	226
17	• 비 오는 날이면 가리봉동에 가야 한다 ▶ 양귀자	소시민	236
18	• 해산 바가지 ▶ 박완서	가족/생명	246
19	• 장곡리 고욤나무 ▶ 이문구	기타/농촌	256

목차

극·수필

목차	작품명	분류	쪽수
01	· 무의도 기행 ▶ 함세덕	일제 강점기	268
02	· 살아 있는 이중생 각하 ▶ 오영진	기회주의	278
03	· 만선 ▶ 천승세	인생	288
04	· 어디서 무엇이 되어 만나랴 ▶ 최인훈	사랑	298
05	· 한씨 연대기 ▶ 황석영 원작, 김석만 · 오인두 각색	남북 분단	308
06	· 북어 대가리 ▶ 이강백	산업화	322
07	· 인어 공주 ▶ 송혜진 · 박흥식	가족	332
08	· 웰컴 투 동막골 ▶ 장진	휴머니즘	342
09	· 참새 ▶ 윤오영	성찰/비판	356
10	· 게 ▶ 김용준	성찰/비판	360
11	· 그때 알았더라면 좋았을 것들 ▶ 정여울	성찰/인생	364
12	· 두물머리 ▶ 유경환	인생/깨달음	368
13	· 다락 ▶ 강은교	인생/깨달음	372
14	· 아름다운 흉터 ▶ 이청준	인생/깨달음	376
15	· 연경당에서 ▶ 최순우	예술	380
16	· 그림과 시 ▶ 정민	예술	384
17	· 산정무한 ▶ 정비석	기행	390

구성과 특징

○ 작품 이력

수능·평가원·교육청 기출 여부, 국어·문학 교과서의 수록 여부를 제시하여 수능 연계 문학 작품의 이력을 확인할 수 있도록 하였습니다.

○ 핵심 포인트

수능 연계 문학 작품을 학습하면서 꼭 알아 두어야 할 핵심 내용과 개념을 정리하여 효율적 학습이 가능하도록 하였습니다.

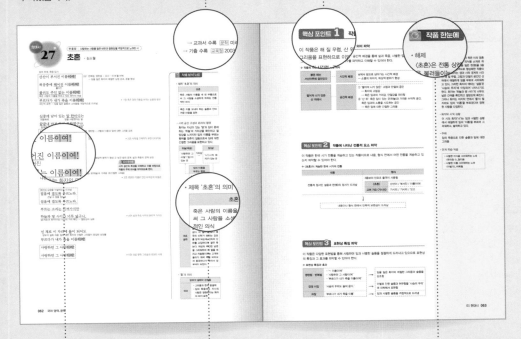

○ 지문 분석

수능의 지문 연계의 원리에 따라 전문을 수록하거나 지문을 재구성하여 수록하였습니다.

○ 작품 분석 노트

작품을 이해하는 데 기본이 되는 핵심 요소를 한눈에 파악할 수 있도록 정리하였습니다.

○ 작품 한눈에

작품의 해제, 주제 등 작품 정보를 충실하게 제시하여 작품의 빠른 분석과 이해가 가능하도록 하였습니다.

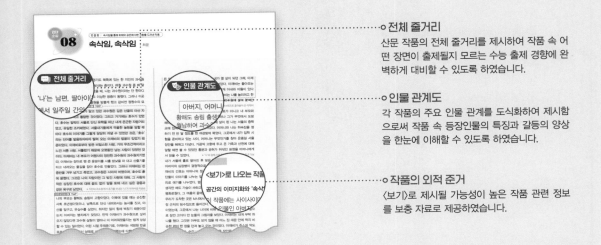

○ 전체 줄거리

산문 작품의 전체 줄거리를 제시하여 작품 속 어떤 장면이 출제될지 모르는 수능 출제 경향에 완벽하게 대비할 수 있도록 하였습니다.

○ 인물 관계도

각 작품의 주요 인물 관계를 도식화하여 제시함으로써 작품 속 등장인물의 특징과 갈등의 양상을 한눈에 이해할 수 있도록 하였습니다.

○ 작품의 외적 준거

〈보기〉로 제시될 가능성이 높은 작품 관련 정보를 보충 자료로 제공하였습니다.

영역별 찾아보기

ㄱ

가을 떡갈나무 숲 ▶ 이준관　054
거문고 ▶ 김영랑　014
고고 ▶ 김종길　048
과목 ▶ 박성룡　050
귤동리 일박 ▶ 곽재구　078
꽃을 위한 서시 ▶ 김춘수　080

ㄴ

나무 속엔 물관이 있다 ▶ 고재종　032
나비와 철조망 ▶ 박봉우　018
낙화 ▶ 이형기　066
낙화, 첫사랑 ▶ 김선우　072
노정기 ▶ 이육사　008
누에 ▶ 최승호　060

ㄷ

들길에 서서 ▶ 신석정　038
등꽃 아래서 ▶ 송수권　046
등산 ▶ 오세영　044

ㅂ

봄비 ▶ 이수복　068
북방에서 – 정현웅에게 ▶ 백석　016

ㅅ

산 ▶ 김광섭　052
상한 영혼을 위하여 ▶ 고정희　036
새 1 ▶ 박남수　028
설일 ▶ 김남조　042
성탄제 ▶ 오장환　026

ㅇ

어느 날 고궁을 나오면서 ▶ 김수영　022
우라지오 가까운 항구에서 ▶ 이용악　010
이별가 ▶ 박목월　064

ㅈ

장수산 1 ▶ 정지용　012
장자를 빌려 – 원통에서 ▶ 신경림　040
질투는 나의 힘 ▶ 기형도　030
찔레 ▶ 문정희　070

ㅊ

청산행 ▶ 이기철　056
초토의 시 · 8 – 적군 묘지 앞에서 ▶ 구상　020
초혼 ▶ 김소월　062
추일서정 ▶ 김광균　074

ㅎ

화체개현 ▶ 조지훈　058
흑백 사진 – 7월 ▶ 정일근　076
희미한 옛사랑의 그림자 ▶ 김광규　034

2025 수능 연계 작품
메가스터디 분석노트

현대시

노정기 ▸ 이육사

목숨이란 마—치 깨어진 뱃조각
'목숨'을 '깨어진 뱃조각'에 빗대어 표현함 – 위태로웠던 화자의 삶을 드러냄

여기저기 흩어져 마을이 한구죽죽한 어촌보다 어설프고
지저분한, 황폐한

삶의 티끌만 오래 묵은 포범(布帆)처럼 달아매었다.
무가치한 것   베로 만든 돛   ▸ 1연: 고통 속에서 위태롭게 살아온 삶

남들은 기뻤다는 젊은 날이었건만
자신과 비교하여 본, 다른 사람들의 젊은 날에 대한 화자의 인식

밤마다 내 꿈은 서해를 밀항하는 쨩크와 같애
정크(Junk). 중국 연해나 하천에서 사람과 짐을 실어 나르는 배

소금에 절고 조수(潮水)에 부풀어 올랐다.
화자의 피폐하고 고통스러웠던 젊은 날

██: 밀항선처럼 쫓기듯이 불안하게
　　살아온 화자의 젊은 날
██: 시련, 고통
██: 희망, 이상

▸ 2연: 불안하고 고통스러웠던 젊은 날에 대한 회상

항상 흐릿한 밤 암초를 벗어나면 태풍과 싸워 가고
끊이지 않는 고난에 맞서 치열하게 싸워 온 삶

전설에 읽어 본 산호도(珊瑚島)는 구경도 못하는
이상적 세계

그곳은 남십자성이 비쳐 주도 않았다.
암담한 현실   ▸ 3연: 절망적인 상황에서 투쟁하며 살아온 삶

쫓기는 마음! 지친 몸이길래
화자의 내면과 처지를 직접적으로 토로함

그리운 지평선을 한숨에 기오르면
지향점, 안식처에 도달하기 위한 화자의 노력, 절박함

「시궁치는 열대 식물처럼 발목을 에워쌌다.」
더러운 물이 잘 빠지지 않고 썩어서 질척질척하게 된 도랑의 근처 「 」: 암담하고 고통스러운 현실에서 벗어나기
　　　　　　어려움을 비유적으로 표현함

▸ 4연: 암담한 현실에서 벗어나지 못하는 절망감
「 」: 암담한 현실에서 벗어나기
어려움을 비유적으로 표현함

「새벽 밀물에 밀려온 거미인 양
쫓기듯 살아온 화자의 삶을 '거미'에 빗대어 표현함

다 삭아 빠진 소라 껍질에 나는 붙어 왔다.」 「 」: 쫓기듯 부정적인 상황에 휘둘리며
　　　　　　힘겹게 살아온 화자의 모습

「머—ㄴ 항구의 노정(路程)에 흘러간 생활을 들여다보며」 ▸ 5연: 쫓기듯 살아온 지난 삶에 대한 회고
거쳐 지나가는 길이나 과정 「 」: 지금까지 살아온 삶을 성찰하는 화자의 모습

감상 포인트

화자가 자신의 삶을 회고하며 지난 삶에 대한 인식
을 다양한 비유적 표현으로 나타내고 있으므로, 각
표현이 의미하는 바가 무엇인지 파악해야 한다.

작품 분석 노트

• 화자의 지난 삶과 '배'

깨어진 뱃조각	위태로운 삶
서해를 밀항하는 쨩크	불안한 삶
소금에 절고 조수에 부풀어 올랐다.	고통스러운 삶
항상 흐릿한 밤 암초를 벗어나면 태풍과 싸워 가고	치열한 삶
시궁치는 열대 식물처럼 발목을 에워쌌다.	고통스러운 현실에서 벗어나기 어려운 삶
새벽 밀물에 밀려온 거미인 양	부정적 상황에 휩쓸리며 살아온 삶

↓

고통과 절망 속에서 살아온 지난날

• 지난 삶에 대한 한탄

화자는 자신이 살아온 삶을 되돌아보며 부정적인 현실로 인해 경험해야만 했던 불안, 고통, 절망의 감정을 드러내고 있다.

남들은 기뻤다는 젊은 날이었건만 ~ 소금에 절고 조수에 부풀어 올랐다.	불안하고 고통스럽고 피폐 했던 젊은 날
그곳은 남십자성이 비쳐 주도 않았다.	
그리운 지평선을 한숨에 기오르면 / 시궁치는 열대 식물처럼 발목을 에워쌌다.	끊임없이 투쟁하지만 희망이 보이지 않는 삶
흘러간 생활을 들여다보며	과거의 삶을 회고함

• '바다'와 '섬'의 대조

이 시에서 '바다'는 고통과 시련의 공간으로 형상화되었고 '섬'은 이상향 또는 안식처로 형상화되었다. 화자는 이를 통해 고단한 젊은 날의 자신의 삶과 지향을 형상화하고 있다.

바다	• 소금에 절고 조수에 부 풀어 올랐다 • 암초를 벗어나면 태풍과 싸워 가고

↓

섬	전설에 읽어 본 산호도는 구경도 못하는

이 작품에서 화자는 자신의 젊은 날을 되돌아보며 고통스럽고 절망스러웠던 자신의 삶을 형상화하고 있다. 지난 삶에 대한 화자의 부정적 인식은 이 작품이 창작된 시기인 일제 강점기와 연관되므로 이를 고려해 작품을 이해해야 한다.

+ 암담한 시대 현실로 인한 지난 삶에 대한 부정적 인식

일제 강점기의 암담한 현실
• '내 꿈은 서해를 밀항하는 짱크와 같애': 억압적인 시대 현실로 인해 늘 불안감을 느껴야 했음 • '남십자성이 비쳐 주도 않았다.': 어떤 희망도 찾아볼 수 없었음

→

이상적 세계에 대한 추구와 좌절
• '전설에 읽어 본 산호도는 구경도 못하는': 현실에서는 이상적 세계에 도달할 수 없음 • '그리운 지평선을 한숨에 기오르면 / 시궁치는 열대 식물처럼 발목을 에워쌌다.': '그리운 지평선'은 쫓기는 마음과 지친 몸을 쉴 수 있는 공간이지만 절망적인 상황은 계속됨

이 작품은 바다를 항해하는 배에 빗대어 화자의 처지와 상황을 나타내고 있으므로, 시적 상황을 이해하여 각 시어와 시구가 어떤 의미를 지니고 있는지 파악해야 한다.

+ 시어와 시구의 의미

깨어진 뱃조각	위태롭게 살아가는 처지
내 꿈은 서해를 밀항하는 짱크와 같애	늘 쫓기며 불안할 수밖에 없던 처지
항상 흐릿한 밤 암초를 벗어나면 태풍과 싸워 가고	부정적 현실에 맞서 치열하게 싸워야 했던 상황
남십자성이 비쳐 주도 않았다	힘겨운 현실 속에서 희망을 발견하기 어려운 상황
시궁치는 열대 식물처럼 발목을 에워쌌다	기대를 좌절로 만들어 버리는 절망적 현실
새벽 밀물에 밀려온 거미인 양	쫓기듯 부정적 상황에 내몰려 살아갈 수밖에 없던 처지

이 작품은 고단했던 젊은 날에 대한 회고를 통해 인식한 화자의 삶을 비유적 표현과 시각적 이미지를 활용해 형상화하고 있다. 비유적 표현과 시각적 이미지, 회고의 형식을 통해 드러나는 화자의 정서와 작품의 주제를 파악할 수 있어야 한다.

+ 표현상 특징

비유적 표현	• 은유: '목숨이란 마－치 깨어진 뱃조각' • 직유: '오래 묵은 포범처럼 달아매었다.', '내 꿈은 서해를 밀항하는 짱크와 같애', '시궁치는 열대 식물처럼 발목을 에워쌌다', '새벽 밀물에 밀려온 거미인 양' → 다양한 비유적 표현을 통해 불안하고 고통스러웠던 화자의 젊은 날을 표현함	
어둠의 이미지	'밤마다', '흐릿한 밤' 등 어둠의 이미지를 통해 부정적인 시대 현실을 나타냄	
대립적 이미지	**고난, 시련**	소금, 조수, 밤, 암초, 태풍, 시궁치
	↕	
	이상, 희망	산호도, 남십자성
회고의 형식	5연을 '머－ㄴ 항구의 노정에 흘러간 생활을 들여다보며'라고 끝냄으로써 화자가 지난 삶을 성찰하고 있음을 강조함	
종결 어미의 반복	종결 어미 '-다'의 반복을 통해 운율감을 형성함	

• **해제**

〈노정기〉는 화자가 자신의 인생을 바다를 항해하는 배에 빗대어 비극적인 지난 삶을 형상화한 작품이다. 제목인 '노정기'는 '여행할 길의 경로와 거리를 적은 기록'이라는 뜻으로 일제 강점기라는 암담한 시대 현실에 투쟁하며 살아온 화자의 고단한 삶의 기록을 의미한다고 볼 수 있다. 화자는 밀항하는 배처럼 불안에 휩싸이기도 하고 암초를 벗어나더라도 태풍과 또다시 싸워야 하는 치열한 삶을 살아왔다. 화자는 고통스러운 상황에 휩쓸려 살아온 자신의 삶을 회고하며 자신의 지난 삶에 대한 비극적 인식을 드러내고 있다.

• **화자와 시적 상황**

이 시의 화자는 어떤 희망도 찾아볼 수 없을 만큼 불안하고 고통스러웠던 자신의 지난 삶을 되돌아보며 한탄의 심정을 표출하고 있다.

• **주제**

고통스럽고 절망스러웠던 지난 삶

• **연계 학습 작품**

• 노동자인 자신의 삶을 돌아보며 비애의 정서를 노래한 작품
〈저문 강에 삽을 씻고〉_정희성
• 일제 강점기 지식인의 비애를 노래한 작품
〈길〉_윤동주

우라지오 가까운 항구에서 ▸ 이용악

삽살개 짖는 소리
청각적 이미지 – 고향에 대한 그리움을 심화시킴

눈보라에 얼어붙는 「섣달 그믐
시각적 이미지 – 화자가 처해 있는 냉혹한 현실

밤이 『 』: 시간적 배경, 의도적 행갈이를 통한 강조
화자가 처한 부정적 상황이자 '불타는 소원'을 촉발시킨 시간적 배경

얄궂은 손을 하도 곱게 흔들길래
'밤'의 의인화 – '술'을 마시고 '부두'에 오게 된 원인 제시

술을 마시어 불타는 소원이 이 부두로 왔다   ▸ 1연: 고향을 그리워하는 마음으로 찾은 부두
고향으로 돌아가고 싶은 간절한 마음   '우라지오'와 가까운 부두 – 고향에 대한 그리움을 드러내는 공간적 배경

지나온 인생길   소박한 행복, 삶의 작은 보람
걸어온 길가에 찔레 한 송이 없었대도
        ┌ 표범 – 현실에 당당히 맞서 온 화자 자신(은유법)
나의 아롱범은 / 자욱 자욱을 뉘우칠 줄 모른다
화자 = 고향을 떠난 유랑민   지나온 발자취(삶)에 대해 후회하지 않음

어깨에 쌓여도 하얀 눈이 무겁지 않고나   ▸ 2연: 힘들지만 당당히 살아온 삶
        시련과 고난에도 괴로워한 적이 없음

철없는 누이 고수머릴랑 어루만지며   ┐
    어린 누이동생   곱슬머리   │
우라지오의 이야길 캐고 싶던 밤이면   ├ '우라지오'를 동경하던 과거의 모습 회상
러시아의 항구 도시 '블라디보스토크'의 일본어식 표현 │
울 어머닌 / 서투른 마우재 말도 들려 주셨지   ┘
    '러시아인'을 이르는 함경도 방언

「졸음졸음 귀 밝히는 누이 잠들 때꺼정
                ┌ 방언의 활용 → 토속적 이미지
등불이 깜박 저절로 눈 감을 때꺼정」
    활유법   ▸ 3연: 우라지오의 이야기를 들었던 어린 시절에 대한 추억
『 』: 통사 구조의 반복 – ① 밤이 깊어짐을 의미 ② 운율감 형성

다시 내게로 헤여드는 / 어머니의 입김이 무지개처럼 어질다
현재로 돌아옴   비유(직유법) – 어머니에 대한 그리움

나는 그 모두를 살뜰히 담았으니
            과거의 추억을 온전히 간직하고 있음

어린 기억의 새야 귀성스럽다
어린 시절의 기억   제법 수수하면서도 은근한 맛이 있어 마음을 끄는 데가 있음

거사리지 말고 마음의 은줄의 작은 날개를 틸라   ▸ 4연: 어머니를 그리며 떠올려 보는 어린 시절의 추억
빙빙 돌려서 포개지 말고 └ 명령형 어미, 적극적으로 어린 시절의 추억을 떠올리려 함

감상 포인트
시간적 배경과 공간적 배경을 중심으로
화자의 정서와 태도를 이해한다.

드나드는 배 하나 없는 지금
    외롭게 단절된 절망적 현실

부두에 호젓 선 나는 멧비둘기 아니건만
        고향으로 돌아가고 싶은 화자의 소망이 투영된 대상

날고 싶어 날고 싶어 / 머리에 어슴푸레 그리어진 그곳
반복 – 고향으로 돌아가고 싶은 소망의 심화 └ 고향에 대한 기억이 희미함 → 떠나온 지 오래되었음

우라지오의 바다는 얼음이 두텁다
            고향으로 돌아갈 수 없는 절망적 현실

고향에 가고 싶지만 그럴 수 없는 화자의 처지 투영
등대와 나와 / 서로 속삭일 수 없는 생각에 잠기고
그리움이 심화되는 시간

밤은 얄팍한 꿈을 끝없이 꾀인다
가고 싶으나 갈 수 없는 고향에 대한 꿈

가도오도 못할 우라지오   ▸ 5~6연: 고향으로 돌아갈 수 없는 절망적 상황
명사 종결 – 고향으로 갈 수 없는 화자의 절망적인 처지를 강조하고 여운을 남김

작품 분석 노트

- 시간적 배경

밤
• 얄궂은 손을 하도 곱게 흔듦 • 얄팍한 꿈을 끝없이 꾀임

↓

고향에 대한 화자의 그리움을 심화시킴

- 과거와 현재의 상황 대비

고향에 돌아가지 못하고 타국을 떠돌
고 있는 화자가 어린 시절 동경했던
'우라지오'와 가까운 항구에서 고향을
그리워하고 있다.

과거		현재
누이, 어머니 와 함께 지냄	↔	홀로 있음
고향에서 '우라지오'를 동경함		'우라지오'와 가까운 항구에서 고향을 그리워함

- 소재의 의미와 기능

화자의 정서가 투영된 소재의 의미를
파악함으로써 화자의 처지와 작품의
주제 의식을 확인할 수 있다.

멧비둘기		등대
• 그리운 곳을 찾아갈 수 있 는 존재 • '부두'에 서 있 는 '나'의 처지 와 대조적임	↔	• 바다를 향해 서 있지만 항 구를 벗어날 수 없는 존재 • '부두'에 서 있 는 '나'의 처지 와 유사함

↓

얼음이 두텁다
고향으로 돌아갈 수 없는 화자의 절망감을 표현함

핵심 포인트 1　시상 전개 방식과 시적 공간의 의미 이해

이 작품의 화자는 '우라지오' 근처의 항구에서 과거를 회상하며 고향으로 돌아가기를 바라고 있다. '현재 → 과거 → 현재'의 순서로 전개되는 시상 전개의 특징을 파악하고, 어린 시절의 화자가 기억하는 '우라지오'와 현재 화자가 위치한 '우라지오'와 가까운 '부두'의 의미를 이해할 수 있어야 한다.

+ 시적 공간의 의미 이해

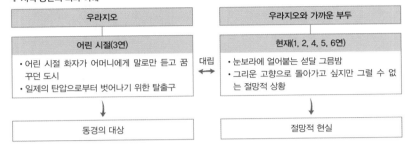

우라지오	우라지오와 가까운 부두
어린 시절(3연)	현재(1, 2, 4, 5, 6연)
• 어린 시절 화자가 어머니에게 말로만 듣고 꿈꾸던 도시 • 일제의 탄압으로부터 벗어나기 위한 탈출구	• 눈보라에 얼어붙는 섣달 그믐밤 • 그리운 고향으로 돌아가고 싶지만 그럴 수 없는 절망적 상황
동경의 대상	절망적 현실

(대립 ↔)

핵심 포인트 2　시어와 시구의 의미 파악

비유적 · 상징적 표현들로 이루어진 시어와 시구의 의미 파악을 통해 화자의 처지와 정서를 이해할 수 있어야 한다.

+ 주요 시어 및 시구의 역할과 의미

밤	부정적 상황이자 고향에 대한 화자의 그리움을 고조시키는 시간적 배경
불타는 소원	고향으로 돌아가고 싶은 유랑민의 간절한 마음
찔레 한 송이	위안이 될 만한 소박한 행복, 삶의 작은 보람
아롱범	아롱무늬가 있는 표범으로, 고단한 현실을 당당하게 헤쳐 온 화자를 비유한 표현
멧비둘기	고향으로 돌아가고 싶은 화자의 소망이 투영된 소재
얼음	귀향을 방해하는 장애물로 고향으로 갈 수 없는 화자의 처지와 이에 대한 절망감을 드러내는 소재
등대	현재의 공간에서 벗어날 수 없는 화자의 처지가 투영된 소재

핵심 포인트 3　표현상 특징 파악

이 작품의 주제 의식을 형상화하기 위해 사용된 다양한 표현상의 특징을 이해하고, 그 구체적 효과를 파악할 수 있어야 한다.

+ 표현상 특징

- 함경도 방언('마우재', '꺼정')을 사용하여 향토적 정서를 환기함
- 다양한 감각적 이미지의 사용을 통해 시적 상황을 형상화함
  - → 청각적 이미지: '삽살개 짖는 소리' 등
  - → 시각적 이미지: '눈보라 얼어붙는', '불타는 소원', '하얀 눈' 등
- 다양한 비유적 표현을 통해 주제 의식과 화자의 정서를 부각함
  - → 직유법: '어머니의 입김이 무지개처럼 어질다'
  - → 은유법: '나의 아롱범'
- 통사 구조의 반복('~때꺼정')과 시어의 반복을 통해 운율감을 형성하고 화자의 정서와 상황을 강조함
- 명령형 어투의 진술을 통해 화자의 지향을 강조함
  - → '마음의 은줄의 작은 날개를 털라'
- 명사 종결을 통해 화자의 안타까움과 절망감을 강조하고 여운을 남김
  - → '가도오도 못할 우라지오'

작품 한눈에

• 해제

〈우라지오 가까운 항구에서〉는 일제 강점기에 정든 고향을 떠나 낯선 이국땅을 떠돌던 화자가 고향과 가족을 그리워하는 마음을 노래한 작품이다. 일제 강점기의 피폐한 현실로 인해 가족 공동체가 해체되고 고향을 떠날 수밖에 없었던 유랑민의 한과, 고향을 간절히 그리워하지만 돌아갈 수 없게 되어 버린 안타까움을 다양한 비유적 표현과 상징적 시어를 통해 형상화하고 있다.

• 화자와 시적 상황

이 시의 화자는 이국땅을 떠돌며 고향을 그리워하고 있는 사람으로, 어린 시절에는 동경의 대상이었던 '우라지오'와 가까운 항구에서 과거를 회상하고 고향에 대한 그리움을 노래하고 있다.

• 주제

고향에 대한 간절한 그리움과 고향에 돌아갈 수 없는 절망감

• 연계 학습 작품

- 고향과 가족에 대한 그리움을 노래한 작품
  〈고향〉_백석
- 고향을 떠날 수밖에 없는 슬픔을 노래한 작품
  〈떠나가는 배〉_박용철

한 줄 평 | 절대 고요의 공간에서 시련을 견디어 내려는 의지를 노래한 시

장수산 1 ▶ 정지용

→ **기출 수록** 교육청 2023 3월, 2017 7월, 2006 10월

■■■ : 예스러운 말투 사용
→ 탈속적인 분위기를 고조시킴

둘레가 한 아름이 넘는 큰 소나무
□ : '~ 만도 하다'는 뜻. 반복 – 운율 형성

벌목정정(伐木丁丁)이랬거니 아람드리 큰 솔이 베어짐 직도 하이 골이 울어 메

나무를 벨 때 울리는 쩌렁쩌렁한 소리 – 청각적 이미지   소나무 베는 소리가 쩌렁쩌렁한 메아리가 되어 돌아올 만큼 장수산이 고요함

아리 소리 쩌르렁 돌아옴 직도 하이 다람쥐도 좇지 않고 멧새도 울지 않아 깊은

고요가 뼈에 사무쳐 저릴 정도로 절대 고요의 상태   다람쥐나 산새가 살지 않을 정도로 깊고 고요한 장수산

산 고요가 차라리 뼈를 저리우는데 눈과 밤이 종이보다 희고녀! 달도 보름을 기다

'걷기 위한 것인가?', '걷게 하려는 것인가?'라는 뜻 ─┐   눈으로 뒤덮여 종이보다 흰 장수산의 모습 – 시각적 이미지

려 흰 뜻은 한밤 이 골을 걸음이란다? 윗절 중이 여섯 판에 여섯 번 지고 웃고 올라

탈속적 존재 – 장수산의 이미지와 닮음   승부에 연연하지 않는 모습 – 무욕의 자세

간 뒤 조찰히 늙은 사나이의 남긴 내음새를 줍는다? 시름은 바람도 일지 않는 고요

늙은 '윗절 중'의 모습을 본받으려는 태도   마음이 흔들리고 있는 화자의 모습 – 내면적 동요

에 심히 흔들리우노니 오오 견디랸다 차고 올연(兀然)히" 슬픔도 꿈도 없이 장수산

영탄적 표현   시름을 견디겠다는 화자의 태도

(長壽山) 속 겨울 한밤내— → 화자의 의지를 부각함

■ 조찰히: 아담하고 깨끗하게, 맑고 그윽하게.
■ 올연히: 홀로 우뚝하게.

감상 포인트
공간적 배경이 작품의 주제 의식과 어떤 관련이 있는지를 파악한다.

• 시상 전개 방식

이 작품에서는 앞부분에 장수산의 모습을 제시한 뒤, 뒷부분에서는 화자의 삶의 태도를 드러내고 있다.

선경	후정
벌목정정이랬거니 ~ 골을 걸음이란다?	윗절 중이 ~ 겨울 한밤내—
↓	↓
고요하고 깊은 장수산의 모습	무욕을 본받으려는 태도와 시련 극복의 의지

• '윗절 중'의 의미

이 작품에서 '윗절 중'은 승부에 연연해하지 않는 인물로, 화자가 본받고자 하는 존재라 할 수 있다.

윗절 중	바둑을 여섯 판이나 졌음에도 웃고 절로 돌아감

↓

여유롭고 무욕의 경지에 도달한 존재

• 화자의 상황과 태도

시름은 고요에 심히 흔들림	장수산의 겨울밤을 슬픔도 꿈도 없이 견디겠다고 함
↓	↓
내면에 시름을 지니고 있음	인고의 자세로 시름을 극복하겠다는 의지를 보임

• 시어나 시구의 의미

눈, 달	겨울 장수산의 고요함을 효과적으로 드러내는 대상
달도 보름을 기다려 흰 뜻은 한밤 이 골을 걸음이란다?	달이 보름을 기다려 뜬 것은 화자로 하여금 장수산을 걷게 하려는 것이라는 뜻 → 흰 눈으로 뒤덮인 달밤의 장수산 정경을 부각함
늙은 사나이의 남긴 내음새	늙은 윗절 중의 탈속적인 태도

핵심 포인트 1 ── 시적 공간의 이해

이 작품에서 화자는 절대 고요의 공간인 '장수산'의 모습을 묘사하면서 '장수산'에서 시름을 극복하려는 인고의 자세를 보이고 있으므로, 주요 공간인 '장수산'의 의미를 파악할 수 있어야 한다.

+ '장수산'의 의미

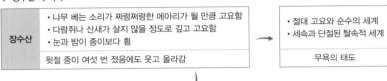

장수산	• 나무 베는 소리가 쩌렁쩌렁한 메아리가 될 만큼 고요함 • 다람쥐나 산새가 살지 않을 정도로 깊고 고요함 • 눈과 밤이 종이보다 흼	⟶	• 절대 고요와 순수의 세계 • 세속과 단절된 탈속적 세계
	윗절 중이 여섯 번 졌음에도 웃고 올라감		무욕의 태도

⟱

화자가 시름을 극복하고 마음의 평화를 얻고자 하는 공간

핵심 포인트 2 ── 화자의 정서와 태도 파악

이 작품에서 화자는 '윗절 중'이 바둑을 하는 모습을 드러내며 '윗절 중'을 따르고 '장수산'에서 시름을 견뎌 내려는 태도를 보이고 있다. 따라서 '윗절 중'의 의미를 이해하고 그에 대한 화자의 태도를 파악할 수 있어야 한다.

+ 시적 화자의 태도

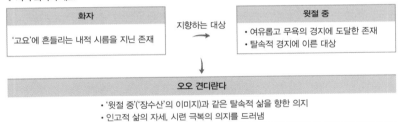

화자	지향하는 대상	윗절 중
'고요'에 흔들리는 내적 시름을 지닌 존재	⟶	• 여유롭고 무욕의 경지에 도달한 존재 • 탈속적 경지에 이른 대상

⟱

오오 견디란다

• '윗절 중'('장수산'의 이미지)과 같은 탈속적 삶을 향한 의지
• 인고적 삶의 자세, 시련 극복의 의지를 드러냄

핵심 포인트 3 ── 표현상 특징 파악

이 작품에서는 다양한 감각적 이미지와 수사법, 예스러운 말투 등을 사용하고 있다. 이러한 표현상 특징이 '장수산'의 모습이나 화자의 태도를 드러내는 데 어떤 역할을 하는지 파악할 수 있어야 한다.

+ 표현상 특징 및 효과

다양한 감각적 이미지	• '벌목정정', '골이 울어 메아리 소리 쩌르렁': 청각적 이미지 • '뼈를 저리우는데', '차고': 촉각적 이미지 • '종이보다 희고녀!': 시각적 이미지(색채 이미지)	'장수산'의 정경과 고요한 분위기를 효과적으로 표현함
예스러운 말투	'직도 하이', '희고녀', '조찰히' 등의 예스러운 표현을 사용하여 탈속적인 분위기를 고조시킴	
영탄법	• '눈과 밤이 조히보담 희고녀!': 눈이 내린 달밤의 '장수산'의 모습과 이를 바라보는 화자의 감정을 부각함 • '오오 견디란다': '장수산'에서 시름을 견디고자 하는 화자의 의지를 효과적으로 드러냄	
의문형 표현	• '달도 보름을 기다려 흰 뜻은 한밤 이 골을 걸음이란다?': 의문형 표현을 통해 눈이 내린 겨울 달밤의 '장수산'의 정경을 부각함 • '늙은 사나이의 남긴 내음새를 줍는다?': 의문형 진술을 통해 무욕의 경지에 도달한 '윗절 중'을 닮고자 하는 화자의 태도를 효과적으로 드러냄	
산문시 형식	'골이 울어 메아리 소리 쩌르렁 돌아옴 직도 하이': 연과 행이 없는 산문시 형식을 사용하였으며, 두 칸 띄어쓰기를 통해 연과 행의 구분을 대체하고 청각적 이미지를 부각함	

◉ 작품 한눈에

• **해제**
〈장수산 1〉은 깊고 고요한 산속 겨울 달밤을 배경으로 탈속적 경지에 대한 지향과 시련에 대한 인고적 자세를 보여 주는 작품이다. 화자는 고요하고 탈속적인 공간인 장수산에서 무욕의 경지에 이른 윗절 중을 본받으려 한다. 그리고 화자는 장수산의 고요 속에서도 시름에 흔들리지만 인고적 삶의 자세로 시름을 극복하려는 의지를 드러내고 있다.

• **화자와 시적 상황**
이 시의 화자는 고요한 장수산을 거닐다가 윗절 중의 무욕적 자세를 본받으려 하고 시름을 견디겠다는 태도를 지니게 된다.

• **주제**
탈속적 공간에서의 시련 극복 의지

• **연계 학습 작품**

• 자연과 동화된 삶에 대한 지향을 노래한 작품 〈거산호 2〉_김관식 • 화자가 지향하는 대상이 드러나 있는 작품 〈추운 산〉_신대철

한 줄 평 | 기린으로 비유된 거문고를 통해 암울한 일제 강점기의 억압된 현실을 노래한 시

거문고 ▶ 김영랑

… 기출 수록 평가원 2010 6월

감상 포인트

상징적 의미를 지니는 시적 대상을 통해 일제 강점기의 암울한 현실을 드러내고 있으므로 시적 대상에 투영된 화자의 현실 인식에 주목하여 감상한다.

검은 벽에 기대선 채로
암울한 상황, 일제 강점기

해가 스무 번 바뀌었는듸
절망적 상황의 지속, 3·1 운동 이후 20년이 지난 시점으로 추정

내 기린(麒麟)은 영영 울지를 못한다
거문고, 우리 민족　마음껏 소리 내지 못하는 억압적 상황

▶ 1연: 울지 못하는 기린(거문고)

　　의성어, 거문고 소리　　　'기린'을 울게 했던 존재 → 거문고를 소리 나게 했던 존재
그 가슴을 통 흔들고 간 노인의 손
거문고에서 현이 있는 부분　　　주체: 노인

지금 어느 끝없는 향연(饗宴)에 높이 앉았으려니
기다림의 대상('노인')이 현실에 존재하지 않는 상황

땅 우의 외론 기린이야 하마 잊어졌을라
① 외로운 기린 → 감정 이입　'벌써'의 방언　① '노인'이 '기린'을 잊었을까 우려함
② '외론': 시적 허용　　　　　　　　　② 설의법, '노인'이 '기린'을 잊지 않았으리라는 기대감

▶ 2연: 노인이 기린을 잊지 않기를 바라는 마음

바깥은 거친 들 이리떼만 몰려다니고 ▨: 일제 및 친일파 세력
　　　　　자유를 억압하는 불의의 세력들

사람인 양 꾸민 잔나비떼들 쏘다니어

내 기린은 맘둘 곳 몸둘 곳 없어지다
일제의 억압으로 인해 자유를 향유할 곳을 상실함

▶ 3연: 부정적 현실에 처한 기린

문 아주 굳이 닫고 벽에 기대선 채
부정적 시대를 단절한 채 은거함, 일제에 대한 내면적 저항, 순수한 삶에 대한 의지

해가 또 한 번 바뀌거늘
절망적 현실의 지속

이 밤도 내 기린은 맘 놓고 울들 못한다
암담한 상황, 일제 강점기　억압적 상황에 대한 안타까움

▶ 4연: 해가 바뀌어도 울지 못하는 기린

수미 상관

■ 기린: 성인이 이 세상에 나올 징조로 나타난다고 하는 상상 속의 짐승. 몸은 사슴 같고, 꼬리는 소 같고, 발굽과 갈기는 말과 같으며 빛깔은 오색이라고 한다.
■ 향연: 특별히 융숭하게 손님을 대접하는 잔치.
■ 잔나비: '원숭이'를 이르는 말.

작품 분석 노트

• 반영론적 관점에서 본 각 연의 의미

1연	벽에 기대선 채로 해가 스무 번이 바뀌어도 울지 못하는 '기린'(거문고)
	우리 민족이 마음껏 소리 내지 못하는 억압적 상황

↓

2연	거문고를 울릴 수 있는 희망적 존재인 '노인'이 부재하는 암담한 현실이지만, '노인'이 거문고를 잊지 않기를 바람
	우리 민족에게 희망이 있기를 기대하는 상황

↓

3연	'이리떼', '잔나비떼들'이 판치는 부정적인 현실 속에서 정처를 잃은 '기린'
	일제, 친일 세력에 의해 자유로움을 누리지 못하는 상황

↓

4연	문을 굳게 닫고 '벽'에 기대선 채 해가 지나도 여전히 울지 못하는 '기린'
	부정적 현실과 단절되어 자신의 순수성을 지키고자 하나 바깥은 여전히 엄혹한 일제 강점의 현실인 상황

• 김영랑 시의 특징

김영랑은 1930년대 초반과 중반에는 자신의 내면적 순결성과 자연의 아름다움에 관심을 둔 순수시를 주로 창작하였다. 이를 위해 언어를 조탁하고 방언과 울림소리를 사용하여 음악성과 정제된 형식미가 두드러진 시를 썼다. 그러한 그도 1930년대 말로 접어들면서 일제의 탄압이 날로 극심해지자 엄혹한 현실에 반응하지 않을 수 없었다. 그러한 반응이 표출된 시로는 〈독을 차고〉, 〈춘향〉과 같은 작품이 있다.

핵심 포인트 1 시어의 의미 파악

이 작품의 주제 의식과 연관된 시어의 함축적·상징적 의미를 종합적으로 파악할 수 있어야 한다.

+ 시어의 함축적·상징적 의미

거문고의 의미	거문고의 현재 상황
• 암울한 시대 상황에서 자유를 빼앗긴 화자 자신을 의미 • '기린'으로 비유됨 → 기린 = 거문고 = 시적 화자 = 우리 민족	울지 못함: 아름다운 가락을 잃어버림 → 자유가 억압된 일제 강점기의 암담한 현실

노인	이리떼, 잔나비떼
• 거문고를 소리 나게 하는 이상적 존재 • 거문고를 '퉁' 흔들었던 때: 일제 강점기 이전의 자유로운 세상	우리 민족을 억압하는 일제, 일제와 야합하는 친일 세력, 매국노 → 우리 민족을 위협하는 존재

핵심 포인트 2 시적 공간의 이해

이 작품의 화자는 '문'을 굳게 닫고 부정적 현실을 피해 '문' 안에 은거하고자 한다. 불의가 지배하는 세상을 단절하고 내면의 순수성을 지키고자 하는 화자의 의지를 시적 공간의 대비와 관련지어 파악할 수 있어야 한다.

+ 시적 공간의 대비

바깥	굳게 닫은 문 안쪽
• '이리떼'와 '잔나비떼들'에 의해 지배되는 공간 • '맘둘 곳 몸둘 곳' 없는 공간 → 일제와 친일 세력에 의해 자유가 억압되고 화자가 내면의 순수성을 지키기 어려운 엄혹한 공간	'바깥'과 단절된 공간 → 부정적 현실로부터 단절되어 화자가 내면의 순수성을 지키며 은거하는 공간

핵심 포인트 3 표현상 특징 파악

이 작품은 다양한 표현법을 활용하여 일제 강점기의 부정적 현실과 화자의 암울한 정서를 효과적으로 드러내고 있으므로, 각각의 표현법과 그 효과를 파악할 수 있어야 한다.

+ 표현상 특징

수미상관	1연의 표현이 4연에서 반복·변주되어 제시됨	구조적 안정감을 주고 절망적 현실에 대한 화자의 안타까움을 강조함
의인화·감정 이입	'기린(거문고)'를 의인화하고 화자의 외로운 심정을 투영함 → '내 기린은 영영 울지를 못한다', '외론 기린' 등	화자가 처한 억압적, 부정적 상황을 부각함
부정적 서술어	부정적 의미의 서술어를 사용하여 연을 마무리함 → '못한다', '없어지다'	일제 강점의 부정적인 상황을 부각함
현재형 진술	현재형 종결 어미를 반복함 → '울지를 못한다', '울들 못한다'	암담한 현실에 대한 화자의 인식을 강조함
감각적 이미지	시각적·청각적 이미지의 시어를 사용함 → 시각적 이미지: '검은 벽', 청각적 이미지: '퉁'	화자의 상황을 효과적으로 드러냄
방언·구어적 표현	방언과 구어적 표현을 활용함 → '바뀌었는디', '땅 우의', '하마', '울들'	화자의 내면을 진솔하게 표현함

기출 확인

2010학년도 6월 평가원

[외적 준거에 따른 감상]

┤ 보기 ├

김 선생님: 순수 서정 시인 김영랑은 1930년대 후반에 이르러 더 이상 마음속 울림을 맑은 가락으로 빚어낸 시를 쓸 수 없었어요. 모국어로 시를 쓰는 것 자체가 어려웠기 때문이지요. 「거문고」는 이런 현실을 우의적 표현으로 비판한 시라고 할 수 있습니다.

[시적 상황에 대한 파악]
• 4연에는 화자가 선택한 은거의 공간이 암시된다.

한 줄 평 | 우리 민족의 부끄러운 역사를 회상하는 시

북방에서 – 정현웅에게 ▶ 백석
삽화가이자 백석의 친구

→ 기출 수록 교육청 2019 10월

과거
우리 민족을 대변하는 인물
아득한 옛날에 나는 떠났다 ■■: 반복적 표현
북방을 떠나 한반도로 내려옴

부여(扶餘)를 숙신(肅愼)을 발해(渤海)를 여진(女眞)을 요(遼)를 금(金)을
아득한 옛날 북방에 있던 나라와 민족들

흥안령(興安嶺)을 음산(陰山)을 아무우르를 숭가리를
북방의 산과 강들
'나'가 떠난 북방(우리 민족의 옛 터전)

범과 사슴과 너구리를 배반하고
– 도치법('떠났다' 앞에 들어갈 내용), 열거법
북방을 떠난 것에 대한 '나'의 부정적 인식

송어와 메기와 개구리를 속이고 나는 떠났다
▶ 1연: 아득한 옛날 북방의 터전을 떠나온 '나'

아득한 옛날
소나무과의 낙엽 교목
나는 그때 / 자작나무와 이깔나무의 슬퍼하던 것을 기억한다
'창포'라는 식물
의인법
갈대와 장풍의 붉드던 말도 잊지 않았다 ■■: '나'가 북방을 떠나는 것에 대한 북방 존재들의
의인법
멧돼지
안타까운 마음이 드러남. '나'의 슬픔이 투영됨

오로촌이 멧돝을 잡아 나를 잔치해 보내던 것도
북방의 소수 민족

쏠론이 십릿길을 따라 나와 울던 것도 잊지 않았다
▶ 2연: '나'가 떠나는 것을 아쉬워하는 북방의 자연과 민족들

아득한 옛날
나는 그때 / 아무 이기지 못할 슬픔도 시름도 없이
'슬픔'과 '시름'을 외면하는 태도

「다만 게을리 먼 앞대로 떠나 나왔다」『 : 광활한 영토인 북방을 잃고 한반도로 이주한
남쪽 지방 – 한반도   우리 민족의 역사와 연결 지을 수 있음

그리하여 따사한 햇귀에서 하이얀 옷을 입고 매끄러운 밥을 먹고 단 샘을 마시고
과거의 상황 전환: 북방 → '앞대'   열거법 – 북방을 떠나온 우리 민족이 편안한 현실에 안주하는 모습을 보여 줌

낮잠을 잤다

밤에는 먼 개 소리에 놀라나고
불안과 두려움에 떨며 살아가는 삶 – 수많은 외적의 침입으로 인한 불안정한 삶

아침에는 지나가는 사람마다에게 절을 하면서도
비굴하게 살아가는 모습

나는 나의 부끄러움을 알지 못했다
북방을 떠나 안일하게 살아온 부끄러움
▶ 3연: 먼 앞대에서 편안하지만 부끄럽게 살게 된 '나'

감상 포인트
'나'가 북방을 떠날 때, '앞대'에서 살아갈 때, 다시 북방에 돌아왔을 때 변화되는 정서와 태도를 파악한다.

「그동안 돌비는 깨어지고 많은 은금보화는 땅에 묻히고 가마귀도 긴 족보를 이루
북방에서의 삶을 기록한 돌로 된 비석   오랜 세월의 흐름. 의인법

었는데,」『 : 북방을 떠나온 지 오래 되었음을 나타냄

현재의 상황 전환: '앞대' → 북방
이리하여 또 한 아득한 새 옛날이 비롯하는 때
현재 – '앞대'를 떠나 북방에서의 새로운 시작을 계획하는 때

이제는 참으로 이기지 못할 슬픔과 시름에 쫓겨
현재   '슬픔'과 '시름'을 견딜 수 없는 처지 – 일제의 탄압으로 삶의 터전을 잃고 유랑민이 될 수밖에 없는 현실

나는 나의 옛 하늘로 땅으로 — 나의 태반(胎盤)으로 돌아왔으나
우리 민족의 옛 터전인 북방으로 돌아옴
▶ 4연: 슬픔과 시름을 피해 북방으로 돌아온 '나'

보랏빛 구름
이미 해는 늙고 달은 파리하고 바람은 미치고 보래구름만 혼자 넋 없이 떠도는데
과거의 영화를 찾아볼 수 없는 허무한 현실. 의인법과 활유법
▶ 5연: 과거의 영화가 사라진 허무한 모습의 북방

아, 나의 조상은 형제는 일가친척은 정다운 이웃은 그리운 것은 사랑하는 것은 우
영탄법 – 상실감 부각   이제는 북방에서 찾을 수 없는 '나'의 삶의 근원. 열거법

러르는 것은 나의 자랑은 나의 힘은 없다 바람과 물과 세월과 같이 지나가고 없다」
허무하게 흘러가는 존재들   『 : '없다'의 반복 → 상실감 강조
▶ 6연: 자랑과 힘이 사라진 '나'의 현실

작품 분석 노트

• 북방의 존재들

'나'가 떠나온 북방의 수많은 존재들을 열거하여, 북방은 우리 민족의 삶의 터전이 되는 곳이었음을 드러낸다.

나라	부여, 발해, 요, 금
민족	숙신, 여진, 오로촌, 쏠론
산	흥안령, 음산
강	아무우르, 숭가리
동물	범, 사슴, 너구리, 송어, 메기, 개구리
식물	자작나무, 이깔나무, 갈대, 장풍

↓

'배반하고', '속이고'를 통해 북방을 떠난 것에 대한 성찰을 드러내고, '슬퍼하던', '붇드던', '울던'을 통해 '나'와의 이별을 아쉬워하던 북방 존재들의 마음을 표현함 → 우리 민족의 삶의 터전인 북방을 떠나온 것에 대한 안타까움

• 과거와 현재의 대비

1~2연은 북방을 떠나온 과거, 3연은 먼 앞대로 이주해 살던 과거, 4~6연은 다시 북방으로 돌아온 현재에 해당한다. 특히 '아득한 옛날'과 '아득한 새 옛날'을 통해 과거와 현재를 대비하며 비참한 현재 상황을 부각한다.

아득한 옛날		아득한 새 옛날
• 과거	↔	• 현재
• 북방을 떠나 '먼 앞대'(한반도)로 온 때		• '먼 앞대'를 떠나 북방으로 돌아와 새로운 삶을 시작하려는 때

• '북방'의 의미

북방
아득한 옛날에 '나'가 살던 곳이자 '나'가 자신의 '태반'이라 여기고 돌아가는 곳

↓

• '나'의 조상, 형제, 일가친척, 정다운 이웃, 그리운 것, 사랑하는 것, 우러르는 것'이 있던 곳 • '나의 자랑'과 '나의 힘'이 있던 곳

↓

• 삶의 근원, 삶의 터전이 되는 공간 • 찬란한 영화를 누리던 곳이지만 현재는 상실과 절망의 공간임

핵심 포인트 1   시상 전개 방식 파악

이 작품은 화자가 북방을 떠났던 때로부터 시작해, '앞대'에서 살아가던 모습과 다시 북방에 돌아오게 된 상황을 노래하고 있으므로, 상황 변화에 따른 화자의 정서를 파악할 수 있어야 한다.

+ 시상 전개에 따른 화자의 정서 및 태도

먼 과거	북방을 떠나옴	북방의 여러 나라와 민족, 자연을 떠나 '앞대'로 오던 상황에 대한 부정적 인식('배반하고', '속이고')을 드러내며, 북방의 자연과 민족이 북방을 떠나는 '나'에 대해 보여 주었던 아쉬운 마음을 기억함

그리하여 ↓

과거	'앞대'에서 살아감	'앞대'(한반도)의 따뜻한 기후 속에 편안한 의식주를 누리며 안일하게 살면서도 불안하고 비굴하게 사는 삶에 대한 부끄러움을 알지 못함

이리하여 ↓

현재	북방에 돌아옴	'앞대'에서 견딜 수 없는 슬픔과 시름에 쫓겨 북방에 돌아왔으나, 이제는 과거의 영화가 사라지고 아무런 자랑도 힘도 없다는 상실감과 절망감을 느낌

핵심 포인트 2   시구의 의미 파악

이 작품의 시구의 의미를 파악하여 시적 상황과 화자의 태도 및 주제 의식을 이해할 수 있어야 한다.

먼 앞대로 떠나 나왔다	우리 민족이 북방에서 한반도로 이주한 상황을 의미함
따사한 햇귀에서 하이얀 옷을 입고 ~ 낮잠을 잤다	'앞대'에서의 편안한 삶을 형상화함 → 안위를 찾으며 살아왔던 우리 민족의 태도를 드러냄
밤에는 먼 개 소리에 놀라나고 ~ 절을 하면서도	'개 소리'에 놀라는 것을 통해 불안에 떨며 살아가는 삶을, '지나가는 사람마다에게 절'하는 것을 통해 비굴하게 살아가는 삶을 나타냄
돌비는 깨어지고 ~ 가마귀도 긴 족보를 이루었는데	북방을 개척했던 우리 민족의 흔적과 많은 보물들이 사라지고 허무하게 오랜 세월만이 흘러갔음을 의미함
나의 옛 하늘로 땅으로 — 나의 태반으로 돌아왔으나	옛 하늘과 땅이 있는 북방이 '나'에게는 어머니의 뱃속 같은 시원의 공간임을 나타냄
이미 해는 늙고 ~ 보래구름만 혼자 넋 없이 떠도는데	과거의 영화를 더 이상 찾아볼 수 없는 북방의 허무한 현실을 형상화함

핵심 포인트 3   표현상 특징 파악

이 작품의 주제 의식과 화자의 정서 및 태도를 드러내기 위해 사용된 다양한 표현상의 특징과 그 효과를 파악할 수 있어야 한다.

시상 전개 방식	'아득한 옛날'(과거)부터 '이제'(현재)까지 이어지는 시간의 흐름과 북방에서 '앞대'로, 다시 '앞대'에서 북방으로 변화되는 공간의 이동에 따라 시상이 전개됨
열거와 유사한 통사 구조의 반복	• 열거: '부여를 숙신을 발해를 ~ 아무우르를 숭가리를', '나의 조상은 형제는 일가친척은 ~ 우러르는 것은 나의 자랑은 나의 힘은' 등 • 유사한 통사 구조의 반복: '자작나무와 이깔나무의 슬퍼하던 것을 기억한다 / 갈대와 장풍의 붙드던 말도 잊지 않았다', '밤에는 먼 개 소리에 놀라나고 / 아침에는 지나가는 사람마다에게 절을 하면서도' 등 → 운율을 형성하며, 대상에 대한 화자의 정서와 태도 및 화자의 상황을 드러냄
의인화	'자작나무와 이깔나무의 슬퍼하던 것', '갈대와 장풍의 붙드던 말', '바람은 미치고 보래구름만 혼자 넋 없이' 등에서 자연물을 의인화하여 화자가 처한 상황을 부각함
반복적 표현	'나는 떠났다', '나는 그때', '잊지 않았다' 등의 반복을 통해 화자의 상황과 정서를 강조함

◎ 작품 한눈에

• **해제**
〈북방에서 – 정현웅에게〉는 백석이 친구인 삽화가 정현웅에게 보내는 편지의 성격을 띤 작품으로, 작가가 1940년에 발표한 시이다. 일제 강점기의 암담한 현실에서 유랑민으로 살아갈 수밖에 없는 화자의 회한과 자책을 노래하고 있다. 특히 구체적 지명과 상황의 변화를 열거함으로써 광활한 영토를 버리고 한반도에 정착하게 된 안일한 민족의 역사를 성찰하고 있으며, 과거의 영화가 사라진 북방에서 우리 민족의 슬픈 역사에 대한 절망감과 상실감을 드러내고 있다.

• **화자와 시적 상황**
이 시의 화자는 아주 먼 옛날 우리 민족의 터전이었던 북방에서, 지나온 역사를 회상하며 비극적 현실에 대한 부끄러움을 드러내고 있다.

• **주제**
민족의 지난 과거에 대한 성찰과 부끄러움

• **연계 학습 작품**

> • 우리 민족의 비참한 현실에 대한 연민을 노래한 작품
> 〈오랑캐꽃〉_이용악
> • 민족의 역사와 조국 광복의 염원을 노래한 작품
> 〈광야〉_이육사

한 줄 평 | 분단의 아픔과 통일에 대한 염원을 노래한 시

나비와 철조망 ▸ 박봉우

□: '나비'의 비행을 방해하는 장애물   ▨: 현재형 시제, 분단으로 인한 시련이 지속됨을 드러냄

지금 저기 보이는 시푸런 강과 또 산을 넘어야 진종일을 별일 없이 보낸 것이
　　　　　　'나비'를 가로막는 장애물, 넘어야 할 대상, 시각적 이미지
된다. 서녘 하늘은 장밋빛 무늬로 타는 큰 눈의 창을 열어…… 지친 날개를 바라보
　　　시각적 이미지 – 노을이 지는 모습, 해 질 무렵　　　　'나비'의 고단함
며 서로 가슴 타는 그러한 거리(距離)에 숨이 흐르고.　　▸ 1연: 해가 질 무렵 지친 날개로 나는 나비
　안타까움

모진 바람이 분다.
　시련, 답답한 현실
그런 속에서 피비린내 나게 싸우는 나비 한 마리의 생채기. 첫 고향의 꽃밭에
　　　　　　분단의 상처, 후각적 이미지　　　　　'나비'가 지향하는 공간, 분단 이전의 민족 공동체
마즈막까지 의지하려는 강렬한 바라움의 향기였다. ▸ 2연: 꽃밭을 떠올리며 상처 입은 채 날고 있는 나비
▨: 시적 허용, 의미 강조   '나비'가 날 수 있는 원동력, 후각적 이미지

앞으로도 저 강을 건너 산을 넘으려면 몇 '마일'은 더 날아야 한다. 이미 날개는 피
에 젖을 대로 젖고 시린 바람이 자꾸 불어 간다. 목이 빠삭 말라 버리고 숨결이 가쁜
　　　　　　시련, 현실에 대한 부정적 인식, 촉각적 이미지
여기는 아직도 싸늘한 적지.　　　　　　　　　　▸ 3연: 적지를 헤쳐 나가는 나비
　　　남북 대립의 상황

벽, 벽…… 처음으로 나비는 벽이 무엇인가를 알며 피로 적신 날개를 가지고도 날
'나비'를 가로막는 장애물
아야만 했다. 바람은 다시 분다 얼마쯤 날으면 아방(我方)의 따시하고 슬픈 철조망
　　　　　　　　　　　　　　　우리 쪽　　　　　역설적 표현
속에 안길.　　　　　　　　　　　　　　　　　▸ 4연: 벽을 인식하며 날고 있는 나비
'적지'와 '아방'의 경계, 분단 상황

　　　　　　　　　　　분단의 상황이 극복 가능한 것임을 나타냄
이런 마즈막 '꽃밭'을 그리며 숨은 아직 끝나지 않았다 어설픈 표시의 벽. 기(旗)
　　'나비'가 지향하는 곳, 분단을 극복한 공동체　　공동체 회복에 대한 의지, 염원　　　대립의 깃발
여……　　　　　　　　　　　　　　　　　　　▸ 5연: 꽃밭을 그리며 나는 나비

감상 포인트
나비의 여정을 중심으로 '나비', '철조망',
'꽃밭', '벽' 등의 상징적 의미를 이해하며
작품을 감상한다.

작품 분석 노트

• '나비'와 '철조망'의 의미

상처 입은 '나비'는 분단의 현실에서
고통받으면서도 통일을 염원하고 평
화를 꿈꾸는 우리 민족을 상징하고,
'철조망'은 분단된 우리 민족의 현실
을 상징한다. 이처럼 이 작품은 대립
되는 이미지의 '나비'와 '철조망'을 통
해 우리 민족이 겪는 분단의 아픔을
형상화하고 있다.

나비		철조망
연약한 이미지	↔	단단하고 차가운 금속성의 이미지
상처 입은 날개로 '꽃밭'을 그리며 비행을 이어 가는 존재 → 분단의 현실로 고통을 겪지만 통일을 꿈꾸는 우리 민족을 상징함		'적지'와 '아방'의 경계 → 분단의 아픔 속에 있는 우리 민족의 현실을 상징함

• 서술 시점의 변화

'나비'의 시점에서 시상을 전개한 부
분과 화자의 시점에서 '나비'에 대해
서술한 부분이 교차되어 나타남

1, 3, 5연	나비의 시점
2, 4연	화자의 시점

↓

우리 민족('나비')이 분단으로 인해 겪
는 고통과 아픔을 효과적으로 형상화
하기 위해 시점을 교차하여 표현함

핵심 포인트 1   시어의 의미 파악

이 작품은 '나비'의 여정을 통해 분단의 아픔과 그에 대한 극복 의지를 상징적, 우의적으로 드러내고 있다. 따라서 '나비'를 중심으로 시어의 의미 관계를 파악할 수 있어야 한다.

철조망
• 현재 '나비'가 날고 있는 '적지'와 '나비'가 도달하고자 하는 '아방'의 경계 • 남북의 대립이 지속되는 상황

벽
• '나비'가 숙명적으로 넘어야 할 장애물 • 우리 민족이 해결해야 할 과제 • 의지로 극복할 수 있는 분단 상황('어설픈 표시의 벽')

'나비'의 극복 대상 ←

나비
• 외부적 시련에 의해 상처 입은 존재 • 강렬한 소망을 가지고 있는 존재 • 의지와 목표를 가지고 있는 존재 • 현실의 문제를 극복해야 할 숙명을 지니고 있는 존재

→ '나비'의 지향 공간

꽃밭
• 남북 통일과 화해의 세계 • '나비'가 궁극적으로 지향하는 세계

핵심 포인트 2   표현상 특징 파악

이 작품은 다양한 표현 방법과 감각적 이미지를 활용하여 분단에 대한 화자의 인식과 정서를 효과적으로 드러내고 있다. 따라서 표현상의 특징과 그 효과를 파악할 수 있어야 한다.

표현 방법	시어 및 시구	효과
은유법	장밋빛 무늬로 타는 큰 눈의 창	노을 지는 해를 효과적으로 표현함
역설적 표현	따시하고 슬픈 철조망 → '따시하고'와 '슬픈'의 모순	우리 쪽 진영에서 느끼는 따스함과 분단 현실의 슬픔을 드러냄
현재형 시제	된다, 분다, 한다, 불어 간다 등	분단으로 인한 아픔이 현재에도 지속되고 있음을 나타냄
감각적 이미지	시각적 이미지: 시푸런 강, 장밋빛 무늬로 타는 큰 눈의 창	나비의 여정과 상황을 형상화함
	후각적 이미지: 피비린내, 강렬한 바라움의 향기	

핵심 포인트 3   외적 준거에 따른 감상

이 작품은 한국 전쟁의 상처와 남북 분단 현실에 대한 극복 의지를 형상화하고 있다. 따라서 작품의 외적 준거를 고려하여 시어의 의미를 파악할 수 있어야 한다.

＋ 외적 준거에 따른 시어 및 시구의 의미

시어 및 시구	의미
나비	분단으로 인해 시련을 겪는 우리 민족
첫 고향의 꽃밭	남북 분단 이전의 민족 공동체
벽	남과 북을 가로막는 장애물
철조망	남북 분단의 상황
마즈막 꽃밭	분단을 극복하여 재결합을 이룬 민족 공동체
숨은 아직 끝나지 않았다	통일에 대한 간절한 염원과 의지

작품 한눈에

• 해제

〈나비와 철조망〉은 '꽃밭'을 찾아가려는 '나비'의 비행을 통해 분단의 비극을 우의적으로 드러내며 통일에 대한 염원을 노래한 시이다. '나비', '바람', '철조망', '벽' 등의 상징적 시어를 사용하여 분단 상황을 드러내고 있으며 연약하지만 의지를 가지고 비행을 계속해 나가는 '나비'의 행위를 통해 통일에 대한 소망을 강조하고 있다. 대립적 이미지의 시어를 사용하여 남북 분단의 모습을 형상화하고 서술 시점의 변화, 감각적 이미지, 현재형 시제 등을 활용하여 분단으로 인한 고난과 시련을 효과적으로 드러내고 있다.

• 화자와 시적 상황

1, 3, 5연의 화자인 '나비'는 현재 '적지'를 날고 있으며 '철조망'으로 분단된 공간에서 고난과 시련을 겪으며 '아방'으로 이동하고 있다. '나비'는 상처를 입었음에도 '꽃밭'에 닿기를 꿈꾸며 날기를 멈추지 않고 있다. 2, 4연의 화자는 '꽃밭'을 떠올리며 상처 입은 채 날고 있는 '나비'의 모습과 '벽'을 인식하며 '아방'으로 향하는 '나비'의 모습을 형상화하고 있다.

• 주제

분단의 슬픔과 통일에 대한 염원

• 연계 학습 작품

> • 평화 통일에 대한 염원을 노래한 작품
〈휴전선〉_박봉우
〈봄은〉_신동엽
> • 나비의 연약성과 순수함을 제재로 다룬 작품
〈바다와 나비〉_김기림
〈나비와 광장〉_김규동
〈나비의 여행 – 아가의 방 5〉_정한모
> • 작품 안에서 화자의 시점이 전환되는 작품
〈오래된 잠버릇〉_함민복

한 줄 평 | 적군의 묘지 앞에서 느끼는 전쟁의 비극과 그 치유에 대한 의지를 노래한 시

초토의 시 · 8 – 적군 묘지 앞에서 ▶ 구상

감탄사, 슬픔과 안타까움의 표출
오호, 여기 줄지어 누웠는 넋들은
　　　　　　전쟁으로 죽은 적군 병사들의 영혼
눈도 감지 못하였겠구나.
전쟁으로 목숨을 잃고 타지에 묻힌 한으로 인함　　　　　　▶ 1연: 전쟁으로 죽은 적군 병사의 한(恨)

어제까지 너희의 목숨을 겨눠
　　　　　　적군 병사
방아쇠를 당기던 우리의 그 손으로 / 썩어 문드러진 살덩이와 뼈를 추려
적대감으로 서로를 죽였던 민족상잔의 비극　　　전쟁의 비극성과 참혹성을 드러냄. 죽음의 시각화
그래도 양지바른 두메를 골라 / 고이 파묻어 떼마저 입혔거니
　　　　　　적군 병사를 묻어 줌 – 죽은 자에 대한 관용과 연민(휴머니즘)　　「」: 죽음은 사랑과 미움을
　　　　　　　　　　　　　　　　　　　　　　　　　　초월하게 함 → 이념
「죽음은 이렇듯 미움보다도 사랑보다도 / 더 너그러운 것이로다.」　적 대립의 허망함
　　　　이념의 대립　　　　　▶ 2연: 적군 병사를 묻어 주며 미움과 사랑을 초월하는 죽음의 의미를 깨달음

적군 묘지
이곳서 나와 너희의 넋들이
고향으로 돌아갈 수 없다는 점에서 같은 처지임(동병상련)
돌아가야 할 고향 땅은 삼십(三十) 리면
　　　　북한 땅　　　　휴전선까지의 거리
가로막히고
휴전하면서 남과 북으로 국토가 분단됨　　　　　　▶ 3연: 국토 분단의 현실

「무인공산의 적막만이
사람이 살지 않는 산
천만근 나의 가슴을 억누르는데」　　　　　　▶ 4연: 분단 현실로 인한 비통함
「」: 분단 현실에 대한 비통함과 안타까움, 답답함

살아서는 너희가 나와 / 미움으로 맺혔건만
　　　　　　　　　이념적 대립
이제는 오히려 너희의 / 풀지 못한 원한이 나의
적군이 죽은 상황　　　전쟁과 분단으로 고향에 돌아가지 못하는 한
바램 속에 깃들어 있도다.
　　화자의 태도 변화: 미움 → 연민　　　　　　▶ 5연: 적군 병사의 원한에 대한 연민과 이해

손에 닿을 듯한 봄 하늘에
분단 현실과 대조되는 평화로운 자연
「구름은 무심히도

북(北)으로 흘러가고」　　　　　　▶ 6연: 분단 현실과 대조되는 자연의 모습
「」: 화자의 처지와 달리 '구름'은 북으로 자유로이 흘러감
　　– 대조를 통해 분단의 현실을 부각함

어디서 울려오는 포성 몇 발
아직도 전쟁이 완전히 끝나지 않았음을 보여 줌 – 남북 대치의 상황이 지속됨
나는 그만 이 은원(恩怨)의 무덤 앞에
은혜와 원한 – 동포로서의 사랑과 적으로서의 미움이 동시에 드러남
목 놓아 버린다.
통곡 – 인간적 행위를 통한 전쟁의 상처 토로와 치유 의지　　▶ 7연: 분단 현실에 대한 극복 의지

■ 두메: 도회에서 멀리 떨어져 사람이 많이 살지 않는 변두리나 깊은 곳.
■ 떼: 흙이 붙어 있는 상태로 뿌리째 떠낸 잔디.

감상 포인트
시적 상황(분단 현실)에 대한 화자의
태도와 정서 및 주요 시어들이 지닌
함축적 의미를 파악한다.

작품 분석 노트

· 제목 '초토의 시'의 의미

초토(焦土)
불에 타서 검게 그을린 땅

↓

6 · 25 전쟁의 참화를 겪은
우리나라의 모습을 가리킴

시인은 6 · 25 전쟁 당시 종군 기자로
활동했던 자신의 경험을 토대로, 민족
상잔의 비극적 현실을 '초토의 시'라
는 제목의 연작시로 창작했다.

· 화자의 행동과 정서
화자는 '어제까지' 적군 병사에게 총
을 쏘며 미움과 적대감을 느꼈으나,
오늘은 죽은 적군을 묻어 주며 이념
적 증오를 넘어선 인간적 슬픔과 연
민을 느끼고 있다.

	어제	오늘
행동	적군에게 방아쇠를 당김	적군의 시신을 묻고 무덤에 떼를 입힘
정서	적대감	관용, 연민

· 시구의 의미

이제는 오히려 너희의 풀지 못한 원한이 나의 바램 속에 깃들어 있도다.

· 분단 상황으로 고향에 돌아가지 못
하는 '너희'의 한과 '나'의 한이 같
음 → 자신처럼 고향이 북쪽인 적
군 병사들에 대한 화자의 연민
· 전쟁이 완전히 끝나고 남북이 통일
되어 화자와 적군 병사의 영혼이
고향에 돌아가 안식할 수 있기를
염원함

※ 시인은 서울 태생이나 어릴 때 함
경남도 원산으로 이주해 그곳에서
성장함

핵심 포인트 1   표현상 특징 파악

이 작품은 6·25 전쟁의 휴전 직후에 쓰인 시로, 적군 묘지 앞에서 느끼는 전쟁의 참혹함과 적군 전사자에 대한 애도의 마음을 형상화하였다. 따라서 이를 드러내기 위해 사용된 표현상 특징을 파악할 수 있어야 한다.

+ 표현상 특징

영탄	'오호'라는 감탄사, '눈도 감지 못하였겠구나.', '더 너그러운 것이로다.', '바램 속에 깃들어 있도다.' 등과 같은 감탄형 어미 사용 → 화자의 고조된 감정(전쟁의 참혹한 결과에 대한 슬픔과 안타까움)을 표출함
추상적 개념의 구체화	'무인공산의 적막만이 / 천만근 나의 가슴을 억누르는데' → 추상적인 개념인 '적막'을 '가슴을 억누르'는 구체적인 사물처럼 표현하여 분단 현실에 대한 화자의 비통한 마음을 드러냄
대조	'구름은 무심히도 / 북으로 흘러가고' → 북쪽으로 자유롭게 흘러가는 '구름'과 분단으로 인해 고향인 북쪽으로 가지 못하는 화자 및 적군 전사자의 상황이 대조됨
청각적 이미지	'어디서 울려오는 포성 몇 발' → 청각적 이미지를 사용하여 전쟁이 아직 끝나지 않은 상황을 드러냄

핵심 포인트 2   화자의 정서와 태도 파악 / 작품의 주제 파악

이 작품에 나타난 화자의 정서 변화와 주제 의식을 연관 지어 파악할 수 있어야 한다.

+ 화자의 정서 변화와 주제 의식

공간적 배경: 전장		공간적 배경: 적군 묘지
이념의 대립으로 인해 발발한 전쟁에서 화자는 '방아쇠'를 당기며 적군에게 적대감을 느낌	화자의 정서 변화 →	휴전 후 분단된 현실에서 화자는 죽은 적군을 묻어 주고 무덤에 떼를 입히며 그들의 넋을 위로함

작품의 주제 의식

전쟁의 참혹한 상처와 그 치유에 대한 의지

핵심 포인트 3   시어, 시구의 의미 파악

이 작품에서 전쟁으로 죽은 적군들을 묻어 주고 그들의 묘지 앞에 있는 화자의 상황을 바탕으로 시어, 시구의 상징적, 함축적 의미를 파악할 수 있어야 한다.

+ 시어, 시구의 의미

적군 묘지	민족상잔 후 분단된 현실을 드러내며, 이에 대해 화자가 통한을 느끼게 되는 계기가 됨
방아쇠, 포성	전쟁과 분단의 현실을 환기함. 특히 '포성'은 아직도 전쟁이 끝나지 않았음을 드러냄
무인공산	적군 병사가 묻혀 있는 곳, 무연고라 찾아오는 사람이 없어서 적막한 곳
구름	화자의 처지와 대조되는 자연물로 분단의 현실을 부각함

작품 한눈에

• **해제**

〈초토의 시·8 ─ 적군 묘지 앞에서〉는 전쟁으로 죽은 적군의 묘지 앞에서 느끼는 전쟁의 상처와 치유에 대한 의지를 노래한 작품이다. 이 작품은 15편의 연작시 가운데 8번째 작품으로 남북 분단의 비극적 현실을 다루면서 이데올로기에 앞서는 휴머니즘을 강조한다. 화자는 서로 총을 겨루며 대치하던 적군이 죽어 묻힌 묘지 앞에서 분단 현실의 비통함을 느낀다. 이념적으로 대립하며 적군을 적대시하던 화자는 휴전 후 분단된 현실에서 적군의 죽음을 애도하며 동족애와 연민의 감정을 갖게 된다.

• **화자와 시적 상황**

이 시의 화자는 전쟁터에서 싸우던 적군을 묻어 주고 적군의 죽음을 안타까워하며 이념적 대립의 허망함을 느끼고 있다. 화자는 아직 전쟁이 종결되지 않은 분단의 현실을 인식하며, 인간애로 전쟁의 비극과 상처를 치유하고자 하는 의지를 드러내고 있다.

• **주제**

적군 묘지 앞에서 느끼는 전쟁의 아픔과 그 치유에 대한 의지

• **연계 학습 작품**

- 분단의 아픔과 그 극복 의지를 노래한 작품
〈휴전선〉_박봉우
- 전쟁의 비극과 미래에 대한 희망을 노래한 작품
〈할머니 꽃씨를 받으시다〉_박남수

한 줄 평 | 사회적 부조리에는 저항하지 못하면서 사소한 일에 분개하는 소시민적 삶의 태도를 성찰하는 시

어느 날 고궁을 나오면서 ▶ 김수영

→ 교과서 수록 문학 금성, 신사고, 지학사, 천재(김)

비본질적이고 사소한 문제
왜 나는 조그마한 일에만 분개하는가
자조적 질문 – 본질적인 문제에 대해 방관하고 비본질적이고 사소한 문제에 분개하는 화자의 소시민적 삶의 자세를 보여줌

저 왕궁 대신에 왕궁의 음탕 대신에
시적 상황 – 화자가 왕궁(고궁)에서 나옴 └─ 독재 권력의 부도덕함과 탐욕 – 진정으로 분개해야 할 본질적인 것 ①

50원짜리 갈비가 기름덩어리만 나왔다고 분개하고
비본질적이고 사소한 것 ①

옹졸하게 분개하고 설렁탕집 돼지 같은 주인년한테 욕을 하고
└─ 자신을 향한 부정적 인식(자조적) 비속어 사용 → 자신의 속된 모습을 드러내기 위한 장치 □ : 강자 ↔ ○ : 약자

옹졸하게 욕을 하고
▶ 1연: 사소한 일에만 분개하며 살아가는 '나'의 모습

감상 포인트
이 작품의 주제 의식은 당시의 시대 현실과 긴밀하게 관련되어 있으므로 작품이 창작된 당시의 시대상을 염두에 두고 감상하도록 한다.

한번 정정당당하게

붙잡혀 간 소설가를 위해서

언론의 자유를 요구하고 월남 파병에 반대하는
언론 탄압, 베트남 전쟁에 파병 – 진정으로 분개해야 할 본질적인 것 ② 베트남

자유를 이행하지 못하고
정의롭다고 생각하는 것을 행동으로 옮기지 못하고 침묵하는 소시민적인 모습

20원을 받으러 세 번씩 네 번씩
밤사이에 화재나 범죄가 없도록 살피고 지키는 사람

찾아오는 야경꾼들만 증오하고 있는가
비본질적이고 사소한 것 ②
▶ 2연: 중요한 일을 실천하지 못하는 소시민적인 '나'의 모습

옹졸한 나의 전통은 유구하고 이제 내 앞에 정서(情緒)로
옹졸한 소시민적 삶의 태도가 오랫동안 지속되어 익숙해짐(무기력한 삶)

가로놓여 있다

이를테면 이런 일이 있었다

「부산에 포로수용소의 제14야전병원에 있을 때
전쟁 중의 부상병을 일시적으로 수용하고 치료하기 위해 전투 지역 가까운 후방에 설치하는 병원

정보원이 너스들과 스펀지를 만들고 거즈를
간호사(nurse)

개키고 있는 나를 보고 포로경찰이 되지 않는다고
정보원이 생각하는 가치 있는 일

남자가 뭐 이런 일을 하고 있느냐고 놀린 일이 있었다

너스들 옆에서」
「♪ 화자의 유약하고 옹졸한 태도가 과거부터 지속된 것임을 보여주는 일화
▶ 3연: 포로수용소 시절부터 몸에 밴 '나'의 옹졸한 삶

지금도 내가 반항하고 있는 것은 이 스펀지 만들기와
사소한 일에만 분개하는 것 ■ : 사소하고 보잘것없는 일들

거즈 접고 있는 일과 조금도 다름없다

「개의 울음소리를 듣고 그 비명에 지고
「♪ 무기력한 화자의 모습

머리에 피도 안 마른 애놈의 투정에 진다」

떨어지는 은행나무 잎도 내가 밟고 가는 가시밭
사소한 일상도 견디기 어려운 고통으로 느껴짐(왜소한 화자의 모습 강조)
▶ 4연: 무기력하고 왜소한 자신에 대한 인식

아무래도 나는 비켜서 있다 절정 위에는 서 있지
불의에 맞서는 삶 – 본질적인 문제에 적극적으로 비판하고 저항하는 것

작품 분석 노트

• 대조적 상황을 통한 시상 전개

화자의 행위	화자가 하지 못한 행위
설렁탕집 주인에게 욕함	왕궁(부정한 권력)에 분개함
돈을 받으러 계속 찾아오는 야경꾼을 증오함	언론의 자유를 요구하고 월남 파병에 반대함
절정에서 옆으로 비켜서 있음	절정 위에 서서 불의에 저항함
이발쟁이, 야경꾼 등 힘 없는 약자에게 분개함	땅 주인, 구청 직원, 동회 직원 등 힘 있는 강자에게 대항함
↓	↓
사소한 일과 힘없는 약자에게 분개하는 소시민적인 모습	부조리한 현실과 힘 있는 권력에 저항하는 모습

시적 화자는 자신이 일삼는 행위와 하지 못하는 행위를 대조적으로 보여 줌으로써 사소한 일에 분개하면서도 진정으로 분개해야 할 본질적인 것을 방관하고 있는 자신의 소시민적 태도에 대한 성찰을 부각하고 있다.

• 제목의 의미

고궁
• 사라진 왕조의 유물
• 전제 군주들과 지배자들의 본거지
• 시어 '왕궁', '왕궁의 음탕'과 연결됨

↓

비판받아야 할 부정한 권력을 상징함

↓

'어느 날 고궁을 나오면서'의 의미

고궁을 나오면서 타파되어야 할 부정한 권력의 존재를 인식하고 분개함

않고 암만해도 조금쯤 옆으로 비켜서 있다
불의에 맞서지 못하고 방관하는 삶 – 화자가 반성하는 소시민적 삶의 태도(현재 모습)

그리고 조금쯤 옆에 서 있는 것이 조금쯤

비겁한 것이라고 알고 있다! ▶ 5연: 절정에서 비켜선 '나'의 비겁함에 대한 반성
중심에 서지 못하고 주변에서 옹졸하게 살아가는 소시민적 삶의 태도가 비겁한 것임을 고백함

그러니까 이렇게 옹졸하게 반항한다
본질적인 문제에 반항하지 못하는 자신에 대한 반성

이발쟁이에게

땅 주인에게는 못하고 이발쟁이에게

구청 직원에게는 못하고 동회 직원에게도 못하고

야경꾼에게 20원 때문에 10원 때문에 1원 때문에

우습지 않으냐 1원 때문에 ▶ 6연: 약자에게만 반항하는 옹졸한 소시민적 삶에 대한 자조
자조적 태도

「모래야 나는 얼마큼 작으냐
└ 보잘것없는 자연물 ┘
바람아 먼지야 풀아 나는 얼마큼 작으냐」
「 」: '나'의 왜소한 모습을 보잘것없는 자연물에 비교하여 자조함

정말 얼마큼 작으냐…… ▶ 7연: 왜소하게 느껴지는 자신에 대한 자책
왜소하고 보잘것없는 자신을 향한 자조적 독백

• 시어의 의미

모래, 바람, 먼지, 풀
작고 보잘것없는 자연물

↓

자신의 왜소한 모습을 미미한 자연물에 비교하여 자신의 '작음'을 강조함
→ 사회 현실에 적극적으로 대응하지 못하는 자신의 소시민적 태도에 대한 반성과 자조를 부각함

• '소시민'의 의미

소시민은 부르주아(자본가) 계급과 프롤레타리아(노동자) 계급의 중간에 존재하여, 중간적 의식을 가진 계층을 뜻한다. 문학 작품에서는 주로 '사회적 정의와 진실의 추구, 사회적 약자를 위한 배려' 등을 관념적으로는 인정하지만 이를 실천하기 위한 사회 구조적 변혁에는 무관심하거나 우유부단한 존재로 등장한다.

• 참여시

1960년대에 4 · 19 혁명을 기점으로 부조리한 당대의 사회 현실을 비판하고 고발하는 참여시가 등장하였다. 참여시는 시의 사회 참여를 지양하고 형식적인 아름다움을 추구하는 순수시와 대비된다. 대표 시인으로는 김수영과 신동엽이 있다.
김수영은 현실에 대한 비판적 사유를 통해 민주주의와 자유에 대한 열망을 모더니즘적인 감각으로 노래하였고, 신동엽은 전통적인 서정성과 역사의식을 결합하여 분단 현실을 극복하고 민족 동질성 회복을 지향하는 시를 썼다.

핵심 포인트 1 작품의 종합적 이해

이 작품은 대조적 상황을 열거하여 시상을 전개하고 있으므로 이와 관련지어 화자의 정서·태도 및 작품의 주제 의식을 파악하여야 한다.

+ 대조적 상황과 작품의 주제 의식

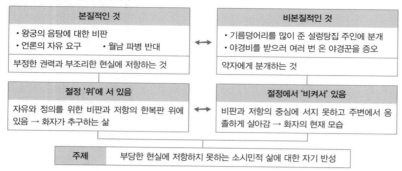

본질적인 것	비본질적인 것
• 왕궁의 음탕에 대한 비판 • 언론의 자유 요구 • 월남 파병 반대	• 기름덩어리를 많이 준 설렁탕집 주인에 분개 • 야경비를 받으러 여러 번 온 야경꾼을 증오
부정한 권력과 부조리한 현실에 저항하는 것	약자에게 분개하는 것

절정 '위'에 서 있음	절정에서 '비켜서' 있음
자유와 정의를 위한 비판과 저항의 한복판 위에 있음 → 화자가 추구하는 삶	비판과 저항의 중심에 서지 못하고 주변에서 옹졸하게 살아감 → 화자의 현재 모습

주제	부당한 현실에 저항하지 못하는 소시민적 삶에 대한 자기 반성

핵심 포인트 2 외적 준거에 따른 감상

이 작품은 1965년 《문학 춘추》에 발표된 작품으로 당시의 시대상 및 작가의 삶이 반영되어 있으므로 이에 근거하여 작품을 감상할 수 있어야 한다.

+ 작품에 반영된 당시 시대상

붙잡혀 간 소설가	권력의 압제를 비판하고 정의를 외치는 작품을 쓴 소설가가 구속된 사건	→	• 당대의 경직된 군부 독재 권력의 모습을 반영 • 저항해야 할 진정한 부조리
월남 파병	한국은 미국의 요청으로 베트남 전쟁에 1965년부터 1973년까지 파병하였음		
야경꾼	6·25 전쟁 이후에 주민들이 '자경단'을 조직하여 야간 순찰을 돌았는데, 이들을 '야경꾼'이라 불렀음. 민간 자치조직이었지만 월말이 되면 야경비를 받았음	→	사소한 부조리에만 분개하는 시적 화자의 소시민성을 부각하는 소재

+ 작품에 표현된 작가의 삶

포로수용소의 제14야전 병원에서의 일화	작가는 의용군에 끌려갔다가 탈출했으나 국군에게 잡혀서 거제도 포로수용소에 있다가 포로수용소 소속 부산의 야전 병원으로 옮겨졌음	→	시적 화자의 소시민성을 부각하고 반성하기 위해 언급한 작가의 삶의 경험

핵심 포인트 3 표현상 특징 파악

주제 의식 형성에 기여하고 있는 다양한 표현법과 그 효과를 파악할 수 있어야 한다.

+ 표현상 특징

대조적 상황	대조적인 상황(분개해야 할 일 – 조그마한 일, 절정 위 – 조금쯤 옆, 강자 – 약자)을 반복적으로 제시하여 화자의 태도를 부각함
자조적 질문	'왜 나는 조그마한 일에만 분개하는가'에서 자기비판과 반성적 태도를 보여줌
독백적 어조	화자인 '나'가 자신의 심정을 직접적으로 드러내 진정성 있고 진솔한 자기 고백과 반성이 드러남
구체적 일화	부산의 포로수용소에서 있었던 구체적 일화를 제시해 고궁을 보고 나오며 느낀 상념을 제시함
비속어, 일상어 사용	'주인년', '50원짜리 갈비', '애놈의 투정' 등에서 비속어와 일상어를 구사함. 시어와 일상어의 구분이 사라지고 비속어까지 동원하는 시어를 구사해 소시민적이고 일상적인 삶을 생생하게 표현함

작품 한눈에

• **해제**

　〈어느 날 고궁을 나오면서〉는 사회 현실의 부조리와 불합리함에 대해서는 저항하지 못하면서 사소한 일에는 크게 분개하는 자신을 고발하고 반성하는 작품이다.

　시의 전반부에서는 언론의 자유를 억압하는 권력에 대해서는 침묵하고 동네 설렁탕집 주인이나 야경꾼들의 작은 부조리에만 분개하는 자신의 옹졸한 모습이 적나라하게 드러난다.

　시의 후반부에서는 역사와 사회의 부조리에 직면하며 '절정 위'에 서지 못하고 비겁하게 '비켜서' 있는 방관자적인 자신의 태도를 반성한다.

　이러한 시적 화자의 소시민적 자아에 대한 가차 없는 자기 폭로와 반성, 심리적 갈등은 부정한 시대를 살아가는 독자들에게 복합적인 감정을 불러일으킨다.

• **화자와 시적 상황**

　이 시의 화자('나')는 자유가 억압된 군부 독재정권 하에서 자유와 정의를 위해 적극적으로 비판·저항하지 못하고 사소한 것에만 분개하는 자신의 무기력한 소시민적 태도를 반성·성찰하고 있다.

• **주제**

　사회적 부조리에 저항하지 못하는 소시민적 삶에 대한 자기 반성

• **연계 학습 작품**

• 사회 현실 참여를 노래하는 시 〈껍데기는 가라〉_신동엽 • 소시민적 삶을 반성하는 시 〈희미한 옛사랑의 그림자〉_김광규

한 줄 평 | 사냥꾼에게 희생당하는 사슴을 통해 생명의 존엄성이 파괴되는 현실을 고발하는 시

성탄제 ▸ 오장환

① 생명이 위협받는 공간 ② 암울한 현실 상징
산 밑까지 내려온 <u>어두운 숲</u>에 □ : 부정적인 공간과 시간
　　부정적 공간의 확장　　┌─ 사냥하는 소리
<u>몰이꾼</u>의 날카로운 소리는 들려오고, △ : 폭력성과 비정함
짐승이나 물고기를 잡기 위해 목으로 몰아붙이는 사람 – 생명을 유린하는 존재
쫓기는 <u>사슴</u>이 ▨ : 폭력적인 대상에게 생명을 위협받는 존재
　　연약한 존재
┌ 눈 위에 흘린 따뜻한 핏방울.　　　　　　　▸ 1연: 피 흘리며 몰이꾼에게 쫓기는 사슴
│ ① 흰색과 붉은색의 색채 대비 ② 차가움과 따뜻함의 촉각적 대비
└ – 생명이 희생당하는 상황의 잔혹성, 비정함을 부각함

골짜기와 비탈을 따라 내리며
　　　　　　　　　┌─ 부정적 공간의 확장
넓은 언덕에
　　타오르는 사냥의 열기, 생명 유린의 광기
「<u>밤</u> 이슥히 <u>햇불</u>은 꺼지지 않는다.」　　　　▸ 2연: 밤이 깊도록 꺼지지 않는 몰이꾼의 횃불
폭력과 살상의 시간　「 」: 밤 늦게까지 사냥이 계속됨 → '몰이꾼'의 집요함, 인간의 끝없는 탐욕을 드러냄

뭇짐승들의 등 뒤를 쫓아

며칠씩 산속에 잠자는 <u>포수와 샤냥개</u>.
　　사냥꾼의 집요함　　　　　　생명을 위협하는 존재

감상 포인트
작품의 우화적 성격을 바탕으로 시어의 상징적 의미를 파악하고, 역설적인 시구를 통해 전달하는 주제 의식을 이해한다.

<u>나어린</u> 사슴은 보았다
나이가 어린
오늘도 몰이꾼이 메고 오는

<u>표범과 늑대</u>.　　　　　　　　　　　▸ 3연: 사냥으로 죽은 표범과 늑대를 지켜보는 어린 사슴
'사슴'보다 강한 짐승조차 살육당하는 냉혹한 상황을 부각함 → 두려움 유발

반복,
변주
어미의 상처를 입에 대고 핥으며
가장 순결하고 연약한 생명
<u>어린 사슴</u>이 생각하는 것
　　　　　의인화
<u>그는</u>
그것('샘'. '약초')은 → 짧은 시행을 통한 집중의 효과
<u>어두운 골짝</u>에 <u>밤</u>에도 잠들 줄 모르며 솟는 <u>샘</u>과 ○ : 현실과 대비되는 영원한 생명의 세계.
└── 절망적인 상황 ──┘　　　　　　　소생에 대한 희망
깊은 골을 넘어 눈 속에 하얀 꽃 피는 <u>약초</u>.　　▸ 4연: 어미의 치유와 소생을 소망하는 어린 사슴
　　　　　　　　'어두운 골짝'과 대비됨

① 사냥할 때 내는 '몰이꾼'들의 종소리(생명을 위협하는 상황)
② 예수의 탄생을 알리는 성탄제의 종소리를 연상시킴
<u>아슬한 참</u>으로 아슬한 곳에서 쇠북 소리 울린다.
　　위태로운 상황
<u>죽은 이로 하여금</u>
　　　　　　　성경의 구절 인용 – 다양한 해석이 가능한 역설적 표현
　　　　　　　① 어미 사슴의 죽음은 어쩔 수 없으니 어린 사슴만이라도 생명의 길을 가라는 메시지
<u>죽는 이를 묻게 하라.</u>
　　　　　② 인간의 잔혹한 폭력과 살상에 대한 고발과 비판
　　　　　　　　　　　　　　　　　　　▸ 5연: 울려 퍼지는 쇠북 소리

길이 돌아가는 사슴의
① 영원한 죽음의 세계로 가는 어미 사슴 ② 길을 돌아 도망가는 어린 사슴
두 뺨에는
① 죽어 가는 어미 사슴의 눈물 ② 도망가는 어린 사슴의 눈물
맑은 이슬이 내리고
　　　　　희생당한 존재가 남긴 흔적
└ 눈 위엔 아직도 따뜻한 핏방울……　　　　▸ 6연: 죽어 가는 순결한 생명의 비극성
색채 대비(흰색과 붉은색)와 촉각적 대비(차가움과 따뜻함), 부사어 '아직도'의 사용을 통한 비극성 부각, 말줄임표를 통한 여운 형성

■ 작품 분석 노트

• **반영론적 관점의 감상**
우리 민족에 대한 일제의 탄압과 말살이 극단으로 치닫던 창작 시기를 고려하면 이 작품은 일제에 핍박받던 우리 민족의 모습을 그려낸 것이라고 볼 수 있다.

몰이꾼, 포수와 사냥개	↔	사슴, 나어린 사슴
일제의 잔인한 폭력		고통받는 우리 민족

• **감각적 이미지를 통한 형상화**
이 작품은 다양한 감각적 이미지의 사용을 통해 주제 의식을 형상화하고 있다.

시각적 이미지	• '어두운 숲', '어두운 골짝', '밤'의 시각적 이미지를 통해 부정적 상황을 형상화함 • 흰색의 '눈'과 붉은색의 '핏방울'이 만드는 색채 대비를 통해 비극성을 부각함
촉각적 이미지	차가운 이미지의 '눈'과 '따뜻한 핏방울'이 만드는 냉온 대비를 통해 비정함을 부각함
청각적 이미지	'몰이꾼의 날카로운 소리'를 통해 생명을 위협하는 폭력성, 비정함을 부각함

• **성경 구절의 인용**
이 작품은 성경의 구절을 인용함으로써 성탄제의 의미를 부각하며, 역설적인 표현을 통해 생명을 유린하는 현실에 대한 비판적 인식을 드러낸다.

> **죽은 이로 하여금 /
죽는 이를 묻게 하라**
>
> 마태복음 8장의 '예수께서 가라사대 죽은 자들로 저희 죽은 자를 장사하게 하고 너는 나를 좇으라 하시니라.'라는 구절을 인용한 것으로, 죽은 아버지의 장례를 치른 후 예수를 따르겠다는 제자에게 세속적인 일보다 영적 구원이 더 중요함을 강조한 말

↓

어린 사슴에게만이라도 생명의 구원이 이루어지기를 바라는 소망의 의미로 이해할 수 있음

핵심 포인트 1 소재의 의미 파악

이 작품은 우화적인 성격을 지니고 있으므로 소재의 상징적 의미와 대립적 관계를 통해 드러나는 주제 의식을 파악할 수 있어야 한다.

+ 상징적 소재의 대립적 의미

사슴, 이슬, 핏방울, 샘, 약초		몰이꾼, 포수, 사냥개
생명의 순수성과 연약성('쫓기는 사슴', '나어린 사슴', '이슬', '핏방울'), 생명의 소생에 대한 희망 ('샘', '약초')	대립 ↔	생명을 유린하고 살육하는 폭력성과 잔혹성, 비정성

↓

작품의 주제 의식
• 생명을 유린하고 살상하는 인간 문명에 대한 비판 • 생명의 순수성과 생명에 대한 연민과 사랑

핵심 포인트 2 표현상 특징 파악

이 작품의 주제 의식을 형상화하기 위해 사용된 표현 방법과 그 효과를 파악할 수 있어야 한다.

+ 표현상 특징

- '사슴'을 주요 소재로 삼아 일제 강점기의 시대적 현실을 형상화하는 우화적 성격을 지님
- 다양한 감각적 이미지(시각, 청각, 촉각)와 감각의 대비(색채 대비, 냉온 대비)를 통해 시적 상황을 부각하고 주제를 형상화함
- 명사 종결('따뜻한 핏방울')과 명령형 어투('죽는 이를 묻게 하라.')를 통해 주제 의식을 강조함
- 말줄임표('핏방울……')를 사용하여 시적 여운을 형성함

핵심 포인트 3 다른 작품과의 비교

동일한 소재를 활용하여 시적 상황을 형상화하고 있는 다른 작품과의 공통점과 차이점을 비교·분석할 수 있어야 한다.

+ 김종길의 〈성탄제〉와의 비교

> 어두운 방 안엔 / 바알간 숯불이 피고,
> <small>색채 대비</small>
>
> 외로이 늙으신 할머니가 / 애처로이 잦아드는 어린 목숨을 지키고 계시었다.
> <small>어린 화자</small>
>
> 이윽고 눈 속을 / 아버지가 약(藥)을 가지고 돌아오시었다.
>
> 아, 아버지가 눈을 헤치고 따 오신 / 그 붉은 산수유 열매―.
> <small>색채 대비 → 시련의 상황과 숭고한 사랑의 대비</small>
>
> 나는 한 마리 어린 짐승, / 젊은 아버지의 서느런 옷자락에 / 열(熱)로 상기한 볼을 말없이 부비는 것이었다.
> <small>냉온 대비 → 아버지의 사랑과 고통받는 어린 화자의 대비</small>
>
> 이따금 뒷문을 눈이 치고 있었다. / 그날 밤이 어쩌면 성탄제의 밤이었을지도 모른다. (후략)

오장환의 〈성탄제〉	김종길의 〈성탄제〉
생명이 유린되는 비극적 상황을 묘사하고 고발함으로써, 독자의 성찰을 유도하고 이를 통해 성탄제의 의미를 떠올리도록 함	어린 시절 경험한 아버지의 사랑을 회상함으로써, 화자가 느끼는 숭고한 사랑을 성탄제의 의미와 연결함

↓

시각적 이미지를 통한 색채 대비와 촉각적 이미지를 통한 냉온 감각의 대비가 두 작품의 주제 의식을 형상화하는 데 크게 기여함

작품 한눈에

• **해제**

〈성탄제〉는 일제의 군국주의가 극단으로 치닫던 1930년대에 창작된 작품으로, 성스러운 사랑과 생명의 탄생을 의미하는 '성탄제'라는 제목을 통해 고귀한 생명이 살상되는 비극적 현실에 대한 성찰을 유도하고 있다. '몰이꾼'에게 쫓기는 연약한 생명('사슴')과 이를 유린하는 인간의 폭력성을 대비함으로써 시대적 상황을 우화적으로 형상화하고 있으며, 생명의 존엄성을 파괴하는 인간 문명에 대한 비판적 의식 또한 드러내고 있다.

• **화자와 시적 상황**

이 시의 화자는 어미 사슴과 어린 사슴이 처한 비극적 상황을 묘사함으로써 비판적 주제 의식을 드러내며 독자의 성찰을 유도하고 있다.

• **주제**

① 생명을 유린하고 살상하는 부정적 현실에 대한 고발
② 생명의 순결성과 순결한 생명에 대한 연민과 사랑

• **연계 학습 작품**

> • 감각적 이미지를 통해 사랑의 의미를 노래한 작품
> 〈성탄제〉_김종길

한 줄 평 | 자연의 순수성을 옹호하고 인간 문명의 폭력성을 비판한 시

새 1 ▶ 박남수

… 기출 수록 평가원 2012 9월

1.

하늘에 깔아 논

바람의 여울터에서나
　　자연의 세계 ①

속삭이듯 서걱이는

나무의 그늘에서나, 새는
　　자연의 세계 ②　　　순수, 생명, 자연을 상징함

노래한다. 「그것이 노래인 줄도 모르면서
　　　　　『 』: 목적이나 의도를 지니지 않은 '새'의 순수함

새는 그것이 사랑인 줄도 모르면서」

「두 놈이 부리를
『 』: '새'의 순수한 '사랑'을 구체적으로 형상화함

서로의 쭉지에 파묻고
새의 날개가 몸에 붙어 있는 부분

다스한 체온을 나누어 가진다.」
　촉각적 이미지

▶ 1: 순수한 새의 노래와 사랑

2.

새는 울어

뜻을 만들지 않고, ▨: 인간과 대비되는 '새'의 순수성, 인간처럼 자신의 행위에 의미를 부여하지 않음
인간의 인위성

지어서 교태로
아양을 부리는 태도 – 인간의 인위성

사랑을 가식하지 않는다.

▶ 2: 인위적이거나 가식적이지 않은 새의 순수함

3.

┌─ 인간, '순수'의 파괴자, 인간 문명
— 포수는 한 덩이 납으로
　　　　인위적인 것, '순수'를 얻기 위한 도구, 인간 문명의 폭력성

그 순수를 겨냥하지만,
'새'의 상징적 의미

늘, 항상
「매양 쏘는 것은 『 』: '포수'는 '새'를 공격할 수는 있지만 '새'의 순수성은 얻지 못함
시각적 이미지　　　　　→ 현실의 한계를 보여 줌
피에 젖은 한 마리 상한 새에 지나지 않는다.」
'포수(인간 문명)'가 훼손시킨 자연

▶ 3: 새를 훼손한 포수

작품 분석 노트

• 작품의 구조

1, 2	3
'새'(자연)의 순수함	'포수'(인간, 문명)에 의해 훼손된 '새'(자연)

↓

'새'의 순수함과 인간의 폭력성을 대비하여 인간 문명에 대한 비판적 시각을 드러냄

• 시어 및 시구의 의미

바람의 여울터, 나무의 그늘	순수한 존재('새')가 살아가는 자연의 세계
노래	꾸밈이 없는 '새'의 순수한 행위
다스한 체온을 나누어 가진다.	서로를 배려하는 '새'의 순수한 사랑
뜻, 교태	가식적이고 인위적인 인간의 모습
한 덩이 납	'새'의 순수함을 파괴하려는 인간 문명의 폭력성
피에 젖은 한 마리 상한 새	인간 문명의 폭력성으로 인해 훼손된 자연

감상 포인트

인간과 자연의 대립적 구조를 통해 화자가 비판하고자 하는 바를 파악한다.

핵심 포인트 **1** 시어의 의미 파악

이 작품은 대립적 이미지의 시어를 통해 주제를 형상화하고 있으므로 대비되는 시어의 의미를 파악할 수 있어야 한다.

+ '새'와 '포수'의 대비

새		포수
• 자연, 순수, 생명 • 목적이나 의도를 지니지 않은 순수한 행위('노래', '다스한 체온을 나누어' 가짐)의 주체 • 인위적이거나 가식적이지 않은 순수함의 표상	↔	• 인간, 순수의 파괴자, 인간 문명 • '한 덩이 납'(총알, 인간 문명)으로 순수한 존재인 '새'를 공격함 • '새'의 순수성을 얻지 못함

• '새'로 표상된 순수, 자연에 대한 옹호와 추구
• 순수('새')를 파괴하는 인간('포수')의 행위에 대한 비판 의식을 드러냄
• 잘못된 방법('한 덩이 납')으로는 부정적 결과('상한 새')를 초래할 수 밖에 없다는 인식을 드러냄

핵심 포인트 **2** 표현상 특징 파악

이 작품에 활용된 다양한 표현상 특징과 그 효과를 파악할 수 있어야 한다.

+ 표현상 특징

시구	표현상 특징과 효과
나무의 그늘에서나, 새는 노래한다.	한 행에 배열해야 할 시구를 의도적으로 두 행에 배치하여(행간 걸침) 시상 전개에 집중을 하게 함
그것이 노래인 줄도 모르면서 / 새는 그것이 사랑인 줄도 모르면서	유사한 통사 구조를 반복하여 '새'가 목적이나 의도를 지니지 않은 순수한 존재임을 강조함
두 놈이 부리를 ~ 나누어 가진다.	추상적 관념을 구체적으로 표현하여 '새'의 순수한 사랑을 형상화함
다스한 체온, 피에 젖은	감각적(촉각적, 시각적) 이미지를 통해 '새'의 모습을 부각함
새는 울어 / 뜻을 만들지 않고, 지어서 교태로 / 사랑을 가식하지 않는다.	대구적 표현을 통해 '새'가 지닌 순수성을 강조함

핵심 포인트 **3** 다른 작품과의 비교

이 작품과 김규동의 〈나비와 광장〉은 모두 인간 문명의 폭력성에 대한 비판 의식을 보여 주므로 두 작품을 비교하여 감상할 수 있어야 한다.

+ 김규동의 〈나비와 광장〉과의 비교

기계처럼 작열한 심장을 축일
한 모금의 샘물도 없는 허망한 광장에서
어린 나비의 안막을 차단하는 건
투명한 광선의 바다뿐이었기에─

진공의 해안에서처럼 과묵(寡默)한 묘지 사이사이
숨가쁜 Z기의 백선과 이동하는 계절 속─
불길처럼 일어나는 인광(燐鑛)의 조수에 밀려
이제 흰나비는 말없이 이즈러진 날개를 파닥거린다.

→ 〈나비와 광장〉은 전쟁으로 인해 피폐해진 현실과 거대한 현대 문명에 의해 인간성이 상실된 비극적 상황을 형상화한 작품이다. 대비되는 시어를 활용하여 시적 의미를 강조하고 다양한 감각적 이미지를 활용하였으며 감정의 노출을 절제하여 비판적 주제 의식을 형상화하고 있다는 점에서 〈새 1〉과 유사하다.

작품 한눈에

• **해제**
〈새 1〉은 순수를 상징하는 '새'와 이를 파괴하는 '포수'의 대비를 통해 인간 문명의 폭력성을 비판하는 작품이다. 이 작품에서 '새'는 순수의 상징으로 목적이나 의도를 지니지 않고 따스한 사랑을 나누는 존재로 형상화되어 있다. 또한 인간이 지니고 있는 인위성과 달리 의미를 억지로 만들어 행동에 뜻을 부여하지 않는 존재이다. 반면 '포수'는 순수를 파괴하는 인간 혹은 인간 문명을 상징하는 존재로, 작가는 '포수'가 쏘는 것이 한 마리 상처 입은 '새'에 지나지 않는다고 표현함으로써 인간의 무분별한 욕망과 인간 문명의 폭력성을 부각하고 있다.

• **화자와 시적 상황**
이 시의 화자는 순수성을 지닌 자연물인 '새'와 '새'를 겨냥하는 '포수'를 통해 순수의 가치를 옹호하고 인간 문명의 폭력성을 비판하고 있다.

• **주제**
순수에 대한 옹호와 인간 문명의 폭력성 비판

• **연계 학습 작품**

> • 인간 문명의 폭력성을 비판하는 작품
> 〈나비와 광장〉_김규동
> 〈성북동 비둘기〉_김광섭

기출 확인

2012학년도 9월 평가원

[표현상 특징 파악]
• 시적 대상의 의미를 대비하여 주제를 드러내고 있다.

[작품 간의 공통점과 차이점 파악]
• 인위적이고 가식적인 것에 대한 비판 의식을 담고 있다.
• 연을 구분하여 시상의 흐름을 조절하고 있다.

현대시 **11** ✦

한 줄 평 | 현재 삶에 대한 회한을 노래한 시

질투는 나의 힘 ▶ 기형도

⋯ 교과서 수록 문학 지학사

「아주 오랜 세월이 흐른 뒤에」『 』: 미래의 일을 가정함
　　　　　　　　미래의 어느 시점

힘없는 책갈피는 이 종이를 떨어뜨리리」
　이 시를 쓴 종이. 젊은 날의 방황에 대해 고백하는 글을 쓴 종이 　▶ 1~2행: 미래에서 현재의 글을 보게 될 '나'

그때 내 마음은 너무나 많은 공장을 세웠으니
미래에서 바라본 현재　화자의 상념이 생성되는 곳을 상징함　■■■■ 감탄형 어미 사용. 현재 삶에 대한 회한과 탄식

「어리석게도 그토록 기록할 것이 많았구나」『 』: 미래에서 봤을 때 의미 있는 기록은 아님
　　　　　　　　상념

구름 밑을 천천히 쏘다니는 개처럼
직유법 – 젊은 날 방황하는 화자의 모습을 '개'에 비유함

지칠 줄 모르고 공중에서 머뭇거렸구나　　　▶ 3~6행: 방황과 고뇌로 허비한 삶을 반성
의미 없는 일에 몰두함　　시간을 헛되이 소모함

나 가진 것 탄식밖에 없어
　　　무의미한 삶에 대한 후회　젊은 날의 화자의 삶을 객관화

「저녁 거리마다 물끄러미 청춘을 세워 두고
　　추상적 관념을 구체적 실체를 지니는 대상으로 표현함

살아온 날들을 신기하게 세어 보았으니」
　　　　　　　『 』: 자신의 삶을 되돌아봄

그 누구도 나를 두려워하지 않았으니
　　　　　타인에게 인정받지 못함

내 희망의 내용은 질투뿐이었구나　　　▶ 7~11행: 질투밖에 없던 삶에 대한 반성
화자가 추구했던 것이 타인에 대한 부러움, 시기뿐이었음을 깨달음

그리하여 나는 우선 여기에 짧은 글을 남겨 둔다
　　　　　　　　　　　반성을 담은 글

「나의 생은 미친 듯이 사랑을 찾아 헤매었으나
　　　　화자가 추구한 것, 타인의 인정　타인에게 인정받기 위해 노력함

단 한 번도 스스로를 사랑하지 않았노라」『 』: '짧은 글'의 내용. 성찰의 글
　　스스로를 인정하지 못한 자신에 대한 반성　　　▶ 12~14행: 스스로를 사랑하지 못했던 자신에 대한 반성

> **감상 포인트**
> 작품에 나타나는 지배적 정서에 주목하여 감상하도록 한다.

작품 분석 노트

• 화자의 정서 및 태도

화자는 미래의 어느 시점을 가정하여 자신의 과거와 현재의 삶에 대해 성찰하고 있다. 이 과정에서 화자는 부정적 자기 인식을 드러내고 있으며 젊은 날에 대한 반성을 표현하고 있다.

부정적 자기 인식	• '구름 밑을 천천히 쏘다니는 개처럼' • '지칠 줄 모르고 공중에서 머뭇거렸구나' • '나 가진 것 탄식밖에 없어' • '내 희망의 내용은 질투뿐이었구나'

↑

이유	'단 한 번도 스스로를 사랑하지 않았노라'

'질투뿐이었던 삶을 고백하며 '단 한 번도 스스로를 사랑하지 않았'음을 반성하는 것은 스스로를 사랑하는 일의 중요성을 강조하는 것으로 볼 수 있다.

• 감탄형 종결 어미 사용의 효과

감탄형 종결 어미를 사용한 표현
• '많았구나'   • '머뭇거렸구나'   • '질투뿐이었구나'   • '사랑하지 않았노라'

↓

효과
• 미래 시점에서 현재를 돌아보며 탄식하고 반성하는 화자의 모습을 부각함   • 운율 형성

• 제목의 의미

제목 '질투는 나의 힘'은 타인에 대한 질투가 젊은 시절 화자의 삶에 원동력이었음을 의미한다. 즉 화자는 타인의 사랑과 인정을 바랐을 뿐 스스로에게 단 한 번도 사랑과 인정을 보내지 않았던 질투뿐이었던 삶을 고백하며 반성하고 있다.

시어 및 시구의 의미 파악

이 작품은 비유적 표현과 상징적 시어를 통해 젊은 시절의 방황과 고뇌에 대한 인식을 드러내고 있다. 각 시구의 의미를 정확히 파악하여 시적 화자의 깨달음과 자기 인식을 이해할 수 있어야 한다.

+ 시어 및 시구의 의미

시어 및 시구	의미
이 종이	미래의 시점에서 볼 현재의 기록. 이 시를 쓴 종이
너무나 많은 공장을 세웠으니	여러 가지 상념으로 혼란스러운 화자의 모습
구름 밑을 천천히 쏘다니는 개처럼	방황하는 화자의 모습
저녁 거리마다 물끄러미 청춘을 세워 두고	청춘, 화자의 젊은 날을 반복적으로 성찰하는 행위
내 희망의 내용은 질투뿐이었구나	자신이 추구했던 삶이 타인을 시기하는 것이었음을 자각함

핵심 포인트 2 작품의 종합적 이해

이 작품의 시적 화자는 미래의 어느 시점을 가정하여 현재의 삶을 되돌아보는 방식으로 자신의 삶을 성찰하고 있다. 이러한 점을 고려하여, 시상 전개 방식이나 화자의 정서와 태도, 표현상의 특징 등을 적절하게 파악할 수 있어야 한다.

+ 작품의 종합적인 감상

시상 전개 방식	미래의 어느 시점을 가정하여 현재를 회상하는 방식으로 시상을 전개함
화자의 정서와 태도	• 무의미하고 헛된 일에 삶을 소모한 자신의 젊은 날을 성찰함 • 질투로 가득 찬 삶을 살고 있었음을 깨달음 • 타인의 인정을 갈구하였으나, 스스로를 사랑하지는 못했음을 반성함
표현상의 특징	'−구나', '−노라'와 같은 감탄형 어미를 사용하여 영탄적 어조가 드러남

핵심 포인트 3 다른 작품과의 비교

이 작품과 〈쉽게 씌어진 시〉에는 모두 화자의 성찰적 삶의 태도가 담겨 있다. 두 작품에 담긴 화자의 자기 인식과 자기 성찰을 통해 각각의 화자가 추구하는 삶의 방향을 비교하여 감상할 수 있다.

+ 윤동주의 〈쉽게 씌어진 시〉와의 비교 감상 – 화자의 태도

> 창밖에 밤비가 속살거려 / 육첩방은 남의 나라. //
> 시인이란 슬픈 천명인 줄 알면서도 / 한 줄 시를 적어볼까. //
> 땀내와 사랑내 포근히 품긴 / 보내 주신 학비 봉투를 받아 //
> 대학 노−트를 끼고 / 늙은 교수의 강의 들으러 간다. //
> 생각해 보면 어린 때 동무들 / 하나, 둘, 죄다 잃어버리고 //
> 나는 무얼 바라 / 나는 다만, 홀로 침전하는 것일까? //
> 인생은 살기 어렵다는데 / 시가 이렇게 쉽게 씌어지는 것은 / 부끄러운 일이다. //
> 육첩방은 남의 나라 / 창밖에 밤비가 속살거리는데. //
> 등불을 밝혀 어둠을 조금 내몰고, / 시대처럼 올 아침을 기다리는 최후의 나. //
> 나는 나에게 작은 손을 내밀어 / 눈물과 위안으로 잡는 최초의 악수.

→ 〈질투는 나의 힘〉의 화자는 헛되고 공허한 일에 몰두하고 타인의 삶을 시기하며 스스로를 사랑하지 못하는 자신을 반성하고 있다. 〈쉽게 씌어진 시〉의 화자는 부정적 현실에 안주하는 자신을 반성하며 무기력한 자아에서 벗어나 부정적 현실에 적극적으로 대응하고자 하는 의지를 제시하고 있다.

작품 한눈에

• **해제**
이 작품은 미래에서 현재의 삶을 되돌아보는 방식으로 화자의 자아 성찰과 반성을 보여 주고 있다. '공장', '청춘'과 같은 상징적 시어와 '구름 밑을 천천히 쏘다니는 개처럼'과 같은 비유적 표현을 통해 젊은 시절의 방황과 공허한 삶을 형상화하고 있으며 감탄형 어미 '−구나', '−노라'를 통해 회한의 정서를 효과적으로 표현하고 있다. 타인과 비교하기보다는 스스로를 사랑할 줄 알아야 한다는 깨달음을 강조하고 있다.

• **화자와 시적 상황**
미래의 시점을 가정하여 방황해 왔던 화자의 삶을 성찰하고 반성하고 있다.

• **주제**
젊은 날의 방황과 이에 대한 성찰

• **연계 학습 작품**

> • 자아 성찰과 반성을 노래한 작품
> 〈아침마다 거울을〉_천양희, 〈쉽게 씌어진 시〉_윤동주, 〈자화상〉_윤동주

한 줄 평 | 겨울 감나무에 대한 관찰을 통해 삶을 성찰하는 시

나무 속엔 물관이 있다 ▸ 고재종

··· 기출 수록 교육청 2018 10월

잦은 바람 속의 <u>겨울 감나무</u>를 보면, 그 가지들이 「가는 것이나 굵은 것이나 아예
　　　　　　　화자의 관찰 대상　　　잎이 떨어진 '겨울 감나무'의 가지들　「♪」가지의 다양한 형태를 열거함
실가지이나 우듬지이나, 「모두 다 서로를 훼방 놓는 법이 없이 제 숨결 닿는 만큼의
'가지들'이 흔들거리는 원인　　　　　　　서로의 가치를 인정하는 모습　　　　　「♪」나뭇가지의 의인화
찰랑한 허공을 끌어안고, 「바르르 떨거나 사운거리거나 건들대거나 휘휙 후리거나,」
　　　　　　　　　　　— 의태어　　　　　　　　　　　　　　　　　　　　　의태어
각자가 할 수 있는 만큼 최선을 다하는 모습　　　　「♪」가지가 흔들거리는 다양한 모습을 열거함
제 깜냥껏 한세상을 흔들거린다. ▨ : '이나'와 '거나'의 반복 – 운율 형성
자신의 분수에 맞게 저마다 가치 있는 존재로 살아가는 모습　　　▸ 1연: 자기의 분수에 맞게 살아가는 감나무 가지

그 모든 것이 웬만해선 흔들림이 없는 <u>한 집의</u>
　　　　　　　　　　　　　　　　　'감나무'를 비유함
<u>주춧기둥 같은 둥치</u>에서 뻗어 나간 게 새삼 신기한 일. ▸ 2연: 한 둥치에서 뻗어 나간 감나무
의도적 행갈이 – '둥치'가 '한 집의 주춧기둥' 같은 역할을 함을 강조함　　　　　　가지를 보며 느낀 경이로움
큰 나무의 밑동　　　　　명사 종결 – '감나무'의 생명력에 대한 경이로움 강조
– '감나무'의 중심을 잡는 존재

더더욱 그 <u>실가지</u> 하나에 앉은 <u>조막만 한 새의 무게</u>가 둥치를 타고 내려가, <u>칠흑</u>
　　　　　　　'새'의 무게를 감당할 힘을 지님　　'실가지'에 의지하는 생명체　　　　'땅심'이 있는 곳
땅속의 그중 깊이 뻗은 실뿌리의 흙살에까지 미쳐, 그 무게를 견딜힘을 다시 우듬지
　　　　　　　　　'땅심'을 '실가지'까지 전달하는 매개체　　　　　　　'새'의 무게
에까지 올려 보내는 <u>땅심</u>의 배려로, 산 가지는 어느 것 하나라도 어떤 댓바람에도
　　　　　　생명력과 강인함의 근원　　생명을 가진 가지　　　　어떤 시련과 고난에도 굴하지 않는 힘
꺾이지 않는 당참을 보여 주는가.
의문형 진술 – 가지의 생명력에 대한 '감동'　　　▸ 3연: 땅심을 받아 당차게 살아가는 감나무 가지

　　화자 – '나'의 깨달음을 인간 보편으로 확대
아, <u>우린</u> 너무 감동을 모르고 살아왔느니. ▨ : 생명과 자연의 경이로움을 모른 체 살아온 삶에 대한 성찰
영탄법 '겨울 감나무'를 보며 깨달은 생명의 원리　성찰적 태도　　▸ 4연: 겨울 감나무를 통한 인간의 삶에 대한 성찰

■ 우듬지: 나무의 꼭대기 줄기.
■ 사운거리다: 가볍게 이리저리 자꾸 흔들리다.
■ 깜냥: 스스로 일을 헤아림. 또는 헤아릴 수 있는 능력.
■ 땅심: 농작물을 길러 낼 수 있는 땅의 힘.

> **감상 포인트**
> 시적 대상인 겨울 감나무에 대한 관찰로
> 시작하여 화자의 깨달음이 인간의 삶에
> 대한 성찰로 확장되는 시상 전개의 과정
> 을 파악한다.

> ### ■ 작품 분석 노트
>
> **• 열거와 반복의 효과**
> '가지'의 다양한 형태를 나열하고 동
> 일한 조사와 연결 어미를 반복함으로
> 써, 리듬감을 형성하며 '겨울 감나무'
> 의 상황과 시적 의미를 부각하고 있다.
>
> | 조사와 연결 어미의 반복 |
> | --- |
> | • 조사 반복: 가는 것이나 굵은 것이나 아예 실가지거나 우듬지거나 → 가지의 다양한 형태 |
> | • 연결 어미 반복: 바르르 떨거나 사운거리거나 건들대거나 휘휙 후리거나 → 가지가 흔들리는 다양한 모습 |
>
> ↓
>
> | 모든 가지의 형태와 흔들림이 저마다 가치 있음을 부각함 |
> | --- |
>
> **• 시어의 의미**
>
> | 가지들 | 자신의 분수와 능력에 맞게 살아가는 존재 |
> | --- | --- |
> | 조막만 한 새 | '실가지'에 의지해 사는 존재로, '실가지'가 다른 생명의 무게를 견딜힘이 있음을 드러내는 역할을 함 |
> | 둥치 | 흔들림이 없도록 '감나무'의 중심을 잡아 주는 존재 |
> | 땅속 | '땅심'이 있는 곳으로, '감나무'가 생명을 유지할 수 있도록 물과 양분을 제공하는 터전 |
> | 땅심 | '가지'가 다른 생명의 무게와 댓바람을 견딜 수 있게 하는 힘, 생명력의 근원 |
>
> **• '물관'의 역할**
> 제목의 '물관'은 나무가 생명력을 유
> 지하기 위해 반드시 필요한 기관이다.
> '새'의 무게와 '댓바람'을 견딜 수 있
> 는 힘인 '땅심'이 '우듬지'까지 전달될
> 수 있는 것은 나무에 '물관'이 있기 때
> 문이다.

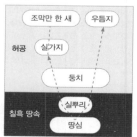

핵심 포인트 **1** 시상 전개 방식 이해

이 작품의 화자는 1연의 '겨울 감나무'에 대한 관찰을 바탕으로 2연에서 경탄, 3연에서 감동, 4연에서 깨달음과 성찰을 드러내고 있다. 이러한 화자의 인식 변화와 확장은 각 연의 종결 방식을 통해서도 실현되고 있으므로, 이를 통해 시상 전개 방식을 이해할 수 있어야 한다.

1연	흔들거린다	화자가 '겨울 감나무'를 관찰하고 알게 된 사실을 평서형 종결 어미를 통해 전달함

↓

2연	신기한 일	하나의 '둥치'에서 다양한 '가지'가 뻗어 나왔다는 자연의 신비에 대한 경탄을 명사 종결을 통해 강조함

↓

3연	보여 주는가	'실가지'가 '새'의 무게를 견뎌 낼 수 있는 이유인 '땅심'은 '실뿌리'로부터 '우듬지'까지 전해짐. 이와 같은 '감나무'의 강인함과 생명력에 대한 감동을 의문형 종결 어미를 통해 부각함

↓

4연	살아왔느니	'감동'을 모르고 살아온 인간에 대한 성찰을 진리나 으레 있는 사실을 일러 줄 때 사용하는 종결 어미 '-느니'를 통해 부각함

핵심 포인트 **2** 시구의 의미 파악

이 작품의 화자가 '겨울 감나무'를 통해 관찰하고 발견한 사실들이 인간의 삶에도 적용될 수 있음을 시구를 통해 파악할 수 있어야 한다.

+ 시구와 그 유추적 의미

겨울 감나무의 생태	인간의 삶
'가지들이 가는 것이나 굵은 것이나 ~ 모두 다 서로를 훼방 놓는 법이 없이 제 숨결 닿는 만큼의 찰랑한 허공을 끌어안고, ~ 제 깜냥껏 한 세상을 흔들거린다.'	사람은 자신만의 방식에 따라 살되 자기의 분수에 맞게 살아야 함
'웬만해선 흔들림이 없는 한 집의 / 주춧기둥 같은 둥지에서 뻗어 나간 게 새삼 신기한 일.'	외부의 상황에 동요되지 않도록 중심을 잡아 주는 이가 있어 세상이 번창하는 것임
'실가지 하나에 앉은 조막만 한 새의 무게'	때로는 내가 아닌 누군가의 삶을 받쳐 주어야 할 때가 있음
'그 무게를 견딜힘을 다시 우듬지에까지 올려 보내는 땅심의 배려'	모든 삶의 무게를 견뎌 내는 힘의 근원은 보이지 않는 내면에 존재함
'산 가지는 어느 것 하나라도 어떤 댓바람에도 꺾이지 않는 당참을 보여 주는가.'	생명력의 근원, 삶의 근원이 되는 힘이 강인하면 어떤 시련에도 당당히 맞설 수 있음

핵심 포인트 **3** 표현상 특징 파악

이 작품의 시상을 전개하고 주제 의식을 형상화하는 데 쓰인 다양한 표현 방식과 그 효과를 파악할 수 있어야 한다.

+ 표현상 특징

- '겨울'이라는 계절적 배경을 바탕으로 시상을 전개함
- 다양한 종결 방식으로 연을 끝맺어 화자의 인식 변화와 확장을 부각함
- 조사 '이나', '거나', 연결 어미 '-거나'의 반복과 열거법을 통해 운율을 형성하고 시적 의미를 부각함
- '바르르', '휙휙' 등의 음성 상징어를 활용하여 대상의 모습을 생생하게 묘사함
- 의인법('서로를 훼방 놓은 법이 없이 제 숨결 닿는 만큼의 찰랑한 허공을 끌어안고'), 직유법('주춧기둥 같은 둥치'), 영탄법('아'라는 감탄사) 등의 다양한 표현 방법을 통해 주제 의식을 강조함

- **해제**

〈나무 속엔 물관이 있다〉는 '겨울 감나무'를 관찰하고 깨달은 생명과 자연에 대한 경이로움을 노래한 작품이다. 1연과 2연에서 화자는 서로 훼방 놓지 않고 제 능력껏 흔들리는 '가지들'이 '한 둥치'에서 뻗어 나왔지만 저마다 자신만의 가치를 드러내며 살아가고 있음을 발견한다. 3연에서는 또 다른 생명인 '조막만 한 새'의 무게를 '실가지'가 감당할 수 있도록 생명력을 전달하는 '땅심'의 강인한 힘에 감탄한다. 4연에서는 이러한 생명의 경이로움을 모른 체 살아가는 우리 인간에 대한 성찰을 드러내고 있다.

- **화자와 시적 상황**

이 시의 화자는 겨울 감나무를 관찰하며 깨달은 생명의 원리에 감탄하면서 자연과 생명에 대한 경이로움을 모른 체 살아온 삶을 성찰하고 있다. 이때 화자는 자신을 '나'가 아닌 '우리'로 지칭함으로써, 깨달음의 대상을 개인이 아닌 인간 보편으로 확대하고 있다.

- **주제**

겨울 감나무를 통해 느낀 생명에 대한 경이로움과 삶의 성찰

- **연계 학습 작품**

  - 나무의 강인한 생명력을 노래한 작품
    〈겨울 – 나무로부터 봄 – 나무에로〉_황지우
  - 대상에 대한 관찰을 바탕으로 삶에 대한 성찰을 노래한 작품
    〈장자를 빌려 – 원통에서〉_신경림

희미한 옛사랑의 그림자 ▸ 김광규

4 · 19 혁명
4 · 19가 나던 해 세밑 / 우리는 오후 다섯 시에 만나
　　　　　　1960년　　　　　　　한 해가 끝날 무렵

반갑게 악수를 나누고 / 불도 없이 차가운 방에 앉아 ■: 젊은 날의 모습
　　　　　　　　　　가난하고 열악한 환경

하얀 입김 뿜으며 / 열띤 토론을 벌였다
　　　　　　　　세상을 변화시킬 수 있다는 열정과 희망

어리석게도 우리는 무엇인가를 / 정치와는 전혀 관계없는 무엇인가를
　　　　　　　　　　　현실과의 타협　　　　　　　　　　　순수한 이상적 가치

위해서 살리라 믿었던 것이다 / 결론 없는 모임을 끝낸 밤
　　　　　　　　현실과는 거리가 있는 이상적인 주제로 토의함

혜화동 로터리에서 대포를 마시며 / 사랑과 아르바이트와 병역 문제 때문에
　　　　　　　　　큰 술잔으로 마시는 술 – 가난하고 소박한 삶

우리는 때 묻지 않은 고민을 했고 / 아무도 귀 기울이지 않는 노래를

누구도 흉내 낼 수 없는 노래를 / 저마다 목청껏 불렀다
　　　　이상을 추구하는 순수하고 열정적인 모습

돈을 받지 않고 부르는 노래는 / 겨울밤 하늘로 올라가
대가를 바라지 않고 열망하는 순수한 이상

별똥별이 되어 떨어졌다 ▸ 1~19행: 순수와 열정에 찬 젊은 시절 회상
하강의 이미지 – 젊은 날의 순수한 열정이 사라지게 될 것을 암시

그로부터 18년 오랜만에
　　　　　시간이 흐름

우리는 모두 무엇인가 되어 / 혁명이 두려운 기성세대가 되어 ■: 현재의 모습
기성세대, 소시민 – 7, 8행의 '무엇인가'(순수한 이상적 가치)와 대비

넥타이를 매고 다시 모였다 / 회비를 만 원씩 걷고
현실과 생계에 얽매어 살아가는 모습

처자식들의 안부를 나누고 / 월급이 얼마인가 서로 물었다

치솟는 물가를 걱정하며 / 즐겁게 세상을 개탄하고
　　　　　　　　　진지하지 않게, 건성으로

익숙하게 목소리를 낮추어 / 떠도는 이야기를 주고받았다
　　　　목청껏 노래를 부르던 과거의 모습과 대비됨

모두가 살기 위해 살고 있었다 / 아무도 이젠 노래를 부르지 않았다
　　　　　　　　생활에 찌들어 살아감　　　　젊은 날의 순수와 열정을 상실함

적잖은 술과 비싼 안주를 남긴 채
경제적으로 여유가 있는 모습 – 4, 11행('차가운 방', '대포')과 대비

우리는 달라진 전화번호를 적고 헤어졌다
　　　　　　세월이 많이 흘렀음을 암시

몇이서는 포커를 하러 갔고 / 몇이서는 춤을 추러 갔고
　　　　　세속적이고 향락적인 삶을 추구하는 모습

몇이서는 허전하게 동숭동 길을 걸었다
11행의 '혜화동 로터리'와 이어지는 길 – 젊은 시절 추억의 장소

돌돌 말은 달력을 소중하게 옆에 끼고
　　　세월의 흐름에 순응하며 살아가는 모습

오랜 방황 끝에 되돌아온 곳 / 우리의 옛사랑이 피 흘린 곳에
　　　　　　젊은 날의 열정과 순수

낯선 건물들 수상하게 들어섰고

플라타너스 가로수들은 여전히 제자리에 서서
변하지 않은 존재 – 젊은 시절과 달라진 현재의 삶을 반성하게 만드는 존재

아직도 남아 있는 몇 개의 마른 잎 흔들며 / 우리의 고개를 떨구게 했다
　　　　　　　　　　　　　현재의 소시민적 삶에 대한 부끄러움을 느끼게 함

부끄럽지 않은가 / 부끄럽지 않은가
현재 삶에 대한 자책감, 내면의 울림. 의문형 어미 반복 – 화자의 반성적 태도 부각

바람의 속삭임 귓전으로 흘리며 / 우리는 짐짓 중년기의 건강을 이야기했고
변화를 촉구하는 존재　　　　외면함　　　　　　일상적이고 현실적인 이야기

또 한 발짝 깊숙이 늪으로 발을 옮겼다 ▸ 38~49행: 현재의 삶에 대한 부끄러움과 반성
일상적인 소시민적 삶이 지속될 것임을 암시

▸ 20~37행: 중년의 기성세대로 살아가는 현재의 모습

현실에 순응하며
살아가는 소시민의
모습

감상 포인트
화자의 과거와 현재 모습이 대비되고
있음에 주목하여 작품을 감상한다.

① 과거의 열정과 순수함이 사라진 곳
② 4 · 19 혁명을 일으켰던 곳

작품 분석 노트

- 반영론적 관점에서의 '4 · 19 혁명'
　4 · 19 혁명이란 1960년 4월에 학생을 비롯한 국민들이 이승만 자유당 정부의 독재와 부정부패, 부정 선거에 항의하여 벌인 민주 항쟁을 말한다. 4 · 19 혁명은 당시의 젊은 세대에게 세상을 변혁할 수 있으리라는 희망과 열정을 품게 했다. 그로 인해 4 · 19 세대들은 거짓과 위선에 대해 강한 거부감을 지니고 현실적인 가치보다는 이상적인 가치를 추구하고자 했다. 이 작품에 나타나는 '우리' 또한 이상적인 가치인 '무엇인가를 위해서 살리라 믿었던' 젊은이들이었지만, 18년이 흐른 지금은 여느 기성세대와 다를 바 없이 소시민적인 삶을 살아가고 있는 중년일 뿐이다. 이에 대해 화자는 안타까움과 부끄러움을 느끼고 있다.

4 · 19 혁명	
독재 타파를 목적으로 함	거짓과 위선에 대한 거부감
학생 중심으로 전개됨	이상적인 사회를 꿈꾼 순수와 열정
민주주의의 시작점이 됨	세상을 변혁할 수 있으리라는 희망

- '노래'와 '이야기'의 대비
　이 작품에서 과거와 현재를 상징적으로 보여 주는 두 소재는 '노래'와 '이야기'이다. 저마다 목청껏 부르던 '노래'는 순수함과 열정을 지닌 젊은 세대의 모습과 연관되는 반면, '이야기'는 현실적이고 전형적이라는 점에서 현실에 안주하고 기득권을 지키려는 기성세대의 소시민적 모습과 연관된다.

노래	이야기
· 아무도 귀 기울이지 않고 누구도 흉내 낼 수 없음 · 돈을 받지 않고 부름 · 별똥별이 되어 떨어짐	· 서로 주고받을 수 있는 내용으로 보편성을 띰 · 월급, 물가 등 돈과 관련됨 · 세간에 떠도는 것임
↓	↓
젊은 날의 순수와 열정을 보여 줌	현실에 안주한 기성세대의 소시민성을 보여 줌

핵심 포인트 1   시상 전개의 특징 파악

이 작품에서 화자는 4 · 19 혁명과 같은 역사적 사건이 일어난 과거와 그로부터 오랜 시간이 흐른 현재를 대조하며 시상을 전개하고 있다. 이는 순수와 열정으로 이상을 추구했던 과거와 달리 소시민적 삶을 이어 나갈 수밖에 없는 현실의 한계와 그러한 현실에 순응하며 살고 있는 자신에 대한 성찰적 태도를 강조하기 위한 것이므로, 시상 전개 과정에서 나타나는 과거와 현재의 대립적 구조를 파악할 수 있어야 한다.

+ 과거와 현재의 대립적 구조

과거		현재
'반갑게 악수를 나누고'		'회비를 만 원씩 걷고'
'열띤 토론', '결론 없는 모임'		'포커', '춤'
'무엇인가를 / 위해서 살리라 믿었던'	↔	'무엇인가 되어'
'불도 없이 차가운 방에 앉아', '대포를 마시며'		'적잖은 술과 비싼 안주를 남긴 채'
'사랑과 아르바이트와 병역 문제', '때 묻지 않은 고민'		'처자식들의 안부', '월급', '치솟는 물가'
'누구도 흉내 낼 수 없는 노래를 / 저마다 목청껏 불렀다'		'익숙하게 목소리를 낮추어 / 떠도는 이야기를 주고받았다'

↓	↓
금전적으로 여유가 없어도 열정과 순수함이 있었던 젊은 시절	현실에 순응하며 향락적이고 전형적인 삶을 살아가는 소시민적 중년

핵심 포인트 2   소재의 의미와 기능 파악

이 작품은 과거, 현재, 성찰의 세 부분으로 나누어 볼 수 있으며, 각 부분에서 상징적인 소재를 사용하여 주제 의식을 효과적으로 드러내고 있다. 과거를 표현한 부분에 활용된 '노래', '별똥별'과 같은 소재는 젊은 날의 순수함과 열정을 형상화하고 있고, 현재를 표현한 부분에 활용된 '넥타이', '포커' 등과 같은 소재는 기성세대가 된 '우리'의 세속적이고 소시민적인 삶을 형상화하고 있다. 과거의 추억이 존재하는 '혜화동 로터리'와 이어지는 '동숭동 길'은 화자가 삶을 성찰하고 있는 공간이며 '플라타너스', '바람' 등과 같은 다양한 소재를 통해 화자의 성찰을 효과적으로 표현하고 있다.

+ 소재의 의미와 기능

과거 (1~19행)	노래	'우리'가 젊은 날에 불렀던 것이며, 아무도 귀 기울이지 않고 누구도 흉내 낼 수 없다는 점에서 이상을 추구하는 열정과 순수함을 지녔던 젊은 날을 상징적으로 드러냄
	별똥별	젊은 시절의 '노래'를 '별똥별'이라고 표현하여 젊은 날의 순수와 열정이 간직한 아름다움을 상징적으로 나타내면서도, '별똥별'이 지닌 하강의 이미지를 통해 이러한 순수와 열정이 사라지게 될 것임을 암시함
현재 (20~37행)	넥타이	일반적으로 직장인들이 착용하며 목을 압박한다는 점에서, 현실과 생활에 얽매인 '우리'의 현재 상황을 상징적으로 드러냄
	포커, 춤	기성세대가 된 '우리'가 즐기는 것으로, 이상을 좇는 것이 아닌 향락을 추구하는 삶을 상징적으로 드러냄
성찰 (38~49행)	달력	일반적으로 '달력'은 시간의 흐름을 나타낸다는 점에서, 흐르는 시간에 순응하며 사는 현재의 '우리'를 상징적으로 드러냄
	플라타너스, 바람	'플라타너스'는 시간이 흘러도 변하지 않는 존재이고, '바람'은 부끄럽지 않느냐고 묻는 존재라는 점에서 현재의 삶을 반성하는 계기가 되며 '우리'가 마음속에 묻어 두었던 부끄러움을 상기시키는 자연물임
	늪	부끄러움을 일깨우는 '바람'의 속삭임을 외면하고 현실의 이야기로 회피할 때 발을 옮기게 되는 곳이므로, 소시민적이고 타협적인 삶의 굴레를 벗어나기 어려울 것임을 보여 줌

작품 한눈에

· 해제

〈희미한 옛사랑의 그림자〉는 과거에 지녔던 젊음과 열정, 순수와 이상을 잃어버리고 현실에 얽매어 살아가는 중년의 소시민적 삶과 그에 대한 반성을 다루고 있는 작품이다. 이 시의 제목인 '희미한 옛사랑의 그림자'는 4 · 19 혁명을 겪으며 느꼈던 열정과 순수함을 뜻하는 '옛사랑'이 이제는 '희미한 그림자'로만 남아 있다는 의미로, 소시민적 삶을 살아가는 화자의 부끄러움을 집약적으로 보여 준다.

· 화자와 시적 상황

이 시의 화자는 4 · 19 혁명 세대인 '우리'의 과거의 삶과 현재의 삶을 비교하고 있다. 화자는 이상을 추구하며 '노래'를 불렀던 과거의 모습과 현실에 순응하며 '이야기'를 나누는 현재의 모습을 대비하고 있다. '동숭동 길'에 이른 화자는 시간이 흘러 변해 버린 것과 변하지 않은 것들을 보며 예전의 순수와 열정을 잃고 변해 버린 스스로를 반성하고 있다.

· 주제

소시민적 삶에 대한 반성과 부끄러움

· 연계 학습 작품

> · 근대화와 소시민적 삶을 비판한 작품
> 〈상행〉_김광규
> · 현대인을 비판적으로 성찰한 작품
> 〈북어〉_최승호

한 줄 평 | 고통을 견뎌 내려는 강한 의지와 미래에 대한 희망을 노래하는 시

상한 영혼을 위하여 ▶ 고정희

⋯ 기출 수록 평가원 2014 9월 A형 교육청 2005 7월

상한 갈대라도 하늘 아래선 ▰: 상처 입은 존재. 시련과 고통을 거친 뒤 성숙하는 존재
상처를 입은 존재, 상한 영혼

한 계절 넉넉히 흔들리거니
의연하게 고통에 맞서는 모습에 대한 긍정적 평가

뿌리 깊으면야
삶을 지탱하려는 강한 의지

밑둥 잘리어도 새순은 돋거니 『 』: 상처를 입은 존재도 그 상처를 극복하며 살아갈 수 있음
고통, 시련   고통을 이겨낸 생명력

충분히 흔들리자 상한 영혼이여
고통과 시련을 겪은 상처 받은 영혼

충분히 흔들리며 고통에게로 가자   ▶ 1연: 고통을 회피하지 않고 대면하려는 의지
『 』: 고통에 적극적으로 맞서겠다는 의지   ▭: 청유형 종결 어미를 사용해 화자의 의지를 드러냄

삶의 기반조차 없는 약한 존재, 시련에 직면한 존재
뿌리 없이 흔들리는 **부평초 잎이라도**
              생명의 결실

물 고이면 꽃은 피거니
생명을 유지시키는 힘. 희망

『이 세상 어디서나 개울은 흐르고
              희망

이 세상 어디서나 등불은 켜지듯』 『 』: 대구법 – 고난 극복의 가능성을 환기함
              희망

가자 고통이여 살 맞대고 가자
              고통을 적극적으로 수용함

『외롭기로 작정하면 어딘들 못 가랴
『 』: 설의법 – 고통에 맞서고자 하는 강한 의지를 나타냄

가기로 목숨 걸면 지는 해가 문제랴』   ▶ 2연: 부정적 현실에 적극적으로 맞서 고통을 수용하려는 자세
              고난, 시련

고통과 설움의 땅 훨훨 지나서

뿌리 깊은 벌판에 **서자**
상한 영혼이 고통을 겪으며 더욱 성숙해지고 굳건해진 공간

두 팔로 막아도 바람은 불듯
시련은 항상 존재함

『영원한 눈물이란 없느니라
『 』: 대구법 – 시련이나 고통은 언젠가는 끝이 남. 미래에 대한 긍정적 인식

영원한 비탄이란 없느니라』

칸칸한 밤이라도 하늘 아래선
              부정적 현실

마주 잡을 손 하나 오고 있거니   ▶ 3연: 고통을 수용하는 성숙한 삶의 자세
시련과 고통을 함께 극복할 대상(동반자). 기다림의 대상

감상 포인트
시어의 함축적 의미를 바탕으로 고통에 맞서고자 하는 화자의 태도를 파악한다.

작품 분석 노트

• 표현상 특징

종결 어미의 반복	• '–거니', '–느니라' 같은 예스러운 표현을 반복하여 바람직한 삶의 태도를 전달하려는 설득적인 의도를 드러냄 • '–자'라는 청유형 어미를 반복하여 고통을 수용하려는 의지적 태도를 강조함
설의법	'못 가랴', '문제랴'에서 의문형 종결 표현인 '–랴'를 사용하여 시련과 고통을 수용할 수 있다는 각오를 드러냄
대구법	'이 세상 어디서나 개울은 흐르고 / 이 세상 어디서나 등불은 켜지듯', '영원한 눈물이란 없느니라 / 영원한 비탄이란 없느니라'에서 비슷한 구조의 문장을 나란히 제시하여 희망을 강조하고, 미래에 대한 긍정적 인식을 드러냄
말을 건네는 방식	'상한 영혼이여 ~ 고통에게로 가자', '고통이여 살 맞대고 가자'에서 말을 건네는 방식을 활용해 시적 청자와의 소통을 표현함

• 고통을 대하는 화자의 태도
1~3연에서 고통을 대하는 화자의 의지가 점차 강화됨을 확인할 수 있다.

고통에게로 가자	고통을 직시하고 대면하려는 의지

↓

고통이여 살 맞대고 가자	고통을 받아들이겠다는 의지

↓

고통과 설움의 땅 훨훨 지나서 / 뿌리 깊은 벌판에 서자	고통을 겪으며 더욱 굳건해지겠다는 의지

핵심 포인트 1 시어와 시구의 의미 파악

이 작품은 상징적, 대립적 의미를 지닌 시어 및 시구를 활용하여 고통을 수용하는 성숙한 삶의 추구라는 주제 의식을 형상화하고 있다. 따라서 시어 및 시구의 의미와 관계에 유의해야 한다.

+ 시어 및 시구의 의미

상한 갈대, 부평초 잎	고통 받은 존재, 상처 입은 존재
밑동 잘리어도, 뿌리 없이 흔들리는, 지는 해, 고통과 설움의 땅, 바람, 캄캄한 밤	시련, 고난, 고통을 겪어야 하는 암울한 현실
뿌리	삶을 지탱하려는 의지
새순, 꽃	고통을 이겨낸 존재, 고통을 겪으며 맺은 결실
물, 개울, 등불	고통을 이겨낼 수 있다는 희망, 믿음
뿌리 깊은 벌판	고통을 겪으며 더욱 굳건해진 상한 영혼이 딛고 있는 공간
마주 잡을 손	함께 연대하여 시련과 고통을 이겨낼 대상(동반자)

+ 대립적 의미를 나타내는 시어

밑동 잘리어도, 뿌리 없이 흔들리는, 지는 해, 고통과 설움의 땅, 바람, 캄캄한 밤	시련, 고난, 고통을 겪어야 하는 암울한 현실

↕

물, 개울, 등불	고통을 이겨낼 수 있다는 희망, 믿음
새순, 꽃	고통을 이겨낸 존재, 고통을 겪으며 맺은 결실

핵심 포인트 2 작품의 주제 의식 파악

이 작품은 자연물을 관찰하고 얻은 깨달음을 인간의 삶에 확장시켜 적용함으로써 바람직한 삶의 태도를 전하고 있다. 자연물의 모습과 화자가 추구하는 삶의 자세의 유사성을 파악하며 감상해야 한다.

+ 자연물을 통해 화자가 깨달은 바람직한 삶의 태도

자연물		인간의 삶
• '상한 갈대'의 '뿌리' 즉 내면의 의지가 강하면 '새순'이 돋음 • '뿌리 없이 흔들리는 부평초 잎'이라도 '물이 고이면' 즉 희망이 있으면 '꽃'이 핌	→	• 고통과 시련을 회피하지 않고 의연하게 맞서는 삶의 태도 • 어려운 상황에도 굴하지 않는 의지와 희망

핵심 포인트 3 다른 작품과의 비교

이 작품과 곽재구의 〈새벽 편지〉는 고통 받는 존재에 주목한다는 점, 희망이 있다고 믿는다는 점, 고통을 회피하지 않겠다는 자세를 드러낸다는 점에서 공통적이므로 두 작품을 비교 감상할 수 있다.

+ 곽재구의 〈새벽 편지〉와의 비교

새벽에 깨어나 / 반짝이는 별을 보고 있으면
이 세상 깊은 어디에 마르지 않는 / 사랑의 샘 하나 출렁이고 있을 것만 같다
고통과 쓰라림과 목마름의 정령들은 잠들고 / 눈시울이 붉어진 인간의 혼들만 깜박이는
아무도 모르는 고요한 그 시각에 / 아름다움은 새벽의 창을 열고
우리들 가슴의 깊숙한 뜨거움과 만난다 / 다시 고통하는 법을 익히기 시작해야겠다 (후략)

	고정희, 〈상한 영혼을 위하여〉	곽재구, 〈새벽 편지〉
고통 받는 존재	상한 갈대, 뿌리 없이 흔들리는 부평초 잎	고통과 쓰라림과 목마름의 정령들
화자의 태도	고통을 수용하고 견뎌 내는 자세를 긍정적으로 평가하여 고통과 맞서려 함	희망의 아침을 맞기 위해 고통과 맞서려는 의지를 드러냄

작품 한눈에

• 해제
〈상한 영혼을 위하여〉는 역경에 굴하지 않고 견뎌 내려는 강한 의지와 고난을 극복할 수 있다는 낙관적 믿음을 표현한 작품이다. 갈대, 부평초 잎 등의 자연물의 모습에서 고통과 시련을 겪을 수밖에 없는 인간의 삶의 모습을 발견하고, 강한 의지와 희망이 있다면 삶의 고난을 극복할 수 있음을 전함으로써 고통과 시련을 회피하지 않고 의연하게 맞서는 성숙한 삶의 자세를 드러내고 있다.

• 화자와 시적 상황
이 시의 화자는 상처 받은 영혼을 '상한 갈대'로 표현하며 고통과 시련을 피하지 않고 직시해야 한다고 말하고 있다. 뿌리가 깊으면 밑동이 잘려도 새순이 돋는 상한 갈대와 뿌리 없이 흔들려도 물 고이면 꽃을 피우는 부평초 잎을 통해 고난과 시련의 상황에도 강한 의지와 생명력으로 견뎌 내는 삶의 태도를 시각적으로 형상화하고 있다. 마지막 연에서는 고통에 굴하지 않고 그것을 수용하는 성숙한 삶의 자세를 드러내며 고통을 함께 극복할 대상이 오고 있다고 말하고 있다.

• 주제
고통에 맞서고자 하는 성숙한 삶의 자세

• 연계 학습 작품

• 극한적 고통을 극복하려는 강한 의지를 노래하는 작품
〈절정〉_이육사
• 사랑과 희망의 아침을 맞이하기 위해 고통에 맞서려는 의지를 보여 주는 작품
〈새벽 편지〉_곽재구

기출 확인

2014학년도 9월 평가원 A형

[표현상 특징 파악]
• 대구적 표현을 통해 시상을 강조하고 있다.

[시어의 의미 파악]
• '새순'과 '등불'은 고난 극복의 가능성을 환기한다.

[구절의 의미 파악]
• 1연의 '갈대'처럼 흔들리는 존재도 뿌리를 내릴 수 있음을 보면, '뿌리 깊은 벌판'은 굳건한 삶의 공간이 될 수 있음을 뜻하겠군.
• 1연과 3연에서 '하늘'의 아래를 반복하여 표현한 것을 보면, '뿌리 깊은 벌판'은 초월적인 공간에 대응되는 현실적인 공간을 뜻하겠군.
• 3연에서 '밤'이라는 부정적인 상황이 닥쳐오는 것을 보면, '뿌리 깊은 벌판'은 피할 수 없는 시련에 맞서야 하는 공간을 뜻하겠군.
• 3연에서 '손'과의 만남을 기대하고 있는 것을 보면, '뿌리 깊은 벌판'은 희망이 예비된 공간을 뜻하겠군.

한 줄 평 | 힘겨운 현실을 이겨 내고자 하는 의지를 노래한 시

들길에 서서 ▶ 신석정

··· 기출 수록 수능 2007

푸른 산이 꿈꾸는 대상
푸른 산이 흰 구름을 지니고 살 듯
화자가 자신과 동일시하는 존재
□ : 푸른 산, 흰 구름
내 머리 우에는 항상 푸른 하늘이 있다
○ : 나, 푸른 하늘
화자가 지향하는 대상. 미래에 대한 희망이나 이상

███ : 희망과 이상을 추구하는 삶에 가치를 부여함
「하늘을 향하고 산림처럼 두 팔을 드러낼 수 있는 것이 얼마나 숭고한 일이냐」
「 」: 희망과 이상을 추구하는 삶을 긍정하고 지향하는 자세
▶ 1, 2연: 희망과 이상을 추구하는 삶의 숭고함

두 다리는 비록 연약하지만 젊은 산맥으로 삼고
젊은 패기와 열정

감상 포인트

부절히 움직인다는 둥근 지구를 밟았거니……
끊이지 아니하고 계속

'푸른 하늘, 푸른 별'의 의미와 '저문 들길'이라는 시적 공간의 의미를 파악할 수 있어야 한다.

푸른 산처럼 든든하게 지구를 디디고 사는 것은 얼마나 기쁜 일이냐
힘든 현실에 좌절하지 않고 굳세게 살아가는 것
▶ 3, 4연: 희망과 이상을 추구하는 삶의 기쁨

뼈에 저리도록 '생활'은 슬퍼도 좋다
힘겨운 현실, 부정적 현실에 굴복하지 않으려는 의지
「저문 들길에 서서 푸른 별을 바라보자……」 「 」: 청유형 어미를 사용해 혹독한 상황 속에서도
부정적 현실   미래에 대한 희망과 이상   희망을 지향하는 태도를 강조함

끊임없이 희망과 이상을 추구하는 모습
푸른 별을 바라보는 것은 하늘 아래 사는 거룩한 나의 일과이거니—
힘겨운 현실에 좌절하지 않고 희망과 이상을 추구하는 삶
▶ 5, 6연: 역경에 굴하지 않고 희망과 이상을 지향하는 삶의 거룩함

작품 분석 노트

• '푸른 산'과 화자('나')의 관계

'푸른 산'은 '흰 구름'을, '나'는 '푸른 하늘'을 지니며 살아간다는 것으로 보아 '푸른 산'은 화자와 대응되는 대상으로 동일시되고 있음을 알 수 있다.

푸른 산	화자('나')
'흰 구름'을 지니고 삶	머리 위에 '푸른 하늘'이 있음

↓

희망과 이상을 추구하며 살아감

• 화자의 상황과 태도

화자는 '뼈에 저리도록' 힘겨운 생활을 하고 있으면서도, 희망과 이상을 추구하는 삶을 살려고 한다.

화자의 상황	'뼈'가 저리는 고단하고 힘겨운 현실에 처해 있음

↓ 태도

부정적 현실 속에서도 희망과 이상을 추구하는 삶을 살겠다고 다짐함
→ 긍정적이고 의지적인 삶의 태도

• 이미지의 대비

이 시에서는 밝음과 어둠이라는 이미지의 대비를 통해 희망과 이상을 추구하는 화자의 삶의 자세를 부각하고 있다.

밝음의 이미지	어둠의 이미지
• 푸른 하늘 • 푸른 별	저문 들길

↓

부정적 현실에 처해 있으면서도 희망과 이상을 추구하는 화자의 의지적인 삶의 자세를 형상화함

핵심 포인트 1 시적 공간의 의미 이해

이 작품에서 '저문 들길'은 화자가 현재 서 있는 시적 공간에 해당한다. '저문 들길'의 상징적 의미를 바탕으로 저문 들길에 선 화자의 태도를 이해할 수 있어야 한다.

+ '저문 들길'의 의미

핵심 포인트 2 시구의 의미 및 화자의 정서와 태도 파악

이 작품에서 '푸른 하늘', '푸른 별'은 화자의 정서 및 태도와 관련하여 상징적 의미를 담고 있으므로 관련된 시구의 의미를 파악할 수 있어야 한다.

+ 시구의 상징적 의미

푸른 하늘, 푸른 별	→	미래에 대한 희망과 이상

+ 화자의 정서와 태도

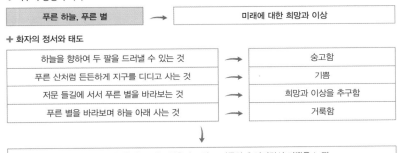

- 희망과 이상을 추구하는 일을 숭고하고 거룩하게 여기면서 기쁨을 느낌
- 부정적 현실 상황에서도 희망과 이상을 추구하는 의지적 태도를 드러냄

핵심 포인트 3 표현상 특징 파악

이 작품은 설의적 표현, 비유적 표현 등을 활용하여 화자의 삶에 대한 인식과 작품의 주제 의식을 효과적으로 드러내고 있다. 따라서 작품에 쓰인 다양한 시적 형상화 방법을 파악할 수 있어야 한다.

+ 표현상 특징

설의적 표현	'얼마나 숭고한 일이냐', '얼마나 기쁜 일이냐'에서 의문형 진술을 사용하여 희망과 이상을 지향하는 일의 가치를 강조함
비유적 표현	'하늘을 향하고 산림처럼 두 팔을 드러낼 수 있는 것이', '푸른 산처럼 든든하게 지구를 디디고 사는 것은' 등에서 화자 자신을 산림, 푸른 산에 빗대어 힘겨운 현실에서도 의연함을 잃지 않는 모습을 형상화함
대비	저문 들길과 푸른 별을 대비하여 주제를 형상화함
시어 및 시구의 반복	'푸른', '얼마나 ~ 일이냐', '~거니'의 반복을 통해 운율을 형성하고 의미를 강조함
색채 이미지	'푸른 산', '푸른 하늘', '푸른 별'에서 푸른색의 색채 이미지를 사용하여 이상을 추구하며 사는 바람직한 삶의 모습을 나타냄

한 줄 평 | 세상을 바라보는 균형 잡힌 관점의 중요성을 드러낸 시

장자를 빌려 – 원통에서 ▸ 신경림
장자의 생각을 빌려

설악산 대청봉에 올라 ☐ : 공간적 배경
공간적 배경 ①

「발아래 구부리고 엎드린 작고 큰 산들**이며** ▬ : 반복적 표현
'산'을 의인화한 표현

떨어져 나갈까 봐 잔뜩 겁을 집어먹고
'마을'을 의인화한 표현

언덕과 골짜기에 바짝 달라붙은 마을들**이며**

다만 무릎께까지라도 다가오고 싶어

안달이 나서 몸살을 하는 바다를 내려다보니」「 」: 산에서 내려다본 자연의 풍경을
'바다'를 의인화한 표현   주관적으로 묘사함

「온통 세상이 다 보이는 것 같고「 」: 높은 곳에서 내려다볼 때 세상을 다 이해할 수
                                있을 것 같은 느낌. 삶이 단순해 보임

또 세상살이 속속들이 다 알 것도 같다」 ▸ 1~8행: 설악산 대청봉에서 내려다본 세상의 모습
공간적 배경 ②

그러다 **속초**에 내려와 하룻밤을 묵으며
공간의 이동에 따른 시상의 전환

「중앙시장 바닥에서 다 늙은 함경도 아주머니들과

노령노래 안주해서 소주도 마시**고**
함경도 지방의 민요. 생계를 위해 러시아로 이주한 사람들의 애달픈 심정을 담은 노래

피난민 신세타령도 듣**고**

다음 날엔 **원통**으로 와서 뒷골목엘 들어가
시간의 흐름   공간적 배경 ③   기를 써서 다투며 하는 욕설

지린내 땀내도 맡**고** 악다구니도 듣**고**
후각적 이미지   청각적 이미지

싸구려 하숙에서 마늘 장수와 실랑이도 하**고**

젊은 군인 부부 사랑싸움질 소리에 잠도 설치**고** 보니」「 」: 가까이에서 본 세상의
청각적 이미지   다양한 모습을 열거함

세상은 아무래도 산 위에서 보는 것과 같지만은 않다
화자의 인식 전환: 가까이에서 볼 때 단순하지 않은 세상의 모습. 삶은 복잡하기 쉽게 이해할 수 없음
                                              ▸ 9~17행: 속초와 원통에서 본
                                                          세상의 모습

지금 우리는 혹시 세상을
행위의 주체를 화자 자신뿐 아니라 '우리'로 확대하여 삶에 대한 성찰을 유도함

「너무 멀리서만 보고 있는 것은 아닐**까** 아니면
설악산 대청봉에서의 관점 – 삶을 단순하게 보는 것

너무 가까이서만 보고 있는 것은 아닐**까**」 ▸ 18~20행: 세상을 바라보는 관점에 대한 깨달음
속초, 원통에서의 관점 – 삶을 복잡하게 보는 것   「 」: 세상을 바르게 보고 있는지 되돌아봐야 한다는 성찰적 태도가
                                          나타남. 의문형의 통사 구조를 반복하여 독자의 성찰을 유도함

감상 포인트

공간의 이동에 따라 달라지는 화자의 경험과
이에 따른 인식 변화에 주목하여 화자의 태도,
작품의 주제 의식을 이해할 수 있어야 한다.

◾ 작품 분석 노트

• 공간에 따른 화자의 관점과 깨달음

설악산 대청봉	속초와 원통
• 높은 산 위에서 세상을 내려다봄 • 세상살이를 속속들이 다 알 것도 같음	• 가까이에서 세상살이를 직접 경험해 봄 • 세상살이가 산 위에서 보는 것과 같이 단순하지는 않음

↓

• 세상을 멀리서도 볼 줄 알아야 하고 가까이서도 볼 줄 알아야지 어느 한쪽으로 치우쳐 보아서는 안 됨
• 삶은 단순하기도 하고 복잡하기도 하기 때문에 하나의 관점으로 세상을 바라봐서는 안 됨

↓

삶을 바라보는 균형 잡힌 관점이 필요하다는 깨달음을 얻게 됨

핵심 포인트 ① 표현상 특징 파악

이 작품에서는 감각적 이미지와 의인화를 통해 화자가 바라본 세상의 모습을 형상화하고 있으며, 동일한 어미와 통사 구조가 반복되고 있다. 따라서 이러한 다양한 표현 방법이 어떻게 구현되고, 그 효과는 무엇인지 파악할 수 있어야 한다.

표현상 특징	효과
의인법	'산', '마을', '바다'를 의인화하여 '대청봉'에서 바라본 자연과 마을의 특징적인 모습을 형상화함 → '발아래 구부리고 엎드린 작고 큰 산들이며 ~ 안달이 나서 몸살을 하는 바다'
동일한 어미의 반복 통사 구조의 반복	• '-고', '-ㄹ까' 같은 어미를 반복하여 화자의 행위와 인식을 나열하고 운율감을 형성함 • 통사 구조를 반복하여 세상을 바라보는 관점에 대한 깨달음을 강조하고 독자의 성찰을 유도함 → '너무 멀리서만 보고 있는 것은 아닐까 아니면 / 너무 가까이서만 보고 있는 것은 아닐까'
감각적 이미지의 활용	감각적 이미지를 사용하여 복잡하고 힘겨운 삶의 모습을 구체화함 → 청각적 이미지: '피난민 신세타령도 듣고', '악다구니도 듣고', '젊은 군인 부부 사랑싸움질 소리' 등 → 후각적 이미지: '지린내 땀내'

핵심 포인트 ② 시상 전개 방식 이해

이 작품은 공간의 이동('설악산 대청봉' → '속초' → '원통')에 따라 시상을 전개하고 있으므로 공간의 이동에 따른 화자의 인식 변화를 통해 주제를 파악할 수 있어야 한다.

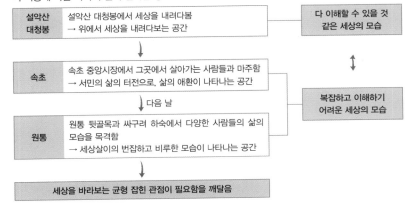

핵심 포인트 ③ 외적 준거에 따른 감상

이 작품은 중국의 사상가인 장자가 지은 『장자』의 「추수」 편에 나오는 어구를 바탕으로 창작한 시이므로, 이에 대해 이해할 수 있어야 한다.

> 대지관어원근(大知觀於遠近): 큰 지혜를 지닌 사람은 멀리서도 볼 줄 알고 가까이서도 볼 줄 안다.
> → 대상을 거시적인 관점에서도 보고, 미시적인 관점에서도 봐야 한다는 의미

→

> '지금 우리는 혹시 세상을 / 너무 멀리서만 보고 있는 것은 아닐까 아니면 / 너무 가까이서만 보고 있는 것은 아닐'까

→ '대지관어원근'이 '설악산 대청봉'에서 바라본 세상의 모습과 '속초', '원통'에서 바라본 세상의 모습이 다르다는 화자의 깨달음과 관련이 있어, 시인은 제목을 '장자를 빌려 – 원통에서'라고 지은 것이다.

설일 ▶ 김남조
① 새해 첫날 ② 눈 오는 날

겨울나무와 바람
고독한 존재   떠도는 존재

「머리채 긴 바람들은 투명한 빨래처럼
『 』: 의인법, 직유법 – '바람'을 시각적으로 형상화함

진종일 가지 끝에 걸려」
온종일

나무도 바람도

혼자가 아닌 게 된다
혼자가 아니라는 인식 – 겨울 나무와 바람이 함께 존재함

▶ 1연: 나무도 바람도 혼자가 아님

「혼자는 아니다
『 』: 시구의 반복 – 겨울 나무와 바람을 보고 얻은 화자의 깨달음을 점층적으로 강조함

누구도 혼자는 아니다」
보편적 진술로 깨달음을 확장함

나도 아니다
'나'도 혼자가 아니라는 깨달음. 인식의 대상 전환(외부 세계 → 내면 세계)

「하늘 아래 외톨이로 서 보는 날도 『 』: 누구도 혼자가 아니라고 생각하는 이유
절대자, 신앙의 대상 └── 화자가 힘들고 어려웠던 시기

하늘만은 함께 있어 주지 않던가」
설의법 – 힘든 상황에서도 절대자가 함께함을 강조함

▶ 2연: 어느 누구도 혼자가 아니라는 깨달음

「삶은 언제나
『 』: 은유법 – 추상적 대상(삶, 사랑)의 특성을 구체적 사물에 비유함

은총의 돌층계의 어디쯤이다 ▅▅: 고난과 시련
삶에서 겪는 고난도 신의 은총이라는 의미

사랑도 매양

섭리의 자갈밭의 어디쯤이다」
사랑하면서 겪는 시련도 신의 섭리라는 의미

▶ 3연: 삶과 사랑에 대한 깨달음

'지금까지는', '이제까지는'의 방언
이적진 말로써 풀던 마음
불평과 원망의 말

말없이 삭이고

얼마 더 너그러워져서 이 생명을 살자 ▅▅: 청유형 어미 사용 – 화자의 다짐을 강조함
삶에 대한 각성. 관용적인 삶의 자세

「황송한 축연이라 알고

한세상을 누리자」
『 』: 겸손하고 긍정적인 삶의 자세

▶ 4연: 너그럽고 겸허한 삶에 대한 다짐

새해의 눈시울이
시간적 배경

순수의 얼음꽃 ▅▅: '백설'의 비유적 표현

승천한 눈물들이 다시 땅 위에 떨구이는

백설을 담고 온다
순수의 상징

▶ 5연: 눈을 바라보며 새해를 맞는 순수한 마음

감상 포인트
삶에 대한 화자의 태도에 주목하여 감상하도록 한다.

작품 분석 노트

• 자연 현상을 통해 얻은 인식

화자는 고독한 존재인 '겨울나무'와 떠도는 존재인 '바람'이 함께 있는 것을 보고 누구도 혼자는 아니라는 인식을 얻게 된다.

겨울나무	바람
고독한 존재	떠도는 존재

바람이 겨울나무 가지 끝에 걸려 있음

화자의 인식
누구도 혼자가 아님

• 화자의 태도

4연에서 화자는 청유형 어미를 사용하여 너그럽고 겸손하게 살아가자는 삶의 자세를 드러내고 있다.

'너그러워져서 이 생명을 살자'	→	너그러운 삶의 자세
'황송한 축연이라 알고 / 한 세상을 누리자'		겸손한 삶의 자세

너그럽고 겸손한 자세로 살겠다는 화자의 다짐이 드러남

• '백설'의 의미

이 시에서는 '백설'을 비유적으로 표현하여, '백설'이 지닌 순수함이라는 시적 의미를 효과적으로 전달하고 있다.

'백설'의 비유적 표현
• '순수의 얼음꽃'
• '승천한 눈물들'

순수의 상징으로서의 '백설'을 나타냄 → 새해의 눈시울이 담고 오는 것임

핵심 포인트 1 시적 화자의 인식 파악

이 작품에서 화자는 '겨울나무'와 '바람'이라는 자연 현상을 바라보며 삶에 대한 새로운 인식을 얻고 있다. '겨울나무'와 '바람'의 모습을 화자가 어떻게 인식하고 있는지 파악할 수 있어야 한다.

+ 시적 화자의 인식

자연 현상		외부 세계에 대한 인식		내부 세계에 대한 인식
'바람'에 '겨울나무'가 흔들림	→	'겨울나무'도 '바람'도 혼자가 아님	→	누구도 혼자가 아니며 '나'(화자)도 혼자가 아님

핵심 포인트 2 시적 화자의 삶의 자세 파악

이 작품에서 화자는 '삶'과 '사랑'이 '은총의 돌층계', '섭리의 자갈밭'의 '어디쯤'이라 여기면서 앞으로의 삶에 대한 다짐을 하고 있다. 이를 바탕으로 화자의 삶의 자세를 파악해야 한다.

+ 시적 화자의 삶의 자세

삶	사랑
'은총의 돌층계'	'섭리의 자갈밭'

→ 삶과 사랑이 신의 은총과 섭리라는 깨달음을 얻음

↓ 화자의 자세

- '얼마 더 너그러워져서 이 생명을 살자'
- '황송한 축연이라 알고 / 한세상을 누리자'

→ 너그럽고 겸손하게 살아갈 것을 다짐함

핵심 포인트 3 표현상 특징 파악

이 작품에서는 비유적 표현, 청유형 어미 등을 사용하여 대상을 구체화하거나 화자 자신의 생각을 효과적으로 표현하고 있으므로 이를 통해 얻고 있는 효과를 파악해야 한다.

+ 표현상 특징 및 효과

비유	'머리채 긴 바람들은 투명한 빨래처럼'(의인법, 직유법)	바람을 시각화하여 표현함
	'삶은 언제나 / 은총의 돌층계', '사랑도 매양 / 섭리의 자갈밭'(은유법)	삶의 고난과 사랑의 시련을 구체화함
	'순수의 얼음꽃', '승천한 눈물들'(은유법)	순수함을 상징하는 '백설'의 이미지를 표현함
청유형 어미	'얼마 더 너그러워져서 이 생명을 살자 / 황송한 축연이라 알고 / 한세상을 누리자'	너그럽고 겸손하게 살겠다는 화자의 자세를 강조함
시구의 반복	'혼자는 아니다 / 누구도 혼자는 아니다'	운율을 형성하면서 누구도 혼자가 아니라는 의미를 강조함
설의법	'하늘만은 함께 있어주지 않던가'	혼자가 아니라는 화자의 인식을 강조함

핵심 포인트 4 다른 작품과의 비교

시에서 '눈'은 다양한 의미로 사용되므로 시의 내용을 고려하여 의미를 파악할 수 있어야 한다. 이육사의 〈광야〉에 나온 '눈'과 비교하여 어떤 차이점이 있는지 파악해야 한다.

+ 이육사의 〈광야〉와 비교 – 시어의 의미 이해

까마득한 날에 / 하늘이 처음 열리고 / 어디 닭 우는 소리 들렸으랴 //
모든 산맥(山脈)들이 / 바다를 연모(戀慕)해 휘달릴 때에도 / 차마 이곳을 범(犯)하던 못하였으리라 //
끊임없는 광음(光陰)을 / 부지런한 계절(季節)이 피어선 지고 / 큰 강물이 비로소 길을 열었다 //
지금 눈 내리고 / 매화 향기(梅花香氣) 홀로 아득하니 / 내 여기 가난한 노래의 씨를 뿌려라 //
다시 천고(千古)의 뒤에 / 백마(白馬) 타고 오는 초인(超人)이 있어 / 이 광야(曠野)에서 목 놓아 부르게 하리라

→ 〈설일〉에서 '눈'은 순수함을 상징하지만, 〈광야〉에서 '눈'은 암울한 현실, 즉 일제 강점기의 부정적 현실을 상징적으로 드러낸다.

한 줄 평 | 등산을 통해 진리 탐구의 과정을 형상화한 시

등산 ▶ 오세영

등산용 밧줄
자일을 타고 **오른다.** ▨ : 현재형 표현의 사용 → 현장감 부여, 긴장감 강조
  등산하는 상황 제시

흔들리는 생애의 중량
            삶의 무게

확고한

가장 철저한 **믿음**도
자신이 기존에 확고히 믿고 있었던 인식이나 신념
한때는 **흔들린다.**
확실하고 완전한 것은 없다는 인식 → 진리 추구의 어려움

┐ '흔들리다'라는 시어의 반복
│ → 불안정한 삶을 드러냄

▶ 1연: 흔들리고 불완전한 삶

암벽을 **더듬는다.**

빛을 찾아서 조금씩 **움직인다.**
'무명'의 상태를 벗어나게 하는 대상 – 진리
결코 쉬지 않는
부단히 노력하는 모습   불교 용어로, 진리에 도달하지 못한 상태
무명의 벌레처럼 무명을 ▨ : 동음이의어를 활용한 이중적 의미
이름이 없는
더듬는다.
빛(진리)을 찾기 위한 노력

▶ 2연: 빛(진리)을 찾으려는 부단한 노력

함부로 올려다보지 **않는다.**
┐ 유사한 문장 구조의 반복. 진지하고 경건하게 암벽을 오르는
함부로 내려다보지도 **않는다.** │ 화자의 모습 제시 → 진리를 찾는 모습을 부각함

벼랑에 뜨는 **별**이나, ▨ : 가까이할 수는 있지만 소유할 수 없는 존재

피는 **꽃**이나,

이슬이나,

「세상의 모든 **것**은 내 것이 아니다.

다만 가까이 할 수 있을 **뿐이다.**」
『 』: 세상 만물에 접근할 수는 있으나 소유할 수는 없다는 깨달음. 진리를 추구하는 겸허한 태도

▶ 3연: 세상 만물에 대한 겸허한 태도

조심스럽게 암벽을 더듬으며
  신중한 태도
가까이 **접근한다.**

감상 포인트

암벽을 오르는 화자의 모습을 통해 진리를 추구하는 태도가 어떤 것인지를 파악한다.

「행복이라든가 불행 같은 것은

생각지 **않는다.」** 「 」: 행복이나 불행에 연연하지 않고 묵묵히 암벽을 오르는 모습. 진리를 추구하는 신중한 태도

▶ 4연: 묵묵히 암벽을 오르는 신중한 태도

반복
· 변주

발붙일 곳을 찾고 풀포기에 매달리면서
위태로운 상황에서도 암벽을 오르는 모습 → 진리에 도달하고자 하는 간절함이 나타남
┌ 다만,
│
│ **가까이,** ┐ 진지하면서도 묵묵하게
│   │ 진리에 다가가려는 노력
└ **가까이** 갈 뿐이다. ┘

▶ 5연: 목표를 향해 가까이 가려는 노력

작품 분석 노트

- 현재형 표현의 효과
  현재형 표현을 반복적으로 사용하여 운율을 형성하면서도, 암벽을 오르는 시적 상황을 구체화하고 있다.

오른다. 흔들린다. 더듬는다. 움직인다. 않는다. 접근한다

  ↓

  - '-ㄴ다 / ─는다'를 반복하여 운율을 형성함
  - 화자가 암벽을 오르는 상황의 현장감을 부여함
  - 화자가 조심스럽고 경건한 마음으로 암벽을 오르는 긴장감을 강조함

- 시어의 다양한 의미

빛
· 산의 정상 · 화자가 지향하는 목표 · 진리, 깨달음(해탈)의 경지, 존재의 본질 등

  ↓

무명
· 목표에 도달하지 못한 상태 · 진리, 깨달음을 얻지 못한 상태. 존재의 본질을 알기 이전의 상태

- '무명의 벌레'의 의미

무명(無名)의 벌레	무명(無明)의 벌레
이름도 없는 보잘것없는 존재	진리에 도달하지 못한 상태에 있는 존재
보잘것없고 삶의 진리를 깨닫지 못한 존재	

  ↓

빛(진리)을 향해 나아가고자 하는 화자와 동일시되는 대상

- 시구의 의미 강조

  5연 2~4행 3연 7행의 반복·변주가 나타난 부분으로 의도적인 행갈이와 쉼표를 사용하고, '가까이'라는 시어를 반복하여 진리를 향해 묵묵히 나아가는 태도를 강조한다.

시상 전개 방식 이해 / 화자의 정서 및 태도 파악

이 작품의 핵심어는 '무명'이다. '무명'은 불교에서 어둠과 같은 무지의 상태, 즉 해탈에 이르지 못한 상태를 가리킨다. 화자는 '무명'의 상태에서 벗어나기 위해 빛(진리)을 추구하는 과정을 산을 오르는 행위에 빗대어 표현하고 있다. 따라서 산을 오르는 행위에 드러나는 화자의 정서와 태도를 중심으로 진리 추구에 대한 화자의 태도를 유추할 수 있어야 한다.

+ 시상 전개에 따른 화자의 정서 · 태도

	산을 오르는 행위	화자의 정서 · 태도	진리 추구에 대한 화자의 태도
1연	자일을 타고 오르며 흔들림을 느낌	가장 철저한 믿음이 흔들리는 것을 인식함	진리 추구의 어려움을 인식함
2연	암벽을 더듬어 조금씩 움직임	빛을 찾아서 쉬지 않고 무명을 더듬음	부단한 노력으로 진리를 찾고자 함
3연	함부로 올려다보지도 내려다보지도 않음	세상의 모든 것에 대한 깨달음을 얻음	진지하고 겸허한 자세로 임함
4연	조심스럽게 암벽을 더듬으며 가까이 접근함	행복이나 불행을 생각하지 않음	감정의 동요 없이 묵묵한 태도로 임함
5연	가까이 가기 위해 발붙일 곳을 찾고 풀포기에 매달림	천천히, 조심스럽게 등산을 지속함	절박하고 진지하게 노력을 지속하려 함

시어의 의미 파악

이 작품은 상징적 시어를 활용하여 진리를 추구하고자 하는 화자의 의지를 드러내고 있다. 따라서 시어가 상징하는 의미를 파악할 수 있어야 한다. 특히 다양한 자연물과 '암벽'이라는 공간이 갖는 의미를 시의 맥락 속에서 파악할 수 있어야 한다.

+ '암벽'의 의미

암벽	지상에서 산의 정상으로 오르기 위해 반드시 지나야 하는 곳	진리를 얻기 위해 거쳐야 하는 공간
	빛을 향해 가기 위해 더듬어야 하는 곳, 발붙일 곳을 찾고 풀포기에 매달리는 곳	온갖 어려움을 견디어 내며 진리에 도달하기 위해 노력하는 공간

+ 자연물의 의미

무명의 벌레	빛을 찾는 일을 결코 쉬지 않는 대상	진리를 찾기 위해 쉬지 않고 노력하겠다는 태도를 나타냄
별, 꽃, 이슬	가까이 할 수는 있지만, 내 것이 아닌 대상	세상의 모든 것이 '나'의 소유가 아니라는 것을 깨달음

작품 한눈에

• 해제

〈등산〉은 진리를 추구하는 과정을 산을 오르는 행위에 빗대어 노래한 작품이다. 화자는 암벽을 타고 오르는 과정에서 지금까지 가지고 있던 신념의 불완전성을 인지하고, '빛'을 찾기 위해 암벽을 더듬어 나가는 부단한 노력을 한다. 그 과정에서 빛을 찾는 겸허하고 신중한 태도를 제시하고 있다.

• 화자와 시적 상황

이 시의 화자는 암벽을 더듬어 조심스럽게 산을 오르고 있으며, 그 과정에 임하는 자신의 마음가짐을 담담하게 말하고 있다.

• 주제

빛(진리)에 도달하기 위한 노력

• 연계 학습 작품

- 삶에 대한 성찰을 노래한 작품
  〈녹을 닦으며 – 공초 14〉_허형만
- 삶을 등산에 빗대어 창작한 작품
  〈산을 오르며〉_도종환

한 줄 평 | 등꽃을 바라보며 깨닫게 된 삶의 이치를 노래한 시

등꽃 아래서 ▶ 송수권

한껏 구름의 나들이가 보기 좋은 날
　　　흘러가는 '구름'을 의인화함
등나무 아래 기대어 서서 보면
　　　시상 전개의 계기
가닥가닥 꼬여 넝쿨져 뻗는 것이
　　'등나무' 덩굴이 복잡하게 얽혀서 자라는 모습
참 예사스러운 일이 아니다
화자에게 특별한 의미로 다가옴 → 깨달음의 시작
철없이 주걱주걱 흐르던 눈물도 이제는
　　　삶의 비애 – 과거의 삶의 모습　　　　시간의 경과 → 인식 변화의 시간
잘게 부서져서 구슬 같은 소리를 내고
아름답게 승화된 '눈물' – 시각적 이미지인 '눈물'을 청각적 이미지로 전이함
슬픔에다 기쁨을 반반씩 버무린 색깔로
삶에는 슬픔과 기쁨이 공존한다는 인식 – 추상적 대상의 구체화
연등 날 지등(紙燈)의 불빛이 흔들리듯
기쁨과 슬픔이 복합된 화자의 내면 심리를 비유적으로 표현함, 시각적·동적 이미지
「내 가슴에 기쁨 같은 슬픔 같은 것의 물결이　『 』: 기쁨과 슬픔의 감정이 하나로
　　　　　추상적인 대상의 구체화　　　　　　통합되어 녹아 흐르게 된 경험
반반씩 한꺼번에 녹아 흐르기 시작한 것은」
　　　　부정적 감정의 해소
평발 밑으로 처져 내린 등꽃 송이를 보고 난
　　① 부정적 감정이 해소되는 계기
그 후부터다 ② 삶을 되돌아보게 하는 성찰의 매개체

▶ 1연: 등꽃 송이를 보며 내면의 변화를 겪음

밑뿌리야 절제 없이 뻗어 있겠지만

「아랫도리의 두어 가닥 튼튼한 줄기가 꼬여
『 』: 조화로운 공동체를 이룬 모습
큰 둥치를 이루는 것을 보면
　　큰 나무의 밑동
그렇다 너와 내가 자꾸 꼬여 가는 그 속에서
깨달음의 표지　　　서로의 갈등을 극복하고 조화를 이루며 상생하는 모습
좋은 꽃들은 피어나지 않겠느냐?」
아름다운 가치, 결실　　　설의법 – 미래에 대한 낙관적·긍정적 태도

▶ 2연: 등나무의 모습을 통해 더불어 살아 가는
　　　　삶의 의미를 깨달음

『 』: 바람이 불어 '구름'이 흘러가고 '등꽃'이 흔들리는 상황
「또 구름이 내 머리 위 평발을 밟고 가나 보다
　　　　　　　'구름'의 의인화
그러면 어느 문갑 속에서 파란 옥빛 구슬
　　'등꽃'을 비유함, 소중하게 간직해 온 가치 있는 존재
꺼내 드는 은은한 소리가 들린다.」
　　　아름다운 가치의 형상화

▶ 3연: 등꽃 송이가 지닌 아름다운 가치

감상 포인트
감각적 이미지의 활용과 그 효과를
파악하고 이를 통해 화자의 정서와
태도를 이해한다.

작품 분석 노트

• '등꽃(등나무)'의 기능
'등꽃(등나무)'는 삶에 대한 화자의 인식과 태도가 변화하게 되는 계기로, 화자는 '등꽃(등나무)'을 보며 자신의 삶을 되돌아보고 삶의 의미를 깨닫고 있다.

등꽃 (등나무)	• 화자가 기대어 서서 바라보는 대상 • 삶에 대한 성찰을 가능하게 한 자연물 • 부정적 감정을 해소시키는 자연물 • 조화로운 삶의 의미를 깨닫게 한 자연물

• 유추의 활용

등꽃(등나무)		인간의 삶
• 튼튼한 줄기가 꼬여 튼 둥치를 이룸 • 좋은 꽃들이 피어남	유추 →	• 타인과 조화를 이루며 살아감 • 타인과 상생하며 인간의 삶이 고양됨

핵심 포인트 1 　작품의 종합적 이해

이 작품은 '등꽃(등나무)'을 통해 바람직한 삶의 모습을 형상화하고 있으며, 각 연에서 화자의 인식 변화가 두드러지게 나타나고 있으므로, '등꽃(등나무)'을 본 화자의 반응과 작품의 구조를 종합적으로 파악할 수 있어야 한다.

+ '등꽃(등나무)'의 모습과 화자의 반응

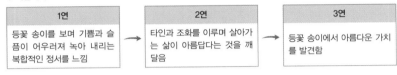

'등꽃(등나무)'의 모습	화자의 반응
• 등꽃 송이가 평발 밑으로 처져 내림 • 아랫도리의 두어 가닥 튼튼한 줄기가 꼬여 큰 둥치를 이룸	• 내면 속 슬픔과 기쁨이 어우러져 녹아 흐름 • 타인과 조화를 이루며 더불어 살아가는 삶의 의미를 깨달음

+ 작품의 구조

1연	2연	3연
등꽃 송이를 보며 기쁨과 슬픔이 어우러져 녹아 내리는 복합적인 정서를 느낌	타인과 조화를 이루며 살아가는 삶이 아름답다는 것을 깨달음	등꽃 송이에서 아름다운 가치를 발견함

핵심 포인트 2 　시어 및 시구의 의미 파악

이 작품의 주제 의식과 연관된 시어 및 시구의 함축적 의미를 파악할 수 있어야 한다.

+ 시어 및 시구의 의미

가닥가닥 꼬여 넝쿨져 뻗는 것	등나무 덩굴이 서로 복잡하게 얽혀 살아가는 모습
철없이 주걱주걱 흐르던 눈물	화자의 내면이 슬픔으로 차 있던 과거의 삶
등꽃 송이	부정적 감정이 해소되는 계기, 삶을 되돌아보게 하는 성찰의 매개체
큰 둥치	타인과 더불어 살아가며 조화로운 공동체를 이룬 모습
좋은 꽃	귀중한 삶의 결실, 아름다운 가치

핵심 포인트 3 　표현상 특징 파악

이 작품은 다양한 표현법을 통해 시상을 효과적으로 전개하고 있으므로, 표현상 특징과 그 효과를 파악할 수 있어야 한다.

+ 표현상 특징 및 효과

비유	비유적 표현을 사용하여 화자의 내면을 생생하게 표현함 → '구슬 같은 소리를 내고', '연등 날 지등의 불빛이 흔들리듯'
감각적 이미지	다양한 감각적 이미지를 활용하여 시상을 구체화함 → '지등의 불빛이 흔들리듯', '파란 옥빛 구슬'(시각적 이미지) → '구슬 같은 소리', '은은한 소리'(청각적 이미지)
추상적 대상의 구체화	추상적 대상을 구체적으로 표현하여 화자의 심리 상태를 드러냄 → '슬픔에다 기쁨을 반반씩 버무린 색깔로', '내 가슴에 기쁨 같은 슬픔 같은 것의 물결이 / 반반씩 한꺼번에 녹아 흐르기 시작한 것은'
설의적 표현	설의적 표현을 사용하여 삶의 의미에 대한 화자의 깨달음을 부각함 → '좋은 꽃들은 피어나지 않겠느냐?'
의인화	자연물을 의인화하여 대상의 움직임을 부각함 → '구름의 나들이', '구름이 내 머리 위 평발을 밟고 가나 보다'

작품 한눈에

• **해제**
　〈등꽃 아래서〉는 '등나무' 아래서 '등나무'를 관찰하며 느낀 복합적 감정과 삶의 의미를 형상화한 시이다. 화자는 '등꽃 송이'를 보며 삶을 되돌아보고 기쁨과 슬픔이 뒤섞여 녹아 흐르는 경험을 하게 된다. 또한 '튼튼한 줄기'가 꼬여 '둥치'를 이루는 '등나무'의 모습을 보며 타인과 조화를 이루며 사는 삶이 가치가 있음을 깨닫게 된다. 이처럼 이 작품은 화자의 정서 변화와 깨달음을 다양한 감각적 이미지를 활용하여 효과적으로 형상화하고 있다.

• **화자와 시적 상황**
　이 시의 화자는 등나무 아래에서 등나무를 바라보며 복합적인 감정을 느끼고 삶의 의미를 깨닫고 있다.

• **주제**
　등꽃(등나무)을 통해 깨달은 삶의 의미와 가치

• **연계 학습 작품**

• 자연물을 관찰하며 느낀 정서를 노래한 작품 　〈대숲 아래서〉_나태주 • 일상적 경험을 통해 얻게 된 깨달음을 노래한 작품 　〈오 분간〉_나희덕

한 줄 평 | 높은 정신적 경지에 대한 지향을 노래한 시

고고 ▶ 김종길

··· 기출 수록 수능 2007 평가원 2015 9월 B형

북한산(北漢山)이

다시 그 높이를 회복하려면
화자가 추구하는 정신적 경지. 봉우리 아래 세속과의 거리

다음 겨울까지는 기다려야만 한다.
고고함이 드러나는 시간   ▨ : 단정적 진술의 반복 – 고고한 삶을 지향하는 화자의 의지를 드러냄   ▶ 1연: 높이를 회복한 겨울 북한산에 대한 기다림

밤사이 눈이 내린,

그것도 백운대(白雲臺)나 인수봉(仁壽峰) 같은
　　　北한산의 높은 봉우리– 실제 지명을 제시하여 사실감을 높임

높은 봉우리만이 옅은 화장을 하듯
　　　北한산의 고고한 모습 – 눈이 살짝 덮인 모습(비유)

가볍게 눈을 쓰고

온(전부의)
윈 산은 차가운 수묵(水墨)으로 젖어 있는,
　　北한산의 모습을 수묵화에 빗댐 – 탈속적 분위기

「어느 겨울날 이른 아침까지는 기다려야만 한다.」
화자가 기다리는 북한산의 모습이 드러나는 때   ▶ 2~3연: 높은 봉우리만 가볍게 눈이 덮인 겨울 북한산에 대한 기다림

신록이나 단풍,   ▨ : 북한산의 높이가 드러나지 않게 하는 소재

골짜기를 피어오르는 안개로는,

눈이래도 윈 산을 뒤덮는 적설(積雪)로는 드러나지 않는,

심지어는 장밋빛 햇살이 와 닿기만 해도 변질하는,

그 고고(孤高)한 높이를 회복하려면
화자가 추구하는 삶의 모습과 정신세계

백운대와 인수봉만이 가볍게 눈을 쓰는

「어느 겨울날 이른 아침까지는

기다려야만 한다.」
「 ♪ : 동일한 문장의 반복과 변주(행 변화) – 화자의 기다림의 자세 강조   ▶ 4~6연: 고고한 높이를 회복한 겨울 북한산에 대한 기다림

🔖 **감상 포인트**
'높이'에 주목하며 화자가 지향하는
삶의 자세를 파악한다.

작품 분석 노트

• 화자가 지향하는 삶의 자세

화자가 추구하는 북한산의 모습
• 높은 봉우리만이 옅은 화장을 하듯 / 가볍게 눈을 쓰고 • 윈 산은 차가운 수묵으로 젖어 있는

↓

화자가 지향하는 삶의 모습
높은 정신적 경지의 고고한 삶

• 표현상 특징

표현	특징
'기다려야만 한다.', '어느 겨울날 이른 아침까지는 기다려야만 한다.'의 반복	• 단정적 진술을 반복하여 화자의 의지적인 자세를 강조함 • 고고한 삶을 추구하는 화자의 태도를 부각함
옅은 화장을 하듯, 차가운 수묵, 장밋빛 햇살	감각적 이미지를 통해 북한산의 모습이나 이에 영향을 미치는 요인을 형상화함

핵심 포인트 1 — 작품의 종합적 이해와 감상

이 작품에서 대비되는 시어나 시구를 구분하고 그 의미를 바탕으로 작품의 주제를 파악할 수 있어야 한다.

+ 대비되는 표현의 의미

북한산의 높이를 가리거나 변질시키는 존재	↔	가벼운 눈에 덮여 높이를 회복한 북한산의 모습
'신록', '단풍', '안개', '적설', '장밋빛 햇살'		'옅은 화장', '가볍게 눈을 쓰고', '차가운 수묵'

고고한 경지 및 정신세계에 대한 기다림과 소망

핵심 포인트 2 — 시어, 시구의 의미 파악

이 작품은 화자가 지향하는 삶의 모습을 북한산의 모습에 빗대어 표현하고 있으므로 관련 시어나 시구를 찾아 그 의미를 파악할 수 있어야 한다.

+ 주요 시어 및 시구의 의미

시어 및 시구	의미
북한산이 다시 그 높이를 회복	고고한 높이(정신적 경지)를 회복한 삶
다음 겨울, 어느 겨울날 이른 아침	북한산의 고고한 높이가 회복되는 시간
옅은 화장을 하듯	눈이 살짝 덮인 북한산의 모습 → 북한산의 높이를 드러냄
장밋빛 햇살	높은 봉우리에 가볍게 덮인 눈을 녹여 북한산의 높이를 변질시키는 존재
고고	'세상 일에 초연하여 홀로 고상함'이라는 의미로, 화자가 추구하는 삶의 자세

핵심 포인트 3 — 다른 작품과의 비교

이 작품과 김수영의 〈폭포〉는 자연물을 통해 화자가 지향하는 삶의 자세를 형상화하고 있다. 두 작품에 나타난 화자의 지향과 현실 인식 등을 비교할 수 있어야 한다.

+ 김수영의 〈폭포〉

> 폭포는 곧은 절벽을 무서운 기색도 없이 떨어진다.
>
> 규정할 수 없는 물결이 / 무엇을 향하여 떨어진다는 의미도 없이
> 계절과 주야를 가리지 않고 / 고매한 정신처럼 쉴 사이 없이 떨어진다.
>
> 금잔화도 인가도 보이지 않는 밤이 되면
> 폭포는 곧은 소리를 내며 떨어진다.
>
> 곧은 소리는 소리이다. / 곧은 소리는 곧은
> 소리를 부른다.
>
> 번개와 같이 떨어지는 물방울은
> 취할 순간조차 마음에 주지 않고
> 나타(懶惰)와 안정을 뒤집어 놓은 듯이
> 높이도 폭도 없이 / 떨어진다.

→ 김수영의 〈폭포〉에서 '폭포'는 '곧은 정신', '고매한 정신'을 형상화하고 있다. 화자는 '폭포'의 고매한 정신을 지향하며 현실에 안주하는 소시민적 태도를 극복하고자 한다. 김종길의 〈고고〉는 북한산의 고고한 모습을 통해 높은 정신적 경지에 대한 화자의 지향을 드러내고 있다. 하지만 김수영의 〈폭포〉와 달리 화자의 현실 인식은 김종길의 〈고고〉에 명확하게 드러나 있지 않다. 다만 고고한 삶의 경지에 도달하는 것이 쉽지 않다는 인식은 나타나고 있다.

작품 한눈에

• 해제

〈고고〉는 '북한산'이라는 자연물을 통해 높은 정신적 경지를 추구하는 삶의 자세를 보여 주는 시이다. 화자가 기다리는 북한산은 조건이 있다. '신록이나 단풍', '안개'가 있는 다른 계절의 산이 아니고 겨울이라도 온 산에 눈이 쌓여서는 안 된다. 밤사이 눈이 내린 겨울날 이른 아침, 높은 봉우리에만 가볍게 눈이 쌓인 산이 바로 화자가 기다리는 '고고한 높이를 회복'한 북한산이다. 이처럼 높이를 회복한 북한산의 모습은 곧 고고한 삶의 경지를 의미한다. 그리고 '기다려야만 한다.'의 반복을 통해 화자는 그러한 높은 경지에 도달하고자 하는 의지적 태도를 나타내고 있다.

• 화자와 시적 상황

이 시의 화자는 북한산의 고고한 모습이 회복되는 겨울이 오기를 기다리고 있다.

• 주제

높은 정신적 경지에 대한 지향

• 연계 학습 작품

> • 자연물을 통해 고매한 정신을 노래한 작품
> 〈폭포〉_김수영

기출 확인

2007학년도 수능

[시어, 시구의 의미 파악]
- '옅은 화장'은 산봉우리에 눈이 살짝 쌓인 모습을 나타낸 것임. 산의 미묘한 변화에 주목한 표현이라고 할 수 있음
- '차가운 수묵'은 겨울 산의 모습을 그림에 비유한 것임. 대상의 속성이 드러날 수 있는 정황을 묘사하고 있음
- '신록', '단풍', '안개'는 겨울이 아닐 때의 산의 모습을 나타냄. 이들과의 대비를 통해 겨울 산의 의미를 부각하고 있음
- '장밋빛 햇살'은 가볍게 눈 덮인 산봉우리의 속성을 '변질'시킴. 그럼으로써 화자가 형상화한 산봉우리의 의미를 생각해 보게 함

한 줄 평 | 자연의 섭리에 대한 경이로움과 삶에 대한 깨달음을 노래한 시

과목 ▸ 박성룡

과일나무 과일
과목에 과물(果物)들이 무르익어 있는 사태처럼 ▨ : 다소 과장스러운 한자어의 사용
과일나무에 과일이 열린 것 → 자연스러운 변화

나를 경악케 하는 것은 없다.   ▸ 1연: 과목의 성숙이 주는 경이로움
과목의 변화를 관찰한 화자의 감회 – 감정의 직접적 제시

메마른 성질이라는 의미로, 시인이 만든 단어
뿌리는 박질(薄質) 붉은 황토에 ▨ : ① 과목이 겪는 고난과 시련
     색채어. 박질의 황토가 지닌 속성을 보여 줌 ② 과목에게 주어진 부정적 조건

가지는 한낱 비바람들 속에 뻗어 출렁거렸으나   ▸ 2연: 과목이 겪은 시련

찢기고 흩어져 완전히 형태를 잃음
모든 것이 멸렬(滅裂)하는 가을을 가려 그는 홀로
        부정적 상황   과목
황홀한 빛깔과 무게의 은총을 지니게 되는   ▸ 3연: 가을에 과목이 누리는 결실의 은총
부정적 조건들을 극복하고 얻은 과목의 결실(= 무르익은 과물)

과목에 과물들이 무르익어 있는 사태처럼 ┐ 1연의 반복
                              ├→ 화자가 느끼는 경이로움 강조
나를 경악케 하는 것은 없다.   ┘ ▸ 4연: 과목의 성숙이 주는 경이로움

시인에게 삶의 의미가 되는 것

감상 포인트
'과목'의 변화에 대한 화자의 인식에 주목한다.

— 흔히 시를 잃고 저무는 한 해, 그 가을에도
허무감을 불러일으키는 상황 └─ 소멸·상실·조락의 계절로서의 가을
나는 이 과목의 기적 앞에서 시력을 회복한다   ▸ 5연: 삶에 대한 깨달음
척박한 환경 속에서 결실을 맺은 것   자연의 섭리를 바탕으로 삶에 대한 새로운 깨달음을 얻음
                              → 인간도 어려움을 이겨 냄으로써 내적인 성장과 결실을
                                이룰 수 있다는 인식과 연결 지을 수 있음

작품 분석 노트

• **한자어의 사용 및 효과**

사태, 경악
사물(과목)에 대한 새로운 발견과 그에 대한 화자의 감회를 표현하는 말

↓

• 과목의 평범한 변화에서 화자가 느낀 경이로움, 깨달음의 충격을 부각함
• 독자로 하여금 일상적인 현상(과목에 과물들이 무르익은 것)을 낯설게 느끼도록 함

• **화자의 현실 인식**

시를 잃고 저무는 한 해, 그 가을에도 / 나는
소멸·상실·조락의 계절인 가을에 삶의 의미를 이루는 시를 잃음

↓

| 고난, 시련을 이겨 내고 과목의 과물들이 무르익은 것을 관찰함 |

↓

| 시련을 겪으며 성장하는 인간의 모습과 연결하여 삶을 긍정적으로 인식하게 됨 |

• **'시력'에 대한 견해**

5연 1행 '시를 잃은'을 고려할 때, 화자가 회복한 것을 시력(詩力)을 해석할 여지가 있음 → 화자가 시를 잃고 저무는 한 해에 과목을 바탕으로 새로운 깨달음을 얻어 다시 시를 쓸 수 있는 능력을 회복한 것

핵심 포인트 1 화자의 정서와 태도 파악

이 작품의 화자는 과목에서 과물들이 익어 가는 평범한 일상의 관찰로부터 깨달음을 얻어 삶에 대한 긍정적 인식을 보이므로, 화자를 중심으로 주제 의식의 형상화 과정을 알아 둘 필요가 있다.

+ 주제 의식의 형상화

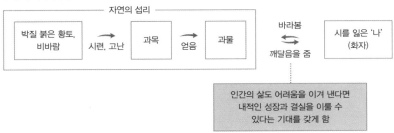

인간의 삶도 어려움을 이겨 낸다면 내적인 성장과 결실을 이룰 수 있다는 기대를 갖게 함

핵심 포인트 2 시어·시구의 의미 파악

이 작품의 주제와 연관 지어 시어·시구의 의미를 파악할 수 있어야 한다.

+ 시어·시구의 의미

과목	• 화자에게 깨달음을 주는 존재 • 시련, 고난 속에서도 결실을 맺는 존재
과물	과목이 맺은 열매
사태	과목에 과물들이 무르익어 있는 것 → 평범한 일상, 자연스러운 변화
뿌리는 박질 붉은 황토에	과목이 메마른 땅에 뿌리 내린 것 → 과목이 겪는 시련, 고난(부정적 조건)
가지는 한낱 비바람들 속에	과목의 가지가 비바람을 견디는 것 → 과목이 겪는 시련, 고난(부정적 조건)
황홀한 빛깔과 무게의 은총	과목이 맺은 결실
과목의 기적	과목이 박질 붉은 황토, 비바람을 견디고 얻은 결실 → 척박한 환경을 이겨 내고 맺은 결실
시력을 회복한다	삶에 대한 새로운 깨달음을 얻은 화자의 긍정적 변화

핵심 포인트 3 표현상 특징 파악

이 작품에서는 동일한 문장의 반복, 색채어의 사용 등 다양한 표현상 특징을 활용하여 주제 의식을 드러내고 있으므로 이를 파악할 수 있어야 한다.

+ 표현상 특징

동일한 문장의 반복	1연의 내용을 4연에서 반복하여, 화자가 자연물의 변화(과목에 과물들이 무르익은 것)에서 느낀 경이로움을 강조함 → '과목에 과물들이 무르익어 있는 사태처럼 / 나를 경악케 하는 것은 없다.'
색채어의 사용	색채어 '붉은'을 활용하여 박질의 황토가 지니는 속성을 표현함 → '뿌리는 박질 붉은 황토에'
비유적 표현	과물을 '황홀한 빛깔과 무게의 은총'으로 비유함(→ 과목이 과물을 맺는 자연의 변화를 절대자의 섭리와 관련지어 인식하는 것으로 볼 수 있음) → '모든 것이 멸렬하는 가을을 가려 그는 홀로 / 황홀한 빛깔과 무게의 은총을 지니게 되는'

작품 한눈에

• **해제**

〈과목〉은 어느 가을날 시련을 극복하고 열매를 맺은 과목을 보고 느낀 경이로움과 깨달음을 노래한 작품이다. 계절의 순환에 따라 과일나무에 과일이 익어 가는 것은 새로울 것 없는 자연의 섭리이지만, 화자는 이를 '사태'라고 부르고 이 상황에서 느끼는 감정을 '경악'이라고 다소 과장되게 지칭함으로써 특별한 의미를 부여하고 있다. 그리고 자연의 섭리로부터 얻은 깨달음은 화자가 삶을 새롭게 바라볼 수 있는 '시력을 회복'하는 긍정적 변화로 나타나고 있다.

• **화자와 시적 상황**

이 시의 화자는 박질의 토양에 뿌리를 내리고 비바람에 가지가 출렁거리는 고난과 시련 속에서도 끝내 열매를 맺은 과목을 바라보며 경이로움을 느끼고, 삶에 대한 새로운 시각을 갖게 된다.

• **주제**

자연의 섭리에 대한 경이로움과 삶에 대한 깨달음

• **연계 학습 작품**

• 자연 현상을 바라보며 얻은 삶의 깨달음을 노래한 작품
〈설일〉_김남조
• 능금이 익어 가는 과정에서 발견한 경이로움을 노래한 작품
〈능금〉_김춘수

한 줄 평 | 산의 다양한 모습을 통해 깨달은 올바른 삶의 덕목을 노래한 시

산 ▸ 김광섭

⋯→ 기출 수록 수능 1996

□ : 시간의 흐름에 따른 산의 모습

이상하게도 내가 사는 데서는 / **새벽녘**이면 산들이
인간 세상   ■■ : 직유법 – 산·산 그림자를 비유적으로 표현한 시어

학처럼 날개를 쭉 펴고 날아와서는 / 종일토록 먹도 않고 말도 않고 엎댔다가는
활유법 – 새벽에 드리워지는 산 그림자   의인법 – 낮 시간 동안의 산 그림자

해질 무렵이면 **기러기처럼** 날아서 / 틀만 남겨 놓고 먼 산 속으로 간다.
활유법 – 해가 지며 사라지는 산 그림자   『 』: 새벽부터 해질 무렵까지 산 그림자의 모습을 묘사
▸ 1연: 인간 세상을 감싸는 산의 모습

「산은 날아도 새둥이나 꽃잎 하나 다치지 않고
새 둥지   ■■ : 현재형 시제 '-ㄴ다'의 반복, 운율감

짐승들의 굴 속에서도 / 흙 한 줌 돌 한 개 들썽거리지 **않는다**.
『 』: 무생물·생물을 보듬어 안고 배려하는 덕성을 지닌 산의 모습

새나 벌레나 짐승들이 놀랄까 봐 / 지구처럼 부동(不動)의 자세로 **떠간다**.
다른 생명을 배려하는 자애로움

그럴 때면 새나 짐승들은 / 기분 좋게 엎대서 / 사람처럼 날아가는 꿈을 **꾼다**.
▸ 2연: 작은 존재에게도 자애롭고 다정다감한 산

「산이 날 것을 미리 알고 사람들이 달아나면 / 언제나 사람보다 앞서 가다가도
『 』: 인간과 함께하는 포용력 있는 산의 모습

고달프면 쉬란 듯이 정답게 서서 / 사람이 오기를 기다려 같이 **간다**.」

산은 양지바른 쪽에 사람을 묻고 / 높은 꼭대기에 신을 **뫼신다**.
인간의 죽음을 받아 주는 산의 모습   산의 성스러움
▸ 3연: 인간과 함께하는 너그럽고 성스러운 산

산은 사람들과 친하고 싶어서 / 기슭을 끌고 마을에 들어오다가도
인간 친화적인 산의 모습

「사람 사는 꼴이 어수선하면 / 달팽이처럼 대가리를 들고 슬슬 기어서
산의 속성에 어긋난 모습으로 사는 세속화된 인간의 삶 → 부정적 인식

도로 험한 봉우리를 올라간다.」
『 』: 세속된 인간 세상을 거부하는 산의 모습
▸ 4연: 혼탁한 속세를 거부하는 산

감상 포인트
'산'의 모습에서 인간이 본받아야 할 덕목을 파악하며 작품을 감상해야 한다.

산은 나무를 기르는 법으로
생명의 성장을 기다리는 인내심

벼랑에 오르지 못하는 법으로 / 사람을 **다스린다**.
욕심을 버리는 겸허함
▸ 5연: 사람들에게 가르침을 주는 산

상승 이미지
산은 울적하면 솟아서 봉우리가 되고
슬픔 – 인간적 감정   하강 이미지
물소리를 듣고 싶으면 내려와 깊은 계곡이 **된다**.
욕망 – 인간적 감정
인간처럼 감정을 지닐 수 있는 존재로 산을 의인화. 친근한 모습

산은 한 번 신경질을 되게 내야만
인간적 감정 – 번뇌, 갈등
고산(高山)도 되고 명산(名山)이 **된다**.
인격적으로 성숙함
번뇌와 갈등을 겪은 뒤 인격적으로 성숙해지는 산의 모습
▸ 6~7연: 인간적인 면모를 지닌 산

산은 언제나 기슭에 봄이 먼저 오지만 / 조금만 올라가면 여름이 머물고 있어서

한 기슭인데 두 계절을 / 사이좋게 지니고 **산다**.
두 계절을 함께 품는 산의 너그러움과 포용성
▸ 8연: 서로 다른 대상을 포용하는 산

작품 분석 노트

• 시간의 흐름에 따른 '산'의 모습

새벽녘의 산	'학처럼 날개를 쭉 펴고' 날아옴
해질 무렵의 산	'기러기처럼' 날아 먼 산 속으로 감

↓

새벽에서 해질 무렵까지 하루 동안 변화하는 산의 모습을 '학'과 '기러기'에 비유함. 기품 있는 '학'의 모습과 아늑한 '기러기'의 모습을 통해 산 그림자가 지고 사라지는 모습을 역동적으로 표현함

• 산이 주는 가르침

나무를 기르는 법	돌봄, 배려, 사랑의 정신
벼랑에 오르지 못하는 법	자기의 한계를 알고 분수를 지키며 살아가라는 겸손의 정신

↓

산은 사람에게 돌봄, 배려, 사랑의 정신(인내)과 겸손함을 가르쳐줌

• 구절의 의미

'한 기슭인데 두 계절을 / 사이좋게 지니고 산다'에서 '한 기슭'에 '봄', '여름', 두 계절이 사이좋게 지내고 있는 것은 서로 다른 대상이 공존하는 자연의 이치를 보여준다.

한 기슭	
봄	여름

↓

두 계절을 함께 품는 산의 너그러움과 포용성으로부터 갈등이 없어지고 대립의 요소가 평화롭게 통합되는 올바른 인간 삶의 모습을 확인할 수 있음

핵심 포인트 1 시적 대상의 이해

이 작품에서 '산'은 인간이 추구해야 하는 이상적인 덕목을 갖춘 존재로, 인간적인 면모를 지닌 한편 인간이 본받아야 하는 모습을 지닌 존재로 표현되어 있다. 따라서 '산'이 지닌 다양한 면모를 파악할 수 있어야 한다.

+ '산'의 의미

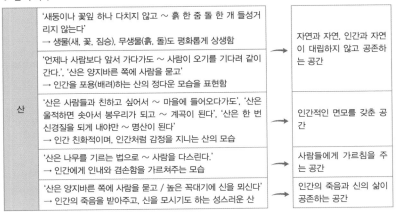

산	'새둥이나 꽃잎 하나 다치지 않고 ~ 흙 한 줌 돌 한 개 들성거리지 않는다.' → 생물(새, 꽃, 짐승), 무생물(흙, 돌)도 평화롭게 상생함	→	자연과 자연, 인간과 자연이 대립하지 않고 공존하는 공간
	'언제나 사람보다 앞서 가다가도 ~ 사람이 오기를 기다려 같이 간다.', '산은 양지바른 쪽에 사람을 묻고' → 인간을 포용(배려)하는 산의 정다운 모습을 표현함		
	'산은 사람들과 친하고 싶어서 ~ 마을에 들어오다가도', '산은 울적하면 솟아서 봉우리가 되고 ~ 계곡이 된다', '산은 한 번 신경질을 되게 내야만 ~ 명산이 된다' → 인간 친화적이며, 인간처럼 감정을 지니는 산의 모습	→	인간적인 면모를 갖춘 공간
	'산은 나무를 기르는 법으로 ~ 사람을 다스린다.' → 인간에게 인내와 겸손함을 가르쳐주는 모습	→	사람들에게 가르침을 주는 공간
	'산은 양지바른 쪽에 사람을 묻고 / 높은 꼭대기에 신을 뫼신다' → 인간의 죽음을 받아주고, 신을 모시기도 하는 성스러운 산	→	인간의 죽음과 신의 삶이 공존하는 공간

핵심 포인트 2 표현상 특징 파악

이 작품은 다양한 표현법을 사용해 '산'의 다양한 면모를 드러내고 있으므로, 이에 주목하여 작품을 이해할 수 있어야 한다.

+ 표현상 특징과 효과

직유법	'학처럼', '기러기처럼', '지구처럼', '달팽이처럼' → '산'의 모습을 각 대상에 빗대어 시각적으로 형상화함
활유법	'산들이 / 학처럼 날개를 쭉 펴고 날아와서는', '해질 무렵이면 기러기처럼 날아서' → 무생물인 '산'의 그림자를 생물인 '학', '기러기'의 날갯짓에 빗대어 표현함으로써 '산 그림자'를 생명체처럼 표현함
의인법	'종일토록 먹도 않고 말도 않고 엎댔다가는', '산은 울적하면 ~ 물소리를 듣고 싶으면 내려와 깊은 계곡이 된다' → '산'을 의인화해 낮 시간동안 산 그림자가 인간 세상을 감싸고 있는 모습을 형상화하고 '산'을 인간처럼 감정을 지닐 수 있는 존재로 형상화해 인간적인 모습을 표현함
현재형 어미 '-ㄴ다' 반복	'산 속으로 간다', '들성거리지 않는다', '사람이 오기를 기다려 같이 간다' 등 → 산의 모습을 생생하게 표현하며 화자의 생각을 드러냄
독백적 어조	'이상하게도 내가 사는 데서는 / 새벽녘이면 산들이 ~ 먼 산 속으로 간다' → 산을 관찰, 관조하여 얻은 화자의 생각을 담담하게 전달함

핵심 포인트 3 외적 준거에 따른 감상

이 작품에서 주요 제재인 '산'의 의미가 중요하므로, 시인이 산에 주목한 이유를 창작 당시의 시대적 배경 및 생태주의와 연관지어 감상해야 한다.

+ 시대적 배경과 '산'의 의미

1960년대를 기점으로 진행된 급속한 도시 개발은 사람들로부터 거주할 장소, 그곳에서 살던 사람들의 생업을 박탈했다. 획일성을 유발하는 도시 경관과 달리 자연과 자연, 인간과 자연이 평화롭게 공생하는 '산'은 김광섭 시인에게 진정한 장소감을 불러일으키는 장소로 그려진다. '산'은 인위적인 문명의 공간과는 대척적인 위치에 존재하는 생명의 공간이며, '산'이 보여주는 포용, 배려, 공생의 정신이야말로 이 시대가 수용해야할 진정한 생태주의의 정신일 것이다.

• 해제
〈산〉은 '산'의 다양한 모습을 감각적으로 나타내면서도 단순히 풍경을 묘사하는 데에 그치지 않고 산을 의인화하여 산의 모습을 통해 얻은 인간의 삶에 대한 깨달음을 전하는 작품이다. 산은 배려심과 포용력을 지닌 존재이며, 다정하며, 성스러운 존재로 형상화되어 있다. '산'을 비유적으로 나타내는 다양한 표현을 통해 인간이 추구해야 할 삶의 태도를 교훈으로 전달하고 있다.

• 화자와 시적 상황
화자는 관찰자의 입장에서 '산'을 바라보며 올바른 삶의 덕목을 발견하고 산의 인간적인 면모를 제시하고 있다.

• 주제
산을 통해 깨달은 올바른 삶의 모습

• 연계 학습 작품

> • '산'의 의연한 모습을 통해 긍정적인 삶의 태도를 노래한 시 〈무등을 보며〉_서정주
> • '산'의 속성에 대해 노래한 시 〈거산호 2〉_김관식
> • 의인화된 자연과 인간의 일체감을 노래한 시 〈가을 떡갈나무 숲〉_이준관

한 줄 평 │ 다양한 생명체를 포용하는 자연과 교감하며 위로받고 있음을 노래한 시

가을 떡갈나무 숲 ▸ 이준관

계절적 배경 – 가을
떡갈나무 숲을 걷는다. 떡갈나무 잎은 떨어져
화자가 지향하는 이상적인 공간, 모든 것을 포용하는 공간
너구리나 오소리의 따뜻한 털이 되었다. 아니면,
촉각적 이미지
쐐기 집이거나, 지난여름 풀 아래 자지러지게
▨ : '떡갈나무 숲'이 다른 생명체에게 베풀어 주는 여러 가지 혜택
울어 대던 벌레들의 알의 집이 되었다.
청각적 이미지
▸ 1연: 생명체를 품어 주는 떡갈나무 숲

「이 숲에 그득했던 풍뎅이들의 혼례(婚禮),
'지난여름'에 넘쳐났던 풀벌레들의 만남
그 눈부신 날갯짓 소리 들릴 듯한데,「」: '지난여름' 생명력이 넘쳤던 '떡갈나무 숲'의 모습
공감각적 이미지(청각의 시각화)
「텃새만 남아

산(山) 아래 콩밭에 뿌려 둔 노래를 쪼아
공감각적 이미지(청각의 시각화)
아름다운 목청 밑에 갈무리한다.」「」: '떡갈나무 숲'의 현재(가을)의 모습   ▸ 2연: 떡갈나무 숲의 가을 풍경

나는 떡갈나무 잎에서 노루 발자국을 찾아본다.
'떡갈나무 숲'이 '노루'가 자유롭게 살아가던 삶의 공간이었음을 알 수 있음
그러나 벌써 노루는 더 깊은 골짜기를 찾아,
겨울의 추위를 피할 수 있는 공간
겨울에도 얼지 않는 파릇한 산울림이 떠내려오는
공감각적 이미지(청각의 시각화)
골짜기를 찾아 떠나갔다.   ▸ 3연: 떡갈나무 숲에 남아 있는 노루의 흔적을 찾아봄

나무 등걸에 앉아 하늘을 본다.「하늘이 깊이 숨을 들이켜
줄기를 잘라 낸 나무의 밑동 「」: 화자와 '하늘'의 교감, 일체감 – 주객전도의 발상이 드러남
나를 들이마신다.」나는 가볍게, 오늘 밤엔
이 떡갈나무 숲을 온통 차지해 버리는 별이 될 것 같다.   ▸ 4연: 자연과 교감하며 일체감을 느낌
'하늘'의 '별'이 될 것 같은 느낌 – 자연에 동화됨(물아일체), 자연과의 교감

「떡갈나무 숲에 남아 있는 열매 하나.
'떡갈나무 숲'속 생명체들의 따뜻한 교감을 보여 주는 소재
어느 산(山)짐승이 혀로 핥아 보다가, 뒤에 오는
└ 화자의 추측, 상상
제 새끼를 위해 남겨 놓았을까? 그 순한 산(山)짐승의
「」: '떡갈나무 숲'을 생명체들 간의 따뜻한 사랑과 배려가 담겨 있는 공간으로 인식함
젖꼭지처럼 까맣다.」   ▸ 5연: 포용적이고 배려 있는 떡갈나무 숲의 모습
열매

나는 떡갈나무에게 외롭다고 쓸쓸하다고
정서의 직접적 표출
중얼거린다.

그러자 떡갈나무는 슬픔으로 부은 내 발등에
화자의 '슬픔'을 시각적으로 형상화 – 추상적 대상의 구체화
잎을 떨군다.「내 마지막 손이야. 뺨에 대 봐,
'떡갈나무'의 잎 「」: '떡갈나무'의 위로와 배려 – 자연과 화자의 교감, 의인법, 대화체
조금 따뜻해질 거야, 잎을 떨군다.」   ▸ 6연: 떡갈나무 숲이 주는 위로
촉각적 이미지   ▨ : '떡갈나무'의 위로 – 반복을 통한 강조

감상 포인트

'떡갈나무 숲'에 대한 화자의 인식과 이러한 인식을 드러내기 위해 사용한 표현상 특징을 파악한다.

작품 분석 노트

• '떡갈나무 숲'이 주는 혜택

화자는 '떡갈나무 숲'이 숲에 사는 여러 생명체에게 편안한 안식처이자 삶의 터전이 되어 준다고 인식하고 있다.

떡갈나무 숲		혜택
가을에 잎을 떨어뜨림	→	• 너구리나 오소리의 따뜻한 털 • 쐐기 집 • 벌레들의 알의 집

↓

숲속의 다양한 생명체에게 혜택을 줌

• 주객전도의 표현

이 시에서는 주체와 객체가 뒤바뀌는 주객전도의 표현을 사용하여 화자와 자연의 교감을 효과적으로 형상화하고 있다.

하늘이 깊이 숨을 들이켜 / 나를 들이마 신다.		화자가 '하늘'을 보며 숨을 들이마신 것을 '하늘'이 화자를 들이마신다고 표현함

↓

자연을 의인화하여 자연과 일체감을 느끼는 화자의 모습을 드러냄

• '잎을 떨군다'의 의미

'떡갈나무'는 '외롭다고 쓸쓸하다고' 하는 화자에게 '잎을 떨'구며 '조금 따뜻해질 거'라 말하고 있다. 이는 '떡갈나무'의 '잎'이 떨어지는 숲속에서 외롭고 쓸쓸한 심정을 위로받는 화자의 모습을 나타낸 것이라 할 수 있다.

화자		떡갈나무
외롭고 쓸쓸함	↔	따뜻해질 거라며 '잎'을 떨구어 줌

↓

'발등'으로 떨어지는 '떡갈나무'의 '잎'을 바라보며 따뜻함을 느끼는 화자

핵심 포인트 1   시적 공간에 대한 이해

이 작품은 가을날 '떡갈나무 숲'을 걷는 화자가 '숲'의 풍경을 바라보며 상상하고 느끼는 감정들을 표현한 시이다. 따라서 '떡갈나무 숲'의 모습에 대한 화자의 인식을 통해 시적 공간인 '떡갈나무 숲'의 의미를 파악할 수 있어야 한다.

+ '떡갈나무 숲'에 대한 화자의 인식

1연	따뜻한 털, 쐐기 집, 알의 집	떡갈나무 숲이 숲에 사는 생명체들에게 혜택을 베풀어 준다고 생각함
2연	풍뎅이들의 혼례, 눈부신 날개짓 소리	여름의 떡갈나무 숲은 생명력이 넘쳤던 공간이라고 생각함
3연	노루 발자국을 찾아본다.	떡갈나무 숲은 노루가 자유롭게 뛰어놀았던 삶의 공간이라고 생각함
5연	남아 있는 열매 하나	떡갈나무 숲이 생명체 간의 사랑과 배려가 존재하는 공간이라고 생각함
6연	잎을 떨군다.	떡갈나무 숲이 화자(인간)에게 위로가 되어 주는 공간이라고 생각함

떡갈나무 숲	화자가 지향하는 따뜻한 안식처이자 생명력 넘치는 공간

핵심 포인트 2   시구의 의미 파악

이 작품에는 화자가 '떡갈나무 숲'에서 여러 자연물과 교감하는 모습이 제시되어 있으므로 이에 대해 이해할 수 있어야 한다.

+ 화자와 '떡갈나무 숲'의 교감

하늘이 깊이 숨을 들이켜 / 나를 들이마신다.	→	화자와 '떡갈나무 숲' 속 '하늘'과의 교감
나는 떡갈나무에게 외롭다고 쓸쓸하다고 / 중얼거린다. ~ 내 마지막 손이야, 뺨에 대 봐, / 조금 따뜻해질 거야, 잎을 떨군다		화자와 '떡갈나무'와의 교감

핵심 포인트 3   표현상 특징 파악

이 작품에서는 다양한 감각적 이미지와 주객전도의 표현, 대화체 등을 사용하여 주제를 효과적으로 나타내고 있으므로 각 표현이 어떤 효과를 주고 있는지 파악할 수 있어야 한다.

+ 표현상 특징

감각적 이미지	촉각적 이미지	'따뜻한 털', '따뜻해질 거야' 등	'떡갈나무 숲'의 모습을 효과적으로 형상화함
	시각적 이미지	'산짐승의 젖꼭지처럼 까맣다' 등	
	공감각적 이미지	'눈부신 날개짓 소리', '콩밭에 뿌려 둔 노래', '파릇한 산울림'(청각의 시각화)	
주객전도의 표현		'하늘이 깊이 숨을 들이켜 / 나를 들이마신다.'를 통해 화자와 '하늘'의 교감을 표현함	
의인법과 대화체		'내 마지막 손이야, 뺨에 대 봐, / 조금 따뜻해질 거야'에서 의인법과 대화체를 사용하여 화자가 '떡갈나무'를 통해 위로받고 있음을 드러냄	
추상적 대상의 구체화		'슬픔으로 부은 내 발등'에서 추상적 대상을 구체적으로 표현하여 화자의 '슬픔'을 강조함	
현재형 어미		'걷는다, 갈무리한다, 하늘을 본다, 중얼거린다, 잎을 떨군다' 등에서 현재형 어미를 사용하여 시적 상황을 생동감 있게 드러냄	

한 줄 평 | 속세를 떠나 자연에 동화되고 싶은 마음을 표현한 시

청산행 ▸ 이기철

손 흔들고 떠나갈 미련은 없다
　　세속적 삶에 대한 미련을 부정함
며칠째 청산(靑山)에 와 발을 푸니
　　화자가 지향하는 공간
흐리던 산(山)길이 잘 보인다.
　　'청산'에 점차 적응함
상수리 열매를 주우며 인가(人家)를 내려다보고
　　'청산'에서의 소박한 삶
쓰다 둔 편지 구절과 버린 칫솔을 생각한다.
　　속세에 대한 미련을 완전히 떨치지는 못함

남방(南方)으로 가다 길을 놓치고

두어 번 허우적거리는 여울물

산 아래는 때까치들이 몰려와

모든 야성(野性)을 버리고 들 가운데 순결해진다.
　　자연 또는 본능 그대로의 거친 성질
길을 가다가 자주 뒤를 돌아보게 하는
　　　　　　　속세에 대한 미련
서른 번 다져 두고 서른 번 포기했던 관습(慣習)들
　　내적 지향점이 흔들려 고뇌했던 날이 오래 지속되었음
서(西)쪽 마을을 바라보면 나무들의 잔숨결처럼
　　　　　　　　　'저녁 연기'의 모습을 묘사(직유법)
가늘게 흩어지는 저녁 연기가

한 가정의 고민의 양식으로 피어오르고
　　　속세의 괴로움(은유법)
생목(生木) 울타리엔 들거미줄
　　　조화로운 자연의 모습
맨살 비비는 돌들과 함께 누워

실로 이 세상을 앓아 보지 않은 것들과 함께
　　　현실의 고통을 겪어 보지 않은 자연
잠들고 싶다.
자연에 동화되고 싶은 화자의 바람

■ : 자연
■ : 속세
□ : 화자의 시선 이동

감상 포인트
화자의 시선이 이동하고 있음을 확인하고, 화자의 시선이 머무는 공간 또는 소재에 대한 화자의 태도를 파악한다.

▸ 1~3행: 청산에 와서 변화된 화자의 인식

▸ 4~5행: 속세에 남겨 둔 것을 떠올림

▸ 6~14행: 청산에서 본 속세의 모습과 지난날에 대한 성찰

▸ 15~18행: 자연에 동화되고 싶은 마음

작품 분석 노트

• '손 흔들고 떠나갈 미련은 없다'의 의미
화자는 '손 흔들고 떠나'는 것을 '미련'이라고 표현하며, 인사를 건네는 행위조차도 속세에 대한 '미련'이라고 여기고 있다.

손 흔들고 떠나갈 미련은 없다

세속적 삶을 미련 없이 떠나 '청산'을 지향하려는 태도를 보여 줌

• '서른 번 다져 두고 ~ 관습들'의 의미

서른 번 다져 두고 서른 번 포기했던

'청산'에 귀의하고자 했으나 속세에 대한 미련으로 인해 포기했던 경험

↓

관습

화자의 내적 갈등이 긴 시간 지속되었음을 표현함

이 작품에서는 대립적 의미를 지닌 두 공간을 통해 화자의 내적 갈등과 주제 의식을 선명하게 드러내고 있으므로 두 공간의 시적 의미를 파악할 수 있어야 한다.

＋ 대립적 의미를 지닌 공간

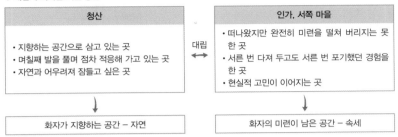

청산	대립	인가, 서쪽 마을
• 지향하는 공간으로 삼고 있는 곳 • 며칠째 발을 풀며 점차 적응해 가고 있는 곳 • 자연과 어우러져 잠들고 싶은 곳	↔	• 떠나왔지만 완전히 미련을 떨쳐 버리지는 못한 곳 • 서른 번 다져 두고도 서른 번 포기했던 경험이 있는 곳 • 현실적 고민이 이어지는 곳

↓	↓
화자가 지향하는 공간 – 자연	화자의 미련이 남은 공간 – 속세

핵심 포인트 **2**　시구의 의미 파악

이 작품은 대립적 의미의 두 공간과 관련된 화자의 정서를 개성적인 방식으로 표현하고 있으므로, 작품의 주제 의식과 관련지어 시구의 의미를 파악할 수 있어야 한다.

＋ 화자의 정서를 표현한 시구의 의미

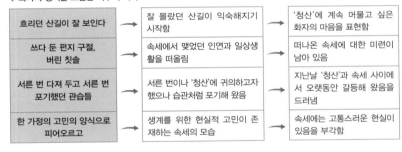

흐리던 산길이 잘 보인다	→	잘 몰랐던 산길이 익숙해지기 시작함	→	'청산'에 계속 머물고 싶은 화자의 마음을 표현함
쓰다 둔 편지 구절, 버린 칫솔	→	속세에서 맺었던 인연과 일상생활을 떠올림	→	떠나온 속세에 대한 미련이 남아 있음
서른 번 다져 두고 서른 번 포기했던 관습들	→	서른 번이나 '청산'에 귀의하고자 했으나 습관처럼 포기해 왔음	→	지난날 '청산'과 속세 사이에서 오랫동안 갈등해 왔음을 드러냄
한 가정의 고민의 양식으로 피어오르고	→	생계를 위한 현실적 고민이 존재하는 속세의 모습	→	속세에는 고통스러운 현실이 있음을 부각함

핵심 포인트 **3**　표현상 특징 파악

이 작품은 다양한 표현법을 통해 작품의 주제 의식을 드러내고 있으므로, 작품에 쓰인 다양한 표현법을 파악하고 그 효과를 이해할 수 있어야 한다.

＋ 표현상 특징

직유법	'나무들의 잔숨결처럼 가늘게 흩어지는 저녁 연기'	'저녁 연기'가 흩어지는 모습을 선명하고 생생한 이미지로 묘사함
은유법	'가늘게 흩어지는 저녁 연기가 한 가정의 고민의 양식으로 피어오르고'	'고민의 양식'은 '저녁 연기'를 은유적으로 표현한 것으로, 이를 통해 속세에 존재하는 현실적 고통을 인식하는 화자의 모습을 드러냄
활유법	'맨살 비비는 돌들'	'돌들'은 화자가 동화되고 싶어 하는 순결한 존재를 표현한 것으로, 자연물에 대해 화자가 느끼는 친밀감을 부각함

작품 한눈에

• 해제
〈청산행〉은 자연에 동화되어 살고 싶은 소망을 '청산'이라는 공간적 배경을 통해 노래한 작품이다. 화자는 현실에 대한 미련 없이 '청산'에 와 있다고 하지만 미련을 버리지 못하고 속세의 삶을 되돌아보며 내적 갈등을 느낀다. 그러나 속세에서의 현실적인 고통을 상기하고, 청산에서 순결한 존재들과 동화되고 싶은 소망을 드러내고 있다.

• 화자와 시적 상황
이 시의 화자는 청산에 와서 머물면서도 속세에 대한 미련을 버리지 못하는 자신을 성찰하며 자연과 함께 살고자 하는 마음을 드러내고 있다.

• 주제
현실을 벗어나 자연에 동화되고 싶은 소망

• 연계 학습 작품

> • 자연의 포용적인 모습을 노래한 작품
> 〈가을 떡갈나무 숲〉_이준관
> • 청산을 공간적 배경으로 설정한 작품
> 〈청산도〉_박두진

한 줄 평 | 석류꽃의 개화를 보며 자연과 합일되는 경험을 노래한 시

화체개현 ▶ 조지훈

꽃의 몸체가 열리면서 드러난다는 뜻

■ : 현재 시제의 활용 → 자연 현상이 일어나는 과정과 화자의 행동을 생동감 있게 나타냄

실눈을 뜨고 벽에 기대인다 아무것도 생각할 수가 없다

① 아무 생각 없이 벽에 기댄 상태 ▶ 1연: 꽃이 피는 순간을 기다림
몰아의 경지 – 꽃이 피는 상황에 몰입함 ■ : 동일한 시구의 반복 → 석류꽃의 개화
② 석류꽃의 개화(또는 일출)에 대한 관심, 기대 를 보기 전후 화자의 상태를 강조함

집채의 앞뒤에 오르내릴 수 있게 놓은 돌층계

짧은 여름밤은 촛불 한 자루도 못다 녹인 채 사라지기 때문에 섬돌 우에 문득 석

계절적 배경 '짧은 여름밤'의 강조, 시간의 흐름(밤 → 아침)

류꽃이 터진다

① 석류꽃의 개화 ② 아침이 되어 동이 트는 모습을 비유적으로 표현한 것으로 보기도 함 ▶ 2연: 석류꽃이 개화하는 순간

꽃망울 속에 새로운 우주가 열리는 파동! 아 여기 「태고(太古)적 바다의 소리 없는

석류꽃의 꽃봉오리가 터지는 모습. 석류꽃의 개화를 우주 탄생의 순간으로 인식함 강렬한 생명력을 느낌

물보래가 꽃잎을 적신다,

「 ♪ : ① 석류꽃이 펼쳐지는 과정 ② 아침 햇살이 사방으로 퍼지는 과정 ▶ 3연: 새로운 우주가 탄생하는 것과 같은 석류꽃의 개화

┌ 공간적 배경. 석류꽃(아침 햇살)과 ┌ ① 석류꽃과의 일체감
일체되는 충만감을 느끼는 공간 ② 화자에게 아침 햇살이 쏟아지는 상황 – 아침 햇살과의 일체감

방안 하나 가득 석류꽃이 물들어 온다 내가 석류꽃 속으로 들어가 앉는다 아무것

① 석류꽃을 보며 느끼는 충만감, 황홀감 ② 동이 터서 햇살이 방 안으로 들어오는 모습

도 생각할 수가 없다

물아일체의 상태. 자연의 신비로움을 느끼는 화자의 감동 ▶ 4연: 석류꽃의 개화를 보며 느낀 일체감과 감동

감상 포인트

석류꽃의 개화를 보며 화자가 느끼는
감동이 어떻게 표현되어 있는지를 파
악한다.

작품 분석 노트

• 동일한 시구의 반복과 그 효과

1연과 4연에서 '아무것도 생각할 수가
없다'라는 시구를 반복하고 있다. 이
를 통해 석류꽃의 개화를 본 이후 화
자가 느끼는 감동을 부각하고 있다.

(1연) 아무것도 생각할 수가 없다	① 꽃이 피는 상황에 몰입한 상태 ② 꽃이 피는 순간 또 는 동이 트는 것을 기다리는 상태

↓

(4연) 아무것도 생각할 수가 없다	생명의 탄생과 물아 일체의 경지에서 느 끼는 경이로움

• '여름밤'의 속성과 '석류꽃'의 비유적
의미

화자는 여름밤이 '촛불 한 자루도 못
다 녹인 채 사라'질 정도로 짧기 때문
에 '석류꽃이 터진다'라고 표현하여
밤이 끝나는 것과 석류꽃의 개화를
연결 짓고 있다.
밤이 지나고 해가 뜨는 아침은 모든
생명이 약동하는 시간이다. 이 시에서
석류꽃이 피는 아침은 생명을 약동시
킨다는 점에서 '석류꽃'은 일출을 비
유한다고도 볼 수 있다.

여름밤
촛불 한 자루도 못다 녹일 만큼 짧음

↓ 그렇기 때문에
아침이 빨리 와서

석류꽃이 터진다

‖

해가 뜨고 아침이 된다

핵심 포인트 1   작품의 종합적 이해

이 작품은 시간의 흐름에 따라 시상을 전개하면서 석류꽃이 개화하는 순간을 선명한 이미지로 표현하여 그때 느끼는 화자의 감동을 나타내고 있다. 한편, 이 작품에서 석류꽃의 개화는 아침이 되어 동이 트는 모습을 비유한 것으로 파악할 수도 있으므로 '석류꽃'의 다양한 의미까지 파악해야 한다.

+ 시간의 흐름에 따른 시상 전개와 '석류꽃'의 비유적 의미

밤	실눈을 뜨고 벽에 기댐	··· 꽃이 피는 순간을 기다리며 몰입함
	'아무것도 생각할 수가 없다'	

↓ 시간의 흐름 ······ 촛불 한 자루도 녹이지 못할 만큼 짧은 여름밤이 지나감

아침	・문득 석류꽃이 터짐 ・꽃망울 속에 새로운 우주가 열림 ・태고적 바다의 소리 없는 물보라가 꽃잎을 적심 ・방 안 하나 가득 석류꽃이 물들어 옴	≒	**일출을 비유적으로 표현한 경우** ・갑자기 해가 뜨기 시작함 ・햇살을 보며 새로운 아침의 생명력을 느낌 ・햇살이 방 안에 들어오는 아늑함과 감동

↓

화자의 반응	'내가 석류꽃 속으로 들어가 앉는다'	··· 석류꽃(또는 아침 햇살)과 하나가 되는 신비로운 체험
	'아무것도 생각할 수가 없다'	··· 자연과 합일되는 충만감, 황홀감을 느낌 ◄

핵심 포인트 2   시구의 의미 파악

이 작품은 석류꽃의 이미지를 '물'의 이미지와 결합하여 형상화하고 있다. 따라서 이와 관련된 시구의 의미를 파악할 수 있어야 한다.

+ 주요 시구의 의미

꽃망울 속에 새로운 우주가 열리는 파동!	꽃봉오리가 터지는 모습 또는 햇살이 퍼져 나가는 모습을 표현함. '새로운 우주'는 석류꽃이라는 생명의 탄생으로 만들어진 작은 세계를 나타냄
태고적 바다의 소리 없는 물보래가 꽃잎을 적신다	꽃잎이 펼쳐지는 모습 또는 아침 햇살이 퍼지는 모습을 바다에 물보라가 일어나는 것에 빗대어 표현함
방 안 하나 가득 석류꽃이 물들어 온다	석류꽃이 펼쳐져 방 안까지 물들어 오는 것 또는 아침 햇살이 방 안 가득 들어오는 것을 나타냄

핵심 포인트 3   표현상 특징 파악

이 작품은 석류꽃이 개화하는 순간에 느낀 감동과 일체감을 다양한 표현 방식을 활용하여 표현하고 있다. 따라서 작품에 쓰인 다양한 시적 형상화 방법을 파악할 수 있어야 한다.

+ 표현상 특징

계절감이 드러나는 소재 사용	'짧은 여름밤'에서 계절감이 드러나는 표현을 통해 짧은 밤이 지나간 뒤 경이롭고 황홀한 생명력을 체험한 화자의 놀라움을 부각함
동일한 시구의 반복	'아무것도 생각할 수가 없다'를 반복하여 석류꽃의 개화를 보고 느낀 감동을 부각함
현재 시제 사용	'기대인다', '터진다', '적신다', '물들어 온다', '들어가 앉는다'에서 현재형 어미 '−ㄴ다 / −는다'를 사용하여 꽃이 피거나 동이 트는 현상이 일어나는 과정과 화자의 행동을 생동감 있게 표현함
색채 대비	'석류꽃'과 '바다'는 각각 붉은색과 푸른색으로 선명한 색채 대비를 이루어 생명 탄생의 순간을 부각함
명사 종결과 영탄적 표현	'우주가 열리는 파동!'에서 명사로 시구를 종결하면서 느낌표를 사용하고 '아 여기 태고적 ~ 꽃잎을 적신다'에서는 감탄사를 사용하여 꽃망울이 터지는 순간의 황홀감, 경이로움 등의 감정을 부각함

 작품 한눈에

・해제
〈화체개현(花體開顯)〉은 석류꽃이 피는 모습에서 새로운 우주가 열리는 듯한 경이로움을 느낀 감동을 표현하고 있는 작품이다. 화자는 석류꽃이 피는 순간 아무것도 생각할 수 없는 몰아의 상태에 있다가 석류꽃과 하나가 되는 물아일체의 상태에 이르는 황홀감을 경험한다. 이 작품에서 석류꽃의 개화는 아침에 동이 트는 모습을 비유한 것으로 해석되기도 한다.

・화자와 시적 상황
이 시의 화자는 아무 생각을 할 수가 없는 밤에 벽에 기대어 실눈을 뜨고 석류를 바라보고 있다. 밤이 지나고 석류꽃이 개화하는 것을 보며 우주 탄생의 순간을 떠올리고, 석류꽃이 펴서 방 안이 모두 환해진 것을 보며 경이로움을 느끼고 있다.

・주제
① 석류꽃의 개화(일출)를 보며 느낀 신비로움
② 생명 탄생의 감동
③ 자연과 합일되는 경이로운 경험

・연계 학습 작품
- ・생명에 대한 경이로움을 주제로 한 작품
〈생명〉_김남조
- ・자연과의 합일을 추구하는 작품
〈하늘〉_박두진

한 줄 평 │ 스스로 고치를 만들고 나비가 되는 누에의 노력을 노래한 시

누에 ▶ 최승호

누에들은 은수자(隱修者)다. 자승자박의 흰 동굴로 들어가 문을 닫고 조용히 몸
스스로 실을 뽑아 자신을 얽매는 행위
은유법. 의인법 – 고치 속에 있는 누에를 비유함 | 누에의 고치를 비유함. 색채 이미지 | ♪: 누에들을 '은수자'에 비유한 이유
을 감춘다. 혼자 웅크린 번데기의 시간에 존재의 변모는 시작된다. 세포들이 다시
고독하게 변화를 감내해야 하는 시간 | 나비로 되는 과정 ─┐ □: 설의법 – 꿈의 힘이 있어야 나비가 될 수 있음
배열되고 없었던 날개가 창조된다 이 신비로운 변모가 꿈의 힘 없이 가능했을까.
'존재의 변모'가 진행되는 과정 | 고치를 뚫고 | 나비가 되겠다는 의지 ▶ 나비가 되려는 누에의 꿈
어느 날 해맑은 아침의 얼굴이 동굴을 열고 나온다. 회저(壞疽)처럼 고통스러웠던
나비가 된 누에 – 순수하고 생명력 넘치는 모습 | 번데기가 나비가 되는 과정이 고통스럽고 신비하고 어려웠을 것이라는 인식
연금술의 긴 밤을 지나 비로소 하늘 백성의 날갯짓이 시작되는 것이다. 밖에서 구멍
나비가 된 누에 – 하늘을 날 수 있는 자유를 얻음 ┌ : 고통을 극복하여 얻은 날개
을 뚫어주는 누에의 왕은 없다. 누에들은 언제나 자신들이 벽을 뚫어야 하며 안쪽에
나비가 고치 밖으로 나오도록 돕는 존재 | 스스로의 힘으로 '존재의 변모'를 완성해야 함 – 주체 스스로의 노력의 중요성 강조
서 뚫어야 한다는 것을 잘 알고 있다. ■: 현재형 어미의 활용 – 누에가 변모 ▶ 자기 힘으로 나비가 된 누에
하는 과정을 생동감 있게 표현함 | 다른 존재의 도움이 없는 공간

■ 은수자: 숨어서 도를 닦는 사람.
■ 자승자박: 자기의 줄로 자기 몸을 옭아 묶는다는 뜻으로, 자기가 한 말과 행동에 자기 자신이 옭혀 곤란하게 됨을 비유적으로 이르는 말.
■ 회저: '괴저'의 비표준어로, 살점이 문드러져 떨어져 나가는 병.
■ 연금술: 고대 이집트에서 시작되어 아라비아를 거쳐 중세 유럽에 전해진 원시적 화학 기술. 구리·납·주석 따위의 비금속으로
금·은 따위의 귀금속을 제조하고, 나아가서는 늙지 않는 영약(靈藥)을 만들려고 한 화학 기술.

감상 포인트

누에가 나비가 되는 과정을 바탕으로
비유적 표현의 의미와 그 과정에 대
한 화자의 생각을 파악한다.

작품 분석 노트

• 비유적 표현

이 작품은 누에가 고치 속에 들어가
번데기가 되었다가 나비가 되는 과정
을 다양한 비유적 표현으로 나타내고
있다.

누에	은수자: 누에가 나비가 되기 위해 고치 속에 들어가 있는 모습을 표현함
번데기, 고치	• 자승자박의 흰 동굴: 누에가 실을 뽑아 스스로 그 속으로 들어가는 곳인 고치를 형상화함 • 고통스러웠던 연금술: 고치 안에서 번데기가 나비로 변하는 과정의 고통과 신비로움을 표현함
나비	• 해맑은 아침의 얼굴: 순수하고 생명력 넘치는 나비의 모습을 형상화함 • 하늘 백성: 땅을 벗어나 하늘을 자유롭게 날 수 있는 나비를 표현함

↓

나비가 되기 위해 꿈과 의지를 갖고
고독하고 고통스러운 과정을 견딘
누에의 변모를 형상화함

• '안'과 '밖'의 대비

이 작품에서는 누에가 만든 고치의
안과 밖이 대비되고 있다. 이러한 공
간의 대비를 통해 바깥과 완전히 차
단된 공간에서 진행되는 존재의 변모
와 그 결과를 나타내고 있다.

고치 안	고치 밖
• 혼자 웅크려 있는 공간 • 존재의 변모를 이루어 내는 공간: 세포들이 다시 배열되는 고통스러운 공간, 날개가 만들어지는 창조의 공간 • 스스로 구멍을 뚫는 공간	• 나비가 되어 나올 수 있는 공간 • 날갯짓을 할 수 있는 공간 → 자유를 얻을 수 있는 공간

↓

존재가 변모되기 위해서는 고통을
감내하고 스스로 내면에서부터
변화할 필요가 있음을 나타냄

핵심 포인트 1 작품의 주제 의식 파악

이 작품은 누에가 고치 속에 들어가 번데기로 있다가 고치에서 나와 나비가 되는 과정에 따라 시상이 전개되고 있다. 따라서 이 과정에서 변화되는 대상의 모습을 살펴보고 나비가 되기 위해 필요한 태도를 파악할 수 있어야 한다.

+ 누에의 변모 과정에 따른 시상 전개

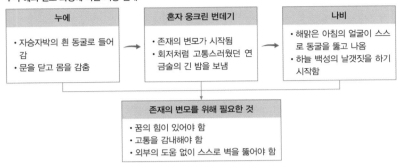

핵심 포인트 2 표현상 특징 파악

이 작품은 다양한 표현 방법을 활용하여 누에의 변모 과정과 그에 대한 화자의 인식을 효과적으로 드러내고 있다. 따라서 이처럼 작품에 쓰인 형상화 방법들을 파악할 수 있어야 한다.

+ 표현상 특징

의인화	'누에들은 은수자다.'에서 고치 속에 있는 누에를 숨어서 도를 닦는 사람에 빗대어 의인화하여 나타냄
설의법	'가능했을까.'에서 설의법을 통해 '꿈의 힘'이 없이는 누에의 변모가 불가능했을 것임을 강조함
단정적 어조	'없다', '잘 알고 있다'에서 단정적 어조를 사용해 존재의 변모를 위해 스스로를 감춘 뒤 고통을 감내하고 나비가 되는 누에에 대한 화자의 감상을 드러냄
현재 시제의 활용	'감춘다', '시작된다', '창조된다', '나온다'에서 현재형 어미를 사용하고, '시작' –
과정을 나타내는 어휘	'다시 배열' – '창조', '긴 밤을 지나' – '날갯짓이 시작'과 같은 과정을 나타내는 어휘를 사용하여 누에가 나비로 변모하는 과정을 생동감 있게 표현함

핵심 포인트 3 다른 작품과의 비교

이 작품은 고통을 감내하고 꿈을 이루어 내는 자연물에 대한 감상을 노래하고 있으므로, 유사한 소재와 주제 의식을 가진 시와 함께 비교할 수 있어야 한다.

+ 도종환의 〈담쟁이〉와의 비교

저것은 벽 어쩔 수 없는 벽이라고 우리가 느낄 때 그때 / 담쟁이는 말없이 그 벽을 오른다. 물 한 방울 없고 씨앗 한 톨 살아남을 수 없는 저것은 절망의 벽이라고 말할 때 담쟁이는 서두르지 않고 앞으로 나간다	한 뼘이라도 꼭 여럿이 함께 손을 잡고 올라간다 푸르게 절망을 다 덮을 때까지 바로 그 절망을 잡고 놓지 않는다 저것은 넘을 수 없는 벽이라고 고개를 떨구고 있을 때 담쟁이 잎 하나는 담쟁이 잎 수천 개를 이끌고 결국 그 벽을 넘는다.

→ 〈담쟁이〉에서는 담쟁이가 벽을 오르는 모습을 보며 부정적인 현실의 벽 앞에서 쉽게 포기하고 좌절하는 사람들에게 교훈적인 메시지를 전달하고 있다. 〈누에〉와 〈담쟁이〉는 자연물의 본능적인 행위와 모습을 인간의 삶에 적용하여, 절망과 고통을 감내하고 극복해 내는 인간의 모습을 형상화하고 있다는 점에서 공통적이다. 그러나 〈누에〉의 '누에'는 스스로 만든 고치 속에서 고독하고 고통스러운 시간을 보낸 뒤 혼자의 힘으로 이를 헤쳐 나가는 모습을 보이는 한편, 〈담쟁이〉의 '담쟁이'는 외부의 절망과 고통을 극복하기 위해 여럿이 함께 헤쳐 나간다는 점에서 차이가 있다.

작품 한눈에

• 해제
〈누에〉는 누에가 나비가 되어 가는 과정을 숨어서 도를 닦는 사람에 빗대어 형상화하고 있는 작품이다. 누에는 나비가 되기 위하여 스스로 실을 내뿜어 고치를 짓고 그 속으로 들어간 뒤 번데기로 변모를 한다. 그 후 스스로의 힘으로 고치의 벽을 뚫고 나와야 한다. 화자는 자신의 꿈을 이루기 위해 고통을 감내하고, 자신의 힘으로 나비가 된 누에의 노력을 표현하고 있다.

• 화자와 시적 상황
이 시의 화자는 누에가 스스로 고치를 만든 뒤 나비가 되는 과정에 대한 자신의 인식을 드러내고 있다. 화자는 누에가 고치 속에서 고독한 시간을 보내며 고통을 감내하고, 그 끝에 스스로 고치를 뚫고 나옴으로써 새로운 존재로 탈바꿈한다는 것에 주목하고 있다.

• 주제
고통을 감내하여 나비로 변모하는 누에의 노력

• 연계 학습 작품

• 인고의 시간 속에서 스스로를 단련하는 곤충의 모습을 노래한 작품 〈동면하는 곤충의 노래〉_이용악
• 고통을 감내하는 자연물에 관한 작품 〈담쟁이〉_도종환

한 줄 평 | 사랑하는 사람을 잃은 비탄과 절망감을 격정적으로 노래한 시

초혼 ▸ 김소월

→ 교과서 수록 [문학] 미래엔
→ 기출 수록 [교육청] 2003 3월

임의 부재, 죽음 암시

산산이 부서진 **이름이여!**

허공중에 헤어진 **이름이여!**
　　　　흩어진

불러도 주인 없는 **이름이여!**
죽은 사람의 이름을 부르고 있는 화자의 모습

부르다가 내가 죽을 **이름이여!**
극단적 표현 → 임을 잃은 슬픔과 그리움을 격정적으로 드러냄

■ : 반복법, 영탄법 ― 조사 '이여'를 반복
→ 임을 잃은 화자의 애절한 심정 강조, 운율 형성

▸ 1연: 죽은 임의 이름을 부르는 슬픔과 절규

심중에 남아 있는 말 한마디는
마음속에　　　　임을 사랑한다는 말

끝끝내 마저 하지 못하였구나.
임에게 사랑을 고백하지 못한 것에 대한 후회

사랑하던 그 **사람이여!**

사랑하던 그 **사람이여!**

□ : 반복법, 영탄법 ― 사별의 아픔과 임에 대한 그리움 강조

▸ 2연: 사랑을 고백하지 못한 안타까움

붉은 해는 서산마루에 걸리었다.
① 낮에서 밤으로 넘어가는 시간적 배경 → 소멸의 이미지, 애상적 분위기 형성 ② 낮과 밤의 경계: 삶과 죽음의 경계 상징

사슴의 무리도 슬피 운다.
　　　　감정 이입

떨어져 나가 앉은 **산 위**에서
① 임과 멀리 떨어진 곳(거리감, 좌절감) ② 임이 있는 곳(하늘)과 가까운 곳(간절한 그리움)

나는 그대 이름을 부르노라.

감상 포인트
시적 공간의 특성을 이해하고 이를 바탕으로
작품의 주제 의식을 파악하도록 한다.

▸ 3연: 영원한 이별로 인한 무력감과 좌절감

화자의 심정을 직설적으로 드러냄
설움에 겹도록 부르노라.
　　　　견딜 수 없을 정도로

설움에 겹도록 부르노라.

부르는 소리는 비껴가지만

하늘과 땅 사이가 너무 넓구나.
임(저승)과 화자(이승) 사이의 거리 확인 → 절망감의 심화

▸ 4연: 삶과 죽음 사이의 절망적 거리감

선 채로 이 자리에 돌이 되어도
망부석 설화 차용: 임에 대한 화자의 간절한 그리움이 응집된 상징물

부르다가 내가 죽을 **이름이여!**

사랑하던 그 **사람이여!**

사랑하던 그 **사람이여!**

▸ 5연: 임을 향한 그리움과 영원한 사랑

작품 분석 노트

• 제목 '초혼'의 의미

초혼
죽은 사람의 이름을 세 번 부름으로써 그 사람을 소생하게 하려는 전통적인 의식

죽은 이를 보내야 하는 슬픔과 안타까운 마음을 표현

• 시의 공간 구성과 화자의 행위

화자는 자신이 있는 '땅'과 임이 존재하는 '하늘'의 거리감을 확인하고 절망감을 느끼지만 임의 이름을 부르는 행위를 멈추지 않음으로써 임에 대한 간절한 그리움을 표현하고 있다.

하늘(죽음)	거리감	땅(삶)
'사랑하던 그 사람'(임)이 있는 곳	↔	'나'(시적 화자)가 있는 곳

임의 이름을 부르는 행위
임에 대한 간절한 그리움을 표현

• 망부석 설화

내용	절개 굳은 아내가 멀리 떠난 남편을 고개나 산마루에서 기다리다가 돌이 되었다는 이야기
대표 설화	신라 눌지왕 때 고구려에 볼모로 잡혀간 왕제(王弟)를 구해 온 박제상은 집에도 들르지 아니하고 바로 왜국에 건너가서 또 다른 왕제를 구해서 신라로 보냈다. 이 일이 탄로나 왜국의 신하가 되라는 강요를 받게 되는데, 신라의 신하를 고집하다가 결국 죽는다. 제상의 부인은 남편을 그리워하며 세 딸을 데리고 치술령이라는 고개에 올라가 왜국 쪽을 바라보며 통곡하다가 죽어서 망부석이 되었다.

• '돌'의 의미

망부석 설화와 관련됨	
의미	• 그리움과 한의 응결체 • 임의 죽음에도 자신의 사랑은 영원하다는 화자의 의지 표현

핵심 포인트 **1** 작품의 배경과 그 의미 파악

이 작품은 해 질 무렵, 산 위라는 시간적·공간적 배경을 통해 삶과 죽음, 사별한 임에 대한 절절한 그리움을 표현하므로 이와 연관된 시구를 파악하고 이해할 수 있어야 한다.

+ 작품의 시간적·공간적 배경 파악

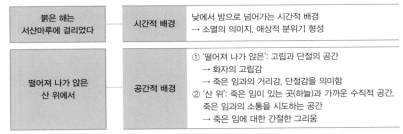

붉은 해는 서산마루에 걸리었다	시간적 배경	낮에서 밤으로 넘어가는 시간적 배경 → 소멸의 의미지, 애상적 분위기 형성
떨어져 나가 앉은 산 위에서	공간적 배경	① '떨어져 나가 앉은': 고립과 단절의 공간 → 화자의 고립감 → 죽은 임과의 거리감, 단절감을 의미함 ② '산 위': 죽은 임이 있는 곳(하늘)과 가까운 수직적 공간, 죽은 임과의 소통을 시도하는 공간 → 죽은 임에 대한 간절한 그리움

핵심 포인트 **2** 작품에 나타난 전통적 요소 파악

이 작품은 한국 시가 전통을 계승하고 있는 작품이므로 내용, 형식 면에서 어떤 전통을 계승하고 있는지 파악할 수 있어야 한다.

+ 〈초혼〉이 계승한 한국 시가의 전통

내용	형식	
전통적 정서인 설움과 한(恨)의 정서가 드러남	3음보의 민요조 율격이 사용됨	
	〈초혼〉	산산이 / 부서진 / 이름이여!
	고려 가요 〈가시리〉	가시리 / 가시리 / 잇고

↓

내용이나 형식 면에서 민족적 보편성이 드러남

핵심 포인트 **3** 표현상 특징 파악

이 작품은 다양한 표현법을 통해 사랑하던 임과 사별한 슬픔을 절절하게 드러내고 있으므로 표현상의 특징과 그 효과를 파악할 수 있어야 한다.

+ 표현상 특징과 효과

영탄법·반복법	• '~ 이름이여!' • '사랑하던 그 사람이여!' • '부르다가 내가 죽을 이름이여!'	→	임을 잃은 화자의 애절한 그리움과 슬픔을 강조함
감정 이입	'사슴의 무리도 슬피 운다.'	→	이별로 인한 슬픔과 허무함을 '사슴의 무리'에 의탁해서 표현함
과장	'부르다가 내가 죽을 이름'	→	임과 사별한 슬픔을 격정적으로 드러냄

• **해제**
〈초혼〉은 전통 상례에서 죽은 이의 영혼을 불러들이는 초혼 의식을 소재로 하여, 사랑하는 사람을 잃은 한(恨)을 3음보 민요조의 율격으로 형상화한 작품이다. 시적 화자는 생과 사의 경계의 시간인 해 질 무렵, 고립과 단절의 공간인 산 위에서 애절하게 임을 부르며 서러워하고 있다. 그러한 화자의 애타는 '설움'은 '사슴의 무리'에 이입되어 나타나기도 한다. 화자는 '하늘과 땅 사이'의 너무도 넓은 간극을 확인하고 절망감에 빠진다. 그러나 화자는 마지막 연에서 '돌'이 될지라도 임의 '이름'을 부르겠다며 영원한 사랑을 다짐한다.

• **화자와 시적 상황**
이 시의 화자('나')는 임과 사별한 상황에서 애절하게 임의 '이름'을 부르며 그리워하고, 슬퍼하고 있다.

• **주제**
임의 죽음으로 인한 슬픔과 임에 대한 그리움

• **연계 학습 작품**

> • 사별한 자식을 그리워하는 노래 〈유리창 1〉_정지용
> • 사별한 이를 그리워하는 노래 〈이별가〉_박목월

한 줄 평 | 죽음으로 인한 이별의 안타까움과 생사를 초월한 인연에 대해 노래한 시

이별가 ▸ 박목월

···▸ 기출 수록 수능 1997

'뭐라고 하느냐?'라는 의미의 경상도 방언
뭐락카노, 저편 강기슭에서
　　　　　　'니'(청자)가 있는 공간 – 저승

「니 뭐락카노, 바람에 불려서」『 ♪ 바람 때문에 상대의 말이 잘 안 들림
청자(망자)　　　△: 화자(이승)와 청자(저승) 간 소통의 장애 요소

이승 아니믄 저승으로 떠나는 뱃머리에서
　　　　　　이승과 저승의 갈림길(화자의 위치)

나의 목소리도 바람에 날려서
▸ 1, 2연: 이승과 저승 사이의 거리감

뭐락카노 뭐락카노

썩어서 동아밧줄은 삭아 내리는데
　화자와 청자(망자)의 인연(동아밧줄)이 소멸되어 감

하직을 말자 하직 말자
　　　이별에 대한 거부(반복)
인연은 갈밭을 건너는 바람

■: 점층, 반복 – 망자와의 소통 단절과 그로 인한 안타까움 심화
뭐락카노 뭐락카노 뭐락카노

니 흰 옷자라기만 펄럭거리고……
수의(죽음을 상징하는 소재)를 환기　　□: 말줄임표의 사용
　　　　　　　　　　　– 말로 표현하기 어려운 정서의 표현
▸ 3~5연: 인연이 다함에 대한 안타까움

오냐. 오냐. 오냐.
■: 죽음의 수용, 화자가 청자(망자)의 말을 알아들음(반복)
이승 아니믄 저승에서라도……
■: 망자와의 인연 지속에 대한 소망(반복)

이승 아니믄 저승에서라도

인연은 갈밭을 건너는 바람
▸ 6, 7연: 인연을 이어 가고자 하는 소망

뭐락카노, 저편 강기슭에서

니 음성은 바람에 불려서
○: 화자(이승)와 청자(저승) 간 소통의 매개

감상 포인트
죽음을 대하는 화자의 정서와 태도 및 이를
드러내는 표현상 특징을 파악한다.

오냐. 오냐. 오냐.

나의 목소리도 바람에 날려서.
▸ 8, 9연: 이승과 저승의 거리감과 생사를 초월한 인연

작품 분석 노트

• '강'의 의미와 기능

강

• 삼도천: 불교에서 말하는, 사람이 죽어서 저승으로 가는 도중에 있는 큰 강
• 스틱스강: 그리스 신화에 등장하는, 저승을 둘러싸고 흐르는 강

동서양을 막론하고 '이승과 저승의 경계'를 의미함(원형적 상징)

↓

• 이 작품에서도 이승의 화자와 저승의 청자 사이에 놓인 경계로 기능함
• 화자와 청자가 소통을 시도하는 공간적 배경으로 기능함

• '바람'의 의미와 기능

1, 2연의 '바람'
이승의 화자와 저승의 청자 간 소통을 방해하는 역할

4, 7연의 '바람'
'인연'으로 의미가 전환됨

↓

8, 9연의 '바람'
이승의 화자와 저승의 청자 간 소통을 도와주는 역할

핵심 포인트 1   화자의 정서와 태도 파악

이 작품의 시적 상황과 공간적 배경의 특징을 파악하고 이를 바탕으로 화자의 정서와 태도를 파악할 수 있어야 한다.

+ 시적 상황과 공간적 배경

청자('니')		화자('나')
'저편 강기슭'(저승) → 죽음으로 인한 이별의 상황	바람에 불림 → 강 ← 바람에 날림	'뱃머리'에서 죽은 청자와의 소통을 시도하고 있는 상황

+ 죽음에 대한 화자의 정서와 태도

썩어서 동아밧줄은 삭아 내리는데 // 하직을 말자 하직 말자	죽음으로 인해 인연이 소멸되는 데 대한 안타까움으로 이별을 거부하는 태도를 나타냄
오냐. 오냐. 오냐. / 이승 아니면 저승에서라도	죽음을 수용하며 저승에서라도 죽은 청자와의 인연을 이어 나가고 싶어 함

핵심 포인트 2   표현상 특징 파악

이 작품에서 죽음을 대하는 화자의 정서와 태도를 드러내기 위해 사용된 표현상 특징을 파악할 수 있어야 한다.

+ 표현상 특징과 효과

반복	• '뭐락카노, 저편 강기슭에서', '니 ~ 바람에 불려서', '나의 목소리도 바람에 날려서' → 이승과 저승 사이에서 화자가 느끼는 단절감을 강조함 • '하직을 말자 하직 말자' → 이별을 거부하는 화자의 태도를 강조함 • '인연은 갈밭을 건너는 바람', '이승 아니면 저승에서라도' → 저승에서라도 인연을 이어 가고자 하는 화자의 간절함을 나타냄 • '오냐. 오냐. 오냐.' → 청자의 말에 수긍하는 듯한 화자의 대답을 통해 죽음을 수용하는 화자의 태도를 드러냄
점층	[1연] '뭐락카노' [3연] '뭐락카노 뭐락카노' [5연] '뭐락카노 뭐락카노 뭐락카노' → '뭐락카노'를 점진적으로 늘려 사용하여 화자가 느끼는 단절감과 안타까움이 심화됨을 나타냄
문장 부호 활용	'니 흰 옷자라기만 펄럭거리고……', '이승 아니면 저승에서라도……'에서 말줄임표(……) 사용 → 화자의 정서를 말로는 다 표현할 수 없음을 드러내며 여운을 남김

핵심 포인트 3   외적 준거에 따른 감상

이 작품은 지인의 죽음을 제재로 하고 있으므로 이와 관련한 외적 준거를 통해 작품을 해석할 수 있어야 한다.

+ 박목월의 시적 경향과 〈이별가〉

> 박목월의 초기 시들은 자연과의 교감과 향토적 서정을 다룬 작품이 많았다. 그러나 이후 전쟁의 경험에 가장이라는 생활인으로서의 경험이 더해지면서 삶과 죽음, 일상의 문제로 시적 경향의 변화가 나타났다. 특히 〈하관〉, 〈이별가〉와 같은 작품은 죽음으로 인한 단절의 비극성을 드러내는데, 여기에는 시인이 겪은 아버지와 아우 등의 죽음이 영향을 미친 것으로 보인다. 두 작품 모두 산 자와 죽은 자의 이별을 다루고 있으며 이승과 저승 간 거리감을 독창적으로 표현하고 있다. 또한 똑같이 죽음을 다루고 있으나 김소월의 〈초혼〉처럼 격정적으로 정서를 표출하기보다는 절제된 대응이 나타나는데, 이는 죽음을 유한한 인간의 어쩔 수 없는 한계로 받아들이는 인식과 태도를 바탕으로 한다.

작품 한눈에

• 해제

〈이별가〉는 죽은 이에 대한 그리움과 안타까움의 정서를 형상화한 작품이다. 화자는 이승(삶의 공간)과 저승(죽음의 공간)의 경계인 '강'을 사이에 두고 죽음을 넘어서는 인연에 대한 소망과 의지를 드러내고 있다.

• 화자와 시적 상황

화자인 '나'는 이승과 저승을 가르는 강을 사이에 두고 저편 강기슭에 위치한 죽은 지인과 소통하려 하지만 서로의 말은 바람에 날리거나 불려 가 버린다. 인연이 소멸되어 가는 것을 안타까워하던 화자는 죽은 지인과 저승에서라도 인연을 이어 가기를 소망하며 지인의 죽음을 받아들인다.

• 주제

생사를 초월한 이별의 정한

• 연계 학습 작품

> • 죽음으로 인한 정한을 노래한 작품
〈하관〉_박목월
〈초혼〉_김소월
〈산문에 기대어〉_송수권

기출 확인

1997학년도 수능

[화자의 정서와 태도 파악]
• 헤어짐의 상황을 받아들여 기다림으로 극복하고자 한다.

[표현상 특징 파악]
• 말끝을 감춤으로써 말로 표현하기 어려운 정서를 표출하고 있다.
• 시어를 점층적으로 반복함으로써 고조되는 감정을 나타내고 있다.
• 일상적 대화의 말투를 구사함으로써 시적 상황을 생생하게 묘사하고 있다.
• 사투리를 적절하게 사용함으로써 현실감과 운율의 효과를 동시에 얻고 있다.

한 줄 평 | 이별의 긍정적 수용을 통한 내면의 성숙을 노래한 시

낙화 ▶ 이형기

··· 기출 수록 수능 2014 A형

「가야 할 때가 언제인가를
꽃이 지는 순간 ≒ 이별의 순간

분명히 알고 가는 이의
『 ♪: 지는 꽃(낙화) ≒ 이별해야 할 때 이별을 받아들이는 사람

뒷모습은 얼마나 아름다운가.
설의법 – 가야할 때를 알고 떠나는 성숙한 이별의 아름다움 강조

▶ 1연: 이별의 아름다움

젊은 시절
「봄 한철

격정을 인내한
강렬하고 갑작스러워 누르기 어려운 감정

나의 사랑은 지고 있다.」 ♪: 이별을 꽃이 지는 모습에 빗대어 표현함. 하강적 이미지
개화한 꽃 ≒ 젊은 시절의 사랑

▶ 2연: 이별의 순간

분분한 낙화……
꽃이 떨어지는 모습 ≒ 이별하는 모습 → 시각화하여 구체화함

결별이 이룩하는 축복에 싸여
역설법 – 이별이 주는 정신적 성숙을 의미. 이별에 대한 긍정적 인식

지금은 가야 할 때,
이별을 순리로 수용하는 태도

▶ 3연: 이별의 수용

무성한 녹음(綠陰)과 그리고
여름 – 낙화 이후의 과정 ①

머지않아 열매 맺는
가을 – 낙화 이후의 과정 ② 영혼의 성숙을 의미함

가을을 향하여

나의 청춘은 꽃답게 죽는다.
결실을 위한 낙화, 내적 성숙을 위한 이별

▶ 4, 5연: 이별의 의의

헤어지자
이별의 수용

섬세한 손길을 흔들며
의인법 – 낙화를 통해 이별을 시각적으로 형상화함

「하롱하롱 꽃잎이 지는 어느 날」 ♪: 낙화를 시각적으로 형상화함
작고 가벼운 물체가 떨어지면서 잇따라 흔들리는 모양

▶ 6연: 이별의 아름다운 모습

나의 사랑, 나의 결별,
'낙화'를 화자의 이별과 연관시켰음을 알 수 있음

「샘터에 물 고이듯 성숙하는
직유법

내 영혼의 슬픈 눈.」 ♪: 영혼이 성숙하는 과정을 샘터에 물이 고이는 모습에 비유함
슬프지만 이별을 아름답게 받아들이는 모습 – 정신적 성숙

▶ 7연: 이별을 통한 영혼의 성숙

작품 분석 노트

• 소재의 상징적 의미

이 작품에서 '꽃', '낙화', '열매'는 인생 사와 연결되어 상징적 의미를 지니고 있다.

꽃		사랑
낙화	→	이별
열매		성숙

• 역설법

이 시에서는 역설법을 사용하여 이별을 겪고 난 뒤 인간의 영혼이 더욱 성숙해질 수 있다는 화자의 인식을 표현하고 있다.

결별이 이룩하는 축복

↓

결별	축복
꽃이 떨어짐(낙화)	무성한 녹음과 열매 맺음

사랑하는 대상과의 이별	이별을 통해 얻는 정신적 성숙

↓

고통스러운 이별을 통해 내적 성숙을 이룰 수 있다는 인식

감상 포인트

꽃이 진 후 열매가 맺히는 자연 현상을 통해 인생에서 이별의 의미를 어떻게 형상화했는지 파악한다.

핵심 포인트 1 '이별'에 대한 화자의 인식

이 작품에서 화자는 꽃이 지는 광경(낙화)을 바라보면서 이별에 대한 인식을 드러내고 있으므로 화자의 인식이 드러난 시어나 시구의 의미를 파악할 수 있어야 한다.

+ 이별에 대한 화자의 인식

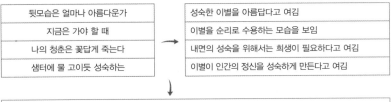

뒷모습은 얼마나 아름다운가	성숙한 이별을 아름답다고 여김
지금은 가야 할 때	이별을 순리로 수용하는 모습을 보임
나의 청춘은 꽃답게 죽는다	내면의 성숙을 위해서는 희생이 필요하다고 여김
샘터에 물 고이듯 성숙하는	이별이 인간의 정신을 성숙하게 만든다고 여김

↓

이별을 긍정적으로 수용하면서 내적으로 성숙한 삶을 추구함

핵심 포인트 2 자연 현상과 인생사의 대응

이 작품에서는 꽃이 떨어지는 자연 현상과 인생에서 경험하는 이별의 순간이 어떻게 연결되고 있는지 파악할 수 있어야 한다.

+ 낙화 현상과 이별의 경험

꽃이 핌(개화)		격정적인 사랑
낙화	→	이별(이별의 시련)
녹음, 열매		이별을 통한 내면의 성숙

핵심 포인트 3 표현상 특징 파악

이 작품에서는 설의법, 역설법 등을 사용하여 이별의 의미를 나타내고 있으므로 표현상 특징과 효과를 파악할 수 있어야 한다.

+ 표현상 특징과 효과

설의법	'얼마나 아름다운가'를 통해 순리에 따라 이별을 수용하는 모습을 나타냄
역설법	'결별이 이룩하는 축복'을 통해 이별을 통해 내면이 성숙해진다는 인식을 나타냄
의인법	꽃이 '섬세한 손길을 흔'든다고 표현하여 이별을 시각적으로 형상화함
음성 상징어	'하롱하롱'을 통해 꽃이 지는 모습을 묘사함

핵심 포인트 4 다른 작품과의 비교

이 작품에서 '열매'가 의미하는 바와 오세영의 〈열매〉에서 '열매'가 의미하는 바를 비교하여 파악할 수 있어야 한다.

+ 오세영의 〈열매〉와의 비교

세상의 열매들은 왜 모두 / 둥글어야 하는가. / 가시나무도 향기로운 그의 탱자만은 둥글다. //
땅으로 땅으로 파고드는 뿌리는 / 날카롭지만 / 하늘로 하늘로 뻗어가는 가지는 / 뾰족하지만
스스로 익어 떨어질 줄 아는 열매는 / 모가 나지 않는다. //
덥썩 / 한입에 물어 깨무는 탐스런 한 알의 능금
먹는 자의 이빨은 예리하지만 / 먹히는 능금은 부드럽다. //
그대는 아는가. / 모든 생성하는 존재는 둥글다는 것을
스스로 먹힐 줄 아는 열매는 / 모가 나지 않는다는 것을.

→ 이 작품에서 '열매'는 이별 후 성숙하는 인간의 내면을 의미한다면 오세영의 〈열매〉의 중심 제재인 '열매'는 원만한 삶의 태도, 자기희생적 사랑과 이타적 헌신 등의 바람직한 삶의 태도를 의미하므로 두 시어의 함축적 의미를 비교하여 감상할 수 있어야 한다.

현대시 **30**

봄비 ▸ 이수복

시상 유발의 매개체 → 애상적 분위기 조성, 하강 이미지

『이 비 그치면
상황의 가정을 통한 시상 전개 → 봄비가 그친 후 만물이 소생할 봄날을 상상함

─내 마음 강나루 긴 언덕에
화자의 마음속 관념적 공간. '마음'이라는 추상적 대상을 구체화한 표현

─서러운 풀빛이 짙어오것다.』 ▦: 반복을 통한 운율 형성 ▸ 1연: 비 그친 후 서러운 풀빛이 짙어올 내 마음속 강나루
감정 이입, 시각적 이미지,   『』: 비 그친 언덕의 푸른빛은 싱그러운 봄 풍경을 나타내는
화자의 정서 → 서러움   색채이지만, 화자에게 서러움을 불러일으킴

색채어 → 봄의 생명력 부각

푸르른 보리밭길 ─────────┐
　　　　봄의 생명력

맑은 하늘에
　　　　　　　청각적 이미지
종달새만 무에라고 지껄이것다.
봄의 생동감을 느낄 수 있는 대상

▸ 2연: 봄비 그친 뒤 푸르른 보리밭에서 지저귈 종달새

상실의 감정이 배제된 화사한 풍경을
제시하여 화자의 정서를 부각함
→ 생동감 있는 풍경이 사별로 인해
　 서러움을 느끼는 화자의 처지를 부각함

이 비 그치면
　　　꽃이 활짝 피어나는 것 → 생명력
시새워 벙글어질 고운 꽃밭 속
시샘하듯 앞다투어 피어날　　봄의 생명력이 가득한 공간

처녀애들 짝하여 새로이 서고 ▸ 3연: 봄비 그친 뒤 처녀애들 짝하여 새로이 서는 꽃밭

─▶ 화자가 서러움을 느끼는 이유: 임과의 사별로 인한 것임을 짐작할 수 있음

─임 앞에 타오르는 .
│① 그리움의 대상 ② 부재하는 대상
│향연(香煙)과 같이
│향이 나며 타는 연기 → 임의 죽음을 암시함(원관념: 아지랑이)
─땅에선 또 아지랑이 타오르것다.
봄이 왔음을 알게 하는 존재(계절감). 상승 이미지

▸ 4연: 봄비 그친 뒤 향연같이 타오를 아지랑이

감상 포인트
생동감이 느껴지는 봄의 풍경과 화자의 정서가 대비를
이루는 이유와 그 효과를 파악해야 한다.

작품 분석 노트

· **시상의 전개**

봄비가 그친 뒤 생동하는 자연의 모습을 상상함

↓

부재하는 임을 떠올리며 그리움과 슬픔을 느낌

· **자연과 대비되는 화자의 정서**

보리밭, 종달새, 꽃밭, 아지랑이		임을 잃은 화자의 애상감
· 봄의 계절감 · 생명력 넘치는 자연	↔ 대비	

· **종결 어미의 반복**

-것다	· 각운 형성. 운율감 조성 · 그리움과 슬픔을 절제하는 듯한 어조 형성

시어·시구의 의미와 기능 파악

이 작품은 임을 잃은 화자의 애상적 정서를 봄날의 풍경을 통해 형상화한 시이다. 화자의 정서와 관련된 시어 및 시구의 의미와 기능을 파악할 수 있어야 한다.

+ 시어 및 시구의 의미와 기능

비	시상 유발의 매개체. 애상적 분위기 조성
강나루 긴 언덕	화자의 마음속 공간(관념적 공간)
고운 꽃밭	봄의 생명력이 가득한 공간
향연	향이 타며 나는 연기 → 임 앞에 타오르는 향불의 연기로, 제사 상황 및 임의 죽음을 연상시킴
푸르른 보리밭길, 종달새	봄의 생명력을 느낄 수 있는 대상

표현상 특징 파악

이 작품은 봄날의 아름다운 정경과 화자가 느끼는 애상적 정서를 다양한 표현 방식을 활용하여 효과적으로 전달하고 있으므로 표현상 특징을 알아 두어야 한다.

+ 표현상 특징

대립적 이미지	활기찬 이미지	푸르른 보리밭길, 종달새, 고운 꽃밭, 처녀애들	→	생동감 넘치는 봄에 느끼는 슬픔과 한(恨) 강조
	↕			
	애상적 이미지	비, 서러운 풀빛, 향연		
	하강 이미지	비	→	화자의 애상감 심화
	↕			
	상승 이미지	아지랑이		
감정 이입	'서러운 풀빛이 짙어오것다.' → 임의 부재로 인한 서러움을 자연물에 이입하여 나타냄			
색채어	'푸르른 보리밭길' → 색채어를 활용하여 봄의 생명력을 부각함			
비유적 표현, 추상적 대상의 구체화	'내 마음 강나루 긴 언덕에 / 서러운 풀빛이 짙어오것다.' → 임을 잃은 서러움을 강나루 긴 언덕에 서러운 풀빛이 짙어 오는 것에 빗대어 나타냄. '마음'이라는 추상적 대상을 '강나루 긴 언덕'이라는 공간으로 구체화함			

다른 작품과의 비교

이 작품과 김춘수의 〈강우〉는 임과 사별한 슬픔을 노래했다는 공통점이 있으므로 두 작품을 비교 감상할 수 있어야 한다.

+ 김춘수의 〈강우〉와의 비교

조금 전까지는 거기 있었는데
어디로 갔나.
밥상은 차려 놓고 어디로 갔나.
　　　　(중략)
한 뼘 두 뼘 어둠을 적시며 비가 온다.
혹시나 하고 나는 밖을 기웃거린다.
나는 풀이 죽는다.
빗발은 한 치 앞을 못 보게 한다.
왠지 느닷없이 그렇게 퍼붓는다.
지금은 어쩔 수가 없다고.

제재	아내의 부재(죽음)
주제	아내의 죽음으로 인한 상실감과 아내에 대한 그리움
'비'의 기능	우울한 분위기를 형성하고 화자의 슬픔을 심화함
정서와 태도	아내의 부재를 받아들이지 못하고 일상의 곳곳에서 아내를 찾지만, 오히려 아내의 부재를 확인하고 비통해함

작품 한눈에

• **해제**
〈봄비〉는 봄비가 그친 뒤 다가올 생명력 넘치는 자연의 풍경을 배경으로 사랑하는 임과 이별한 화자가 느끼는 애상감을 읊은 작품이다. 봄비가 그친 뒤 약동하는 봄날의 풍경은 임의 부재로 인해 서러움을 느끼고 있는 화자의 처지와 대비를 이루어 화자의 슬픔을 부각하는 효과가 있다. 3음보의 민요적 율격, 향토적 소재의 사용, '-것다'의 반복 등으로 전통적 애상감을 자아내고 있다.

• **화자와 시적 상황**
이 시의 화자는 임과 이별한 이로 봄비 내리는 날, 아름다운 봄날의 정경을 떠올리며 애잔한 슬픔, 서러움 등을 느끼고 있다. 화자가 4연에서 봄의 아지랑이를 '임 앞에 타오르는' 향불의 연기에 비유한 데서 임과 사별한 처지에 놓여 있음을 짐작해 볼 수 있다.

• **주제**
봄비 내리는 날의 애상감

• **연계 학습 작품**

> • 봄의 애상감을 노래한 작품
> 〈봄비〉_김소월
> • 임과 사별한 후의 슬픔을 노래한 작품
> 〈강우〉_김춘수

한 줄 평 | 이별의 아픔을 승화시킨 성숙한 사랑을 드러낸 시

찔레 ▸ 문정희

··· 기출 수록 교육청 2017 4월

꿈결처럼
직유법
　　　　　화자의 지난 사랑을 환기시키는 시간적 배경
초록이 흐르는 이 계절에 ▒: 색채 대비
찔레가 피는 시기, 시각적 이미지
그리운 가슴 가만히 열어

한 그루
▒: 동일한 시구의 반복 → 화자의 간절한 바람 강조
찔레로 서 있고 싶다
그리움, 사랑의 아픔까지 아름답게 간직하려는 화자의 표상

▸ 1연: 찔레가 되어 서 있고 싶은 마음

사랑하던 그 사람
과거형 표현 → 지나간 사랑임이 드러남
「조금만 더 다가서면 『 』: 아름다운 사랑을 이루지 못한 상황(현재)
　　가정적 상황 제시　　　→ 화자의 아쉬움이 드러남
서로 꽃이 되었을 이름」
　　아름다운 사랑
오늘은
과거의 아픈 사랑을 포용한 현재　찔레꽃이 무더기로 피어있는 모습
송이송이 흰 찔레꽃으로 피워 놓고
이루지 못한 사랑으로 인한 아픔, 화자의 사랑을 풍성하고 순수한 흰 꽃으로 피움

▸ 2연: 이루지 못한 사랑의 아픔을 담은 찔레꽃

먼 여행에서 돌아와
① 이별의 아픔으로 인한 방황 ② 이별을 경험한 후 아파했던 시간
이슬을 털듯 추억을 털며
추상적 관념의 구체화 - 아픈 사랑의 추억을 털어 버린다는 의미
초록 속에 가득히 서 있고 싶다

▸ 3연: 아픈 추억을 털어 내고 싶은 마음

감상 포인트

찔레의 상징적 의미와 각 시구에 담긴
화자의 정서, 태도를 이해한다.

그대 사랑하는 동안 / 내겐 우는 날이 많았었다
　　　　　　　　사랑의 아픔과 고통으로 힘들었던 시간들을 떠올림

추상적 관념의 구체화 - 사랑으로 인한 아픔을 구체화함
아픔이 출렁거려 / 늘 말을 잃어 갔다
　　　　　　사랑의 아픔으로 실의에 빠졌던 시간들을 떠올림

▸ 4~5연: 사랑의 아픔으로 힘들었던 날들

오늘은 그 아픔조차
보조사 '은'의 사용 → 과거와 다른 현재를 나타냄
예쁘고 뾰족한 가시로
역설법 - 사랑은 아픔을 주기도 하지만 아름다운 것임을 나타냄
꽃 속에 매달고
사랑의 아픔마저 끌어안는 포용의 자세

▸ 6연: 사랑의 아픔을 아름답게 승화하려는 의지

슬퍼하지 말고
스스로에게 하는 다짐
「꿈결처럼
『 』: 수미상관의 변형
초록이 흐르는 이 계절에
사랑의 아픔을 승화시키는 계절(봄)
무성한 사랑으로 서 있고 싶다」
아픔을 승화한 성숙한 사랑, 찔레꽃

▸ 7연: 사랑의 아픔까지 수용하는 성숙한 태도

작품 분석 노트

- 시상 전개 과정

1~3연 (현재)	• 오늘, ~고 싶다 → 현재 • 사랑하던 사람을 떠올림 • 이루지 못한 사랑을 아쉬워함 • 과거의 추억을 털어 버리고 찔레로 서 있고 싶어 함
4~5연 (과거)	• ~았었다 / 았다 → 과거 • 사랑의 아픔과 고통을 겪었던 지난날을 떠올림
6~7연 (현재)	• 오늘, ~고 싶다 → 현재 • 사랑의 아픔마저 포용하는 내면의 성숙을 보여 줌

↓

이루지 못한 옛사랑으로 괴로워하던
화자가 사랑의 아픔까지도 포용하는
성숙한 사랑을 추구함

- '찔레'의 상징적 의미

- 사랑하던 사람에 대한 그리움, 사랑을 간직한 화자의 모습
- 사랑의 아픔까지 아름답게 간직한 화자의 모습

- 시구의 의미

가시	
예쁘고	뾰족한
사랑의 아름다움	사랑의 아픔

↓

가시를 꽃속에 매다는 것은 사랑의
아픔을 승화한 성숙한 사랑을 드러냄

핵심 포인트 **1** 표현상 특징 파악

이 작품은 색채 대비, 동일한 시구의 반복, 추상적 개념의 구체화 등 다양한 표현 방법을 활용하여 주제 의식을 형상화하고 있으므로 표현상 특징과 효과를 정리해야 한다.

＋ 표현상 특징

색채 대비	'초록이 흐르는 이 계절에', '흰 찔레꽃으로 피워 놓고' → 초록과 흰 찔레꽃의 색채 대비를 통해 사랑으로 인한 아픔을 승화하려는 화자의 심정 강조
동일한 시구의 반복	'찔레로 서 있고 싶다', '초록 속에 가득히 서 있고 싶다', '무성한 사랑으로 서 있고 싶다' → '서 있고 싶다'를 반복하여 화자의 소망을 강조함
추상적 관념의 구체화	• 추억(추상적 관념)을 털며(구체적 행동) → 추상적 관념을 구체적 행동과 연결하여 사랑으로 인한 방황을 끝내겠다는 태도를 표현함 • 아픔(추상적 관념)이 출렁거려(구체적 움직임) → 추상적 관념을 구체적 움직임과 연결하여 지난날 경험했던 사랑의 고통을 시각화함
역설법	'예쁘고 뾰족한 가시' → 사랑이 아픔을 주지만 아름다운 것임을 나타냄
수미상관	(1연) '꿈결처럼 / 초록이 흐르는 이 계절에 ~ 찔레로 서 있고 싶다', (7연) '꿈결처럼 / 초록이 흐르는 이 계절에 / 무성한 사랑으로 서 있고 싶다' → 1연의 내용을 7연에서 변형하여 반복함으로써 구조적 안정감을 확보함

핵심 포인트 **2** 시어 · 시구의 의미 파악

이 작품은 가시가 있지만 아름다운 꽃을 피우는 찔레에 빗대어 이별의 아픔을 승화한 성숙한 사랑을 표현하고 있다. 따라서 화자의 정서 및 태도를 드러내는 시어 · 시구의 의미를 파악할 수 있어야 한다.

＋ 시어 · 시구의 의미

찔레	그리움, 사랑의 아픔까지 아름답게 간직한 화자의 모습
조금만 더 다가서면 / 서로 꽃이 되었을 이름	사랑을 이루지 못한 화자의 아쉬움, 안타까움
이슬을 털듯 추억을 털며	과거의 사랑으로 인한 방황과 아픔을 끝내고자 함
내겐 우는 날이 많았었다	사랑으로 인해 아팠던 적이 많음
늘 말을 잃어 갔다	사랑으로 인해 실의에 빠졌던 시간들이 많음
예쁘고 뾰족한 가시	아픔을 주면서 아름다운 사랑
무성한 사랑으로 서 있고 싶다	아픔을 승화시킨 성숙한 사랑의 자세를 지향함

핵심 포인트 **3** 다른 작품과의 비교

이 작품과 한용운의 〈님의 침묵〉은 이별에 대응하는 화자의 정서를 중심으로 시상을 전개하고 있다. 따라서 두 작품에 나타난 화자의 정서 · 태도를 비교 감상할 수 있어야 한다.

＋ 한용운의 〈님의 침묵〉과 비교

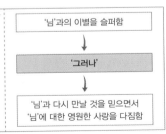

님은 갔습니다. 아아, 사랑하는 나의 님은 갔습니다.
푸른 산빛을 깨치고 단풍나무 숲을 향하여 난 작은 길을 걸어서, 차마 떨치고 갔습니다.
　　　　　　(중략)
그러나 이별을 쓸데없는 눈물의 원천을 만들고 마는 것은 스스로 사랑을 깨치는 것인 줄 아는 까닭에, 걷잡을 수 없는 슬픔의 힘을 옮겨서 새 희망의 정수박이에 들어부었습니다.
우리는 만날 때에 떠날 것을 염려하는 것과 같이, 떠날 때에 다시 만날 것을 믿습니다.

> '님'과의 이별을 슬퍼함
> ↓
> '그러나'
> ↓
> '님'과 다시 만날 것을 믿으면서 '님'에 대한 영원한 사랑을 다짐함

→ 〈찔레〉의 화자는 사랑하던 그 사람과 이별 후 방황하다가 '오늘은' 이별의 아픔마저 끌어안고 아름답게 승화시키겠다고 다짐한다. 〈님의 침묵〉의 화자는 임과의 이별을 슬퍼하다가 '그러나' 이후에 재회를 믿으며 영원한 사랑을 다짐한다.

• 해제
〈찔레〉는 가시를 품고 있지만 아름다운 꽃을 피우는 찔레꽃의 이미지를 통해 사랑의 아픔까지도 포용하려는 성숙한 사랑의 자세를 형상화한 작품이다. 찔레의 뾰족한 가시는 사랑의 아픔을, 가시를 달고도 흰 꽃을 피우는 찔레는 사랑의 아픔을 승화한 화자를 의미한다고 볼 수 있다. 또한 '서 있고 싶다'라는 구절이 반복되는 데에서는 아픔을 승화시킨 성숙한 사랑을 꿈꾸는 화자의 소망과 의지를 확인할 수 있다.

• 화자와 시적 상황
이 시의 화자는 이루지 못한 옛사랑에 대한 아쉬움을 느끼면서 지난날 겪은 사랑의 아픔과 고통을 떠올리고 있다. 그리고 이제는 그 아픔을 승화하려는 소망을 드러내며 성숙한 사랑의 자세를 보여 주고 있다.

• 주제
아픔을 승화시킨 성숙한 사랑

• 연계 학습 작품

> • 진정한 사랑법을 주제로 한 작품
> 　〈사랑〉_전봉건
> • 이별을 대하는 성숙한 자세를 드러낸 작품
> 　〈님의 침묵〉_한용운

낙화, 첫사랑 ▶ 김선우

1

그대가 아찔한 절벽 끝에서
_{꽃 → 화자의 첫사랑}　_{이별의 상황}　　　　　■: 동일한 어미의 반복 → 의지적 태도 강조

바람의 얼굴로 서성인다면 그대를 부르지 않겠습니다
_{꽃이 떨어지는 모습, 화자와 헤어지는 '그대'의 모습}　　　　　⎱ 이별을 수용하는 태도

옷깃 부둥키며 수선스럽지 않겠습니다
_{이별을 만류하거나 슬퍼하는 모습}

그대에게 무슨 연유가 있겠거니
_{사랑하는 이에 대한 신뢰, 이해}

내 사랑의 몫으로
_{그대를 사랑하는 화자가 감당해야 할 몫}　　　　　⎱ 떠나는 그대를 이해하고 포용하는 태도

그대의 뒷모습을 마지막 순간까지 지켜보겠습니다
_{꽃이 떨어지는 모습, 이별하는 모습}

손 내밀지 않고 그대를 다 가지겠습니다
_{이별을 수용하는 것이 곧 사랑의 완성이라는 인식을 역설적으로 드러냄}　　　▶ 1연: 이별을 수용함으로써 사랑을 완성하려는 의지

2

아주 조금만 먼저 바닥에 닿겠습니다

가장 낮게 엎드린 처마를 끌고
_{① '치마'의 방언 – 모성의 이미지}
_{② 비나 눈을 막는 지붕의 끝부분 – 추락하는 것을 부드럽게 받을 수 있는 곡선의 이미지}

추락하는 그대의 속도를 앞지르겠습니다
_{진정한 사랑을 위해 자신부터 먼저 구원하려는 의지}

내 생을 사랑하지 않고는
_{사랑의 본질에 대한 새로운 깨달음}

다른 생을 사랑할 수 없음을 늦게 알았습니다

그대보다 먼저 바닥에 닿아
_{어린아이의 작은 이불 = 포대기}

강보에 아기를 받듯 온몸으로 나를 받겠습니다
_{매우 소중하게 다루는 모습}　　　_{진정한 사랑을 위해 자신부터 사랑해야 한다는 인식을 드러냄}
　　　　　▶ 2연: 진정한 사랑을 위해 자신을 먼저 사랑하려는 의지

감상 포인트
이별에 대한 화자의 태도와 첫사랑의 경험을 통해 화자가 얻은 깨달음이 무엇인지를 파악한다.

작품 분석 노트

• 시상 전개 방식

이 작품은 화자가 1연에서 첫사랑의 실패로 인해 맞게 된 이별을 온전히 수용하는 태도를 보이다가 2연에서는 진정한 사랑에 대한 새로운 깨달음을 바탕으로 자신을 먼저 사랑해야 한다는 인식을 드러내고 있다.

1연	'그대'가 떠나더라도 떠나는 그대를 포용하고 이별을 받아들이려는 태도 → 이별의 수용이 곧 사랑의 완성임

↓

2연	자신을 소중히 여기고 사랑하려는 태도 → 진정한 사랑을 위해 자신을 먼저 사랑해야 함

• 동일한 어미 반복과 변주의 효과

동일한 어미를 반복하여 운율을 형성하고, 특히 '-습니다'라는 경어체를 통해 주제 의식을 강조하고 있다.

-겠습니다 / -았습니다

↓

• '-겠습니다'를 반복적으로 사용하여 사랑에 임하는 화자의 의지적 태도를 나타내어 주제 의식을 강조함
• 2연에서 '-았습니다'로 변주하여 1연과 2연에 나타난 화자의 태도를 매개하는, 사랑의 본질에 대한 깨달음을 제시함

• 역설적 표현

손 내밀지 않음 (그대를 순순히 보냄)	모순 ↔	그대를 다 가지겠음

↓

이별의 수용을 사랑의 완성으로 보고 그대와의 사랑을 온전히 간직하겠다는 의지를 강조함

• 시구의 의미

2연 6~7행 '그대'와 '나' 중에서 '나'만을 구원하겠다는 의미라기보다는 '나'를 구원함으로써 그대를 진정으로 사랑할 수 있게 된다는 의미로 해석할 수 있다.

핵심 포인트 1 작품의 주제 의식 파악

이 작품에서 화자는 낙화의 떨어지는 이미지를 중심으로 진정한 사랑에 대한 깨달음을 보여 주고 있다. 낙화의 이미지와 화자의 인식을 관련지어 이러한 통찰의 내용을 파악할 수 있어야 한다.

+ 시상 전개에 따른 화자의 사랑에 대한 인식

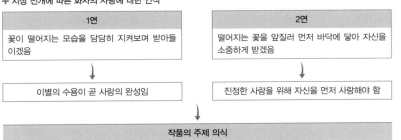

1연	2연
꽃이 떨어지는 모습을 담담히 지켜보며 받아들이겠음	떨어지는 꽃을 앞질러 먼저 바닥에 닿아 자신을 소중하게 받겠음
↓	↓
이별의 수용이 곧 사랑의 완성임	진정한 사랑을 위해 자신을 먼저 사랑해야 함

작품의 주제 의식

첫사랑의 경험을 통해 얻은 정신적 성숙과 사랑의 본질에 대한 깨달음

핵심 포인트 2 화자의 정서 및 태도 파악

이 작품에서는 의지적 어조를 활용하여 화자의 정서 및 태도 변화를 나타내고 있다. 1연에서 '그대'와의 이별에 대한 태도를 드러내는 시구와 2연에서 사랑의 본질에 대한 태도를 드러내는 시구의 의미를 파악할 수 있어야 한다.

+ 화자의 태도

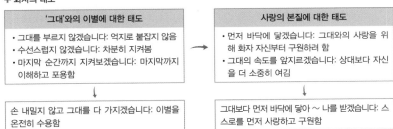

'그대'와의 이별에 대한 태도	사랑의 본질에 대한 태도
• 그대를 부르지 않겠습니다: 억지로 붙잡지 않음 • 수선스럽지 않겠습니다: 차분히 지켜봄 • 마지막 순간까지 지켜보겠습니다: 마지막까지 이해하고 포용함	• 먼저 바닥에 닿겠습니다: 그대와의 사랑을 위해 화자 자신부터 구원하려 함 • 그대의 속도를 앞지르겠습니다: 상대보다 자신을 더 소중히 여김
↓	↓
손 내밀지 않고 그대를 다 가지겠습니다: 이별을 온전히 수용함	그대보다 먼저 바닥에 닿아 ~ 나를 받겠습니다: 스스로를 먼저 사랑하고 구원함

핵심 포인트 3 다른 작품과의 비교 감상

이 작품을 사랑의 본질에 대한 깨달음을 노래한 다른 작가의 작품과 비교 감상할 수 있어야 한다.

+ 황동규의 〈즐거운 편지〉와의 비교

> I
> 내 그대를 생각함은 항상 그대가 앉아 있는 배경에서 해가 지고 바람이 부는 일처럼 사소한 일일 것이나 언젠가 그대가 한없이 괴로움 속을 헤매일 때에 오랫동안 전해 오던 그 사소함으로 그대를 불러 보리라.
>
> II
> 진실로 진실로 내가 그대를 사랑하는 까닭은 내 나의 사랑을 한없이 잇닿은 그 기다림으로 바꾸어 버린 데 있었다. 밤이 들면서 골짜기엔 눈이 퍼붓기 시작했다. 내 사랑도 어디쯤에선 반드시 그칠 것을 믿는다. 다만 그때 내 기다림의 자세를 생각하는 것뿐이다. 그동안에 눈이 그치고 꽃이 피어나고 낙엽이 떨어지고 또 눈이 퍼붓고 할 것을 믿는다.

→ 〈즐거운 편지〉의 화자는 '그대'와 서로 사랑하는 사이가 아니더라도 '그대가 앉아 있는 배경'에 머무는 것과 '기다림'을 지속하는 것이 곧 그대에 대한 사랑이라는 통찰을 드러내고 있다. 〈낙화, 첫사랑〉과 〈즐거운 편지〉는 사랑하는 상대와 이루어지지 못한 상황을 바탕으로 사랑에 대한 새로운 통찰을 제기하고 있다는 점에서 공통적이다. 그러나 〈즐거운 편지〉의 화자는 시간이 지나 상대에 대한 사랑이 '그칠' 날에도 그대를 기다리는 것이 사랑의 본질이라고 보는 한편, 〈낙화, 첫사랑〉의 화자는 자신에 대한 사랑이 우선되어야 그대를 온전히 사랑할 수 있다는 것이 사랑의 본질이라고 본다는 점에서 차이가 있다.

◎ 작품 한눈에

• **해제**
〈낙화, 첫사랑〉은 낙화의 이미지를 활용하여 첫사랑의 실패로 인한 이별의 경험, 그로부터 새롭게 얻게 된 사랑의 본질에 대한 깨달음을 표현하고 있는 작품이다. 첫사랑에 실패한 화자는 이별을 담담히 수용하며 사랑의 완성을 위해 이별을 기꺼이 감내하겠다는 의지를 보인다. 또한 누군가를 사랑하기 위해서는 자신을 먼저 사랑해야 한다는 깨달음을 통해, 화자는 이별을 통한 정신적 성숙의 경지를 보여 주고 있다.

• **화자와 시적 상황**
이 시의 화자는 1연에서 떠나는 그대를 이해하고 포용하면서 이별을 담담히 수용하고 있다. 그리고 2연에서는 진정한 사랑을 위해 자신을 먼저 사랑하고자 하는 의지를 드러내며 사랑의 본질에 대한 깨달음을 전달하고 있다.

• **주제**
첫사랑의 실패를 통해 얻은 사랑의 본질에 대한 깨달음

• **연계 학습 작품**
> • 낙화와 이별을 관련지어 노래한 작품
> 〈낙화〉_이형기
> • 사랑의 본질에 대한 인식이 드러난 작품
> 〈즐거운 편지〉_황동규

추일서정 ▸ 김광균

⋯ 기출 수록 평가원 2020 6월

낙엽은 폴─란드 망명정부의 지폐 ▨ : 은유법의 활용
'낙엽'의 보조 관념(은유) – 수북이 쌓여 쓸모없는 것, 무가치함, 황량하고 쓸쓸한 이미지

포화(砲火)에 이즈러진
총포를 쏠 때에 일어나는 불

도룬 시(市)의 가을 하늘을 생각게 한다
폴란드의 도시 이름 – 이국적 이미지

길은 한 줄기 구겨진 넥타이처럼 풀어져 ☐ : 근대화 · 도시 문명과 관련한 소재
구불구불 이어진 길의 모습. 직유법

일광(日光)의 폭포 속으로 사라지고
눈부시게 쏟아지는 햇살. '폭포'의 원관념: 일광

조그만 담배 연기를 내어 뿜으며
증기를 내뿜는 급행차의 모습(의인법). '조그만 담배 연기'의 원관념: 급행차의 연기

새로 두 시의 급행차가 들을 달린다
'근골'의 원관념: 포플라 나무의 빈 가지

「포플라 나무의 근골(筋骨) 사이로
앙상한 나뭇가지, 가을날의 황량함을 환기하는 이미지

공장의 지붕은 흰 이빨을 드러내인 채
'흰 이빨'의 원관념: 공장 지붕

한 가닥 꾸부러진 철책이 바람에 나부끼고

그 위에 세로팡지(紙)로 만든 구름이 하나」   ▸ 1~11행: 도시의 황량하고 쓸쓸한 가을 풍경
인공물을 활용해 자연물을 표현함   「 」: 황량하고 삭막한 도시 풍경

자욱─한 풀벌레 소리 발길로 차며
공감각적 이미지

호올로 황량한 생각 버릴 곳 없어
가을 풍경을 보고 느낀 화자의 정서 직접 표출

허공에 떠우는 돌팔매 하나
황량함과 고독감에 돌멩이를 허공에 던지는 화자

기울어진 풍경의 장막 저쪽에
'장막'의 원관념: 풍경   ─ 하강의 이미지

고독한 반원을 긋고 잠기어 간다   ▸ 12~16행: 황량한 풍경 속 고독한 마음을 느끼는 화자
고독에서 벗어날 수 없음

감상 포인트

작품에 사용된 소재의 이미지, 가을날 풍경에 대한 화자의 인식과 행동에 주목하여 작품을 이해해야 한다.

작품 분석 노트

• **시상 전개 방식**

이 작품은 먼저 경치를 보여 주고, 그 다음에 화자의 정서를 제시하는 선경 후정의 구조로 시상을 전개하고 있다.

선경	1~11행에서 도시의 황량한 가을 풍경을 제시함
후정	12~16행에서 황량한 도시의 가을 풍경을 보며 고독을 느끼는 화자의 정서를 제시함

• **표현상 특징**

감각적 이미지	• '공장의 지붕은 흰 이빨을 드러내인 채'에서 시각적 이미지를 사용하여 근대 문명에 대한 부정적 인식을 나타냄 • '자욱─한 풀벌레 소리 발길로 차며'에서 청각적 이미지를 시각 또는 촉각적 이미지로 전이하여 나타냄
시적 허용	'호올로'라는 문법에 어긋나는 표현을 사용해 운율적 효과를 주며 화자의 정서(고독감)를 강조함
시선의 이동에 따른 풍경 묘사	낙엽 → 길 → 급행차 → 포플라 나뭇가지 → 공장의 지붕 → 구름

핵심 포인트 1 소재의 의미와 기능 파악

이 작품에서는 가을날 도시의 황량하고 쓸쓸한 풍경, 화자의 고독을 형상화하기 위해 사용된 소재들에 대해 알아둘 필요가 있다.

✛ 소재의 의미와 기능

낙엽	'폴란드 망명정부의 지폐'와 연결되어 쓸쓸한 이미지를 형성함
포플라 나무, 공장의 지붕	각각 '근골', '흰 이빨을 드러내인 채'와 연결되어 앙상하고 황량한 느낌을 줌
돌팔매	황량한 현실에서 벗어나고 싶은 화자의 행위로 나타남

✛ 도시적 · 이국적 이미지의 소재 활용

'폴—란드 망명정부의 지폐', '도룬 시', '넥타이', '급행차', '공장의 지붕', '철책', '세로팡지'

- 가을의 풍경을 현대적 감각으로 신선하게 표현함
- 당시 시대 상황에 대한 불안감, 도시 문명에 대한 비판 의식을 드러냄

핵심 포인트 2 외적 준거에 따른 감상

이 작품이 1930년대 모더니즘, 그중에서도 이미지즘 경향의 시라는 점을 바탕으로 그 특징을 이해할 수 있어야 한다. 또한 작품 창작 당시의 시대적인 분위기와도 관련지어 작품을 해석할 수 있어야 한다.

✛ 1930년대 모더니즘의 특성

문학에서 모더니즘은 주로 전통과의 단절 속에 새로운 형식을 실험하는 형태로 나타났다. 그런 까닭에 내용보다는 형식을 중시하는 경향을 보였는데, 1930년대 모더니즘은 주로 시각적(회화적) 이미지를 중시하는 이미지즘적인 경향을 보였다. 대표적인 시인으로는 김광균, 김기림, 정지용, 장만영 등이 있다. 〈추일서정〉에서는 공감각적 이미지를 비롯한 회화적인 이미지가 잘 드러나 있다.

✛ 1930년대 시대적 상황

1930년대에 일제는 식민지 공업화를 본격적으로 추진하기 시작하였다. 대공황에 직면한 일본이 경제 위기로부터 벗어나기 위해 식민지 수탈을 위한 공장을 건설하였고, 이 과정에서 조선은 급속한 도시화가 이루어졌다. 〈추일서정〉은 이러한 급속한 도시화에 적응하지 못한 한 개인의 고독을 통해 도시 문명에 대한 비판을 간접적으로 드러내고 있다고 볼 수 있다.

핵심 포인트 3 다른 작품과의 비교

시각적 이미지를 활용한 회화적 구성으로 화자의 정서를 표현하는 이미지즘 경향의 다른 작품과 비교하여 감상할 수 있어야 한다.

✛ 김기림의 〈바다와 나비〉와의 비교

아무도 그에게 수심(水深)을 일러 준 일이 없기에 / 흰 나비는 도무지 바다가 무섭지 않다.

청(靑)무우밭인가 해서 내려갔다가는 / 어린 날개가 물결에 절어서 / 공주(公主)처럼 지쳐서 돌아온다.

삼월(三月)달 바다가 꽃이 피지 않아서 서글픈 / 나비 허리에 새파란 초생달이 시리다.

→ 이 시의 화자는 순수한 나비가 바다에서 겪는 시련과 좌절을 통해 근대화된 현실의 냉혹함을 보여 주고 있다. 삼월 바다의 푸른색, 흰 나비, 새파란 초생달 등 시각적 이미지가 주로 쓰였다는 점에서 다양한 소재를 활용해 가을날 풍경을 회화적으로 표현한 〈추일서정〉과 연계하여 학습할 수 있다.

작품 한눈에

- 해제
  〈추일서정〉은 쓸쓸하고 황량한 가을날의 풍경과 화자의 고독감을 형상화한 시이다. 근대 문명과 관련한 소재를 활용하여 도시 풍경을 독창적으로 표현한 다음, 이 가운데 느끼는 삶의 고독과 비애를 드러내는 구성을 취하고 있다. 비유적 표현과 감각적 이미지의 활용이 두드러진다는 점이 매우 특징적이다.

- 화자와 시적 상황
  이 시의 화자는 수북이 쌓인 낙엽, 길, 들판을 달리는 급행차, 앙상한 포플라 나무와 공장 지붕의 철책, 구름 등을 차례로 바라보고 보고 있다. 그리고 이 황량하고 삭막한 도시 풍경 속에서 깊은 고독감을 느끼고 있다.

- 주제
  쓸쓸하고 황량한 가을날의 풍경과 고독감

- 연계 학습 작품
  - 가을날 진실된 삶을 위한 절대 고독을 추구하는 화자의 소망을 노래하는 작품 〈가을의 기도〉_김현승
  - 시각적 이미지를 활용한 회화적 구성의 작품 〈바다와 나비〉_김기림

기출 확인

2020학년도 6월 평가원

[표현상 특징 파악]
- 자연물을 인공물에 빗대어 풍경에 대한 화자의 인상을 드러내고 있다.

[시어와 시구의 의미 파악]
- '낙엽'을 '망명정부의 지폐'에 연결하여 낙엽의 이미지에서 연상되는 무상감을 드러내고 있군.
- '돌팔매'가 땅으로 떨어지는 이미지를 '고독한 반원'으로 표현하여 외로움의 정서를 부각하고 있군.

한 줄 평 | 유년 시절의 평화로운 여름 풍경을 노래한 시

흑백 사진 - 7월 ▸ 정일근

[내 유년의 7월에는 「냇가 잘 자란 미루나무 한 그루 솟아오르고 또 그 위 파란 하
늘에 뭉게구름 내려와 어린 눈동자 속 터져나갈 듯 가득 차고 찬물들은 반짝이는 햇
살 수면에 담아 쉼 없이 흘러갔다.」『♪ 냇물아 흘러 흘러 어디로 가니, 착한 노래들도 물
고기들과 함께 큰 강으로 헤엄쳐 가버리면 과수원을 지나온 달콤한 바람은 미루나무
손들을 흔들어 차르르 차르르 내 겨드랑이에도 간지러운 새 잎이 돋고 물 아래까지 헤
엄쳐가 누워 바라보는 하늘 위로 삐뚤삐뚤 헤엄쳐 달아나던 미루나무 한 그루.」「달아
나지 마 달아나지 마 미루나무야, 귀에 들어간 물을 뽑으려 햇살에 데워진 둥근 돌을
골라 귀를 가져다 대면 허기보다 먼저 온몸으로 퍼져오던 따뜻한 오수, 「점점 무거워져
오는 눈꺼풀 위로 멀리 누나가 다니는 분교의 풍금소리 쌓이고,」미루나무 그늘 아래
에서 7월은 더위를 잊은 채 깜빡 잠이 들었다」] [ ]: 물놀이를 하다 잠이 든 평화로운 유년 시절

감상 포인트

유년 시절을 회상하는 작품의 전반적 분위기와
화자의 정서를 이해해야 한다.

작품 분석 노트

• 화자의 상황

'내 유년의 7월'을 통해 알 수 있듯이,
이 작품은 성인이 된 화자가 어린 시
절의 추억을 회상하고 있다.

성인이 된 화자	유년 시절 어느 여름날을 회상하고 있음
유년 시절의 화자	평화롭고 아름다운 자연에서 물놀이하다 낮잠에 빠짐

↓

유년 시절의 아름다운 추억과
유년 시절에 대한 그리움

• '따뜻한 오수'의 의미

'따뜻한 오수'는 화자가 냇가에서 헤
엄을 치고 난 후 미루나무의 그늘에
서 낮잠에 빠져드는 상황으로 유년
시절의 평화로운 정경을 보여 준다.

따뜻한 오수

↓

화자가 자연 속에서 놀다가 낮잠을 자는 모습	—	유년 시절 어느 여름날의 평화로운 정경을 보여 줌

• 자연과 동화된 화자

이 작품에서 유년 시절의 화자는 아
름답고 평화로운 자연 속에서 뛰어놀
면서 자연과 일체감을 느끼고 있다.

- 파란 하늘에 뭉게구름 내려와 어린 눈동자 속 터져나갈 듯 가득 차고
- 차르르 차르르 내 겨드랑이에도 간지러운 새 잎이 돋고
- 달아나지 마 달아나지 마 미루나무야
- 햇살에 데워진 둥근 돌을 골라 귀를 가져다 대면 허기보다 먼저 온몸으로 퍼져오던 따뜻한 오수
- 미루나무 그늘 아래에서 7월은 더위를 잊은 채 깜빡 잠이 들었다.

↓

아름답고 평화로운 자연에 동화된 유
년 시절 화자의 모습을 형상화함

핵심 포인트 1 　제목의 의미 파악

이 작품은 자연 속에서 뛰어놀다 잠이 든 화자의 유년 시절의 한 장면을 그리고 있다. 이와 관련하여 제목인 '흑백 사진'의 의미가 무엇인지 파악할 수 있어야 한다.

+ '흑백 사진 – 7월'의 의미

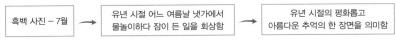

| 흑백 사진 – 7월 | → | 유년 시절 어느 여름날 냇가에서 물놀이하다 잠이 든 일을 회상함 | → | 유년 시절의 평화롭고 아름다운 추억의 한 장면을 의미함 |

핵심 포인트 2 　시구의 표현상 특징과 효과 파악

이 작품에서 형상화된 화자의 유년 시절의 정경과 분위기를 파악하고, 이를 위해 활용한 표현상 특징과 효과를 파악할 수 있어야 한다.

+ 유년 시절 여름날의 정경과 분위기

미루나무 한 그루 솟아오르고 또 그 위 파란 하늘에 뭉게구름이 내려옴	
찬물들은 반짝이는 햇살을 수면에 담아 쉼 없이 흘러가고 있음	→ 아름답고 평화로운 분위기
과수원을 지나온 달콤한 바람은 미루나무의 손들을 흔들고 있음	
화자가 분교의 풍금소리를 들으며 미루나무 그늘 아래에서 잠이 듦	

+ 표현상 특징 및 효과

냇가 잘 자란 ~ 쉼 없이 흘러갔다.	유년 시절 화자의 시선에 포착된 미루나무, 하늘, 뭉게구름, 냇물의 모습을 시각적 심상을 활용하여 한 폭의 그림을 보듯 표현함
냇물아 흘러 흘러 ~ 헤엄쳐 가버리면	'노래'가 헤엄쳐 간다는 비유적 표현과 공감각적 이미지를 활용하여 유년 시절 화자가 물놀이하던 평화로운 자연의 모습을 그려 냄
차르르 차르르 내 ~ 간지러운 새 잎이 돋고	음성 상징어를 활용하여 생동감을 주고, 내 겨드랑이에 간지러운 새 잎이 돋는 듯한 느낌이 든다고 하여 화자가 자연과 동화된 모습을 표현함
달아나지 마 달아나지 마 미루나무야.	말을 건네는 어투로 자연물인 미루나무에 대한 애정을 드러냄
점점 무거워져 오는 ~ 풍금소리 쌓이고	공감각적 심상(청각의 시각화)을 통해 물놀이에 지쳐 나른하게 졸린 가운데 들려오는 풍금소리를 통해 화자가 느끼는 평화로움을 나타냄
7월은 더위를 잊은 채 깜빡 잠이 들었다.	화자가 잠든 것을 7월이 잠든 것으로 표현함으로써 자연과 동화된 유년 시절 화자의 모습을 나타냄

핵심 포인트 3 　다른 작품과의 비교 감상

이 작품과 기형도의 〈엄마 걱정〉은 공통적으로 유년 시절의 추억을 그리고 있다. 이 작품과 비교하여 〈엄마 걱정〉의 화자가 자신의 유년 시절을 어떻게 추억하고 있는지 파악할 수 있어야 한다.

+ 기형도의 〈엄마 걱정〉과의 비교

> 열무 삼십 단을 이고 / 시장에 간 우리 엄마
> 안 오시네, 해는 시든 지 오래 / 나는 찬밥처럼 방에 담겨
> 아무리 천천히 숙제를 해도
> 엄마 안 오시네, 배춧잎 같은 발소리 타박타박 / 안 들리네, 어둡고 무서워
> 금 간 창틈으로 고요히 빗소리 / 빈방에 혼자 엎드려 훌쩍거리던
>
> 아주 먼 옛날 / 지금도 내 눈시울을 뜨겁게 하는
> 그 시절, 내 유년의 윗목

→ 이 작품은 화자의 유년 시절의 아름답고 평화로운 추억을 그리면서 유년 시절에 대한 그리움을 드러내고 있다. 반면 기형도의 〈엄마 걱정〉에서는 고단한 삶을 살았던 엄마와 엄마를 기다리며 느꼈던 어린 시절 화자의 외로움과 무서움을 형상화하고 있다.

작품 한눈에

• 해제
〈흑백 사진 – 7월〉은 화자가 유년 시절의 여름 풍경을 회상하며 자연과 동화되었던 순수한 어린 시절의 모습을 감각적으로 그려 낸 작품이다. 시각, 청각, 촉각, 공감각 등 다양한 이미지와 비유적 표현, 음성 상징어를 사용해 유년 시절 자연의 풍경과 추억을 아름답고 생동감 있게 묘사하고 있다. 또한 이 작품은 유년의 추억을 한 편의 흑백 사진처럼 그려 내어 유년 시절에 대한 추억과 그리움이라는 주제 의식을 효과적으로 형상화하고 있다.

• 화자와 시적 상황
이 시의 화자는 자연과 하나가 되었던 유년 시절을 회상하며 그리워하고 있다.

• 주제
유년 시절에 대한 그리움

• 연계 학습 작품

> • 유년 시절에 대한 회상을 노래한 작품 〈엄마 걱정〉_기형도

한 줄 평 | 다산 정약용의 삶을 통해 현실의 모순을 비판한 시

귤동리 일박 ▶ 곽재구

다산 정약용의 유배지인 전남 강진 – 시상 전개의 계기(강진 부근을 지나면서 다산의 삶을 떠올림)
아흐레 **강진장** 지나 / 장검 같은 **도암만** 걸어갈 때 ■: 화자의 여정 = 공간 이동
9일에 열리는 강진의 장 좁고 긴 ('강진장 → 도암만 → 귤동 삼거리 주막')

겨울 바람은 차고 / 옷깃을 세운 마음은 더욱 춥다
계절적 배경 → 부정적 현실 암시 추상적 대상의 구체화 → 부정적 현실에 대응하는 화자의 자세

황건 두른 의적 천만이 진을 친 듯 감각적 이미지
연상 동학 농민 운동에 참여한 수많은 의병들 → 현실이나 시적 상황을 형상화함

바다갈대의 두런거림은 끝이 없고 과거와 현재의 교차(도암만의 바다
— 현재 도암만의 풍경 갈대와 바다오리들에서 과거 동학

후두둑 바다오리들이 날아가는 하늘에서 농민 운동의 장면을 떠올림
연상 동학 농민 운동의 치열한 전투 상황

그날의 **창검 부딪는 소리** 들린다 ▶ 1~8행: 도암만을 걸으며 떠올린 의병들의 행적
오랫동안 쌓인 폐단 다산 정약용
「**적폐의 땅 풍찬노숙의 길을** / ㉠ 역시 맨발로 살 찢기며 걸어왔을까」「」: 다산의 고통스러운
민중들이 고통받는 현실 바람을 먹고 이슬을 맞으며 잠을 잔다는 뜻으로 객지에서의 고생을 이름 유배 생활을 떠올림

스러져 가는 국운, **해소 기침을 쿨럭이며**
조선 말의 어지러운 현실 비극적 현실에 대한 백성들 또는 다산의 분노

바라본 산천에 찍힌 **소금 빛깔**의 / 허름한 불빛 **부릅뜬 눈** 초근목피
궁핍한 현실 풀뿌리와 나무껍질로 연명하는 백성들의 비참한 현실
▶ 9~13행: 다산의 유배 생활과 당시의 현실 상상

어느덧 **귤동 삼거리 주막**에 이르면

얼굴 탄 주모는 생굴 안주에 막걸리를 내오고
고달픈 삶을 사는 민중의 모습 대변

그래 한잔 들게나 다산 / 혼자 중얼거리다 문득 바라본
말을 건네는 어조 → 다산에 대한 화자의 위로와 연민 표현

벽 위에 빛바랜 지명 수배자 전단 하나
범죄자들을 잡아들이기 위한 것. 당시는 민주화 운동을 했던 지식인들을 지명 수배했음 – 여기서는 양심적 지식인을 가리킴

가까이 보면 낯익은 얼굴 몇 있을까
부당한 권력에 저항하다 수배된 양심적 지식인

㉡도 모르는 사이에 하나하나 더듬어 가는데
화자 – 다산에게 연민을 느끼며 부당한 현실에 대한 비판적 인식을 지닌 인물

누군가 거기 맨 나중에 / 덧붙여 적은 **뜨거운 인적 사항 하나**
고통받는 백성과 나라를 걱정하며 치열하게 살아온 다산의 삶 → 촉각적 이미지를 통한 의미 강조
▶ 14~22행: 귤동 삼거리 주막에서 떠올린 다산의 삶

정**다산(丁茶山)** 1762년 경기 광주산
다산 정약용 출생 연도 경기도 광주 출생

깜깜른 얼굴 날카로운 눈빛을 지님
다산의 외양 묘사 → 강직한 성품 암시

전직 암행어사 목민관
백성을 다스려 기르는 벼슬아치라는 뜻으로, 고을의 원이나 수령 등을 이름

「기민시 애절양 등의 애민을 빙자한 「」: 지배 계층의 시각에서 바라본 다산의 죄목 ← 화자의 의도로
백성들이 고통받는 현실을 비판한 한시들 볼 때 메모 내용은 지배 계층의 부당한 폭력을 우회적으로
비판하는 반어적 표현으로 볼 수 있음

유언비어 날포로 민심을 흉흉케 한
비참한 현실을 비판함 점 → 유언비어 날포 못된 무리의 우두머리

자생적 공산주의자 및 천주학 수괴
공동 소유, 경제적 평등을 주장 천주교도인 점 → 수괴
한 점 → 공산주의자 ▶ 23~28행: 다산에 대해 적은 어떤 사람의 메모

사이에
바람은 차고 바람 새에 / 톱날 같은 눈발 섞여 치는데
계절적 배경(겨울) → 암울한 시대 현실 암시

일박 사천 원 **뜨겁게 군불이 지펴진** / 주막 방에 누워도 잠이 오지 않았다
안락한 잠자리 시대 현실에 대한 번민과 고뇌 속에서 잠을 이루지 못함

「사람을 사랑하고 시대를 사랑하고 / 스스로의 양심과 지식을 사랑하여」
양심적 지식인에게 가해지는 구속과 탄압 「」: 화자가 생각하는 다산(양심적 지식인)의 모습

끝내는 쇠사슬에 묶이고 찢긴 → 이것이 탄압의 이유가 되는 현실에 대한 비판적 인식
① 다산 ② 다산과 같은 양심적 지식인

㉢누군가의 **신음 소리가 문풍지에 부딪쳤다.**
바람 소리에서 연상된 현실의 비극성을 드러냄 ▶ 29~36행: 시대를 사랑하고 양심과 지식을 사랑하는 이가 탄압받는 현실

감상 포인트
여정에 따른 추보식 구성을 통해 화자가 주목하고 있는 시적 대상의 의미를 파악한다. 특히 다산에 대한 메모에 담겨 있는 반어적 의도를 이해한다.

작품 분석 노트

• **추보식 구성에 따른 시상 전개**
화자의 여정을 따라 공간의 이동이 이루어지면서 시적 대상이 제시되고 이에 대한 화자의 태도가 드러난다.

강진장	'강진'은 4일과 9일과 같이 5일마다 장이 열리는 곳으로, 다산 정약용이 유배 생활을 한 지역이며, '장'은 민중들의 삶의 터전이라는 의미를 지님

↓

도암만	강진읍, 도암면 등으로 둘러싸인 좁고 긴 바다로, 화자는 이곳에서 불의에 저항한 민중들의 치열한 항쟁을 떠올림

↓

귤동 삼거리 주막	'귤동리'는 다산이 유배 중 10년 동안 거처한 다산 초당이 있는 지역으로, 이곳 주막에서 화자는 다산과 같은 양심적 지식인이 고통을 받는 현실을 비판함

• **다산 정약용의 삶과 평가**
지명 수배자 전단에 덧붙여 적힌 인적 사항은 다산 정약용에 대한 지배층의 부정적 평가를 반어적으로 비판하고자 하는 의도를 나타낸다.

정약용(1762~1836): 호는 다산, 조선 후기 문관, 실학자. 경기도 광주 출생.
• 목민관과 암행어사로 백성들의 고통을 살핌
• 〈기민시〉, 〈애절양〉 등 고통받는 백성의 아픔을 대변하는 한시를 지음
• 천주교 박해 사건인 신유박해에 연루되어 18년간 유배 생활을 함
• 국가 제도와 법규의 준칙, 법 집행의 유의점, 목민관의 올바른 자세에 관한 저술로 《경세유표》, 《흠흠신서》, 《목민심서》 등을 남김
• 토지의 무상 분배와 공동 경작, 노동량에 따른 소득 분배 등을 내세운 '정전론', '여전론'을 주장

다산의 죄목		화자의 인식
• 유언비어 날포로 민심을 흉흉케 함 • 자생적 공산주의자 • 천주학 수괴	대조 ↔	사람과 시대를 사랑하고 스스로의 양심과 지식을 사랑함

↓

지배 계층의 부당한 권력을 우회적으로 비판함

핵심 포인트 1 시상 전개 방식 이해

이 시는 다산의 유배지였던 강진에서 현재와 과거의 교차를 통해 부당한 권력에 의해 양심적 지식인이 탄압받는 현실을 비판하고 있다. 따라서 과거와 현재가 만나는 방식에 대해 이해할 수 있어야 한다.

＋ 과거와 현재의 만남

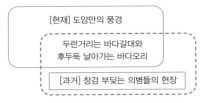

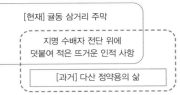

핵심 포인트 2 시구의 의미 파악

화자가 처한 현실 상황과 작품의 주제 의식을 이해하기 위해 시구의 의미를 파악할 수 있어야 한다.

＋ 중요 시구의 의미와 역할

겨울 바람은 차고 / 옷깃을 세운 마음은 더욱 춥다	'겨울 바람'을 통해 암울한 현실을 암시하고, 그런 현실을 살아가는 괴로운 '마음'을 '춥다'라는 촉각적 이미지로 형상화함
덧붙여 적은 뜨거운 인적 사항 하나	촉각적 이미지 '뜨거운'을 통해 백성을 사랑하고 나라를 걱정한 다산의 치열한 삶을 형상화함
사람을 사랑하고 시대를 사랑하고 / 스스로의 양심과 지식을 사랑하여	조선 후기 백성들이 수탈로 고통받는 현실을 비판하다 유배당한 다산 정약용의 모습임과 동시에 현재 다산과 같이 부당한 권력의 횡포 속에서 살고 있는 양심적 지식인의 모습임
끝내는 쇠사슬에 묶이고 찢긴 / 누군가의 신음 소리가 문풍지에 부딪쳤다	차갑고 단단한 이미지의 '쇠사슬'을 통해 양심적 지식인에게 가해지는 시련과 탄압을 구체화하고, 그들이 처한 고통스러운 상황을 '신음 소리'라는 청각적 이미지로 형상화함

핵심 포인트 3 다산의 작품에 대한 이해

다산이 지은 한시를 감상해 봄으로써 다산에게 씌워진 죄목이 부당한 것임을 이해하고, 이러한 반어적 평가를 통해 작가가 드러내고자 하는 주제 의식을 파악할 수 있어야 한다.

＋ 다산의 한시 〈기민시〉와 〈애절양〉

(전략) 누런 얼굴 생기 없이 푸석하여 가을도 오기 전에 시든 버드나무 꼴. 구부정하여 제대로 걷지도 못해 담벼락 부여잡고 겨우 추스르니, 골육도 보전하지 못하는 판에 길 가는 남을 어찌 슬퍼하랴. (중략) 벼슬아치는 집에 술 고기 쟁여 두고 기생을 맞이해 풍악 울리며, 태평세월 만난 듯 한껏 즐겨 조정 고관의 위엄을 차리는데 (후략) ㅡ 정약용, 〈기민시〉	(전략) 자식 낳고 사는 이치는 하늘이 준 것이라서 하늘의 도는 사내를 만들고 땅은 계집을 만들거늘, 말과 돼지 거세함도 오히려 슬프다고 말할진대 하물며 백성들이 자손 이을 것을 생각함에서랴. 세도 있는 집에서는 일 년 내내 풍악을 울리지만 쌀 한 톨, 비단 한 조각 세금 내는 일 없다네. 우리 백성을 똑같아야 하거늘 어찌 가난하고 부유한가 나그네 창가에서 거듭 시구편만 읊조린다오. ㅡ 정약용, 〈애절양〉

〈기민시〉	〈애절양〉
암행어사로 나가 목격한 농촌의 피폐한 현실과 백성들을 돌보아야 할 지배층의 무능하고 위선적인 논리를 비판함	갓난아이의 이름까지 군적에 올려 세금을 거둬들이는 현실에서, 군포를 감당할 수 없었던 사람이 아이를 낳지 않겠다며 자신의 생식기를 자른 현실을 고발함

↓

〈귤동리 일박〉은 백성들의 비참한 현실을 고발하고 문제를 제기한 다산의 작품들을
'유언비어 날포'로 보고 '민심을 흉흉케' 한 죄를 씌운 부당한 현실에 대한 우회적 비판을 드러냄

작품 한눈에

• **해제**

〈귤동리 일박〉은 화자가 강진 부근에서 지배층에 항거했던 민중들과 다산 정약용을 떠올리며 양심적 지식인이 고통받는 현실을 비판하고 있는 작품이다. 이 시는 화자의 여정을 따라 시상이 전개되면서 과거와 현재가 공존한다. 화자가 바라보는 도암만의 풍경은 과거 동학 농민 운동에 참여한 민중들의 치열한 항쟁과 교차하며, 귤동 삼거리 주막에서 본 지명 수배자 전단을 통해서는 다산 정약용의 안타까운 삶과 양심적 지식인이 탄압을 받는 암울한 현실이 교차하고 있다. 특히 반어적 표현을 통해 다산의 죄목을 언급하는 부분에서는 지배 계층의 부당한 폭력에 대한 비판적 인식을 드러내고 있으며, 이를 통해 양심적 지식인들이 고통을 받는 현실이 여전히 존재하고 있음을 우회적으로 고발하고 있다.

• **화자와 시적 상황**

이 시의 화자는 귤동 삼거리 주막에서의 일박을 통해 다산의 삶을 떠올리며 양심적 지식인이 오히려 탄압을 당하는 암울한 현실에 대한 비판적 인식을 드러내고 있다.

• **주제**

다산 정약용을 통해 성찰한 부정적 현실

• **연계 학습 작품**

• '동학 농민 운동'이라는 역사적 사건을 통해 민중의 분노를 노래한 작품 〈금강〉_신동엽
• 반어적 표현을 통해 현실에 대한 비판적 인식을 드러낸 작품 〈상행〉_김광규

한 줄 평 | 존재의 본질 탐색을 노래한 시

꽃을 위한 서시* ▸ 김춘수

시적 화자, 인식의 주체
나는 시방 위험한 짐승이다. ▓: 현재형 표현 → 존재의 본질 탐구 과정에서 느끼는 화자의 긴장감 표현
　　　　　　　존재의 본질에 무지한 존재

나의 손이 닿으면 너는
　　　존재 본질의 탐구 └─ 존재의 본질, 인식의 대상

미지의 까마득한 어둠이 된다.　　　　　　　　　　　▸ 1연: 존재의 본질을 인식하지 못하는 상태
존재의 본질을 인식하려는 시도로 인해 존재의 본질이 숨어 버린 상태

존재의 흔들리는 가지 끝에서
　　　　　存在의 불안정성

너는 이름도 없이 피었다 진다.
존재로서 인식되지 못하는 상태 └─ '너'가 꽃으로 설정되어 있음

눈시울에 젖어드는 이 무명의 어둠에
　　　　　　　存在의 본질이 인식되지 못한 상태. 부정적 상황

추억의 한 접시 불을 밝히고
모든 경험의 총체　　　存在의 본질을 밝히기 위한 노력

나는 한밤내 운다.　　　　　　　　　　　　　　　　▸ 2연: 존재의 본질 인식을 위한 노력
존재의 본질을 규명하지 못한 슬픔

감상 포인트

시적 화자가 존재의 본질을 탐색하는 과정이 구체적 시어를 통해 형상화되고 있으므로, 시어 및 시구가 가진 의미를 정확하게 파악하도록 한다.

나의 울음은 차츰 아닌 밤 돌개바람이 되어
존재의 본질을 인식하기 위한 노력　　　노력의 치열함

탑을 흔들다가
존재의 견고한 외형(존재의 본질에 접근하기 어려움)

돌에까지 스미면 금(金)이 될 것이다.　　　　　　　　▸ 3연: 존재의 본질 인식에 대한 염원과 기대
　　　　　　存在의 본질을 규명한 상태

……얼굴을 가리운 나의 신부여. ▸ 4연: 존재의 본질을 인식하지 못한 안타까움과 본질 인식에 대한 기대감
존재의 본질을 인식하기 어려움에 대한 안타까움과 언젠가는 본모습을 규명할 수 있을 것이라는 기대감

■ 서시(序詩): 긴 시에서 머리말 구실을 하는 부분. 또는 책의 첫머리에 서문 대신 쓴 시.

작품 분석 노트

• '나'와 '너'의 관계

나(화자)
• 존재의 본질을 인식하기 위해 노력하지만 규명하지 못하고 슬퍼하는 존재
• 언젠가는 존재의 본질을 인식할 수 있을 것이라고 기대하며 노력하는 존재

존재의 본질
인식을 위해
노력함

너(존재의 본질)
• 작품 속에서 '꽃'으로 설정되어 있으며, 존재의 본질을 의미함
• 존재의 본질 인식이 쉽지 않음

핵심 포인트 1   시어 및 시구의 의미 파악

이 작품은 존재의 본질 탐색이라는 추상적인 과정을 구체적인 사물을 통해 형상화하고 있다. 따라서 존재의 본질 인식에 관한 각각의 시어 및 시구의 의미를 이해해야 한다.

+ 존재의 본질 인식과 관련한 시어 및 시구

인식의 주체	인식의 대상	존재의 본질 인식을 위한 노력	존재의 본질 인식에 이르지 못한 상태
• '나'	• '너(꽃)'	• '나의 손이 닿으면' • '추억의 한 접시 불을 밝히고 나는 한밤내 운다' • '나의 울음은 차츰 아닌 밤 돌개바람이 되어'	• '미지의 까마득한 어둠' • '이름도 없이 피었다 진다' • '무명의 어둠' • '얼굴을 가리운 나의 신부'

핵심 포인트 2   다른 작품과의 비교 감상

존재의 본질 인식에 대한 염원이라는 동일한 주제를 표현한 신동집의 〈오렌지〉와 비교하여 감상할 수 있어야 한다.

+ 신동집의 〈오렌지〉와의 비교

> 오렌지에 아무도 손을 댈 순 없다.
> 오렌지는 여기 있는 이대로의 오렌지다.
> 더도 덜도 아닌 오렌지다.
> 내가 보는 오렌지가 나를 보고 있다.
>
> 마음만 낸다면 나도
> 오렌지의 포들한 껍질을 벗길 수 있다.
> 마땅히 그런 오렌지 / 만이 문제가 된다.
>
> 마음만 낸다면 나도
> 오렌지의 찹잘한 속살을 깔 수 있다.
> 마땅히 그런 오렌지 / 만이 문제가 된다.
>
> 그러나 오렌지에 아무도 손을 댈 순 없다.
> 대는 순간 / 오렌지는 이미 오렌지가 아니고 만다.
> 내가 보는 오렌지가 나를 보고 있다.
>
> 나는 지금 위험한 상태다.
> 오렌지도 마찬가지 위험한 상태다.
> 시간이 똘똘 / 배암의 또아리를 틀고 있다.
>
> 그러나 다음 순간, / 오렌지의 포들한 껍질에
> 한없이 어진 그림자가 비치고 있다.
> 누구인지 잘은 아직 몰라도.

	김춘수, 〈꽃을 위한 서시〉	신동집, 〈오렌지〉
인식 주체	'나': '위험한 짐승'	'나': '위험한 상태'
인식 대상	'너(꽃)'	'오렌지'
본질의 상태	'존재의 흔들리는 가지 끝에서 / 너는 이름도 없이 피었다 진다'	'내가 보는 오렌지가 나를 보고 있다'
'나'의 탐색에 의한 본질의 변화	'나의 손이 닿으면 너는 / 미지의 까마득한 어둠이 된다'	'대는 순간 / 오렌지는 이미 오렌지가 아니고 만다'
탐색 결과	'얼굴을 가리운 나의 신부여'	'한없이 어진 그림자가 비치고 있다 / 누구인지 잘은 아직 몰라도'
주제	존재의 본질 인식에 대한 염원	

작품 한눈에

• 해제

이 작품은 존재의 본질을 인식하기 위한 화자의 노력과 실패의 과정을 형상화한 시이다. '너', '꽃'으로 표상된 존재를 인식하기 위해 화자는 '추억의 한 접시 불을 밝히고 나는 한밤내 운다'와 같이 부단한 노력을 하지만, 끝내 존재의 본질 인식에 실패한다. 그러나 화자는 존재의 본질을 인식하기 어려운 상황 속에서도 '나의 신부여'라고 하며 언젠가 존재의 본질이 규명될 것이라는 기대와 희망을 드러내고 있다.

• 화자와 시적 상황

화자는 존재의 본질을 인식하기 위해 치열하게 노력하지만 본질 인식에 이르지 못하고 있다. 그리고 이에 대한 안타까움과 언젠가 존재의 본질을 규명할 수 있을 것이라는 기대감을 드러내고 있다.

• 주제

존재의 본질 인식에 대한 염원

• 연계 학습 작품

> • 존재의 본질적 의미에 대해 탐색한 작품
> 〈꽃〉_김춘수
> 〈오렌지〉_신동집

영역별 찾아보기

ㄱ

개는 왜 짖는가 ▶ 송기숙　　　　　　208
곡예사 ▶ 황순원　　　　　　　　　112

ㄴ

날개 또는 수갑 ▶ 윤흥길　　　　　198

ㄷ

단독 강화 ▶ 선우휘　　　　　　　130

ㅁ

마당 깊은 집 ▶ 김원일　　　　　　138
만무방 ▶ 김유정　　　　　　　　　094
만세전 ▶ 염상섭　　　　　　　　　084
명일 ▶ 채만식　　　　　　　　　　102
모래톱 이야기 ▶ 김정한　　　　　226
모범 동화 ▶ 최인호　　　　　　　188

ㅂ

비 오는 날이면 가리봉동에 가야 한다 ▶ 양귀자　236

ㅅ

서울 사람들 ▶ 최일남　　　　　　218
서울 1964년 겨울 ▶ 김승옥　　　178
속삭임, 속삭임 ▶ 최윤　　　　　150

ㅇ

아버지의 땅 ▶ 임철우　　　　　　168

ㅈ

장곡리 고욤나무 ▶ 이문구　　　256
제3 인간형 ▶ 안수길　　　　　　160

ㅎ

해방 전후 ▶ 이태준　　　　　　　122
해산 바가지 ▶ 박완서　　　　　　246

2025 수능 연계 작품
메가스터디 분석노트

현대 소설

만세전 ▶ 염상섭

💬 전체 줄거리

만세 운동이 일어나기 전해 겨울, 동경 W대학 문과에 재학 중인 '나'는 산후에 생긴 병으로 인해 아내가 위독하다는 전보를 받는다. '나'는 아내가 죽었다고 해도 장사 지낼 사람이 자신뿐인 것도 아닌데 시험 보는 사람더러 오라고 하는 것인가 싶어 공연히 심사가 난다. 하지만 전보와 함께 보내온 돈 백 원은 반갑다. 우환이 있는 집에 철없이 돈을 청구할 수 없어 걱정하던 참이었기 때문이다. '나'는 아내와 정이 없기 때문에 그가 죽어 간대도 아무런 감정이 일지 않는다. '나'는 그 길로 W대학 주임 교수를 만나 아내가 아닌 어머님 병환으로 인해 귀국하게 되었다고 사정을 이야기한다.

▶ 일본 유학생인 '나'는 아내가 위독하다는 전보를 받고 조선으로 돌아갈 준비를 함

'나'는 열한 시 야행으로 출발할 마음을 먹고, 이곳저곳을 돌아다니며 몇 가지 여행 제구를 산다. 그리고 이발소로 가 면도를 하며, 그래도 육칠 년간이나 부부로 지내 왔는데 위급하다는 전보를 받고도 아무 생각이 떠오르지 않는 자신을 이상하다 생각한다. 이발소를 나온 '나'는 단골 술집으로 가 여급인 정자를 만난다. 정자는 '나'가 집에 가지고 가려고 산 여러 물건들을 펴 보더니 집에 가는 거냐고 물으며, 비단 목도리를 보고는 시기하는 말을 한다. '나'는 그 목도리를 정자에게 둘러 준다. 집으로 언제 떠나느냐는 정자의 물음에 '나'는 명확한 답을 하지 않고, 아내가 앓고 있는데 갈까 말까 망설이고 있다고 말한다. 그러면서 부부간이라고 반드시 사랑하여야 한다는 법은 없으며, 없는 사랑을 의무적으로 짜낼 수는 없다면서 실없이 웃는다. 술이 거나하게 취해 문간으로 나오는 '나'에게 정자는 무슨 말인가 하려다가 만다. '나'는 쌀쌀한 밤거리를 헤매다가 이유 없는 조바심이 난다. '나'는 알 수 없는 반항심과 터무니없는 울분이 가슴속에서 치밀어 오르는 것을 느낀다. 그러다 별안간 눈물이 날 만큼 애처로운 생각도 들고, 참을 수 없이 허전하고 외로운 생각도 들어 긴 한숨이 난다. 이런저런 생각을 하며 전차를 타고 하숙집으로 돌아온 '나'는 짐을 수습하여 동경역으로 향한다. '나'가 차표를 사기 위해 출찰구 앞에 서 있는데 정자가 다가온다. 정자는 '나'에게 편지라도 해 달라고 하며, 보자를 하나 건넨다. '나'는 정자의 배웅을 받으며 차에 오른다. ▶ 귀국하기 전 '나'는 단골 술집의 여급인 정자를 만남

차에서 잠깐 눈을 붙인 '나'는 정자가 건네준 보자를 풀어 보는데, 거기에는 위스키병과 편지가 들어 있다. '나'는 정자가 영리한 계집애라고 생각하면서도 그 이상 깊게 사귀어 볼 생각은 하지 않는다. '나'는 위스키를 두어 잔 마신 후, 편지를 뜯어 본다. 편지에는 자기의 지금 처지와 장래에 대한 희망, 앞으로의 거취 등이 쓰여 있다. '나'는 정자에 대해 생각하며 자리에 누운 후, 두어 시간을 자다 깬다. 그러나 기차는 아직도 나고야를 지나고 있을 뿐이다. '나'는 을라를 만나려는 생각에 기차에서 내린다. '나'는 C음악 학교의 기숙사로 가 을라를 만나 실없는 대화를 나눈다. 을라는 자신도 모레쯤 귀국할 예정이라고 하며, '나'에게 기다렸다가 같이 가자고 한다. 하

지만 을라를 위하여 이틀씩 묵기는 싫었던 '나'는 곧 을라와 헤어지고 이튿날 연락선을 탄다.

▶ 기차를 타고 가던 중, 다소 지루해진 '나'는 중간에 내려 을라를 만남

'나'는 연락선 대합실에서 국적이 어디냐고 묻는 형사를 만난다. 그는 끈질기게 '나'를 쫓아다니며 나이와 학교, 무슨 일로 어디까지 가는 것인지를 묻는다. '나'는 화가 났지만 꾹 참고 간단히 응대를 해 준다. 이후 '나'는 배 안 목욕탕에서 일본인들이 조선 사람들을 야만족에 비유하며 조롱하는 것에 분개한다. '나'는 소위 우국지사는 아니지만, 망국의 백성이라는 것은 잊지 않고 있다. 어릴 때에는 애국심이 비교적 열렬하였지만, 일본으로 건너간 뒤에는 적개심이나 반항심을 일으킬 기회가 적었다. '나'는 원래 정치 문제에 흥미가 없어 이런 문제로 머리를 썩여 본 일이 거의 없다. 그러나 요새 '나'의 신경이 이런 일에 점점 흥분하게 된다. 이러한 적개심이나 반항심은 조선 사람으로 하여금 민족적 타락에서 스스로를 구하여야 하겠다는 자각을 주는 원동력이 되는 것 같다. 지금도 목욕탕에서 듣는 말마다 귀에 거슬리지 않는 것이 없지만, 그것은 될 수 있으면 많은 조선 사람이 듣고, 오랜 몽유병에서 깨어날 기회를 주었으면 하는 생각을 자아낼 뿐이다. 일본인들은 이야기를 계속하였는데, 그중 한 사람이 요즘 조선에서 쉽게 돈 벌 수 있는 방법을 소개한다. 그것은 농촌 노동자들을 속여 일본 각지의 공장과 광산으로 팔아 버리는 것이었다. 그는 모집 방법에 더해 비법까지 이야기해 준다. 조선 농군들을 꾀어 낼 때 품삯은 많고 일은 쉽다고 하면 모두가 따라나선다는 것이다. '나'는 이야기를 듣고 몹시 놀라며, 소작인의 생활상에 대해 생각해 본 적이 없음을 깨닫는다.

▶ '나'는 연락선 안에서 조선인을 멸시하는 일본인을 보고 분개함

목욕탕을 나오니 어눌한 일본어를 하는 조선 사람이 '나'를 찾는다. 그는 자신을 서에서 나온 사람이라고 소개한 후 '나'에게 짐을 가지고 같이 가자고 한다. '나'는 배가 곧 떠나 나갈 새가 없으니, 짐을 가지고 가서 조사할 게 있으면 하라고 큰소리를 치고, 그 형사는 당황하여 사정하듯 같이 가 달라고 한다. '나'가 배에서 내리자 그곳에는 먼저 만났던 형사와 다른 이들이 함께 있다. 그들은 '나'의 짐을 열어 검사하다 마땅히 꼬투리를 잡을 만한 것이 나오지 않자, 집에서 온 편지와 소설 초고가 들어 있는 서류 뭉치만 압수한다. 이후 '나'는 다시 배에 오른다. 배가 출발하고 갑판 위에서 찬바람을 쐬던 '나'는 어느덧 뜨끈한 눈물을 흘린다.

▶ '나'는 이유 없이 형사로부터 수색을 받고 눈물을 흘림

'나'는 눈을 감고 드러누워도 분한 생각이 계속 치밀어 올랐지만 사면을 돌아보아야 분풀이를 할 데가 없다. 다음 날 아침 배가 부산에 도착한다. 그곳에서도 일본 순사와 헌병들이 승객들을 지켜보고 있었는데, '나'는 이번에도 어김없이 불려가 파출소로 끌려 간다. '나'는 막연한 공포와 불안에 말까지 어눌해지나, 다행히 형사는 짐 검

사를 생략하고 '나'를 보내 준다. 차 시간까지 서너 시간이 남자 '나'는 그동안 조선 거리를 구경해 보기로 한다. 그런데 부두를 뒤에 두고 큰길을 아무리 가도 좌우편에 이층집이 쭉 늘어섰을 뿐, 조선 사람의 집은 하나도 눈에 띄는 것이 없다. '나'는 이 시가의 주인인 조선 주민이 하나둘씩 쫓겨 나가고 새 주인이 독점을 하리라고 그 누구도 예상하지 못하였으리라고 생각한다. '나'는 주인 잃은 쓸쓸한 거리를 헤매기 싫어 돌아서서 어떤 일본 국숫집을 발견한다. '나'는 호기심을 가지고 구경 삼아 이층으로 올라가 다다미방에 들어앉는다. '나'는 술상을 차리고 시중을 들던 계집애들이 '나'가 조선 사람이기에 한층 마음을 놓고 바가지를 씌우려고 판을 차리는 것을 못마땅하게 바라본다. 그러던 차에 말없이 앉아 있던 한 계집애가 자신의 일본인 아버지는 어릴 때 장기(長崎)로 가고, 조선인 어머니는 대구에 있다고 하며, 이번 설이 지나면 아버지를 찾아가 볼 예정이라고 한다. '나'는 그 계집애보다도 조선인인 그 어미가 더 가엾다는 생각이 들어, 어머니가 조선 사람이니까 싫고, 조선이니까 떠나겠다고 하는 거 아니냐며 계집애에게 묻는다. 계집애는 자신은 조선 사람은 돈 아니라 금을 주어도 싫다고 이야기한다. 계집애들이 짓궂게 붙고 늘어지는 것을 뿌리치고 나온 '나'는 서울로 가기 위해 기차를 탄다.

▶ 부산에 도착한 '나'는 또 한 번 형사들로부터 조사를 받고 국숫집에 들렀다가 기차에 오름

김천 역에 도착하니 형님이 마중을 나와 있다. 형님은 아내가 위험한 고비를 넘겼다고 전하며, 중간에 하룻밤을 묵고 왔다는 '나'를 나무란다. 형님 집에 가 보니, 형님은 아들을 낳기 위해 작은형수를 들여놓은 상태였다. '나'는 아들을 왜 그렇게 낳고 싶은 것인지 이해할 수 없다고 생각한다. '나'는 작은형수를 들이는 문제를 비롯해, 아내와 부모의 산소 문제 등을 놓고 형님과 언쟁을 벌이지만 의견 차이만 확인할 뿐이다. '나'는 저녁을 먹고 다시 정거장으로 나와, 서울 가는 기차에 오른다. 【장면 포인트 ❶ 087P】 【주목】 기차 안에서 '나'는 머리를 내지인처럼 깎지 않아 천대를 받아도 머리를 깎아 얻어맞는 것보다는 낫다고 말하는 갓 장수 등 여러 인물 군상을 만난다. 그 와중에도 일본 순사와 헌병 보조원들은 끊임없이 승객들을 감시한다. 그들은 의심이 가는 사람이 있으면 어김없이 끌고 가고, 【장면 포인트 ❷ 090P】 아이를 업은 여자라도 결박을 하여 조사한다. '나'는 까닭 없이 처량한 생각이 북받쳐 오른다. 젊은 사람들의 얼굴까지 시든 배춧잎 같고, 주눅이 들어서 멀거니 앉았거나 그렇지 않으면 빌붙는 듯한 천한 웃음을 짓는 표정이 가엾기도 하고, 분이 치밀어 올라서 소리라도 버럭 질렀으면 시원할 것 같다는 생각을 한다. '나'는 이 모든 것이 구더기가 끓는 무덤이라고 혼자 속으로 외친다. 어느덧 기차는 남대문에 도착한다.

▶ '나'는 김천에서 형님을 만난 후, 다시 서울로 올라오는 기차에 탐

서울 집에 와 보니, 집안 식구들이 벌써 일어나 기다리고 있다. 아내는 '나'를 보고는 까맣게 탄 입술을 벌리고 웃는 듯하더니, 어느새 눈물을 글썽인다. 가죽이 착 달라붙고 뼈가 앙상한 아내의 모습을 보니, 비로소 '나'도 가엾은 생각이 난다. 아내는 아들을 잘 부탁한다며 눈물을 쏟아 낸다. 아버지는 그동안의 병세를 이야기하며 무슨 탕을 몇 첩이나 썼는지 등을 말해 준다. '나'는 총독부 병원에 가서 치료를 받았으면 좋았을걸 그랬다고 하지만, 아버지는 양의가 무얼 아냐며 야단을 칠 뿐이다. '나'는 이후 삼사 일은 집에서 시간을 보낸다. 아버지는 동우회 일로 매일 외출했다가 술에 취해 들어오고, 아내는 병이 낫는 건지 더한 건지 모르겠는 상태로 누워 있다. 어머니도 이제는 병구완에 지치고 집안 사람들도 마음이 심상하여져서 약시중만 겨우 할 뿐이다. '나'는 어서 끝장이나 났으면 하는 생각을 하고 뒤이어 정자를 떠올린다. 서울 온 지 일주일 후 '나'는 정자에게 엽서를 부치고, 그날 저녁 병화의 집을 방문한다. 병화는 동경 유학 시절에 비교적 정답게 지냈지만, 지금은 을라와의 관계도 있고 해서 겸연쩍게 된 상황이다. 이후 재래식 의술에만 의존하던 아내는 결국 죽고 만다.

▶ '나'가 서울 집에 도착하고 얼마 후 아내가 죽음

아내가 죽은 후, '나'는 오일장을 한다는 것을 극구 반대하여 삼 일 만에 공동묘지에 묻게 한다. '나'는 아내의 죽음에도 눈물 한 방울 나오지 않는다. 장사를 지낸 후, '나'는 아들을 김천 형님에게 부탁한다. '나'는 우중충한 사랑방에 온종일 혼자 누워 무언가가 가슴을 내리누르는 것 같다고 느낀다. 아내가 살아 있을 때는 몰랐지만, 죽고 나니 역시 마음 한구석이 허전하고 가엾은 생각이 든다. 그러다 상중(喪中)에 정자가 보낸 편지를 다시 읽어 본다. 정자는 이제야 악몽에서 깨어나서 정신이 반짝 든 것 같다며, 새 길을 찾아 경도 고모 집으로 가 대학에 진학하겠다고 전하였다. 그리고 동경으로 가는 길에 자기에게 들러 달라는 말과 함께 고모 집 번지수까지 적어 놓았다. 【장면 포인트 ❷ 090P】 이튿날 '나'는 정자에게 새출발을 축하한다는 것과 자신 역시 이제는 스스로를 구하지 않으면 안 될 책임을 느끼고 스스로의 길을 찾아야 할 의무를 깨달아야 할 때가 닥쳐오는가 싶다는 내용의 답장을 쓴다. 그러곤 형님이 초상에 쓰고 남은 돈이라며, 동경 갈 노자와 용돈으로 내놓고 간 삼백 원 중 백 원을 편지와 함께 부친다. 열흘 후, '나'는 탈출하듯 다시 동경으로 떠난다.

▶ '나'는 아내의 죽음 이후 다시 일본으로 건너감

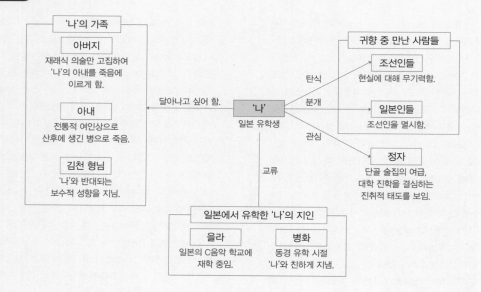

인물 관계도

'나'의 가족

아버지
재래식 의술만 고집하여 '나'의 아내를 죽음에 이르게 함.

아내
전통적 여인상으로 산후에 생긴 병으로 죽음.

김천 형님
'나'와 반대되는 보수적 성향을 지님.

← 달아나고 싶어 함.

'나'
일본 유학생

귀향 중 만난 사람들

탄식 →
조선인들
현실에 대해 무기력함.

분개 →
일본인들
조선인을 멸시함.

관심 →
정자
단골 술집의 여급. 대학 진학을 결심하는 진취적 태도를 보임.

교류

일본에서 유학한 '나'의 지인

을라
일본의 C음악 학교에 재학 중임.

병화
동경 유학 시절 '나'와 친하게 지냄.

<보기>로 나오는 작품 외적 준거

이인화의 현실 인식과 이방인 되기

'나'는 갓 장수와의 대화 중에 아까 형에게 못다 했던 말을 설파하듯이, 공동묘지의 도입에 대한 거부 의식이 모두 다 쓸데없는 일이라 말한다. '나'의 눈에 이미 조선인의 삶의 무대는 구더기가 들끓는 무덤 속이기 때문이다. '나'는 "공동묘지 속에서 살면서 죽어서 공동묘지에 갈까 봐 애가 말라" 하는 꼴이 답답하다. 절박한 현실의 문제를 해결하지 못하고, 죽고 난 뒤의 문제를 미리 걱정하는 처사를 이해할 수 없다. 지금 살고 있는 형편이 공동묘지에서 생활하는 것과 같으면서, 죽어서는 정말로 공동묘지에 들어가기 싫다고 발악하는 것일 뿐이다. 여기에는 이인화 자신이 민족이라는 코드와 무관하게, 개인의 세계로 침전하게 되는 이유가 간접적으로 투영되어 있다. 이인화는 '무덤 = 조선 = 민족'이라는 그물망에서 '바깥 = 동경 = 개인'의 길로 나아가, 자신의 눈을 의심케 하는 참혹한 조선의 어두운 현실로부터, 그리고 자신을 억누르는 제국의 그늘로부터 벗어나 '적정한 거리'를 두고자 한다. (중략)

동경 뒷골목 술집에서 마주한 여급 정자는 타국 생활의 위로이자 '동반자'가 될 수 있는 가능성을 보여 주지만, 이내 여대생이 될 것을 선언한 편지 이후로는, 다시 한 지배자 일본인 여성으로 재인식된다. "소학교 선생님이 사벨(환도)을 차고 교단에 오르는 나라가 있는 것을 보셨습니까? 나는 그런 나라의 백성이외다." 이인화는 자신을 높여 주고 유일하게 소통이 되는 듯이 위안을 주었던 여급 정자의 편지에 이러한 답장을 쓴다. 자신은 어디까지나 식민지 일국의 백성이라고 그 스스로를 규정시키기 위해, 자기 스스로 극복할 수 없는 운명과의 대결에서 처절히 패배했다는 인상을 준다. 그러나 '나'는 자신을 가두고 있는 식민지로부터 자신을 단절시키기 위해 일부러 '철저한 이방인'이 되는 길을 택한다. 작품 초반의 '자기 자신을 구원하지 않으면 질식할 것 같다'는 구절은, 작품 말미에서 다시 나오는데, 이러한 '자기 구원'이란 '철저한 홀로서기'를 의미하는 것이라 볼 수 있다.

— 노연숙, 염상섭의 〈만세전〉 연구: 탈식민주의 시각에서 본 '나'의 자리 찾기와 '일본인의 표상'을 중심으로, 2008

• 이 작품은 아내가 위독하다는 소식에 일본에서 조선으로 들어왔다가 다시 일본으로 돌아가는 '나'의 여정을 통해 3·1 만세 운동 직전의 민족의 현실을 그리고 있는 소설이다.

• 해당 장면은 서울로 가는 기차 안에서 '나'가 갓 장사를 하는 청년을 만나 단발, 공동묘지 법 시행에 관해 대화를 나누는 부분이다.

• 단발과 공동묘지에 대한 '나'와 갓 장수의 생각 차이에 주목하여 당시의 조선 현실과 이에 대한 '나'의 인식을 파악하도록 한다.

★주목 "아, 일본 갔다 오시는 분은 모두 그런 양복을 입으십디다그려."
당시 개화인, 지식인의 외양적 특징을 지적함

하며 궐자는 외투 위로 내다보이는 학생복 깃에 달린 금글자를 바라보고 웃었다. 일
'나'가 일본 유학생임을 알 수 있음

본 유학생이 더구나 합병 이후로는 신시대, 신지식의 선구인 듯이 쳐다보이는 때라,
1910년 한일 강제 병합   유학생을 선망의 대상으로 보던 당시 세태

이 촌 청년도 부러운 눈으로 나를 자꾸 쳐다보며 이것저것 묻고 싶으나 무얼 물을지

몰라서 망설이는 모양 같다.

"당신은 무엇을 하슈?"

나는 대답 대신에 딴소리를 하였다.

"네에, 갓[笠] 장사를 다니는 장돌뱅이입니다."
떠돌아다니는 장사꾼

그는 자비(自卑)하듯이 웃지도 않으며 자기 입으로 장돌뱅이라 한다.
자기 자신을 낮춤

"갓이오? 그래 요새두 갓이 잘 팔리나요?"
전통을 상징하는 물건

"그저 그렇지요. 촌에서들은 그래두 여전히 갓을 쓰니까요."
도시와는 대조되는 농촌의 모습

나는 좀 의외로 생각하였다. 두 사람은 잠깐 말을 끊었다가, 나는 다시 물었다.

"그러나 당신부터 왜 머리는 안 깎으우? 세상이 바뀌었을 뿐 아니라 귀찮고 돈도
단발 – 개화의 상징

더 들지 않소?"
성가시고 귀찮고

"웬걸요. 촌에서 머리를 깎으려면 더 폐롭고 실상 돈도 더 들죠. …… 게다가 머
그 시대의 풍습·유행을 따르거나 지식 따위를 받음. 또는 그런 풍습이나 유행

리를 깎으면 형장네들 모양으로 '내지어(內地語)'도 할 줄 알고 지체(時體) 학문(學
비슷한 또래의 사람들 중에서 상대를 높여 이르는 말   일본어를 가리킴. '내지'는 외국이나 식민지에서 본국을 이르는 말임

問)도 있어야지 않겠나요. 머리만 깎고 내지 사람을 만나도 말대답 하나 똑똑히
일본 사람

못 하면 관청에 가서든지 순사를 만나서든지 더 성이 가신 때가 많지요. 「이렇게

망건을 쓰고 있으면 요보라고 해서 좀 잘못하는 게 있어도 웬만한 것은 용서를 해

주니까 그것만 해도 깎을 필요가 없지 않아요." 「」: 머리를 깎고 성가신 일을 당하느니 멸시를 당해
도 속 편하게 사는 것이 낫다고 여김 – 일제의 부

하며 껄껄 웃어 버린다.   당한 대우에 저항하기보다는 개화되지 못한 모습
을 보임으로써 현실에 안주하는 비굴한 태도

"그두 그럴듯하지마는 같은 조선 사람끼리라도 머리만 깎고 양복을 입고 개화장
개화기에 단장(짧은 지팡이)를 이르던 말

을 휘두르고 하면 대접이 다른 것같이, 역시 머리라도 깎는 것이 저 사람들에게

천대를 덜 받지 않소. 언제까지든지 함부로 훌뿌리는 대로 꿉적꿉적하고 요보란
언제까지나 멸시를 받으며 살 수 없음을 지적함

소리만 들으려우?"

나는 궐자의 말이 일리가 있다고 동정은 하면서도, 무어라고 하나 들어 보려고 이

렇게 물었다.

감상 포인트
인물 간의 대화를 통해 알 수 있는 당시의 현실과
이에 대한 '나'의 인식과 태도를 파악한다.

「훌뿌리거나 요보라고 하거나 천대는 받을 때뿐이지마는, 머리나 깎고 모자를 쓰
「」: 일본인에게 천대받는 조선인의 실상이 구체적으로 드러남

작품 분석 노트

• 〈만세전〉의 구조 – 여로형 구조

동경	'나'는 아내가 위독하다는 전보를 받고 출발함. 술집 여급을 만남	1~2장
하관	배를 탐. 일본인들의 대화와 형사의 검문	3장
부산	경찰의 조사를 받음. 국숫집에서 계집애들과 이야기를 나눔	4~5장
김천	형님과 만남	6장
대전	조선인들이 처한 실상을 목격함	7~8장
서울	가족, 지인과 만남	
	아내가 죽고 다시 동경으로 떠남	9장

여정에 따라 '나'가
조선의 현실에 눈을 뜨며
현실에 대한 의식이 변화함

고 개화장이나 짚고 다녀 보슈. 가는 데마다 시달리고 조금만 하면 뺨따귀나 얻어

맞고 유치장 구경을 한 달에 한두 번쯤은 할 테니!, 당신네들은 내지어나 능통하시

지요? 하지만 우리 같은 놈이야 맞으면 맞았지 별수 있나요!"
　　　일본어도 못 하고 지식도 없는 촌사람

　　천대를 받아도 얻어맞는 것보다는 낫다! 그도 그럴 것이다. 미친 체하고 떡 목판
　　　멀쩡한 사람이 떡이 먹고 싶어 미친 척 떡판에 넘어진다는 뜻으로, 일부러 모르는 체하고 자기 욕심을 부리는 경우를 비꼬는 말

에 엎드러진다는 세음으로 미친 체하고 어리광 비슷한 수작을 하거나, 스라소니 행
　　셈

세를 하거나 하여, 어떻든지 저편의 호감을 사고 저편을 웃기기만 하면 목전에 닥쳐
　　　　　　　　　　　　　상대방이 취한 이윤의 찌꺼기라도 얻기 위해 비굴하게 행동하는 것

오는 핍박은 면할 것이다. 속으로는 요놈 하면서라도 얼굴에만 웃는 빛을 띠면 당장
　　천대받는 것을 오히려 다행으로 여기는 사람들의 모습에 대한 인식

의 급한 욕은 면할 것이다. 공포, 경계, 미봉, 가식, 굴복, 도회, 비굴…… 이러한 모
　　　　　　　　　　　　　　'나'가 생각하는 조선인의 이미지 – 조선인에 대한 냉소적·비판적 태도

든 것에 숨어 사는 것이 조선 사람의 가장 유리한 생활 방도요, 현명한 처세술이다.
　　　　　　　　　천대를 받으며 비굴하게 살아가는 조선인들의 생활 방식에 대한 냉소적 태도

실상 생각하면 우리의 이러한 생활 철학은 오늘에 터득한 것이 아니요, 오랫동안 봉

건적 성장과 관료 전제 밑에서 더께가 앉고 굳어 빠진 껍질이지마는, 그 껍질 속으
　　　　　　　　　　억압과 수탈에 익숙해져 무기력하고 나약하며 굴종적인 태도를 보이게 됨

로 점점 더 파고들어 가는 것이 지금의 우리 생활이다.
　　　　　　　　　　　　　▶ 갓 장수와 대화하며 조선인들의 비굴한 모습을 인식하는 '나'

　　"어떻든지 그저 내지인과 동등한 대우만 해 주면 나중엔 어찌 되든지 살아갈 수
　　　　　　　　　　일본인

있겠죠."

　　청년은 무엇에 쫓겨 가는 사람처럼 차 안을 휘휘 돌려다 보고 나서 목소리를 한층
　　　　　　　　　　일제의 감시를 의식하는 청년 – 감시가 일상적임을 알 수 있음

낮추어서 다시 말을 잇는다.

　　"가령 공동묘지만 하더라도 내지에도 그런 법률이 있다 하면 싫든 좋든 우리도 따
　　　　　일제에 의해 시행되는 새로운 장례 제도　　일본을 가리킴

라가는 수밖에 없겠죠. 하지만 우리에게는 또 우리의 유풍이 있지 않습니까? 대
　　　　　　　　　　　　　　　　　　선산에 따로 무덤을 쓰는 일

관절 내지에도 그런 법이 있나요?"

　　의외에 이 장돌뱅이도 공동묘지 이야기를 꺼낸다. 나는 아까 형님한테 한참 설법

을 듣고 오는 길에 또 이러한 질문을 받고 보니, 언제 규정이 된 것이요 어떻게 시행
　　　　　　　형님에게 공동묘지에 관한 이야기를 들었음을 알 수 있음

하라는 것인지는 나로서는 알고 싶지도 않고, 그까짓 것은 아무렇거나 상관이 없는
　　　　　　　　　　　　현실에 무관심한 방관자적 태도를 보이는 '나'

일이지마는, 아마 요사이 경향에서 모여 앉으면 꽤들 문젯거리, 화젯거리가 되는 모
　　　　　　　　'서울'과 '시골'을 아울러 이르는 말

양이다. 나는 한번 껄껄 웃어 주고 싶었으나 그리할 수는 없었다.

　　"일본에도 공동묘지야 있다우."

　　「나 역시 누가 듣지나 않는가 하고 아까부터 수상쩍게 보이던 저편 뒤로 컴컴한 구

석에 금테를 한 동 두른 모자를 쓴 채 외투를 뒤집어쓰고 누웠는 일본 사람과 김천서

나하고 같이 오른 양복쟁이 편을 돌려다 보았다.」 나의 말이 조금이라도 총독 정치를
　　　　「 」: 대화를 감시하는 사람이 있는지 경계하는 '나'

비방하는 것은 아니지만, 그중에서 무슨 오해가 생길지 그것이 나에게는 염려되는
　　　　　　　　　　　　　자신의 말이 정치적으로 잘못 해석되는 것을 염려함

것이었다.

　　"정말 내지에도 공동묘지가 있어요? 하지만 행세하는 사람야 좀 다르겠죠?"
　　　　　　　　　　돈과 권력이 있는 사람은 공동묘지가 아닌 '우리의 유풍'과 같은 매장이 가능하리라 생각함

　　"그야 좀 다르겠지마는, 어떻든지 일본에서는 주로 화장을 지내기 때문에 타고 남

은…… 아마 목구멍 뼈라든가를 갖다가 묻고 목패든지 비석을 세운다우. 「그러지

· 단발에 대한 '나'와 갓 장수의 태도

'나'
· 세상이 바뀌었을 뿐만 아니라 덜 귀찮고 돈도 덜 듦 · 머리라도 깎는 것이 천대를 덜 받음
단발에 긍정적임

↑↓

갓 장수
· 더 폐롭고 실제로는 돈이 더 듦 · 머리만 깎고 일본 사람을 만나 일본어를 못 하면 성가신 일이 더 많음 · 망건을 쓰고 있으면 '요보'라고 해서 웬만한 것은 용서를 해 줌
단발에 부정적임

않어도 살아 있는 사람도 터전이 좁아서 땅 조각이 금 조각 같은데, 죽는 사람마

다 넓은 터전을 차지하다가는 이 세상에는 무덤만 남고 말지 않겠소, 허허허.”

「 」: 무덤 때문에 산 사람의 터전이 좁아짐을 비판적으로 보며 현실적인 관점에서 공동묘지가 필요하다고 생각함

나는 이러한 소리를 하면서도 묘지를 간략하게 하여 지면을 축소하고 남는 땅은

공동묘지를 유도하는 일제의 의도에 대한 의구심을 갖게 됨

누구의 손으로 들어가고 마누 하는 생각을 하여 보았다.

“그리구서니 자기의 부모나 처자를 죽었다구 금세루 살라야 버릴 수가 있습니까?

화장에 대해 부정적으로 생각함 · 가족과 근본 등을 중시하는 봉건적 태도

더구나 대대로 내려오는 제 집 산소까지를.”

이 사람은 나의 말이 옳다는 모양으로 고개를 끄덕끄덕하면서도 그래도 반대를

기차에서 만난 갓 장수

한다.

“화장을 지낸다기루 상관이 뭐겠소. 예전에 애급이라는 나라에서는 왕후장상의

'이집트'를 음역한 말

시체는 방부제를 쓰고 나무 관에 넣은 시체를 다시 석관까지에 튼튼히 넣어서 피

라미드라는 큰 굴속에 묻어 두었지만, 지금 와서는 미이라밖에는 되지 않고 만 것

을 보면 죽은 송장에게 능라주의(綾羅紬衣)를 입히고 백 평, 천 평 되는 땅에다가

비단옷과 명주 옷. 송장에 좋은 옷을 입히는 것   넓은 땅에 무덤을 만드는 것

아무리 굳게 파묻기로 그것이 무엇이란 말이오. 동상을 세우면 무얼 하고 송덕비

죽은 후 공덕을 기리는 것

를 세우면 무엇에 쓴다는 말이오.” □: 삶보다 죽음에 공을 들이는 허례허식을 비판하기 위한 소재들

내 앞에 앉았는 장꾼은 무슨 소리인지 귀에 자세히 들어오지 않는 모양이다.

“네에, 그런 것이 있에요?”

하고 멀거니 앉았다.

“하여간 부모를 생사장제(生事葬祭)에 예(禮)로써 받들어야 할 거야 더 말할 것

살아서 섬기고 죽어서 장사와 제사 지내는 일

없지마는, 예로 하라는 것은 결국에 공경하는 마음이나 정성을 말하는 것 아니겠

소? 그러니 공동묘지 법이란 난 아직 내용도 모르지마는, 그것은 별문제로 치고

화려한 겉치레

라도, 그 근본정신은 생각지 않고 부모나 선조의 산소치레를 해서 외화(外華)나

조상의 덕   조선인의 전근대적 인식에 대한 비판 ① – 장례의 근본정신은 생각지 않고 허례허식에만 사로잡힘

자랑하고 음덕(蔭德)이나 바란다는 것도 우스운 수작이란 것을 알아야 할 거 아니

겠소. 지금 우리는 공동묘지 때문에 못살게 되었소? 염통 밑에 쉬스는 줄은 모른다

작은 문제에만 집착하여 큰일이나 큰 손해를 알아채지 못하는 어리석음을 비판한 속담

구, 깝살릴 것 다 깝살리고 뱃속에서 쪼르륵 소리가 나도 죽은 뒤에 파묻힐 곳부

조선인의 전근대적 인식에 대한 비판 ② – 현실은 도외시하고 관습에만 집착함

터 염려를 하고 앉았을 때인지? 너무도 얼빠진 늦둥이 수작이 아니오? 허허허.”

현실의 삶보다 죽은 뒤 묻힐 곳에만 골몰하는 모습에 대한 부정적 인식을 드러냄

나는 형님에게 하고 싶던 말을 장돌뱅이로 돌아다니는 이자를 붙들고 한참 푸념

공동묘지에 대한 '나'의 생각이 형님이나 갓 장수의 생각과는 다름을 알 수 있음

을 하였다. 이야기를 하고 나니까 어쩐지 열적었다.   ▶ 공동묘지에 대한 '나'와 갓 장수의 대화

■ 궐자: 삼인칭 '그'를 낮잡아 이르는 말.
■ 요보: 일제 강점기에 일본인들이 조선인을 멸시하여 이르던 말.
■ 훌뿌리다: 업신여겨 함부로 냉정하게 뿌리치다.
■ 쉬슬다: 파리가 알을 여기저기에 낳다.
■ 깝살리다: 재물이나 기회 따위를 흐지부지 다 없애다.
■ 열적다: 열없다. 좀 겸연쩍고 부끄럽다.

· 공동묘지 법 시행에 대한 '나'와 갓
  장수의 인식

갓 장수
· 일본에도 그런 법률이 있으면 싫어도 따라야겠지만, 우리의 유풍에 맞지 않음 · 부모나 처자가 죽었다고 금세 화장을 하는 것은 꺼림칙함

전근대적 사고

↓

'나'
· 일본에도 공동묘지가 있음 · 일본에서는 주로 화장을 하기 때문에 목패나 비석을 세움 · 송장에게 잘할 필요가 없으므로 화장을 한다고 해도 큰 상관이 없음 · 근본정신을 생각하지 않는 산소치레는 허례허식에 불과함

현실적 사고

장면 포인트 ❷

・해당 장면은 서울로 올라가는 기차를 탄 '나'가 대전역에 잠시 내렸다가 조선의 현실을 목격하는 부분과, 아내의 초상을 치르고 난 '나'가 동경에 있는 정자에게 이별 편지를 쓰고 다시 동경으로 돌아가는 부분이다.
・'나'가 조선과 조선인의 현실을 자각하고 인식하는 과정과 '나'의 현실 대응 방식을 중심으로 이 작품에서 전달하고자 하는 주제 의식을 파악하도록 한다.

정거장 문밖으로 나서서 눈을 바삭바삭 밟으며 큰길 거리로 나가니까 칠 년 전에
일본으로 달아날 제, 오정 때 대전에 내려서 점심을 사 먹던 그 집이 어디인지 방면
<u>'나'가 7년 전에 일본으로 유학을 갈 때</u>　　　　　　　　　어떤 장소나 지역이 있는 방향. 또는 그 일대
도 알 수 없이 시가(市街)가 변하였다. 길 맞은편으로 쭉 늘어선 것은 빈지를 들였으
　　　　　　　　　　일제에 의해 조선인의 삶의 터전을 잃게 된 현실
나 모두가 신축한 일본 사람 상점이다. 「우동을 파는 구루마가 쩔렁쩔렁 흔드는 요령
　　　　　　　　　　　　　　　　　　　　　　　놋쇠로 만든 종 모양의 큰 방울
소리만이 괴괴한 거리에 처량하다. 열네다섯쯤에 말도 모르고 단신 일본으로 공부
　　　쓸쓸한 느낌이 들 정도로 고요한
간다는 데에 호기심이 있었던지 친절히 대접을 해 주던, 그때의 그 주막집 주인 내
「♪: 변한 조선의 현실을 보며 처량함을 느끼고 과거를 회상함
외가 그립다.」　　　　　　　　　▶ 칠년 사이에 일본 상점 거리로 변한 대전 시가

다시 돌쳐 들어오며 보니, 찻간에서 무슨 대수색을 하는지 승객들은 아직도 아니
　　　되돌아　　　　　　　일제의 감시와 억압을 보여 줌
들여보내고, 결박을 지은 여자는 업은 아이가 깨어서 보채니까 일어서서 서성거린다.

'젖이나 먹이라고 좀 풀어 줄 일이지.'

하는 생각을 하니 곁에 시퍼렇게 얼어서 앉은 순사가 불쌍하다가도 밉살맞다. 목책
<u>추위에 떠는 순사에게 인간적인 연민을 느끼다가도 조선 사람들을 억압하는 그들의 모습에 분노를 느낌</u>
안으로 들어오며 건너다보니까 차장실 속에 있던 두 청년과 헌병도 여전히 이야기를
하고 섰다. 나는 까닭 없이 처량한 생각이 가슴에 복받쳐 오르면서 한편으로는 무시
　　　헌병 앞에서 비굴한 청년들의 모습에서 처량함을 느끼는 동시에 일본의 탄압과 억압을 받는 조선의 현실에 무서움을 느낌
무시한 공기에 몸이 떨린다.

젊은 사람들의 얼굴까지 시든 배춧잎 같고 주눅이 들어서 멀거니 앉았거나, 그렇
　　　조선 젊은이들의 모습 ① – 생기도 의욕도 없음
지 않으면 빌붙는 듯한 천한 웃음이나 '헤에' 하고 싱겁게 웃는 그 표정을 보면 가엾
　　　　　　　조선 젊은이들의 모습 ② – 비굴한 태도
기도 하고, 분이 치밀어 올라와서 소리라도 버럭 질렀으면 시원할 것 같다.
　　　　일제의 억압에 굴복하는 조선 청년들의 모습에 연민과 반감을 함께 느낌
'이게 산다는 꼴인가? 모두 뒈져 버려라!'
　　　굴욕적인 조선의 현실에 대한 분노
찻간 안으로 들어오며 나는 혼자 속으로 외쳤다.
　　　　　　　　　생각만 할 뿐, 행동으로 실천하지는 못하는 나약한 모습
'무덤이다! 구더기가 끓는 무덤이다!'
<u>일제 강점하의 비참한 조선의 현실과 봉건적이고 무기력한 조선인들의 모습을 '구더기가 끓는 무덤'으로 인식함. 자조적 한탄</u>
나는 모자를 벗어서 앉았던 자리 위에 던지고 난로 앞으로 가서 몸을 녹이며 섰었
다. 난로는 꽤 달았다. 뱀의 혀 같은 빨간 불길이 난로 문틈으로 날름날름 내다보인
　　　　　　　　　난로의 모습을 비유적으로 묘사함. '나'의 현실에 대한 의식이 투영됨
다. 찻간 안의 공기는 담배 연기와 석탄재의 먼지로 흐릿하면서도 쌀쌀하다. 우중충
한 남폿불은 웅크리고 자는 사람들의 머리 위를 지키는 것 같으나 묵직하고도 고요
　　　분위기 묘사를 통해 당시 일제의 억압을 암시적으로 표현함
한 압력으로 지그시 내리누르는 것 같다. 나는 한번 휘 돌려다 보며,

'공동묘지다! 공동묘지 속에서 살면서 죽어서 공동묘지에 갈까 봐 애가 말라 하는
　　　찻간 안의 모습을 바라보며 피폐하고 무기력한 조선인들의 모습에 자조하는 '나'
갸륵한 백성들이다!' / 하고 혼자 코웃음을 쳤다.　　▶ 조선의 현실을 무덤으로 인식하는 '나'

(중략)

작품 분석 노트

・'공동묘지'와 '구더기'의 상징적 의미

공동묘지
・일제에 저항할 생각조차 하지 않는, 비굴한 태도의 조선인들이 살아가는 곳
・생기 없고 무기력한 조선의 암울한 현실을 상징함.

＋

구더기
억압적 현실 속에서 생존 본능만을 지닌 채 비참하게 살아가는 조선 사람들

↓

조선의 현실을 구더기가 들끓는 무덤으로 비유함

090 국어 영역_문학

★주목「모든 것이 순조로이 해결되어 가고 학교에 들어가시게 되었다 하오니 얼마나 반
　　　　　정자가 역경을 극복하고 성취를 이룬 것을 치하함
가운지 모르겠습니다. 과거 반년간의 쓰라린 체험이 오늘의 신생을 위한 커다란 준
　　　　　　과거 반년간의 쓰라린 체험 ↔ 오늘의 신생
비 시기이셨던 것을 생각하면, 그동안 나의 행동이 부끄럽지 않을 수 없습니다마는,
한편으로는 내 생애에 있어서도, 다만 젊은 한때의 유흥 기분만에 그치지 아니하였
던 것을 감사하며 기뻐합니다. 그러나 뒷날에 달콤하고 아름다운 추억으로 남아 있
으리라고 생각할 뿐이라면 이렇게 섭섭한 일도 없고, 당신은 또 자기를 모욕하였다
고 노하실지도 모르나, 언제까지 그런 기쁨과 행복에 잠겨 있도록 이 몸을 안온하고
자유롭게 내버려두지 않으니 어찌하겠습니까. 나도 스스로를 구하지 않으면 아니 될
책임을 느끼고, 또 스스로의 길을 찾아가야 할 의무를 깨달아야 할 때가 닥쳐오는가
　　　　　　　　'이 몸을 안온하고 자유롭게 내버려두지 않'는다고 한 이유
싶습니다. …… 지금 내 주위는 마치 공동묘지 같습니다. 생활력을 잃은 백의(白衣)
　　　　　　　　　　　　　식민지 조선의 현실
의 백성과, 백주에 횡행하는 이매망량(魑魅魍魎) 같은 존재가 뒤덮은 이 무덤 속에
　　　　　　　　　　조선의 암담한 실상과 거기에 속한 스스로의 처지에 대한 인식
들어앉은 나로서 어찌 '꽃의 서울'에 호흡하고 춤추기를 바라겠습니까. 눈에 보이는
　　　　　　　　　　　　설의적 표현을 통해 답답한 현실에 대한 절망적 심리를 드러냄
것, 귀에 들리는 것이 하나나 내 마음을 부드럽게 어루만져 주고 용기와 희망을 돋
우어 주는 것은 없으니, 이러다가는 이 약한 나에게 찾아올 것은 질식밖에 없을 것
이외다. 그러나 그것은 장미꽃 송이 속에 파묻히어 향기에 도취한 행복한 질식이 아
니라, 대기에서 절연된 무덤 속에서 화석(化石) 되어 가는 구더기의 몸부림치는 질
　　　　　　　비유적 묘사를 통해 조선의 현실에서 '나'가 느끼는 절망감을 부각함
식입니다. 우선 이 질식에서 벗어나야 하겠습니다. ……
　　　　　조선에서 벗어나 동경으로 도피하려는 심리가 나타남
　소학교 선생님이 사벨(환도)을 차고 교단에 오르는 나라가 있는 것을 보셨습니까?
　　　　　　　　　　　　　의문을 활용하여 조선이 처한 현실의 폭력성을 강조함
나는 그런 나라의 백성이외다. 고민하고 오뇌하는 사람을 존경하시고 편을 들어 주
　　　　　　　　　　　　　　정자의 말을 인용하여 그 말에 담긴 호의에 감사하는 마음을 전함
신다는 그 말씀은 반갑고 고맙기 짝이 없습니다. 그러나 스스로 내성(內省)하는 고
　　　　　　　　　　　　　　　　　　　　　　　　자신을 돌이켜 살펴봄
민이요 오뇌가 아니라, 발길과 채찍 밑에 부대끼면서도 숨이 죽어 엎디어 있는 거세
　　　　　　　　　　　　　　식민 지배를 받는 민족의 한 사람인 자신을 나타냄
된 존재에게도 존경과 동정을 느끼시나요? 하도 못생겼으면 가엾다가도 화가 나고
미운증이 나는 법입넨다. 혹은 연민의 정이 있을지 모르나, 연민은 아무것도 구하는
길은 못 됩니다. …… 이제 구주의 천지는 그 참혹한 살육의 피비린내가 걷히고 휴
　　　　　　　　　　　　　　1918년 제1차 세계대전이 독일의 항복으로 끝나고 휴전 협정을 함
전 조약이 성립되었다 하지 않습니까. 부질없는 총칼을 거두고 제법 인류의 신생(新
生)을 생각하려는 것 같습니다. 그러나 이 땅의 소학교 교원의 허리에서 그 장난감
　　　　　　　　　　　　　　　　　　　식민지 조선이 해방될 날
칼을 떼어 놓을 날은 언제일지? 숨이 막힙니다. ……
　우리 문학의 도(徒)는 자유롭고 진실된 생활을 찾아가고, 이것을 세우는 것이 그
　　　　지식인이라는 정체성을 바탕으로 '나'가 내적 갈등을 해소할 수 있는 실마리를 모색함
본령인가 합니다. 우리의 교유, 우리의 우정이 이것으로 맺어지지 않는다면 거짓말
입니다. 이 나라 백성의, 그리고 당신의 동포의, 진실된 생활을 찾아 나가는 자각과
발분을 위하여 싸우는 신념 없이는 우리의 우정도 헛소리입니다. ……
　　　　　　　　　　　　　　　　　　　　▶ 동경에 있는 정자에게 '나'가 쓴 편지

　나는 형님이 떠날 제 초상에 쓰고 남은 것이라고, 동경 갈 노자와 함께 책값이며
　　　　　　　　　　　　　　　　정자에게 편지와 함께 돈을 부침

• 〈만세전〉에 드러난 조선의 현실

일제의 억압과 수탈
• 조선인이 노동자로 팔려 가 노동력을 착취당함 • 농촌이 몰락하고 농민들의 삶이 붕괴됨 • 일제의 감시로 학교에서조차 자유를 박탈당함

↓

조선인의 대응
• 시대의 변화를 따라가지 못하고 과거의 전근대적인 의식에서 벗어나지 못함 • 무기력하게 현실을 살아가면서 일제에 굴종적인 태도를 보임

↓

지식인의 한계
• 조선의 현실을 비판만 할 뿐 극복 방안을 내세우지 못함 • 냉소적인 시선만을 보이고 현실에서 도피함

용돈으로 내놓고 간 삼백 원 속에서 백 원을 이 편지와 함께 부쳐 주었다. 혹시는 다른 의미나 있는 줄로 오해할 것이 성가시기도 하나, 「동경에서 떠날 제 선사받은 것도 있으려니와, 정자의 새 출발을 축하하는 의미라고 한마디 쓰고, 다소 부조가 될까 하여 보낸 것이다.」 실상은 동경 가는 길에 들르지 않겠다는 결심을 다시 하였기 때문에, 아주 이것으로 마감을 하여 버리고, 나도 이 기회에 가뜬한 몸이 되고 싶었던 것이다.

┌ 대학 입학 (underneath 선사받은 것)
└ 편지와 함께 돈을 부친 까닭 (under 「 」 marks)
일본에 가서도 정자와 다시 만나지 않기로 결심함 (under 실상은 동경 가는 길에 들르지 않겠다는 결심)

감상 포인트
조선의 현실을 무덤으로 인식하는 '나'의 생각을 작품의 주제 의식과 연관하여 이해한다.

나는 한 열흘 더 있다가 졸업 논문도 있고 아무래도 학교 일이 걱정이 되어서 떠나고 말았다. 정거장에는 큰집 형님, 병화 내외, 을라 들이 나왔다. 을라는 입도 벌리지 않고 오도카니 섰고, 병화 내외도 플랫폼의 보꾹에 매달린 시계만 쳐다보며 선하품을 하고 섰었다. 그러나 병화의 얼굴에는 그렇게 보아서 그런지 모든 오해를 풀고, 인제는 안심하였다는 듯이 화평한 기색이 도는 것 같았다.

동경으로 다시 떠난 '나' (under 떠나고 말았다)
지붕의 안쪽 (under 보꾹)

차가 떠나려 할 제 큰집 형님은 승강대에 섰는 나에게로 가까이 다가서며,

"내년 봄에 나오면 어떻게 속현(續絃)할 도리를 차려야 하지 않겠나?"

거문고와 비파의 끊어진 줄을 다시 잇는다는 뜻으로, 아내를 여읜 뒤에 다시 새 아내를 맞는 일을 비유적으로 이르는 말

하고 난데없는 소리를 하기에, 나는,

내년에 아내를 맞으라는 형님의 말

"겨우 무덤 속에서 빠져나가는데요? 따뜻한 봄이나 만나서 별장이나 하나 장만하고 거드럭거릴 때가 되거든요……!"

조선의 현실에서 탈출함 (under 무덤 속에서 빠져나가는데요)
거만스럽게 잘난 체하며 자꾸 버릇없이 굴 (under 거드럭거릴)

하며 웃어 버렸다.   ▶ 다시 일본으로 떠나는 '나'

■ 빈지: 한 짝씩 끼웠다 떼었다 할 수 있게 만든 문. 흔히 가게에서 문 대신 쓴다.
■ 이매망량: 온갖 도깨비. 산천, 목석의 정령에서 생겨난다고 함.
■ 환도: 예전에, 군복에 갖추어 차던 군도(軍刀).

· 〈만세전〉의 시점

1인칭 주인공 시점
· 주인공인 '나'가 자신이 체험한 일을 그대로 전달하는 것처럼 느껴지게 함 · 주인공의 생각과 심리를 보다 생생하게 전달할 수 있음

↓

'나'의 시선을 통해 일제에 수탈당하고 있던 당시 조선의 암울한 현실과 일본인에게 멸시받고 탄압받던 조선인의 비참한 모습을 사실적으로 드러냄

핵심 포인트 1 서사 구조에 대한 이해

이 작품은 여로형 구조로 사건이 전개되며 여정에 따라 주인공의 의식도 변화하고 있으므로, 이를 중심으로 전체적인 내용의 흐름을 파악할 수 있어야 한다.

+ 여정에 따른 '나'의 체험 및 인식의 변화 과정

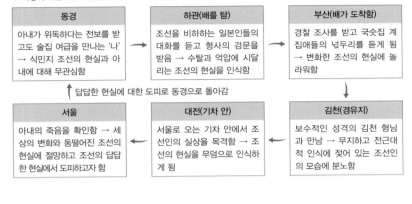

동경
아내가 위독하다는 전보를 받고도 술집 여급을 만나는 '나' → 식민지 조선의 현실과 아내에 대해 무관심함

↑ 답답한 현실에 대한 도피로 동경으로 돌아감

하관(배를 탐)
조선을 비하하는 일본인들의 대화를 듣고 형사의 검문을 받음 → 수탈과 억압에 시달리는 조선의 현실을 인식함

부산(배가 도착함)
경찰 조사를 받고 국숫집 계집애들의 넋두리를 듣게 됨 → 변화한 조선의 현실에 놀라워함

서울
아내의 죽음을 확인함 → 세상의 변화와 동떨어진 조선의 현실에 절망하고 조선의 답답한 현실에서 도피하고자 함

대전(기차 안)
서울로 오는 기차 안에서 조선인의 실상을 목격함 → 조선의 현실을 무덤으로 인식하게 됨

김천(경유지)
보수적인 성격의 김천 형님과 만남 → 무지하고 전근대적 인식에 젖어 있는 조선인의 모습에 분노함

핵심 포인트 2 서술상 특징 파악

이 작품의 서술자는 대상과 일정한 심리적 거리를 유지하고 있는데, 이와 같은 거리 두기가 어떤 효과를 일으키는지 파악할 수 있어야 한다.

+ 〈만세전〉의 거리 두기

구분	효과
'나'의 눈에 비친 조선의 실상	일제의 혹독한 탄압과 수탈 및 조선인에 대한 차별, 이에 대한 조선인들의 비굴한 태도 등이 제시됨 → 독자들은 당시 조선의 실상에 대해 비판적 성찰을 하게 됨
독자의 눈에 비친 '나'	'나'는 참담한 조선의 현실을 보면서도 적극적으로 행동하지 않고 결국 다시 동경으로 돌아감 → 독자들은 한계에 부딪힐 수밖에 없는 당대 지식인의 고뇌에 공감할 수도 있고 현실을 적극적으로 개선하지 못하는 지식인의 한계를 비판할 수도 있음

핵심 포인트 3 소재의 상징적 의미 파악

이 작품에 드러난 조선의 현실 상황을 고려하여 '무덤', '공동묘지'의 상징적 의미를 파악할 수 있어야 한다.

+ 조선의 현실과 '무덤', '공동묘지'의 상징적 의미

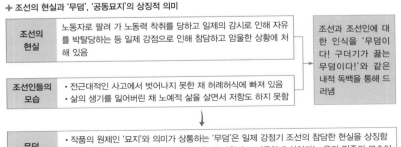

조선의 현실
노동자로 팔려 가 노동력 착취를 당하고 일제의 감시로 인해 자유를 박탈당하는 등 일제 강점으로 인해 참담하고 암울한 상황에 처해 있음

조선인들의 모습
• 전근대적인 사고에서 벗어나지 못한 채 허례허식에 빠져 있음 • 삶의 생기를 잃어버린 채 노예적 삶을 살면서 저항도 하지 못함

조선과 조선인에 대한 인식을 '무덤이다! 구더기가 끓는 무덤이다!'와 같은 내적 독백을 통해 드러냄

무덤, 공동묘지
• 작품의 원제인 '묘지'와 의미가 상통하는 '무덤'은 일제 강점기 조선의 참담한 현실을 상징함 • 현실을 타개하려는 시도조차 하지 않은 채 비참하고 비굴하게 살아가는 우리 민족의 모습이자, 이를 바라보는 '나'의 허무주의적인 인식이 반영된 표현

◎ 작품 한눈에

• **해제**

〈만세전〉은 3·1 운동이 일어나기 전, 동경에서 유학 중인 지식인 주인공이 아내가 위독하다는 소식을 듣고 귀국했다가 돌아가는 여정 속에서 식민지 조선의 현실에 눈떠 가는 모습을 그린 중편 소설이다. 주인공 '나(이인화)'의 시선을 통해 당시 우리 민족이 처한 암담하고 비참한 현실을 효과적으로 전달하고 있다. 한편 '나'는 조선의 암담한 현실에 울분을 느끼지만, 현실 개선을 위한 노력을 보이지 않는 무기력한 모습을 나타내고 있기도 하다.

• **제목 〈만세전〉의 의미**
  – 3·1 운동 전 조선의 암울한 현실

이 작품의 제목은 3·1 운동이 일어나기 직전을 시대적 배경으로 하고 있음을 의미한다. 그런데 이 작품의 원래 제목은 '묘지'로서, 이는 주인공이 작품 속에서 당시의 현실을 '구더기 끓는 무덤'으로 표현한 것과 관련된다. 즉 원제인 '묘지'는 일제의 억압과 수탈 속에서 삶의 생기를 잃어버리고 무덤 속 구더기처럼 살아가는 조선 민중들의 삶을 담아낸 제목이다.

• **주제**
  식민지 지식인의 눈으로 본 일제 강점하 조선의 암담한 현실

◎ 기출 확인

2014학년도 6월 평가원 B형

[서술상 특징 파악]
• 냉소적 어조를 통해 세태에 대한 비판적 태도를 드러내고 있음

[인물의 심리와 태도 파악]
• '나'는 '공동묘지 법'과 관련한 자신의 발언이 정치적으로 해석되는 것을 염려하고 있음

[외적 준거에 따른 감상]

┤ 보기 ├

1920년대 문학의 전개 과정에서, 염상섭은 개인의 발견과 현실 인식이라는 소설의 근대적인 특성을 분명하게 제시하고 있다. 특히 일인칭 시점을 적용한 소설을 통해 개인의 내면을 드러내는 방식을 모색하여, 개성의 표현으로서의 문학에 대한 인식을 구체화하였다. 나아가 그는 생활 현실에 근거한 문학으로 관심을 확장하였는데, 그에 따르면, 문예는 생활의 기록이요, 흔적이요, 주장이다. 생활에 대한 염상섭의 새로운 인식은 생활의 표현을 통해 삶의 문제를 총체적인 시각에서 조망하려는 근대 문학의 정신에 접근하고 있다.

02 만무방 ▶ 김유정

한 줄 평 | 일제 강점기 농촌 사회의 비참한 현실을 고발한 작품

💬 전체 줄거리

가을 추수가 한창때인데도 응칠은 농사일은 하지 않고 송이를 채집하러 다닌다. 응칠은 부쳐 먹을 농토도, 아내도 자식도 없는 처지이다. 그래서 그는 천리 강산에 널려 있는 곡식을 걸리지 않고 먹을 궁리뿐이다. 응칠은 벼를 터는 일을 도와달라는 친구의 부탁도 마다하고 산골을 노니면서 송이를 따서 먹는다. 송이를 두어 개 먹은 응칠은 뭔가 든든한 것이 먹고 싶다. 그때 응칠은 마침 암탉 한 마리가 무덤 앞에서 알 자리를 보느라 맴도는 것을 발견하고는 곧 그 닭을 잡아먹는다.

▶ 응칠은 산속에서 송이로 요기하고 남의 닭을 잡아먹으면서 시간을 보냄

산에서 내려오던 응칠은 대장간을 하는 성팔이와 마주친다. 성팔이는 응칠에게 응고개 논(응칠의 동생 응오가 농사짓는 논)의 벼가 없어졌다는 사실을 알려 준다. 응칠은 응고개 논의 벼가 없어진 것이 심상치 않다고 생각한다. 응칠이 이 동리에 들어온 것이 어느덧 한 달이 넘었다. 이제는 떠나고 싶은 마음이 간절했지만 아우의 일로 망설이는 중이다. 응칠도 오 년 전에는 사랑하는 아내와 아들이 있었고 집도 있었다. 하지만 열심히 농사를 지어도 남는 건 빚뿐이자, 응칠은 아내와 아들을 데리고 야반도주를 했다. 이후 응칠 가족은 밥을 빌어먹으며 지냈다. 그러던 어느 날 응칠은 이러다가는 아이를 굶겨 죽이겠다는 생각이 들어 아내와 서로 헤어지기로 했다. 그때부터 응칠은 농사를 지을 걱정도, 아내나 자식 걱정도 없는 상팔자가 되었다. 그는 곧 도박과 절도를 일삼게 되었고, 전과 사범이 되었다. 그런 그가 이 동리를 오게 된 것은 생활이 궁해서가 아니라 동생 응오가 그리웠기 때문이었다. **장면 포인트 ❶ 096P** 응오는 동리에서 인정하는 모범 청년이었다. 그런데 지주나 김 참판이 찾아와 벼를 베라고 독촉을 해도, 응오는 아내가 아프다며 벼를 베지 않았다. 하지만 응오가 벼를 베지 않은 진짜 이유는 작년 일 년 내내 성실하게 농사를 지었어도 벼를 털어 빚을 갚고 난 후 남는 게 하나도 없었기 때문이었다. 엎친 데 덮친 격으로 올해는 흉작이었다. 응오는 벼를 추수해 봐야 빚도 다 못 갚을 것 같아 아예 추수를 하지 않기로 작정했다. 응칠은 지주를 찾아가 도지를 감면해 달라고 부탁도 해 보고 협박도 해 보았으나, 지주는 응칠의 요구를 거절했다. 응칠은 저도 모르게 지주의 뺨을 때렸다. 그런데 이렇게 문제가 많은 벼가 없어진 것이다.

▶ 응칠은 동생 응오가 추수를 하지 않고 있다가 벼를 도둑맞았다는 소식을 듣고 자신이 만무방이 된 내력을 회상함

응칠은 아침 일찍 응고개의 논에 벼가 사라진 것을 발견하고는 전과자인 자신이 도둑으로 몰릴 수도 있겠다고 생각했다. 응칠은 송이를 따러 간 산에서 누가 범인인지를 궁리하느라 바빴다. 그가 어쩌면 재성이나 성팔이 둘 중 하나가 범인일 것이라고 여기고 있을 때 우연히 성팔이와 마주친 것이었다. 응칠은 성팔이를 벼 도둑으로 의심하면서 성팔이에게 왜 응고개에 갔는지 등을 캐물으며 그의

의중을 떠보았다. 응칠은 성팔이에게 동네에 소문을 내지 않겠다는 다짐을 받은 뒤 그날 밤 벼 도둑을 잡고야 말겠다고 벼른다.

▶ 응칠은 벼 도둑을 직접 잡기로 함

주막에서 막걸리를 마신 응칠은 응오가 걱정이 되어 그의 집 앞을 지나간다. 응오는 봉당에 걸터앉아 탕약이 끓고 있는 화로를 보고 있다. 방에서는 응오의 아내의 가쁜 숨소리와 기침 소리가 들린다. 응칠은 막걸리값으로 주고 남은 송이를 응오에게 던져 준다. 요즘 응오는 형에게 말도 잘 하지 않고 비딱하게 구는데, 응칠은 그 이유를 알 것 같다. 응오가 지금의 아내를 데려올 때 꼭 삼 년 동안 머슴을 살았다. 어렵사리 얻은 아내였지만, 단 두 해가 못 가서 아내가 병을 얻고 말았다. 하지만 이 병이 무슨 병인지는 의원도 알 수가 없다고 했다. 응오는 마지막 수단으로 산치성을 드리려고 했으나 돈 십 원이 필요했다. 응오는 응칠에게 그 돈을 구해 달라고 했지만 응칠은 치성 드려 나을 병이 아니라며 거절했다. 그날 이후 **장면 포인트 ❶ 096P** 응오는 형의 물음에 대답도 하지 않게 된 것이다. **주목** 그날 밤, 잠복을 하기 위해 집을 나선 응칠은 반드시 성팔이를 잡겠다고 다짐한다. 응오의 논으로 향하던 중, 응칠은 바위굴 속에서 몰래 화투를 치고 있는 다섯 놈을 발견한다. 응칠은 자연스럽게 놀음판에 끼지만, 곧 싸움이 나서 파투가 난다. 괜한 싸움에 말려들기 싫었던 응칠은 그 자리를 뜨고, 돌에 앉아 벼 도둑이 오길 기다린다. 검은 구름이 잔뜩 끼고 빗방울이 떨어지는 그때, **장면 포인트 ❷ 098P** 논으로 흰 그림자가 다가온다. 응칠은 성팔이나 재성이 둘 중 하나라고 생각하며 도둑이 벼를 다 훔쳐 가지고 나올 만을 기다린다. 복면을 한 도둑이 논둑에서 나오자 응칠은 몽둥이로 도둑의 허리를 내려쳤는데 잡고 보니 동생 응오였다. 응오는 울음을 터뜨리고, 내 것 내가 먹는데 누가 뭐라고 하냐며 내뱉고는 논 저쪽으로 사라진다.

▶ 응칠은 벼 도둑이 동생 응오였음을 알게 됨

응칠은 응오가 던진 말을 생각하며 눈물을 흘린다. 그러다 응칠은 어느 집 바깥 뜰에 밤마다 늘 매여 있던 황소를 떠올리고, 응오의 뒤를 따라가 응오에게 그 황소를 함께 훔칠 것을 제안한다. 하지만 화가 풀리지 않은 응오는 어깨 위에 올려놓은 형의 손을 털어 버린다. 기가 막힌 응칠은 악에 받쳐 응오의 엉덩이를 몽둥이로 후려친다. 일어나지 못할 정도로 응오를 때린 응칠은 엎드려 우는 동생을 보며 모든 것을 팔자 탓으로 돌리고, 쓰러진 응오를 등에 업고 고개를 내려온다.

▶ 응칠은 자신의 제안을 거절하는 응오를 몽둥질한 후 업고 고개를 내려옴

🎭 인물 관계도

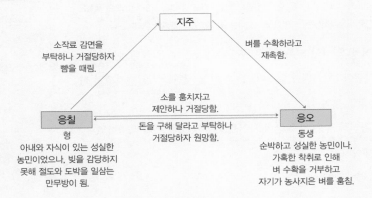

<보기>로 나오는 작품 외적 준거

농촌 빈민과 만무방의 삶

〈만무방〉에서 응칠이 도박을 하는 장면에 등장하는 인물들의 면면은 당시 농촌 사회에서 도박이 절박한 삶을 벗어나기 위한 한 방편이었음을 보여 준다. 벼 도둑을 잡기 위해 응오의 논으로 가던 응칠은 산고랑에서 몰래 화투 노름을 하던 다섯 놈을 만나는데, 그 인물들은 당시 농촌 사회의 한 단면을 축약적으로 보여 주고 있다. 며칠 전만 해도 집 안에 먹을 것이 없다며 돈을 빌리려 했던 재성, 자신의 아내를 판 돈으로 장사를 하려던 기호, 농사나 마을 일에는 관심도 없는 용구, 남의 집 머슴을 사는 사람, 그리고 어디서 온지도 모르는 상투를 튼 중늙은이 등이 응칠과 함께 도박을 하는 인물들이다. 김유정은 이러한 인물군을 통해 당시의 농촌 사회가 지닌 각종 문제점을 응축해서 보여 준다. 기호처럼 아내를 매매하는 행위, 재성처럼 생계의 위협을 받는 농민의 현실, 용구처럼 열심히 일해도 생계에 도움이 안 되는 농사일에 대한 외면, 남의 집 머슴을 살면서도 요행을 바라는 절실한 마음, 그리고 떠돌이의 등장 등을 통해 당시 농촌 사회의 실태와 그로부터 벗어나기 위한 한 방편으로서의 도박의 절박성 등을 묘사하고 있다.

그렇다고 해서 만무방이 모든 사회적 관계를 단절하는 것도 아니다. 응칠이가 자신의 유일한 혈육인 동생 응오를 찾아온 것은 이 점을 잘 보여 주고 있다. 그는 정처 없이 떠도는 신세이면서도 자신의 동생인 응오의 안위를 염려함으로써 자신의 인간적 면모가 아직 남아 있음을 확인시켜 준다. 응칠이가 이 마을에 찾아 들어온 것은 동생 응오가 살고 있기 때문이다. 그가 들어온 지 한 달이 지났지만 응오가 마음에 걸려서 아직 떠나지 못하고 있다. 응오야말로 진정한 농군으로 살고 있지만 형편이 어려운 것은 마찬가지이다. 응오는 성실하게 일하지만 빚만 쌓인다. 그리고 정성을 다해 벼를 가꾸고 수확하지만 정작 자신에게 남는 것은 아무것도 없다. '지주에게 도지를 제하고 장리쌀을 제하고 색초를 제하고 남는 것은 등줄기를 흐르는 식은땀이 있을 따름'이다. 더군다나 응오는 병든 아내 때문에 돈이 더욱 절실하다. 따라서 그는 하루라도 빨리 벼를 수확해야 하지만 어쩐 일인지 그는 벼를 수확하지 않고 그대로 둔다. 〈만무방〉은 응오가 경작한 논의 벼가 도둑을 맞고 그 범인은 누구인가를 추적하는 과정을 줄거리로 하고 있다. 응칠은 동생을 위해 그 범인을 잡으러 나선다. 하지만 응칠이가 잡은 범인은 뜻밖에도 응오이다. 응오는 수확해 보았자 도지를 주고 이것저것 제하고 나면 남는 것도 없을 벼를 수확하는 대신에 자신이 가꾼 벼를 훔친다. 김유정은 이런 당시의 농촌의 현실을 사실적으로 그려 내고 있다. 그는 〈만무방〉을 통해 농촌의 사정을 사실적으로 드러내는 한편 궁핍의 구조적 원인을 신랄하게 파헤치고 있다.

– 김주영, 김유정 문학의 사실성과 전통성 연구, 2014

- 이 작품은 일제 강점기에 착취와 소외로 고통받으며 살아가는 농민들의 삶을 사실적으로 그려 낸 소설이다.
- 해당 장면은 응오가 아내의 병간호를 핑계로 벼를 수확하지 않고 있는 상황과, 응칠이 응오네 논의 벼 도둑을 잡으러 응고개로 가는 상황이다.
- 인물이 처한 상황을 중심으로 일제 강점기 농촌의 현실을 파악하도록 한다.

[앞부분의 줄거리] 가을 추수가 한창때인데 응칠은 농사일을 하지 않고 산속을 돌아다니며 송이 채집을 한다. 그는 여기저기 떠돌아다니며 도박과 절도를 일삼는 만무방으로 살아가는 중이다. 산을 내려오던 응칠은 우연히 성팔이를 만나 동생 응오가 농사짓는 논의 벼가 없어졌다는 소식을 듣고 가슴이 내려앉는다.

    응오는 진실한 농군이었다. 나이 서른하나로 무던히 철났다 하고 동리에서 쳐 주
_{응오의 성격을 단적으로 제시함   마을에서 응오의 평판이 좋은 편임}
는 모범 청년이었다. 그런데 벼를 베지 않는다. 남은 다들 거둬들였고 털기까지 하
_{응오의 평소 성격이나 평판과는 다른 행동}
련만 그는 벨 생각조차 않는 것이다.

    지주든 혹은 그에게 장리를 놓은 김 참판이든 뻔찔 찾아와 벼를 베라 독촉하였다.
_{돈이나 곡식을 꾸어 주고, 받을 때에는 한 해 이자로 본디 곡식의 절반 이상을 받는 변리. 흔히 봄에 꾸어 주고 가을에 받음}
    "얼른 털어서 낼 건 내야지."

하면 그 대답은,

    "계집이 죽게 됐는데 벼는 다 뭐지유—"
_{벼를 베지 않는 것에 대한 응오의 변명}
하고 한결같이 내뱉는 소리뿐이었다.   성실한 농민. 벼를 수확해 봤자 지주와 빚쟁이에게 빼앗기고 나면
아무것도 남는 게 없는 상황에서, 추수를 미루고 자기 논의 벼를
몰래 훔치는 소극적 현실 대응 태도를 보임

    하기는 응오의 아내가 지금 기지 사경이매 틈은 없었다 하더라도 돈이 놀아서 약
_{거의 죽을 지경에 이름}
을 못 쓰는 이 판이니 진시 벼라도 털어야 할 것이다. / 그러면 왜 안 털었던가.
_{아내의 약을 쓰기 위해서는 벼를 털어 돈을 마련해야 함   서술자의 목소리가 직접 드러남}
    「그것은 작년 응오와 같이 지주 문전에서 타작을 했던 친구라면 묻지는 않으리라.
_{「」: 응오가 농사지은 벼를 수확하지 않는 진짜 이유가 나타남}
한 해 동안 애를 졸이며 홑자식 모양으로 알뜰히 가꾸던 그 벼를 거둬들임은 기쁨에
_{벼를 자식처럼 아끼며 정성껏 가꿈}
틀림없었다. 꼭두새벽부터 엣, 엣, 하며 괴로움을 모른다. 그러나 캄캄하도록 털고
나서 지주에게 도지를 제하고, 장리쌀을 제하고, 색초를 제하고 보니, 남는 것은 등
_{고생해서 농사를 지어도 소작료, 빚, 세금 등을 내고 나면 남는 것이 없는 일제 강점기 농촌 사회의 구조적 모순}
줄기를 흐르는 식은땀이 있을 따름. 그것은 슬프다 하기보다 끝없이 부끄러웠다. 같
이 털어 주던 동무들이 뻔히 보고 섰는데 빈 지게로 덜렁거리며 집으로 돌아오는 건 진
_{열심히 농사지어 벼를 수확해 봤자 남는 것이 없는 자신의 처지에 대한 슬픔, 부끄러움 등이 담김}
정 열적기 짝이 없는 노릇이었다. 참다 참다 못해 응오는 눈에 눈물이 흘렀던 것이다.
_{불합리한 현실에 자괴감, 절망감을 느낌}
    가뜩한데 엎치고 덮치더라고 올해는 고나마 흉작이었다. 샛바람과 비에 벼는
_{설상가상(雪上加霜)}
깨깨 비틀렸다. 이놈을 가을하다간 먹을 게 남지 않음은 물론이요 빚도 다 못 가릴
_{몹시 여위어 마른 모양   (벼나 보리 등의) 농작물을 거두어들이다간}
모양. 에라, 빌어먹을 거. 너들끼리 캐다 먹든 말든 멋대로 하여라, 하고 내던져 두
지 않을 수 없었다. 벼를 거뒀다고 말만 나면 빚쟁이들은 우— 몰려들 거니깐.」
                                         ▶ 벼를 수확하지 않고 버티는 응오

[중략 부분의 줄거리] 응칠은 벼 도둑이 벼를 다시 훔치러 올 것이라고 생각하여 도둑을 직접 잡으러 나선다.

★주목 응칠이는 모든 사람이 저에게 그 어떤 경의를 갖고 대하는 것을 가끔 느끼고 어깨
_{도적질을 한 자신에 대한 다른 사람의 반응에 자부심을 느낌}
가 으쓱거린다. 백판 모르던 사람도 데리고 앉아서 몇 번 말만 좀 하면 대뜸 구부러
진다. 그렇게 장한 것인지 그 일을 하다가, 그 일이라야 도적질이지만, 들어가 욕보
_{도적질   도적질을 하면서 고생한 이야기}

작품 분석 노트

- 인물이 처한 상황

응칠	· 농사꾼으로 살다가 빚 때문에 야반도주한 뒤 가족과 헤어짐 · 도박과 절도 등 전과가 있는 만무방으로 동생에 대한 애정이 깊음
응오	· 성실한 농사꾼이지만 열심히 일해도 아무것도 벌어들이지 못한 경험이 있음 · 흉작이 들자 벼를 수확해도 아무것도 남지 않는 현실에 절망함

- '응오'가 벼를 베지 않는 이유

- 작년에 자신이 지은 벼를 추수하고 나서 도지와 장리쌀 등을 제하고 보니 아무것도 남지 않았음
- 올해는 설상가상으로 흉작이 들어 추수를 해도 빚도 갚지 못할 형편이 됨

↓

벼를 수확해도 빚만 남는 현실에 대한 절망감으로 벼 베기를 포기함

던 이야기를 하면 그들은 눈을 커다랗게 뜨고,

"아이구, 그걸 어떻게 당하셨수!"

하고 적이 놀라면서도,

"그래 그 돈은 어떡했수?"

"또 그럴 생각이 납디까유?"

"참, 우리 같은 농군에 대면 호강살이유!"
<u>도적질을 하며 살아가는 응칠을 부러워함</u>

하고들 한편 썩 부러운 모양이었다. 저들도 그와 같이 진탕 먹고살고는 싶으나 주변
<u>응칠처럼 도적질을 하며 살아가고 싶어 하지만 현실이 그렇지 못하여 생기는 울분</u>
없어 못 하는 그 울분에서 <u>그런 이야기만 들어도 다소 위안이 되는 것이다.</u> 응칠이
<u>가난한 농사꾼들이 응칠의 이야기를 들으며 대리 만족을 함</u>
는 이걸 잘 알고 그 누구를 논에다 거꾸로 박아 놓고 달아나다가 붙들리어 <u>경치던</u> 이
<u>혹독하게 벌을 받던</u>
야기를 부지런히 하며

"자네들은 안적 멀었네, 멀었어."
<u>자신을 부러워하는 사람들에게 으스대는 응칠</u>

하고 <u>흰소리</u>를 치면 그들은, 옳다는 뜻이겠지, 묵묵히 고개만 꺼떡꺼떡하며 속없이
<u>터무니없이 자랑으로 떠벌리거나 거드럭거리며 허풍을 떠는 말</u>
술을 사 주고 담배를 사 주고 하는 것이다.

그런데 이번 벼를 훔쳐 간 놈은 응칠이를 마구 넘보는 모양 같다.
<u>도둑이 응칠의 동생인 응오네 논에서 벼를 훔쳐 감</u>

이렇게 생각하면 응칠이는 더욱 괘씸하였다. 그는 <u>물푸레 몽둥이를 벗 삼아 논둑</u>
<u>벼를 훔친 도둑에게 분노를 느끼며 그를 응징하러 가는 응칠</u>
길을 질러서 산으로 올라간다.

이슥한 그믐은 칠야……
<u>아주 캄캄한 밤</u>

<u>길은 어둡고 흐릿한 언저리만 눈앞에 아물거린다.</u>
<u>깜깜한 밤이라 시야가 어두워 잘 보이지 않음</u>

그 논까지 칠 마장은 느긋하리라. 이 마을을 벗어나는 어귀에 고개 하나를 넘는

다. 또 하나를 넘는다. 그러면 그담 고개와 고개 사이에 수목이 울창한 산중턱을 <u>비</u>

<u>겨대고</u> 몇 마지기의 논이 놓였다. 응오의 논은 그중의 하나이었다. <u>길에서 썩 들어</u>
<u>비스듬하게 기대고</u>
<u>앉은 곳이라 잘 뵈도 않는다.</u>
<u>사람들의 눈에 띄지 않는 곳임</u>

<u>동리에 그런 소문이 안 났을 때에는 천행으로 본 놈이 없을 것이나</u> 반드시 <u>성팔이</u>
<u>응오네 논의 벼를 훔쳐 간 도둑을 본 사람이 없음</u>
<u>의 성행임에는</u>…….
<u>응칠은 성팔이를 벼 도둑으로 의심함</u>

응칠이는 공동묘지의 첫 고개를 넘었다. 그리고 다음 고개의 마루턱을 올라섰을

때 다리가 주춤하였다. <u>저 왼편 높은 산 고랑에서 불이 반짝 하다 꺼진다. 짐승불로</u>
<u>응칠이 산 고랑에서 사람의 것으로 의심되는 불빛을 목격함</u>
는 너무 흐리고…… 아—하, 이놈들이 또 왔군. 그는 가던 길을 옆으로 새었다. 더
<u>마을 노름꾼들이 노름판을 벌였다고 예상함</u>
듬더듬 나뭇가지를 짚으며 큰 산으로 올라간다.

▶ 도적질을 일삼던 응칠이 응오네 논의 벼를 훔친 도둑을 잡으러 감

• 작품에 드러난 일제 강점기 농촌의 현실

일반 농민들은 고생을 해서 농사를
지어도 소작료, 빚 등을 내고 나면 아무
것도 남지 않고 오히려 빚이 쌓여 감

↓

정신적 파탄	경제적 파탄
빚 때문에 농사를 그만두고 도박을 하거나 도적질을 하는 등의 일탈 행위가 만연함	쌓여 가는 빚 때문에 가족이 뿔뿔이 흩어져 떠돌이 신세가 됨

↓

열악하고 궁핍한 소작농들의 현실을
통해 일제 강점기 농촌 사회의 구조
적 모순을 드러냄

• 해당 장면은 응칠에 의해 응오네 논의 벼를 훔친 도둑이 응오 자신임이 밝혀지는 상황이다.
• 도둑의 정체가 자신의 동생인 응오임을 알게 된 응칠의 심리와 어쩔 수 없는 상황에 내몰려 자신의 벼를 훔칠 수밖에 없었던 응오의 상황에 주목하여 작품의 주제 의식을 파악하도록 한다.

★주목 얼마나 되었는지 몸을 좀 녹이고자 일어나서 서성서성할 때이었다. 논으로 다가
<u>오는 희미한 그림자를 분명히 두 눈으로 보았다. 그리고 보니 피로고, 한고이고 다</u>
벼를 훔치러 온 도둑의 그림자
<u>딴소리다.</u> 피로나 추위도 느끼지 못할 정도로 범인을 잡는 데 집중함
<u>고개를 내대고 딱 버티고 서서 눈에 쌍심지를 올린다.</u>
도둑의 정체를 확인하기 위해 집중함

흰 그림자는 어느 틈엔가 어둠 속에 사라져 보이지 않는다. 그리고 다시 나올 줄

을 모른다. 바람 소리만 왱왱 칠 뿐이다. 다시 암흑 속이 된다. 확실히 벼를 훔치러

논 속으로 들어갔을 것이다. 여깽이 같은 놈이 굿은 날씨를 기화 삼아 맘껏 하겠지.
'여우'의 방언   뜻밖의 이익을 얻을 수 있는 물건. 또는 그런 기회
<u>의리 없는 썩은 자식, 격장에서 같이 굶는 터에……</u> 오냐 대거리만 있어라. 이를 한
마을에서 함께 농사짓고 있는 사람 중 한 명이 도둑일 것이라 생각함
번 부으 갈아붙이고 차츰차츰 논께로 내려온다.

응칠이는 논께로 바특이 내려서서 소나무에 몸을 착 붙였다. <u>섣불리 서둘다간 낫</u>
뜻밖에 닥쳐오는 불행   두 대상이나 물체 사이가 조금 가깝게   어설프게 도둑을 잡으려다 오히려 자신이 다칠지도 모름
<u>의 횡액을 입을지도 모른다.</u> <u>다 훔쳐 가지고 나올 때만 기다린다.</u> 몸뚱이는 잔뜩 힘
만반의 준비를 하고 도둑을 기다리는 응칠의 모습 – 긴장감 고조
을 올린다.

한 식경쯤 지났을까, 도적은 다시 나타난다. 논둑에 머리만 내놓고 사면을 두리번
밥을 먹을 동안이라는 뜻으로, 잠깐 동안을 이르는 말
거리더니 그제야 기어 나온다. <u>얼굴에는 눈만 내놓고 수건인지 뭔지 헝겊이 가리었</u>
도둑의 정체를 알 수 없음
<u>다.</u> 봇짐을 등에 짊어 메고는 허리를 <u>구붓이</u> 뺑소니를 놓는다. 그러자 응칠이가 날
조금 굽은 듯하게

감상 포인트
자신의 논을 훔칠 수밖에 없는 인물의 상황과 당시의 현실을 관련지어 작품을 감상한다.

쌔게 달려들며,

"이 자식, 남우 벼를 훔쳐 가니!"

하고 <u>대포처럼 고함을 지르니 논둑으로 고대로 데굴데굴 굴러서 떨어진다.</u> 얼결에
응칠의 고함 소리에 깜짝 놀라 넘어지는 어리숙한 도둑의 모습을 해학적으로 표현함
호되게 놀란 모양이다.

응칠이는 덤벼들어 우선 허리께를 내리조겼다. 어이쿠쿠, 쿠 하고 처참한 비명이
<u>다. 이 소리에 귀가 번쩍 띄어 그 고개를 들고 팔부터 벗겨 보았다. 그러나 너무나</u>
귀에 익은 비명 소리에 도둑이 동생임을 알아차림
<u>어이가 없었음인지 시선을 치걷으며 그 자리에 우두망찰한다.</u>
도둑의 정체가 응오임을 확인하고 충격을 받음

그것은 무서운 침묵이었다. <u>살똥맞은 바람만 공중에서 북새를 논다.</u>
말이나 하는 짓이 독살스럽고 당돌한   부산을 떨고 법석인다
<u>한참을 신음하다 도적은 일어나더니</u>
응오
"성님까지 이렇게 못살게 굴기유?"
자기 논의 벼를 훔칠 수밖에 없는 처지에 대한 울분과 형에 대한 원망이 담김
<u>제법 눈을 부라리며 몸을 휙 돌린다.</u> 그리고 느끼며 울음이 복받친다. 봇짐도 내
자신을 방해하는 형에 대한 야속함, 절망적 현실과 자신의 처지에 대한 서러움 등이 복합적으로 표출됨
버린 채,

"내 것 내가 먹는데 누가 뭐래?"
자신의 벼를 훔칠 수밖에 없는 비참한 현실에 대한 분노
하고 데퉁스러이 내뱉고는 비틀비틀 논 저쪽으로 없어진다.
말과 행동이 거칠고 미련한 데가 있게
<u>형은 너무 꿈속 같아서 멍하니 섰을 뿐이다.</u>   ▶ 도둑의 정체가 동생 응오임을 알게 된 응칠
도둑의 정체가 응오라는 사실에 허탈감을 느낌

작품 분석 노트

• 반어적 상황

응오가 자기 논의 벼를 훔치는 상황	
표면적	이면적
자기 벼를 자기가 훔침	착취당하는 농민
↓	↓
어처구니가 없는 상황으로, 웃음을 유발함(해학적)	일제 강점기 농촌 사회의 참상과 구조적 모순을 고발함

• '만무방'에 해당하는 인물

만무방	
염치가 없이 막된 사람	
응칠	응오
성실한 농부였으나 빚을 감당하지 못해 도박과 노름을 일삼으며 떠돎	성실한 농부였으나 벼 수확을 거부하고 자신의 논에서 벼를 훔침

'만무방'은 일제 강점기 농촌 사회의 구조적 모순이 빚어낸 인간이라는 의미를 함축하는 반어적, 냉소적 표현임

그러다 얼마 지나서 한 손으로 그 봇짐을 들어 본다. 가뿐하니 끽 말가웃이나 될
　　　　　　　　応오가 훔친 벼가 든 봇짐　　　　　　　　　　　　　　　　　　한 말쯤 되는 분량
는지. 이까짓 걸 요렇게까지 해 가려는 그 심정은 실로 알 수 없다. 벼를 논에다 도
로 털어 버렸다. 그리고 아내의 치마이겠지, 검은 보자기를 척척 개서 들었다. 내 걸
　　　　　　　　　　　　　　　　　　　훔친 벼를 쌌던 천
내가 먹는다. 그야 이를 말이랴. 하나 내 걸 내가 훔쳐야 할 그 운명도 얄궂거니와
내 손으로 농사지은 것을 내가 먹는 것이 당연하나 현실은 그렇지 못함. 일제 강점기 농촌의 불합리한 현실
형을 배반하고 이 짓을 벌인 아우도 아우이렷다. 에이 고얀 놈, 할 제 볼을 적시는
응칠이 벼 도둑으로 몰릴 수 있는 상황임　　　　　　　　응오에 대한 연민이 섞인 반어적 표현
것은 눈물이다. 그는 주먹으로 눈물을 쓱 비비고 머리에 번쩍 떠오르는 것이 있으니
동생의 비참한 처지에 대한 연민
두리두리한 황소의 눈깔. 시오 리를 남쪽 산속으로 들어가면 어느 집 바깥뜰에 밤마
둥글고 커서 시원하고 보기 좋은
다 늘 매여 있는 투실투실한 그 황소. 아무렇게 따지든 칠십 원은 갈데없으리라. 그
　　　　　　　　　　　　　　　　　응칠은 남의 집 황소를 훔쳐 팔아 응오에게 돈을 마련해 줄 생각임
는 부리나케 아우의 뒤를 밟았다.

　공동묘지까지 거반 왔을 때에야 가까스로 만났다. 아우의 등을 탁 치며,
　　　　　　　　　　좋은　　거의 절반
　"얘, 존 수 있다. 네 원대로 돈을 해 줄게 나구 잠깐 다녀오자."
　　남의 집 황소를 훔치는 일 — 절망적인 현실을 벗어나기 위한 방법으로 도둑질을 제안함
씩씩한 어조로 기쁘도록 달랬다. 그러나 아우는 입 하나 열려 하지 않고 그대로
　　　　　　　　　　　　　　　　　　　　응오의 마음이 풀리지 않음
실쭉하였다. 뿐만 아니라 어깨 위에 올려놓은 형의 손을 부질없단 듯이 몸으로 털어
　　　　　　　　　　　　　　　　　　　응칠의 제안을 매몰차게 거절함
버린다. 그리고 삐익 달아난다. 이걸 보니 하 엄청이 나고 기가 콱 막히었다.

　「"이눔아!"
　「」 자신의 마음을 알아주지 않는 응오에 대한 야속함과 답답함이 나타남
하고 악에 받치어

　"명색이 성이라며?"
　　　　　형
「대뜸 몽둥이는 들어가 그 볼기짝을 후려갈겼다. 아우는 모로 몸을 꺾더니 시나브
　　　　　　　　　　　　　　　　　　　　　모르는 사이에 조금씩 조금씩
로 찌그러진다. 뒤미처 앞정강이를 때리고 등을 팼다. 일지 못할 만치 매는 내리었
다. 체면을 불고하고 땅에 엎드리어 엉엉 울도록 매는 내리었다.」
「」 표면적으로는 자신의 제안을 거절한 응오를 홧김에 때린 것이나, 그 이면에는 응오의 처지에 대한 연민과 세상에 대한 분노가 담김
　홧김에 하긴 했으되 그 꼴을 보니 또한 마음이 편할 수 없다. 침을 퇴 뱉어 던지
곤 팔자 드센 놈이 그저 그렇지 별수 있나, 쓰러진 아우를 일으키어 등에 업고 일어
　　　　　　　　　　　　　　　　응오에게 미안한 마음과 동정심을 느끼는 응칠
섰다. 「언제나 철이 날는지 딱한 일이었다. 속 썩는 한숨을 후 하고 내뿜는다. 그리고
　　　　　　　　　　　　　　「」 응오를 염려하는 응칠의 형제애가 나타남
어청어청 고개를 묵묵히 내려온다.」　　　　　　　　　▶ 응오에게 연민을 느끼는 응칠
키가 큰 사람이나 짐승이 이리저리 천천히 걷는 모양

■ 격장: 담 하나를 사이에 두고 이웃함.

• '응칠'이 눈물을 흘리는 이유

응칠이 응오가 자기 논의 벼를 훔친
것을 알고 '고얀 놈'이라고 했다가 눈
물을 흘림

↓

'내 걸 내가 훔쳐야 하는' 어쩔 수 없
는 상황에 내몰린 동생을 가엽게 여
기는 마음이 드러남

핵심 포인트 1 인물의 성격 파악

이 작품은 대조적인 성격을 지닌 응칠와 응오 형제의 이야기를 중심으로 내용이 전개된다. 즉, 도박과 도적질을 일삼는 형 응칠과 성실한 농사꾼이지만 현실 때문에 자기 논의 벼를 훔치는 응오의 이야기가 사건의 추축을 이루고 있다. 따라서 두 인물의 성격과 현실 인식 방식을 비교하며 작품을 감상하도록 한다.

✦ 인물의 성격과 현실 대응 방식

	성격	현실 대응 방식
응칠	• 원래는 성실한 농부였으나 쌓여 가는 빚 때문에 떠도는 만무방이 됨 • 응오에 대한 애정이 있음	도박과 절도 등의 반사회적인 행동을 통해 적극적으로 현실에 대응하려 함
응오	• 순박하고 모범적인 농민이지만 소작료와 빚을 감당할 수 없는 상황에 처함 • 아내까지 병을 얻게 되는 절망적인 상황에 놓임	자기 논의 벼를 도둑질하는 소극적 현실 대응 방식을 보여 줌

핵심 포인트 2 서술상 특징 파악

이 작품은 1930년대 식민지 농촌 사회를 살아가는 두 형제의 이야기를 통해 당시 사회의 모순을 반어적 상황으로 묘사하고 있다. 이에 주목하여 작품을 감상하도록 한다.

✦ 반어적 상황

도박과 절도를 일삼는 응칠이 마을 사람들의 부러움을 받음
응오가 생계를 이어 가기 위해 자신의 논에서 벼를 훔침
도둑으로 밝혀진 응오에게 응칠이 황소를 훔치자고 제안함

→ 반어적 상황

핵심 포인트 3 외적 준거에 따른 감상

이 작품은 일제 강점기 농촌의 비참한 현실을 고발하면서 만무방이 될 수밖에 없는 두 형제의 이야기를 다루고 있다. 시대적 상황과 관련된 외적 준거를 바탕으로 작품을 감상하도록 한다.

✦ 1930년대 일제 강점기의 농촌 현실

이 작품은 1930년대 일제 강점기를 배경으로 하고 있는데, 당시에 대부분의 농민들은 자기 소유의 토지가 없는 소작농들이었다. 일제는 농작물을 수탈해 가기 위해 지주−소작농의 관계를 이용하여 소작농을 지배하고 가혹한 통치를 펼쳤다. 그 결과 소작농들은 소작료로 수확의 70~80% 가까이를 지불해야 했으며, 지주로부터 언제든 소작지에서 쫓겨날 위험을 부담하고 있었다. 결국 당시 농촌에서는 아무리 열심히 농사를 지어도 정상적인 생활을 영위할 수 없는 사람들이 속출하였다.

↓

작품 속 반영된 농촌의 현실

• 성실한 농사꾼으로 살다가 빚에 쫓겨 고향에서 도망침 ⎤ 응칠이 처한 현실
• 도박과 절도 등의 행위를 하며 만무방이 됨 ⎦

• 열심히 농사를 지어도 소작료와 빚을 감당하지 못하는 상황에 처함 ⎤ 응오가 처한 현실
• 자기 논의 벼를 훔칠 수밖에 없는 상황에 내몰림 ⎦

🎯 작품 한눈에

• 해제
〈만무방〉은 추수를 해도 아무런 수확도 얻을 수 없는 소작농 응오가 제 논의 벼를 도둑질하는 사건을 통해 일제 강점기 농촌의 궁핍한 생활을 풍자적으로 그려 낸 소설이다. 등장인물 중 응칠은 원래는 성실한 농사꾼이었지만, 농사를 지어도 늘어나는 빚 때문에 고향을 떠나 떠돌이가 되고 결국 도박과 도적질을 일삼아 살아가는 만무방이 되고 만다. 응칠의 동생 응오도 역시 순박한 농사꾼이지만 감당하기 어려운 소작료와 빚 때문에 추수를 거부하다가 결국 자기 논의 벼를 몰래 도둑질하는 상황에 이르게 된다. 이처럼 이 작품은 두 형제의 삶을 통해 일제 강점기 농촌 사회의 비참한 현실을 고발하고 있다.

• 제목 〈만무방〉의 의미
– '염치없이 막돼먹은 사람'이라는 의미로, 일제 강점기 농촌의 암울한 현실에서는 누구나 만무방이 될 수밖에 없음을 나타냄

이 작품에서 빚 때문에 농촌을 떠나 도박과 절도를 일삼는 응칠이나, 성실한 농민이었지만 자기 논의 벼를 도둑질하는 응오 모두 만무방이라고 할 수 있다. 이 작품은 응칠과 응오 형제가 만무방 같은 삶을 살아야 했던 원인이 일제 강점기의 모순된 사회 현실에 있음을 보여 주고 있다.

• 주제
일제 강점기 농민들이 겪는 비참한 삶

🔍 기출 확인

2007학년도 수능

[서술상 특징 파악]
• 인물의 행동과 심리를 따라가며 서사를 전개하고 있다.

[사건의 전개 과정 파악]
• [A]는 [B]의 사건이 일어나게 된 상황적 배경이 된다.
• [A]와 [B]가 묶여 당시의 궁핍한 현실을 역설적으로 드러낸다.

[인물의 심리와 태도 파악]
㉠ 벨 생각조차 않는 것이다.
• ㉠: '진실한 농군'의 행위인 점에 비추어, 의도가 단순치 않음을 짐작할 수 있다.
㉡ 등줄기를 흐르는 식은땀이 있을 따름
• 노동의 결과가 남지 않았다는 점에서 쓸쓸함과 안타까움이 느껴진다.
㉢ 꿈속 같아서 멍하니 섰을 뿐이다.
• ㉢: 뜻밖의 상황을 당해 당혹스러워하는 인물의 모습을 떠올리게 한다.

03

명일 ▶ 채만식

💬 전체 줄거리

바람 한 점 없는 무더운 여름날 영주는 마루에 앉아 철 아닌 빨래에 검정 물을 들인다. 남편 범수는 홑바지 하나만 입은 채 낮잠을 자고 있다. 영주는 남편의 앙상한 몸을 보고 안된 마음이 든다. 영주는 몇 번이나 남편을 깨울까 생각했으나 잠을 자고 있는 동안만큼은 남편이 배고픔을 잊을 것 같아 그대로 두었다. 마침 문간방에 세를 얻은 젊은 색시가 놀러 왔다. 영주는 문간방 색시의 남편이 전차의 철도를 놓는 일을 시작했다는 말을 듣고는 막막한 자기네의 형편을 떠올린다. 영주의 남편 범수는 대학까지 나온 지식인이었으나 일자리를 구하지 못해 집에서 놀고 있다. 범수가 낮잠에서 깨자 문간방 색시는 놀라서 돌아갔다. 영주는 범수에게 문간방 사내가 전기 회사에 일하러 다닌다는 소식을 전하면서 범수의 지식으로 할 수 있는 일을 찾으라고 다그쳤다. 범수는 땅까지 판 돈으로 대학을 다니고 졸업했으나 지식을 써먹지 못하는 자신이 좀먹은 책장과 다를 바가 없다고 생각한다.

장면 포인트 ❶ 105P

주목 범수는 문득 여러 날 신문을 보지 못한 것이 떠올라 외출을 할까 하다가 단벌짜리 여름 양복을 보고는 나가기를 주저했다. 그러면서 영주에게 양복을 잡혀서 저녁거리라도 마련하라고 했다. 그러나 영주는 범수가 취업을 할지도 모른다는 희망을 지니고 있었기 때문에 양복만은 절대로 잡혀서는 안 된다고 했다. 영주와 범수는 아이들의 교육 문제로 다투었다. 영주는 자식들을 공부시키는 것에 희망을 걸어 보자며, 몸을 팔아서라도 아이들을 지원하겠다고 했다. 반면 범수는 자식들을 공부시켜 봤자 이것도 저것도 못하는 반거충이가 될 것이라며, 아이들을 학교에 보내는 것을 반대했다. 그러고는 대학을 나온 자신이나, 여자 고등 보통학교를 마친 영주가 궁핍하게 살아가는 것이 그 증거라고 했다.

범수는 재떨이에서 꽁초를 주워 모아 신문지에 말아 피웠다. 영주는 그러한 범수의 모습을 보고, 밉살스러우면서도 측은한 마음이 들었다.

▶ 대학을 나온 실직자 범수와 그의 아내 영주는 생활고에 시달리며 자식들의 교육 문제로 다툼

범수는 양복을 주섬주섬 입고 집을 나섰다. 종로 네거리의 XX 앞에 선 범수는 배고픔에 어지러움을 느꼈다. 범수는 도서관의 무료 열람실에 가서 궁금하던 신문도 보고 거리를 돌아다니며 울적한 기분도 발산할 생각으로 집을 나섰으나, 여러 끼니를 굶은 터라 그러한 일들이 모두 사치스럽게 느껴졌다. 범수는 늘 돈이 좀 생겼으면 좋겠다고 생각하기도 하고 돈 쓸 궁리에 골몰하기도 한다. 범수는 경성역 앞에서는 오늘 그 시간까지 차표를 판 돈이 꽤 되리라고 생각하고, 지나가는 은행원의 볼록한 가방 속에 든 돈을 상상한다. 범수는 종로 네거리를 가로질러 금은상 앞으로 가려고 하다가, 교통순

장면 포인트 ❷ 107P

경에게 꾸지람을 들었다. 그러다가 금은상에 도착한 범수는 진열창의 금비녀에 시선을 빼앗겼다. 범수는 금비녀와 금가락지를 보고

도적질을 떠올리며 망설이다가 금은상으로 들어갔다. 범수는 젊은 점원에게 진열되어 있는 상품을 보여 달라고 하면서 도적질할 기회를 엿보았다. 그러나 자신이 도적질할 재주도 대담성도 없음을 깨닫고 점원의 멸시하는 시선을 느끼며 금은상을 나왔다. 그러면서 범수는 대학까지 십육 년을 공부한 것이 금비녀 한 개 숨기는 기술을 배우는 것만도 못하다고 생각했다. 또 대학까지 마친 교양인으로서 도적질을 하려고 했던 자신을 책망했다. 그러나 결국은 도적질은 나쁘거나 악하기보다 더럽고 치사한 것이며 뺏기지 않는 놈은 도적질할 권리도 없다고 결론을 냈다.

▶ 거리로 나온 범수는 금은상에서 물건을 훔치려다가 실패함

범수는 중학교 동창생 S에게 돈을 좀 빌려 보고자 그가 주임으로 있다는 화신 백화점 3층으로 갔다. 범수는 안부를 묻는 S에게 자신의 처지를 솔직히 털어놓지 못했고, 돈을 빌려 달라는 말도 하지 못했다. 범수는 S의 앓는 소리만 듣고는 백화점 식당으로 올라갔다. 범수는 그곳에서 중학교 동창이자 동경에서 대학을 같이 다녔던 P를 우연히 만났다. 종로 한량인 P는 범수를 반기며 점심을 함께 먹자고 했다. 식권을 사는 P의 외투 주머니에는 지폐가 여러 장 있는데, P는 주식을 해서 삼백 원을 잃었어도 돈이 아깝지 않고 재미있다며 크게 웃었다. P가 잠시 외투를 벗어 놓고 화장실을 간 사이, 범수는 침을 삼키며 P의 외투 주머니를 바라보았다. 범수는 P라면 십 원짜리 한두 장쯤 없어진다 해도 크게 관여하지 않을 것이라 생각하며 그의 외투 주머니로 손을 뻗었다. 그러나 손을 더 뻗지 못하고 이내 도적질을 포기했다. 그러면서 속으로 자신을 '도적질도 할 수 없는 인종'이라고 저주했다. 범수는 배가 부른 데다가 취기가 돌아 몸이 풀렸으나, P의 손에 이끌려 술집에 갔다. 술집에서 범수는 돈푼이나 쓰는 P에게 병정을 서듯이 끌려 다니는 자신이, 금은상이나 백화점에서 도적질을 하려던 자신보다 더 비루하고 치사스럽다고 생각했다. P는 범수에게 시외 어느 요릿집으로 가서 밤새 놀자고 권했으나, 범수는 볼일이 있다는 핑계를 대고 P와 작별했다.

▶ 동창생 S에게 돈을 빌리지 못한 범수는 우연히 만난 P에게 술만 얻어먹음

저녁 7시, 지친 몸으로 십 리 길을 걸어갈 일이 까마득했던 범수는 P에게 돈을 좀 빌리고 싶었으나 그러지 못했다. 그는 문득 자동차 서비스 N이 생각나 그곳에 들렀다. 범수는 이 공장의 주임 격인 최 씨에게 자신의 큰아이 종석을 부탁했는데, 벌써 한 달이 넘어 일이 어떻게 되었나 싶어 들러 본 것이었다. 최 씨는 범수를 '김 선생'이라고 부르며 존경하는 태도로 대하면서 종석을 자동차에 관해서는 누구 부럽지 않은 기술자로 만들어 주겠다고 했다. 그러면서 범수가 종석에게 기술을 배우게 하려는 것을 이해하지만, 머리는 텅 빈 채로 기술만 익히는 것도 좋지 않다고 했다. 범수가 최 씨에게 중등까지의 상식은 자신이 집에서 가르칠 생각이라고 하자, 최 씨는 수

긍하며 다른 아이들보다 종석을 좀 더 신경 쓰겠다고 했다. 범수는 홀가분한 마음으로 집으로 향했다. 하지만 집에 가까워지자 '명일 (明日)'보다는 오늘의 양식이 아득해서 도로 침울해졌다.

▶ 범수는 최 씨에게 큰아들 종석을 맡아 기술을 가르쳐 달라고 부탁함

낮에 범수가 외출한 뒤 영주는 다듬이질이나 할까 하고 마당으로 내려서는데, 마침 나가 놀던 작은아이 종태가 들어와 배가 고프다 며 영주에게 매달린다. 영주는 아버지가 오시면 쌀을 팔아 밥을 많 이 주겠다고 약속하지만, 속으로는 남편이 무슨 수로 저녁 양식거 리를 구해 가지고 들어오나 하고 생각했다. 그러면서 한편으로는 남편이 돈을 변통하여 왔으면 좋겠다고 기대하다가, 더위와 배고픔 을 참아 가며 돈을 빌리기 위해 돌아다닐 남편을 떠올리며 차라리 못 나가게 할 걸 그랬다고 생각했다. 그러는 사이 아랫동네 싸전집 (곡식을 파는 가게)의 젊은 아낙이 바느질감을 가지고 영주를 찾아 왔다. 아낙은 영주에게 자신의 백금가락지와 루비를 박아 만든 허 리띠 장식을 자랑하면서 오늘 저녁까지 급히 해 달라며 바느질감 을 주고 갔다. 영주는 재봉틀을 빌려 쓰기 위해 집을 나서다가 대문 앞에서 집주인을 만났다. 집주인은 밀린 집세 이야기를 꺼내며 그 믐까지 집세를 주지 않으면 집을 비워 달라고 했다. 영주는 집을 비 워 달라는 집주인의 말이 처음만큼 위협스럽게 들리지 않았다. 영 주는 재봉틀을 세주는 곳에서 자기도 월부로 재봉틀을 하나 사서 세를 주면 재봉틀값은 벌 수 있을 것이라고 생각했다. 그래서 재봉 틀 주인인 과부댁에게 긴히 쓸 곳이 있다며 돈 삼십 원을 빌려 달 라고 부탁했다. 영주는 바느질로 번 칠십 전 중에서 재봉틀을 빌린 값을 치르고, 나머지로 저녁거리를 사서 집으로 돌아왔다. 그 사이 종석과 종태는 지나가던 두부 장수의 두부 한 모를 몰래 훔쳐 먹다 가 두부 장수에게 들켰다. 종석은 혼자 달아나고 종태는 두부 장수 에게 잡혀 집으로 끌려갔다. 영주는 문 밖에서 왁자지껄하는 소리 에 섞인 종태의 울음소리를 듣고는 뛰쳐나갔다. 두부 장수는 아이 들이 두부를 훔쳐 먹었다며 영주에게 두부 두 모 값을 달라고 했다. 두부 장수와 영주가 두부값으로 옥신각신하자, 아랫방 목수가 돈 을 주어 두부 장수를 돌려보냈다. 화가 난 영주는 회초리를 들어 종 태를 피가 나도록 매질했다. 영주는 부모가 오죽이나 못났으면 자 식이 배고픔을 못 이겨 도적질을 할까 하는 생각에 부끄럽고 노여 웠다. 영주는 저녁때가 되어 돌아온 종석도 종태만큼 매질을 했다.

장면 포인트 ❸ 109P
그때 술에 취한 범수가 집으로 돌아왔다. 아이들이 두부를 도적질 했다는 영주의 말을 들은 범수는 화가 치밀어 올라 종석을 야단치 려다가 문득 오늘 낮에 자기가 겪었던 일들이 떠올라 그만두었다. 그러면서 종석에게 '이놈의 자식 승어부(아버지보다 나음)는 했구 나.'라고 두런거렸다. ▶ 삯바느질로 끼닛거리를 장만한 영주는 종석과 종태가
두부를 훔쳐 먹은 사건으로 충격을 받음

이튿날 아침 일찍, 영주는 종태만이라도 근처 사립 학교에 보내겠 다며 종태를 데리고 집을 나섰다. 범수는 아내의 뒷모습을 보며 누 구의 방법이 옳은지 두고 보자며 중얼거렸다. 그러고는 종석을 데 리고 자동차 공장으로 최 씨를 찾아갔다.

▶ 영주는 종태를 사립 학교에 입학시키려, 범수는 종석을 공장에 취직시키려 나섬

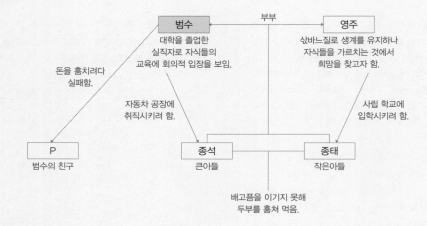

인물 관계도

범수 ←부부→ 영주

범수: 대학을 졸업한 실직자로 자식들의 교육에 회의적 입장을 보임.

영주: 삯바느질로 생계를 유지하나 자식들을 가르치는 것에서 희망을 찾고자 함.

돈을 훔치려다 실패함.

자동차 공장에 취직시키려 함.

사립 학교에 입학시키려 함.

P: 범수의 친구

종석: 큰아들

종태: 작은아들

배고픔을 이기지 못해 두부를 훔쳐 먹음.

<보기>로 나오는 작품 외적 준거

채만식 소설 속에 나타난 지식인의 성격 유형: 소극적 저항형

〈명일〉은 실직한 인텔리의 자조를 그린 작품이다. 주인공 범수는 고등 교육을 받았으나 써먹을 수도 써먹을 데도 없는 세상에서 공부했으니 '좀먹은 책상'과 다를 바 없다고 자조한다. 또한 범수는 옆방 남자가 전차 철둑을 까는 노동자일망정 밥 굶을 걱정은 하지 않을 텐데, 반면 자신은 머릿속에 학문을 집어넣느라 심신이 약해져 여의치 않다고 한탄한다. 당시 사회로부터 소외당하던 지식인의 고통을 공부한 탓으로 돌리고 있는데 이는 자신을 모순된 교육 정책의 희생양으로 보는 냉소적 인식에 기인한다. 이 작품에서 범수는 문간방에 사는 막노동자와 이웃집 목수보다 자신을 훨씬 못난 존재라고 생각은 하지만 결코 육체 노동자들을 부러워하지는 않으며, 육체 노동에 뛰어들려고 하지도 않는다. 여기에서 지식인의 허위의식이 엿보인다. 이와 같이 주인공 범수는 자신을 받아들이지 않는 현실에 대해 냉소적 태도를 보일망정 직접적으로 노동에 뛰어들지는 않는다는 점에서 현실에 소극적으로 대응한다고 볼 수 있다.

범수는 현실에 무감한 일상인으로 살자니 자신의 양심이 용납하지 않고 잘못된 현실의 개조에 적극적으로 뛰어들자니 그럴 용기도 없고 방법도 보이지 않는다. 그저 아는 것이 많은 것 때문에 행동을 주저하며 인식과 실천의 괴리감으로 고민할 뿐이다. 범수와 아내의 대화에서 범수의 소극적 태도는 그 당시 인텔리의 무능과 모순, 부조리, 나약함 등을 사실적으로 나타내는 부분이라고 할 수 있다.

범수의 아내인 영주는 그와 완전히 다른 삶의 태도를 가지고 있다. 그녀를 설명하는 단어는 희망이다. 영주는 어쩔 수 없이 삯바느질을 하면서도 희망을 놓지 않고 내일의 계획을 세우는 성실하고 현실적인 생각을 가진 인물이다. 작가가 이야기하고자 하는 풍자의 대상에서 제외되어 긍정적인 측면에서 그려진 인물이라 할 수 있다. 영주는 재봉틀을 장만하여 삯바느질을 해서라도 현재의 생활을 꾸려 나가려고 하고 있다.

– 이민정, 채만식의 1930년대 지식인 소설 연구, 2010

· 이 작품은 끼니조차 해결하기 어려운 현실에 대한 자조와 냉소를 보이는 한 지식인을 통해 일제 강점기를 살아가는 지식인 계층의 무력감을 그린 소설이다.
· 해당 장면은 끼닛거리를 걱정해야 하는 현실 속에서 양복을 담보로 잡히는 문제와 자식 교육 문제로 범수와 영주 부부가 갈등하는 상황이다.
· 등장인물의 갈등 양상을 통해 현실 상황에 대한 인물들 간의 인식과 태도 차이를 파악하도록 한다.

[앞부분의 줄거리] 범수는 대학까지 나왔으나 번듯한 직업이 없고, 고등 보통학교를 졸업한 영주도 삯바느질을 하며 근근이 살아가고 있다. 범수는 이력서를 몇 군데 넣어 놓고 소식을 기다리지만 아무런 연락도 없다.

감상 포인트
인물이 처한 상황과 갈등 양상을 파악한다.

★주목 "저녁거리가 없지?"
하루의 저녁거리도 없는 곤궁한 살림

범수는 할 수 없으면 양복이라도 잡혀야겠어서 떼어 입고 나가기를 주저하는 것
취직이 되면 입고 다닐 양복을 담보로 맡겨서 돈을 빌릴 생각까지 하는 범수
이다. / "번연한 속이지 물어서는 무얼 허우?" 「 」: 저녁거리가 없는 것이 뻔하다는 의미
당연한 사실이지

영주는 풀 죽은 대답을 한다. / "그럼 저 양복이라두 잽혀 오구려."

"그것마저 잽히구 어떡헐랴구 그러우?"

"그리 긴하게 양복을 입구 출입을 헐 일은 무엇 있나?" 「 」: 범수는 자신이 취직될 것이라는
꼭 필요하게   기대를 가지고 있지 않음

영주는 그래도 느긋한 희망을 지니고 있었다. 남편이 몇 군데 이력서를 보내 두었으니 그런 데서 갑자기 오라는 기별이 올지도 모르는 터에 양복을 잡혀 버리면 일껏
남편 범수의 취직에 희망을 가지고 있는 영주
된 취직도 낭패가 되고 말 것이다.

그리고 또 남편이 밖에 나가 있는 동안만은 행여 무슨 반가운 소식이나 가지고 돌
범수가 취직을 했다는 소식
아오나 해서 한심한 기대를 하는 터였었다.

"천하 없어두 그건 안 잽혀요." / "거참 괘사스런 성미도 다 보겠네!"
범수의 제안을 거부함   변덕스럽게 익살을 부리며 어그러지게 나가는 듯한 태도가 있는
하고 범수는 더 우기려 하지 아니했다.   ▶취직의 기대를 버린 범수와 남편의 취직을 기대하는 영주

"정말 큰일 났수! 하두 막막한 때는 죽어 바리기라두 하구 싶지만 자식들을 생각하면 그럴 수두 없구…… 글쎄 왜 학교는 안 보내려 드우? 우리는 이 지경이 되었
범수와 영주의 갈등 요인: 자식들의 교육 문제
으나 자식이나 잘 가르켜야지?"

영주는 아이들이 생각나자 가슴을 찢고 싶게 보풀증이 나는 것이다. 범수와 영주
제힘에 겨운 일에 몹시 악을 쓰고 덤비는 짓
사이에 제일 큰 갈등은 아이들의 교육 문제인 것이다.

영주는 아이들을 공부를 시켜서 장래의 희망을 거기다 붙이자는 것이다. 「그는 하
교육과 지식의 가치를 긍정함   잘 안될 일을 무리하게 해내려는 고집
다 못하면 자기가 몸뚱이를 팔아서라도 아이들의 뒤는 댄다고 하고 또 그의 악지로
뒷바라지를 한다고
그만 짓을 못할 것도 아니었다.」「 」: 영주는 수단과 방법을 가리지 않고 돈을 마련해 자식 교육을 시키려 함

그러나 범수는 듣지 아니했다.「선불리 공부를 시켰자 허리 부러진 말처럼 아무짝
「 」: 범수가 자식들을 학교에 보내지 않고 있는 이유
에도 쓸데없는 반거충이가 될 것이요, 그러니 그것이 아이들 자신 장래에 불행하게
무엇을 배우다가 중도에 그만두어 다 이루지 못한 사람
할 뿐 아니라, 따라서 부모의 기쁨도 되지 아니한다고」내내 우겨 왔던 것이다. 그러
일상생활에 쓰이는 수학적 계산 방법
면서 그는 자기가 보통학교의 교과서 같은 것을 참고해 가며 산술이니 일어니 또 간
살아가는 데 필요한 기본적 소양을 직접 가르치고 있는 범수
단한 지리 역사니를 우선 가르치고 있었다.

작품 분석 노트

· 인물의 처지

과거
· 범수: 대학을 졸업함 · 영주: 고등 보통학교를 졸업함

현재
· 저녁거리가 없음 · 양복을 담보로 잡혀 저녁거리를 마련해야 할 처지임 · 아이들을 학교에 보내지 않음

일제 강점기에 대학과 고등 보통학교를 졸업한 범수와 영주는 고학력 지식인이라고 할 수 있다. 하지만 두 사람은 저녁거리를 걱정할 만큼 곤궁한 상황에 처해 있다.

· '양복'의 의미와 이를 둘러싼 갈등

양복	범수
	가족의 생계를 위해 담보로 잡히려는 옷 → 취직에 대한 기대를 버림
	영주
	남편이 취직하면 입고 다닐 옷 → 남편의 취직을 기대함

그러나 영주가 보기에는 그것이 도무지 시원찮고 미덥지가 못했다. / 범수는 아내
_{범수가 자식들을 학교에 보내지 않고 직접 가르치는 일}
에게 너무도 번번이 듣는 푸념이라 그 대답을 또다시 되풀이하기가 성가시어 아무

말도 아니 하려 했으나 아내는 오늘은 기어코 요정을 낼 듯이 기승을 부리려 든다.
_{결판을 내어 끝마침}

"글쎄 여보! 당신은 당신이 희망하는 일이나 있어서 그런다구 나는 어쩌라구 그리우?"

"낸들 희망을 따루 가지구 그리는 건 아니래두 그래! 자식들이 장래에 잘되어 잘

살게 하자는 생각은 임자허구 꼭 같지만 단지 내가 골라낸 방법이 옳으니까 그러

는 거지……."
_{남을 얕잡아 낮춤}

"나는 그 말 믿을 수 없어…… 공부 못한 놈이 막벌이 노동자가 되어 남의 하시나
_{영주는 배우지 못하면 잘살 수 없다고 생각함}

받지 잘될 게 어데 있드람!"

"그건 이십 년 전 사람이 하든 소리야. 번연히 눈앞에 실증을 보면서 그래?"
_{시대에 뒤떨어진 말이라는 의미}　　　　　　　　　　　　　_{확실한 증거(범수 자신)}

"무어가 실증이란 말이요?"

"허! 그거참…… 여보 임자도 여자 고보를 마쳤지? 나도 명색 대학을 마쳤지? 그
_{당시 여성이 고등 보통학교를 나온 것은 고학력에 해당함}　　_{범수도 고등 교육을 받은 지식인임}

런데 시방 우리 둘이 살어가는 꼴을 좀 보지 못해?"
_{끼니를 걱정할 정도로 곤궁하게 살아가는 처지}

"그거야 공부한 게 잘못이요? 당신 잘못이지……." / "세상 탓이야……."
_{유별난 성미로 세상에 섞이지 못하는 범수 때문임}　_{사회 현실의 문제 때문임}

"이런 세상에서두 남은 제가끔 공부를 해 가지구 잘들 살어갑디다."
_{지식이 유용하다고 믿는 영주}　　　　　▶ 자식들의 교육 문제로 다투는 범수와 영주

"그건 우연이고 인제 세상은 갈수록 우리 같은 인간이 못살게 돼요…… 내 마침
_{지식인 계층}

생각이 났으니 비유를 하나 허께 들어 볼려우?" / "듣기 싫여요."

영주는 말로는 언제든지 남편을 못 당하는지라 또 무슨 묘한 소리를 해서 올가미

를 씌우나 싶어 톡 쏘아 버렸다.

"하따 그러지 말구 들어 보아요…… 자, 시방 내가 돈이 일 원이 있다구 헙시다.

그런데 그놈 돈을 어떻게 건사하기가 만만찮거든…… 돈을 넣을 것이 없단 말이
_{물건을 거두어 보호하기가}

야. 알겠수?" / "말해요." / "그래 척 상점에 가서 일 원짜리 돈지갑을 사잖았수?"

"일 원밖에 없는데 일 원짜리 지갑을 사?"

영주는 유도를 받아 무심코 이렇게 대구를 한다.
_{아내를 설득하려는 범수의 유도}

"거봐! 글쎄……." / 하고 범수는 싱글벙글 웃는다.
_{영주가 자신이 유도한 대로 대답을 했기 때문임}

「우리가 시방 공부를 한다는 것이 그렇게 일 원 가진 놈이 일 원을 넣어 두랴고 일
_{교육을 비유함}　　　　　　　　_{자신들의 현재 경제력을 비유함}

원을 다 주구 지갑을 사는 셈이야.」/ "어째서?"
_{「 」 끼니를 걱정하는 상황에서 교육을 시키는 것은 어리석다는 것을 비유적으로 표현함}

"지갑을 쓸데가 있어야지?" / "두었다가 돈 생기면 넣지?"

"그 두었다가가 문제여든…… 그 지갑에 돈이 또 생겨서 넣게 될 세상은 우리는
_{현실에 대한 범수의 부정적, 냉소적 인식이 드러남}

구경도 못 해…… 알겠수?" / "난 모를 소리요."

"못 알아듣기도 괴이찮지…… 그렇지만 세상은 부자 사람허구 노동자의 세상이
_{그다지 이상하지 않지}　　　　　　　　_{자본가 계층}　　　_{노동자 계층}

지, 그 중간에 있는 인간들은 모다 허깨비야." ▶ 자식들을 가르칠 필요가 없다고 영주를 설득하는 범수
_{세상에 자신과 같은 지식인 계층이 설 자리가 없음 → 자식들을 노동자로 키우는 것이 나음}

• 자식 교육을 둘러싼 인물 간의 갈등

범수는 지식이 쓸모가 없다는 입장
을 보이며 현실을 냉소적으로 인식하
고 있으나, 영주는 지식이 유용하다는
입장을 보이며 살기 힘든 세상이지만
공부를 해서 잘살 수 있다는 희망을
가지고 있음

범수	영주
• 주장: 공부를 시킬 필요가 없음	• 주장: 공부를 시켜야 함
• 근거: 자신과 아내는 모두 고학력자이지만 생활고를 겪고 있음	• 근거: 공부를 해서 잘사는 이들도 있음

↓

영주를 설득하려 하는 범수
• 자신들 처지에 공부를 시키는 것은 일 원을 넣기 위해 일 원짜리 지갑을 사는 것처럼 어리석은 일임   • 세상은 부자와 노동자의 세상이며 갈수록 지식인은 못살게 됨

• 가난의 원인에 대한 인물들의 생각 차이

영주
세상에 섞이지 못하는 범수 때문임

↕

범수
지식인이 살기 어려운 세상 때문임

일제 강점기 조선인들은 고등 교육을
받아도 교육 수준에 맞는 일자리를
구하기 어려웠다. 범수도 대학까지 나
왔지만 취직을 하지 못한 채 끼니 걱
정을 하며 살아간다. 이러한 시대적
상황에서 범수는 현실에 대한 냉소적
인식을 가지게 된다.

· 해당 장면은 집을 나와 거리를 배회하던 범수가 금은상에 들어가 물건을 훔치려다 실패하는 상황이다.
· 도적질을 하려다 실패한 자신을 자조하는 범수의 인식과 태도에 주목하여 식민지 지식인의 모습을 파악하도록 한다.

[앞부분의 줄거리] 종로에 나온 범수는 배고픔에 현기증을 느끼면서도, 경성역 앞에서는 차표 판 돈이 얼마일까 짐작하고, 지나가는 은행원의 가방에는 돈이 많을 것이라고 상상한다. 넋을 잃고 있다가 교통순경에게 꾸지람을 들은 범수는 금은상에 진열된 금비녀를 발견한다.

팔십이 원인가 하는 금비녀 한 개가 유독 눈에 들었다.
<u>금비녀의 물질적 가치</u>
잡히면 오십 원은 줄 듯싶었다. 「그러나 오십 원을 가지고 이것저것 쓸데를 생각하
<u>전당포에 담보로 잡히면 받을 수 있는 금액을 짐작해 봄</u>
니 모자랐다.

값이 비슷한 놈으로 가락지를 하나만 더…… 이렇게 투정을 하다가 문득— 기왕
<u>필요한 돈이 많아 금비녀 하나를 훔쳐서는 부족하므로 가락지까지 훔치려고 생각함</u>
도적질을 하는 바이면 그까짓 것 백 원? 하고 돌아서 버렸다.」
「 」: 훔칠 물건에 대한 욕심이 자꾸 커짐

그는 비로소 도적질이라는 생각에 연달아 내가 도적질을 하려고까지 하다니! 하
고 얼굴이 화틋 달아올랐다. / 엣! 치사스럽다. 이렇게 거진 입 밖으로 말이 흘러져
<u>도적질을 할 생각을 했다는 것에 대한 부끄러움과 자책</u>   <u>자석</u>
나올 만큼 중얼거리고 그곳을 떠나려다가 <u>지남철에 끌리는 쇠끝처럼</u> 뒤를 돌아본다.
<u>너무 자연스럽게, 강하게 이끌려</u>

돌아다보니 눈에 다시 아까 그 금비녀와 금가락지가 어른거리자 그는 그대로 금
은상으로 들어섰다.   ▶ 물건을 훔칠 결심을 하고 금은상에 들어가는 범수

"어서 옵쇼."

젊은 점원이 진열창 너머서 직업적으로 인사는 하나 <u>이 초라한 손님의 몸맵시를</u>
<u>행색이 볼품없는 범수</u>
여살펴 본다.
<u>눈여겨 살펴</u>
"저기 진열창에 있는 금비녀 좀 보여 주시오."

범수는 떨리는 가슴을 겨우 누르고 말을 했다.

"네, 어느 겁쇼?"

하고 점원은 진열창의 유리문을 열면서 내려다본다.
<u>금비녀</u>
"바로 고 팔십이 원 정가 붙은 놈…… 그리고 여러 가지로 좀…… 그리고 가락지
<u>훔치려고 생각해 둔 물건들을 점원에게 보여 달라고 요청함</u>
도 여러 가지로……."

점원은 비녀를 여러 개 가로 꽂아 놓은 곽과 가락지를 끼워 놓은 곽을 집어다가
<u>물건을 담는 작은 상자</u>
범수 앞에 내놓는다.
<u>'무게'의 뜻을 더하는 접미사</u>
「"이게 몇 돈쭝이지요?"
 주목
<u>무게의 단위</u>   「 」: 점원이 금비녀의 무게를 재는 사이 다른 물건을 훔치려 함
범수는 아까 눈독 들인 금비녀를 빼어 손바닥에 놓고 출싹거려 보며 묻는다.

점원이 그것을 받아 저울에 달고 있는 동안에 <u>범수는 다른 놈을 두어 개 빼어 가</u>
<u>무게를 가늠하기 위해 이리저리 들어 보는 척하며 물건을 훔칠 기회를 엿봄</u>
<u>지고 어림하는 듯이 양편 손바닥에 올려놓고 출싹거려 본다.」</u>

이것이 기회인 것이다. 그는 그 기회를 이용하려고 <u>다뿍</u> 긴장이 되어서 점원이
<u>물건을 훔칠 기회</u>   <u>분량이 다소 넘치게 많은 모양</u>
"닷 돈 두 푼쭝입니다."

■ 작품 분석 노트

· '금비녀'와 '금가락지'의 기능

금비녀, 금가락지
범수가 도적질을 하려고 하는 대상으로, 범수는 이를 담보로 돈을 빌려 생계 문제를 해결하려 함
↓
일제 강점기 지식인의 무능력하고 무력한 삶을 보여 줌

하는 소리도 귀에 들어오지 아니했다.
물건을 훔치려는 초조함 때문임

　점원이 저울질을 하는 잠깐 동안에 손 빠르게 한 개를 요술하듯이 소매 속에든지 어디든지 감추었어야 할 것을 막상 닥뜨리고 보니 범수에게는 그러한 재치도 없고
겁이 없고 용감한 마음보　　　　　　　　　　　　　　도적질을 할 기술도 용기도 없음
기술도 없으려니와 또한 담보의 단련도 없다.

　첫 시험은 실패를 하고 그담에는 가락지를 가지고 시험을 해 보았다.

　그러나 역시 실패를 하고 말았다.　　　　　　　　▶ 금은상에서 물건을 훔치려다 실패한 범수

　그는 점원의 멸시하는 시선을 뒤통수에 받으면서 금은상을 나와 화신 앞으로 건
화신 백화점
너왔다. 그는 혼자 속으로 생각했다.

　「보통학교부터 쳐서 대학까지 십육 년이나 공부를 한 것이 조그마한 금비녀 한 개
지식인이지만 경제적으로 무능한 자신에 대한 자조와 지식이 무가치하다는 인식이 드러남
감쪽같이 숨기는 기술을 배우니만도 못하다고.

　그렇다면…… 그렇다면…… 하고 그는 그 뒤를 생각하다가 도스토옙스키의 〈죄와
도적질을 했을 때 벌어질 수도 있는 극단적인 상황을 상상함
벌〉의 라스콜니코프가 도끼를 높이 들어 전당쟁이 노파를 내리찍는 장면을 생각하
고 오싹 등허리가 추워 눈을 감았다.

　그는 허우대가 이만이나 하고 명색이 대학까지 마쳐 소위 교양이 있다는 사람으
겉으로 드러난 체격. 주로 크거나 보기 좋은 체격을 이름　　　　지식인으로서의 자책감을 드러냄
로 도적질을 하려고 한 자기를 나무라 보았다.

　그러나 그는 바로 자기 자신에게 항거를 한다.
순종하지 아니하고 맞서서 반항함
　도적질을 하는 것이 왜 나쁘냐고.

　이 말에는 자기로서도 자기에게 대답할 말이 나오지 아니한다.
마땅한 대답이 없음. 즉 당위적으로 도적질은 나쁜 것임
　아니, 도적질을 하는 것이 나쁘고 악하고 하다는 것보다도 무엇보다도 더럽다. 치
'도적질을 하는 것이 왜 나쁘냐고.'라는 질문에 범수가 찾은 답변. 도적질을 하려다 실패한 것에 정당성을 부여함
사스럽다. 이 해석이 마침 자기의 비위에 맞았다. 그래 그는 싱그레 혼자 웃었다. 그
러면서 마침내

　"뺏기지 않는 놈은 도적질할 권리가 없다."고 고개를 끄덕거렸다. 」
　　　　　　　　　　　　　　　　　　　　　　　「 」: 도적질과 관련한 범수의 내적 갈등
　어느 결에 구름은 흩어져 서편 하늘가로 몰려가고 불볕이 쨍쨍 내려쪼인다. 범수
는 팔을 짚어 쓰러지려는 몸뚱이를 지탱했던 전신주 옆을 떠났다.
　　　　　　　　　　　　　　　　　　　　　　　　　▶ 도적질을 하려다 실패하자 고뇌하는 범수

　감상 포인트
　지식인으로서 도적질까지 하려고 한 범수
　가 자신의 행동을 어떻게 생각하고 있는지
　인물의 심리를 파악한다.

대학까지 공부한 것이 금비녀 한 개
를 숨기는 기술을 배우는 것만도 못
하다고 여김

↓

• 지식인이면서 무능한 자신에 대해
　자조함
• 지식의 효용성에 대해 회의적인 태
　도를 보임

- 해당 장면은 자식들이 두부를 훔쳐 먹은 일로 인해 범수와 영주가 갈등하는 상황이다.
- 자식들이 두부를 훔쳐 먹은 사건에 대한 범수와 영주의 반응에서 차이점을 파악하고, 이후 둘의 갈등이 어떤 양상으로 전개되는지를 이해하도록 한다.

[앞부분의 줄거리] 범수가 외출한 사이 영주는 재봉틀을 구입할 돈을 빌리러 간다. 그사이 아들 종석과 종태
삯바느질을 하며 생계를 이어 가는 영주는 그동안 재봉틀이 없어 재봉틀을 세주는 집에 가서 바느질을 해 옴
가 두부 장수의 두부를 훔쳐 먹다 들키고, 두부 장수는 영주에게 두부값을 달라고 한다. 화가 난 영주는 아
이들을 회초리로 때린다.

　"웬일야?

　범수는 대뜰에 선 채 이렇게 물었으나 <u>아내는 눈물 젖은 눈을 들어 원망스럽게 한</u>
　　　　　　　　　　　　　　　아이들이 굶주림에 못 이겨 두부를 훔쳐 먹었기 때문임
<u>번 치어다보고는 도로 엎드려 울기만 한다.</u>

　영주는 폭포같이 말을 쏟뜨려 놓고 싶어도 무슨 말을 어떻게 해야 좋을지 다만 <u>남</u>
<u>편이 원망스럽고 노여워 울음이 앞을 서는 것이다.</u>
　　　　　무능한 남편에 대한 원망과 분노
　"너, 요놈 또 어머니 말 아니 듣구 싸웠든지 그랬구나?"

하고 나무람 반 물었으나 아이 역시 대답이 없다.

　그러자 아내가 고개를 번쩍 쳐들더니 범수를 치올려 보며

　"무슨 낯으루 자식을 나무래요? 다 에미 애비 죄지." / 하고 악을 쓴다.
　　　　　　　　　　　　　부모로서 자식을 굶긴 죄
　"아니 그건 무슨 소리야?" / "자식을 굶겨 노니 안 그럴까?"

　"아니 글쎄 왜 그러는 거야. 굶은 게 오늘 처음이요, 또 우리뿐이게 새삼스럽게 이
리나?" / "그러니까 자식이 도적질을 해두 괜찮단 말이요?" / "도적질?"

　"그렇다우…… 배가 고파서 두부 장수 두부를 훔쳐 먹다가 들켰다우. <u>자, 시어허</u>
　　　　　　　　　　　　　　　　　　　　　　　　　　무능해서 자식을 굶주리게 한 남편에 대한 원망
<u>우.</u>" / 범수는 피가 한꺼번에 머리로 치밀어 올랐다.

　<u>그는 무어라고 아이를 나무래려다가 문득 자기가 오늘 낮에 겪던 일이 선연히 눈</u>
　　　　　　　　　　　　범수 자신도 낮에 도적질을 시도했음 → 식민지 현실의 무기력한 지식인 가장의 모습
<u>앞에 나타나 그만 두 어깨가 축 처져 버렸다.</u>

　그는 종석이를 흘겨보며 / "흥! 이놈의 자식 <u>승어부(勝於父)</u>는 했구나."
　　　　　　　　　　　　　　　　　　　자식이 아버지보다 나음. 아들은 도적질에 성공했기 때문임(자조적 표현)
하고 두런거렸다. 영주도 남편이 무슨 말을 했는지 알아듣지 못했다.
　　　　　　　　　　　　　▸ 자식들이 두부를 훔친 일로 영주와 범수가 다툼
　이튿날 아침 일찍이.

　<u>영주는 종태만이라도 근처의 사립 학교에나마 보낸다고 데리고 나섰다.</u> 종석이까
　　　　　　　　영주의 방침 – 종태를 학교에 보내려 함
지 데리고 간다고 밤늦게까지 우기며 다투었으나 범수는 듣지 아니하고 정 그러려든
작은아이 종태나 마음대로 하라고. 그래 말하자면 <u>두 사람의 소산</u>을 둘이선 <u>반분한</u>
　　　　　　　　　　　　　　　　　　　　　　범수와 영주의 자식들　　　절반으로 나눈
셈이다.

　종태를 데리고 나가는 아내의 뒷모습을 바라보며 범수는 혼자 중얼거렸다.

　"<u>두구 보자— 네 방침이 옳은지 내 방침이 옳은지.</u>"
아들을 공장에 보내는 것이 옳다고 생각하는 것은 지식이 무가치하다는 현실 인식에서 비롯됨 – 나라를 잃은 상황에서의 지식인의 한계
<u>뒤미처 범수는 종석이를 데리고 서비스 공장으로 최 씨를 찾았다.</u>
　　범수의 방침 – 종석을 공장에 취직시키려 함　　　▸ 영주는 종태를 학교에, 범수는 종석을 공장에 데리고 감

작품 분석 노트

- 두부 사건과 그 이후

종석, 종태	굶주림에 못 이겨 두부를 훔쳐 먹음

↓

영주	아이들을 때리고 엎드려 욺
범수	'승어부는 했구나.'(아버지보다 낫다.)라고 말함

↓

영주	범수
종태를 사립 학교에 입학시키려 감	종석을 자동차 공장에 취직시키려 감

- 두부를 훔쳐 먹은 자식들에 대한 '범수'의 반응

범수	자식들
물건을 훔치려 했으나 실패함	↔ 두부를 훔쳐 먹음

↓

'이놈의 자식 승어부는 했구나.'
도적질을 하려 실패한 자신보다 도적질에 성공한 한 자식이 나음

↓

식민지 지식인의 자조적인 태도 → 지식인의 자기 풍자로 볼 수 있음

이 작품은 범수와 영주의 갈등을 바탕으로 이야기가 전개되고 있다. 가난한 현실 속에서 범수와 영주가 지향하는 방향은 차이가 있다. 이 때문에 벌어지는 갈등 양상을 파악할 수 있어야 한다.

+ 갈등 구조에 의한 서사 전개

범수		영주	
범수의 양복	**자식 교육**	**범수의 양복**	**자식 교육**
취직에 대한 기대를 버림	자식들을 학교에 보내지 않으려 함	남편의 취직에 대한 기대를 가짐	자식들을 가르치기 위해 어떻게든 돈을 마련하고자 함
지식의 효용이 없다고 인식함		지식의 효용이 있다고 믿음	

대립 ↔

↓ 희망의 부재(명일은 없다고 봄)

↓ 희망의 존재(명일에 희망이 있다고 봄)

핵심 포인트 **2**   작품의 종합적 이해

이 작품은 여러 가지 사건이 전개되고 있다. 각 사건이 일어나는 장소에 따라 갈등의 양상을 파악하며 작품을 종합적으로 이해할 수 있어야 한다.

+ 공간에 따른 갈등 양상

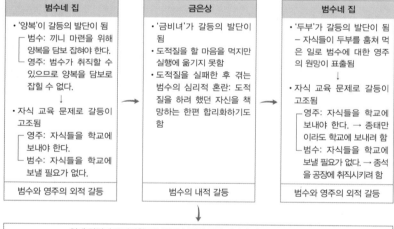

범수네 집	금은상	범수네 집
• '양복'이 갈등의 발단이 됨 └ 범수: 끼니 마련을 위해 양복을 담보 잡혀야 한다. └ 영주: 범수가 취직할 수 있으므로 양복을 담보로 잡힐 수 없다. ↓ • 자식 교육 문제로 갈등이 고조됨 └ 영주: 자식들을 학교에 보내야 한다. └ 범수: 자식들을 학교에 보낼 필요가 없다.	• '금비녀'가 갈등의 발단이 됨 • 도적질을 할 마음을 먹지만 실행에 옮기지 못함 • 도적질을 실패한 후 겪는 범수의 심리적 혼란: 도적질을 하려던 자신을 책망하는 한편 합리화하기도 함	• '두부'가 갈등의 발단이 됨 – 자식들이 두부를 훔쳐 먹은 일로 범수에 대한 영주의 원망이 표출됨 • 자식 교육 문제로 갈등이 고조됨 └ 영주: 자식들을 학교에 보내야 한다. → 종태만이라도 학교에 보내려 함 └ 범수: 자식들을 학교에 보낼 필요가 없다. → 종석을 공장에 취직시키려 함
범수와 영주의 외적 갈등	범수의 내적 갈등	범수와 영주의 외적 갈등

↓

일제 강점기 무기력한 지식인의 부정적 현실 인식과 자조적 태도가 나타남

핵심 포인트 **3**   구절의 의미 파악

이 작품의 주제나 인물의 가치관이 잘 드러나는 구절을 찾아 그 의미를 파악할 수 있어야 한다.

+ 인물의 가치관이 드러나는 구절

'일 원 가진 놈이 일 원을 넣어 두랴고 일 원을 다 주구 지갑을 사는 셈'	범수는 '일 원'밖에 없고 또 돈이 더 생길 가능성이 없는 상황에서 그것을 넣고 다니려고 '지갑'을 사는 것이 어리석은 행동인 것처럼, 대학까지 졸업하고도 끼니를 걱정해야 하는 형편에 자식 교육을 한다는 것은 어리석은 일이라고 봄
'두구 보자— 네 방침이 옳은지 내 방침이 옳은지.—'	범수는 아들을 공장에 보내어 취직시키려 하는 자신의 방침이 옳다고 여기고 있는데, 이는 교육과 지식이 무가치하다는 현실 인식에서 비롯된 것임

• 해제

〈명일〉은 대학까지 다녔지만 취업을 하지 못한 채 급기야 도적질까지 하려고 하는 주인공의 모습을 통해 식민지 현실을 살아가는 지식인 계층의 무기력한 삶을 풍자하고 있다. 교육을 시켜야 한다는 아내와 달리 '범수'가 큰아들을 공장에 보내려 하는 것은, 식민지 시대에서의 교육의 무가치함에 대한 지식인의 고뇌와 현실 인식이 반영된 결과이다. 이렇게 이 작품은 현실에 대한 지식인의 냉소적인 인식과 무기력한 자신에 대한 조소가 잘 드러난다.

• 제목 〈명일〉의 의미
– 내일이 없는 무기력한 지식인의 삶

'명일'은 '내일'이라는 뜻으로, '명일'의 희망을 안고 대학까지 마친 지식인 범수가 '명일'이 없는 무기력한 삶을 사는 상황을 의미한다.

• 주제

일제 강점기 무능력한 지식인의 삶에 대한 풍자

한 줄 평 | 피난 생활을 하는 한 가족의 고달픈 삶의 모습을 그린 작품

곡예사 ▸ 황순원

💬 전체 줄거리

6·25 전쟁이 나자 '나'는 먼저 가족을 대구로 보낸 뒤, 뒤따라 대구에 도착했다. 서울을 떠난 '나'의 가족은 대구의 모 변호사 댁의 넓은 뜰 한구석에 있는 헛간에서 생활했다. 그곳은 볕이 들지 않았고 춥고 음산했다. 그러나 '나'의 가족은 피난민의 신세로 그만한 방이라도 얻어서 살게 된 것을 감사하게 여겼다. '나'의 가족이 변호사 댁에서 생활하기 위해서는 몇 가지 주의할 점이 있었는데, 저녁이 되면 안뜰에 들어가 물을 길어 가서는 안 되는 것과 아침에도 변호사 댁에서 먼저 물을 길은 후에 물을 길어야 한다는 것, 빨래를 해서는 안 된다는 것이었다. 이는 변호사의 장모인 노파의 지시였다. 화장실도 마찬가지였다. 노파가 안뜰 화장실을 더럽혀서는 안 된다고 해서 '나'의 아내는 뜰 구석에 거적닢 변소를 만들었다. 변호사 댁의 살림은 이 노파의 손에 좌우되고 있었는데, 노파의 취미는 같은 노파들끼리 모여 노름을 하거나 절에 불공을 드리러 가는 일이었다.

▸ 전쟁으로 서울을 떠난 '나'의 가족이 대구의 모 변호사 댁에서 피난살이를 시작함

장면 포인트 ❶ 114P

열흘 남짓 지난 어느 날, '나'의 딸아이 선아의 신발 한 짝이 사라졌다. 온 식구가 넓은 뜰을 샅샅이 뒤졌으나 선아의 신발을 찾지 못했다. '나'의 아내는 추운 겨울에 딸아이를 맨발로 둘 수 없어 신발을 사 가지고 왔다. 그러면서 '나'에게 딸아이의 신발 한 짝을 가져간 사람은 자기 집에 앓는 식구가 있을 것이며, 마침 변호사 댁의 아이가 병으로 앓아누웠다고 했다. 아내에게 앓는 사람의 병이 잃어버린 신발 주인에게로 옮겨간다는 속설을 들은 '나'는 불안하고 노엽고 슬프기까지 했다. 그렇게 불안한 며칠이 지난 후, '나'는 변호사 댁의 아이가 병이 나아서 일어났다는 말을 들었다. 그러나 다행히 '나'의 딸 선아는 앓아눕지 않았다. [주목] 그리고 이삼 일 뒤, 노파가 '나'의 아내에게 구공탄을 들일 헛간이 필요하니 방을 비워 달라고 했다. 하지만 노파가 방을 비워 달라고 한 진짜 이유는 따로 있었다. 변호사 댁을 드나들던 한 노파가 뜰 안쪽의 변소를 발견하고 야단법석을 떨었기 때문이었다. 그렇게 '나'의 가족은 변호사 댁의 헛간에서 쫓겨나 대구 시내를 전전하다가 삼월 하순에 부산으로 내려갔다.

▸ '나'의 가족이 대구의 변호사 댁에서 쫓겨나 부산으로 내려옴

'나'의 가족은 부산에서 방을 장만할 때까지 처제의 방에 신세를 질 예정이었다. '나'의 처제도 부산의 변호사 댁에 방 한 칸을 얻어서 생활하고 있었다. 그런데 '나'의 가족이 부산에 닿기도 전에 별안간 그 주인댁에서 '나'의 처제에게 식모를 두어야 하니 방을 비워 달라고 했다. '나'의 가족은 하는 수 없이 분산해서 숙박을 하기로 결정했는데, '나'의 아내와 어린아이들은 어쩔 도리가 없어 처제의 방으로 가게 되었다. 방을 비워 달라는 주인댁의 독촉은 날로 심해졌다. '나'의 아내는 주인댁의 변호사 영감이 자신과 동생에게 방을 비우

라며 고함을 지른 일을 '나'에게 전했다. '나'는 '나'의 가족이 주인댁에게 모욕을 당할 만큼 몰염치한 짓만 한 것 같지는 않다고 생각했다. 소식을 전하는 '나'의 아내는 울먹이면서 이렇게 된 이상 '나'의 가족 모두 처제의 방에서 지내자고 했다. 다행이 이틀 동안은 아무 일도 일어나지 않았다.

▸ '나'의 가족은 부산의 모 변호사 댁에서 처제네와 함께 피난살이를 이어 가지만, 곧 방을 비워 줘야 하는 처지에 놓임

장면 포인트 ❷ 116P

'나'가 처제의 방에 온 지 사흘째 되는 날 저녁, '나'와 '나'의 아내는 의논 끝에 한 달 방세를 가지고 주인댁에 가서 사정해 보기로 했다. '나'의 아내가 미군 부대 옷 장사로 어렵게 마련한 5만 원을 들고 가 주인댁에 사정했다. 그러나 이튿날 5만 원은 돌아왔고 그날 저녁 '나'의 가족이 방으로 들어갔을 때 주인댁 딸들이 이삼 일 내로 반드시 방을 빼 달라는 말을 하면서 멸시에 찬 눈초리를 던지고 돌아갔다. '나'는 그곳을 나가고 싶은 생각에 학교의 동료들과 상급생, 친구에게 방을 구할 수 있는지 부탁을 하고 다녔다. 그러고는 미군 부대에서 장사를 하는 애들을 기다렸다가 함께 집으로 갔다. 대문은 닫혀 있었고, 고장인지 주인댁이 고의로 불을 꺼뜨렸는지 모르겠으나 '나'의 가족이 지내는 방만 불이 꺼져 있었다. '나'는 분노를 느꼈지만 참는 것 말고는 달리 방도가 없었다. '나'와 '나'의 아내는 그 방에서 지낼 수 있는 방법을 생각한 끝에 낮에는 방을 비워 두고 저녁에만 방을 쓰기로 했다.

▸ 주인은 계속해서 방을 비워 달라고 요구했지만, '나'의 가족은 방을 얻지 못함

'나'의 가족이 그렇게 생활을 이어 가던 어느 날 저녁 '나'의 가족은 남포동에서 만나 함께 그 방으로 향했다. 미군에게 껌이나 담배를 파는 큰애는 '나'에게 물건을 잘 파는 법을 이야기하고 둘째는 몇 센트의 군표를 훔친 후 지랄병 흉내를 낸 어떤 꼬마 이야기를 했다.

장면 포인트 ❸ 118P

부성교에 이르렀을 때 아이들은 집에서는 부르지 못했던 노래를 부르기 시작했다. 그런 아이들을 보면서 '나'는 문득 자신은 물론 어린 자녀들이 곡예단의 곡예사라는 생각을 했다. 그러면서 '나'는 부디 자식들이 나중에 어른이 되어 자신처럼 슬픈 무대와 곡예를 하지 않기를 바랐다.

▸ '나'는 자신은 물론 자식들까지 곡예사 같다는 생각을 함

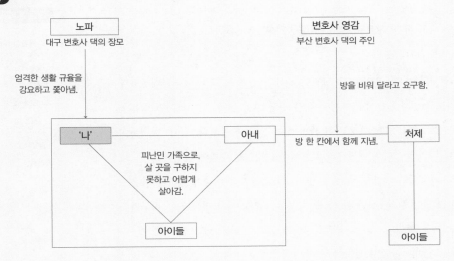

노파
대구 변호사 댁의 장모

엄격한 생활 규율을
강요하고 쫓아냄.

변호사 영감
부산 변호사 댁의 주인

방을 비워 달라고 요구함.

'나' ── 아내
피난민 가족으로,
살 곳을 구하지
못하고 어렵게
살아감.

방 한 칸에서 함께 지냄. ── 처제

아이들

아이들

〈보기〉로 나오는 작품 외적 준거

〈곡예사〉의 자전적 서사 기법

〈곡예사〉는 '황순원'으로 지칭되는 인물이 등장하는 명실상부한 자전 소설이라고 할 수 있다. 중요한 것은 그럼에도 불구하고 곡예사가 자신이 경험했던 이야기를 고스란히 적어 낸 자서전이나 자전 소설이라기보다는 경험을 바탕으로 서사적으로 재구성한 자전적 서사에 더 가깝다는 사실이다. 이 자전적 서사성은 실제 작가인 황순원이 주인공으로 등장함에도 불구하고, 내포 작가로서 작가가 이 등장인물과의 유사성을 강조하거나, 이 인물에 대한 직접적 공감과 즉시적 감정 이입을 요구하는 게 아니라 오히려 거리를 두고 객관성을 요구하고 있기 때문에 발생한다. 실제 작가 황순원은 등장인물을 황순원으로 호명함으로써 그를 두둔하거나 변호하는 게 아니라 소설 속 인물을 가감 없이 그려 내듯이 객관적 거리를 두고 냉정하고 엄정하게 그려 내려 한다. (중략)

〈곡예사〉의 서술자는 스스로를 '곡예사'라고 칭한다. 서술자는 등장인물과 가족들을 '곡예사'로 호명하기 이전에 '황순원 가족 부대'로 명명한 바 있다. 이러한 명명은 서술자가 곧 실제 작가인 황순원과 동일한 사람임을 명백히 해 주는 표지라고 할 수 있다. 아이들의 이름은 약간의 변화를 주었는데, 그래도 첫 글자만큼은 실제 이름과 같은 '동아', '선아', '진아', '남아'로 불린다. 황순원이 직접 경험한 일이며 자전적 서사임을 숨기지 않는 것이다. 그럼으로써 그 가족을 일컬어 스스로 '곡예사'라 칭하는 효과가 배가된다.

말하자면, 곡예사는 자신의 가족들에 대한 비유이자 그 형편에 대한 상징이다. 자신의 가족을 '나'의 연장선상으로, 유사 – 자아로 볼 수 있다면, 상징적 호명이란 객관화이자 거리 두기의 결과일 수밖에 없기 때문이다. 그렇게 보자면 어깨 위에서 동요를 실컷 불러 대는 아이도, 길거리에서 껌과 신문을 파는 아이도, 다 인생이라는 무대 위에서 곡예를 하는 것이 된다. 자기 자신 황순원도 마찬가지이다. 그런 자기 자신과 가족을 가리켜 서술자는 '곡예사'라는 별칭을 붙여 준다. 하지만 그것은 불편하고 서운한 마음을 강조한 피해자의 태도가 아니라 아예 상황 전체를 관통하면서도 그 안에서 행복과 여유를 찾아내는, 삶에 대한 포용력이라고 할 수 있다.

– 강유정, 자전적 서사의 서술 기법과 공감의 문제 – 박완서 〈엄마의 말뚝 1〉과 황순원 〈곡예사를 중심으로〉, 2017

- 이 작품은 6·25 전쟁 당시 대구와 부산 등의 피난지에서 작가 황순원이 겪었던 피난 체험을 소재로 하여 피난민들의 힘겨운 생활상을 그린 소설이다.
- 해당 장면은 '나'의 어린 딸의 신발 한 짝이 없어진 사건과 '나'의 가족이 세 들어 살던 헛간에서 쫓겨나는 상황이 나타나는 부분이다.
- 작중 상황에 대한 인물들의 심리 및 태도를 작품의 주제 의식과 연관 지어 파악할 수 있도록 한다.

[앞부분의 줄거리] 전쟁이 발발하자 '나'는 가족을 먼저 대구로 보낸 후 뒤따라 내려간다. '나'의 가족은 화재로 뼈대만 남은 재판소 옆, 모 변호사 댁의 헛간에 세를 얻어 피난살이를 시작한다.

한 열흘 <u>남짓</u> 지나서였다.
_{크기, 수효, 부피 따위가 어느 한도에 차고 조금 남는 정도임을 나타내는 말}

하루 아침 일어나 보니, <u>우리 아홉 살잡이 선아의 신발 한 짝이 온데간데없었다.</u>
_{주인댁의 몰인정함을 짐작할 수 있는 사건}
아무리 찾아봐도 없었다. 온 식구가 넓은 뜰을 편답했다. 누가 집어 갔다면 많은 신
_{이곳저곳을 널리 돌아다님}
발 가운데 하필 그 애의 것만, 그것도 한 짝만 집어 갈 리 <u>만무했다.</u> 결국 이 댁 셰퍼
_{절대로 없다}
드란 놈이 어디 멀리 물어다 팽개쳤으리라는 결론을 내리는 수밖에 없었다.
_{선아의 신발이 없어진 이유에 대한 추측 ①}

없는 돈이나 겨울철에 맨발로 두는 수 없어, 아내가 거리에 나가 신발을 사 들고
돌아오더니 이런 말을 한다. <u>신발 한 짝 없어지는 건 흔히 자기 집에 앓는 식구가 있</u>
_{선아의 신발이 없어진 이유에 대한 추측 ②}
<u>는 사람의 짓</u>이라는 것이다. 앓는 사람의 나이와 같은 사람의 신발 한 짝을 가져다
어찌어찌하면, 그 앓는 사람의 병이 신발 주인에게로 옮아간다는 것이다. 그러면서
아내는 이 댁에 우리의 선아만 한 애가 하나 며칠 전부터 무얼로 앓아누웠다는 말이
있었는데, 그래서 신발 한 짝이 없어진 거나 아닌지 모르겠다는 것이다. <u>불안스럽고</u>
<u>노엽고 슬프기까지 한 아내의 표정이었다.</u>
_{병이 딸에게 옮지 않을까 하는 불안과 딸의 신발을 가져갔을지 모를 주인댁에 대한 분노와 슬픔}

나는 그럴 리가 없다고 했다. 그러면서도 나 역시 아내에게 못지않게 불안스럽고
도 무엇에 노여운 감정이 가슴속에 움직임을 어찌할 수 없었다. 그게 아무 근거 없
는 미신의 짓이라 하자, 그리고 아무리 <u>보잘것없는 사람의 자식</u>이라 하자, 자기네
_{헛간에 세를 들어 피난살이를 하는 '나'의 자식}
애가 귀하면 남의 자식도 귀한 법이다. 더욱이 우리의 선아는 네 애 중에 그중 약한
애다. 이렇게 피난까지 나와 병이라도 들리면 구완할 길이 그야말로 막연한 것이다.
_{미신대로 신발 주인인 선아에게 병이 옮아올 경우 간호하기 어려운 상황임}
<u>남몰래 불안스러운 며칠이 지났다.</u> 이 댁 애가 나아서 일어났다는 말이 들렸다.
_{선아가 병을 앓게 될지 모른다는 불안감이 지속됨}
그리고도 우리 선아는 앓아눕지 않았다. <u>역시 그때 그 신발 한 짝은 이 댁 셰퍼드란</u>
_{'나'는 주인댁이 아니라 주인댁 개가 한 일로 여기기로 함}
<u>놈이 물어다 팽개친 것임에 틀림없다.</u> 「그처럼 날을 받아 절에 가서 불공을 드리는
노파가 사는 이 댁에서, 그 같은 몰인정한 짓이야 꿈엔들 할까 보냐.」
_{자신의 아이의 병을 낫게 하기 위해 선아의 신발을 가져가는 짓} _{▶ 피난을 온 대구에서 딸 선아의 신발 한 짝이 사라짐}
그리고 이삼일 뒤의 일이었다.

★주목 ▶ 밖에서 들어오니, 아내가 <u>어둡고 추운 방에 혼자서 앉았다가 대뜸 근심스런 어조</u>
_{헛간 → 열악한 생활 환경}
로, 좀 전에 이 댁 노파가 나와 이 방을 비워 달라더라고 한다. 「이유는 이제 <u>구공탄</u>
_{주인댁 노파의 몰인정함을 알 수 있는 사건} _{구멍이 뚫린 연탄}
을 들이는데 이 방(실은 헛간)을 사용하여야겠다는 것이다.」 그러나 그날로 아내가
_{전쟁 중이라 '나'의 가족이 헛간을 빌려 방으로 쓰고 있었음} _{「 」: 주인댁 노파가 이야기한 방을 비워야 하는 이유}
이 댁 식모한테서 들은 말은 이와는 아주 다른 것이었다.
_{구공탄을 들이기 위해 방을 비워 달라는 주인댁 노파의 말}

작품 분석 노트

- '나'의 가족의 피난살이 모습

선아의 신발이 없어짐

셰퍼드의 소행	앓는 식구가 있는 주인댁의 소행
↓	↓
일상적인 일	몰인정한 일

불안감, 노여움, 슬픔

아까 낮에 예의 노파 한 패가 몰려왔는데, 그중 한 노파가 이쪽 뜰 구석 다복솔 뒤
_{이미 잘 알고 있는}　　　　　　　　　　　　　　　_{가지가 탐스럽고 소복하게 많이 퍼진 어린 소나무}
에 감춘 거적닢을 발견했다는 것이다. 이런 때는 늙어서 눈 안 어두운 것도 탈이었
_{거적으로 만든 '나'의 가족의 임시 변소}　　　　　_{서술자의 생각 제시 – 눈이 밝아서 거적닢을 발견하여 문제가 생겼다는 의미}
다. 그게 무엇인가 싶어 가까이 가 들여다보고는 홱 고개를 돌리며, 애튀튀! 대체 이

런 데다 뒷간을 만들다니 될 말인가. 그 닦음으로 이 댁 노파에게, 정원에다 그런 변
　　　　　_{변소}　　　　　_{어떤 행동의 여세를 몰아 계속함}
소를 내다니 아우님도 환장을 했지요? 여기서 주인 노파도 한바탕, 「거지 떼란 할
　　　　_{주인댁 노파}　　　　　　　　　　　　　　　_{피난민, '나'의 가족}
수 없다느니, 사람이 사람 모양만 했다고 사람이냐고 사람의 행실을 해야 사람이 아
　　　　_{'나'의 가족이 사람의 행실을 하지 않는다고 생각함 → 주인댁 노파의 몰인정함이 뚜렷하게 드러남}
니냐느니, 자기네 집이 피난민 수용소가 아닌 바에 당장 내보내고 말아야겠다느니,」
　　　　　　　　　　　　　　　　　　　_{「」: 정원 변소를 발견한 노파의 말에 대한 주인댁 노파의 반응 – '나'의 가족을 멸시함}
야단법석을 했다는 것이다. 그러고는 아내한테 나와 방을 비워 줘야겠다는 영을 내
　　　　　　　　　　　　　　　　　　　　　　　　　　　　　　_{명령}
린 것이었는데, 그래도 이 노파가 우리한테 나와서는 거기다 뒷간을 만들었으니 나
　　　　　　　　　　　　　　_{주인댁 노파가 방을 비워 달라고 요구한 실제 이유}
가 달라는 말은 못 하고, 이제 구공탄을 들이게 됐으니 방을 비워 줘야겠다고 한 것
　　　　　　　　　　_{방을 비워 달라고 요구한 표면적 이유}
이었다. 실은 이 점이 이 노파로 하여금 자신이 말한 인간은 인간다운 행실을 해야
_{구공탄을 들이는 것을 이유로 들어 '나'의 가족에게 방을 비워 달라고 한 점}
한다는 것을 몸소 실천해 뵈는 대목이 아닌가 한다. 왜냐하면, 「노파 자신이 우리들

에게 안뜰 변소를 사용치 못하게 하고, 거기다 거적닢을 치게끔 분부를 해 놓았으
_{'나'의 가족이 안뜰 변소를 만들게 된 이유. 노파의 몰인정한 모습}　　　_{정원에 임시 변소를 만든 것은 주인댁 노파 때문임}
니, 진드기 아닌 우리가 오줌똥 안 눌 수는 없고, 실로 면목이 없는 행실이나 거기

대소변을 보지 않을 수 없었다는 걸 잊지 않은 점에서, 그리고 한 걸음 더 나아가 지

금 우리가 들어 있는 곳이 실은 사람이 살 방이 아니라, 구공탄이나 들일 헛간이라
　　　　　　　　　　_{'나'의 가족이 헛간에서 생활할 수밖에 없는 비참한 처지임을 알 수 있음}
는 걸 밝혀 준 점에서.」 「」: 노파의 인간답지 못한 행실 – ① '나'의 가족에게 안뜰 변소를 사용하지 못하게 함
　　　　　　　　　　　　　　② '나'의 가족에게 세준 방을 헛간이라고 스스로 밝힘

　　이쯤 되어, 변호사 댁 헛간에서 쫓겨난 우리 초라하기 짝이 없는 황순원 가족 부
　　　　　　　　　　　　　　　　　　　　　　　_{이 작품이 자전적 소설임을 알 수 있음}
대는 대구 시내를 전전하기 수삼차, 드디어 삼월 하순께는 부산으로 흘러 내려오게
　　　　　　　　　　　_{두서너 차례}
까지 되었다. 　　　　　　　　　　　　　▶ '나'의 가족은 대구 변호사 댁에서 쫓겨나 부산으로 피난을 가게 됨

감상 포인트
'방'을 둘러싸고 벌어지는 갈등 상황 속에서
주인댁 노파의 태도를 파악한다.

- **'주인댁 노파'에 대한 이해**

· '나'의 가족에게 방이 아닌 헛간을 세를 줌 · '나'의 가족에게 안뜰 화장실을 쓰지 못하게 함 · 정원의 임시 변소를 사용하는 '나'의 가족을 모욕함 · 구공탄을 들인다는 핑계로 '나'의 가족에게 방을 비우라고 함

↓

자신의 안일만을 추구하고 타인의 고통을 외면하는 이기적이고 몰인정한 인물

- **'헛간'의 의미와 기능**

헛간	
'나'의 가족이 거처하고 있는 공간	주인댁 노파가 구공탄을 들이겠다며 비워 달라는 공간

↓

사람이 살 만한 공간이 아님에도 '나'의 가족은 그곳에서 피난살이를 함

↓

'나'의 가족의 절박하고 비참한 상황을 드러냄

- **'황순원 가족 부대'의 의미**

'황순원'이라는 이름을 가진 인물이 작품에 등장하는 것을 통해, 이 작품이 이 작가의 피난 경험을 바탕으로 재구성된 자전적 서사의 형식을 지니고 있음을 알 수 있음.

- 해당 장면은 방을 비워 주어야 하는 문제로 '나'와 '나'의 아내가 주인댁과 갈등을 벌이는 상황을 보여 주고 있다.
- 집주인과 갈등하는 '나'의 가족의 태도를 통해 삶의 터전을 잃고 생존의 위기에 몰린 피난민들의 모습을 파악하도록 한다.

[앞부분의 줄거리] 부산에서도 '나'의 가족은 방을 구하기가 쉽지 않았다. '나'의 가족은 급한 대로 처제의 방에서 지내려 하지만 그곳의 사정도 여의치 않았다. 결국 '나'의 가족은 대구에서처럼 주인에게 방을 비워 달라는 요구를 받게 된다.

★주목 내가 이리로 옮겨 온 지 사흘째 되는 날 저녁, 아내와 나는 의논한 결과, 어쩌면
<small>'나'는 부모님 댁에 따로 떨어져 지내다가 아내와 아이들이 있는 변호사 댁으로 거처를 옮김</small>
주인댁에서 타협을 받아 줄는지도 모른다는 생각에서, 아내가 한 달 방세를 가지고
<small>이곳에서 더 지낼 수 있도록 하는 것</small>
가서 다시 사정을 해 보기로 했다. 그래, 가지고 갈 방세의 금액이 문제였는데, 이만
원, 삼만 원으로는 말이 통하지 않을 것 같고, 사만 원으로 할까 하다가, 에라 모르
겠다 하고 오만 원으로 결정을 했다. 방세 오만 원 씩을 물고 우리가 어떻게 살아가
<small>전쟁 속에서 구하기 어려운 돈이지만 어쩔 수 없이 지불하기로 결정함</small>
나 하는 생각도 들었으나, 들리는 말에 다다미 한 장에 만 원씩이라는 말도 있고, 정
<small>방에 까는 일본식 돗자리</small>　　　<small>같은 현상이나 일이 한두 번이나 한둘이 아니고 많음</small>
하고 있던 방세를 올릴 참으로 방을 비워 달라는 수가 비일비재란 말이 있는 데다,
<small>방세를 올리기 위해 방을 비워 달라고 통보하기도 함 → 전쟁으로 인간성과 유대감이 상실된 사회 현실을 드러냄</small>　　　<small>길거리나 길의 위</small>
더욱이 우리는 변호사 영감의 말대로 법적으로 해결을 지어서 노상이나 여관으로 쫓
<small>집주인</small>　　　<small>집주인이 방을 비우지 않으면 법으로 해결하겠다고 했음</small>
겨 나가는 날이면 큰일이라, 「이런 방세나마 내고 타협을 얻은 후 마음 놓고 나가 열
<small>생존에 대한 위기감과 불안감</small>　　　<small>형편과 경우에 따라서 일을 융통성 있게 잘 처리함</small>
심히 장사를 해 살아 나갈 변통을 하는 게 나을 성싶었던 것이다.」 그리고 사실 우리
<small>『 』: 비싼 방세를 지불하더라도 거처를 마련하는 것을 우선순위로 둠</small>
는 벌써 장사를 시작하고 있었다. 아내는 남은 옷가지를 갖고 국제 시장으로 나가
<small>남아, 동아</small>　　　<small>생존을 위해 어린 자식까지 장사에 나선 '나'의 가족의 열악한 상황</small>
고, 큰애 둘은 서면에서 가서 미군 부대 장사를 시작한 것이다. 지금의 오만 원도 아
내의 장삿돈에서 떼어 낸 돈이었다.

　안방에 들어갔다 좀 만에 아내가 돌아왔다. 손에 돈이 들려 있지 않다. 그러면 됐
<small>타협을 위해 방세로 가져간 오만 원</small>
나 보다 했다. 그러나 아내의 말은 그렇지가 않았다. 아무래도 이 방을 비워 달란다
<small>방을 비워 주지 않으려나 보다</small>　　　<small>'~ 것이다'라는 표현을 통해 인물의 대화를 설명적 진술로 바꾸어 제시함</small>
는 것이다. 「영감과 큰아들은 다다미 여덟 장 방에서 자고, 큰 온돌방에는 작은아들
<small>『 』: 넓은 방에서 지내면서 작은 방 하나를 비워 달라고 하는 변호사 댁의 비인간적인 모습</small>
과 부인이 각각 자고 있는데, 그러고는 좁아서 못 견디겠다는 말은 못 하겠던지, 장
발한 딸들의 말이 할머니 코 고는 소리에 도시 잠을 잘 수 없으니 기어코 그 방을 할
머니 방으로 쓰게 내 달라더라는 것이다.」 여기서 아내는 또 우리가 어떻게든 할머니
<small>방을 비워 달라는 요구에 대한 구실</small>　　　<small>방을 얻기 위한 아내의 간절한 부탁 → 삶의 절박함을 보여 줌</small>
주무실 자리를 넉넉히 내어 올릴 테니 그렇게 하자고 해도, 그렇게는 못 하겠다더라
<small>딱한 사정을 외면하는 몰인정한 모습</small>
는 것이다. 그리고 부인이 한다는 말이, 자기네 딸 친구가 있어 방 하나만 구해 주면
<small>주인댁 부인의 속물근성을 드러냄</small>　　　<small>타인의 고통은 외면하고 자신의 이익만 챙기는 비인간적 모습</small>
금 손목시계를 프레젠트하겠다는 것도 못 하고 있단다는 것이다. 나는 간이 서늘해
<small>금 손목시계와 비교하면 오만 원은 턱없이 적은 금액임</small>
옴을 느꼈다. 금 손목시계라니 문제가 좀 큰 것이다. 그래, 가지고 갔던 돈은 어쨌느
<small>방세로 가져간 오만 원을 돌려주지 않으면 타협이 이루어진 것이므로 방을 비우지 않아도 되기 때문임</small>
냐니까, 좌우간 딸들 책이라도 한 권 사 보라고 놓고 오긴 했다고 한다. 그 돈만 돌아
오지 않으면, 하는 것이 희망이었다. 그러나 이튿날 그 돈은 도로 돌아오고 말았다.
<small>주인댁이 오만 원을 돌려줌 → '나'의 가족이 방을 비워야만 함</small>
　　　　　　　　　　　　　　<small>▶ '나'와 아내의 사정에도 집주인은 방을 비워 달라고 요구함</small>
　그리고 그날 저녁이었다. 나는 학교 나가는 날은 학교로 해서, 그렇지 않은 날은
아침에 직접 남포동 부모가 계신 곳에 가 하루를 보낸다. 이곳 피난민들은 대개 담
<small>피난민들의 일상적인 생활 모습을 알 수 있음</small>

작품 분석 노트

- **주인댁 가족과 '나'의 가족의 상황**

영감. 큰아들	다다미 여덟 장 방에서 지냄
부인. 작은아들	큰 온돌방에서 지냄
할머니, 딸 둘	한방에서 지냄

↓

'나'의 가족	처제네 식구와 한 방에서 지냄

- **'오만 원'의 의미**

오만 원
- '나'의 가족이 방을 비워 달라는 주인댁과 타협하려고 내놓은 방법
- '나'의 형편에 무리가 되는 금액이지만, 비싼 방세를 내고서라도 안정된 거처를 마련한 다음 장사를 해서 살길을 찾는 것이 낫다고 생각해서 마련한 돈임

↓

변호사 댁에서 계속 살 수 있다는 기대감

↓

오만 원이 돌아옴
'나'의 기대가 좌절됨
→ 주인댁에서 쫓겨날 처지에 놓임

배 장사를 하느라고 애들만 남기고 모두 나간다. 부모도 그 축의 하나였다. 나는 여기서 서면 간 내 큰애들이 돌아오길 기다려 국제 시장엘 들러 애들 엄마를 만나 가지고 집으로 돌아가는 게 한 일과였다. 그날도 그랬다.

<small>남포동에서 애들을 기다렸다가 국제 시장에 들러 애들 엄마를 만나 집으로 돌아감</small>

우리가 저녁에 모여 들어가니, 방 안에 말 같은 처녀 둘이 와서 버티고 섰다. 이 댁 딸들인 것이다. 누가 형이고 동생인 것도 구별 안 되는, 좌우간 큰딸은 시내 모 <small>주인댁 두 딸</small> 여학교 졸업반이라는 것이고, 작은딸은 사 학년이라는 처녀들이었다. 이들이 오늘 <small>'나'의 가족을 방에서 몰아내려는 의도가 드러남</small> 저녁엔 이 방에 와 자야겠다는 것이다. 나는 이 두 말 같은 처녀 중의 누가 친구한테 방 하나만 구해 주면 금 손목시계를 프레젠트 받을 수 있는 아가씨일까 생각해 보았 <small>주인댁 부인이 오만 원을 가지고 간 아내에게 방 문제와 관련하여 금 손목시계를 언급한 일을 떠올림</small> 다. 그러면서 나는 이 자리를 피해야 할 걸 느꼈다. <small>주인댁 딸들의 방문에 압박감을 느낌</small>

그런데 이 말 같은 두 처녀가 누구에게랄 것 없이, 이삼일 내로 반드시 방을 내 놓으라는 말과 함께, 나에게 시선을 한 번씩 던지고 나가 버렸다. 「그 시선들이 멸시 에 찬 눈초리였든 어쨌든 그것은 벌써 아무래도 좋았다. 그저 이들의 전법이 그 효 <small>딸들을 이용하여 '나'의 가족을 내보내려는 방법</small> 과에 있어서 내게는 이들의 오빠 되는 청년이 내 따귀를 몇 번 갈기는 것보다 더 컸 <small>이들의 오빠 되는 청년이 내 따귀를 몇 번 갈기는 것보다 더 컸</small> <small>물리적인 폭력</small> 다는 것만은 자인하지 않을 수 없었다.」 ▶ 주인댁 딸들이 방을 점거하면서까지 방을 빼 달라고 압박함 <small>스스로 인정함</small> <small>「」: '나'는 주인댁 딸들의 행동에 심한 모멸감을 느낌</small>

그러지 않아도 아침이면 나가는 나는 이날은 어서 이곳을 나가고만 싶었다. 이날 <small>인간적인 면모를 상실한 곳을 벗어나고자 하는 '나'의 마음</small> 은 학교 가는 날이기도 했다.

풍경 달린 현관문을 열고 나서니, 응접실 앞 거기 꽃이 진 동백나무 이편에 번호 <small>처마 끝에 다는 작은 종</small> <small>유유자적하게 관목을 가꾸는 집주인의 모습</small> 사 영감이 허리를 구부리고 서서 회양목인지를 매만져 주고 있다. 첫눈에도 여간 그 것들을 아끼고 사랑하는 태가 아니었다. 좋은 취미다. 인생이란 이렇듯 한 포기의 <small>태도, 모습</small> 조목까지도 아끼고 사랑하면서 유유자적할 수 있는 생활을 해야 할 종류의 것인지도 <small>피난민을 내쫓으려 하면서 나무를 사랑으로 돌보는 집주인의 모습을 보며 떠올린 '나'의 생각</small> 모른다. 나는 무엇에 쫓기듯이 그곳을 빠져나왔다. ▶ 집주인의 취미 생활을 보며 쫓기듯 주인집을 빠져나옴

<small>**감상 포인트**
'방'을 둘러싼 갈등 양상과 그 상황 속에서
집주인을 바라보는 '나'의 태도를 파악한다.</small>

• 주인댁 딸들의 행동에 대한 '나'의 심리

주인댁 딸들의 행동
• '나'의 가족이 거처하는 방에서 자야겠다고 함 • 이삼일 내로 방을 비우라고 요구하면서 '나'에게 시선을 던지고 나감

↓

'나'의 심리
• 수치심과 모멸감을 느낌 • 방을 비워야 하는 것에 대해 심리적 압박감을 느낌

- 해당 장면은 '나'가 장사를 마치고 온 아이들과 아내를 만나 방으로 돌아가는 상황이다.
- 주인댁의 눈치에서 벗어난 자식들의 즐거운 모습을 위태롭게 보는 '나'의 시선을 통해 '곡예단'의 의미를 파악하도록 한다.

[앞부분의 줄거리] '나'가 방을 구하지 못해 나가지 않고 버티자 주인댁은 전기까지 끊으며 압박을 한다. '나'의 가족은 주인댁의 독촉을 피해 낮에는 방을 비워 두었다가 밤에만 모이는 생활을 하게 된다. '나'는 서면에서 껌이나 담배를 파는 아이들을 기다렸다가 함께 국제 시장으로 가 아내를 데리고 낮 동안 비워 두었던 방으로 돌아간다.

부성교에 이르러 우리는 오른편으로 꺾인다. 개천 둑길은 어둡다. 하늘에는 별이 총총한데 어둡다.

남아가 무슨 생각을 했는지, 우리 노래 불러요, 한다. 내가, 노래는 무슨 노래, 하려는데 엄마 곁에 붙어서 가던 <u>선아가</u>, 노래라는 말에 기다리고나 있었던 듯 부르기
<small>'나'가 '곡예사'라는 말을 떠올리는 계기가 됨</small>
시작한다. <u>전우의 시체를 넘고 넘어······</u> 나는 이 <u>선아가 변호사 댁에서는 꾸지람이</u>
<small>전투를 함께하는 동료   동생들이 떠들면 주의를 주던 선아가 먼저 노래를 부름</small>
<u>무서워 어린 동생에게 노래는커녕 소리 한번 못 내게 주의시키던 일</u>을 생각하고, 노
<small>아이들이 군가를 부름(시대적 상황: 6·25 전쟁)</small>
래를 그만두라는 말을 못 한다. 남아, 동아도 따라 부른다.
<small>'나'가 선아에게 노래를 그만두라는 말을 하지 못하는 이유 – 주인댁 눈치를 보는 선아에 대한 안쓰러움</small>

「이 노래가 끝나기가 바쁘게 남아가, 찌리링 찌리링 비켜 나세요, 자전거가 나갑니다, 찌리리리링, 하며 자전거를 탄 시늉을 하고 어둠 속을 달린다. 어제저녁에는 그렇게 졸던 애가 오늘은 웬일일까. 오늘 장사에 <u>수지가 맞았다</u>는 것인가. 저기 가는
<small>거래 관계에서 얻는 이익</small>
저 영감 꼬부랑 영감, 우물쭈물하다가는 큰일납니다. 이번에는 자전거가 이리로 달려와 아빠 새를 돌아 나간다. 아빠 되는 이 영감은 자전거에 치지 않기 위해 비켜나야만 했다.

등에서 진아가 잠을 깼다. 깨어나서는 <u>누나가 다시 부르기 시작한, 나비야 나비야</u>
<small>선아</small>
이리 날아 오너라를 같이 불러 본다. <u>선아는 율동까지 섞어 가며 한다. 흡사 어둠 속</u>
<small>노래를 부르고 춤을 추는 자식들의 모습에서 '나'는 곡예를 하는 곡예사를 떠올림</small>
<u>을 날아가는 나비와도 같이.</u>

누나의 노래가 끝나자, 그제는 온전히 정신이 든 듯 진아가, 산토끼 토끼야를 꺼낸다. 이놈은 또 토끼 뛰는 시늉을 하는 것이었는데, 내 등에서는 맛이 안 나는지 어깨로 기어올라 가 <u>무등</u>을 타고서 야단이다. 깡충깡충 뛰면서 어디로 가느냐, 산고개
<small>'목말'의 방언</small>
고개를 나 혼자 넘어서 토실토실 밤 토실 주워서 올 테야. 진아는 노래가 끝난 뒤에도 그냥 토끼 뛰는 시늉을 한다.」
<small>「 」: 어린 자식들의 순수한 동심의 세계를 보여 줌 → '나'의 가족이 처한 고통스러운 상황과 대비되어 피난지에서의 비참한 현실을 부각함</small>
나는 여섯 살잡이 진아의 엉덩이 밑에서 중심을 잃지 않으려고 애쓰면서, 생각한다. 토끼라고 하면 이 아빠도 엄마도 토끼다. 「그러나 이 아빠 토끼는 깡충깡충 산고개를 넘어가 토실 밤을 주워 오기는커녕 이렇게 어두운 개천 둑에서 요맛 무게 요
<small>「 」: 가족이 살 방 하나 구하지 못하는 가장으로서 느끼는 좌절감을 엿볼 수 있음</small>
맛 움직임 밑에서도 비틀거리며 재주를 부리고 있는 것이다.」
<small>'나'는 자신을 비틀거리며 재주를 부리는 곡예사로 생각함 ▶ '나'의 가족이 밤늦게 집으로 돌아가면서 노래를 부름</small>
그러다가 문득 나는 곡예사라는 말을 떠올렸다. 옳아, 지금 나는 진아를 어깨에
<small>줄타기, 곡마, 요술, 재주넘기, 공 타기 따위의 연예를 전문으로 하는 사람</small>
<small>→ 삶의 고통과 고단함을 견뎌 내야 하는 한 가정의 가장의 인생을 비유적으로 표현함</small>

■ 작품 분석 노트

- '곡예사'의 의미

곡예사
아슬아슬하게 무대 위에서 재주를 부림

≒ 비유

'나'의 가족
• 방을 비워 달라는 집주인의 요구에 쫓겨날 수밖에 없는 비참한 처지 • 어린 자식들까지도 경제적 행위에 내몰리는 어려운 처지

'곡예사'는 피난지에서 생존 위기에 내몰려 위태롭게 살아가는 '나'의 가족의 삶의 모습을 비유적으로 나타낸 말이다.

올려놓고 곡예를 하고 있는 것이다. 그러고 보면 진아도 내 어깨 위에서 곡예를 하
울동까지 섞어 가며 〈나비야〉를 부른 것   〈자전거〉를 부르며 자전거 탄 시늉을 한 것
고 있고, 선아는 나비의 곡예를 했다. 남아는 자전거 곡예를 했다. 이 남아가 이제
생계를 위해 돈을 벌어야 하는 것
몇 센트의 군표를 위해 그 꼬마와 같은 지랄을 해야 하는 것도 일종의 슬픈 곡예인
전쟁 지역이나 점령지에서 군대에 필요한 물품을 구입할 때 사용하는 긴급 통화(돈)
것이다. 그리고 동아의 풀리즈 쎌 투미도 그런 곡예요. 이들이 가슴이나 잔등에서
미군을 상대로 장사할 때 물건을 팔아 달라고 하는 말   남아와 동아
또는 허리춤에서 담배 보루며 껌 곽을 재빨리 꺼내고 넣는 것도 훌륭한 곡예의 하나
피난 상황 속에서 어린 자식들까지 돈벌이에 내몰린 상황을 드러냄
인 것이다. 이렇게 해서 이들은 황순원 곡예단의 어린 피에로요. 나는 이들의 단장
'나', 즉 황순원 가족의 위태로운 처지를 드러냄. 작가의 자전적 소설임을 알 수 있음   한 가정의 가장
인 것이다. 지금 우리의 무대는 이 부민동 개천 둑이고.
현재 '나'의 가족이 있는 곳

　　피에로 동아가 소렌토를 부른다. 그래 마음대로들 너희의 재주를 피워 보아라. 나
소설의 서술 주체인 동시에 실제 작가 '황순원'으로 호명된 작중 인물
는 너희가 이후에 오늘의 이 곡예를 돌이켜 보고, 슬퍼해 할는지 웃음으로 돌려 버
힘들고 고달픈 피난살이
릴지는 그건 모른다. 따라서 너희도 이날의 너희 엄마 아빠가 너희들의 곡예를 보고
웃었는지 울었는지 어쨌는지를 몰라도 좋은 것이다. 그저 원컨대 나의 어린 피에로
'나'의 자식들
들이여, 너희가 이후에 각각 자기의 곡예단을 가지게 될 적에는 모쪼록 너희들의 어
자식들이 커서 각자 가정을 꾸리게 될 때
린 피에로들과 더불어 이런 무대와 곡예를 되풀이하지 말기를 바란다. 이거 대단히
'나'는 어린 자식들의 미래의 삶이 현재 자신의 삶보다 더 나아지기를 소망하고 있음
실례했습니다. 쓸데없는 어릿광대의 넋두리였습니다. 자, 그러면 피에로 동아 군의
▨ : 곡예사의 공연 상황을 가정함
독창을 경청해 주십시오.

　「한 걸음 떨어져 오던 아내가 가까이 와 한 팔을 내 허리에 돌린다. 이 단장 부인은
「 」: 피난살이의 어려운 상황에서 서로 위로하고 응원하는 부부의 모습
남편 되는 단장의 곡예가 위태로워 보였던 모양이다. 나는 염려 말라고 아내의 손을
'나'는 힘들고 고달픈 피난살이를 긍정적으로 극복해 내고자 함
꼭 잡아 주었다.」 그런데 피에로 동아의 노래가 마지막 대목 다 가서 뚝 그친다. 이
주인댁 눈치를 봐야 하는 피난민의 처량한 신세가 드러남
미 우리는 그 변호사 댁이 있는 골목에 다다른 것이었다.

　그러면 여러분, 오늘 밤 프로는 이것으로 끝막기로 하겠습니다. 준비가 없었던 탓
으로 이렇게 초라한 곡예가 되어 부끄럽기 짝이 없습니다. 내일을 기대해 주십시오.
우리 곡예단을 이처럼 사랑해 주시는 데 대해서는 단을 대표해 감사의 뜻을 표해 마
지않는 바입니다. 그러면 안녕히들 주무세요. 굿바이!
▶ '나'는 자신과 가족을 위태로운 곡예를 하는 곡예사라고 생각함

감상 포인트
작품의 제목 '곡예사'가 지니는 의미와 인물
간의 갈등 양상을 이해하고, 이를 바탕으로
작품의 주제 의식을 파악한다.

• '나'의 바람

'너희가 이후에 각각 자기의 곡예단
을 가지게 될 적에는 모쪼록 너희들
의 어린 피에로들과 더불어 이런 무
대와 곡예를 되풀이하지 말기를 바란
다.'

↓

• 가족의 고통스러운 삶을 지켜볼 수
밖에 없는 가장으로서의 자책과 슬
픔에서 비롯된 말임
• 자식들이 피난과 같은 비참한 삶을
살아가는 고통을 겪지 않기를 바라
는 마음이 담김

이 작품은 작가의 실제 경험을 담은 자전적 소설로, '나'는 작품의 서술자인 동시에 작가 '황순원'으로 호명된 작중 인물로 설정되어 있다. 이러한 자전적 서사 형식이 주는 효과와 시점, 서술 방식 등 작품에 나타난 서술상의 특징 및 효과를 종합적으로 파악할 수 있어야 한다.

+ 서술상의 특징 및 효과

1인칭 주인공 시점, 자전적 소설	• 작중 인물인 '나'(서술자)의 시각으로 작중 상황과 '나'의 가족의 삶이 서술됨. '나'가 피난지에서 겪은 직접적인 체험을 서술함으로써 작품의 사실성과 신뢰감, 진실성을 확보함 • '이렇게 해서 이들은 황순원 곡예단의 어린 피에로요.': 주인공의 이름이 작가 자신의 이름 '황순원'과 동일한 것에서 알 수 있듯이 자전적인 내용을 담고 있음
간접 인용 (간접 화법)	'이 댁 식모한테서 들은 말은 ~ 아까 낮에 예의 노파 한 패가 몰려왔는데, 그중 한 노파가 이쪽 뜰 구석 다복솔 뒤에 감춘 거적늪을 발견했다는 것이다.', '아무래도 이 방을 비워 달란다는 것이다. ~ 기어코 그 방을 할머니 방으로 쓰게 내 달라더라는 것이다. ~ 그렇게는 못하겠다더라는 것이다.': 인물의 대화를 직접적으로 제시하지 않고 설명적 진술로 바꾸어 서술자인 '나'가 다른 인물에게서 들은 내용을 '나'의 목소리를 통해 전달함
상징적 소재	피난지에서 생존을 위해 힘겹고 고통스럽게 살아가는 '나'와 '나의 가족'의 삶을 '곡예사'에 비유하여 작품의 주제 의식을 효과적으로 드러냄

이 작품은 '방'으로 인한 '나'의 가족과 집주인 간의 갈등을 중심으로 사건이 전개된다. 따라서 인물 간의 갈등 양상 및 인물들의 태도를 이해하고 이를 바탕으로 작품의 주제 의식을 파악할 수 있어야 한다.

+ 인물 간의 갈등 양상과 작품의 주제 의식

'나', '나'의 가족		집주인 – 변호사, 변호사의 가족
• 피난민 일가족 6명의 가장인 '나'는 가족과 함께 대구의 모 변호사 저택의 헛간에서 피난살이를 시작하지만 쫓겨남 • 거처를 부산으로 옮겨, 변호사 집에 세 들어 사는 처제네와 한방에서 지내지만 얼마 지나지 않아 방을 비워 줘야 할 상황에 처함 • '나'의 가족은 방이 구해질 때까지 버티기로 하고 주인의 독촉을 피해 낮에는 방을 비워 두었다가 밤에만 온 가족이 모이는 생활을 하게 됨	대조 ↔	• 대구의 집주인인 변호사의 장모는 헛간에 구공탄을 들여야 한다는 이유로 '나'의 가족을 쫓아냄 • 부산의 집주인인 변호사는 식모(실제는 식모 노릇을 하는 할머니)의 방으로 사용한다고 '나'의 가족에게 방을 비우라고 함 → 변호사의 딸들이 방을 점거하고 '나'의 일가족이 애걸복걸하며 버티자 집주인은 방에 전기까지 끊으며 압박을 함
전쟁의 상처를 온몸으로 체험하며 살아감 → 피난살이의 고통과 어려움을 가족 간의 사랑과 긍정적 태도로 극복해 내고자 함		전쟁의 상처를 크게 겪지 않음 → 자신의 안일만을 추구하고 타인의 고통을 외면하는 이기적이고 비인간적인 모습을 드러냄

↓

작품의 주제 의식
• 6·25 전쟁 당시 피난민들의 고통스러운 삶과 설움을 '나'의 가족의 삶을 통해 형상화함 • 타인의 고통을 외면한 채 자신의 안일만을 추구하는 이기적인 인물들을 통해 전쟁으로 인해 인간성과 유대감이 사라진 현실을 비판함 • 피난살이의 고통과 서러움을 긍정적 태도로 극복하려는 의지적 삶의 자세를 '나'의 가족의 삶을 통해 보여 줌

작품 한눈에

• 해제
〈곡예사〉는 작가 황순원이 6·25 전쟁 직후 피난지인 대구와 부산에서 직접 겪었던 피난 생활의 고통과 설움을 그린 자전적인 작품으로, 작가는 이를 통해 전쟁으로 인해 인간성이 상실된 현실을 비판하고 있다. 또한 작가 자신과 가족을 '곡예사'에 비유하여 피난지에서 생존을 위해 절박하게 살아가는 위태로운 삶을 효과적으로 보여 주고 있다. 이 작품은 전쟁의 참상을 직접적으로 묘사하지 않고도 전쟁이 개인의 윤리를 얼마나 피폐하게 하며, 피난민의 삶이 얼마나 비참한지를 사실적으로 보여 준다.

• 제목 〈곡예사〉의 의미
 – '곡예사'처럼 피난지에서 생존 위기에 내몰려 위태롭게 살아가는 주인공 '나'와 '나'의 가족
 '곡예사'는 피난지에서 생존 위기에 내몰려 위태롭게 살아가는 주인공 '나'와 '나'의 가족을 비유한 것으로, 이를 통해 전쟁 상황에서 힘겹게 살아가는 피난민들의 삶을 보여 주고 있다.

• 주제
 ① 피난민의 고통스러운 삶과 설움
 ② 피난살이의 어려움을 극복하려는 의지적 삶의 자세

해방 전후 ▶ 이태준

💬 **전체 줄거리**

소설가 현에게 내일 아침 경찰서로 출두하라는 호출이 왔다. 현은 불쾌하면서도 불안한 기분이 들었다. 현은 사상가도, 주의자도 전과자도 아니었다. 다만 그는 민족의 불행으로 번민하는 청년들에게 정신적 귀감이 되어 그들의 문제를 상담해 주었을 뿐이었다. 현의 아내는 남편에게 집을 팔고 시골로 들어가서 하루라도 마음 편하게 살자고 했다. 현도 이미 생각하고 있었던 것이었지만, 실천으로 옮기기는 어려웠다. 다음 날, 현은 동대문서로 찾아갔다. 동대문 고등계의 쓰루다 형사는 현에게 요즘 무엇을 하는지, 무엇을 할 작정인지를 따져 물었다. 현이 별다른 것이 없다고 답하자, 현이 시국을 위해 협력하지 않는 것을 지적하면서 앞으로는 방관적 태도를 용서하지 않을 것이라고 으름장을 놓았다. 현은 서를 나오는 길로 어느 출판사로 향했다. 그리고 결국 대동아 전기의 번역을 맡게 되었다.

▶ 호출을 받고 경찰서에 간 현은 시국을 위해 일할 것을 강요당함

장면 포인트 ① 124P

주목 현은 집을 팔지 않고 강원도의 어느 한적한 구읍으로 들어갔다. 그곳의 공의를 알고 있기에 그를 통해 징용이나 면해 볼까 하는 마음이 컸다. 또한 식량 문제를 해결하고 구읍 가까이에 있는 임진강에서 낚시질로 세월을 기다릴 수 있음이 현이 그곳을 택한 이유였다. 하지만 그곳의 면장이 공의와는 진작에 사이가 틀어진 데다가, 공의는 장기간 강습으로 이내 서울로 가 버려 징용을 면할 길이 보장되지 않았다. 낚시터도 자주 다니기엔 거의 십 리나 되었을 뿐 아니라 주재소 앞을 지나야 해서 불편했다. 그곳에서 현은 공의에게 김 직원을 소개받았는데, 김 직원은 향교의 직원으로 아직도 상투를 하는 노인이었다. 현은 그를 고절한 인품의 지사이자 존경받아야 옳을 인격자로 여기며 그를 가까이했다. 어느 날 현에게 서울 문인 보국회에서 개최하는 문인 궐기 대회에 참석하라는 전보가 왔다. 현의 참석 여부를 주재소뿐 아니라 우편국장까지 궁금해하는 가운데, 김 직원은 현에게 징용을 면해야 하니 문인 궐기 대회에 참석하라고 충고했다. 가네무라 순사까지 현을 찾아와 언제 떠나느냐고 재촉을 했다. 결국 현은 가네무라 순사가 수선을 부탁한 시계를 맡아 가지고 상경했다. 대회장인 부민관의 광경은 어마어마했다. 국민복에 예장을 단 총독부 각하, 조선군 각하에다 일본 작가, 만주국 작가가 대거 착석해 있었다. 현은 국방색이 아닌 옷에 각반도 치지 않은 차림새였다. 소설부를 대표해 연설을 해야 했던 현은 자신이 연설할 차례가 되자 대회장을 빠져나와 성북동에 있는 친구에게로 갔다. 어찌 되었던 간에 서울에 다녀온 후로 가네무라 순사를 비롯한 우편국장, 순사 부장, 면장 들이 현을 보는 눈이 달라져 현은 마음 놓고 낚시를 갈 수 있게 되었다.

▶ 강원도로 거처를 옮긴 현은 그곳에서 낚시로 소일하고 김 직원과 교유함

현은 아내에게나 김 직원에게 일 년 안에 일본이 패망할 것이라고 했다. 하지만 현도 불안하기는 마찬가지였다. 삼 년은 견딜 줄 알았

던 돈은 일 년이 못 되어 바닥이 났고, 징용도 아직 보장이 못 되었다. 하루는 주재소에서 현을 불렀다. 순사 부장은 현에게 앞으로는 일본 제국이 완전히 승리할 때까지 낚시를 하지 말라고 다그쳤다. 이후 현과 김 직원은 서로 자주 왕래하며 시국 이야기를 나누었다. 김 직원은 현에게 국호를 대한으로 되찾고, 영친왕을 모셔서 전주 이씨 왕조를 복고했으면 하는 희망을 내비쳤다. 하루는 김 직원이 주재소에 불려갔는데, 김 직원은 군수에게 머리를 자르고 국민복도 마련하라는 말을 들었지만 그는 유생으로서 그럴 수는 없다고 거절했다. 그 이후에도 주재소와 경찰서에서 김 직원을 압박했고, 결국 김 직원은 구금되었다. 며칠 뒤 현은 급히 상경하라는 친구의 전보를 받고 서울로 올라가는데, 버스 안에서 일본이 전쟁에서 졌다는 소식을 들었다.

▶ 현은 해방이 되어 서울로 올라옴

서울에 도착한 현은 서울 거리가 여전히 일본군의 삼엄한 경계 아래 놓여 있는 것이나 주도권을 잡으려는 듯 문인들이 간판을 내걸고 서두르는 것 등 여러 정황들을 보고 불쾌해했다. 현은 우선 자신이 연을 맺고 있던 '조선 문화 건설 중앙 협의회(문협)'를 찾아갔다. 그곳은 전날 좌익이었던 작가와 평론가가 중심이 되어 있었다. 그들은 좌우를 막론하고 민족의 나아갈 바를 우선으로 내세우고 있었고, 또 그들 스스로 상당한 자기 비판이 이루어지고 있었다. 현은 그들이 작성한 선언문 초안을 여러 번 읽어 본 후 그들이 우리 민족을 우선시한다는 것을 알게 되어 발기인에 서명을 했다. 국내 정세는 날이 갈수록 복잡해졌다. 사상적 대립이 첨예해지는 가운데 '조선 문화 건설 중앙 협의회'에 대립하여 좌익 문학인들의 '프롤레타리아 예술 연맹'이 조직되었다. 현과 친분이 있던 우익측 문인들은 현이 '문협'에 이용만 당하는 것이라며 현에게 '문협'을 탈퇴하라고 권유했다. 현은 좌익 대중 단체의 시위를 응원하는 '문협' 단원들을 보고 그들과 함께 일할 것인지를 고민했다. 그러던 중 '문협'에서 조선 인민 공화국을 지지한다는 현수막을 내건 사건을 계기로 현은 자기 비판과 함께 '프로 예맹'과의 합동 운동을 계획하기 시작했다.

▶ 현은 '조선 문화 건설 중앙 협의회'에 관여함

반탁과 찬탁 문제로 어수선하던 때, 김 직원이 현을 찾아왔다. 김 직원은 현이 많이 변했다고들 한다며, 왜 공산당을 지지하냐고 물었다. 그러면서 공산파만 가만 있으면 곧 독립이 될 것이고, 임시 정부 요인들이 국가를 잘 다스려 줄 것인데, 공연히 서로 싸우는 바람에 신탁 통치 문제가 생긴 것이라며 노여워했다.

장면 포인트 ② 127P

현은 김 직원을 계몽하는 것은 불가능하다고 생각하며, 웃는 낯으로 음식만 권했다. 김 직원과 현은 그 이후에도 며칠 간 서로 왕래했다. 김 직원은 현에게 왜 찬탁을 지지하는지를 물었다. 현은 우리 민족의 해방은 우리의 힘으로가 아니라 국제 사정의 영향으로 되는 것이므로 조선

의 독립은 국제성의 지배를 벗어날 수 없으며, 강대국들이 국력이 미약한 조선에 지하 외교를 하지 못하도록, 조선의 독립을 국제적으로 보장받아야 한다고 주장했다. 그러나 김 직원은 현이 공산당을 두둔한다며 못마땅해할 뿐, 현의 말을 조금도 이해하려 들지 않았다. 그 후 한동안 소식을 끊었던 김 직원이 작별 인사를 하기 위해 회관으로 현을 찾아왔다. 신탁 통치 문제로 한창 시끄러웠던 시

기였다. 김 직원은 현에게 전날의 정리 때문에 인사를 하지 않을 수 없었다고 하면서 현의 배웅도 한사코 사양하고 떠났다. 떠나는 김 직원의 표표한 뒷모습을 보며 현은 청조의 몰락에 자살로 생을 마감한 청조 말의 학자 왕국유를 떠올렸다.

▶ 현은 자신과 이념이 다른 김 직원을 보며 중국의 왕국유를 떠올림

🎭 인물 관계도

해방 전에는 서로 존중하던 사이였으나,
해방 후 이념적으로 대립함.

| 현 | 김 직원 |

현
소설가.
일제의 감시를 피해 강원도로
거처를 옮겼다가, 해방 후
상경하여 좌익 문인 단체에서
활동함.

김 직원
향교 직원.
이조 왕조의 복원을 꿈꾸는
유학자로, 해방 후 상경하였으나
신탁 통치 문제로 어수선한
시국에 혼란을 느끼고 다시
시골로 돌아감.

〈보기〉로 나오는 작품 외적 준거

〈해방 전후〉에 나타난 자기 변명과 정당화

이 작품은 해방을 축으로 하여 크게 두 부분, 즉 해방 이전과 해방 이후로 나뉘어 있다. 앞부분은 주인공 현이 일제 말기의 발악을 피해 강원도로 칩거하기까지와 그곳에서의 칩거 생활이 그려져 있으며 뒷부분은 해방 이후 귀경해서 겪은 혼란한 상황과 이러한 시대적 변화에 대응하는 주인공의 모습을 보여 주고 있다. 〈해방 전후〉를 얼핏 보면 시간적 배경은 해방 이전과 이후, 공간적 배경은 서울과 철원 소재 어느 산골 그리고 다시 서울로 이어지는 단순 구조로 되어 있다. 그러나 이 작품이 해방을 중심으로 한 주인공의 의식 변모 과정에 집중하고 있다는 점과 작중 인물들 간의 갈등이 빚어내는 작품의 내재적 질서를 고려한다면 그리 단순하다고만은 할 수 없다. (중략)

해방 전후 상황의 변화에 따른 주인공의 의식 변모 과정에 중점을 둘 때, 이 작품의 전반부는 식민지 현실을 살아온 주인공의 자기반성과 성찰을 중심으로 한 지식인의 내면 의식을 보여 주고 있으며, 후반부는 그러한 과정을 겪어 온 주인공이 해방 이후의 혼란한 정치 현실에 어떻게 대응하고 있는지를 보여 주고 있다. (중략)

이 작품은 주인공의 직설적인 토로가 많은 부분을 차지하고 있어서 구성의 단조로움이 약점으로 지적된 바 있다. 그나마 이 작품의 생명력을 유지시켜 주는 것은 주인공과 대비되는 인물인 김 직원의 설정이다. 이 작품은 과거 문학 행위에 대한 현의 자기반성과 해방 이후의 현실 대응을 주된 내용으로 삼고 있지만, 김 직원과의 만남과 갈등, 헤어짐의 구조를 지니고 있다. 다시 말해 〈해방 전후〉는 해방을 중심으로 하여 주인공을 통해서 일어나는 여러 가지 사건들이 김 직원과의 관계 속에서 전개되고 있다. 김 직원은 작품의 부수적 인물이지만, 주인공과 상호 관계하면서 주제 구현에 기여하고 있는 것이다.

— 최정주, 해방기의 이태준 소설 연구, 1995

- 이 작품은 광복 전과 후를 배경으로 지식인의 내면적 갈등을 그린 소설이다. '한 작가의 수기'라는 부제를 통해 알 수 있듯이 이 작품에는 작가 이태준의 자전적 체험이 담겨 있다. 작품에 드러난 시대적 상황을 고려하여 인물의 태도를 파악하도록 한다.
- 해당 장면은 일제의 통제를 피해 서울에서 강원도 산읍으로 은신한 현이 김 직원을 만나 교우하는 상황이다.
- 일제의 삼엄한 감시 속에서도 서로를 공경하고 존중하는 김 진사와 현의 관계에 주목하여 작품을 감상하도록 한다.

[앞부분의 줄거리] 일제 강점기 시국에 대해 소극적이던 작가 현은 일제의 압력에 못 이겨 대동아 전기의 번역에 손을 빌려준 일에 괴로워하다가 살던 집을 세놓고 강원도 철원의 산골로 들어간다.

★주목 **현은 집을 팔지는 않았다.** 구라파에서 제이 전선이 아직 전개되지 않았고 태평양
중심인물 / 서울로 다시 돌아올 계획임을 알 수 있음 · 유럽
에서는 일본군이 아직 라바울을 지킨다고는 하나 멀어야 이삼 년이겠지 하는 심산으
남서 태평양의 항구 도시 / 일본의 패망이 멀지 않았다는 생각으로
로 집을 최대한도로 잡혀만 가지고 서울을 떠난 것이다. 그곳 공의(公醫)를 아는 것
공공의료에 종사하는 의사
이 반연으로 강원도 어느 산읍이었다. 철도에서 팔십 리를 버스로 들어오는 곳이요,
얽히어 맺은 인연 / 현이 거처를 옮긴 곳 / 깊은 산골
예전에 현감이 있던 곳이나 지금은 면소와 주재소뿐의 한적한 구읍이다. 어느 시골
서나「공의는 관리들과 무관하니 무엇보다 그 덕으로 징용이나 면할까 함이요, 다음
서로 허물없이 가까우니
으로 잡곡의 소산지니 식량 해결을 위해서요, 그리고는 가까이 임진강 상류가 있어
낚시질로 세월을 기다릴 수 있음도 현이 그곳을 택한 이유의 하나였다.」
① 징용 문제 ② 식량 해결 ③ 낚시질 「」: 현이 강원도 산읍으로 거처를 옮긴 이유
그러나 와서 실정에 부딪혀 보니 이 세 가지는 하나도 탐탁한 것은 아니었다. 면
모양이나 태도, 또는 어떤 일 따위가 마음에 들어 만족하다
사무소엔 상장(賞狀)이 십여 개나 걸려 있는 모범 면장으로 나라에서 상을 타나 백성
면장이 친일적 인물임을 알 수 있음
에겐 그만치 원망을 사는 이 시대의 모순을 이 면장이라고 예외일 리 없어 성미가 강
직해 바른말을 잘 쓰는 공의와는 사이가 일찍부터 틀린 데다가, 공의는 육 개월이나
면장과 공의의 관계가 좋지 않음
장기간 강습으로 이내 서울 가 버리고 말았으니 징용 면할 길이 보장되지 못했고 그
외에 아는 사람이라고는「공의의 소개로 처음 지면한 향교 직원으로 있는 분인데 일
처음 만나서 서로 알게 된
년에 단 두 번 춘추 제향 때나 고을 사람들의 기억에서 살아남는 '김 직원님'으로는
친구네 양식은커녕 자기 식구 때문에도 손이 흰, 현실적으로는 현이나 마찬가지의,
김 직원도 형편이 넉넉하지 못함
아직도 상투가 있는 구식 노인인 선비였다.」
「」: 김 직원 영감의 처지와 특성 제시 ▶ 강원도 산읍에 거처를 마련한 현
약 4km
「낚시터도 처음 와 볼 때는 지척 같더니 자주 다니기엔 거의 십 리나 되는 고달픈
아주 가까운 거리 / 자주 다니기 힘듦
길일 뿐 아니라 하필 주재소 앞을 지나야 나가게 되었고 부장님이나 순사 나리의 눈
순사가 머무르면서 사무를 맡아보던 경찰의 말단 기관. 시대상을 알 수 있는 소재
을 피하려면 길도 없는 산등성이 하나를 넘어야 되는데 하루는 우편국 모퉁이에서
창씨개명을 한 조선인
넌지시 살펴보니 가네무라라는 조선 순사가 눈에 띄었다.」 현은 낚시 도구부터 질겁
「」: 낚시질을 하며 세월을 기다리려 했던 계획이 어긋남
을 해 뒤로 감추며 한 걸음 물러서 바라보니 촌사람들이 무슨 나무껍질 벗겨 온 것을
놀란 마음을 가라앉힌 후 조선 순사를 관찰함 / 발목에서 무릎 아래까지 돌려 감거나 싸는 띠
면서기들과 함께 점검하는 모양이다. 웃통은 속옷 바람이나 다리는 각반을 치고 칼
순사의 옷차림과 행동 묘사
을 차고 회초리를 들고 이 사람 저 사람에게 거드름을 부리고 있었다. 날래 끝날 것
빨리
같지 않아 현은 이번도 다시 돌아서 뒷산등을 넘기로 하였다.
순사와 마주치는 것을 피하고 싶었기 때문에
길도 없는 가닥숲을 젖히며 비 뒤의 미끄러운 비탈을 한참이나 헤매어서 비로소

작품 분석 노트

- 작품의 공간적 배경

강원도 산읍
'철도에서 팔십 리를 버스로 들어오는 곳이요, 예전에 현감이 있던 곳이나 지금의 면소와 주재소뿐의 한적한 구읍이다.'

→ 현이 거주지로 선택한 강원도의 산읍은 현이 일제의 감시를 피할 수 있다고 생각해 도피한 곳임

현이 이곳을 거주지로 삼은 구체적 이유
• 관리들과 친분이 있는 공의의 도움으로 징용을 면할 수 있음 • 곡식이 생산되는 곳이므로 식량 문제를 해결할 수 있음 • 임진강이 가까이 있어 낚시로 소일하며 일제가 패망하기까지 이삼 년 정도의 세월을 기다릴 수 있음

- 작품의 시대적 배경을 알 수 있는 소재

• 일본 기관과 계급: 주재소, 총독부, 순사 • 일본식 성명: 조선 순사 가네무라 • '태평양에서 일본군이 아직 라바울을 지킨다고 하자' → 태평양 전쟁기

일제 강점 말기 (1940년대)

평퍼짐한 중턱에 올라설 때다. 멀지 않은 시야에 곰처럼 시커먼 것이 우뚝 마주 서

는 것은 순사 부장이다. 현은 산짐승에게보다 더 놀라 들었던 두 손의 낚시 도구를
_{순사의 눈을 피해 일부러 길을 돌아가다 순사 부장을 만났으므로}

이번에는 펄쩍 놓아 버리었다. / "당신 어데 가오?"
_{순사 부장을 보고 매우 놀람}

　　현의 눈에 부장은 눈까지 부릅뜨는 것으로 보였다. / "네, 바람 좀 쏘이러요."
_{순사 부장에게 나무람을 들을까 겁먹은 현}

　　그제야 현은 대팻밥모자를 벗으며 인사를 하였으나 부장은 이미 딴 쪽을 바라보

는 때였다. 부장이 바라보는 쪽에는 면장도 서 있었고 자세 보니 남향하여 큰 정구
_{일본에서 조상이나 신을 모시는 사당}

코트만치 장방형으로 새끼줄이 치어져 있는데 부장과 면장의 대화로 보아 신사(神
_{부장과 면장이 산 중턱에 있는 이유}

社) 터를 잡는 눈치였다. 현은 말뚝처럼 우뚝 섰을 뿐 어찌해야 좋을지 몰랐다. 놓아
_{어찌할 바를 모르는 현의 모습을 비유적으로 표현함}

버린 낚시 도구를 집어 올릴 용기도 없거니와 집어 올린댔자 새끼줄을 두 번이나 넘

으면서 신사 터를 지나갈 용기는 더욱 없었다. 게다가 부장도 면장도 무어라고 쑤군
_{낚시를 하러 다니는 현을 못마땅해하고 있음을 알 수 있음}

거리며 가끔 현을 돌아다본다. 꽃이라도 있으면 한 가지 꺾어 드는 체하겠는데 패랭

이꽃 한 송이 눈에 띄지 않는다. 얼마 만에야 부장과 면장이 일시에 딴 쪽을 향하는

틈을 타서 수갑에 채였던 것 같던 현의 손은 날쌔게 그 시국에 태만한 증거물들을 집
_{꼼짝 못하고 있던 현의 상황을 비유적으로 표현함}　_{일제 강점기}　_{낚시 도구들}

어 들고 허둥지둥 그만 집으로 내려오고 만 것이다.

감상 포인트
작품에 담긴 시대적 배경과 사회적 상황을
고려하여 인물의 태도를 파악한다.

　　"아버지 왜 낚시질 안 가구 도루 오슈?"
_{낚시터에 간 아버지가 도중에 돌아온 것을 의아해하는 아이들의 질문}

　　현은 아이들에게 대답할 말이 미처 생각나지도 않았거니와 그보다 먼저 현의 뒤

를 따라온 듯한 이웃집 아이 한 녀석이,

　　"너이 아버지 부장한테 들켜서 도루 온단다." / 하는 것이었다.
_{낚시를 안 가고 돌아온 이유가 들통남}　　　　▶ 순사 부장을 만나 낚시터에 못 가고 돌아온 현

　　낚시질을 못 가는 날은 현은 책을 보거나 그렇지 않으면 김 직원을 찾아갔고 김

직원도 현이 강에 나가지 않았음직한 날은 으레 찾아왔다. 상종한다기보다 모시어
_{낚시를 가지}　　　　　　　　　　　　　　　　　_{서로 따르며 친하게 지낸다기보다}

볼수록 깨끗한 노인이요, 이 고을에선 엄연히 존경을 받아야 옳을 유일한 인격자요
_{김 직원에 대한 현의 긍정적 평가}

지사였다. 현은 가끔 기인여옥(其人如玉)이란 이런 이를 가리킴이라 느끼었다. 기미
_{인품이 옥과 같이 맑고 깨끗한 사람. 김 직원을 이르는 말}

년 삼일 운동 때 감옥살이로 서울에 끌려왔을 뿐, 조선이 망한 이후 한 번도 자의
_{일본식 성명을 강요하던 정책}

로는 총독부가 생긴 서울엔 오기를 피한 이다. 창씨를 안 하고 견디는 것은 물론, 감
_{일제에 대한 김 직원의 반감을 짐작할 수 있음}

옥에서 나오는 날부터 다시 상투요 갓이었다. 현과는 워낙 수십 년 연장인 데다 현
_{김 직원이 조선의 전통을 따르는 강직한 인물임을 알 수 있음}　　　　　　　_{현보다 수십 년 나이가 많음}

이 한문이 부치어 그분이 지은 시를 알지 못하고 그분이 신문학에 무관심하여 현대
_{모자라거나 미치지 못해}

문학을 논담하지 못하는 것엔 서로 유감일 뿐, 불행한 족속으로서 억천 암흑 속에
_{사물의 옳고 그름 따위를 논하여 말하지}　　　　　　　　　　_{일제 강점기를 살아가고 있으므로}

일루의 광명을 향해 남몰래 더듬는 그 간곡한 심정의 촉수만은 말하지 않아도 서로
_{해방}　　　　　　　　　　　　　　　_{간담상조(肝膽相照). 서로 속마음을 털어놓고 친하게 사귀는 사이}

굳게 잡히고도 남아 한두 번 만남으로 서로 간담을 비추는 사이가 되었다.
　　　　　　　　　　　　　　　　　　　　▶ 지사적 면모를 지닌 김 직원과 교우하는 현

　　하룻저녁은 주름 잡히었으나 정채 돋는 두 눈에 눈물이 마르지 않은 채 찾아왔다.
_{정묘하고 아름다운 빛깔}

현은 아끼는 촛불을 켜고 맞았다.
_{정성을 다해 김 직원을 맞음}

　　"내 오늘 다 큰 조카자식을 행길에서 매질을 했소."
_{김 직원이 현을 찾아온 이유}

　　김 직원은 그저 손이 부들부들 떨며 있었다.「조카 하나가 면서기로 다니는데 그

・ '낚시 도구'의 의미

'낚시 도구'의 의미

・ 현이 때(일제의 패망)를 기다리며 소일하는 데 필요한 도구
・ 일본 제국주의의 강압이 극심했던 일제 강점기 말의 시국과는 어울리지 않는 사물
・ 현이 순사의 눈을 피하는 것이나 순사 부장을 마주치고는 놀라는 것과 연관이 있음

의 매부, 즉 이분의 조카사위 되는 청년이 일본으로 징용당해 가던 도중에 도망해
왔다. 몸을 피해 처가에 온 것을 이곳 면장이 알고 그 처남더러 잡아 오라 했다. 이
기미를 안 매부 청년은 산으로 뛰어올라 갔다. 처남 청년은 경방단의 응원을 얻어
산을 에워싸고 토끼 잡듯 붙들어다 주재소로 넘기었다는 것이다.

"강박한 처남이로군!" / 현도 탄식하였다.

"잡아 오지 못하면 네가 대신 가야 한다고 다짐을 받았답디다만 대신 가기루서 제
집으로 피해 온 명색이 매부 녀석을 경방단들을 끌구 올라가 돌풀매질을 하면서
꺼정 붙들어다 함정에 넣어야 옳소? 지금 젊은 놈들은 쓸개가 없읍넨다!"

"그러니 지금 세상에 부모기로니 그걸 어떻게 공공연히 책망하십니까?"

"분해 견딜 수가 있소! 면소서 나오는 놈을 노상이면 어떻소. 잠자코 한참 대설대
가 끊겨져 나가도록 패 주었지요. 맞는 제 놈도 까닭을 알 게고 보는 사람들도 아
는 놈은 알았겠지만 알면 대사요."

이날은 현도 우울한 일이 있었다. 서울 문인 보국회(文人報國會)에서 문인 궐기
대회가 있으니 올라오라는 전보가 온 것이다. 현에게는 엽서 한 장이 와도 먼저 알
고 있는 주재소에서 장문전보가 온 것을 모를 리 없고 일본 제국의 흥망이 절박한 이
때 문인들의 궐기 대회에 밤낮 낚시질만 다니는 이자가 응하느냐 안 응하느냐는 주
재소뿐 아니라 일본인이요 방공 감시 초장인 우편국장까지도 흥미를 가진 듯, 현의
딸아이가 저녁때 편지 부치러 나갔더니, 너의 아버지 내일 서울 가느냐 묻더라는 것
이다.

김 직원은 처음엔 현더러 문인 궐기 대회에 가지 말라 하였다. 가지 말라는 말을
들으니 현은 가지 않기가 도리어 겁이 났다. 그랬는데 다음 날 두 번째 그다음 날 세
번째의 좌우간 답전을 하라는 독촉 전보를 받았다. 이것을 안 김 직원은 그날 일찍
이 현을 찾아왔다.

"우리 따위 노혼한 것들이야 새 세상을 만난들 무슨 소용이리까만 현 공 같은 젊
은이는 어떡하든 부지했다가 그예 한몫 맡아 주시오. 그러자면 웬만한 일이건 과
히 뻗대지 맙시다. 징용만 면헐 도리를 해요."

그리고 이날은 가네무라 순사가 나타나서, 이틀밖에 안 남았는데 언제 떠나느냐,
떠나면 여행증명을 해 가지고 가야 하지 않느냐, 만일 안 떠나면 참석 안 하는 이유
는 무엇이냐, 나중에는, 서울 가면 자기의 회중시계 수선을 좀 부탁하겠다 하고 갔
다. 현은 역시, / '살고 싶다!'

또 한번 비명을 하고 하루를 앞두고 가네무라 순사의 수선할 시계를 맡아 가지고
궂은비 뿌리는 날 서울 문인 보국회로 올라온 것이다.

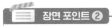

- 해당 장면은 해방 이후 신탁 통치에 대해 현과 대립하던 김 직원이 한참 후에 현을 찾아와 시골로 내려가겠다고 말하는 상황이다.
- 현과 김 직원의 대화를 바탕으로 두 인물 간의 입장과 가치관의 차이를 파악하도록 한다.

[앞부분의 줄거리] 현은 8월 16일 친구의 전보를 받고 서울로 상경하던 중에 일제의 패망과 조선의 독립 소식을 듣게 된다. 좌익 문인 단체에서 활동하던 현은 신탁 통치에 대한 논쟁으로 시국이 어수선한 가운데 상경한 김 직원을 만나게 된다.

김 직원은, 밖에서는 소련, 안에서는 공산당이 조선 독립을 방해하는 것이라 하였
_{좌익 세력에 대한 김 직원의 부정적 인식이 나타남}
다. 이렇게, 역사적, 또는 국제적인 견해가 없이 단순하게 독립 전쟁을 해 얻은 해
_{봉건적 사고에 매몰된 김 직원을 가리킴}
방으로 착각하는 사람에겐 여간 기술로는 계몽이 불가능하고, 현 자신에게 그런 기
술이 없음을 깨닫자 그는 웃는 낯으로 음식을 권했을 뿐이다. / 김 직원은 그 이튿날
_{김 직원을 설득할 수 없음을 깨달음 → 설득을 포기함}
도 현을 찾아왔고 현도 그 다음 날은 그의 숙소로 찾아갔다. 현이 찾아간 날은,

「"어째 당신넨 탁치 받기를 즐기시오?" / 하였다. /"즐기는 게 아닙니다."
_{신탁 통치를 당연히 여깁니까?}
"그러면 즐겁지 않은 것도 임정에서 반탁을 허니 임정에서 허는 건 덮어놓고 반대
_{임시정부}
하기 위해서 나중엔 탁치꺼지를 지지헌단 말이지요?"
_{상대 세력에 대한 반대를 목적으로 신탁 통치를 지지한다고 단정함}
"직원님께서도 상당히 과격하십니다그려." / "아니, 다 산 목숨이 그러면 삼국 외
_{미국, 영국, 소련}
상헌테 매수돼서 탁치 지지에 잠자코 끌려가야 옳소?"

"건 좀 과하신 말씀이구! 저는 그럼, 장래가 많아서 무엇에 팔려서 삼상 회담을 지
지허는 걸로 보십니까?"」『: 현과 김 직원의 대화를 통해 두 인물 사이의 이념 차이를 드러냄

그 말에는 대답이 없으나 김 직원은 현의 태도에 그저 못마땅한 눈치만은 노골화
_{자신과 정치적 입장이 다른 현을 언짢게 여기는 김 직원}
하면서 있었다. 현은 되도록 흥분을 피하며,「우리 민족의 해방은 우리 힘으로가 아
『: 현이 신탁 통치를 지지하는 이유 제시
니라 국제 사정의 영향으로 되는 것이니까 조선 독립은 국제성의 지배를 벗어날 수
없는 것, 삼상 회담의 지지는 탁치 자청이나 만족이 아니라 하나는 자본주의 국가요
_{미국}
하나는 사회주의 국가인 미국과 소련이 그 세력의 선봉들을 맞댄 데가 조선이란 국
_{소련}
제간에 공개적으로 조선의 독립과 중립성이 보장되어야지, 급히 이름만 좋은 독립을
주어 놓고 소련은 소련대로, 미국은 미국대로, 중국은 중국대로 정치·경제 모두가
미약한 조선에 지하 외교를 시작하는 날은, 다시 이조 말의 아관 파천식의 골육상쟁
과 멸망의 길밖에 없다는 것, 그러니까 모처럼 얻은 자유를 완전 독립에까지 국제적
으로 보장되는 길을 택할 수밖에 없다는 것,」이 왕조의 대한이 독립 전쟁을 해서 이
_{김 직원이 섬기는 나라}   _{조선의 독립이 독립 전쟁에 승리하여 쟁취한 것이 아니라는 인식이 드러남}
긴 것이 아닌 이상, '대한' '대한' 하고 전제 제국 시대의 회고감으로 민중을 현혹시키
_{대한 제국의 시대로 돌아가는 것}
는 것은 조선 민족을 현실적으로 행복되게 지도하는 태도가 아니라는 것, 지금 조선
을 남북으로 갈라 진주해 있는 미국과 소련은 무엇으로 보나 세계에서 가장 실제적
인 국가들인만치, 조선 민족은 비실제적인 환상이나 감상으로가 아니라 가장 과학적
이요, 세계사적인 확실한 견해와 준비가 없이는 그들에게 적정한 응수를 할 수 없다
_{미국, 소련}
는 것, 현은 재주껏 역설해 보았으나 해방 이전에는 현 자신이 기인여옥(其人如玉)

작품 분석 노트

- 작품의 시대적 배경을 알 수 있는 구절

> ・'김 직원은, 밖에서는 소련, 안에서는 공산당이 조선 독립을 방해하는 것이라 하였다.'
> → 좌익과 우익의 사상적 갈등이 첨예화됨
> ・'오늘 '반탁' 시위가 있으면 내일 '삼상 회담지지' 시위가 일어났다.'
> → 신탁 통치에 대한 찬반 운동이 일어났음

↓

> 해방 직후 정치적으로 혼란했던 시기

※ 모스크바 3상 외상 회의

> **모스크바 3상 외상 회의**
> 1945년 12월 16일 미국, 영국, 소련이 세계 2차대전 이후의 문제를 처리하기 위해 모스크바에서 개최한 외무장관 회의.
> 이 회의에서 한반도의 임시 민주 정부 수립, 임시정부 수립을 위한 미·소 공동 위원회 설치, 미국, 소련, 영국, 중국의 신탁 통치 실시를 결정함. 그러나 우리나라의 우익 세력은 신탁 통치를 반대하는 운동을 전개했고, 좌익 세력은 신탁 통치를 찬성하여 3상 회담의 결의를 국제적 합의로 받아들임. 이러한 국내 상황과 미국, 소련 간의 대립이 복합적으로 작용하여 모스크바 3국 외상 회의의 결정 사항은 실현되지 못했음

이라 예찬한 김 직원은, 지금에 와서는, 돌과 같은 완강한 머리로 조금도 현의 말을
<small>김직원에 대한 현의 인식 변화(강직함 → 완고함)가 단적으로 드러남</small>
이해하려 하지 않고, 다만 같은 조선 사람인데 '대한'을 비판하는 것만 탐탁치 않았
<small>현이 전 왕조를 비판한 것으로 인해 마음이 상함</small>
고, 그것은 반드시 공산주의의 농간이라 자가류의 해석을 고집할 뿐이었다.
<small>객관적 사실에 근거하지 않고 자신의 주관이나 관습대로 하는 방식 ▶신탁 통치에 관해 김 직원과 의견 대립을 보이는 현</small>
「그후 한동안 김 직원은 현에게 나타나지 않았다. 현도 바쁘기도 했지만 더 김 직
<small>『 』: 현과 김 직원 모두 정치적 갈등을 해소하려는 의지를 상실함</small>
원에게 성의도 나지 않아 다시는 찾아가지 못하였다.」

　　탁치 문제는 조선 민족에게 정치적 시련으로 너무 심각한 것이었다. 오늘 '반탁'
<small>신탁 통치를 반대함</small>
시위가 있으면 내일 '삼상 회담 지지' 시위가 일어났다. 그만 군중은 충돌하고, 지도
<small>신탁 통치를 찬성함</small>
자들 가운데는 이것을 미끼로 정권 싸움이 악랄해 갔다. 결국, 해방 전에 있어 민족
수난의 십자가를 졌던 학병(學兵)들이, 요행 죽지 않고 살아온 그들 속에서, 이번에
도 이 불행한 민족 시련의 십자가를 지고 말았다.

　　이런 우울한 하루였다. 현의 회관으로 김 직원이 나타났다. 오늘 시골로 떠난다는
<small>신탁 통치에 대한 찬반 논쟁으로 혼란스러운 상황이 지속되고 있음</small>
것이었다. 점심이나 같이 자시러 나가자 하니 그는 전과 달리 굳게 사양하였고, 아
<small>현의 배웅을 거절함</small>
래층까지 따라 내려오는 것도 굳게 막았다. 전날 정리로 보아 작별만은 하러 들리었
<small>인정과 도리</small>
을 뿐, 현의 대접이나 인사는 긴치 않게 여기는 듯하였다.

　　"언제 서울 또 오시렵니까?" / "이런 서울 오고 싶지 않소이다. 시골 가서도 그 두
<small>일제 강점기에 서울을 떠난 것처럼 시국이 혼란한 시기에 다시 서울을 떠남</small>
문동 구석으로나 들어가겠소."

하고 뒤도 돌아다보지 않고 분연히 층계를 내려가고 마는 것이었다. 현은 잠깐 멍
청히 섰다가 바람도 쏘일 겸 옥상으로 올라왔다. 미국군의 지프가 물매미떼처럼 서
물거리는 사이에 김 직원의 흰 두루마기와 검은 갓은 그 영자 너무나 표표함이 있었
<small>구한말 선비의 모습이 나타남</small>
다. 현은 문득 청조말(淸朝末)의 학자 왕국유의 생각이 났다. 그가 일본에 와서 명곡
<small>현이 김 직원과 동일시한 인물</small>
에 대한 대학 강연이 있을 때, 현도 들으러 간 일이 있는데, 그는 청나라식으로 도야
<small>구시대의 것 → 김 직원의 상투와 유사한 성격을 지님</small>
지 꼬리 같은 편발을 그냥 드리우고 있었다. 일본 학생들은 킬킬 웃었으나 그의 전
조(前朝)에 대한 충의를 생각하고 나라 없는 현은 눈물이 날 지경으로 왕국유의 인
<small>처음 현이 김 직원의 지사적 면모를 존경했던 것처럼 왕국유의 충의를 마음속으로 공경했음</small>
격을 우러러보았었다. 그 뒤에 들으니, 왕국유는 상해로 갔다가 북경으로 갔다가 아
무리 헤매어도 자기가 그리는 청조(淸朝)의 그림자는 스러만 갈 뿐이므로, 곤명호
에 빠져 죽었다는 것이었다. 이제 생각하면 청나라를 깨트린 것은 외적이 아니라 저
<small>청나라는 민족 혁명에 의해 사라지게 된 것임</small>
희 민족, 저희 인민의 행복과 진리를 위한 혁명으로였다. 한 사람 군주에게 연연히
바치는 뜻도 갸륵한 바 없지 않으나「왕국유가 그 정성, 그 목숨을 혁명을 위해 돌리
<small>『 』: 현의 사상적 입장이 드러남 – 새로운 민족 국가의 건설을 옹호함</small>
었던들, 그것은 더 큰 인생의 뜻이요 더 큰 진리의 존엄한 목숨일 수 있었을 것 아닌
가?」일제 강점기에 그처럼 구박과 멸시를 받으면서도 끝내 부지해 온 상투 그대로,
'대한'을 찾아 삼팔선을 모험해 한양성에 올라왔다가 오늘, 이 세계사의 대사조 속에
한 조각 티끌처럼 아득히 가라앉아 가는 김 직원의 표표한 뒷모양을 바라볼 때, 현
<small>사람의 생김새나 풍채, 옷차림 따위가 눈에 띄게 두드러진</small>
은 왕국유의 애틋한 최후를 연상하지 않을 수 없었다. ▶시골로 떠나는 김 직원과 결별하는 현
<small>구시대적 가치의 소멸을 상징함</small>

・'김 직원'과 '왕국유'의 공통점

김 직원	왕국유
↓	↓
조선을 숭상한 인물	청조를 숭상한 인물
외형적 특성: 상투, 갓	외형적 특성: 편발
시골로 돌아감	곤명호에 빠져 죽음
↘	↙

・표표함을 간직한 인물
・전 왕조의 부활을 꿈꾸는 봉건적 인물
・시대에 적응하지 못해 사라짐

핵심 포인트 1 서술상 특징 파악

이 작품은 전지적 작가 시점이지만 중심인물인 현의 내면을 중심으로 사건에 대한 해석이 제시되고 있다. 이를 바탕으로 특정 부분에 나타나는 서술상 특징과 그 효과를 파악할 수 있어야 한다.

+ 중심인물의 내면에 대한 서술

'그제야 현은 대팻밥모자를 벗으며 ~ 그만 집으로 내려오고 만 것이다.'	낚시터에 가려다 들켜서 집으로 돌아온 현의 내면 심리를 서술자가 직접 서술함
'현은 문득 청조말의 학자 ~ 연상하지 않을 수 없었다.'	서울을 떠나 시골로 돌아가는 김 직원의 모습을 보면서 왕국유를 떠올리는 현의 내면 심리를 서술자가 직접 서술함

+ 대화를 통한 사건 전개

매부를 잡아 넘긴 조카를 매질한 김 직원과 현의 대화	조카가 매부를 잡아 주재소에 넘긴 일을 못마땅해하는 김 직원과 그에 대한 현의 반응이 드러남
신탁 통치에 관해 입장 차이를 보이는 김 직원과 현의 대화	좌익 단체의 행동이나 논리를 이해하지 못하고 신탁 통치를 반대하는 김 직원과 이와 대립되는 견해를 지닌 현의 이념적 갈등이 드러남

핵심 포인트 2 서사 구조에 대한 이해

이 작품에서 현과 김 직원은 해방 전에는 서로를 존중하다가 해방 후에는 시대적 과제를 두고 갈등을 빚는다. 따라서 작품에 나타난 인물 간의 관계 변화를 파악할 수 있어야 한다.

+ 현과 김 직원의 관계 변화

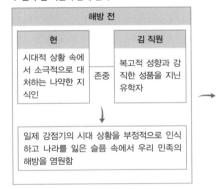
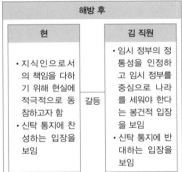

핵심 포인트 3 배경의 의미 파악

작품의 배경이 지니는 의미를 이해하고, 이를 바탕으로 작품의 주제 의식을 파악할 수 있어야 한다.

+ 작품에 나타난 배경의 의미

시대적 배경 – 1940년대 해방 전후		공간적 배경 – 강원도 산읍과 서울
• 일제 강점 말기: 일제가 전시 동원 체제에 돌입면서 우리의 문화를 말살하던 시기로, 문인들에게 친일 작품이나 시국물 창작을 강요함 • 해방 직후: 강대국의 신탁 통치에 대해 찬반 논쟁이 일어나고, 민족 내부의 이념적 갈등이 발생했던 혼란한 시기	–	• 강원도 산읍: 현이 시국 협력 강요에 못 이겨 도피한 공간으로, 이곳에서도 일본 관리들의 간섭과 회유가 계속되었음 • 서울: 현이 해방 이후 복귀한 공간으로, 이곳에서 '문협'이라는 단체의 임원을 맡아 현실에 적극적으로 참여함

작품의 주제 의식

일제 강점기와 해방 직후를 배경으로, 한 지식인의 현실 인식과
그로 인한 갈등을 그리고 있으며, 이념적 지향성을 보여 줌

작품 한눈에

• 해제
〈해방 전후〉는 '한 작가의 수기'라는 부제가 붙어 있는 작품으로, 해방을 전후하여 작가 이태준의 구체적 행적을 간접적으로 엿볼 수 있는 자전적 소설이다. 이 작품의 주인공 현은 해방 직전에는 현실 대응에 소극적인 모습을 보이지만, 해방 후에는 문학 단체에 관여하는 등 적극적인 모습을 보여 준다. 특히 해방 전 서로 공명하던 김 직원과 현의 관계가 해방 후 대립적 관계로 변화하는 것을 통해 해방 이후의 사회적 상황과 작가 이태준의 사상적 전환을 드러낸다.

• 제목 〈해방 전후〉의 의미
– 일제 강점 말기와 해방 직후 사회적 혼란기
'해방 전후'란 일제 강점 말기와 해방 직후 사회적으로 혼란했던 시기, 즉 1940년대 민족의 격동기를 의미한다. 이 작품은 현의 모습을 통해 해방 전후 문단의 상황과 작가 이태준의 문학적 전향을 사실적으로 보여 주고 있다.

• 주제
해방 전후, 한 지식인의 고뇌와 갈등

한 줄 평 | 남과 북의 두 병사의 공존을 통해 민족의 동질성 회복을 모색한 작품

단독 강화 ▸ 선우휘

💬 전체 줄거리

간밤에 전투가 있었다. 그 뒤에 종일토록 눈이 내렸고, 저물녘이 되어서야 그친 눈으로 산과 골짜기에는 눈이 깔리었다. 어디선가 비행기의 폭음 소리가 들리더니, 수송기 한 대가 조그마한 검은 덩어리 하나를 떨어뜨리고 갔다. 그러자 골짜기 이쪽과 저쪽의 웅덩이 속에서 동시에 두 그림자가 튕겨 나오더니 덩어리를 향해 기를 쓰며 다투듯 기어올랐다. 거의 동시에 덩어리에 달려든 둘은 얼싸안고 한참 동안 숨을 몰아쉬었다. 옷차림으로 보아 둘 다 병사 같았다. 그중에 한 명이 다른 이에게 함께 그 덩어리를 동굴까지 끌어올리자고 제안했다. 한참 만에 동굴까지 간 둘은 땅바닥에 주저앉아 어깨에 멘 총을 내려놓고 짐짝을 풀어헤쳤다. 키 큰 병사는 짐짝 안의 것들을 '시 레이션(미군 전투 식량)'이라 부르며 초콜릿, 비스킷, 잼, 통조림 등을 꺼냈다. 가냘픈 병사는 신기하다는 듯 받아 그것들의 냄새를 맡았다. 곧이어 둘은 허겁지겁 그것들을 먹기 시작했다.

장면 포인트 ① 132P

비스킷을 먹던 가냘픈 병사가 키 큰 병사에게 '동무'라고 하자, 키 큰 병사는 순간 허리에 찬 대검을 뽑아 들며 가냘픈 병사를 '괴뢰'라고 쏘아붙였다. 가냘픈 병사도 자신을 국군이라고 하는 키 큰 병사를 향해 똑같이 '괴뢰'라고 소리쳤다. 국군 병사는 총구를 인민군 병사의 가슴에 겨누었다. 국군 병사는 인민군 병사를 어떻게 처리할까 한참을 고민하다가 인민군 병사에게 그냥 먹던 음식이나 마저 먹으라며 소고기 통조림을 따서 건넸다. 이후 국군 병사는 인민군 병사의 팔목을 묶고 그에게 몇 살이냐고 물었다. 그러자 인민군 병사는 울먹이며 배가 아프다고 했다. 국군 병사는 빈속에 갑자기 음식을 먹어서 그렇다며, 물을 소독하는 알약을 꺼내 인민군 병사의 입에 넣어 주었다. 둘은 서로 나이가 몇인지, 고향은 어디인지, 군에는 어떻게 오게 됐는지 등에 대해 이야기를 나눴다. 국군 병사가 인민군 병사에게 여기서 하룻밤을 보낸 후 다음 날 아침에 헤어지자고 제안하자, 인민군 병사도 그러자고 했다. 국군 병사는 인민군 병사의 팔목을 맸던 노끈을 풀어 주었다. 둘은 통성명을 한 후, 서로의 총을 노끈으로 묶어 두었다. 국군 병사 '양'과 나이 어린 인민군 병사 '장'은 모닥불을 가운데로 하고 마주 앉았다. 장은 양에게 자기가 만약 국군에게 잡히면 어떻게 되는지, 귀순하는 건 어떤지 등을 물었다. 양은 전투에서는 죽든지 포로가 되든지 둘뿐이며, 귀순 같은 것은 하는 게 아니라고 말했다. 그러다 둘은 이북과 이남의 사회 체제나 세상의 이치 등에 대해 이야기를 나눴다. 어느덧 장이 깜박깜박 졸고 있자, 양은 미소를 지으며 묶어 놓은 총기를 등지고 잠을 청했다.

▸ 낙오된 국군 병사 양과 인민군 병사 장이 우연히 만나 동굴에서 하룻밤을 지냄

장면 포인트 ② 134P

주목 장의 코 고는 소리를 들으며 양도 깜박 잠이 들었다. 얼마 후 양은 갑자기 세차게 가슴을 짓누르는 충격에 소스라쳐 일어났다.

양은 자신의 가슴을 쥐어 잡은 장의 두 손을 날쌔게 뿌리쳤다. 그러고는 장의 얼굴에 주먹을 날렸다. 장은 바닥으로 쓰러지며 코피를 흘렸다. 양은 장에게 자신을 왜 공격했는지를 추궁했다. 자신의 가슴을 때린 장의 행동이 사실은 악몽 때문이었음을 알게 된 양은 장의 코피를 닦아 주며 사과했다. 그러고는 전쟁을 일으킨 놈들을 모두 죽이고 싶다며 신음에 가까운 혼잣말을 했다. 날이 밝자 양과 장은 눈으로 얼굴을 닦고 따뜻하게 데운 통조림과 커피로 아침을 먹은 후 제각기 짐을 꾸렸다. 양은 장에게 남은 식량을 모두 챙겨 주고 함께 동굴을 나섰다. 양과 장은 작별하고 각자의 길을 떠났다.

▸ 장에 대한 양의 오해가 풀리고, 아침이 되자 둘은 작별함

눈을 헤치며 비탈을 내려가던 양은 위로 올라오는 듯한 예닐곱 명의 중공군을 보았다. 그중 한 명이 양을 향해 장총을 쏘았다. 양의 머리 위로 탄환이 스쳐 가며 총소리가 요란하게 메아리를 일으켰다. 양은 본능적으로 동굴을 향해 기어 올라갔다. 몇 발의 탄환이 또 날아왔다. 양은 동굴 앞 바위에 몸을 누이고 소총을 겨누었다. 그런데 난데없이 오른쪽 눈 속에서 장이 튀어나왔다. 양은 장에게 왜 왔냐고 물었다. 장은 얼른 대답하지 못하다가, 그냥 갈 수 없어서 왔다고 답했다. 양은 장에게 배반자, 바보라며 어서 다시 내려가라고 하며 언성을 높였다. 그러는 사이 중공군들이 벌써 동굴 가까이 올라오고 있었다. 양과 장은 중공군을 한 명씩 총으로 쏴 죽였다. 그러자 나머지 중공군들은 이쪽과 저쪽 골짜기로 몸을 숨기고 기어 올라오기 시작했다. 양이 왼쪽으로 이동하여 몸을 일으켜 총을 세 발 쏘았다. 그가 쏜 총에 중공군 한 명이 쓰러졌다. 하지만 동시에 양도 총에 맞았다. 놀란 장이 양을 향해 달려오려고 하자, 양은 장에게 손을 들고 그대로 내려가라고 소리쳤다. 싫다고 하는 장에게 양은 내가 널 죽이겠다고 하면서 몸을 일으켰다. 그 순간 일제히 양과 장에게 중공군의 총격이 가해졌다. 잠시 후 장이 양 위로 쓰러졌다.

▸ 하산하던 양이 중공군과 대치하게 되고, 북쪽으로 가던 장이 되돌아와 양을 도와줌

총을 맞아 쓰러진 양과 장의 몸에서 뿜어 나오는 피는 서로 섞이면서 흰 눈 속으로 배어들었다. 중공군 다섯 명은 옷에 묻은 눈가루를 털면서 천천히 동굴을 향해 올라오고 있었다.

▸ 중공군의 총에 맞아 양과 장이 함께 죽음을 맞이함

인물 관계도

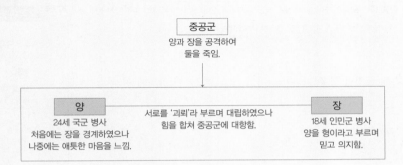

중공군
양과 장을 공격하여
둘을 죽임.

양
24세 국군 병사
처음에는 장을 경계하였으나
나중에는 애틋한 마음을 느낌.

서로를 '괴뢰'라 부르며 대립하였으나
힘을 합쳐 중공군에 대항함.

장
18세 인민군 병사
양을 형이라고 부르며
믿고 의지함.

〈보기〉로 나오는 작품 외적 준거

〈단독 강화〉에 나타난 이데올로기의 허구성

1959년에 발표된 〈단독 강화〉는 선우휘가 자신의 대표작으로 〈불꽃〉이 아니라 이 작품을 꼽았을 정도로 애착을 보였던 단편 소설이다. 작중 인물인 '양'과 '장'은 처음에는 이데올로기에 의한 적대감을 가지고 서로를 경계하지만, 대화를 나누는 과정에서 둘 사이에 서로가 적대 관계여야 할 어떤 필연성도 없다는 사실을 확인하게 된다. 그래서 그들은 서로 해치지 않고 하룻밤을 보낸 뒤 다음 날 각자의 길을 가기로 약속한다.

이른바 두 사람만의 단독 강화를 맺고 있는 것이다. 이 작품에서 두 인물의 행동을 결정하는 것은, 나이도 많고 학력도 높은 군인 '양'의 생각과 판단이다. '장'이 전쟁의 아이러니도 이데올로기의 폭력성도 읽어 내지 못하는 그저 한없이 순박한 농촌 소년인 것과 달리, '양'은 그런 '장'의 모습을 통해 전쟁의 부조리를 더욱 생생하게 깨닫고 있다. (중략)

결국 이튿날 두 사람은 약속대로 동굴을 나와 각기 다른 방향으로 헤어진다. 그러나 곧 국군 병사 '양'은 자신이 중공군에게 포위당했음을 발견하고 다시 동굴로 피신한다. 잠시 후 떠난 줄 알았던 인민군 병사 '장' 역시 돌아와 '양'의 곁에서 함께 중공군과 싸운다. 그리고 마침내 둘은 겹치듯이 쓰러져 죽는다. 죽은 두 사람의 모습을 묘사하고 있는 마지막 부분은 소설 앞부분의 배경 묘사와 대비되면서 전쟁의 비극성을 전경화하고 있다. 소설의 앞부분에 묘사된 '눈'이 전쟁의 상처를 덮어 주는 순수와 포용의 이미지를 담고 있다면, 마지막 부분의 '눈'은 중공군의 총에 맞아 숨진 장과 양의 몸에서 뿜어져 나온 붉은 피와 섞이면서 비극성을 극대화하고 있다. (중략)

〈단독 강화〉는 작품 전체를 흐르는 따뜻한 주조와는 달리 비극적인 결말로 끝나고 있는 작품이다. 국군인 '양'과 인민군인 '장', 즉 개인과 개인이 맺은 우정의 단독 강화가 현실적으로는 용납될 수 없다는 전쟁의 비정함을 드러내고 있다. 결국 거대한 메커니즘에 대한 개인적인 분노와 저항이 궁극적으로 자기 파멸만을 담보하는 무력한 시도에 불과함을 작가는 정확하게 간파한다. 하지만 결말의 비극성에도 불구하고 두 인물이 보여 준 순수한 인간애와 동포애가 비장한 감동을 준다는 점에서 역설적으로 휴머니즘의 승리를 보여 주는 작품이라 할 수 있다.

– 구수경, 선우휘 초기 단편 소설 연구: 관조와 행동의 변증법에 의한 휴머니즘의 추구, 2007

- 이 작품은 극한 상황에 처한 국군과 인민군 두 병사가 서로에게 마음을 열고 화합하는 과정을 통해 이념의 대립을 초월하는 민족애를 보여 주는 소설이다.
- 해당 장면은 동굴에서 보급품을 나누어 먹던 두 병사가 서로의 소속을 확인한 후 적대감을 가지고 대화를 나누는 상황이다.
- 대화와 행동을 중심으로 인물들이 서로에게 갖는 심리와 정서를 파악하도록 한다.

[앞부분의 줄거리] 6·25 전쟁 중 낙오되어 산속을 헤매던 국군 병사와 인민군 병사가 우연히 마주치게 된다. 두 사람은 어느 동굴에서 미군이 떨어뜨린 시(C) 레이숀을 나누어 먹는다.
_{군인들에게 지급되는 전투 식량으로, 부패하지 않게 깡통에 들어 있음}

"동무?"
_{인민군 병사가 국군 병사에게 '동무'라는 말을 하자 국군 병사가 인민군 병사의 정체를 알게 됨}

<u>순간 키 큰 편은 손에 들었던 깡통을 집어 던지고 몸을 일으키며 허리에 찬 대검</u>
_{국군 병사}   _{시 레이숀}   _{공격 태세를 취함}

<u>을 쑤욱 뽑아들었다.</u>
_{인민군 병사}

「너 괴뢰구나." / "괴뢰?"
_{남이 부추기는 대로 따라 움직이는 사람을 비유적으로 이르는 말}

"괴뢰지! 꼼짝 마라, 손 들어."
_{상대가 인민군임을 눈치채고 적대적으로 행동함}

가냘픈 편의 손에서 깡통이 떨어져 땅바닥에 굴렀다.
_{인민군 병사}

"너 괴뢰지?" / "아, 아냐 난 인민군야."

"역시 괴뢰군." / "너, 넌 뭐가?"

가냘픈 편의 목소리가 떨렸다.
_{긴장한 인민군 병사}

"나? 난 국군이다."

"국방군! 괴 괴뢰구나."
_{인민군 입장에서는 국군이 괴뢰임}

"자식이, 꼼짝 마."」 「: 당시 남과 북이 서로를 각각 소련과 미국의 꼭두각시라며 비난했는데.
_{이에 따라 국군 병사와 인민군 병사가 서로를 '괴뢰'라고 부름}   _{인민군 병사의 총}

국군 병사는 인민군 병사의 가슴에 총검을 겨눈 채 그의 옆으로 다가가며 <u>거기 놓</u>

<u>여진 총을 힘껏 구둣발로 걷어찼다.</u>   ▶ 우연히 만난 남과 북의 병사가 서로가 적군임을 알게 됨
_{인민군 병사가 자신을 공격하지 못하도록 무기를 멀리 떨어뜨려 놓음}

"어쩔 테야?"
_{인민군 병사가 국군 병사에게 자신을 어떻게 처분할 것인지를 물음 – 불안한 심리가 드러남}

인민군 병사가 높이 팔을 든 채 국군 병사에게 물었다.

"어쩔 테야라구? 손을 모아 뒷덜미에 다 엮어!"

"어쩔 테야?" / "어쩔 것 같애?"
_{인민군 병사의 질문에 오히려 반문하며 겁을 줌}

대답이 없었다.

"네가 선수를 썼더면 어떡허지?" / 그래도 대답이 없었다.

"죽이겠지?" / 역시 대답이 없었다.
_{상대가 먼저 자신을 제압했다면 자신을 죽였을 것이라고 추측함}

"들어 봐, 넌 벌써 죽은 셈야."

그러곤 국군 병사는 잠깐 말을 못 잇고 그대로 거기 버티고 서 있었다.

"<u>여기서 널, 지금 죽인다? 어디 시체하구야 한밤을 새울 수 있나. 살려 두자니 잘</u>
_{국군 병사는 인민군 병사가 비록 적군이지만 차마 상대를 죽일 수는 없어서 그럴듯한 이유를 찾으며 갈등함}

<u>못하면 내가 죽을 거구, 어떡헐까."</u>

국군 병사는 오히려 인민군 병사에게 반문하는 조로 중얼거렸다.

- 작품의 배경

시간적 배경	6·25 전쟁이 한창이던 어느 겨울
공간적 배경	눈 덮인 어느 산중의 동굴

- '괴뢰'의 의미와 상징성

괴뢰
꼭두각시놀음에 나오는 여러 가지 인형을 뜻하는 말로, 꼭두각시라고도 함 → 꼭두각시처럼 조종하는 대로 움직인다는 뜻

↓

6·25 전쟁 당시 남과 북이 서로를 소련과 미국의 꼭두각시라며 비난하던 말

↓

국군 병사와 인민군 병사가 서로를 '괴뢰'라고 부르는 모습을 통해 남북의 이데올로기 대립이 가져온 갈등을 극명하게 보여 줌

"어떡허면 좋지?"

_{계속 갈등하는 국군 병사}

인민군 병사는 그저 먹먹하니 앉아 있었다.

"별수 없군. 묶어야겠어."

국군 병사는 결심한 듯 뇌까렸다.

_{아무렇게나 되는대로 마구 지껄였다}

"어때?"

_{인민군 병사를 묶어야겠다고 결심하였으나 계속 갈등하면서 인민군 병사의 생각을 묻고 있음}

인민군 병사는 대답이 없었다.

국군 병사는 그러고도 한참 동안 힘없이 그대로 서 있었다.

_{인민군 병사를 차마 묶지 못하고 주저함}

"묶어 놓고 내 손으로 먹일 수 없구. 여, 손 내려. 우선 제 손으로 먹고 싶은 대루

_{국군 병사는 인민군 병사에게 총을 겨누고 있는 상황에서도 인민군 병사가 음식을 먹을 수 있도록 배려함}

처먹어."

인민군 병사는 손을 내려놓고도 그대로 한참 동안 멍하니 앉아 있었다.

_{① 목숨을 위협받고 있기 때문에 ② 이후 사건으로 미루어 보아 배탈이 났기 때문에}

"왜 그래? 못 먹겠나?"

대답이 없었다.

"먹어! 안 먹으면 별수 있어?"

국군 병사는 발밑에 있는 따진 통조림 하나를 들어 인민군 병사의 턱 밑에 내밀었다.

_{통조림을 먹지 않는 인민군 병사에 대한 배려와 인정이 나타남}

"이건 쇠고기야, 먹어 봐."

인민군 병사는 느릿느릿 손을 내밀었다. 깡통을 받아 들고도 좀처럼 숟가락을 들

지 않았다.

서향한 탓으로 동굴 안은 아직 희미하게나마 빛이 있었다.

_{시간적 배경 – 저녁 무렵}

"여, 그 대신 너, 아예 그 깡통을 들어 나한테 내던질 생각은 마."

_{인민군 병사에 대한 경계심을 늦추지 않고 있음}

인민군 병사는 반 통도 못 먹고 나서 깡통을 땅바닥에다 놓았다.

"더 먹지 그래."

_{국군 병사의 배려심과 너그러움을 알 수 있음}

"……."

"그럼 이제 묶는다아, 돌아앉어, 팔을 뒤로 돌려."

인민군 병사는 맥없이 시키는 대로 돌아앉더니 뒤로 두 팔을 돌렸다.

_{기운이 없이}

국군 병사는 야전잠바 한가운데를 조이는 노끈을 풀어내어 인민군 병사의 팔목을

_{야전에서 병사들이 입는 방풍·방수용 점퍼}

묶기 시작했다.

"너 장갑도 없구나?"

_{국군 병사가 인민군에게 적대적이지만은 않음을 드러냄}

"……."

묶고 난 국군 병사는 인민군의 어깨에 손을 가져가 그의 몸을 자기 켠으로 돌렸다.

_{자신이 통조림을 먹는 동안 인민군이 다른 행동을 못 하도록 감시하기 위함임}

그러고 나서 천천히 통조림 하나를 골라 가지고 먹기 시작했다.

인민군 병사는 가만히 밑으로 눈을 깔았다.   ▶ 국군 병사가 재빠르게 손을 써 인민군 병사를 결박함

• 국군 병사의 심리 변화

┌─────────────────────────┐
│ 인민군 병사가   │
│ '동무'라고 한 말을 들음   │
├─────────────────────────┤
│ 적군인 것을 알아차리고   │
│ '괴뢰'라고 하며 총검을 겨누면서│
│ 적대적으로 행동함   │
└─────────────────────────┘
           ↓
┌─────────────────────────┐
│ "어떡허면 좋지?"라고   │
│ 인민군 병사에게 물음   │
├─────────────────────────┤
│ 상대를 어떻게 처분할지   │
│ 심리적으로 갈등함   │
└─────────────────────────┘
           ↓
┌─────────────────────────┐
│ 인민군 병사를 묶을 것이라고 │
│ 말을 하면서 한참 동안 힘없이 │
│ 그대로 서 있음   │
├─────────────────────────┤
│ 상대를 차마 묶지 못하고 주저함│
└─────────────────────────┘
           ↓
┌─────────────────────────┐
│ 인민군 병사에게 통조림을 건넴 │
├─────────────────────────┤
│ 상대가 음식을 먹을 수 있도록 배려함│
└─────────────────────────┘
           ↓
┌─────────────────────────┐
│ 인민군 병사가 통조림을 남기고 │
│ 내려놓자 노끈으로 팔목을 묶음 │
├─────────────────────────┤
│ 상대에 대한 적대감이 남아 있음│
└─────────────────────────┘

- 해당 장면은 양과 장 두 사람이 서로 해치지 않기로 약속하고 각자의 총을 함께 묶은 뒤 잠을 자다가, 장의 뒤척임을 오해한 양이 장을 때리고 나서 미안해하는 상황이다.
- 양과 장의 대화와 행동에 주목하여 두 인물 간의 갈등 해소 과정을 파악하도록 한다.

군인들에게 지급되는 전투 식량으로, 그 갑(곽)을 모아 불을 피우기도 함

★주목 ▷ 둘은 총 묶음을 기대고 어깨와 어깨를 비볐다. 레이숀의 모닥불은 거의 꺼져 가고
남과 북의 화해를 상징적으로 드러냄
있는데 동굴 밖 설경은 어스름 달밤 속에 고요히 잠들고 있었다.
전쟁 중이지만 평화로운 정경이 나타남

장의 가느다란 코 고는 소리를 들으면서 반잠을 자고 있던 양은 깜박 떨어진 지
장이 잠결에 양에게 충격을 가함
얼마가 되었을까 갑자기 확! 세차게 가슴을 억박지르는 충격에 소스라쳐 일어나자
스물네 살의 국군 병사. 전쟁과 전쟁을 일으킨 자들
가슴을 쥐어 잡은 장의 두 손을 날쌔게 뿌리쳤다. 을 혐오하면서도 인민군 병사인 장을 만나 민족애를
양은 장이 자신을 공격했다고 생각하여 재빠르게 대응함 느끼지만 중공군의 총탄에 장과 함께 최후를 맞이함

"이 자식이." / 그의 주먹이 기우는 장의 얼굴에서 터졌다.
→ 가평 출신으로 농사를 짓던 열여덟 살 인민군 병사.
"우악!" / 하고 장은 땅바닥에 쓰러졌다. 동굴에서 국군 병사인 양을 만나 헤어지지만 다시
돌아와 양을 돕다가 중공군의 총탄에 최후를 맞이함
"너 이 새끼." / 장은 쓰러진 채 우우우 신음하면서 손으로 땅바닥을 더듬었다.

"너 죽인다."

전신에 돋았던 소름이 걷히며 양은 어느 만큼 마음을 가라앉힐 수 있었다.
놀란 마음이 어느 정도 진정됨 ▶ 양이 잠을 자던 중 가슴에 충격을 받고 놀람
「장은 신음 소리를 내며 좀처럼 일어나지를 못했다. 양은 조심성 있게 성냥을 그어
장의 상태를 확인하기 위해서
레이숀 곽의 조각에 불을 붙였다. 그는 그 불길을 땅바닥을 더듬고 있는 장의 얼굴
가까이로 가져갔다. 장의 코에서 피가 흘러내리고 있었다.

불길을 의식한 장은 힘없이 두 눈을 뜨고 조금 부신 듯이 얼굴을 찡그리더니 어어
어 하고 헛소리를 틀어 냈다.」
「 」: 장과 양의 행동을 순차적으로 서술하여 두 사람 사이에 일어난 사건을 제시함
"이 새끼야 너!"

그 소리에 장은 '예' 하고 정신을 거두었다. 양은 장의 멱살을 잡아 치켜올렸다.

"이 죽일 놈의 새끼." / "예?"

장은 언뜻 흩어진 시선을 모두며 양의 노여움에 찬 얼굴을 건너보았다.
잠결에 있던 장이 갑작스러운 양의 공격을 받았다가 정신을 차리고 양을 쳐다봄
"요 쥐 같은 새끼 날 죽여 볼려구?"
양은 장이 자신을 죽이려는 의도로 자신을 공격했다고 생각함
"예? 무어요?" / "너 고런 수작을……."
장은 양의 말을 이해하지 못하고 있음
양은 장의 몸을 힘껏 밀어젖히며 멱살을 잡았던 손을 놓았다. 장은 뒤로 쓰러지며
갑작스러운 상황에 당황한 장의 모습
넋 없는 표정을 지었다.

양은 그것을 한번 노려보고 레이숀 껍데기를 긁어모아 모닥불을 만들기 시작했
다. 흥분이 가라앉으며 으스스 몸이 떨렸다.

"장 이리 가까이 와." / 장은 흐르는 코피를 손등으로 닦아 내며 황급히 모닥불 가
양은 흥분이 가라앉자 장의 잘못을 찬찬히 따져 보려고 그를 모닥불 가까이로 부름 ┗━ 양의 지시를 순순히 따르는 장의 모습
까이로 다가왔다. / "너 그런 짓이 되리라 여겼나?" / "예?"
양은 장이 자신을 해치려 했다고 오해함
"예라니 내 목을 조르려 했지?" / "아뇨, 무슨 말씀예요?"

"왜, 가슴을 쥐어박았어?" / "아뇨, 전 그저 꿈을, 꿈을 꾸었을 뿐예요." / "꿈?"
장이 무서운 꿈을 꾸던 중에 무의식적으로 양의 가슴을 쥐어박았음을 알 수 있음

작품 분석 노트

- '동굴'의 의미와 상징성

동굴
우연히 만난 국군 병사 양과 인민군 병사 장이 하룻밤을 같이 지내는 공간

↓

국가 권력 또는 이데올로기로부터 격리된 공간

↓

서로에게 가진 적대감을 해소하고 적군이 아닌 인간 대 인간으로서 우호적 관계를 형성하는 공간

↓

이데올로기의 대립과 갈등을 극복하는 공간

- '가슴을 억박지르는 충격'의 기능

- 양의 경계심을 일깨움
- 장에 대한 양의 오해를 불러일으킴
- 장의 심리적 불안을 간접적으로 드러냄

"예, 무슨 꿈인지 잊었는데 아주 무서운 꿈을 꾸고 그만 놀래서……."

순간 양의 전신을 쭉 소름이 스쳤다. 소름은 연거푸 파상적으로 그의 전신을 스쳐
　　　　　　　　　　　　　　　장을 오해하여 장의 얼굴을 때린 자신의 행동에 대한 놀람과 자책
갔다. 가슴에서 뭉클하고 어떤 커다란 뜨거운 덩어리가 치밀어 올랐다.
　장이 자신을 해치려던 것이 아니라는 것을 알고 느끼는 안도감과 장에 대한 미안함
"장!" / 양은 그 덩어리를 간신히 목구멍에서 삼켜 버렸다.

양은 소용돌이치는 마음을 가누며 장한테로 가까이 가서 손으로 그의 얼굴을 젖
　　　　　　　　　　　　　　　　두 병사 간의 대립이 사라지고 화해가 이루어진 모습
히고 장갑을 뒤집어 그것으로 코피를 닦아 주었다.

"장, 난 그것을 모르고 자네가 날……."
　　　　　　　장의 얼굴을 때린 것을 사과하는 양
"아뇨, 제 잘못이죠, 퍽 놀라셨겠네요." / "아냐, 장."
　양의 행동을 이해하는 모습을 보이는 장

양은 깡통 속에서 휴지를 꺼내 그것을 조그맣게 말아 그의 콧구멍에 찔러 주었다.

"장, 좀 더 가까이 다가앉어 불을 쪼여, 좀 있으면 날이 밝겠지."
　　　　장에 대한 미안함과 호의가 나타남

장은 모닥불 옆에 다가와서 다리를 꺾으며 쪼그리고 앉았다.
　　　　　　　　　　　　　　　　　　　　　▶ 양이 장의 말을 듣고 오해를 풀게 됨

양은 한참 동안 종이가 타는 조그만 불길을 넋 잃은 사람처럼 물끄러미 쳐다보았다.

그는 혼잣말처럼 중얼거렸다. 그 음성은 신음에 가까웠다.

"정말 그들을 죽이고 싶네." / "예?" / "전쟁을 일으킨 놈들을 말야."
　　　　　　　전쟁을 일으킨 자들과 전쟁에 대한 혐오

『양은 일어서서 동굴 밖으로 나갔다. 희뿌연 하늘을 올려보고 또 흰 눈이 깔린 골
『 』: 새벽에서 아침까지의 시간적 배경의 변화가 드러남
짜구니를 굽어보았다. / 한번 크게 숨을 내어 쉬었다.

날이 밝자 뜬눈으로 드새운 양이 레이숀의 모닥불을 피우고 반합에 눈을 넣어 물
　　　　　　　　　　　　　　　　　　직접 밥을 지을 수 있게 된, 알루미늄으로 만든 밥그릇
이 끓도록 장은 총 묶음에 기대어 자고 있었다.』

볼과 인중에는 아직 여기저기 코피가 말라붙어 있었다. 양이 가만히 그의 어깨를
　　　　　　　간밤에 양에게 맞은 흔적이 장의 얼굴에 아직 남아 있음
두드려 깨웠을 때 장은 멋쩍은 듯이 얼굴에 미소를 지어 보였다.

둘은 눈으로 얼굴을 닦고 나서 아침을 먹었다. 장은 따뜻이 데운 통조림과 양이
　　　　　　　　　　　　　　　　이념의 대립과 갈등에서 벗어난 평화로운 공존의 모습
끓여 낸 커피를 먹으며 퍽이나 즐겨 했다.

"장 너, 저 레이숀을 모두 가져." / "아 저걸 다 어떻게요."
　먹을 것을 양보하는 양의 모습 - 장에 대한 배려
"난 한 통이면 돼, 집어넣을 수 있는 대로 가져가지그래."

장이 갑자기 시무룩해졌다. / "이젠 헤어지게 됐군요?"
　양과 헤어지는 것이 아쉬움 - 두 병사 간의 대립이 사라지고 화해가 이루어진 모습
"안 만났던 것만 못하군, 코언저리가 아프지?" / "아뇨, 괜찮아요."
　　　　　　　　　　　　　양이 때린 얼굴 부위
식사를 끝낸 둘은 저마다 짐을 꾸렸다. / "자 탄환을 받아."

양은 레이숀 한 통을 꾸려 들고, 장은 두 통을 꾸려 메었다.

둘은 함께 동굴을 나섰다. / "장" / "예?"

"잘 가라니 못 가라니 인사를 말기로 해. 자네는 저리로 가고 난 이리로 갈 뿐이
　두 사람은 적군이며 앞으로 생사를 알 수 없으므로　　　　남과 북으로 갈린 두 사람의 처지가 반영됨
야. 뒤도 돌아보지 마."

양은 동굴을 내려서서 눈을 헤치며 골짜구니를 향해 비탈을 더듬었다.

장은 그것을 한참 보고 섰더니 저편 골짜구니로 발을 옮겼다.
　작별의 아쉬움과 양에 대한 고마움이 드러남　　　　▶ 날이 밝자 양과 장은 작별하여 각자의 길을 가게 됨

• '단독 강화'의 상황과 주제 의식

'단독 강화'의 사전적 의미
한 나라가 동맹국에서 이탈하여 단독으로 상대국과 강화하는 일. 또는 많은 상대국 가운데 한 나라와만 강화하는 일

↓

작중 상황에서의 '단독 강화'
• 등장인물 '양'과 '장'이 서로의 총을 묶고 평화로운 상태로 지냄 • 남과 북의 전쟁 상황에서도 화합을 이루어 낸 두 사람의 상황을 빗대어 표현함

↓

남과 북의 대립을 해소할 수 있는 가능성을 모색함

감상 포인트
두 사람의 대화와 행동을 통해 갈등이 해소되는 과정을 파악한다.

서술상 특징 파악

이 작품은 인물의 대화와 행동을 통해 인물의 심리를 드러내고 있으며, 묘사를 통해 인물의 행동이나 시간의 변화를 나타내고 있으므로, 이러한 서술상의 특징을 파악해 두어야 한다.

+ 서술상의 특징

인물의 대화와 행동 제시	대부분에서 서술자가 직접 인물의 심리를 서술하지 않고 인물의 대화와 행동을 그대로 드러내고 있음	인물의 심리와 갈등하는 모습을 간접적으로 드러냄
인물들의 행동 묘사	'장은 신음 소리를 내며 좀처럼 일어나지 못했다. ~ 불길을 의식한 장은 힘없이 두 눈을 뜨고 조금 부신 듯이 얼굴을 찡그리더니 어어어 하고 헛소리를 들어 냈다.'	인물들의 행동을 순차적으로 제시함으로써 상황을 실감 있게 드러냄
배경 묘사	'양은 일어서서 동굴 밖으로 나갔다. 희뿌연 하늘을 올려보고 또 흰 눈이 깔린 골짜구니를 굽어보았다.' '날이 밝자 뜬눈으로 드새운 양이 ~ 기대어 자고 있었다.'	'희뿌연 하늘'이라는 표현을 통해 날이 밝기 전 새벽임을 알 수 있고, '날이 밝자'라는 표현을 통해 아침이 되었음을 알 수 있음. 이를 통해 시간적 배경의 변화를 나타냄

인물의 심리와 태도 파악

이 작품은 국군 병사 양과 인민군 병사 장의 대화와 행동을 중심으로 사건이 전개되고 있다. 따라서 두 사람의 대화와 행동에 주목하되, 특히 사건 전개에 따른 양의 심리 변화를 중심으로 작품을 감상해야 한다.

+ 사건 전개에 따른 양의 심리 변화

양이 '동무'라고 하는 장의 말을 들음	장이 적군인 것을 알아차리고 '괴뢰'라고 하며 총검을 겨누면서 적대적으로 행동함
양이 장을 묶을 것이라고 말하면서도 한참 동안 힘없이 그대로 서 있음	장을 어떻게 처분할지 심리적으로 갈등함
양이 장을 묶지 않고 음식을 먹게 함	장이 음식을 먹을 수 있도록 배려함
장이 통조림을 남기고 내려놓자 양이 결국 노끈으로 장의 팔목을 묶음	장에 대한 적대감이 남아 있음
장이 잠결에 양의 가슴을 쥐어박음	장이 자신을 해치려고 했다고 생각함
장이 양에게 꿈을 꾸었을 뿐이라고 말함	장을 오해했음을 깨닫고 장에게 미안해함
양이 장의 코피를 닦아 줌	장에게 미안한 마음을 행동으로 표현함
양이 장에게 먹을 것을 양보함	장이 굶주리지 않도록 배려함

소재와 배경의 의미 파악

이 작품에서 인물들이 서로를 지칭하는 말인 '괴뢰'와 공간적 배경인 '동굴'에 대한 이해를 바탕으로 작품의 주제 의식을 파악할 수 있어야 한다.

+ '괴뢰'와 '동굴'의 의미와 기능

괴뢰	–	• 꼭두각시놀음에 나오는 여러 가지 인형을 뜻하는 말 • 양과 장이 서로를 괴뢰라고 부름	→	남북의 이데올로기 대립이 가져온 갈등을 극명하게 보여 줌
동굴	–	• 우연히 만난 국군 병사 양과 인민군 병사 장이 하룻밤을 같이 지내는 공간 • 서로에 대한 적대감을 해소하는 공간	→	적군이 아닌 인간 대 인간으로서 우호적 관계로 거듭나는 공존의 공간 → 이데올로기의 대립과 갈등을 극복하는 공간

• 해제
〈단독 강화〉는 이념의 대립을 초월한 순수한 인간애와 전쟁의 비정함을 보여 주는 소설이다. 이 작품의 중심인물인 남과 북의 두 병사는 우연히 만나 보급 식량을 나눠 먹다가 서로 적군임을 알고 경계하지만, 하룻밤을 보내면서 서로에게 인간적인 정을 느끼게 된다. 이 작품은 두 인물이 함께 중공군에 맞서 싸우다가 죽음을 맞이하는 비극적인 결말로 끝을 맺고 있는데, 이를 통해 전쟁의 폭력성과 비정함을 드러내면서도 민족의 동질성 회복이라는 주제 의식을 선명하게 드러내고 있다.

• 제목 〈단독 강화〉의 의미
– 전쟁 상황에서 이루어 낸 국군 병사 '양'과 인민군 병사 '장'의 화합

'단독 강화'는 남과 북의 전쟁 상황에서도 이루어 낸 국군 병사 '양'과 인민군 병사 '장'의 화합을 의미한다. 이 작품은 두 사람만의 단독 강화를 통해 남과 북의 화해와 우리 민족의 동질성 회복에 대한 가능성을 모색하고 있다.

• 주제
전쟁의 비극성 고발과 민족의 동질성 회복

현대
소설

07

마당 깊은 집 ▶ 김원일

💬 전체 줄거리

6·25 전쟁이 일어났던 해 겨울부터 가족과 떨어져 살았던 '나(길남)'는 고향 장터의 주막에서 불목하니(절 등에서 밥을 짓고 물을 긷는 일을 하는 사람) 노릇을 한다. 1954년 '나'가 어렵게 초등학교를 졸업하자, 선례 누나가 '나'를 데리러 온다. '나'는 누나를 따라가 대구에서 가족과 다시 함께 살게 되는데, '나'의 가족은 약전골목 근처의 장관동 어느 한옥 방 한 칸에 사글세를 들어 살고 있었다. '나'가 대구시로 올라온 그 무렵부터 강원도 양구 최전방에서 육군 사병으로 만기 제대한 60년대 중반까지, '나'의 가족은 줄곧 장관동 언저리에서만 옮겨 다니며 살았다. 어머니 앞으로 등기된 집을 장관동에서 처음 마련한 1966년까지 '나'의 가족이 그 부근에서 옮겨 다닌 셋방만도 아홉 집이나 되었다. '나'의 가족은 그 집을 셋방살이하던 부근 다른 집과 구별하여 '마당 깊은 집'이라고 불렀다.

▶ '나(길남)'는 대구 장관동의 마당 깊은 집에 살게 됨

휴전이 되고 해가 바뀌었지만 대구에는 군부대와 각종 기업체, 군수 공장들이 많아 경기가 좋았다. 그러나 피난민들이 몰려들어 시장 규모가 몇십 배로 커져 '양키시장'으로 불린 교동시장에는 별난 외제 물건이 많았지만, 칠성시장 같은 서민 상대의 장거리는 생존의 아귀다툼으로 온갖 사투리가 난무했다. 전쟁 후유증에 따른 인심 사나운 세상일수록 양극화 현상은 두드러져, 종로 거리 일대와 덕산동 뒷골목의 요릿집은 밤마다 불야성을 이루었다. '나'의 어머니는 그런 요릿집 기생들의 조선옷을 맡아 삯바느질을 하고 있었는데, 그 일감으로 세끼를 그럭저럭 해결하는 형편이었다. '나'가 왔을 당시 선례 누나는 중학교 3학년이었고, 큰 눈만 껌뻑거려 조금 멍청해 보이는 길중이는 그해 막 초등학교에 입학해 있었다. 그리고 전쟁이 나던 해 4월에 태어나 제대로 먹지 못해 꼬치꼬치 말랐던 막내 길수는 신체나 건강에 문제가 있어 보였다. 아직 사팔뜨기가 고쳐지지 않았고, 팔다리가 앙상하게 마른 데다 말이 어눌한 만큼 생각 또한 아둔했다. 어머니는 '나'를 불러 가족들이 세끼 밥은 겨우 먹고살 만큼 되어 대구로 불러올린 것이고, 올해는 중학교 입학 시기가 지났지만 '나'가 이 집안의 장남이니 공부 열심히 해서 내년에는 일차 중학교에 꼭 입학하라고 당부한다. '나'의 아버지는 마산상업학교를 나와 고향 진영읍 금융 조합 서기로 집안 살림이 괜찮았지만, 1950년 가을 국군의 서울 수복 직전 가족들과 연락이 닿지 않자 혼자만 월북해 버렸다. 아버지의 소식을 기다리던 나머지 가족들은 11월 초 피난민 수송용 남행 열차를 타고 고향으로 내려오고, 먹고살기 위해 돈이 될 만한 물건들은 모두 팔아 버렸다. 그러나 북한 치하 석 달 동안 서울에서의 아버지 행적과 그 뒤 실종을 추적하는 지서의 시달림까지 당하게 되자, 어머니는 '나'를 고향 장터거리 주막집에 얹혀 두고 세 자식만 데리고 외가붙이 몇 집안이 살고 있던 대구로 오게 된 것이다. 어머니는 세 자식을 이모

댁 문간방에 맡겨 놓고 남의집살이로 떠돌고, 가족들은 하루 두 끼를 죽이나 수제비로 때워야 했다. 어머니는 어렵사리 모은 돈으로 중고 손재봉을 한 대를 마련하여 바느질을 시작했고, 그 솜씨가 입에서 입으로 평판을 얻자 일감이 계속해서 들어온다. '나'는 대구로 온 뒤 누나와 길중이가 학교에 가고 나면 막냇동생 손을 잡고 낯선 도회지를 이곳저곳 돌아다니며 빈둥거렸다. '군방각'이라는 대구시에서 가장 큰 청요릿집을 구경하기도 하고 방천을 빨래터로 이용하는 사람들을 구경하기도 했다. '나'가 바깥으로 나돌아도 어머니는 한동안 모른 척하고 있었고, '나' 또한 단칸방에서 바느질하는 어머니를 보고 있기가 고역스럽기도 했다.

▶ 대구로 피란을 온 '나'의 가족은 어머니의 삯바느질로 끼니를 해결하고,
'나'는 중학교 입학 시기를 놓치고 빈둥거림

'마당 깊은 집'의 아래채는 크기가 같은 방이 네 개였는데, 그 무렵 '나'의 식구가 쓰던 방까지 합쳐 아래채에는 네 가구가 살았다. 아래채와 위채에 살던 사람들을 모두 떠올리자면, 요즘 연립 주택 한 동 가구와 그 구성원을 모두 열거해야 할 만큼 사람 수가 많을 수밖에 없지만, '나'는 그 얼굴들 하나하나를 주머니 속에 넣고 다니는 소지품만큼 지금도 선명하게 기억한다.

수돗가에서부터 첫 번째 방은 경기도 연백군에서 피란을 온 경기댁 가족이 살았다. 식구는 셋이었다. 경기댁은 쉰 초반의 나이였는데, 그 나이로서는 드물게 개성에서 고녀(고등 여학교)까지 다닌 유식한 아주머니였다. 키가 큰 경기댁 아들 흥규 씨는 변두리 치과 병원 기공사로 노총각이었다. 그리고 경기댁 딸 미선이 누나는 마당 깊은 집에서 멋쟁이 처녀로 통했는데, 늘 껌을 씹으며 입안에서 소리 내어 터뜨렸다.

둘째 방은 퇴역 장교 상이군인 가족이 살았다. 강원도 평강이 고향인 상이군인 가족은 가장 늦은 입주자로, 역시 세 식구였다. 오른팔을 전쟁터에서 잃어 고무팔 달린 쇠갈고리 두 개가 손가락 구실을 하는 준호 아버지는 사람을 볼 때 그 쏘아보는 눈초리가 전쟁터의 적군을 대하듯 적의를 품은 데다, 말수 적은 조용한 사람이었다. 얼굴이 주근깨투성이인 준호 엄마는 내가 대구로 갔을 때 배 속에 아이가 있었고, 다섯 살배기 준호는 바깥마당 김천댁 아들 복술이와 비슷한 또래여서 자주 싸우고 금세 친해지는 동무 사이였다. 그리고 '나'의 막냇동생 길수는 앙가발이 걸음으로 그 개구쟁이 둘을 졸졸 따라다녔다.

셋째 방은 평양댁 가족이 살았다. 모두 네 식구였다. 경기댁보다 나이가 서너 살 아래인 평양댁은 양키시장에서 헌 군복을 파는 장사를 하고 있었다. 그네는 딸 하나에 아들 둘을 두었는데, 쌍꺼풀이 진 눈이 예쁜 순화 누나는 혼기가 찬 처녀였고, 말라깽이 큰아들 정태 씨는 폐가 나빠 집에서 놀고 있었다. 둘째 아들 민이 형은 정태 씨와 달리 몸이 건강했고, 집과 가까운 경북고등학교 졸업반 학생

이었다.

이렇게 아래채 네 가구는 서로 빤한 살림 규모로 하여 그 속내를 잘 알고 있었다. 다달이 전기세니 수도세니 변소 치는 값을 낼 때면 한 푼이라도 적게 내려 말다툼이 잦았지만, 모두 열심히 생활을 꾸려 나갔고 집 없는 객지살이 설움으로 서로를 다독거려 주기도 했다.

▶ 마당 깊은 집 아래채에는 '나'의 가족을 포함해 모두 네 가구가 함께 생활함

위채 식구는 모두 여덟이었다. 주인아저씨는 대구 변두리 침산동에 면방적기 열몇 대를 차려 놓은 공장을 운영했는데, 출근 때나 그 얼굴을 잠깐 볼 수 있을 만큼 늘 바쁜 사람이었다. 외박이 잦았고, 허구한 날 밤이 깊어서야 술에 취해 집으로 돌아왔다. 위채에 사는 주인집은 여러 대에 걸쳐 경북 의성군에서 알려진 토호 집안으로, 이 집을 지은, 주인아저씨 증조부 되는 이는 조선말 대구부(大邱府) 도사(都事)를 지낸 문벌이었다. 주인아주머니는 바깥으로 나도는 활동가로, 대구시 번화가에 귀금속과 시계를 파는 점포를 열었고 유한층 부녀자를 상대로 계주 노릇을 하고 있기도 했다. 안살림은 칠순의 연세를 넘긴 노마님이 맡아 했다. 주인아저씨와 주인아주머니 사이에는 아들만 셋이 있었다. 시내 사립 학교 법대를 보결로 들어갔다는 첫째 성준 형은 건달 대학생이었으며, 공부는 뒷전이고 대청에서 혼자 춤 연습을 해서 아래채 사람들에게는 '연애 대장'이라는 별명이 붙어 있었다. 고등학교 2학년인 짱구 형과 중학교 2학년인 똘똘이 형은 평양댁 둘째 아들인 민이 형이 저녁나절 두 시간씩 공부를 가르치고 있었다. 그리고 주인아저씨 조카로, 의성에서 유학을 온 고등학교 3학년 여고생 동희가 있었다. 위채 나머지 한 식구는 식모 안 씨로, 경북 고령이 고향이었다. 안 씨는 스물 중반의 과수댁이었는데, 촌색시답게 부지런하고 심성이 고왔다.

▶ 위채에는 주인집 식구가 삶

장면 포인트 ① 143P
주목 5월 초순 어느 날, 어머니는 '나'를 불러 재봉틀 서랍에서 돈 팔십 환을 꺼내 밀어 놓는다. 그리고 그 팔십 환으로 신문팔이를 하며 돈이 얼마나 귀한지, 세상살이를 몸으로 겪으며 경험을 많이 쌓아 보라고 한다. 당시 대구에는 '대구매일신문', '영남일보', '대구일보' 이렇게 세 종류의 신문이 간행되고 있었는데 모두 석간이었다. '나'는 집에서 제일 가까운 영남일보사로 가서 신문 열 부를 산다. 그리고 중앙동 일대와 양키시장을 누비고 다니며 신문을 판다. 첫날 '나'는 신문 여섯 부를 팔았는데 오히려 오 환을 남겼고, 어머니는 길남이 덕분에 우리 집 신문 보는 팔자가 되었다며 대견해한다. 한편 준호 엄마는 '나'가 신문팔이를 시작한 뒤 보름 만에 아기를 낳는다. 그리고 이틀 동안 몸조리를 한 뒤 갓난아기를 업고 장삿길에 나선다. '나'의 어머니는 그 모습을 보고 '나'에게 "저런 마음을 묵어야 배 안 곯고 사는 기라."라고 말한다.

▶ '나'는 어머니의 제안으로 신문 배달을 시작함

1954년 여름 장마는 길었고 홍수 또한 예년에 볼 수 없을 만큼 대단해서 배급 쌀조차 제때 나오지 않는 데다 농산물 값이 한 달 사이 두 배로 뛰었다. 정전이 잦아지고, 곳곳이 물난리를 겪는데 단수가 계속되어 물장수가 대목을 맞았다. '나'는 비 오는 날에는 신문을 열 부도 팔기 어려웠고, 어머니의 바느질 일거리가 뜸해져 '나'의 식구들은 굶는 일이 잦았다. 어느 날 밤, 계속되는 장맛비로 인해 아래채 마당이 반쯤 물에 잠기게 된다. 아래채 식구들은 준호 아버지의 지휘에 따라 함께 장대비를 맞으며 마당 한가득 찬 물을

장면 포인트 ① 143P
퍼내는 소동을 겪기도 한다. 바느질 일감이 끊긴 어머니는 앞으로 점심밥을 굶자고 하고, 늘 배가 고팠던 '나'는 위채의 부엌에서 밥과 반찬을 몰래 훔쳐 먹기를 몇 번 하다가 위채의 식모 안 씨에게 들킨다. 안 씨는 누구에게도 말하지 않을 테니 다시는 그런 짓을 하지 말라고 '나'를 다독거린다.

▶ 여름 장마로 홍수가 나자 '나'의 가족들은 굶는 일이 잦아지고,
'나'는 위채 부엌에서 밥을 훔쳐 먹음

아침 저녁나절로 시원한 기운이 돌면서 어머니의 일감이 다시 밀려들었고, '나'는 같이 신문을 팔던 동갑내기 한주의 도움을 받아 신문팔이 소년이 아닌 대구일보 신문 배달원으로 일할 수 있게 된다. 한주는 황해도에서 피난 온 아이였는데, 한주의 아버지는 인민군으로 입대하여 전사하고, 한주는 엄마와 여동생과 함께 판잣집 사글셋방에 살고 있었다. 그는 말수가 적고 차분한 아이로 열심히 돈을 벌어 내년부터는 야간 중학교에 가겠다고 말하는 굳세고 악착같은 성격을 지니고 있었다. '나'의 어머니는 '나'가 월급을 받아 학자금을 모을 수 있게 되었음을 기뻐하며 '나'를 염매 시장으로 데리고 가 검정 운동화 한 켤레를 사 준다. '나'는 신문사 보급소장 손 씨를 만나 앞으로 신문을 배달하게 될 일백여 집들을 확인하고, 손 씨는 매달 다섯 부는 책임지고 추가로 확장을 해야 한다고 강조한다. '나'는 고아원이나 칠성시장 점포에 배달을 하기도 하고, 동성로에서 동화, 소설, 만화 따위를 빌려주는 대본집에 신문 배달을 하며 책을 빌려서 읽기도 한다.

▶ '나'는 같이 신문을 팔던 한주라는 친구의 도움으로 대구일보 신문 배달원으로 일하게 됨

햇살 맑은 가을의 어느 날 오전, '나'는 쪽마루에 엎드려 선례 누나가 썼던 중학교 1학년 영어책으로 단어 쓰기 공부를 하고 있었고, 순화 누나는 쪽마루에 앉아 헌 군복의 닳은 소매를 깁고 있었다. 이때 위채 노마님이 마당 멍석에서 말리던 고추를 뒤집다가 혼잣말같이, 손자들이 다 커서 아래채 방 하나를 더 쓰게 아래채 김장하기 전에 어느 집이든 방을 하나 비워 달라고 말한다. 그리고 노마님의 그 말 이후 마당 깊은 집은 술렁이기 시작한다. 세 들어 사는 사람들은 전쟁 후유증으로 인한 준호 아버지의 발작 증세나 기생들이 옷을 맡기러 '나'의 어머니를 찾아오는 것이 위채 학생들의 교육상

좋지 않다는 등 여러 이유를 들어 다른 집을 내보내기 위한 흉을 늘어놓는다. 장면 포인트 ② 147P 불안한 '나'의 어머니는 지금 집을 소개해 준 이모님에게 상의하고, 이모님은 주인아주머니를 찾아가 '나'의 가족이 그냥 지낼 수 있게 해 달라고 부탁한다. 그러자 주인아주머니는 장작을 다 뗄 때까지는 노마님도 쫓아낼 수 없을 것이라는 말을 해 준다. 이에 '나'의 어머니는 장작을 들여놓게 되고, 준호네 집을 제외한 나머지 집들도 장작더미를 들여놓는다. 그러나 아래채 방 하나를 비워야 한다는 노마님의 말은 흐지부지되어, 네 가구 중 어느 집도 쫓겨나는 일은 일어나지 않았다. '나'의 어머니는 '나'에게 위채에 장작을 패러 온 사내 옆에서 장작 패는 요령을 배워 우리 집에 들여놓은 장작을 패라고 한다. ▶ 아래채 방 하나를 빼겠다는 위채 노마님의 말에 '나'의 어머니는 겨울을 날 장작더미를 들여놓음

노마님이 말만 꺼내었다 흐지부지되었던 '아래채 방 한 칸을 비워 달라'는 문제는 12월에 다시 거론된다. 장사 수완으로 맺고 끊는 데는 이력이 난 대찬 여장부 주인아주머니가 직접 나섰다. 안 씨는 아래채 네 방을 돌며 주인아주머니의 호출 명령을 내렸고, 어머니를 비롯해 준호 어머니, 경기댁, 평양댁이 위채로 올라간다. 이십 분 정도 시간이 흐른 뒤 어머니가 방문을 열고 나타났고, '나'는 어머니의 암담한 얼굴에서 우리 집이 방을 비워야 한다는 것을 직감한다. 심지 뽑기(제비뽑기)를 했는데 네 개의 쪽지 중에 '나'의 어머니가 가장 나쁜 쪽지를 쥐고 말았던 것이다. 이에 '나'가 김천댁이 쓰던 가겟방이 비워질 것 같다고 하자 어머니는 바로 김천댁을 찾아가지만, 주인아주머니가 이미 이곳에서 세를 살 사람을 정해 놓았다는 말을 듣는다. 김천댁은 주인아주머니의 일가붙이였는데, 대문 안 바깥마당에 지은 함석집의 왼쪽 흙담을 헐어 낸 가게에서 풀빵 장사를 하며 어린 아들 하나를 데리고 살고 있었다. 그러나 김천댁의 남편이 좌익 운동가로 9·28 서울 수복 때 북으로 올라갔기 때문에 형사가 드나드는 것을 주인아주머니가 못마땅하게 여겨 방을 비워 달라고 했던 것이다.
▶ 제비뽑기를 통해 '나'의 집이 방을 비워야 하는 상황에 놓임

'나'의 어머니는 김천댁을 통해 세를 살 사람이 보금당에서 일하는 정 기사라는 것을 알아내고, '나'를 앞세워 보금당으로 가 사정을 한다. 정 기사는 3월 말까지 이사를 안 오겠다는 조건으로 달마다 육백 환씩을 따로 줄 것을 요구하고, 엄동설한에 이사할 처지가 못 되는 어머니는 어쩔 수 없이 합의하여 '나'의 가족은 한동안 그곳에서 살게 된다. 또한 '나'의 어머니는 김천댁이 쓰던 가게만 한 달에 일백오십 환의 사글세를 내고 쓰겠다는 준호 어머니의 부탁대로, 준호 아버지가 군고구마와 풀빵을 팔 수 있는 자리를 세놓아 준다. '나'의 어머니는 자신이 정 기사를 욕하면서도, 불쌍한 준호네 돈을 받고 내 가게도 아닌 가게를 세까지 내주어야 하는 상황을 한탄한다.
▶ 어머니는 정 기사에게 달마다 돈을 주고 김천댁이 살던 가겟방에서 겨울을 지내기로 함

'나'는 신문팔이를 할 때부터 주인집 맏아들 성준 형이 화려한 양장 차림의 늘씬한 여자와 같이 다니는 것을 여러 차례 본 적이 있었다. 이 여인은 휴전이 되기 직전에 전사한 육군 중령의 미망인이었다. 이를 안 부모의 불호령에 집안에 분란이 일었다가 수그러들었는데, 이번에는 성준 형이 '오성 직물'의 어린 여공과 말썽을 부린다. 위 자료가 오가고, 성준 형은 부모 앞에 무릎을 꿇고 앞으로는 절대 여자들에게 한눈팔지 않고 공부에만 전념하겠다는 서약서를 쓴다.

우리가 바깥채 가겟방으로 이사를 가는 날 순화 누나는 선을 보러 가고, 김천댁은 정태 씨가 끄는 손수레를 뒤에서 밀며 아들 복술이와 함께 집을 떠난다. 준호 아버지는 이튿날부터 '나'의 가족이 지내는 방 앞 가게에 앉아 드럼통 두 개를 놓고 군고구마와 풀빵을 판다. 그런데 평양댁의 큰아들 정태 씨가 나흘이 지나도 집에 들어오지 않자, 경기댁은 그가 평소 가깝게 지내던 김천댁과 눈이 맞아 도망간 것이 아닐까 하는 추측을 한다. 순화 누나와 민이 형은 틈틈이 정태 씨를 찾으러 다닌다. ▶ 김천댁이 떠나고 정태 씨가 함께 사라짐

위채에서 크리스마스 파티가 벌어지고, 사무용품 납품업체 사장이라는 사촌 내외, 영남비료 사장이라는 친척 내외, 역시 친척 된다는 육군 대령, 대구 경찰서 대공 담당 친척 경감 내외, 젊은 미군 대위, 도청 국장이라는 관리 내외 등이 손님으로 초대된다. '나'는 경기댁과 함께 마당 깊은 집 아래채에서 파티의 뷔페식 식사와 손님들이 춤추는 모습을 구경하다가 동생 길중이로부터 어머니가 찾는다는 말을 듣는다. 어머니는 '나'에게 부잣집 파티를 구경한다고 무슨 이득이 돌아오냐고 화를 내고, 장자로서 평생 종노릇이나 하며 살 것이냐고 고함을 지르다가 재봉틀 바늘이 어머니의 왼손 집게손가락 손톱에 구멍을 내고 만다. 선례 누나와 길중이가 피가 난다고 외치지만, 어머니는 피가 뚝뚝 떨어진 옷감을 보며 양단 저고리를 물어내야 하면 어떻게 하냐고 울음 섞인 말만 읊어 댄다. '나'는 이 기회에 집에서 나가 버려야 한다고 결심한다. 그리고 일 환 한 장 없이 종로통 쪽 어두운 긴 골목길을 천천히 빠져나가며 이제부터 '나'는 부모와 형제가 없는 고아이기 때문에 혼자 살아가야 한다고 스스로를 격려한다. ▶ '나'는 위채의 크리스마스 파티를 구경하다가 어머니에게 몹시 혼이 나고 반항심에 집을 나옴

집을 나온 '나'는 한주를 찾아보기로 하고 자정 무렵까지 중앙동 일대와 송죽극장 부근, 동성로와 향촌동을 샅샅이 훑다가 대구역 대합실에서 잠이 든다. 다음 날 대구경찰서와 극장 만경관 사이에서 우연히 한주를 만난 '나'는 한주에게 집을 나오게 된 경위를 말한다. 한주는 '나'에게 어머니가 걱정하며 기다리실 것이라고 집으로 돌아가라고 말하며 '나'의 손을 다정히 잡아 준다. 그리고 '나'에게 풀빵을 사 준 다음, 한주는 다시 물건을 팔기 위해 떠난다. (이후 한주는 병석에 누운 어머니의 약값을 위해 소망하던 야간 중학교 진

학을 포기하고 인쇄소 보조공으로 취직한다.) '나'는 신문 배달을 위해 신문사로 가는데, 선례 누나가 수위실 옆에서 도시락을 들고 기다리고 있었다. 선례 누나는 어머니가 많이 우셨다고 하면서, 아침에 도서관에 가는 자신을 불러 신문사로 보냈다고 한다. 그리고 신문 배달을 마치면 집으로 돌아오라고, 어머니가 고깃국을 끓여 놓으실 것이라고 말한다. '나'는 서러움에 이제 대구를 떠나 버릴 것이라고, 집에 안 돌아갈 것이라고 마음에도 없는 말을 한 뒤 선례 누나를 보내 버린다. ▶ 한주와 선례 누나가 집으로 돌아가라고 설득하지만, '나'는 마음에도 없는 말을 하며 집으로 돌아가지 않음

'나'는 손 씨에게 부탁해 이백 원을 가불한 뒤, 신문 배달을 마치고 다시 대구역 대합실을 찾는다. 군고구마로 저녁 요기를 하고 추위에 떨며 대합실 바닥에 쪼그려 잠에 취해 있을 때, 누군가 '나'를 부르는 소리가 들린다. 눈을 치켜뜨고 올려다보니, 어머니가 눈물 그렁한 슬픈 얼굴로 '나'를 내려다보고 있었다. '나'는 왈칵 눈물이 쏟아진다. "가자. 집에 가자고." 어머니는 그 말만 하고 앞장을 선다. '나'는 어머니를 따라 집으로 오고, 아침 밥상에 고깃국이 내 밥그릇 옆에만 놓여 있음을 안다. 어머니는 아무 말이 없었지만, '나'는 그 순간만은 어머니 아들임을 마음 깊이 새긴다. 다음 날부터 '나'는 가출에 대한 반성이라도 하듯 아침부터 이모 댁 도끼와 징을 빌려 와 부지런히 장작을 팬다. 그리고 차츰 그 요령에 익숙해져, 잠자리에 들었을 때 팔뚝과 가슴을 만지면 단단하게 알심이 배어 있었다. ▶ 어머니가 '나'를 찾으러 대구역 대합실로 오고, '나'는 어머니 아들임을 마음에 새김

어느 날 새벽, 형사와 군복 차림의 군인들이 들이닥쳐 평양댁네 세 식구(평양댁, 순화 누나, 민이 형)를 빨갱이 종자라며 바닥에 꿇어 앉히고 방 안을 뒤지기 시작한다. 그리고 정태 씨가 보던 책과 공책을 챙긴 뒤 가족 셋의 손에 수갑을 채우고 씨아이씨(미국 육군 소속의 방첩 부대)로 데리고 간다. 그날 순화 누나와 민이 형이 먼저 집으로 돌아오고, 사흘 뒤 평양댁도 넋 빠진 모습으로 돌아온다. 이후 '나'는 경기댁이 준호네 가게에서 준호 아버지에게 하는 말을 듣게 되는데, 정태 씨가 김천댁과 복술이를 데리고 월북을 시도하다가 잡혔다는 것이었다. 북으로 넘어가는 길을 안내하던 사람과 김천댁, 복술이는 무사히 월북을 했지만, 정작 정태 씨 자신은 실패를 하고 말았다는 것이다. 이로 인해 서울대 법대를 지망하던 민이 형은 판사나 검사로 임관되기 어렵다고 판단해 경북대 의과 대학으로 진학 길을 바꾸고, 순화 누나 또한 결혼 말이 오가던 육군 중위와 파혼을 하게 된다. 그 후 정태 씨의 일심 공판이 있었는데, 정태 씨는 이십 년 형의 선고 판결을 받는다. 그러나 정태 씨는 상고를 스스로 포기하며 '남조선이 조선 민주주의 인민 공화국으로 통일될 그날'까지 감방에서의 삶을 택하고 만다. ▶ 정태 씨가 김천댁과 월북을 시도하다가 혼자 잡히고, 평양댁 식구들이 조사를 받음

'나'는 지방 대학을 졸업하고 서울에 올라와 출판사에 취직했으나, 결혼은 장관동 이모님의 소개로 대구 처녀와 했으므로 휴가는 대구로 가곤 했다. '나'는 여름휴가 때 대구로 내려가 대학 동창생을 만났다가 중앙통의 길을 걷던 중, '최정민 내과 병원'이라는 간판을 발견한다. '나'는 의과 대학을 지망했던 민이 형 이름을 보고 병원으로 올라간다. 사십 대 후반이 된 민이 형은 머리 희끗한 중년이 되어 있었다. 민이 형을 통해 '나'는 준호 아버지가 칠성시장에서 경북대학교로 가는 길에서 서점을 하고, 준호 어머니는 그 서점 옆에서 구멍가게를 한다는 소식을 듣는다. 그리고 순화 누나는 엔지니어와 결혼해서 큰조카가 올해 대학을 졸업했다는 이야기도 듣는다. '나'는 조심스럽게 정태 씨에 대한 소식을 묻는다. 정태 씨는 스무 해 형량을 채워 75년 정월에 석방됐는데, 그해 7월 '사회 안전법'이 제정되어 전향 거부에 따른 보안 감호 처분을 받아 7개월 만에 다시 재수감되어 올해로 28년째 감방에서 지내고 있다고 했다. ▶ 어른이 된 '나'는 휴가 때 대구에 내려왔다가, 민이 형의 내과 병원에서 마당 깊은 집 식구들의 소식을 들음

'나'의 가족이 마당 깊은 집을 떠났던 그해 3월 정태 씨의 재판이 시작되기 전, 위채의 성준 형은 미국 유학을 떠났고, 선례 누나는 대구 사범 학교에 무난히 합격했다. 경기댁네 미선이 누나는 위채의 크리스마스 파티에서 만난 제임스 대위와 혼인 수속을 끝내고 배우자 자격으로 미국으로 떠났다. 대구에 올라온 후 공부하는 시늉만 한 '나'는 경상중학교 입학시험에서 낙방했다.

그리고 3월 하순의 일요일 아침, 주인아저씨는 서양식 새집을 짓는다고 아래채에 집을 모두 비워 달라고 통보했고, 마당 깊은 집에 세를 든 가구는 4월 10일로 약속된 기간을 채우자 모두 떠났다. 평양댁네는 양키시장 끝머리 동인동으로, 준호네는 당시 능금 밭이 많았던 복현동 피난민 판자촌 동네로, 그렇게 셋방을 얻어 흩어졌다. 경기댁네만이 결혼식 날짜를 잡아 놓은 흥규 씨가 새살림을 시작할 집을 색시 쪽에서 마련해 주어 가장 홀가분하게 이사를 갔다. 위채의 안 씨는 장작 패던 주 씨와 시골에 들어가 농사를 짓기로 했다. '나'의 가족은 새로운 셋방, 후에 '건식이네 집'으로 부르게 된 곳으로 옮겼으나, 마당 깊은 집과의 거리는 불과 일백 미터 남짓 되었다. '나'는 그해 4월 하순에 신설 공립 중학교인 수성중학교에 입학하게 되고, 학교와 대구일보사로 바쁘게 다니던 '나'는 마당 깊은 집의 깊은 안마당을 새 흙으로 채우는 공사 현장을 목격한다. '나'는 굶주림과 설움이 그렇게 묻혀 자취를 남기지 않게 된 것이 달가웠으나, 곧 이 층 양옥집이 초라한 '나'의 생활의 발자취를 딛듯 그 땅에 우뚝 서게 될 것임을 생각한다. ▶ 서양식 새집을 짓겠다는 위채 주인집의 결정으로 아래채의 네 가구는 모두 떠나고, 중학교에 입학한 '나'는 마당 깊은 집의 공사 현장을 보게 됨

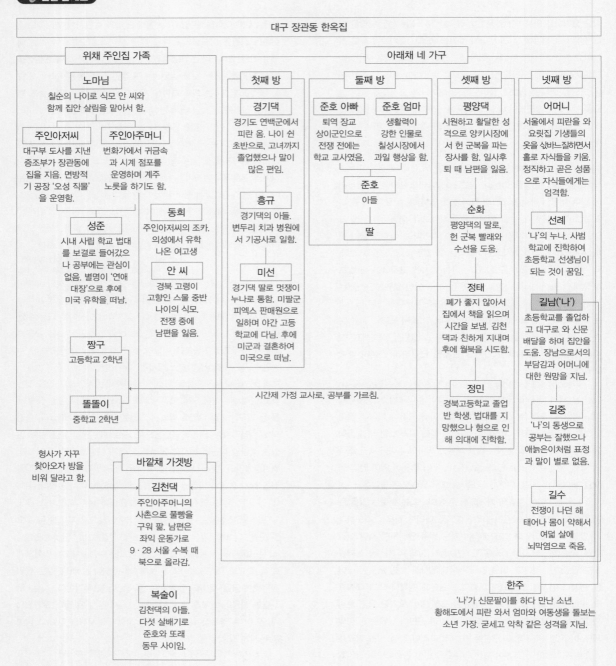

인물 관계도

대구 장관동 한옥집

위채 주인집 가족

노마님
칠순의 나이로 식모 안 씨와 함께 집안 살림을 맡아서 함.

주인아저씨
대구부 도사를 지낸 증조부가 장관동에 집을 지음. 면방적기 공장 '오성 직물'을 운영함.

주인아주머니
번화가에서 귀금속과 시계 점포를 운영하며 계주 노릇을 하기도 함.

성준
시내 사립 학교 법대를 보결로 들어갔으나 공부에는 관심이 없음. 별명이 '연애 대장'으로 후에 미국 유학을 떠남.

동희
주인아저씨의 조카. 의성에서 유학 나온 여고생

안 씨
경북 고령이 고향인 스물 중반 나이의 식모. 전쟁 중에 남편을 잃음.

짱구
고등학교 2학년

똘똘이
중학교 2학년

아래채 네 가구

첫째 방

경기댁
경기도 연백군에서 피란 옴. 나이 쉰 초반으로, 고녀까지 졸업했으나 말이 많은 편임.

흥규
경기댁의 아들. 변두리 치과 병원에서 기공사로 일함.

미선
경기댁 딸로 멋쟁이 누나로 통함. 미팔군 피엑스 판매원으로 일하며 야간 고등학교에 다님. 후에 미군과 결혼하여 미국으로 떠남.

둘째 방

준호 아빠
퇴역 장교 상이군인으로 전쟁 전에는 학교 교사였음.

준호 엄마
생활력이 강한 인물로 칠성시장에서 과일 행상을 함.

준호
아들

딸

셋째 방

평양댁
시원하고 활달한 성격으로 양키시장에서 헌 군복을 파는 장사를 함. 일사후퇴 때 남편을 잃음.

순화
평양댁의 딸로, 헌 군복 빨래와 수선을 도움.

정태
폐가 좋지 않아서 집에서 책을 읽으며 시간을 보냄. 김천댁과 친하게 지내며 후에 월북을 시도함.

정민
경북고등학교 졸업반 학생. 법대를 지망했으나 형으로 인해 의대에 진학함.

넷째 방

어머니
서울에서 피란을 와 요릿집 기생들의 옷을 삯바느질하면서 홀로 자식들을 키움. 정직하고 곧은 성품으로 자식들에게는 엄격함.

선례
'나'의 누나. 사범학교에 진학하여 초등학교 선생님이 되는 것이 꿈임.

길남('나')
초등학교를 졸업하고 대구로 와 신문 배달을 하며 집안을 도움. 장남으로서의 부담감과 어머니에 대한 원망을 지님.

길중
'나'의 동생으로 공부는 잘했으나 애늙은이처럼 표정과 말이 별로 없음.

길수
전쟁이 나던 해 태어나 몸이 약해서 여덟 살에 뇌막염으로 죽음.

시간제 가정 교사로, 공부를 가르침.

형사가 자꾸 찾아오자 방을 비워 달라고 함.

바깥채 가겟방

김천댁
주인아주머니의 사촌으로 풀빵을 구워 팖. 남편은 좌익 운동가로 9·28 서울 수복 때 북으로 올라감.

복술이
김천댁의 아들. 다섯 살배기로 준호와 또래 동무 사이임.

한주
'나'가 신문팔이를 하다 만난 소년. 황해도에서 피란 와서 엄마와 여동생을 돌보는 소년 가장. 굳세고 악착 같은 성격을 지님.

· 이 작품은 어린 시절의 '나'와 성인인 '나'의 시선을 동시에 사용하여 6·25 전쟁 직후 서민들의 힘거운 삶과 그 속에서 '나'가 정신적으로 성장하는 과정을 사실적으로 그려 낸 소설이다.
· 해당 장면은 대구의 '마당 깊은 집'에 살게 된 '나'가 어머니로부터 장남으로서의 의무를 강요받는 부분과, 배가 고팠던 '나'가 위채에서 밥을 훔쳐 먹다 걸린 일과 그 일이 '나'의 삶에 끼친 영향에 대해 서술하는 부분이다.
· 이 작품의 서술자인 '나'가 과거와 현재를 오가며 사건을 서술하고 있으므로 이에 주목하여 과거 사건이 일어난 시대 현실과 인물이 처한 상황, 이에 따른 인물의 심리를 파악하도록 한다.

★주목 안마당 정원에 철쭉꽃이 활짝 핀 5월 초순 어느 날이었다. 길중이가 오전반 공부
　　　　　　　　　　　　　　　시간적, 계절적 배경　　　　　　　　　　　　　　　'나'의 첫째 아우
를 끝내고 돌아와, 길수까지 합쳐 네 식구가 점심밥을 먹고 나서였다. 어머니는 나
　　　'나'의 둘째 아우 – 막내　어머니, '나', 길중이, 길수
를 불러 재봉틀 앞에 앉히더니, 재봉틀 서랍에서 돈을 꺼내어 내 앞에 밀어 놓았다.

"얼만가 세어 봐라."
　　　　　　　　　　남편 없이 홀로 4명의 자식을 먹여 살리기 위해 기생들의
　　　　　　　　　　옷 삯바느질을 함. 억세지만 정직하고 곧은 성품을 지님
돈을 세어 보니 80환으로, 공작 담배로 따지면 네 갑을 살 수 있었다. 나는 어머
　　　　　우리나라의 옛 화폐 단위　　　당시에 피던 담배의 하나
니가 무슨 심부름을 시키려는 줄 알았다. 어머니는 나를 빤히 바라보았다.
　　　아버지 없이 어머니와 누나, 동생 둘과 살고 있음. 어머니의 말에 순순히 따르면서도 자신이 홀대 받는다고 생각하기도 함
"길남아, 내 말 잘 듣거라. 니는 인자 애비 없는 이 집안의 장자다. 가난하다는 기
　　　　　　　　　　　　　　　'나'의 아버지는 홀로 월북한 상황임
무신 죈지, 그 하나 이유로 이 세상이 그런 사람한테 얼매나 야박하게 대하는지
　　　　　　　　　　　　　　　　가난한 사람에게 세상 사람이 더 인정 없이 대함
니도 알제? 난리 겪으며 배를 철철 굶을 때, 니가 아무리 어렸기로서니 두 눈으로
가난 설움이 어떤 긴 줄 똑똑히 봤을 끼다. 오직 성한 몸뚱이뿐인 사람이 이 세상
　　　　　　　　　　　　　　　　　　'나'에게 신문팔이를 시키려는 어머니의 의도가 드러남
파도를 이기고 살라 카모 남보다 갑절은 노력해야 겨우 입에 풀칠한다. 니는 위채
에 사는 학생들과 처지가 다른 기라. 양친 부모 있고, 집 있고, 묵을 것 넉넉하이
　　　　　주인집 아들들　　　　　　　　'나'와 상반된 환경에서 살아가는 주인집 자식들의 모습
까 저들이사말로 머가 부럽겠노. 지만 열심히 공부하모 좋은 대학 졸업하고 좋은
　　　　　　　　　　　　　　　　자기만
직장을 가지겠제. 돈 있고 집안 좋으이 남보다 출세도 빨리할끼라. 니가 위채 학
생들보다 갑절로 노력해서 어른이 되더라도 그 차이는 하나 달라지지 않고 지금
처지와 똑같을란지 모른다. 그렇다고 가뭄 심한 농사철에 농사꾼이 하늘만 쳐다
　　　　　　　　　　　　　　　　　환경만 탓하지 말고 주어진 환경에서 노력해야 함을 강조하기 위한 비유적 표현
본다고 어데 양식이 그저 생기겠나. 앞으로도 지금처럼 늘 위채를 올려다보고 살
게 되더라도, 니는 니대로 우짜든동 힘자라는 대로 노력해 보는 길밖에 더 있겠
『 』집안 사정이 어려우므로 '나'가 세상살이의 어려움을 알고 노력해야 한다는 의도가 들어 있음
나.」내사 인제 너거 성제간 잘 크고 남한테 눈총 안 받으며 사람 구실 하고 사는
　　　　　　　　　　　형제간
기라 바라보고 살아갈 내리막 인생길 아인가……."
　　　　　　　　자신은 늙었다는 의미
어머니 목소리에 물기가 느껴졌다. 머리 숙이고 있던 나는 눈을 조금 치켜뜨며 어머
니를 보았다. 어머니 속눈썹에 눈물이 묻어 있었다. 아직 마흔 살도 안 된 나이에 어
　　　　　　　　　　　　　　　　　　　　　　　　　　　어머니의 고달픈 삶이 내포됨
머니는 노인 티를 내고 있었다. 사실 어머니는 전쟁이 나고 서너 해 사이 나이를 곱
절로 먹은 듯 윤기 흐르던 탱탱한 살결은 어디에도 찾아볼 수 없었다. 어머니는 손
　　　　　　　　　외양의 변화를 통해 인물이 처한 고단한 현실을 나타냄
수건에 물코를 풀곤 말을 이었다.

"길남이 니는 앞길이 구만리 같은 창창한 세월이 남았잖나. 그러이 지금부터라도
악심 묵고 살아야 하는기라. 내가 보건대 지금 우리 처지에서 니 장래는 두 가지
'독기(사납고 무서운 기운)'와 비슷한 말

작품 분석 노트

· 〈마당 깊은 집〉의 전체 구성

발단	· '나'는 시골에서 초등학교를 졸업하고 대구로 올라와 가족들과 함께 지내게 됨 · '나'의 가족은 '마당 깊은 집'에 세 들어 살면서 어머니가 삯바느질을 하여 생계를 유지함
전개	· 어머니는 장남인 '나'를 엄하게 가르치며, 세상살이를 위한 경험을 위해 신문팔이를 권유함
위기	· 계속된 장마로 바느질 일감이 끊기자 굶는 일이 잦아진 '나'는 배고픔에 위채 주인집 밥을 훔쳐 먹다 안 씨의 타이름에 잘못을 뉘우침 · 겨울을 앞두고 세를 든 가구 중 하나가 방을 비워 주어야 한다는 주인집의 말에 아래채 사람들이 동요함 · 겨울이 되고 '나'의 가족은 바깥채로 이사함
절정	· 주인집 파티를 구경하던 '나'는 어머니에게 심한 꾸지람을 듣고 가출함 · '나'는 어머니의 사랑을 느끼고 다시 집으로 돌아옴
결말	· 집주인이 아래채를 허물고 서양식 새집을 짓게 되면서 세 들어 살던 식구들이 모두 흩어짐

· 위채 학생들과 길남의 처지 대비

위채 학생들	· 양친 부모가 있음 · 집이 있음 · 경제적으로 넉넉함

↕

길남	· 부친은 없고 모친만 있음 · 집이 없음 · 경제적으로 부족함

↓

길남 어머니 → 길남은 위채 학생들보다 갑절로 노력해야 입에 풀칠할 수 있음

길밖에 읊다. 한 가지는, 공부 열심히 해서 배운 바 실력이 남보다 월등하여 훌륭
'나'의 처지에서 가능한 장래 ①
한 사람이 되는 길이다. 평양댁 정민이 학생 봐라. 아부지 읊이 저거 엄마가 군복
아래채에 함께 세 들어 있는 집의 아들. 경북고 졸업반 학생으로 공부를 잘함
장수해도 공부를 얼매나 잘하노. 위채 학생 둘 가르쳐서 번 돈을 가용에 보태고,
위채는 주인집을 말함. 정민 학생이 주인집의 두 아들을 가르치고 있음   집안 살림에 드는 비용
12시 넘어까지 호롱불 켜 놓고 자기 공부를 안 하나. 그러이 반장하고 늘 일등이
라 안 카나. 갸는 반드시 판검사나 대학교 교수가 될 끼다. 또 한 가지, 「니가 이 세
세상의 고난
상 파도를 무사히 타 넘고 이기는 길은, 세상살이를 몸으로 겪어 경험을 많키 쌓
「 」: '나'의 처지에서 가능한 장래 ②   '나'에게 사회에 나가 일을 할 것을 말함
는 길이다.」재주 읊고 공부하기 싫으모 부지런키라도 해야제. 「준호 아부지는 한
퇴역 장교로 전쟁 때 오른팔을 잃고 전장의 악몽에 시달림. 위협적인 겉모습과 달리 식견이 넓고 마음은 따뜻함
팔이 읊어도 묵고살겠다고 매일 아침에 집을 나서잖나. 남자는 그렇게 밥숟가락
놓자마자 밥상을 걸터 넘고 나서서 부랄이 요령 소리 나도록 뛰댕겨야 제 식구를
믹이 살린다.」그러이 내 하는 말인데, 니도 이렇게 긴 해를 집에서만 보내기 오죽
「 」: 세상살이를 몸으로 겪어 경험을 많이 쌓은 사례로 준호 아버지를 제시함
심심하겠나. 그래서 내가 궁리를 짜낸 끝에 그 돈을 니한테 주는 기다."

"이 돈으로 멀 우째 하라고예?"

감상 포인트
어머니가 '나'에게 신문팔이를 시키는 이유를 시대적 배경과 연결 지어 파악한다.

나는 어리둥절하여 손에 쥔 돈을 내려보았다.

"길남아, 그 80환으로 신문을 받아서 팔아 봐라. 신문 팔아 돈을 얼매만큼 버는
어머니는 어린 '나'가 돈을 벌어 세상살이에 대한 경험을 해 보기를 바람. 가장의 역할을 기대하는 어머니
기 문제가 아이라, 니 힘으로 돈벌이해 보모, 돈이 얼매나 귀한 줄 알 수 있을 끼
다. 이 세상으 쓴맛을 알라 카모 그런 갱험이 좋은 약이 될 테이께. 초년고생은 돈
주고도 몬 산다는 속담도 있느니라······."

내가 감히 거역할 수 없는 어머니의 옹이 박인 말이었다.
옹이가 박인다는 것은 굳은살이 생겼다는 의미임. 마치 굳은살이 박이듯 단호한 어머니의 말을 나타냄

지금 생각해 보면, 어머니 그 말씀은, 「입학기가 지난 뒤 나를 대구로 불러올렸을
현재 시점의 서술자가 과거 어린 시절의 사건을 회상하고 있음을 알 수 있음
때 이미 예정해 둔 계산임이 분명했다. 시골서 내놓은 망아지로 지내며 초등학교나
어머니가 있는 대구로 오기 전 고삐 풀린 망아지처럼 자유분방하게 지냈음을 나타냄
마 근근이 마치고 올라왔으니 한 해 동안 도시 물정이나 익히게 하며, 제가 벌어 제
학비를 조달할 수 있는 길을 뚫게 해 주자. 어머니는 그런 궁리를 해 두었고, 내가
대구시로 나온 지 열흘쯤 지나자 드디어 실행의 용단을 내렸음에 틀림없었다.」
「 」: 어머니의 의도에 대한 현재 시점의 '나'의 추측

나는 돈 80환을 주머니에 넣고 막막한 심정으로 집을 나섰다.
아직은 어린 '나'가 갑자기 사회에 나가 일을 하고 돈을 벌어야 하는 데 막막함을 느낌
「"신문을 팔지 몬하겠거덩 그 돈으로 차비해서 다시 진영으로 내려가 술집 중노미
「 」: 자신의 뜻을 이루기 위해 부정적인 미래 상황을 가정하여 제시함
가 되든 장돌뱅이가 되든 니 마음대로 해라." 어머니의 아귀찬 마지막 말을 떠올리
휘어잡기 어려울 만큼 벅찬
자, 나는 용기를 내지 않을 수 없었다. 길거리나 어슬렁거리다 돌아가면 어머니는
틀림없이 저녁밥을 굶기고, 어쩌면 방에서 잠을 자지 못하게 내쫓을는지도 몰랐다.
어머니는 누구보다 자식에게만은 엄격하고 냉정한 분이셨다.
▶ '나'에게 신문 팔 것을 권하는 어머니

(중략)

어느 날, 저녁 끼니로 보리죽 한 그릇을 먹고도 나는 얼마나 배가 고팠던지 밤중
어려운 형편임을 알 수 있음
에 위채 부엌으로 몰래 찾아든 적이 있었다. 속이 쓰려 한밤중에 눈을 뜬 나는 주인
배고픔 때문에
집 부엌의 남은 밥을 뒤져 먹기로 작정했던 것이다. 그런 작정을 하기까지 식모 안
어리지만 나름대로의 치밀함이 드러남

• 어머니가 '나'에게 신문팔이를 시키는 이유

• '나'는 아버지 없는 집안의 장자임
• 가난한 사람일수록 더 많이 노력해야 함
• 어머니는 내리막 인생길이니 '나'가 더 힘자라는 대로 노력해야 함
• 재주 없고 공부하기 싫으면 부지런 하기라도 해야 함

↓

'나'에게 장자의 역할을 기대하며 신문팔이를 권유함 → 집안의 장자로서 책임감을 부여함

• 어머니의 상황과 성격

• 남편을 잃고 4남매를 데리고 대구로 내려옴
• 삯바느질을 하며 자식들의 생계를 책임짐
• 누구보다 자식에게만큼은 엄격하고 냉정하면서도 성품은 정직하고 곧음

↓

아버지를 대신하여 가족을 책임지면서 강인한 모습을 보임

씨가 남은 밥을 부엌 어디에 두는지를 엿보아 두었다. 나는 살그머니 잠자리에서 빠져나와 반바지를 껴입고 마당으로 나섰다. 몇 시인지 몰랐으나 사위는 고요했다. 나는 우선 변소로 갔다. 먹는 양이 적다 보니 건더기 없는 똥을 누는 체 변소간에 앉아 위채 동정을 살폈다. 방마다 불이 꺼져 있었다. 나는 위채 부엌으로 살쾡이처럼 다

_{일이나 현상이 벌어지고 있는 낌새}

가가 닫힌 부엌문을 살짝 열었다. 안 씨가 쓰는 부엌 골방은 깜깜했다. ┌나는 부엌 안

_{큰방의 뒤쪽에 딸린 작은 방}

으로 들어가서 시렁 위를 더듬었다. 소쿠리가 만져졌다. 안 씨는 밤새 남긴 밥이 쉴

_{선반}

까 보아 밥뚜껑을 덮지 않고 소쿠리로 덮어 두곤 했다. 놋쇠 밥그릇은 밥이 반 그릇

쯤 남아 있었다. 나는 손으로 밥을 한 움큼 집어내어 찬도 없이 허겁지겁 먹기 시작

_{들키지 않고 허기짐을 채우기 위한 행동 – 긴장감을 조성함}

했다.」 그날은 그렇게 반 그릇 밥을 비워 내고 다시 우리 방으로 돌아와 잠자리에 들

_{『 』: 짧은 문장을 활용하여 '나'가 밥을 훔쳐 먹을 때의 상황을 긴장감 있게 묘사함}

었다. 이튿날 아침, 내가 숯불을 피우자 위채 부엌에서, 쥐가 소쿠리를 벗기고 밥그

_{밥을 쥐가 먹었다고 생각함}

릇을 뒤졌다고 안 씨가 쫑알거렸다. 내가 부리나케 위채 부엌에서 나오느라 소쿠리

를 제대로 덮지 않았음을 알았으나, 나는 시침을 떼었다.

하루걸러 이틀 뒤, 밤중에 나는 또 그 짓을 했다. 이제는 좀 더 대담해져 찬장의

_{하루씩 건너서}　　　　　　　　　　　　　　　　　　　_{밥을 훔쳐 먹은 일이 반복될수록 더욱 대담해져 감}

김치 사발까지 부뚜막에 내려 반찬과 함께 남은 밥 한 그릇을 몽땅 비웠다. 종지가

_{아궁이 위에 솥을 걸어 놓으려고 흙과 돌을 섞어 쌓아 편평하게 만든 언저리}

있어 손가락으로 건더기를 집어내어 먹다 보니 풋고추 넣은 쇠고기 장조림이었다.

_{'건더기'의 전라도 방언 ┘}　　_{전후의 궁핍한 상황에서 매우 귀한 음식이었음 – '나'의 집과 대조되는 주인집의 풍족한 환경}

나로서는 난생처음 먹어 보는 찬이었다. 부자는 쇠고기를 이런 반찬으로도 만들어

먹는구나 싶었다. 다음은 이틀을 건너뛰어 사흘 만에 위채 부엌을 뒤졌다.

_{밥 도둑질이 습관화되어 가고 있음}　　　▶ 위채에서 밥을 훔쳐 먹고 시치미를 떼는 '나'

세 차례째 그렇게 훔쳐 먹고 난 이튿날이었다. 나는 신문을 받아 팔려고 집을 나

섰다. 내가 바깥마당으로 나서자 뒤쪽에서, "길남아, 나 좀 보제이." 하고 누군가

_{바깥채에 딸린 마당}

불렀다. 돌아보니 안 씨였다.

"부, 불렀습니껴?"

나는 말부터 더듬거렸고 얼굴이 불을 쬔 듯 달아올랐다. 가슴이 뛰었다.

_{관련 속담 – 도둑이 제 발 저린다.}

"길남아, 니가 밤중에 우리 부엌으로 들어오는 거 안데이."

"아, 아지매가 봤다 말이지예?"

┌"내 누구한테도 그 말 안 할 테이 다시는 그런 짓 말그래이. 설령 점심밥을 굶어

_{『 』: '나'의 잘못을 꾸짖기보다는 '나'가 알아듣도록 타이름 – 안 씨는 '나'의 정신적 성장에 도움을 주는 인물임}

배가 쪼매 고프더라도 사나이 대장부가 될라 카모 그쯤은 꿋꿋이 참을 줄 알아야

제. 너거 어무이는 물론이고 성제간도 그렇게 참으미 이 여름철을 힘겹게 넘기고

_{형제간}

안 있나. 내 아무한테도 이 말 안 하꾸마."」

안 씨가 부드러운 목소리로 말하며 고개 빠뜨린 내 어깨를 다독거렸다.

"알았심더." 내가 조그만 목소리로 대답했다.

안 씨 충고에는 도둑이란 말이 한마디도 들어 있지 않았음을, 나는 지금도 기억하

_{'나'를 배려한 안 씨의 따뜻한 마음씨를 느낌}　　　　　　　　_{유년 시절을 회상하고 있음}

고 있다. 고개 빠뜨린 내 얼굴이 홍당무가 되었고, 어느 사이 뜨거운 눈물이 뺨을 타

_{밥을 훔쳐 먹은 것에 대한 부끄러움}

고 흘러내렸다. ┌안 씨가 내 밥 도둑질을 어머니한테 귀띔했다면 나는 숯 포대 회초

_{『 』: 어머니의 엄격하고 곧은 성격을 알 수 있음}

• 이 작품에 나타난 성장 소설의 특징

　• '나'는 중학교에 입학할 나이임에도 아버지가 없고 가정 형편이 어려워 장자의 역할을 해야 하는 상황임
　• 삯바느질을 하며 가계를 책임지던 어머니의 권유로 신문 배달을 함
　• 배고픔을 견디지 못하다가 주인집 밥을 훔쳐 먹게 됨
　• 엄격한 어머니의 훈육에 반발하여 가출하였다가 귀가함

↓

'나'는 세상의 냉혹함을 경험하고 가족의 소중함을 깨달으며 정신적으로 성장함

• 서술상의 특징

　• 지금 생각해 보면
　• 나는 지금도 기억하고 있다.
　• 그때 안 씨의 따뜻한 충고 덕분이었다.

↓

이야기 속의 서술자인 '나'가 과거와 현재를 오가며 사건을 서술함

리로 종아리며 등줄기에 지렁이 자국이 나도록 매를 맞았을 테고, 몇 끼니 밥은 굶게 되었을 터였다. 또한 두고두고 어머니로부터, "집안으 장자가 남으 밥도둑질까지 하다니." 하는 지청구를 들었을 것이다. 그러나 안 씨는 내 행실을 왜자기지 않겠다는 약속을 지켰고, 그 뒤부터 나는 남의 물건이라면 운동장이나 교실 바닥에 떨어진 동전, 도막 연필이라도 내 것으로 하지 않았으니, 그때 안 씨의 그 따뜻한 충고 덕분이었다.

▶ 밥 도둑질한 '나'를 따뜻하게 다독여 준 안 씨

밥 훔쳐 먹은 이야기까지 했으니 한 마디 더 보탠다면, 세 끼니 먹는 걱정을 하지 않게 된 지 오래인 지금도 나는 배를 가득 채워야 숟가락을 놓는 식사 습관을 버리지 못하고 있다. '위장을 늘 칠 할쯤만 채워라.', '과식이 모든 성인병의 주범이다.', '허리 둘레는 수명과 필연의 관계가 있다.' 모두 옳은 말인 줄 알지만 포식을 하지 않고 밥을 먹은 것 같지 않고, 그렇게 맛 좋은 밥의 양조차 줄여 가며 오래 살기보다는 차라리 수명이 얼마쯤 단축되는 쪽을 택하고 싶다는 마음은 지금도 변함이 없다. 자고 깨면 아침 밥상을 빨리 받고 싶고, 아침밥 먹고 나면 점심 외식은 무엇으로 할까, 저녁 밥상에는 이런 찬이 올랐으면 좋겠다는 상상이야말로 하루를 살아가는 보람 중에 가장 중요한 일건의 하나요, 뺄 수 없는 즐거움이다. "당신 허리 둘레가 얼만지 아세요? 몇 년 전까지만도 삼십육이라더니 이제 삼십팔이잖아요. 애들이 손가락으로 아빠 부른 배 콕콕 찌르며 배불뚝이라 놀려도 부끄럽지 않아요? 밥을 줄이는 대신 싱싱한 야채와 과일을 많이 먹으면 오죽 건강에 좋아요." 아내가 날마다 노래 삼아 이렇게 말하지만, 나는 다른 무엇은 절제할 수 있어도 밥 양은 줄일 수 없다. 찬을 많이 먹고 밥을 적게 먹어야 함은 좋은 줄은 알고 있으나 라면이나 빵 따위는 배가 차지 않고 오직 밥으로 배를 채워야 한 끼를 때운 것 같다. 몇 년 전, 아내가 내 밥그릇을 주먹만 한 공기로 대치했을 때 나는 벌컥 화를 내고 말았으니, 먹는 데 포원이 진 내 경우로서는 그런 수모를 참아낼 수 없었다.

▶ 굶주림에 대한 과거의 한(恨) 때문에 포식을 해야만 만족을 느끼는 '나'의 현재 삶

■ 중노미: 음식점, 여관 따위에서 허드렛일을 하는 남자.
■ 지청구: 아랫사람의 잘못을 꾸짖는 말.
■ 왜자기지: 왁자지껄하게 떠들지.

- 식모 안 씨의 역할

  - '나'가 위채의 밥을 훔쳐 먹는 것을 목격함
  - '나'의 행동을 비난하거나 어머니에게 이르지 않고, '나'의 잘못을 부드럽고 따뜻한 말로 타이름

  ↓

  '나'에게 잘못된 행동을 알려 주어 '나'가 정신적으로 성장할 수 있도록 도와줌

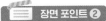 **장면 포인트 ❷**

- 해당 장면은 늦가을이 되어 세를 든 네 가구 중 한 가구는 집을 비워 주어야 한다는 위채 노마님의 말에 아래채 사람들이 동요하다가 겨울철 장작을 다 땔 때까지는 쫓겨나지 않을 것이라는 말을 들은 '나'의 어머니를 따라 아래채 사람들이 장작을 쌓아 놓는 상황이다.
- 겨울철에 이사해야 하는 처지에 놓인 아래채 사람들의 모습에 주목하여 전쟁 직후 집 없는 피란민 가족의 삶의 애환을 파악하도록 한다.

"인제사 제우 바느질 일에 터를 잡았는데, 이사를 해도 이웃집이라모 모를까 큰길 두 개만 건넌다 캐도 걸음품 팔기 싫어하는 <u>젊은 것들이 길 물어 가며 옷감 들고 찾아오겠습니꺼</u>.
이사를 가게 되면 손님들이 오지 않게 될 것임을 걱정함
일감 떨어지모 우리 다섯 식구야 깡통 들고 길거리 나가야 될 신세 아입니꺼.
바느질 일이 가족의 생계를 책임지는 중요한 수단임을 나타냄
다른 집은 몰라도 우리사 중말로 장사 목이 중요한데, 낮짝만 한 이 장관동 바닥에 <u>겨울철 닥치는데 세놓을 집이 어데 있을라고……</u>."
겨울을 앞두고 주인집의 강요로 쫓겨날 처지가 됨

어머니가 물코를 들이켰다. 목소리가 젖은 만큼 근심에 찌든 얼굴이었고, 내가 자세히 보니 <u>손조차 힘이 빠졌는지 인두질이 겉놀았다</u>.
어머니의 근심이 매우 깊음

"안감 안 떨어졌어요? 입동 온다구 포목값이 뜀다대. 한번 시장 구경 나오더라구요." / 대답이 궁해진 평양댁이 자리에서 일어섰다.
화제를 전환함

"<u>건너가이소. 일간 한 분 나가께예.</u>"
사투리를 사용하여 사실성을 부여함
평양댁과 어머니는 「<u>전쟁</u>으로 지아비를 잃고 생활 전선에 나선 미망인으로서의 닮
6·25 전쟁 남편 없이 가족의 생계를 책임짐
은꼴 상처를 지닌 데다 그 억척스러운 부지런함으로, 마당 깊은 집에서는 그 사이가
「 」: 평양댁과 어머니의 공통점
누구보다 가까웠다. 평양댁은 어머니의 바느질에 필요한 실과 동정감은 물론 한복의
어머니가 평양댁의 도움을 받고 있음
안감 따위를 양키시장에서 싸게 구입케 해 주는 친절도 베풀고 있었다.

"그래도 평양때기는 셋방 쫓기날 걱정은 눈곱만큼도 안 하네. 민이가 위채 아아들
둘을 가르치고 있으이께 매정하게 나가 달라는 소리사 몬하겠제. 민이가 잘 가르
평양댁이 셋방에서 쫓겨날 걱정이 없을 것이라고 생각하는 이유
쳐서 아아들 성적이 올랐다 카이 주인인들 우째 방 비우라는 소리가 나오겠노. 위
채 방이라도 한 칸 내주지사 몬할 망정……."

평양댁이 자기네 방으로 돌아가자 어머니가 흘린 말이었다. 어머니는 우리 형제
가 들으라고 한마디를 더 보탰다. "<u>평양때기는 같은 과부 처지라도 벌씨러 막내자
평양댁이 어머니보다 사정이 나음
슥 덕을 다 보누만.</u>"
같은 과부 처지에 있는 어머니가 자식 덕을 보는 평양댁을 부러워함

그날 밤 어머니는 <u>오랫동안 잠을 이루지 못하며</u>, 이 겨울에 쫓겨나게 되면 어쩌
겨울에 쫓겨나게 될까 봐 걱정이 큼을 보여 줌
냐, 내 집 한 칸 없는 설움이 이렇구나 하며 한숨만 쉬었다.

"아무래도 내일 <u>성님</u> 만나 상의를 해 봐야겠데이. 성님이 주인댁을 만내서, 우째
장관동에 살던 이모님이 주인아주머니와 안면이 있어서 '나'의 가족이 '마당 깊은 집'에 세를 얻음
우리는 계속 있게 해 달라고 통사정해 봐 달라고 부탁하는 수밖에."

어머니의 혼잣말이 잠에 빠져드는 내 귀에 흐릿하게 들렸다.
▶ 겨울철에 이사를 해야 하는 상황을 걱정하는 어머니
<u>낮이 하루 다르게 짧아져</u> 해가 <u>달성공원</u> 너머로 지고 나서야 나는 신문 배달을 끝
겨울이 다가오고 있음 대구에 있는 공원. 작품의 공간적 배경이 대구임을 알 수 있음
낼 수 있었다. 쪼르락거리는 배 속을 달래며 집에 도착될 때쯤이면 하늘빛도 바래어
어스름이 찾아왔다. <u>평양댁과 어머니가 아래채 방 하나를 비우는 문제로 이야기를
아래채에 세를 든 가구 중 하나가 이사를 나가야 하는 상황임

작품 분석 노트

- 겨울철 이사의 의미

겨울이 다가오는 시기에 주인집으로부터 이사를 강요받는 상황

↓

- 자신의 삶의 터전을 타인의 강요로 인해 옮겨야 하는 현실
- 겨울철이라는 계절적 상황이 더해져 서민들의 고통이 심화됨

나온 사흘 뒤였다.

　신문 배달을 마치고 집으로 들어가니 우리 방 옆 담을 의지하여 웬 장정이 통나무를 가로세로 엇지게 쌓고 있었다. <u>어머니와 누나가 마당에 부려 놓은 통나무를 장정에게 넘겨주며 일을 거들었다.</u>
_{어머니가 이모님을 통해 겨울 장작을 다 뗄 때까지는 아래채에서 내보내기 힘들 것이라는 말을 전해 들음}

　"아지매예, 마 내일 장작을 패 뿌리이소. 그라모 100환이나 깎아 400환에 몽땅 패 주겠심더."

　통나무를 키 높이루 쌓는 개털모자를 쓴 장정이 말했다.

　"<u>우리 집에도 나무 팰 아들이 있다 카이 자꾸 저카네.</u> 400환이모 <u>양석</u> 사서 우리
_{장작 패는 데 돈을 쓰기 싫음　　　　　　　　　　　　　　　양식}
식구 이틀은 묵겠심더."

　"바로 쟈가 장작 팰 아들늠인교? 젓가락 같은 쟈가?"

　통나무를 옮겨 주는 누나 옆에 섰는 나를 보며 장정이 <u>삥시레 웃었다.</u>
_{'나'의 왜소한 모습에 어이없어 함}

　"안 팬다 카이. 그 사람 증말로 말이 많네. 인자 끝이 났으이께 어서 가소. 돈은 아까 나무 <u>부라 놓은</u> 사람한테 다 줬심더."
_{부려 놓은}

　"<u>쟈가 통나무 팬다 카모 반은 부씨레기가 돼서 허실이 많을 낀데…….</u> 400환 애낄
_{장작 패는 일도 쉽지 않은 일이어서 아무나 하기는 어려움을 강조함}
라 카다 1000환 손해 볼 낌더. 만약에 통나무 쪼개다 다치기라도 하모 병원값이
_{자신이 장작 패는 일을 하고 싶다는 의도를 우회적으로 드러냄}
나무값보담 더 들지도 모르고."

　장정이 나를 보며 고개를 갸우뚱거렸다.

　"쓸데없는 소리 처주께지 말고 일 마치모 퍼뜩 가소."

　장정은 장작을 다 쌓고 나자 <u>개털모자를 들썩해 보이며,</u> "겨울 따시게 지내소." 하
_{어머니의 태도에 머쓱해 함}
곤 중문으로 향했다. 도끼와 징을 담은 자루를 어깨에 메고 걷는 그의 뒷모습이 저물녘이어서 그런지 쓸쓸해 보였다.　　▶ 이사를 가지 않기 위해 겨울철 뗄나무를 미리 준비하는 어머니

(중략)

　마치 땔감 장만에 경쟁이나 하듯이 이틀 뒤에는 평양댁 역시 달구지 한 차 분량
_{'나'의 집이 장작을 들여놓는 것을 본 아래채 사람들이 그 속뜻을 눈치채고 경쟁적으로 땔감을 마련함}
통나무를 들여놓았다. 그래서 중문 옆 변소에서 우리 방 담까지는 아래채 세 집에서 들여다놓은 땔감이 마치 나무전처럼 쌓이게 되었다. <u>준호네만 그런 경쟁에 무관심했</u>
_{겨울철 땔감을 장만하지 않음}
<u>기에, 아래채에서 방을 비워야 할 집으로 은연중 준호네를 지목하게 되었다.</u>
_{땔감이 없는 집이므로 방을 비우지 못할 핑계거리가 없음　　▶ 이사를 가지 않으려고 땔감을 마련하며 경쟁하는 아래채 사람들}

> **감상 포인트**
> 아래채 사람들이 이사를 해야 하는
> 상황에 주목하여 당시 서민들의 삶의
> 애환을 파악한다.

_{• '장정'에 대한 '나'의 연민}

장정
• 마당에 부려 놓은 통나무를 장작으로 패는 데 싸게 일해 주겠다고 함 • '나'의 몸을 보고 젓가락 같다고 함 • '나'가 장작을 패면 허실이 더 많아 손해를 볼 것이라고 함

↓

'나'
장작을 쌓아 두고 돌아가는 장정의 뒷모습이 쓸쓸하게 느껴짐

↓

장정도 '나'의 가족과 같이 궁핍한 환경 속에서 살아남기 위해 노력하는 서민이기 때문에 그의 뒷모습에 쓸쓸함을 느끼게 됨

핵심 포인트 **1** 서술상 특징 파악

이 작품은 어린아이인 '나'의 시점과 어른이 된 '나'의 시점이 교차되며 과거와 현재가 서술되고 있다. 이러한 서술 방식을 통해 인물과 사건을 효과적으로 제시하고 있으므로, 작품에 드러난 서술상 특징과 효과를 파악할 수 있어야 한다.

+ 서술상 특징과 효과

시점	성인이 된 '나'가 과거를 회상하는 내용으로, 과거 사건은 주로 어린 '나'의 시점에서 서술되나 성인인 '나'의 사건이 드러나기도 함 → 이를 통해 추억을 상기하고 보다 순수한 시선으로 어려웠던 당시의 상황을 그려 냄으로써 과거의 사회상을 드러내는 동시에 과거 사건에 서정성을 부여하고 있음
표현	구어체를 활용한 서술과 방언을 그대로 사용하여 사건과 인물을 생생하게 그려 내며 보다 사실적으로 전달함
구성	'나'가 냉정한 어머니를 원망하며 가출을 하지만, 세상은 더욱 냉혹하다는 것과 어머니의 그늘이 따뜻했음을 깨닫고 다시 집으로 돌아오는 과정으로 구성 → 주인공이 성숙하게 되는 성장 소설의 구성을 보여 줌
자전적 소설	작가 김원일은 전쟁이 막 끝난 1954년 다섯 식구가 단칸 셋방에서 힘들게 살았는데, 그의 어머니는 실제로 바느질로 형제 넷을 기르며 자식들을 엄하게 훈육하였음 → 작가의 삶이 녹아든 자전적인 작품임

핵심 포인트 **2** 인물 간의 관계 파악

작품의 주요 모티프인 '가장의 부재'를 중심으로 어머니와 '나'의 갈등 양상 및 갈등의 해소 과정을 파악할 수 있어야 한다.

+ 어머니와 '나'의 관계

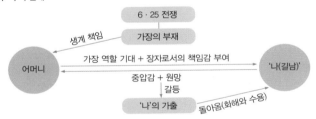

→ 6·25 전쟁으로 아버지가 부재하게 된 상황에서 어머니는 '나'에게 가장의 책임감을 기대하며 엄하게 대하고, '나'는 그런 어머니를 원망하여 가출을 한다. 하지만 '나'는 세상의 냉혹함과 가족의 소중함을 깨닫고 다시 돌아와 자신의 역할을 수용하며 어머니와 화해한다.

핵심 포인트 **3** 외적 준거에 따른 감상

이 작품은 전쟁 직후 한 가족이 겪은 삶의 이야기를 통해 6·25 전쟁 직후 우리 사회의 모습을 여실히 보여 주고 있다는 점에서 작품 속에 담겨진 사회적·역사적 의미를 파악할 수 있어야 한다.

+ 6·25 전쟁 직후 우리 사회의 축소판인 '마당 깊은 집'

위채(주인집)	아래채와 바깥채(세입자들)				
• 여러 대에 걸친 지방 토호 집안 • 전후 상황에도 부를 유지하며 파티를 즐김	궁핍한 서민(피란민)들로, 여러 부류의 사람들이 모여 있음				
	첫째 방	둘째 방	셋째 방	넷째 방	바깥채
	경기댁	준호네	평양댁	길남이네	김천댁

↕

전쟁의 상황에도 구애받지 않고 부를 누리는 가진 자	상이군인, 군복 장수, 풀빵 장수, 삯바느질꾼 등 6·25 전쟁 직후 궁핍하게 살아가는 피폐한 민중

• 해제

　이 작품은 작가의 자전적 이야기로, 6·25 전쟁 직후의 시대상과 사회상을 사실적으로 그려 낸 소설이다. 이 작품에서는 궁핍한 생활을 하는 아래채 사람들과 부유한 생활을 하는 위채 사람들의 대조적인 모습을 통해 당시의 사회 현실을 그려 내고 있다. 한편, 이 작품에서 '나'와 '나'에게 가장의 역할을 기대하는 어머니의 갈등이 드러나는데, 그 과정에서 '나'는 가출을 경험하게 된다. 가출 후 '나'는 가족의 소중함을 깨닫고 정신적으로 성장하게 된다. 이처럼 이 작품은 '나'라는 소년의 시각을 통해 가족의 이야기를 전개하고 있지만, 이를 통해 당시 사회의 모습을 연결시키고 있다.

• 제목 〈마당 깊은 집〉의 의미
　– 주인공 가족이 세 들어 살던 집으로, 6·25 전쟁 직후 서민들의 삶을 보여 주는 축소판

　'마당 깊은 집'에서 살아가는 사람들의 삶의 모습은 전쟁 직후 서민들의 고단한 생활상을 사실적으로 보여 준다. 따라서 '마당 깊은 집'은 전쟁 직후 피폐했던 우리 민중의 삶을 압축적으로 보여 주는 공간이라고 할 수 있다.

• 주제
　6·25 전쟁 직후 서민들의 힘겨운 삶과 애환

한 줄 평 | 속삭임을 통해 화해와 공존에 대한 지향을 드러낸 작품

속삭임, 속삭임 ▶ 최윤

💬 전체 줄거리

'나'는 남편, 딸아이(은하)와 경기도 북쪽에 있는 한 지인의 과수원에서 일주일 간의 긴 휴가를 보내는 중이다. 며칠 과수원 좀 봐 달라는 남편 친구의 제안이 있었을 때, 나는 과수원이라는 단 한마디에 저 가슴 밑바닥에서부터 그 이상한 광증이 동했다. 그러나 이곳은 과수원이라기보다는 동물원을 방불케 했고 값비싼 정원수의 묘목장에 가까웠다.

장면 포인트 ① 152P

주목 내가 알고 있던 과수원은 깊은 산골의 야산 자락에 위치한 작고 황량한 것이었다. 그리고 거기에는 호수가 있었다. 호수는 일찍이 서울로 단신 유학을 떠난 내게 은근한 자랑거리였고, 유일한 조커패였다. 서울내기들에게 억울한 놀림을 당할 때마다 호수의 이야기를 그렇게 당당히 꺼낼 수 있었던 것은, '호수'라는 단어를 발음하자마자 딸려 오는 아재비의 얼굴이 있었기 때문이었다. 아재비로부터 받은 비밀스런 사랑, 거의 무조건적이라고 느낀 서툰 사랑, 서툴렀기 때문에 오랫동안 남는 사랑이었던 것이다. 아재비는 내 부모가 어렵사리 장만한 과수원의 과수원지기였다. 아재비는 장마로 팬 큰 웅덩이를 사흘 밤낮을 파 대고 산줄기를 타고 내려오는 물길을 잡아 호수로 만들었다. 그러나 아재비는 쉰 중반을 겨우 넘기고 죽었고, 과수원은 사라져 버렸으며, 호수도 흙에 묻혔다. 그것은 나의 자랑이던 그 빚진 사랑에 대해, 그 사랑의 작은 상징인 호수에 대해 끝도 없이 말을 토해 내고 싶은 광증과 같은 욕구로 남았다. ▶ 지인의 과수원에서 휴가를 보내던 '나'가 아재비를 떠올림

장면 포인트 ② 154P

나의 부모는 황해도 송림이 고향이었다. 이북에 있을 때는 순진한 사회 초년생이었으나, 남쪽으로 단신 내려와서는 농사를 짓고, 야산을 일구고, 유실수를 심었다. 하지만 일이 힘에 벅찼기 때문이었는지 아버지는 병치레가 잦았다. 만약 아재비가 과수원으로 살러 오지 않았다면 과수원 살림이 얼마나 더 어려워졌을지는 쉽게 상상할 수 있는 일이었다. 어린 시절 주워듣기로, 아재비는 석방된 반공 포로라고 했다. 실신 상태로 산 밑에서 발견됐는데 다행히 본 사람은 아버지밖에 없었고, 겨우 몸을 추스른 뒤로는 내 부모의 먼 친척으로 차츰 마을에 알려졌다. 어느새 아재비는 마을의 궂은일을 도맡아 해 주며 우리에게뿐만 아니라 마을 사람들에게도 꼭 필요한 사람이 되어 있었다. 부모들이 쓰는 이북 사투리를 쓰지 않고 무심히 일만 하는 친척 아재비, 이것이 어릴 때 가진 그에 대한 나의 느낌이었다. 아버지의 이른 병고로 어머니는 병간호와 고된 일에 매달려 있었으므로, 내게는 아재비와의 기억이 훨씬 더 많았다. 나는 아재비에게서 한글을 익혔고, 나를 학교까지 데려다 주고 데려오는 것도 아재비의 몫이었다. 아재비는 지금 내가 딸애에게 하듯, 옆에 앉혀 놓고 숙제를 봐주는가 하면 영감 흉내를 내며 귀신 얘기, 도깨비 얘기 따위를 해 주었다. 과수원은 그의 과수원이었을 정도로 모

든 일이 그의 손을 거쳐 이루어졌다. 내가 열 살이 되던 그해, 아재비는 이웃 읍내의 국밥집 아낙과 선을 보았다. 아재비는 돌아오는 길에 얼굴이 술에 벌겋게 달아올라, 자기에게 아내와 아들이 있다는 말을 꺼냈다. 내가 어디 있냐고 묻자, 아재비는 나를 놀리려고 한 거짓말이라고 둘러댔다. 이후 국밥집 여인이 과수원에 살러 왔지만 육 개월 만에 다시 떠나고 말았다. ▶ '나'의 집 과수원으로 흘러들어 온 아재비

나는 언젠가부터 아재비가 석방된 반공 포로가 아니라 내 부모와 동향인도 아닌, 도망자임을 직감했다. 그러나 그가 무엇에서 도망해야 했는지는 알 수 없었다. 이후 열세 살이 된 나는 서울의 중학교에 입학하기 위해 서울로 올라갔다. 어머니와 나는 하숙집을 정하기 전 반 달 정도를 한 여관방에 묵었다. 그곳에서 내가 입학 시험을 준비하고 있는 사이, 어머니는 무엇인가를 찾아 온종일 서울 장안을 헤매고 다녔다. 가끔씩 고향에 두고 온 가족과 산천에 대해 말할 때면 볼 수 있었던 흥분과 공허가 뒤섞인 표정을 어머니에게서 읽을 수 있었다. ▶ '나'와 함께 서울로 온 어머니가 무언가를 찾고 다님

내가 서울에 홀로 떨어진 후 맞은 열세 살의 첫 번째 방학이었다. 아버지의 심장병이 결정적으로 악화된 시기였다. 아버지에 대한 아재비의 간호는 어머니의 정성 그 이상이었다. 아재비와 아버지는 단둘이 이야기를 나누는 일이 많았다. 그들은 오랫동안 낮은 목소리로 얘기를 나누었다. 멀리서 들려오는 듯한 그들의 속살거림은 생각만 해도 가슴이 싸하고 아픈 향수를 불러일으킬 정도로 지극히 평화로웠다. 그 여름의 끝에, 아재비는 나를 데리고 어디론가 갔다. 우리가 도착한 곳은 M시에서 멀지 않은 한 읍이었다. 우리는 정류장 근처의 빙수집으로 들어갔다. 아재비는 그때 사십을 갓 넘긴 나이였는데, 그곳에서 나는 나이에 비해 늙어 버린 그의 눈꺼풀 밑으로 잠깐 고이다 만 눈물의 그림자를 보았다. 아재비는 내게 부탁 하나를 했다. 그것은 아무도 보지 않을 때 어느 집 대문 안에 딱지 비슷한 편지 한 장을 던져 놓고 오는 것이었다. 아재비가 주소와 약도를 건네 주었다. 순간 나는 몇 달 전 서울 장안을 헤매다가 늦게야 여관으로 돌아와 무언가를 옮겨 적던 어머니의 모습이 떠올랐다. 나는 막연히, 그 일을 잘못 수행하면 모두에게 매우 결정적인, 어떤 위험이 닥칠지도 모른다는 생각이 들었다. 나는 빙수집을 나설 때만 해도 부들부들 떨고 있었다. 그러나 그 집에 점차 가까워짐에 따라 놀라운 냉정함을 되찾았다. 나는 잠시 아무도 없는 국민학교 안으로 들어갔다. 내가 해내야 하는 일의 실체를 알기 위해 딱지 편지를 꺼냈다. 그러나 아재비의 익숙한 글씨체로, '흐르는 냇물에 달이 뜰 틈이 없네.'라는 뚱딴지 같은 문장 하나가 써 있을 뿐이었다. 나는 편지를 문안으로 던져 넣었다. 아재비가 죽기 전까지 십여 년에 걸쳐 모두 다섯 번을 나는 그런 이상한 편지 심부름을 했다. 그 다섯 번의 심부름을 하는 사이 수신인은 나보다 서너 살 나이가 많은

아재비의 아들과 아내라는 것을 알게 되었다. 다섯 번은 모두 다른 주소였다. 아재비가 어떻게 매번 새로운 주소를 알아냈는지는 알지 못한다. 시간이 지나 내가 아재비에 대해 좀 더 알게 되었을 무렵, 나는 그 편지의 암호문 같은 것이 단지 그가 살아 있음을 알리는 미미하고도 절망적인 신호임을 알게 되었다.

▶ '나'가 아재비의 부탁으로 어느 집에 편지를 던져 놓고 오는 일을 함

아버지에 이어 그의 장례를 치르러 시골집에 내려갔을 때 어머니는 아재비에 대한 이야기를 넋두리처럼 꺼냈다. 장면 포인트 ③ 156P 아재비는 한때 남로당 고위 간부로 사형 이외의 구형은 예상할 수 없는 도망자였다. 월북의 기회를 엿보며 도피해 있다가 검거되었고, 송환되던 중 우리 과수원으로 흘러들어 온 것이었다. 한참 후, 나는 이미 야산으로 변해 버린 과수원을 정리하기 위해 내려갔다. 나는 과수원이 보이는 호숫가에 앉아 다시는 못 보게 될 풍경들을 바라보았다. 그때 비어 있는 길 위로 영상 하나가 떠올랐다. 짧은 산책을 하던 아버지와 아재비의 모습이었다. 아버지는 남쪽을 택해 내려왔던 만큼 내가 다니는 국민학교에 와서 가끔 반공 강연을 하곤 했었다. 바로 그런 그가 남로당 열성 간부였던 아재비를 과수원에서 발견했고, 그의 불안한

신원의 바람막이가 되어 일생의 의형제가 된 것이다. 아재비는 어떻든 변하지 않은 채로 일생을 살았던 것 같고 그것을 내 부모에게 그다지 숨겼던 것 같지도 않다. 그들은 무슨 할 말이 그리 많았을까. 과수원의 사방에 그들의 속삭임이 있었다. 그들이 근본적으로 지니고 있는 차이가 끝도 없는 속삭임을 만들었던 것일까. 또 다른 영상이 하나 떠올랐다. 스물여섯, 스물일곱 살쯤 서울의 직장에 다니고 있던 내가 기차를 타려고 호숫가에서 곧바로 보이는 길을 걸어 나왔을 때였다. 사각사각 흙길 위를 달리는 자전거 바퀴 소리가 들렸다. 머리가 허연 아재비가 이를 한껏 드러내고 깊은 주름이 잡힌 미소를 짓고 있었다. 자전거 뒤쪽의 바구니에는 채송화 화분이 있었다. '창가에 놓고 아재비 생각도 해여.' 하고 자전거를 돌려 세워 다시 사각거리는 소리로 멀어지던 모습. 그것이 내가 마지막으로 본 아재비의 모습이었다. ▶ 아재비의 정체와 죽은 아재비를 그리워하는 '나'

어느새 나의 딸은 잠들어 있었다. 나는 잠든 딸아이를 보며 아재비의 이야기를 전할 방법을 찾아야겠다는 속삭임을 전했다.

▶ 딸에게 속삭임을 전하는 '나'

🎭 인물 관계도

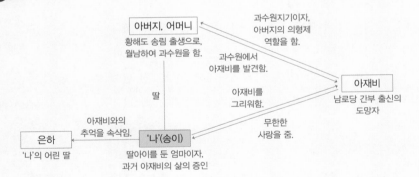

<보기>로 나오는 작품 외적 준거

공간의 이미지화와 '속삭임'의 확산적 효과

이 작품에는 사이사이마다 사람들 간의 속삭임이 물처럼 흐른다. 아이를 향한 송이의 속삭임은 이 소설을 이루는 축이라 할 수 있다. 그리고 그 안에서 다시 두 중요한 인물인 아버지와 아재비를 연결하는 상징적인 언술로서의 속삭임이 다른 축을 형성한다.

송이가 배 속의 아이에게 들려주던 속삭임, 아재비를 향한 그리움의 속삭임이 바람 소리처럼 흐르며 소설 속에서 다성적 목소리를 형성한다. 이들의 목소리는 소설에서 각각의 개별적 소리를 지닌 채 불거져 나와 다른 시점을 형성하지는 않는다. 하지만 화자는 그리움의 감정을 통해 회상 속에 수많은 인물들 간 속삭임을 복원해 낸다. 화자의 속삭임은 어린 시절 자신과의 대화이며 아재비와의 대화이고 자신의 아이 은하에게 보내는 속삭임인 것이다. 멀리서 들려오는 듯한 아버지와 아재비의 속살거림은 '생각만 해도 가슴이 싸하고 아플 정도로 짙은 향수를 불러일으키'면서 과수원과 호수 구석구석을 떠돌고, 시간성을 초월하고, 어머니의 언어로 성숙되어 아이에게 전해진다. 속삭임은 내용보다는 서로의 마음의 흐름을 확인하는 것이 더 중요한, 서로 간에 교감을 이루는 다사로운 풍경인 것이다.

– 강경희, 최윤 소설의 담론 연구, 2004

- 이 작품은 남로당 간부였던 아재비와 북에서 월남한 아버지가 화합하는 모습, '나'에게 깊은 사랑을 준 아재비와의 추억을 통해 이념 대립을 초월하는 화해와 공존에 대한 지향을 드러낸 소설이다.
- 해당 장면은 '나'가 지인의 과수원에 와서 자신의 집 과수원에서 일했던 아재비와의 추억을 떠올리고 있는 상황이다.
- 인물 간의 관계에 주목하여 '과수원', '호수' 그리고 '아재비'가 어떤 의미를 지니는지를 파악하도록 한다.

★주목 <u>과수원</u>. 내가 알고 있던 과수원은 깊은 산골의 야산 자락에 위치한 작고 황량한
　　　　자신의 집 과수원
　　　　작품의 주요 배경. '나'가 아재비와의 추억을 떠올리는 계기
것이었다. 그리고 거기에는 <u>호수</u>……가 있었다. 그 호수는 어렸을 때 나의 은근한
　　　　　　　　　　'나'에게 아재비와의 추억을 떠올리게 하는 매개체. 아버지와 아재비의 속삭임이 있었던 곳
자랑거리였다. 일찍이 서울로 단신 유학을 떠난 나에게는 서울내기들에게 억울한 놀
림을 당할 때마다 내심으로 부르짖을 수 있는 유일한 <u>조커</u>＊패였다. 시골 우리 과수
　　　　　　　　　　　　　　　　　　여기서는 서울내기들에게 자신의 자존심을 세울 수 있는 요소나 자랑거리 정도로 볼 수 있음
원에는 말이지 호수가 있다구. 호수가. 그 호수라는 말을 그토록 자랑스럽게 발음하
는 것은, 그 호수라는 마술의 단어를 발음하자마자 <u>어김없이 딸려 오는 얼굴</u>이 있었
　　　　　　　　　　　　　　　　　　　　　　　　　　　　아재비의 얼굴
기 때문이었다. 바로 그 얼굴의 주인에게서 받은 <u>비밀스런 사랑, 거의 무조건적이라</u>
　　　　　　　　　　　　　　　　　　　　　아재비가 '나'에게 준 사랑의 모습
<u>고 느낀 서툰 사랑</u>, 서툴렀기 때문에 오랫동안 남는 사랑이 있었던 것이다.
　　　　　　　　　　　　　　　　　　　　　　　　　▶ 과거 추억 속 아재비를 떠올림
　　<u>사라져 버린 모든 것이 다 아름답지는 않다는 것을 나는 일찍이 배웠다.</u> 일생 –
　　　자신에게 깊은 사랑을 주었던 아재비를 통해 알게 된 것
최소한 반생 – 동안, 내 부모가 어렵사리 장만한 고향의 황량한 과수원의 <u>과수원지</u>
　　　　　　　　　　　　　　　　　　　　　　　　　　　　　　　과수원을 돌보는 사람
<u>기</u>로 일하던 아재비를 통해서. 그는 스스로를 그렇게 비하해서 칭했고 어느새 그는
누구에게나 <u>아재비</u>가 되었다. 지금은 과수원도 아재비도 사라져 버렸다. 그의 삶
　　　　　　'아저씨'의 낮춤말
에 대해 나는 많은 시간 거의 잊고 지냈다. <u>그는 일찍, 쉰 중반을 겨우 넘기고 죽었</u>
　　　　　　　　　　　　　　　　　　　　　　　　이제는 사라진 아재비
<u>으며, 오래전부터 누적된 빚을 처리하느라, 딸애가 태어나기 바로 전에 우리는 그</u>
　　　　과수원을 팔 수밖에 없었던 이유　　　　　이제는 사라진 과수원
<u>과수원을 팔 수밖에 없었다.</u> 지금 그 자리에는 산장 비슷한 여관이 들어섰으니 어디
에고 흔적은 없다. 그도 갔고 과수원도 사라졌으며, <u>호수도 흙에 묻혔다</u>. 그러나 아
　　　　　　　　　　　　　　　　　　　　　　　아재비와의 추억이 있는 곳　호수도 사라짐
무리 생각해 보아도 그것은 내게 <u>울먹거림</u>만을 남겼다. <u>깊이 받은 사랑을 한 번도</u>
　　　　　　　　　　　아재비와의 추억에 대한 아쉬움, 아재비에 대한 그리움　　『 』 아재비의 사랑을 갚지 못한 '나'의 회한
<u>갚지 못한 사람이, 삶의 가감 계산에 어렴풋이 눈떠 그 사랑을 조금이라도 갚으려고</u>
<u>했을 때, 대상이 이미 사라져 버린 것을 느끼는 순간 샘처럼 가득 고이는, 그런 울먹</u>
<u>거림.</u>『그리고 그 울먹거림이 치솟아 올 때마다,『<u>나의 자랑이던 그 빗진 사랑</u>에 대해,
　아재비에 대한 그리움이 강할 때　　　　　　　아재비가 죽어서 아재비에게 받은 사랑을 갚지 못함　　　　　'나'에 대한 아재비의 사랑
<u>그 사랑의 작은 상징인 호수</u>에 대해 끝도 없이 말을 토해 내고 싶은 그 <u>광증</u>과 깊은
　『 』 '나'에게 있어 '호수'의 의미　　　　　　　　　　　　　　　　　　　　　　　　미친 증세
<u>욕구</u>.』<u>사라져 버린 모든 것은 사람을 울먹거리게 만든다.</u>　▶ '나'에 대한 아재비의 사랑에 울먹거림
『 』 아재비와의 추억을 말하고 싶은 욕구　아재비, 과수원, 호수
　　그러나 나는 아무에게도 그 얘기를 끝까지, 모두, 말해 본 적이 없다. 남편에게조
　　　　　　　　　　　　　　　　　　아재비와의 추억
차도. 남편도 내게 그토록 중요했던 과수원을 팔 때, 나만큼은 아니더라도 나를 위
로할 만큼 충분히 슬픔을 표시했고, <u>그를 만났을 때는 이미 저세상 사람이 된 지 오</u>
　　　　　　　　　　　　　　　　　　　남편은 아재비의 존재를 알지만 '나'와 아재비와의 추억에 대해 구체적으로 알지는 못함
<u>래인 과수원지기 아저씨의 존재에 대해 들을 만큼 들었다.</u>『그렇지만 한 사람의 삶에
대해, 그를 알지 못했던 누군가에게 모두를 이야기한다는 것은 얼마나 많은 조바심
을 자아내는가 말이다. 처음부터 하나하나 설명해야 하는 참을성이 내게는 없다.

작품 분석 노트

- '아재비'에 대한 '나'의 연상 과정

과수원
호수
아재비의 얼굴

과수원에서 자란 '나'가 친구들에게 자랑하던 '호수'는 아재비가 장마로 팬 물웅덩이를 사흘 밤낮으로 파서 만들어 준 것이기에 '나'는 '과수원 → 호수 → 아재비의 얼굴'의 순으로 연상하게 된다.

- '호수'의 의미

호수
아재비가 정성으로 만든 곳

↓

- '나'의 자랑거리
- 서울내기들에게 내세울 수 있는 유일한 것
- 아재비의 얼굴을 떠올리게 하는 공간

↓

'나'에 대한 아재비의 사랑을 상징하는 공간

- '아재비'와 '나'의 현재

과수원	누적된 빚을 처리하느라 팔아 버림
호수	흙에 묻힘
아재비	쉰 중반도 못 넘기고 사망함

↓

'나'의 울먹거림
아재비에 대한 간절한 그리움

그건 그러니까 불가능한 것이었다. 뿐만 아니라 듣는 사람이 나와 동일한 감정의 굴곡을, 같은 장소에서 전달받지 않는 것 때문에 오히려 더 외로움을 겪기 일쑤인 것이다. 이런저런 이유로 그것은 늘 진부하고 싱거운 이야기로 변해 버렸다. 설령 다 얘기했다고 생각하는 순간이 있어도 바로 다음 순간 예기치 않은 공백이 생겨나 나를 당황시키는 것이다.」

「 」: 아재비 이야기를 잘 하지 않는 이유

내가 의식적으로 무엇을 감지하기도 전에, 때로는 커튼의 미동 때문에, 때로는 화초의 그림자 때문에, 자주 아무것도 아닌 어떤 것에 부추겨져, 예의 울먹거림이 나

아재비에 대한 그리움이 간절할 때

도 모르게 심장에서 목구멍으로 여울져 올라올 때면 나는 난감해진다. 그 과수원의 이야기는, 아재비의 이야기는 어떤 어조로 말해야 하는 것일까. 금지된 속내 이야기를 어렵사리 털어놓는 것처럼 속살거려야 하는가. 아니면 무관한 한 사람의 이야기를 전달하듯이 과장을 섞어서 부산스럽게? 어머, 저런, 그래서 말인지 하는 식으로 호들갑스럽게? 그보다는 비극적인 어투로 작은 일화들에 요철을 줄 수도 있다.

오목함과 볼록함. 여기서는 변화, 다양한 기복의 의미임

그것이 어쩌면 가장 사실에 가까운 것일 수도 있지만 이상한 우수가 그 이야기에 비

비극적인 어투

극적인 어조를 부여하는 것에 훼방을 놓는다. 그만 그것에 함몰되어 말이 사라져 버릴 것 같은 느낌 말이다.

▶ 아재비의 이야기를 함부로 할 수 없었던 이유

■ 조커: 트럼프(카드 놀이)에서, 다이아몬드 · 하트 따위에 속하지 아니하며 가장 센 패가 되기도 하고 다른 패 대신으로 쓸 수 있는 패.

감상 포인트
아재비와의 추억과 관련하여 '과수원'과 '호수'의 의미를 파악한다.

• '나'가 아재비의 이야기를 하지 않는 이유

• 한 사람의 삶 모두를 그를 알지 못하는 사람에게 이야기한다는 것이 조바심을 자아냄
• 듣는 사람이 '나'와 동일한 감정의 굴곡을 전달받지 못하므로 더 외로움을 겪기 일쑤임
• 다 얘기했다고 생각하는 순간이 있더라도 예기치 않은 공백이 생겨나 당황스러움을 느낌

- 해당 장면은 아재비가 우리 과수원의 과수원지기가 된 이후 어린 '나'에게 깊은 사랑을 주고 있는 상황이다.
- 아재비의 행동과 태도에 주목하여 아재비가 '나'와 '나'의 가족에게 어떤 의미를 지니는지를 파악하도록 한다.

이북에 있을 때는 순진한 사회 초년생이었던 <u>나의 부모</u>는 남쪽으로 <u>단신</u> 내려와
　　　　　　　　　　　　　　　　　　　　　　　　　　　　　　　　　　　　　홀로
정착해서는 지어 본 적 없는 농사도 짓고, 야산을 일구어 밭도 만들고 <u>유실수</u>도 심
　　　　　　　　　　　　　　　　　　　　　　　　　　　　　유용한 열매가 열리는 나무
었다. 그렇다고 일생 동안 한 번도 풍족하게 지낸 기억은 없다. 과수원 이름도 — 나
'나'의 부모는 북에서 남으로 내려와 과수원을 가꾸기 시작함　　　궁핍한 '나'의 형편
의 이름이기도 한 — 고향 이름을 딴 송림 농원이었건만 소나무는 드물었다. 경험이
　　　　　　　　　부모님의 고향인 황해도 송림을 딴 이름
많지 않은 두 사람에게는 벅찬 과수원 일 때문이었는지 아버지는 일찍부터 병치레가
　　　　　　　　　　아재비　　　아재비가 '나'의 집의 과수원지기로서 중요한 역할을 했던 이유
잦았다. 만약에 어느 날 밤, 한 남자가 과수원으로 살러 오지 않았다면 그렇지 않아
　　　　　　　　아재비가 우리 집에 얼마나 중요한 사람이었는지가 드러남
도 전전긍긍하던 과수원의 살림이 얼마나 어려워졌으리라는 것은 쉽사리 상상할 수
있는 일이었다. 그 사람의 손길이 아니었다면 과수원은 더욱 <u>조야한</u> 야산의 모습으
　　　　　　　　　　　　　　　　　　　　　　　　　　거칠고 막된
로 되돌아갔을 것이다. <u>그가 사라져 버린 후에 그랬듯이.</u>　▶ 부모님의 과수원 '송림 농원'
　　　　　　　　　　　아재비가 죽은 후 과수원은 황폐해짐

　　그 젊은이가 과수원지기로 나의 부모와 어려운 <u>반생</u>을 같이 보낸 <u>정 씨 아저씨</u>다.
　　　　　　　　　　　　　　　　　　　　　　　한평생의 반　　　아재비
그렇다고 나의 기억 속에서 그가 젊었던 적은 없다. 어머니를 누님으로 아버지를 형
님이라고 불러 친척인 줄만 알았던 아재비…… 우리의 과수원에서 살길을 찾은 <u>석</u>
<u>방된 반공 포로</u>라고 들었다. 어린 시절 몰래 주워들은 부모의 대화에 의하면 어느
실제는 도망친 공산주의자임
날, 실신 상태로 산 밑에서 발견되었다고 했다. 다행히 그를 본 사람은 아버지밖에
없었고 반 달이 넘게 <u>신열</u>을 앓은 후에 겨우 몸을 추스른 그는 <u>나의 부모의 먼 친척</u>
　　　　　　　병으로 인해 오르는 몸의 열　　　　　　　　　　　　　　　새로운 신분을 얻음
으로 차츰차츰 마을에 알려졌다. 마을이라야 이십여 <u>호</u>가 고작인 깊은 산골에 그는
　　　　　　　　　　　　　　　　　　　　　　　　집
하늘에서 떨어진 것처럼 우리 과수원에 흘러들어 온 것이다. 「내가 웬만큼 컸을 때까
운명처럼
지도 마을 사람들이 그에 대해 말할 때 포로라는 단어가 한두 번 묻어 나오기도 했
다. 그러나 <u>그 단어</u>의 음험한 분위기와 나를 바라볼 때면 그의 눈에 활짝 지펴지는
　　　　　반공 포로
미소를 일치시키지 못해 나는 그 단어의 어두움을 곧 잊어버렸다.」 그리고 사람들도
「 』: 아재비는 반공 포로라는 단어의 이미지와 달리 온화한 모습임. '나'가 아재비가 반공 포로임을 의식하지 못한 이유
나처럼, 마을의 궂은일을 도맡아 해 주는 그에게 그렇게 익숙해지면서 그 단어를 잊
　　　　　　　　　　성실함으로 마을 사람들과 조화를 이룸. 이념을 떠나 인간적으로 화합하는 모습
었을 것이다. 이렇게 나의 탄생과 비슷한 즈음에 우리 과수원으로 들어와 <u>가족의 일</u>
<u>원이 된 그는 우리에게뿐만 아니라 마을 사람들에게도 꼭 필요한 사람이 되어 있었</u>
'아재비'가 지니는 의미
다. 부모들이 구수하고 정겹게 쓰는 이북 사투리를 쓰지 않는, 무심히 일만 하는 친
척 아재비, 이것이 어릴 때 가진 그에 대한 나의 느낌이었다.

　　<u>아버지의 이른 병고 때문에, 어머니는 고된 일과 병간호에 매달려 있었기 때문에</u>
　　　　　　　　　　　　　　　'나'와 아재비와의 추억이 많은 이유
내게는 아재비와의 기억이 훨씬 더 많았다. 「그의 무릎에서 재롱을 피웠으며, 초등
학교에 들어가기 전에 그에게서 한글을 익혔고, 족히 오 리는 되는 초등학교까지 데
「 』: 아재비가 '나'에게 준 사랑. 부모님을 대신해 '나'에게 깊은 사랑을 줌
려다주고 데려오는 것도 그의 몫이었다. 지금 내가 딸에게 하듯이 옆에 앉혀 놓고
숙제를 돌보아 주는 것에서부터 더듬거리는 느린 말투로 일부러 영감 흉내를 내면

<table>
<tr><td colspan="2">작품 분석 노트</td></tr>
</table>

- '송림 농원'의 형성과 '아재비'의 행적

'나'의 부모가
이북에서 내려와 땅을 구함

↓

'나'의 부모는 농사를 짓고,
밭을 만들고, 유실수도 심음

↓

과수원 '송림 농원'이 만들어짐

↓

아버지는 일찍부터 병치레가 잦음

↓

과수원의 살림이 어려움

↓

아재비가 과수원에 나타남

↓

아재비가 과수원지기가 됨

- '아재비'의 새로운 삶

- 석방된 반공 포로라는 소문
- 실신 상태로 산 밑에서 발견됨
- 반 달 넘게 신열을 앓음

↓

- 과수원지기가 되어 우리 집에 살게 됨
- 마을 사람들에게는 부모의 친척으로 알려짐
- 마을의 궂은일을 도맡아 함

↓

'나'의 가족의 일원이 되었고, 마을 사람들에게도 꼭 필요한 사람이 되었음

서 해 주는 귀신 얘기, 도깨비 얘기까지. 과수원은 그의 과수원이었을 정도로 모든
<u>일이 그의 손을 거쳐 이루어졌다.</u> 학교만 파하면 그를 졸졸 따라다니면서 나는 꽃씨
아재비는 병치레가 잦은 아버지를 대신해 자신의 과수원처럼 과수원을 돌봄
심는 법도 익히고 나무의 쓸데없는 가지 치는 법도 배웠다. 여름 방학이면 얇은 판
자를 엮어서 내가 들어가 앉아 놀 수 있는 나무 위의 놀이 집도 그가 만들어 주었다.
날씨가 좋을 때는 어머니가 북에 두고 온 할아버지 할머니 생신상 차리는 데 쓰려고
집안 살림에 쓰는 온갖 물건 등을 넣어 두는 곳
따로 아껴 놓은 곡식을 그가 슬쩍 광에서 꺼내서 우리끼리 몰래 <u>천렵</u>도 갔다., 가난
냇물에서 고기잡이하는 일
의 기억이 완전히 삭제될 정도로 <u>두고두고</u> 생각해도 <u>맛나는 사건들</u>이었다. 나는 그
여러 번에 걸쳐 오랫동안   행복한 추억들
렇게 정신없이 그를 쫓아다니면서 열 살이 된 것이다.   ▶ 아재비와 나눈 어릴 적 따뜻한 추억

　　나의 열 살. 그날은 아재비의 선보는 날이었다. 이미 삼십 후반에 들고서도 혼인
을 거부하던 그가 갑작스레 어머니의 고집에 꺾인 것인지, 아니면 그냥 그래 본 것
인지 이십 리가 넘는 이웃 읍내의 국밥집에서 일하고 있다는 한 아낙을 보러 가는 길
에 나를 데려간 것이다. 재를 넘어가는 그날의 흙길은 유난히도 희고 길었다. <u>조야</u>
<u>한 과수원에서 야생 동물처럼 뒹굴던 내게 그것은 참으로 희한한 경험이었다. 누가</u>
아재비가 선을 보는 일이 '나'에게도 특별한 기억이었음
해 보라면 생생하게 모든 세부를 다 말해 줄 수 있을 정도로. 게다가 그 국밥집의 어
두운 내부와, 담배를 빡빡 피워 대면서 술잔을 부지런히 채우던 난생처음 본, 남자
같이 코밑에 수염이 난 <u>노파</u>를 사이에 두고 앉아 굳게 입을 다물고 있는 남녀의 우울
중매쟁이
한 얼굴은 어린 내게 선본다는 일에 대한 확고한 편견을 만들었다.

　　　　　　　　　　　　　　(중략)

　　<u>내가 그의 삶의 첫 번째의 증인이 된 것은 바로 그날이었다.</u> 결정적인 순간은 ─
아재비에게 아내와 자식이 있다는 사실을 알게 된 것
적어도 결과를 두고 생각하면 ─ 돌아오는 길에서 내게 한 그의 질문이었다.

　　"<u>송이</u>야. 봤쟈. 아줌마가 네 마음엔 어찌 보이던?"
　　　'나'의 이름
　　못 마시는 술에 벌겋게 얼굴이 달아올라 그랬는지 눈빛이 무섭게 빛나 보이던 그
가 나를 쳐다봤을 때 나는 장난을 쳐서도 안 되고, 가짜로 대답해도 안 된다는 것을
평소와 다른 아재비의 눈빛에서 진지한 분위기를 알아차림
<u>알았다. / "무어, 우리 과수원에서는 못 살 것 같더라 그치?"</u>
　　　　　　　아재비가 과수원을 떠날까 봐 걱정되어 하는 말
　　그 선이라는 것이 성사되면 그가 <u>영영 과수원을 떠나</u> 그 국밥집으로 예쁘지도 않은
아재비와 오랫동안 함께 지내고 싶은 마음
슬픈 얼굴의 여인과 아주 살러 갈 수도 있으리라는 심각한 우려에서 나온 대답이었다.

　　그는 한참을 침묵했고 우리는 어느새 시장 거리를 떠나 묵묵히 희디흰 흙길을 걷
고 있었다. 그때는 봄이었다. 그가 꽃나무 가지를 꺾어 풀피리를 만들어 주었으니.

　　"그래. 송이 말이 맞다. 아마도 나랑은 못 살 것이다. 아재비도…… 아들이 하나
있단다. 여편네도 뻔히 살아 있는데 또 뭔 장가냐."

　　"아재비 아들이면 내 오빤가 동생인가? 어디 있는데 내가 가서 데려올까?"

　　"<u>송이가 알아도 못 데려와.</u>"
　　아재비는 남로당 간부 출신의 도망자 신세로 가족을 만날 수 없음
　　"피이, 아재비 거짓말하네." / "그래. 송이 놀리려고 한 거짓말이네. 괜시리 해 본 소리."
　　　　　　　　　　　　　　　　　　　　　　　　　▶ 아내와 아들을 그리워했던 아재비

• '나'에 대한 '아재비'의 사랑

・한글을 가르쳐 줌
・학교에 데려다주고 데려옴
・숙제를 돌보아 줌
・귀신 얘기, 도깨비 얘기를 해 줌
・꽃씨 심는 법, 나무의 쓸데없는 가지 치는 법을 알려줌
・나무 위에 놀이 집을 만들어 줌
・천렵을 감

↓

맛나는 사건

'나'와 아재비와의 따뜻한 추억으로, '나'에 대한 아재비의 깊은 사랑을 드러냄

• '아재비'의 가족

아내와 아들

아내와 아들이 살아 있지만, 아재비가 도망자 처지이기에 만날 수가 없음

↓

그의 삶의 첫 번째의 증인

아재비의 비밀을 알고 있는 '나'

- 해당 장면은 '나'가 잠든 딸에게 아재비와의 추억에 대해 속삭이고 있는 상황이다.
- 아버지와 아재비의 속삭임과 '나'가 딸에게 하는 속삭임에 주목하여 '속삭임'이 가지는 의미를 파악하도록 한다.

[앞부분의 줄거리] 지인의 과수원에서 남편, 딸과 함께 휴가를 보내던 '나'는 어린 시절 '아재비'와의 일들을 떠올리고 아재비와의 추억을 딸에게 전하고 싶어 한다.

★주목 이애, 사람들은 모두가 언제나 너만큼 크냐? 너의 양미간은 참으로 넓고 깊구나.
　　　　　　　　　　　　　　　　　　두 눈썹 사이
그 작은 호수 모양, 채송화꽃이 쪼르르 둘레에 피어 있던 그 호수 모양, 너를 보고
　　　　　　　　딸의 얼굴을 보며 과수원의 호수를 떠올림
있노라면 나는 목이 마르다. 이애, 저 길 앞으로 나가 보자. 이래서는 안 되는데, 네
말(속삭임)을 하고 싶음 – 아재비와의 추억을 딸에게 전하고 싶음
가 자고 있을 때면 이애, 나는 너를 흔들어 깨우고 싶다. 그리고 자꾸 수다를 떨고
　　　　　　　　　　　　　　　　　　　　　　　　　아재비의 이야기를 하고 싶은 욕구
싶구나. 그래 옛날 옛적에 사람들이 모두 평화로이 잠들어 있는 사이에 말이지, 그
만 땅에 틈이 생기더니…… 그게 바로 옛날이야기가 되어 버린 오늘의 이야기. 아,
　　　　이념 대립, 전쟁, 분단
이애 나는 아직도 찾지 못했구나. 어떻게 얘기를 해 주랴. 폭풍의 이야기로, 아니면
　　　　　　　　　　　　　　　　딸에게 아재비 이야기를 전할 방법에 대한 고민
가벼운 봄비의 이야기로, 그것도 아니면 지금처럼 피용피용 내리박히는 여름 햇살의
이야기로?
　　　　　　　　　　　　　　　　　　▶ 딸에게 전하는 '나'의 속삭임
　　　　1946년 11월 서울에서 조직된 공산주의 정당인 '남조선 노동당'의 줄임말　　┌ 사형이 확실시됨
　　한때 남로당 고위급 간부였던 그는 사형 이외의 구형은 예상할 수 없는 도망자였
　　　　　　　　　　　　아재비의 과거 이력
다. 그는 고위 간부의 자격으로 월북의 기회를 엿보며 도피해 있다가 검거되었고,
검거되어 송환되던 중 도망하였다. 도망하지 못하도록 동행하던 호송자들이 소지품
과 의복을 빼앗아 놓은 상태에서 하룻밤을 나던 중, 그는 그 상태에서 기적적으로
　　　　　　　　　　　　　남로당 고위급 간부에서 아재비로 변하는 순간　　'나'의 집으로
도망한 것이다. 검은 몇 날의 밤을 말처럼 집어타고, 한 과수원 속으로, 영원히.
　　아버지에 이어 그의 장례를 치르러 시골집에 내려갔을 때 지쳐 있는 어머니의 입
　　　　　　　　아버지가 아재비보다 먼저 죽음
에서 당신도 모르게 넋두리처럼 흘러나온 말들이었다. 아마도 그를 잃은 슬픔이 무
　　　　　　　아재비의 장례식에서야 그의 과거를 알게 됨
한히 컸던 때문이었겠으나, 나는 그렇게 뒤늦게 들은 사실을 핑계로 그를 미워할 출
　　　　　　　　　　　　　　　　　　　　　　　　　　　　핑곗거리
구를 찾았다. 어떤 종류의 거대한 도망을 나는 그에게서 기대했던 것일까. 바보 같
은 아재비. 멍청이. 겁쟁이. 아, 비겁한 도피자. 그렇게 딱한 사람의 삶의 증인으로
　　　　　　　아재비에 대한 '나'의 안타까운 평가　　　　　　아재비에게 아내와 자식이 있다는 것을 알고 있는 '나'
채택된 것이, 그의 삶을 억누르고 있는 음험한 그 무엇인가에 감염되어 입 한번 뻥
끗 못 하고 그토록 강한 열망으로 말을 붙이고 싶었던 그의 아내와 아들과의 만남을
방해한 것이 바로 그이기라도 한 것처럼 말이다. 이상하게 꼬인 감정의 매듭이었다.
당신들의 남편, 아버지가 저기 야산 자락에 살고 있다고 한 번도 외쳐 보지 못하고
　　　　　　　　　　아재비의 가족에게 아재비의 소식을 전하지 못한 '나'의 아쉬움
그의 편지 심부름을 한 것이 미치도록 미웠던 것이다. 그를 열렬히 미워하면서 조금
씩 나의 슬픔이 진정되었다고나 할까. 그 미움의 기간은 다행히도 그리 길지 않았다.
　　아재비가 죽은 이후　　　　　　　　　　　　　▶ 아재비의 과거 이력을 그가 죽은 후에 알게 됨
　　그가 간 후 한참이 지나, 이미 야산으로 변해 버린 과수원을 정리하기 위해 내려
　　　　　　과수원에서 일할 사람의 부족　　과수원을 돌보던 아재비가 죽었기 때문임
갔었다. 인력도 달렸거니와 무엇보다도 오래된 아버지의 투병으로 진 빚 감당으로
　　　　　　　　　　　　과수원을 팔 수밖에 없었던 이유

작품 분석 노트

- **딸에게 하는 '나'의 속삭임**

딸의 넓고 깊은 양미간
딸의 얼굴을 보고 채송화꽃이 둘레에 피어 있던 과수원의 작은 호수를 떠올림

↓

'나는 목이 마르다.', '나는 너를 흔들어 깨우고 싶다.', '자꾸 수다를 떨고 싶구나.'
딸에게 아재비에 관한 이야기를 하고 싶은 욕구를 느낌

↓

폭풍의 이야기, 봄비의 이야기, 여름 햇살의 이야기
어떻게 이야기를 할지 고민함

- **'나'의 편지 심부름**

편지 심부름
아재비의 부탁으로 '나'는 아재비의 아내와 아들이 사는 집에 편지를 던져 놓는 심부름을 함

↓

아재비는 남로당 간부로서 쫓기고 있어 가족을 만날 수 없는 상황이기에 '나'에게 심부름을 시킨 것임

↓

'나'는 아재비의 삶의 증인으로 채택된 것이라 생각함

팔려 나간 과수원에 방책을 만들러 벌써 남자 서너 명이 와서 일하고 있었다. 나는
외부의 침입을 막기 위해 세운 울타리

딸애의 출산을 얼마 남겨 놓고 있지 않은 때였다.

　　과수원의 길이 곧게 뻗어 나가는 게 보이는 호숫가에 앉아서 나는 다시는 못 보게

될지도 모르는 낯익은 풍경들 하나하나에 나의 애정 어린 시선을 나누어 주었다. 과
어린 시절, 추억이 담긴 곳　　　호수가의 풍경들

수원은 황폐했어도 내게는 평화였다. 설령 그것이 어느 날 없어졌다 해도. 그 안에
겉모습은 황폐하지만 과수원에서 있었던 과거의 기억은 아름다움

서 일어난 일을 알고 있는 무언의 동반자인 나무들은, 내일에 다가올 걱정에는 무관

심한 채 늠연하게 푸른 하늘에 미세한 실핏줄을 그리고 있었다. 잎이 다 진 가을이
　　　　위엄 있고 당당하게　　　　　　잎이 떨어져 나뭇가지만 있는 상태

었던 것이다.
황폐해진 과수원　　　　　　　　　　　　　　　　　　▶ 과수원을 다시 찾아감

　　그 비어 있는 길 위에 하나의 영상이 떠올랐다. 「아재비의 어깨에 팔을 얹어 기대
　　　　아재비에 대한 추억 – 아재비와 아버지가 함께하는 모습　　『 : 아버지와 아재비가 가까운 사이임을 보여 줌

고 불편한 몸을 움직이며 짧은 산책을 하는 아버지와 그 옆에 그림자처럼 엉킨 아재

비의 모습이었다.」그들은 늘 할 말이 많았다. 단둘이서. 나는 그럴 때의 그들이 제일
　　　　　　　　　아버지와 아재비의 '속삭임'

아름다웠다고 생각한다. 그들은 무에 그리 할 말이 많았을까. 혈혈단신 가족을 모두
아재비와 아버지의 관계에 대한 '나'의 인식　　　　혈혈단신: 의지할 곳이 없는 외로운 홀몸

버리고 남쪽을 택해 내려온 아버지였던 만큼 건강이 좋았던 젊은 시절만 해도 읍으

로 나가서 또는 내가 다니는 초등학교에 와서 가끔 반공 강연을 하곤 했었다. 모든
　　　　　　　　　　　　　　　　공산주의를 반대하는 내용의 강연 – 반공주의자인 아버지

사람이 고개를 끄덕여 주어 내 어깨를 으쓱하게 한 강연들이었다.
　　　　　아버지를 자랑스럽게 여겼던 어린 시절의 '나'

　　바로 그가 남로당의 열성 간부였던 아재비를 과수원에서 발견했고 그의 불안한
　　　　　　　공산주의자인 아재비　　　　　　　　　　　　　사형이 확실시되는 도망자

신원의 바람막이가 되어 주었으며 그와 일생의 의형제가 된 것이다. 그리고 어머니
　　　　　　　　　　　　　　　　　　이념을 뛰어넘은 인간애

가 내준 아재비의 공책에는 자연을 읊은 글만 있었던 것은 아니었다. 거기에는 잘

알아볼 수 없을 정도로 흘려 쓴 글씨이기는 하지만 그가 일생 동안 붙잡고 있었던 생
　　　　　　　　　　　　　　　　　　　　아재비 내면의 목소리

각들이 두서없이 채워져 있었다. 그가 겪어 온 사고의 모든 갈피들. 어떻든 그는 변
　　　　　　　　　　　　　　　　　　　　일이나 사물의 갈래가 구별되는 어름

하지 않은 채로 일생을 살았던 것 같고 그것을 아버지나 어머니한테 그다지 숨겼던
　남로당 간부였을 때 가지고 있던 신념을 버리지 않음　　'나'의 부모는 아재비가 공산주의자로서의 신념을 포기하지 않은 것을 알고 있었음

것 같지도 않다. 상식으로는 설명되지 않는 일들이, 그 이전 혹은 그것을 뛰어넘은
　　　　　　공산주의자와 반공주의자가 의형제로 지내는 것

어떤 곳에 그들의 삶과 함께 위치해 있었던 것이다.

　　과수원의 사방에 그들의 속삭임이 있었다. 그들이 근본적으로 지니고 있는 차이
　　　　　　　　　　　아버지와 아재비가 나눈 이야기, 제목과 연결됨

가 끝도 없는 속삭임을 만들었던 것일까. 특히 늦은 밤의 집 앞에 내놓은 평상 위와
　　　　　　　　　　　　　　　　　과수원 곳곳에서 아버지와 아재비는 많은 이야기를 나눔

과수원의 좁은 길들, 야산 밑에 파여진 호수 주변…… 사방에서 귀만 기울이면 바람

소리 같은 그들의 속삭임이 들려왔다. 무엇보다도 호수 주변에.「그것이 수많은 세월

이 흐른 지금까지도 황량하고 지난하던 과수원의 생활을 안온한 미소로써 기억하게
　　　　　　　　　　　　　　　지극히 어려운　　　　　　　　　조용하고 편안한

하는 것이다.」
「 : 아버지와 아재비의 속삭임은 어려웠던 과수원의 생활을 따뜻한 추억으로 기억하게 함　▶ 아버지와 아재비의 속삭임

　　또 다른 영상이 있다. 내가 몇 살 때쯤이었을까. 스물여섯, 스물일곱? 여전히 여
　또 다른 추억 – '나'와 아재비와의 추억

름이었고 과수원에서 보낸 연휴의 끝이었다. 나는 서울에서 직장에 다니고 있었고
　　　　　　　　과수원으로 여름 휴가를 온 현재의 '나'와 연결됨

주말이 끝나고 출근하기 위해 서울행 기차를 타려고 어머니가 준비해 준 밑반찬을

들고 거기, 호숫가에서 곧바로 보이는 그 길을 거의 다 걸어 나왔었다. 사각사각 흙

· 아버지와 '아재비'의 관계

아버지	아재비
남쪽을 택해 내려옴	월북하려고 함
반공 강연을 함	남로당의 열성 간부임

↓

· 과수원에 쓰러진 아재비를 아버지가 발견함
· 아버지는 아재비의 불안한 신원의 바람막이가 됨
· 아재비는 아버지 과수원의 과수원 지기가 됨

↓

· 몸이 불편했던 아버지는 아재비의 어깨에 팔을 얹어 기대고 산책함
· 아버지와 아재비는 늘 할 말이 많았음

↓

제일 아름다운 모습

· '상식으로는 설명되지 않는 일들'의 의미

아버지	아재비
반공 강연을 다닐 만큼 공산주의를 싫어했음	남로당의 열성 간부로 공산주의자임

↓

상식으로는 설명되지 않는 일들

사상이 다른 두 사람이 대립하지 않고 조화롭게 지내는 것

· '그들의 속삭임'의 의미

그들의 속삭임
아버지와 아재비는 집 앞 평상 위, 과수원의 좁은 길들, 호수 주변 곳곳에서 많은 이야기를 나눔

↓

이념적으로 대립하는 아버지와 아재비가 이념을 뛰어넘어 인간적인 사랑과 교감을 나눔

↓

마음을 나누는 대화를 통해 분단의 아픔을 치유할 수 있다는 가능성을 드러낸 것으로 볼 수 있음

길 위에 속살거리듯 작은 간지럼을 만드는 자전거의 바퀴 소리가 들렸다. 머리가 허

_{아재비가 '나'에게 다가오는 소리. 자전거의 사각거리는 속삭임은 작품의 제목과도 연결됨}

연 아재비였다. 송이야! 하고 부르지도 않았다. 그저 이를 한껏 드러내고 깊은 주름

_{늙은 아재비}   _{'나'에게 보내는 아재비의 환한 미소 → '나'에 대한 아재비의 깊은 사랑이 드러남}

이 잡히는 미소를 짓는 것이 다였다. 자전거의 사각거림이 멎고 그가 내렸다. 자전

거 뒤쪽에 얹혀 있는 허름한 바구니에는 채송화 화분이 하나 들어 있었다.

_{아재비의 사랑이 담긴 마지막 선물}

　　창가에 놓고 아재비 생각도 해여.

_{도시 생활을 하는 '나'를 생각하는 아재비의 마음이 담김}

　　다시 자전거를 뒤돌아 세우고 이어서 멀어져 가던 사각거리는 소리. 그것이 그를

_{아재비의 사랑}

마지막으로 본 것이었다. 「그때 그의 미소는 그토록 깊었는데, 직장 생활에 얽매여

　　　　　　　　　　　　　　　　　　　　　　　_{「 」: 아재비의 사랑을 갚지 못한 '나'의 안타까움이 담겨 있음}

고향에 들르지 못하는 기간이 점점 길어지던 그즈음 어느 날 아주 갑작스럽게 그는

그렇게 가 버린 것이다. 내게 채송화 화분 하나를 아프게 남겨 놓고.」

　　　　　　　　　_{아재비를 떠올리게 함}　　　　　　　　　　　▶ 아재비의 마지막 선물인 채송화 화분

　　아, 이애. 오늘은 왜 이리 목이 마르냐, 너의 잠은 또 왜 이리 깊으냐, 사방에 정

　　　　　　　　　　　_{잠이 든 딸을 깨워 아재비 이야기를 하고 싶은 욕구를 느낌}

적이다. 이애, 어서 깨어 내 말을 좀 들어 주렴. 눈을 잠시 감았다가 떴을 때, 저 앞

　　　　　　　　　　　　　　　　　　　　　　_{아재비가 타고 다니던 것 → 아재비를 떠올리게 하는 소재}

으로 부활한 호수가 걸어온다면…… 그늘에 쉬고 있던 먼지 덮인 자전거의 바퀴가

_{아재비와의 따뜻한 추억이 있는 호수}

둥글둥글 소리 없이 홀로 돌기 시작한다면…… 아, 세상의 모든 속삭임이 물이 되어

흐른다면……. 이애, 우리가 한 몸일 때 그랬던 것처럼, 네게 해 줄 속삭임이 이다지

　　　　　　　　　_{딸애를 임신하고 있었을 때}　　　　　　　　　_{딸에게 아재비 이야기를 전할 방법을 고민함}

도 많은데, 이제는 어떻게 그 얘기를 해야만 할까. 울음처럼, 웃음처럼, 옛날이야기

로 혹은 미래의 이야기로, 기체의 이야기 아니면 액체의 이야기로? 이애, 햇볕이 아

　　　　　　　　　　　_{폭풍의 이야기}　　　　　_{봄비의 이야기}

직도 이렇게 따가운데…… 우리가 예전에 한 몸이었을 때처럼, 그렇게 얘기해 볼까.

　　　　_{'나'가 딸이 배 속에 있을 때 들려주던 속삭임처럼}　　　　　▶ 딸에게 전하는 '나'의 속삭임

• '아재비'의 마지막 선물

채송화 화분
아재비가 마지막으로 '나'에게 준 선물

↓

- '나'에 대한 아재비의 사랑을 상징하는 소재
- 아재비의 모습을 떠올리게 하는 소재

• '딸에게 하는 속삭임'의 기능

'나'가 딸에게 하는 속삭임
아재비와의 추억과 그로부터 유발되는 상념들을 털어놓음

↓

- '나'의 내밀한 속마음을 잘 드러냄
- 다음 세대에게 화해와 공존에 대한 염원이 담긴 메시지를 건네는 것으로 볼 수 있음

핵심 포인트 1 서사 구조에 대한 이해

인물 간의 관계에 주목하여 작품의 서사 전개 및 주제 의식을 파악 수 있어야 한다.

+ 인물 간의 관계에 의한 서사 전개

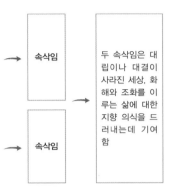

아버지와 아재비가 나눈 이야기
• 아버지와 아재비는 서로 이념은 다르지만 모두 전쟁, 분단의 상처를 지닌 인물임. 많은 대화를 통해 아픈 상처를 공유하며 서로를 이해하고 교감함 • 과수원의 평상 위, 좁은 길, 호수 주변 등에서 귀만 기울이면 들을 수 있는 것으로, 공간과 연계되어 형상화됨

→ 속삭임

'나'가 딸에게 하는 이야기
• 아재비에게 받은 깊은 사랑을 딸에게 전하고 싶음 • '나'의 어릴 적 이야기와 그에 대한 생각을 잠들어 있는 딸에게 속삭이듯이 전하고 있음 • 다양한 감각적 이미지를 동원하여 자신의 바람을 드러냄

→ 속삭임

두 속삭임은 대립이나 대결이 사라진 세상, 화해와 조화를 이루는 삶에 대한 지향 의식을 드러내는데 기여함

핵심 포인트 2 인물 및 공간적 배경에 대한 이해

주요 인물인 아재비에 대한 '나'의 정서와 태도를 이해하고, 공간적 배경인 '과수원', '호수'의 의미를 알아 둘 필요가 있다.

+ 아재비와 관련한 '나'의 인식·태도

과수원지기	'나'의 부모가 애써 일군 과수원을 책임지고 돌봐 줌
아버지의 의형제	몸이 불편한 아버지가 의지할 수 있는 대상으로, 친형제처럼 서로 마음을 나눔
'나'의 가족의 일원	• 부모를 대신해 '나'를 보살피고 '나'에게 무조건적일 만큼 깊은 사랑을 줌 • '나'는 아재비에게 받은 깊은 사랑을 아재비가 죽어 갚지 못한 것을 안타까워함
남로당 간부	도망 와서도 공산주의자로서 가졌던 신념을 포기하지 않음
아재비의 가족	• '나'는 만나지 못하는 아내와 아들이 있다는 아재비의 비밀을 알고 있음 • '나'는 아재비의 가족에게 아재비 소식을 전하지 못한 아쉬움을 드러냄

↓

아재비와의 추억은 '나'에게 울먹거림을 느끼게 함
아재비에 대한 사랑과 그리움

+ 공간의 상징적 의미

과수원, 호수	▶	• '나'와 아재비와의 추억이 있는 공간 • '나'에 대한 아재비의 사랑을 보여 주는 공간 • 사상이 다른 아버지와 아재비가 대화를 나누며 교감하는 공간 • 과수원이 세상으로부터 아재비를 은폐해 주는 공간이라면, 호수는 아재비와의 추억과 아재비에 대한 그리움이 더 심화되어 나타나는 공간임

핵심 포인트 3 서술상 특징 파악

'나'의 이야기를 중심으로 작품에 드러난 서술상 특징을 파악할 수 있어야 한다.

+ 서술상 특징

과거와 현재의 교차	서술자인 '나'가 자신이 어린 시절 겪은 일을 회상하는 방식으로 서술함 → 현재 지인의 과수원에 머물며 추억 속 과수원의 일을 회상하는 것
고백적 진술	'나'가 과거에 대한 기억과 그 기억에 부여한 의미를 고백적 진술을 통해 제시함
말을 건네는 방식	아재비와의 추억들이 불러일으키는 상념을 딸에게 말하듯이 털어놓음
감각적 표현	과거와 현재의 과수원의 모습을 다양한 감각적 이미지를 활용하여 표현함

작품 한눈에

• **해제**

〈속삭임, 속삭임〉은 '나'가 딸에게 하는 속삭임과 아버지와 아재비가 나눈 속삭임을 통해 이념을 초월하는 화해와 공존에 대한 염원을 드러낸 작품이다. 전자의 속삭임은 아재비와의 추억에서 떠오르는 상념들을 털어놓는 것으로 제시되고, 후자의 속삭임은 사상이 다른 아버지와 아재비가 서로 의지하며 교감을 나누는 모습으로 제시된다. 이 둘의 속삭임은 과수원이라는 공간을 통해 과거와 현재를 넘나들며 서로 유기적으로 연관되면서 주제 의식을 형성하고 있다. 즉 두 개의 속삭임이라는 서사를 통해 마음을 나누는 대화로 갈등과 그로 인한 상처를 극복할 수 있다는 가능성을 모색한 작품이라고 볼 수 있다.

• **제목 〈속삭임, 속삭임〉의 의미**
  – 아버지와 아재비의 속삭임, 그리고 그들의 이야기를 '나'가 딸에게 전하는 속삭임을 그린 이야기

  이 작품의 제목은 '나'가 딸에게 하는 속삭임과 아버지와 아재비가 나눈 속삭임을 의미하며, 이를 바탕으로 대립을 초월하는 화해와 공존에 대한 지향을 드러내고 있다.

• **주제**

이념 대립을 초월하는 화해와 공존에 대한 염원

한 줄 평 | 6·25 전쟁 이후 이상과 현실 사이에서 방황하는 지식인의 고뇌를 그린 작품

제3 인간형 ▸ 안수길

💬 전체 줄거리

석은 Y 학교에 근무하는 교원이다. 아이들이 모두 하교한 토요일 오후, 석은 직원실 의자에 기대앉아 창밖을 보고 있었다. 다행히도 석의 의자는 창밖으로 바다를 내다볼 수 있는 자리에 위치하고 있었다. 그러나 그날의 창밖 풍경은 몹시도 단조로웠다. 맵시 좋은 여객선도, 고색창연한 풍선도, 수평선 위 이국의 자줏빛 섬도 시야에 들어오지 않았다. 석은 휴일인 내일 무엇을 할까 골똘히 생각하였다. 아침에는 기껏 늦잠을 자고 오후에는 해운대의 R을 찾을까 싶었으나, 만원버스에 시달려 갔다 올 생각을 하니 선뜻 내키지 않았다. 그때 고급차 한 대에서 신수 좋은 신사 하나가 내려 직원실로 걸어오는 것이 보였다. 석은 깜짝 놀라 일어났다. 그는 삼 년 만에 나타난 석의 친구, 작가 조운이었다. ▸ Y 학교로 석을 찾아온 조운

장면 포인트 ① 162P
석은 조운의 손을 덥석 쥐고는 반가운 인사를 나눴다. 몇몇 직원들이 호기심 가득한 눈으로 그들을 바라보았다. 〔주목〕 말하는 수작으로 보아 지극히 친밀하고 흥허물없는 사이인 것 같은데, 어쩌면 하나는 저렇게 기름이 흐르고, 하나는 저렇게 초라한 몰골일까 싶었을 것이었다. 사실 얼른 알아볼 수 없을 만큼 몸집과 차림새가 달라진 조운을 석도 경이의 눈으로 보는 마찬가지였다. 조운은 문학에 대한 결백성을 굳게 지켜온 것으로 문단인의 존경을 받아오던 사람이었다. 그러나 조운은 난해한 문장으로 인해 독자가 그리 많지 않았고 생계를 위한 매문(賣文)도 하지 않았기에 항상 생활은 궁했고 초라한 모습을 하고 있었다. 그런 조운이 오늘의 모습으로 나타났으니 기적이 아닐 수 없었다. ▸ 석과 조운이 반갑게 인사를 나눔

조운은 토요일이니 자신과 놀러 가자면서 석을 자동차에 태웠다. 석은 조운과 마지막으로 갈라진 날을 떠올렸다. 사변이 나던 그다음 날, 조운은 전쟁 상황을 알아볼 요량으로 당시 K 신문에 근무하던 석을 찾아왔다.

장면 포인트 ① 162P
그 후 암흑의 구십 일간에 한 번도 만나지 못하였는데, 서울 수복 후에도 조운은 나타나지 않았다. 조운을 두고 부역해서 따라갔다느니, 납치되었다느니 하는 억측이 떠돌았다. 그러나 1·4 후퇴로 부산에 내려와 보니, 신문 소식란에 조운이 자동차 회사 중역이 되어 피난도 제일 먼저 했고, 돈도 듬뿍 벌었다는 것이 보도되었다. 놀란 것은 석뿐이 아니었다. 그렇게 문학에 대하여 결벽하고 순교자적 태도였던 조운의 일이었으니 놀랄 수밖에 없었다. 무능한 문인 자신에 환멸을 느낀 이들은 조운의 처사를 통쾌하게 여겼다. 걸걸한 친구들이 나서 조운을 습격하자 하였으나, 조운은 부산에 없었다. 부산에는 1·4 후퇴 초에 잠깐 나타났다가 어디로인지 자취를 감춘 것이었다. 여러 소문들이 있었으나 조운은 영 사라지고 말았다. 그렇게 삼 년의 세월이 흘렀다. 그 삼 년 동안 조운이 무엇을 했을지 석은 몹시 궁금했다. 석은 조운이 혹, 숨어서 이룩한 대작에 대한 평을 받고 불쑥 나타난 것은 아닐까 생각했다.

석은 조운에게서 정신적인 위압을 느꼈다. 이것은 조운이 건네는 것이라보다는 석의 공허, 자책으로 얼룩진 내면 때문이었다. 석이 Y 학교에서 교편을 잡게 된 것은, 정치 파동이 한창일 무렵이었다. 두 달이나 실업의 쓰라림을 맛보고 있던 그는 어디든 입에 풀칠할 자리를 얻어야 했다. 그때 학교가 구원의 안식처가 되었다. 이곳에서 석은 안정적인 수입과 함께 쓰고 싶은 것을 마음먹고 쓸 수 있겠다고 생각했다. 그런데 아직까지 석은 한 편의 작품도 이룩하지 못했다. 자질구레한 잡무가 꼬리를 물고 그칠 줄 몰랐다. 이제 석은 허탈한 마음으로 학교 주위의 바다 풍경이나 즐기고 일요일이나 고대하는 게으른 사람이 되고 말았던 것이다. ▸ 지난 삼 년간 석과 조운의 변화

이런 생각을 하는 사이, 차는 부민관 골목을 꺾어 들어가 관해루 앞에 와 있었다. 요리와 술을 주문하는 조운을 보며 석은 술을 삼가야겠다고 결심했던 일을 떠올렸다. 원래 석은 술 먹은 뒤가 깨끗했다. 술이 거나하게 돌아도 재치 있는 말이나 노래를 조금 하는 식이었으므로 술자리에서도 환영을 받았다. 석은 퇴근 후, 문단 친구나 뜻 맞는 동료들과 함께하는 술자리를 구태여 마다하지 않았다. 이렇게 끌려다니는 사이 석은 술이 늘었고 주정 하나가 생겼다. 그것은 말이 많아진 것이었다. 술 먹을 때의 다변은 좌석을 명랑하게 하는 효과가 있었으나, 집에 와서는 중언부언하는 말로 집안 식구들을 자지 못하게 만들었다. 가족들은 석의 술주정을 질색하며 싫어했다. 그 후 석의 주정은 우는 것으로 바뀌었다. 술에 취한 석은 자신이 불우하다고 하며 울었다. 처음에는 어루만져 주던 가족들도 거듭되는 울음에 머리를 저었다. 그러다 달포 전, 석은 술을 마신 후 얼굴이 피투성이가 되어 귀가했다. 어디서 어떻게 다쳤는지 기억나지 않았다. 석은 아차, 하고 자신을 돌이켜보지 않을 수 없었다. ▸ 작가다운 생활을 하지 못하던 석에게 생긴 술버릇

장면 포인트 ② 164P
그런 석을 앞에 두고 조운은 드디어 그간의 일을 꺼냈다. 조운은 자신이 삼 년 동안 타락했다며, 외투 안주머니에서 종이 꾸러미를 꺼냈다. 거기에는 검정 넥타이와 미이의 편지가 들어 있었다. 미이라면 조운을 따라다니던, 석도 잘 아는 문학소녀였다. 편지에는 미이가 간호 장교 시험을 지원하여 대구로 떠난다는 작별 인사와 조운에게는 검정 넥타이가 잘 어울린다는 말이 쓰여 있었다. ▸ 조운이 자신이 타락했음을 밝힘

조운이 미이의 얘기를 꺼냈다. 미이는 모 중역 회사의 딸로 부유한 가정에서 귀엽게 자란 명랑한 여인이었다. 여의대를 다니다 문학을 한다고 학교까지 그만두었다는데, 처음에는 일기 한 줄 제대로 못 쓸 것 같더니 꽤 그럴듯한 소설을 지어 왔다고 했다. 어느 날인가는 미이가 조운이 매일같이 하던 검정색 넥타이를 가리키며 인생에 대한 상장(喪章)을 의미하는 것이냐고 물었다고 했다. 미이는 조운이 세상일에 초연한 것이라든가, 세상일에 얼굴 찡그리고 꼬치꼬치 캐

묻는 등의 태도가 검정 넥타이와 잘 어울린다고 했다고도 했다. 그러고는 인생을 즐겁게 보라면서 남색 바탕에 새빨간 달리아 한 송이가 그려진 넥타이를 사 주었는데, 낡은 검정 넥타이는 미이 자신의 핸드백 속에 집어넣어 버렸다고 했다. 그리고 며칠 지나지 않아 6·25 사변이 터진 것이다. 조운은 처가가 있는 어느 시골로 내려가 숨어 지내는 동안 인생은 까다롭게 살 것이 아니라는 생각이 들었다고 했다. 이 결론을 실천에 옮긴다는 뜻에서인 것은 아니었으나, 당면한 생활 문제를 해결하기 위해 서울 수복 후에는 처삼촌과 손을 잡고 자동차 운수업을 시작했다고 했다. 이 일로 돈을 버는 재미에 빠졌고, 조운에게는 이제 좁은 방에서 원고지 빈칸을 메우는 그런 생활은 고리타분한 것이 되었다고 했다.

▶ 조운이 미이와 지난 삼 년 간의 이야기를 털어놓음

조운은 석에게 얼마 전 우연히 부산역 앞에서 미이를 만난 사실을 전했다. 조운의 말에 따르면, 미이는 변해 있었다고 했다. 미이는 침착하고 어른스러웠다. 미이는 사변 후 기울어진 집안 사정으로 부산에서 일자리를 구하고 있었다. **[장면 포인트 ② 164P]** 미이는 누구나 사명을 가지고 태어나지만, 모두가 사명을 다하고 살지는 않는다며, 자신은 지금 자기의 사명을 찾는 중이라고도 했다고 한다. 이후 조운은 미이

를 몇 번 더 만났는데, 그녀의 딱한 사정에 예전의 명랑함을 되찾아 주고 싶다는 생각이 간절해졌다고 했다. 조운이 다방 하나를 차려 주겠다고 하니, 미이는 조금 좋아하는 듯하다 이내 생각할 시간을 달라고 했다. 그러던 것이 오늘이었다. 미이가 이 검정 넥타이와 편지를 남기고 떠난 것이었다. 조운은 그제서야 삼 년 동안 자신이 정신적으로 타락의 길을 걷고 있었다는 것을 뼈아프게 알았다고 했다. 자신은 미이가 말하는 사명을 찾고, 사명을 다하는 길을 사변이라는 외적인 격동 때문에 포기한 것이라고 했다. 그리고 생각하는 체하던 자신이 바보같이 된 사이 부박하다고, 세상을 모른다고 여겼던 미이는 사변에서 키워졌고 굳세어졌으며, 올바른 사람이 되었다고 했다.

▶ 전쟁을 겪으며 성숙한 미이를 통해 부끄러움을 느낀 조운

석은 큰 충격을 받았다. 석의 뇌와 마음은 강렬한 미이의 인상으로 꽉 차 있었다. 석이 보기에, 조운은 그의 말대로 사변의 압력으로 스스로의 사명을 포기했고, 미이는 사변을 통해 용감하게 시대적 요구에 응할 수 있는 사람으로 변했다. 그렇다면 석은 자신이 사명을 포기하지도 그것에 충실하지도 못하고 말라 가는, 사변이 빚어낸 한 타입이 아닌가 하는 생각이 들었다. ▶ 미이에 대한 석의 감동과 자책

🎭 인물 관계도

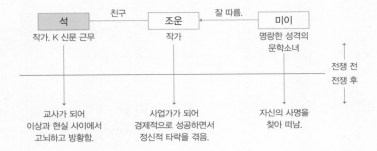

석 ──친구── 조운 ←잘 따름.── 미이
작가. K 신문 근무 / 작가 / 명랑한 성격의 문학소녀

전쟁 전 / 전쟁 후

교사가 되어 이상과 현실 사이에서 고뇌하고 방황함. / 사업가가 되어 경제적으로 성공하면서 정신적 타락을 겪음. / 자신의 사명을 찾아 떠남.

<보기>로 나오는 작품 외적 준거

제3 인간형에 해당하는 인물 '석'

이 작품 속 세 인물 중 석은 전쟁 이전과 이후 크게 달라지는 삶이 아니다. 이 인물은 작가이지만 딱히 글을 써 달라고 연락이 오는 곳도 없었고, 따라서 글 쓰는 직업으로는 가족을 부양할 수 없기 때문에 피난지에서 교사가 되어 살아가는 인물이었다. 그렇다고 교사에 열중한 삶이었는가. 그것도 아니다. 직업에도 자신의 꿈에도 충실하지 못하여 공허하게 살아가는 인물이다. 따라서 현실과 대결하기보다는 현실과의 타협을 하려는 인간인 것이다. 작가는 석이 사변을 겪으면서 본인의 삶에 있어 삶을 의미 있게 '살아가는' 것이 아니라 그저 별 의미 없이 그냥 주어지기에 살아가지만 '공허하게 살아가는' 그러한 인물의 유형이었으며, 자신의 삶을 스스로 규정하기에 사변이 낳은 새로운 인간의 유형이 아닌가라는 자조적인 물음을 던지는 인물이라고 보았다.

– 김나래, 안수길 연구, 2018

• 이 작품은 6 · 25 전쟁으로 변화한 세 인물의 삶을 보여 주면서 바람직한 삶의 방향이란 무엇인지 묻고 있는 소설이다.
• 해당 장면은 6 · 25 전쟁 후 피란지 부산에서 교사를 하던 석이 오랫동안 행방불명이 되어 여러 가지 소문만 무성했던 친구 조운을 만나는 상황이다.
• 이야기 밖 서술자를 통해 드러나는 석의 내면, 조운의 과거 행적 등을 파악하도록 한다.

「"어느 구름 속에 숨었다가 이렇게 불쑥 나타났는가?"

"그 구름장을 벗겨 버린 바람이 불었다네."

"자네가 구름 속에 숨고, 또 이렇게 나타나구 사람은 오래 살고 볼 일일세."

"여부가 있는가, 지긋지긋하게 살아야지."

"죽었는가 했을 때도 있었네."

"추도회나 할 거지."」 『 ♪ 전쟁 이후 행방불명되어 소문만 무성했던 조운이 석을 찾아온 상황임. 대화 내용으로
　　　　　　　　　보아 이들이 매우 가까운 사이이며 문학적 소양을 갖추었음을 짐작할 수 있음

문을 열고 들어오는 손님을 나가면서 맞은 ⓢ석은, 그의 손을 덥석 쥐고 이런 수작
　　　　　　　　　조운
으로 말을 주고받았다. → 전쟁 전에는 문학을 마음의 지주이자 생활의
　　　　　　　　　　　　　목표로 삼고 작가로 활동하였으나, 피란지
　　　　　　　　　　　　　부산에서 생계유지를 위해 Y 학교 교사가 됨

그리고 그를 책상 옆에 안내하여 옆자리에 비어 있는 의자를 끌어다 앉으라고 권

하였다. 　　　　　　자기 성찰에 충실하며 철저한 작가 의식을 지녔던 문인이었지만, 전쟁 중
　　　　　　　　　자동차 사업가로 변신하여 경제적으로 성공하면서 안일한 삶을 추구함 ←

토요일 방과 후의 정신적 포만을 즐기면서 슬금슬금 집으로 돌아간 직원이 많아,
　　　　　　　　　　　토요일 방과 후 조운이 석을 만나러 학교로 온 상황임
오십여 명 교사가 한창 때이면 무슨 시장판같이 들끓던 교실도 한결 조용하였다. 사

무적인 일을 정리하느라고 남아 있던 직원들은 고급 차의 방문객 조운과 석이 떠드
　　　　　　　　　　　　　　　조운이 경제적으로 매우 성공했음을 알 수 있음
는 소리에 책상에서 머리를 들었다. 그리고 호기심이 가득 찬 눈으로 그들 둘의 하

는 수작을 주목하였다. 그들의 호기심을 끈 것은 방문객이 고급 차를 타고 왔다는

점이 아니었다. 방약무인하게 높은 소리로 떠들어 대는 둘 사이의 대화 때문도 아니다.
곁에 사람이 없는 것처럼 아무 거리낌 없이 함부로 말하고 행동하며

★주목 서로 말로 하는 수작을 보아서는 지극히 친밀하고 흉허물 없는 사이인 것 같은데,

어쩌면 하나는 저렇게 풍부하고 기름이 흐르고, 하나는 저렇게도 몰골이 초라할까?
　　　　　　조운의 외양　　　　　　　　　　　　　　　　　석의 외양
둘 사이의 주고받는 대화와는 어울리지 않는 외면의 현격한 차이가 마치 만화의 인

물이 튀어나와 실제로 움직이는 것을 보는 듯했을 것이다. 동료들의 호기심은 이 점

에 있는 것은 아닐까?

「사실, 석도 몸집과 차림차림이 얼른 알아볼 수 없으리만큼 변해 버린 작가(作家)
　　　　　　　　　　　　조운의 외양이 이전과는 많이 달라져서 석도 놀람
조운을 대할 때, 경이의 눈을 뜨지 않을 수 없었다.

억지로 전에 하던 버릇대로 농조로 말을 끄집어는 냈으나, 그와 대조하여 석 자신
「♪ 이야기 밖 서술자를 통해 드러나는 석의 내면
의 몰골이 얼마나 초라할까가 마음에 걸려 미상불 주눅이 잡히기까지 하였다.」
　　　　　　　　　　　　　　　아닌 게 아니라 과연
"아니, 자네도 이렇게 몸이 나고, 이렇게 좋은 옷을 입고, 이렇게 훌륭한 모자를

쓰고, 또 고급 차로 출입을 하고 할 때가 있었던가? 세상은 변하고 볼 일일세."

"기적 같단 말이지?"

— 작품 분석 노트

• '조운'과 '석'의 만남

조운	석
고급 차를 타고 옴	부산에서 교사 생활을 함
풍부하고 기름이 흐름	몰골이 초라함

친밀하게 흉허물 없이 대화를 주고받음

↓

동료 직원들의 호기심을 자극함

사실 기적이라고 말할 수도 있었다.
▶ 6·25 전쟁 후 피란지 부산에서 조운이 석을 찾아옴
6·25 전쟁 전후로 조운의 모습이 놀라울 정도로 달라졌기 때문임

「작가 조운이라면 독특한 철학적인 명제를, 그것을 담는 난삽한 문체에 고집하는
글이나 말이 매끄럽지 못하면서 어렵고 까다로운
작가로서 개성이 뚜렷한 존재였다. 더욱이 자신에게 충실하고 문학에 대한 결백성을
「 」: 이야기 밖 서술자가 석의 시선을 매개로 하여 조운의 과거를 요약적으로 제시함
굳게 지켜 오는 것으로 문단인의 존경을 받아오던 사람이었다.
문학을 좋아하고 문학 작품 창작에 뜻이 있는 소녀. 또는 문학적 분위기를 좋아하는 낭만적인 소녀
그를 따르는 문학소녀가 많았다. 무엇이 깃들어 있는 것 같은 풍모와 작품, 범속
문학소녀들의 호기심을 자극하는 것들   평범하고 속된
한 것을 싫어하는 문학소녀들의 단순한 호기심이라고 할까?

그러나 그 반면에 문학적인 적도 많이 가지고 있는 사람이었다.

그리고 그의 난해한 문장은 독자를 많이 갖고 있지 않았다.

'신음하면서 찾아 얻으려는 사람만을 시인(是認)할 수 있다'는 그의 인간적인 신념
어려운 문장일지라도 그 뜻을 이해하려는 사람만을 자신의 독자로 인정하겠다는 조운의 신념
은 그대로 그의 문학적인 신조였다.

항상 생각하고, 자신이 생각해서 도달한 것만이 진리라고 단정하는 그는, 그러므
로 과작이었고 생활은 늘 궁하였다.
작품 따위를 적게 지음   돈을 벌기 위해 실속 없는 글을 써서 파는 것
그러나 생활을 유지하기 위하여 매문(賣文)은 하지 않았다.
6·25 전쟁 전 조운은 세속적 가치에 초연한 사람으로 자신과 문학에 충실한 삶을 살아왔음을 알 수 있음
항상 초라한 몰골을 하고 있는 그는 외면적인 차림에 도무지 무관심이었다.
6·25 전쟁 전 조운의 외양과 성격 → 문학적인 것을 최우선으로 여김
생활력이 어지간한 부인의 덕으로 아이들은 굶기지 않았으나, 가정을 돌보지 않
조운은 그나마 생활력이 있는 부인 덕에 가족의 생계를 유지할 수 있었음
는 것이 몸차림에 무관심한 것이나 다를 것이 없었다. 무슨 회합에든 공식 모임에는
통 나가지 않았다.」

결혼식과 장례에는 머리가 쑤셨다.

전송과 마중, 그런 것은 생각해 본 일이 없었다. 그렇던 조운이 오늘의 모습으로
나타났으니 기적이 아니랄 수 없었다.
▶ 6·25 전쟁 전 조운의 문학적 성향과 생활

(중략)

그 후 암흑의 구십 일간에 한 번도 만나지 못하였고, 서울 수복 후에도 조운은 나
6·25 전쟁이 일어난 직후   구체적인 시대적 배경 ①
타나지 않았다.

나타나지 않았다는 것은 결국은 그들의 사회, 즉 문단에였고, 다방에였다.

이 나타나지 않는 명물 조운에 대하여 처음 억측들이 구구했다. 부역해서 따라갔
각각 달랐다
느니, 납치되었다느니…… 또는 폭격에 맞아 죽었느니…… 그러나 1·4 후퇴로 부산
소식이 끊긴 조운에 대한 다양한 추측들   구체적인 시대적 배경 ②
에 내려와 보니, 신문 소식란에 조운이 자동차 회사 중역이 되어 피난도 제일착으로
전쟁 중에 조운이 완전히 세속적으로 변해 버렸음을 알 수 있음
했고, 돈도 듬뿍 벌었다는 것이 보도되었다. 놀란 것은 석뿐이 아니었다.

그렇게 문학에 대하여 결벽하고 순교자적 태도였던 조운의 일이었으니 놀랄 수밖
전쟁 이전. 순수하게 문학만을 추구하며 세속과는 거리가 멀었던 조운
에 없었다.
▶ 전쟁을 겪으며 순수 문학가에서 세속적인 사업가로 변해 버린 조운

• 서술상 특징

[이야기 밖 서술자]

• 사실, 석도 몸집과 차림차림
이 ~ 경이의 눈을 뜨지 않
을 수 없었다.
• 억지로 전에 하던 버릇대로
~ 미상불 주눅이 잡히기까
지 하였다.

↓

석의 내면을 드러냄

↓

• 작가 조운이라면 ~ 존경을
받아오던 사람이었다.
• 그를 따르는 ~ 생활은 늘
궁하였다.
• 그러나 생활을 유지하기 위
하여 ~ 공식 모임에는 통
나가지 않았다.

↓

조운의 과거를 요약하여 제시함

• '조운'의 변화

6·25 전쟁 이전

• 자신에 충실하고 문학에 대한 결백
성을 굳게 지킴
• 생활이 궁해도 생활 유지를 위한
매문을 하지 않음

↓

6·25 전쟁 이후

• 부산에 제일 먼저 피난함
• 자동차 회사 중역이 되어 돈을 많
이 벎

↓

전쟁을 겪으며 결벽하고 순교자적인 문
학가에서 세속적인 사업가로 변화함

- 해당 장면은 조운이 석에게 종이 꾸러미를 내놓고 미이에 대한 이야기를 전하면서 자신의 정신적 타락을 고백하는 상황이다.
- 조운의 제안을 거절하고 자신의 사명을 위해 간호 장교의 길을 가기로 결정한 미이의 선택에 대해 석과 조운이 보이는 반응을 파악하도록 한다.

조운은 큰 놈 한 개를 집어 입에 넣고 씹으면서,

"삼 년 동안 나는 타락했네." / 하였다.
조운이 이전과 달리 작가 의식을 잃고 정신적으로 타락했음을 고백함

"타락이라니? 난 자네의 세계가 넓어지고 커졌으리라 기대하고 있는 판인데
석은 조운의 문인으로서의 세계와 정신적 깊이가 더욱 넓어지고 커졌으리라 기대하고 있었음

......"

조운은 얼굴에 또 복잡한 표정이 서리더니, 잔에 술을 부어서 먼저 들이마시고 빈
조운이 심리적 갈등을 겪고 있음을 짐작할 수 있음 → 간접 제시

잔을 석에게 건넸다.

잔은 왔다 갔다 하였다.

석은 얼굴이 화끈해지면서 거나해 간다. 한 달 만에 접구하는 것이라 좋은 안주에
술 따위에 취한 정도가 어지간해   음식을 입에 대는

술맛을 한결 돋우었다.

말하기 꼭 좋았다.

"나는 이를테면 넓은 데서 좁은 구멍으로 기어 들어가 옴짝달싹 못 하고 기진맥진
석은 생계유지를 위해 학교 교사로 얽매여 살므로 작품에 힘쓰지 못하고 있음

하고 있는 터이지마는, 자네야 넓은 세계에 활활 날아다니는 셈 아닌가? 작품 세

계가 커지고 힘차리라고, 오늘 자네를 대할 때부터 그런 기대를 가지고 있었네."
석은 조운이 세상과 연락을 끊고 지내면서 내면세계를 살찌우고 대작을 이루었으리라는 생각을 했음

"작품?"
현재 작품과는 동떨어진 삶을 살고 있는 조운의 반응

"그래!"

잠깐 머리를 푹 숙이었다가 조운은 갑자기 일어나더니, 벗어 못에 걸어 놓았던 외

투 안주머니에서 종이에 싼 것을 끄집어냈다.
미이의 편지와 검정 넥타이가 담긴 종이 꾸러미

"이걸 보게."

내미는 종이 꾸러미를 펴 보고 석은 어리둥절하지 않을 수 없었다.
① 조운이 석을 찾아오는 계기가 되는 소재 ② 조운과 석에게 자신의 삶을 되돌아보게 하는 역할을 하는 소재

"이건 뭔가?"

거기에는 새것인 검정 넥타이 위에 흰 봉투가 놓여 있는 것이 나타났다.

봉투에는 '조운 선생님'이라고 틀림없는 여자의 글씨가 단정하게 씌어 있었다.
미이

어안이 벙벙해 앉았는 석에게, 조운은 편지를 집어 알맹이를 내어 주었다.
뜻밖에 놀랍거나 기막힌 일을 당하여 어리둥절해

"읽어 보게." / "읽어두 괜찮은가?" / "읽게."

펴 보니 간단한 문면이었다.
문장이나 편지에 나타난 대강의 내용

선생님 호의는 뼈에 사무치오나 제가 취할 길은 이미 작정되었습니다. 그 사이 저
미이에게 다방을 차려 주겠다는 조운의 제안

는 선생님 몰래 간호 장교 시험에 지원했습니다. 시험은 월요일 대구에서 치르나,
미이는 생활을 위해서가 아니라 자신의 사명을 다하기 위해 간호 장교가 되고자 결정함

준비 때문에 지금 떠납니다......

전쟁 중 미이의 집에 불이 나며 검정 넥타이도 타 버림

그때 그 검정 넥타이는 집와 함께 재가 되었습니다. 이것은 그 대신입니다. 선생님
전쟁 전 조운이 항상 하고 다니던 넥타이. 미이는 인생을 즐겁게 여기면서 화려한 새 넥타이를 사 주고, 조운의 검정 넥타이를 가져감

은 역시 검정 넥타이를 매셔야 격에 어울립니다. 안녕히.
전쟁 이전, 검정 넥타이를 매던 조운은 철저한 작가 의식을 지닌 문인이었음. 정신적으로 타락한 조운에게 미이가
검정 넥타이를 건넨 것은 조운이 세속적인 것에 초연했던 예전의 모습을 되찾기를 바라는 마음과 관련이 있음

미이 올림.

모 회사 중역의 딸로 철부지 문학소녀였으나 전쟁 중 가족의 죽음,
집안의 몰락 등을 겪으며 신념을 지닌 인물로 성장함. 다방을 차려
주겠다는 조운의 제안을 거절하고 간호 장교의 길을 선택함

"미이?"

석은, / "그 미이인가?" / 하고 가볍게 놀라면서 물었다.
석과 조운 모두가 알고 있는 인물임을 알 수 있음

"그렇네." / 미이는 조운을 따라다니던, 석도 잘 아는 문학소녀였다.
▶ 석에게 미이의 편지를 보여 주는 조운

(중략)

★주목 "선생님은 살아가는 것을 즐겁다고 생각하세요?"

오금 박듯 말하였네.

나는 뜨끔하였네. 그리고 일부러 내 편에서 더 명랑성을 띠며 응수했네.
조운
조운이 자신의 속마음을 감추기 위해 즐거운 듯 꾸며 말함

"건 미이답지 않은 질문인데. 오오라, 사변 통의 불행으로 미이 인생관이 변했군그
한 나라가 상대국에 선전 포고도 없이 침입하는 일. 여기에서는 6·25 전쟁을 가리킴

래…… 그러니까, 이를테면 백팔십도 전환으로 지금은 인생을 비관한단 말이지?"
전쟁 이전의 미이는 인생이 즐겁고 고마워 견딜 수가 없다며 매우 낙관적인 태도를 보였음

"비관하는 건 아녜요."

"비관 안 해? 그럼 안심이야. 비관 안 함 역시 낙관이겠군."

"비관두 낙관두 아니에요."

"그럼? 중간판가? 중간판 없어졌어."
1920년대 후반, 계급주의 문학론과 민족주의 문학론 간의 갈등을 해소하기 위하여 절충적인 문학론을 제기한 작가들을 이르는 말

"호, 호, 호, 말재주 어디서 그렇게 느셨어요?"   ▶ 미이를 즐겁게 하기 위해 노력하는 조운

미이의 침울이 풀려지는 듯해 나는 될 수 있으면 그로 하여금 명랑하였던 서울 시

절을 회상하도록, 기억에 남아 있는 서울서의 화제를 끄집어내었네.

"이것두 저것두 아님, 세상 나오질 않을 걸 그랬군, 오빤지 언닌지 모르는 그 애기
미이의 어머니가 미이를 배기 전에 유산한 적이 있어, 미이는 그 아기가 태어났다면 자신이 세상 구경을 못 했을 것이라고 했음

에게 양보할걸 그랬어……. 하, 하…….."

"선생님 기억두 참 좋으시네. 그 말 잊지 않으셨군요…… 그러나 그렇게 생각진

않아요. 역시 이 세상에 나온 걸 고맙게 여겨요. 기쁘게 여겨요."
비관도 낙관도 안 하지만 세상에 태어난 것을 고맙고 기쁘게 여김

"그렇게 생각한다? 그럼 더욱 안심이군. 그러니까 결국 미이 생각 변한 게 없구

먼…… 서울 때처럼 명랑해지구 기운을 내라구."

"생각 변한 게 있다면 이걸까요?"

"뭐? 역시 변한 거 있나?"

"그 어려운 목숨과 형체를 받아 사람이 세상에 나오게 된 것이니, 필요 없이 내보
전쟁을 겪고 난 뒤 미이는 자신이 태어난 존재 이유를 생각하며 성숙해짐

내지 않았을 거예요. 이 세상에 꼭 할 일이 있기에 내보낸 것이 아닐까요."

"사명(使命)을 지고 나왔다는 말이지?"

"예, 사명이에요. 보람 있는 사명이에요."
미이가 가치 있는 삶에 대해 모색하고 있음

"……." / 문득, 나는 나 자신을 돌이켜 보고 움찔했으나, 미이는 말을 이었네.
미이의 말을 듣고 자신을 돌아보며 뜨끔한 조운 → 사명에 대한 생각을 잊고 있었기 때문에

• 종이 꾸러미의 기능

종이 꾸러미
미이의 편지 + 검정 넥타이

↓

• 조운이 석을 찾아오는 계기가 되는 소재
• 조운과 석으로 하여금 자신의 삶을 되돌아보게 하는 역할을 하는 소재

• '미이'의 변화

6·25 전쟁 이전
부유한 집에서 자란 명랑한 문학소녀

↓

6·25 전쟁 이후
• 집안이 몰락함
• 피란지 부산에서 취직자리를 구하는 중임
• 자신이 태어난 것은 세상에 꼭 할 일이 있기에 내보내진 것이라고 생각함
• 보람 있는 사명을 고민하고 모색함

전쟁을 겪으며 정신적 성장을 이룸

"그러나 제 사명을 바루 찾아 그 사명을 다하는 사람두 있구, 못 찾구 거지처럼 보람 없이 인생을 마치는 사람도 있을 게라구 생각해요."

"그럼, 미이 사명은?" / "……."

미이는 머리를 숙이더니 숙인 채로 낮은 목소리로 중얼거리듯 말하였네.

"헤치구 찾아봐야잖아요."
미이는 자신이 어떻게 살아가는 것이 바람직한가에 대해 고민하고 있음

이튿날부터 부산에서의 새 사업 계획에 분망한 틈을 타서, 나는 미이를 하루 한
매우 바쁜
번씩은 만났고, 그의 판잣집에도 찾아가 보았네. 그 생활이란 것이 말이 아니데. 꼼
전쟁으로 인해 미이의 집안이 경제적으로 몰락함
짝 못 하고 누워 있는 미이 아버지의 얼빠진 모양, 고생 모르고 늙던 어머니의 목판
장사하는 정경.

나는 미이의 가족을 구해야겠다는 생각이 더욱 간절했네. 그러나 미이와 자주 만
나는 사이 처음의 순수했던 생각보다도 야심이 더 앞섰다는 것을 고백하네. 술과
조운이 순수한 마음만으로 미이를 돕고자 했던 것이 아님을 고백함
계집이 마음대로였던 내 생활이라, 미이에 대해 밖으로 나타나는 태도도 좀 다르다
전쟁 이후 조운의 타락한 삶의 모습
고 미이 자신이 눈치챘을 것일세.

나는 다방을 하나 차려 줄 것에 생각이 미치었네. 이것이면 내 힘으로 자금 유통
미이에 대한 조운의 배려. 조운은 '보람 있는 사명'을 찾겠다는 미이의 말을 흘려버리고 생활 문제만을 고민함
도 되고, 미이의 명랑성도 센스도 살릴 수 있고, 수입 면도 문제없다고 생각했네. 이
계획을 말했더니, 처음에는 그럴싸하게 듣고, 얼굴에 희망의 불그레한 홍조까지 떠
올렸던 미이였으나, 다음 날 오 일간의 생각할 여유를 달라는 것이었네. 더 생각
다방을 차려 주겠다는 조운의 제안에 잠시 마음이 흔들린 미이
할 여지도 없는 일일 터인데 망설이는 것이 수상쩍었으나, 그러마 하고 나는 동아
극장 옆에 있는 마침 물려주겠다는 다방 하나를 넘겨 맡기로 이야기가 다 되었었네.
그 닷새 되는 날이 오늘이고, 정한 시각에 연락 장소인 다방엘 갔더니, 레지가 내민
다방 종업원
것이 종이 꾸러미였었네. 펴 보고 놀라지 않을 수 없었네. 다른 길과 달라 간호 장교
미이가 생활 방편으로서가 아니라 사명을 추구하기 위해 직업을 택했음을 알게 됨
이고 보니, 생활 방편을 위한 것이 아님이 대뜸 짐작이 갔고, 더욱 나의 뒤통수를 때
미이가 건넨 검정 넥타이가 현재 자신의 타락한 삶을 일깨움
린 것이 검정 넥타이였었네. 그러면 미이가 첫날 다방에서 '사명 운운'했던 것은 그
길을 말함이었던가? 나는 부끄럽기 짝이 없었네. 검정 넥타이를 들고, 나는 비로소
문인으로서의 사명을 잊은 채 방탕하게 살아온 자신에 대한 반성
삼 년 동안 내가 정신적으로 타락의 길을 걷고 있었다는 것을 뼈아프게 느끼었네.
미이가 말하는 그 사명을 찾는 길, 사명을 다하는 일을 나는 사변이라는 외적인 격
전쟁을 겪으며 작가로서의 사명을 포기함
동 때문에 포기하고 만 것일세. 「가장 잘 생각하는 체하던 나는 가장 바보같이 생각
「 」: 미이와 자신을 대조하며 부끄러움을 느낌
했고, 부박하다고 세상을 모른다고 여기었던 미이는 사변에서 키워졌고 굳세어졌고,
실없고 경솔하며 어리석다고 생각했던 전쟁 이전의 미이   전쟁을 겪으며 미이가 정신적으로 성장함
올바른 사람이 된 것일세.」 이렇게 생각하자 나는 천야만야한 낭떠러지를 굴러 떨어
까마득한 벼랑으로 떨어진 것 같은 정신적 충격
지는 듯했네. 구르면서 걷어잡으려고 한 것이 친구의 구원이었네. 자네를 찾은 것은
석
이 때문일세……. ▶ 미이를 통해 자신을 돌아보게 되었음을 고백하는 조운

감상 포인트
사명을 찾아 떠난 미이의 결정을 대하는
석, 조운의 반응을 파악한다.

· '조운'과 검정 넥타이

조운
· 전쟁 이전의 조운은 검정 넥타이가 잘 어울렸던, 신념을 가진 문인이 었음
· 전쟁 이후의 조운은 세속적 삶에 젖어 검정 넥타이를 잃고 살아감

· '미이'가 검정 넥타이를 건넨 의도

미이
· 검정 넥타이가 잘 어울렸던 전쟁 이전의 조운의 모습을 기억함
· 편지와 함께, 검정 넥타이를 돌려줌으로써 조운이 과거의 모습을 되찾기를 바라는 마음을 표현함

조운은 자신이 정신적으로 타락했음을 느끼게 됨

핵심 포인트 1   등장인물에 대한 이해

이 작품의 인물들은 전쟁을 겪으며 모두 삶이나 문학에 대한 인식과 태도 변화를 보인다. 이를 바탕으로 전쟁이 빚어낸 세 가지 인간형을 파악할 수 있어야 한다.

+ 전쟁이 빚어낸 세 가지 인간형

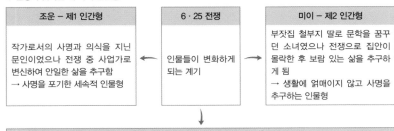

조운 – 제1 인간형	6 · 25 전쟁	미이 – 제2 인간형
작가로서의 사명과 의식을 지닌 문인이었으나 전쟁 중 사업가로 변신하여 안일한 삶을 추구함 → 사명을 포기한 세속적 인물형	인물들이 변화하게 되는 계기	부잣집 철부지 딸로 문학을 꿈꾸던 소녀였으나 전쟁으로 집안이 몰락한 후 보람 있는 삶을 추구하게 됨 → 생활에 얽매이지 않고 사명을 추구하는 인물형

석 – 제3 인간형

문학에 대한 열정으로 창작열을 불태우던 문학청년이었으나 피란지 부산에서 생계를 위해 교사로 살아감. 생활(현실)과 문학(이상) 사이에서 방황하며 고뇌함 → 사명을 추구하지도, 사명을 포기하지도 못하는 인간형

핵심 포인트 2   소재의 의미와 기능 파악

이 작품에서는 사건 전개에 영향을 미치는 소재의 의미와 기능을 파악하는 것이 중요하다. 특히, 미이가 조운에게 남긴 '종이 꾸러미'와 조운의 삶의 태도를 단적으로 보여 주는 '검정 넥타이'의 의미와 기능을 파악할 수 있어야 한다.

+ '종이 꾸러미'의 기능

종이 꾸러미	• 조운이 석을 찾아오는 계기가 되는 소재 • 조운과 석으로 하여금 자신의 삶을 되돌아보게 하는 역할을 하는 소재

+ '검정 넥타이'의 의미와 기능

검정 넥타이	• 세속적인 것에 연연하지 않고 문학에 대한 사명, 신념을 지켜 나가던 조운의 과거 삶을 상징함 • 조운이 과거의 모습으로 돌아가길 바라는 미이의 바람이 담김 • 조운의 자기반성을 이끌어 내는 기능을 함

핵심 포인트 3   서술상 특징 파악

이 작품은 이야기 밖 서술자가 대체로 석의 시선에서 인물의 내면, 과거 행적 등을 드러내는 서술 방식을 취하고 있다. 그러나 뒷부분에 나타나는 조운과 미이에 관한 사건은 조운의 말을 직접 인용함으로써 일인칭 시점으로 바뀌는 듯한 효과를 내고 있으므로 이러한 특징들을 알아 두어야 한다.

+ 〈제3 인간형〉의 서술상 특징

전체적인 서술	• 이야기 밖 서술자가 석의 생활과 고뇌 등 인물의 내면을 제시함 • 이야기 밖 서술자가 주로 석의 시선에서 조운과의 만남, 조운의 과거를 서술함
조운의 말이 인용된 부분	조운이 석에게 미이와의 만남을 언급하는 부분에서는 조운의 말이 직접 인용됨 → 시점이 1인칭 '나', 즉 조운으로 교체되는 듯한 효과가 나타나면서 조운의 내면이 생생하게 드러남

🎬 **작품 한눈에**

• **해제**
〈제3 인간형〉은 6 · 25 전쟁과 피난 생활이라는 특수한 상황 속에서 살아가는 세 사람의 삶의 방식을 조명하면서 역사의 소용돌이 속에서 어떻게 살 것인가 하는 문제를 제기하고 있는 소설이다. 전쟁 이후 각자의 방식으로 살아가는 조운, 미이, 석으로 대표되는 다양한 인간상을 보여 줌으로써 전쟁이라는 극한 상황에서 인간이 지닌 의미와 사명의 의미를 묻는 동시에 어떤 삶이 올바른 삶인가를 일깨우고 있다.

• **제목 〈제3 인간형〉의 의미**
– 전쟁 이후 이상과 현실 사이에서 방황하는 인간형
이 작품에서는 사명을 포기하고 현실의 성공을 추구하는 세속적 인물형인 조운과 생활에 얽매이지 않고 사명을 위해 꿈을 찾아나서는 인간형인 미이, 그리고 사명을 추구하지도, 포기하지도 못하는 인간형인 석이 등장한다. '제3 인간형'은 석이라는 인물로 상징되는, 현실과 이상 사이에서 방황하는 전후의 지식인을 의미한다고 볼 수 있다.

• **주제**
생활과 사명 사이에서 고민하는 지식인의 방황과 새로운 인간형에 대한 탐구

한 줄 평 | 전쟁의 상처와 그 치유 과정을 그린 작품

아버지의 땅 ▸임철우

💬 전체 줄거리

'나'는 전방에서 군 복무를 하는 군인으로, 며칠 전부터 야영 훈련 중이었다. '나'와 오 일병은 기동 훈련을 대비한 야전 진지 구축을 위해 경계용 참호를 파고 있었다. 반반한 평지를 이루고 있었지만 유난히 잡초가 무성한 것이 꺼림칙하게 느껴지는 자리였다. 갑자기 오 일병이 억, 하고 다급한 비명을 질렀다. 사람의 해골이었다. 눈알이 있던 자리엔 꺼멓게 뚫린 두 개의 구멍이 흙더미 속에 박힌 채 쏘아보고 있었다. 소대장은 그걸 다시 제자리에 파묻어 버리라고 말했다. 그런데 인사계 김 중사가 손을 저으며 나섰다. 아무리 족보 없는 유해라고 해도 조상을 그리 함부로 대하는 법이 아니라고 했다. 굴러다니는 뼛조각이라고 함부로 내팽개쳐 버린 뒤엔 반드시 뒤끝이 곱지 않았다는 말도 덧붙였다. 결국 우리는 관도 없이 묻혀 있던 그 뼛조각들을 파내기 시작했다. 유골이 형체를 드러냈을 무렵 우리는 아, 하고 낮은 탄성을 질렀다. 앙상하게 드러난 갈비뼈에 몇 겹이나 되는 철삿줄이 감겨 있었다. 두 팔과 손목뼈까지도 치밀하게 결박해 놓고 있었다. 그것은 흔히들 피피선이라고 부르는, 아직도 군용 유선 전화선으로 쓰이는 바로 그 전선이었다. 그 검고 가느다란 철삿줄을 바라보던 순간, '나'는 불현듯 어머니의 주름진 얼굴이 떠올랐다. 하늘을 쳐다보며 저걸 좀 봐라이, 새들도 때가 되면 고향으로 돌아올 줄 아는 법이여 하고 중얼거리던 어머니의 모습이었다.

▸ '나'가 참호를 파던 중 이름 모를 유골을 발견함

철새들이 날아오는 가을 무렵이면 '나'는 늘 그렇게 하늘을 바라보고 서 있는 어머니의 모습을 볼 수가 있었다. 왜 그 하찮은 새들의 이동이 어머니의 눈빛을 아득하게 하는 것인지, 사람보다도 먼저 계절을 알아차리고 따뜻한 남녘으로 날아온다는 새들의 지극히 자연스럽고도 어김없는 본능이 어째서 어머니에게 새삼스러운 의미를 지니는 것인지 몰랐지만, 어느 때인가 어쩌면 어머니가 누군가를 기다리고 있는 것인지도 모른다는 생각을 하기 시작했다. '나'가 중학생이 되었을 무렵이었다. '나'는 같은 반 먼 친척뻘 되는 녀석으로부터 아버지에 대한 놀라운 비밀을 전해 들었다. 대문을 박차고 뛰어 들어가 어머니를 붙잡고 따져 물었다. 어머니는 순순히 시인하고 말았다. 먼 곳으로 배를 타고 나갔다가 영영 돌아오시지 못했던 아버지, 그가 실은 죄를 짓고 집을 떠났다는 것이었다. 어머니의 이런저런 변명은 끝끝내 '나'의 마음을 어루만져 주지 못했다. 엄청난 충격이었다. 그 후로 '나'는 좀처럼 아버지에 대한 얘기를 꺼내지 않았다. 그리고 그때부터 아버지의 무서운 환영은 저주처럼 내 곁을 따라다니기 시작했다. 아버지는 언제나 시커먼 어둠 저편에 숨어 음산하기 그지없는 눈빛으로 쏘아보고 있었다. 그것은 저주와 공포의 낙인으로 남아, '나'를 어떤 죄악감과 불길한 예감으로부터 영영 벗어날 수 없게 만들었다.

▸ '나'가 아버지의 비밀을 알게 된 어린 시절을 떠올림

한편, '나'와 오 일병은 트럭을 타고 인근 마을로 갔다. 마을 사람을 찾아 유골에 대해 이야기할 필요가 있었다. 후미진 어귀를 돌아 언덕 등성이를 올라서자 까마귀 떼가 인기척에 놀라 후닥닥 날아올랐다. 오 일병은 빌어먹을 까마귀까지 기분을 잡치게 한다며, 지난밤에는 울긋불긋한 상여 뒤를 쫓으며 엉엉 우는 꿈을 꿨다고 했다. 마을 초입을 들어서니 작은 구멍가게가 눈에 띄었다. 작달만한 키의 노인과 노파가 그곳을 지키고 있었다. 마을 이장은 자리를 비우고 없다고 했다. 사연을 궁금해하는 눈치이기에 이야기를 하니 유골이라는 말에 노인은 짚이는 것이 있는 듯했다. 노인은 노파에게 술 한 병과 안줏거리를 가져오라고 한 후 회색 두루마기를 걸쳐 입고 나왔다. 노인은 앞장서서 걷기 시작했다. 그제야 '나'는 노인이 한쪽 다리를 조금씩 절고 있음을 알았다.

▸ 이름 모를 유골로 인해 마을 노인을 찾아감

우리는 노인을 이끌고 유해가 나온 자리로 갔다. 파다 만 구덩이 곁으로 신문지를 깔고 뼛조각들을 모아 놓은 것이 보였다. 소대장은 처음부터 전혀 묘 같지 않았다며, 어떻게 해서 이런 것이 여기 묻혀 있는지 모르겠다고 변명 같은 말을 이어 나갔다.

참면 포인트 ① 170P 주목 노인은 마을에서 십여 리 안팎 어디를 파 보더라도 이렇듯 주인 없는 뼈다귀 하나쯤 찾아내기란 그리 어려운 일이 아닐 거라고 했다. 노인의 말에 따르면, 전쟁이 끝나갈 무렵부터 낯선 사람들이 밀어닥치면서 마을이 거의 쑥대밭이 됐다고 했다. 그것은 이곳의 지형 때문이었다. 마을 북쪽으로 마주 보이는 산이 태백산맥의 원 등줄기와 잇닿아 있었던 것이다. 저 등줄기를 타고 올라가면 남북으로, 지리산에서부터 금강산까지 곧장 이어진다고 했다. 노인은 지리산부터 줄곧 걸어와 북쪽으로 도주하는 패거리들을 쫓아 국군이 들어오면서 산발적으로나마 밤낮으로 전투가 계속되었다고 했다. 그리고 밤새 총소리가 들리던 다음날엔 시체들을 모아다 묻는 일을 해야 했다고 했다.

▸ 노인으로부터 과거의 일을 들음

어느새 노인은 뼛조각을 하나씩 집어 들고 흙을 닦아 낸 다음 가지런히 정리하고 있었다. 소대장이 지휘봉의 뾰족한 끝으로 쿡쿡 찌르듯 유해를 가리키며, 그렇다면 이 유골의 주인도 아마 빨갱이지 않았겠느냐고 했다. 노인은 죽어 누운 다음에까지 이쪽이니 저쪽이니 하고 그런 걸 굳이 따져 무얼 하자는 말이냐고 소리를 질렀다. 그러고는 원통한 넋이니 죽어서라도 편히 눈 감을 수 있도록 하는 것이 산 사람들의 도리라고 했다. 노인은 몸통뼈에 묶인 줄을 풀어내고 손목과 팔에 묶인 결박까지 마저 풀어내더니 허공을 향해 그것을 멀리 내던졌다. 철삿줄은 금방이라도 쩔걱쩔걱 쇳소리를 낼 듯했는데 그 놀라운 끈질김과 냉혹성이 소름끼치도록 무서움증을 느끼게 했다. '나'는 피잉, 현기증이 일었다. 광주리를 머리에 이고 모래밭을 걸어오는 어머니와 그 뒤를 바짝 따라오는 사내의 환영

이 보였다. '나'가 어머니 배 속에 있던 시절, 산길을 타고 지리산인가 어디로 황황히 떠나가 버렸던 아버지였다. 우리는 관 대신 신문지로 싼 유해를 맨 처음 그 자리에 다시 묻어 주고는 엉성한 대로 봉분을 만들고 뗏장까지 입혀 주었다. 노인은 술을 흙 위에 뿌려 주었다. 다시 '나'는 환영을 보았다. 가슴과 팔목에 철삿줄을 동여맨 사내가 총성 속에서 고꾸라지고 있었다. 불현듯 시야가 부옇게 흐려 왔다. 그리고 '나'의 아버지는 지금 어디에 쓰러져 누워 있을 것인가 하는 생각이 들었다. ▶ 노인이 유해를 수습하고 '나'가 아버지의 환영을 봄

'나'는 노인과 함께 산을 내려오면서 혹시 누구를 찾고 있는지를 물었다. 한참 동안 말이 없던 노인은 잃어버린 형님의 이야기를 했다. 노인의 형님은 한밤중에 길잡이로 앞세워져 끌려 나갔는데, 산을 넘다가 총에 맞아 죽었다는 소문이 있었지만 시체는 끝내 찾지 못했다는 것이다. 노인이 다리가 이 꼴이 된 것도 그때부터라고 했다. ▶ '나'가 노인의 형님에 대한 사연을 들음

장면 포인트 ❷ 174P

첫 휴가를 받아 집에 도착한 다음 날이 떠올랐다. 어머니는 그득한 밥상을 내 머리맡에 두고는 오늘이 아버지의 생일이라고 했다. 가

승이 철렁 내려앉은 '나'는 아버지는 진작 죽은 사람이니 그 얘기는 더 이상 꺼내지 말라고 벌컥 화를 냈다. 어머니는 아버지가 살아 있을지 모를 일이고, 살아만 있다면 언젠가 다시 만나게 될 것이라고 하며 눈물을 흘렸다. 그제야 '나'는 어머니가 그토록 오랫동안 누군가를 기다려 왔음을 깨달았다. 어머니에게 아버지는 다른 아무것도 아닌, 곱고 자상한 눈매로서만, 나직한 음성으로서만 늘 곁에 남아 있었던 사람이었다. 그러나 오늘 어머니가 울고 있는 것은 그 미련스럽도록 끈질긴 기다림 때문만은 아닐 것이었다. 어머니는 그 기다림이 손이 닿지 않는 먼 곳으로 자꾸만 밀려나고 있다는 것을 누구보다 잘 알고 있었다. ▶ '나'가 아버지의 일로 어머니와 말다툼을 벌인 기억

노인을 배웅하고 난 후, '나'는 수북이 쌓인 눈을 밟으며 되돌아왔다. 그때 얼핏, 쏟아지는 눈발 속에서 땅 밑에 새우등으로 웅크리고 누운 아버지의 몸 뒤척이는 소리를 들었다. 손발이 묶인 아버지가 이따금 낮은 신음을 토해 내는 것이었다. 그리고 '나'는 황량한 들판 가운데에 서서 까마귀가 구물거리는 모습을 오래 지켜보았다. 함박눈이 내리고, 굵고 탐스러운 눈송이들이 모든 것을 하얗게 지워 가고 있었다. ▶ '나'가 눈 내리는 가운데 아버지의 환영을 봄

🎭 인물 관계도

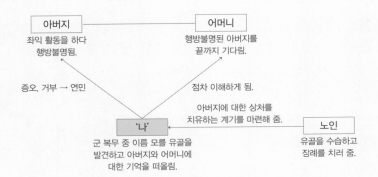

아버지	어머니
좌익 활동을 하다 행방불명됨.	행방불명된 아버지를 끝까지 기다림.

증오, 거부 → 연민

점차 이해하게 됨.

아버지에 대한 상처를 치유하는 계기를 마련해 줌.

'나'
군 복무 중 이름 모를 유골을 발견하고 아버지와 어머니에 대한 기억을 떠올림.

노인
유골을 수습하고 장례를 치러 줌.

〈보기〉로 나오는 작품 외적 준거

〈아버지의 땅〉의 주제 의식

─── 보기 ───

이 작품에서 주인공의 아버지는 한국 전쟁 때 생사 불명된 존재이다. 아버지의 부재로 주인공은 어린 시절 상처를 입게 된다. 이때부터 '망각'과 '어둠'으로 표상되는 아버지는 '기억'과 '빛'으로 표상되는 어머니와 대척점에 놓인다. 그런데 군 복무 중 우연히 발견한 유골을 수습하는 과정에서 주인공은 아버지와 어머니 모두 전쟁의 희생자였음을 깨닫고 두 사람에게 연민을 느끼게 된다. 작가는 이러한 과정을 통해 전쟁의 폭력으로 상처받은 사람들의 아픔이 지속되고 있음을 보여 준다.

─ 2015년 3월 고3 교육청 A/B형

- 이 작품은 좌익 활동을 하다 행방불명된 아버지를 둔 '나'를 중심으로 6·25 전쟁 전후로 생긴 상처와 그 치유 과정을 그린 소설이다.
- 해당 장면은 야영 중인 '나'의 부대에서 참호를 파던 중 이름 모를 유골이 나오면서 인근 마을 노인을 데려와 유골을 수습하는 상황이다.
- 유골을 수습하고 아버지의 환영을 보는 과정에서 아버지, 어머니에 대한 '나'의 인식이 어떻게 변화하는지 파악하도록 한다.

[앞부분의 줄거리] 전방에서 군 복무 중인 '나'는 어느 날 오 일병과 함께 참호를 파다가 6·25 전쟁 때 죽은 것으로 생각되는 유골을 발견한다. '나'와 오 일병은 유골의 신원을 확인하기 위해 인근 마을에 사는 한 노인을 데려온다.

★주목 "알고 보면 조금도 이상스런 일은 아니지요. 이 부근이 워낙 그런 자리였으니까요."
　　　　　　　　　　　　　　　　　　　　6·25 전쟁 당시 전투가 치열했던 곳
노인은 한동안 묵묵히 그것들을 내려다보고 있다가 입을 열었다.
전쟁을 체험한 피해자. 유골을 수습하며 전쟁의 상처를 감싸안는 모습을 보임

"그럼, 역시 우리 짐작대로 육이오 때에……."

"여기만은 아니지요. 마을에서 십여 리 안팎 어디를 파 보더라도 이렇듯 주인 없
　　　　　　　　　　　　　6·25 전쟁 당시, 이 마을에서 인명 피해 사건이 광범위하게 벌어졌음을 짐작하게 함
는 뼈다귀 하나쯤 찾아내기란 그리 어려운 일이 아닐 거외다."

"그렇게까지 심했습니까. 예전에 여기서 무슨 유명한 전투가 있었다는 말은 듣지
못한 것 같은데."

부쩍 호기심을 보이며 되묻는 소대장의 앳된 얼굴을 흘깃 쳐다보더니, 노인은 몸
유명한 전투도 없었던 곳인데 주인 모를 유해가 많다고 하자 호기심을 보임
을 돌려 짧은 동안 먼 산을 응시하는 것 같았다.

"하기야 그게 어디 꼭 이 마을에 한한 일이겠소만, 유난히도 여기선 사람 죽는 꼴
　　　　　　　　전쟁의 비극적 참상이 여러 곳에서 벌어짐
을 지겹도록 지켜본 셈이지요. 저기를 보시구려."　▶ 유골이 발견된 이유를 짐작하는 노인
　특히 이 마을에서 인명 피해가 극심했음
노인은 손가락을 들어 멀리 산을 가리켰다. 반도의 등줄기라고들 하는 태백산맥
의 거대한 모습이 잔뜩 찌푸린 하늘 한쪽을 가린 채 몸을 틀고 엎드려 있었다. 그러
고 보니 사방 어디에나 험준한 산으로 시야가 꽉 막혀 있는 지형이었다. 어디를 향
해 나아가든지 이내 깎아 세운 듯한 산허리에 맞부딪히고 말 게 뻔했다.

"저기가 바로 태백산맥의 원 등줄기인 셈이오. 저길 타고 올라 등성이만 따라가노
　　　　　　　　　　　　　　　　인민군 등이 북쪽으로 이동하는 통로가 됨
라면 남북으로, 지리산에서부터 금강산까지 곧장 이어져 있다고들 하지요. 예전
엔 하늘이 뵈지 않을 만큼 울창한 산이었소."

우리는 노인의 손가락 끝을 따라 시선을 움직였다. 거대한 파충류의 등허리처럼
　　　　　　　　　　　　　　　　　　　　　　　비유
꿈틀거리며 뻗어져 나온 산맥의 등줄기는 곧바로 마을 북쪽에 마주 뵈는 산으로 잇
닿아 있었다. 그런데 그 산엔 사람의 힘으로는 도저히 건널 수 없는 깎아지른 벼랑
　　　　　　　　　　　　　　전쟁이 끝날 무렵, 이곳에 낯선 사람이 몰려들어 전투가 벌어진 이유 → 지리적 특성과 관련됨
이 병풍처럼 둘러쳐져 있다는 것이었다. 때문에 어쩔 수 없이 그 절벽을 멀리 돌아
나가자면 자연히 이 마을 근처를 지나가게 된다는 것이었다.

노인의 말로는 그게 바로 문제였다고 했다. 전쟁이 끝나 갈 무렵부터 낯선 사람들
　　　　　　　　　　　　　　　　　　　　　　　　　　　북쪽으로 쫓겨 가는 인민군
이 밀어닥치기 시작하더라는 것이었다. 「전선이 훨씬 남쪽으로 내려갔을 때엔 정작
　　　　　　　　　　　　　　　『」 마을에서 벌어진 비극적 사건에 대한 요약적 제시
총성조차 뜸하던 마을은 느닷없이 쑥밭이 되다시피 했다. 산사람들은 주로 밤에만

작품 분석 노트

• 등장인물의 이해

'나'	홀어머니를 모시고 살고 있으며 지금은 군 복무 중임. 좌익 활동을 하다 행방불명된 아버지로 인해 정신적 고통을 겪음. 이름 모를 유골을 발굴하면서 전쟁의 폭력성을 확인하고 아버지를 연민하게 됨
노인	유골을 수습함으로써 상처받은 영혼을 위로하며, 이데올로기의 허구성을 인식하고 비판함
어머니	행방불명된 아버지를 계속해서 기다리고 있음
아버지	6·25 전쟁 중 좌익 활동을 하다 행방불명됨

• '노인'의 증언의 의미

노인의 증언
• 마을 십여 리 안팎 어디를 파 보더라도 주인 없는 뼈다귀 하나쯤 찾아내기란 그리 어려운 일이 아님 • 이 마을에선 유난히도 사람 죽는 꼴을 지겹도록 보았음

↓

6·25 전쟁 중 인명 피해가 광범위하게 일어났음을 드러내어 전쟁의 폭력성을 고발함

나타나 식량이며 옷가지를 약탈해 갔고, 때로는 길잡이로 쓰기 위해 마을 주민들을 끌고 가기도 했다. 지리산에서부터 줄곧 걸어왔다는 패거리들도 있었는데, 그들은

지리산에서 북쪽으로 이동하는 인민군, 빨치산 등으로 짐작할 수 있음

모두 한결같이 굶주리고 지친 몰골로 북쪽을 향해 도주하는 중이었다. 마침내 그들의 퇴로를 막기 위해 국군이 들어왔고, 그때부터 전투는 산발적이나마 밤낮으로 계

뒤로 물러날 길 · · · · · · · · · 때때로 여기저기 흩어져 발생하는 것

속되어졌다.」

"끝내는 소개령이 내려져서 마을은 이주를 하게 되었으나 그 와중에 주민들의 수

공습이나 화재 등에 대비하기 위해, 한곳에 집중되어 있는 주민이나 물자, 시설물 등을 분산시키는 명령

효도 꽤 줄었지요."

노인은 밤새 총소리가 어지럽던 다음 날엔 들녘이며 산기슭에 허옇게 널린 시체

밤새 많은 사람이 희생됨 · · · · · · · · · · 전쟁 중 노인이 한 일

를 모아다 묻는 일을 해야 했다는 것이다. 전쟁이 끝나고 사람들은 마을로 되돌아왔다. 그리고 이름도 고향도 모르는 그 숱한 낯선 시신들을 묻었던 자리엔 해마다 키를 넘기는 잡초들이 무성하게 돋아나곤 했다. 그 때문에 몇 년 동안은 누구도 아예 감자나 무 따위는 밭에 심으려고 하지 않았노라고 노인은 말했다.

▶ 6·25 전쟁 중 이 마을에서 많은 사람들이 희생됨

누군가가 헌 타월과 신문지를 가져왔다. 노인은 뼛조각을 하나씩 집어 들고 수건

유골을 수습하기 위한 도구 · · · · · · · · 경건하고 정성어린 태도로 유골을 수습함

으로 흙을 닦아 낸 다음 그것을 펼쳐진 신문지 위에 가지런히 정리해 놓기 시작했다.

"그렇다면 이치도 아마 빨갱이였겠구만. 안 그래요?"

'이 사람'을 낮잡아 이르는 말

소대장이 지휘봉의 뾰족한 끝으로 쿡쿡 찌르듯 유해를 가리키며 말했다. 인사계

유골의 주인을 존중하지 않는 태도. 소대장이 이념에 따른 이분법적 사고를 지닌 인물임을 보여 줌

가 되물었다.

> **감상 포인트**
> 노인이 유골을 수습하는 동안 '나'가 아버지에 대해
> 지녔던 감정과 인식이 어떻게 변화하는지 파악한다.

"어째서요."

"산을 타고 도망치던 빨치산들이 그리 많이 죽었다잖소. 이치도 보기엔 군인은 아

6·25 전쟁 전후 우리나라 각지에서 활동했던 공산주의자들로 구성된 소규모 전투 부대

니었을 것 같고, 그렇다고 근처의 주민이었다면 가족이 있을 텐데 임자 없이 이

소대장이 유골의 주인을 빨치산이라고 추측하는 이유

꼴로 팽개쳐 뒀을라구."

"그걸 누가 압니까. 그때야 워낙 피차로 서로 죽고 죽이던 판인데……."

인사계 김 중사는 소대장의 말에 선뜻 동의하지 않음

그때였다. 쭈그려 앉아서 손을 움직이고 있던 노인이 불쑥 소리치는 것이었다.

유골을 수습하던 노인

「"어허, 대관절…… 대관절 그게 어떻다는 얘기요. 죽어서까지 원, 아무리 이렇게

「」: 소대장의 태도에 부정적 반응을 보이는 노인

죽어 누운 다음에까지 이쪽이니 저쪽이니 하고 그런 걸 군이 따져서 무얼 하자는

죽은 사람마저 좌우 이념에 따라 판단하는 소대장의 이분법적 사고에 대한 비판이 담김

말이오. 죽은 사람이 뭣을 알길래…… 죄다 부질없는 짓이지. 쯔쯧.」"

노인의 음성은 낮았지만 강하고 무거웠다. 그러면서도 노인은 고개를 숙인 채 뼛

유골을 수습하는 데 정성을 다하는 노인

조각에 묻은 흙을 정성스레 닦아 내고 있었다. 무슨 귀한 물건마냥 서두르는 기색도

노인의 태도 → 유골을 소중하고 신중하게 다룸

없이 신중히 손질하고 있는 노인의 자그마한 체구를 우리는 둘러서서 지켜보았다. 모두들 한동안 입을 다물었고, 나는 흙에 적셔진 노인의 손끝이 가늘게 떨리고 있음

노인의 감정적 동요가 드러남

을 깨달았다.

"땅속에 누운 사람의 잠을 살아 있는 사람이 깨워서야 되겠소. 또 그럴 수도 없는 법이고, 원통한 넋이니 죽어서라도 편히 눈감도록 해야지, 암. 그것이 산 사람들

전쟁으로 인해 억울하게 죽은 사람의 넋

• 6·25 전쟁 당시 마을의 상황

- 후퇴하는 인민군이 들어오고 이어 국군이 들어옴
- 북으로 도주하는 이와 이들의 퇴로를 막으려는 국군들의 산발적인 전투가 밤낮으로 계속됨
- 전투가 끝나면 허옇게 시체들이 널려 있었음
- 마을 주민들은 들녘이며 산기슭에 널린 시체들을 모아 묻음

• '유골'을 대하는 상반된 태도

소대장
• 지휘봉의 뾰족한 끝으로 쿡쿡 찌르듯 유골을 가리킴 • 유골의 주인을 존중하지 않는 태도를 보이며 이념에 따른 이분법적 사고를 드러냄

↕

노인
• 유골을 소중한 물건을 다루듯이 정성스럽게 수습함 • 죽은 사람까지 이념에 따른 잣대로 판단하는 것을 비판함

의 도리요…… 하기는, 이렇게 불편한 꼴로 묶여 있었으니 그 잠인들 오죽했을까만."
철삿줄로 묶인 유골의 주인에 대한 연민 ┘ ▶ 유골을 대하는 소대장의 태도에 대한 노인의 꾸짖음

노인은 어느 틈에 꾸짖는 듯한 말투로 혼자 중얼거리고 있었다. 두개골과 다리뼈를 꼼꼼히 문질러 닦은 뒤, 노인은 몸통뼈에 묶인 줄을 풀어내기 시작했다. 완강하게 묶인 매듭은 마침내 노인의 손끝에서 풀리어졌다. 금방이라도 쩔걱쩔걱 쇳소리를 낼 듯한 철삿줄은 싱싱하게 살아 있었다.
전쟁의 고통, 이념 대립으로 인한 상처가 여전히 계속되고 있음
살을 녹이고 뼈까지도 녹슬게 만든 그 오랜 시간과 땅 밑의 어둠을 끝끝내 견뎌 내고 그렇듯 시퍼렇게 되살아 나오는 그것의
전쟁의 폭력성과 비극성은 쉽게 사라지지 않는 것임을 나타냄
놀라운 끈질김과 냉혹성이 언뜻 소름 끼치도록 무서움증을 느끼게 했다.
전쟁의 고통, 속박이 지금까지 지속되는 것에서 두려움을 느낌

노인은 손목과 팔에 묶인 결박까지 마저 풀어낸 다음 허리를 펴고 일어서더니 줄 묶음을 들고 저만치 걸어 나갔다. 그가 허공을 향해 그것을 멀리 내던지는 순간,
유골을 철삿줄의 구속에서 해방시켜 주려는 행동 – 폭력적 이념의 굴레에 대한 거부
나는 까닭 모르게 마당가에서 하늘을 치어다보며 서 있는 어머니의 가녀린 목줄기와 그녀가 아침마다 소반 위에 떠서 올리곤 하던 하얀 물사발이 눈앞에 떠올랐다가 스러져 버리는 것이었다.
아버지가 집으로 무사히 돌아오기를 바라던 어머니의 정성 ▶ 유골을 수습하는 노인의 행동을 보며 어머니를 떠올리는 '나'

나는 담배를 피워 물었다. 멀리 메마른 초겨울의 야산이 헐벗은 등을 까 내놓고 죽은 듯이 엎드려 있었다. 사위는 온통 잿빛의 풍경이었다. 피잉, 현기증이 일었다.
아버지를 대신해 가족의 생계를 책임진 어머니
광주리를 머리에 인 어머니가 모래밭을 걸어오고 있었다. 돌돌거리며 흐르는 물
「♪ 환영을 보게 된 '나'
소리를 거슬러 강변 모래밭을 어머니가 혼자 저만치서 다가오고 있었다. 모래밭은 하얗게 햇살을 되받아 쏘며 은빛으로 반짝였다. 허리띠를 질끈 동인 어머니의 치맛자락이 흐느적이며 바람결에 흔들리고 있었다. 나는 햇살에 부신 눈을 가늘게 오므리고 줄곧 그녀를 지켜보고 있었다. 그때였다. 꿈속에서처럼 나는 그녀의 뒤를 바짝 따라오고 있는 한 사내의 환영을 보았다. 그건 아버지였다. 언젠가 어머니의 낡은
어머니에 대한 기억에 '한 사내(아버지)'의 환영이 겹쳐짐
반닫이 깊숙한 밑에 숨겨져 있던 액자 속에서 학생복 차림으로 서 있던 그대로 그
사진으로만 봤던 아버지의 모습이 환영으로 나타남
건 영락없는 그 사내였다. 나를 어머니의 배 속에 남겨 놓은 채 어느 바람이 몹시 부
'나'는 유복자로 태어나 아버지의 실물을 보지 못함
는 날 밤, 산길을 타고 지리산인가 어디로 황황히 떠나가 버렸다는 사내. 창백해 뵈
'나'의 아버지가 좌익 활동을 하다 집을 떠났음
는 뺨에 마른 몸집의 그 사내가 어머니와 함께 걸어오고 있는 것이었다. 놀란 눈으로 풀밭에 앉아 나는 그들을 지켜보고 있었다. 이윽고 어머니의 눈썹과 코, 입의 윤곽과 야윈 목줄기까지 뚜렷이 드러날 만큼 가까워졌을 때 사내의 환영은 어느 틈에 사라져 버리고 없었다. 몇 번이나 눈을 비비고 보았으나 역시 마찬가지였다. 하얗게 반짝이는 모래밭 위로 어머니가 찍어 내는 발자국만 유령처럼 끈질기게 그녀의 발꿈치를 뒤따라오고 있을 뿐이었다.」 ▶ 어머니에 대한 기억과 아버지의 환영을 보게 된 '나'

우리는 관 대신에 신문지로 싼 유해를 맨 처음 그 자리에 다시 묻어 주었다. 도톰
환영을 보는 것에서 현실로 돌아옴
하니 봉분을 만들고 뗏장까지 입혀 놓고 보니 엉성한 대로 형상은 갖춘 듯싶었다.
흙을 둥글게 쌓아 올려서 무덤을 만듦. 또는 그 무덤
노인은 술을 흙 위에 뿌려 주었다. 그리고 자신이 먼저 한 모금 마신 다음에 잔을 돌
유골을 수습한 후 그 넋을 위로하기 위해 간단히 제사를 지내고 음복하는 형식을 갖춤
렸다. 오 일병이 노파가 준 북어를 내놓았고, 덕분에 작은 술판이 벌어졌다. 음복인
제사를 지내고 난 뒤 제사에 쓴 음식을 나누어 먹음

• '노인'의 유골 수습 과정과 의미

• 뼛조각에 묻은 흙을 정성스레 닦아 냄
• 유골의 손목과 팔에 묶인 철삿줄 결박을 풀어냄
• 철삿줄을 멀리 허공을 향해 던짐

↓

전쟁의 폭력으로 훼손된
인간성 회복 의지

• '아버지'에 대한 인물들의 태도

아버지
좌익 활동을 하다가 어느 날 밤에 산길을 타고 지리산 어딘가로 떠나 버림

↓

'나'	• 유복자로 태어나 아버지와의 추억이 없음 • 사진에서 본 아버지의 모습을 기억함. 아버지의 환영에 시달리며 원망함
어머니	남편을 그리워하며 기다림

셈이었다.

"얌마, 이런 느닷없는 장례식도 모두 너희 두 놈들 때문이니까, 자 한잔씩 마셔라."

"그래그래, 어쨌든 너희들은 좋은 일 했으니 천당 가도 되겠다."
　　　　　　　　　　　　　　　　땅에 묻혔던 이름 모를 유골을 수습함
소대장이 병을 기울였고 다른 녀석들도 낄낄대며 한마디씩 보태었다.
　　　　　　　　　　　　　　　　　　▶ 유골을 수습한 후 간단한 제사와 음복을 함
술이 가득 차오른 반합 뚜껑을 나는 두 손으로 받쳐 들었다. 저것 봐라이. 날짐승
　　　직접 밥을 지을 수 있게 된, 알루미늄으로 만든 밥 그릇
도 때가 되면 돌아올 줄 아는 법이다. 어머니가 말했다. 「저만치 웬 사내가 서 있었
　날짐승과 같이, 어느 때가 되면 아버지가 돌아올 것이라고 믿는 어머니의 말　　아버지
다. 가슴과 팔목에 철삿줄을 동여맨 채 사내는 이쪽을 응시하며 구부정하게 서 있었
　　환영 속 아버지의 모습 – 유골의 모습과 동일시됨
다. 퀭하니 열려 있는 그 사내의 눈은 잔뜩 겁에 질려 있는 채로였다. 애앵. 총성이 울
렸고 그는 허물어지듯 앞으로 고꾸라지고 있었다. 」불현듯 시야가 부옇게 흐려 왔다.
「」: 철삿줄이 묶인 유골로부터 아버지의 죽음 직전 모습을 연상함　　비극적 최후를 맞았을 아버지에 대한 '나'의 연민
아아, 아버지는 지금 어디에 쓰러져 누워 있을 것인가. 해마다 머리맡에 무성한
　아버지가 누워 계신 곳 → 아버지의 땅 → 전쟁의 상흔이 남아 있는 공간
쑥부쟁이와 엉겅퀴꽃을 지천으로 피워 내며 이제 아버지는 어느 버려진 밭고랑, 어
　　　　　　　아버지 역시 이름 모를 유골처럼 전쟁의 상처를 지닌 존재라고 생각함
느 응달진 산기슭에 무덤도 묘비도 없이 홀로 잠들어 있을 것인가.

반합 뚜껑에서 술이 쫄쫄 흘러 떨어지고 있었다.　　　▶ 아버지를 생각하며 연민을 느끼는 '나'

(중략)

"저, 영감님, 아까 할머니 말씀을 얼핏 들으니까 누구를 찾고 계시는 것 같던데요."

찬찬히 잘 살펴보라고 당부하던 노파의 말이 생각나서 물었으나 노인은 한동안

묵묵히 걷기만 했다. 괜한 소리를 꺼냈나 싶은 생각을 하고 있으려니까 노인이 입을

열었다.

"실은 그때 나도 형님 한 분을 잃어버렸어. 내 다리가 이 꼴이 된 것도 그때부터이
　노인에게도 6·25 전쟁 중 행방불명된 형님이 있음　　　노인은 다리를 절고 있음 → 전쟁으로 인한 상흔
고……. 형님은 길잡이로 앞세워져서 한밤중에 끌려나갔다네. 산을 넘다가 함께

총에 맞아 죽었다는 소문을 듣고 달려가 봤지만 어찌 된 영문인지 형님의 시체는

끝내 찾지 못했어."

우리는 그새 마을로 통한 샛길로 접어들고 있었다. 거기서부터는 언덕길이었다.

「"그런데 간밤 꿈에 그 사람이 꿈을 꾸었다는구먼. 실없는 할멈 같으니라구…….
「」: 지금까지 형님의 유골이라도 찾고 싶어 하며 다른 이의 유골에 정성을 다하는 노인의 모습은 '나'가 아버지를 기다리는
이런 일이 생길려구 그랬는지 원."　어머니의 마음을 이해하는 계기가 됨
6·25 전쟁 중 죽은 이의 유골이 발견된 일
상여를 보았다던 오 일병의 꿈 얘기를 기억해 내며 나는 묘한 기분이 되었다.

"그럼 좀 전의 그 유해가 혹시……. "
수습한 유골이 노인의 형님인지를 물음
"허허, 이제 와서 누가 그걸 어떻게 알아볼 수가 있겠는가. 무슨 특별한 표식이 남

아 있다면 또 몰라도…… 하지만 누구이든지 간에 불쌍한 영혼 하나, 늦게나마 땅

속에 편히 눕게 해 준 것만으로도 다행한 일이 아닌가. 허허."
노인이 정성껏 유골을 수습한 것에는 형님처럼 억울하게 죽었을 사람들에 대한 연민과 위로의 마음이 담겼음을 알 수 있음
노인은 쓸쓸히 웃었다. 」
　　　　　　　　　　　　　　　　▶ 노인을 배웅하며 노인의 형님에 얽힌 사연을 들은 '나'

• '유골'과 '아버지'를 동일시한 결과

유골
• 오랜 시간 땅 밑의 어둠 속에 묻혀 있었음 • 손과 팔목, 몸통이 철삿줄로 묶인 채 불편한 모습으로 묻혀 있었음

↓

아버지와의 동일시
유골의 모습을 아버지와 동일시하여 아버지가 가슴과 팔목에 철삿줄을 동여맨 채 겁에 질린 모습으로 있다가 총성에 쓰러지는 장면을 상상함

↓

'나'의 시야가 흐려짐
'나'가 아버지에게 연민을 느끼고 있음을 보여 줌

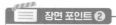
- 해당 장면은 노인을 배웅하던 길에 '나'가 아버지를 애타게 기다렸던 어머니의 마음을 이해하고 아버지의 최후를 상상하며 연민을 느끼는 부분이다.
- '까마귀', '함박눈', '사기대접' 등 소재가 지닌 의미와 기능을 파악하도록 한다.

어머니는 훌쩍 등을 돌리고 앉았다. 그러고는 주섬주섬 저고리섶을 끌어올리는
_{아들에게 눈물을 보이지 않기 위해}
것이었다. 어머니가 울고 있었다. 외아들 앞에서 좀체 눈물을 비치지 않던 그녀였
다. 아무리 앓아누웠을 때라도 입술을 앙다물고 애써 태연하게 보이던 그녀가 쫄쫄
눈물을 흘리고 있는 것이다.

아아, 나는 까맣게 잊고 있었다. 어머니가 오랫동안 누군가를 기다려 왔었음을.
_{아버지}
내 유년 시절의 퇴락한 고가의 마루 밑 그 깜깜한 어둠 속에서 음습하고 불길한 냄새
_{'나'를 고통스럽게 했던 아버지의 환영}
와 함께 나를 쏘아보고 있던 한 사내의 눈빛을, 그리고 청년이 된 지금까지도 가슴
을 새까맣게 그을려 놓으며 깊숙한 상흔으로만 찍혀져 있을 뿐인 그 증오스런 사내
_{아버지에 대한 부정적 감정이 청년이 되어서도 지속됨}
의 이름을, 어머니는 스물다섯 해가 넘도록 혼자서 몰래 불씨처럼 가슴속에 키워 오
_{어머니가 아버지를 기다려 온 시간}   _{어머니는 아버지를 가슴속에 묻고 그리워하며 살아옴}
고 있었던 것이다. 어머니한테 그 사내는 다른 아무것도 아니었다. 다만 곱고 자상
한 눈매로서만, 나직한 음성으로만 늘 곁에 남아 있었던 것이다.
_{어머니가 가지고 있는 아버지에 대한 인상}

하지만 그녀가 울고 있는 건 그 미련스럽도록 끈질긴 기다림 때문만은 아니었으
리라. 아니, 사실상 어머니는 누구보다도 더 잘 알고 있을 터였다. 그녀의 기다림이
얼마나 까마득하게 손이 닿지 않는 먼 곳으로 자꾸만 자꾸만 밀려 나가고 있는 것인
_{어머니는 아버지를 만날 수 있으리라는 기대가 점차 실현되기 어려워지고 있음을 앎}
가를 말이다. 스물다섯 해의 세월이, 스스로 묶어 놓은 그 완고한 기만이 목에 잠기
_{아버지가 돌아올 수 없음을 알면서도 계속 아버지가 돌아오기를 기다리는 것}
어 흐느낌도 없이 지금 어머니는 울고 있는 것이었다. 밥상을 받아 놓은 채 나는 고
개를 처박고 앉아 있었다. 눈앞에는 우리 가족의 그 오랜 어둠과 같은 미역 가닥이
국그릇 속에서 멀겋게 식어 가고 있을 뿐이었다.   ▶ '나'가 아버지를 기다리는 어머니와
                                          다투었던 일에 대한 회상

이제 노인의 모습은 더 이상 보이지 않았다. 그새 수북이 쌓인 눈을 밟으며 나는
_{현실 상황 → 노인을 배웅하고 오는 길}
오던 길을 천천히 되돌아가기 시작했다. 걸음을 옮길 때마다 어깨에 멘 소총이 수통
_{'나'가 부대에 복귀하기 위해 걷기 시작함}
과 부딪치며 쩔렁쩔렁 소리를 냈다. 나는 어깨로부터 전해 오는 그 섬뜩한 쇠붙이의
_{전쟁의 폭력성, 이념의 냉혹함}
촉감과 확실한 중량을 새삼스레 확인하고 있었다. 그리고 항상 누구인가를 겨누고
열려 있는 총구의 속성을, 그 냉혹함을, 또한 그 조그맣고 둥근 구멍 속에서 완강하
게 똬리를 틀고 앉아 있는 소름 끼치는 그 어둠의 깊이를 생각했다.
_{전쟁, 남북 분단으로 인한 민족의 대립과 갈등}

까우욱, 까우욱.

어느 틈에 날아왔는지 길옆 밭고랑마다 수많은 까마귀들이 구물거리고 있었다.
_{음산하고 불길한 분위기 조성}
온 세상 가득히 내려 쌓이는 풍성한 눈발 속에 저희들끼리만 모여서 새까맣게 구물
_{흑백의 대비를 통해 까마귀의 부정적 이미지를 부각함}
거리며 놈들은 그 음산함과 불길함을 역병처럼 퍼뜨리고 있는 것이었다. 얼핏, 쏟아
지는 그 눈발 속에서 나는 얼어붙은 땅 밑에 새우등으로 웅크리고 누운 누군가의 몸

작품 분석 노트

- '아버지'에 대한 인상과 심리

'나'	어머니
퇴락한 고가의 마루 밑 그 깜깜한 어둠 속에서 음습하고 불길한 냄새와 함께 나를 쏘아보던 사내	곱고 자상한 눈매, 나직한 음성으로만 곁에 남아 있던 사내
증오스런 사내	가슴속 불씨

↓	↓
원망	기다림

뒤척이는 소리를 들었다. 아버지였다. 손발이 묶인 아버지가 이따금 돌아누우며 낮은 신음을 토해 내고 있었다. 나는 황량한 들판 가운데에 서서 그 몸집이 크고 불길한 새들의 펄렁거리는 날갯짓과 구물거리는 모습을 오래오래 지켜보았다.

발견된 유골과 아버지를 동일시함 → 아버지에게 느끼는 연민의 반영

머리 위로 눈은 하염없이 쏟아져 내리고 있었다. 함박눈이었다. 굵고 탐스러운 눈송이들은 세상을 가득 채워 버리려는 듯이 밭고랑을 지우고, 밭둑을 지우고, 그 위에 선 내 발목을 지우고, 구물거리는 검은 새 떼를 지우고, 이윽고는 들판과 또 마주

포용의 이미지

이념 갈등을 조장하는 세력 등 부정적 의미의 상징

바라뵈는 거대한 산의 몸뚱이마저도 하얗게 하얗게 지워 가고 있었다. 그것은 어머니가 새벽마다 샘물을 길어 와 소반 위에 떠서 올려놓곤 하던 바로 그 사기대접의 눈부시도록 하얀 빛깔이었다.

경계가 사라짐 – 화합과 통합

아버지를 기다리는 어머니의 정성이 담겨 있는 것

▶ 노인을 배웅하고 돌아오는 길에 아버지와 어머니를 이해하게 되는 '나'

• '함박눈'과 '사기대접'의 의미

함박눈
밭고랑과 밭둑을 지움
내 발목을 지움
검은 새 떼를 지움
거대한 산의 몸뚱이마저 지움

↓

세상의 모든 이데올로기와 이를 이용한 차별과 갈등을 덮음

‖ 흰색의 유사성

하얀 빛깔의 사기대접
아버지의 무사 귀환을 기원하는 어머니의 순수한 마음이 담겨 있음

핵심 포인트 1 서사 구조의 이해

이 작품은 아버지에 대한 '나'의 이해가 현재 이야기와 과거 이야기가 교차되는 이중 구조 속에서 나타나고 있다. 따라서 이러한 서사 구조의 특징과 효과를 파악할 수 있어야 한다.

✦ 〈아버지의 땅〉에 나타난 이중 구조

이중 구조	
현재 이야기	과거 이야기
이름 없는 유골을 수습하는 '나'의 개인적인 체험이 나타남	아버지에 대한 기억을 어머니와 관련지어 회상하는 '나'의 내면이 그려짐

→ • 한 세대에서 다음 세대로 이어지는 이념 대립의 비극성을 더욱 효과적으로 부각함
• 어머니를 평생 얽어매고 있었던 굴레가 바로 '나'를 얽어매고 있던 굴레와 다르지 않고, 전쟁이라는 과거의 문제가 오늘의 것이기도 하다는 사실을 보여 줌

핵심 포인트 2 인물의 성격과 태도 파악

이 작품에서 '나'는 참호를 파던 중 발견한 유골을 수습하는 과정과 노인을 배웅하고 돌아오는 과정에서 어머니와 아버지에 대한 인식이 변화된다. '나'가 어머니와 아버지에 대해 기존에 가졌던 생각이 어떻게 변화되는지 파악할 수 있어야 한다.

✦ 사건 전개에 따른 '나'의 인식 변화

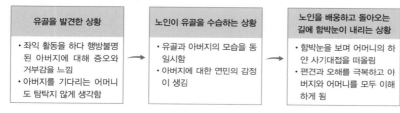

유골을 발견한 상황
• 좌익 활동을 하다 행방불명된 아버지에 대해 증오와 거부감을 느낌
• 아버지를 기다리는 어머니도 탐탁지 않게 생각함

→ **노인이 유골을 수습하는 상황**
• 유골과 아버지의 모습을 동일시함
• 아버지에 대한 연민의 감정이 생김

→ **노인을 배웅하고 돌아오는 길에 함박눈이 내리는 상황**
• 함박눈을 보며 어머니의 하얀 사기대접을 떠올림
• 편견과 오해를 극복하고 아버지와 어머니를 모두 이해하게 됨

핵심 포인트 3 소재의 의미와 기능 파악

이 작품에서는 '철삿줄', '까마귀'와 '함박눈' 등의 소재들이 작품의 주제 의식을 부각하는 데 큰 역할을 하고 있다. 따라서 작품에 등장하는 소재의 상징적 의미와 기능을 파악할 수 있어야 한다.

✦ '철삿줄'과 이를 푸는 행위의 의미

철삿줄	• 여전히 우리를 억압하고 있는 이념의 폭력성, 잔인성을 상징함 • 이념 대립으로 인한 상처

철삿줄을 푸는 행위
노인이 철삿줄을 풀어 허공에 던지는 행위는 이제는 이념의 굴레에서 벗어나 진정한 자유와 평화를 얻어야 한다는 메시지와 연결 지어 해석할 수 있음

→ 분단 현실의 상처와 극복이라는 주제 의식을 부각함

✦ '까마귀'와 '함박눈'의 상징적 의미

까마귀	함박눈
• 저희들끼리만 모여서 구물거리며 음산함과 불길함을 역병처럼 퍼뜨림 • 불길함, 세상의 화해를 방해하는 모든 부정적 세력 등을 상징함	• 검은 새 떼는 물론 세상 모든 것을 하얗게 지워 감 • 불길함을 지우는 존재이자 세상의 모든 것을 덮어 포용하는 존재 • 하나로 어우러진 세상에 대한 염원을 담고 있음

(까마귀 ↔ 함박눈)

작품 한눈에

• **해제**
〈아버지의 땅〉은 6·25 전쟁 때 좌익 활동을 하다가 행방불명된 아버지로 인해 정신적 고통을 겪어 오던 '나'가 군 복무 중에 우연히 발견한 유골을 수습하는 일을 다루고 있다. 이때 철삿줄에 묶여 있는 유골은 이념 대립의 고통이 현재까지 지속되고 있음을 의미하는 것으로, 현재까지도 아버지로 인해 여전히 고통받고 있는 '나'의 가족의 모습과 닮아 있다. 한편 '나'는 전쟁으로 가족을 잃은 노인이 유골을 정성스럽게 수습하는 모습을 보면서, 이념과 전쟁의 희생자였던 아버지와 아버지를 기다리는 어머니의 마음을 이해하며 오랜 원망의 대상이었던 아버지와 화해를 하게 된다.

• **제목 〈아버지의 땅〉의 의미**
 – 아버지의 유해가 어딘가에 버려져 묻혀 있을 땅으로, 전쟁의 상흔이 남아 있는 공간
이 작품은 이념 대립으로 인한 가족사의 아픔을 지닌 '나'가 아버지를 연민하고 이해하는 과정을 그려 내면서 우리가 살아가는 이 땅이 아버지 세대의 상처가 깃들어 있는 공간임을 드러내고 있다.

• **주제**
전쟁으로 인한 상처와 이해, 연민을 통한 치유

서울 1964년 겨울 ▶ 김승옥

💬 전체 줄거리

장면 포인트 ① 180P

주목 1964년 서울의 어느 겨울밤. '나'는 거리의 흔한 선술집에서 도수 높은 안경을 쓴 안(安)이라는 냉소적 성격의 대학원생을 우연히 만난다. 각자 자기소개가 끝난 후 '나'는 그가 스물다섯 살이며, 부잣집 장남인 것을 알게 되었고, 그는 '나'가 스물다섯 살짜리 시골 출신이며 고등학교까지 나와 지금은 구청 병사계에서 일하고 있다는 것을 알았을 것이다. 자기소개가 끝난 후, 서로 할 얘기가 없어진 둘은 조용히 술만 마신다. 이후 '나'는 안에게 파리를 사랑하는지 묻고, 안은 '나'에게 꿈틀거리는 것을 사랑하는지 묻는다. '나'는 사관 학교 입학 시험에서 실패한 후 아침의 만원 버스를 즐겨 타던 때를 이야기한다. 그 당시 '나'는 시험에 같이 떨어진 친구와 함께 출근 시간의 만원 버스를 비집고 탄 후, 앞에 앉은 여자의 아랫배가 조용히 오르내리는 것을 하염없이 지켜보곤 했다. 음탕하다는 안의 말에 '나'는 발끈한다. 안은 꿈틀거림의 예로 데모를 들고, 서울이 욕망의 집결지라 말한다. 그 후 다시 대화가 끊어지고, '나'는 이제 자리를 떠나야 할 때가 되었다고 생각하며, '자, 그럼 다음에……'라고 말할까, '재미있었습니다'라고 말할까를 궁리한다. 그러다 각자가 발견한 사소한 것들을 늘어놓으며 서로의 공통점을 찾는다.
▶ '나'와 안이 선술집에서 우연히 만나 의미 없는 대화를 나눔

'나'와 안은 각기 계산하기 위해 호주머니에 손을 넣는데, 그때 한 낯선 사내가 불쑥 다가온다. 그는 '나'와 안 곁에서 술잔을 받아 놓고 연탄불에 손을 쬐고 있던 이로, 제법 깨끗한 코트를 입고 머리엔 기름도 얌전하게 바른 사람이다. 그러나 서른대여섯 살쯤으로 보이는 그는 가난뱅이 냄새가 나면서 유난히 눈시울이 새빨갛다. 사내는 '나'와 안에게 자기가 돈은 얼마든지 있으니 함께 가도 괜찮은지를 힘없는 음성으로 묻는다. '나'와 안은 술값만 있다면 괜찮다고 말하지만, 어딘지 유쾌한 예감이 들지 않는다. 사내를 포함한 셋은 갑자기 목적지를 잃은 사람들처럼 사방을 두리번거리면서 느릿느릿 걸어간다. 거리에는 소주 광고의 네온사인이 명멸하고 있고, 완전히 얼어붙은 길 위에는 거지가 돌덩이처럼 여기저기 엎드려 있다. 사내는 저녁을 먹으러 가자고 하고, 셋은 근처의 중국요릿집으로 들어간다. '나'는 사내가 저녁을 산다는 말에 통닭과 술을 주문

장면 포인트 ② 182P

한다. 그때 사내는 오늘 낮에 아내가 급성 뇌막염으로 죽었다고 말한다. 아내와 재작년에 결혼했다는 사내는, 처갓집이 어딘지도 몰라 아무것도 할 수 없었다고 말한다. 그러면서 서적 월부 판매 외교원인 자신은 돈 사천 원을 받고 아내의 시체를 세브란스 병원에 팔았다고 한다. 그는 이 돈을 어떻게 하면 좋을지를 물으며, 오늘 저녁에 다 써 버리고 싶다고 한다. 그러면서 이 돈이 다 없어질 때까지 함께 있어 달라고 부탁한다.
▶ '나'와 안이 죽은 아내의 시체를 팔았다고 하는 사내를 만남

중국집에서 돈 천 원을 쓴 후 셋은 거리로 나온다. 셋은 모두 취해 있다. 사내는 한쪽 눈으로는 울고 다른 쪽 눈으로는 웃고 있고, 안은 도망갈 궁리를 하기에도 지쳐 버렸다고 '나'에게 말하고 있다. '나'는 이상한 말을 중얼거리고 있다. 거리는 여전히 소주 광고로 반짝이고 있다. 셋은 이제 어디로 가야 할지 서로에게 묻지만, 아무 데도 갈 데가 없다. 사내는 중국집 옆 양품점으로 '나'와 안을 끌고 들어가, 자기 아내가 사 주는 거라며 넥타이를 하나씩 고르라고 한다. '나'와 안은 알록달록한 넥타이를 하나씩 집어 들고, 돈은 육백 원이 없어진다. 양품점 앞 귤 장수를 본 사내는 아내가 귤을 좋아했다며 귤 삼백 원어치를 산다. 사내는 택시를 잡아 '나'와 안을 태우지만, 결국 갈 데가 없어 그냥 내린다. 그때 거리의 끝에서 요란한 사이렌 소리가 들리고, 소방차 두 대가 셋 앞을 빠르고 시끄럽게 지나쳐 간다. 사내는 다시 급하게 택시를 잡고, 차에 오르자마자 소방차 뒤를 따라가자고 한다. 사내에게는 천구백 원하고 동전 몇 개, 십 원짜리가 몇 장 남아 있다. 화재가 난 곳은 아래층인 페인트 상점인데 지금은 미용 학원인 이 층에서 불길이 창으로부터 뿜어 나오고 있다. 경찰들의 호각 소리, 소방차들의 사이렌 소리, 불길 속에서 나는 탁탁 소리, 물줄기가 건물의 벽에 부딪혀서 나는 소리가 들리고, 셋은 페인트가 든 통을 하나씩 깔고 앉아 불구경을 한다. 안은 사내에게 의미 없는 불구경을 그만하자고 말하고, '나'는 불길에 가게 간판이 타는 것을 멍하니 바라본다. 그때 사내는 불 속으로 가진 돈을 모두 던져 버린다.
▶ 거리로 나온 세 사람은 갈 곳이 없어 방황하다가 같이 불구경을 함

약속대로 돈을 다 썼으니 그만 헤어지자고 하는 '나'와 안에게 사내는 혼자 있기 무섭다며 같이 있어 달라고 한다. 사내는 근처에서 받아야 할 돈이 있다며 그 돈을 받아 같이 여관으로 가자고 한다. 사내는 어느 집을 찾아가 주인 여자에게 월부 책값을 받으러 왔다고 소리치며 울음을 터뜨린다. 주인 여자는 내일 낮에 오라며 대문을 닫아 버리고 사내는 이따금 "여보"라고 중얼거리며 오랫동안 운다. '나'와 안은 그가 울음을 그치기를 기다리고,

장면 포인트 ③ 184P

세 사람은 여관을 찾아 들어간다. '나'는 사내를 생각해서 같은 방에 묵을 것을 제안하지만, 안은 방을 각각 하나씩 차지하고 자자고 한다. 사내도 혼자 있기가 싫다고 말하지만, 결국 세 사람은 나란히 붙은 방 세 개에 각각 한 사람씩 들어가게 된다. 화투라도 사다가 놀자고 '나'가 말하지만, 안은 피곤하다며 거절한다. '나'는 숙박계에 거짓 이름, 거짓 주소, 거짓 나이, 거짓 직업을 쓰고 나서 사환이 가져다 놓은 자리끼를 마신 후 꿈도 안 꾸고 잘 잔다.
▶ 혼자 있기 싫다는 사내의 부탁으로 세 사람은 함께 여관으로 들어감

다음 날 아침 일찍, 안이 '나'에게 사내가 자살했음을 알려 준다. '나'와 안은 사람들이 알기 전에 도망가기로 하고, 급하게 여관을

떠난다. 밖은 싸락눈이 내리고 있었다. 안은 사내가 죽으리라는 것을 예감하고 있었고, 혼자 두면 죽지 않을 줄 알았다고 말한다. '나'는 그가 죽으리라고는 짐작도 못 했다고 하며 짜증을 낸다. 안은 우리가 스물다섯 살임에도 불구하고 너무 늙어 버린 것 같아 두려워진다고 한다. 이후 '나'는 안과 헤어져 버스를 타고, 앙상한 나뭇가지 사이로 내리는 눈을 맞으며 무언지 곰곰이 생각하고 서 있는 안의 모습을 창문 밖으로 내다본다.

▶ 밤 사이 사내는 자살을 하고, '나'와 안은 무덤덤히 헤어짐

🎭 인물 관계도

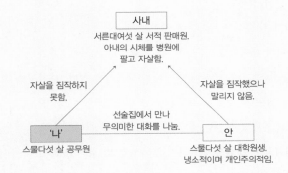

사내
서른대여섯 살 서적 판매원.
아내의 시체를 병원에
팔고 자살함.

자살을 짐작하지 못함.

자살을 짐작했으나 말리지 않음.

선술집에서 만나 무의미한 대화를 나눔.

'나'
스물다섯 살 공무원

안
스물다섯 살 대학원생.
냉소적이며 개인주의적임.

<보기>로 나오는 작품 외적 준거

〈서울 1964년 겨울〉에 나타난 소외 양상

인간 소외의 대표작이라고 할 수 있는 〈서울 1964년 겨울〉에서는 도시적 인간관계를 상징적으로 보여 주고 있다. 거리의 포장 친 선술집에서 대학원생과 육사에 낙방한 후 입대했다가 지금은 구청 병사계 직원이 되어 있는 서술자, 그리고 아내의 시체를 판 후 자살하게 되는 서적 외판원이 만나게 된다. 그들은 우연히 마주쳤고 아무런 연줄도 공동의 관심사도 과거도 없다. 이는 서울이라는 거대한 공간 속에서 익명과 익명이 우연히 부딪치게 되는 도시인들의 모습이다. 대학원생 '안'과 병사계 직원인 서술자는 동년배라는 것과 선술집에 비슷한 시각에 들어섰다는 우연 때문에 대화를 주고받지만 그것은 피차간에 의미 있는 경험의 교환이 되지 못한다. (중략)

사람살이의 우연성과 사람 사이의 익명성은 30대 후반 아저씨의 등장으로 더욱 강조된다. 아내를 잃은 서적 외판원은 아내와 우연히 알게 되어 2년 전에 결혼했지만 처갓집이 어딘지도 모른다. 그래서 '할 수 없이' 아내의 시체를 병원에 팔았다. 사람 사이에서 가장 가까운 것으로 파악되는 부부 사이에서 사람 사이의 우연성과 황당함은 더욱 두드러져 보인다. 결국 상처한 아저씨는 시체 판매 대금을 선술집에서 만난 청년들과 함께 낭비하고 마치 속죄라도 하듯이 자살하고 만다.

20대 중반의 청년들은 마지막 순간에도 의미 있는 대화를 나누지 못한다. 그들이 할 수 있는 일은 저마다의 독백을 교환하는 것뿐이다. 너무 늙어 버린 것 같다는 '안'과 우린 이제 겨우 스물다섯 살이라고 말하는 '나'의 독백의 교환은 〈서울 1964년 겨울〉이 보여 주는 도시적 인간관계의 축도이다. 현대 사회에서 인간의 고립과 소외라는 큰 주제는 오늘날에 와서 더욱 깊은 공감대를 형성할 수 있는 것이다. 세 사람이 여관으로 가는 모습 또한 현대인의 소외를 잘 드러낸다. '안'은 여관으로, '나'는 집으로, '사내'는 아내의 시체가 있는 병원으로 가고 싶어 하지만 어느 것도 뚜렷한 목적지가 될 수 없다. 이것은 시대의 좌표를 잃은 생활인의 모습을 보여 주고 있다. 숙박계엔 거짓 이름, 거짓 주소, 거짓 나이, 거짓 직업을 써 넣고 셋은 각각 하나씩 방을 차지한다. 진실은 거짓 속에 은폐되어 있으며 사람 사이는 벽으로 차단된 채 고립되어 있다. 또한 '안'은 사내가 죽으리라는 것을 알고 있으면서도 '사내'를 혼자 내버려두는 행동을 한다. '안'은 자신의 짐은 자신이 다스려야 하며, 인간은 단독자로서 홀로 세계 앞에서 대항해야 한다는 사실을 인식하고 있다. 이러한 태도는 타인의 태도를 있는 그대로 받아들인다는 점에서 상대의 존재에 대한 긍정의 태도라고도 볼 수 있겠으나 뒤바꾸어 생각해 보면 상대방에 대한 무관심과 통하게 된다.

– 권대근, 김승옥 소설의 자의식 연구: 〈무진기행〉과 〈서울 1964년 겨울〉을 중심으로, 2000

- 이 작품은 1960년대 서울을 배경으로 현대 사회 속 인간의 고독과 소외를 다루고 있는 소설이다. 익명화된 등장인물들이 우연히 만나 나누는 대화와 행동에 주목하여 연대감을 상실하고 파편화된 개인의 모습을 파악하도록 한다.
- 해당 장면은 작품의 발단 단계로, '나'와 '안'이 선술집에서 만나 무의미한 대화를 이어 가는 부분이다.
- 등장인물을 구체적인 이름이 아닌 '나', '안', '사내' 등과 같이 제시한 것에 주목하여 인물들의 피상적이고 삭막한 관계를 파악하도록 한다.

★주목 <u>1964년 겨울을 서울</u>에서 지냈던 사람이라면 누구나 알 수 있겠지만, 밤이 되면 거
_{시대적 배경　　공간적 배경}　^{계절적 배경}
리에 나타나는 <u>선술집</u> — 오뎅과 군참새와 세 가지 종류의 술 등을 팔고 있고, 얼어
술청 앞에 선 채로 간단하게 술을 마실 수 있는 술집. – '나'와 '안'과 '사내'가 처음 만나는 장소
<u>붙은 거리를 휩쓸며 부는 차가운 바람</u>이 펄럭거리게 하는 포장을 들치고 안으로 들
을씨년스러운 분위기
어서게 되어 있고, 그 안에 들어서면 <u>카바이드 불</u>의 길쭉한 불꽃이 바람에 흔들리고
탄화 칼슘을 이용해 켠 등
있고, 염색한 군용 잠바를 입고 있는 중년 사내가 술을 따르고 안주를 구워 주고 있
는 그러한 선술집에서, 그날 밤, 우리 세 사람은 우연히 만났다. 「우리 세 사람이란
나와 도수 높은 안경을 쓴 안(安)이라는 대학원 학생과 정체는 알 수 없지만, 요컨대
가난뱅이라는 것만은 분명하여 <u>그의 정체를 꼭 알고 싶다는 생각은 조금도 나지 않</u>
타인에 대한 관심이 사라진 삭막한 인간관계를 드러냄
는 서른대여섯 살짜리 사내를 말한다.」「 」: 등장인물의 익명화 – 인물의 개성을 드러내지 않음.
인물 사이에 진정한 의사소통이 부재함

　먼저 말을 주고받게 된 것은 나와 대학원생이었는데, <u>뭐 그렇고 그런 자기소개가</u>
형식적인 자기소개
끝났을 때는 나는 그가 안씨라는 성을 가진 <u>스물다섯 살짜리</u> 대한민국 청년, 대학
□: 정신적 성숙과 부적응의 경계에서 방황하는 젊은 나이
구경을 해 보지 못한 나로서는 상상이 되지 않는 전공을 가진 대학원생, 부잣집 장
남이라는 걸 알았고, 그는 내가 <u>스물다섯 살짜리</u> 시골 출신, 고등학교는 나오고 육
군 사관 학교를 지원했다가 실패하고 나서 군대에 갔다가 임질에 한 번 걸려 본 적이
임균에 의해서 감염되는 성병의 한 가지
있고 지금은 구청 <u>병사계(兵事係)</u>에서 일하고 있다는 것을 아마 알았을 것이다.
병역에 관련된 일을 담당하는 부서
　<u>자기소개들은 끝났지만 그러고 나서는 서로 할 얘기가 없었다.</u> 잠시 동안은 조용
현대인의 피상적인 인간관계가 드러남
히 술만 마셨는데 나는 새카맣게 구워진 군참새를 집을 때 할 말이 생겼기 때문에 마
음속으로 군참새에게 감사하고 나서 얘기를 시작했다.

　"<u>안 형, 파리를 사랑하십니까?</u>"
의미 없는 질문
　"아니오, 아직까진……." 그가 말했다. "<u>김 형</u>은 파리를 사랑하세요?"
'나'
　"예"라고 나는 대답했다. "날 수 있으니까요. 아닙니다. 날 수 있는 것으로서 동
시에 내 손에 붙잡힐 수 있는 것이니까요. 날 수 있는 것으로서 손안에 잡아 본 적이
있으세요?"
　"가만 계셔 보세요." 그는 안경 속에서 나를 멀거니 바라보며 잠시 동안 표정을 꼼
지락거리고 있었다. 그리고 말했다. 「"없어요, 나도 파리밖에는……."」
「 」: 상대방이 하는 말에 대한 깊이 있는 이해 없이 무의미한 대화를 이어 감
　낮엔 이상스럽게도 날씨가 따뜻했기 때문에 길은 얼음이 녹아서 흙물로 가득했었
는데 밤이 되면서부터 다시 기온이 내려가고 <u>흙물은 우리의 발밑에서 다시 얼어붙</u>
차갑고 삭막한 분위기 조성
<u>기 시작했다.</u> 소가죽으로 지어진 내 검정 구두는 얼고 있는 땅바닥에서 올라오고 있

- 배경의 의미와 기능
　① 공간적 배경

서울	· 도시화가 진행되면서 자본주의의 모순이 드러나는 공간 · 공동체 의식이 약화되면서 개인주의가 심화되어 인간관계의 단절이 일어나는 공간

　② 시간적 배경

1964년	· 4·19 정신을 훼손하는 군사 정부의 독재로 민주주의가 억압받던 시기 · 정치적, 사회적 부조리가 팽배하여 사람들이 당대 사회에 대해 회의감과 무력감을 느낌
겨울	차가운 계절로, 작품의 우울하고 쓸쓸한 분위기를 부각함

- 등장인물의 익명성

'나', '안', '사내'
↓
- 그 시대를 살았던 평범한 시민 중 한 명임을 나타냄
- 이름을 드러내지 않음으로써 인간관계의 단절을 부각함
- 등장인물의 개성을 드러내지 않음

- '나'와 '안'의 대화 소재 – 파리

파리	· '나'와 '안'이 자기소개를 마친 후 '나'가 시작한 이야기 · 별다른 의미 없는 이야기로 진정한 의사소통이 이루어지지 않음을 나타냄

는 찬 기운을 충분히 막아 내지 못하고 있었다. 사실 이런 술집이란, 집으로 돌아가는 길에 잠깐 한잔하고 싶은 생각이 든 사람이나 들어올 데지, 마시면서 곁에 선 사람과 무슨 얘기를 주고받을 만한 데는 되지 못하는 곳이다. 그런 생각이 문득 들었

'선술집'이라는 공간에 대해 '나'가 내린 판단 – 선술집에서 만난 세 인물의 단절적 관계를 나타냄

지만 그 안경잡이가 때마침 나에게 기특한 질문을 했기 때문에 나는 '이놈 그럴듯하다'고 생각되어 추위 때문에 저려 드는 내 발바닥에게 조금만 참으라고 부탁했다.

▶ 선술집에서 만난 '나'와 '안'이 의미 없는 대화를 이어 감

"김 형, 꿈틀거리는 것을 사랑하십니까?" 하고 그가 내게 물었던 것이다.

현실에 부대끼면서도 살아 있는 것

"사랑하구말구요." 나는 갑자기 의기양양해져서 대답했다. 추억이란 그것이 슬픈 것이든지 기쁜 것이든지 그것을 생각하는 사람을 의기양양하게 한다. 슬픈 추억일 때는 고즈넉이 의기양양해지고 기쁜 추억일 때는 소란스럽게 의기양양해진다.

말없이 다소곳하거나 잠잠하게

"사관 학교 시험에서 미역국을 먹고 나서도 얼마 동안, 나는 나처럼 대학 입학시

사관 학교 시험에서 떨어짐

험에 실패한 친구 하나와 미아리에서 하숙하고 있었습니다. 서울엔 그때가 처음이었죠. 장교가 된다는 꿈이 깨어져서 나는 퍽 실의(失意)에 빠져 있었습니다. 그때 영영 실의해 버린 느낌입니다. 아시겠지만 꿈이 크면 클수록 실패가 주는 절망감도 대단한 힘을 발휘하더군요. 그 무렵 재미를 붙인 게 아침의 만원 된 버스 칸

실의에 빠져 소일거리로 만원 버스를 탐

이었습니다. 함께 있는 친구와 나는 하숙집의 아침 밥상을 밀어 놓기가 바쁘게 미

아침을 먹자마자

아리 고개 위에 있는 버스 정류장으로 달려갑니다. 개처럼 숨을 헐떡거리면서 말입니다. 시골에서 처음으로 서울에 올라온 청년들의 눈에 가장 부럽고 신기하게 비치는 게 무언지 아십니까? 부러운 건, 뭐니 뭐니 해도, 밤이 되면 빌딩들의 창

입학시험에 떨어진 자신과 다르게 바쁘게 일하며 살아가는 사람들을 부러워함

에 켜지는 불빛, 아니 그 불빛 속에서 이리저리 움직이고 있는 사람들이고, 신기한 건 버스 칸 속에서 일 센티미터도 안 되는 간격을 두고 자기 곁에 이쁜 아가씨가 서 있다는 사실입니다. 그것 때문에 나는 하루 종일을 시내버스를 이것 저것 갈아타면서 보낸 적도 있습니다. 물론 그날 밤엔 너무 피로해서 토했습니다만……."

▶ '나'가 꿈틀거림과 관련한 추억을 이야기함

• '선술집'의 의미와 기능

선술집
• 집으로 돌아가는 길에 잠깐 한잔하고 싶은 생각이 든 사람이 들어오는 곳
• 마시면서 곁에 선 사람과 무슨 얘기를 주고받을 만한 데는 되지 못하는 곳

• '나'와 '안'이 우연히 만나 술을 마신 장소로 임시적인 공간
• 길거리에 포장을 쳐서 만들어진 장소라는 점에서 안정되지 못한 1960년대 당시의 시대 상황 암시

주목
장면 포인트 ❷

· 해당 장면은 선술집에서 만나 동행하게 된 '나'와 '안', '사내'가 중국집에 들어가서 대화를 나누는 부분이다.
· 자신의 이야기를 털어놓는 사내의 심리와 이에 대해 '나'와 '안'이 보이는 반응을 중심으로 타인에게 무관심하며 인간관계가 파편화된 현대 사회의 모습을 파악하도록 한다.

★주목 "말씀드리고 싶은 게 있는데요." 마음씨 좋은 아저씨가 말하기 시작했다. "들
　　　　　　　　　　　　　　　　　　'사내'
어 주셨으면 고맙겠습니다…… 오늘 낮에 제 아내가 죽었습니다. 세브란스 병원에
'사내'가 '나', '안'과 대화하기를 원함　　　　　　'사내'가 '나', '안'에게 자신에게 닥친 불행을 이야기함
입원하고 있었는데……." 그는 이젠 슬프지도 않다는 얼굴로 우리를 빤히 쳐다보
며 말하고 있었다.

"네에에." "그거 안되셨군요."라고, 안과 나는 각각 조의를 표했다.
　　　　　　형식적인 위로　　　　　　　　　　남의 죽음을 슬퍼하는 뜻
「"아내와 나는 참 재미있게 살았습니다. 아내가 어린애를 낳지 못하기 때문에 시
간은 몽땅 우리 두 사람의 것이었습니다. 돈은 넉넉하진 못했습니다만, 그래도 돈
이 생기면 우리는 어디든지 같이 다니면서 재미있게 지냈습니다. 딸기 철엔 수원
에도 가고, 포도 철엔 안양에도 가고, 여름이면 대천에도 가고, 가을엔 경주에도
가 보고, 밤엔 함께 영화 구경, 쇼 구경 하러 열심히 극장에 쫓아다니기도 했습니
다……."」「 : 아내가 살아 있을 때 넉넉하지 않은 형편이었지만 행복했던 추억을 말하는 '사내'

"무슨 병환이셨던가요?" 하고 안이 조심스럽게 물었다.

"급성 뇌막염이라고 의사가 그랬습니다. 아내는 옛날에 급성 맹장염 수술을 받은
적도 있고, 급성 폐렴을 앓은 적도 있다고 했습니다만 모두 괜찮았었는데 이번의
급성엔 결국 죽고 말았습니다…… 죽고 말았습니다."
　　　　　　　反복을 통해 '사내'의 슬픔을 드러냄
사내는 고개를 떨구고 한참 동안 무언지 입을 우물거리고 있었다. 「안이 손가락으
로 내 무릎을 찌르며 우리는 꺼지는 게 어떻겠느냐는 눈짓을 보냈다. 나 역시 동감
　　　　　　　　'사내'와의 소통을 거부하는 '안'과 '나'
이었지만 그때 사내가 다시 고개를 들고 말을 계속했기 때문에 우리는 눌러앉아 있
을 수밖에 없었다.」「 : 타인의 상처와 고통에 무관심한 현대인의 모습

"아내와는 재작년에 결혼했습니다. 우연히 알게 됐습니다. 친정이 대구 근처에 있
다는 얘기만 했지 한 번도 친정과는 내왕이 없었습니다. 난 처갓집이 어딘지도 모릅
니다. 그래서 할 수 없었어요." 그는 다시 고개를 떨구고 입을 우물거렸다.
아내의 죽음을 알릴 처갓집의 위치를 몰라서 시체를 팔 수밖에 없었던 상황을 말함
"뭘 할 수 없었다는 말입니까?" 내가 물었다.

그는 내 말을 못 들은 것 같았다. 그러나 한참 후에 다시 고개를 들고 마치 애원하
　　　　　　　　　　　　　아내의 시체를 팔 수밖에 없었던 자신의 행위에 대한 이해와 위로를 구하는 눈빛
는 듯한 눈빛으로 말을 이었다.
　　　　　　은행이나 회사에서 교섭이나 권유, 선전, 판매를 위하여 고객을 방문하는 일이 주된 업무인 사원
"아내의 시체를 병원에 팔았습니다. 할 수 없었습니다. 난 서적 월부 판매 외교원
　　　　　　　　　　　　　　　　　　　　　　　　가난한 '사내'의 형편
에 지나지 않습니다. 할 수 없었습니다. 돈 사천 원을 주더군요. 난 두 분을 만나
　　　　　　같은 말을 반복하는 '사내'의 심리 – 아내의 시체를 판 죄책감에서 벗어나고자 함
기 얼마 전까지도 세브란스 병원 울타리 곁에 서 있었습니다. 아내가 누워 있을
시체실이 있는 건물을 알아보려고 했습니다만 어딘지 알 수 없었습니다. 그냥 울

작품 분석 노트

· '나'와 '안'과 '사내'의 대화

| '사내' | 아내의 죽음에 대하여 '나'와 '안'에게 이야기 하고 싶어 함 |
| '나', '안' | '사내'의 제안에 주저하 면서 '사내'의 불행에 신경 쓰려 하지 않음 |

↓

· 진정한 의사소통이 단절된 현대인 의 삭막한 인간관계가 드러남
· 사회적 연대감, 유대감을 상실한 현대인의 소외가 드러남

타리 곁에 앉아서 병원의 큰 굴뚝에서 나오는 희끄무레한 연기만 바라보고 있었습니다. 아내는 어떻게 될까요. 학생들이 해부 실습하느라고 톱으로 머리를 가르고 칼로 배를 찢고 한다는데 정말 그러겠지요?"

> 아내의 시체를 판 자신의 행위에 대해 죄책감을 느끼고 있음
> ▶ 아내의 죽음과 아내의 시체를 판 이야기를 '나'와 '안'에게 하는 '사내'

우리는 입을 다물고 있을 수밖에 없었다. 사환이 단무지와 파가 담긴 접시를 갖다 놓고 나갔다.

"기분 나쁜 얘길 해서 미안합니다. 다만 누구에게라도 얘기하지 않고서는 견딜 수 없었습니다. 한 가지만 의논해 보고 싶은데, 이 돈을 어떻게 하면 좋을까요? 저는
> 아내의 시체를 판 행위를 '나'와 '안'에게 털어놓으며 위로받고자 하는 '사내'의 심리가 드러남

오늘 저녁에 다 써 버리고 싶은데요."
> 아내의 시체를 판 돈을 모두 써서 죄책감에서 벗어나고 싶어 함

"쓰십시오." 안이 얼른 대답했다.

"이 돈이 다 없어질 때까지 함께 있어 주시겠어요?" 사내가 말했다. 우리는 얼른
> '사내'와 함께 있어 주는 것을 주저하는 '나'와 '안'

대답하지 못했다. "함께 있어 주십시오." 사내가 말했다. 우리는 승낙했다.

"멋있게 한번 써 봅시다."라고 사내는 우리와 만난 후 처음으로 웃으면서 그러나
> '나', '안'과 함께 있음으로써 불행을 극복해 보려 함

여전히 힘없는 음성으로 말했다.

중국집에서 거리로 나왔을 때는 우리는 모두 취해 있었고, 돈은 천 원이 없어졌고
> 공간의 이동

「사내는 한쪽 눈으로는 울고 다른 쪽 눈으로는 웃고 있었고, 안은 도망갈 궁리를 하
> 다른 사람의 불행에 관여하지 않으려는 태도

기에도 지쳐 버렸다고 내게 말하고 있었고, 나는 "악센트 찍는 문제를 모두 틀려 버
> ┌ 서로 연결되지 않는 인물들 각각의 행동 나열 – 유대감이 상실된 채 단절된 인간관계

렸단 말야. 악센트 말야."라고 중얼거리고 있었고,「거리는 영화 광고에서 본 식민지

의 거리처럼 춥고 한산했고, 그러나 여전히 소주 광고는 부지런히, 약 광고는 게으
> 「 」: '나'의 눈에 비친 거리의 풍경 묘사 – '나'와 '안', '사내'의 관계처럼 삭막하고 단절되어 있음

름을 피우며 반짝이고 있었고, 전봇대의 아가씨는 '그저 그래요.'라고 웃고 있었고.」
> ▶ '사내'가 아내의 시체를 판 돈을 모두 쓰기로 함

「"이제 어디로 갈까?" 하고 아저씨가 말했다.

"어디로 갈까?" 안이 말하고,

"어디로 갈까?"라고 나도 그들의 말을 흉내 냈다.」
> 「 」: 삶의 목적성과 방향성을 잃어버린 현대인의 모습

아무 데도 갈 데가 없었다. 방금 우리가 나온 중국집 곁에 양품점의 쇼윈도가 있

었다. 사내가 그쪽을 가리키며 우리를 끌어당겼다. 우리는 양품점 안으로 들어갔다.

"넥타이를 골라 가져. 내 아내가 사 주는 거야." 사내가 호통을 쳤다.
> '사내'가 아내의 시체를 판 돈으로 행하는 무의미한 소비 행위

우리는 알록달록한 넥타이를 하나씩 들었고, 돈은 육백 원이 없어져 버렸다. 우리

는 양품점에서 나왔다.

"어디로 갈까?"라고 사내가 말했다.

감상 포인트
인물들의 심리와 태도를 통해 드러나는 사회상을 파악한다.

갈 데는 계속해서 없었다.
> 정처 없이 헤매는 세 사람

> ▶ 갈 곳을 몰라 방황하는 세 사람

· '중국집'의 의미와 기능

중국집
· '사내'가 '나'와 '안'에게 아내의 죽음과 시체를 병원에 판 이야기를 하는 공간 · '사내'의 이야기를 귀담아듣지 않는 '나'와 '안'의 모습이 나타나는 공간

↓

세 사람 간에 진정한 소통이 이루어지지 않음을 드러냄

· '거리'의 의미와 기능

거리
· 소주 광고는 부지런히, 약 광고는 게으름을 피우며 반짝이고 있었고, 전봇대의 아가씨는 '그저 그래요.'라고 웃고 있었다. · 아무 데도 갈 데가 없었다. · 갈 데는 계속해서 없었다.

↓

· 여러 광고로 가득 차 자본주의의 소비 지향적인 성격을 드러내는 공간 · 목적지를 상실한 인물들의 모습을 드러내는 공간

- 해당 장면은 여관에 들어간 세 사람이 각각 다른 방을 쓰고 다음 날 '사내'의 자살을 알게 된 '나'와 '안'이 황급히 여관을 도망쳐 나오는 작품의 결말 부분이다.
- '나'에게 기어 오는 '개미'가 가리키는 바를 파악하고 '개미'를 피해 자리를 옮기는 '나'의 행위의 의미를 이해하도록 한다.
- '사내'의 죽음이라는 사건을 대하는 '나'와 '안'의 말과 행동을 중심으로 단절된 인간관계 및 고독과 소외라는 현대 사회의 문제를 파악하도록 한다.

우리는 모두 고개를 숙이고 어두운 골목길을 걸어서 거리로 나왔다. <u>적막한 거리</u>
<u>에는 찬바람이 세차게 불고 있었다.</u>
<small>인물들의 삭막한 관계와 대응하는 환경</small>

"몹시 춥군요."라고 사내는 우리를 염려한다는 음성으로 말했다.

"추운데요. 빨리 여관으로 갑시다." 안이 말했다.

"<u>방을 한 사람씩 따로 잡을까요?</u>" 여관에 들어갔을 때 안이 우리에게 말했다.
<small>'안'의 개인주의적인 태도가 드러남</small>

"그게 좋겠지요?"

"<u>모두 한방에 드는 게 좋겠지요.</u>"라고 나는 아저씨를 생각해서 말했다.
<small>'사내'를 배려하는 '나' – '안'보다는 다소 인간적인 면모를 지니고 있음</small>

아저씨는 그저 우리 처분만 바란다는 듯한 태도로 또는 지금 자기가 서 있는 곳이
어딘지도 모른다는 태도로 멍하니 서 있었다. 여관에 들어서자 우리는 모든 프로가
<small>정신적으로 불안정한 '사내'의 모습</small>
끝나 버린 극장에서 나오는 때처럼 어찌할 바를 모르고 거북스럽기만 했다. 여관에
비한다면 <u>거리가 우리에게는 더 좁았던 셈이었다.</u> <u>벽으로 나누어진 방들,</u> 그것이 우
<small>친밀하고 가까운 관계를 맺지 못하는 세 사람의 상황을 드러냄　　　　　단절과 소외의 공간</small>
리가 들어가야 할 곳이었다.
<small>▶ '나'와 '안', '사내'가 여관에 들어감</small>

"모두 같은 방에 들기로 하는 것이 어떻겠어요?" 내가 다시 말했다.
<small>'사내'를 혼자 두지 않으려는 '나'의 배려</small>

"난 지금 아주 피곤합니다." 안이 말했다.

"방은 각각 하나씩 차지하고 자기로 하지요."

"<u>혼자 있기가 싫습니다.</u>"라고 아저씨가 중얼거렸다.
<small>앞으로 일어날 사건(사내의 죽음)을 암시함</small>
"<u>혼자 주무시는 게 편하실 거예요.</u>" 안이 말했다.
<small>'사내'의 호소를 무시함</small>

우리는 복도에서 헤어져서 사환이 지적해 준, <u>나란히 붙은 방 세 개에 각각 한 사</u>
<small>파편화된 현대인의 인간관계를 드러냄</small>
람씩 들어갔다. / "화투라도 사다가 놉시다." 헤어지기 전에 내가 말했지만,

"<u>난 아주 피곤합니다. 하시고 싶으면 두 분이나 하세요.</u>"라고 안은 말하고 나서 자
<small>'안'의 이기적인 성격 – 단절감의 증폭</small>
기의 방으로 들어가 버렸다.

"<u>나도 피곤해 죽겠습니다. 안녕히 주무세요.</u>"라고 나는 아저씨에게 말하고 나서
<small>'안'에게 동조하는 '나'</small>
내 방으로 들어갔다. 숙박계엔 <u>거짓 이름, 거짓 주소, 거짓 나이, 거짓 직업을 쓰고</u>
<small>익명화된 존재로 남으려 함 – 진실된 모습을 감추고 살아가는 현대인의 모습</small>
나서 사환이 가져다 놓은 <u>자리끼를 마시고</u> 나는 이불을 뒤집어썼다. <u>나는 꿈도 안</u>
<small>밤에 자다가 마시기 위하여 잠자리의 머리맡에 준비하여 두는 물　　　　　　　　'사내'의 자살과 대조됨</small>
<u>꾸고 잘 잤다.</u>
<small>▶ 세 사람은 각각 방을 잡고 잠을 잠</small>

다음 날 아침 일찍이 안이 나를 깨웠다.

"<u>그 양반, 역시 죽어 버렸습니다.</u>" 안이 내 귀에 입을 대고 그렇게 속삭였다.
<small>'안'이 '사내'의 자살을 예감하고 있었음을 드러냄</small>
"예?" 나는 잠이 깨끗이 깨어 버렸다.

"방금 그 방에 들어가 보았는데 역시 죽어 버렸습니다."

"역시……." 나는 말했다. "사람들이 알고 있습니까?"

"아직까진 아무도 모르는 것 같습니다. 우린 빨리 도망해 버리는 게 시끄럽지 않
　　　　　　　　　　　　　　사람의 생명보다 자신의 편의를 더 중요하게 여기는 이기적 성향을 알 수 있음
을 것 같습니다." / "자살이지요?" / "물론 그것이겠죠."

나는 급하게 옷을 주워 입었다. 개미 한 마리가 방바닥을 내 발이 있는 쪽으로 기
　　　　　　　　　　　　　　　죽은 '사내'를 연상시키는 소재
어 오고 있었다. 그 개미가 내 발을 붙잡으려고 하는 것 같은 느낌이 들어서 나는 얼
른 자리를 옮겨 디디었다.　　　　　　　　　▶ '나'와 '안'은 '사내'의 죽음을 확인하고 서둘러 여관을 나옴
'사내'의 죽음에 연관되지 않고 싶어 하는 '나'의 심리를 드러냄

밖의 이른 아침에는 싸락눈이 내리고 있었다. 우리는 할 수 있는 한 빠른 걸음으
　　　　　　　　서늘하고 침울한 분위기 조성　　　　'사내'의 죽음에 자신들이 휘말리는 것을 피하기 위해
로 여관에서 떨어져 갔다.

"난 그 사람이 죽으리라는 걸 알고 있었습니다." 안이 말했다.

"난 짐작도 못 했습니다."라고 나는 사실대로 얘기했다.

"난 짐작하고 있었습니다." 그는 코트의 깃을 세우며 말했다.

"그렇지만 어떻게 합니까?"

"그렇지요. 할 수 없지요. 난 짐작도 못 했는데……." 내가 말했다.

"짐작했다고 하면 어떻게 하겠어요?" 그가 내게 물었다.

"어떻게 합니까? 그 양반 우리더러 어떡하라는 건지……."
　　　　　타인의 불행에 관여하지 않으려는 태도
"그러게 말입니다. 혼자 놓아두면 죽지 않을 줄 알았습니다. 그게 내가 생각해 본
　　　　　　　　　　　　　　　　　　　'안'의 개인주의적이고 폐쇄적인 태도
최선의 그리고 유일한 방법이었습니다."

"난 그 양반이 죽으리라고는 짐작도 못 했다니까요. 약을 호주머니에 넣고 다녔던
　　　　　　　　　　　　□: 자살을 예상하지 못했다는 말을 반복함 – '사내'의 죽음에 대해 양심의 가책을 느낌
모양이군요."　　　　　　　'사내'의 죽음은 자신의 책임이 아님을 강조함

안은 눈을 맞고 있는 어느 앙상한 가로수 밑에서 멈췄다. 나도 그를 따라서 멈췄
다. 그가 이상하다는 얼굴로 나에게 물었다.

"김 형, 우리는 분명히 스물다섯 살짜리죠?"

"난 분명히 그렇습니다." / "나두 그건 분명합니다." 그는 고개를 한 번 갸웃했다.

"두려워집니다." / "뭐가요?" 내가 물었다.
사내의 죽음으로 인해 '안'이 고독감과 허무함을 인식하기 시작함
"그 뭔가가, 그러니까……." 그가 한숨 같은 음성으로 말했다.

"우리가 너무 늙어 버린 것 같지 않습니까?"
타인이나 세상사에 관심이 없는 자신의 상태에 대한 인식
"우린 이제 겨우 스물다섯 살입니다." 나는 말했다.

"하여튼……." 하고 그가 내게 손을 내밀며 말했다.

"자, 여기서 헤어집시다. 재미 많이 보세요." 하고 나도 그의 손을 잡으며 말했다.
형식적인 인사를 나누고 무의미하게 헤어짐
우리는 헤어졌다. 나는 마침 버스가 막 도착한 길 건너편의 버스 정류장으로 달려

갔다. 버스에 올라서 창으로 내다보니 안은 앙상한 나뭇가지 사이로 내리는 눈을 맞

으며 무언지 곰곰이 생각하고 서 있었다.　　　　　▶ '나'와 '안'이 무덤덤하게 헤어짐

・'개미'의 의미와 기능

'나'에게 다가오는 개미
・소외된 채 자살한 '사내'를 연상시킴 ・'사내'를 그대로 죽게 놓아둔 것에 대해 '나'가 양심의 가책을 느끼게 함

개미가 '나'의 발을 붙잡으려고 하는 것 같은 느낌이 들어 자리를 옮김
'사내'의 죽음에 양심의 가책을 느끼지만 '사내'의 죽음에 휘말리고 싶지 않은 '나'의 심리를 드러냄

・'사내'의 죽음에 대한 '나'와 '안'의 태도

'안'	・'사내'의 죽음을 예상하면서도 내버려둠 ・'사내'의 죽음을 방치한 것에 대해 변명함
'나'	・'사내'의 죽음을 예상하지 못했다는 말을 반복함 ・'사내'의 죽음에 대해 양심의 가책을 느낌

↓

'사내'의 죽음에 자신들이 휘말리는 것을 피하기 위해 여관을 급하게 나옴

타인에게 무관심하고 냉정한 현대인의 비인간적인 모습

이 작품은 세 명의 인물을 중심으로 사건이 전개되므로 각 인물의 상황, 태도 등을 파악할 수 있어야 한다.

＋ 주요 등장인물

'나'	• 스물다섯 살 난 시골 출신의 평범한 인물. 육사 시험에 떨어지고 나서 구청 병사계에서 근무함 • 타인과 적극적으로 교류하지 않고 자신의 세계에 틀어박혀 살아감

동정적 ↓ ↑ 소통 요구

'사내'	• 서른대여섯 살의 가난한 서적 외판원. 아내가 죽고 그 시체를 병원에 팔고 난 뒤 죄책감을 느끼다가 여관에서 자살함 • 자신의 슬픔과 고뇌를 타인과 나누기를 원함

냉소적 ↑ ↓ 소통 요구

'안'	• '나'와 나이가 같은 스물다섯 살이며 부잣집 장남으로 대학원에 다님 • '사내'의 자살을 짐작하지만 함께 있자는 '사내'의 간청을 외면함

이 작품에 드러난 여러 공간의 상징적 의미를 작품의 주제와 연관 지어 파악할 수 있어야 한다.

＋ 작품 속 공간

선술집	중국집	거리	여관
• '나', '안', '사내'가 우연히 만나는 계기가 된 공간 • 길거리에 세워진 임시적 성격의 공간으로 지속되지 못하는 세 인물의 피상적 관계와 관련됨	• '사내'가 자신의 이야기를 털어놓는 공간 • '사내'의 이야기를 부담스러워하는 '나', '안'의 태도를 통해 현대인의 단절된 인간관계가 드러남	• 개별적인 광고로 가득 찬 자본주의 사회의 모습을 드러냄 • 갈 곳이 없어 방황하는 세 인물들의 모습을 통해 방향성을 상실한 현대인의 모습이 드러남	• 벽으로 나뉜 각각의 방에 인물들이 따로따로 들어감 • 혼자 있기 싫어하던 '사내'가 결국 자살함 • 현대인의 소외되고 단절된 삶의 모습이 드러남

이 작품은 제목에서도 알 수 있듯이 1960년대의 서울을 배경으로 하고 있으므로, 당시 사회상을 외적 준거로 삼아 작품을 이해할 수 있어야 한다.

＋ 작품의 배경

1960년대 서울의 사회적 상황
• 본격적으로 경제 성장이 시작됨
• 4 · 19 혁명 이후 군사 정권의 등장으로 정치적 혼란이 지속됨
• 산업화와 근대화, 도시화에 따라 농촌에서 도시로 대규모 이농 현상이 나타남

＋ 산업화와 근대화, 도시화의 영향

산업화와 근대화, 도시화로 인한 변화
• 서울을 비롯한 대도시의 인구가 급격히 늘어남
• 소득 격차가 발생하고 인간 소외 현상이 나타남
• 개인주의적 삶에 익숙해진 시민들은 공동체적 유대감을 상실하고 인간관계의 단절을 경험함

작품 한눈에

• **해제**

〈서울 1964년 겨울〉은 1960년대 서울을 배경으로, 우연히 만난 세 사람이 하룻밤 동안 무의미한 동행을 한 뒤 헤어지는 과정을 통해 현대 사회가 안고 있는 문제를 상징적으로 드러낸 작품이다. 서적 외판원인 '사내'는 자신의 문제를 '나'와 '안'과 공유하려 하지만, '나'와 '안'에게 '사내'는 부담스러운 존재일 뿐이다. 세 사람이 여관으로 가서도 각기 다른 방을 쓰는 모습, 사내가 자살할 것을 짐작하면서도 이를 말리지 않는 '안'의 모습 등을 통해 인간적 유대가 없는 현대 사회의 파편화된 인간관계를 단적으로 드러내고 있다. 인물들 간의 단편적이고 뚝뚝 끊어지는 대화는 현대인들이 서로 소통하지 못하고 단절되어 있음을 나타낸다. 또한 이 작품은 공간의 상징성을 통해 주제 의식을 구현하고 있는데, 여관에서 세 인물이 각각 들어간 '벽으로 나누어진 방'은 고독과 소외에 내몰린 현대인의 상황을 의미한다.

• **제목 〈서울 1964년 겨울〉의 의미**
  – 1964년 겨울, 서울에서 만나 진정한 소통을 하지 못한 채 방황하는 세 인물의 이야기

제목에서 알 수 있듯이 이 작품의 시대적 배경은 1960년대, 공간적 배경은 서울, 계절적 배경은 겨울이다. 1960년대는 정치적으로 혼란한 시기였고, 사람들은 서로 단절된 채로 살아가고 있었다. 이 작품은 익명의 세 인물을 통해 당시 사람들의 고독과 소외감, 현실의 암울함을 그려 내고 있다.

• **주제**

현대 도시인들의 심리적 방황과 인간적 연대감의 상실

한 줄 평 | 물질적 부를 위해 모범적인 어른의 행세를 하던 인물의 위선을 그린 작품

모범 동화 ▸ 최인호

💬 전체 줄거리

장면 포인트 ① `190P`

강 씨는 6 · 25 전쟁 중 가족을 모두 잃은 피난민이다. 강 씨는 D 국민학교 앞에서 아이들을 상대로 잡화상을 하며 돈을 벌었다. 강 씨는 아이들이 무엇에 굶주려 있는지, 그들이 어른들에게 무엇을 보기 원하는지 잘 알고 있었다. 아이들은 윤리, 도덕을 힘주어 말하면서도 속내는 그렇지 않은 어른들에게 지쳐 있었다. 아이들은 어른들에게 진실한 '모범'을 바랐다. 강 씨는 경험에서 우러나온 처세, 그의 교묘한 연기력을 이용해 아이들이 갈구하는 모범적인 어른인 양 행세했다. 아침마다 학교 앞을 비로 쓸었고 어린이 회의에서 수재의연금을 모으면 아깝지 않다는 듯 헌금했다. 아이들이 강 씨의 왼손 팔뚝에 있는 상흔에 관심을 보였을 때는 빨갱이와 싸울 때 다친 것이라고 거짓말을 했다. 이런 얘기가 아이들에게 인기를 끌 수 있을 것을 의심치 않았기 때문이다. 강 씨는 D 국민학교 어린애들 삼천 명을 모두 속인 셈이었다. 강 씨에게 아이들은 모두 잘 닦인 동전, 과수원의 과목(果木) 같은 존재로 돈을 버는 수단에 불과했다.

▸ 강 씨가 D 국민학교 앞에서 모범적인 어른의 행세를 하며 잡화상을 함

신학년이 시작되었을 무렵, 한 소년이 6학년 1반으로 전학을 왔다. 이 소년은 옷차림이 남루했고 얼굴엔 나이답지 않은 주름살이 가득했다. 그는 여느 아이들과는 좀 달랐다. 노는 시간이면 혼자 우두커니 위대한 바보 아니면 위대한 천재, 둘 중의 하나인 표정을 하고 앉아 있었다. 성적은 형편 없었고 수업 시간에는 자주 졸았으며 지각도 도맡아 했다. 담임 선생님은 소년이 조는 것을 보고 그를 교단 앞에 세워 두곤 했다. 그러면 소년은 선생님이 칠판에 무언가를 적으려 몸을 돌릴 적마다 자기를 쳐다보는 아이들에게 원숭이 흉내를 냈다. 졸지 않을 땐 뒷자리 구석에 앉아 선생님 말을 흉내 내며 토를 달았다.

▸ D 국민학교로 아이답지 않은 소년이 전학을 옴

언젠가 한번, 이 학교의 육 학년 전원이 서커스 구경을 간 일이 있었다. 아이들의 시선을 끈 것은 역시 요술이었다. 카우보이 모자를 머리에 삐뚜로 얹고 허리에 권총을 찬 여인은 재빠르게 총을 쏘아 명중시키면서 관객들의 기를 죽였다. 그러고는 사람을 통에 넣고 톱으로 자르는 모습을 보여 주었다. 소년은 요술을 보고 넋이 빠진 친구들을 가소롭다는 듯이 쳐다봤다. 소년은 옆의 아이에게 저 요술은 사기이고 우리를 속이려는 악질 행위이니 절대 속아서는 안 된다고 했다. 그러면서 애초에 통 안에 두 사람이 들어가 한 사람은 다리를 내놓고, 또 한 사람은 머리를 내놓고 있는 것이라고 요술의 원리를 설명해 주었다. 요술의 비밀을 알고 있는 두 아이의 얼굴엔

장면 포인트 ② `192P`

승리와 이긴 기쁨 같은 것이 번득이기 시작했다. 주목 요술은 계속 진행되었다. 누웠던 사내가 공중으로 뜨기도 하고 주전자에서 물이 나오기도, 나오지 않기도 했다. 그럴 때마다 소년은 요술의 원리를 낱낱이 설명하며 속아서는 안 된다고 했다. 한 아이, 두 아이 합

세하면서 소년을 앞세운 무리가 형성되었다. 그들은 주위의 분위기를 파괴하기 시작했다. 몇몇 아이들은 큰 소리로 기침을 했고 휘파람을 날리는 애들도 있었다. 요술은 맥빠진 유희로 전락하고 말았다. 아이들은 새로운 요술을 할 때마다 교묘하게 위장된 트릭 놀음을 지적했고, 여인은 당황하여 눈물을 흘렸다. 이로부터 소년의 별명인 '만물박사'가 유래되었다. 소년은 모든 것을 알고 있었다. 선생님의 추문, 어른들의 관심거리, 무스탕의 엔진 원리와 B29의 성능 등에 이르기까지 모든 것을 해설할 수 있었다.

▸ '만물박사' 소년이 서커스 요술의 비밀을 폭로함

한편, D 국민학교 앞 잡화상 강 씨는 초여름 불경기 극복을 위한 묘안을 떠올렸다. 그것은 일종의 도박이었다. 돌아가는 원판에 꼬챙이를 내리꽂아 숫자를 맞히는 놀이로, 자신이 외친 번호와 찍은 꼬챙이가 가리킨 번호가 일치하면 다섯 배의 과자를 받게 되는 식이었다. 물론 그것은 참으로 어려운 요행이어서, 그런 요행쯤이야 일주일에 몇 명 있을까 말까 했다. 수많은 아이들이 동전 한 닢을 쥐고 몰려들었다.

장면 포인트 ③ `194P`

아이들은 쉽게 자리를 뜨지 못했다. 다섯 개의 동전으로만 가능한 열 개의 사탕을 단 하나의 동전으로 획득할 수 있다는 가능성의 유희에 말려들었기 때문이었다. 더욱이 오 원으로 다섯 번을 겨누어 보면서, 그중 한 번만 적중해도 최소한 본전은 뽑을 수 있으리라는 막연한 기대도 있었다. 물론 아이들의 심리를 강 씨가 미리 계산에 넣지 못한 바 아니었다. 그러던 어느 날, 소년도 원판 경기에 참여하겠다고 나섰다. 소년은 단번에 번호를 맞혔고, 둘러선 아이들은 감격의 환호성을 질렀다. 소년은 방금 낮잠을 깬 듯 나른한 표정일 따름이었다. 소년은 강 씨에게 원판 경기를 한 번 더 하겠다고 했다. 강 씨는 어딘가 겁먹은 말투로 응했다. 소년이 이번에도 번호를 맞히면서, 단 두 개의 동전으로 스무 개의 사탕을 획득했다. 소년은 그 사탕을 아이들에게 모두 나누어 준 뒤 자리를 떴다. 소년의 얼굴엔 기쁨도 환희도 아무것도 엿보이질 않았다. 오직 매우 피로하고 지쳐 있는 것처럼 보였을 뿐이었다. 그날 저녁 강 씨는 가게 문을 일찍 닫았다. 소년의 도전해 오는 듯한 태도로 인한 불쾌감은 좀처럼 가라앉지 않았다. 강 씨는 쉽사리 잠들지 못했다. 눈을 감으면 소년의 힐책하는 눈초리가 보이는 듯했다. 얼핏 잠이 들면 소년의 꿈을 꾸었고 그럴 때마다 숨 막히는 비명을 지르며 몸을 일으켜야 했다.

▸ 원판 경기에서 소년이 보인 태도에 강 씨가 불쾌감을 느낌

강 씨는 강한 분노를 느끼고 복수를 설계하기 시작했다. 강 씨가 고안해 낸 방법은 주사위 던지기 놀이였다. 이것은 주사위를 컵 속에 집어 넣고 흔든 후에, 넓은 마분지 위 배열된 숫자판의 원하는 곳에 캐러멜과 드롭스를 놓고, 주사위의 번호와 상품이 놓인 곳의 숫자가 일치하면 상품을 가져가는 식이었다. 강 씨로서는 전번보다 손

해를 볼 확률이 컸다. 강 씨는 지나가는 소년을 불러 새로운 놀이를 해 볼 것을 권했다. 소년이 돈이 없다고 하는데도, 강 씨는 괜찮으니 그냥 해 보는 식으로 억지를 부렸다. 소년은 공짜로는 안 한다며 일 원을 내놓았다. 그리고 주사위를 들어 불빛 아래에서 그 번호가 육 번까지 제대로 씌어 있는가를 확인한 후, 주사위를 굴렸다. 소년은 추호의 망설임이나 주저함도 없었다. 결과는 소년의 승리였다. 소년은 일 원의 열 배인 포도 캐러멜을 가져갔다. 그날 밤 강 씨는 오랫동안 끊었던 술을 마셨다. 강 씨는 무수한 상흔이 있는 자신의 왼손을 보았다. 그리고 긴 시절을 이 맨주먹 하나로 살아왔듯 앞으로의 삶도 이 맨주먹 하나에 달려 있다는 일종의 처절하고도 우울한 분노 같은 것을 느꼈다. 순간 강씨는 소년이 자기를 '완구 같은 악당'이라 부르며 비웃고 손가락질하는 듯한 환각을 보았다. 강 씨는 이를 악물고 새로운 복수를 설계했다. 이번에는 심지 뽑기였다. 다섯 개의 심지를 꺼내 다른 것보다 유독 긴 심지 하나를 눈에 익도록 보여 준 다음, 이리저리 뒤섞어 그 긴 심지를 골라 내게 하는 경기였다. 눈의 착각을 이용하는 것으로, 강 씨가 미군 부대에서 노역할 때 배운 장난이었다. 강 씨는 소년이 오기만을 기다리며 아침부터 저녁까지 언제나 그 심지를 놀렸다. 소년이 나타난 순간, 강 씨는 기쁨과 불안으로 온몸이 저려 오는 것을 느꼈다. 강 씨는 떨리는 목소리로 소년에게 겨뤄 볼 것을 청했다. 소년의 태세는 이전과 달라졌다. 소년의 졸린 듯한 눈매는 맹렬히 타오르기 시작했고, 몸 밖으로는 총명과 예지, 날카로운 섬광 같은 것이 뻗어나오기 시작했다. 긴장 속에 대결이 시작됐다. 강 씨는 그의 온 일생이 이 심지 놀이 하나 때문이었다는 듯 극치의 예술을 보였다. 그러나 이번에도 소년의 승리였다. ▶ 강 씨가 새 놀이를 고안하나 번번이 소년이 이김

그날 저녁, 소년은 같이 걸어가던 친구에게 강 씨가 내일은 무엇을 하겠느냐고 물었다. 친구는 내일도 장사를 할 것 같다고 했다. 이에 소년은 자기가 잘못했다면서, 강 씨가 죽어 버릴 것이라고 했다. 소년은 울고 있었다. 그해 초가을 어느 날, 강 씨는 죽고 말았다. 경찰은 귀찮아하며 강 씨가 이유 모를 실의와 생활고로 목숨을 끊었다고 했다. 가족 없는 강 씨의 장례식은 아이들이 '하루 과자 안 사 먹기 운동'을 벌여서 걷은 돈으로 D 국민학교 교정에서 거행되었다. 동심을 그리워하는 척하는 교장 선생님이 어린이회의 제안을 받아들였기 때문이었다. ▶ 강 씨가 죽을 것이라던 소년의 예견이 적중함

🎭 인물 관계도

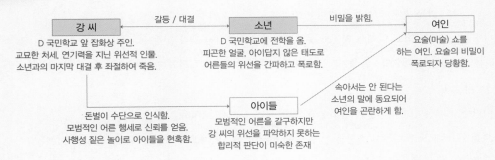

| 강 씨 | ← 갈등 / 대결 → | 소년 | ← 비밀을 밝힘. → | 여인 |

강 씨
D 국민학교 앞 잡화상 주인.
교묘한 처세, 연기력을 지닌 위선적 인물.
소년과의 마지막 대결 후 좌절하여 죽음.

소년
D 국민학교에 전학을 옴.
피곤한 얼굴, 아이답지 않은 태도로
어른들의 위선을 간파하고 폭로함.

여인
요술(마술) 쇼를 하는 여인. 요술의 비밀이 폭로되자 당황함.

돈벌이 수단으로 인식함.

속아서는 안 된다는 소년의 말에 동요되어 여인을 곤란하게 함.

아이들
모범적인 어른을 갈구하지만 강 씨의 위선을 파악하지 못하는 합리적 판단이 미숙한 존재

모범적인 어른 행세로 신뢰를 얻음.
사행성 짙은 놀이로 아이들을 현혹함.

- 이 작품은 D 국민학교 앞에서 잡화상을 하는 강 씨가 한 조숙한 소년과 대결을 반복하다 큰 상처를 입고 좌절하는 내용을 그린 소설이다.
- 해당 장면은 강 씨가 경험에서 우러나온 처세와 교묘한 연기력으로 가식적인 모범 어른 행세를 하며 D 국민학교 아이들의 신뢰를 얻어 돈을 벌어왔음을 보여 주는 상황이다.
- 강 씨가 아이들을 '과목'이나 '동전'으로 비유한 이유를 파악하도록 한다.

초가을의 어느 날 D 국민학교 앞 잡화상 강 씨가 자살을 한 이유는 아무도 모른다.
이 작품이 '강 씨가 왜 자살을 했는가'라는 질문에 대한 답을 찾아가는 서사라는 것을 보여 줌 ▶ D 국민학교 앞 잡화상 강 씨의 죽음

그는 피난민이었다. 대부분의 피난민이 그러하듯, 동란으로 인해 그는 양순하던
강 씨는 6·25 전쟁 중 가족을 모두 잃고 혼자가 됨
그의 아내와 두 아이를 포함한 그의 가족을 잃었다. 그는 완전히 혼자인 셈이었다.

꽤 많은 저금을 그의 소유로 하고 있었다. 그만한 돈이면 시장 거리에 나가 어물
전까지 낼 수 있었지만, 그는 절대 그런 짓을 하지 않았다. 그것은 위험한 일처럼 생
조금이라도 돈을 잃을 위험이 있다고 판단되는 행위는 결코 하지 않음
각되는 것이었다. 그에게 가장 안전한 방법은 D 국민학교 앞에서 장사를 한다는 것
강 씨는 D 국민학교 앞에서 잡화상을 하며 아이들의 동전을 긁어모으는 일에 만족함
뿐이었다.

그의 눈엔 D 국민학교 어린애들 삼천 명이 모두 동전처럼 보이곤 했다. 아침마다
강 씨는 아이들을 돈을 벌 수 있는 수단으로만 인식함
책가방을 둘러메고 재잘거리며 올라오는 어린애들의 모습은 흡사 잘 닦인 동전이 햇
빛에 반짝거리며 열병식을 올리는 모습과도 같았다. 그가 하는 일이라곤 하루 종일
정렬한 군대의 앞을 지나면서 검열하는 의식
담 밑에 쭈그리고 앉아 그 동전들을 긁어모으는 일이었다.
아이들이 물건을 사고 내어놓는 돈
그것은 적은 돈이긴 했으나 매우 즐거운 장사였다.

그는 일종의 과수원을 내고 있는 셈이었다. 그는 그저 떨어지는 열매를 줍고 있을
뿐이었다. 그러나 그는 그 일만으로도 충분히 그의 벙어리저금통을 가득가득 채울
푼돈을 넣어 모으는 데 쓰는 조그마한 저금통
수 있었다. 그는 그의 과목(果木) 모두를 사랑하고 있었다.
아이들을 열매를 얻을 수 있는 과일나무에 비유함 ▶ D 국민학교 아이들을 상대로 장사를 해 돈을 버는 강 씨

다른 장사치들은 D 국민학교 앞에서 얼씬도 못 했다. 하루가 멀다하고 다른 장사
치들이 몰려들었으나 이내 철거당하곤 했다. D 국민학교 애들은 강 씨 이외의 장사
치들을 용납하지 않았다.

토요일 어린이회 시간이면 아이들은 잡화상에 대한 철거 문제를 토의하고 결정
여러 가지 잡다한 일용품을 파는 장사. 또는 그런 장수
한 안건에 따라 독하게 생긴 어린이 회장과 함께 담당 선생이 거들먹거리며 그들에
게 철거를 요구했다. 말을 듣지 않을라치면 곧 실력 행사에 들어갔다. 어린이 회장
대화나 타협, 설득 따위의 방법을 쓰지 아니하고 힘으로 맞서는 일
은 당장 다음 월요일부터 불매 운동을 전개한다고 선언했고 정말 그 약속은 실현되
었다.

주번 완장을 단 상급반 애들이 학교 앞 정문에 서서, 누가 그들에게 물건을 사는
가를 감시하고 이름을 적었다. 그것은 매보다도 무서운 일이었다. 그렇다고 장사치
들이 이 꼬마들에게 어떻게 압력을 가할 수는 없었다. 왜냐하면 노상에서, 더욱이
국민학교 정문 앞에서 장사판을 벌인다는 것이 정당한 행위가 아니라는 것쯤은 잘

작품 분석 노트

- '강 씨'가 아이들을 바라보는 시선

D 국민학교 아이들
• 동전(잘 닦인 동전) • 그의 벙어리저금통을 가득 채울 수 있는 과목(果木)

↓

돈을 벌게 해 주는 대상 (물질적 대상)

알고 있었기 때문이었다. 별 수 없이 그들은 눈물을 머금고 짐을 싸야 했다.
▶ 강 씨 이외의 장사치들은 D 국민학교 앞에 자리잡지 못함

강 씨는 같은 장사치면서도 어린이 국회의 치외법권자로서 행사할 수 있었다. 그
다른 장사치들과 달리, 강 씨가 아이들을 상대로 모범적인 어른 행세를 하며 신뢰를 얻었기 때문임
것은 강 씨가 단신 월남한 후, 그곳에서 솜사탕 장수를 할 때부터 으레 정문 앞에는
털보 강 씨가 노트 몇 권이나 사탕 등을 놓고 팔고 있으려니 하는 이미 굳어진 일종
의 잠재의식 때문만은 아니었다. 그가 D 국민학교 어린애들에게 인정받을 수 있었
다는 것은 오직 그의 경험에서 우러나온 처세와, 그리고 교묘한 그의 연기력 때문이
① 강 씨가 아이들의 신뢰를 얻을 수 있었던 이유 ② 강 씨가 다른 경쟁자(장사치)들을 물리칠 수 있었던 이유
었다.

그는 아이들이 무엇에 굶주려 있는가를 잘 알고 있었고, 또 그들이 어른들에게서
아이들이 어른들에게 원하는 바를 꿰뚫어 본 강 씨
진실로 무엇을 보기 원하는가도 잘 알고 있었다. 이를테면 아이들은 모두 열쇠 구멍
으로 어른들을 엿보기 좋아하고 있었던 것이다. 그리고「이미 어린애들은 코 안경을
높이 세우고 도덕을 역설하던 어른들도 일단 열쇠 구멍을 통해 볼 때는 비루할 수 있
「」: 겉으로만 윤리, 도덕을 외치는 어른들의 위선적 행동에 실증을 느낌
다는 평범한 진리에 지쳐 있었다. 그들은 열쇠 구멍 저편에서는 편하게 마련인 이론
만의 윤리와 도덕을 저주하고 있었고,」아이들은 누구든 어른들의 은밀한 모범을 갈
진정으로 모범적인 어른의 모습을 기대함
구하고 있었다. 그것을 알고 있는 강 씨로서는 아이들에게 찬사를 받는 것쯤은 쉬운
수재민을 돕기 위한 목적의 기부금
일이었다. 그는 아침마다 학교 앞을 손수 비로 쓸었고, 어린이 회의에서 수재의연금
모범적인 어른으로 보이기 위한 강 씨의 위선적 행동
모집 안건이 통과되면 아깝지 않다는 듯 헌금을 했다. 아이들은 강 씨의 왼손 팔뚝
을 보고 싶어 했다. 그곳에는 길이 십 센티미터 정도의 긴 상흔(傷痕)이 있었다. 언
젠가 강 씨는 몇몇 아이들이 물건을 사다 말고 그 상처를 자기네끼리 감탄해 가며 쳐
다 보고 있는 모습을 발견했다. 그 순간 강 씨는 이 상처는 빨갱이와 싸울 때 다친
아이들에게 빨갱이를 무찌른 용감한 어른으로 위장하는 강 씨
상처라고 거짓말을 했다. 그러면서 강 씨는 이런 얘기가 분명 아이들 간에 인기를
끌 수 있을 것임을 의심치 않았다. 왜냐하면 그들의 머릿속엔 항상 기관총을 난사하
는 비장한 표정의 만화 주인공이 자리잡고 있기 때문이었다.

과연 이 얘기는 삽시간에 귀에서 귀로 전해졌다. 아이들은 침을 삼키며 강 씨의
팔뚝을 보려고 몰려들었다. 그리고 그들은 한숨을 쉬면서 감탄을 했다.
아이들이 강 씨의 거짓말을 믿고 강 씨를 우러러봄
강 씨는 그들 삼천 명 하나하나에게서 존경의 훈장을 받아야 했다. 그는 스스로
삼천 명을 속인 셈이었다. 말하자면 그의 교묘한 연기가 적중되어 가는 것이었다.
합리적 판단이 미숙한 아이들을 교묘한 연기로 속인 강 씨   ▶ 모범 어른 행세를 하며 아이들의 인정을 얻은 강 씨

• 아이들의 어른에 대한 인식

어른	윤리, 도덕을 힘주어 말하면서도 그렇게 행동하지는 않는 위선적인 모습을 보임

↓

모범적인 어른을 갈구함

• 모범적인 어른으로 위장한 '강 씨'

강 씨
• 아침마다 학교 앞을 비로 쓺 • 수재의연금을 아깝지 않다는 듯 냄 • 빨갱이를 무찌르다 상처를 입은 적이 있음(→ 거짓말)

↓

경험에서 우러나온 처세와 교묘한 연기력으로 모범적인 어른의 행세를 한 것

↓

D 국민학교 아이들을 상대로 돈을 벌기 위해 위선적인 행동을 한 것으로 볼 수 있음

• 해당 장면은 D 국민학교 아이들이 서커스 요술(마술) 쇼를 구경하는 상황에서 한 '선병질적인 아이'가 요술의 원리를 폭로하여 요술을 하던 여인을 곤경에 빠뜨리는 부분이다.
• 서커스의 요술과 어른 세계의 연관성을 이해하고, 서커스 요술의 비밀을 폭로하는 소년의 행위에 담긴 상징적 의미를 파악하도록 한다.

[앞부분의 줄거리] 잡화상 강 씨가 죽던 해의 신학년 초, 6학년 1반으로 아이답지 않은 한 소년이 전학을 온다. 그리고 D 국민학교의 육 학년 학생 모두가 서커스 구경을 가는 일이 발생한다.

★주목 요술은 자꾸 진행되었다. 누웠던 사내가 공중으로 뜨기도 하고 주전자에서 물이
└ 아이들이 서커스의 요술(마술) 쇼를 보고 있는 상황임
나오기도 하고 나오지 않기도 했다. 그럴 때마다 그 선병질적인 아이는 설명을 하고
        └ 피부샘병의 경향이 있는 약한 체질. 신경질을 이르기도 함
마치 그 여인과 대결하듯 기침을 발했다.
    └ 요술을 진행하는 인물

「저건 주전자 손잡이에 구멍이 뚫려 있는 것이다. 물이 나올 때는 구멍을 열고, 나
『 』: 소년이 요술의 원리를 낱낱이 밝히며 속임수에 넘어가서는 안 된다고 함
오지 않을 때에는 구멍을 닫는 것이다. 마치 우리가 생달걀을 먹을 때 한쪽만 구

멍을 뚫어서는 먹을 수 없는 이치와도 같은 것이다. 우리는 속아서는 안 된다.」

「저건 이중 뚜껑이다. 우리가 보고 있는 것은 다른 면이다. 아까 까 넣은 달걀은
『 』: 요술의 원리를 설명하며 속아서는 안 된다는 소년의 발언이 계속됨
그 이중 뚜껑 속으로 들어가게 된다. 때문에 아무리 저 상자를 거꾸로 놓아도 달

걀은 쏟아지지 않는다. 속아선 안 된다. 저것보다 신기한 요술일지라도 속아서는
                                    └ 소년이 어른 세계의 위선을 꿰뚫고 있는 인물임을 보여 줌
안 된다.」

「한 아이 두 아이 그렇게 합세하기 시작했다. 그들은 그 전학생을 앞세운 한 무
『 』: 소년의 반복적 발언으로 아이들이 동요하면서 요술에 대한 부정적 분위기가 확산됨
리의 아웃사이더였다. 그들은 주위의 분위기를 파괴하기 시작했다. 몇몇 아이들은

큰 소리로 기침을 하기 시작했고 여자애들은 수군거렸다. 몇몇 아이들은 휘파람
요술을 진행하는 여인에 대한 조롱의 의미가 담긴 행위 ①   요술을 진행하는 여인에 대한 조롱의 의미가 담긴 행위 ②
을 날리기도 했다. 그 아이로써 불붙은 최초의 동요는 기괴한 반응을 일으켰다. 그

들은 자기들이 속았다는 것에 굉장한 분노를 느끼는 것 같았다. 그러면서도 그들

의 얼굴엔 저 톱으로 써는 어릿광대가 결국엔 죽지 않고 그저 죽는 체하는 것뿐으로,
                              └ 요술의 원리를 알게 된 아이들이 무대 위 어릿광대가 죽지 않으리라는 것을 확신하게 됨
결국엔 일어나리라는 새로운 확신에 일종의 아슬아슬한 안도감까지도 넘쳐흐르고 있

었다.」   ▶ 요술의 원리를 설명하며 속아서는 안 된다고 하는 소년과 이에 동조하는 아이들

  하나 요술은 아직도 진행되고 있었다. 밑이 다 들여다보이는 요술이라는 것은 우
                                └ 원리를 다 알고 보는 요술
리가 텔레비전을 켜고 소리를 죽였을 때, 금붕어처럼 입을 벙긋거리는 아나운서의

맥빠진 유희와 같은 것이었다. 아이들은 그 여인이 새로운 요술을 할 때마다 그녀의
아이들은 요술의 비밀을 안 뒤로, 더 이상 요술을 즐길 수 없게 됨   └ 요술을 하는 여인을 곤란하게 만드는 상황들
교묘하게 위장된 트릭 놀음을 지적해 내었다.

  "왼손 소매에 든 시계를 내놔라."

  "가슴에 감추어진 수건을 내놓아라."

  이제 그 여인에게서 살인범의 매력도 상실되었고, 카우보이식 여유도 상실되었

다.   ▶ 아이들이 더 이상 요술을 즐기지 못하고 요술의 트릭만을 계속 지적함

(중략)

• 요술의 의미

| 요술 | 교묘하게 은폐된 트릭으로 아이들을 현혹함 → 어른 세계의 비밀 |

• '소년'의 당부에 담긴 의미

저것보다 신기한 요술일지라도 속아서는 안 된다

소년은 이미 꿰뚫고 있는 은폐된 어른 세계의 허위, 위선에 대한 경계의 의미로 이해할 수 있음

「그녀는 당황해서 이윽고 몇 방울의 눈물을 흘리고 있었다. 그 모습은 아이들에게
_{아이들에 의해 요술의 비밀이 폭로된 여인(어른)의 반응}
굉장한 조소를 불러일으켰다. 엄청난 아우성이 그녀를 향해 던져졌다. 그녀는 버림

받았다. 그 여인의 모든 것은 이미 분해되어 가엾게도 빈 위장을 드러내고 말았다.」

「 」: 소년의 폭로에 아이들이 동조하며 요술을 진행하던 여인이 곤경에 빠짐   ▶ 요술을 진행하던 여인이 곤경에 빠짐

그 아이의 별명은 거기에서 유래된 것이었다. 「그 아이는 참으로 놀랍게도 모든 것

을 알고 있었다. 손쉽게 구할 수 있는 독초, 사람의 혈압을 재는 법부터 선생님의 추

문, 어른들의 관심거리, 무스탕의 엔진 원리와 B29의 성능, 화염 방사기와 바주카

포의 화력, 소련제 탱크와 미제 탱크의 차이 따위에 이르기까지 모든 것을 해설하고

있었다. 미다스⁕의 손길처럼 그의 손에 닿는 것들은 모두 부끄러워하면서 옷을 벗었다.」

「 」: 소년은 보통의 아이들과는 달리, 어른 세계의 많은 것들을 알고 있기에 '만물박사'라는 별명이 붙게 됨

정말 그는 저조한 성적을 제외한다면 '만물박사'라는 굉장한 별명에 조금도 손색
_{소년의 별명}
이 없이, 합당한 완벽하고도 충실한 천재 소년인 셈이었다.

▶ 아이들에게 '만물박사'라고 불리게 된 소년

■ 미다스: 그리스 신화에 나오는 소아시아의 왕. 디오니소스에 의하여, 손에 닿는 모든 것을 황금으로 변하게 하는 힘을 얻었으나,
먹으려는 음식과 사랑하는 딸마저 황금으로 변하자, 슬퍼하던 끝에 디오니소스에게 빌어 그 힘을 버렸다고 한다.

• '소년'의 폭로로 인한 결과

아이들이 요술을 진짜라고 믿음

↓

소년의 폭로

↓

• 요술의 트릭을 알게 된 아이들이
감정적으로 동요함
• 요술이 아이들에게 매력을 상실하
면서 요술을 진행하던 여인이 곤경
에 빠짐

- 해당 장면은 강 씨가 사행성이 짙은 '원판 경기' 장사를 새롭게 시작하면서 아이들이 열광하고, 강 씨가 전학 온 한 소년과도 대결을 하게 되는 상황이다.
- 아이들이 '원판 경기'에 몰입하는 이유를 이해하고, 소년과의 원판 경기 후 강 씨의 심리 상태를 파악하도록 한다.

[앞부분의 줄거리] 강 씨는 일종의 도박에 가까운 원판 경기 장사를 하기로 마음먹는다. 이것은 번호를 부른 뒤 돌아가는 원판에 꼬챙이를 내리꽂아 숫자를 맞추는 놀이로, 자신이 외친 번호와 꼬챙이가 원판에서 가리 킨 번호가 일치하면 정가의 다섯 배에 해당하는 사탕을 받게 되는 식이었다.

★주목 그들이 영영 자리를 뜨려 하지 못하는 데는 두 가지 이유가 있었다. 물론 그 두 가
     └ 아이들이 원판 경기에 몰입하여 쉽게 그만두지 못함
지 이유를 강 씨 자신도 미리 계산에 넣지 못한 바는 아니지만.
아이들의 호기심, 열망 등을 이용하여 사행성 높은 놀이로 돈을 벌 것을 계획함 → 강 씨의 기만적 상술

　「그중의 하나는 다섯 개의 동전으로만 가능한 열 개의 사탕을, 단 하나의 동전으로
         원래라면 동전 하나(일 원)로 사탕 두 개를 살 수 있음
획득할 수 있다는 명제가 전혀 강냉이 튀기듯 허무맹랑한 것이 아니라 실제로 손을
   원판 경기에서 이기면 동전 하나로 사탕 열 개를 얻을 수 있으리라는 '가능성의 유희'에 말려듦
내밀어 낚아챌 수도 있으리라는 가능성의 유희에 말려든 때문이었다. 눈앞에서 엄청

나게 불어 가는 이자의 묘미, 맞는다는 가정하에 눈앞에 황홀히 전개되는 다섯 배의
     원판 경기에서 이기기만 하면 다섯 배의 이득을 얻을 수 있다는 것 → 아이들을 유혹하는 요인
자본, 네 개의 답 중에서 골라 쓰는 객관식 시험에서 우연히 아무 번호나 동그라미

를 쳐서 맞은 경험이 있는 아이들에겐 이 가능성이 유독 자기만을 저버리리라고는 생

각지 않았고, 그들은 더욱이 성장하는 이자의 생생한 환희를 벌써 알고 있었기 때문

이었다.」
「♪ 아이들이 원판 경기에 몰입하는 이유 ① - 가능성의 유희

　「다른 하나는 오 원을 가지고 다섯 번 비수를 던지다가 그중의 하나가 적중하면 최
       다섯 번 중 한 번만 적중해도 열 개의 사탕을 받으므로, 정가에 따라 일 원에 사탕 두 개씩 구매한 꼴이 됨
소한도 본전을 뽑을 수 있으리라는 가정, 더욱이 단 한 번의 승부가 아니라 적어도

다섯 번은 겨누어 볼 수 있으리라는 막연한 기대로 말미암아 아이들은 한 번의 실패

에도 굴하지 않고 그 모순적인 논리에 말려들어 대여섯 번 비수를 던지게 되어 버리
                                   이길 확률이 매우 낮음에도 불구하고 막연한 기대를 하게 되면서 원판 경기에 여러 번 도전함
는 것이었다.」
「♪ 아이들이 원판 경기에 몰입하는 이유 ② - 막연한 기대

　드디어 아이들은 손의 온기에 뜨겁게 익은 동전을 내던지고 침을 삼키며 비수를
                              원판 경기에서의 승리를 기대하며 내어놓는 돈
들어 시도해 보는 것이나, 그들의 꿈은 일시에 무너져 버리는 것이었다.

　다섯 배의 꿈은 이상이었고, 사탕 두 알은 현실이었던 것이다.
      원판 경기에서 이기는 것은 매우 어려움　　▶ 강 씨가 시작한 원판 경기 장사에 아이들이 빠져듦
　그러던 어느 날 웬 아이가 원판 앞에 모여 선 아이들을 비집고 앞으로 나서며 강
      전학을 온 아이, 아이답지 않은 모습과 태도를 보이는 소년
씨에게 얼굴을 내밀었다.

　"아저씨, 정말 열 개 주는 겁니까?"

　강 씨는 소리 나는 쪽을 보았는데 그곳엔 방금 낮잠을 깬 듯한 얼굴을 가진 아이
                                    나른한 표정
가 서 있었다.

　"아무렴, 자, 할 테냐?"

　"……."

　그 아이는 대답 대신 누런 이빨을 내보이며 노파처럼 웃었다. 그러고는 손바닥 안
          아이답지 않은 이미지. 애늙은이 같은 태도

작품 분석 노트

- 아이들이 원판 경기에 몰입하는 이유

가능성의 유희
원판 경기에서 이기면 다섯 배의 이익을 얻을 수 있다는 가능성에서 오는 즐거움

막연한 기대
단 한 번의 승부가 아닌, 오 원으로 다섯 번은 겨누어 볼 수 있으리라는 기대감. 그중 한 번만 적중해도 최소한 본전은 뽑을 수 있다는 생각

↓

원판 경기는 아이들의 열망, 호기심을 이용한 강 씨의 계산된 상술로 볼 수 있음

에서 동전을 굴러뜨렸다.

"몇 번으로 할 테냐?"

"아무 번이나."

그 아이는 굉장히 피로하고 귀찮아하는 소리로 대답하며 바지춤을 추켜올렸다.
<u>아이답지 않은 이미지. 다른 아이들과 달리 원판 경기에 귀찮은 듯 대충 응하고 있음</u>

"얘, 내가 몇 번으로 할까?"

갑자기 그는 옆에 서 있는 급우에게 생각난 듯 물었다.

"글쎄 일 번이 어때?"

"일 번? 그래, 참 좋은 번혼데."

그는 과장의 수긍을 했다. 그는 서서히 비수를 들었고 길든 원판을 내려다보았다. 그의 태도는 어딘가 치수가 모자란 녀석처럼 별스러웠다.

"돌려요, 아저씨."

강 씨는 원판을 쥐고 힘껏 잡아당겼다. 소년의 높이 쳐든 손아귀 안에서 비수는 소리도 없이 번득였다. 그와 동시에 그 아이의 입은 날카롭게 비틀거렸다.

"사 번, 사 번이에요, 아저씨."
<u>소년이 자기 판단에 따라 번호를 부름</u>

원판은 비수를 맞고 태엽 풀린 구식 축음기같이 점점 지쳐 갔다. 정확한 결정타를 맞은 권투선수인 양 원판은 그의 매니저 앞에 처참하게 무릎을 꿇었다.

"사 번이다."

둘러서서 원판을 응시하고 있던 아이들이 감격의 환호성을 발했다. <u>비수는 정확히 사 번에 꽂혀 있었다. 강 씨는 순간 그 아이를 쳐다보았는데, 벌써부터 그 아이는</u>
<u>소년이 원판 경기에서 단번에 번호를 맞힘</u>
<u>나른한 표정이 되어 강 씨를 올려다보고 있었다.</u> ► 소년이 원판 경기에서 번호를 맞힘
<u>소년은 원판 경기에서 이긴 후에도 별다른 감정을 드러내지 않음 → 강 씨의 기만적 술수를 간파하고 있음을 짐작하게 함</u>

┌ "한 번 더 하겠어요. 이번에도 맞으면 열 개 주는 거죠?"
│ 『 』: 강 씨의 의도대로 흘러가지 않는 상황
│ "물론이지."
│
│ <u>강 씨는 어딘가 겁먹은 말투로 대답했다.</u> ┘
     <u>소년의 태도에 강 씨가 놀라움, 당황스러움을 느낌</u>

"얘, 이번엔 몇 번으로 할까?"

이번에도 그 소년은 비수를 <u>피살자</u>의 가슴에서 뽑아 들며 조금 전의 급우에게 물
                        원판
었다. 그러나 그 아이는 자기가 말했던 번호가 무시당했음을 의식했기 때문에 무안해하며 대답하지 않았다.

"사 번이 어떨까, 사 번이 괜찮지?"

"그래."

딴 아이가 뒤에서 대답하자, 소년은 비수를 높이 쳐들었다. <u>원판은 새로운 경주를 시작했고 비수는 사생아처럼 내던져졌다.</u>
     <u>원판 경기가 다시 시작됨</u>

"일 번이에요, 아저씨." ► 소년이 원판 경기에 다시 도전함

<u>소년은 권태로운, 마치 낮잠이 오는 듯한 그런 나른한 목소리를 내었다.</u> 순간 원
<u>다른 아이들이 원판 경기를 하며 느끼는 긴장감이나 흥분은 찾아볼 수 없음</u>

• '소년'에 관한 정보

┌─────────────────────────────┐
│ • 신학년 초에 D 국민학교로 전학을 │
│   옴   │
│ • 나이답지 않게 주름살이 가득하고 │
│   남루한 옷차림을 함   │
│ • 성적은 좋지 않으나 '만물박사'라고 │
│   불릴 정도로 어른의 세계에 속한 │
│   많은 것들을 알고 있음   │
│ • 요술의 트릭을 밝히며 요술을 진행 │
│   하던 여인을 곤란하게 만듦   │
│ • 강 씨와 대결을 반복하며 그에게 │
│   큰 상처를 입혀 좌절하게 만듦 │
└─────────────────────────────┘
              ↓
┌─────────────────────────────┐
│ 아이들에게서 보통 기대되는   │
│ 생기나 순진함은 찾아볼 수 없는 │
│ 애어른의 모습으로 표현됨   │
└─────────────────────────────┘

판을 둘러싼 모든 것은 정지 상태로 일변하였다. 둘러서 있는 아이들과 강 씨의 시
<u>아이들과 강 씨가 소년의 원판 경기 결과에 집중함</u>
선은 필사적으로 회전하는 원판 위에서 꼼짝도 할 수 없었다. 이윽고 한 무리의 정
지 상태는 뻣뻣이 고개를 돌리기 시작했고 나지막하게 숨을 고르면서 기지개를 켜기
시작했다. 한바탕의 소요가 가라앉자, <u>원판은 일 번을 가리키고 있었다. 그 녀석은</u>
<u>소년이 다시 도전한 원판 경기에서도 번호를 맞히면서 큰 이익을 얻음</u>
단 두 개의 동전으로 스무 개의 사탕을 획득했다. 소년은 그 사탕들을 둘러서서 감
탄의 눈으로 바라보고 있는 아이들에게 골고루 나누어 주었다. <u>그의 얼굴엔 기쁨도</u>
<u>일반적인 아이들의 태도</u>
<u>환희도 아무것도 엿보이질 않았다. 그는 오직 매우 피로하고 지쳐 있는 것처럼 보였</u>
<u>소년의 아이답지 않은 모습. 기쁨이나 환희 같은 감흥을 찾아볼 수 없음</u>
<u>을 뿐이었다.</u> <u>소년은 사탕을 모조리 나누어 준 다음,</u> 천천히 책가방을 들고 시내 쪽
<u>소년이 사탕을 얻기 위해 원판 경기에 참여한 것이 아님을 짐작할 수 있음</u>
으로 걸어 나갔다.

아이들은 배급 탄 사탕을 굴리며, 그가 전차가 달리는 거리로 꼬부라질 때까지 한
번 정도 뒤를 돌아봐 줄 것을 기대하였다. 그러나 소년은 한 번도 뒤를 돌아보지
않았다.
▶ 소년이 원판 경기에서 얻은 사탕을 모두 나누어 주고 떠남

그날 저녁 강 씨는 가게 문을 일찍 닫았다. 이상하게도 더 이상 경기를 계속하고
싶지 않았기 때문이었다. <u>그 꼬마 녀석이 한바탕 휘저어 놓은 끈적끈적한 불쾌감과</u>
<u>소년의 태도에 불쾌감을 느끼는 강 씨</u>
<u>도전해 오는 듯한 태도는 좀처럼 가라앉지 않았다.</u> 저녁밥을 해치운 그는, 꽁초를
갈아 피우며 바람 소리를 듣고 있었다. 그는 쉽사리 잠들 수가 없었다. 「눈을 감으면
그 아이의 힐책하는 눈초리와 굽어진 어깨, 작은 손아귀에 들린 쇠꼬챙이가 번득이
「 ♪ 소년이 아이들의 욕망을 돈벌이에 이용하고 있는 자신의 속내를 알아채고 비난하는 것 같은 느낌을 받음 → 죄책감에 기반한 생각
며 원판을 내리찍던 광경이 나타나는 것이었다.」

<u>감상 포인트</u>
소년과의 원판 경기 후 강 씨의
심리 상태를 파악하도록 한다.

"뛰어 봐라, 아무 데건 뛰어 봐라."

그 안색 나쁜 소년은 <u>이죽이면서</u> 속삭였다. 강 씨는 얼핏 잠이 들면 그 아이가 비
<u>자꾸 입살스럽게 지껄이고 짓궂게 빈정거리면서</u>
수로 내리찍는 꿈을 꾸었고 그럴 때마다 <u>숨 막힌 비명을 지르며 몸을 일으켜야 했</u>
<u>강 씨가 악몽에서 깨어나며 지르는 것</u>
다. 이상한 일이었다. 그에게는 좀처럼 없었던 불면의 밤이었다.
<u>소년을 만난 뒤로 강 씨가 평소와 달리 괴로운 시간을 보내게 됨</u> ──── ▶ 소년의 원판 경기 이후 불쾌감을 느끼며 괴로워하는 강 씨

• 원판 경기를 대하는 여느 아이들과
 '소년'의 모습

아이들	소년
다섯 배의 사탕을 얻기 위한 욕망을 가지고 원판 경기에 집중함	원판 경기에서 이겼으나 별 감흥 없이 사탕을 다른 아이들에게 모두 나누어 줌

• '소년'과 '강 씨'의 대결

• 소년이 첫 번째 원판 경기에서 이겼으나 감정적 동요 없이 두 번째 경기를 하고자 함
 → 강 씨가 자신의 의도대로 흘러가지 않는 상황, 소년의 당당한 태도에 놀라움, 당황스러움을 느낌
• 소년이 두 번째 원판 경기에서도 이겼으나 기쁨, 환희 등의 감정 표현 없이 다른 아이들에게 사탕을 모두 나누어 주고 자리를 떠남
 → 강 씨가 소년의 도전해 오는 듯한 태도에 불쾌감을 느끼고 심리적으로 위축됨

이 작품에는 강 씨와 강 씨를 추종하는 아이들, 그리고 D 국민학교로 전학을 온 한 조숙한 소년이 등장한다. 따라서 인물의 성격과 태도를 중심으로 각 인물의 특성을 파악하도록 한다.

+ 인물의 특성

강 씨	• 6 · 25 전쟁으로 가족을 잃은 피란민 • D 국민학교 아이들을 돈벌이 수단으로 인식함 • 모범적인 어른인 척 위선적인 행동을 하며 아이들의 신뢰를 얻음 • 아이들의 심리적 욕망을 이용하여 도박에 가까운 원판 경기 장사를 하며 물질적 이익을 얻음
소년	• D 국민학교로 전학을 온 인물 • 아이다운 욕망이나 호기심, 순진함 등은 찾아볼 수 없는 애어른의 이미지 • 어른 세계가 허위와 위선으로 만연해 있음을 일찍 깨닫고 어른들을 곤란하게 함 • 원판 경기 등 강 씨와의 대결을 반복하며 강 씨에게 큰 상처와 좌절을 경험하게 함
아이들	• 진정으로 모범적인 어른을 갈구함 • 강 씨를 훌륭한 어른, 용감한 어른으로 바라보며 찬사를 보냄 • 강 씨의 교묘한 처세와 연기를 알지 못하는 합리적 판단이 미숙한 모습을 보임 • 가능성의 유희, 막연한 기대로 인해 원판 경기에 몰입하며 다섯 배의 사탕을 얻고자 함

이 작품은 강 씨와 D 국민학교로 전학 온 한 조숙한 소년과의 대결을 통해 어른 세계의 허위와 위선을 드러내고 있다. 강 씨와 소년의 대결을 중심으로 작품의 내용을 파악하도록 한다.

+ 강 씨와 소년의 반복적 대결

원판 경기		주사위 던지기		심지 뽑기
• 소년이 이김 • 소년의 도전해 오는 듯한 태도에 강 씨가 불쾌감, 분노를 느낌	복수 계획 →	• 강 씨는 긴장한 모습으로 소년과의 대결을 원함 • 소년은 여유로운 숙련공의 태도로 강 씨를 패배시킴	← 복수 계획	• 강 씨는 온 힘을 다해 대결에 임함 • 소년은 강 씨의 교묘한 술수를 간파하고 대결에서 승리함

↓

소년	강 씨
강 씨와 마지막 대결(심지 뽑기)을 마치고 나서 그의 죽음을 예견하며 일종의 죄의식을 느낌	교묘한 처세, 연기력으로 구축한 자신의 위선적 세계가 폭로되었다는 생각에 무력감, 공허를 느끼고 죽음

이 작품에 나타난 소재의 의미와 기능을 파악하도록 한다.

+ 소재의 의미와 기능

동전	• 강 씨가 돈을 벌 수 있는 수단인 아이들을 비유한 것 　→ 강 씨가 아이들을 물질적 대상으로만 인식함을 보여 줌 • 아이들이 원판 경기에 참여하기 위해 내어놓는 돈 　→ 요행에 대한 기대가 담김
과목	강 씨가 돈을 벌 수 있는 수단인 아이들을 비유한 것 → 강 씨가 아이들을 물질적 대상으로만 인식함을 보여 줌
요술 (요술의 비밀)	교묘한 트릭으로 아이들을 현혹시키는 허위의 대상
원판 경기	아이들의 호기심, 욕망을 이용하여 돈을 벌기 위해 고안해 낸 놀이
열 개의 사탕	아이들이 바라는 욕망의 대상
비명	소년과의 대결에서 불쾌감을 느낀 강 씨가 악몽에서 깨어나며 지르는 것

작품 한눈에

• **해제**
〈모범 동화〉는 D 국민학교 앞에서 아이들을 상대로 잡화상을 하며 모범적인 어른 행세를 하는 강 씨와 어른 세계의 허위와 위선을 일찍이 깨달아 버린 한 소년의 대결을 중심으로 1970년대 산업화 시대의 어두운 사회상을 보여 주고 있는 작품이다. 소년은 아이들에게 일반적으로 기대되는 순진함이나 생기발랄함은 찾아볼 수 없는 애어른의 모습으로 나타나 어른들의 비밀을 폭로하고 드러내는 행동을 서슴지 않는다. 그리고 그런 소년을 마주하는 어른들이 당황하고 좌절하는 모습을 통해 아이들의 욕망을 이용하는 세태에 대한 비판을 드러내고 있다.

• **제목 〈모범 동화〉의 의미**
– 물질적 부를 위해 모범적인 어른 행세를 하는 위선적 인물의 이야기
'모범'은 아이들이 어른들에게 기대하는 모습이다. 그러나 강 씨는 모범적인 어른 행세를 하며 아이들을 유혹하여 돈을 벌어들이는 위선적 인물에 해당한다. 이 작품은 위선적 인물이 어른 세계의 비밀을 간파한 한 소년에 의해 좌절하는 과정이 나타나고 있다.

• **주제**
어른들의 허위, 위선에 대한 비판

날개 또는 수갑 ▶ 윤흥길

💬 **전체 줄거리**

동림 산업은 회사의 기개를 대외에 과시함은 물론, 사우 간에 일체감을 조성하여 단결력을 더욱 공고히 하기 위해 제복을 마련하기로 하고 사복 제정 준비 위원회를 발족시킨다. 그러면서 생산부와 여직원들은 이미 오래전부터 제복을 착용하여 단결력과 생산성을 향상해 왔으므로, 그동안 제복에서 소외되었던 남직원들도 이번 기회에 제복을 착용하기로 했음을 공지한다. ▶ 동림 산업에서 제복을 입기로 함

장면 포인트 ❶ 201P
느닷없는 회사의 통보에 관리과 직원들은 끼리끼리 모여 불만을 토로한다. 특히 옷이 날개라고 생각하는 민도식과 총각 사원 우기환은 제복 착용에 부정적인 생각을 드러낸다. 그들은 동림 산업 제복을 입고 퇴근하면, 자신이 삼류 회사 말단 사원이란 것을 시내에 광고하고 다니는 꼴이 되고, 사생활이란 아예 없어지는 것이나 다름없다고 생각한다. 또한 미군들도 일과만 끝나면 사복 차림을 하고서 장교나 사병 모두 계급을 의식하지 않고 자연스럽게 어울리는데, 군대 같은 계급 사회에 속하지도 않은 일반인들에게 제복이라는 이름의 수갑을 채우고 족쇄를 채운다는 것은 인간을 획일화하고 규격화하려는 음험한 계략이라고 역설한다. 우기환은 평소에도 동료들 사이에서 무척 건방진 자식으로 평판이 자자했다. 자신은 일류 대학을 나온 엘리트로서, 일류 회사가 아닌 이런 삼류 회사에 들어온 것은 다 복안이 있어서였는데, 막상 들어와 보니 쓸 만한 자리는 사장의 일가친척들이 이미 다 꿰차고 있었다는 것이다. 그는 애당초 자신 같은 엘리트에게 수습사원이란 당치도 않은 처사라 여겨 기회를 봐서 다른 회사로 옮길 준비를 하고 있다고 소문이 나 있었다. 그래서 동림 산업 아니면 밥 굶는 줄 아는 고참들은 회사에 불평불만이 많은 우기환을 범 무서운 줄 모르는 하룻강아지로 여기고 있었다. ▶ 민도식과 우기환 등이 제복 착용에 불만을 표출함

그때 사장과 먼 친척인 과장이 들어와 준비 위원회를 결성하여 제복을 제정하는 작업에 들어가기로 했다는 것과, 관리과에서는 장상태 씨를 사원 대표 준비 위원으로 추천했다는 것을 전달한다. 과장에 의해 낙하산식 준비 위원으로 추천된 장상태는 벼락감투의 무게에 짓눌려 우거지상이 된다. 그는 준비 위원이 되면 결정권이 있는지, 그리고 혹시 준비 위원회에서 제복을 만들지 말자는 주장이 지배적일 경우에는 어떻게 되는지 등을 묻는다. 그러자 과장은 무서운 기세로 장상태를 노려보며, 누가 감히 그런 주장을 하겠느냐고 되묻는다. 그러면서 반대가 전혀 없을 수는 없지만, 한두 사람이 반대한다고 해서 대세를 그르칠 수는 없다고 못 박는다. 과장은 자기와 두 번 다시 상종 안 할 각오가 아니라면, 괜히 허튼소리 하지 말라고 말한다. 장상태는 자신은 준비 위원으로서 적임자가 아니라며 우기환을 추천하지만, 우기환 역시 자신은 수습사원이라 자격이 없다고 거절한다. ▶ 장상태가 관리과를 대표하는 준비 위원이 됨

퇴근 후 민도식은 동료들과 함께 다방에 가는데, 눈치 없는 우기환이 끼어든다. 우기환이 제복 관련 얘기를 먼저 꺼내자 유명종과 장상태는 과장 앞에선 왜 아무 말 못 했느냐며 핀잔을 준다. 그때 유니폼을 입은 다방 아가씨가 주문을 받으러 왔다가 가고, 우기환은 어떤 조직 집단의 성격을 단적으로 드러내는 상징물이 유니폼이라고 말한다. 그는 어떤 개인한테 유니폼을 입혀 놓으면 그의 자유와 권리는 제약당하고, 그 대신 조직 집단이 부과하는 책임과 의무가 그를 끌고 가게 된다는 논리를 편다. 우기환의 말을 듣고 있던 민도식은 교도관으로 늘 제복을 입고 있던 아버지를 떠올린다. 나이가 들어 은퇴한 후 신사복을 걸쳐도 아버지 몸에서는 항상 회색 제복의 냄새가 났다. 우기환의 말마따나 자신의 아버지는 아버지 자신이기를 포기해 버리고 오직 제복에만 매달려 평생을 살아왔던 것이다. 우기환이 계속해서 제복 착용에 대한 부정적 의견을 내놓고 있을 때, 유명종은 다방 한쪽에서 동림 산업 작업복을 입은 사내가 혼자 차를 마시고 있는 것을 발견한다. 생산부임이 분명하고 어딘지 간부 사원처럼 보이는 사내를 의식하여 그들은 서둘러 유니폼 제정에 끝까지 반대할 것을 만장일치로 결의한 후 자리를 파한다. ▶ 관리과 직원들이 다방에서 유니폼에 대해 이야기를 나누고 민도식은 교도관 제복을 입고 있던 아버지를 떠올림

버스 정류장으로 걸어가던 민도식은 거리에 의외로 유니폼을 입은 사람들이 많다는 것을 깨닫게 된다. 그는 특히 제복의 위력이 젊은 이들 세계에도 벌써 깊숙이 침투해 있다는 것에 놀란다. 민도식의 눈에 그들은 똑같은 천과 무늬에 똑같은 마름질로 된 제복이나 다름없는 일상복을 입고 거리를 활보하고 있는 것으로 보인다. 집에 도착한 민도식은 아내에게 자신이 제복을 입으면 어떨 것 같은지를 묻는다. 아내는 깔깔거리며 제복을 입으면 의복비가 덜 들고, 출근 때마다 옷에 신경 안 써도 되니 잘된 일이라고 말한다. 아내의 반응은 사실 동림 산업 사장의 과거 전력을 이미 알고 있기 때문에 나온 것이다. 인색한 사장은 제품을 광고하는 대신 회사명을 신문이나 방송에 끊임없이 노출시키곤 했다. 그는 글 좀 쓴다는 사원들을 동원해 신문의 독자 투고란이나 아마추어 수필을 통해 회사 이름이 사회에 알려지도록 하였다. 또한 주부들을 대상으로 한 퀴즈 프로, 부부 게임 등에 사원은 물론 사원 가족까지 동원하여 동림 산업이 소개되도록 하였다. 성악을 전공한 민도식의 아내는 전국 직장 대항 아마추어 음악 경연 대회에 총무과 타이피스트라고 속여 출전하였고, 동림 산업을 연말 결선에까지 끌어올리는 수훈을 세웠었다. 민도식의 아내는 자신이 사장도 잘 알고 남편인 도식도 잘 안다며, 도식의 심정을 충분히 이해한다고 한다. 그녀는 남편이 제복을 두고 콤플렉스를 느끼는 것을 잘 알지만, 대세는 어쩔 수 없으니 제복을 그냥 몸을 가리는 의복 중 하나로 여기라고 당부한다. ▶ 민도식의 아내가 대세에 따라 제복을 착용하라고 권함

이윽고 준비 위원회가 열린다. 장상태의 말에 의하면 준비 위원회는 열리면서 바로 끝났다. 준비 위원회에서는 계절별 제복의 종류와 디자인과 소재, 착용 대상 등을 결정하였다. 준비 위원회를 통해 제복에 대한 사원들의 의견을 알아본다는 것은 모두 거짓이었다. 건의할 틈도 없이 일방적으로 모든 안건을 통과시켜 버린 것이다.

장면 포인트 ❷ 202P

[주목] 유명종을 비롯한 사원들은 위원회에 참석했던 장상태에게 사원을 대표하여 나간 책임을 다하지 못했다며 불만을 토로하지만, 장상태는 자신도 어쩔 수 없었다고 억울해한다. 다방에 앉아 이런 이야기를 하고 있는데, 지난번에 보았던 생산부 사내가 다시 눈에 띈다. 사내는 민도식 일행이 있는 곳으로 오더니, 자신을 생산부 제1공장에서 잡역부로 일하는 직원인 권이라고 소개한다. 장상태는 그를 만만하게 생각하였지만, 민도식은 그에게서 뭔지 모를 자신감을 본다. 사내는 일부러 엿들은 것은 아니지만 민도식 일행의 이야기를 듣고는, 한쪽에선 작업 중에 팔이 잘려 나가 그 팔값을 찾아 주려고 투쟁하는 사람들이 있는 반면, 다른 한쪽에선 몸에 걸치는 옷 때문에 자기 인생을 걸려는 사람들이 있다는 생각에 그냥 지나칠 수가 없었다고 이야기한다. 그러나 우기환은 팔 못지않게 옷도 중요하다고 말한다. 사내는 자신도 그 말에 동의한다며, 그렇기 때문에 팔을 찾으려는 사람이라고 함부로 대해서는 안 된다고 강조한다. 자신은 사장이 면담을 받아 주지 않아 이렇게 매일같이 기다리는 중이라고 하며 다방을 나가 버린다. 민도식은 제복과 관련된 일은 이미 다 끝난 것 같다며 각자 알아서 하자고 한다.

▶ 준비 위원회에서 제복 관련 사안을 일방적으로 통과시킴

이튿날, 양복점 재단사들이 각 사무실을 돌며 사원들의 치수를 재기 시작한다. 민도식은 제 차례가 오기 전에 사무실을 빠져나와 다방으로 간다.

장면 포인트 ❷ 202P

민도식은 자신을 따라 나온 우기환에게, 생산부 사내에게 말했던 팔 못지않게 옷도 중요하다는 것이 실제로 그러한지를 묻는다. 그러면서 생산부 사내를 만난 후로는 흔들리는 기분이 든다고 고백한다. 우기환은 우리와 생산부는 하는 일이 다르기 때문에 자신은 팔과 옷이 똑같다고 생각한다고 말한다. 하지만 도식은 허세가 섞인 것이 우리들의 옷이고, 허세 없이 그저 절실하기만 한 것이 그들의 팔인지도 모른다고 한다. 그때 민도식에게 과장의 전화가 걸려 온다. 과장은 민도식의 비협조적인 행동을 지적한 후, 사장실에 가 보라고 하며 전화를 끊어 버린다. 민도식과 우기환을 맞이한 사장은 의외로 화가 난 얼굴이 아니었다. 그러면서 제복에 반대하는 이유를 설명해 보라고 한다.

장면 포인트 ❸ 205P

민도식은 제복을 입음으로써 얻어지는 단결력보다는 제복에 눌려서 개성이 위축되고 창의력이 퇴보되는 데에서 오는 손실이 더 클 것 같다고 말한다. 하지만 사장

은 대다수 사원들의 지지를 얻어서 실천 단계에 들어선 문제에 그런 의견은 소용이 없다며, 제복을 입는다고 해서 있던 창의력이 없어지는 것은 아니라고 말한다. 그러고는 회사의 미래를 위해 협조해 달라고 부탁한다. 그러자 우기환은 회사에서 나가겠다고 말하고 벌떡 일어나 사장실을 나가 버린다. 그리고 동시에 생산부 사내가 사장실에 들이닥친다. 민도식은 생산부 사내를 위해 자신도 사장실을 나와 버린다.

▶ 민도식과 우기환은 사장과 면담을 하고, 우기환이 퇴사를 함

창업 기념일 아침, 사복을 입은 민도식이 체육 대회가 열리는 제1공장 앞에 도착했을 때에는 개회식이 벌써 시작된 뒤였다. 공장 정문 철책 너머로 보니 검정 곤색 일색의 새로 맞춘 제복으로 단장한 남녀 전 사원이 각 부서별로 군대처럼 질서 정연하게 도열해 있다. 민도식은 검정 곤색의 제복들이 일치단결해 가지고 사복 차림으로 꽁무니에 따라붙으려는 유일한 사람을 완강히 거부하는 듯한 기분에 사로잡힌다. 자기 한 사람쯤 불참한다 해도 체육 대회 개회식은 문제없이 진행될 수 있다는 사실이 민도식을 무척 화나면서도 외롭게 만들었다. 정문으로 들어서지도 못하고 그렇다고 뒤돌아서서 나오지도 못한 채 그는 붙박혀 버린 듯 움직이지 못한다.

▶ 민도식 혼자 사복 차림으로 창업 기념일 행사에 참석함

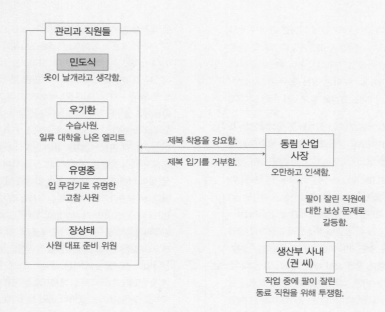

관리과 직원들

민도식
옷이 날개라고 생각함.

우기환
수습사원.
일류 대학을 나온 엘리트

유명종
입 무겁기로 유명한
고참 사원

장상태
사원 대표 준비 위원

제복 착용을 강요함. →
← 제복 입기를 거부함.

동림 산업 사장
오만하고 인색함.

팔이 잘린 직원에
대한 보상 문제로
갈등함.

**생산부 사내
(권 씨)**
작업 중에 팔이 잘린
동료 직원을 위해 투쟁함.

〈보기〉로 나오는 작품 외적 준거

〈날개 또는 수갑〉에 나타난 독재와 억압, 그리고 물질주의

〈날개 또는 수갑〉에서는 집단에 구속되는 것을 거부하는 개인과, 개인을 집단의 입장에서 구속하려는 회사가 갈등한다. 사복 착용을 둘러싼 사원들과의 갈등은 현대인이 기계의 부품으로 전락하는 과정을 보여 주고 있다. 이 작품에서 옷은 개성을 나타내는 날개로서의 의미보다는 개인을 구속하고 억압하는 수갑으로서의 의미를 강하게 갖는다. 단결력을 발휘하여 생산성을 높인다는 핑계로 전 사원에게 유니폼을 입혀 획일화함으로써 개성을 짓밟으려는 동림 산업 사장의 의도에 '우리'는 격분한다. 제복이 결국 최종적으로 노리고 있는 것은 철저한 구속이며 손목에 채워지는 수갑과 같은 구속의 첫걸음이다. 그런 점으로 본다면 이 작품은 자유와 개성을 스스로 포기하거나 포기하기를 강요하는 데 대한 하나의 경고 또는 슬픈 풍자로 이해되기도 한다.

〈날개 또는 수갑〉에서 민도식의 아내는 경제 논리에만 맞춰 생각할 뿐이고 개인의 자유를 우선하지 않는 대세를 거스르지 말기를 당부한다. 제복 대신 자유를 포기하더라도 금전적으로 피해가 되지 않는 쪽을 선택하는데 이런 태도를 통해 현실과 타협하는 나약한 소시민의 의식 구조를 확인할 수 있다. 제복을 입은 사람들은 경제 구조 안에서 생산 과정에 참여한다. 생산 과정에 참여하는 데 입는 제복은 옷일 뿐이지 그 자체는 별다른 의미가 없다는 아내의 생각은 제복 입기를 밀어붙이는 기업과 한가지로 일방적이다. 옷은 단순히 몸에 걸치는 어떤 것이 아니라 사람을 구속하는 것이라는 점, 직장 밖에서나마 자유롭고 싶은 갈망이나 개성이 상실되는 것은 크게 상관하지 않는 태도이다.

모든 정신적인 창조의 소산이나 훌륭한 인간의 행위 등은 돈으로 환산할 수 없는 것인데 대중들이란 그것들을 돈으로 환산해야지 비로소 이해와 납득을 하고 그 대상의 가치를 확인하게 되므로 그들에게 돈으로 환산되지 않는 것은 언제나 불투명하고 거북스러운 대상으로 머문다. 그러므로 가설적인 논리로 말하면 돈으로 모든 것을 환산해 버리는 습관은 암암리에 이 사회의 모든 정신적인 것, 신비스러운 것, 알 수 없는 인간의 감정 등의 모든 것을 사물화해서 투명하고 명확한 대상이나 개념으로 환산해 버리게 된다는 것이다.

– 박월선, 윤흥길 소설 연구: 분단과 산업화의 현실 인식을 중심으로, 2012

- 이 작품은 《아홉 켤레의 구두로 남은 사내》 연작 중 하나로, 한 회사의 제복 도입 문제로 빚어지는 갈등을 통해 폭력적인 1970년대 사회를 우회적으로 비판하고 있는 소설이다.
- 해당 장면은 제복 착용을 위한 사복 제정 준비 위원회를 발족시킨다는 회람이 게시된 직후 관리과 직원들이 부정적 반응을 나타내는 부분이다.
- 회람에 대한 직원들의 반응에 주목하여 제복 제정에 대한 인물들의 생각을 파악하도록 한다.

「죽여 주는군, 아주 죽여 줘. / 자네 제복 입혀 달라고 애걸복걸한 적 있나?
└ 제복 착용에 대한 반감

이 사람이 갑자기 돌았나, 내가 미쳤다고 그런 여론을 비등시켜? / 그럼 자네는?
└ 물이 끓듯 떠들썩하게 일어남

나 역시 아직은 노망들 정도로 늙진 않았어. / 그렇다면 이상하잖아. 내가 알기로

적어도 우리들 중에선 제복 타령을 한 사람이 아무도 없는 것 같은데 어디서 그런 여
└ 제복 착용이 직원들 의견은 아님

론이 나왔다는 거지? / 도대체 어느 놈 대가리에서 그따위 묘안이 나왔을까?
└ 뛰어나게 좋은 생각(반어)   └ 제복 착용

보나 마나 뻔하지. 사장 아니면 누구겠어. / 아냐, 실장일지도 몰라.
└ 사장의 아들

사장이나 실장이나 그 애비에 그 아들인데 구분할 거 뭐 있어.

여론이란 건 말야, 원래 대다수 사람들 의견이 똑같은 경우를 가리키는 말 아닐

까? 그런데 한두 사람, 그것도 부자지간 머리에서 나온 의견을 여론이라고 떳떳하게

얘기할 수 있을까? 그렇게 거짓말해도 법에 안 걸리고 무사할까?

무사하고 말고, 얼마든지 무사할 수 있을 거야. 무사하지 않을 건 거짓말한 쪽이
└ 사실을 사실대로 말하는 사람이 손해를 봄

아니라 거짓말을 거짓말이라고 보는 쪽이겠지. 왜냐하면 힘을 쥔 사람의 말은 소리

가 외가닥으로 나와도 여론이 될 수 있고 무력한 대중의 말은 천 가닥 만 가닥이 합
└ 권력자들의 횡포가 만연한 당시의 사회상

쳐져도 여전히 독창으로 취급받기 때문이야. 다수를 빙자한 소수의 여론은 언제나

대중의 솔로를 유린해 온 게 사실이거든. 이를테면 혼인을 빙자한 간음 같은…….
└ 남의 권리나 인격을 짓밟음   └ 조직에서 제일 아랫자리에 해당하는 부분

그나저나 이거 야단인걸. 제복을 입게 되면, 소인은 보시다시피 삼류 회사 말단

사원이로소이다 하고 시내에 광고 돌리는 꼴 아닌가. 그 수모를 어떻게 다 견디지?
└ 제복을 입을 경우의 불이익을 언급하여 제복 착용에 반대의 뜻을 드러냄

한마디로 그나마 있던 우리의 알량한 사생활은 깡그리 없어지는 거야. 다들 이제
└ 자유

부터 죽었다고 복창해 두는 게 좋을걸.
└ 남의 말을 그대로 받아서 다시 욈

간판만 안 메었다 뿐이지 샌드위치맨하고 다를 게 하나도 없어. / 기왕 시작할 바
└ 광고의 효과를 높이기 위하여 몸의 앞뒤에 두 장의 광고판을 달고 거리를 돌아다니는 사람

엔 차라리 우리가 자청해서 '빨아도 줄지 않고 다림질이 필요 없는 동림 산업 목화표
└ 어떤 일에 나서기를 스스로 청함   └ 홍보 효과가 있다는 점에서 샌드위치맨과 유사함

섬유 제품'이라고 등에다 커다랗게 써 붙이고 다니는 게 낫지 않을까?」
└ 글 따위를 여러 사람이 차례로 돌려봄. 또는 그 글   「」: 제복 제도의 도입에 대한 회람을 읽은 관리과 직원들의 반응

느닷없는 회람이 몰고 온 파문은 의외로 심각한 것이어서 관리과 사무실의 오후
└ 제복 제도의 도입에 대한 회람을 읽고 관리과 직원들은 오후 업무를 제대로 볼 수 없었음

나절을 완전히 결딴내 놓았다. 관리과 직원들이 끼리끼리 모여 중구난방으로 쏟아

놓은 말들을 도로 주워 담아 보면 대충 위와 같은 내용이 되겠는데, 물론 그 가운데

는 민도식이 씨부려 댄 불평도 상당 부분을 차지하고 있었다. 민도식은 주로 옷이
└ 못난 사람도 옷을 잘 입으면 잘나 보인다는 뜻

날개라는 전래의 속담을 들어 그런 종류의 날개를 달고는 세상을 훨훨 날아다닐 수
└ 제복   └ 제복을 입으면 자유를 박탈당할 것이라는 생각

없음을 누누이 강조하는 편이었다. 그의 말은 사생활이 없어지는 셈이라는 총각 사

원 우기환의 주장과 맞바로 통했다.

▶ 제복 착용에 반대하는 관리과 직원들

작품 분석 노트

- 소재의 기능 – 회람

회람
사원들에게 제복을 입혀 단결력을 높이고 생산성이 향상되도록 하겠다는 사장의 방침에 따라 사복 제정 준비 위원회를 발족시킨다는 내용

↓

회사와 사원들 간의 갈등이 발생하는 계기

- 제복 착용에 대한 관리과 직원들의 반응

- 제복 입혀 달라고 애걸복걸한 적 없음
- 제복 착용의 여론을 비등시킨 적 없음
- 사장과 실장의 생각이라고 여김
- 알량한 사생활도 없어질 것임
- 샌드위치맨과 다를 게 없음

↓

제복 착용을 반대함

- 제복에 대한 두 인물의 생각

민도식	제복을 입고는 세상을 훨훨 날아다닐 수 없다고 강조함
우기환	제복을 입으면 사생활이 없어진다고 봄

↓

제복을 입으면 자유가 박탈당한다고 생각함

- 해당 장면은 준비 위원회 발족이 요식 행위임을 알게 된 관리과 직원들이 권 씨와 만나 제복 이외에 또 다른 중요한 문제가 있음을 알게 되는 부분이다.
- 권 씨의 등장이 다른 인물들에게 미치는 영향을 파악하고, 제복을 둘러싼 갈등과 권 씨와 회사 측 간 갈등의 의미를 비교하여 이해하도록 한다.

★주목 "지랄은 자네가 하고 있어. 자네더러 동립 산업 사원 전체의 의사를 대변해 달라
관리부 과장에 의해 사원 대표 준비 위원으로 추천된 장상태
고는 안 했어. 「최소한 우리 과의 의사만이라도 전달했어야만 될 게 아닌가. 통과
관리과
가 되고 안 되고는 문제가 아냐. 책임을 맡았으면 적어도 그 책임을 이행하려는
자세만이라도 보여 주는 게 도리라고 생각해."
「 」: 사복 제정 준비 위원회에 사원 대표로 참석한 장상태가 제복 착용을 반대하는 직원들의 의사를 전달하지 못한 것을 비난함
"회의가 시작되자마자, 똑똑히 잘 들어 달라면서 기획실장이 자기네가 작성한 초
사복 제정 준비 위원회   사장의 아들. 제복 제도를 도입하려고 함
안을 낭독했어. 낭독을 끝내더니 잘들 들었냐고 물어. 잘 들었다고 끄덕거릴 수밖
에. 그랬더니 질문 있으면 하라는 거야. 모두들 어안이 벙벙해서 앉아 있는 판인
데 실장이 씨익 웃어. 그러면서 하는 말이 질문이 없다는 건 원안에 전적으로 찬
성하는 것으로 믿고 수정 없이 실행에 옮기겠다고, 회사 발전을 위한 중요 사업에
제복 착용에 대한 직원들의 의견을 반영하지 않고 독단적으로 결정하는 회사
이처럼 만장일치로 협조해 줘서 고맙다 이러는 거야. 용가리 통뼈라도 손가락
하나 까딱 못 할 상황이었다니까."
제복 착용에 대한 직원들의 의사를 말하기 어려운 상황이었음을 표현함
"장 선배님 말에 좀 어폐가 있는 것 같습니다. 회의는 랑데부가 아닙니다. 특히 노
모순   프랑스어로 '만남, 회의'라는 뜻
사 간의 회의는 회의라는 형식을 빌린 전쟁입니다. 사용자 측에서 수단 방법을 다
피고용자
해서 계획을 밀고 나가려 하는 건 당연합니다. 필요하다면 피용자 측에서 용가리
통뼈 아니라 통뼈 할아버지라도 돼서 따질 건 따지고 반대할 건……."
상황이 아무리 어려워도 할 말은 해야 한다는 뜻 → 제복 착용에 대한 반대 의사를 전하지 못한 것을 비판함
"그러게 내 첨부터 뭐랬어. 난 그런 일에 적임이 아니니까 우 군이 맡으라고 했
장상태는 자신이 사원 대표 준비 위원에 알맞은 사람이 아니었다고 하며 자신을 비판하는 우기환과 갈등함
잖아!"
"이미 끝난 일이야. 지금 와서 아무리 떠들어 대 봤자 제복은 벌써 우리 몸에 절반
제복을 만들기로 결정됨. 수갑의 반쪽이 채워짐
쯤이나 입혀져 있어."
민도식이 나서서 험악해진 분위기를 간신히 가라앉혔다.
장상태와 우기환 사이에서 벌어지는 갈등 때문
"준비 위원회를 구성하고 회의를 소집한 건 처음부터 요식 행위에 지나지 않았던
일정한 형식을 필요로 하는 행위
거야. 경영자 독단으로 처리하지 않고 사원들의 의사를 물어서 전폭적인 지지를
사복 제정 준비 위원회를 발족한 이유
얻어 가지고 결정했다는 인상을 대내외에 풍길 필요가 있었던 거야. 이제 길은 두
가지뿐야. 나머지 절반을 찾아서 마저 몸에 꿰든가, 아니면 기왕 우리 몸에 입혀
채워진 한쪽 수갑을 벗든가, 나머지 한쪽 수갑도 채울 것인가
진 절반을 아예 벗어 버리든가 각자가 알아서 결정할 일이야. 저기 좀 보라고. 저
사람이 아까부터 우릴 비웃고 있어. 제복 얘기 앞으로는 그만하기로 하지."
▶ 사복 제정 준비 위원회가 끝난 후 서로 갈등을 빚는 직원들의 모습
생산부 공원 복장을 한 사내가 엇비뚜름한 자세로 이쪽을 돌아다보며 야릇한 웃
생산부 공장 직원은 제복을 입고 있음
음을 입가에 물고 있었다. 그를 보더니 장상태가 화를 벌컥 내면서 큰 소리로 미스
생산부 공장 직원이 자신들을 비웃고 있다고 생각해서 화가 남

작품 분석 노트

- 장상태와 관리과 직원들 간 갈등

관리과 직원들
• 관리과 대표로 회의에 참석한 장상태가 직원들의 의사를 전달하지 못함 • 아무리 상황이 어려워도 할 말은 했어야 함

↕

장상태
• 회의 진행 과정을 차례로 제시하여 직원들의 의사 전달이 어려웠던 이유를 드러냄 • 자신이 사원 대표로 적임자가 아니라고 사양했었음을 밝힘

- '제복'과 '수갑'의 의미

• '제복은 벌써 우리 몸에 절반쯤이나 입혀져 있어.' • '나머지 절반을 찾아서 마저 몸에 꿰든가, 아니면 기왕 우리 몸에 입혀진 절반을 아예 벗어 버리든가'

↓

제복	회사 측이 단결력과 생산성 향상을 위해 직원들에게 강요하는 것, 직원들을 통제하기 위한 수단

‖

수갑	국가가 국민들을 통제하고 자유를 억압하기 위해 사용하는 수단

윤을 불렀다. / "이봐, 저기 앉은 저 사람 내가 좀 보잔다구 전해!"

눈이 휘둥그레진 미스 윤이 종종걸음으로 그에게 다가가기 전에 그쪽에서 자진해
_{남이 시키는 것을 기다리지 아니하고 스스로 나서서}
서 먼저 일어섰다. 그가 충분히 알아들을 수 있을 정도로 장의 목소리가 컸던 것이
다. / "저를 부르셨습니까?"
『┌ 초면에 존댓말을 하는 권 씨와 달리 장상태는 반말을 함

여전히 웃음기를 입에 문 얼굴이 장을 정면으로 상대했다.

"당신 뭐야? 뭔데 어제부터 남의 얘길 엿듣고 비웃지, 비웃길?"
_{권 씨의 웃음을 오해하는 장상태}

"비웃음으로 보셨다면 용서하십쇼. 엿듣고 싶은 생각은 없었습니다. 가만히 앉아

있어도 들릴 정도로 선생님들 말소리가 컸습니다. 말씀 내용이 동림 산업에 계신
_{권 씨가 장상태 일행의 이야기를 듣게 된 이유}
분들 같아서 저도 모르게 관심이 컸나 봅니다."

"오오라, 그러고 보니 당신도 동림 가족의 일원이 분명하군. 부서가 어디야?"

"생산부 제1 공장입니다. 거기서 잡역부로 근무하고 있습니다."

"이름은?" / "권입니다."

"이름이 권이다? 그럼 성까지 아주 짝을 채워 보게."

"성이 권입니다."

만만한 상대를 만난 장은 권 씨를 노리갯감으로 삼아 화풀이할 작정임을 분명히
_{권 씨가 생산부 공장 직원임을 알고서 낮잡아 보는 권위적 태도}
하면서 동료들에게 은밀히 눈짓을 보냈다. 함께 놀이에 끼어들라는 뜻일 것이다. 그
러나 도식이 보기엔 첫눈에 결코 만만한 상대가 아니었다. 그는 참을성 좋게 여전히
웃고 있었다. 그것은 생산부 공원들이 본사의 사무직을 대할 때 일반적으로 갖는 비
_{민도식이 권 씨를 만만한 상대가 아니라고 생각한 이유}
굴한 표정이 아니었다. 그렇다고 적대감도 아닌 그것은 일종의 자신감의 표현임이
분명했다. 『두툼한 입술과 커다란 눈이 얼핏 눈에 띄는 특징이었다. 장상태하고 비
『┌ 권 씨의 외양을 묘사함
교해서 둘이 서로 어금버금할 정도로 작은 체구였다. 실제 나이는 장보다 두세 살쯤
_{서로 엇비슷하여 정도나 수준에 차이가 없음}
위일 것 같은데 적어도 이삼십 년은 더 세상을 살아 냈을 법한 관록 같은 게 엿보이
_{세상살이에 대한 많은 경험으로 생긴 위엄이나 권위}
는 얼굴이었고,┘ 그것이 교양이라는 것하고도 연결되어 잡역부라던 자기소개가 아무
_{권 씨의 정체가 평범한 생산부 공원은 아님을 짐작할 수 있음}
래도 믿어지지 않는 그런 사람이었다.

"짝을 채우기 싫다 이거지? 좋았어. 그런데 자네가 하는 잡역일하고 무슨 상관이
_{성과 이름을 모두 이야기하지 않음}
있어서 우리 얘기에 이틀 동안이나 관심을 갖지?"

"물론 상관은 없습니다.『그렇지만 한쪽에선 작업 중에 팔이 뭉텅 잘려져 나간 사
_{산업 재해를 입은 동료를 위해 회사 측과 싸우는 권 씨의 처지}
람이 있고 그 팔값을 찾아 주려고 투쟁하는 사람들이 있는 반면에 다른 한쪽에선

몸에 걸치는 옷 때문에 거기에 자기 인생을 걸려는 분들도 계시구나 하는 생각이

들어서 그냥 지나칠 수가 없었습니다."
『┌ 권 씨가 관리과 직원들의 이야기를 듣고 있었던 이유. 관리과 직원과 공장 직원이 회사 측과 싸우는 이유가 다름
그 순간 장상태의 얼굴색이 하얗게 질리는 것 같았다. 장이 어물거리는 사이에 우
_{권 씨의 말에 대한 당혹감}
기환이 나섰다. 우 역시 장처럼 권 씨의 나이를 전혀 셈해 주지 않는 말투였다.
_{권 씨가 장상태보다 두세 살 위인 것 같은데 장상태와 우기환이 권 씨에게 반말을 함} ▶ 생산부 직원 '권 씨'와의 만남

"팔도 중요하지만 그에 못지않게 옷도 중요해. 옷을 지키려는 건 다시 말해서 팔
_{우기환은 팔(생존)과 옷(자유)은 같다고 인식함}

감상 포인트
직원들 간의 갈등, 직원들과 권 씨와의
갈등을 바탕으로 인물들의 생각을 파
악한다.

• 장상태와 권 씨 간 갈등

장상태
• 권 씨가 자신들의 이야기를 엿듣고 비웃는다고 생각함
• 권 씨가 생산부 공장 직원임을 알고 무시하는 태도를 보임
• 준비 위원회에 반대 의사를 전달하지 못한 일로 직원들에게 비난받은 것을 권 씨에게 화풀이할 생각을 함
• 산업 재해를 입은 동료를 위해 회사 측과 싸운다는 권 씨의 말에 얼굴이 하얗게 질릴 만큼 당황함
• 다방에 앉아 투쟁을 하느냐고 비아냥거림

↓

권 씨
• 말소리가 커서 우연히 듣게 된 것이라고 하며 사과함
• 산업 재해를 입은 동료를 위해 회사 측과 싸우는 자신과 달리 옷 때문에 회사 측과 싸울 수도 있다는 사실에 장상태 일행의 이야기에 관심을 가졌다고 밝힘
• 팔을 찾으려는 사람을 함부로 대하는 태도를 삼가 달라고 요청함
• 사장이 면담을 거부하는 상황임을 드러냄

• '권 씨'에 대한 이해

외양	세상사에 대한 관록과 교양이 느껴짐
처지	생산부 제1 공장 잡역부로, 팔이 잘려 나간 동료를 위해 회사 측과 갈등을 빚음

↓

• 만만한 상대가 아님
• 회사의 권력에 맞서 노동자의 권리를 찾기 위해 투쟁함

을 찾으려는 거나 마찬가지 일이야. 팔이 옷에 우선한다 생각하고 우릴 비웃었다
우기환은 자신의 관점에서 권 씨를 판단하고 무시함
면 당신은 분명히 덜떨어진 사람이야."

"그래서 다방에 앉아서 투쟁을 하신다 이런 말씀이지?"
팔이 잘려 나간 동료를 위해 투쟁한다는 권 씨를 비아냥거림
우의 응원에 힘입어 전열을 가다듬고 난 장이 입꼬리를 비틀면서 이렇게 말했다.

"제가 드리고 싶은 말씀이 바로 그겁니다. 「옷도 중요하고 팔도 중요하다는 말씀에
전적으로 동감입니다. 그렇기 때문에 팔을 찾으려는 사람이라고 함부로 대하는
생산직인 권 씨를 무시하는 태도를 두고 하는 말
자세만큼은 삼가해 주셨으면 합니다.」 선생님들한테 팔이 있듯이 옷은 우리들도
「」: 권 씨는 우기환의 의견에 일단 공감을 표시한 후 자신이 하고 싶은 말을 함
필요하니까요. 이제 또 들어가 봐야죠. 사장님이 면담을 받아 주시질 않아서 이렇
동료의 팔값을 찾기 위한 투쟁이 외면당하고 있는 상황
게 매일같이 허탕을 치고 있는 중입니다."
▶ 장상태 일행과 권 씨와의 갈등

[중간 부분의 줄거리] 이튿날. 양복점 재단사들이 사무실을 돌면서 제복 치수를 재는데 민도식은 자신의 차
례가 오기 전에 슬그머니 사무실을 빠져나온다.

어느새 뒤따라 나왔는지 현관 수위실 옆을 지나는 도식을 우기환이 불러 세웠
다. 그들은 함께 다방으로 들어갔다.

"어제 여기서 생산부 사람한테 한 얘기…… 실제로 그럴까?"
우기환이 권 씨에게 옷과 팔이 모두 중요하다고 한 말
"무슨 얘긴데요?"

"팔 못지않게 옷도 중요하다는 얘기."

"원 민 선배님두, 아니 그만한 신념도 없으면서 사무실을 뛰쳐나왔습니까?"
제복 치수를 재지 않고 나온 민도식의 행동을 두고 하는 말
"권 씨란 사람을 만나기 전까진 나도 그렇게 생각해 왔어. 그런데 그 사람 애길 듣
권 씨를 만난 이후 제복 제도 도입에 대한 생각이 흔들리게 되는 민도식
고 난 후로는 어딘지 모르게 흔들리는 기분이 든단 말야. 결국 이렇게 흔들리는
상태에서는 아무 일이고 할 수 없다는 생각이 들어서 사이즈를 안 재고 나와 버린
민도식이 치수를 재지 않고 사무실을 나온 이유
거야."

"우리하고 생산부하고 하는 일이 다르기 때문에 방식만 다를 뿐이지 실은 팔과 옷
은 똑같다고 믿어요. 우리한테 옷인 것이 그들한테는 팔이고 우리한테 팔인 것이
우기환은 생존과 자유가 같다고 인식함
그들한테 옷이 되잖을까요?"

"반드시 그렇지만은 않을 거야. 다분히 허세가 섞인 것이 우리들 옷이고 허세 없
민도식은 권 씨와의 만남을 계기로 제복보다 절박한 현실 문제를 직시하게 됨
이 그저 절실하기만 한 것이 권 씨의 팔인지도 몰라."

"자유와 생존은 다 같이 중요하다는 제 신념에는 변함이 없습니다."

"그야 물론 그렇지. 내 애긴 우리가 제복을 입음으로써 제약당하는 개인의 사생
자유와 생존이 모두 중요하다는 우기환의 말에 동의함
활을 저들이 팔을 잃음으로써 위협받는 생계만큼 그렇게 절박하게 느끼고 있느냐
민도식은 권 씨를 통해 생존이 위협받는 위기에 놓인 사람들의 현실에 주목하게 됨
는, 일테면 치열도의 차이라는 거야."
▶ 권 씨를 만난 후 흔들리는 민도식

• '옷'과 '팔'의 의미

옷	• 자유와 개성을 상징함 • 사무직 직원들이 당면한 문제와 관련됨: 회사 측이 제복을 입도록 강요함
팔	• 생계를 위해 반드시 필요한 것 • 생산직 직원들이 처한 문제와 관련됨: 작업 중에 팔이 잘려 나가 보상을 요구함

• '옷'과 '팔'에 대한 인식 차이

우기환
옷(자유)과 팔(생존)은 모두 중요함

↕

민도식
옷과 팔은 치열도에서 차이가 있다고 생각함 → 제복을 입음으로써 억압당하는 자유보다는 팔을 잃음으로써 생계를 위협받는 상황이 더 절박하다고 여김

장면 포인트 ❸

- 해당 장면은 제복 착용을 반대하는 민도식과 우기환이 사장과 만나 면담한 후 우기환은 회사를 그만두고 민도식은 제복을 입지 않은 채 회사의 체육 대회에 참가하러 와서 방황하는 부분이다.
- 면담에서 민도식과 우기환, 사장이 내세우는 논리를 파악하고, 인물들의 선택이 어떤 의미를 지니는지를 이해하도록 한다.

"옷에는 보호 기능과 표현 기능이 있다고 들었습니다. 우리가 옷에서 바랄 수 있는 건 그 두 가지 기능만으로 충분하다고 믿고 있습니다. <u>제복으로 사원들 간에</u>
　　　　　　회사가 내세우는 단결력과 생산성 향상은 옷의 기능이 아님
<u>일체감을 조성해서 회사를 더욱더 발전시키겠다고 그러시지만 제 생각엔 그렇게</u>
　　　　제복 제도를 시행하는 회사 측 근거
해서 얻어지는 단결력보다는 제복에 눌려서 개성이 위축되고 단결력에 밀려서 자
　　　　　　　　　　제복을 착용하면 사원들의 개성과 창의성이 위축될 것임
<u>유로운 창의력이 퇴보되는 데서 오는 손실이 더 클 것 같습니다.</u>」
　　　　　　　　　　　　「 」: 회사가 제복을 통해 얻는 기대와 달리 많지 않을 것이라는 의견
"아주 좋은 말을 했어. 하지만 그건 일이 실천에 옮겨지기 전에 했어야 할 얘기야.
　　　　　　　　　　　　　　　　이미 시간이 지났다는 회사 측의 주장
대다수 사원들 지지를 얻어서 실천 단계에 들어선 지금은 사정이 달라. 그리고 <u>기</u>
<u>업 발전에 단결력이 중요하냐 창의력이 중요하냐 하는 문제는 자네가 아니라 내</u>
<u>가 결정할 문제야.</u> 또 제복을 입었다고 어제는 있던 창의력이 오늘 싹 죽는다는
　권력자의 권위적인 태도가 드러남
논리도 설득력이 없어. 민 군, 자네는 일찍이 제복 제도를 도입한 K 직물이 창의
력 없이 그저 눈감땡감으로 오늘날의 위치에 올라섰다고 생각하나?"
　　가치를 잘 모르는 것에 대해 대충 어림잡아 판단하는 것을 가리키는 말
"K 직물은 사정이 다릅니다."

잠자코 있던 <u>우기환</u>이가 불쑥 말했다. / "호오, 그래? 어떻게 다르지?"
　　　　제복 착용에 강하게 불만을 표시하며 결국 이에 회사를 그만두는 인물
"자기 개성에 맞는 옷을 입을 권리를 포기할 때는 뭔가 <u>그 이상의 보상이 뒤따라</u>
<u>야 합니다. 그런 면에서 K 직물의 기업 정신은 아주 훌륭하다고 봅니다.</u>"
　　　　　　　　　　K 직물은 제복을 도입하면서 사원들에게 보상을 해 주었음을 알 수 있음
이때 옆방이 다소 소란해졌다. 사장실 도어 저쪽에서 여비서가 <u>누군가</u>하고 들어
　　　　　　　　　　　　　　　　　　　　　　　　　　　권 씨
가겠다느니 안 된다느니 하면서 실랑이하는 눈치였다. <u>그 소리를 듣더니 사장의 낯</u>
<u>빛이 싹 달라졌다.</u>
　누가 오는지를 짐작하고 긴장함
"자네들이 이러지 않아도 난 지금 복잡한 일이 많은 사람이야. 우 군이 K 직물을
　　　　　　　　　　산업 재해를 입은 직원들에 대한 보상 문제 등
동경하는 그 심정은 나도 알아. 허지만 앞으로 <u>가까운 장래에 다른 사람들이 자네</u>
<u>들을 동경하도록 만들기 위해서는 나도 노력하고 자네들도 적극 협조해야 되잖겠</u>
<u>나.</u> 그동안을 못 참아서 협조할 수 없다면 별수 없지. <u>이런 일엔 누군가 한 사람쯤</u>
　회사 발전을 명목으로 규율과 통제에 따를 것을 강요함. 끝까지 자신의 방침을 포기하지 않는 권력자의 모습이 드러남
<u>희생이 따른다는 사실을 각오해야 돼.</u>"
　조금도 손해를 보지 않으려는 사장의 속내(제복 착용을 반대하는 직원은 회사를 그만두길 바람)가 드러남
"무슨 뜻인지 알겠습니다. 제가 희생이 되죠. 피고용자한테도 <u>권리</u>는 있습니다.
　　　　　　　　　　　　　　　　　　　　　　회사를 그만둘 수 있는 권리
들어올 때는 제 맘대로 못 들어오지만 나갈 때는 제 맘대로 나갈 수 있으니까요."
　떨쳐 일어서는 기운이 세차고 꿋꿋한 모양
<u>우기환이가 분연히 소파에서 일어나 빠른 걸음으로 도어를 향해 갔다.</u> 순식간의
　우기환은 제복 착용을 반대하는 자신의 신념을 굽히지 않고 결국 회사를 그만둠
일이었다. 사장실을 나서는 우기환이와 엇갈려 웬 사내가 잽싸게 뛰어들었다. 다방
　　　　　　　　　　　　　　　　　　　　　권 씨
에서 두 번 본 적이 있는 생산부의 잡역부 권 씨였다. 사장실로 들어서기 무섭게 권
씨는 민도식을 향해 눈자위를 하얗게 부릅떠 보였다. 우기환의 <u>돌연한</u> 행동에 <u>초벌</u>
　자리를 비켜 달라는 권 씨의 압박　　　　　　　　회사를 그만두는 일　　먼저

작품 분석 노트

・'제복'의 상징성

제복
은연중에 조직이 부과하는 책임과 의무를 수행하도록 강제하여 자연인으로서 누릴 수 있는 자유와 권리를 제약하고 속박하는 수단

↓

작품의 제목과 같이 옷은 '날개 또는 수갑'이 될 수 있는데 '제복'은 '수갑'으로서의 옷에 해당함

・제복 착용에 대한 견해 차이

민도식
회사에서 기대하는 효과보다는 개성이 위축되고 창의력이 퇴보되는 것에서 오는 손실이 크다고 제복을 입을 때의 단점을 언급하며 제복 착용에 대한 반대 의견을 펼침

우기환
개성에 맞는 옷을 입을 권리를 포기할 경우, K 직물처럼 그 이상의 보상이 있어야 함을 강조함

사장
・제복 제도가 필요한 절차를 거쳐서 이루어졌음을 강조하여 제복을 입기로 한 결정의 정당함을 부각함 ・회사의 방침에 협조하면 회사가 K 직물처럼 발전할 수 있다는 점을 은연중에 강조하고, 회사의 방침에 협조하지 않으면 희생이 따를 것을 언급함

놀랐던 도식은 권 씨의 험악한 표정에 재벌 놀라면서 엉거주춤 궁둥이를 들었다. **빨**
리 자리를 비켜 달라는 권 씨의 무언의 협박이 빗발치고 있었다.

<small>두 번</small>

<small>작업 중 팔이 잘려 나간 동료의 보상 문제가 여전히 해결되지 않았음을 알 수 있음</small>

"죄송해요, 사장님. 한사코 안 된다는데두 부득부득 우기면서 이 사람이……."

뒤쫓아 들어온 여비서를 손짓으로 내보낸 다음 사장이 말했다. / "어서 오게. 권 군."

자기보다 더 사정이 절박한 사람을 위해서 민도식은 사장실에서 물러나지 않을

<small>권 씨</small>

수 없었다. / "잘 생각해서 스스로 결정을 내리도록 하게."

<small>제복을 입든지 회사를 그만두든지 하라는 의미</small>

도어가 채 닫히기 전에 사장의 껄껄한 목소리가 도식의 등 뒤에 따라붙는다.

<small>▶ 제복 착용에 반대하며 회사를 그만두는 우기환</small>

"장 선생 집에 전화 걸었더니 부인이 받데요. 새로 맞춘 유니폼 입구 아침 일찍 출

근했다구요."

<small>• 제복 착용에 반대했던 장상태는 결국 제복을 입고 출근함 → 장상태의 순응적 태도</small>
<small>• 다른 동료들처럼 제복을 입고 회사에 가기를 바라는 민도식 아내의 마음이 담김</small>

아내의 바가지 긁는 소리로 창업 기념일의 아침은 시작되었다. 체육 대회가 열리

<small>회사 측에서 중요하게 생각하는 날</small>

는 제1 공장까지 가자면 다른 날보다 더 일찍 나서야 되는데도 여전히 뭉그적거리

<small>제복을 입어야 하는 상황에서의 민도식의 갈등</small>

고만 있는 남편 곁에서 아내는 시종 근심스런 눈초리를 거두지 않았다. 제복 때문에

<small>회사를 잘릴까 하는 걱정</small>

총각 사원 하나가 사표를 던졌다는 소문을 아내는 믿지 않았다. 사표를 제출한 게

<small>우기환</small>

아니라 강제로 모가지가 잘린 거라고 굳게 믿고 있었다.

"까짓것 난 필요 없어. 거기 아니면 밥 빌어먹을 데 없는 줄 알아? 세상엔 아직도

유니폼 안 입는 회사가 수두룩하단 말야!"

> **감상 포인트**
> 인물들의 말과 행동을 통해 작품의 주제 의식을 파악한다.

거듭되는 재촉에 이렇게 큰소리로 대거리는 했지만 결국 민도식은 뒤늦게나마 집

<small>제도의 시행에 저항하려 하지만 끝내 현실을 받아들임</small>

을 나서고 말았다.

시내를 멀리 벗어나서 교외에 널찍하게 자리 잡은 제1 공장 앞에 당도했을 때는

<small>어떤 곳에 다다름</small>

벌써 개회식이 시작된 뒤였다. 공장 정문 철책 너머로 검정 곤색 일색의 운동장을

<small>획일적인 모습에 답답함을 느낌</small> <small>한 가지의 빛깔</small>

넘어다보는 순간 민도식은 갑자기 숨이 턱 막혀 옴을 느꼈다. 새로 맞춘 제복으로

<small>획일화된 모습의 사원들</small> <small>개인의 자유를 통제하려는 억압을 상징함</small>

단장한 남녀 전 사원이 각 부서별로 군대처럼 질서 정연하게 도열해 서서 연단에 선

<small>많은 사람들이 죽 늘어서 있음</small>

지휘자의 손끝을 우러러보며 사가(社歌)를 제창하기 직전의 예비 운동으로 목청을

<small>회사를 대표하는 노래</small>

가다듬는 헛기침들을 하고 있었다. 이윽고 공장 일대를 한바탕 들었다 놓는 우렁찬

<small>같은 제복을 입고 같은 노래를 부름 → 획일주의적 사회의 모습</small>

노래가 터지기 시작했다. 노래 부르는 사원들 모두가 작당해서 지각한 사람을 야유

<small>떼를 지어서</small> <small>민도식</small>

하는 듯한 기분이 들었다. 검정 곤색의 제복들이 일치단결해 가지고 사복 차림으로

<small>제복을 입지 않고 회사 행사에 나온 민도식을 가리킴</small>

꽁무니에 따라붙으려는 유일한 사람을 완강히 거부하는 듯한 기분에 사로잡혔다. **세**

상 전체가 온통 제복투성이인 가운데 저 혼자만 외돌토리로 떨어져 있는 셈이었다.

<small>획일주의적 사회, 개성을 인정하지 않는 사회에서 느끼는 소외감</small>

자기 한 사람쯤 불참한다 해도 아무렇지도 않게 체육 대회 개회식은 진행될 수 있다

<small>직원들과 어우러지지 못하는 것에 대한 감정</small>

는 사실이 민도식을 무척 화나면서도 그지없이 외롭게 만들었다. 정문으로 들어서지

<small>회사 측이 제복을 강압적으로 입히는 것에 대한 감정</small>

도 못하고 그렇다고 뒤돌아서서 나오지도 못한 채 그는 일단 멈춘 자리에 붙박혀 버

<small>제복 착용에 반대하여 끝까지 제복을 입지는 않았지만 회사를 그만두지도 못하며 방황하는 민도식</small>

린 듯 언제까지고 움직일 줄을 몰랐다.

<small>▶ 창업 기념일 체육 대회에 가는 민도식</small>

• 창업 기념일 체육대회의 모습

전 직원
유니폼을 입고 군대처럼 도열하여 사가를 제창함 → 개인의 자유를 잃고 회사에 의해 획일화된 모습

↓

민도식
뭉그적거리다가 사복을 입고 가서 분노와 외로움을 느낌 → 획일화된 사회에서 소외된 존재

• 서로 다른 선택을 하는 인물들

제복 착용을 반대하는 입장	

↙ ↘

우기환	민도식
• 자신의 뜻이 받아들여지지 않자 회사를 그만둠 • 자신의 신념을 행동으로 실천하는 모습을 보임	• 제복을 입지 않고 회사 행사에 참여함 • 문제 의식은 있지만 부정적 현실에서 벗어나지 못하는 우유부단한 모습을 보임

핵심 포인트 1 인물의 성격과 태도 파악

이 작품은 제복 제도 시행 과정에서 빚어지는 인물들의 갈등을 바탕으로 이야기가 전개된다. 따라서 제복 착용과 관련한 여러 인물들의 태도와 그 의미를 파악할 수 있어야 한다.

＋ 제복 제도 시행에 대한 인물들의 태도와 의미

인물	태도	의미
사장	회사의 제복을 만들어 모든 사원이 입도록 지시함	획일화를 통한 통제, 구속
우기환	제복 착용에 강력히 반대하며, 회사가 이를 계속 강요하자 결국 회사를 그만둠	불의에 저항 및 불응
장상태	제복 착용에 찬성하지는 않지만 회사 방침에 따라 제복을 입음	소시민적 순응
민도식	제복 착용에 반대하지만 사복(자유복) 차림으로 회사 행사에 참여하며, 제복을 입은 다른 사원들의 모습에 외로움을 느낌	소시민적 갈등

핵심 포인트 2 소재의 의미와 기능 파악

이 작품은 '제복'을 입히려는 회사와 이에 대응하여 '사복(私服)'을 지키려는 직원들 간의 갈등을 드러내고 있다. 따라서 작품에 등장하는 '옷'의 의미와 기능을 파악할 수 있어야 한다.

＋ '옷'과 관련한 '날개와 수갑'의 의미

핵심 포인트 3 외적 준거에 따른 감상

이 작품의 배경인 1970년대의 시대적 상황에 대한 외적 준거를 바탕으로 작품을 이해할 수 있어야 한다.

＋ 1970년대의 사회상

> 1970년대에는 장발과 미니스커트가 '풍기 문란(풍속이나 규범 따위를 어기고 어지럽히는 일)'이라는 죄목으로 단속의 대상이었다. 경찰들은 가위나 바리캉을 들고 장발족을 찾아다녔다. 한때는 머리카락이 귀만 덮으면 잡을 정도로 단속이 심했다. 치마 길이도 무릎 위 15㎝ 이상이면 처벌 대상이었다. 그리고 당시에는 영화관에서 영화를 상영하기 전에 의무적으로 '대한뉴스'를 틀었고, 애국가가 나오면 모두 기립해야 했다.

＋〈날개 또는 수갑〉의 외적 준거로 활용할 수 있는 내용

옷의 상징성	• 회사 측은 제복을 통해 조직의 책무를 수행하도록 강요함으로써 개인의 자유와 권리를 구속한다는 점에서 직원들에게 '수갑'을 채우려는 권력층이라고 볼 수 있음 • 작가는 제복 착용을 반대하는 직원들을 통해 옷이 개인의 자유와 개성을 드러내는 '날개'로 존재해야 함을 말하고 있음 • 이 작품은 한 회사의 제복 착용을 둘러싼 갈등을 통해 개인의 개성과 자유를 억압하여 권력에 유리하도록 획일화하려 했던 당시의 사회상을 비판하고 있음
소시민적 특성	제복 착용에 불만이 있으면서도 대다수가 이를 따르는 모습은 자신의 이익을 지키거나 부당한 처우를 당하지 않기 위해 사회적, 조직적 부조리를 따르고 마는 소시민적 특성과 관련이 있음

• **해제**

　〈날개 또는 수갑〉은 동림 산업이라는 회사를 배경으로, 회사 측에서 강제적으로 진행한 제복 제정으로 인한 인물들의 다양한 갈등을 그리고 있다. 제복 착용에 반대하며 회사를 그만두는 '우기환', 회사 방침에 따라 제복을 입는 '장상태', 그리고 제복 착용을 반대하다 제복을 입지 않고 회사 행사에 참가하는 '민도식' 등의 인물들은 부당한 권력에 각기 다른 대응 모습을 보여 준다. 이렇게 제복으로 사원들을 통제하려는 회사와 갈등을 빚는 이들의 모습을 통해 작가는 국민들을 획일화하고 통제했던 1970년대의 국가 권력을 우회적으로 비판하고 있다.

• **제목 〈날개 또는 수갑〉의 의미**
　－ 작품의 중심 소재인 '제복'과 관련하여, 옷이 '날개'로 존재할 수도 있고 '수갑'으로 존재할 수도 있다는 의미

　'날개'는 자유를, '수갑'은 구속을 의미한다. 옷은 자유와 개성을 드러낸다는 점에서 '날개'와 같은 존재일 수 있다. 그러나 이 작품에서 갈등을 유발하는 '제복'은 소시민인 사원들의 자유를 억압하고 획일적이고 폭력적인 현실의 질서에 순응하게 만드는 수단(수갑)이다.

• **주제**
　① 불합리한 권력에 대응하는 소시민들의 모습
　② 국민을 획일화하고 통제하는 국가 권력에 대한 비판

한 줄 평 | 언론의 자유가 억압된 현실을 비판하는 작품

개는 왜 짖는가 ▶ 송기숙

💬 전체 줄거리

신문사 기자인 박영하는 도심지를 벗어나 고향 같은 동네를 찾아 이사를 왔다. 언덕빼기에 붙어 있는 이곳은, 골목들이 모두 공동 우물이 있던 통새암거리로부터 부챗살처럼 퍼져 나간 모양을 하고 있었다. 공동 우물은 수도에 밀려 메워진 지 오래였다. 이후 그 자리가 공유지가 되면서 노인들이 여기다 블록으로 집을 지어 한쪽은 상점으로 내놓고 다른 한쪽은 방을 들여 노인당으로 쓰고 있었다.
▶ 영하가 고향 같은 동네를 찾아 이사를 옴

영하는 이 동네로 이사 오면서 되도록 이 동네 사람들과 어떤 방식으로건 연을 갖지 말자고 작정을 했었다. 기자라고 하면 무슨 큰 힘이나 있는 줄 알고 이것저것 부탁해 올 것이 뻔했기 때문이다. 그러나 어떻게 된 일인지 이사 올 때 이미 영하가 기자란 것을 골목 영감들이 모두 알고 있었다. 그런 식으로 생각하면 민 영감이 베푼 호의도 그렇게 달갑지 않았다. 영하가 이사 온 다음 날 민 영감은 자기 키만 한 유자나무를 가지고 찾아왔다. 민 영감은 손수 나무를 심은 뒤 물까지 주고 나서, 전지하지 말고 제 자라는 대로 놔 두라는 당부를 하고 돌아갔다. 통새암거리에 골박혀 있는 영감들은 민 영감을 비롯해 다섯 명이었다. 그들은 모두가 독특한 성격이면서도 한패거리로 그렇게 구색이 맞을 수가 없었다. 골목을 들어올 때나 나갈 때 맨 먼저 눈에 띄는 노인은 몸집이 중학교 일 학년짜리 정도밖에 안 되는 좁쌀영감이었다. 그는 검은 송아지만 한 독일산 셰퍼드 한 마리와 영국산 포인터 두 마리, 스피츠 두 마리를 거느리고 있었다. 몸집이 우람하고 시커먼 수염이 얼굴을 온통 뒤덮은 털보 영감과 옛날 산적이 아니었을까 싶게 뼈대가 단단하고 키가 큰 굴 때장군도 있었다. 또 한 노인은 어느 시골 호적 계장으로나 정년을 맞았을 것 같은 골샌님이었다. 그리고 민 영감이었는데, 서당 훈장 풍으로 다른 노인들에 비하면 월등하게 기품이 있어 보였다. 영하는 집을 보러 온 날부터 이 노인들이 좀 별나다고 생각했다. 집 흥정이 붙자, 민 영감을 비롯한 동네 노인들이 나서서 집값을 후리고 나섰던 것이다. 그 덕에 집값이 영하가 부른 값보다 훨씬 밑으로 내려갔다. 영하는 이사 온 며칠 뒤 아내가 어디서 주워듣고 온, 이 노인들에 대한 이야기에 실없이 가슴이 철렁했다. 이 노인들은 이 동네에 못된 놈이 있으면 어떻게든 혼쭐을 내서 버릇을 고쳐 놓는다고 했다. 세무서 과장 하나가 집을 사면서 세금 일부를 전매자한테 떠넘기려다가 노인들에게 걸려 진땀을 뺐던 일이며, 경찰서 형사 하나가 동네 사람에게 공갈을 쳐서 돈을 울궈 먹으려는 것을 노인들이 알고 극성을 부려 손이 발이 되게 빌었다는 이야기였다. 영하는 이 노인들을 싫어한다기보다 두려움을 느끼고 있었다. 그러나 통새암거리 말고 다른 데로 다닐 골목은 없었다. 영하는 노인들이 골목에 나오기 전에 일찍 출근을 하고 저녁에는 늦게 퇴근하는 식으로 그들을 피해 다녔다. ▶ 영하가 동네 어귀의 유별난 다섯 노인에 대해 생각함

그러다 어제저녁 그만 실수를 하고 말았다. 술김에 그 노인들 틈에 끼어 노닥거렸던 것이다. 이만저만 불찰이 아니었던 것은 영하의 집에 민 영감이 다녀갔다는 것으로도 알 수 있었다. 영하는 결국 골목 어귀로 나왔다. 민 영감은 영하를 찾았던 용건을 털어놓았다. 동네에 아주 막돼먹은 놈이 하나 있는데 그는 부자이면서도 부모를 마루 밑 강아지만큼도 여기지 않는다고 했다. 그러니 영하더러 그의 소행을 신문에 내 달라는, 숫제 명령이었다. 영하는 부모가 죽었다면 모를까, 불효를 한다는 것만으로 그런 사적인 일을 신문에 내기는 어렵다고 했다. ▶ 민 영감이 영하에게 불효하는 사내의 기사를 써 달라고 함

그때 좁쌀영감의 셰퍼드가 누군가를 보고는 무섭게 짖었다. 스피츠도 목뒤 털을 곤두세우고 앙칼지게 짖었고, 수줍기만 하던 포인터도 컹컹댔다. 골목을 들어서던 사내는 셰퍼트와 좁쌀영감을 번갈아 노려보며 삿대질을 하고 악을 썼다. 사내는 개한테까지 사람 이름을 붙여 날이면 날마다 또철아, 또철아 한다며 씨근덕거리더니 파출소에 신고를 한다며 가 버렸다. 좁쌀영감이 셰퍼드를 사내의 이름을 따 '또철이'라고 불렀던 것이다. 좁쌀영감은 개에게 부도덕한 인물의 이름을 붙이고 있었다. 좁쌀영감이 기르는 스피츠의 이름은 이등박문으로, 이등박문(이토 히로부미)에 대한 민족적 공분, 개인적 울분을 그렇게 표현한 것이다. ▶ 부도덕한 인물의 이름을 개에게 붙이는 좁쌀영감

장면 포인트 ❶ 210P

[주목] 사내는 순경 한 명을 대동하고 다시 나타났다. 사내는 좁쌀영감의 지시를 받아 개가 자기만 보면 무섭게 짖어 댄다고 따졌고, 좁쌀영감은 자기 개는 도둑놈이나 수상한 사람뿐 아니라 심성이 비뚤어진 놈을 봐도 짖기 때문에 사내를 보고도 짖는 것이라고 했다. 털보 영감은 저 개가 왜 짖는가 노변 송사를 해 보자며, 사내에게 본인이 부모에게 어떻게 하고 있는지 생각해 보라고 했다. 여든을 바라보는 부모에게 김치 깍두기 한 가지로 맨밥을 주고, 멀쩡한 외출복 하나 없게 한다는 것은 문제가 있다는 것이었다. 또한 자기들은 수시로 구렁이를 고아 먹으면서 부모 방에는 추운 겨울에도 불을 제대로 안 때 주니, 이런 자를 보고 개가 짖지 않고 배기겠느냐고 했다. 사내는 모두 억지 소리라며 큰소리를 쳤다. 털보 영감은 사내가 자기 허물을 뉘우칠 줄 모른다며, 영하에게 이 사람의 일을 신문에 내달라고 했다. 사내는 신문에만 내보라며 그때는 정말 사생결단을 하고 말 것이라고 길길이 날뛰었다. 사내는 여간 끈질긴 성미가 아니었다. 자기 이름을 개에게 붙인 것을 다시 따지고 들었다. 좁쌀영감은 대한민국에 '또철이'라는 이름을 가진 것이 사내 하나도 아닌데 괜한 트집을 잡는다고 했다. 그리고 개에게 그런 이름을 붙이면 안 된다는 법도 없으니 자기 개의 이름은 이토, 인규, 아민, 또철이 같은 식이라고 했다. 다시 셰퍼트가 골목을 향해 왕왕 짖어 나섰다. 이번에는 전과 5범 사기꾼이었다. 둘도 없는 효자였으나,

남의 숱한 부모 돈을 가져다가 제 부모에게 효도하는 식이었다. 그 뒤로 노인들은 영하를 붙들고 효도란 무엇인가에 대해 일장 연설을 늘어놓았다. ▶ 다섯 노인과 사내 사이에 말다툼이 벌어짐

집에 돌아온 영하는 노인들한테 당한 것은 또철이란 사내가 아니고, 자신이었던 것 같다는 생각을 했다. 영하는 극심한 피로를 느꼈다. 그때 화단 한쪽 오동나무에 큼직한 매미 한 마리가 붙어 찌이, 하고 우는 소리가 들렸다. 그 오동나무는 없애 버리려고 밑동을 벳던 것인데 거기서 움이 나더니 봄부터 여름 사이에 무려 두 길이나 자란 것이었다.

장면 포인트 ② 213P 영하는 저 오동나무가 통새암거리의 노인 같다는 생각이 들었다. 노인들은 거침없이 살다가 구김 없이 늙으며, 어디서나 자기 할 소리를 하고 자기 분수껏 이 세상에 나온 몫을 하고 죽어갈 사람들이었다. 그렇다면 자신은 가지 하나 뻗고 싶은 대로 뻗지 못하고 비좁은 화분 속 궁색스럽게 얽혀 있는 분재에 가까웠다. ▶ 영하가 노인들과 자신을 각각 오동나무, 분재 같다고 생각함

적어도 7년을 별러 태어나 7일을 살다 죽는, 그 7일로 응축된 매미의 생애가 이상한 감상을 불러왔다. 매미 소리에 취해 있던 영하는 또철이와 다섯 노인들 그리고 좁쌀영감의 개들에 대한 기사를 쓰기 시작했다. 그러고는 깜빡 잠이 들었는데 밖에서 나는 소리에 일어나 보니 아들 녀석이 매미를 잡아 장난을 치고 있었다. 영하는 몇

번이나 매미가 죽지 않도록 나무에 매어 두든지 하라고 일렀다. 다음 날 영하가 신문사 편집국으로 들어섰을 때 무언가 심상찮은 일이 있음을 직감할 수 있었다. 국장실에서 정치 부장이 우거지상으로 나오며 "그런 것도 못 쓰면 무얼 쓰란 말이야?"라고 했다. 문득 영하는 자기 일을 신문에 내기만 해 보라며 독기를 피우던 또철이의 눈이 떠올랐다. 영하는 뒷주머니에 넣어 두었던 어제의 그 기사를 꺼내 휴지통에 넣어 버렸다. 그 사내가 무섭다기보다는 귀찮았다. 이윽고 골목 영감들의 얼굴이며 셰퍼드의 시퍼런 눈, 옛날 셋방을 살던 시절 몰래 신문을 넣다 자기를 보고 도망치던 배달아이의 공포에 질린 눈이 떠오르시 시작했다. ▶ 영하는 다음 날 자기가 쓴 기사를 버림

장면 포인트 ② 213P 다음 날 아침, 힘겹게 눈을 뜬 영하는 지난 밤 술을 너무 많이 마셨다는 것을 깨달았다. 어디서 크게 실수를 한 것 같았다. 영하의 아내는 그가 새벽 한 시도 넘어 순경에게 이끌려 왔다고 했다. 그러고는 영하가 무슨 장군, 호적 계장 어쩌고를 다 죽인다고도 하고 또 무슨 개 주둥이를 묶어 버린다고도 하면서 도무지 종잡을 수 없는 소리로 악을 썼다고도 했다. 영하는 벽에 기대 축 처져 한참을 앉아 있었다. 그러다 책상 위 분재 소나무에 매미가 실을 친친 감고 죽어 있는 것을 보았다. ▶ 영하가 술에 취해 돌아온 다음 날, 매미가 죽은 것을 봄

🎭 인물 관계도

영하
신문 기자로 고향 같은 분위기를 원해서 이사 옴.

관찰 | 또철의 불효를 신문에 내 달라고 함.

민 영감	좁쌀영감	털보 영감	굴때장군	호적 계장	사내(또철)
서당 훈장풍으로 기품이 있음.	개 다섯 마리를 키움.	몸집이 우람하고 수염이 많음.	뼈대가 단단하고 키가 큼.	호적 계장으로 정년을 맞았을 것 같음.	동네의 유명한 불효자

영감들이 사내를 야단치면서 갈등함.

<보기>로 나오는 작품 외적 준거

투철한 역사 의식과 권력 비판

이 작품은 부당한 권력에 의해 선과 악의 가치가 전도된 현실 사회의 부정성에 대한 알레고리를 담고 있다. 조선을 병탄한 이등박문을 떠올리게 하는 '이또'란 개의 이름부터 엄청난 돈을 벌면서도 부모를 학대하는 '또철'이라 불리는 '부자 사내', '신문이란 것이 세상의 시시비비를 가려' 말해야 한다고 토로하는 '털보 영감' 등의 인물 구도는 정당성을 상실한 국가 폭력이 휩쓸고 간 1980년대 초반의 사회상을 그대로 반영해 내고 있다. 더구나 개는 꼭 짖을 놈만 찾아 짖는다는 '털보 영감'의 발화는 당대 사회에 대한 작가의 비판적인 문제 의식을 그대로 드러낸다. 골목의 개마저도 짖을 놈을 훤히 꿰뚫어 보고 짖는 데 반해 신문사의 기자뿐만 아니라 많은 사람들이 불의에 대해 고발하거나 저항하지 못하는 닫힌 사회를 작가는 통렬하게 비판하고 있는 것이다.

– 최현주, 송기숙 소설의 민중의식 고찰, 2013

• 이 작품은 신문 기자로서 무력한 모습을 보여 주는 주인공 영하를 통해 언론의 자유를 억압하는 어두운 시대 현실을 비판하는 소설이다.
• 해당 장면은 통새암거리 노인들이 영하에게 불효자 또철의 악행을 기사로 내 달라고 요청한 이후로, 또철이 순경을 데리고 나타나 좁쌀영감이 자기의 이름을 개에게 붙여 부르며 자신을 모욕한다고 항의하는 상황이다.
• 개에게 비윤리적인 사람의 이름을 붙이는 좁쌀영감의 행위에 주목하여 통새암거리 노인들과 영하의 삶의 태도를 비교하도록 한다.

[앞부분의 줄거리] 어느 날 동네 노인들이 신문 기자인 영하에게 동네의 또철이라는 사람이 부모에게 불효한다며 이 사실을 신문에 내 달라고 한다. 영하가 사적인 일은 기사로 내기 어렵다면서 곤란해하고 있을 때, 또철이 순경을 데리고 나타난다.

★주목 "젊은 순경, 봤지요? 저렇게 자기 허물을 뉘우칠 줄 모르고 큰소리만 치고 있으니
　　　　　　　　　　　　부모에게 불효하는 사내가 반성은 하지 않고 노인들에게 오히려 큰소리를 치고 있는 상황
개가 짖지 않고 배기겠소? 정부에서도 충효(忠孝) 어쩌고 했으면, 저런 작자들부터 묶어 가야 할 게 아니요? 그리고 박 기자, 어떻소. 이런 사람을 신문에 안 내면 뭣을 신문에 낸단 말이요?"
　　　　　　　　　　→ 유약하고 온순한 성품의 신문 기자. 정의감 넘치는 노인들을
　　　　　　　　　　　보면서 무기력한 자신의 삶을 되돌아보게 됨
털보 영감이 이번에는 영하를 물고 들어갔다.
　　　　털보 영감이 또철과의 갈등에 신문 기자인 영하를 끌어들임
"뭐요? 신문에 내다니, 뭣을 신문에 낸단 말이요?"

사내가 털보 영감 말을 채뜨리며 시퍼렇게 악을 쓰고 나섰다.
또철
"임자 같은 사람을 신문에 안 내면 뭣을 신문에 낸단 말이여? 개는 짖으라고 있고
신문은 나팔을 불라고 있는 것인데, 개도 못 봐서 짖는 일을 신문 기자가 손 개 없
'개는 왜 짖는가'라는 제목과 관련이 있는 표현 – 사회를 감시하는 언론의 의무, 신문의 역할에 대해 말하는 것
고 있으란 말이여? 신문 기자가 개만도 못한 줄 알아?"

여태 말이 없던 굴때장군이 깡, 내질렀다. 민 영감은 배실배실 웃고만 있었다.

"영감들이 괜히 나를 못 잡아먹어서 환장이지 내가 어째서 신문에 난단 말이요?"

사내는 신문 이야기가 나오자 제정신이 아니었다.
　　　자신의 악행이 세상에 알려질까 봐 두려워하는 모습

"두고 봐. 신문에 나는가 안 나는가 두고 보라구."

"잡것, 어뜬 놈이든지 신문에만 내 봐라. 그때는 저 죽고 나 죽고 정말 사생결단을
　　비속어를 사용하며 영하를 위협함　　　　　　　　　　　죽고 사는 것을 돌보지 않고 끝장을 내려고 함
하고 말 것이다."

작자는 이를 악물며 들떼놓고▪ 을러멨다. 영하는 소한테 물린 것처럼 헤프게 웃고
　　　　　　　　　　　　　　　　기사를 쓰지 말라는 사내의 협박에 제대로 대응하지 못하는 영하의 모습 – 무력한 당대 언론을 떠오르게 함
만 있었다.

"신문 기자가 그렇게 만만한 줄 아나?"

"만만 안 하면 신문 기자 배때기에는 철판 깐 줄 아슈?"
　　　　　　자기의 악행을 기사로 내지 못하도록 영하에게 계속 위협을 함
"허허, 잘 논다."

"생사람을 못 잡아먹어 환장을 하더니 나중에는 신문 기자까지 끌어다 대는구만."

"환장? 그게 어디다 대고 하는 말버릇이야?"

좁쌀영감이 소리를 질렀다.

"그럼 환장이 아니고 뭡니까?"　　　　　　　　　▶ 또철의 악행을 신문 기사로 내는 문제를 둘러싼 갈등

• '좁쌀영감'과 '또철'의 갈등

좁쌀영감		또철
개의 이름에 부도덕한 사람의 이름을 붙임	↔	부모에게 불효한다는 소문이 난 부도덕한 인물
↓		↓
그중 한 마리에게 부모에게 불효하는 사내의 이름을 붙여 '또철'이라고 부름		개에게 자신의 이름을 붙였다는 사실을 알고 순경을 불러 항의함

작품 분석 노트

사내가 좁쌀영감한테 삿대질을 하며 악을 썼다. 순간 왕왕, 셰퍼드가 짖었다. 스
_{노인에게 버릇없이 대하는 또철의 모습} _{좁쌀영감의 개 또철이}
피츠도 포인터도 덩달아 짖고 나섰다.

"또철아, 또철아, 가만있어. 가만!"
_{개를 진정시키는 말이자 또철을 조롱하는 말 → 해학적 표현}
개들이 다시 누그러졌다.

"방금은 저 개들이 왜 짖은 줄 알아? 제 주인한테 대드니까 짖었어. 개는 까닭 없
_{행동이 가볍고 참을성이 없이}
이는 안 짖어. 사람 못된 것들은 할 소리 안 할 소리 자발없이 씨부렁대지만, 개는
_{사람 못된 것들보다 나은 개 – 제 역할을 다하지 못하는 당대 언론에 대한 비판 의식이 담겨 있음}
짖을 놈만 봐서 꼭 짖을 때만 짖어. 저 시퍼런 눈 봐. 저 눈으로 사람 못 보는 데까
지 훤히 꿰뚫어 보고 꼭 짖을 놈만 찾아 짖는단 말이야."
_{비판할 대상을 비판하는 모습 – 불의한 권력을 견제해야 하는 언론의 책무를 떠오르게 함}
털보 영감이 능청을 떨었다.

"뭐가 어쩌고 어째요? 저 영감이 시키니까 짖지 개가 뭣을 알아 짖는단 말이오.
저 개한테 붙인 또철이란 이름이 뉘 이름이오. 개한테 멀쩡한 사람 이름을 가져다
_{좁쌀영감은 셰퍼드의 이름을 또철이라고 지음}
붙인 것부터가 속내가 환한데, 시키지도 않는데 제 사날로 짖는단 말이요?"

사내는 이를 앙다물며 좁쌀영감을 노려봤다. 작자는 이만저만 끈질긴 성미가 아
니었다. 이쯤 했으면 진력이 날 법도 한데 기어코 물고 늘어졌다.

"또철이가 뉘 이름이냐 이 말인가? 아까도 말했듯이 그것은 임자 이름인 것 같기
_{나이가 비슷하면서 잘 모르는 사람이나, 알고는 있지만 '자네'라고 부르기 거북한 사람, 또는 아랫사람을 높여 이르는 이인칭 대명사}
도 하지만 저 개 이름이기도 해. 임자가 또철이란 이름 지을 때 누구한테 허락 맡
고 지었나? 나도 내 맘대로 지었는데, 어째서 시비야? 또철이란 이름은 임자 혼자
_{또철이라는 이름은 개인이 독점할 수 있는 것이 아니므로 개의 이름을 또철이로 지어도 문제가 없음}
이름이라고 전세 내서 등기라도 해 두었어?"

좁쌀영감이 차근하게 따졌다.

"일부러 내 이름을 개한테 붙인 것이 아니고 뭐요?"

"저 사람이 남의 말 들을 귀에 말뚝을 박았나? 대한민국에 또철이가 임자 혼자뿐
_{또철} _{말을 잘 알아듣지 못하는 사람을 핀잔할 때 쓰는 관용어}
이 아닌데 어째서 그게 임자 혼자 이름이란 말이야?"

영감이 삿대질을 하자 또 셰퍼드가 컹 짖었다. 영감 말이 옳다는 소리 같았다.

"이 골목에 사는 또철이는 나 하나뿐이니, 나 들으라고 지은 이름이 아니고 뭡니
까? 바둑이·도크·쫑·검둥이, 세상에 째고 쎈 개 이름 놔두고, 아무런들 개한
_{자신의 이름으로 개의 이름을 지은 것에 대한 분노, 억울함}
테 사람 이름을 붙여 허구한 날 또철아, 또철아, 도대체 이런 법도 있습니까?"

사내는 순경을 돌아보며 입에 거품을 물었다. 그가 소리를 지르자 또 개가 으르렁
_{감정이 몹시 격해진 상태로 말할 때 쓰는 표현}
거렸다.

"개한테 그런 이름을 붙이면 안 된다는 무슨 법조문이라도 있단 말이야? 있으면
_{개에게 또철이라는 이름을 짓지 못할 이유가 없음}
가져와 봐. 이놈은 일본 총독 이토, 이놈은 인규, 이놈은 아민, 이놈은 또철이, 또
_{조선을 병탄한 일본의 정치가 이토 히로부미}
이놈은 뭔 줄 아나? 모를 게야. 아직 안 짓고 아껴 뒀어."
_{부도덕한 인물이 나타나면 그 이름으로 짓기 위해 개 이름을 짓지 않음} _{수십만 명을 학살한 우간다의 독재자}
영감은 개 이름을 하나하나 세어 갔다. 「인규는 4·19 때 최인규겠는데, 아민까지
_{자유당 시절 부정 선거를 총지휘한 내무부 장관}
들어 있을 줄은 몰랐다. 영감은 국제적으로까지 놀고 있었다. 」「: 영하의 시선에서 좁쌀영감의
_{해학적 표현} _{행동을 서술한 부분}

• 통새암거리의 노인들

좁쌀영감	셰퍼드 한 마리, 포인터 두 마리, 스피츠 두 마리를 기름. 한 마리를 제외하고 부도덕한 사람의 이름을 개 이름으로 지음
털보 영감	몸짓이 깍짓동같이 우람하고 시키면 수염이 온통 얼굴을 뒤덮고 있음
굴때장군	장사형으로 뼈대가 단단하고 눈꼬리가 치켜올라감
호적 계장	잘했으면 호적 계장으로 정년을 맞았을 골샌님
민 영감	서당 훈장풍. 다른 노인들에 비해 기품이 있음

↓

동네의 버릇없는 사람들이나 부도덕한 사람들을 혼내 주며 동네의 질서를 바로 잡는 인물들

• '좁쌀영감'의 개 이름

이토	을사조약을 체결한 일본의 이토 히로부미
인규	자유당 시절 부정 선거를 총지휘한 내무부 장관
아민	수십만 명을 학살한 우간다의 독재자 이디 아민
또철	마을에서 부모에게 불효를 저지르는 사내
이름 없는 개	아직 안 짓고 아껴 둠

↓

나쁜 인간들의 이름으로 개 이름을 지어 부름

↓

악행을 저지른 인간들에 대한 비판

"이런 것뿐만이라면 말도 않겠소. 중이 절 보기 싫으면 떠나더라고 이 골목에서
<u>자신의 이름을 개에게 붙여 부르며 조롱하는 것</u>
이사를 가 버리려고 집을 내놔도, <u>이 영감들이 집을 꽉 누르고 있기 때문에 반 년
통새암거리 노인들의 마을에서의 영향력을 알 수 있음</u>
<u>이 넘도록 집도 안 팔려요.</u> 이것은 법에 안 걸리는 일입니까?"

사내는 순경과 영하를 번갈아 보며 호소하듯 말했다.

"그 집 얘긴가? 그것 절대로 안 팔릴 거로구만."

여태 말이 없던 민 영감이 나섰다.

"우리가 <u>작당</u>을 해서 누르고 있어 안 팔리는 것이 아니고, 저절로 안 팔리는 거여.
<u>떼를 지음. 또는 무리를 이룸</u>
우리가 복덕방은 아니지만, <u>이 골목에서 집 팔고 사는 것을 오래 지켜보았으니 말
또철의 악행이 소문이 나 또철과 거래하려는 사람이 없을 것이라는 의미</u>
<u>인데, 낱낱 보면 이런 집 하나 팔리는 것도 심성을 곱게 지니는 사람이라야 쉽게</u>
<u>팔리더라구.</u> 더구나, 요새 같은 불경기에는 두말할 것도 없지. 코째기 내기를 하
면 해도 일이 년 안에는 안 팔려."

"아무렴. 절대로 팔릴 까닭이 없지. 일이 년 안에 그 집이 팔리면 내 코도 팍 째고
말겠어."

굴때장군이었다. 손가락을 팍 쑤셔 코를 째는 시늉까지 하며 맞장구를 쳤다.
▶ 노인들이 개에게 자신의 이름을 붙여 부르며 모욕한다고 또철이 항의함

■ 들떼놓고: 꼭 집어 바로 말하지 않고.
■ 을러메다: 위협적인 언동으로 을러서 남을 억누르다.
■ 사날: 제멋대로만 하는 태도.

• 해당 장면의 앞부분은 영하가 통새암거리 노인들을 통해 자기의 무기력한 삶을 성찰하며 노인들이 써 달라는 기사를 쓰기 위해 메모하는 상황이다. 뒷부분은 작성한 기사를 버리고 자괴감에 술을 마신 영하가 다음 날 자기가 술주정을 했다는 사실을 아내에게 전해 듣고 매미의 죽음을 목격하는 상황이다.
• 영하의 인식에 주목하여 '오동나무', '분재', '매미의 죽음'이 각각 의미하는 바를 파악하도록 한다.

★주목 ▶ 비싼 나무를 사다가 잘 손질한 정원은 인위적으로 정돈된 바로 그만큼 자연의 질서와 조화에서는 어긋나 있는 것이 아니겠는가 하는 생각이 들며 매미가 붙어 있는 오동나무가 새삼 대견스럽게 여겨졌다.
인위적인 정원과 대비되는 자연스러운 존재에 대한 영하의 긍정적 인식

저 오동나무는 통새암거리 노인들 같다는 생각이 들었다. 그 노인들은 저 오동나
오동나무에 노인들의 모습을 투영함
무처럼 거침없이 살다가 구김 없이 늙으며, 어디서나 자기 할 소리 하며 자기 분수
노인들의 당당하고 정의로운 성격
껏 이 세상에 나온 자기 몫을 하고 죽어 갈 사람들이었다.

화단 한쪽 햇볕에 내논 분재로 눈이 갔다. 오동나무에 비기면 저게 뭔가? 「봄이 되
화분에 심어서 줄기나 가지를 보기 좋게 가꾼 화초나 나무
어도 가지 하나를 뻗고 싶은 대로 뻗지 못하고, 뿌리는 또 비좁은 화분 속에서 얼마
「」: 궁색하게 삶을 이어 가는 분재. 신문 기자로서 할 말을 하지 못하고 살아가는 영하의 모습과 연결됨
나 궁색스럽게 비틀고 얽혀서 뻗어야 하는가? 저렇게 최소한의 생존 조건 속에서 생
명을 부지해야 사랑받고, 그 생존 조건의 극한점이 올라가면 올라갈수록 가치도 그
에 비례하는 것이 분재였다.」

통새암거리 노인들이 오동나무라면 나는 뭔가? 저 분재일까? 그렇게 빗대어 놓고
영하가 외부 환경에 궁색하게 길들여진 분재에 자신을 빗댐. 통새암거리 노인들과 대비되는 삶
보니 너무 신통하게 들어맞는 것 같았다. 영하는 멀겋게 웃었다.

울음을 그쳤던 매미가 또 찌이, 장대 같은 소리를 내질렀다. 거침없이 내지르고
있는 매미 소리는, 더위에 내려앉을 것 같은 여름 한낮에 하늘로 치솟아 오르는 한
줄기 시원한 분수였다.
매미 울음소리에 대한 영하의 긍정적 인식

매미는 지상의 생애 1주일 혹은 3주일을 살려고 땅속에서 7년 내지 17년을 유충으
로 기다린다는 것이다. 적어도 7년에서 17년을 벼려 태어나 7일을 살다 죽는, 그 7일
로 응축된 매미의 생애가 이상한 감상을 불러 왔다. 찌이 하는 울음소리가 단순한 곤
충의 울음으로 들리지 않았다. 「그 기나긴 기간을 땅속에서 벼르고 별렀던 자신의 무
「」: 영하가 매미 울음소리에서 절실한 의지를 느낌
슨 절실한 의지를 저렇게 단음으로 표출하고 있는 것이 아닌가 싶었다. 저 크고 우
람한 소리는 그 짧은 생애 한순간 한순간을 아껴 내지르는 뭔가 그만큼 절실한 삶의
표출일 것이다.」

「매미 소리에 취해 있던 영하는 책상머리로 갔다. 아까 그 기사를 써야겠다고 생
노인들이 써 달라던 불효자 사내(또출)에 대한 기사
매미 소리가 무기력한 영하를 일깨움
각했다. 매미처럼 무슨 거창한 소리를 지르자는 것이 아니고 매미 소리를 듣다 보니
「」: 매미 울음소리에 자극을 받아 기사를 써야겠다는 의지가 생김
뭔가 끄적이고 싶었다.」

△ 개한테 사람 이름을 붙여 말썽이 되고 있다. 시내 ××동 골목 어귀에 몰려
지내는 노인들이 셰퍼드에다 '또철이'란 이름을 붙였는데, 그 골목 안에 사는 사

작품 분석 노트

• 서술상 특징

• 이야기 밖의 서술자가 영하의 심리를 모두 알고 서술하고 있으므로, 3인칭 전지적 작가 시점임
• 서술자는 주로 영하의 시각으로 다른 인물들의 대화와 행동을 관찰하여 전하고 있음
• 서술자가 오동나무와 분재를 바라보며 자신의 삶을 성찰하는 영하의 내면 심리를 서술함

↓

전지적 서술자가 특정 인물인 영하의 시각으로 사건을 전개하는 동시에, 영하의 내면 심리를 자세하게 전달하고 있음

• '오동나무'와 '분재'의 상징성

오동나무	분재
자유롭게 뿌리와 가지를 뻗고 사는 존재	최소한의 생존 조건에서 궁색하게 삶을 이어 가는 존재

↕ ↔ ↕

통새암거리 노인들	영하
어디서나 자기 할 소리를 하며 세상에 나온 자기 몫을 하며 사는 삶	신문 기자이지만 하고 싶은 말을 하지 못하고 무기력하게 사는 삶

람 이름이 또철이어서 시비가 붙은 것.

△ 노인들은 사람 이름이라고 개한테 붙이지 말라는 법이 있느냐고 되레 큰소리
_{노인들이 윤리에 어긋나는 행위를 한 사람의 이름을 개에게 붙여서 갈등이 일어남}
데, 그 또철이란 이가 평소 그 부모를 학대한다고 이 노인들이 닦달하던 다음이
라 그 이름 임자는 그게 의도적이라는 것이다.

△ 더구나, 그 또철이라는 셰퍼드는 사람 또철만 나타나면 눈에 시퍼렇게 불
을 켜고 잡아먹을 듯이 짖어 대는 바람에 화를 참다못한 또철 씨는 경찰까지 불
러오는 등 골목이 사뭇 소란스럽다.

△ 다섯 마리의 개를 거느리고 있는 이 영감들은 그중 한 마리한테는 이토라는
이름을 붙이고 있는데, 이토는 조선총독부 초대 총독 이토 히로부미의 이토. 누
_{노인들이 부도덕한 인물의 이름으로 개의 이름을 짓고 있음을 알 수 있음}
구든지 이 영감들의 눈 밖에 나는 사람만 있으면 다른 개한테도 그 사람의 이름
이 붙을 판이다.

써 놓고 보니 가십 기사로는 훌륭했다. 개가 사람을 물면 기사가 안 되지만 사람
_{흔히 있을 수 있는 사건}
이 개를 물면 기사가 된다고 했다. 따라서 개한테 사람 이름을 붙인 이 사건은 교과
_{특이한 사건}
서적 기삿거리인 셈이었다.　　　　　　　　　　▶ 매미의 절실한 울음소리를 들은 영하가 기사를 작성함

(중략)

"몇 시에 왔더냐구요?"

"한 시도 넘어서 파출소 순경이 모셔 왔습디다. 어이구, 금주하신다더니 사흘도
제대로 못 가는구려."

"무슨 실수를 한 것 같진 않아요?"

하는 수 없이 한 발 내치고 말았다. 아내는 어이없다는 듯 또 웃었다. 성격이 무던
_{솔직하게 묻고 싶은 사실을 물음}
한 아내는 영하의 주사를 크게 타박하지 않는 편이었다. 요사이는 그게 더했다. 예
_{술 마신 뒤에 버릇으로 하는 못된 언행. 술주정}
사 때는 그게 여간 고맙지가 않았는데, 이럴 때는 그게 되레 짜증스러웠다. 박박 바
가지를 긁으면 그래도 실수를 했는지 어쨌는지를 알 수 있을 것인데 말을 않고 웃기
만 하니 답답했다.

"말을 좀 해 봐요!"

"앞으로 살인 많이 나겠습디다."
_{영하가 술에 취해 누군가를 죽이겠다고 말했기 때문임}
아내는 여전히 웃으며 핀잔이었다.

"살인? 그게 무슨 소리요?"

영하는 놀라 물었다. 어슴푸레 짚이는 것이 있었다.

"그렇게 뒤가 무른 분이 술만 마시면 어디서 그런 객기가 나와요? 저 아래 통새암
_{객쩍게 부리는 혈기나 용기}
거리에서부터 다 때려죽인다고 동네가 떠나가게 악을 씁디다."
_{억눌려 있던 영하의 울분이 술주정으로 드러남}
"누굴 죽인다고?"

• 통새암거리 노인들과 '영하'의 태도
비교

통새암거리 노인들
• 할 말은 함 • 옳은 것을 주장하며 사는 삶

신문 기자 영하
• 할 말을 하지 못함 • 진실조차도 말하지 못하며 사는 삶

• 중략 부분의 내용
신문사로 출근한 영하는 선배의 기사
가 편집국 국장에게 거절되는 것을
목격한다. 그 순간 영하는 신문에 자
기 기사를 쓰기만 해 보라며 독기를
피우던 또출의 눈빛이 생각난다. 영
하는 그 사내가 무섭다기보다는 모든
것이 귀찮아져 슬그머니 작성한 기사
를 쓰레기통에 버린다. 영하는 통새암
거리 노인들의 얼굴, 좁쌀영감의 차가
운 눈이 떠오르지만 모른 척한다. 그
날 밤 영하는 술에 취해 동네에서 소
리를 고래고래 지르다 순경에게 이끌
려 집에 돌아온다.

"죽인다는 이가 모르시면 내가 그걸 어떻게 알아요?"

"에이 참, 어제저녁에는 너무 마셨어. 이젠 정말 술 끊어야겠어."

영하는 우거지상을 한껏 찡그리며 담배를 태물었다.

"그런데, 무슨 장군 어쩌고 하시던데 그게 누구예요?"

"뭐, 장군이라니?"

영하는 다시 눈이 둥그래졌다.

"또 뭐라더라, 호적 계장?"

"그들 보고 뭐라 했어요, 내가?"

"무슨 장군, 호적 계장 어쩌고 막 악을 쓰기에 처음에는 그런 사람들하고 싸우는
_{영하가 통새암거리 노인들과 관련지어 술주정을 했음을 알 수 있음}
줄 알았어요."

"그래, 그들을 죽인다고 하던가요?"

"하도 큰 소리로 고래고래 악을 쓰는 통에 무슨 소리가 무슨 소린지 모르겠는데,
죽인다고 하기도 하고, 또 무슨 개 주둥이를 묶어 버린다고도 하고 도무지 종잡을
_{영하가 술주정으로 내뱉은 말}
수가 없었어요. 하여간 창피해서 이 동네서 다 살았어요."

"내가 개 주둥이까지 묶어 버린다고 하더란 말이오?"
_{말할 자유의 상실 → 언론에 대한 탄압}

"그래요. 헌데 개라면 통새암거리 그 셰퍼드 얘긴가요?"
_{또철이}

"에이 참!"

"개는 짖는 것이 사람으로 치면 말하는 것이나 마찬가진데, 언론 자유가 어떻고
하시는 분이 개 주둥이를 묶어 버린다면 그건 뭐예요?"
_{영하가 언론 자유에 대해 이야기해 왔음이 드러남}

아내는 어이가 없다는 듯 경황 중에도 핀잔이었다.

영하는 얼음장에 나자빠진 황소처럼 얼빠진 눈으로, 웃고 있는 아내의 얼굴만 멍
청하게 건너다보고 있었다.

아내는 출근 시간이 늦었다며 얼른 세수나 하라고 채근한 다음 부엌으로 나갔다.

영하는 잔뜩 얻어맞고 그로기가 되어 링에 기대고 있는 복싱선수처럼 벽에 등을
기대고 축 처져 있었다. 힘없이 눈길을 허공에 띄우고 그렇게 한참 앉아 있었다.
_{영하가 무기력함을 느낌}

그러고 있던 영하의 눈에 갑자기 긴장이 피어올랐다. 초점이 한곳에 모아지며 상
체를 일으켰다.

책상 위에 놓여 있는 분재 소나무에 매미가 실을 친친 감고 죽어 있었다. 소나무
가지에 목이 매달려 대롱대롱 대롱거리고 있었다.
_{언론의 자유가 억압된 현실. 영하의 내면을 비유적으로 나타냄}
▶ 현실에 좌절하여 술을 마시고 난 다음 날 매미의 죽음을 목격함

• 영하의 성격과 태도

영하
유약하고 온순한 성품의 신문 기자

↓

• 자신이 쓰고 싶은 기사를 쓰지 못
한다는 자괴감에 빠져 있음
• 새로 이사 간 동네의 정의감 넘치
는 노인들을 보며 자신의 삶의 태
도를 되돌아보게 됨

↓

기사를 쓰겠다는 의지가 생겨 또철과
통새암거리 노인들의 사건을 기사로 씀

↓

선배의 기사가 편집국에서 거절당하
는 것을 보고 의욕이 꺾여 작성한 기
사를 버림

↓

별다른 저항을 하지 못하고 무력감을
느끼다 매미의 죽음을 목격함

• '매미의 죽음'의 의미

분재 소나무가 신문 기자로서 하고
싶은 말을 제대로 하지 못하는 영하
의 궁색한 삶을 비유한 것이라고 했
을 때, 매미의 죽음은 불의한 시대에
표현의 자유를 억압당해 의지를 상실
한 영하의 정신 상태를 나타낸다고
볼 수 있음

핵심 포인트 1 서술상 특징 파악

이 작품은 이야기 밖 서술자가 작중 인물인 박영하의 시각에서 통새암거리 노인들과 또철의 갈등 등을 관찰하여 서술하고 있으므로 이러한 서술상 특징이 두드러진 부분을 파악할 수 있어야 한다.

➕ 특정 인물의 시각에 따른 서술

이야기 밖 서술자가 박영하의 시각에서 인물과 사건을 관찰하여 서술함
• 사내는 이를 앙다물며 좁쌀영감을 노려봤다. 작자는 이만저만 끈질긴 성미가 아니었다. 이쯤 했으면 진력이 날 법도 한데 기어코 물고 늘어졌다. • 영감은 개 이름을 하나하나 세어 갔다. 인규는 4·19 때 최인규겠는데, 아민까지 들어 있을 줄은 몰랐다. 영감은 국제적으로까지 놀고 있었다. • 저 오동나무는 통새암거리 노인들 같다는 생각이 들었다.

핵심 포인트 2 인물의 성격과 태도 파악

이 작품 속 인물들은 서로 다른 현실 대응 태도를 보이므로, 이들의 성격과 태도를 구분하여 알아 둘 필요가 있다.

➕ 인물의 성격 및 태도

통새암거리 노인들	박영하
• 동네의 버릇없는 사람들이나 부도덕한 사람들을 훈계 주며 동네의 질서를 바로 잡는 인물들 • 좁쌀영감은 자신의 개의 이름을 부도덕한 사람들의 이름으로 지어 조롱함	• 쓰고 싶은 기사를 쓰지 못하는 것에 자괴감, 무력감을 느낌 • 정의감 넘치는 노인들을 보며 자신의 삶의 태도를 되돌아보게 됨
불의한 상황에 대해 할 말은 함	불의한 사회에 저항하지 못함

또철
• 부모에게 불효하는 사내 • 자신의 이름으로 개 이름을 짓자 이에 항의함

핵심 포인트 3 소재의 의미와 기능 파악

이 작품에는 비유적, 상징적 의미의 소재들이 쓰이고 있으므로 이를 파악할 수 있어야 한다.

➕ 소재와 인물의 상징성

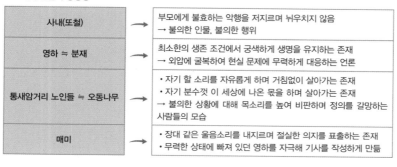

사내(또철)	→	부모에게 불효하는 악행을 저지르며 뉘우치지 않음 → 불의한 인물, 불의한 행위
영하 ≒ 분재	→	최소한의 생존 조건에서 궁색하게 생명을 유지하는 존재 → 외압에 굴복하여 현실 문제에 무력하게 대응하는 언론
통새암거리 노인들 ≒ 오동나무	→	• 자기 할 소리를 자유롭게 하며 거침없이 살아가는 존재 • 자기 분수껏 이 세상에 나온 몫을 하며 살아가는 존재 → 불의한 상황에 대해 목소리를 높여 비판하며 정의를 갈망하는 사람들의 모습
매미	→	• 장대 같은 울음소리를 내지르며 절실한 의지를 표출하는 존재 • 무력한 상태에 빠져 있던 영하를 자극해 기사를 작성하게 만듦

🔵 작품 한눈에

• 해제
〈개는 왜 짖는가〉는 언론의 자유를 억압하는 불의한 시대 현실을 비판하고 있는 작품이다. 부도덕한 인물의 이름을 개에게 붙여 조롱하고, 부모에게 불효하는 사내의 악행을 신문에 내 달라고 당당하게 요구하는 통새암거리 노인들은 정의를 갈망하는 국민의 모습으로 볼 수 있다. 신문 기자 박영하는 통새암거리 노인들을 관찰한 것을 계기로 자기 삶을 성찰하며 기사를 쓰는 일에 잠시 의욕을 갖지만 결국 현실에 순응하는 모습을 보이고 만다는 점에서 현실의 문제에 무기력한 언론의 모습을 여실히 보여 준다. 이러한 박영하의 내면은 분재 소나무에 실실 감고 죽어 있는 매미의 모습으로 극명하게 표현되어 나타난다.

• 제목 〈개는 왜 짖는가〉의 의미
 – 언론의 자유가 억압된 현실을 비판함
좁쌀영감의 셰퍼드 '또철이'는 심성이 비뚤어지거나 제 주인에게 대드는 사람을 향해 짖는다. 이것은 짖을 만한 대상을 향해 짖는, 개로서는 당연한 행위이다. 이와 대조적으로 박영하는 신문 기자로서 할 말을 제대로 못하고 사는 인물이다. 자유롭게 짖는 개와 자유롭게 말하지 못하는 박영하를 통해 언론의 자유가 억압된 현실을 풍자하는 소설인 것이다.

• 주제
① 양심을 외면하는 삶에 대한 반성
② 표현의 자유가 억압된 시대 풍자

한 줄 평 │ 네 친구의 짧은 시골 여행을 통해 도시인의 허위의식을 그린 작품

서울 사람들 ▶ 최일남

💬 전체 줄거리

'나'는 약속 장소인 시외버스 터미널에 도착했다. 같이 여행 가기로 한 일행은 아직 아무도 오지 않았다. '나'는 혹시라도 한두 사람이 못 나오는 것은 아닌가 하는 걱정이 들었다. '나'는 짐을 발밑에 두고 담배를 한 대 피웠다. 짐이라고 해 봐야 담배와 양말 몇 개가 들어 있는 작은 가방뿐이다. 삼 박 사 일을 계획하고 있는 여행이지만, 우리 일행은 되도록 빈손으로 여행을 떠나기로 한 것이다. 오늘 같이 여행 가기로 한 네 사람은 고등학교 동기 동창생들인 데다가 고향도 엇비슷하고 나이도 고만고만했다. 건축 설계사인 '나'를 비롯해 국영 기업체의 비서실장으로 있는 김성달, 고등학교 교사인 윤경수, 을지로에서 TV 가게를 운영하는 최진철은 모두 형편이 시원치 않아서 어렵게 대학을 마쳤다는 공통점이 있었고, 종종 모임을 가져 왔다.

> 장면 포인트 ❶ 220P

주목 이번 여행은 자주 가는 생맥줏집에 모여 이런 저런 이야기를 하다 즉흥적으로 결정된 것이다. 그때 목적지를 미리 정하지 말고 버스 터미널에 모여서 가장 멀리 가는 버스를 타고 갈 것, 짐을 갖지 말고 되도록 빈 몸으로 갈 것이라는 원칙도 정했었다. 서울을 떠나 자연의 품에 안기러 가는 여행이므로, 일상생활의 잡동사니들을 끌고 가지 말자는 의도에서였다. 얼마 후, 농구화에 헌팅캡을 쓴 윤경수가 아무런 짐도 들지 않은 채 나타났고, 곧이어 등산모에 농구화를 신은 김성달과 최진철이 도착하였다. 우리는 서로의 모습을 보고 약간 의미 있는 웃음을 지었다.

▶ '나'를 포함한 네 명의 친구들이 서울을 떠나 시골로 여행을 가기로 함

우리가 탄 버스의 종착지는 강원도와 충청도의 경계쯤 되는 어느 읍 소재지였다. 우리는 거기에 내려서 좀 더 깊숙이 들어가기로 합의하였다. 우리는 각자 얼마나 어렵게 휴가를 냈는지에 대해 이야기하며 즐거워했다. 그리고 차창 밖의 풍경을 바라보며 어렸을 때의 추억을 더듬기도 했다. 우리는 시골에서 먹던 우거짓국이나 생선구이, 호박떡 등이 얼마나 맛있었는지를 떠올려 댔다. 김성달은 이번 여행에서는 단 며칠이라도 커피를 안 마시고 싶다고까지 했다. 모두들 맞장구를 치며 우거짓국, 간갈치나 간고등어, 새우젓, 풀떼죽, 호박잎으로 오래 잃었던 자연의 미각을 되찾고, 단 공기와 그런저런 정경에 몸을 담그자고 맹세하였다. K읍에 다다른 우리는 다시 백 리쯤 떨어진 S리로 들어가는 막차를 탔다. 다들 말은 없었지만, 종착지가 가까워 오자 약간의 설렘이나 호기심이 더해 갔다. 그리고 앞으로 부딪힐 일에 대한 막연한 불안도 있었으나, 동시에 그 불안에 도전해 보고 싶은 충동도 있었다.

▶ 어렸을 때의 추억을 이야기하는 동안, 버스가 시골 어느 마을에 도착함

마침내 우리가 탄 버스가 전후좌우가 산에 가려져 냉기가 가득한 산골에 도착했다. 이십 호쯤 되어 보이는 마을엔 여인숙 같은 건 없어 보였다. 우리는 버스가 들어가지 않는 다음 마을까지 가서 이장 집을 찾아가기로 했다. 십 리쯤 걸어 외딴 마을에 도착한 우리는 계획대로 이장 댁을 찾아갔다. 이장은 퍽 경계하며 무슨 일로 왔느냐고 꼬치꼬치 캐물은 후, 자기 집 방을 빌려주었다. 우리가 호롱불 밑에서 이리저리 퍼져 있을 때, 김치와 우거짓국, 무말랭이와 막걸리뿐인 밥상이 차려졌다. 우리는 이것이야말로 서울에서는 느낄 수 없는 시골의 정취라며 허겁지겁 먹었다. 우리는 상을 물린 다음에도 어렸을 적 고향에서 지내던 이야기로 밤이 깊어 가는 줄도 몰랐

> 장면 포인트 ❷ 222P

다. 다음 날 아침, 우리는 일부러 주인집에 부탁해 굵은 돌소금으로 이를 닦으며 즐거워했다. 이장은 찬이 없어 미안하다며 무총김치에 깍두기, 뭇국이 전부인 아침상을 들여왔다. 우리는 정말 옛날 맛이라며 좋아했다. 우리는 종일 그 집에서 뒹굴기도 하고 산책을 나가기도 하였다. 낮에는 옥수수로 빚었다는 노란 막걸리를 거하게 마셔 댔다. 이날 저녁에도 우리는 아침과 비슷한 밥상과 옥수수 술을 받았다. 이장은 여전히 찬이 없는 저녁상에 미안해하였다. 우리는 이런 걸 맛보기 위해서 일부러 여기까지 왔노라고 말하면서도 아침이나 어젯밤처럼 호들갑을 떨지는 않았다. 아무도 말은 안 했지만, 모두 입에 당기지 않는 것 같았다. 아닌 게 아니라, 막걸리 쉰 냄새와 돌소금으로 이를 닦다가 생긴 상처, 남폿불의 매캐한 냄새, 이부자리에서 나는 퀴퀴한 냄새 등이 신경이 쓰이기 시작했다. 게다가 속이 시원하게 느껴졌던 들판은 이제 별다른 감흥을 주지 않았고, 산천은 갑갑하기만 했다. 김성달은 커피 한잔만 했으면 좋겠다고 하고, 윤경수와 최진철은 텔레비전을 그리워했다. 불과 이틀 밤을 보내면서 우리는 벌써 서울을 생각하고 있었던 것이다.

▶ 시골 이장 댁에 머물며 즐거워하다가 곧 시골 생활을 갑갑해하기 시작함

아무도 말은 안 했지만, 우리는 처음 일정을 바꿔 다음 날 서울로 올라갈 예정이었다. 그런데 일이 공교롭게도 다음 날 아침 늦잠을 자느라 첫차를 놓치고 말았다. 우리는 낭패한 심정으로 동네 앞산에 올랐다. 산에 오른 지 약 삼십 분쯤 지나서 산 중턱에 있는 화전 민촌에 이르렀다. 우리가 어느 초가집의 마루에 걸터앉아 쉬는데, 방 안에서 술 취한 작부들이 나왔다. 그들은 산 위에 있는 미군 통신 부대의 군인들을 상대하는 여자들이었다. 우리는 씁쓸한 감정을 지우지 못한 채 황급히 산에서 내려왔다.

▶ 동네 앞산을 오르다 미군들을 상대하는 여자들을 만나고 씁쓸해함

> 장면 포인트 ❸ 224P

서울로 오는 버스 속에서 우리는 말이 없었다. 달라진 환경 속에서 다만 며칠도 견디지 못하고 도망하듯 그 마을을 떠나온 데 대한 부끄러움 같은 것을 느꼈기 때문이었다. 우리는 서울에 도착하자마자 그 길로 커피를 한잔 마시고 다시 무교동으로 나가 생맥주를 단숨에 들이켰다. 우리는 이제야 살 것 같다는 말을 하며, 우린 이제 어쩔 수 없는 서울 사람이라고 지껄여 댔다.

▶ 예정보다 일찍 서울로 올라온 일행은 자신들이 어쩔 수 없는 서울 사람임을 인정하게 됨

'나'
건축 설계사

김성달
국영 기업체의
비서실장

고등학교 동기 동창.
고향의 정취를 느끼고자
시골로 여행을 가지만,
곧 서울 생활을 그리워하게 됨.

윤경수
고등학교 교사

최진철
TV 가게 주인

〈보기〉로 나오는 작품 외적 준거

〈서울 사람들〉에 나타난 고향 상실

〈서울 사람들〉의 인물들은 우연한 기회에 여행을 제의하고 그 여행지를 시골로 잡는다. 우연한 기회에 나온 말이지만 그들 마음속에는 서울 생활에서 탈출해서 고향의 품으로 안기고 싶은 마음이 간절히 있었을 것이다. 그러나 그들은 고향을 확인하고자, 고향의 냄새를 느끼고자 했으나 실패한다. 우거짓국, 간갈치나 간고등어, 새우젓, 풀떼죽, 호박잎으로 오래 잃었던 자연의 미각을 되찾고자 하였고, 고향 이야기로 흥분하고 즐거워하였지만 사흘을 넘기지 못하고 서울 귀환을 서두른다. 고향의 향수를 느끼지 못하고 돌아온 것에 대한 아쉬움보다 '커피와 맥주'를 먼저 찾는 이들의 모습에서 시골내기의 마음속에 자리하고 있던 고향은 상실되어 가고 있음을 알 수 있다. 마지막의 '우리 이제 별 수 없이 서울 사람 다 됐는갑다'라는 자조적인 독백은 고향을 잃어 가는 모습을 드러내 주는 것이라 할 수 있다. 그들이 찾아본 고향, 이미 도시적 풍물이 들어와 있기도 하고, 보다 중요한 것은 그들이 더 이상 고향다운 삶에 젖어 들 수 없도록 심신이 도회화된 때문이다. 그것은 이제는 고향에 대한 향수를 버리는 계기가 된다.

뿌리를 잃어버린 주인공들을 통해서 나타나는 고향 상실 의식은, 농촌 생활과 자연이 산업화에 밀려 훼손되고 멸실되어 가는 것도 사실이지만 이보다 더 빠르게 변해 가는 것은 시골에서의 정취보다 도시의 생활에 몸과 마음이 길들여진 인간 자체라는 것을 보여 준다. 즉, 된장국과 막걸리보다 생맥주와 커피 맛에, 토담집 남폿불의 정취보다는 아파트의 기능적 편리함과 텔레비전의 오락에 그들 자신이 변하고 있기 때문이다. 다시 말해서 그들이 느끼는 고향 상실 의식은 외형적인 고향의 변화에서 오는 것이 아니라 그들 자신들이 가지고 있었던 고향에 대한 생각이 허무함으로 바뀌면서 일어나는 내면적인 변모가 더 큰 요인으로 작용함을 말하고 있는 것이다.

– 조승희, 최일남 소설의 갈등 구조와 소외 의식, 2002

장면 포인트 ①

- 이 작품은 고등학교 동기 동창생인 네 친구의 짧은 여행을 소재로 도시인의 허위의식을 그린 소설이다. 일행의 여행 목적에 주목하여 인물들의 심리 변화 과정을 파악하도록 한다.
- 해당 장면은 시골로 여행을 떠나기로 약속한 네 명의 친구들이 여행의 목적과 원칙을 이야기하는 부분이다.
- '나'와 친구들의 서울 생활에 대한 생각에 주목하여 일행이 시골 여행을 기대하는 이유를 파악하도록 한다.

[앞부분의 줄거리] 건축 설계 사무소를 운영하는 '나'는 어느 토요일 오후, 시외버스 터미널에서 세 친구를 기다린다. 국영 기업체의 비서실장인 김성달, 고등학교 교사인 윤경수, TV 가게를 하는 최진철과 '나'는 모두 서울로 올라와 대학을 마친, 고향도 엇비슷하고 나이도 고만고만한 고등학교 동기 동창생들로 지속적으로 만남을 이어 왔다. 어느 날 술자리에서 '나'와 친구들은 시골 여행을 결정하게 되었다.

★주목 판이 어느 정도 식어 간다 싶을 무렵인데 TV 상회를 하는 최진철이 불쑥 밑도 끝
　　　　친구들과의 술자리가 끝나갈 무렵　　　　　　　　　　　　　　여행 제안이 즉흥적으로 이루어짐
도 없이 한마디 했다.

　"언제 날을 잡아서 우리끼리 여행이나 한번 갔다 오면 어떨까?"

　마침 화제가 시들해서 별다른 의도도 없이 한 말인 것 같았는데 의외로 윤경수와

감상 포인트
서울에 거주하는 '나'와 친구들이 시골로 여행을 가기로 한 이유를 파악한다.

김성달도 금방 동의를 하고 나섰다.

　"그거 좋지, 맨날 서울 바닥에서 비비적거리고 살다 보니까 고단해 죽겠어. 계절
　　　　　　　　　　서울 생활에서 느끼는 피로감
이 어떻게 바뀌는지도 모르겠단 말야."
　　　도시의 분주한 삶
　"사실 그러고 보니까 우리끼리 이렇게 만나면서도 한번도 여행을 해 본 적이 없군

그래. 지금쯤 시골은 좋을 거야. 추수도 끝났겠다, 뜨뜻한 아랫목에 지지고 앉아
　　　여행 전 기대했던 시골의 모습 – 풍요롭고 여유로움
서 동동주라도 한잔 마시면, 아 그 기분 서울 사람들은 모를걸."

　얘기의 방향이 좀 엉뚱하다 싶었지만 나 자신도 그것이 굳이 싫은 것은 아니었고

가능하다면 언젠가 그런 기회를 만들어 보자고 말했다. 그랬는데 최진철이는 이런
　　　바로 여행을 떠날 수 있다고는 생각하지 않음
일은 기왕 얘기가 나왔을 때 아주 결정을 보고 말아야지 차일피일하다가는 흐지부지
　　　　　　　　　　　　　　　　　　　　　이날 저 날 하고 자꾸 기한을 미루는 모양
되고 마는 법이라고 우습게 다그치는 바람에 오늘의 모임까지 발전하고 만 것이다.
　　　　　　　　　　　　　　　　　　친구들과의 시골 여행
그날 밤 내친걸음에 날짜까지 정해 놓고 나머지 몇 가지 원칙까지 세웠다. 우선 목
이왕에 시작한 일
적지를 미리 정하지 말고 어느 날 어느 시 버스 터미널에 모여서 가장 멀리 가는 버
　　　　　　　　　　　　　여행의 원칙 ①
스를 집어타고 갈 것, 짐은 일체 갖지 말고 되도록 빈 몸으로 갈 것 등이었는데, 그
　　　　　　　　　　　　여행의 원칙 ②
것은 이번 우리의 여행이「도시의 문명이나 잡답(雜沓) 등을 피해서 다만 며칠이라도
　　　　　　　　　　　　　　　　　　많은 사람들로 북적북적하고 복잡한 상태
깊숙이 자연의 품에 안기러 가는 것이므로 우리가 일상생활에서 쓰던 잡동사니들을
　　　　　　　　　　　　　　　　「 」: 여행의 목적
끌고 가지 말자는 의도에서였다. 누군가가 그러나 최소한도 치약, 칫솔 따위는 있어
　　　　　　　　　　　　　　　　　　　　　　　서울에서 쓰는 물건
야 할 것이 아니냐고 하자, 제안인 최진철이 시골에 가면 왜 돌소금이라는 게 있
　　　　　　　　　　　　　　　　　시골에서 쓰는 물건 ↔ 치약, 칫솔
지 않으냐, 그걸로 닦아야 그런 곳에 간 기분이 나는 법이라고 우겼다.

　"그래 좋았어. 비록 우리들의 고향은 아니라도 좋아. 고향과 엇비슷한 데로 가서

우리를 키워 준 고향 같은 무드 속에 며칠 묻혔다 오는 거야. 알고 보면 우리들 넷
　　　　시골 여행에서 기대하는 것 – 고향의 정취
이 모두 산골 촌놈들 아니니, 먹고사느라고 너무 오래 그런 정경과 등을 지고 살

작품 분석 노트

- 등장인물 소개

'나'	건축 설계 사무소 운영
김성달	국영 기업 비서실장
윤경수	고등학교 교사
최진철	TV 가게 운영

↓

크게 생계를 걱정하지 않고 가족들과 평범하게 살아가는 서울 중산층에 속하는 인물들

- 여행의 의미

여행의 목적
도시의 문명과 잡답을 피해 자연의 품에 깊숙이 안기는 것

여행의 원칙
• 목적지를 정하지 않고 터미널에서 가장 멀리 가는 버스를 탈 것 • 짐 없이 빈 몸으로 갈 것

↓

- 도시 문명으로부터 잠시나마 분리되어 추억 속 고향의 분위기를 만끽하고자 하는 여행
- 시골에 대한 막연한 기대감 속에서 즉흥적으로 이루어진 여행

아왔고."

비서실장으로 있는 김성달이 마침내 이렇게 결론을 내리는 바람에 넷이 이구동성으로 그러자 그러자 하고 손뼉을 치고 말았다. 김성달의 말마따나 넷은 한결같이 산골 출신이고 그런 속에서 뼈가 굵었는데, 어쩌다가 서울서 부산하게 살다 보니 십 년 이쪽 저쪽 고향에 다녀온 녀석이 없는 것도 퍽 우연한 일치였다. 공교롭게도 넷이 다 부모를 모셔 온다든가, 생활의 <u>그루터기</u>를 서울로 옮겨 온다가 해서, 이미
<small>밑바탕이나 기초를 비유적으로 이르는 말</small>
고향에는 피차 아무 근거가 없는 탓이기도 했겠지만, 어쨌든 <u>그만한 세월을 지나오</u>
<small>고향과 단절되어 살아온 '나'와 친구들</small>
<u>는 동안 거의 고향과 인연을 끊고 살아온 것</u>은 지방 출신으로서는 <u>좀 희귀한 일이었</u>
<small>고향을 떠나 서울에 살아도 여전히 고향과의 인연을 이어 가는 사람들이 많음</small>
다. 물론 이런 연줄로 고향에서 올라오는 사람들과 인연을 맺어 오고 있는 동안 그쪽 소식을 풍문으로 들어 오고 있는 터이긴 해도 그것은 이미 어디까지나 풍문일 뿐
<small>바람처럼 떠도는 소문</small>
우리들의 생활과는 별로 직접적으로 닿는 데가 없었다. 앞에서도 잠깐 얘기했듯이 우리들의 이번 여행은 극히 우연한 기회에 극히 우연한 동기에서 이루어진 것이다. 알고 보면 그것은 우리가 무슨 큰 벼슬을 했다거나 큰돈을 모은 후 걸어온 길을 여유 있게 돌아보는 몸짓에서라기보다는 「이제는 구차하나마 그런대로 서울 바닥에서 자
<small>「 ♪: '나'가 생각하는 친구들과의 시골 여행의 의미</small>
리를 잡고 잠시 숨을 돌려 보는 고갯마루에 서서 한번 생활에 휴지부(休止符)를 찍어
<small>일이나 활동 따위가 일정 기간 멈추는 시기</small>
보는 그런 포즈」에서였다고 보는 것이 옳은지도 몰랐다.
▶ 시골 출신인 '나'와 친구들이 시골로 여행을 떠나기로 약속함

• '나'와 친구들의 공통점

• 시골 출신으로 서울에 올라와 자리를 잡음
• 고향에 연고가 없어져 오랜 기간 고향과 인연을 끊고 살아옴

↓

고향(시골)의 변화나 현재의 실상을 잘 알지 못함

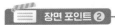

- 해당 장면은 여행의 원칙에 따라 외딴 시골 마을로 간 '나'와 친구들이 시골 생활을 직접 체험하는 부분이다.
- 인물들의 말과 행동에 주목하여 시간의 흐름에 따라 '나'와 친구들의 심리와 태도가 어떻게 변화하는지 파악하도록 한다.

[앞부분의 줄거리] 먼 곳으로 가는 버스를 탄 '나'와 친구들은 서울을 벗어난 후련함을 느끼고. 시골의 정취를 느끼기 위해 읍에서도 한참 더 들어간 외딴 마을에 도착한다. 일행은 그곳의 이장을 설득하여 방을 하나 얻어 3박 4일 동안 머물기로 한다.

우리는 그 외에도 많은 얘기를 했다. 주로 고향에서 자랄 때의 사연들이었지만 결국 우리들은 촌놈이라는 것, 언젠가는 다시 농촌에 묻혀 살고 싶다는 뜻의 얘기들이었다. 네 사람은 서로 성격은 달랐지만 공통의 경험을 가졌다는 점에서 얘기는 술술 풀려만 갔고, 거짓말 같게도 십여 년 만에 재현해 보는 청소년 시절의 분위기로 하여 쉽게 마음들이 들떠 있는 것 같았다.

<u>고향에 대한 그리움</u>
<u>시골에서 태어나고 자람</u>
<u>친구들과 고향과 같은 산골로 여행을 온 첫날의 심리 – 들뜨고 설렘</u>

"이 남폿불이 주는 무드 어때? 좋지? 그전엔 미처 몰랐는데 말야 이런 게 좋다구."
<u>고향의 정취를 느낄 수 있는 소재 ①</u>

윤경수의 이런 말에 나머지 세 사람은 금방 동의를 표하고 나설 만큼 우리는 어느
<u>'나', 최진철, 김성달</u>
한구석이 붕 떠 있었다. 그것이 괜히 허세만은 아닌 것은 누군가가 이런 소중한 기
<u>여행 첫날의 흥분된 분위기</u> <u>시골 여행을 소중하게 여기는 마음</u>
회를 오래오래 잊지 말자고 유행가 가락 같은, 소년 같은 여린 감상을 말했을 때 모두가 제법 진지한 표정을 짓던 것으로 알 수 있었다. ▶ 여행 첫날, 시골 생활에 즐거워하는 '나'와 친구들

다음 날 아침 우리는 일부러 주인집에 부탁해서 돌소금으로 이를 닦았다. 소금은
<u>고향의 정취를 느낄 수 있는 소재 ②</u>
입안에서 이리저리 몰리기만 할 뿐 여간해서 이가 잘 닦아지지 않았으나 우리는 애써 옛날 시골에서 이런 굵은 소금으로 이를 닦던 일을 생각하면서 소금 묻은 이를 벌
<u>고향에서의 옛 추억을 떠올리며 여행을 즐기려고 노력하는 태도</u>
린 채 히죽이죽 웃어 댔다. 이장이 찬이 없다면서 정말로 미안해하는 표정으로 들여온 밥상은 아닌 게 아니라 간단했다. 시퍼런 무총김치에 깍두기와 뭇국이 전부였다.
<u>고향의 정취를 느낄 수 있는 소재 ③</u>
하지만 우리는 그게 무슨 말씀이냐고, 이런 걸 맛보기 위해서 일부러 여기까지 왔노라고, 조금도 그런 생각 마시라고, 되레 미안해했다. 그것은 사실이었다. 뭇국은 멸치가 몇 마리 들어 있고, 소금으로 간을 본 국물에 고춧가루만 뿌린 것이었다. 윤경
<u>음식의 재료가 부실함 – 넉넉하지 못한 형편</u>
수가 먼저 국물을 떠먹더니 갑자기 무릎을 쳤다.

"야 이거다. 옛날 맛이다. 맛난이(화학조미료)를 안 쳤어. 집에서는 그렇게 맛난이
<u>서울 사람들이 쓰는 것</u>
를 치지 말라고 해도 말을 안 듣는다 말야. 또 혀가 그렇게 단련이 되었는지 그걸 안 치면 미심심하고 말야. 그런데 여기서는 비로소 순수한 제맛이 나는군."
<u>음식 맛이 조금 싱겁고</u>

"그렇군. 그러고 보면 우리들의 미각이 그동안 얼마나 잡스럽게 변했는가를 알 수 있지. 누가 들으면 그까짓 입맛 하나 가지고 뭐 그리 대단치도 않게 후라이를 까
<u>사실이 아닌 것을 사실인 것처럼 꾸며 대어 말하느냐고</u>
느냐고 할지 모르지만 흥, 그게 다 촌에서 살아 본 사람이 아니면 이 맛 모르지. 가을 무의 이 시원한 맛."

우리는 희멀건 뭇국 한 대접씩을 놓고 입에 침이 마르게 감격해했다. 그것은 다분
<u>여행에 어울리는 음식에 감격하고 있는 친구들의 모습</u>

작품 분석 노트

- 인물들의 심리와 태도 ①

여행 초반(1일차 ~ 2일차 낮)

↓

남폿불	무드가 좋다며 만족해함
돌소금	옛 추억을 떠올리며 즐거워함
밥상	순수한 맛이라며 호들갑스럽게 좋아함
주인집	인심이 좋다며 고마워함

↓

시골 생활을 긍정적으로 여기고 즐기려는 태도

히 어떤 분위기에 애써 자기를 함몰시키고, 거기에서 자기 나름의 기쁨을 얻으려는

<u>의식적인 노력이 가세된</u> 것 같기도 했으나, 꼭 그것만으로는 설명할 수 없는 구석이
소박한 음식에 감격하는 모습이 온전히 진실된 것은 아님을 알 수 있음

있었다. 우리는 아무리 돈을 준다고는 하지만 <u>생판 알지도 못하는 껄렁한 손님을 넷</u>
서울과 다른 시골의 넉넉한 인심

<u>이나 자기 집에 재워 주고 먹여 주는 인심</u>이 도시 같으면 어림이나 있겠느냐고 고마

워하면서 종일 그 집에서 뒹굴기도 하고 산책을 나가기도 하였다. 낮에는 <u>또 그런</u>
무총김치, 깍두기, 뭇국 등

<u>반찬</u>에 옥수수로 빚었다는 노란 막걸리가 들어왔다. 짐작하겠지만 우리들은 또 한바

탕 너스레를 떨면서 배가 띵하도록 마셔 대었다. 이날 저녁에도 우리는 <u>아침과 비슷</u>
계속 반복되는 음식 차림

<u>한 밥상과 옥수수 술</u>을 받았다. 주인은 이번에도 찬이 변변치 않다고 노상 같은 말

을 했으나, 우리는 그게 무슨 말씀이냐고, 이런 걸 맛보기 위해서 일부러 여기까지

왔노라고, 조금도 그런 생각 마시라고, 되레 미안해했다. 그러나 <u>그렇게 말을 하면</u>

<u>서도 우리는 아침이나 어젯밤처럼 그렇게 호들갑을 떨지는 않았다. 마지못해 국물을</u>
달라지고 있는 친구들의 심리와 태도

<u>몇 숟갈 떠넣었을 뿐 모두 입에 당기지 않는 것 같았다.</u> 우선 나부터도 그랬다. 「간밤
반복되는 밥상에 입맛을 잃음

부터 마신 막걸리가 쉰 냄새와 함께 목구멍에 괴어 오르고 돌소금으로 이를 닦다가
「 」: 소재들에 대한 인식 변화(긍정적 → 부정적)

생채기가 난 잇몸이 이따금 아렸다. 간밤에는 못 느꼈는데 남폿불에서는 매캐한 냄

새가 코를 찌르고, 한옆으로 쌓아 놓은 이부자리에서는 퀴퀴한 냄새가 나는 것 같았

다.「그리 넓지 않은 들판에 섰을 때는 그렇게도 속이 시원했는데 이틀째가 되면서부
「 」: 점점 시골 생활에 갑갑함을 느끼는 '나'와 친구들

터는 들판은 그냥 들판일 뿐 별다른 감흥을 가져다주지 않았다. 산천이 마음속에 있

을 때는 그렇게 좋았는데 막상 그 속에 파묻혀 보니까 갑갑하기만 하다고 윤경수도

말했다.」그는 더 말은 안 했지만 서울서 떠나올 때의 마음과는 달리 <u>누가 자기의 생</u>
도시 문명에서 벗어나 시골에 묻히고 싶음

<u>활을 이런 곳으로 끌어내릴까 봐 겁을 먹고 있는 것 같기도 했다.</u>
도시 생활을 잃는 데 대한 두려움(시골 생활에 대한 불만족)　　　　▶ 여행 둘째 날, 시골 생활에 감흥을 잃은 '나'와 친구들

• 인물들의 심리와 태도 ②

여행 후반(2일차 저녁 ~)

↓

남폿불	매캐한 냄새가 남
돌소금	잇몸에 생채기를 냄
밥상	입에 당기지 않아 억지로 먹음
주인집	이부자리에서 퀴퀴한 냄새가 남

↓

하루 만에 시골 생활에 부정적 인식을 갖게 됨

- 해당 장면은 '나'와 친구들이 계획했던 일정보다 빨리 서울로 돌아오는 부분이다.
- 서울로 돌아오는 '나'와 친구들의 심리에 주목하여 작품의 주제 의식을 파악하도록 한다.

[앞부분의 줄거리] 외딴 마을에서 시간을 보내던 '나'와 친구들은 점차 커피와 맥주를 마시고 싶어 하고 TV를 보고 싶어 하며 서울을 그리워한다. 하루 일찍 서울로 돌아가기로 한 '나'와 친구들은 서울 가는 첫차를 놓치고, 다음 버스가 올 때까지 동네 앞산을 오르기로 한다. 산 중턱의 어느 초가집 마루에서 잠시 쉬던 '나'와 친구들은 미군을 상대하는 작부들과 만나고 당황하여 돌아온다.

★주목 ▶ 서울로 오는 버스 속에서 우리는 너무 말이 없었다. 그까짓 삼 박 사 일을 제대로 채우지도 못하고 하루를 앞당겨 온다든가 하는 것보다도 <u>달라진 환경 속에 다만 며칠을 견디어 내지 못하고 도망하듯 그 마을을 떠나온 데 대한 부끄러움 같은 것</u>이 있
서울로 오는 버스 속에서 말이 없었던 이유
었는지도 몰랐다. 무교동이나 종로 바닥에서 맥주를 마시며 산촌(山村)의 정경을 얘기하던 자신들이 얼마나 얄팍하고, 배부른 <u>여담(餘談)</u>이었던가를 느끼는 순간이기도
이야기하는 과정에서 본 줄거리와 관계없이 흥미로 하는 딴 이야기
했는데, 그러나 우리는 그런 한편으로 숨이 칵칵 막히는 지점에서 쉽게 빠져나온 것
자신들의 기대와 달랐던 여행지에 대한 평가
을 다행으로 생각하는 것 같은 안도감을 느끼는 자신들을 발견하고 있었다. 「우리는 밤늦게 서울에 도착하자마자 그 길로 다방에 들러서 커피를 마시고 다시 무교동으로
서울 사람들의 기호식품 ①
나가 오백 시시짜리 <u>생맥주</u>를 단 한 번에 꺾어 단숨에 들이켰다.」
서울 사람들의 기호식품 ② 「 」: 서울 생활에 바로 젖어 듦

"인제 살 것 같군."
도시의 일상으로 돌아온 데 대한 안도감이 드러남

<u>우리는 동시에 이런 말을 뇌까리고 그전에 그랬던 것처럼 떠들고 웃곤 하였다.</u> 초
모두 같은 생각을 하며 소시민적 모습을 보이고 있음
가을, 이 서울 동네에서 풍기는 술 냄새, 여자 냄새, 고기 냄새, 하수도 냄새에 자기를 휩쓸어 넣었을 때 우리는 비로소 물고기가 물을 만난 듯이 헤헤거리며 지껄여 댔다.

"<u>우린 이제 별수 없이 서울 사람 다 됐는갑다.</u>"
시골 출신이지만 서울 생활을 더 편안해하는 정체성 인정
한참 만에 윤경수가 퍽 힘없이 얘기하자 김성달이나 최진철도 그래, 그런 모양이야 하고 동의를 했다. 술집을 나오자 우리는 아이들에게 줄 요량으로 각기 과자 봉지 하나씩을 사들고 불광동으로, 미아동으로, 중곡동으로 뿔뿔이 헤어졌다. 서로 잘 가라고, 또 만나자고 손을 흔들 때 나는 이놈들아, <u>우리들이야말로 촌놈이라고, 형</u>
도시인의 소시민적 속성에 대한 자조감이 드러남
<u>편없는 촌놈이라고 속으로 몇 번씩이나 되뇌었다.</u> 동시에 <u>우리들의 등골뼈 밑으로 칠</u>
소시민이 가진 속물성
<u>팔 센티미터쯤 자란 속물(俗物)의 꼬리가 대롱대롱 매달려 있는 걸</u> 의식하고 있었다.
▶ 서울로 조기 귀환하여 안도하는 '나'와 친구들

감상 포인트
여행 초반과 달라진 '나'와 친구들의
심리와 태도를 파악한다.

작품 분석 노트

- 인물들의 심리와 태도 ③

서울로 귀환

↓

부끄러움	며칠도 견디지 못하고 시골을 떠나옴
안도감	답답한 시골을 쉽게 빠져나옴

↓

도시 생활이 더 익숙해진 '서울 사람'으로서의 정체성 인식

- 서울로 돌아온 '나'의 생각과 태도

'이놈들아, 우리들이야말로 촌놈이라고 ~ 속물의 꼬리가 대롱대롱 매달려 있는 걸 의식하고 있었다.'

- 고향을 상실하고 '서울 사람'으로 변화한 자신과 친구들의 모습에 대한 자조
- 당장의 편의와 눈앞의 이익을 추구하는 도시인의 소시민적, 속물적 속성에 대한 회의

핵심 포인트 **1** 서사 구조에 대한 이해

이 작품은 인물들의 여행을 중심으로 서사가 전개되고 있다. 따라서 여행의 과정과 그 속에서 나타나는 인물들의 심리를 파악할 수 있어야 한다.

+ 회귀형 서사 구조

공간	서울	시골	서울
사건	• 시골에서 서울로 상경하여 자리를 잡은 고등학교 동기 동창생인 '나', 김성달, 윤경수, 최진철이 즉흥적으로 시골 여행을 결정함 • 목적지를 정하지 말고 빈 몸으로 떠나자는 원칙을 세움	• 첫째 날: 어느 산골 외딴 마을의 이장 댁에서 묵으며 남폿불, 소박한 반찬 등에 찬사를 보냄 • 둘째 날: 모든 것이 시들해지고 도시 문물을 떠올림 • 셋째 날: 일정을 앞당겨 서울로 돌아갈 것을 결정함	• 도착하자마자 커피를 마시고, 생맥주를 들이킴 • '서울 사람'이 다 된 것 같다고 모두들 동의함 • 아이들에게 줄 과자를 사 들고 각자의 집으로 흩어짐
인물의 심리	• 바쁘고 고단한 서울 생활에서 벗어나고 싶음 • 자연 속에서 고향의 무드를 느끼고 싶음	• 고향에서의 옛 추억을 떠올리며 감격하다가 곧 갑갑함을 느끼며 도시 문물을 그리워함. • 시골에서 며칠도 못 견딘 부끄러움과 빠져나온 안도감을 느낌	• 도시의 일상으로 돌아온데 안도감과 즐거움을 느낌 • '나'는 자신들의 소시민적, 속물적 태도에 대해 자조감을 느낌

핵심 포인트 **2** 인물의 성격과 태도 파악

이 작품에서 그려지는 여행 속에서 드러나는 인물들의 모습을 통해 인물들의 특징과 태도를 파악할 수 있어야 한다.

+ 인물들의 특징과 태도

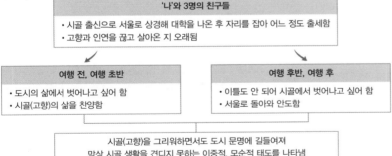

핵심 포인트 **3** 외적 준거에 따른 감상

이 작품의 소재인 '촌놈'은 작가의 여러 작품에서 자주 나타난다. 따라서 이와 관련한 외적 준거를 바탕으로 '촌놈'의 의미와 이를 통해 드러내고자 하는 작가의 의도를 파악할 수 있어야 한다.

+ 최일남의 작품에 등장하는 '촌놈'

> 최일남의 작품에 등장하는 '촌놈'은 근대화, 산업화 과정에서 대거 나타난 '출세한 촌놈'이라 할 수 있다. 〈서울 사람들〉에서 '나'와 친구들 역시 '촌놈'들로 막연하게 시골 생활을 꿈꾸며 다소 무모하고 즉흥적으로 시골 여행을 감행하지만, 하루 만에 질려 서울로 급히 돌아온다. '촌놈'들의 이러한 희화적 행태를 통해 작가는 속물근성과 위선으로 삶의 진정성이 훼손되는 상황을 고발하고자 한다고 볼 수 있다.

작품 한눈에

• **해제**

〈서울 사람들〉은 산업화, 도시화가 이루어지고 물질만능주의가 퍼져 나가던 1970년대를 배경으로, 자칭 '촌놈'인 고등학교 동기 동창생 네 명의 짧은 여행을 그려 낸 단편 소설이다. 시골 출신으로 서울에 와서 어느 정도 출세하여 생활에 여유를 갖게 된 '나'와 친구들은 정신없는 도시를 벗어나 자연의 품에 안기고자 시골 여행을 떠나지만, 며칠 버티지 못하고 급히 서울로 올라온다. 일행은 시골 생활을 견디지 못한 데에서 부끄러움을 느끼면서도 다시 돌아온 서울 생활을 편안해하며 이제 '서울 사람'이 다 된 것 같다고 말한다. 자신과 친구들이 '형편없는 촌놈', '속물'이라고 여기며 자조하는 '나'의 모습을 통해 작품의 주제 의식이 잘 드러나고 있다.

• **제목 〈서울 사람들〉의 의미**
– 시골이 고향인 '촌놈들'이지만 이제는 서울 생활에 완전히 익숙해져 '서울 사람들'이 된 '나'와 세 친구

이 작품의 제목은 시골을 떠나 도시로와 출세의 기회를 잡고 살아가며 시골에서 불편함을 느끼고 도시(서울)에서 안도감을 느끼는 인물들의 모습을 나타낸다.

• **주제**
도시인의 허위의식과 소시민적 안일

모래톱 이야기 ▸ 김정한

💬 전체 줄거리

'나'는 이십 년이 넘도록 글을 쓰지 않았다. 그러나 새삼 이런 글을 쓰게 된 것은 K라는 일류 중학에서 교편을 잡고 있던 시절, 우연히 알게 된 소년과 그의 젊은 홀어머니, 할아버지, 그리고 그들이 살아 오던 낙동강 하류의 어떤 모래톱에 얽힌 사연들까지는 차마 침묵할 도리가 없었기 때문이다. ▸ '나'가 글을 쓴 동기

건우는 '나'가 담임했던 제자로 지각이 잦은 아이였다. 언젠가 비가 억수로 내리던 날이었다. 건우는 그날도 지각을 했는데 다른 애들과 달리 옷이 비에 흠뻑 젖어 있었다. 건우는 나룻배 통학생이라고 했다. 맹지면(명지면)에서 강을 건너 부산으로 통학을 한다는 것이었다. 이런 일이 있고부터 '나'는 건우에게 은근히 동정히 가게 되었다. 아버지가 없다는 것을 알고서는 더했다. '나'는 학기 초 가정 방문을 나가기 전 가끔 학생들에게 자기 자신에 관한 글을 써 오게 했는데 건우가 작문한 '섬 얘기'를 읽고는 그에게 더욱 관심을 가지게 되었다. 건우의 글은 결코 미문은 아니었으나 내용만은 끔찍했다. 건우가 사는 고장 조마이섬은 오랜 세월 풍상과 홍수를 겪으며 모래가 밀려서 만들어진 나라 땅인데, 일제 때는 일본 사람의 소유가 되어 있다가, 해방 후부터는 어떤 국회 의원의 명의로 둔갑이 되었는가 하면, 그 뒤는 또 그 조마이섬 앞 강의 매립 허가를 얻은 어떤 유력자의 앞으로 넘어가 있다고 했다. 말하자면 선조 때부터 거기에 발을 붙이고 살아오던 사람들과는 무관하게 계속해서 소유자가 바뀌고 있다는, 섬의 내력을 적은 글이었다. '나'는 건우의 집으로 가정 방문을 갔다. 하단 나루까지는 버스로 사오십 분, 그곳에서 한 척밖에 없다는 나룻배를 기다려 삼십 분 정도 강을 건너야 했다. 나룻배를 내려서도 갈밭 속을 뚫고 나간 좁고 긴 길을 따라 한참을 걸어야 했다. 건우의 가정 환경은 차마 물을 것이 못 됐다. 다만 건우의 아버지가 군에 갔다가 6 · 25 전쟁으로 돌아오지 못했다는 얘기만을 들을 수 있었다. ▸ '나'가 건우의 집으로 가정 방문을 감

조마이섬은 낙동강 하류의 삼각주 일대가 그렇듯이, 사람들이 부락을 이루고 사는 것이 아니라 한 집 두 집 띄엄띄엄 떨어져서 살고 있었다. 건우의 집에 도착하니 건우의 어머니가 미리 사립께로 나와 있었다. '나'는 건우의 어머니와 만나 대략적인 가정 형편과 생활을 어떻게 꾸려 가는지 등에 대해 이야기를 나눴다. 이후 '나'는 건우네 집 살림을 천천히 살펴보았다. 농삿집 치고는 유난히도 말끔한 마루청이나 먼지를 뒤집어쓰고 있지 않은 장독대, 모든 것이 건우 어머니가 얼마나 부지런하고 친절한 여성인지를 보여 주었다. '나'는 건우의 방에서 '섬 얘기'라는 노트를 발견했다. 건우가 일기나 책 읽은 소감 같은 것들을 적어 놓은 것이었다. 거기에는 섬 사람들을 정치에 이용하는 현실이나 자기 아버지와 같이 언제 어디서 쓰러졌는지도 몰라 국군 묘지에도 묻히지 못하는 군인들과 관련한 울분 같은 것들이 녹아 있었다. '나'는 건우에게 언젠가는 너희들이

이 땅의 주인이 될 것이니 결코 희망을 잃어서는 안 된다고 했다. ▸ '나'가 건우네의 집안 형편을 살핌

한편, 건우의 어머니는 이 섬의 윤춘삼이라는 사람도 '나'의 이야기를 곧잘 하더란 말을 꺼냈다. '나'가 윤춘삼 씨를 만난 건 6 · 25 때의 일이었다. '나'는 어떤 혐의로 몇몇 당시 대학교수들과 육군 특무대에 갇혀 있었는데 윤춘삼 씨도 그곳에 있었다. 윤춘삼 씨는 곧 나갈 거라고 했으나 우리와 함께 감옥으로 넘어왔고, 감옥에서는 그도 제법 사상범으로 통해 있었다. 윤춘삼 씨에겐 누군가 붙었는지 모를 '송아지 빨갱이'란 별명이 붙어 있었다. 윤춘삼 씨의 말에 의하면 이유는 간단했다. 무슨 청년단인가 하는 패들이 마구 설칠 땐데, 남에게 배내를 주었던 그의 송아지를 그들이 잡아먹은 게 분해서 화풀이를 했던 것이 계기가 되어 잡혀 왔다는 이야기였다. 또 하나, 자기 고향인 조마이섬에 별안간 정부 방침으로 문둥이 떼가 이주해 왔을 때 그들을 몰아내려 싸우다가 경찰 신세를 졌던 것도 이유가 될 만한 것이라 했다. ▸ '나'가 윤춘삼 씨와 알게 된 일화

'나'는 건우네 집을 나서 나루터로 되돌아오던 길목에서 윤춘삼 씨와 갈밭새 영감이라고 불리는 건우의 할아버지를 만났다. 두 사람은 '나'를 하단 나룻가 술집으로 이끌었다. 따끈한 정종에 '나'는 금세 취해 버렸지만 쉽게 놓여날 눈치가 아니었다. <u>주목</u> 건우 할아버지와 윤춘삼 씨는 조마이섬에 관한 이야기를 꺼냈다. 그것은 언젠가 건우가 써 냈던 '섬 얘기'에 몇 가지 기막히는 일화가 붙은 것이었다. 건우 할아버지는 처음부터 개탄조로 나왔다. 조마이섬은 선조로부터 물려받은 것, 자기들 것이라고 믿어 오던 땅이었는데 일제 강점기에는 동척 명의로 둔갑하더니 계속해서 소유자가 바뀌고 있다는 이야기였다. 그러고는 불쌍한 문둥이들에게 살 곳과 일거리를 마련해 준다는 명목으로, 관청에서 웬 문둥이들을 몇 배 싣고 조마이섬을 찾아왔더란 말도 했다. 누군가 이 섬을 송두리째 집어삼킬 생각으로 문둥이를 이용하는 거라는 소문이 퍼지면서 문둥이 떼를 내쫓기 위해 싸움이 벌어졌는데, 그 일로 섬사람들이 경찰에 붙들려 갔다고 했다. 건우 할아버지는 '나'에게 조마이섬에 대한 글을 써 보라고 했다. 뒤이어, 건우 할아버지의 작은아들이 남태평양 사모아섬이라 하는 곳에서 삼치잡이 배를 타다 폭풍우을 만나 잘못됐다는 이야기를 들었다. ▸ 윤춘삼 씨와 건우 할아버지를 만나 조마이섬의 내력을 알게 됨

두어 달이 지났다. 처섯날 비가 내리기 시작하더니 사흘째부터는 광풍까지 겹쳐서 폭풍으로 바뀌고 말았다. '나'는 건우와 조마이섬에 대한 걱정으로 하단 방면으로 가는 버스를 탔다. 하단 나루께는 이미 발목물이 넘었다. 그 와중에도 장대 끝에 접낫을 해 단 이들이 물굽이 속에서 무엇이든 건져 보려 애를 썼다. '나'는 거기서 누구에게도 보장을 받아 오지 못한 절박한 생활을 읽었다. 건우네 집

이 벌써 홍수에 잠기지나 않았을까 하는 불안한, 그리고 불길한 예감이 자꾸 들기 시작했다. '나'는 버스를 다시 잡아 타고 구포 다릿목에서 내렸다. 그리고 강둑길을 얼마 못 갔을 때, 뜻밖에 거기서 윤춘삼 씨와 마주쳤다. 윤춘삼 씨는 건우의 할아버지인 갈밭새 영감이 살인죄로 끌려갔다고 했다. 바로 어제 있은 일이었다. 소위 배짱들이 만들어 둔 엉터리 둑이 있었는데, 그대로 뒀다가는 물이 더 불었을 때 갑자기 터져 온 섬이 떼죽음을 당할 판이었다고 했다. 갈밭새 영감을 필두로 그 둑을 미리 허물어 물길을 터놓으면서 다행히 인명 피해는 없었지만, 유력자의 하수인이 나타나 방해를 하면

장면 포인트 ❸ 232P

서 갈밭새 영감의 괭이를 와락 뺏어 물속으로 집어 던진 일이 문제가 됐다. 머리 끝까지 화가 난 건우의 할아버지가 그자를 들어 물속에 태질을 한 것이다. ▶ 조마이섬에 홍수가 나고, 갈밭새 영감은 살인죄로 잡혀감

폭풍우가 끝나고, 섬 사람들의 애절한 하소연에도 불구하고 육십이 넘는 건우의 할아버지는 기약 없는 감옥살이를 하게 되었다. 구월새 학기 되어도 건우는 학교에 나타나지 않았고, 끝내 돌아오지 않았다. 조마이섬에는 군대가 들어와 정지를 하고 있다는 소문이 들렸다. ▶ 폭풍우가 끝나고 조마이섬에 군대가 들어와 땅을 고름

🎭 인물 관계도

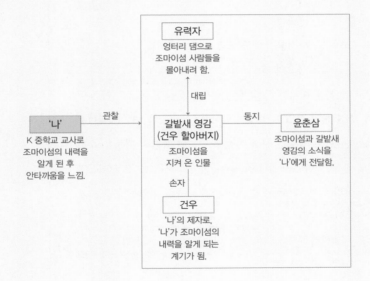

유력자
엉터리 댐으로
조마이섬 사람들을
몰아내려 함.

대립

'나' ── 관찰 ── **갈밭새 영감
(건우 할아버지)** ── 동지 ── **윤춘삼**

'나'
K 중학교 교사로
조마이섬의 내력을
알게 된 후
안타까움을 느낌.

갈밭새 영감
조마이섬을
지켜 온 인물

윤춘삼
조마이섬과 갈밭새
영감의 소식을
'나'에게 전달함.

손자

건우
'나'의 제자로,
'나'가 조마이섬의
내력을 알게 되는
계기가 됨.

<보기>로 나오는 작품 외적 준거

부정적 현실에 대한 민중의 저항

─┤ 보기 ├─

〈모래톱 이야기〉에서 작가는 땅을 둘러싼 권력의 횡포를 비판하고 '뿌리 뽑힌 사람들'의 삶을 서술자와 등장인물을 통해 증언한다. 이 과정에서 등장인물들은 절망의 나락에 빠지지 않는 저항적 주체의 모습으로 형상화된다. 작가는 공동체의 고통에 대한 공감을 바탕으로 하여 부조리한 현실을 전달하고 증언하기 위해 서술자 '나'의 이야기를 창조하였다. 이는 작가의 적극적인 현실 참여 의식이 가미된 결과이다.

— 2015학년도, 6월 평가원 A/B형

• 이 작품은 낙동강 하류의 모래톱인 조마이섬을 배경으로 하여 일제 강점기부터 겪어 온 그곳 주민들의 수난의 역사를 조명하고 있는 소설이다.
• 해당 장면은 K 중학교 교사인 '나'가 조마이섬에 사는 건우네 가정 방문을 가면서 건우 할아버지와 윤춘삼 씨로부터 조마이섬의 내력을 듣게 되는 부분이다.
• 권력자에 의해 삶의 터전을 부당하게 빼앗기는 상황을 거듭하여 겪어 온 조마이섬 사람들의 원한과 분노에 주목하여 인물 간의 갈등과 대립을 파악하도록 한다.

[앞부분의 줄거리] K 중학교 교사인 '나'는 조마이섬에서 나룻배로 통학을 하는 건우에게 관심을 가지게 된다. 그러던 어느 날 '나'가 건우네로 가정 방문을 간다. '나'는 그곳에서 예전에 알았던 윤춘삼 씨를 우연히 만나면서 갈밭새 영감이라고 불리는 건우의 할아버지와 함께 술을 마시게 된다.

★주목   건우 할아버지와 <u>윤춘삼 씨</u>가 들려준 조마이섬 이야기는 언젠가 건우가 써냈던
↳부당한 옥살이를 한 적이 있으며 건우 할아버지처럼 의로운 인물

'섬 얘기'에 몇 가지 기막히는 일화가 붙은 것이었다.

"<u>우리 조마이섬 사람들은 지 땅이 없는 사람들이요. 와 처음부터 없기싸 없었겠소</u>
조마이섬에서 대대로 살던 사람들이 땅을 수탈당함 – 조마이섬 주민들이 분노하는 이유

마는 죄다 뺏기고 말았지요. 옛적부터 이 고장 사람들이 젖줄같이 믿어 오는 낙동
조마이섬을 낙동강이 만들어준 곳으로 인식함

강 물이 맨들어 준 우리 조마이섬은……."
↳유력자의 횡포에 저항하며 조마이섬을 지키는 강인한 인물

<u>건우 할아버지</u>는 처음부터 개탄조로 나왔다. <u>선조로부터 물려받은 땅, 자기들 것</u>
조마이섬에서 벌어진 사건들에 대한 원통함의 표출   조마이섬을 선조들에게 물려받은 삶의 터전이라 생각함

이라고 믿어 오던 땅이 자기들이 겨우 철들락 말락 할 무렵에 별안간 왜놈의 동척 명
동양 척식 주식회사

의로 둔갑을 했더란 것이었다.

"이완용이란 놈이 '을사 보호 조약'이란 걸 맨들어 낸 뒤라 카더만!"
조마이섬을 빼앗은 이들에 대한 원한

윤춘삼 씨의 <u>통방울</u> 같은 눈에도 증오의 빛이 이글거리기 시작했다.
품질이 낮은 놋쇠로 만든 방울   ↳건우 할아버지와 윤춘삼 씨로부터 조마이섬의 내력을 들음

1905년 — <u>을사년 겨울, 일본 군대의 포위 속에서 맺어진 '을사 보호 조약'</u>이란 매
일제의 강압에 의해

국 조약을 계기로, 소위 '조선 토지 사업'이란 것이 전국적으로 실시되던 일, 그리고

<u>이태</u> 후인 정미년에 가서는 "한국 정부는 시정 개선에 관하여 통감의 지도를 수할
두 해

사"란 치욕적인 조목으로 시작한 '한일 신협약'에 따라, 더욱 그 사업을 강행하고 역

둔토(驛屯土)의 대부분과 삼림 원야(森林原野)들을 모조리 국유로 편입시키는 등 교
역토와 둔토를 아울러 이르는 말. 여기서는 국유지의 별칭으로 쓰임

묘한 구실과 방법으로써 농민들로부터 빼앗은 뒤, 다시 <u>불하하는</u> 형식으로 동척과
국가 또는 공공 단체의 재산을 개인에게 팔아넘기는

일인 수중에 옮겨 놓던 그 해괴망측한 처사들이 문득 내 머릿속에도 떠올랐다.
교묘한 구실과 방법으로 조선의 토지를 빼앗은 일제의 행적   ↳조마이섬의 일화에서 역사적 사건을 떠올림

"<u>쥑일 놈들.</u>" → '나'의 비판적 역사 의식이 반영된 표현
부당한 권력에 대한 분노, 비판

<u>건우 할아버지는 그렇게 해서 다시 국회 의원, 다음은 하천 부지의 매립 허가를</u>
해방 후에도 조마이섬 사람들의 의사와 무관하게 권력자, 유력자들이 섬의 소유권을 가로채 옴

얻은 유력자…… 이런 식으로 소유자가 둔갑되어 간 사연들을 죽 들먹거리더니,

"<u>이 꼴이 되고 보니 선조 때부터 둑을 맨들고 물과 싸워 가며 살아온 우리들은 대</u>
조마이섬을 지켜 온 사람들은 소외된 채 섬의 소유가 달라지는 현실에 대한 울분

<u>관절 우찌되는기요?</u>" ↳조마이섬에서 나룻배로 통학하는 학생으로 조마이섬을
둘러싼 부조리한 현실을 어느 정도 인식함

그의 꺽꺽한 목소리에는, <u>건우</u>가 지각을 하고 꾸중을 듣던 날 "나룻배 통학생임

더" 하던 때의, 그 무엇인가를 저주하듯 한 감정이 꿈틀거리고 있는 것 같았다. 얼마

나 그들의 땅에 대한 원한이 컸던가를 가히 짐작할 수가 있었다.
▶ 일제와 권력자들에게 삶의 터전을 빼앗겨 온 조마이섬 사람들의 원한과 분노

• 조마이섬의 소유권 변천 과정과 조마이섬의 상징적 의미

일제 강점기 이전
섬사람들

↓

일제 강점기
동척, 일본인

해방 이후
국회 의원, 유력자

⇩

한국 근대사의 부조리한 현실을 압축적으로 보여 주는 공간

"섬사람들도 한번 뻗대 보시지요?"

이렇게 슬쩍 건드려 봤더니 이번엔 윤춘삼 씨가 얼른 그 말을 받았다.

"선생님은 그런 걸 잘 알면서 그러네요. 우리 겉은 기 멀 알며, 무슨 힘이 있십니
_{권력을 가진 이들의 부당한 횡포에 저항하기 쉽지 않은 조마이섬 사람들의 처지}
꺼, 하도 하는 짓들이 심해서 한분 해 보기는 해 봤지요. 그 문딩이 떼를 싣고 왔
을 때 말임더……."

윤춘삼 씨는 그때의 화가 아직도 사라지지 않는 듯이 남은 술을 꿀꺽 들이켰다.

"쥑일 놈들!"

마치 그들의 입버릇인 듯 되어 있는 이 말을 안주처럼 되씹으며 윤춘삼 씨는 문둥
이들과 싸운 얘기를 꺼냈다.

— 큰 도둑질은 언제나 정치하는 놈들이 도맡아 놓고 한다는 게 서두였다. 그러면
_{대대로 권력자에게 삶의 터전을 빼앗겨 온 조마이섬 사람들의 인식}
서도 겉으로는 동포애니 우리들의 현 실정이 어떠니를 앞세우것나! 그때만 해도 불
_{'나환자'를 낮잡아 이르는 말}
쌍한 문둥이들에게 살 곳과 일거리를 마련해 준다면서 관청에서 뜻밖에 웬 문둥이들
_{문둥이들을 조마이섬에 데리고 온 표면적 이유}
을 몇 배 해 싣고 그 조마이섬을 찾아왔더란거다. 그야말로 섬사람들에게는 아닌 밤
_{별안간 엉뚱한 말이나 행동을 함을 비유적으로 이르는 말}
중에 홍두깨 내미는 격으로 —. 옳아, 이건 어느 놈의 엉큼순지는 몰라도 필연 이 섬
_{엉큼한 술수인지는}
을 송두리째 집어삼킬 꿍심으로 우릴 몰아내기 위해서 한때 문둥이를 이용하는 거라
고……. 누군가의 입에서부터 이런 말이 퍼지기 시작하고, 그래서 그 섬사람들뿐 아
니라 이웃 섬 사람들까지 한 둥치가 되어 그 문둥이 떼를 당장 내쫓기로 했더란 거다.
_{한 마음이 되어, 똘똘 뭉쳐}　　　▶ 관청에서 문둥이들을 데려오며 조마이섬에 갈등이 벌어짐

• 서술자 '나'의 역할

K 중학교 교사
건우의 담임이자 소설가

↓

• 이 소설의 서술자
• 조마이섬 사람들의 삶, 그들이 겪
  었던 사건을 관찰하고 전달하는 보
  고자
• 조마이섬 사람들이 경험한 부조리,
  권력자와 유력자의 횡포를 폭로하
  는 고발자

- 해당 장면은 유례없는 홍수가 지자 건우네가 걱정된 '나'가 조마이섬으로 향하던 도중 접낫패를 만난 상황이다.
- 홍수 피해 상황을 관찰하며 조마이섬으로 가는 '나'의 내면 심리, 자연재해로 인해 위기를 맞은 인물들의 대응 양상을 파악하도록 한다.

부슬비가 계속 광풍에 흩날리고 있었다. 얼핏 홍적기(洪積期)를 연상케 하는 몽롱

인류가 발생하여 진화한 시기로, 지구가 널리 빙하로 덮여 몹시 추웠음

한 안개비 속이라, 어디가 어딘지 분별할 도리가 없었다.

'건우네 집은 벌써 홍수에 잠기지나 않았을까?'

건우네를 걱정하는 '나'

불안한, 그리고 불길한 예감이 자꾸 들기 시작했다.

「"물이 이 정도로 불어나면 건너편 조마이섬께는 어찌 되지요?"

접낫을 들고 홍수에 떠내려가는 것을 건지려는 패거리

생면부지한 접낫패들에게 불쑥 묻기까지 하였다.」 「」: 건우와 조마이섬 사람들에 대한 '나'의

서로 한 번도 만난 적이 없어서 전혀 알지 못하는   걱정과 불안이 반영된 행동

"조마이섬?"

조마이섬 사람들에게 닥친 위험

돼지 새끼를 안아 내겠다던 키다리가 나를 흘끗 쳐다보더니,

건우의 담임으로, 소설 속 사건의 관찰자이자 고발자 역할을 수행하는 인물

"맹지면에서는 땅이 조금 높은 편이라카지만, 물이 이래 불으면 마찬가지지요. 만

약 어제 그런 소동이 안 일어났으문 밤새 무슨 탈이 났을지도 모를 끼요."

섬사람들이 둑을 파헤쳐 물길을 터놓아 홍수로 인한 피해를 막은 사건. 섬사람들의 생존을 위한 절박한 투쟁

"어제 무슨 일이라도 있었던가요?"

나는 신경이 별안간 딴 곳으로 쏠렸다.

"있다 뿐이라요? 문딩이 쫓아낼 때보다는 덜했겠지만 매립인강 먼강 한답시고 밀

「」: 인물의 말을 통해 사건을 요약적으로 제시함

가리만 잔뜩 띠이 처먹고 그저 눈가림으로 해 놓은 둘(둑)을 섬사람들이 우 대들

엉터리로 설치한 둑. 홍수가 일어났을 때 조마이섬 사람들을 위험에 빠뜨리는 요소

어서 막 파헤쳐 버리고, 본대로 물길을 티났다 카드만요. 글 안 했으문…….."

조마이섬은 물에 완전히 잠겼을 것이라는 의미가 내포됨

키다리는 혼자서 신을 내가며 떠들었다.

"쓸데없는 소리 말게. 괜히 혼날라꼬."

곁에 있던 약삭빠른 얼굴의 사내가 이렇게 불쑥 쏘아붙이듯 하더니, 마침 저만큼

떠내려 오는 널빤지를 향해 잽싸게 접낫을 던졌다. 그러나 걸리진 않았다. 그렇게

허탕을 친 게 마치 이쪽의 잘못이나 되는 듯,

"조마이섬에 누가 있소?"

내뱉듯 한 소리가 짐짓 퉁명스러웠다.

"건우란 학생이 있어서…….."

나는 일부러 학생의 이름까지 대 보았다. 약삭빠른 눈초리가 다시 물굽이만 쏘아

건우네 소식을 알지 않을까 하는 기대가 담김

보고 말이 없으니까, 또 키다리가,

"그 아이 아배가 누군교?"

하고 나를 새삼 쳐다보았다.

"아버진 없고, 즈 할아버지 별명이 갈밭새 영감이라더군요."

건우 할아버지

나는 건우 할아버지의 이름이 얼른 생각나지 않았다.

작품 분석 노트		
· 등장인물의 성격 및 역할		
'나'	· 건우의 담임이자 소설가 · 스스로 '이방인'이라 칭하는 관찰자로서 조마이섬 주민들이 겪은 비극적 현실을 고발함	
갈밭새 영감	· 건우의 할아버지. 조마이섬을 지켜 온 토박이. 큰아들은 6·25 전쟁으로 잃고, 둘째아들은 바닷일을 하던 중 죽음 · 조마이섬을 둘러싼 유력자와 주민들 사이의 갈등 속에서 앞장서서 불의에 항거함 · 외압에 억눌리지 않는 의지가 굳은 성격. 의로운 성격	
건우	K 중학교 학생으로 조마이섬에서 나룻배로 통학함	
윤춘삼	· 부당한 옥살이를 한 적이 있으며 갈밭새 영감과 같이 의로운 성격을 지님 · 갈밭새 영감과 마을의 비극을 '나'에게 전해 줌	

"아, 그렇기요? 좋은 노인임더."

_{건우 할아버지에 대한 긍정적 평가}

키다리는 접낫대를 세워 들더니,

"조마이섬의 인물 아잉기요. 어지(어제) 아침 이곳을 지내갔는데, 그 뒤 대강 알아

_{갈밭새 영감이 조마이섬을 앞장서 지켜 온 인물임을 짐작할 수 있음}

봤거든…… 가고 난 뒤 얼마 안 돼서 그 일이 났단 말이여."

말머리가 어느덧 자기들끼리로 돌아갔다. 나는 굳이 파고 묻지 않았다.

▶ 접낫패들에게 조마이섬의 소식을 전해 들은 '나'

그때 마침 판잣집 용마루 비슷한 길다란 나무가 잠겼다 떴다 하며 떠내려가자, 조

금 떨어진 신신바위 짬에서 별안간 쬐깐 쪽배 하나가 쏜살같이 나타나더니, 기어코

_{목숨을 걸고 나무를 힘겹게 얻어 내는 모습. 보잘것없는 것에도 목숨을 걸 만큼 사람들의 생활이 절박함을 알 수 있음}

그놈에게 달라붙어서 한참 파도와 싸우며 흐르다가 마침내 저 아래쪽 기슭에 용케

밀어다 붙였다. 박수를 치기보다는 모두 숨을 죽이고 바라보기만 했다. 용감하다기

보다 차라리 처참한 광경이었다.

나는 거기서 누구에게도 보장을 받아 오지 못한 절박한 생활을 읽었다. 한 표의

_{국회 의원 같은 권력자에게 사람이 아니라 표로만 인식되는 민중들의 처지}

값어치로서가 아니라, 다만 살기 위해서 스스로 죽을 모험을 무릅쓰는 그러한 행위

는 부질없이 그것을 경계하거나 방해하는 힘을 물리침으로써만 오히려 목숨 그 자체

를 이어 갈 수 있다는 산 증거 같기도 했다.

'갈밭새 영감이나 송아지 빨갱이도 그냥 있지는 않았으리라!'

_{윤춘삼 씨의 별명}

나는 조마이섬의 일이 불현듯 더 궁금해져서 이내 구포 가는 버스를 잡아탔다. 다

리만 건너면 조마이섬 가까이까지 갈 수 있으리라 믿었다.

구포 다릿목에서 차를 내렸으나 물은 이미 위험 수위를 훨씬 돌파해서, 다리는 통금

_{통행금지}

이 돼 있었다. 비상경계의 붉은 깃발이 찢어질 듯 폭풍우에 펄럭이고, 다릿목을 건

_{□: 감각적 묘사 → 긴박한 분위기 조성}

너지른 인줄 곁에는 한국인 순경과 미군이 버티고 있었다. 무거워 보이는 고무 비옷

_{사람들이 함부로 드나들지 못하게 건너매는 줄}   _{삼엄하고 살벌한 분위기}

에 철모를 푹 눌러 쓰고 방망이를 해 든 폼이 여간 엄중해 뵈지 않았다.

그런데도 무슨 핑계들을 꾸며 대고 용케 건너가는 사람들이 있었다. 더러는 다리

위에서 유유히 물 구경을 하는 사람들도. 나도 간신히 그들 틈에 끼었다. 우르르르

하는 강 울림은 다리 위에서 듣기가 한결 우람스러웠다.

_{매우 위험한 상황. 조마이섬 사람들에게 닥친 위험을 짐작하게 함}

통행금지의 팻말이 서 있어도, 수해 시찰을 나온 듯한 새까만 관용차만은 사뭇 물

을 튀기며 지나갔다. 바람이 휘몰아칠 때는 거기에 날리기나 하듯이 더욱 빨리 지나

갔다. 요컨대 일종의 모험이기도 했으리라. 안에 타고 있는 얼굴들은 알 길이 없었

지만 어련히 심각한 표정들을 했으랴 싶었다.

_{권력자의 위선에 대한 우회적 비판}

내려다봄으로 해서 한결 사나운 물굽이가 숫제 강을 주름 잡듯 둘둘 말려 오다간,

거의 같은 지점에서 쏴아 하고 부서졌다. 그럴 때마다 구슬, 아니 퉁방울 같은 물거

품이 강 위를 휘덮고 때로는 바람결을 따라서 다리 위까지 사뭇 퉁겼다. 그러한 강

한가운데를 잇달아 줄을 지어 떠내려 오는 수박이랑 두엄더미들이, 하단서 볼 때보

_{홍수로 인해 파괴되는 민중의 삶. 조마이섬 사람들이 겪었을 고난 암시}

다 훨씬 많았다.

▶ 홍수로 인해 파괴되는 민중의 삶

장면 포인트 ❸

• 해당 장면은 '나'가 윤춘삼 씨로부터 갈밭새 영감이 엉터리 둑을 허무는 문제로 유력자의 하수인과 실랑이를 하다 감옥에 가게 되었다는 소식을 듣는 부분이다.
• 조마이섬 사람들이 엉터리 둑을 허물다 일어난 사건에 주목하여 조마이섬 사람들과 유력자 간의 갈등을 파악하도록 한다.

주목 바로 어제 있은 일이었다. 하단서 들은 대로 소위 배짱들이 만들어 둔 엉터리 둑
조마이섬의 소유권을 가진 유력자들　　　　　　매립을 위해 쌓은 둑
을 허물어 버린 얘기였다.

—「비는 연 사흘 억수로 쏟아지지, 실하지도 않은 둑을 그대로 두었다가 물이 더
유력자 세력이 만든 둑
불었을 때 갑자기 터진다면 영락없이 온 섬이 떼죽음을 했을 텐데,」마침 배에서 돌
「 」: 갈밭새 영감과 섬사람들이 엉터리 둑을 허문 이유
아온 갈밭새 영감이 설두를 해서 미리 무너뜨렸기 때문에 다행히 인명에는 피해가
갈밭새 영감이 인명 피해를 막기 위해 엉터리 둑을 허무는 일에 앞장섬
없었다는 것이다.

감상 포인트
조마이섬 사람들과 유력자의 앞잡이 간의 갈등이 의미하는 바를 파악한다.

"그런데 와 건우 할아버질 끌고 갔느냐고요?"
갈밭새 영감

윤춘삼 씨는 그제야 소주를 한 잔 훅 들이켜고 다음을 계속했다. 섬사람들이 한창
둑을 파헤치고 있을 무렵이었다 한다. 좀 더 똑똑히 말한다면, 조마이섬 서쪽 강둑
길에 검정 지프차가 한 대 와 닿은 뒤라 한다. 웬 깡패같이 생긴 청년 두 명이 불쑥
유력자의 앞잡이
현장에 나타나더니, 둑을 허물어뜨리는 광경을 보자, 이내 노발대발 방해를 하기 시
조마이섬 사람들의 안전보다 유력자의 이익을 중시함
작하더라고. 엉터리 둑을 막아 놓고 섬을 통째로 집어삼키려던 소위 유력자의 앞잡
깡패같이 생긴 청년들의 정체
인지 뭔지는 모르되, 아무리 타일러도, "여보, 당신들도 보다시피 물이 안팎으로 이
렇게 불어나는데 섬사람들은 어떻게 하란 말이오?" 해 봐도, 들어주긴커녕 그중 힘
깨나 있어 보이는, 눈이 약간 치째진 친구가 되레 갈밭새 영감의 괭이를 와락 뺏더
갈밭새 영감의 분노를 자아 낸 행동
니 물속으로 핑 집어 던졌다는 거다. ▶ 유력자의 앞잡이가 나타나 엉터리 둑을 허무는 문제로 갈등이 벌어짐

그러곤 누굴 믿고 하는 수작일 테지만 후욕패설을 함부로 뇌까리자, 순간 화가 머
유력자를 믿고 하는 행동
리끝까지 치밀었을 갈밭새 영감도,

"이 개 같은 놈아, 사람의 목숨이 중하냐, 네놈들의 욕심이 중하냐?"
갈등의 내용 – 조마이섬 사람들의 목숨과 유력자의 이익이 대립함
말도 채 끝내기 전에 덜렁 그자를 들어 물속에 태질을 해 버렸다는 것이다. 상대
갈밭새 영감이 잡혀간 이유
방은 '아이고' 소리도 못 해 보고 탁류에 휘말려 가고, 지레 달아난 녀석의 고자질에
의해선지 이내 경찰이 둘이나 달려왔더라고.

"내가 그랬소!"

갈밭새 영감은 서슴지 않고 두 손을 내밀었다는 거다. 다행히도 벌써 그때는 둑이
완전히 뭉개지고, 섬을 치덮던 탁류도 빙 에워 돌며 뭉그적뭉그적 빠져나가고 있었
다는 것이다.

"정말 우리 조마이섬을 지키다시피 해 온 영감인데…… 살인죄라니 우짜문 좋겠
조마이섬 사람들이 갈밭새 영감을 어떻게 평가하고 있는지를 알 수 있음
능기요?"

게까지 말하고 나를 쳐다보는 윤춘삼 씨의 벌건 눈에서는 어느덧 닭똥 같은 눈물

작품 분석 노트

• '홍수'의 의미와 기능

조마이섬을 위험에
빠뜨리는 자연재해

• 조마이섬 사람들의 생존을 위협하
는 요인
• 조마이섬 사람들과 유력자 사이의
갈등을 심화시키는 요인

↓

사람의 목숨보다 자신의 이익을 중시
하는 유력자의 탐욕과 실체가 드러나
는 사건의 계기가 됨

이 뚝뚝 떨어지기 시작했다.

법과 유력자의 배짱과 선량한 다수의 목숨…… 나는 이방인처럼 윤춘삼 씨의
_{갈등의 핵심} _{조마이섬의 안타까운 사연을 듣고만 있어야 하는 '나'의 무력한 처지}
▶ 갈밭새 영감이 경찰에 잡혀감
캉캉한 얼굴을 건너다보았다.

폭풍우는 끝났다. 「육십 년래 처음이니 뭐니 하고 수다를 떨던 라디오와 신문들도
_{「 」: 홍수 피해에 대한 피상적인 관심에서 그침}
이젠 거기에 대해선 감쪽같이 말이 없었다. 그저 몇몇 일간 신문의 수해 구제 의연

란에 다소의 금액과 옷가지들이 늘어 갈 뿐이었다.」

섬사람들의 애절한 하소연에도 불구하고 육십이 넘는 갈밭새 영감은 결국 기약
_{갈밭새 영감에 대한 선처를 바라는 것}
없는 감옥살이로 넘어갔다.

그리고 구월 새 학기가 되어도 건우 군은 학교에 나타나지 않았다. 끝내 돌아오지

않았다. 그의 일기장에는 어떠한 글이 적힐는지.
_{땅을 반반하고 고르게 만듦. 또는 그런 일}
황폐한 모래톱 ─ 조마이섬을 군대가 정지를 하고 있다는 소문이 들렸다.
_{조마이섬이 결국 유력자들의 차지가 되었음을 암시함} ▶ _{감옥에 간 갈밭새 영감과 군대가 정지하게 된 조마이섬}

• 조마이섬 사람들('갈밭새 영감')과 유
력자 사이의 갈등

조마이섬 사람들(갈밭새 영감)
• 조마이섬에서 대대로 살아옴
• 홍수로 인해 섬사람들이 위험에 빠지자 둑을 허물려고 함

↕

조마이섬을 소유한 유력자
• 조마이섬에 살던 주민들을 몰아내고 섬을 차지하려 함
• 섬사람들이 위험에 처해도 둑을 허물지 못하게 방해함

⇩

결과
• 갈밭새 영감이 감옥에 감
• 조마이섬에 군대가 들어와 땅을 고름

이 작품은 서술자 '나'의 역할, 후일담 형식의 마무리 등 서술상 특징을 알아 둘 필요가 있다.

+ 서술상 특징

- 비속어와 방언을 사용한 데서 현장감과 생동감이 느껴짐
- '을사 보호 조약', '한일 신협약' 등 역사적 사실을 언급하여 사실성을 부여함
- 이야기 속 서술자 '나'가 자신이 보고 들은 사건을 전달하는 관찰자이면서 조마이섬 사람들이 겪어 온 권력자와 유력자의 횡포를 드러내는 고발자 역할을 함께 수행함

+ '후일담' 형식의 마무리

후일담
• 폭풍우가 끝난 뒤 언론의 관심이 금세 사그라듦 • 조마이섬 사람들이 갈밭새 영감의 선처를 위해 노력함 • 갈밭새 영감이 기약 없는 감옥살이를 하게 됨 • 새 학기가 되었지만 건우가 학교로 돌아오지 않음 • 조마이섬에 군대가 들어와 땅을 고른다는 소문이 들림

→ 폭풍우가 끝난 이후 조마이섬 사람들이 겪었ुए 비극적 상황을 요약적으로 보여 줌

핵심 포인트 **2** 　배경의 의미 파악 / 외적 준거에 따른 감상

이 작품에서 조마이섬 사람들의 목숨을 위협하는 자연재해인 '홍수'와 '둑'을 허무는 조마이섬 사람들의 행위가 작품의 주제 의식과 관련하여 어떠한 의미를 지니는지 파악하도록 한다.

+ '홍수'의 의미와 기능

- 조마이섬 사람들의 생존을 위협하는 요인이자 조마이섬 사람들과 유력자들 사이의 갈등을 심화시키는 요인
- 사람의 생명보다 자신의 이익을 중시하는 유력자들의 탐욕과 실체가 극명하게 드러나는 사건의 계기

+ '둑'을 허무는 행위

- 자신들의 생존을 지키기 위한 조마이섬 사람들의 노력과 의지를 보여 줌
- 조마이섬을 차지하려고 하는 유력자의 부당한 행위에 대항 섬사람들의 저항을 보여 줌

핵심 포인트 **3** 　사건의 의미 파악

이 작품의 공간적 배경인 '조마이섬'이 의미하는 바를 이해하고 이 '조마이섬'을 둘러싸고 벌어지는 인물 간의 갈등 양상을 파악할 수 있어야 한다.

+ '조마이섬'의 상징적 의미

이 작품은 '조마이섬'이라는 가상의 공간을 배경으로 소수의 권력자가 힘없는 다수의 민중을 수탈하고 억압하는 부조리한 현실을 다루고 있다. 이는 섬 전체가 소수의 권력자의 손으로 넘어가게 되려는 절박한 상황과 섬사람들의 목숨도 아랑곳하지 않는 이들의 횡포를 통해 극대화되어 나타난다. 섬사람들은 갈밭새 영감을 중심으로 연대하여 자신들의 생존을 위해 부당한 권력에 저항한다. 따라서 작가가 소설 속에서 창조해 낸 조마이섬은 당시 우리나라가 처한 부조리한 현실을 압축적으로 보여 주는 공간이라 할 수 있다.

조마이섬	낙동강 하류의 모래톱으로 섬사람들의 삶의 터전	→ 조마이섬의 소유권 변화 →	한국 근대사의 비극적이고 부조리한 현실을 압축적으로 보여 주는 공간

작품 한눈에

• 해제
〈모래톱 이야기〉는 낙동강 하류의 조마이섬에서 일어난 사건을 통해 소외된 인간들의 비참한 삶과 부조리한 현실에 대한 저항 의지를 형상화한 소설이다. 1인칭 관찰자인 '나'의 시선으로 조마이섬 사람들의 삶의 내력을 서술하면서 소수의 유력자들과 다수의 선량한 민중 사이의 갈등과 대립을 선명하게 부각하고 있다. 대대로 조마이섬에 살며 피땀으로 토지를 일구면서도 외세의 압제와 불합리한 제도로 말미암아 한 번도 그 땅을 소유하지 못했던 민중들의 한과 설움은 핍박하는 자에 대한 갈밭새 영감의 살인 행위를 통해 극대화된다. 조마이섬이라는 공간은 낙동강 하류의 조그만 섬에 불과한 것이 아니라, 그 땅의 소유권 변천 과정을 통해 근대 한국 사회의 부조리한 현실을 압축적으로 보여 주는 상징적 공간이라고 할 수 있다.

• 제목 〈모래톱 이야기〉의 의미
　－ 삶의 터전을 지키려는 섬사람들의 이야기
'모래톱 이야기'라는 제목에서 '모래톱'은 단순한 모래톱이 아니라 오래 전부터 사람들이 살아오던 조마이섬이라는 공간이다. 하지만 자신들의 노력으로 일구어 온 그 땅을 그들은 한 번도 소유하지 못했다. 반면 그 땅을 소유한 자는 섬사람들을 몰아내기 위해 부당한 횡포를 서슴지 않는데, 이에 대항하여 삶의 터전을 지키려는 섬사람들의 처절한 저항이 나타나고 있다.

• 주제
소외된 사람들의 비참한 삶과 부당한 현실에 대한 저항

기출 확인

2015학년도 6월 평가원 A/B형

[외적 준거에 따른 감상]
• 건우 할아버지와 윤춘삼의 이야기에 대한 '나'의 태도로 보아, '나'의 이야기는 조마이섬 사람들에 대한 공감을 담아낸 것임을 알 수 있어.
• '나'의 이야기가 조마이섬과 관련된 몇 가지 기막힌 일화를 다루는 것으로 보아, '나'의 이야기는 현실의 이면에 감춰진 부조리한 실상을 증언하기 위한 것임을 알 수 있어.
• 건우 할아버지의 이야기가 대대로 땅을 빼앗겨 온 조마이섬 사람들에 관한 것으로 보아, '나'의 이야기는 '뿌리 뽑힌 사람들'에 대한 권력의 횡포를 비판하는 것임을 알 수 있어.

한 줄 평 | 도시 변두리에서 살아가는 서민들의 삶을 그린 작품

비 오는 날이면 가리봉동에 가야 한다 ▶ 양귀자

💬 **전체 줄거리**

'그'의 가족인 은혜네 가족은 서울에서의 셋방살이를 청산하고 부천 원미동의 연립 주택 한 채를 구입해 들어왔다. 그런데 한 달이 멀다 하고 집의 이곳저곳에 문제가 생겼다. 이어지는 집수리로 인해 경제적으로 곤란을 겪고 있던 어느 날, '그'의 집 목욕탕의 하수관이 터져 아랫집으로 물이 떨어지는 일이 일어났다. 그래서 광복절 아침부터 '그'의 집에 목욕탕을 수리하는 인부들이 방문했다. 그런데 '그'는 인부 임 씨와 그가 데려온 젊은 인부가 영 미덥지 않았다. '그'는 지물포 주 씨의 추천을 받아 임 씨를 고용했는데, 일을 맡기고 나서야 임 씨가 연탄 배달부이고 여름 한철에만 잡일을 하는 어설픈 막일꾼이라는 것을 알게 되었기 때문이다. '그'는 임 씨에게 목욕탕 공사를 맡긴 것을 후회했다.

▶ 새로 이사 온 '그'의 집 목욕탕 배수관에 문제가 생겨 수리를 하게 됨

'그'의 우려와 달리 임 씨는 흠집 하나 내지 않고 욕조를 들어냈다. 임 씨는 '그'에게 노후화된 수도관을 교체하기 위해서는 목욕탕 전체를 파헤쳐야 한다고 했고, 민첩한 손놀림으로 문제가 되는 수도관을 찾아냈다. 하지만 '그'는 일을 질질 끄는 젊은 인부와 작업 속도가 더딘 임 씨를 여전히 못 미더워하며 공사를 감독했다. 수도관에서 물이 새는 곳을 찾은 임 씨는 '그'의 아내에게 일이 쉽게 끝날 것이라 장담하면서 세면대나 변기는 손댈 필요가 없다고 했다. 임 씨의 일솜씨가 정확하다고 생각한 '그'는 임 씨에게 일을 잘한다며 칭찬했다. 임 씨는 '그'의 칭찬에도 우쭐하지 않고 대신 '그'에게 겨울에 자기네 연탄을 써 달라고 부탁했다. 의외로 공사가 간단해진 것을 알게 된 '그'의 아내는 목욕탕을 다 뜯어고칠 듯이 말하던 임 씨가 견적을 부풀려 거짓 비용을 청구하려 한다고 의심했고, 견적서대로 돈을 주는 것을 아까워했다.

▶ '그'와 '그'의 아내는 공사를 맡긴 임 씨를 의심함

'그'는 두 명의 인부들과 함께 점심 식사를 했다. '그'는 임 씨의 공이 박힌 손가락이 예사롭지 않다고 여겨 이 일을 언제부터 시작했

<장면 포인트 ❶ 238P>

주목 는지 물었다. 임 씨는 땅을 팔아 서울에서 생선 장수와 고추 장사를 하다가 망해 부천으로 이사를 왔고, 부천에 와서는 안 해 본 일이 없다고 했다. 그러면서 자식이 많으니 쓸 돈도 많이 들어 재작년부터는 몸을 쓰는 노동을 주로 하고, 겨울이면 연탄 배달로 먹고 산다고 했다. '그'의 아내는 그런 임 씨의 사정을 듣고는 '나'에게 임 씨의 수완이 보통이 아니니 공사 대금을 확실하게 얘기할 것을 채근했다.

▶ '그'는 임 씨의 내력을 듣게 됨

오후가 되자 젊은 인부는 약속을 핑계로 일을 하다가 가 버리고, '그'가 젊은 인부 대신 임 씨의 밑에서 잡역부 역할을 하게 되었다. 젊은 인부의 일솜씨가 탐탁지 않았던 '그'였지만 임 씨의 일손을 돕다 보니 잡역부 일이 여간 힘든 것이 아니었다. '그'는 임 씨가 자신을 사장님이라 부르면서도 시킬 일은 다 시키는 것 같아 노엽기도

했다. 세 시가 지나 '그'와 임 씨는 막걸리를 한 병 나누어 마셨다. 임 씨는 '그'의 아내에게 목욕탕 공사를 마무리하면 다른 곳을 손봐 주겠다고 제안했다. 그러자 임 씨가 수리 비용을 과하게 청구할 것이라 예상한 '그'와 '그'의 아내는 임 씨에게 옥상 방수 공사를 부탁했다. 여섯 시가 다 되어 목욕탕 보수 공사를 일단락한 임 씨는 옥상 방수 공사를 시작했다. '그'는 방수 공사를 하는 중에 '그'가 먹구름으로 어두워진 하늘을 보며 문득 임 씨에게 비가 오면 일을 못해 어쩌냐고 물었다. 임 씨는 비 오는 날에는 가리봉동에 가야 한다는 알 수 없는 말을 했다. '그'는 꼼꼼하게 옥상 공사를 진행하는 임 씨의 모습에서 장인 정신을 느꼈다. 결국 밤늦게 옥상 공사가 마무리되고, 임 씨는 오히려 '그'와 '그'의 아내에게 옥상 공사가 늦어진 것을 사과했다.

<장면 포인트 ❶ 238P> 그러면서 애초의 견적보다 훨씬 적은 공사 비용을 청구했다. 이에 놀란 '그'와 '그'의 아내는 임 씨에게 미안함과 부끄러움을 느꼈다. 임 씨는 자신을 배웅하는 '그'에게 맥주를 사겠다고 하였고, 둘은 형제 슈퍼로 향했다.

▶ 임 씨는 옥상까지 깔끔히 고쳐 주고, 견적보다 적은 돈을 받음

<장면 포인트 ❷ 241P>

'그'와 술잔을 주고받으며 임 씨는 자신의 아들딸이 네 명인데 곰국 한번을 못 먹였다며 한스러워했다. 그러면서 스웨터 공장 사장에게 연탄값 80만 원을 떼여 비가 올 때마다 떼인 돈을 받기 위해 가리봉동에 간다고 했다. 임 씨는 그 스웨터 공장 사장이 연탄값을 받기 위해 찾아가면 갖은 핑계를 대며 돈을 주지 않는다며, 돈을 떼먹고 도망간 사람이 오히려 경제적으로 여유롭게 살고 있다는 말을 한다. 술에 취한 임 씨는 아무리 일을 해도 가난을 벗어날 수 없는 현실에 절망하지만, '그'는 임 씨를 의심했던 자신의 모습이 떠올라 임 씨의 눈을 마주 보지 못했다. '그'는 임 씨가 연신 죽일 놈들이라고 말하는 대상에 자신도 포함되어 있는 것 같은 느낌이 들었다. 임 씨는 이번에 가리봉동에 가서 돈을 받으면 고향으로 가겠다며 울기 시작했다. 임 씨를 바라보는 '그'의 가슴은 답답했다.

▶ '그'는 임 씨가 비 오는 날이면 가리봉동에 가는 이유를 듣게 됨

🎭 인물 관계도

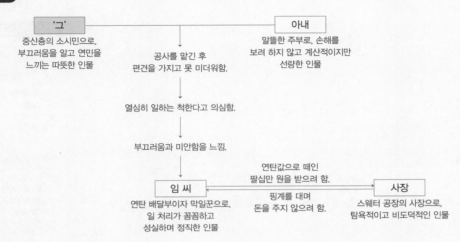

'그'
중산층의 소시민으로, 부끄러움을 알고 연민을 느끼는 따뜻한 인물

아내
알뜰한 주부로, 손해를 보려 하지 않고 계산적이지만 선량한 인물

공사를 맡긴 후 편견을 가지고 못 미더워함.

열심히 일하는 척한다고 의심함.

부끄러움과 미안함을 느낌.

임 씨
연탄 배달부이자 막일꾼으로, 일 처리가 꼼꼼하고 성실하며 정직한 인물

연탄값으로 떼인 팔십만 원을 받으려 함.
핑계를 대며 돈을 주지 않으려 함.

사장
스웨터 공장의 사장으로, 탐욕적이고 비도덕적인 인물

<보기>로 나오는 작품 외적 준거

〈비 오는 날이면 가리봉동에 가야 한다〉에 나타난 하층민의 소외와 비애

이 작품에서 임 씨는 비정규직 노동자이다. 사는 곳은 보증금 백오십에 월세 삼만 원짜리 지하실에서 여섯 식구가 살고 있다. 경기도 이천에서 도시 사람 돼 보겠다고 땅 팔아 도시로 나왔다. 생선 장수, 고추 장사 하다 폭삭 망하고 얼음 장수, 개 장수, 번데기 장수, 페인트공, 미장이, 보일러 수리공 걸리는 대로 손 안 댄 것 없이 거쳐 왔다. 그런 임 씨가 연탄 배달이 주업이지만, 여름에는 일이 없어 막일을 하며 화장실 배수 공사까지 하게 된다. 임 씨는 대학물을 먹은 주인 부부의 온갖 의혹을 떨쳐 내고 생각보다 공사가 수월했다며 견적에 없던 옥상 방수 공사까지 일을 하고서도 7만 원만 달라고 한다. 처음에 은혜 아버지는 임 씨가 자신과는 다른 처지임을 강조하다 임 씨의 성실함을 알게 되면서 나중에는 같지도 않은 나이까지 같다고 주장하며 맥주는 자신이 사겠다고 나선다.

이때 우리가 인간에 대한 믿음을 확인하게 되는 것은 추락한 인물들을 통해서라는 것을 주목할 필요가 있다. 화장실 배수 공사를 임 씨에게 맡기고 시종일관 의심의 눈초리로 바라보던 대학물을 먹은 주인 부부의 왜곡된 시선과 한 푼이 아쉬운 하층민 노동자 임 씨의 솔직함은, 인간의 양면성을 성찰할 수 있는 부분이다.

한편 은혜 아버지가 사 준 술에 취한 임 씨는 연탄값을 자그마치 팔십만 원을 떼어먹고 도망가서는 고급 맨션아파트에 살고 있다는 스웨터 공장 사장을 찾으러 가리봉동에 가야 한다며 격한 말과 몸짓으로 술주정을 풀어놓는다.

비정규직 노동자 임 씨가 말하고 싶은 것은 열심히 일한 만큼의 정당한 대가로 사람답게 살고 싶은 인간으로서의 욕망이고 절규다. 소설 속에서 임 씨는 지독한 하층민의 비정규직 노동자는 일을 할수록 가난해지는 '사회적 조건의 모순' 속에서 비정규직 노동자의 소외된 전형적 인물로 그려진다.

– 우춘님, 양귀자 소설의 인물 연구, 2017

- 이 작품은 도시 변두리에 사는 소외된 사람들의 삶을 그린 연작 소설집 《원미동 사람들》 중의 한 편으로, 원미동으로 이사 온 '그'의 가족이 임 씨에게 욕실 수리를 맡기며 발생한 사건을 다루고 있다.
- 해당 장면은 '그'가 점심 식사 후 임 씨의 살아온 내력을 듣는 부분과, '그'와 아내가 예상보다 훨씬 적은 공사비에 놀라 임 씨에게 미안해하는 부분이다.
- 임 씨에 대한 '그'와 아내의 오해가 풀리는 상황에 주목하여 인물이 하는 말의 의도를 파악하도록 한다.

★주목

"까짓거 몸 돌보지 않고 열심히만 하면 농사꾼보다야 낫겠거니 했지요. 처음에는
_{임 씨가 시골에서 도시로 온 농사꾼 출신임을 알 수 있음}
땅 판 돈이 좀 있어서 생선 장사를 하다가 밑천 잘라먹고 농사꾼 출신이라 고추
_{└도시에서 장사를 하다 실패를 거듭함}
장사는 자신 있지 싶어 덤볐다가 아예 폭삭 망했어요."

밥그릇 비우는 솜씨도 일솜씨 못지않아서 임 씨는 그가 반도 비우기 전에 벌써 숟
_{임 씨의 일솜씨가 능숙한 것처럼 임 씨의 밥 먹는 속도가 빠름}
가락을 놓았다. 그리고 은하수 한 개비를 물었다.

"밑천 댈 돈이 없으니 그다음부터는 닥치는 대로죠. 서울서 밑천 털리고 부천으로
_{장사에 실패한 뒤 밑천이 없어 할 수 있는 일은 다 함} _{도시 변두리로 밀려남}
이사 온 게 한 육 년 되나. 이 바닥서 안 해 본 게 없어요. 얼음 장수, 채소 장수,
개장수, 번데기 장수, 걸리는 대로 했으니까요. 장사를 하려면 단돈 천 원이라도
_{장사를 해도 손해만 본 임 씨}
밑천이 들게 마련인데 이게 걸핏하면 밑천 까먹기라 이겁니다. 좀 되는가 싶어도
자식새끼가 많다 보니 쓰이는 돈도 많고. 그래서 재작년부터는 몸으로 벌어먹는
_{페인트칠을 하는 사람}
노가다 일을 주로 했지요. 뺑끼쟁이, 미쟁이, 보일러쟁이 뭐 손 안 댄 게 없어요.
_{막일 – 이것저것 가리지 아니하고 닥치는 대로 하는 노동}
잡부가 없다면 잡부로 뛰고, 도배쟁이가 없다면 도배도 해요. 그러다 겨울 닥치면
공터에 연탄 부려 놓고 연탄 배달로 먹고살지요."

키 작은 하청일과 키 큰 서수남이 재잘재잘 숨넘어가게 가사를 읊어 대는 노래가
_{1960~70년대의 가수}
생각날 만큼 그가 주워섬기는 직업 또한 늘어놓기 힘들 만큼 많았다. 그렇게 많은
_{생계를 꾸려 나가기 위해 여러 가지 잡일을 하며 힘들게 살아온 임 씨}
일을 했다면서 아직도 요 모양 요 꼴인가 싶으니 견적에서 돈 남기고 공사에서 또 돈
남기는 재주는 임 씨가 막판에 배운 못된 기술인지도 몰랐다.
_{임 씨에 대한 의심과 오해가 커짐}
"연탄 배달이 그래도 속이 젤로 편해요. 한 장 배달에 얼마, 이렇게 금새가 매겨져
_{물건의 값. 또는 물건값의 비싸고 싼 정도}
있으니 한철에 얼마큼만 나르면 입에 풀칠은 하겠다는 계산도 나오구요. 없는 살
림에는 애들 크는 것도 무서워요. 지하실에 꾸며 놓은 단칸방에 살면서 하루에 두
_{형편이 넉넉하지 않은 임 씨의 처지}
끼는 백 원짜리 라면으로 때우게 되더라구요. 그래도 농사질 때는 명절 닥치면 떡
한 말쯤이야 해 놓을 형편이었는데…… 시골서 볼 때는 돈이란 돈은 왼통 도시에
_{돈을 벌 기대로 도시로 왔으나 어렵게 살아감}
몰려 있는 것 같음서도 정작 나와 보니 돈 구경하기 힘들데요."

그는 또 공사 맡아서 주인 속여 남긴 돈은 다 뭣 하누 하는 생각에 임 씨 얼굴을
_{임 씨의 이야기를 들으면서도 임 씨를 의심하는 '그'}
다시 보게 된다. 하기야 임 씨 같은 뜨내기 인부에게 일 맡길 집주인도 흔치 않겠지
하고 어림하다 보니 스스로가 바보가 된 것 같아서 그는 입맛이 다 썼다.
_{임 씨에게 목욕탕 공사를 맡긴 자신을 탓하는 '그'} ▶ 임 씨의 살아온 내력을 들으면서도 임 씨를 불신하는 '그'

(중략)

작품 분석 노트

- 임 씨를 대하는 '그'의 태도

임 씨의 말
• 도시에 올라와 장사를 하다가 실패를 거듭함
• 밑천이 없어 온갖 막일을 하다가 겨울에 연탄 배달 일을 함

↓

임 씨에 대한 '그'의 생각
• 임 씨가 공사비를 부풀려서 청구할 것이라고 의심함
• 임 씨에게 속아 금전적으로 손해를 입을 것이라고 생각함

- (중략) 부분에 나타난 임 씨에 대한 '그'와 아내의 생각 변화

• 일을 더디게 하는 임 씨를 못미더워하고 의심함 • 임 씨가 자신들을 속이고 목욕탕 공사비를 많이 받으려 한다고 생각함

↓

더 수리할 곳이 없다는 임 씨의 말에 그를 믿지 못하면서도 옥상 공사를 추가로 부탁함

↓

밤늦게까지 성실하게 일하는 임 씨의 모습에 심적으로 부담을 느낌

"돈 드려야지요. 그런데……."

<small>임 씨에 대한 오해가 풀렸음에도 아내는 견적 금액을 깎고 싶어 함</small>

아내는 뒷말을 못 잇고 그의 얼굴을 말끄러미 올려다보았다. 그는 술잔을 들어 올리며 짐짓 아내를 못 본 척했다. 역시 여자는 할 수 없어. 옥상 일까지 시켜 놓고 돈

<small>원래 맡긴 일 외에 덤으로 시킨 일</small>

을 다 내주기가 아깝다는 뜻이렷다. 그는 아내가 제발 딴소리 없이 이십만 원에서 이만 원이 모자라는 견적 금액을 다 내놓기를 대신 빌었다. 그때 임 씨가 먼저 손을

<small>'그'는 임 씨가 성실하게 일해 준 것이 고마워 수리비를 제대로 주고 싶어 함</small>

휘휘 내젓고 나섰다.

"사모님, 내 뽑아 드린 견적서 좀 줘 보세요. 돈이 좀 틀려질 겁니다."

아내가 손에 쥐고 있던 견적서를 내밀었다. 인쇄된 정식 견적 용지가 아닌, 분홍

<small>임 씨의 본래 직업이 수리공이 아님을 짐작할 수 있음</small>

밑그림이 아른아른 내비치는 유치한 편지지를 사용한 그것을 임 씨가 한참씩이나 들여다보았다. 그와 그의 아내는 임 씨의 입에서 나올 말에 주목하여 잠깐 긴장하였

<small>원래 견적보다 금액이 올라갈 것이라고 예상함 → '그'와 아내의 소시민적 모습</small>

다.

"술을 마셨더니 눈으로는 계산이 잘 안 되네요."

임 씨는 분홍 편지지 위에 엎드려 아라비아 숫자를 더하고 빼고, 또는 줄을 긋고

<small>견적 금액이 달라지는 상황</small>

하였다.

그는 빈 술병을 흔들어 겨우 반 잔을 채우고는 서둘러 잔을 비웠다. 임 씨의 머릿

<small>술자리를 마무리함</small>

속에서 굴러다니고 있을 숫자들에 잔뜩 애를 태우고 있는 스스로가 정말이지 역겨웠

<small>임 씨가 견적보다 높은 비용을 청구할까 봐 마음을 졸이는 자신에 대한 자괴감이 나타남</small>

다.

"됐습니다, 사장님. 이게 말입니다. 처음엔 파이프가 어디서 새는지 모르니 전체

를 뜯을 작정으로 견적을 뽑았지요. 「아까도 말씀드렸지만 일이 썩 간단하게 되었

<small>공사가 커질 것으로 예상하고 견적을 뽑았음</small>　　　　<small>공사 비용이 견적보다 줄어든 이유</small>

다 이 말씀입니다. 그래서 노임에서 사만 원이 빠지고 시멘트도 이게 다 안 들었

고, 모래도 그렇고, 에, 쓰레기 치울 용달차도 빠지게 되죠. 방수액도 타일도 반도

못 썼으니 여기서도 요게 빠지고 또……. 」

<small>「　」: 꼼꼼하게 견적서를 수정하고 이에 대해 설명하는 임 씨. 정직하게 노동의 대가를 받고자 하는 태도가 드러남</small>

임 씨가 볼펜 심으로 쿡쿡 찔러 가며 조목조목 남는 것들을 설명해 갔지만 그의

귀에는 제대로 들리지 않았다. 뭔가 단단히 잘못되었다는 기분, 이게 아닌데, 하는

<small>임 씨의 정직한 태도에 당혹감을 느낌</small>

느낌이 어깨의 뻐근함과 함께 그를 짓누르고 있을 뿐이었다.

"그렇게 해서 모두 칠만 원이면 되겠습니다요."

<small>일한 만큼만 계산하여 견적서를 수정함</small>

선언하듯 임 씨가 분홍 편지지를 아내에게 내밀었다. 놀란 것은 그보다 아내 쪽이

<small>예상보다 훨씬 적은 금액의 견적서를 받았기 때문에</small>

더 심했다. 그녀는 분명 칠만 원이란 소리가 믿기지 않는 모양이었다.

"칠만 원요? 그럼 옥상은……."

"옥상에 들어간 재료비도 여기에 다 들어 있습니다. 그거야 뭐 몇 푼 되나요."

<small>옥상 공사비는 견적 계산에 거의 들어가지 않음</small>

"그럼 우리가 너무 미안해서……."

<small>임 씨가 한 일에 비해 7만 원은 너무 적은 비용이라고 생각함</small>

아내가 이번에는 호소하는 눈빛으로 그를 쳐다보았다. 할 수 없이 그가 끼어들었

<small>공사비를 더 주려는 쪽으로 아내의 태도가 변함 – 임 씨에 대한 불신이 해소되면서 임 씨를 배려하게 됨</small>

다.

• '견적서'의 기능

원래의 견적보다 훨씬 적은 금액을 제시함으로써 임 씨의 정직함과 착한 심성을 드러냄

↓

임 씨가 높은 금액을 청구할까 봐 애태우는 '그'와 아내의 소시민성과 속물적 성격을 부각함

• 임 씨에 대한 '그'와 아내의 생각의 변화

• 임 씨에게 공사를 맡긴 것을 후회함
• 임 씨가 처음에 제시했던 견적보다 공사비를 더 달라고 할까 봐 긴장함

• 임 씨가 성실하고 꼼꼼하게 일을 끝냄
• 임 씨가 처음의 견적보다 적은 공사비를 청구함

↓

• 예상보다 훨씬 적은 공사비에 놀람
• 스스로에게 부끄러움을 느끼고 임 씨에게 미안함을 느낌

"계산을 다시 해 봐요. 처음에는 십팔만 원이라고 했지 않소?"
처음 견적과 큰 차이가 나는 금액에 의아해함

"이거 돈을 더 내시겠다 이 말씀입니까? 에이, 사장님도. 제가 어디 공일 해 줬

나요. 조목조목 다 계산에 넣었습니다요. 옥상 일한 품값은 지가 써비스로다
인정 많은 임 씨의 성품

가…….."

"써비스?"

그는 아연해서 임 씨의 말을 되받았다.
너무 놀라거나 어이가 없어서

"그럼요. 저도 써비스할 때는 써비스도 하지요."

그는 입을 다물어 버렸다. 뭐라 대구할 말이 없었다.
인정을 베푸는 임 씨의 모습을 보며 말문이 막힘

"토끼띠이면서도 사장님이 왜 잘사는가 했더니 역시 그렇구만요. 다른 집에서는

노임 한 푼이라도 더 깎아 보려고 온갖 트집을 다 잡는데 말입니다. 제가요, 이 무
이기적이고 타산적인 사람들의 모습이 드러남. 각박한 세태를 알 수 있음

식한 노가다가 한 말씀 드리자면요, 앞으로 이 세상 사시려면 그렇게 마음이 물러
막일꾼   정직한 임 씨가 이해타산적인 '그'과 아내에게 충고하는 상황 → 임 씨의 순박함이 부각됨

서는 안 됩니다. 저는요, 받을 것 다 받은 거니까 이따 겨울 돌아오면 우리 연탄
                                          싼 수리비에 불편해하는 부부를 배려하는 임 씨의 마음씨가 드러남

이나 갈아 주세요."

임 씨는 아내가 내민 칠만 원을 주머니에 쑤셔 넣고 자리에서 일어섰다.

그는 일 층 현관까지 내려가 임 씨를 배웅하기로 했다. 어두워진 계단을 앞서거니

뒤서거니 내려가면서 임 씨는 연장 가방을 몇 번이나 난간에 부딪혔다. 시원한 밤공

기가 현관 앞을 나서는 두 사람을 감쌌고 그는 무슨 말로 이 사내를 배웅할 것인가를

궁리하던 중이었다. 수고했다라는 말도, 고맙다는 말도 이 사내의 그 '써비스'에 대
                              임 씨의 정직함과 인간미에 감동하여 미안함을 느낌

면 너무 초라하지 않을까.
▶ 양심적으로 견적서를 수정한 임 씨와 부끄러움을 느끼는 '그'

장면 포인트 ❷

· 해당 장면은 공사를 마친 임 씨가 '그'와 김 반장네 슈퍼에서 술을 마시면서 '그'에게 자신이 비 오는 날이면 가리봉동에 가는 이유를 들려주는 상황이다.
· 성실하게 일하지만 가난에서 벗어날 수 없는 임 씨의 사연에 주목하여 1980년대의 경제 성장과 풍요 속에서 소외된 사람들의 고단한 삶을 파악하도록 한다.

"어따, 동갑끼리 사장은 무슨 사장님. 오늘 종일 그 말 듣느라고 혼났어요. 말 놓
_{'그'가 임 씨와 심리적으로 가까워지려고 함}
으십시다."

그가 거품이 넘치는 잔을 내밀며 큰소리를 쳤다. 임 씨가 잠시 아연한 눈길로 그
_{'그'의 말에 당황하는 임 씨}
를 바라보았다.

★주목 "좋수다, 형씨. 한잔하십시다."
_{호칭의 변화 – '그'와 임 씨의 심리적 거리가 가까워짐}
임 씨가 호기를 부리며 소리 나게 잔을 부딪쳤다.

"그렇지, 그렇지. 다 같은 토끼 새끼 주제에 무슨 얼어 죽을 사장이야!"
_{동갑임을 강조하여 임 씨와 심리적으로 가까워지려 함}
그의 허세도 임 씨 못지않았으므로 이윽고 두 사람은 주거니 받거니 술잔을 비우
기 시작하였다.

"내가 이래 봬도 자식 농사는 꽤 지었지요."
_{임 씨가 자신의 가족 이야기를 시작함}
임 씨는 자신의 아들딸이 네 명이란 것, 큰놈은 국민학교 4학년인데 공부를 썩 잘
_{'초등학교'의 옛 용어}
하고 둘째 딸년은 학교 대표 농구 선수인데 박찬숙 못지않을 재주꾼이라고 자랑했다.
_{1980년대 우리나라의 대표적인 여자 농구 선수 – 시대적 배경 반영. 현실감 있는 분위기 조성}

"그놈들 곰국 한번 못 먹인 게 한이오, 형씨. 내 이번에 가리봉동에 가면 그 녀석
_{자식들에 대한 임 씨의 애정}   _{1980년대 당시 공장이 밀집했던 곳}
멱살을 휘어잡아야지."
_{임 씨의 연탄값을 떼먹고 도망간 스웨터 공장 사장}

임 씨가 이빨 사이로 침을 찍 뱉었다. 뭐 맛있는 거나 되는 줄 알고 김 반장의 발
발이 새끼가 쪼르르 달려왔다.

"가리봉동에 가면 곰국이 나와요?"

임 씨가 따라 주는 잔을 받으면서 그는 온몸을 휘감는 술기운에 문득 머리를 내
둘렀다. 아까부터 비 오는 날에는 가리봉동에 간다는 임 씨의 말이 술기운과 더불어
_{임 씨가 일하지 않는 날}
떠올랐다.

"곰국만 나오나. 큰놈 자전겨도 나오고 우리 농구 선수 운동화도 나오지요. 마누
_{◯ : 자식들에 대한 임 씨의 애정이 드러나는 소재}
라 빠마값도 쑥 빠집니다. 자그마치 팔십만 원이오, 팔십만 원. 제기랄. 쉐타 공
_{아내에 대한 임 씨의 애정이 드러나는 소재}
장 하던 놈한테 일 년 내 연탄을 대 줬더니 이놈이 연탄값 떼어먹고 야반도주했어
_{남의 눈을 피하여 한밤중에 도망함}
요. 공장이 망했다고 엄살을 까길래, 내 마음인들 좋았겠소. 근데 형씨, 아, 그놈
_{착하고 여린 임 씨의 마음이 드러남}
이 가리봉동에 가서 더 크게 공장을 차렸지 뭡니까. 우리네 노가다들, 출신이 다
_{이기적이고 탐욕적인 자본가의 모습}   _{막일을 하는 것을 직업으로 하는 사람}
양해서 그런 소식이야 제꺼덕 들어오지, 뭐."

"그럼 받아야지, 암. 받아야 하구 말구."

그는 딸국질을 시작했다. 임 씨에게 술을 붓는 손도 정처 없이 흔들렸다. 그에 비
_{임 씨가 술에 몹시 취함}

작품 분석 노트

· '그'에 대한 임 씨의 호칭 변화

사장님
공사를 맡긴 고용인이어서 부르게 된 호칭

↓

형씨
'그'가 동갑이라고 하며 말을 놓으라고 하자 부르게 된 호칭

↓

임 씨와 '그'의 심리적 거리가 가까워짐

· '그'의 성격

· 임 씨가 성실하게 일하자 일한 만큼의 대가를 아내가 주지 않을까 봐 걱정함
· 비가 오는 날에는 가리봉동에 가는 임 씨의 이야기를 듣고 공감함

↓

도시 변두리에 사는 서민으로, 다른 사람을 배려하고 남의 처지에 연민을 느끼는 선량한 인물

하면 임 씨의 기세 좋은 입만큼은 아직 든든하다.

"누군 받기 싫어 못 받수. 줘야 받지. 형씨, 돈 있는 놈은 죄다 도둑놈이오. 쫓아

가면 지가 먼저 울상이네. 여공들 노임도 밀렸다, 부도가 나서 그거 메우느라 마

<u>누라 목걸이까지 팔았다고 지가 먼저 성깔 내.</u>"
_{연탄값을 주지 않으려는 스웨터 공장 사장의 이기적이고 몰염치한 모습}

"쥐일 놈."
_{임 씨의 말을 듣고 공감하는 '그'}

그는 스웨터 공장 사장을 눈앞에 그려 본다. <u>빤질빤질한 상판에 배는 툭 불거져</u>
_{외양 묘사를 통해 뻔뻔하고 탐욕적인 인물을 상상함 – '그'가 임 씨의 분노에 공감하고 있음을 나타냄}
<u>나왔겠지.</u>

"그게 작년 일인데 형씨, 올여름에 비가 오죽 많았소. <u>비만 오면 가리봉동에 갔지</u>
_{일을 못하는 날이 많아 경제 사정이 더욱 안 좋음}
요. <u>비만 오면 갔단 말이오.</u>"
_{떼인 돈을 받기 위해}

"아따, 일 년 삼백육십오 일 비 오는 날은 째고 쐈는디 머시 그리 걱정이당가요?"

김 반장이 맥주를 새로 가져오며 임 씨를 놀려 먹었다.

"시끄러, 임마. 비가 와야 가리봉동에 가지, 비가 와야……."

"<u>해 뜨는 날은 돈 벌어서 좋고, 비 오는 날은 돈 받아서 좋고, 조오타!</u>"
_{임 씨를 놀리는 김 반장}

김 반장이 젓가락으로 장단까지 맞추자 임 씨는 김 반장 엉덩이를 철썩 갈긴다.
_{'그'를 가리킴}   ▶ 임씨가 비 오는 날이면 가리봉동에 가는 사연

"형씨, 형씨는 집이 있으니 걱정할 것 없소. 토끼띠면 어쩔 거여. 집이 있는데, 어
_{'그'가 집을 소유하고 있으므로 자신보다 처지가 낫다고 여김}
디 집값이 내리겠소?"

"저런 것도 집 축에 끼나……."
_{'그'는 자신이 소유한 집에 만족하지 못하고 있음}

이번엔 또 무슨 까탈을 일으킬 것인지, <u>시도 때도 없이 돈을 삼키는 허술한 집이</u>
_{집수리 비용으로 돈이 계속 들어감}
라고 대꾸하려다 임 씨의 말에 가로채여서 그는 입을 다물었다.

> **감상 포인트**
> 도시 빈민으로 살아가는 임 씨와 소시민으로 살아가는 '그'의 처지가 어떻게 표현되고 있는지 주목한다.

"난 말요, 이 토끼띠 사내는 말요, 보증금 백오십만 원에 월세 삼만 원짜리 <u>지하실</u>
_{임 씨의 가난하고 비참한 현실을 보여 줌}
<u>방에서 여섯 식구가 살고 있소.</u> 가리봉동 그 새끼는 <u>곧 죽어도 맨션아파트요, 맨</u>
_{스웨터 공장 사장으로 임 씨의 돈을 떼어먹고 야반도주한 파렴치한 인물}
<u>션아파트!</u>"
_{돈을 떼먹고 도망간 사장은 경제적으로 여유로운 생활을 하고 있음}

임 씨는 주먹을 흔들며 맨션아파트라고 외쳤는데 그의 귀에는 꼭 맨손 아파트처

럼 들렸다.

"<u>돈 받으러 갈 시간도 없다구. 마누라는 마누라대로 벽돌 찍는 공장에 나댕기지,</u>
_{온 가족이 성실하게 일해도 가난에서 벗어나지 못하는 현실에 대한 울분과 비판}
<u>나는 나대로 이 짓 해서 벌어야지. 그래도 달걀 후라이 한 개 마음 놓고 못 먹는</u>
<u>세상!</u>"

임 씨의 목소리가 거칠어졌다. 술이 너무 과하지 않나 해서 그는 선뜻 임 씨에게

잔을 돌리지 못하고 있었다.

"<u>돌고 돌아서 돈이라고? 돌고 도는 돈 본 놈 있음 나와 보래! 우리 같은 신세는 평</u>
_{임 씨와 같은 처지의 하층민들이 가난에서 벗어나지 못하는 현실에 대한 울분과 한탄}
<u>생 이 지랄로 끝장이야. 돈? 에이! 개수작 말라고 해.</u>"

임 씨가 갑자기 탁자를 내리쳤다. 그 바람에 기우뚱거리던 맥주병이 기어이 바닥

으로 나뒹굴면서 요란한 소리를 내었다.

• 임 씨가 비 오는 날에 가리봉동에 가는 이유

> • 비가 오지 않는 날은 생계를 위해 일을 해야 함
> • 스웨터 공장 사장에게 떼인 연탄값을 받아서 가족들을 부양하기 위해 비가 와서 일을 못 하는 날마다 가리봉동에 감

↓

> 부조리한 현실에서 힘겹게 살아가는 임 씨의 모습을 보여 줌

• 공간의 상징적 의미

> **임 씨의 지하실 방**
> 성실하게 일하지만 가난에서 벗어나지 못하는 삶

↕

> **스웨터 공장 사장의 맨션아파트**
> 부당하게 부를 축적하는 사람들의 부유한 삶

"참고 살다 보면 나중에는…….".

"모두 다 소용없는 일이야!"

임 씨의 기세에 눌려 그는 또 말을 맺지 못하고 입을 다물었다. 나중에는 임 씨 역
<u>임 씨의 말처럼 아무리 노력해도 가난에서 벗어나기 힘든 현실 때문에</u>
시 맨션아파트에 살게 되고 달걀 프라이쯤은 역겨워서, 곰국은 물배만 채우니 싫어
서 갖은 음식 타박에 비 오는 날에는 양주나 찔끔거리며 사는 인생이 될 것이다, 라
고 말할 수는 없었다. 천 번 만 번 참는다고 해서「이 <u>두터운 벽이</u>, <u>오를 수 없는 저</u>
                                                         부조리한 현실   불평등한 사회의 현실
<u>꼭대기</u>가 발밑으로 걸어와 주는 게 아님을 모르는 사람이 그 누구인가.」
「 」: 아무리 노력해도 하층민이나 서민이 부유해지기 어려운 현실
그는 임 씨의 핏발 선 눈을 마주 보지 못하였다. 엉터리 견적으로 주인 속이는 일
꾼이라고 종일토록 의심하며 <u>손해 볼까 두려워 궁리를 거듭하던</u> 꼴을 눈치채이지는
                              이해타산을 따지는 소시민의 속물 근성
않았는지, 아무래도 술기운이 확 달아나 버리는 느낌이었다. 제아무리 탄탄해도 <u>라</u>
<u>면 가닥으로 유지되는 사내의 몸뚱이</u>는 술 앞에서 이미 제 기운을 잃고 있음이 분명했
어렵게 생계를 이어 가는 도시 빈민의 삶
다. 임 씨의 몸이 자꾸만 한쪽으로 쏠리는 것을 보면서 그는 점차 술이 깨고 있었다.

"<u>어떤 놈은 몇 억씩 챙겨 먹고 어떤 놈은 한 달 내내 뼈품을 팔아도 이십만 원 벌</u>
          비도덕적인 행위를 하는 가진 자들과 성실하지만 가난한 자신을 비교함
<u>이가 달랑달랑한데,</u> 외제 자가용 타고 다니며 꺼떡거리는 놈, 룸싸롱에서 몇십만
원씩 팁 뿌리는 놈은 무슨 재주로 그리 사는 거야? <u>죽일 놈들, 죽여! 죽여!</u>"
                                        가진 자들에 대한 분노
임 씨의 입에 거품이 물렸다.

"비싼 술 잡숫고 왜 이런당가요, 참으시오. 임 씨 아저씨. 쪼매 참으시오."

김 반장이 냉큼 달려들어 빈 술병과 잔들을 챙겨 갔다. 임 씨는 탁자에 고개를 처
박고서 연신 '죽여'를 되뇌고 <u>그는 속수무책으로 사내의 빛바랜 얼굴만 쳐다보았다.</u>
                                      임 씨에 대한 연민과 안타까움을 느끼는 '그'
아무리 생각해도 저 '죽일 놈들' 속에는 그 자신도 섞여 있는 게 아니냐는, 어쩔 수
                        도시 빈민층인 임 씨의 처지보다는 나은 상황이므로
<u>없는 괴리감</u>이 사내의 어깨에 손을 대지 못하게 막고 있었다.
▶ 도시 빈민층인 임 씨의 고달픈 현실과 세상에 대한 울분과 비판

• 공간적 배경의 의미

원미동
• 서울 외곽에 위치한 소도시 • 서울에 정착하지 못한 사람들이 밀려와 살고 있는 곳

가리봉동
• 1980년대 공장이 밀집했던 동네 • 공장 노동자들이 생활했던 공간

↓

가난한 서민, 하층민이 살아가던 삶의 공간을 사실적으로 보여 줌

인물의 심리와 성격 파악

대화를 통해 인물의 심리와 성격을 종합적으로 이해하면서 특정 구절에서 인물의 대화나 행동이 어떤 기능을 하는지 파악하도록 한다.

+ 인물의 심리 및 성격

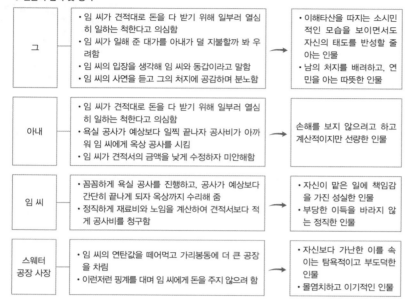

그	• 임 씨가 견적대로 돈을 다 받기 위해 일부러 열심히 일하는 척한다고 의심함 • 임 씨가 일해 준 대가를 아내가 덜 지불할까 봐 우려함 • 임 씨의 입장을 생각해 임 씨와 동갑이라고 말함 • 임 씨의 사연을 듣고 그의 처지에 공감하며 분노함	→	• 이해타산을 따지는 소시민적인 모습을 보이면서도 자신의 태도를 반성할 줄 아는 인물 • 남의 처지를 배려하고, 연민을 아는 따뜻한 인물
아내	• 임 씨가 견적대로 돈을 다 받기 위해 일부러 열심히 일하는 척한다고 의심함 • 욕실 공사가 예상보다 일찍 끝나자 공사비가 아까워 임 씨에게 옥상 공사를 시킴 • 임 씨가 견적서의 금액을 낮게 수정하자 미안해함	→	손해를 보지 않으려고 하고 계산적이지만 선량한 인물
임 씨	• 꼼꼼하게 욕실 공사를 진행하고, 공사가 예상보다 간단히 끝나게 되자 옥상까지 수리해 줌 • 정직하게 재료비와 노임을 계산하여 견적서보다 적게 공사비를 청구함	→	• 자신이 맡은 일에 책임감을 가진 인물 • 부당한 이득을 바라지 않는 정직한 인물
스웨터 공장 사장	• 임 씨의 연탄값을 떼어먹고 가리봉동에 더 큰 공장을 차림 • 이런저런 핑계를 대며 임 씨에게 돈을 주지 않으려 함	→	• 자신보다 가난한 이를 속이는 탐욕적이고 부도덕한 인물 • 몰염치하고 이기적인 인물

핵심 포인트 2 **공간의 상징적 의미 이해**

스웨터 공장 사장의 '맨션아파트'와 임 씨의 '지하실 방'은 서로 대비되며 이 작품의 주제 의식을 부각하고 있으므로 그 상징적 의미를 파악하며 작품을 감상하도록 한다.

+ 맨션아파트와 지하실 방

맨션아파트		지하실 방
• 가리봉동의 스웨터 공장이 사는 곳 • 부당하게 부를 축적한 사람이 여유롭게 사는 공간	두터운 벽이 존재함 ↔ 모순된 현실 상징	• 임 씨 가족 여섯 식구가 사는 곳 • 성실하게 일해도 가난에서 벗어날 수 없는 공간

핵심 포인트 3 **외적 준거에 따른 감상**

이 작품에서 '원미동'이 어떤 공간으로 형상화되어 있는지를 산업화와 1980년대 경제 성장이라는 외적 준거를 바탕으로 파악하여 공간적 배경의 상징적 의미와 주제 의식을 이해하도록 한다.

+ '원미동'의 상징적 의미

원미동	• '멀고 아름다운 동네'라는 의미로, 절망적인 상황 속에서도 꿋꿋하게 살아가는 서민들의 동네 • 경제적인 어려움 때문에 서울에 정착할 수 없었던 사람들이 밀려와 사는 동네 • 이해타산적으로 살아가는 인물과 양심적으로 순수하게 살아가는 인물이 공존하는 동네

↓

도시에서 변두리로 밀려난 사람들이 살아가는 모습을 사실적으로 보여 주는 공간

작품 한눈에

• 해제

〈비 오는 날이면 가리봉동에 가야 한다〉는 도시 변두리에 사는 서민들의 삶을 소재로 한 작품으로, 타자에 대한 불신이 공감과 이해로 바뀌는 일상의 이야기를 다루고 있다. 이 작품은 임 씨에 대한 '그'와 아내의 불신이 해소되는 과정을 통해 이해타산적이고 속물적인 소시민적 특성을 비판하고, 타자에 대한 이해와 존중의 필요성을 전하고 있다. 나아가 세속적이고 탐욕스러운 현대인들의 반성을 촉구하고 소외된 계층에 대해 따뜻한 연민의 시선을 보내고 있다.

• 제목 〈비 오는 날이면 가리봉동에 가야 한다〉의 의미
— 도시 빈민층으로 살아가는 임 씨의 힘겨운 삶의 모습

임 씨는 일을 못하는, 비가 오는 날에는 스웨터 공장 사장에게 떼인 연탄값을 받을 받기 위해 가리봉동에 간다. 이러한 임 씨의 사연은 부도덕한 이들이 부유하게 살아가고, 정직하고 성실한 이들이 도시에서 힘겹게 살아가는 부당한 현실을 보여 준다.

• 주제

소시민들의 갈등과 화해, 도시 노동자의 고달픈 삶에 대한 연민

한 줄 평 | 해산 바가지에 얽힌 이야기를 통해 남아 선호 사상에 대한 비판과 생명 존중 의식을 그린 작품

해산 바가지 ▶ 박완서

💬 전체 줄거리

'나'는 친구 목소리를 들은 지 꽤 되었다는 생각에 하던 일을 제쳐 두고 전화를 한다. 그녀의 낙천적인 목소리는 듣기만 해도 '나'의 주기적인 우울증이 별거 아닌 것처럼 여겨지곤 한다. 그런데 그녀의 목소리는 기대와 다르게 매우 침울하게 가라앉아 있다. '나'는 파산을 한 거냐고 농담을 건네 보지만, 그녀는 이번에 며느리가 또 딸을 낳아 섭섭해서 그렇다고 한다. 그러면서 아들인지 딸인지 알 수 있는 검사가 많은데, 그런 것을 해 본 후 딸이면 낳지 말았어야지 그런 것을 하나도 하지 않고 덜컥 낳아 놓으니 시집을 우습게 보는 거라며 화를 낸다. 그러면서 콧대 세고 시집 어려운 줄 모르는 고약한 성깔을 가진 며느리가 남의 집 외아들에 외며느리로 들어와서는 딸만 둘을 낳고 더 이상 아이를 낳지 않겠다고 선언했다며 기막혀 한다. '나'는 요즘은 '둘만 낳자'가 '둘도 많다'로 바뀐 세상이라며, 애들 일은 애들이 알아서 결정하게 내버려두라고 조심스럽게 이야기한다. 하지만 친구는 '나'에게 아들 하나 낳으려고 딸을 넷씩이나 내리 낳은 주제에 그런 말을 한다고 오히려 더 화를 내며 전화를 끊어 버린다. '나'는 아들을 낳기 위해 딸 넷을 낳은 것이 아니어서 친구의 말이 어이없고 기분 나빴지만, 더 이상 변명을 하고 싶지는 않았다. 그런데 다음 날 그 친구에게서 만나자는 전화가 온다. 병원에 있는 며느리에게 가 봐야 하는데, 어색하니 같이 가자는 것이다. '나'는 내키지 않았지만 친구 며느리에 대한 호기심으로 승낙한다. 병원에서 만난 친구의 사부인은 울상을 하며 '나'의 친구에게 뵐 면목이 없다는 인사를 한다. 며느리와 같은 방을 쓰는 또 다른 산모는 첫아들을 낳았는데, 그녀의 축하객들이 남아 선호 사상이 가득한 축하의 인사말을 하는 것을 보고, '나'는 무식한 것들이라며 욕을 한다. 〔장면 포인트 ❶ 248P〕 늘 당당하고 쾌활하던 친구의 며느리는 모포를 머리끝까지 뒤집어쓰고 누워 흐느꼈고, 친구는 시어머니가 와도 쳐다도 보지 않는 며느리를 나무라면서, 딸을 또 낳은 것이 문제가 아니라 남의 집 대를 끊어 놓겠다고 하는 것이 문제라며 화를 내고는 돌아선다. 병원을 나온 '나'는 친구에게 자신의 이야기를 들려주기로 마음먹는다. ▶ '나'의 친구가 또 손녀를 보았다며 속상해함

'나'는 과부의 외아들과 결혼한다며 친정에서 걱정 어린 말을 많이 들었다. 하지만 '나'는 그 과부 시어머니가 싫지 않았다. 지식욕이 강해 자식들을 피곤하게 했던 친정어머니와 달리, 어수룩한 분위기의 시어머니에게 '나'는 단박에 호감을 느꼈다. 예감한 대로, '나'는 별다른 시집살이 없이 살면서 두 살 터울로 아이를 다섯이나 낳았지만 기른 건 시어머니였다. 고모나 이모한테서 들은 해괴한 홀시어머니 노릇이란 일어나지 않았고, 그렇게 서로 구순하고 편안하게, 어느새 그분은 일흔 고개의 정상에, '나'는 마흔 고개의 정상에 다다랐다. 일흔다섯까지도 시어머니는 지나치리만치 건강하여 고혈압으로 쓰러졌어도 곧 신속하게 건강을 회복하였다. 네 명의 딸

을 내리 낳고 마지막으로 아들을 낳았는데, 그때마다 시어머니는 남녀 구별 없이 정성스럽게 아기를 돌보아 주었다.
▶ '나'는 과부의 외아들과 결혼했으나, 별다른 시집살이 없이 평안하게 살아옴

시어머니는 백 살은 살 것처럼 건강했으나, 정작 정신은 망가지고 있었다. 〔장면 포인트 ❶ 248P〕 주목 처음엔 아이들 이름을 헷갈려 부르는 정도라 대수롭지 않게 여겼는데, 오랜만에 본 조카에게 당신 누구냐고 하고, 똑같은 질문을 한없이 되풀이하는 통에 시어머니가 노망났다는 소문이 나기 시작했다. 시어머니의 같은 말 되풀이는 점점 심해져서, 쌀 씻었냐와 같은 의식주와 관련된 관심이 온종일 반복되었다. 주변에서는 똥오줌 싸는 노인에 비하면 곱게 난 망령이라고 하지만, '나'는 온종일 달달 볶이고 있는 것처럼 신경이 피로했다. 사태는 점점 더 나빠져서, 시어머니는 '나'와 남편의 방 문창호지를 손가락으로 뚫어 방 안을 지켜보기도 하였다. 어른들이 걱정하던 외아들의 홀시어머니 노릇을 하는 것이었다. '나'는 시어머니가 징그럽고 소름 끼치게 혐오스러워지기 시작했다. 그러나 아이들 앞에서나 이웃, 친척들 보기에 여전히 좋은 며느리처럼 보이려니 여간 힘이 들지 않았다. '나'는 점점 못쓰게 되어 갔고, 신경 안정제를 상습적으로 복용하게 되었다. 시어머니는 아들을 위해 놋요강을 반짝반짝 닦아 대령했고, '나'와 남편은 밤 오줌을 누러 나가는 대신 그 요강을 이용하게 되었다. 〔장면 포인트 ❷ 250P〕 '나'는 매일 밤 시어머니의 죽음을 소망했고, 분량도 점점 늘어났다. 요강을 계기로 시작된 시어머니의 아들 내외 방 밤출입은 그 빈도가 점점 잦아졌다. 문창호지 구멍으로 엿보다가 이제는 문을 열고 들어왔고, 당신 방으로 아들을 불러내기도 했다. 옷을 갈아입지 않아 강제로 옷을 갈아입히려면 동네가 떠나가게 비명을 지를 만큼 망령은 심해졌다. 〔장면 포인트 ❷ 250P〕 '나'는 구원의 가망이 조금도 안 보이는 지옥을 살면서도 아이들이나 친척, 이웃들에겐 여전히 무던하고 참을성 있는 효부로 보이길 바랐다. 그러나 '나'의 온몸에 가득 찬 건 증오뿐이었고, 결국 정신과 치료까지 받게 되었다.
▶ 시어머니의 치매로 '나'의 삶이 황폐해짐

시어머니를 한동안 어디로 보낼 수 있었으면 하는 논의가 본격화되었다. 하지만 시어머니를 잠시라도 맡아 줄 만한 아들이나 딸이 또 있는 것이 아니라서 입원을 일단 생각해 보았다. '나'와 남편은 경치 좋고 공기 좋은 한적한 시골의 정갈한 거처에서 비슷한 처지끼리 가벼운 운동과 이런저런 이야기로 소일하며 적절한 치료도 받을 수 있는 노인들의 천국을 꿈꾸며, 시설이 괜찮다고 소문난 곳을 찾아 나섰다. 그러다 스님이 하는 아주 좋은 수용 기관이 있다는 소개를 받고 그곳을 찾아갔다. 가을이라 논에는 벼가 누렇게 익어 가고 있었고, 코스모스가 끝도 없이 피어 있었다. 〔장면 포인트 ❸ 252P〕 색색 가지 꽃이 오색의

나비 떼처럼 하늘대는 쾌적한 날씨였으나, 부부는 달군 프라이팬에 들볶이고 있는 것처럼 땀을 흘리며 안절부절못했다. 결국 남편은 마을 어귀 구멍가게 앞에 앉아 막걸리를 마시고, '나'는 가게 주인을 찾아 가게터 뒤로 돌아갔다. 그곳에서 '나'는 초가지붕 위에 자리 잡고 있는 풍만하고 잘생긴 박 서너 덩이를 보며 해산 바가지를 떠올린다.

▶ 요양 시설을 찾아가던 '나'는 어느 초가지붕 위의 박을 보고 해산 바가지를 떠올림

'나'가 첫째를 가졌을 때, 시어머니는 일부러 사람을 시켜 시골에 가서 잘생기고, 여물게 굳고, 정한 데서 자란 해산 바가지를 구해 오게 했다. 시어머니는 그 바가지를 신령한 물건인 양 고이 모셔 놓았다. '나'는 첫아기가 딸이라는 것을 알자 걱정을 했다. 외아들을 둔 시어머니가 아들을 기다릴 것이라 생각했기 때문이었다. 그러나 시어머니에게서 섭섭한 티 따위는 조금도 찾아볼 수 없었고, 그 잘생긴 해산 바가지로 미역 빨고 쌀 씻어 두 개의 해산 사발에 밥과 국을 퍼다가 '나'의 머리맡에 놓더니 정성껏 산모의 건강과 아기의

명과 복을 비는 것이었다. 그런 그분의 모습이 어찌나 진지하고 아름답던지, '나'는 비로소 자신이 엄마가 됐음에 황홀한 기쁨을 느낄 수 있었다. 다음에도, 그다음에도 '나'는 또 딸을 낳았지만 그 경건한 의식은 조금도 생략되거나 소홀해지지 않았다. 다섯째로 아들을 낳았지만, 그 의식은 딸을 낳았을 때와 똑같았다. 그분은 그냥 인간의 생명을 어떻게 대접해야 하는지를 알고 있는 분이었다. '나'는 아직 살아 있는 그분의 여생도 거기에 합당한 대우를 받아 마땅하다는 생각을 했다. '나'는 하마터면 큰일을 저지를 뻔했다고 생각하며 길을 되돌아섰다. 시어머니는 그 후에도 삼 년을 더 살다 돌아가셨고, 사시는 동안 그분의 망령은 여전히 해괴하여 감당하기 어려웠다. 하지만 '나'는 효부인 척 위선을 떨지 않게 되었다. 마음껏 못된 며느리 노릇을 하고부터는 신경 안정제가 필요 없게 됐다. 시어머니도 '나'를 잘 따랐다. 그리하여 임종 때의 그분은 주름살까지 말끔히 가셔 평화롭고 순결하게 보였다.

▶ '나'는 생명을 존중할 줄 알았던 시어머니의 모습을 떠올리며 시어머니를 계속 모심

🎭 인물 관계도

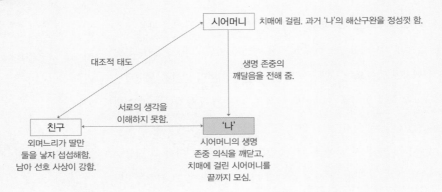

시어머니 — 치매에 걸림. 과거 '나'의 해산구완을 정성껏 함.

대조적 태도

생명 존중의 깨달음을 전해 줌.

서로의 생각을 이해하지 못함.

친구 — 외며느리가 딸만 둘을 낳자 섭섭해함. 남아 선호 사상이 강함.

'나' — 시어머니의 생명 존중 의식을 깨닫고, 치매에 걸린 시어머니를 끝까지 모심.

〈보기〉로 나오는 작품 외적 준거

〈해산 바가지〉에 나타난 포용과 이해의 여성성

〈해산 바가지〉에서는 '나'가 시어머니의 인간애를 깨닫고 그로 인해 또 다른 인간애를 내면화하는 과정을 통해 여성성을 구현하고 있다. (중략)
남성 위주의 가부장적 이데올로기가 강한 사회에서 여성으로 태어난다는 것은 탄생 자체가 중요한 결실(缺失)이 된다. 이러한 인식은 여성인 '나'에게도 예외가 아니었기 때문에 '나' 역시 딸만 내리 낳는 것에 대한 서운함과 죄의식을 동시에 갖는다. 그러나 시어머니는 아들을 중시했던 보편적인 시대의 분위기와 전통적 관습에 구애받지 않고 생명 자체를 소중히 여기고 감사할 줄 아는 인물이다. '나'는 모든 생명을 소중히 여기고 품을 줄 알았던 시어머니의 성품을 회상하고 자신의 행동을 반성하게 된다. 현재의 추하고 경박한 시어머니의 육체와 행동에만 마음이 뺏겨 시어머니가 과거 자신에게 얼마나 소중한 것들을 깨우쳐 주었었는지를 망각하고 있었던 것이다. '나'의 시어머니는 과거 아들을 낳지 못했던 '나'를 책망하지 않았고 모든 생명을 공평하게 사랑할 줄 아는 인간애를 지닌 인물이었다. 그런 시어머니의 성별을 초월한 생명 존중 사상과 인간애는 현재의 '나'로 하여금 병든 시어머니를 포용할 수 있게 하는 원동력이 된다. 이렇듯 〈해산 바가지〉에서는 시어머니에서 '나'로, 또 '나'에서 시어머니로 순환하는 이해와 포용의 여성성을 발견할 수 있다.

– 정은비, 박완서 단편 소설에 나타난 여성성 연구, 2011

- 이 작품은 1980년대의 사회적 문제였던 남아 선호 사상에 대한 비판과 전통적 생명 존중 의식을 보여 주는 소설이다.
- 해당 장면은 남아 선호 사상에 젖어 며느리에게 아들을 낳으라고 압박하는 '나'의 친구의 이야기와 치매에 걸린 시어머니를 돌보며 정신적인 고통을 겪는 '나'의 이야기가 제시되는 부분이다.
- '나'의 친구가 분개하는 이유에 주목하여 당시 사회에 팽배했던 남아 선호 사상의 문제가 작품에 어떻게 형상화되어 있는지 파악하도록 한다.

[앞부분의 줄거리] '나'는 며느리가 둘째도 딸을 낳았다고 속상해하는 친구와 함께 출산한 친구 며느리의 병
　　　　　　　　　　　　　　　　　　　　　며느리가 아들, 딸 상관없이 둘째까지만 낳겠다고 선언
문안을 간다. 옆자리의 산모가 아들을 낳아 축하받는 병실의 분위기에 친구는 더욱 불쾌해하고 친구의 사돈
은 친구에게 미안해서 어쩔 줄을 모른다.

"쟤가 시에미 대접을 어찌 이리할 수가 있습니까? 한 번쯤 쳐다봐도 쟤가 시에미
　　　　　　　　　　　　　　　　　　　　딸을 낳은 며느리를 못마땅해하는 '나'의 친구
같은 건 안중에 없다는 걸 모를 내가 아닌데."

친구가 착 가라앉은 그러나 떨리는 소리로 사돈 마님한테 이렇게 쓰고 드러누운

며느리를 나무랐다.

"저도 면목이 없어서 안 그럽니까. 잘 먹지도 않고 시시때때로 저렇게 울고 속을
　　　　　　　　　　시어머니의 구박으로부터 딸을 보호하고자 하는 친구의 사돈
끓이니 저애 꼴이 말이 아닙니다."

"아니죠. 쟤가 시에미 알기를 워낙 개떡같이 아는 앱니다. 벼르고 별러서 한마디
　　　　　　　　　　　　　　　　　　　　　　　　　　　　자신의 말을 귀 기울여 듣지 않는다는 의미
해도 어느 바람이 부나 하는 식이죠. 그러니 말해 뭘하겠습니까. 그래도 이번 일

만은 어른 된 입장에서 한마디 다짐을 받고 넘어가야겠다 싶어 이렇게 왔더니만
　　　　　　　　　　　　　　　　　아들을 낳아 집안의 대를 잇겠다는 다짐
바로 내가 하고 싶은 말을 아까 그 사람들이 다 해 주지 뭡니까? 저도 귀가 있으

니까 들었겠죠. 더 보태지도 덜지도 않을 테니 그 사람들한테서 들은 소리를 고스

란히 명심하고 있으라 이르세요. 나 절대로 심한 시에미 아닙니다. 이번에 또 딸
　　　　　　　　　　　　　　　아들을 낳은 옆자리의 산모를 병문안 온 사람들의 말
낳은 것 가지고 뭐라지 않아요. 이 친구는 딸을 넷 낳고 기어이 아들을 낳았답니
　　　　　　　　　　　　　'나'를 가리킴　　　　　아들을 낳기 위해 또 아이를 가지라는 의미
다. 딸 둘이 흉 될 것 하나 없어요. 그렇지만 남의 집 대를 끊어 놓겠다는 걸 어떻
　　　　　　　　　　　　아들을 낳아 집안의 대를 잇는 것이 중요하다는 생각 – 남아 선호 사상이 만연하던 당대 사회의 분위기를 드러냄
게 가만히 보고만 있습니까. 그건 안 될 말이죠. 부처님 가운데 토막도 눈을 부라
　　　　　　　　　　　　　　　　　　아들을 낳지 않아 집안의 대를 끊는 것은 아무리 순한 사람도 화를 낼 만한 일이라는 뜻
릴 일입니다. 알아들으셨죠? 사돈 마님. 더 긴 말은 안 하겠어요. 「아까 그 사람들

이 내 속에 들어갔다 나온 것처럼 내 하고 싶은 말 다 해 줬으니까. 그 사람들처럼
「 」 아들을 낳아야 한다는 자신의 생각이 사회의 일반적인 통념임을 강조하는 친구
젊고 교양 있는 사람들이 그렇게 말했으니 이 시에미 생각을 덮어놓고 구닥다리

낡은 생각으로 치지도외하지는 못하겠죠.」이만 가 보겠습니다. 지가 시에미 꼴 안
　　　　　　　　마음에 두지 아니함
보려고 흉물을 떨고 있는데 시에미라고 제 꼴 보고 싶겠습니까? 얘, 가자."

친구가 서슬이 퍼렇게 말하고 나서 내 소매를 잡아끌었다.

"이대로 가면 어떡허니? 안 오니만도 못 하게."

나는 친구 눈치를 봐 가며 모포 위로 슬며시 산모의 어깨를 잡았다. 격렬한 떨림
아들만 바라는 시어머니의 모진 말로 인해 친구의 며느리가 아이를 낳고도 축하받지 못하고 질타를 받는 것에 안타까움을 느끼는 '나'
이 손아귀에 닿자마자 나는 미리 준비한 축하와 위로를 겸한 인사말을 까먹고 말았다.

"가자니까, 시에미 우습게 아는 게 시에미 친군들 안중에 있을라구."

작품 분석 노트

- 〈해산 바가지〉의 구성

발단	'나'는 남아 선호 사상으로 주위 사람들을 힘들게 하는 친구에게 자신의 이야기를 들려주기로 함
전개	'나'는 네 명의 딸을 내리 낳고 마지막으로 아들을 낳았는데, 그때마다 시어머니가 차별 없이 정성스럽게 아기를 돌보아 주었음
위기	'나'는 치매에 걸린 시어머니를 돌보며 효부여야 한다는 압박감에 시달리고 신경 안정제를 복용할 만큼 심신이 황폐해짐
절정	결국 시어머니를 요양 시설에 보내기로 하고 남편과 함께 요양 시설을 보러 가던 중, '나'는 초가지붕의 박을 보며 '해산 바가지'를 떠올림
결말	'나'는 아이를 낳을 때마다 정갈한 해산 바가지를 준비해 아들, 딸 차별 없이 한결같은 사랑을 주던 시어머니의 생명 존중 의식을 깨닫고 시어머니의 임종 때까지 곁을 지킴

친구는 내 등을 떠다밀다시피 해서 먼저 문밖으로 내쫓고 따라 나왔다. 뒤쫓아 나
온 사돈 마님은 참회하는 죄인보다 더 기운 없이 고개를 떨구고 파리한 입술을 간신
<u>자신의 딸이 아들을 낳지 못한 것에 대해 죄스러워함</u>
히 들먹여 면목 없다는 소리만 되풀이했다.
▶ 남아 선호 사상에 젖어 며느리에게 아들을 낳으라고 질타하는 '나'의 친구

(중략)

★주목 <u>그분의 망가진 부분이 육신보다는 정신이었다는 걸 알아차린 건 그 후였다.</u> 우리
<u>앞으로 '나'가 고통을 겪게 되는 원인</u>   <u>'나'와 가족들</u>
는 그걸 서서히 알아차리게 됐다. 처음엔 아이들 이름을 헷갈려 부르는 정도였다.
<u>'나'의 자식들, 즉 노인의 손자들</u>
노인들이 흔히 그러는 걸 봐 온지라 대수롭지 않게 알았다. 그러나 바로 가르쳐 드
<u>처음에는 치매인 줄 알아차리지 못함</u>
려도 믿지를 않고 한사코 자기가 옳다고 주장하는 건 묘하게 신경에 거슬렸다. 숫제
<u>평소와 다른 시어머니의 모습에 신경이 쓰였으나 문제 삼지 않고 내버려두기로 함</u>
치지도외하기로 했다. 어쩌면 나는 그걸 기화로 그때까지도 그분이 한사코 움켜쥐
<u>뜻밖의 이익을 얻을 수 있는 물건. 또는 그런 기회</u>
고 있던 살림 권리를 빼앗을 수 있어서 은근히 기뻤는지도 모르겠다. 그러니까 <u>그분</u>
<u>의 노망을 근심하는 소리는 집 안에서보다 집 밖에서 먼저 났다.</u> 오래간만에 고모님
<u>같이 살지 않는 사람들이 시어머니의 상태를 먼저 알아차리고 걱정함</u>
을 뵈러 온 당신 조카한테 당신 누구요? 하며 낯선 얼굴을 해서 조카를 당황하게 하
더니 어찌어찌해서 그가 조카라는 걸 알아보고 나서 아이가 몇이냐고 물었다. 아들
이 둘이라고 하자 아이구 대견해라 일찌거니 농사 잘 지었구나라고 정상적인 대답을
했다. 그러나 곧 똑같은 질문을 하고 똑같은 덕담을 했다. 똑같은 질문은 한없이 되
<u>시어머니의 정신 상태가 온전하지 않음을 나타내는 사건</u>
풀이됐다. 그는 내가 애써 차려 준 점심을 뜨는 둥 마는 둥 진저리를 치며 달아나 버
렸다. 그렇게 해서 그분이 노망났다는 소문은 그분의 친정 쪽으로부터 먼저 퍼졌다.
<u>집에서도 같은 말의 되풀이가 점점 심해졌다.</u> 그 대신 그분의 주된 관심사에서 제
<u>시어머니의 치매 증상이 점점 심해짐</u>
외된 어휘는 급속도로 잊혀지는 것 같았다. <u>쌀 씻어 놓았냐? 빨래 걷었냐? 장독 덮</u>
<u>었냐? 빗장 걸었냐?</u> 등 주로 의식주에 관한 기본적인 관심이 온종일 되풀이되는 대
<u>시어머니의 주된 관심사</u>
화 내용이었다. <u>하루 이틀도 아니고 허구한 날 같은 말에 같은 대구를 해야 된다는</u>
<u>시어머니의 치매가 점점 심해지자 '나'가 지쳐 가기 시작함</u>
<u>것도 쉬운 일은 아니었다.</u> 더구나 그 빈도가 하루하루 잦아지고 있었다. <u>"쌀 씻어 놓</u>
<u>았냐?" "네." "쌀 씻어 놓아라. 저녁때 다 됐다." "네, 씻어 놓았다니까요." "쌀 씻어</u>
<u>놓았냐?" "씻어 놓았대두요." "쌀 씻어 놓았냐?" "쌀 안 씻어 놓으면 밥 못 할까 봐</u>
<u>「 」: 시어머니와의 대화 내용을 직접 인용함으로써 '나'의 괴로운 상황을 생생히 표현함</u>
<u>그러세요. 진지 안 굶길 테니 제발 조용히 좀 계세요."</u> 이렇게 짜증이 나게 마련이었
다. 그렇다고 그 줄기찬 바보 같은 질문이 조금이라도 뜸해지거나 위축되는 것도 아
니었다. <u>남들은 몇 년씩 똥오줌 싸는 노인도 있는데 그만하면 곱게 난 망령이라고</u>
<u>시어머니의 치매 증상으로 인해 정신적으로 괴로운 상태가 된 '나'</u>
<u>나를 위로했지만 나는 온종일 달달 볶이고 있는 것처럼 신경이 피로했다.</u> 차라리 똥
오줌 치는 게 온종일 같은 말 대구하는 것보다 덜 지겨울 것 같았다.
▶ 치매에 걸린 시어머니를 돌보며 겪는 '나'의 괴로움

• 등장인물 소개 – '나'와 '나'의 친구

'나'의 친구
• '나'의 고교 동창으로 남아 선호 사상을 지님 • 며느리가 둘째도 딸을 낳아 상심함 • 대를 이을 아들을 낳기 위해 또 아이를 가질 것을 며느리에게 강권함
'나'
• 시어머니의 보살핌을 받으며 시집살이를 함 • 시어머니가 치매에 걸린 후 간병을 하다 힘들어 포기하려 함 • 과거 시어머니의 정성과 사랑을 환기하며 생명의 소중함을 깨닫게 됨

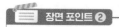

[앞부분의 줄거리] 치매에 걸린 '나'의 시어머니는 밤중에 부부의 방에 건너와 요강을 놓고 가고 아침이 되면 요강을 들고 나가는 일을 반복한다.

행여 그 일을 누구한테 빼앗길세라 첫새벽에 요강을 비우러 들어올 때나 이슥한
　　　　　　　　　　　　　　　　날이 새기 시작하는 새벽
부부의 방에 들어와 요강을 놓고 내가는 일 – 치매 증상
밤에 요강을 들고 들어올 때의 그분의 표정은 아무도 흉내 낼 수 없을 만치 특이했
　　　　　　　　　　　　　그분의 표정은　시어머니
다. 가장 신령스러운 일에 영혼이 부림을 당하고 있는 무당처럼 요괴스러워 보이기

도 하고 자기 아니면 안 되는 일에 헌신한다고 생각하는 독재자처럼 고집스럽고 당

당해 보이기도 했다. 나는 내가 숨 쉬기 위해 매일 밤 그분을 죽였다. 「밝은 날엔 간
　　　　　　　　　　　　　　　밤마다 시어머니가 죽는 상상을 함 → 시어머니의 치매 증상으로 인해 정신적 고통을 받는 '나'
밤의 내 잔인한 소망을 부끄러워했지만 내 잔인한 소망은 매일 밤 살쪄 갔다.」 그 기
　　　　　　　　　　　　　　　　　　　　　　　　　　　　　　　『 』: '나'의 이중적 심리
운을 조금이라도 죽일 수 있는 방법은 신경 안정제밖에 없었다. 은밀히 먹던 그 약
　　　　　　　치매에 걸린 시어머니를 돌보며 '나'의 정신이 황폐해짐
을 남편 앞에서 당당히 입에 털어 넣었고 분량도 여봐란듯이 늘려 갔다. 그가 약을

빼앗으려는 시늉을 하면 마귀처럼 무섭게 이를 갈며 덤볐다.

"괜히 이러지 말아요. 이 약 없으면 내가 당신 어머니를 죽일 거예요. 그래도 좋아
　신경 안정제를 먹는 것을 말리지 말라는 의미
요? 그것보다는 당신 어머니가 나를 죽이는 게 나을걸요. 그게 낫다는 걸 알기 때

문에 이 약을 먹는단 말예요. 이래도 당신 말릴 수 있어요?"

요강을 계기로 시작된 시어머님의 우리 방 밤출입은 그 빈도가 점점 잦아졌다.
　　　　　시어머니의 치매 증세가 점차 악화됨　　　　　　　▶ '나'가 시어머니의 치매 증세로 인해 고통받음

(중략)

「이렇게 나는 구원의 가망이 조금도 안 보이는 지옥을 살면서도 아이들이나 친척
『 』: 위선적인 태도로 시어머니를 부양함
과 이웃들에겐 여전히 무던하고 참을성 있는 효부로 보이길 바랐다.」 내가 양다리를
　　　　　　　　　　　　　　　　시부모를 잘 섬기는 며느리
걸친 두 세계 사이의 심한 격차로 미구에 자신이 분열되고 말 것을 번연히 알면서도
　　　　　　　　　　　　　　얼마 오래지 않아
나는 나의 이중성에 악착같이 집착했다. 어쩌면 나는 내가 처한 고통으로부터 벗어
시어머니의 치매 증상 때문에 고통받으면서도 주변 사람들에게는 효부로 보이고 싶어 함
날 수 있는 길이 자신의 분열밖에 없다는 자포자기한 생각을 하고 있었는지도 모른다.

그 무렵 집에 드나들던 파출부가 어느 날 나한테 이런 소리를 했다.

"세상 사람들이 눈이 멀어도 분수가 있지. 왜 사모님 같은 분을 효부 표창에서 빠
　　　　　　　　　　'나'가 주변 사람들에게 치매에 걸린 시어머니를 돌보는 고통을 드러내지 않았음을 알 수 있음
뜨리느냐 말예요. 별거 아닌 사람들이 다 효자 효녀 효부라고 신문에 나고 상금도

타던데."
　　　　　　　　　　　　　　　　　　　시어머니로 인해 황폐해진 마음을 겉으로 드러내지
　　　　　　　　　　　　　　　　　　　않고 남들에게는 효부인 척하는 위선적인 모습
그 여자가 순진하게 분개하는 소리를 들으며 나는 나의 완벽한 위선에 절망했다.
파출부는 '나'의 위선적인 모습을 알지 못함
나는 막다른 골목에 쫓긴 도둑이 살의를 품고 돌아서듯이 그 여자에게 돌아서서 무
　　　　　　　　　　　　　　'나'가 시어머니에 대한 증오심을 드러내고자 마음먹음
서운 얼굴로 말했다.

"오늘 우리 어머님 목욕을 좀 시키고 싶은데 아줌마가 좀 도와줘야겠어요."

• '나'의 이중적인 심리 ①

밤	밝은 날(낮)
시어머니를 돌보는 일이 너무 힘들어 시어머니가 죽는 상상을 함	시어머니가 죽는 상상을 한 것에 대해 부끄러움을 느낌

• '나'의 이중적인 심리 ②

현실이 구원의 가망이 조금도 안 보이는 지옥 같다고 여김	↔	아이들, 친척, 이웃들에게는 무던하고 참을성 있는 효부로 보이길 바람

'나'는 시어머니의 치매 증세로 괴로운데도 남들의 눈을 의식하여 이를 내색하지 못하는 자신의 모습에 '완벽한 위선'이라며 괴로워함

"그러믄요. 도와 드리고 말고요."

"목욕탕에 물 받으세요." ▶ '나'가 시어머니에게 느끼는 증오심을 표출하기로 결심함

나는 벌써부터 내 속에서 증오와 절망적인 쾌감이 지글지글 끓어오르는 걸 느끼
   치매에 걸린 시어머니를 모시며 생겨난 미움   효부인 척하는 위선에서 벗어나고자 함
고 있었다. 아줌마 보는 앞에서 시어머님의 옷부터 벗기기 시작했다. 조금도 인정사

정 두지 않고 거칠게 함부로 다루었다. 「목욕 한번 시키려면 아이들까지 온 집안 식

구가 총동원해 좋은 말로 어르고 달래 가며 아무리 참을성 있고 부드럽게 다루다가
    「 」: 치매에 걸린 시어머니를 목욕시키는 것이 어려운 일임을 알 수 있음
도 종당엔 다소 폭력적으로 굴어야 겨우 그게 가능했다. 」그러나 이번엔 처음부터 폭
  일의 마지막
력적으로 다루기로 작정하고 있었다. 그분도 내 살기등등한 태도에 뭔가 심상치 않
시어머니에 대한 증오심을 표출하기로 결심했기 때문에   남을 해치거나 죽이려는 무시무시한 기운이 표정과 행동에 잔뜩 나타남
은 걸 느끼고 그 어느 때보다도 심한 반항을 했다. 믿을 수 없을 만큼 강한 힘으로

저항했지만 나 역시 거침없이 증오를 드러내니까 힘이 무럭무럭 솟았다. 옷 한 가지

를 벗겨 낼 때마다 살갗을 벗겨 내는 것처럼 처절한 비명을 질렀다. 보다 못한 아줌

마가 제발 그만해 두라고 애걸했다. 알지 못하면 가만있어요. 이 늙은이는 이렇게
                                        시어머니에 대한 '나'의 증오심이 단적으로 나타남
해야 돼요. 나는 씨근대며 말했다. 그리고 아줌마도 내 일을 도울 것을 명령했다. 노
    고르지 아니하고 거칠게 가쁘게 숨 쉬는 소리를 자꾸 내며
인은 겁에 질려 목쉰 소리로 갓난아기처럼 울었다. 발가벗긴 노인을 번쩍 들어다 탕
    '나'의 폭력적인 태도에 두려움을 느낀 노인의 반응
속에 집어넣고 다짜고짜 때를 밀기 시작했다. 나 죽는다. 나 죽어. 저년이 나 죽인

다. 노인이 온 동네가 떠나가게 비명을 질렀다. 나는 그러면 그럴수록 더 모질게 때

를 밀었다.

"너무하세요. 그렇게 아프게 밀 게 뭐 있어요?"

아줌마가 노인 편을 들었다. 그녀는 이제 아무 도움도 안 됐다. 혼비백산한 얼굴
                                            시어머니를 함부로 대하는 '나'의 태도에 놀람
로 구경만 했다.

"알지 못하면 가만히나 있으라니까요. 아무리 살살 밀어도 죽는시늉할 게 뻔해요."

골치가 빠개질 듯이 띵하고 귀에서 잉잉 소리가 났다. 나는 남의 일처럼 내가 미

쳐 가고 있다고 생각했다. 골속에 아니 온몸에 가득 찬 건 증오뿐이었다. 그런데도
                                        시어머니에 대한 '나'의 본심
나는 자꾸자꾸 증오를 불어넣고 있었다. 마치 터뜨릴 작정하고 고무풍선을 불듯이.

자신이 고무풍선이 된 것처럼 파멸 직전의 고통과 절정의 쾌감을 동시에 느끼고 있
                            폭력적인 행동으로 시어머니에게 증오심을 표출한 것에 대한 이중적 심리
었다. 별안간 아찔하면서 온몸에서 힘이 쭉 빠졌다. 그런 중에도 나는 냉혹한 미소
                                            자신을 효부로 보는 사람들에 대한 냉소
를 잃지 않았다. 이래도 나를 효부라고 할 테냐고 묻고 싶었다.
        '나'를 효부로 보는 사람들에 대한 반발심
그날 이후 나는 몸져누웠다. 파출부도 다시는 우리 집에 오지 않았다. 몸살에 신
시어머니를 목욕시키며 증오심을 표출한 날
경 안정제의 후유증까지 겹쳐 정신과 치료까지 받지 않으면 안 되었다.
    '그날' 이후 '나'의 건강이 이전보다 악화됨   ▶ '나'가 시어머니를 목욕시키며 파출부 앞에서 증오심을 드러냄

• '절망적인 쾌감'의 의미

절망적	효부인 척하는 위선에서 벗어나기 위해서는 시어머니에 대한 증오와 분노라는 부정적 감정을 드러내야 함
쾌감	괴로움을 속으로 참으며 주변 사람들에게 효부인 척하는 위선에서 벗어날 때 느끼는 해방감

• '목욕'의 기능

'나'	파출부
자신의 내면 속에 감춰 온 시어머니에 대한 증오심을 표출하는 수단	시어머니에게 증오심을 품고 있던 '나'의 실체를 알게 되는 계기

주목

장면 포인트 ❸

- 해당 장면은 남편과 함께 시어머니를 맡아 줄 수용 기관을 보러 가던 '나'가 초가지붕에 걸려 있는 박을 보고 시어머니가 태어날 아이들을 위해 준비했던 해산 바가지를 떠올리는 부분이다.
- 아이의 성별에 관계없이 정성껏 해산바라지를 하는 시어머니의 모습에 주목하여 '나'의 심리 변화와 갈등 해소가 나타나는 과정을 파악하도록 한다.

남편이 좌판에 털썩 주저앉았다. 그러고 주인도 찾지 않고 막걸리 병마개를 비틀었다. 등허리뿐 아니라 이마에도 번드르르 땀이 배어 있었다.(불편함, 긴장감 때문) 서늘한 미풍이 숲을 이루다시피 한 길가의 코스모스를 잠시도 가만 놔두지 않았다. 색색 가지 꽃이 오색의 나비 떼처럼 하늘댔다. 쾌적한 날씨였다.(부부의 심정과 가을 날씨를 대조적으로 나타냄 – 인물들의 불편하고 긴장된 심리 부각) 그런데도 우린 둘 다 달군 프라이팬에 들볶이고 있는 것처럼 안절부절못했다.(어머니를 시설에 보내야 하는 남편과 그러한 남편을 바라보는 '나'의 심정이 모두 불편함) 막걸리를 병째 마시는 그가 조금도 호방해 보이지 않고 조바심만이 더욱 드러나 보이는 걸 나는 쓰라린 마음으로 곁눈질했다.

★주목 "라면이라도 하나 끓여 달랠까요?"(시어머니 문제로 남편과 불편한 상황이 되자 이를 누그러뜨리기 위해 '나'가 남편에게 한 말)

"당신 시장하오?"

"아뇨, 당신 술안주 하게요."

"안주는 무슨……."(어머니 문제로 안주 먹을 기분이 나지 않음)

나는 주인을 찾아 가게터 뒤로 돌아갔다. 좀 떨어진 데 초가가 보였다. 초가지붕 위엔 방금 떠오른 보름달처럼 풍만하고 잘생긴 박(과거 시어머니가 준비했던 해산 바가지를 떠올리게 함 – 과거 회상의 매개체)이 서너 덩이 의젓하게 자리 잡고 있었다.

"여보, 저 박 좀 봐요. 해산 바가지 했으면 좋겠네."(초가지붕 위의 박을 통해 해산 바가지를 떠올림. '박'은 시어머니로 인한 '나'의 내적 갈등을 해소하는 매개체가 됨)

나는 생뚱한 소리로 환성을 질렀다.

"해산 바가지?"

남편이 멍청하게 물었다.

> **감상 포인트**
> '해산 바가지'의 의미와 역할을 작품의 주제와 연관 지어 파악한다.

"그래요. 해산 바가지요."

실로 오래간만에 기쁨과 평화와 삶에 대한 믿음이 샘물처럼 괴어 오는 걸 느꼈다.(해산 바가지를 통해 생명을 소중하게 여겼던 시어머니의 모습을 떠올렸기 때문에)

(과거 회상) 내가 첫애를 뱄을 때 시어머님은 해산달(아이를 낳을 달)을 짚어 보고 섣달이구나, 좋을 때다, 곧 해가 길어지면서 기저귀가 잘 마를 테니, 하시더니 그해 가을 일부러 사람을 시켜 시골에 가서 해산 바가지(새로운 생명을 맞이하기 위해 준비해 두는 그릇. 새 생명에 대한 시어머니의 사랑을 떠올리게 하는 대상 – 갈등 해소의 매개체)를 구해 오게 했다.

"잘생기고, 여물게 굳고, 정한 데서 자란 햇바가지여야 하네. 첫 손자 첫국밥 지을 미역 빨고 쌀 씻을 소중한 바가지니까."(손주의 탄생을 경건하게 준비하는 시어머니의 모습)

이러면서 후한 값까지 미리 쳐주는 것이었다. 그럴 때의 그분은 너무 경건해 보여 나도 덩달아서 아기를 가졌다는 데 대한 경건한 기쁨을 느꼈었다.(새 생명을 맞이하는 시어머니의 경건한 태도가 '나'에게 긍정적 영향을 미침) 이윽고 정말 잘 굳고 잘생기고 정갈한 두 짝의 바가지가 당도했고, 시어머니는 그걸 신령한 물건인 양 선반 위에 고이 모셔 놓았다.(생명 탄생을 맞이하는 정성) 또 손수 장에 나가 보얀 젖빛 사발도 한 쌍을 사다

작품 분석 노트

- 치매에 걸린 시어머니를 보낼 수용 기관으로 가는 '나'와 남편의 심리

남편	'나'
땀을 흘리며 막걸리를 병째 마시고 안주도 거절함	남편의 모습을 곁눈질하며 술안주라도 챙겨 주려고 함

↓

- 치매 노인을 시설로 보내는 것과 관련한 불편한 마음
- 서로의 눈치를 보며 느끼는 긴장감

가 선반에 얹어 두었다. 그건 해산 사발이라고 했다.

▶ '나'는 남편과 함께 시어머니를 맡길 시설을 찾아가다 박을 보고 해산 바가지를 떠올림

나는 내가 낳은 첫아기가 딸이라는 걸 알자 속으로 약간 켕겼다. 외아들을 둔 시
남아 선호 사상이 강했던 당시의 상황에서 시어머니가 경건하게 손주 맞을 준비를 했기 때문에 딸을 낳은 것에 마음이 불편함
어머니가 흔히 그렇듯이 그분도 아들을 기다렸음 직하고 더구나 그분의 남다른 엄숙
한 해산 준비는 대를 이를 손자를 위해서나 어울림 직했기 때문이다. 그러나 퇴원한
나를 맞아들이는 그분에게서 섭섭한 티 따위는 조금도 찾아볼 수 없었다. 그 잘생긴
'나'의 예상과 달리 딸을 낳았음에도 정성스레 해산구완을 해 준 시어머니. 아들과 딸을 차별하지 않는 시어머니의 태도가 나타남
해산 바가지로 미역 빨고 쌀 씻어 두 개의 해산 사발에 밥 따로 국 따로 퍼다가 내
머리맡에 놓더니 정성껏 산모의 건강과 아기의 명과 복을 비는 것이었다. 「그런 그분
의 모습이 어찌나 진지하고 아름답던지, 비로소 내가 엄마 됐음에 황홀한 기쁨을 느
「 ♪: 아들과 딸을 차별하지 않는 시어머니의 모습에 기쁨을 느끼는 '나'
낄 수가 있었고, 내 아기가 장차 무엇이 될지는 몰라도 착하게 자라리라는 것 하나
만은 믿어도 될 것 같은 확신이 생겼다.」 대문에 인줄을 걸고 부정을 기(忌)하는 삼
아이가 태어난 후 스무하루 동안 아이에게 해가 되지 않도록 인줄을 달아 외부인의 출입을 금하던 풍속
칠일 동안이 끝나자 해산 바가지는 정결하게 말려서 다시 선반 위로 올라갔다. 다음
해산 때 쓰기 위해서였다. 다음에도 또 딸이었지만 그 희색이 만면하고도 경건한 의
해산 바가지, 해산 사발을 사용하며 산모의 건강과 아이의 명과 복을 비는 일
식은 조금도 생략되거나 소홀해지지 않았다. 다음에도 딸이었고 그다음에도 딸이었
다. 네 번째 딸을 낳고는 병원에서 밤새도록 울었다. 「의사나 간호사까지 나를 동정
했고 나는 무엇보다도 시어머니의 그 경건한 의식을 받을 면목이 없어서 눈물이 났
「 ♪: 사랑으로 경건하게 아이를 받아 주시는 시어머니께 아들을 낳아 드리지 못한 죄스러움을 느낌
다.」 그러나 그분은 여전히 희색이 만면했고 경건했다. 다음에 아들을 낳았을 때도
딸과 아들을 구별하지 않는 시어머니의 모습 – 생명 그 자체를 소중히 여기는 마음
더도 아니고 덜도 아닌 똑같은 영접을 받았을 뿐이었다. 그분은 어디서 배운 바 없
이, 또 스스로 노력한 바 없이도 저절로 인간의 생명을 어떻게 대접해야 하는지를
알고 있는 분이었다. 그분이 아직 살아 있지 않은가. 그분의 여생도 거기 합당한 대
우를 받아 마땅했다. 나는 하마터면 큰일을 저지를 뻔했다. 그분의 망가진 정신, 노
생명 자체를 소중히 여긴 시어머니 역시 소중한 대우를 받아야 한다는 생각이 듦 → 시어머니를 수용 기관에 보내려던 마음을 바꾸게 됨
추한 육체만 보았지 한때 얼마나 아름다운 정신이 깃들었었나를 잊고 있었던 것이
늙고 추한   아들, 딸의 구별 없이 생명을 존중하는 정신
다. 비록 지금 빈 그릇이 되었다 해도 사이비 기도원 같은 데 맡겨지도 않은 마귀
치매에 걸려 이지를 상실한 시어머니를 비유함   겉은 노인 요양 시설이나 실제로는 문제가 많음
를 내쫓게 하는 수모와 학대를 당하게 할 수는 없는 일이었다.

▶ 생명을 경건하게 대하던 시어머니의 모습을 떠올리고 시어머니를 집에서 모시기로 함

나는 남편이 막걸릿병을 다 비우기도 전에 길을 재촉해 오던 길을 되돌아섰다. 암
시어머니를 수용 기관에 맡기지 않고 직접 모시기로 결정함
자 쪽을 등진 남편은 더 이상 땀을 흘리지 않았다. 시어머님은 그 후에도 삼 년을 더
어머니를 수용 기관에 보내는 것에 불편해하던 남편의 마음이 풀림
살고 돌아가셨지만 그동안 힘이 덜 들었단 얘기는 아니다. 그분의 망령은 여전히 해
치매에 걸린 시어머니의 행동
괴하고 새록새록해서 감당하기 힘들었지만 나는 효부인 척 위선을 떨지 않음으로써
시어머니의 간병이 힘들 때는 힘들다고 표현을 함 → 자신의 감정에 솔직해짐
조금은 숨구멍을 만들 수가 있었다. 「너무 속상할 때는 아이들이나 이웃 사람의 눈
「 ♪: 효부인 척 위선으로 시어머니를 대하지 않고 진심으로 대하기 시작함
치 볼 것 없이 큰 소리로 분풀이도 했고 목욕시키거나 옷 갈아입힐 때는 아프지 않을
만큼 거칠게 다루기도 했다. 너무했다 뉘우쳐지면 즉각 애정 표시에도 인색하지 않
았다.」

▶ 시어머니를 다시 집에서 모시면서 '나'는 자신의 감정에 솔직해짐

• '해산 바가지'의 기능과 의미

과거 회상의 매개체
'나'는 시어머니를 보낼 수용 기관을 살펴보러 가는 길에 초가지붕에 놓인 잘생긴 박을 보면서 해산 바가지를 떠올리고 시어머니의 예전 모습을 회상함

갈등 해소의 매개체
'나'는 해산 바가지를 통해 손주의 탄생을 경건하게 준비했던 시어머니의 생명 존중 의식을 깨닫고, 시어머니를 임종 때까지 모시기로 함

↓

남녀를 차별하지 않는 생명 존중의 상징

이 작품은 며느리에게 아들 낳기를 강권하는 '나'의 친구의 이야기와 아이의 성별에 관계없이 정성껏 해산바라지를 했던 '나'의 시어머니의 이야기로 구성되어 있으므로, 이를 바탕으로 사건의 전개를 파악할 수 있어야 한다.

＋ 작품의 서사 구조

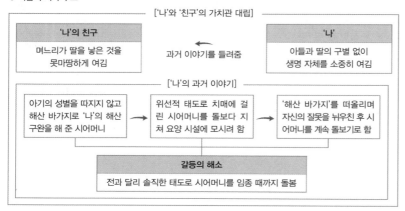

이 작품의 제목이자 중심 소재인 '해산 바가지'의 의미와 사건 전개에서의 역할을 파악할 수 있어야 한다.

＋ '해산 바가지'의 역할

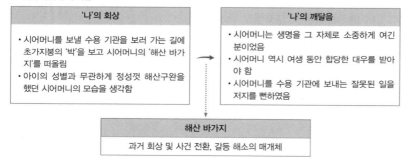

이 작품은 '남아 선호 사상'과 '치매 노인 부양'이라는 사회적 문제를 다루고 있다. 따라서 이에 대한 외적 준거를 바탕으로 작품을 해석하고, 작품의 주제 의식과 관련하여 문제에 대한 해결 방안을 모색할 수 있어야 한다.

＋ 작품 속 사회 문제와 해결 방안

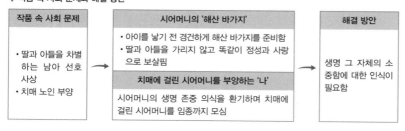

작품 한눈에

- 해제
〈해산 바가지〉는 시어머니의 치매 문제로 갈등을 겪은 주인공 '나'가 생명 존중을 몸소 실천하여 보여 준 과거의 시어머니를 회상함으로써 갈등을 해소하는 이야기를 그린 소설이다. 남아 선호 사상이 팽배했던 1980년대를 배경으로 하는 이 작품은, 딸을 출산한 며느리를 질타하는 '나'의 친구의 이야기로 시작해 치매에 걸린 시어머니를 부양하며 갈등을 겪었던 과거의 '나'의 이야기로 맺어진다. 치매에 걸린 시어머니를 돌보며 심신이 지쳐 가던 '나'는 과거에 아들인지 딸인지 상관없이 새 생명을 경건하게 맞이했던 시어머니의 모습을 회상하며 자신을 성찰한다. 생명은 그 자체로 소중하다는 '나'의 깨달음을 통해 남아 선호 사상과 치매 노인 부양과 같은 사회 문제에 대해 긍정적인 해결 방향을 제시하는 작품이라고 볼 수 있다.

- 제목 〈해산 바가지〉의 의미
  – 박으로 만든 바가지로, '나'의 시어머니가 손주의 성별과 상관없이 정성껏 해산구완을 할 때 사용한 것

이 작품 속 '해산 바가지'는 치매에 걸린 시어머니 부양을 포기하려던 '나'에게 과거 새 생명을 경건하게 맞이하던 시어머니의 모습을 떠올리게 하여 '나'가 시어머니를 계속 돌볼 것을 결심하도록 하는 계기로 작용한다. 즉 '해산 바가지'는 시어머니로부터 '나'에게 이어지는 생명 존중 의식의 상징이다.

- 주제
남아 선호 사상에 대한 비판과 생명 존중 사상

장곡리 고욤나무 ▶ 이문구

💬 전체 줄거리

장면 포인트 ① 258P

이봉출은 시내버스를 타고 장곡리로 향했다. 버스 안의 사람들은 엊그제까지 멀쩡하던 이기출이 갑자기 왜 자살을 하였는지 궁금해했다. 누군가 이기출이 늘 세상이 재미없다는 말을 입에 달고 살았다고 말했다. 봉출은 기출 형님이 손수 목을 맸다는 것, 그것도 일흔둘이라는 적지 않은 나이에 세상이 재미없다는 이유로 죽었다는 사실이 어처구니없고 기가 막힐 뿐이다.

▶ 봉출은 기출의 장례식으로 향하며, 그의 자살을 믿을 수 없어 함

봉출은 그저께 저녁 시내 목욕탕에서 기출을 만났었다. 기출은 한여름의 등목 외에는 생전 목욕이 무엇인지를 모르던 터였으므로, 느닷없이 목욕탕에 온 것부터가 이상했다. 기출은 시내 이발소에서 이발까지 하고 온 모양새였다. 그러나 봉출이 더 놀란 것은 백 원 한 장에도 부르르 떨던 기출이 말보로 담배를 꺼내 봉출에게 권했다는 점이다. 봉출은 사람이 안 하던 짓을 하면 으레 얼마 못 간다던데 하면서 영 개운하지가 않았다. 그래서 봉출은 목욕탕을 나서면서 자신이 술을 사겠다며 술집으로 기출을 데리고 갔다. 그곳에서 기출은 전에 없이 희떠운 소리까지 서슴지 않았다. 사실 요사이 자식들이 뻔질나게 드나들며 기출의 오장을 뒤집은 지가 오래였다. 얼마 전 양력 정월 초이렛날, 그날은 기출의 생일이었다. 봉출이 아침이나 함께 하려고 가 보니, 아들에 며느리에 딸이며 사위는 물론이고 동기간들까지 모두 와 있어 누가 보더라도 화목한 집안으로 비치기에 부족함이 없었다. 그러나 공기는 그렇지 않았다. 기출은 아침부터 청주를 한 사발이나 마시고는 논이고 밭이고 정내미가 다 떨어진다며 팔려고 다 내놓아도 거래가 없다고 한다. 부동산 투기를 막겠다며 만든 법으로 인해, 도시의 땅값은 자고 나면 오르는데, 농촌의 땅값은 가만히 내버려두어도 내리게끔 되어 버렸다. 그래서인지 술집에서 기출은 이 생각 저 생각 하면 화만 난다며 맥주를 부어 대는 것이었다. 기출은 술집에서 나설 채비를 마친 뒤까지도 말수를 줄이지 않고 '나쁜 늠덜'이라는 말만 되풀이하였다. 기출이 그토록 이를 갈아 댄 그 나쁜 놈들이란 부동산 투기를 막겠다며 오히려 농촌 경제를 마비시켜 놓은 정부 당국자와 여야 정객들, 학자들, 기자들이었다.

장면 포인트 ② 260P

주목 기출은 계속해서 '나쁜 늠덜'을 외치고 주먹으로 테이블을 내리쳤다. 그 와중에 맥주병이 넘어지고 술잔이 떨어지면서 옆의 경찰관 일행과 시비가 붙었다. 봉출은 경찰관에게 되도 않는 억지를 부리며 싸움을 거는 기출을 보면서 그의 심상치 않은 변모에 불안감을 떨칠 수가 없었다. 그것이 봉출이 본 기출의 마지막 모습이었다.

▶ 봉출은 기출과 마지막으로 만났던 때를 떠올림

버스가 정류장에 설 때마다 장곡리로 문상을 가는 사람들이 하나둘 올라탔다. 그들은 위로랍시고, 사는 것이 다 팔자 놀음이라는 말을 주고받았다. 차가 장곡리 경로당 앞에 서자, 버스에 탔던 문상객

들이 모두 내렸다. 기출의 집은 맨 끝 함석집이었다. 기출의 집 울안에는 미끈하게 뻗은 고욤나무가 솟아 있었다. 기출이 목을 맸던 그 교수목(絞首木)이었다. 봉출은 부르르 진저리를 쳤다. 주인을 잡은 교수목이 아직도 처벌받지 않은 것에 대한 분노였다. 악상인 탓에 바깥마당엔 윷판도 화투장을 떼는 모습도 볼 수 없었다. 안방에서 움직이지 못하고 누워 있던 형수는 봉출을 보자, 첫마디에 뒤꼍

장면 포인트 ③ 262P

고욤나무를 베어 달라고 부탁하였다. 그러면서 자식들이 부고를 받고 와서는 빚이 얼마나 있는지도 모르고 통장부터 내놓으라고 했다며 한탄하였다. 곧이어 형수는 장례가 끝나고 나면, 아버지 재산을 일대일씩 나눠 갖는 대신 아버지 빚도 일대일씩 나눠서 갚으라고 말할 예정이라고 하였다. 봉출은 기출이 그동안 무슨 이상한 말은 안 했는지를 물었다. 형수는 기출이 사는 게 재미없다는 말만 했다며, 혹시 이럴려고 그랬는지 생일날 아이들이 다녀간 후부터는 담배도 양담배로 바꿔서 보루로 사다 놓고 피우고, 술도 맥주만 마시려 하고, 시내에 나갔다 하면 꼭 택시로 들어오는 등 생전 안 하던 짓을 했다고 전하였다. 봉출은 형수를 보고 나오는 길로 톱을 찾아서 뒤꼍으로 갔다. 고욤나무 결가지부터 칠 생각으로 이리저리 살펴보고 있자니, 지난 정월 초이렛날 기출이 큰아들과 큰소리를 낸 끝에 고욤나무를 보며 이 나무만큼 쓸데없는 나무가 없다며 과일나무인 것 같기도 하고, 아닌 것 같기도 하고, 늙은 나무라 까치나 꾀들어서 시끄럽기만 하지 천상 불땔감이라고 한 말이 생각났다. 봉출은 기출이 생일날조차 구순하게 넘기지 못한 것도 다 땅이 안 팔린 탓이라고 여겼다. 그날 큰아들 효근이 기출에게 자신에게 물려줄 재산을 미리 사업 자금으로 대 달라고 하였고, 이에 기출은 크게 화를 냈다. 효근은 우리나라의 개고기 소비가 많으므로, 우루과이 라운드 협상이 타결되면 외국산 개고기를 수입하는 사업을 하겠다고 말했다. 개값이 싼 동남아 등지에 현지 법인을 설립하여 백화점이나 슈퍼에서도 팔 수 있도록 깡통 가공을 하겠다는 구체적인 계획까지 밝혔다. 그러면서 아버지 기출이 땅을 너무 비싸게 내놓아 안 팔리는 것이라고 말했다. 하지만 봉출은 땅이 안 팔리는 것은 농어촌 발전 종합 대책 때문에 농짓값이 많이 떨어져 거래가 없기 때문이라고 설명했다. 효근이 간 후, 기출은 봉출에게 자기의 땅은 절대 개장사 밑천이 되어서는 안 되며, 살아생전 재산을 정리하지 않으면 자신이 죽은 후에 형제들끼리 재산 싸움이 날 것이라고 말하였다.

▶ 봉출은 기출의 재산을 놓고 기출과 큰아들 효근이 다투던 일을 생각함

봉출은 기출의 심정을 이해할 수 있었다. 그것은 은근히 기다렸던 지자제 선거용 정책에 대한 기대가 물거품이 되어 버린 탓이었기 때문이다. 선거를 맞아 내놓은 정부의 농어촌 정책이 사실상 보통의 농민들과는 아무 상관도 없는 것이라고 보도되었던 것이다. 봉

출은 아까 버스에서 오가던 말을 되새겨 보았다. 버스 안의 사람들은 이렇다 할 사건도 없이 다만 사는 게 재미가 없다는 이유만으로 죽음을 앞당겼다는 사실에 재미없어 하는 내색이 분명하였다. 봉출

은 사정도 모르는 그들이 병신 같다고 생각하며 톱자루를 쥔 손에 침을 뱉고는 고욤나무 밑동을 베기 시작했다.

▶ 봉출은 기출의 심정을 이해하며 고욤나무를 베기 시작함

인물 관계도

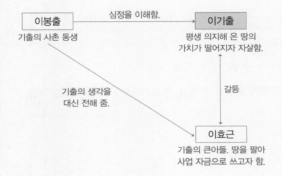

이봉출 — 심정을 이해함. → 이기출
기출의 사촌 동생
이기출: 평생 의지해 온 땅의 가치가 떨어지자 자살함.

기출의 생각을 대신 전해 줌.

갈등

이효근
기출의 큰아들. 땅을 팔아 사업 자금으로 쓰고자 함.

〈보기〉로 나오는 작품 외적 준거

〈장곡리 고욤나무〉가 말하는 화해와 통합

〈장곡리 고욤나무〉는 1991년에 발표된 작품으로, 이미 1960년대와 1970년대의 혼란스러웠던 산업화를 겪은 후의 농촌의 모습을 1990년대의 입장에서 바라본 것이다. 여기서 서구의 공간 인식과 한국인의 공간 인식을 비교해 볼 수 있다. 서구의 공간 인식이 인간 주체를 중심으로 하는 것과 달리, 한국인은 땅과 인간의 상호 관계에 더 주목한다. 주체를 중심으로 하는 서구의 공간 사유에서는, 인간이 미정형의 공간에 대한 탐색과 학습을 통해 공간을 장소로 만든다고 생각하지만, 한국인의 공간관에서 장소는 애초에 자기 고유의 성질과 품격을 지니고 있으며, 인간은 이를 발견해 낼 뿐이다. (중략)

이 작품에 등장하는 '기출 씨'는 자신이 평생 동안 의지하고 살아왔던 땅에 대한 애착을 지니고 있는 사람으로, 그 땅이 가장 가치 있게 쓰이기를 바라는 마음을 지닌 우리 시대 농촌 아버지의 표상이다. 그런데 자식들은 이 땅을 팔아서 개장사 밑천으로 쓰거나, 아파트 평수 늘리는 데 쓰려고 한다. 자신의 부를 취하기 위하여, 아버지의 피와 땀을 경제적 효용 가치로 환산하고 만다. 기출 씨가 자살하게 된 것은 땅을 둘러싼 자식들의 다툼, 도시의 급격한 땅값 상승에 대비되는 황폐한 농촌의 실정, 우루과이 라운드로 인한 농촌의 몰락, 보통 농민들과 영세농을 외면한 정부의 농촌 정책 등의 우울한 사건 때문이다.

말하자면 '고욤나무'는 늙은 농부 이기출의 분신이며, '절반은 삭정이로 묵어 버린 볼품없는 나무'라는 점에서 주인공 이기출의 처지를 대변하고 있다. 물질주의적 세계관에 사로잡혀 황금만능주의가 판치는 세상에 자식들은 아버지 부고를 받고 와서 한다는 일이 농과 서랍을 뒤지며 논문서와 밭문서를 찾는 것이다. 아버지가 죽었으니 그 재산을 똑같이 분배받아야 한다며 아웅다웅 싸우는 모습을 보며 부모가 남부끄러워서 못 살겠다고 자조하는 모습에서, 작가는 정말로 필요한 것은 가족의 완전한 회복임을 강조하고 있다.

— 조은숙, 이문구 소설의 토포필리아 연구: 연작 소설을 중심으로, 2005

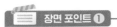

- 이 작품은 평생 농사만 짓다 스스로 목숨을 끊은 72세 노인 '기출'을 통해 1990년대 당시 농촌의 실상을 드러낸 소설이다.
- 해당 장면은 봉출이 기출의 장례식에 찾아가는 길에 평소와 달랐던 기출의 행동을 떠올리는 부분이다.
- 기출의 죽음이라는 사건에 주목하여 평소와 다른 기출의 행동에 대한 봉출의 반응을 파악하도록 한다.

[앞부분의 줄거리] 봉출 씨는 장곡리에 사는 사촌 형 기출 씨가 목을 매서 자살했다는 소식을 듣고 버스를 타고 장례식에 간다. 버스 안 사람들은 기출 씨가 왜 죽었는지 의아해하며 저마다 한마디씩 한다.
_{기출 씨의 자살 원인을 짐작함}

"참 그이는 엊그제까장두 멀쩡허던 이가 위째 느닷읎이 시상을 그냥 싸게 놔 버졌
_{기출 씨의 갑작스런 죽음을 의아해함}
대유?"

공산짝에 솔껍데기 비어지듯이 삐쭉하고 불그러지면서 누구보다도 자주 나부대는
것이었다. ■ : 인물의 특징을 비유와 외양 묘사를 통해 나타냄

"멀쩡은 해두 원판 뙤똥허게 살던 노인네였쥬."
_{'별나게'의 방언}
서서 가는 사람 중에 이마는 이마대로 주먹 하나가 튀어나오고, 뒤통수는 뒤통수
대로 주먹 하나 더 붙은 남북대가리가 그렇게 받아 주었다.
_{깻묵, 기름을 짜고 남은 깨의 찌꺼기　　머리가 앞뒤로 튀어나온 사람　　늘, 항상}
"깨묵 같은 소리 되게 허구 있네. 세상이 재밌성이 읎단 말을 장 입에다 달구 살던
_{말 같지 않은 소리　　　　　　　　　　　　세상에 대한 기출 씨의 인식을 드러냄}
인디 그게 뙤똥허게 산 게라나? 하나 보태기 하나는 둘, 둘 곱허기 둘은 닛, 해 가
며 읎는 건건이루 있는 밥 축내는 새에 막은이 닥친 거지."
_{변변치 않은 반찬. 또는 간략한 반찬}
봉출 씨 앞자리에서 오갈든 어깨에 비듬을 허옇게 얹고 가던 사내가 잔뜩 수리목
_{오그라든　　　　　　　　　　　　　　방언으로 '쉰 목소리로 소리를 질렀'이라는 뜻}
지른 목소리로 퉁바리를 주었다.　　　　　　▶ 버스 승객들이 기출 씨의 죽음에 대해 이야기함
_{퉁명스러운 핀잔}

(중략)

기출이 형님이 손수 목을 매다니, 그것도 적지않이 일흔둘이나 된 나이에 새삼스
럽게 사는 것이 재미가 없다고 스스로 세상을 놓다니, 봉출 씨는 생각이 그에 미칠
_{기출 씨의 죽음에 대한 버스 승객들의 말을 들은 봉출 씨의 반응}
때마다 다만 어처구니없고 기가 막힐 뿐이었다.

기출 씨네 이웃에 사는 조춘만이가 아침에 전화로 부음을 전할 때만 해도 봉출 씨
_{사람이 죽었다는 사실을 알리는 말이나 글}
는 당최 믿기지가 않아서 조춘만이가 해장술에 실성하여 말 같잖은 소리로 장난을
_{사촌 형 기출 씨의 죽음이 갑작스러워 믿기지 않음}
하는 줄만 알았었다.

"얼라, 아 그저께 밤에두 당신허구 하냥 젊은것덜 노는 디 가서 백구야 허구 자셨
다던 분이 그게 워쩐 일이랴, 교통사고가 났다담유?"

믿기지 않기는 마누라도 마찬가지였을 것이다. 기출 씨를 대접하다가 주머니를
톡 털고 들어온 줄 알고 찌그렁이 붙는 바람에 새로 한 시가 넘도록 웬수니 악수니
_{가진 돈을 다 쓰고　　　　남에게 무턱대고 억지로 떼를 쓰는 짓}
하고 대판거리를 벌인 터였으니까.
_{크게 차리거나 벌어진 판}
"당신이 택시 잡어 드리구 운전수헌티 차비까장 미리 줘 보냈더라메유."
_{봉출 씨　　　　　미처 생각하지 않았던 뜻밖에 닥쳐오는 불행}
마누라는 불의의 횡액이 아닌 다음에야 그렇게 허무할 리가 없다는 거였다. 봉출
_{봉출 씨의 아내가 기출 씨의 죽음이 교통사고 때문이라고 짐작하는 이유　　기출 씨 부인}
씨도 그랬으면 싶었다. 그러나 조춘만이의 말을 들으면 그것이 아니었다. 형수가 시
_{기출 씨의 죽음이 자살이 아닌 교통사고 때문이었으면 하는 마음}

내에서 보일러 대리점을 하는 작은아들네 집에 다니러 가서 묵어 오는 틈에 뒤꼍의
<small>기출 씨의 아내가 집을 비운 사이에</small> <small>집 뒤에 있는 돌이나 마당</small>
고욤나무에다 송아지 목사리를 걸어 일을 냈다는 것이었다. ▶기출 씨의 자살 소식을 들은 봉출 씨
<small>개나 소 따위의 짐승의 목에 두르는 굴레</small> <small>자살을 했다는</small>
이럴 줄 알았으면 그러지나 말 것을. 봉출 씨는 그저께 자기가 했던 말이 되살아
<small>'성님은 때가 아까워서 워치기 이런 디를 다 오셨다.'라며 구두쇠인 기출 씨가 목욕탕에 온 일을 두고 한 말</small>
날수록 후회막급일 뿐이었다.
<small>저녁이 다 된 때</small>
　　봉출 씨가 기출 씨를 만난 것은 그저께 다저녁때 시내의 목욕탕 안에서였다. 봉출
<small>과거 회상 – 기출 씨가 자살하기 전 했던 이상한 행동들을 떠올림</small>
씨는 그날 풍년 농약사에 묵은 외상값을 지우러 나왔다가 농약사 주인이 가서 구경
<small>갚으러</small>
이나 하다 가라고 자꾸 따라붙는 통에 할 수 없이 동남 여관까지 따라가서 구둣방 신
재일이, 안경점 하는 최충성이, 바르게살기운동협의회 지부장 강준원이 따위와 어울
렸다가 외상값은 외상값대로 고스란히 뉘어 놓은 채 두 손 탁 털었고, 자기보다 먼
<small>외상값을 갚지 못한 채</small>
저 떨어져서 물러앉아 양수거지하고 있던 사거리 서점 주인 양문재를 부추겨서 기분
<small>두 손을 마주 잡고 서 있음</small>
전환차로 그 목욕탕을 찾았던 것이다.
　　기출 씨는 한여름의 등멱 외에는 생전 목욕이 무엇인지도 모르던 터였으니만큼
<small>바닥에 엎드려서 허리에서부터 목까지를 물로 씻는 일</small>
그렇게 느닷없이 목욕탕에 발걸음을 한 것부터가 무엇이 씌어 댄 짓이었는지도 모를
<small>죽음 전 기출 씨의 이상한 행동 ①</small>
일이었다.
<small>봉출 씨가 사촌 형인 기출 씨를 부르는 호칭</small>　　　<small>목욕탕</small>
　　"업세, 성님은 때가 아까워서 워치기 이런 디를 다 오셨댜."
<small>'어머'의 방언</small>　　<small>구두쇠인 기출 씨가 평소와 달리 목욕탕을 온 것에 의아해함</small>
　　하도 이상해서 그런 시답잖은 농을 다 건넸을 정도로 기출 씨는 본래 돈이라면 단
<small>기출 씨의 성격을 직접적으로 제시함</small>
돈 백 원 한 장에도 부르르 하던 구두쇠였다.
　　"모처럼 이발을 했더니 똑 장화 신고 오바 입은 것 같아서 싸우나나 허구 갈까 해
<small>서로 어울리지 않는 것을 비유함</small>
서 왔지."
　　그리고 보니 머리도 시내 이발소에서 손을 본 머리였다.
<small>죽음 전 기출 씨의 이상한 행동 ②</small>
　　"면도사는 웬만허담유?" / 봉출 씨는 내친김에 한 번 더 떠보았다.
　　"생긴 게 똑 현철이 노래 같은디, 그냥 나왔더니 애번에 눈깔을 흰죽사발 허구 자
<small>면도를 하지 않고 나왔더니</small>
빠졌데."
　　그러나 봉출 씨가 정작 놀란 것은 그다음이었다. 만지면 톡 하고 터질 것만 같은
<small>비싼 양담배를 피우고 있는 것에 대한 놀라움</small>
그대 봉선화라 부르으리, 하고 현철이 노래를 입속으로 흥얼거리고 있는데
　　"이늠 한번 펴 볼려?"
　　기출 씨가 탕 속에 들어갈 생각은 않고 탈의장 걸상에 주저앉으면서 담배를 권하
는데 말보로 담배였던 것이다. 봉출 씨는 사람이 않던 짓을 하기 시작하면 으레 얼
<small>죽음 전 기출 씨의 이상한 행동 ③ – 구두쇠인 그가 비싼 양담배를 피움</small>
마 못 가던데 하면서 기출 씨의 얼굴을 여겨보다가, 사위스럽게 이건 또 무슨 방정
<small>기출 씨와 관련해 불길한 일이 일어날 것임을 암시함</small>　　　　<small>마음에 불길한 느낌이 들고 꺼림칙하게</small>
맞은 생각이냐 하고 얼른 눈을 돌렸지만, 속심에 걸쩍지근하던 구석만은 비누칠을
<small>평소와 다른 기출 씨의 행동을 이상하게 생각함</small>
두 번 세 번 하고 나온 뒤에도 영 개운하지가 않았다. 기분을 홀가분하게 덜려고 왔
다가 오히려 더쳐 놓은 느낌이기도 하였다. ▶평소와 다른 기출 씨를 이상하게 생각했던 봉출 씨
<small>언짢게 해</small>

• 인물에 대한 이해 – 기출 씨

기출 씨
• 세상 사는 것이 재미없다고 평소에 말해 옴 • 목욕탕 같은 문물을 멀리하는 시골 노인임 • 돈이라면 백 원 한 장에도 벌벌 떠는 구두쇠임

• 평소와 다른 기출 씨의 행동 ①

기출 씨의 행동
• 목욕탕에 가 목욕을 함 • 시내 이발소에서 머리를 손봄 • 비싼 말보로 담배를 피움

↓

봉출 씨의 반응
평소와 다른 기출 씨의 행동이 꺼림칙함 → 불길한 사건의 암시

• 해당 장면은 정부의 농촌 정책에 불만을 가지고 있었던 기출이 술집에서 경찰관들에게 억지를 부리는 부분이다.
• 농촌 정책에 대한 기출의 생각을 파악하고, 정부의 농촌 정책과 기출의 죽음이 어떤 관련이 있는지 이해하도록 한다.

★주목 모르면 몰라도 오늘날 농촌에서 농사를 짓고 있는 농민이라면 아마 열에 일고여
_{농민 대부분이 정부의 농촌 정책에 대해 기출 씨와 같은 생각일 것임}
덟은 역시 같은 생각일 것이었다.

기출 씨는 그동안 그만했으면 부동산 투기를 할 사람 투기할 것 다 하고, 졸부가
_{농지 이외의 땅은 값이 올라 부동산 투기로 졸부가 된 사람들이 많음}
될 사람 졸부 될 것 다 된 뒤에야, 농산물이나 농짓값은 하락이 곧 안정이라면서 없
_{정책적으로 농지 가격을 하락시킴}
는 법까지 만들어서 농짓값을 하락시키고, 그리하여 자기처럼 손을 놓아야 할 나이
_{나이가 많이 듦. 고령}
에 이르렀거나, 되도록이면 어서 처분하고 나가서 다른 방도를 찾아야 할 영세농들
로 하여금 잘 받았댔자 그전의 반값이요, 보통은 반의반도 안 되는 헐값에 땅을 내
_{몸을 한쪽으로 약간 비틀거리거나 가볍게 절룩거리고}
놓게 한 농지 매매 증명제와 토지 거래 허가제를 두루 물어뜯은 끝에 겨우 비치적거
_{농지 거래를 어렵게 하여 결국 농짓값을 떨어뜨림} _{모두 비판하고 난}
리고 일어서면서

「"이 나쁜 늠덜."   ▶ 정부의 농촌 정책에 대한 기출 씨의 불만
_{「 」: 정부의 농촌 정책에 대한 강한 불만을 드러냄}
하고 주먹으로 테이블을 내리쳤다.」그것이 푸닥거리의 시초였다. 왈그랑 퉁탕 맥주
_{이후 술집에서 작은 소란이 일어날 것임을 알 수 있음}
병이 넘어지고 술잔이 떨어지는 와중에

"뭐가 나쁜 늠덜이라는 거요?"

발끈하고 대거리하는 소리와 함께 기출 씨의 옆구리를 밀치는 손이 있었다. 봉출
_{상대편에게 맞서서 대듦. 또는 그런 말이나 행동}   _{경찰관의 손}
씨가 얼른 기출 씨를 부축하면서 여겨보니 그쪽은 두 사람이 일행인 모양인데, 경찰
서 근처에 가면 흔히 왔다 갔다 하던 그런 종류의 얼굴들이었다. 두 사람이고 세 사
_{경찰관을 가리킴}
람이고 심야 영업을 단속하러 나온 경찰관에게 찍자를 부려 봤자 생기는 게 없을 것
_{괜한 트집을 잡으며 덤비는 짓을 속되게 이르는 말}
이 뻔한 데다,「알고 보니 바닥에 떨어지는 술병을 잡아 주려고 서두른 탓에 팔꿈치
_{경찰관의 선의의 의도}
가 기출 씨의 옆구리를 건드린 것이어서, 애초에 따지고 자시고 할 건더기도 없는 일
_{「 」: 기출 씨의 오해로 인해 시비가 붙음}
이었다. 그러나 기출 씨는 트집을 잡았다.

"이런 싸가지 읎는 늠, 늙은이 치는 거 보게, 이게 뭐허는 늠인디 시방 누구를 치
는겨?"

"치긴 누가 누굴 쳐요, 아저씨가 테블을 쳤지."

경찰관은 잘해야 서른대여섯밖에 안 된 젊은이였으나 버릇이 되어서 그런지 대뜸
짜증 어린 말투로 퉁명을 부렸다.
_{못마땅하거나 시답지 아니하여 불쑥 하는 말이나 태도가 무뚝뚝함}
"그려, 테블은 내가쳤다. 왜 테블 점 치면 안 되겄네?「야 인마, 도시서는 자구 나
면 억(億) 억 억 허구 애덜 입에서까장 억 소리가 나는디 촌에서는 왜 억 소리가
_{도시와 농촌의 빈부 격차에 대한 비판적 인식}
나면 안 된다는 거냐. 야 인마, 우덜두 그늠으 억 소리 점 들어 가며 살아 보자, 나
쁜 늠덜 같으니라구. 야 인마, 하두 억 소리가 안 나와서 그늠으 억 소리 점 나오
라구 탁 쳤어.」어쩔래, 지금 볼래, 두구 볼래?"
_{「 」: 동음이의어 '억'을 통해 정부의 정책으로 인해 빈곤해진 농촌의 현실을 비판함}

작품 분석 노트

• 작품에 반영된 농촌의 현실

농지 매매 증명제, 토지 거래 허가제 등의 정책
나이 많은 농부나 영세농들로 하여금 땅을 헐값에 내놓게 하여 농짓값을 하락시킴

↓

부당한 정책에 대한 농민들의 불만이 커짐

• 동음이의어를 활용한 기출 씨의 불만 표출

억(億)	억
만(萬)의 만 배가 되는 수(돈의 액수)	갑자기 몹시 놀라거나 쓰러질 때 내는 소리

동음이의어를 활용하여 도시와 농촌 간의 격차를 가중한 정부의 정책을 비판하며 테이블을 친 자신의 행동이 정당한 것임을 드러냄

"아따, 애덜마냥 그 말 같잖은 말씀 좀 웬만치 허시랑께는."

봉출 씨가 핀잔을 하며 기출 씨의 겨드랑이를 끼고 나오는데

"우덜두 바쁘닝께 아저씨덜두 어여 가 보세유."

하며 경찰관이 기출 씨의 등을 밀었다.
<small>기출 씨를 친 것이 아니라 어서 가라는 뜻에서 등을 민 것임</small>

"야 인마, 비겁하게 사람을 뒤에서 쳐?"
<small>현실에 대한 불만으로 인해 계속해서 억지를 부리는 기출 씨</small>

기출 씨는 또 등을 쳤다고 억지를 썼다.

"친 게 아니라 민 거구유, 또 내가 아저씨를 민 게 아니라 법이 민 거예유. 그러잖
<small>경찰관으로서 한 행동임을 밝힘</small>

어두 걸프만 즌쟁으루 비상이 걸린 판인디, 아저씨 같은 노인네덜까지 밤늦도록
<small>1991년에 미국 등 다국적군과 이라크 사이에 벌어진 전쟁</small>

이러시면 어쩌자는 겁니까. 날두 찬디 살펴 가세유."

경찰관은 웃는 얼굴로 한 말이었으나 기출 씨는 그전 같지 않고 기어이 오기를 부
<small>죽음 전 기출 씨의 이상한 행동 ④</small>

렸다. 기출 씨는 봉출 씨가 막을 새도 없이 몸을 휙 돌리며 한 손으로 경찰관의 어깨

를 힘껏 쥐어지르더니

"야 인마, 이건 인간 이기출이가 자네를 친 게 아니라, 장곡리 농민 이기출이가 법
<small>'법이 민 거'라는 경찰관의 말을 빈정거리며 한 개인으로서가 아니라 농촌 정책에 불만을 가진 농민으로서 한 행동이라고 자신을 변호함</small>

을 친 거여, 알겠네?"

"알겠슈."

두 경찰관이 저희끼리 마주 보고 웃어넘기는 바람에 푸닥거리는 그만해서 그쳤으
<small>곡식 따위를 묶을 때 쓰는 새끼나 끈   상자 따위의 모퉁이를 끼워 맞추기 위하여 서로 맞물리는 끝을 들쭉날쭉하게 파낸 부분. 또는 그런 짜임새</small>

나, 봉출 씨는 매끼가 풀어지고 사개가 물러난 듯한 기출 씨의 심상치 않은 변모에
<small>평소와 다른 기출 씨의 행동에 불안감을 느낌</small>

일말의 불안감을 떨쳐 버릴 수가 없었던 것이다. 그리고 그것이 기출 씨를 본 마지

막 모습이기도 하였다.

▶ 경찰관들에게 억지를 부리던 기출 씨

감상 포인트
기출 씨와 경찰관들 간 갈등을 통해 농촌 현실에 대한 기출 씨의 태도를 파악한다.

· 평소와 다른 기출 씨의 행동 ②

기출 씨의 행동
자신이 경찰관을 오해했음에도 시비를 걸고 계속 오기를 부림

↓

봉출 씨의 반응
기출 씨의 변화가 심상치 않다고 생각하며 불안감을 느낌

장면 포인트 ❸

· 해당 장면은 기출의 집에 간 봉출이 형수에게 유산부터 챙기는 기출의 자식들의 행태에 대해 들은 후 뒤꼍의 고욤나무를 베려다 기출의 모습을 떠올리는 부분이다.
· 인물 간 갈등 양상에 주목하여 기출의 죽음의 원인을 파악하도록 한다.

[앞부분의 줄거리] 사촌 형 기출 씨의 집에 도착한 봉출 씨는 미끈하게 뻗은 고욤나무를 보고 진저리를 친
<u>다</u>. 기출 씨가 자살을 한 터라 상갓집에는 윷판이나 화투장을 떼는 모습은 보이지 않는다. 봉출 씨는 형수와
이야기를 나눈다.

★주목 "<u>즤 아베 부고 받구 온 것덜이 들어단짝으로 넹이구 서랍이구 들들 뒤며 논문서
밭문서버텀 밝히러 드니…… 하두 기가 맥혀서 머리 풀 새두 읎이 문서랑 통장이
랑 챙겨설낭 작은서방님게다 맽겨 놨구먼유."</u>

"장례 모시구 나면 바루 <u>시끄럽겄는디</u>."

"시끄럽구말구두 읎슈, 나두 다 생각이 있으닝께유."

하더니 형수는 <u>음성을 한결 낮추면서</u>

"저것들이 시방 즤 아버지가 빚이 월만지 몰러서 지랄덜이거던유. <u>단협</u>에 자빠져
있는 것만두 그럭저럭 팔백만 원 돈인디, 즤 아베 내다 묻구 나면 불러 앉히구서
이럴라구 그류, 늬덜이 늬 아버지 재산을 일대일씩 노나 갖구 싶걸랑 늬덜이 먼저
이렇게 해 봐라, 시방 늬 아베 빚이 암만이구 암만이다, 그러니 <u>늬덜버텀 늬 아베
빚을 일대일씩 노나서 갚어 줘 봐라, 한번 이래 볼튜.</u>"

"잘 생각허셨슈."

봉출 씨는 <u>상제</u>들에게 <u>잘코사니라</u> 싶은 생각이 들어서 기분이 한결 가벼웠다. 형
수는 말을 이었다.

"아마 펄쩍 뛰구 모르쇠 허겄지유, 그러구서 나 죽는 날만 지달릴 테지유. 그이가
생전에 장 허던 말이, 시상에서 기중 못난 늠은 저 죽어서 새끼덜헌티 재산 물려
주려구 안 먹구 안 쓰구 가는 사람이라게 그게 다 뭔 소린가 했더니, <u>막상 자긔가
이렇게 되니께 나버터 당장 알어지너먼그류. 팔리는 대루 팔어서 내라두 죽기 전
에 쓸 거나 쓰다가 가야 헐 텐디…….</u>"

"그럼유, 그러시야지유. 그런디 <u>그동안 성님은 무슨 이상헌 말씀을 허신다든지,
무슨 이상헌 눈치를 뵈신다든지, 아줌니는 뭐 좀 느끼신 게 읎으셨던감유?</u>"

"글쎄유, <u>사는 게 재밋성이 읎다읎다 허는 소리야 전버텀 장 허던 소리구</u>, 이럴라
구 그랬는지 생일날 애덜이 댕겨간 댐이버터 댐배를 솔 담배두 애껴 피던 이가 양
담배루 바꿔서 보루루 사다 놓구 피구, 술두 쇠주백이 모르던 이가 맥주만 자시러
들구, 시내에 나갔다 허면 꼭 택시루 들어오구, 땅이 안 팔링께 단협에서 대출을
해다가 그러구 <u>풍덩그렸는디</u>, 생전 않던 짓을 헌다 싶기는 했지만…… 그러구서

작품 분석 노트

· **기출 씨 사후 가족들의 태도**

기출 씨의 자식들
부고를 받고 집에 오자마자 집을 뒤지며 논밭 문서를 찾음
아버지의 죽음을 슬퍼하기보다 유산부터 먼저 챙기려는 이기적인 모습

기출 씨 부인
· 자식들의 행동에 기가 막혀서 장례를 준비하기 전에 문서와 통장을 시동생에게 맡겨 놓음 · 유산 상속 문제로 다툼이 일어날 것을 예상하고 기출 씨가 진 빚부터 갚으라고 할 생각임

이기적인 자식들을 괘씸하게 생각하면서 유산을 받으려면 책임도 져야 함을 일깨워 주려 함

· **평소와 다른 기출 씨의 행동 ③**

기출 씨의 행동
· 양담배를 보루로 사 놓고 피움 · 맥주만 마시려고 함 · 택시를 자주 이용함 · 대출까지 해서 돈을 씀

기출 씨 부인의 반응
생전 안 하던 행동을 한다고 생각함 → 죽기 얼마 전 봉출 씨와 만났을 때 기출 씨가 했던 행동이 평소와 달랐던 것과 같은 맥락

262 국어 영역_문학

딴 사건은 옳었지유."

"사건이야 성님이 이렇게 되셨다는 게 바루 사건이지, 이버덤 더헌 사건이 워디

또 있겠슈." ▶ 기출 씨 부인에게 듣는 기출 씨의 모습

봉출 씨는 형수를 보고 나오는 길로 톱을 찾아서 뒤꼍으로 갔다. 기출 씨가 송아
              고욤나무를 베기 위해
지 목사리를 걸었음 직한 곁가지부터 치고 볼 작정으로 이리저리 살펴보고 있자니,

문득 지난 정월 초이렛날 기출 씨가 큰아들하고 큰소리를 낸 끝에 북창문을 열고 하
     기출 씨가 자신의 생일날 사업 자금을 위해 땅을 팔자는 큰아들 효근과 언쟁을 벌였던 일을 회상함
던 말이 불현듯이 떠올랐다.

"두구 보니께 이 고욤나무만이나 쓸다리읎는 나무두 드물레그려. 과일나문가 허
                늙어 쓸데없어진 기출 씨와 닮음
면 그게 아니구, 그게 아닌가 허면 그것두 아니구…… 어린것 같으면 감나무 접목
「」: 봉출 씨가 기억하는 기출 씨의 말 – 쓸모가 별로 없는 고욤나무를 통해 자신과 농민의 현실을 드러냄
허는 대목으루나 쓴다건만, 그두 저두 아니게 늙혀 노니께 까치나 꾀들어서 시끄

럽지 천상 불땔감이더먼."

봉출 씨는 톱을 대려다가 놓고 담배를 붙여 물었다.
           고욤나무가 기출 씨처럼 느껴져서 벨 수 없음

감상 포인트
인물 간 갈등을 통해 '고욤나무'의 의미와
기출 씨의 죽음의 원인을 파악한다.

기출 씨가 생일날조차 구순하게 넘기지 못한 것도 땅이 안 팔린 탓이었다.
                  서로 사귀거나 지내는 데 사이가 좋아 화목하게   농촌 정책의 결과

아침상을 물리기가 바쁘게

"솔직히 말씀드려서유 지가 저번에 그 말씀을 드린 것두유, 솔직히 지가 예비 상
                  아버지가 죽으면 자신이 유산을 받는 상속자임을 근거로 기출 씨에게 사업 자금을 받으려 함
속자닝께 그 자격이루다가 말씀을 드린 거예유."
   땅을 팔아 자신의 사업 자금으로 쓰자는 것
하고 먼저 말을 꺼낸 것은 효근이었다.
              기출 씨의 아들
기출 씨는 욱하고 북받치는 울뚝성을 삭이느라고 효근이를 찢어지게 흘겨보더니
           참지 못하고 성을 잘 내는 성격. 또는 그런 짓   허랑방탕한 짓을 일삼는 사람
"너 내 앞에서 대이구 사업 자금 해 쌓는디, 그것두 내 보기에는 난봉쟁이 거울 들
                                    아들 효근이 하는 일에 대한 믿음이 없음
여다보기여. 「어려서버터 일만 보면 미서워 미서워 허던 늠이 이 애비가 마디마디
    「」: 기출 씨는 어려서부터 농사일을 돕지 않고 싫어했던 효근의 행실을 언급하며 사업 자금을 줄 수 없다고 함
뼛소리가 나도록 일을 해서 그만치 해 노니께는, 이제 와서 그 땅을 팔어서 사업

자금이나 헙시다…… 못 헌다.」농사는 수고구 사업은 수단인디, 수고가 뭔지두 모

르는 것이 수단은 워디서 나와서 사업을 혀? 맨손으루 나간 늠은 나가서 손에 쥐
'수고'의 가치를 아는 것이 중요하다는 인식
는 것이 있어두, 논 팔구 밭 팔어서 나간 늠은 넘덜 되듯이 되는 것두 못 봤거니
     집안에 손 벌리지 않고 나간 자식은 돈을 벌기도 하지만 집안의 돈을 들고 나가 사업에 성공한 사람은 드묾
와, 뭐? 개같이 벌어두 정승같이 쓰기만 허면 되여? 니가 그따우 정신머리를 뜯
    과거 효근이 한 말(속담)을 언급하며 천한 일이라도 해서 돈을 벌어 떵떵거리고 살면 된다고 생각하는 효근에 대한 불만을 드러냄
어고치지 못허는 한은, 땅이 아침 먹다 팔려 즘슨 먹다 잔금을 받더래두 지나가는
                         땅 매매가 일사천리로 이루어져도
으덩박씨는 줄망정 너 같은 늠헌티는 못 줘, 못 주구말구. 대법원장이 주라구 해
'거지'의 방언
두 못 줘 이늠아." ▶ 땅을 팔자고 하는 아들 효근과 기출 씨의 다툼

• '고욤나무'의 의미

고욤나무
• 과일나무도 아니고 과일나무가 아닌 것도 아님
• 어린것은 감나무 접목하는 데 쓰이지만 늙으면 땔감으로나 쓰이는 등 쓸데가 별로 없음

• 정부 정책으로 인해 피폐해진 기출 씨 또는 농민들의 삶을 상징함
• 평생 농사지은 땅의 가치를 존중받지 못하고 자식과 갈등을 빚은 기출 씨의 처지를 상징함

• 기출 씨와 아들 효근 간 갈등

효근
예비 상속자라고 스스로 칭함
땅을 팔아 자신의 사업 자금으로 달라고 함

기출
• 효근의 평소 행실이 나빠서 신뢰할 수 없음
• 집안의 돈으로 성공한 사람은 보지 못했음
• 개같이 벌어도 정승같이 쓰면 그만이라는 효근의 가치관은 잘못된 것임

땅을 팔아 사업 자금으로 줄 수 없음

인물의 성격과 태도 파악 / 소재의 의미와 기능 파악

이 작품은 고욤나무에서 죽음을 맞이한 '기출 씨'에 대한 이야기이다. 따라서 기출 씨가 죽음을 선택한 이유에 주목하여 '기출 씨'와 '고욤나무'와의 연관성을 파악할 수 있어야 한다.

+ '기출 씨'와 고욤나무

기출 씨		고욤나무
• 구두쇠로 살아갈 만큼 삶이 변변하지 않음 • 72세의 노인으로 늙어 농사를 짓기가 힘들어짐 • 사업 자금을 위해 땅을 팔아 달라는 아들의 성화, 부당한 농촌 정책으로 삶의 허무함을 느낌	=	• 과일나무도 아니고, 과일나무가 아닌 것도 아님 • 어린 나무는 감나무 접목할 때 쓰지만, 늙으면 불땔감으로나 쓰임
↓		↓
삶의 의미를 잃고 자살함		별 쓸데도 없이 나중에 베어짐

작품의 종합적 이해

이 작품은 '기출 씨'의 삶을 통해 피폐해진 농촌의 실상을 드러내고 있다. 따라서 이러한 주제를 형상화하기 위한 서술상 특징이나 갈등 양상 등을 종합적으로 파악할 수 있어야 한다.

+ 작품의 특징

초점 화자	전지적 시점이지만 사촌 동생 '봉출 씨'의 시선에서 주인공 '기출 씨'의 삶의 모습을 서술함
역전적 구성	기출 씨의 죽음의 원인을 찾으며 봉출 씨가 기출 씨의 과거 모습을 회상함
객관적 서술	죽은 '기출 씨'의 이야기를 봉출 씨가 비교적 담담하게 전달함
일상적 소재	'버스', '목욕탕', '담배' 등의 일상적 소재들을 사용하여 작중 상황이 우리 주변에 존재하는 듯한 현실감과 친근감을 줌
향토적 어휘	특정 지역에서 사용되는 방언을 구사하여 생생한 현장감을 더함
풍자	돈의 액수인 '억(億)'과 비명 소리인 '억'과 같은 동음이의어나 '이건 인간 이기출이가 자네를 친 게 아니라, 장곡리 농민 이기출이가 법을 친 거여.'와 같은 대사를 통해 당시 부당한 정부의 정책으로 인해 피폐해진 농촌의 현실을 풍자적으로 나타냄

+ 작품의 갈등 양상

기출 씨 ↔ 정부	기출 씨는 농지 매매 증명제와 토지 거래 허가제 등의 정부 정책으로 농짓값이 하락하게 된 상황에 불만을 가지고 있고 이를 강하게 비판함
기출 씨 ↔ 경찰관들	술집에서 기출 씨의 오해로 인해 경찰관과 시비가 붙음 → 정부의 농촌 정책에 대한 기출 씨의 불만이 표출됨
기출 씨 ↔ 아들 효근	아들이 논밭을 팔아 자신의 사업 자금을 지원해 달라고 요청하자 기출 씨는 농사 일을 외면하고 불성실한 아들의 태도를 지적하며 거절함

외적 준거에 따른 감상

이 작품은 '나무 연작'이라고도 불리는 이문구의 연작 소설 《내 몸은 너무 오래 서 있거나 걸어왔다》의 일부이다. 따라서 이와 관련된 외적 준거를 바탕으로 작품을 이해할 수 있어야 한다.

+ 이문구의 '나무 연작'

이문구의 소설집 《내 몸은 너무 오래 서 있거나 걸어왔다》는 〈장평리 찔레나무〉, 〈장천리 소태나무〉, 〈장동리 싸리나무〉, 〈장곡리 고욤나무〉, 〈장석리 화살나무〉, 〈장이리 개암나무〉, 〈장척리 으름나무〉 등으로 구성되어 있으며, 인간의 다양한 삶의 양태를 각기 다른 나무들을 통해 나타내고 있다. 이 나무들은 우리 농촌에서 흔히 볼 수 있는 초라하고 볼품없는 나무들로, 한국의 황폐해진 농촌을 표현한다. 작가는 이 소설집을 통해 1990년대 농촌과 농민의 이야기를 풍자와 해학을 통해 전해 주고 있다.

○ **작품 한눈에**

• **해제**

〈장곡리 고욤나무〉는 고령의 농부인 기출이 갑작스레 자살을 택했다는 소식을 접한 사촌 동생 봉출의 시각을 통해 1990년대 농촌의 실상을 보여 주고 있는 소설이다. 평소와 다른 행동을 하는 기출의 모습에 불길함을 느꼈던 봉출은 기출의 죽음에 정부의 잘못된 정책이 큰 역할을 했다는 것을 깨닫게 된다. 기출은 농지 보호라는 명분 속에 실시된 농지 매매 증명제와 토지 거래 허가제로 인해 농짓값이 많이 떨어져 거래가 끊긴 현실에 불만이 컸다. 이러한 상황에서 기출은 땅을 둘러싸고 자식과도 갈등을 빚게 되었다. 평생 농사를 지으며 살아온 기출은 허무함과 소외감을 느꼈을 것이다. '농사는 수고이고, 사업은 수단이다. 수고가 없이는 수단도 없다.'라는 기출의 말에서 알 수 있듯이, 이 작품은 근본인 노동과 농업을 무시한 채 물질만을 추구하는 세태에 대한 비판을 드러내고 있다.

• **제목 〈장곡리 고욤나무〉의 의미**
 – 장곡리에 사는 '이기출 씨'가 고욤나무에 목을 매 죽은 이야기

〈장곡리 고욤나무〉는 정부의 잘못된 농촌 정책에 떠밀려 삶의 의미를 잃고 고욤나무에서 죽은 장곡리 이기출 씨의 삶을 다룬 소설이다.

• **주제**
소외된 농촌의 황폐한 현실

영역별 찾아보기

ㄱ

게 ▶ 김용준   360
그때 알았더라면 좋았을 것들 ▶ 정여울   364
그림과 시 ▶ 정민   384

ㄷ

다락 ▶ 강은교   372
두물머리 ▶ 유경환   368

ㅁ

만선 ▶ 천승세   288
무의도 기행 ▶ 함세덕   268

ㅂ

북어 대가리 ▶ 이강백   322

ㅅ

산정무한 ▶ 정비석   390
살아 있는 이중생 각하 ▶ 오영진   278

ㅇ

아름다운 흉터 ▶ 이청준   376
어디서 무엇이 되어 만나랴 ▶ 최인훈   298
연경당에서 ▶ 최순우   380
웰컴 투 동막골 ▶ 장진   342
인어 공주 ▶ 송혜진 · 박흥식   332

ㅊ

참새 ▶ 윤오영   356

ㅎ

한씨 연대기 ▶ 황석영 원작, 김석만 · 오인두 각색   308

2025 수능 연계 작품
메가스터디 분석노트

극·수필

한 줄 평 | 천명의 비극적인 죽음을 통해 당대 어촌의 현실을 그려 낸 작품

무의도 기행 ▶ 함세덕

💬 전체 줄거리

서해안에 있는 무의도라는 작은 섬의 선착장에서 구 주부와 그의 딸 희녀가 배를 기다리고 있다. 하지만 좀처럼 배가 도착하지 않자, 오랜 기다림에 지친 희녀는 이제 그만 집으로 돌아가자고 하며 구 주부에게 불평을 늘어놓는다. 구 주부는 장차 신랑 될 사람을 마중 나간 자리에서 그렇듯 퉁명스럽게 구는 희녀를 구박하고, 희녀는 누가 천명이한테 시집을 간다고 그러냐며 못마땅하게 대꾸한다. 그들이 기다리던 이는 천명이라는 어린 청년으로, 구 주부는 보통학교를 1등으로 졸업할 정도로 머리가 비상한 천명을 희녀와 혼인시키려고 마음먹고 있었다. 그때 마찬가지로 천명을 마중 나온 그의 모친 공 씨가 구 주부 부녀와 마주친다. 공 씨가 어느새 추워진 날씨를 실감하며 긴 겨울 동안 먹고살 일을 걱정하자, 구 주부는 녹록지 않은 어부의 삶에 공감해 주면서 그러니 천명만큼은 자신에게 데릴사위로 보내야 하지 않겠냐는 말을 덧붙인다. 약방을 운영하는 한의사인 구 주부는 천명을 사위로 들인 뒤 그에게 약방 일을 돕게 할 생각을 하고 있었던 것이다. 이에 천명의 뒤치다꺼리는 물론 가족의 생계에 관한 부분까지 동생 공주학에게서 도움받고 있는 처지였던 공 씨는, 공주학과 의논해 보겠다는 말로 답변을 대신한다.

▶ 공 씨와 구 주부 부녀가 선착장에서 천명을 기다림

그러는 사이 발동선 한 척이 선착장으로 들어서고, 구 주부는 천명을 찾아서 배로 달려간다. 그동안 공 씨는 공주학이 부리는 중선의 사공 성 서방과 마주쳐 잠시 대화를 나눈다. 성 서방은 어떤 여인과 함께 항구에서 살림을 꾸리기로 하여 더 이상 배 타는 일은 하지 않을 것이라는 말을 공 씨에게 전한다. 이를 들은 공 씨는 성 서방이 갑작스럽게 일을 그만두면 공주학이 그 대신 천명을 배에 태우려고 할까 봐 염려한다. 이에 성 서방에게 당장 내일로 예정된 고기잡이까지는 나간 뒤에 일을 그만두어 달라고 요청하지만, 성 서방은 이를 거절한다.

이후 구 주부를 따라 배로 향했던 희녀가 공 씨에게 급히 달려와, 천명의 부친 낙경이 배에서 내리지 않고 버티는 천명을 마구 다그치고 있음을 알린다. 이에 곧장 배로 달려간 공 씨는 천명을 보자마자 눈물을 쏟기 시작한다. 사실 이들은 가족 몰래 뭍에서 소금 짐 나르는 막일을 하며 지냈던 천명을 억지로 붙잡아 온 참이었다. 천명은 바다로 나가 고기잡이하는 일을 지독히도 싫어하였는데, 이 때문에 몇 개월 전 외삼촌 공주학이 항구의 한 상점에 그의 취직자리를 마련해 주었었다. 그 뒤로 가족들은 천명이 그 상점에서 잘 근무하고 있는 줄로만 생각했는데, 천명이 얼마 지나지 않아 상점을 그만두고 그 후로는 죽 항구를 전전하면서 막일을 하며 지내 왔다는 사실을 알게 된다. 그 사이 천명이 항구의 한 식당에 세 달이나 밥값을 빚지고 있었던 탓에 낙경은 이번에도 공주학의 도움을 받아 외상값을 모두 치르고 천명을 데려온 것이었다.

▶ 뭍에서 가족들 몰래 소금 짐 나르는 일을 하던 천명이 섬으로 돌아옴

공 씨가 몸에 소금기가 가득한 천명을 씻기러 간 사이, 낙경과 대화를 나누던 공주학이 희녀를 발견한다. 두 사람의 대화 주제는 자연스럽게 천명과 희녀의 혼인으로 흘러가는데, 공주학은 구 주부가 천명을 한약방 잡일하는 데에 부려먹을 생각으로 혼인을 부추기는 것이라며 부정적인 생각을 드러낸다. 그러면서 천명을 혼인시키는 대신 자신의 배에 태우자고 이야기하는데, 그때 구 주부가 나타나며 그의 말을 막는다. 구 주부는 천명의 비상한 머리를 연신 강조하면서, 천명을 사위로 맞으면 그에게 한의학 공부를 시켜서 장차 자신의 한약방을 맡길 생각까지 하고 있음을 드러낸다. 그러자 공주학은 임신한 여인에게 침을 잘못 놓았다가 목숨을 잃게 해 징역까지 살았던 구 주부의 과거를 언급한다. 이를 들은 구 주부는 크게 화를 내면서 그대로 자리를 뜬다.

이후 공주학은 낙경에게 내일 있을 고기잡이를 마지막으로 중선을 팔고 기계식 모터가 달린 발동선을 새로 살 계획임을 이야기한다. 그러면서 훗날 천명을 그 배의 선장으로 만들고자 한다는 뜻을 드러내는데, 그러려면 천명이 배 타는 일에 단련이 되도록 할 필요가 있으니 당장 내일부터 천명을 배에 태우자고 다시금 제안한다. 천명을 선장으로 만들겠다는 말에 솔깃한 낙경은 잠시 주저하다가 결국 공주학의 제안을 따르기로 마음먹는다.

▶ 천명을 자신의 배에 태우려 하는 공주학의 제안에 낙경이 설득당함

잠시 후 깨끗이 씻은 천명과 함께 공 씨가 집으로 들어서자, 낙경은 공 씨에게 천명을 배에 태우려 하는 공주학의 뜻을 전한다. 이를 들은 공 씨는 힘없이 마루에 주저앉아 자신의 신세를 한탄하기 시작한다. 본래 강원도에서 숯을 굽고 농사를 지으며 살았던 공 씨 내외는 서해안으로 가서 고기잡이를 하면 큰돈을 벌 수 있다는 말만 믿고 무의도로 터전을 옮긴 이들이었다. 하지만 가진 재산을 모두 팔아서 어업에 뛰어든 이들은 이후 바다에서 두 아들을 잃었다. 또한 공주학이 중선을 장만할 때는 그 밑천을 보태야 한다는 압박 때문에 이미 혼인날까지 잡혀 있던 딸을 외국에 팔아넘겨야 했었다. 그렇게 자식을 셋이나 떠나보낸 상황에서 공 씨는 하나 남은 아들 천명마저 바다로 내보내야 한다는 생각에 악을 쓰며 눈물을 흘린다. 그러자 방 안에서 이를 모두 듣고 있던 천명도 뛰어나와 공 씨에게 매달려 울기 시작한다. 그 모습을 보고 혀를 차던 낙경은 공주학이 장차 천명을 발동선의 선장으로 만들려 한다는 사실을 밝힌다. 그 말에 솔깃한 공 씨가 이내 생각을 바꾸게 되고, 이를 보고 절망한 천명도 체념한 듯 배를 타는 일에 동의한다.

천명의 대답을 들은 낙경이 공주학의 집으로 향하고, 얼마 지나지 않아 공 씨는 딸의 혼인 상대였던 판성과 마주치게 된다. 공 씨를 향해 강한 적개심을 드러내던 판성은 공 씨의 딸이자 자신의 전 연

인인 천순에게서 온 편지를 공 씨에게 읽어 준다. 그러던 중 북받치는 심정을 참지 못한 판성이 편지를 갈기갈기 찢어 버린다. 그는 배에 타서 돈을 번 뒤 그 돈으로 천순을 만나러 갈 것이라는 말을 남기고 떠난다. 공 씨가 땅에 떨어진 편지 조각을 주우며 오열하자, 곁에 있던 천명이 공 씨를 위로하면서 자신이 돈을 많이 벌어 누나를 다시 데려오겠노라고 약속한다.

▶ 낙경과 공 씨의 설득에 못 이긴 천명이 마지못해 배를 타는 일에 동의함

다음 날, 공주학의 생일잔치에서 술을 마시고 기분 좋게 취한 사공들이 함께 옛이야기를 나누는 데 열을 올린다. 그중 노틀 할아범은 공주학이 지금처럼 중선을 부리게 된 데에는 낙경의 공이 가장 컸음을 이야기한다. 이에 동료 사공들도 공주학이 몇 년째 낙경 일가의 생계를 책임지는 것도 다 그런 이유 때문이 아니겠냐며 한마디씩 거든다. 그러던 중 한 사람이 낙경의 처지가 지금처럼 어려워진 연유를 묻는데, 이에 노틀 할아범이 그의 과거사를 이야기하기 시작한다. 원래 어부들 사이에서는 새우잡이든 조기잡이든 낙경을 따라갈 이가 없었다고 한다. 그런데 하루는 조업을 나갔던 낙경의 배가 무리하게 조기 떼를 쫓던 중 한 중선의 그물을 망가뜨리고 만다. 그때 그물 값으로 4천 원을 물어준 이후로는 어찌 된 일인지 나가는 조업마다 번번이 허탕만 치는 탓에 낙경 일가의 처지가 조금씩 어려워지다가 지금과 같아졌다는 것이다.

그렇게 사공들이 한창 과거 이야기에 빠져 있는 사이, 공 씨와 천명이 모습을 드러낸다. 침울한 표정을 한 천명은 곧 사공들과 함께 선착장으로 내려간다. 그 모습을 걱정스럽게 지켜보던 공 씨는 잠시 후 아주 급하게 낙경을 찾는 구 주부를 보게 된다. 공 씨에게 낙경의 행방을 묻던 구 주부는 공주학의 배가 매우 낡아서 위태로운 상태이므로 천명을 그 배에 태워서는 안 된다는 말을 전한다. 공주학이 장만한 중선은 처음부터 중고였는데 이후 조업을 나갔다가 크게 망가진 일이 있었고, 그때 제대로 수리하지 않은 채 곧장 배를 다시 띄웠기에 지금 상태는 아주 심각한 수준이라는 것이다. 성 서방이 갑자기 사공 일을 그만둔 것도 배의 상태가 위험함을 알았기 때문이라는 구 주부의 말에 공 씨는 공포감에 휩싸인다.

공 씨가 사실을 확인하기 위해 선착장으로 달려 나가고, 잠시 후 잔뜩 겁에 질린 모습을 한 천명이 집으로 들어선다. 안절부절 못하던 천명은 이내 방으로 뛰어 들어가 옷가지를 챙겨 나온다. 그대로 도망치려던 천명은 때마침 집으로 들어서던 참인 공주학의 아내와 부딪치게 된다. 공주학의 아내는 옷 보따리를 손에 든 천명을 수상쩍게 여겨 추궁하고, 천명은 애써 아무 일도 아닌 척 하면서 얼버무린다. 이어서 잔뜩 심기가 뒤틀린 듯한 공주학과 풀이 죽은 상태의 공 씨, 낙경도 모습을 드러낸다. 공주학을 찾아간 공 씨가 구 주부에게

서 들은 말의 진위를 확인하려고 들자, 이에 공주학이 큰 실망감을 표했던 것이다. <장면 포인트 ① 271P> 연신 사과하며 그의 심기를 달래려 하는 공 씨에게 공주학은 남매 사이의 의절까지 언급하며 더 이상 공 씨 일가의 생계와 천명의 앞날을 책임지지 않겠다고 선언한다.

▶ 구 주부로부터 배의 상태에 관한 이야기를 들은 이후,
공 씨와 공주학의 사이가 틀어짐

공주학이 그대로 집을 나서자 초조해진 공 씨와 낙경은 천명에게 자신들을 대신하여 공주학의 마음을 돌려 보라고 요구한다. 하지만 천명은 공주학의 낡은 배에는 죽어도 타지 않겠다고 하면서 공 씨를 붙들고 애원한다. 그러면서 뭍에 있을 때 한 트럭 운전수가 자신을 조수로 써 준다고 했던 일을 말하지만 공 씨는 이를 허황된 소리 취급하며 천명을 다그친다. 분위기가 점점 더 격앙되면서

<장면 포인트 ② 274P> <주목> 공주학의 아내까지 나서서 천명을 배로 끌고 가려고 하자, 천명은 이에 강하게 저항하면서 계속해서 공 씨를 설득한다. 자신이 바다로 나가면 공 씨가 불안과 걱정 때문에 매일 밤을 눈물로 지새울 것을 안다며 애원하는 천명의 말에 공 씨는 모질게 대꾸하면서도 눈물을 펑펑 쏟아 낸다. 천명이 뭍에서 하는 일이라면 무엇이든 하겠다고 끊임없이 호소하자 공 씨의 마음도 조금씩 흔들리는데, 그때 낙경이 들어서며 천명을 단호한 태도로 끌고 가려고 한다.

낙경에게는 애걸도 소용없음을 깨달은 천명은 부엌으로 뛰어 들어가 안에서 문을 잠그고 버틴다. 낙경이 노틀 할아범의 도움을 받아 문을 강제로 열려고 하자, 천명은 급기야 바다로 나가느니 그 자리에서 죽음을 택하겠다고 소리치면서 칼을 들고 저항한다. 그 사이 힘에 못 이긴 부엌문이 떨어져 나가고, 천명의 저항은 주변 사람들을 향한 위협으로까지 이어진다. 이에 공 씨가 천명에게 목을 내민 채 부엌으로 밀고 들어가며 강하게 응수하고, 그 모습을 본 천명은 결국 체념한 듯 칼을 땅에 떨어뜨리고 오열한다. 잠시 후 공주학이 다시 찾아오자 천명은 어찌할 도리 없이 그를 따라 배를 타러 떠난다. 그런 천명을 배웅하고 돌아온 공 씨는 부엌에서 물 한 그릇을 떠와 사당 앞에 놓고 아들의 안전을 기원한다.

▶ 천명이 목숨까지 걸며 배 타는 일에 강한 거부 의사를 드러내지만,
어른들의 압박을 이기지 못하고 결국 배에 오르게 됨

<장면 포인트 ② 274P> 그날 천명이 탄 배는 고기잡이로 만선을 이루지만 돌아오는 길에 모진 풍랑을 만나게 된다. 이로 인해 배는 파선되고, 천명도 끝내 목숨을 잃고 만다. 그 일이 있은 후 한때 천명의 선생님이었던 '나'가 그의 집을 찾아간다. '나'는 천명을 억지로 바다에 내보낸 스스로를 탓하며 한없이 눈물을 흘리던 공 씨의 안타까운 모습을 회상한다.

▶ 풍랑을 만난 배가 부서지면서 천명이 목숨을 잃게 됨

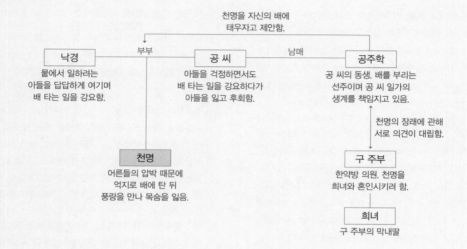

🎭 인물 관계도

천명을 자신의 배에
태우자고 제안함.

낙경 ─── 부부 ─── **공 씨** ─── 남매 ─── **공주학**

낙경
물에서 일하려는
아들을 답답하게 여기며
배 타는 일을 강요함.

공 씨
아들을 걱정하면서도
배 타는 일을 강요하다가
아들을 잃고 후회함.

공주학
공 씨의 동생. 배를 부리는
선주이며 공 씨 일가의
생계를 책임지고 있음.

천명의 장래에 관해
서로 의견이 대립함.

천명
어른들의 압박 때문에
억지로 배에 탄 뒤
풍랑을 만나 목숨을 잃음.

구 주부
한약방 의원. 천명을
희녀와 혼인시키려 함.

희녀
구 주부의 막내딸

<보기>로 나오는 작품 외적 준거

작품의 비극성이 함의한 예술적 의미

〈무의도 기행〉의 공간적 배경은 사면이 모두 바다로 둘러싸인 섬으로, 이는 죽음의 공간인 바다를 제외하고는 더 이상 나아갈 길이 없는, 일종의 출구 없는 공간으로서의 의미를 내포한다. 작품은 바로 그 섬으로 천명이 끌려오는 데에서 시작하여 그가 그토록 거부하던 바다로 나가 죽음을 맞는 것으로 끝난다. 극의 마지막 부분에서 서사적 화자의 전언을 통해 전달되는 것은 천명의 죽음이라는 사실뿐만 아니라 무의도라는 공간 자체가 은유하는 '출구 없음'의 상황이라고 이해할 수 있다. 이처럼 무고한 젊은이의 희생에서 기인하는 극의 비극성은 당대의 식민지 사회 현실과 맞물리면서 극에 진정성, 현실성을 불어넣는 역할을 한다.

한편 1인칭 화자에 의해 전달되는 천명의 죽음은 공 씨의 눈물 어린 자책과 연결되면서 관객들에게 강한 정서적 파장을 불러일으킨다. 이때 그 정서적 울림은 천명의 죽음이 마치 신문 기사 투의 건조한 형식으로 전달되면서 더욱 배가된다. 비극적인 내용과 그것을 전달하는 방식 사이의 대립적인 특성이 극의 비극성을 한층 더 강화하는 것이다. 여기서 전달자로 등장하는 '나'는 작품 내부의 공간과 그 외부 세계인 관객(독자)의 공간을 연결하는 매개자 역할을 한다. 이를 통해 작품 전체를 관통하는 '출구 없음'의 상황 맥락이 작품 외적으로도 현실성을 획득하게끔 만든다.

정리하면, 〈무의도 기행〉은 출구가 존재하지 않는 공간에서 한 개인의 삶이 타인에 의해 원하지 않는 방향으로 내몰려 가는 모습을 그려 낸 작품이다. 즉 삶의 터전이면서 동시에 죽음의 공간인 바다를 끌어안고 살아가야 하는 어민의 삶을 통해 인간의 비극적 실존을 그려 내었다는 점에서 작품이 지닌 예술적 의미를 발견할 수 있다.

– 장혜전, 〈무의도 기행〉의 예술적 의미, 2008

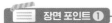

- 이 작품은 일제 강점기 어민들의 비참한 현실과 천명의 비극적인 삶을 인천 앞바다의 무의도라는 섬을 배경으로 하여 그려 낸 희곡이다.
- 해당 장면은 자신의 배가 헐었다는 공 씨의 말을 들은 천명의 외삼촌이자 공 씨의 남동생인 공주학이 공 씨를 비난하는 상황과 이 상황을 벗어나기 위해 천명에게 배를 탈 것을 종용하는 공 씨와 이를 거부하는 천명의 대화 상황이다.
- 인물 간의 대화를 중심으로 천명을 배에 태우려는 공주학 및 공 씨를 비롯한 가족들과 이를 거부하는 천명의 갈등을 파악하도록 한다.

[앞부분의 줄거리] 낙경은 떼무리(무의도)의 어부로 첫째와 둘째 아들을 바다에서 잃었다. 혼인 날짜까지 잡은 딸은 처남 공주학이 중선을 장만할 때 밑천을 보태기 위해 중국의 술집에 팔아넘겼고 보통학교를 졸업한 막내아들 천명을 생계를 위해 처남의 배에 태우려고 한다. 두 형을 바다에서 잃은 천명은 어떻게든 배를 타지 않기 위해 항구에서 일을 하지만 마땅한 일자리를 구하지 못하고 고기잡이를 시키려는 부모에 의해 다시 섬으로 돌아온다. 천명의 어머니 공 씨는 막내아들만은 바다에 보내고 싶지 않으나 나중에 선장을 만들어 주겠다는 남동생의 말에 결국 천명이 배를 타기를 바란다.

공 씨: (풀 죽은 소리로) 아범, 내가 잘못했네. 내가 잘못했어.
　　　　　　　공 씨의 남동생이자 천명의 외삼촌인 공주학
공주학: 그만두슈. 난 설마하니, 누님 입에서 그런 소리가 나올 줄은 몰랐소. 여섯 살

　　　에 부모 잃구. 동기라군, 누님 하날 믿구 살아온 내가 아니요?
　　　　　　형제와 자매, 남매를 통틀어 이르는 말

공 씨: 내가 말을 잘못했네.

낙경: 주책없이 한 소릴 뭘 그러나? 그것두 남한테 그랬다문 몰를까, 집안끼리 한 소

　　　리 아닌가? / 공주학: 아무리 동기간이래두, 할 말이 있구 못 할 말이 있지 않소?

　　　그래, 그 배가 어데가 썩었단 말이요?
　　　　　　　공주학의 배

공 씨: (울음 섞인 소리로) 구 주부가 눈을 벌겋게 휩뜨구 달려와서 그러니까, 난 그
　　　　　　　　　　　　천명을 자신의 딸과 혼인시키려는 구 주부가 공 씨에게 공주학의 배가 헐었다고 이야기하였음
　　말을 또 곧이들었지 그만.

공주학: 누님 같아서야, 중선 부릴 사람이 누가 있겠소? 해마다 새 밸 사드려야 하지
　　　　　공 씨처럼 공주학의 배가 헐었다고 말하면 고깃배를 부릴 사람이 없을 것이라는 말
　　않겠소? 그야 돈 있는 사람들이야 돈지랄루 무슨 짓은 못하겠소만, 우리 같은 처
　　　　　　　　　　　　　　　분수에 맞지 아니하게 아무 데나 돈을 함부로 쓰는 짓을 속되이 이르는 말
　　지루야, 누가 4, 5천 원씩 주구 장만해서, 3, 4년 쓰다가 내버리겠소?
　　　가난한 어민의 입장에서는 자주 새 배를 살 여력이 없음

낙경: 그 배가 헐지만 않았으문 그만이지, 천명 어미가 헐었다구 했다구 말쩡한 배가
　　　　　　　　　　　　　　　　　　　　　　　공 씨
　　금세 헐어지겠나? 그만두게.

공주학: 누님은 입때 보선두 안 겨서 신구, 바가지두 안 겨서 썼소? 바가지 겨 쓰니
　　　　지금까지. 또는 그 아직까지　　　　　기워서 − 떨어지거나 해어진 곳에 다른 조각을 대거나 또는 그대로 꿰매어서
　　까 물 샙디까? 누님 같아서야 집두 새 집에서만 살구, 한 틀에 4, 5백 원씩 주구

　　산 그물두, 구멍만 나믄 다시 떠서 쓰진 못하겠구료? 그래서야 배 목수 누가 해 먹

　　겠답디까?

공 씨: 내가 본맘에서 그런 소릴 했겠나? 구 주부 말을 듣구 그랬대두 그러네.
　　　　　본심

공주학: 구 주부가, 주학이가 옆집에다 불 질렀다구 하믄, 누님은 경찰서에 가서 내
　　　　　공 씨에게 구 주부의 말은 무조건 다 믿는 것이냐며 반문함
　　가 질렀다구 일러바치겠구료? 그 영감쟁이가 제 아무리 천명일 사랑한대두, 그는
　　　　　　　　　　　　　　　　구 주부는 자신의 딸을 천명과 혼인시키려 함
　　남이요, 난 그래두 명색이 삼촌 아니요?
　　　　　실속 없이 그럴듯하게 불리는 허울만 좋은 이름

공 씨: 아범, 못 들은 심 대구 흘려버리게. 그리구 노엽게 생각 말게.
　　　　　듣지 못했다고 생각하고　　└ 주의 깊게 듣지 아니하고 넘겨 버리게

- 주요 등장인물

천명	낙경과 공 씨의 막내아들. 두 형이 바다에서 죽자 배를 타는 것에 강한 거부감을 보임. 부모의 강권으로 결국 배를 탔다가 죽음을 맞이함
낙경	천명의 아버지. 바다에서 두 아들을 잃었지만 천명이 배를 타도록 하기 위해 항구에 있는 천명을 집으로 데리고 옴
공 씨	천명의 어머니. 바다에서 두 아들을 잃어 천명이 배를 타는 것을 원하지 않으나 천명을 선장으로 만들겠다는 동생 공주학의 말을 듣고 난 후 생계를 위해 천명에게 배를 타도록 권유함
공주학	공 씨의 남동생이자 천명의 외삼촌. 선주로, 천명에게 뱃일을 시켜 선장을 만들겠다는 생각으로 천명을 배에 태우려 함. 천명의 가족을 돌보고 있음
공주학의 아내	천명의 숙모. 성질이 사납고 천명을 강압적으로 배에 태우려 함
구 주부	인근 섬에서 한약방을 하는 사람으로, 보통학교에서 수석을 한 천명을 데릴사위로 맞이하기 위해 천명이 배를 타지 않도록 일을 꾸밈

공주학: 난 인젠 노엽게 생각할 것두 없소. 누님하구, 오늘부터라두 <u>의절</u>하믄 그만
친구나 친척 사이의 정을 끊음
아니요? / 낙경: <u>빈말</u>이래두 그게 무슨 소린가?
실속 없이 헛된 말

공주학: 빈말이 뭐요? 인젠 내가 누님네 발 디려놓지두 않을 테니, 매부하구 누님두
내 집에 들르실 필요 없어요.

낙경: 그게 무슨 어린애 같은 소린가?

공 씨: 에이, <u>내가 미친년이지, 내가 미친년이야.</u>
공주학의 배가 헐었다고 말한 자신을 자책함

공주학: 오늘부턴 아주 <u>남남</u>이요. <u>내가 매부하구 누님을 몇 핼 멕여 살렸소?</u> 근 3년
서로 아무런 관계가 없는 남과 남 　　　　천명 가족이 공주학에게 경제적으로 의지했음을 알 수 있음
동안을 금다 쓰단 말 한마디 없이, 양식 낭굴 대 디리지 않았소?

공 씨: 저승엘 간들, 내가 아범 공을 잊겠나?

공주학: 천명이 공분 누가 시켰소? 항구 팔목 상점에 넣 준 건 또 누구요? 하다못해
그눔이 여관집에서 외상 밥 먹은 밥값까지 내가 치러 주지 않았소?

공 씨: 아범, 내가 잘못했네. <u>(울며) 입동이 낼 모랜데, 이 긴긴 겨울을 아범이 봐 주</u>
<u>지 않으믄 어떡허겠나?</u>
계속하여 공주학에게 경제적인 원조를 받아야 하는 천명 가족의 처지를 알 수 있음

공주학: 나두 할 만큼 했으니 인젠 모르겠소. 그만하믄 예전에 매부가 <u>중선 밑천 대</u>
이전에 낙경이 공주학에게 배를 살 돈을 보태 주었음을 알 수 있음
<u>준 것은</u> 갚었을 꺼요. / 낙경: 내가 언제 그걸 갚아 달라든가?

공주학: 매부두 말 마슈, 천명일 사공을 시키자구 할 쩍마다, 매부두 내가 그눔을 부
공주학이 예전부터 천명에게 뱃사공 일을 시키려고 했음을 알 수 있음
려 먹을려구 하는 것처럼, <u>꽁한</u> 생각을 했지 뭐예요? 그러군 돌아서서, 날더러 심
속으로만 깊고 서운하게 여기는
하다구 했지요? / 낙경: 그건 자네 <u>곡핼세.</u> 공주학: 곡해가 뭐요? 사실이지.
남의 말이나 행동을 본뜻과는 달리 좋지 아니하게 이해함. 또는 그런 이해

노틀 할아범: 배 임자, 그만두십쇼. <u>물참</u> 다 됐쉬다.
밀물이 들어오는 때

공주학: 내가 천명일 돈 안 주구, 거저 쓰자구 합디까? 먹구 한 달에 10원씩 주는 게
아니에요? 같은 돈 주구 나가기 싫다는 눔 억지루 쓸 필요 있겠소? 다른 사람 언
어 쓸 테니 그만두슈. ▶ 자신의 배가 헐었다는 이야기를 한 누나 공 씨를 비난하는 공주학

　　공주학, 뒤도 돌아보지 않고 <u>가도</u>로 나간다. 공 씨, "아범.", "아범." 하고 부르며 따라
큰 길거리
가다가 다시 되돌아온다.

공 씨: (천명에게) 빨리 <u>쫓</u>아가서, 나가겠다구 그래라. 삼촌이 그래두 네 말은 들을지
몰른다. / 천명: <u>(부동(不動))</u>
움직이지 않음 – 배를 타고 싶어 하지 않는 천명의 심리가 담겨 있음

공 씨: (애가 타서 초조히) 어서 이눔아, 쫓아가 봐라. 어머니가 주책없이 그런 소릴
했다구 하구. 어서 빨리.

　　<u>천명, 공 씨의 손을 뿌리치고, 한 걸음 뒤로 물러선다.</u>
배를 타고 싶어 하지 않는 천명의 심리가 담겨 있음

낙경: 이 망할 자식이, <u>그래두 속을 못 채리구?</u>
천명이 이전부터 배를 타지 않겠다고 했음을 알 수 있음

　　돌연 부엌 앞에 가로놓였던 <u>그물맏[網枕木]</u>을 집어들고, 천명을 내려 갈긴다. 노틀 할
그물을 괴는 데 쓰는 나무토막
아범, 낙경의 팔을 붙들고, "놓세요. 놓세요. 말루 하시지, 때리긴 왜 때리십니까?" 하고
말린다.

• 이 작품의 시간적 배경

10월
섬사람들이 가장 기피하는 황량한 겨울에 접어드는 때

↓

당대 어민들의 가혹한 현실을 상징함

• 이 작품의 공간적 배경 ①

바다
• 섬사람들에게 생계 유지를 위한 생업의 터전이 되는 공간 → 삶을 위한 공간 • 천명에게는 두 형의 죽음으로 인해 두려움을 불러일으키는 공간 → 천명과 주변 인물 간의 갈등이 비극적으로 마무리되는 잔혹한 죽음의 공간 • 인간의 힘으로 극복할 수 없는 거대한 힘(운명)의 공간 • 천명이 자신의 의지와 상관없이 내몰린 공간 → 자신의 운명에서 벗어날 수 없는 공간

↓

일제 강점기 가난한 어민의 비극적 운명을 드러내는 공간

공 씨: (불쌍해서) 이눔아, 어서 삼촌네루 가라. 가믄 안 맞지.

천명: (쥐어짜는 듯한 소리로 <u>규환</u>을 친다.) <u>죽으믄 죽었지 그 배 안 타요. 그 배 부자</u>
_{큰 소리로 부르짖음 → 배를 타는 것에 대한 강한 거부감}　　　　　　　　　　　　　_{배의 상태를 이유로 배를 타지 않겠다는 천명}
<u>리가 헐었어요.</u>

낙경: 헐긴, 그 배가 왜 헐어? <u>이눔아 나가기 싫은 참에 핑계 하나 잘 잡았구나?</u>
　　　　　　　　　　　　　_{천명이 배를 타지 않으려고 핑계를 댄다고 생각하는 낙경}

천명: 성 서방이 거짓말했을 리가 없어요. 그 밴 <u>대깔</u>루 구멍을 <u>며</u> 놔서, 겨우 물이
_{공주학이 배에 난 구멍을 임시로 땜질했고 성 서방이 알려 줌}　　　　　　_{메워}
안 들오지만, 대깔만 <u>빠지믄</u>, 배 밑창으루 고태꿀이 빌 거예요. 더군다나 골관에
서 <u>노대</u>나 한 번 만나믄, 부자리가 철썩 갈라질 거예요.

공 씨: 이눔아, 그건 구 주부가 널 배에 못 타게 하느라구, 꾸며서 한 소리야.

천명: 내가 배에 가서, 대깔을 <u>빼</u> 봤어요. <u>나무가 썩어서, 우기적 우기적해요.</u>
　　　　　　　　　　　　　　　　　　_{일제 강점기 어민들의 열악한 상황을 드러냄}

낙경: 이눔이, 어데가 썩었든? 응, 나하구 같이 가 보자.

　　<u>천명, 낙경의 팔을 뿌리친다.</u>
　　　_{낙경에 대한 천명의 거부감이 드러남}

공 씨: (다시 천명에게 달려들려는 낙경에게 매달리며) 임잔, 어서 <u>아범한테나</u> 가 보슈.
　　　　　　　　　　　　　　　　　　　　　　　　　_{동생 공주학}

낙경: 괜히 방정맞은 소릴 해 가지구, 일을 이렇게 저즐러 놔?

　　낙경, 중얼거리며 공주학 나간 곳으로 나간다.
　　　　　　_{강가나 바닷가에 있는 넓고 긴 모래 벌판}
　　<u>공주학의 아내, 사장에서 들어와 증오에 찬 눈으로 말없이 쏘아보고 있다.</u>
　　　　　_{가족의 말을 듣지 않고 배를 타지 않겠다는 천명에 대한 못마땅함을 드러냄}

천명: (공 씨의 손을 끌어 자기 <u>뺨</u>에다 비비며) 어머니, 뭍에서 버나, 물에서 버나, 돈
_{천명이 정착하기를 바라는 공간}
만 벌믄 마찬가지 아니어요? 참말이지 참말이지 배 타긴 싫어요.

공 씨: (천명을 떠다밀며) 그런데 왜 이눔아, 어저껜 타겠다구 했니?

천명: <u>어머니가 하두 불쌍해서 그랬어요.</u>
　　　　_{어머니에게 연민을 느끼는 천명}

공 씨: 에미 불쌍한 줄 아는 눔이, <u>항구 상점</u>은 왜 나왔니, 왜 나왔어?
　　　　　　　　　　　　　　　_{천명이 일하던 곳}

천명: <u>공부해 가지구 트럭 운전수 시험 볼려구 나왔드랬어요.</u>
　　　　　_{천명이 트럭 운전수가 되어 뭍에 정착하려고 생각했음이 드러남}

공 씨: 네간 눔이 무슨 재주루 운전술 들어가?

천명: 왜 못 들어가요? 경인 트럭 운전수가 조수루 넣어 준다구 했어요. 자리가 나는
대루 넣어 줄 테니 기초 공부나 열심히 하구 있으라구 했어요.

공 씨: <u>거짓말 말어 이눔아.</u>
　　　_{천명이 배를 타지 않으려고 거짓말을 한다고 생각하는 공 씨}

천명: 지금이래두 항구만 가믄, 벌써 자리가 났을지도 몰라요.

공 씨: (악을 쓰며) <u>사람 치구 콩밥 먹을려구 그 무서운 운전수 자릴 들어가?</u> 네눔 꼬
　　　　　　　　_{운전하다 사고를 냈을 경우를 들어 뭍에서의 삶을 반대함}
락서닐 안 봤으믄, 내가 십 년은 더 살겠다. (공주학의 아내에게) 아들 셋에 딸 하날
났지만, 이렇게 속 썩이는 자식은 보길 첨일세. 다─들 순산이었는데, 저눔만 뱃가
죽을 쥐어뜯구 지랄을 치문서 나오드니, 이날 입때까지 내 속을 이렇게 폭폭 썩이
네그려.
　　　　　　　　　　　　　　　　　　▶ 배를 타지 않으려는 천명과 배를 태우려는 부모의 갈등

■ 부자리: 배의 밑바닥과 가운데 부분 사이에 있는 중간 부분.
■ 대깔: 대나무를 얇게 쪼갠 부스러기.
■ 노대: 바다에서 바람이 사납고 물결이 크게 일어나는 현상.

• 이 작품의 공간적 배경 ②

무의도
서해안의 떼무리(무의도)라는 작은 섬

↓

일제 강점기 가난한 어민의 비극적 현실이 드러나는 공간 → 가난으로 인해 딸을 팔고, 세 아들을 바다로 내모는 공간

↓

천명과 주변 인물 간의 갈등이 심화되는 공간

감상 포인트
등장인물의 대사와 행동을 통해 인물 간의 갈등 관계를 파악한다.

장면 포인트 ❷

- 해당 장면은 배를 타지 않겠다고 가족과 갈등을 벌이다가 결국에는 배를 타고 나간 천명이 죽음에 이르게 되는 상황이다.
- 희곡의 장르적 특성에 주목하여 마지막 부분을 낭독으로 처리한 이유와 효과를 파악하도록 한다.

★주목 **공주학의 아내:** 형님, 저 녀석을 그대루 뒀다간, 또 항구루 도망가서 외상 밥 처먹
_{천명}
구, 우리 못 할 일 할 거요. 우리가 그 밥값 장만하느라구 얼마나 애쓴 줄 아우?
_{천명이 엉뚱한 일을 저지를 것이라고 생각함}　　　_{천명이 항구로 나가 일할 때 여관집에서 외상으로 먹은 밥값}
내년 봄에 팔랴든 새우젓을 모두 미리 팔아서 변통을 했었소.
_{남편의 배에 조카인 천명을 태우기 위해 천명을 데리고 오려고 돈을 씀}

공 씨: 자네 볼 낯 없네.

공주학의 아내: 저 담 밑에, 보통이 보시구료. 어쩐지 하는 짓이 수상합니다만, 설마
_{천명이 섬을 떠나려고 생각하고 있음을 보여 줌 → 뱃사람이라는 운명에서 벗어나고자 하는 의지가 드러남}
그러랴 했었소.

　공 씨, 비로소 보통이를 발견하고 경악한다.
_{천명이 섬을 떠나기 위해 짐을 챙긴 것을 알고 놀람}

공주학의 아내: 내가 쌍심지가 나서두, 저 녀석을 기어쿠 내보내구 말겠수. 저런 녀
_{두 눈에 불이 일 것처럼 화가 몹시 나서}　　　_{천명을 억지로 뱃사람으로 만들려고 함}
석은 댁기에서 안짱물두 뒤집어써서 보구, 마파람에 돛줄 붙들구 휘날려 보기두 해
_{갑판}
야, 정신을 좀 차릴 거요.

공 씨: (천명에게) 어서 개루 나가, 이놈아.
_{강이나 내에 바닷물이 드나드는 곳}
공주학의 아내: 싫다는 놈을 달래면 듣겠수? 그냥 끌구 나갑시다.
_{천명이 스스로 배를 타기를 바라는 공 씨와 달리 강압적으로 천명을 배에 태우려 함}

　공주학의 아내, 목반을 땅에다 내려놓고, 달려가 천명을 잡아끈다.
_{목판}

천명: (다리에 힘을 주고 버티며) 놔요, 놔요.

공주학의 아내: 놓으면 또 항구에 가서 사람 디려받구 이번엔 벌금 가조라구 하게?
_{가져오라고}

천명: 누나가 천진으루 갈 때, 나한테 한 말이 있어요.
_{천명의 누나가 팔려 간 곳}　_{천명이 배를 타지 않으려고 결심하게 된 이유 ①}

공 씨: 이렇게 에미 속 썩이라구 하든?

천명: 죽어두 항구에 가서 죽지, 떼무리서 사공은 되지 말라구 했어요.
_{무의도}　_{누나가 천명에게 배를 타지 말 것을 당부함}

공주학의 아내: 사공하구 무슨 대천지원수가 졌다든? 지금 세상에 어수룩한 건 뭐니
_{하늘을 함께 이지 못하는 원수라는 뜻으로, 이 세상에서 같이 살 수 없을 만큼 큰 원한을 가진 원수를 비유적으로 이르는 말}
뭐니 해두, 백정하구 괴기잡이밖엔 없어. 잡아먹는 덴 밑질 게 없거든?
_{고기잡이를 하면 생계에 지장이 없으리라는 인식이 드러남}

천명: 「큰성두 작은성두 벌에서 죽었어요. 큰성은 조기사리 나갔다가, 덕적서 황 서방
_{천명이 배를 타지 않으려고 결심하게 된 이유 ②}　　　　　_{덕적도}
이 베 등거리만 찾아왔구, 작은성은 새우사리 나갔다가 댐마 다리 밑에 대가릴 처
_{등만 덮을 만하게 걸쳐 입은 홑옷}
박구 늘어진 걸, 누나하구 어머니가 끌어내 왔어요.」
_{「 」: 천명의 비극적인 가족사. 천명이 배를 타지 않으려는 이유를 알 수 있음(두 형의 죽음으로 인해 바다를 죽음의 공간으로 인식함)}

공주학의 아내: 그때 노대에 죽은 사람이, 어디 네 성뿐이었든? 떼무리서만 엎어
_{천명의 형들의 불행한 사건을 많은 섬사람들이 경험한 것임을 강조하여 뱃사람이 되기를 거부하는 천명의 행동을 유별난 것으로 대함}
진 낙배가 스무 척이 넘었구, 옘평서 깨진 중선이 쉰 척이 넘지 않았냐?
_{거룻배}　　　_{연평에서}　_{큰 고기잡이배}

천명: 내가 나가구 나서, 비나 억수같이 퍼붓구, 높새에 부엌 문짝이 덜그덕거리나
_{높새바람, 북동풍}
해 보세요? 우리 어머닌, 또 산으루 개루, 밤새 울구 댕길 거예요. 난, 배 타면 속
_{두 형의 죽음 때처럼 자신이 죽으면 슬퍼할 어머니에 대한 천명의 연민이 드러남}
이 울렁거려서 그러는 게 아니에요. 어머니 울구 댕기는 게 진절머리가 나서 그래요.

공 씨: 너 같은 애물에 자식은, 하루바삐 잡아갑시사구, 내가 서낭님께 축수하겠다.
_{몹시 애를 태우거나 성가시게 구는 물건이나 사람}　　　　　　　_{두 손바닥을 마주 대고 빎}

작품 분석 노트

- **'보통이'의 의미**

보통이
섬을 떠나기 위해 천명이 마련한 보따리

↓

자신을 배에 태우려 하는 가족들 몰래 섬을 떠나려 하는 천명의 의도를 드러냄

↓

새우젓을 판 돈으로 천명이 항구에서 먹은 밥값을 치른 공주학의 아내에게 기어코 천명을 바다로 내보내겠다는 오기를 불러일으킴

이놈아.

공 씨, 말은 모질게 하나, 눈에서는 눈물이 펑펑 쏟아진다.
<small>마음에 없는 말을 해 놓고 가슴 아파하는 공 씨의 심리가 드러남</small>

천명: (다시 어머니에게 매달리며) 「어머니, 뭍에서 하는 일이면, 뭐든지 할 테에요. 어렸을 때부터 일하면서 한 번이라두, 투정한 적 있었어요? 학교 갔다 와선, 물 끝
<small>「」: 가난한 살림으로 인해 천명은 어렸을 적부터 생계를 위해 힘든 일을 했으나 이를 부모에게 투정하지 않음</small>
따라 십 리나 나가서 밤새 조개를 잡았지요? 행여 조개가 밟힐까 하구, 개펄을 일
<small>날마다 갯벌에 나가 조개를 잡았음</small>
년 열두 달 후비적거리는 발자죽을 봐 보세요? 만주를 가구두 남을 테니. 겨우내
<small>발자국   모아</small>
동아젓 · 황새기젓을 절이구 나믄, 손등이 터진 자리에 호소금이 들어가, 씨라려
죽겠지만, 한 번인가 난 싫다구 안 했어요.」
<small>한 번도</small>

공주학의 아내: 아주 청산유수 같구나. 이를테믄 어머니한테 네가 공치사하는 셈이냐?
<small>남을 위하여 수고한 것을 생색내며 스스로 자랑함</small>

천명: (숙모의 말에는 대답지 않고, 흐느껴 우는 듯한 소리로 말을 계속한다.) 「야기 상점에서두 그렇지. 6시면, 어업 조합서 생선을 받어 오니까, 새벽 3시부터 쓰루배[釣瓶]질을 해서 물을 길어요. 고길 혀 가지구, 하루 종일 호—죠—[鉋丁]루 펄펄 뛰는 놈을, 대가리 토막을 치구, 창자를 가르고 있으면, 나중엔 그놈의 조기 눈깔들
<small>「」: 하루 종일 힘든 노동을 감내하며 살았던 상황을 이야기함</small>
<small>식칼</small>
이, 모두 나를 흘겨보는 것 같어, 몸서리가 쳐요. 그렇지만, 난 참을 때까진 참어
왔어요.

공 씨: (울며) 이놈아, 에미 애비하구 살아갈랴는데, 어디 수월한 게 있는 줄 아니?
<small>천명의 고된 생활에 안쓰러워하면서도 어쩔 수 없는 상황임을 말함</small>

천명: 없으니까, 선창에서 소금을 날르면서두, 어디 내가 고생한다구 편지했어요?
<small>물가에 다리처럼 만들어 배가 닿을 수 있게 한 곳</small>
안 했지요?

공 씨: 이놈아, 네가 지금 뭍에서 버느니, 물에서 버느니 하구 있게 됐니? 긴긴 겨울
<small>긴 겨울 가족의 생계를 위해 일을 해야만 하는 상황임을 강조함. 공 씨에게 바다는 생계의 공간임</small>
을 뭘 먹구살구, 할 때가 아니냐?

천명: 「그러니까 항구에 가서 벌면 되지 않어요? 축항에 가서, 마가대[起重機] 짐두
<small>「」: 배를 타지 않고 뭍에서 돈을 벌겠다는 천명. 천명에게는 항구가 생계의 공간임   배에서 짐을 부리는 기구</small>
지구, 선창에 가서 하시깨[浮船] 날일두 할 테에요.」
<small>거룻배   ▶ 바다에 나가지 않으려는 천명과 고기잡이배에 천명을 태우려는 가족 간의 갈등</small>

(중략)

젊은 어부: 아, 뭣들 하구 있는 거예요? 빨리빨리, 개루 나오시지들 않구? 어젯밤 물에 동아 떼가 여덟미서 덕적으루 몰려가는 걸, 용유 춘필 할아버지가, 추수 곡 신
<small>팔미도에서 덕적도로   용유도   추수한 곡식</small>
구 지나다가 봤대요. 어떻게 떼가 큰지, 바다가 시커멓드라구 해요.
<small>■: 물고기 떼가 많다는 점을 강조하는 표현</small>

노틀 할아범: 곧 갈 테니, 돛이나 올려놓게.

젊은 어부: 동아 떼, 이렇게 큰 것 보긴, 십 년 만이라구 하대. 갔다 와서 쉰 독을 저
<small>새우</small>
릴랴면, 어지간히 손등이 또 터질걸요.
<small>새우가 많이 잡혀 새우젓을 많이 절여야 할 것이라고 예상함</small>

젊은 어부, 다시 개로 나간다. 공주학, 헌 고무장화를 한 켤레 들고, 가도에서 나온다.

사금 파는 광부들이 신는 볼기짝까지 닿는 신이다. 뒤따라 그의 아내.

공 씨: 아범, 나간다구 하네.

• **이 장면에 나타난 갈등**

이 작품에는 천명이 뱃사람이 되는 문제가 갈등의 주축을 이루고 있다. 천명의 부모인 낙경과 공 씨는 두 형들의 죽음과 누이의 당부 등을 이유로 뱃사람이 되기를 거부하는 천명의 마음을 알면서도 생계를 위해 천명에게 공주학의 배에 타기를 강권한다. 공 씨의 남동생인 공주학과 그의 부인은 조카인 천명을 자신의 배에 타게 만들어 재산을 늘리려고 한다. 반면 천명은 공주학의 배는 헐었다고 말하며 부실한 배를 타지 않겠다고 하고, 또 자신은 뱃사람이 되기를 원하지 않으며 항구, 즉 뭍에서 일하여 생계를 이어 가고자 하는 뜻을 드러냄으로써 갈등을 촉발시키고 있다.

천명
• 보통학교를 수석으로 졸업한 수재로 뱃사람이 되지 않으려 함 • 항구에서 하역 노동 등을 하며 뭍에서 돈을 벌고자 함

↑

공주학과 그의 아내	천명의 부모
천명을 뱃사람으로 만들어 재산을 늘리려고 함	천명과 공주학 사이에서 우왕좌왕하다가 결국 천명을 바다로 보내 뱃사람을 만들고자 함

• **'공 씨'와 '천명'의 생각의 차이**

공 씨		천명
뱃일을 통해 생계를 유지할 수 있다고 생각함 → 바다에 나가 배를 타는 것을 천명으로 여김	대립 ↔	뱃일이 아닌 다른 일(항구에서의 일, 트럭 운전수 등)로 생계를 유지할 수 있다고 생각함

↑

갈등의 배경: 시대의 변화

공주학: (천명에게) 나갈 테니? / 천명: (꺼질 듯한 소리로) 나가요.
_{배를 타야 하는 상황으로 인한 체념적 심리를 드러냄}

공주학: 안짱물이 뱃전을 넘드라두, 발 시렵지 않게, 이거 신구 나가라.
_{바다에 나가는 조카 천명을 챙기는 주학의 따뜻한 마음이 드러남}

공 씨, 장화를 받아 천명에게 신긴다. 천명, 신을 신고 어머니를 따라 개로 나간다. 일
_{뱃사람인 공주학이 신던 신을 천명이 물려받음 – 뱃사람이 된 천명의 처지 상징}
동 뒤따른다. 무대 공허. 판성이가 개에서 떠들며 달려온다.
_{낙경의 외동딸 천순과 혼인하기로 하였으나 낙경이 딸을 중국의 유곽에 팔아 버리는 바람에}
_{혼인을 하지 못함. 배를 타서 번 돈으로 천순을 데리러 갈 생각을 지니고 있음}

판성: 내가 걸어서 천진은 못 갈 줄 알구? 걸어선 못 갈 줄 알구? 죽어두 내가 한 번
_{천순을 만나러 천진에 가고자 함 → 천순에 대한 판성의 애정이 드러남}
보구 죽을걸. 천순일 꼭 한 번 보구 죽을걸.

판성, 가도로 달려간다. 공 씨, 잊어버린 거나 있는 듯이, 사장에서 창황히 올라온다.
_{미처 어찌할 사이 없이 매우 급작스럽게}
부엌으로 들어가더니, 사발에 물을 떠서 소반에 받쳐 들고나와, 사당 앞에 내려놓고, 서
_{천명의 무사귀환을 간절히 바라는 공 씨의 마음이 드러남}
낭님께 두 손을 비비며 축수를 한다.

개에서는 배를 내는 벅적한 소요. 노를 할아범이 메기는 가락에 응하여, 서해안 어부
_{떠들썩함}
들의 청승은 뚝뚝 떠는 뱃노래가 이어 들려온다. 동리 아이들이 "그물안네 배 나간다."
"장안에 개미 새끼 한 마리 없구나." 등등 떠들며 무대를 달려간다.

공 씨, 기도를 끝마치고, 개로 다시 나간다. 무슨 생각을 했는지, 발을 뚝 멈춘다. 돌연
전신에 설움이 복받치나 보다. 휘청휘청 마당으로 들어오더니, 마루 기둥에 얼굴을 묻
_{배를 타지 않겠다는 천명을 억지로 보내고 난 뒤에 설움을 느끼는 공 씨}
고, 조용히 오열한다. 깜깜한 부엌에 공 씨 혼자 우두커니 앉아서 멀거 — 니 바다를 내
다보고 있다. 마이크를 통해 흘러오는 소리.
_{천명의 보통학교 6학년 담임 교사. 천명의 죽음을 알려 주는 인물로 식민지 지식인}
낭독: 나는 이 서글픈 이야기를 그만 쓰기로 하겠다. 「그 후 이 배는 동아를 만재(滿
_{결말을 압축적으로 전달하는 방식. 소설의 서술과 유사함. 비극적 결말을 통해 비장미를 조성함}　_{배에 고기가 가득함}
載)하고 돌아오다, 10월 하순의 모진 노대를 만나 파선하였다 한다. 해주 수상 경
_{풍파를 만나거나 암초 따위의 장애물에 부딪쳐 배가 파괴됨}
찰서의 호출장을 받고, 공주학과 낙경이 달려가 천명의 시체는 찾아왔다 한다. 그
는 부서진 널쪽에다 허리띠로 몸을 묶고 해주 항내까지 흘러갔던 모양이다. 노를
_{천명의 비극적 운명}
할아범 외 여러 동사들은 모두 행방불명이었다고 한다.」 「 」 사건에 대해 들은 내용을 요약적으로
_{같은 종류의 일을 하는 사람들}　_{전달함}
「내가 작년 여름 경성이 너무도 우울하여 수영복 한 벌과 책 몇 권을 싸들고 스
물한 살의 내 꿈과 정열과 감상이 흩어져 있는 이 섬을 찾았을 때, 도민들은 여전
히 고기를 잡으러 나갔고 동리에는 부녀자와 노인들만 있었다. 천명의 집을 찾아
가니, 공 씨는 얼빠진 사람같이 부엌에서 멀거 — 니 바다만 내다보고 있었다. 나
_{막내아들 천명마저 바다에서 죽은 것에 대한 충격}
를 보더니 달려와 손을 꼭 붙들고 "선생님, 그렇게 나가기 싫다는 놈을, 그렇게 나
_{천명을 강제로 바다에 내보낸 것에 대한 자책감}
가기 싫다는 놈을……." 할 뿐, 말끝을 잇지 못하고 울기만 하였다.」
_{「 」 천명의 죽음 이후의 무의도 상황과 천명의 집 분위기를 전달함}
천명은 그가 6학년 때 내가 가르치던 아이였다.
_{천명과 낭독자의 관계(사제지간)를 밝힘으로써}　▶ _{가족의 강권으로 고기잡이배를 타고 나간 천명의 비극적 죽음}
_{안타까움과 여운을 전달함}

감상 포인트
희곡의 장르적 특징과 관련하여
극적 형상화 방식을 파악한다.

• '장화'의 의미

장화
• 뱃사람인 공주학이 신던 헌 고무장화 • 배를 타러 떠나는 천명에게 외삼촌인 공주학이 건네주는 것

↓

• 바다에 나가는 천명을 챙겨 주는 공주학의 따뜻한 마음이 드러남 • 천명이 뱃사람이 되었음을 상징함

• '낭독'을 통한 결말의 처리

낭독
• '나'의 독백 형식을 통해 결말을 압축적으로 제시함 • '나'는 소설의 1인칭 관찰자와 같은 역할을 함 • 바다에서의 처참한 죽음을 무대 위에서 보여 주지 않고 에필로그(후일담) 형식으로 처리함

+

내용
• 천명이 탄 배가 동아를 가득 잡았으나 돌아오는 길에 바다의 사나운 물결로 파선되었음 • 그 배를 탄 천명과 노를 할아범 외 여러 동사들이 죽거나 행방불명 상태임 • '나'가 본 천명이 죽은 후의 무의도 상황과 공 씨의 자책감과 회한을 전달함

↓

누구보다 총명했던 제자였던 천명의 죽음에 대한 '나'의 안타까움을 관객도 공감하게 하는 효과를 지님

핵심 포인트 1 작품의 내용 파악

이 작품 속 갈등이나 소재 등에 드러난 인물의 심리와 태도를 중심으로 작품의 내용을 파악하도록 한다.

+ 소재에 드러난 인물의 심리와 태도

보퉁이	• 자신을 배에 태우려 하는 가족들 몰래 섬을 떠나려 하는 천명의 의도를 드러냄 → 뱃사람이라는 자신의 운명에서 벗어나려는 천명의 의지를 상징함 • 새우젓을 판 돈으로 천명이 항구에서 먹은 밥값을 치른 공주학의 아내에게 기어코 천명을 바다로 내보내겠다는 오기를 불러일으킴
장화	• 뱃사람인 천명의 외삼촌 공주학이 신던 헌 고무장화로, 천명이 뱃사람이 되었음을 의미함 • 바다에 나가는 천명을 챙겨 주는 공주학의 따뜻한 마음이 담김 • 뱃사람이라는 운명에 순응하게 된 천명의 처지를 상징함
물(정화수)	천명을 위한 축수에 쓰인 것으로, 천명이 무사하게 돌아오기를 바라는 천명의 어머니 공 씨의 간절한 마음을 상징함

핵심 포인트 2 극적 형상화 방식의 이해

희곡은 무대에서의 상연을 전제로 하고 있으므로 배우의 연기나 조명 처리, 무대 장치, 소품 사용 등 극적 형상화 방식을 파악하며 감상해야 한다. 특히 이 작품은 결말 부분을 '낭독'으로 처리하고 있으므로 그 효과를 파악하도록 한다.

+ 대사 및 결말 처리 방식

대사	대사에 활용된 방언과 '동아(새우), 낙배, 중선' 등의 어휘를 통해 어촌의 치열한 삶을 사실적으로 그려 냄
'낭독'에 의한 결말 처리 방식	• '나'의 독백 형식을 통해 결말을 압축적으로 제시함 • 바다에서의 처참한 죽음을 무대 위에서 보여 주지 않고 에필로그(후일담) 형식으로 처리함 ⇒ 천명이 배를 탄 이후의 비극적 사건과 인물의 회한을 요약적으로 전달하며 관객들의 공감을 이끌어 내고 관객들이 결말의 의미를 되새길 수 있도록 함

핵심 포인트 3 배경의 의미와 기능 파악

이 작품의 주인공인 '천명'은 자신을 바다로 내보내려는 가족과 갈등을 빚는다. 따라서 인물 사이의 갈등 과정에서 시간적·공간적 배경이 어떤 의미를 지니는지 작품의 주제 의식과 연관하여 파악하도록 한다.

+ 시간적·공간적 배경의 상징적 의미

시간적 배경	10월	섬사람들이 가장 기피하는 황량한 겨울에 접어드는 때 → 당대 어민들의 가혹한 현실을 상징함
공간적 배경	바다	• 생업을 위한 공간 → 낙경과 공 씨의 입장에서 생계를 유지하고, 팔려 간 딸을 데려올 수 있는 돈을 마련할 수 있는 공간 • 천명의 입장에서 두 형의 죽음으로 인해 두려움을 불러일으키는 재난의 공간 → 천명과 주변 인물 간의 갈등이 천명의 죽음이라는 비극으로 마무리되는 잔혹한 죽음의 공간 • 인간의 힘으로 극복할 수 없는 거대한 힘(운명)의 공간 • 천명이 자신의 의지와 상관없이 내몰린 공간 → 자신의 운명에서 벗어날 수 없는 공간 • 일제 강점기 가난한 어민의 비극적 운명을 드러내는 공간
	떼무리(무의도)	• 일제 강점기 가난한 어민의 비극적 현실이 드러나는 공간 → 가난으로 인해 딸을 팔고, 세 아들을 바다로 내모는 곳 • 천명과 주변 인물 간의 갈등이 심화되는 공간

作品 한눈에

• 해제

〈무의도 기행〉은 일제 강점기의 가난한 어민의 현실을 비극적으로 형상화한 희곡이다. 바다로 나간 두 형을 잃은 천명은 배를 타기를 원하지 않지만 외삼촌 부부와 부모의 끈질긴 설득에 못 이겨 결국에는 배를 탔다가 죽음을 맞이하게 된다. '천명(天命)'은 하늘이 정한 운명이라는 뜻을 지니는데, 그 이름처럼 천명은 자신의 운명을 거역하지 못함으로써 운명(자연)과 현실 앞에 패배할 수밖에 없는 인간의 한계를 드러낸다.

• 제목 〈무의도 기행〉의 의미

– 무의도라는 섬을 배경으로 한 비극적 현실

'기행'이란 '여행하는 동안에 보고, 듣고, 느끼고, 겪은 것을 적은 것'을 뜻하는 말이다. 제목처럼 이 작품은 무의도라는 가난한 섬마을을 배경으로 일제 강점기 어부들의 빈곤한 삶의 모습을 한 보통학교 교사의 눈으로 전달하고 있다.

• 주제

일제 강점기 어민들의 비참한 현실과 천명의 비극적인 삶

한 줄 평 | 해방 직후 돈을 위해 수단과 방법을 가리지 않는 기회주의적 인물을 풍자한 작품

살아 있는 이중생 각하 ▸ 오영진

💬 전체 줄거리

정자가 세워진 정원이 딸려 있고, 여기저기 값비싼 물건들이 장식된 이중생의 집이 잔치 준비로 분주하다. 이중생의 아내 우 씨와 함께 집을 단장 중이던 이웃집 여인 박 씨는 전쟁 후에도 변함없는 이들의 권세에 부러움을 드러낸다. 우 씨는 그런 박 씨 앞에서 임업 회사의 관리인으로서 나라의 산림 사업을 독점하다시피 하고 있는 이중생의 위세를 은근히 자랑한다. 그런데 그 위세는 아들인 하식을 징용에 보내는 대신 얻게 된 것과 다름없었다. 하식은 해방 후 공산 진영의 군대에 잡혀갔다는 소식을 마지막으로 생사를 알지 못하는 상태이다. 우 씨와 박 씨의 대화 주제는 이중생의 작은딸 하연에 관한 이야기로 옮겨 간다. 하연은 인천에 있는 별장에 가 있는 중이었는데, 학교를 졸업한 후로는 이처럼 밖으로 나돌기만 좋아하는 하연을 우 씨는 탐탁지 않아 한다. 또한 하연이 최근에는 이중생의 사업 파트너인 랜돌프라는 외국인과 친하게 지내는 것을 걱정하기도 한다.

한편 느즈막하게 기상한 이중생의 사위 송달지는 분주한 집안 풍경을 보고는 자신도 무언가 거들 일이 있는지 우 씨에게 묻는다. 우 씨는 못 미덥기만 한 사위를 답답해하다가 곧 음식 준비 상황을 확인하러 부엌으로 자리를 뜬다. 이중생의 큰딸 하주와 결혼한 송달지는 의사지만 돈이나 출세에는 관심이 없고 주로 소설가, 화가들과 어울리며 철학이나 예술 등에 대해 논하기를 좋아하는 인물이다. 하주는 그런 송달지의 취미를 못마땅해하며 이번 연회에서는 꼭 유력자들과 친분을 쌓아 보라고 부추긴다. 그러면서 하주는 이중생이 현재 관리인으로 있는 임업 회사의 방계로 지업 회사를 새로 세우려 한다는 이야기를 전한다. 이중생은 O.E.C라는 미국 기관을 통해 확보한 달러로 제지 기계를 사들일 계획이었으며, 이 새로운 사업을 위해 임업 회사 관리하의 국유림을 담보로 융자까지 신청해 놓은 상태였다.

▸ 남부럽지 않은 재산과 지위를 누리는 이중생의 집이 잔치 준비로 분주함

때마침 이중생이 비서 임표운과 함께 집으로 들어선다. 이중생은 비서를 통해 O.E.C에서 랜돌프를 데려오라는 지시를 전달하고서는 기존의 산림 산업뿐만 아니라 제지 산업까지도 독점하게 될 미래를 생각하며 기대에 부푼다. 그런데 잠시 후 그런 기대를 깨뜨리는 전화 한 통이 걸려 온다. O.E.C로 간 직원이 해당 기관에는 랜돌프라는 사람이 존재하지 않는다는 이야기를 전해 온 것이다. 또한 달러를 사 주겠다며 이중생의 돈을 가져갔던 랜돌프의 말과는 달리, O.E.C에서는 달러 구입 신청을 받은 일이 없다고 한 것을 듣게 된다. 설상가상으로 랜돌프와의 만남에서 통역을 담당했던 최 군 역시 어제부터 자취를 감추었다는 말에 이중생은 일의 진상을 알아보기 위해 집을 나선다.

그런데 얼마 지나지 않아 이중생의 집으로 경찰이 찾아온다. 경찰은 이중생이 출타 중이라는 말에 돌아오거든 그를 경찰서 경제계로 보내라는 말을 남기고 돌아간다. 청천벽력과도 같은 말에 하주가 어찌할 줄 모르는 중에 이중생과 함께 집을 나섰던 비서가 급히 뛰어 들어온다. 비서는 조금 전 집을 나섰던 이중생이 도중에 경찰에게 잡혀 연행되었다는 소식을 전한다. 이어서 인천 별장에 갔던 작은딸 하연까지 돌아와 이중생에 관한 또 다른 사실을 알린다. 인천 별장은 이중생의 소유가 아니었으며, 그동안 관리인을 속여 주인 행세를 해 온 사실이 들통나 별장에서 막 내쫓긴 참이라는 것이다. 뿐만 아니라 랜돌프도 가짜였다는 말과 함께 하연이 보여 준 신문에는 미국 기관 직원을 사칭한 랜돌프라는 자가 인천에서 체포되었다는 기사가 적혀 있었다. 하연은 신경질적으로 울음을 터트리고 다른 이들은 모두 말문이 막히고 만다.

▸ 새로운 사업을 계획 중이던 이중생이 랜돌프에게 사기를 당하고, 자신이 저지른 범죄 때문에 경찰서로 잡혀감

사기, 배임, 공금 횡령, 탈세 등 여러 가지 혐의로 체포된 이중생은 한 달여간 유치장 생활을 하게 된다. 우 씨와 하주는 유치장의 열악한 환경 속에서 고생하고 있을 이중생을 생각하며 가슴 아파하는 한편 혹시나 이중생이 잘못될 것을 대비해 그전에 자신들 몫의 재산을 미리 챙겨서 살길을 마련해 놓으려는 궁리를 한다. 그때 이중생이 잡혀가 조사를 받으면서 덩달아 살던 집을 빼앗기게 된 그의 형 이중건이 방에서 나온다. 하루아침에 집을 잃어 동생 이중생의 집에 들어와 살게 된 이중건은 그동안 사업을 명목으로 온 집안의 재산을 다 가져다 썼던 동생의 행태를 꼬집으며 분노한다. 이를 우 씨와 하주 등이 겨우 달래는 사이 이중생이 유치장에서 나와 곧 집으로 온다는 내용의 전화가 걸려 온다. 이에 모두 분주하게 이중생을 맞을 준비를 하는데 아침 일찍 외출했던 하연이 먼저 집으로 들어선다. 하연은 아버지인 이중생이 잡혀간 일을 안쓰럽게 생각하지 않고 오히려 부끄럽게 여기는데, 그런 하연의 태도를 하주는 못마땅하게 여긴다.

▸ 부정한 방법으로 재산을 모아 온 정황이 탄로 나면서 이중생이 한 달 동안 유치장 생활을 함

장면 포인트 ❶ 281P

곧이어 이중생이 변호사 최 씨와 함께 집으로 들어선다. 이중생은 곧장 최 변호사와 함께 방으로 들어가 서류 뭉치를 한아름 꺼내 놓고는 무언가를 논의하기 시작한다. 특별 보석으로 잠시 풀려난 상태였던 이중생은 변호사와 함께 재산이 몰수당하게 생긴 위기에서 벗어날 방법을 찾고 있던 것이다. 이중생은 자신이 처한 상황을 설명하기 위해 집안 식구들을 모두 불러 모은다. 하지만 그 자리에서 하연이 이중생을 비난하면서 한바탕 언쟁이 벌어진다. 이어서 이중건이 등장해 자신이 입은 피해에 대한 보상을 요구하면서 이야기는 진전되지 않는다. 결국 이중생은 남은 재산 중 집 한 채를 이중건에게 주고, 그동안 사업차 가져갔던 재산에 대해서는 총 삼백 환의 돈

으로 보상해 줄 것을 약속하면서 소란을 정리한다.

이후 최 변호사는 재산을 몰수당하지 않을 계책으로 이중생을 죽은 사람으로 위장하는 방안을 그에게 제안한다. 나라에서 문제 삼는 것은 죄를 지은 이중생이라는 사람이니, 그가 없어진다면 그동안 부정하게 축적해 온 그의 재산을 돌려받을 길 역시 없어지지 않겠냐는 것이었다. 이중생은 상속법의 권위라는 최 변호사의 말을 철석같이 믿어 그 제안을 따르기로 한다. 최 변호사는 이중생의 재산을 상속받을 명목상의 재산 관리인을 정해 거짓 유서를 작성할 것을 지시하고, 이중생은 그 대상으로 송달지를 선택한다.
▶ 특별 보석으로 풀려난 이중생은 재산을 지키기 위해 자신을 죽은 사람으로 위장하기로 함

이중생의 부탁을 들은 송달지는 깊은 고민에 빠진다. 그의 요구에 따라 재산 관리인으로 이름을 빌려주게 되면 이후 자신의 이름 뒤에 숨어서 또다시 부정한 일을 이어 나갈 장인의 행동이 걱정되었던 것이다. 이에 하주는 지금 당장은 걱정되더라도 훗날 이중생이 죽고 나면 송달지의 이름을 빌려 쌓아 둔 모든 업적과 재산이 자연스럽게 그의 몫이 되는 것이 아니겠냐고 하며 그에게 얼른 결정을 내리라고 채근한다. 그러는 사이 어느새 거짓 유서 작성이 마무리되고, 이중생은 송달지의 대답은 듣지도 않은 채 재산 관리인의 자리에 그의 이름 석 자를 적어 버린다. 이어서 최 변호사의 주도로 이중생의 죽음과 관련한 전말, 장례 진행 계획 등 그의 거짓 죽음에 필요한 사항들이 하나씩 정리된다. 최 변호사는 마지막으로 이중생의 사망 진단서 작성을 송달지에게 부탁하는데, 송달지는 뻔히 살아 있는 사람을 죽은 사람으로 만드는 일만은 도무지 할 수 없다고 하며 거절한다. 완강한 태도로 버티던 송달지는 시민대회 구경을 핑계로 하연과 함께 자리를 떠나 버리는데, 이중생은 이에 굴하지 않고 하주에게 송달지의 병원으로 가 그의 도장을 가져오도록 시킨다.
▶ 이중생은 송달지를 재산 관리인으로 내세운 거짓 유서를 작성하고 사망 진단서도 위조함

며칠 후, 이중생의 집에서는 결국 그의 거짓 장례식이 치러진다. 하지만 집안 곳곳에서 간간히 웃음소리가 들려오기도 하는 등 초상집 답지 않게 떠들썩한 분위기이다. 이중건과 함께 잔뜩 술을 마신 한 조문객 무리는 죄를 지었지만 자신의 잘못을 인정하여 자결을 택하고, 전 재산을 처자식이 아닌 사위에게 넘긴다는 내용의 유서까지 남긴 이중생을 범상치 않은 인물이라며 추켜올린다. 빈소의 병풍 뒤에 숨어 있던 이중생은 그들이 자신에게 줄 돈을 떼어먹은 이들이라고 하며 다시 온다면 절대 술상을 내주지 말라고 할 뿐이다. 그리고 송달지에게는 누군가 유산에 대한 이야기를 하거든 아무런 대꾸도 하지 말라는 당부를 덧붙인다.

잠시 후 국회 특별 조사 위원회 소속의 김 의원이라는 이가 최 변호사와 함께 조문을 온다. 최 변호사는 김 의원 앞에서 생전의 과오를 청산하고자 자결을 택한 이중생의 대범한 의지와 재산을 모두

사위인 송달지에게 상속한 깊은 뜻을 그럴듯하게 포장해서 이야기한다. 이에 김 의원은 송달지에게 이중생의 유산을 처리하는 문제와 관련한 의견을 묻는다. 고인의 유지를 고려하여 국가가 이중생의 유산을 법적으로 처분하는 과정에서 재산 관리인으로 임명된 송달지의 의사를 충분히 참고하겠다는 것이다. 그러면서 몰수 예정이었던 이중생의 유산은 무료 병원을 건립하는 데 쓰는 것이 어떻겠냐고 제안한다. 평소 나라의 충분치 않은 보건 시설에 안타까움을 느끼며 의사란 상업 행위를 하는 직업이 아니라는 생각을 지니고 있었던 송달지는 자신의 평소 신념과 맞아떨어지는 제안에 긍정적인 의사를 내비친다. 상황이 계획한 바와 다르게 흘러가자 최 변호사가 당황한 기색을 감추지 못하며 김 의원을 설득하려 한다. 하지만 김 의원은 원칙대로 하자면 생전에 여러 범죄를 저지른 이중생의 재산을 남김없이 몰수하는 것이 맞지만, 그나마 고인의 유지를 생각해서 이러한 제안이라도 하는 것이라며 단호한 태도를 보인다. 이로써 죽은 이중생이 다시 살아 돌아와 소송이라도 걸지 않는 한, 이중생의 유산이 온전히 재산 관리인의 몫으로 남는 것은 불가능한 일이 되고 만다.
▶ 이중생을 조문 온 김 의원이 무료 병원 건립에 이중생의 유산을 활용하는 방안을 제안하자 송달지가 이에 응함

김 의원이 돌아가기 무섭게 이중생이 병풍 뒤에서 뛰쳐나와 송달지를 다그치기 시작한다. 그는 자신의 당부에도 불구하고 유산을 처분하는 일과 관련해 본인의 의견을 내비친 송달지를 탓하고,

장면 포인트 ② 283P

주목 애초에 불가능한 일을 계획하여 자신을 공연히 죽은 사람으로 만든 최 변호사를 향해서도 원망의 말을 쏟아 낸다. 이에 화가 난 최 변호사는 이중생에게 등을 돌리고 만다.

그때 이중생이 징용에 보낸 이후로 다시 만나지 못한 채 소식이 끊겼던 아들 하식이 집으로 돌아온다. 이중생은 그런 하식을 반기면서도 아들의 안부를 묻기보다는 송달지와 최 변호사 때문에 재산을 꼼짝없이 모두 잃게 생긴 자신의 처지부터 한탄한다. 이에 하식이 먼저 학도병으로 죽을 고생을 하다가 해방 후에는 러시아로 끌려가 십 년이나 강제 노역을 치러야 했던 지난날의 고생을 털어놓는다. 한편 이중생의 한탄을 듣고 상황을 알게 된 우 씨와 하주도 한 마디씩 거들며 송달지를 원망하기 시작한다. 이에 송달지도 더는 참지 못하고 개인의 이익을 위해 누군가를 속이고 법을 어기는 행위

장면 포인트 ② 283P

는 잘못된 것이라고 큰소리로 맞선다. 하식 역시 송달지의 말에 동조하면서 이중생을 향해 아버지의 시대는 이미 끝났으니 구차스러운 수의를 벗어 버리라고 냉정하게 말한다.

이후 홀로 남겨진 이중생이 넋을 잃은 채 서 있는데, 우연히 이를 목격한 이웃집 여인 박 씨가 그를 향해 귀신이라고 소리친다. 이중생은 재산을 모두 잃고 귀신과 다름 없는 처지가 된 자신의 신세를 탄식하다가 어딘가로 사라진다. 잠시 후 후원으로 향하던 하인 용

석 아범이 죽어 있는 이중생을 발견하고는 누군가가 관에서 시체를 꺼내 가져다 놓았다고 외친다. 그 소리를 듣고 뛰쳐나온 이중생의

가족들은 모두 말을 잃고 굳어 버린다.

▶ 모든 재산을 잃고 살아 있는 귀신 신세가 된 이중생이 스스로 생을 마감함

🎭 인물 관계도

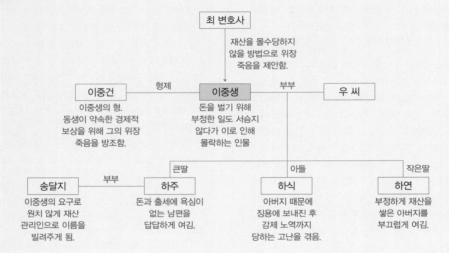

최 변호사
재산을 몰수당하지 않을 방법으로 위장 죽음을 제안함.

이중건 ── 형제 ── 이중생 ── 부부 ── 우 씨
이중생의 형. 동생이 약속한 경제적 보상을 위해 그의 위장 죽음을 방조함.

이중생: 돈을 벌기 위해 부정한 일도 서슴지 않다가 이로 인해 몰락하는 인물

송달지 ── 부부 ── 하주 (큰딸)
송달지: 이중생의 요구로 원치 않게 재산 관리인으로 이름을 빌려주게 됨.
하주: 돈과 출세에 욕심이 없는 남편을 답답하게 여김.

하식 (아들)
아버지 때문에 징용에 보내진 후 강제 노역까지 당하는 고난을 겪음.

하연 (작은딸)
부정하게 재산을 쌓은 아버지를 부끄럽게 여김.

<보기>로 나오는 작품 외적 준거

작품 속 연극적 놀이 양상

오영진의 희곡 〈살아 있는 이중생 각하〉에서는 크게 세 가지의 연극적 놀이 양상을 확인할 수 있다. 먼저 사기와 횡령 등의 혐의로 경찰에 입건된 이중생이 재산을 보전하기 위해 고문 변호사와 거짓 죽음을 공모하는 장면에서 극중극적 놀이 양상이 나타난다. 변호사 최 씨의 연출에 따라 경동맥을 절단하고 죽는 연기를 하는 이중생의 모습은 등장인물들이 직접 가상의 상황을 연출하여 각본을 짜고 맡은 역할을 연기한다는 점에서 극중극의 특징을 여실히 보여 준다. 극중극을 통해 무대 위에서는 연기하는 자와 관람하는 자의 시선이 동시에 구현된다. 이로써 무대 위 대상과 관객 사이에 비평적인 거리가 조성되면서 관객은 대상을 최대한 객관적으로 조명할 수 있게 된다. 이 작품에 반영된 극중극적 놀이 양상은 이중생이 지닌 악인으로서의 면모를 폭로하면서 동시에 관객이 해당 인물을 웃으면서 비판하게끔 이끄는 것이다.

다음으로 이중생의 거짓 장례식이 치러지는 대목에서는 민중극적 놀이 양상이 나타난다. 봉사들이 읊는 경이 초상집답지 않게 경쾌하여 마치 잔칫날의 분위기와 같다는 서술이나 그 봉사들이 보여 주는 언어유희 등이 이에 해당한다. 또한 병풍 뒤에 숨어서 문상객들이 하는 말을 귀 기울여 듣던 이중생이 이따금씩 우스꽝스러운 모습을 보이며 관객들의 조롱 대상이 되는 점도 민중극적 특징의 반영으로 볼 수 있다.

마지막으로 거짓 죽음을 연기하고도 재산을 지킬 수 없게 된 이중생이 스스로 목숨을 끊는 결말 부분에서는 인형극적 놀이 양상이 나타난다. 이중생의 시체를 발견한 용석 아범의 외침을 듣고 모든 가족들이 후원으로 뛰어나오는 장면에서, 그들은 '못에 박은 듯이 한곳에 정립한다.'라는 서술에서처럼 움직이지 않는 인형의 모습으로 묘사된다. 대개 결말이란 작품을 관통하는 작가의 메시지와 극작술의 미학이 내재되어 있는 대목이다. 이를 고려하면, 결말에서 등장인물들의 움직임을 일시에 정지시키는 인형극적 놀이 양상을 선보인 작가의 의도는, 악인의 파멸을 확인한 등장인물들의 놀라움과 경악을 인상적으로 연출함으로써 주제 의식을 보다 강렬히 전달하기 위함인 것으로 이해할 수 있다.

– 안숙현, 오영진과 고골의 풍자극에 나타난 연극적 놀이 비교 연구, 2014

- 이 작품은 해방 직후 혼란한 사회상을 틈타 부를 축적하는 기회주의적인 인물을 풍자하고 있는 희곡이다.
- 해당 장면은 특별 보석으로 풀려나온 이중생이 최 변호사와 국가에 재산을 몰수당할 위기에서 벗어날 수 있는 방법을 모의하고, 자신이 처한 현재 상황을 알리려 가족회의를 하는 부분이다.
- 인물 간의 대사에 주목하여 인물 유형과 인물 사이의 갈등 관계가 어떻게 드러나는지 파악하도록 한다.

[앞부분의 줄거리] 이중생은 일제 강점기에 외아들(하식)을 솔선하여 징용에 보낸 전형적인 친일파이다. 그
　　　　　　　　　　중심인물인 이중생의 인물됨 ①
는 광복 직후 사회적 혼란을 틈타 국유림을 차지하기 위해 무허가 산림 회사를 차리고 불법적으로 구입하려
　　　　　　　　　　　　중심인물인 이중생의 인물됨 ②
다가 발각되어 체포 수감된다. 한 달 후 이중생은 재산 정리를 명목으로 하여 특별 보석으로 풀려나온다.

이중생: 에에또, 「이 뭉치가 죄다 대지와 가옥 등기구, 이게 공장, 이것들은 아직 되지
　　　　　　　　『 』: 이중생이 부정하게 축적한 재산들
도 않은 건국 제지와 한국 제재 주권이니 어서 치워 버리는 게구…… 이게 반도 임
업이니 쓸데없구…… 여기 있군, 대지니 가옥 등기두 명의 변경을 촌수 있는 대루
　　　　　　　　　　　　자신의 재산을 국가에 빼앗기지 않으려는 의도가 담긴 말
바삐 옮겨야 헐 게 아뇨.

최 변호사: 물론 그렇습죠. 왜 그자들헌테 영감 재산에 손꼬락 하나 다치게 한단 말
　　　　　　　　　　　　재산을 빼돌리려는 이중생의 의도에 동의하는 말
씀입니까, 어디 가만 계십쇼. 채근채근 좀 바쳐야 할 공급 총액이 육억 이천만 환
　　　　　　　　　　　　이중생이 국가에 내야 할 세금이 많음을 알 수 있음 – 재산을 빼돌리려는 이유에 해당함
에 이에 해당하는 세금과 연체 이자라…….

옥순과 용석 아범, 삐이루와 안주상을 방 안에 들이고 다시 퇴장. 하연은 임표운과 툇
　　　　　　　　　　'맥주'를 의미하는 일본식 발음　　　　　　　　　　　　　이중생의 비서
마루에 가지런히 걸터앉았다.

하연: 싱크러운 일루 임 선생만 고단하시죠? 자기 일두 아닌 걸 가지구.
　　　　　　이중생을 보석으로 빼내 오는 일을 가리킴
임표운: 온 천만에요, 사장 영감 일이니 당연히 제가 해야 할 일이죠.
　　　　　　　　　　　　이중생
하연: 도와드릴 사람두 없는 걸 가지고 애만 쓰셔서, 근데 아버지가 어떻게 이렇게
　　　　　　　　　　　　　　　　　　　　　유치장에 갇혔던 이중생이 쉽게 나온 것에 대한 의문
쉽사리 나오셨어요? / **임표운:** 놓아 보낸 게 아니죠.
　　　　　　　　　　　재산 정리 명목으로 가석방된 것임
하연: 그럼요? / **임표운:** 아가씨 놀라지 마십쇼. / **하연:** …….

임표운: 사장께선…… 사장뿐 아니라 댁 전체의 문제지만 큰 곤경에 빠졌답니다.
　　　　　　　　　　　　　　　　　　　　　　국가에 재산을 몰수하는 상황을 가리킴
하연: 네에?……. / **임표운:** 아버님 명의루 있는 재산은 아마…….
　　　　　놀람
이중생: (온돌방으로 나오며) 에— 또 그럼 최 선생, 잠깐 실례합니다. 이리들 올라오
너라. 여보, 마누라도 와 앉어. 하주두…… 임 군. / **임표운:** 네.
　　자신의 신상과 관련하여 가족회의를 하려는 이중생
이중생: 하연이두 게 있느냐? / **임표운:** (하연에게) 아버님이 말씀하실 모양입니다.

일동 온돌방으로 들어가 반달형으로 둘러앉는다.

이중생 좌중을 훑어보고 내려다보고 하더니 침통한 어조로 말을 꺼낸다.

이중생: 「이런 소문 저런 소문으로 대강 짐작이 갈 줄 안다마는 이번 일이야말루 이씨
　　　　　『 』: 이중생이 가족회의를 소집한 이유 – 곤경에 빠진 이씨 가문 문제를 논의하기 위함
가문의 부침에 관한 큰 문제이다.」 그런 줄이나 알구 들어. 그러구 난 아직 자유로
　　　　세력 따위가 성하고 쇠함을 비유적으로 이르는 말　　　재산 정리를 명목으로 하여 특별 보석으로 풀려나온 상태이기 때문임
운 몸이 아니니 이번에는 그야말루 일 년 걸릴지 십 년 걸릴지 또 모르는 일이야.
　　　　　　　　　　　　　　수감 생활을 몇 년이나 해야 할지 알 수 없는 이중생의 상황

■ 작품 분석 노트

- '이중생'의 상황 및 행동

상황	불법 행위로 수감되어 있다가 재산 정리를 명목으로 하여 특별 보석으로 풀려나온 처지
행동	국가에 재산을 몰수당할 위기에 처하자 재산을 빼돌릴 계획을 세우고 있음

↓

불법으로 축적한 자신의 재산을 지키기 위해 계략을 꾸미는 부정적인 인물
→ 비판과 풍자의 대상

- '최 변호사'의 인물됨 ①

최 변호사	• 이중생의 고문 변호사 • 재산을 빼돌리려는 이중생의 계략을 이해하고 이에 적극 동조하는 인물

↓

윤리 의식이 결여된 부정적인 인물
→ 비판의 대상

우 씨: 네? / 하주: 자유로운 몸이 아니시다뇨?
<small>이중생이 자유로운 몸이 아니라는 말을 듣고 놀람</small>

이중생: 내가 집으루 가야 모든 걸 정리할 수 있다는 핑계로 특별 단기 보석으루 나
<small>자신의 재산 정리를 가리킴   이중생이 자유로운 몸이 아니라고 말한 이유</small>

왔으니 오래 지연할 수가 있겠니, 내 한 몸 고생살이허는 게야 머 대수롭겠느냐마
<small>무슨 일을 더디게 끌어 시간을 늦춤   사기, 배임, 횡령, 탈세 등의 혐의로 감옥 생활을 하는 것</small>

는 자칫하면 내 재산꺼정…… 알아듣겠니? 할아버지 때부팀 물려받은 이 재산이
<small>자신이 모은 재산뿐만 아니라 물려받은 재산까지 없어질 상황에 처해 있음</small>

하룻밤에 녹아나는 판국이란 말이야. 졸지에 우리 집안이 거지가 되구 만단 말이야.

우 씨: 세상에 그런 법이 어딨수?
<small>현실에 대해 무지하며 윤리의식이 결여됨</small>

이중생: 가만 듣구만 있어, 에에또 오·이·씨 융자를 얻느라구 이용한 반도 임업이

니 제재 회사는 애당초 내 것이 아니고 그야 대부분이 나라의 귀속이니 헐 수 없다
<small>국유지에 무허가로 임업 회사와 제재 회사를 설립했기 때문 - 이중생의 불법 행위로 인한 재산은 국가에 귀속되는 것임</small>

하지만서두 할아버지께서 받은 재산이라두 죽음으로 지켜야 할 게 아니냐 말이다.
<small>재물을 최고 가치로 여기는 이중생의 모습을 엿볼 수 있음</small>

응. 할아버지께서 어떻게 모으신 거냐 말이다.

우 씨: (임에게) 그럼요, 왜 이유 없이 자기 재산을 다 바칩니까?
<small>우매함을 엿볼 수 있음   ▶ 국가에 재산을 몰수당할 상황에 처한 이중생</small>

하연: 언닌 그럼 아버지가 이유 없이 달포나 그 챙피한 유치장 신셀 졌다구 생각하
<small>한 달이 조금 넘는 기간</small>

우? 난 까닭없이 인천서 쫓겨 오구?
<small>아버지의 불법 행위를 인정하는 말 - 아버지에 대한 부정적 태도가 드러남</small>

하주: 그럼 까닭이 있어서 아범님을 데려갔더란 말이냐?

감상 포인트
인물의 대사를 통해 인물의 유형과 갈등 관계를 파악한다.

하연: 「그럼 반도 임업이니 건국 제재는 왜 갖다 바쳐요? 일편 오빠꺼정 갖다주고 얻
<small>아버지를 비꼬는 말투 - 이중생의 위선을 폭로하는 말</small>

은 걸 어데까지라두 싸우시지.」
<small>「 」 이중생이 물질적 욕망에 사로잡혀 일제 강점기에 자식인 하식을 전쟁터에 보낸 일을 가리킴</small>

이중생: 하연아, 넌 애비를 힐책하는 게냐? 어디 불만이 있으면 말하렴.
<small>잘못된 점을 따져 나무람</small>

하연: 밖에선 아버질 뭐라고 말하는지 아셔요?
<small>이중생에 대한 평판이 좋지 않음</small>

이중생: 그래 뭐라더냐…… 왜 말 안 해. / 최 변호사는 옆방에서 슬며시 엿본다.

하연: 아버지 너무 하셨지뭐유.
<small>이중생의 행동이 잘못되었다는 의미</small>

이중생: 입 닥쳐, 요망한 년 같으니라구. 딸년에게 낱낱이 고해바치지 않았다구 오늘
<small>비속어를 사용하여 하연을 나무라는 말 - 하연과의 갈등이 부각됨</small>

와서는 애비에게 항역이냐? 이십 년이나 키워 낸 갚음이 이래야만 헌단 말이냐,
<small>맞서 거역함   자기를 비난하는 하연에 대한 못마땅함이 담긴 말</small>

요년.

「우 씨: 이 계집애야 잘했건 못했건 네 아버지 아니냐. 부모의 은헬 모르는 건 짐생만

두 못해. 응. 은혜를 은혜루 생각잖구 되려 부모 앞에서 발악을 해?

하주: 아버지 앞에서 그 말버르장머리가 뭐냐? 넌 성도 없고 부모도 없어?」
<small>「 」 하연을 나무라는 말. 우 씨와 하주 역시 이중생 편을 드는 부정적 인물들임을 알 수 있음</small>

하연: 언닌 왜 한술 더 떠 야단이유. / 하주: 뭣이 어쩌구 어째, 그래 네가 잘했어?

임표운: (하연에게) 아가씨 그만허세요, 아가씨…….

하연: 어머니! 갚음을 바라고 기르셨거든 좋을대루 하셔요…… 오빠처럼 전쟁판에

못 내보내시겠거든 랜돌프놈에게 팔아 자시든지…….
<small>비꼬는 말투를 사용하여 부모의 위선을 폭로하고 있음</small>

이중생: 에끼, 여우 같은 년. 나가! 썩 못 나가! (후려갈길 듯이 벌벌 뛴다.)
<small>이중생과 하연과의 갈등이 심화되고 있음</small>

하주: 아버지 고정하세요. 네, 하연아, 어서 잘못했다구 빌어, 어서 빌어.

하연: 언닌 내가 아버지 노염을 풀어도 괜찮수? 그렇지도 않을걸 뭐.
<small>   ▶ 이중생과 이중생을 비난하는 하연의 갈등</small>

• '이중생'이 가족회의를 소집한 이유

이중생이 가족회의에 한 말
• 자신이 특별 단기 보석으로 나온 사실을 알림 • 자신이 모은 재산뿐만 아니라 물려받은 재산까지 없어질 상황에 처해 있음 • 할아버지께서 받은 재산은 죽음으로 지켜야 함

↓

국가에 재산이 몰수될 중대한 사안에 처해 있기 때문에 가족회의를 소집한 것임

• '하연'의 역할

하연	• 아버지가 불법 행위를 저질러 유치장 신세를 진 것이라 여김 • 아버지가 반도 임업과 건국 제재를 얻기 위해 오빠를 전쟁터에 내보낸 것은 잘못된 행동이었다고 생각함 • 아버지에 대한 사람들의 평판이 좋지 않다고 말함

↓

이중생의 부정적인 면모를 비판하는 역할을 함

• '이중생'과 '하연'의 갈등

이 장면에서 하연이 아버지의 잘못과 평판을 지적하자, 이중생은 비속어를 사용하며 하연을 나무라고 있다. 그리고 부모의 은혜를 생각하라는 말에 하연은 자신을 랜돌프놈에게 팔라 말하고, 이에 이중생은 비속어를 써 가면서 하연을 내쫓으려 하고 있다. 이렇게 볼 때, 이 장면에서는 하연과 이중생의 외적 갈등이 점점 심화되고 있음을 알 수 있다.

하연		이중생
• 이중생의 잘못과 평판을 지적함 • 비꼬는 말투로 부모의 위선을 폭로함	갈등 ↔	• 부녀지간의 도리를 내세우며 하연을 나무람 • 비속어를 사용하여 하연을 내쫓으려 함

↓

갈등 심화

- 해당 장면은 재산을 헌납한 송달지로 인해 재산을 모두 잃은 이중생이 최 변호사와 갈등을 일으키고, 살아 돌아온 하식에게 자신의 처지를 하소연하는 부분이다.
- 재산을 잃은 이중생의 심리와 태도를 파악하고, 이 과정에서 인물 간의 갈등이 어떻게 드러나는지 이해하도록 한다. 아울러 이 장면을 중심으로 제목이 지닌 상징적 의미를 파악하도록 한다.

[앞부분의 줄거리] 이중생은 국가에 재산을 몰수당하지 않기 위해 사위 송달지에게 재산을 상속하기로 하고 죽음을 위장한다.

★주목 **최 변호사:** 영감, 그만두십쇼. 또 좋은 방법이 서겠죠. 철머리가 없어서 그렇게 될걸.
_{송달지가 재산을 헌납한 것을 되찾아 올 수 있는 방법　송달지의 행위를 비난하는 말}

「**이중생:** (최에게) 뭣이 어쩌구 어째? 그래, 자넨 철머리가 있어서 일껀 맹글어 논게
_{「 」: 자신들의 계획이 잘못된 것에 대한 이중생과 최 변호사의 갈등이 드러남}

이 모양인가?」 / **최 변호사:** 고정하십쇼. 저보구꺼정 왜 야단이슈.
_{재산을 지키려던 계획이 물거품이 된 상황에 대해 나무라는 말}

이중생: 자네가 뭘 잘했길래 왜 나더러 죽으라고 해, 응. (면도칼을 휘두르며) 여보,
_{최 변호사와 위장 자살을 모의한 일을 가리킴　ㄴ 최 변호사에 대한 원망과 분노 표출}

최 변호사. 내가 뭘 잘못했길래 이걸로 목 따는 시늉까지 하구 나흘 닷새를 두고
_{죽음을 위장하기 위해 고생한 일을 가리킴}

이 고생, 이 망신을 시키는 거야! 유서는 왜 쓰라구 했어! 내 재산을 몰수하는
_{모든 재산을 사위인 송달지에게 상속한다는 내용 - 이 유서로 송달지는 이중생의 재산을 헌납하게 됨}

증거가 되라고! 고문 변호사라구 믿어 온 보람이 이래야만 옳단 말이야. 이 일을
_{자승자박(自繩自縛)}

다 망쳐 버린게 누구 탓이야, 응? 유서는, 저 사람에게 책잡힐 유서는 왜 쓰랬어! 왜
_{김 의원을 가리킴}

내 입으로 발명 한마디 못 하게 죽여 놨냐 말이야, 나를 왜 죽여! 이 이중생을……
_{죄나 잘못이 없음을 밝히는 말　대서나 필사를 직업으로 하는 사람}

최 변호사: 영감, 왜 노망이슈. 누가 당신 서사구 머슴인 줄 아슈. 누구에게 욕설이구
_{사리에 어긋나게 하는 말　자신에게 험담을 하는 이중생에 대한 반감을 직접적으로 드러냄}

누구에게 패담이야!
_{정도에 넘침. 또는 분수에 맞지 아니함}

이중생: 예끼 적반하장두 유만부동이지. 배라먹을 놈 같으니라구! 은혜도 정리두 몰
_{잘못한 사람이 아무 잘못도 없는 사람을 나무람을 이르는 말　인정과 도리}

라 보구 살구도 죽은 송장을 맨들어 말 한마디 못 하구 송두리째 재산을 빼앗기게

해야 옳단 말인가!

최 변호사: 헛헛…… 영감 말씀 좀 삼가시죠. 영감 가정일은 가정일이구, 내게 내줄
_{자신의 이익만을 추구하는 최 변호사의 이기적인 면모를 엿볼 수 있음}

것이나 깨끗이 셈을 하십쇼. 영감 사위께 내 수수료를 청구하리까?

임표운: 최 선생, 오늘은 어서 그냥 돌아가세요.

최 변호사: 왜? 나만 못난이 노릇을 허란 말인가? 영감이 환장을 해두 분수가 있지,
_{계획이 틀어진 것에 대해 자신만을 탓하는 이중생을 비난함}

내게다 욕지거리라니 당찮은 짓 아닌가 말일세, 임 군!

이중생: (벌벌 떨며) 에끼 사기꾼 같으니라구, 아직두!

최 변호사: 사기꾼? 영감은 무엇이구, 응, 영감은 뭐야!
_{자신과 함께 일을 꾸민 이중생도 사기꾼이라는 의미　▶ 자신들의 계획이 틀어진 것에 대한 이중생과 최 변호사의 갈등}

독경 소리 처량히 들려온다. 일동 무거운 침묵과 긴장한 공기 가운데 싸였다. 용석 아
_{이중생을 추도하는 소리로, 무거운 분위기를 심화함　　　　서로 눈치만 보는 상황}

범 륙색을 손에 들고 총총히 등장.
_{등산이나 하이킹 따위를 할 때 필요한 물건을 넣어 등에 지는 등산용 배낭}

용석 아범: 영감 마님! 도련님이 돌아오십니다, 도련님이. 이런 경사로울데가 어됬습
_{하식이 돌아옴 - 새로운 인물의 등장　　이중생이 처한 상황을 모름}

니까. 어서 좀 나가 보십쇼. (달지, 방에서 뛰쳐 내려와 하수에서 등장하는 하연과 하
_{무대 하수를 일컬음. 관객을 향하고 있는 배우의 입장에서 본 무대 중심의 왼쪽 구역}

식과 만난다.) / **송달지:** 오! 하식이! / **하식:** 형님…… 아버지.

■ **작품 분석 노트**

- '이중생'과 '최 변호사'의 갈등

상황	이중생이 죽은 척 위장하며 송달지에게 재산을 상속했지만, 송달지가 이 재산을 무료 병원 건립을 위해 헌납함

↓

이중생		최 변호사
- 죽음을 위장하며 재산을 지키려 했던 계획이 틀어진 것에 대해 최 변호사에게 책임을 따져 물음 - 끝까지 자신의 재산을 지키려 함	갈등 ↔	- 자신에게 책임을 묻는 이중생에게 반발하며 이중생을 '영감'이라고 부르고 반말을 함 - '수수료 청구'로 자신의 이익을 지키려 함

- '유서'의 역할

유서	이중생의 재산을 사위인 송달지에게 상속한다는 내용을 담고 있음

↓

송달지는 유서 내용에 기인하여 상속받은 재산을 무료 병원을 건립하는데 헌납함

↓

- 이중생이 재산을 잃게 만드는 데 절대적으로 기여함
- 송달지가 양심을 지킴으로써 죽음을 위장하여 재산을 지키려 했던 이중생의 계획이 좌절됨

- '최 변호사'의 인물됨 ②

최 변호사	재산을 잃은 이중생과 다툰 뒤 자신이 일한 비용을 이중생에게 청구함

↓

자신의 이익만을 추구하는 이기적인 모습을 드러냄

임표운: 하식 씨. / 하식: 임 선생.

최 변호사: 영감, 내일 <u>사무원 해서 청구서를 보내 드릴테니 잘 생각허슈</u>. 괜히 그러
　　　　　　　　사무원을 시켜서

시단 서루 좋지 않지! <u>살구두 죽은 척하는 죄는……</u> 헛 헛 참, 이거 무슨 죄에 해
　　　　　　　자살로 죽음을 위장한 이중생의 죄를 폭로하겠다는 협박

당하누? 형법인가 민법인가! (퇴장)

이중생: 하식아! / 하식: (비로소 <u>아버지의 의상</u>을 보고) 아버지, 이게 웬일이십니까?
　　　　　　　　　　　죽은 척하기 위해 입고 있는 수의를 가리킴

이중생: 하식아, 네가 살아왔구나. 네가…… (<u>상수</u>로부터 우 씨, 하주, 옥순 등장.)
　　　　　　　　　　　　　　　　　　무대 상수를 일컬음. 관객을 향하고 있는 배우의 입장에서 본 무대 중심의 오른쪽 구역

우 씨: <u>에그 네가 웬일이냐.</u> (운다.) / 하주: 하식아! / 하식: 어머니! 누나 잘 있었수?
　　　하식이 전쟁터에서 살아 돌아온 것에 대한 반가움

우 씨: 에그…… 네가 살아 돌아올 줄이야…….

하주: 얼마나 고생했니? 자, 어서 들어가자……. <u>아버진 나와 계셔두 괜찮수?</u>
　　　　　　　　　　　　　　　　　　　죽은 사람으로 위장한 이중생이 사람들에게 들킬 것을 우려함

이중생: 다 틀렸다, 틀렸어! 네 남편 놈 때문에 다 뺏기구 말았어. 네 남편 놈이 내
　　　　　　　　　　　　　　　　　송달지를 가리킴

돈으로 종합 병원 세우고 싶다구 했어. / 하주: 네?
송달지가 이중생이 상속한 재산을 사용한 용도를 알 수 있음

「이중생: 하식아, <u>최가 놈의 말</u>을 들었지. 내가 죽어서라두 집 재산이나마 보전하려
　　　　　　　　최 변호사　　　　　　　　　　　　　　　　이중생이 죽음을 위장한 이유에 해당함

던게 아니냐. 그런 걸 예끼, (달지에게) 내가 글쎄 자네에게 뭐랬던가, 응? 난 무료

병원 세울 줄 몰라 자네 내세웠나? 자네만 못해 죽은 <u>형지</u>꺼정 하는 줄 아나? 하
　　　　　　　　　　　　　　　　　　　'죽은 척하는 행동'을 의미함

식아, 글쎄 <u>그놈들</u>이 나를 아주 <u>모리꾼, 사기횡령</u>으로 몰아내는구나. 그러니, 죽
　　　김 의원을 비롯한 관청 사람들　　　이중생이 수감된 죄명

은 형지라두 해야만 집 한 칸이라두 건져 낼 줄 알았구나. 왜 푼푼이 모아 대대로

물려 오던 재산을 그놈들에게 털커덕 내주냐 말이다. 왜 뺏기느냐 말이다. 그래 갖

은 궁리를 다했다는 게 이 꼴이 됐구나. 에이 갈아 먹어두 션치 않은 놈! 최 변호
전 재산을 송달지에게 남기는 유서를 쓰고 위장 자살함

사 그놈두 그저 한몫 볼 생각이었지. 하식아, 인제 집엔 돈두 없구 <u>아무것두 없는</u>
　　　　　　　　　　　　　　　　　　　　　　　　　　경제적인 파산 상태

<u>벌거숭이다.</u> 내겐 소송할 데두 없구 말 한마디 헐 수도 없게 됐구나. (흐느낀다.) 네
① 죽은 사람이 되어 버린 자신의 처지 ② 재산을 다 잃고 아무것도 남지 않은 처지

매부 놈이, 매부 놈이 다 후려 먹었다. 저놈들이 우리 살림을 뒤짚어엎었어! 하식아.」
「 」: 자신의 현재 상황을 하식에게 하소연하는 이중생 - 혼란스러운 내면 심리를 엿볼 수 있음

하식: 아버지! / 이중생: 오냐, 하식아.

하식: 제가 하식인 걸 아시겠습니까. 제 이야긴 왜 하나도 묻지 않으십니까?
　　　　　　　　　　　　자신의 안부를 묻지 않는 것에 대한 야속한 마음이 담겨 있음

이중생: 오 참! 그래 얼마나 고생했니?

하식: 「일본 놈에게 끌려가 죽을 고생을 하다가 그것두 모자라 우리나라가 독립된 줄
　　사할린　　　　이중생의 친일 행각 때문에 학도 지원병으로 일본 군대에 끌려가 고생을 함

도 모르고 <u>화태</u>에서 십 년이나 고역을 치르고 돌아온 하식이올시다. 화태에서는

아직두 아버지 같은 사람이 떠밀다시피 보낸 젊은이와 북한에서 잡혀 온 수많은
광복 이후에도 고국으로 돌아오지 못하고 강제 노동에 시달리는 사람들의 비참한 상황을 드러냄

동포가 무지막도한 소련 놈 밑에서 강제 노동을 허구 있어요.」
「 」: 자신의 경험을 요약적으로 말하는 하식 - 이중생에 대한 원망이 담겨 있음

하주: (달지에게) <u>여보, 당신은 뭣이 잘났다구 챙견했수.</u>
　　　　　　　　　　송달지에 대한 책망

송달지: 누가 하겠다는 걸 시켜 놓구 이래? 이런 탈바가지를 억지로 씌워 논 건 누군
　　　　　　　　　　　　　　　　　　　　　장인의 재산 관리인

데? (상복을 벗어 내동댕이친다.) / 하주: 누가 당신더러 무료 병원 이야기하랬소?

송달지: 하면 어때? <u>난 의견두 없구 생각두 없는 천치 짐승이란 말야? 난 제 이름 가</u>
　　　　　　　자신을 이용할 뿐 자신의 생각을 존중하지 않는 이중생과 하주에 대해 반발 의지를 강력하게 표명함　　　주관, 정체성

<u>지구 살 줄 모르는 인간이구?</u> 왜 사람을 가지구 볶는 거야.
▶ 살아 돌아온 하식에게 하소연하는 이중생

• 이 작품에 반영된 시대상

이 작품은 시사성이 강한 사회 풍자
극으로 이 작품이 창작된 1949년의
시대상을 반영하고 있다. 1949년은
해방 직후로 일제에 붙어
권세를 누리다가 해방 후에 또 다른
세력에 붙어 건재한 이중생을 내세워
당시의 친일 경제 사범의 모습을 그
리고 있다. 또한 작가는 일제에 의해
군에 끌려갔다가 돌아온 이중생의 아
들 하식을 통해 이중생으로 대표되는
기존 세력에 대해 비판을 가하고 있
다. 여기서 드러나는 이중생과 하식
의 갈등은 부자간의 갈등이기도 하지
만, 당시의 사회가 겪고 있던 구세대
와 신세대의 갈등, 혹은 권력에 붙어
자신의 영달을 추구하는 자들과 사회
를 바꿔 보고자 하는 자들 간의 갈등
을 대변하기도 한다.

이중생		하식
개인의 부귀와 영달만 추구함	← 갈등 →	국가와 민족의 앞날을 우려함

• '송달지'의 성격 변화

송달지는 이전에는 말도 당당하게 못
하고, 주변 사람의 뜻대로 따르는 인
물이었으나 장인이 자신을 원망하는
처사에 분노하며 자신의 의사를 분명
하게 표시하는 등 적극적인 인물로
변모한다.

송달지
자신을 원망하는 처사에 분노하며 자신의 의사를 분명하게 표시함

↓

성격이 변화하는 입체적 인물

(중략)

이중생: 하식아. / 하식: ……네?

이중생: 나는 어쩌란 말이냐, 네 애빈 그럼 어떻게 하면 좋단 말이냐?
　　　　　　　　　　자신의 처지에 대한 이중생의 절망감

하식: …… 아버지, 어서 그 구차스러운 수의를 벗으십쇼, 창피하지 않아요?
　　　　　　　개인의 부귀와 영달을 추구하는 물질적인 욕망에서 벗어나라고 말하며 이중생을 비판함

　 하식 퇴장. 무대에서는 이중생 혼자 넋 잃은 사람처럼 서 있다. 독경 소리 커진다. 「후
　　　　　　　　　　　　　　　　　　　　이중생의 비참한 모습을 부각함
원에서는 "아범, 아범! 아까부텀 술상 봐 오라는데 뭣 하구 있어!" 하는 중건의 소리와 지
「 」: 이중생의 초상이 치러지는 상황
껄이는 조객의 소리.」 박 씨, 혼자 중얼거리며 하수로부터 등장.
　　조문하러 온 사람　　　　　　　이중생의 아내 우 씨를 가리킴
박 씨: 내가 뭐라구 했수.「형님은 참 유복두 허시지, 자기 아버지 장사 전에 생사조차
　　　　　　　　　　　　「 」: 모든 것을 잃은 이중생이 복이 많은 사람으로 표현되고 있는 아이러니한 상황
　 모르던 아드님이 돌아오셨다니 천우신조로 하느님이 인도하였지.」 귀, 귀신, 귀신
　　　　　　　　　　　　　　　　하늘이 돕고 신령이 도움
이야! (온 길로 달아난다. 이중생, 다시 나와 사방을 살피고 방 안에 떨어져 있는 면도
죽은 줄 알았던 이중생이 살아 있는 것을 보고 놀람　　　　　　　　이중생이 자살할 것임을 암시함
칼을 무심코 들여다본다.)

이중생: 귀신? 헛헛! 그럼 내게는 집두 없구, 돈두 없구, 자식두 없구……. 벗지 못할
　　　　자신의 상황에 대한 자조　　　　　　　　모든 것을 잃은 이중생
수의밖엔 아무것도 없는 귀신이란 말이냐. 하식아……. (이윽고 후면으로 사라진
　　　　생명도 잃을 것임을 암시함
다. 독경 소리와 달빛이 처량하다. 무대는 잠시 비었다.) ▶ 모든 것을 잃고 절망감에 빠진 이중생
　　이중생의 쓸쓸한 처지 부각

감상 포인트
이중생의 대사를 바탕으로 이중생의
심리와 태도를 파악한다.

• '이중생'의 심리

| 이중생 | 집도 없고, 돈도 없고, 자식도 없고, 벗지 못할 수의밖에 없는 귀신의 처지 |

↓

모든 것을 잃고 절망감에 빠져 있음

↓

이중생이 실제로 죽음을 택하게 될 것임을 암시함

인물 간의 관계 파악

이 작품은 이중생을 중심으로 한 부정적 인물 유형과 긍정적 인물 유형을 대비하여 극을 전개하고 있다. 따라서 작중 인물들의 대사나 행동을 바탕으로 인물 간의 관계를 파악하도록 한다.

+ 인물 간의 관계

이중생	친일 행각으로 부를 축적한 기회주의적이며 이기적인 인물		김 의원	이중생의 재산을 무료 종합 병원 건립에 사용하자고 제안하는 인물
최 변호사	자신의 이익을 위해 윤리의식을 팽개친 이기적인 인물	대립 ↔	송달지	이중생의 사위로 양심을 지키려 하면서 김 의원의 제안을 수용하는 인물
우 씨, 이하주	이중생의 아내와 맏딸로 속물 근성을 지닌 인물		이하연, 이하식	이중생의 자식들로 이중생의 부정적인 면모를 지적하는 인물

인물 간의 갈등 파악

이 작품에서는 이중생을 중심으로 인물 간의 외적 갈등이 드러나 있으므로, 이중생이 어떤 인물과 갈등을 벌이고 있는지 갈등 양상을 파악하도록 한다.

+ '이중생'과 '하연'의 갈등

갈등의 원인	이중생이 부정한 방법으로 재산을 모아 온 정황이 탄로 나면서 이중생과 하연의 윤리적 가치관이 충돌함

↓

하연(이중생의 딸)	갈등	이중생
• 아버지가 재산 축적을 위해 오빠를 전쟁터로 내몬 것과 아버지의 평판이 좋지 못한 것을 지적함 • 부모의 은혜를 생각하라는 말에, 오빠처럼 전쟁터에 내보내지 못할 거면 자신을 랜돌프에게 팔라고 함	↔	• 부녀지간의 도리를 바탕으로 키워 준 부모의 은혜를 모른다고 하연을 나무람 • 비속어를 사용하며 하연을 내쫓으려 함

+ '이중생'과 '최 변호사'의 갈등

갈등의 원인	죽은 척하며 재산을 지키려 하던 계획이 잘못되어 이중생이 돈을 모두 잃게 됨

↓

이중생	갈등	최 변호사
최 변호사의 계략 때문에 재산을 잃게 되었다고 최 변호사를 질책하며 욕함	↔	자신을 함부로 대하는 이중생에게 맞서 대들며 수수료를 청구해 자신의 이익을 지키려함

인물의 심리 및 태도 파악

이 작품에서 이중생은 살아 돌아온 하식에게 안부를 묻지 않은 채 자신의 이야기만 전달하고 있고, 하식은 이중생에게 그간의 경험을 말하고 있다. 이러한 인물들의 대사를 살펴보고 그 속에 담긴 인물의 심리를 파악하도록 한다.

+ '이중생'과 '하식'의 대사에 담긴 심리

이중생		하식
• 모리꾼, 사기횡령으로 몰린 억울한 사정 • 재산을 지키기 위해 죽은 척한 일 • 송달지로 인해 재산을 모두 잃게 된 상황	하소연함 요약적으로 말함	아버지 때문에 전쟁터로 끌려가 죽을 고생을 하다가, 광복이 된 줄도 모르고 화태(사할린)에서 십 년 동안 고역을 치렀음

↓ ↓

재산을 잃은 상황에서 이중생의 혼란스러운 심리가 내재되어 있음	자신을 전쟁터에 보낸 이중생에 대한 원망의 마음이 담겨 있음

• **해제**

〈살아 있는 이중생 각하〉는 해방 직후 혼란한 사회상을 틈타 부를 축적하는 기회주의적인 인물인 이중생을 풍자하고 있는 작품이다. 일제 강점기에 친일을 한 이중생은 해방 직후 혼란한 사회상을 틈타 부를 축적하지만, 이로 인해 재산이 몰수될 상황에 처한다. 이러한 상황에서 이중생은 거짓 유서를 쓰고 죽음을 위장하여 재산을 지키려 하지만 상속자인 송달지가 재산을 헌납하며 재산을 모두 잃게 된다. 이 작품은 이러한 일련의 과정을 통해 기회주의적이고 이기적인 인물인 이중생을 풍자하면서도 당시의 부조리한 사회상을 신랄하게 비판, 풍자하고 있다.

• **제목 〈살아 있는 이중생 각하〉의 의미**
  – 재산을 지키기 위해 죽은 체하지만 실제로는 살아 있는 이중생의 이야기

'살아 있는 이중생 각하'는 중심인물인 이중생을 풍자하기 위한 의도가 담긴 제목으로 다음과 같이 분석하여 이해할 수 있다.

살아 있는	살아 있는 이중생을 '살아 있는'이라고 재차 강조하여 죽음을 위장한 이중생을 조롱함
이중생	'이중생'이라는 이름을 통해 이중적인 삶, 생활을 연상시킴
각하	지위가 높은 사람에게 적용되는 극존칭을 부정적인 인물에게 적용하여 비판, 풍자의 의미를 드러냄

↓

이기적이고 탐욕적인 인물에 대한 비판 + 해학적 표현을 통한 풍자 효과 극대화

• **주제**

해방 직후 기회주의적이며 이기적인 인물에 대한 풍자

만선 ▸ 천승세

💬 전체 줄거리

남해안에 있는 조그마한 어촌 마을에서 징 소리, 꽹과리 소리와 함께 어부들의 환희에 찬 함성이 울린다. 이윽고 만선을 자축하는 어부들과 생선이 가득 찬 소쿠리를 머리에 인 아낙네들이 저마다 기쁨에 찬 얼굴을 하고 길을 지나간다. 이들과 마찬가지로 얼굴에 희색이 가득한 곰치와 그의 아들 도삼, 동료 어부 성삼이 곰치의 집으로 함께 들어선다. 그때 만선을 알리는 흥거운 징 소리가 또 한 번 울려 퍼지고, 이를 들은 곰치는 그 소리가 자신을 위해서 울리는 소리라고 하며 큰소리를 친다. 성삼이 이에 동의하듯 맞장구를 치자, 곰치는 처음 부서 떼를 발견한 뒤 이를 곧장 마을 앞바다로 몰아넣은 자신의 공을 의기양양하게 이야기한다. 곰치는 앞으로 사나흘은 마을 앞바다에 부서 떼가 꼼짝없이 갇혀 있을 것이라고 장담하면서 이를 기회로 배 주인에게 진 빚을 모두 청산하고 자기 배를 장만할 꿈에 부푼다. 그 모습에 곰치의 아내 구포댁과 딸 슬슬이도 기쁨을 감추지 못한다. ▸ 부서 떼의 출현으로 곰치는 만선을 기대하며 희망에 부풂

장면 포인트 ① 291P

그런데 이들이 한창 만선을 자축하던 중, 어쩐 일인지 잔뜩 풀이 죽은 모습의 젊은 어부 연철이 곰치의 집으로 들어선다. 곰치 일행은 한배를 탔던 연철에게 그들이 잡은 부서 값으로 얼마를 받아 왔는지 묻는데, 연철은 남는 것 없이 모두 다 빼앗겼다고 침통하게 대답한다. 배 주인 임제순이 그간의 빚을 제한다는 명목으로 부서를 모조리 빼앗아 간 것이었다. 연철은 그러고도 아직 이만 원의 빚이 더 남은 상황임을 이야기하며 탄식한다. 이를 들은 곰치 일행은 모두 절망에 빠지는데, 그때 임제순이 곰치네 집을 찾아온다. 곰치는 자신이 잡은 부서를 제값도 치르지 않고 전부 가져간 임제순에게 항의하는데, 그는 오히려 발끈하면서 남은 빚 이만 원을 청산할 때까지 배를 묶겠다고 응수한다. 곰치 일행은 며칠간 만선이 확실시되는 상황에서 배가 묶이는 일만은 막고자 임제순에게 애원하지만, 그는 단호한 태도로 자리를 뜬다. 그 상황을 옆에서 모두 지켜보고 있던 이웃 주민 범쇠는 자신에게 문제를 해결할 방도가 있다며 은근한 목소리로 말을 걸어온다.

▸ 배 주인 임제순이 곰치에게 빚을 갚으라고 요구하며 배를 묶어 버림

다음 날 아침, 배가 묶여 바다에 나가지 못한 도삼이 구포댁과 함께 집에 머무르고 있는데 부둣가에서는 만선을 알리는 징 소리가 울려 퍼진다. 이를 듣고 있는 두 사람의 속은 마치 타들어 가는 듯한 심정이다. 잠시 후 그러한 사정을 알지 못하는 동네 아낙네들이 구포댁을 찾아와 자신들에게 부서를 조금만 팔아 달라고 사정한다. 바다로 나간 배들이 오늘도 부서를 가득 싣고 왔지만, 이를 사려는 사람들이 넘쳐난 탓에 자신들이 가진 푼돈으로는 부서를 구할 수가 없었다는 것이다. 곰치네도 당연히 부서를 잔뜩 잡아 올렸을 것으로 생각했다는 아낙네들의 말에 구포댁은 더더욱 답답해한다.

아낙네들이 떠난 후, 침통함 속에 빠져 있던 도삼은 이대로 동생이 돈에 팔려 가는 일만은 두고 볼 수 없다고 하며 마음을 다잡으려 한다. 전날 범쇠가 문제를 해결할 방도라며 제안한 것은 다름 아닌 슬슬이를 돈 이만 원과 맞바꾸는 일이었기 때문이다. 도삼이 그 일을 다시 언급하자 구포댁은 소스라치게 놀라며 아들을 입단속시킨다. 하지만 두 사람의 대화를 슬슬이가 모두 듣게 되고, 이로 인해 슬슬이는 큰 충격에 빠진다. 얼마 있지 않아 범쇠가 곰치네 집을 찾아온다. 전날 자신이 한 제안에 대한 답을 듣고자 하는 범쇠에게 구포댁은 차가운 태도로 거절 의사를 밝힌다. 범쇠는 슬슬이를 아내로 삼고 싶은 속내를 드러내면서 구포댁을 계속해서 설득하다가 이내 제풀에 성이 나 곰치네를 떠난다.

▸ 배가 묶인 상황에서 도삼, 구포댁이 해결책을 찾을 수 없어 답답해함

그와 동시에 곰치와 연철이 생선이 든 대야 하나를 가지고 집으로 돌아온다. 배가 묶였지만 그대로 가만히 있을 수만은 없었던 곰치가 남의 배에 끼어 탄 채로 바다에 나갔다 온 것이었다. 곰치는 조금 전 마주친 범쇠에 관한 일을 구포댁에게 묻고, 구포댁은 슬슬이를 아내로 맞고 싶다던 범쇠의 말을 전한다. 이에 곰치뿐만 아니라 남몰래 슬슬이와 연인 관계를 맺고 있던 연철 역시 화를 참지 못한다. 이어서 구포댁이 배가 묶인 일에 관해 묻자 곰치는 모레까지 뱃삯을 치르는 조건으로 임제순에게서 내일 배를 풀어 주겠다는 약속을 받아 내었다고 이야기한다. 구포댁은 기뻐하면서도 그동안 바다에서 아들을 셋이나 잃고 좋은 일 하나 없이 살아왔던 세월을 떠올리며 흐느낀다. 그러면서 이번 기회에 빚을 모두 다 갚고 나면 뭍으로 나가 농사를 지으며 살자고 곰치에게 간청하는데, 곰치는 이를 말도 안 되는 소리로 취급한다. 죽을 때까지 바다를 떠나지 않겠다는 곰치의 완강한 고집을 꺾지 못한 구포댁은 자신의 신세를 한탄하다가 갓난아기인 막내아들의 울음소리를 듣고는 방 안으로 들어가 버린다. 그날 밤, 마당에 나온 슬슬이가 홀로 밤하늘을 바라보면서 답답한 심정을 토로하는데, 우연히 이를 본 연철이 그녀에게 다가간다. 범쇠에게 팔려 갈지도 모르는 자신의 처지를 걱정하는 슬슬이에게 연철은 그런 일은 절대로 일어나지 않을 것이라고 하며 위로한다. 연철은 내일 배를 타고 바다로 나가기만 하면 만선을 이루어 모든 문제를 해결할 수 있다고 호언장담하고, 이에 슬슬이도 마음을 놓는다.

다음 날, 이른 새벽부터 곰치와 도삼, 연철이 그물을 챙기며 바다로 향할 준비를 한다. 곰치는 날씨마저 좋다며 만선을 향한 기대감을 드러내지만, 연철과 도삼은 앞바람이 부는 기상 상황을 염려한다. 하지만 곰치는 이에 아랑곳하지 않고 부서를 최대한 많이 잡을 방법을 고심한 끝에 배에 쌍돛을 달기로 마음먹는다. 곰치 일행이 배 주인을 기다리는 사이 성삼이 찾아와 그들의 만선을 기원해 준다. 그러면서 바람이 세니 돛은 챙기지 말라고 권유하는데, 곰치는

자신의 뜻을 굽히지 않는다. 그날 다른 배를 타기로 예정되어 있던 성삼이 곧 자리를 뜨고, <장면 포인트 ❶ 291P> 얼마 지나지 않아 배 주인 임제순이 계약서를 들고 곰치 일행에게 온다. 그는 당장 다음 날 저녁까지 뱃삯으로 진 빚 이만 원을 모두 갚는다는 내용의 계약서를 곰치에게 건넨다. 곰치는 그의 무리한 요구에 당황하지만 다른 방도가 없었기에 그대로 계약서에 지장을 찍는다. 계약서 내용에 분개하는 도삼과 연철을 달래며 곰치는 배에 실을 짐을 챙기기 시작한다. 곧 막내아들을 업은 구포댁과 슬슬이가 이들을 배웅하러 나오는데, 도삼은 불안하고 걱정스러운 마음을 드러내는 구포댁을 다독인다. 마침내 곰치, 도삼, 연철 세 사람이 활기찬 모습으로 집을 나서고, 구포댁은 찬물한 그릇을 앞에 두고 도삼의 안전을 기원하기 시작한다.

▶ 배 주인과 계약서를 작성하고 다시 배를 탈 수 있게 된 곰치가 만선의 꿈을 품고 바다로 나감

그날 저녁, 비바람이 불고 천둥이 치는 궂은 날씨 속에서 성삼, 임제순, 범쇠 세 사람이 곰치네 집 마당으로 모여든다. 날씨가 험악해진 상황에서 바다로 나간 곰치 일행이 좀처럼 돌아오지 않자 모두 무언가 큰일이 생겼음을 짐작한 것이다. 임제순은 사색이 된 구포댁을 앞에 두고서도 자신의 배만 부르짖으며 안타까워한다. 이에 성삼은 곰치가 곧 배를 타고 돌아올 것이라고 하고, 범쇠는 혹 곰치에게 무슨 일이 생겼다 할지라도 다른 방도가 있을 것이라고 말하며 음흉한 속셈을 감추지 않는다. 날이 점점 더 어두워져 갈 무렵, 슬슬이가 무당과 함께 집으로 들어선다. 곰치 일행의 안위를 점친 무당은 점괘가 길하게 나왔다고 하며, 만선을 이룬 배가 돌아오고 있는 중이라고 이야기한다. 구포댁과 슬슬이, 성삼은 물론 비싼 배를 잃을까 봐 걱정 중이던 임제순도 그 말을 듣고 마음을 놓는다. 얼마 지나지 않아 부두에서 정말 징 소리가 울린다. 이에 모두 부두로 향하려는데, 성삼은 평소 같지 않게 시원찮은 징 소리를 불안하게 여겨 구포댁을 집에 남아 있게 한다.

잠시 후, 성삼이 다른 어부들과 함께 정신을 잃고 쓰러진 곰치를 데리고 돌아온다. 놀라서 달려 나간 구포댁은 보이지 않는 도삼과 연철의 행방을 묻는데, 성삼과 어부들은 두 사람이 홧김에 바로 술집으로 향했다며 얼버무린다. 이를 들은 구포댁이 안심하는 사이 어부들이 사건의 전말을 이야기하기 시작한다. <장면 포인트 ❷ 294P> <주목> 어부들은 아침부터 몰아친 바람 탓에 한나절이 지나도록 제대로 고기를 잡아 올리지 못한 상황이었다. 그러던 중 돛대가 부러질 듯 바람이 거세지자 고기잡이를 포기하고 배를 돌렸는데, 바로 그때 쌍돛을 단 채로 부서 떼를 쫓아 먼바다로 나아가는 곰치네 배를 목격하게 된다. 곰치는 주변 어부들의 만류하는 외침을 모두 무시한 채 계속해서 나아갔다고 한다. 그의 배를 따라잡을 수 없었던 어부들은 바람이 덜 부는 근처 섬으로 배를 옮겼고, 그렇게 저녁이 다 될 무렵까지 시간을 보내던 중 멀리서부터 떠밀려 들어오는 곰치네 배를 다시금 보

게 된다. 배는 한눈에 보기에도 만선인 상태였는데, 그렇게 파도를 타고 밀려오던 곰치네 배가 어느 한순간 손바닥 뒤집히듯 전복되고 말았다고 한다.

이를 들은 구포댁이 실성한 사람처럼 어부들에게 매달리며 다시금 도삼의 행방을 묻고, 어부들은 결국 배가 뒤집힌 후에는 도삼과 연철의 모습을 보지 못했다는 사실을 밝힌다. 구포댁과 슬슬이가 오열하는 사이 쓰러졌던 곰치가 정신을 차린다. 곰치는 눈을 뜨자마자 자신이 잡아 올린 부서부터 찾으며 소리를 지르고, 구포댁이 그런 곰치의 어깨를 잡고 늘어지며 통곡한다.

▶ 만선을 이룬 채 돌아오던 배가 전복되면서 도삼과 연철이 실종되고 곰치만 돌아옴

이튿날 곰치네 집 마당에 막내아들을 품에 안은 구포댁이 넋이 나간 모습으로 주저앉아 있다. 슬슬이가 그런 구포댁에게 미음 한 그릇을 쑤어 오지만, 구포댁은 도삼이 돌아오기 전까지는 아무것도 먹지 않겠다며 고집을 부린다. 그때 잔뜩 화가 난 임제순과 음흉한 미소를 띤 범쇠가 그들의 집으로 들어선다. 임제순은 빌려준 배가 가라앉은 상황에서 당장 밀린 뱃삯이라도 받아 내려는 심산으로 곰치를 찾는다. 하지만 곰치는 이미 집을 나간 상태였고, 이에 임제순은 곰치가 돌아오면 뱃삯을 청산하라는 자신의 말을 반드시 전하라고 으름장을 놓은 뒤 돌아간다. 한편 범쇠는 곤경에 처한 구포댁에게 다시금 자신과 슬슬이의 혼인을 해결책으로 제안하는데, 그 말에 구포댁이 결국 설득당하고 만다. 곧이어 마을 순경이 구포댁을 찾아오고, 그는 도삼과 연철의 사망 소식을 전하며 시체 인양 작업조차 쉽지 않은 상황에 대해 이야기한다. 마지막까지 희망의 끈을 놓지 않고 있던 구포댁은 절망적인 소식을 남긴 채 떠나는 순경을 따라서 집을 나선다. 한편 슬슬이와 단둘이 남게 된 범쇠는 슬픔에 빠진 슬슬이를 위로하는 척하면서 그녀에게 접근한다. 이에 기겁한 슬슬이는 범쇠를 피해 집 마당을 이리저리 뛰어다니다가 헛간으로 들어가 문을 잠가 버린다. 때마침 곰치가 돌아오자 범쇠는 그를 피해 허겁지겁 도망친다.

곰치가 아무도 보이지 않는 집안을 배회하며 식구들을 찾고 있을 때, 순경을 따라나섰던 구포댁도 집으로 돌아온다. 곰치는 실성한 사람처럼 도삼을 찾는 구포댁에게 그가 죽었다는 사실을 다시금 상기시킨다. 품에 안은 갓난아이가 그에게 남은 마지막 아들이라는 사실을 새삼 깨달은 구포댁은 장차 그 아이 또한 어부로 만들 것이라는 곰치의 말을 듣고는 생각에 잠긴다. 곧 구포댁은 슬슬이를 돈많은 범쇠에게 시집 보내자는 말을 남긴 채 막내아들을 업고 어딘가로 사라진다. <장면 포인트 ❷ 294P> 그 모습을 본 성삼이 곰치에게 더 이상은 뱃일에 관해 고집을 부리지 말라고 충고하지만, 곰치는 끝끝내 자신의 생각을 굽히지 않는다. 얼마 지나지 않아 마을 어부들이 황급하게 달

려와 구포댁이 남의 배를 바다에 띄워 보내더라는 말을 곰치에게 전한다. 잠시 후 구포댁이 집으로 돌아오는데, 막내아들의 모습은 어디에도 보이지 않는다. 막내아들만큼은 뭍으로 나가 자기 명대로 살길 바란 구포댁이 아기만 배에 실어 바다로 띄워 보내고 말았기 때문이다. 그 사실을 알게 된 곰치는 구포댁에게 달려들어 미친 사

람처럼 화를 낸다. 그러다가 아들을 찾으러 가야겠다며 집을 나서자, 이를 막아서던 구포댁도 허겁지겁 곰치를 쫓아 나간다. 이후 헛간에서 목을 맨 슬슬이를 성상이 발견하게 되고, 그는 죽은 슬슬이만 남은 채 텅 빈 집에서 만선에 눈이 먼 곰치의 이름을 부르짖는다.

▶ 도삼의 사망 소식을 들은 구포댁이 실성하고,
범쇠에게 팔려 갈 처지가 된 슬슬이는 스스로 목숨을 끊음

🎭 인물 관계도

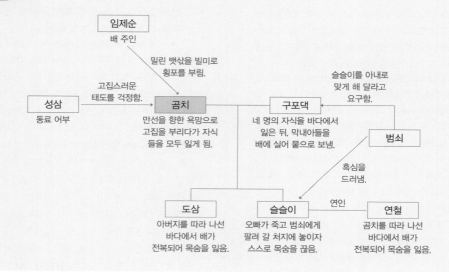

<보기>로 나오는 작품 외적 준거

〈만선〉의 비극성 형상화 방식

천승세의 희곡 〈만선〉은 어촌 민중의 삶을 사실적으로 그려 낸 작품으로, 주인공 곰치를 통해 배 타는 일 외에는 생계를 이어 갈 방도를 가지지 못한 한 어부의 궁핍한 삶을 그리고 있다. 이때 작품의 배경으로 등장하는 어촌은 도시 개발과 산업화에서 배제되어 소외를 겪는 공간으로 이해할 수 있다.

이 작품은 전통적인 어업 방식을 고집하는 곰치가 이를 통해 부서 떼를 한곳에 몰아넣는 데 성공하고, 그 덕분에 어촌 주민 모두가 만선의 기쁨을 누리는 장면으로 시작한다. 하지만 곰치 일가는 곧 불행을 맞이하게 되고, 결국 비극적인 몰락으로 끝을 맺게 된다. 이러한 작품 전개를 고려할 때, 활기차고 긍정적인 모습으로 그려지는 첫 장면은 이후 곰치 일가의 몰락 과정에서 표출되는 비극성을 더욱 강조하기 위한 극적 전략으로 볼 수 있다.

이때 곰치 일가에 비극을 가져온 선주 임제순의 횡포는 개인과 개인 간의 갈등을 넘어서, 당대 어촌에 뿌리 깊게 박혀 있던 사회적 문제와 연관 지어 볼 수 있다. 즉 작품에서 드러나는 비극성은 어촌의 기형적인 경제 구조와 어민을 향한 수탈이 자행되었던 당시의 부조리한 사회 현실에서 기인했다고 볼 수 있는 것이다. 선주 임제순과 불합리한 조건으로 계약을 맺은 곰치는 그 때문에 더 무리하여 만선을 고집하게 되고, 이는 아들 도삼의 죽음이라는 비극을 불러온다. 작가는 이를 통해 문명의 뿌리에 존재하는 '비극적 자기 훼손'을 이야기하고 있으며, 동시에 문명의 야만성을 보여 주고 있다.

이후 구포댁이 어린 아들을 배에 실어 바다로 띄워 보낸 것은 그런 부조리한 현실의 고통을 인식함과 동시에 이를 피할 수 없는 현실적 상황을 깨달은 괴리감에서 비롯된 선택으로 볼 수 있다. 악화되는 상황 속에서 점점 부피를 키워 간 괴리감이 아들의 죽음을 막고자 도리어 아들을 제 손으로 죽이는 일을 벌이는 비극적 역설을 초래한 것이다. 구포댁의 행위에서 극대화된 비극성은 범쇠에게 팔려 가는 것을 두려워한 슬슬이가 스스로 목을 매는 것에서 절정에 달한다. 이때 슬슬이의 죽음은 단순히 비극적 상황에 처한 개인의 좌절과 포기를 의미하는 것이 아니라, 오히려 비극을 극복하기 위해 죽음을 선택하는 일종의 저항 행위로 볼 수 있다. 부조리한 세계와의 화해를 거부하고 죽음을 선택했다는 점에서 슬슬이의 죽음은 필연을 향한 저항의 힘을 내포한 것이며, 이러한 '비극적인 존재 파악'으로부터 비극성이 발현되는 것이다.

이처럼 〈만선〉은 주인공 곰치 일가의 몰락을 보여 주는 과정에서, 어촌이라는 공간과 각각의 등장인물이 지닌 갈등 구조를 통해 비극성을 발현한 작품으로 평가할 수 있다.

– 이미나, 한국 현대 희곡의 '비극성' 발현 양상 연구, 2017

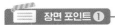

- 이 작품은 가난한 어촌을 배경으로 만선의 꿈을 버리지 못하는 한 어부의 집념과 이로 인한 비극을 다룬 희곡이다.
- 해당 장면은 곰치가 만선을 꿈꾸며 선주 임제순의 무리한 요구를 받아들이는 부분이다.
- 곰치와 임제순의 계약을 중심으로 인물들의 갈등 관계, 인물의 태도나 심리를 파악하도록 한다.

'부세(민어과의 바닷물고기)'의 방언

[앞부분의 줄거리] 칠산 바다에 부서 떼가 몰려들면서 어부 곰치는 조금만 더 부서를 잡으면 악덕 선주 임
곰치가 잡고자 하는 대상. 만선의 꿈을 이루어 주는 대상
제순에게 진 빚을 갚고 작은 배라도 한 척 장만할 수 있으리라는 꿈에 부푼다. 그러나 임제순은 부서를 다
배가 없는 곰치를 이용하여 자신의 욕심을 채우려는 부정적 인물
가져가 버리고 곰치의 항의에 배를 묶어 버린다.

이때 그물을 메고 풀이 죽은 연철이 들어온다. 네 사람, 우르르 몰려가 연철을 에워싼다.
곰치, 도삼, 성삼, 구포댁

곰치: 그래 을마나 올렸어?
잡은 물고기의 값을 얼마나 쳐주었는지 묻는 말 – 기대감이 담김

도삼: 기다리는 사람들 생각을 해 줘사 쓸 것 아니라고! 자네 기다리다가 지쳤어! (기
네 사람이 연철을 애타게 기다렸음을 알 수 있음

대에 찬 얼굴로) 어서 어서 말이나 해 보게! / **성삼:** 석 장은 올랐제?

구포댁: 「저 사람 무담씨 장난치고 싶응께는 일부러 쌍다구 딱 찡그리고 말 않는 거
'편히'의 전남 방언

봐! 그라제? 어이? 놀려 묵고 싶어서 그러제?」(수선스럽게 웃어댄다.)
「」: 연철이 자기들을 놀리려고 일부로 풀이 죽은 척한다고 여김

연철: (아무 말 없이 마루 끝에 가 앉으며 침통하게) 놀려라우? 맘이 기뻐사 놀릴 맘도
기대감에 들뜬 분위기를 반전시키는 말

생기지라우?

곰치: (영문을 몰라) 믄 소리여? (와락 연철의 팔을 붙들고) 아니, 믄, 믄소리여? 엉?

연철: (처절하게) 다, 다 뺏겼오! 아무것도 없이 다 뺏겼오!
임제순에게 고기를 전부 빼앗겼다는 말. 무대 바깥에서 일어난 사건을 무대 안 사람들에게 알리는 말

일동: (비명처럼) 믓이라구?
당황스러움이 담김

곰치: (미친 사람처럼) 뺏기다니? 뺏기다니? 믓을 누구한테 뺏겼단 말이여? 엉?
고기를 빼앗긴 것에 대한 궁금증을 강하게 드러냄

연철: (처절하게) 빚에 싹 잽혔지라우! 그것도 빚은 이만 원이나 남고……. (절규하듯)
잡은 고기가 빚 때문에 헐값으로 넘겨졌음을 드러낸 말

믄 도리로 막는단 말이요? / **성삼:** (주먹을 불끈 쥐곤) 죽일 놈!
고기를 빼앗아 간 임제순에 대한 분노를 드러냄

도삼: (두 손바닥으로 얼굴을 감싸 버리며) 아아!
절망감이 드러난 도삼의 행동과 말

구포댁: (손바닥을 철썩 철썩 때려 가며) 시상에! 믄 소리랑가? 시상에 믄 소리여?

곰치: (실성한 사람처럼) 그렇게 됐어? 뺏겼어? (신음처럼) 허어!
고기를 헐값에 넘긴 상황에 대해 허탈해하는 모습   ▶ 잡은 물고기가 헐값에 넘어가자 탄식하는 사람들

(중략)

연철: (사립 쪽을 가리키며) 쉿!

임제순 영감이 들어온다. 흰 모시 저고리 바지에 금테 안경을 썼다. 손엔 계약서인 듯
가난한 어부의 삶과 대비되는 화려한 행색

종이 두 장을 들었다. 기쁨에 넘친 세 사람의 얼굴.
출항할 수 있게 됨을 기뻐하는 곰치, 도삼, 연철의 모습

감상 포인트
'연철'의 역할과 계약을 통해 나타나는
인물 간의 갈등 관계를 파악하자.

곰치: (연방 넙죽넙죽 절을 하며) 어서 오시게라우!
배를 가지고 있는 임제순의 비위를 맞추려는 비굴한 태도

임제순: 준비는 다 됐어? / **곰치:** (희열에 들떠) 아문이랍녀!
부서 떼를 잡을 준비가 되었느냐는 물음   부서 떼를 잡으러 갈 수 있다는 데서 오는 반응

임제순: (하늘을 향해 얼굴을 들곤, 뱅그르 돌아보고 나서) 기가 맥힌 날이여! 날쎄 좋

다아! / **곰치:** (덩달아) 부서 잡을라고 하늘하고 짰지랍녀!
부서를 잡을 수 있게 하늘도 도와준다는 의미

작품 분석 노트

• '부서 떼'의 의미

부서 떼
곰치가 만선을 위해 바다에 나가 잡으려는 물고기

↓

| 만선의 희망을 지닌 곰치의 꿈을 이루어 주는 대상 |

• '연철'의 역할

연철	• 무대 바깥에서 일어난 사건을 무대에 있는 등장인물들에게 전달하는 역할을 하는 인물 • 기대감에 가득찬 분위기를 반전시키는 인물 • 임제순의 등장을 알리는 인물

• '임제순'에 대한 이해

임제순	• 곰치에게 배를 빌려주는 선주 • 곰치에게 무리한 계약을 요구하여, 곰치가 잡은 부서를 헐값으로 사는 인물 • 가난한 어부와 대비되는 화려한 차림을 한 인물

↓

| 곰치와 대립하는 반동적인 인물 |

임제순: 으음— (그 자리에 쭈그려 앉으며) 앉게여! 그라고…….

곰치: (따라 앉으며 연방) 예에! 예에!

임제순: 보자— (종이를 펴 들며 조끼 주머니에서 돋보기 안경을 꺼내 쓴다.) 내가 요참

에는 참말로 자네 땀세 망하는 것 같은 마음뿐이여! 배를 빌려 돌란 사람이 집 마

<u>당에 밀리는디도 딱 잡아뗐어!</u> 자네 땀세 말이여! (응큼한 눈으로 힐끗 곰치의 눈치
배를 빌려주는 것을 마치 특별한 인심을 쓰는 것처럼 생색 내는 임제순의 뻔뻔함을 엿볼 수 있음

를 살핀다.) / 곰치: (머리를 조아리며) 모를 리가 있겄녀요?
무리한 요구를 제시하려는 교활한 태도

임제순: 아문! 공을 알어사……. (은근하게) 요참 물은 뻔한 것잉께 접세나 두둑허니
의미상 '사람이지.'가 생략됨.

줄 것으로 믿고 한 일이고……. 허엄—.

곰치: <u>(곤란한 듯, 희비가 교차하는 표정으로) 예에! 예에……. (머리를 긁적거린다.)</u>
무리한 요구에 대한 곰치의 반응

임제: 보자아— 계약서를 이렇게 썼네, 열엿세니까 내일이시! 좀 짧네만은 내일 저

<u>녁까지 밀린 뱃삯 이만 원을 치르기로 돼 있어!</u>
다음 날까지 밀린 빚을 모두 갚으라는 무리한 요구 – 부당한 요구

곰치: (어안이 벙벙해서) 너, 너무나 시일이 짧습니다요! 너무나 시일이 짧습니다요!
돈을 갚기에는 무리한 시간임을 강조한 말

<u>나는 오늘부터 사흘 안으론지 알었지라우!</u>
곰치가 알고 있는 빚을 갚을 시기

임제순: 무슨 소리! 어지께 자네하고 합의한 것인께 계약날은 어지께여야 되지 안컸

어? / 곰치: 글씨라우— 글씨라우…….
무리한 요구에 당황스러워하는 심리가 담김

임제순: (벌떡 일어서며) <u>뭇이여? 씨! 자네가 그런다면 난 다 파계하고 다시 배를 묶</u>
요구에 응하지 않으면 계약을 깨뜨리고 배를 빌려주지 않겠다는 위협

<u>겄어!</u>

곰치: <u>(황급히 일어서서 임제순의 팔을 잡고는) 아닙니다! 영감님 말씀이 옳지랍녀! 예</u>
임제순의 위협에 빚을 갚을 시기를 순순히 인정하는 곰치의 모습 → 곰치가 파멸하는 데 영향을 미침

<u>에! 예!</u>

임제순: (서너 번 헛기침을 해 내고 나선) 으음! 아문! 그래사제! (계약서를 펴 들곤) 나

는 찍었응께 자네나 찍어. (인주를 꺼내) 자아! ▶ 배를 빌려주는 조건으로 무리한 요구를 하는 임제순

도삼: 도장 갖꼬 올끄랍녀? / 곰치: (급하게) 오냐! 어서 갖고 와!

임제순: 가만! 도장은 안 돼! 도장은 파면 또 있제만 지장은 시상에 하난께 지장을 눌
곰치를 꼼짝 못하게 옭아매려는 임제순의 지독한 모습

러 줘! / 도삼·연철: (기가 차서) 후유—.
임제순의 태도에 대한 반응   무리한 요구에 대한 부담보다도 만선의 꿈을 이룰 수 있다는 기쁨이 담겨 있음

곰치: (꾹 지장을 찍고 나선) 자, 인자는 됐지라우? (얼굴에 희열의 미소가 번진다.)
임제순의 무리한 요구를 어쩔 수 없이 받아들이는 모습

임제순: 으음! (계약서 한 장을 곰치에게 내밀며) 자, 이것은 자네가 갖고 있어! (남은

계약서 한 장을 소중히 조끼 주머니에 넣곤) 꼭 지켜사 써! 이참에는 가차 없응께!
계약을 위반하면 계약서대로 반드시 실행하겠다는 말

곰치: <u>(자신만만하게) 염려 마시게라우!</u>
빚을 갚을 수 있다는 곰치의 자신감이 있는 모습

임제순: (흡족해서) 아문! 말은 분명해사 쓰는 것이니……. / 곰치: 아문이랍녀!

임제순: 자아— 그람은 (손을 번쩍 들곤) 뜨게! (한동안 손을 들고 잔뜩 위엄을 부리고

섰다간 서서히 퇴장.)
여우

도삼: (격분해서) <u>여시 같은 영감탱이!</u> 이번 계약이 무너져도 자기는 이익잉께! 천상
임제순에 대한 부정적 반응

널린 돈은 걷기 마련이고 <u>걸린 돈은 크기 마련잉께!</u> 어어? (곰치의 손에서 계약서를
빌려준 돈은 이자가 불어나기 마련이라는 의미

• '계약서'의 의미

| 계약서 | • 내일 저녁까지 밀린 뱃삯 이만 원을 갚는다는 것
 • 빚을 갚지 않을 경우 일체의 재산을 몰수하겠다는 것 |

↓

곰치가 받아들이기에는 무리한 요구에 해당함

↓

배가 없는 곰치를 이용하여 자신의 욕심을 채우려는 임제순의 욕망이 담겨 있음

• '배를 묶겠다'는 것의 의미

임제순은 계약날에 이의를 제기한 곰치에게 '배를 묶겠다'고 곰치를 협박하고 이에 부화를 잡아 만선의 꿈을 이루려는 배는 없으면 자신의 꿈이 좌절될 수 있으므로 할 수 없이 임제순이 내민 계약서에 지장을 찍고 있다. 이렇게 볼 때, '배를 묶겠다'는 말은 임제순이 곰치의 상황을 이용하여 곰치를 위협함으로써 계약을 유리하게 이끌어 내기 위한 협박이라고 할 수 있다.

• '임제순'에 대한 '곰치'의 태도

곰치
• 배를 묶는다는 말에 임제순의 말이 옳다고 말함   • 무리한 요구가 담긴 계약을 지키라는 말에 계약을 지킬 것을 약속함   • 악덕 선주인 임제순이 배를 풀어 준 것을 흡족하게 여김

↓

만선의 꿈을 이루기 위해 임제순의 요구에 순응하는 태도

받아 읽어 보곤 눈이 휘둥그래져서) 계약 불이행 시는 일체의 재산 몰수라? 이거 집

임제순이 배를 빌려주면서 무리한 요구를 하였음을 알 수 있음

이고 뭇이고 싹 잡혔구먼! 아부지! 여기다가 무턱대고 지장을 눌르셨오?

잘 헤아려 보지도 않고 계약서에 지장을 찍은 곰치에 대한 원망이 담긴 말

곰치: (태연하게) 무턱대고 눌러? (비장한 목소리로) 다아 알어! 하여튼 눌러야 해! (언

출항하기 위해서는 어쩔 수 없음을 강조한 말

성을 높여) 두고 보면 안다! 곰치는 안 죽는다! 곰치는 스고 말어!

만선의 꿈을 이뤄 독립하겠다는 곰치의 강한 의지를 엿볼 수 있음

연철: 영감 너무해! 임 영감 너무 한단 말이여!

곰치: (침착하게) 못써! 원망하면 못써! 배 풀어 준 것만도 오지게 생각해사……. (갑

흡족하게

자기 수선을 피운다.) 어서! 어서! 어서들 나서!

만선을 위해서는 빨리 출항해야 한다는 다급함이 드러남

곰치 부랴부랴 그물을 지고 나서고, 도삼이 돛을 메고 나선다.

▶ 불공정한 계약서에 지장을 찍고 출항을 서두르는 곰치

• '곰치'의 성격과 '곰치'가 처한 비극적 현실

곰치의 성격
가난한 어부로, 좌절을 모르며 만선의 꿈을 절대적 가치로 삼아 이를 고집스럽게 추구함

↓

현실
칠산 바다에 부서 떼가 몰려들자 곰치는 만선의 꿈을 이루기 위해 선주 임제순에게 불리한 조건으로 배를 빌려 출항하게 됨

↓

곰치 일가가 파국에 이르는 데는 만선에 대한 곰치의 고집과 집착이 주요한 원인으로 작용함

• 해당 장면은 부서를 잡으러 출항했던 곰치의 배가 풍랑을 만나 좌초되고 곰치만 겨우 구조되어 돌아온 상황에서 곰치가 다시 부서를 잡으러 바다로 나가려고 하는 상황이다.
• 곰치의 배가 좌초된 상황에 주목하여 인물의 대사와 행동에 드러나는 곰치, 구포댁, 슬슬이의 심리와 태도를 파악하도록 한다.

[앞부분의 줄거리] 임제순과 불리한 조건의 계약을 맺은 곰치는 아들 도삼과 딸 슬슬이의 애인 연철과 함께 물고기를 잡으러 배를 타고 나가지만 풍랑에 배가 뒤집혀 곰치만 겨우 살아 돌아온다.
　　　　　　　　　　　　만선에 대한 곰치의 희망이 좌절되었음을 드러냄

★주목 **어부 A**: 한나절 되도록 제대로 고기 잡은 배는 없었어! 돛이 머여? 돛대가 부러질
　　　　어부 B와 함께 무대 밖의 사건을 무대 안의 사람들에게 전달하는 역할을 함
듯 바람을 타는 판에 배는 뒤집어질 것같이 뱅글뱅글 돌기만 하고…… 그랑께 우
　바람이 거세게 부는 열악한 상황이었음을 알 수 있음
리가 고기 잡기는 다 틀렸다고 배를 돌릴 때였든갑만! 그때 처음으로 곰치 배를 봤네!
　　　거센 바람 때문에 고기 잡는 것을 포기하였다는 의미

구포댁: (다급하게) 그래서라우?

어부 A: (기가 맥히다는 듯) 아, 그란디 이 곰치 놈 좀 보게! 글씨 쌍돛을 달고는 부서
　　　　곰치의 행동에 대한 반응　　　　　　　　　　　풍랑이 거센데도 부서를 잡으려는 곰치의 무모함
떼를 쫓아 한정 없이 깊이만 백혀 든단마시!

성삼: 므, 뭣이라고?! 쌍돛? / **구포댁**: 시상에! 므, 믄 일이끄나!

슬슬이: (곰치를 측은하게 바라보다 말고, 곰치 곁에 가서 사지를 주무르기 시작한다.)
　　　　　　　　　　　　　　　　아버지를 위하는 슬슬이의 따뜻한 마음씨를 엿볼 수 있음

어부 B: 아암! 꼭 자동차같이 미끄러져 백히는디 아무리 돛 내리라고 소락때기를 쳐
　　　　풍랑 때문에 배가 밑으로 거꾸러지는 상황을 비유적으로 표현함
야 곰치란 놈은 뉘 집 개가 짖나하고는 들은 신청도 않데!
　　곰치가 부서를 잡기 위해 온 신경을 다하였음을 알 수 있음

구포댁: 아니, 눈이 뒤집혀도 분수가 있제, 그랄 수가 있을끄라우? / **성삼**: 미친놈!!
　　　　　곰치의 무모한 행동에 대한 비난이 담김　　　▶ 거친 풍랑에도 아랑곳하지 않고 쌍돛을 달고 부서 떼를 쫓은 곰치

어부 B: 하다하다 못 하겠어서 우리도 곰치를 따라갔지 뭔가? 쌍돛단배하고 우리 배
　　　　　　　　　　　　　　　　곰치의 상황을 걱정함　　　곰치 배를 더 이상 쫓을 수 없었던 이유
하고 같어? 따라가다 못 하겠어서 우리는 그냥 되돌아와서 바람 안 타는 동구섬
앞에다 그물 놓고 주저앉었제! 저녁나절까지 그물 담궜등가?…… (기가 맥히다는
듯) 아, 그라다가 봉께는 믄 배 한 척이 팔랑개비같이 놈시러 떠밀리는 것이 멀리
　　　　　　　　　　　곰치 배가 좌초될 정도로 흔들리고 있는 상황을 드러냄
뵈데!

성삼: (곰치를 멀거니 쳐다보며) 쯔쯧! 미친놈, 열두 불로 미친노옴. (다시 어부 A, B에
　　　　　　　　　　　　　　　　곰치의 무모한 행동에 대한 평가
게) 그래서?

구포댁: 시상에 으짝꼬! 그 배가 바로 저 냥반 배구먼? / **슬슬이**: 으째사 쓰꼬!
　　　　　　　　　　　　　　　　　　　　　　　　　　　안타까움이 담겨 있음

어부 A: 여북 있오? 저놈 배제…… 그래도 그때는 돛을 내렸드만…… 배 노는 것이
　　　'얼마나', '오죽', '하기나'의 뜻으로 정도가 매우 심하거나 상황이 좋지 않을 때 쓰는 말
첫눈에 만선이여…….
　곰치가 추구하는 목표이자 이루고자 하는 소망을 상징함

성삼: (신음처럼) 만선……! / **구포댁**: (간이 타게) 그랬는디?!

어부 B: (비통하게) 오리 물길도 못 저어 갔지라우! (손바닥을 뒤집으며) 그냥 팔딱 해
　　　　　　　　　　　　　　　　　　　만선인 곰치 배가 좌초되었음
버립디다! / **구포댁**: 옴매 으짝꼬! (마루를 텅텅 쳐 대며) 시상에! 시상에!
　　　　　　　　　　곰치 배가 좌초된 상황에 대한 비통함이 극에 달함

슬슬이: (황급히 구포댁을 부축하며) 엄니이!!

어부 A: ……그때부터 지금까지 저놈 건지느라고…… (비통하게) 후유 —.
　　　　곰치가 어부 A, B에 의해 구조되었음을 알 수 있음

어부 B: 그나저나 곰치 저놈 지독한 놈이여! 그 산채 같은 물결 속에서 장작 쪽만 한

작품 분석 노트

• '어부 A, B'의 역할

어부 A, B	• 무대에 있는 성삼, 구포댁, 슬슬이에게 무대 밖에서 일어난 사건을 전달함 • 비극적 분위기를 조성해 주는 역할을 함

• '곰치'의 태도

상황	바다에 거센 바람이 불어 고기를 잡기 어려운 상황 − 열악한 자연 환경

↓ 행동

풍랑을 피한 다른 배들과 달리 쌍돛을 올리고 고기잡이를 강행함

↓ 태도

부서 떼를 잡아 만선의 꿈을 이루려는 무모한 모습

• '곰치'의 배가 좌초된 것이 지니는 의미

배	• 만선을 이루었지만 풍랑에 의해 좌초됨 • 곰치는 어부들에 의해 살아 돌아왔지만 도삼과 연철은 살아돌아오지 못함

↓

• 만선의 꿈을 이루려는 곰치의 욕망이 좌절됨
• 사건이 비극적으로 끝날 것임을 암시함

감상 포인트

대사를 통해 인물의 심리와 태도를 파악한다.

나무판자 하나 딱 보듬고는 그 통에도 호령이시! 곰치는 안 죽네, 느그 아니어도

『」: 배가 좌초된 상황에서도 삶에 대한 강한 의지를 보이는 곰치의 모습

곰치는 사네!」이람시러는…… (처절하게) 그나저나 뱃놈 한세상은 너머나 드러워!

뱃사람들의 힘겨운 삶에 대한 한탄

개 목숨만도 못한 놈의 숨줄! (침을 퉤 뱉으며) 이고 더러워!

▶ 풍랑으로 배가 뒤집혀 간신히 살아 돌아온 곰치

구포댁: (바싹 다가앉으며) 그람 우리 도삼이는 은제 건졌오? 예에?

도삼이가 살아 있을 것이라는 기대감이 담긴 말

어부 A: (민망스러운 표정으로 어부 B와 성삼의 눈치만 살핀다.)

도삼을 구하지 못했다는 말을 차마 하지 못하고 있음

성삼: (절규하듯) 그, 다음은 말하지 말어! 말하지 말어! (얼굴을 감싸 버리며) 안

구포댁이 도삼을 구하지 못한 것을 알고 절망할 것에 대한 염려가 담김

돼! 말해서는 안 돼에—.

슬슬이: (용수철 튀듯 일어서며 목석처럼 움직일 줄을 모른다.)

성삼의 말에 도삼이 죽었음을 알고 난 슬슬이의 모습

곰치: (몸뚱이를 한두 번 뒤적거리며) 내, 내 부, 부서…… 부, 부서 으디 갔어!

부서에 대한 곰치의 집착을 알 수 있음

성삼: (우악스럽게 곰치를 잡아 흔들며) 이놈! 이놈 곰치야? (처절하게) 말을 해! 정신

을 채리고 말을 해!

구포댁: (미친 사람처럼 어부 A에게) 우리 도삼이는? 예? (어부 B에게 매달리며 비명

도삼이 돌아오지 못했다는 사실에 충격을 받음

처럼) 예에? 우리 도삼이는? / 어부 B: 모, 못 봤지라우?

구포댁: (정신이 나가 기절할 듯) 므, 뭇이라고?!

도삼의 죽음에 충격을 받은 모습

슬슬이: (황급히 구포댁을 부축하며) 오빠! 오빠! (흐느낀다.)

구포댁: (실성한 사람처럼) 뭇이여? 뭇이여?

어부 A: (울먹이는 소리로) 도삼이도, 연철이도 다 다아 못 봤지라우!

도삼과 연철이 풍랑으로 죽었음을 알 수 있음

슬슬이: 아아! 아아! (점점 심한 오열로 변해 간다.)

오빠 도삼뿐 아니라 연철마저 죽었음을 알고 충격과 비통함을 느낌

구포댁: (칼날처럼 날카롭게) 뭇이여?! 내 도삼이를 못 봐?!

어부 A, B 머뭇머뭇 망설이며 안절부절못하다가 도망치듯 퇴장. 몸을 뒤치든 곰치, 별

아들을 잃은 구포댁을 마냥 쳐다볼 수 없는 데서 오는 심리. 좌불안석(坐不安席)

안간 벌떡 일어나 앉아 사방을 두리번거린다.

곰치: (미친 사람처럼) 내 부서! 부서! 으디 갔어? 응? (미친 듯이 마당에 내려선다.) 아

니 배가 터지는 만선이었는디 내 부서! 부서는 으디 갔어!

▶ 도삼이 죽은 것을 알고 충격을 받은 구포댁

(중략)

성삼: (어리둥절해서) 아니, 갑자기 믄 일잉가? / 곰치: (퉁명스럽게) 내버려둬!

성삼: 얼굴이 사색인디? / 곰치: 미친 것! 흥! 곰치는 안 죽어! 내가 죽나 봐라!

구포댁의 안색이 좋지 않음 · 삶에 대한 강한 집념과 의지

성삼: 자네 그 소리 좀 고만허게! 아짐씨도 오죽허면 저래? 시상에 한나 남은 도삼이

구포댁의 정신이 이상해진 이유

까지 물속에다 처박었으니…… (손바닥을 털며) 말이 아니여!

구포댁이 도삼이 죽은 뒤 거의 미쳐 있음을 드러낸 말

곰치: 일일이 눈물 쏟음시러 살려먼 한정 없어! 뱃놈은 어차피 물속에 달린 목숨이

지난 일에 연연하면 아무것도 못 한다는 의미 · 뱃사람의 삶과 죽음은 바다에 달려 있다는 의미. 운명론적 사고

여!

성삼: 자네도 그만 고집 버릴 때도 됐어! / 곰치: (불만스럽게) 고집?

만선을 이루기 위한 곰치의 집착

성삼: (못을 박아) 아니고 뭇잉가?

곰치: (꼿꼿이 서선) 나는 고집 부리는 것이 아니다! 뱃놈은 그렇게 살어사 쓰는 것이

· '도삼'의 죽음이 지닌 의미

도삼의 죽음
풍랑으로 배가 뒤집혀 고기잡이를 나간 도삼이 죽게 됨

↓

가족의 반응
도삼이 돌아오지 못했다는 소식을 들은 구포댁은 정신이 나가 기절하고, 슬슬이는 슬픔에 젖음

↓

곰치네 가족이 파국에 이르게 될 것임을 암시함

· '곰치'의 모습

- 간신히 살아 돌아와 정신이 없음에도 자신이 잡은 부서에 대한 집착을 보임
- 아들 도삼을 잃고 구포댁이 실성한 상황임에도 고기를 잡으러 바다에 나가려 함
- 고기를 잡기 위해 마지막 남은 아들마저도 뱃사람으로 키우려 함

↓

만선의 꿈을 이루기 위해 집착을 버리지 않는 의지적인 모습

· 사투리와 비속어 사용의 효과

이 작품에서는 전남 사투리와 비속어가 많이 사용되고 있는데, 이러한 사투리와 비속어의 사용은 작품에 사실감을 부여해 주는 한편, 중심인물인 곰치의 성격을 효과적으로 보여 주기도 한다. 한편 사투리의 사용은 전남 바닷가 마을의 향토색을 드러내 준다.

우직한 곰치의 성격

+

사투리의 사용	비속어의 사용

↓

향토성, 사실성을 높임	등장인물의 심리나 성격을 효과적으로 드러냄

여! 누구는 아들 잃고 춤춘다냐? (무겁게) 내 속은 아무도 몰라! 이 곰치 썩는 속은

<u>아무도 몰라</u>…… (회상에 잠기며) 「내 조부님이 그러셨어, 만선이 아니면 노 잡지 말

라고…… 우리 아부지도 만선 될 고기 떼는 파도가 집채 같애도 쌍돛 달고 쫓아가

라 하셨어!」 (쓸쓸하게) 내 형제 위로 셋, 아래로 한나 남은 동생 놈마저 죽고 말었

제…… 어…… (허탈하게) 독으로 안 살면 으찌께 살어?

성삼: 그래, 조부님이나 춘부장 말씀대로만 하실 참잉가?

곰치: (단호하게) 내일이라도 당장 배 탈 참이다! 흥! 임 영감 배 아니면 탈 배 없어?

성삼: 도삼이 생각도 안 나서?

곰치: (격하게) 시끄럿! (침착하게) 또 있어! 아들은 또 있어…….

성삼: 갓난쟁이? (고개를 설레설레 내저으며) 후유— 지독한 놈!

곰치: …… 그놈도…… 그놈도…… 열 살만 묵으면 그물 말어…….

주석 (본문 옆 설명)

- 아들 도삼을 잃은 것에 곰치 역시 슬픔과 괴로움을 느끼고 있음
- 『 』: 곰치가 풍랑이 거세도 부서를 잡기 위해 쌍돛을 펴고 가게 된 이유를 알 수 있음
- 곰치네 가족의 비극적인 삶
- 독한 마음을 먹어야 바다와 싸우며 살아갈 수 있다는 말
- 만선에 대한 집착을 버리지 않는 곰치의 결연한 태도를 알 수 있음
- 하나 남은 아들마저 고기잡이를 시키겠다는 말
- 곰치의 강한 집념에 답답함을 느낌
- 하나 남은 아들도 뱃사람으로 키우려는 곰치의 의지가 드러남
- ▶ 구포댁은 도삼의 죽음에 실성하고 갓난 아들마저 어부로 만들기로 결심하는 곰치

- **'도삼'의 죽음에 대한 '곰치'의 심리**

"(무겁게) 내 속은 아무도 몰라! 이 곰치 썩는 속은 아무도 몰라……"
부모로서 아들을 잃은 것에 대해 슬픔과 괴로움을 느낌

+

"(단호하게) 내일이라도 당장 배 탈 참이다!"
어부로서 자신의 삶의 목표인 만선의 꿈을 이루어야 함

- **제목 '만선'의 아이러니**

만선
• 물고기 따위를 많이 잡아 배에 가득 실음 • 중심인물인 곰치가 이루고자 하는 목표이자 소망

↓

파멸의 원인으로 작용하여 곰치와 곰치 가족들을 비극으로 몰아넣음

↓

아이러니

핵심 포인트 **1**　인물 간의 관계 및 갈등 양상 파악

이 작품은 다양한 갈등이 복합적으로 드러나고 있으므로, 등장인물 간의 관계를 파악하고 그들 사이에서 벌어지는 갈등의 양상 및 그 원인을 파악하도록 한다.

+ 인물 간의 관계

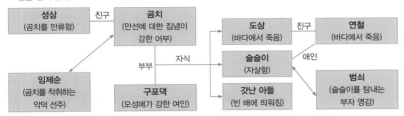

+ 갈등의 양상

곰치 VS 바다	인간과 자연 간의 갈등 – 바다에 도전하는 인간의 투쟁과 갈등
곰치 VS 만선	인간과 운명 간의 갈등 – 만선이라는 어부의 숙명과 이에 도전하는 인간의 갈등
곰치 VS 임제순	빈부 간의 갈등 – 악덕 선주 및 고리대금업자와 이에 착취당하는 어부의 갈등, 가난에서 벗어날 수 없는 사회 구조적 문제로 인한 갈등
곰치 VS 구포댁	인간과 인간 간의 갈등 – 주어진 운명적 삶에 대한 대응 방식의 차이로 인한 갈등, 어부의 운명을 받아들이며 이에 도전하고자 하는 곰치와 자신의 자식은 어부의 운명에서 도망치게 만들고자 하는 구포댁의 갈등(제시된 지문 밖에 드러남)

핵심 포인트 **2**　인물의 역할 파악

이 작품은 무대 위에서 공연을 하는 연극의 대본에 해당하므로 공간적으로 제약을 받을 수밖에 없다. 따라서 관객은 작품 밖에 일어나는 사건을 인물의 대사를 통해 파악해야 한다. 이러한 희곡의 특징을 고려하여 연철과 어부 A, B의 역할을 파악하도록 한다.

+ '연철'과 '어부 A, B'의 역할

연철	임제순에게 빚진 것 때문에 부서를 임제순에게 헐값에 넘겼다는 사실을 곰치 등에게 알려 줌
어부 A, B	곰치가 바다에서 보인 행동과 곰치를 구조했던 상황을 성삼 등에게 알려 줌

↓

무대 밖의 사건을 무대에 있는 인물들이나 관객들에게 전달해 주는 역할을 함

핵심 포인트 **3**　인물의 심리 및 태도 파악

이 작품의 중심인물인 곰치는 만선에 대한 꿈을 안고 살아가는 인물로, 만선에 집착을 보이고 있다. 따라서 만선을 중심으로 곰치의 태도를 파악하도록 한다.

+ '곰치'의 상황에 따른 태도

임제순에게 보이는 태도	배를 묶는다는 말에 임제순의 말이 옳다고 말하며, 무리한 요구가 담긴 계약을 지키라는 말에도 계약을 지킬 것을 약속함	만선의 꿈을 이루기 위해 임제순의 무리한 요구에도 불구하고 그에 순응함
바다에서 보이는 태도	바다에 거센 바람이 불어 고기를 잡기 어려운 상황에도 풍랑을 피한 다른 배들과 달리 쌍돛을 올리고 고기잡이를 강행함	부서 떼를 잡아 만선의 꿈을 이루려는 무모한 모습을 보임
바다에 빠져 죽을 뻔했다가 겨우 살아 돌아온 뒤의 태도	아들 도삼을 잃고 아내 구포댁이 실성한 상황에도 고기를 잡으러 바다에 나가려 하고, 고기를 잡기 위해 마지막 남은 아들마저도 뱃사람으로 키우려 함	만선에 대한 집착을 버리지 못함

↓

만선이라는 꿈을 이루기 위한 곰치의 집착과 집념을 엿볼 수 있음

작품 한눈에

· 해제

〈만선〉은 가난한 어촌을 배경으로, 만선의 꿈을 버리지 못하는 한 어부의 집념과 그로 인한 비극을 다룬 사실주의 연극의 대표작이다. 다양한 갈등 양상이 복합적으로 드러나 있으며, 사투리와 비속어를 사용하여 향토성과 사실성을 높이고 있다. 이 작품의 중심인물인 곰치는 만선이라는 욕망 성취에 집착하는 인물로 그려지고 있는데, 이러한 집착은 결국 가족이 파멸하는 비극적인 결과로 이어지게 된다. 한편 이 작품은 가난에서 벗어날 수 없고 악덕 선주에게 착취당하는 곰치의 상황을 통해 당시 사회의 구조적 문제에 대한 비판 의식도 함께 드러내고 있다.

· 제목 〈만선〉의 의미
　– 곰치가 이루고자 하는 목표이자 소망
'만선'은 배에 가득 찰 정도로 고기를 잡은 배를 가리키는 말로, 곰치가 이루고자 하는 삶의 목표이자 소망을 의미한다고 할 수 있다. 또한 곰치가 '만선'에 집착한다는 점에서 인간의 욕망을 상징한다고도 할 수 있다.

· 주제
만선에 대한 한 어부의 집념과 좌절

기출 확인

2008학년도 수능

[서술상 특징 파악]
· 대화를 간결하고 속도감 있게 진행시키고 있음
· 현장감을 강조하기 위해서 사투리를 사용하고 있음
· 인물의 직업과 공간적 배경을 짐작하게 하는 단어를 사용하고 있음
· 지시문을 많이 사용하여 인물의 말과 행동에 대한 이해를 돕고 있음

한 줄 평 | <온달 설화>의 아름다운 사랑 이야기를 재해석한 작품

어디서 무엇이 되어 만나랴 ▶ 최인훈

💬 전체 줄거리

어느 깊은 밤, 온달이 산속에서 길을 잃고 헤매게 된다. 가야 할 길을 정확히 떠올려 보려고 애쓰지만 좀처럼 갈피를 잡지 못하고 있을 때, 온달이 멀리서 작은 불빛 하나를 발견한다. 이를 따라간 곳에서 온달은 산중에 홀로 사는 한 여인을 만나게 된다. 하룻밤을 묵을 수 있게 해 달라는 온달의 청에 여인은 선뜻 그를 방으로 들인 뒤 음식상을 내어 준다. 온달이 밥을 먹는 동안 여인은 그에게 늦은 밤 산길을 헤맨 연유를 묻는다. 산에 살면서 평소 나무를 베거나 사냥하는 일로 먹고사는 온달은 자신이 놓은 덫을 확인하러 가던 길이었다고 대답한다. 그런데 자주 왕래하여 눈을 감고도 다닐 수 있는 그 길이 그날따라 이상하게 잘 보이지 않는 탓에 이곳저곳 헤매다가 여인의 집까지 이르게 되었다는 것이다. 이어서 여인은 온달의 손목에 난 상처에 관해 묻는데, 이에 온달은 낮에 커다란 고목을 자르다가 생긴 것이라고 답한다. 이후에도 온달에 관해 이것저것 물어보던 여인은 온달이 식사를 마치자 그에게 갈아입을 옷을 건네준다.
　　　　　　▶ 깊은 밤 산속에서 길을 잃은 온달이 한 여인의 집에서 하룻밤을 묵게 됨

이후 거문고를 들고 다시 방을 찾은 여인이 연주를 들려주기 시작한다. 온달이 이를 감탄하며 듣는 사이 방문 창호지에는 여인의 모습이 아닌 구렁이의 그림자가 비친다. 연주가 끝난 후, 서로를 한참이나 말없이 마주 보던 두 사람은 이내 손을 맞잡은 채 함께 잠자리에 든다. 그렇게 밤이 지나고 아침 햇살이 희미하게 비쳐 오자 두 사람이 함께 누운 방의 창호지에는 또다시 구렁이의 그림자가 어린다. 그때 여인의 모습으로 둔갑했던 구렁이가 자신의 정체를 온달에게 밝히기 시작한다. 그는 본래 하느님을 모시던 하늘의 딸로, 그곳에서 저지른 실수 때문에 잠시 산에 내려와 살게 되었다고 한다. 그러던 중 다행히도 용서를 받아 다시 하늘로 돌아가기로 되어 있었는데, 하필이면 하늘의 심부름꾼과 만나기로 한 위치인 고목을 온달이 베어 버렸다는 것이다. 이 때문에 제때 승천하지 못하고 천년이라는 세월을 다시 기다릴 수밖에 없게 된 구렁이는 온달을 잡아먹어서라도 억울한 한을 풀어야겠다고 이야기한다.

이에 온달은 구렁이에게 사죄하면서 자신이 죽으면 홀로 남을 늙은 어머니를 향한 걱정을 드러낸다. 그 모습에 마음이 약해진 구렁이는 만약 자신의 말이 끝나자마자 앞산 절에 있는 종이 세 번 울린다면 온달을 살려 주겠다고 약속한다. 구렁이가 말을 마치자 놀랍게도 멀리서부터 정확히 세 번의 종소리가 울려 퍼진다. 이후 사람의 형상으로 다시 나타난 여인은 온달이 집으로 돌아가려 하자 아쉬움을 드러내며 붙잡는다. 여인의 집을 다시 찾아오겠다고 약속한 뒤 길을 나선 온달은 이내 한 동굴 안에서 잠을 깬다. 멍하니 주변을 두리번대던 온달은 지난밤 여인을 만나 하룻밤 인연을 맺었던 것이 모두 꿈이었음을 깨닫는다.
　　　　　　▶ 여인으로 둔갑한 구렁이와 하룻밤 인연을 맺은 온달이 꿈에서 깨어남

저녁 무렵, 산속 암자로 향하는 중이던 대사와 공주가 온달의 집 근처에 다다르자 그곳에서 잠시 쉬어 가기로 한다. 평소 그 집 사람들과 안면이 있었던 대사는 공주를 안내하면서 아무도 없는 집 마당으로 자연스럽게 들어선다. 승복 차림을 한 공주는 정쟁에 휘말린 탓에 산속 암자로 쫓기듯 떠나게 된 자신의 처지에 분함을 드러낸다. 대사는 공주가 출가하여 비구니가 되는 것만이 왕실에서의 골육상쟁을 막는 길이라며 공주를 다독인다. 그럼에도 공주는 쉽게 진정하지 못하고 왕비와 왕자 등 정적들을 향한 적개심을 드러내는데, 대사는 모든 일은 다 인연에 따른 것이니 공주의 출가 또한 그러할 것이라고 이야기한다.

이후 대사가 잠시 물을 뜨러 부엌으로 들어간 사이 공주는 울타리에 널어놓은 호랑이, 곰 등의 짐승 가죽을 발견한다. 그것들이 모두 이 집에 사는 온달이 잡은 것이라는 말을 들은 공주는 크게 놀란다. 어렸을 적 울보였던 공주는 아버지로부터 자꾸 울면 바보 온달에게 시집을 보내겠다는 농담을 자주 듣곤 했었는데, 그 온달이 실존 인물이었음을 알게 되었기 때문이다. 공주는 바보 온달의 집에 지금 자신이 와 있다는 사실에 신기하면서도 이상한 기분을 느끼다가, 마치 이전에 이곳을 와 봤던 것처럼 모든 것들이 친숙하게 느껴진다고 이야기한다. 이처럼 그 집과 자신 사이의 어떤 인연을 직감한 공주는 대사에게 바보 온달에 대해 자세히 묻기 시작한다.
　　　　　　▶ 우연히 온달의 집을 찾은 공주가 온달의 존재를 인식한 뒤 이상한 기분에 휩싸임

그러던 중 온달의 모친(온모)이 집으로 돌아온다. 이에 대사는 다시 길을 나서려고 하지만 공주는 조금 더 쉬었다 가자고 하며 대사를 붙잡는다. 이후 공주가 산책을 핑계로 집을 나서고, 대사와 잠시 대화를 나누게 된 온모는 지난밤의 꿈 이야기를 꺼내 놓는다. 꿈에서 온달이 눈부시게 빛나는 관을 쓰고 나타났는데 얼마 있지 않아 그 관에서 피가 흐르더라고 말한 온모는 그 꿈의 의미가 무엇인지 대사에게 묻는다. 이에 대사는 온달이 장가를 들 모양이라고 해몽을 해 주는데, 마침 다시 마당으로 들어서던 공주가 이를 듣는다. 대사가 공주에게 길을 떠나자고 다시금 권유하는데, 공주는 온달을 보기 전에는 갈 수 없다고 하며 버틴다.

얼마 지나지 않아 온달이 송아지만 한 곰 한 마리를 어깨에 멘 채 마당으로 들어선다. 그런 온달을 마치 꿈을 꾸듯이 바라보던 공주는 불현듯 대사에게 앞으로 이곳에서 온달의 아내로 살아가겠다는 뜻을 드러낸다. 이에 대사는 너무나도 놀라면서 온달과의 혼인은 절대 안 되는 일이라고 공주를 만류한다. 하지만 온달을 본 순간 그와 자신의 인연을 환히 깨달은 공주는 그 뜻을 굽히지 않는다. 마침내 공주는 내내 얼굴을 가리고 있던 삿갓을 벗고 온달과 온모에게 자신의 얼굴을 드러내 보이면서 자신을 가족으로 받아들여 달라고 청한다. 이때 공주의 얼굴을 본 온달은 그 모습이 전날 꿈에서 만난

여인과 똑같이 생겼음을 깨닫고는 놀라 말문이 막힌다. 그러한 온달의 반응을 공주가 무언의 긍정으로 받아들이려 하자, 대사는 마음이 급해져 평강왕의 딸이라는 공주의 신분을 밝힌다. 하지만 공주는 자신의 결심을 바꾸려 하지 않았고, 결국 온달과 부부의 연을 맺게 된다. ▶ 온달을 본 공주의 결심으로 두 사람이 부부의 연을 맺게 됨

그로부터 십 년이 흐른 어느 가을밤, 자신의 궁에서 홀로 생각에 잠겨 있던 공주가 시녀를 부른다. 잠이 오지 않는다며 시녀에게 말동무를 제안한 공주는 바깥에서 들려오는 소리 하나하나에 예민한 반응을 보인다. 이후 시녀의 나이를 물은 공주는 딱 그 나이에 지금은 장군이 된 온달에게 시집을 갔던 자신의 과거 이야기를 꺼내기 시작한다. 공주가 산속 외딴곳에서 시어머니를 모시고 살았던 시절을 회상하던 중 이야기의 화제는 자연스럽게 온달 장군에 관한 것으로 넘어간다. 전쟁터에서 많은 공을 세웠을 뿐만 아니라 어진 성품을 지닌 온달 장군을 궁중의 하인과 군사들이 모두 우러러본다는 시녀의 말에, 공주는 온달 장군과의 일화를 기분 좋게 이야기해 준다. 그 덕분에 답답했던 마음이 조금은 시원해진 것도 잠시, 시녀를 물린 뒤 홀로 남은 공주는 자꾸만 까닭 없이 불안해지는 마음에 쉽게 잠을 이루지 못한다. 결국 다시 시녀를 부른 공주는 날이 밝는 대로 사람을 보내 온달 장군이 있는 전쟁터의 소식을 알아 오라고 시킨다.
▶ 십 년 뒤, 궁으로 돌아간 공주가 장군이 되어 전쟁터에 나간 온달을 기다림

장면 포인트 ① 301P

그런데 잠시 후 공주 앞에 온몸이 피로 물든 온달의 혼이 모습을 드러낸다. 온달의 혼은 자신이 같은 편인 고구려 군사의 손에 목숨을 잃은 사실을 공주에게 전한다. 그리고 자신이 죽어 궁에서 의지할 곳 없이 홀로 남게 된 공주를 걱정하며 한스러운 심정을 드러낸다. 말을 마친 온달의 혼이 떠나려 하자 공주는 그를 해친 범인이 누구인지 묻는다. 온달의 혼은 자신을 찌른 자의 머리에 칼로 상처를 내었으니 이를 확인해 보라고 한 뒤 마지막으로 어머니를 부탁한다는 당부를 남긴 채 사라진다. 이에 온달을 부르짖던 공주는 곧 자신의 궁 침상에서 눈을 뜬다. 소리를 듣고 들어온 시녀들은 공주에게 꿈을 꾼 것이냐고 묻고, 공주는 온달의 혼을 만난 일이 모두 꿈이기만을 간절히 바란다. 그런데 공주가 한창 마음을 진정시키고 있을 때, 바깥에서 누군가가 찾아온 듯 말 우는 소리가 들려온다. 이에 상황을 살피러 밖으로 향했던 시녀들은 잠시 후 눈물을 흘리며 돌아와 온달 장군의 전사 소식을 공주에게 전한다. 꿈속에서 온달의 혼이 한 말이 사실임을 알게 된 공주는 그대로 정신을 잃고 쓰러지고 만다.
▶ 꿈에서 온달의 혼과 만난 공주는 이후 온달의 죽음이 사실임을 알고 쓰러짐

한편 고구려군 막사에서는 온달의 시신이 놓인 관을 옮기려 하는데, 군사 여럿이 달라붙어서 아무리 힘을 써도 관이 움직이지 않아 어려움을 겪는다. 그 소식을 들은 공주가 온달의 관이 있는 곳까지 직접 찾아온다. 관 앞에 주저앉아 죽은 온달을 애달프게 어루만지던 공주는 그를 죽인 범인을 찾기 위해 장수들에게 투구를 벗으라는 명령을 내린다. 하지만 온달의 부장이었던 이가 장수는 싸움터에서 투구를 벗지 못한다는 군율을 들먹이며 공주의 명령에 불응한다. 공주가 이를 괘씸하게 여겨 제 손으로 직접 부장의 투구를 벗기려고 나서지만, 주변 군사들의 저지에 가로막히고 만다. 그 기막힌 상황에 탄식하던 공주는 온달의 관을 돌아보며 그의 원수를 절대

장면 포인트 ② 304P

용서하지 않을 것이라고 다짐한다. 그러면서 <u>주목</u> 온달을 달래듯 평양성으로 돌아가자는 말을 덧붙이는데, 그전까지는 요지부동이던 관이 그제야 움직이기 시작한다. 공주가 온달의 관과 함께 떠나자, 남아 있던 몇몇 장수들이 부장에게 다가간다. 온달을 해치는 일에 가담했던 이들은 조금 전 공주가 투구를 벗으라고 명령한 일 때문에 염려하는데, 부장은 아무것도 걱정할 것 없다는 듯 자신만만한 태도를 보인다. 투구를 벗으며 머리에 남은 상처를 드러내 보인 부장은 공주보다 더 높은 권력을 가진 이가 자신들의 편이라고 말하며 기세등등하게 평양성으로 향한다.
▶ 공주가 온달의 관과 함께 평양성으로 돌아가며 복수를 다짐함

온달이 죽고 한 달 후, 공주와 대사가 여전히 산중에서 홀로 지내는 온모의 집을 찾는다. 온달이 죽은 후 궁에서 버티기 어렵게 된 공주가 그의 마지막 당부대로 궁을 떠나 온모를 모시며 살고자 결심했기 때문이다. 잠시 집을 비운 온모를 기다리는 동안, 공주는 그곳에서 온달과 처음 만난 날을 돌이키며 괴로워한다. 이어 공주는 온달을 죽음으로 몰고 간 정적 세력을 향해 분노를 드러내다가 자신이 온달과 혼인한 것이 이 모든 불행의 시작이었던 것은 아닌가 하는 생각 때문에 참담함을 느낀다. 대사가 그런 공주를 위로하고자 온달에게서 들었던 그의 꿈 이야기를 들려주기 시작한다. 이는 온달이 공주와 처음 만나기 전날 밤, 꿈에서 공주와 똑같은 얼굴을 한 여인을 만나 인연을 맺었던 일에 관한 이야기였다. 대사는 두 사람의 인연은 공주가 온달의 집을 방문하기 이전부터 이미 생겨 있던 것이므로, 지금처럼 자책하지 않아도 된다고 말한다.

이후 온모가 집으로 돌아온다. 아직 온달의 죽음을 알지 못하는 온모에게 대사는 그가 싸움터에 나가 있다고 거짓말을 한다. 그러면서 온달이 돌아올 때까지 공주가 이곳에서 온모를 모실 예정임을

장면 포인트 ② 304P

이야기하는데, 곧이어 여러 명의 군사가 공주를 찾아 집으로 들어선다. 그중 한 장교가 왕명에 따라 공주를 모시러 왔다며 자신들의 목적을 밝힌다. 이에 공주는 앞으로 이곳에서 온모를 모시며 살 것이라는 뜻을 드러내지만, 장교는 단호한 태도를 보이며 공주를 데려가려고 한다. 그러던 중 온달의 죽음을 뒤늦게 알게 된 온모가 충격을 받아 쓰러지고, 공주는 장교의 방자한 행동에 호통을 친다. 하

지만 장교는 이를 비웃으면서 공주를 억지로 끌고 가려고 한다. 공주가 계속해서 저항하자, 장교는 부하들에게 공주를 죽이도록 명령한다. 결국 칼에 찔린 공주는 그 자리에서 목숨을 잃고, 군사들은 공주의 시신을 들고 집을 나선다. 이후 홀로 남은 온모는 흩날리는 눈발을 바라보며 돌아오지 않을 아들을 하염없이 기다린다.

▶ 온모를 모시며 살고자 결심하고 궁을 떠난 공주가 정적들의 손에 목숨을 잃게 됨

인물 관계도

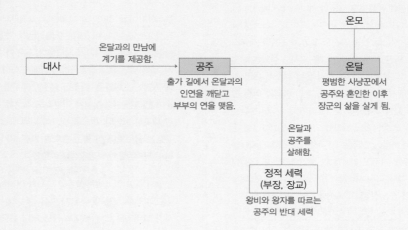

〈보기〉로 나오는 작품 외적 준거

작품의 구성적 특징

최인훈의 희곡 〈어디서 무엇이 되어 만나랴〉는 전통적인 희곡과 비교할 때 몇 가지 구성상의 차이점을 지닌 작품으로 평가된다. 그중 하나로는 인물 간의 만남과 헤어짐에서 파생되는 갈등이나 대립이 작품 속에 뚜렷이 드러나지 않는다는 점을 들 수 있다.

이와 관련해 작품에서 갈등의 가능성을 지녔던 축을 살펴보면, 먼저 공주와 온달의 관계를 짚어 볼 수 있다. 이들이 만남의 과정에서 대응하는 양상을 보면 각각 혼란과 순응이라는 대립적인 성격을 보여 줌을 확인할 수 있다. 다만 이후 두 인물의 관계는 공주의 일방적인 리드와 이에 대한 온달의 순종으로 한결같았음이 드러나므로, 갈등의 축을 이룬다고 볼 수 없다.

다음으로 공주와 온달의 모친 간 관계를 생각해 볼 수 있다. 극 중 공주의 정체를 알게 된 온모는 공주를 가족으로 받아들이는 것을 두려워하는 모습을 보인다. 따라서 갈등 관계가 구축될 가능성이 있었으나, 이후 작품 속에서 두 인물 사이의 갈등은 형상화되지 않는다. 극 후반부에서 공주와 만난 온모가 거의 침묵으로 일관하는 모습에서 그들의 관계가 매끄럽지만은 않다는 점이 암시적으로 나타날 뿐이다.

마지막으로 살펴볼 것은 공주와 궁중 세력 간의 관계이다. 이들의 대립은 극 초반부 공주가 궁에서 쫓겨난 이유로 제시되고, 이후에도 계속해서 언급되므로 작품에서의 갈등 축을 찾는다면 바로 이 지점을 주목해야 옳을 것이다. 다만 실질적으로는 이러한 대립 양상마저도 작품의 배경적인 요소로만 언급되고 있을 뿐, 작품 속에서 구체적인 내용으로 중요하게 다루어지고 있는 것은 아니다.

이를 종합할 때 〈어디서 무엇이 되어 만나랴〉는 일반적인 희곡과는 달리 사건과 갈등을 중심으로 한 작품은 아닌 것으로 이해할 수 있다. 이 작품에서 중요하게 다룬 것이 무엇인지를 알기 위해서는 극 분량 중 상당 부분을 차지하는 독백에 주목할 필요가 있다. 이 작품에서는 온달이 실존 인물임을 깨달은 뒤 공주가 느끼는 혼란스러운 심정, 온달의 혼이 밝히는 그의 죽음, 공주가 온달과의 추억을 회고하면서 토로하는 회한 등이 모두 독백 형태로 제시되고 있다. 인물 간 대화보다는 독백이 극의 주요 흐름을 이끄는 것이다. 이는 이 작품이 인물의 주관 혹은 자아가 중심이 되는 작품임을 보여 준다. 이때 독백이라는 극적 장치를 통해 그려지는 자아는 대부분 공주의 것이라는 점에서, 〈어디서 무엇이 되어 만나랴〉는 평강 공주라는 한 인물의 주관적인 자아를 중심으로 전개되는 극으로 해석할 수 있다.

– 조보라미, 최인훈 소설에서 희곡으로의 장르 전환 고찰, 2006

- 이 작품은 〈온달 설화〉를 재해석하여 평강 공주의 주체적인 의지와 평강 공주에 대한 온달의 헌신적 사랑, 그리고 비극적 죽음을 그린 희곡이다.
- 해당 장면은 상념에 젖어 있는 평강 공주의 꿈에 온달이 나타나 평강 공주에 대한 자신의 마음을 드러내는 부분이다.
- 평강 공주가 꾼 '꿈'을 중심으로 평강 공주에 대한 온달의 태도와 '꿈'의 기능을 파악하도록 한다.

[앞부분의 줄거리] 궁에서 쫓겨난 평강 공주는 대사와 함께 절로 가던 길에 온달을 만나 결혼한다. 10년 후 온달과 함께 궁으로 돌아온 공주는 온달이 장군이 되도록 돕는다. 이후 온달은 신라와의 전쟁에 참전하고 공주는 지난날을 회상하며 온달의 승전보를 기다린다.

공주: 이번 싸움에 이기고 돌아오시면 대장군이 되셔야지. 벌써 됐어야 할 것을……. 그때마다 이러쿵저러쿵하던 무리들도 이번 승전에는 반대할 구실이 없을 테지. 장군을 멀리 보내려고 하지만 그건 안 돼. 장군은 이 몸 가까이, 늘 이 몸 가까이서 이 몸을 지켜 주어야지. 내가 그날 장군을 뵈었던 그날부터 장군은 이 몸의 방패요, 이 몸의 울타리였지. 비록 용맹하다고는 하나 산속에서 짐승들의 왕으로 평생을 바치었을 장군을 대고구려의 장군까지 밀어 온 것이 이 몸인데……. 아니, 나도 할 만큼 한 것이지. 어느 여염집 아낙네가 나만큼 했으랴. 장군과 함께 걸어온 이 길에서 나는 어떤 반대자들이건 사정없이 물리쳐 왔다. 앞으로도 내 길을 막는 자는 용서치 않으리라. 그런데 (귀를 기울이며) 아직 날은 밝지 않고, 싸움터에서 오는 파발마도 이르지 않았겠고……. 이상스럽게 마음이 설레는군.

온달의 영(靈) 등장. 갑옷을 입고 투구는 벗었다. 온몸에 낭자한 피. (적절한 조명과 분장으로 유명을 달리한 온달의 모습을 강조.)

공주: 오, 장군. (달려간다.) / 온달: (손을 들어 막으며) 가까이 오지 마시오.
공주: (멈춰 선다.) 장군. / 온달: 가까이 오지 마시오. / 공주: 이게 어찌된 일입니까?
온달: 나는 이미 이 세상 사람이 아니오. / 공주: (경악하며) 오!
온달: 공주, 이번 싸움에 나는 기필코 이기려 하였소. 나는 싸웠소. 그리고 이겼소.
공주: 그러나 장군께서……. / 온달: 나를 죽인 것은 신라 군사가 아니오.
공주: 그것이 웬 말입니까? / 온달: 나를 죽인 것은 고구려 사람이오.
공주: 내 편이…….
온달: 그렇소, 우리 사람이 나를 죽였소. / 공주: 그놈이, 오호, 누굽니까?
온달: 그 일은 급하지 않소. 공주. 내가 여기 온 것은 당신에게 작별을 고하기 위함이요.
공주: 하느님, 이것이 꿈입니까?
온달: 꿈이 아니오, 공주. 내 말을 잘 들으시오. 장수가 싸움에서 죽는 것은 마땅한 일. 비록 내 편의 흉계에 죽음을 당했을망정 나는 상관없소. 공주, 당신을 이 세상에 두고 가는 것이 내 한이오. 내가 없는 궁성에 의지 없을 당신을 생각하면 차마

작품 분석 노트

- '온달'에 대한 '공주'의 인식

공주
• 온달을 대고구려의 장군까지 밀어 옴 • 온달과 함께 자신의 길을 막는 반대자들을 물리쳤고, 자신의 길을 막는 자들을 용서하지 않으려 함 • 온달을 대리자로 내세워 적대 세력에게 복수를 하려고 함

↓

온달을 방패이면서 울타리, 자신을 지키는 보호자로 여김

- '꿈'의 의미

꿈
온달이 피투성이인 채로 공주의 꿈에 나타나 작별을 고함

↓

온달의 죽음을 암시함 → 비극적 결말을 암시해 주는 장치에 해당함

내 어찌 저승길의 걸음을 옮기리까. 공주. 이 몸에게 베푸신 크나큰 은혜 티끌만큼
_{산속에 사는 자신을 고구려의 장수로 만들어 준 은혜}
도 갚지 못하고 가는 이 사람은 죽어도 죽지 못하겠습니다. 10년 전 그날, 이 몸이
_{역설적 표현으로 공주의 은혜를 갚지 못하는 한스러움을 강조함}
하늘을 보던 그날, 당신이 내 오막살이에 오신 날, 이 몸은 당신의 꽃다운 얼굴에
_{공주를 비유한 말 – 온달에게 공주는 지고지순한 존재임} _{공주와의 운명적인 인연에 순응하였음을 의미하는 말}
눈멀고 당신의 목소리에 귀먹었습니다. 당신은 그 전날 밤에 내게 오셨습니다. 산
에서 동굴에서 지낸 하룻밤에 당신은 나와 더불어 천년을 맹세하셨습니다. 그날,
당신께서 내 앞에서 갓을 벗어 보이셨을 때 나는 알아보았습니다. 당신이 내 하늘
인 것을 알아보았습니다. 벙어리 된 이 몸은 당신의 망극한 말씀을 들으면서도 벙
_{공주를 절대적으로 생각하고 공주와의 만남을 운명이라 여김} _{온달에게 가르침을 주는 공주의 말}
어리 된 입을 놀릴 수 없었습니다. 당신은 이후 내 하늘이었습니다. 산짐승과 더불
어 살던 이 몸에게 사람 세상의 온갖 지혜를 가르치신 당신, 창으로 곰을 잡듯, 덫
_{'망극한 말씀'의 내용 → 공주는 온달을 가르쳐 장군으로 만들었음}
으로 이리를 잡듯, 적의 군사를 잡는 것은 쉬운 일이었습니다. 당신을 위해서 나는
_{온달이 용맹스러운 장수였음을 알 수 있음. 비유적 표현}
싸웠습니다. 당신의 기쁨을 위해서 신라와 백제의 성과 장수들을 나는 취하였습니
_{공주를 위해 헌신적으로 전쟁에 임한 온달}
다. 싸움터의 길은 내가 짐승들을 쫓던 그 길보다 더는 험하지 않았습니다. 설사
천 배나 그 길이 험하였기로서니 나에게 그것이 무슨 두려움이었겠습니까. 이 천
_{설의적 표현으로 공주를 위해 싸우는 데 두려움이 없었음을 강조함}
한 몸에게 주어진 영광도 공주를 위한 방패라 생각하고 나는 두려운 줄도 몰랐습
_{공주에 대한 절대적인 사랑의 표현}
니다. 공주, 고구려 평양성의 인심은 무섭더이다. 이 몸은 산에서 활을 쏘고 창으
_{산속에서 편히 지내던 때와 달리 삭막한 도성에서의 생활은 불안하고 힘겨웠음을 토로함}
로 끼니를 얻던 그때처럼 편한 마음을 한시도 가지지 못하였습니다. 나보다 뛰어
난 사람들이 구름처럼 모인 평양성에서 나는 눈멀고 귀먹은 짐승이었습니다. 나는
보지도 듣지도 않았습니다. 부마 될 내력 없다고 이 몸을 비웃는 소리도 나에게는
_{온달이 부마가 된 것에 대해 시기하는 사람들의 말}
가을날 산의 가랑잎 스치는 소리더군요. 하늘인 당신을 모신 이 몸은 아무것도 듣
_{자신을 비난하는 말에 개의치 않았다는 의미} _{오직 공주만을 위하는 온달의 헌신적인 태도를 엿볼 수 있음}
지도 보지도 않았습니다. 무엇을 들어야 할 이치가 있었을까요? 숱한 사람들이 나
_{공주의 말에 대한 절대적인 신뢰감이 담김}
에게 말했습니다. 공주 당신께서 하시는 이야기를 다 들어서는 안 된다고. 온달은
나라의 부마이고 나라의 장군이라고……. 그러나 다 이 몸에게는 부질없는 말들.
_{온달이 부질없다고 여기는 말들}
공주, 당신이 나의 고구려였습니다. 고구려, 그것은 당신이었습니다. 덕이 높으신
_{공주를 자신이 지키려는 고구려와 동일시함 – 공주에 대한 절대적인 신뢰가 담긴 말}
왕자의 말씀도 내 귀는 듣지 못하였습니다. 그분들은 모두 다른 고구려를 섬기는
_{공주를 견제하는 인물. 공주와 적대적 관계를 이룸} _{공주와 적대적인 세력이라는 의미}
어른들인 것을 나는 알게 되었지만 지금까지도 이 몸과는 상관없는 일입니다. 지
금 나는 당신에게서 떠납니다. 나는 두렵습니다. 당신 말고 다른 고구려를 섬기는
_{자신의 죽음 이후 공주의 적대 세력이 공주에게 해를 끼칠까 염려하는 마음}
사람들이 당신을 해칠 일이, 공주…….

공주: 장군. (가까이 다가선다.)

온달: (다가서다가) 안 됩니다. (손을 들어 막으면서 한 발 물러선다.)

공주: 가지 마시오. 장군.

온달: 이윽고 새벽이 되겠으니, 죽은 자는 제 몸이 있는 곳을 찾아가야지요. (이때 새
_{자신은 죽은 몸이므로 저승으로 가야 한다는 말 – 공주와 온달이 이승과 저승으로 단절됨을 보여 줌}
벽 종소리)

공주: 장군. 장군을 해친 자가 누굽니까?

• '공주에 대한 '온달'의 인식

온달
• 공주의 꽃다운 얼굴과 목소리에 눈이 멀고 귀가 먹었음 • 공주가 '망극한 말씀'을 통해 사람 세상의 온갖 지혜를 자신에게 가르쳐 주었음 • 자신에게 주어진 영광도 공주를 위한 방패라고 생각함 • 공주의 말에 대해 절대적인 신뢰를 보임

↓

공주	=	하늘, 고구려 그 자체

↓

공주를 절대적 존재라 여기며 신뢰함

• '온달'의 심리

온달의 말
"나는 두렵습니다. 당신 말고 다른 고구려를 섬기는 사람들이 당신을 해칠 일이, 공주……."

↓

공주가 적대 세력에 해를 당할까 염려하는 마음이 담겨 있음

온달: 머리에, 머리에 상처가 있는 장수, 잠든 나를 찌른 그자를 내가 칼로 쳤소. (뒷

자신을 죽인 자를 알아볼 수 있도록 단서를 남김

걸음질로 물러간다.)

공주: 장군 이름을, 그자의 이름을…….

온달: (고개를 젓는다.) 공주, 어머니를, 어머니를……. (영 사라진다.)

공주: 아아 장군…….

온달과 이별하는 공주의 안타까움이 담김

▶ 자신이 아군에게 살해당했음을 밝히고 사라지는 온달의 혼령

• 이 장면의 특징과 효과

> 온달의 대사: "머리에, 머리에 상처가 있는 장수, 잠든 나를 찌른 그자를 내가 칼로 쳤소."
>
> 온달이 공주에게 자신을 죽인 장수의 특징을 알려 주는 장면으로 온달은 장수의 이름은 밝히지 않음

↓

효과
• 관객(독자)의 궁금증을 유발함 • 극의 긴장감을 조성함

- 해당 장면은 움직이지 않은 온달의 관을 움직이게 한 공주가 적대 세력의 명을 받고 온 장교 무리들에게 죽임을 당하는 부분이다.
- 비현실적 사건이 지닌 상징적 의미를 파악하고, 인물 간의 갈등 양상과 인물의 태도 변화를 이해하도록 한다.

[앞부분의 줄거리] 전쟁터에서 죽은 온달의 장례를 치르려고 하지만 관이 움직이지 않는다. 이때 공주가 온
달을 찾아온다.
_{비현실적 사건. 온달의 한을 상징적으로 보여 줌}

★주목 **공주:** 장군, 비록 어제까지 장군이 치닫던 벌판이라 하나, 이제 누구를 위해 여기
_{신라군과 싸운 전쟁터} _{온달의 관이 움직이지 않는 상황}
머물겠다고 이렇게 떼를 쓰십니까? 장군의 마음을 내가 알고 있으니 집으로 돌아
_{아군에게 암살당한 온달의 한}
가십시다. 「고구려는 내 아버지의 나라. 당신의 원수를 용서치 않으리라. 평양성에
『 』: 온달의 죽음에 관여된 반역자들을 처단하려는 공주
가서 반역자들을 모조리 도륙을 합시다.」자, 돌아가십시다. (손짓을 한다.)
_{사람이나 짐승을 함부로 참혹하게 마구 죽임}

의병장들, 관 뚜껑을 닫고 관을 올려놓은 받침의 채를 감는다.
_{가마, 들것, 목도 따위의 앞뒤로 양옆에 대서 매거나 들게 되어 있는 긴 나무 막대기}

공주: 들어 올려라. / 올라오는 관. 모두 놀라는 소리.
_{움직이지 않던 관이 공주의 말을 듣고 움직였기 때문에 – 비현실적 사건}
공주: 가자, 평양성으로. 「그곳에서 잔악한 반역자들을 샅샅이 가려내어 목을 베리라.」
_{왕자의 사주를 받아 온달을 죽인 자들} _{『 』: 온달의 복수를 다짐하는 공주}
(공주 움직인다.) ▶ 온달을 위로하며 온달의 복수를 다짐하는 공주

공주, 시녀, 관, 군사들, 서서히 퇴장. 부장과 장수 몇 사람만 무대에 남는다.

장수 1: (부장에게) 공주의 노여워하심이 두렵습니다.
_{온달을 죽인 자신들의 행동이 들통날 것을 두려워하는 말}
장수 2: 필시 무슨 기미를 알아보셨음이 틀림없습니다.
_{김새. 어떤 일을 알아차릴 수 있는 눈치. 또는 일이 되어 가는 야릇한 분위기}
부장: 어떻게 알 수 있단 말인가?
장수 3: 투구를 벗으라고 하신 것이 증거가 아닙니까?
_{온달이 공주의 꿈에 나타나 자신을 죽인 자의 머리에 상처가 있다고 말한 것과 관련이 있음}
부장: 어떻게 알았을까? (둘러보고) 너희들 중에 배반하는 자가 있으면 행여 온전히
_{온달을 죽인 것을 들통나지 않게 하려고 부하들을 단속하는 말}
상금을 누릴 목숨이 있거느는 생각 말아라.

장수들: 무슨 말씀입니까. 억울합니다.

부장: 그렇겠지. 이것을 문제 삼는다 치더라도 (투구를 벗는다. 머리를 처맸다. 피가
_{온달을 죽인 장수가 부장임을 알 수 있음}
배어 있다.) 이것이 어쨌단 말인가. 이토록 신라 놈들과 싸운 것이 군법에 어긋난
_{온달을 죽일 때 난 상처를 신라군과 싸우다 난 상처로 둔갑시키려는 계략}
단 말인가? (음험한 웃음) 두려워 말라. 공주보다 더 높은 분이 우리 편이야.
_{왕자의 사주를 받았기 때문에}

장수들: (비위 맞추는 너털웃음)

부장: 가자, 평양성으로. 그곳에서 과연 누구의 목이 먼저 떨어지는가를 보기로 하자.
_{앞으로 전개될 내용을 암시함 – 공주보다 높은 이가 자신을 보호해 줄 것이라고 여기며 자신이 아닌 공주가 죽임을 당할 것이라 생각함}
(모두 퇴장.) ▶ 온달을 암살한 일이 들통날까 걱정하는 장수들

(중략)

공주, 비(婢) 뒤를 따른다. 이때 많은 사람들이 가까이 오는 기척. 장교, 군사 여럿 등
장. 들어가던 사람들이 멈춰 섰다가 다시 나온다.
_{적대 세력의 사주를 받고 공주를 죽이러 오는 인물들}

대사: (장교를 알아보고) 오, 당신이군. 웬일이시오?

작품 분석 노트

- 비현실적 사건의 의미

비현실적 사건	• 죽은 온달의 관이 움직이지 않음 • 공주의 말을 듣고 관이 움직임

↓

온달이 반역자들에게 억울하게 죽어 그 한이 깊다는 것을 암시함

- '온달'을 죽인 증거

온달의 말
온달이 공주의 꿈에 나와 머리에 상처가 있는 인물이 자신을 죽였다고 말함

부장	머리를 처맸으며 피가 배어 있는 흔적이 있음

↓

부장이 공주의 적대 세력(왕자)의 명을 받아 온달을 죽였음을 알 수 있음

- '부장'의 인물됨

부장	• 공주보다 높은 사람이 자신의 편이라 말하면서 온달을 죽인 반역자를 찾아 처단하겠다는 공주를 두려워하지 않음 • 자신의 행동을 합리화함

↓

잘못된 명령을 그대로 따르고 그것을 당당하게 여기는 부정적 인물

공주: 웬일인가? / 장교: 왕명을 받들어 공주를 모시러 왔소.
_{공주를 죽이기 위해 거짓으로 둘러대는 말}

공주: 나를? / 장교: 그러하오.

공주: 나는 여기서 살기로 했느니라. / 장교: 돌아오시라는 분부시오.
_{온달 모와 함께 산속에서 살겠다는 의미}

공주: 내 일은 내가 알아서 할 것이니 돌아가서 그렇게 여쭈어라.
_{궁에 가지 않겠다는 단호한 의지를 드러냄}

장교: 아니 됩니다. / 공주: 무엇이라? 네 이놈. 네가 실성을 했느냐?
_{자신의 말을 거역하는 장교에 대한 노여움이 담김}

장교: 실성한 것도 아니오. / 공주: 아니 이놈이…….

장교: 온달 장군도 돌아가신 이 마당에 공주는 궁을 지키지 않고 왜 함부로 거동하셨소?
_{온달이 죽었으므로 공주는 궁에 머물러야 한다는 말}

온모: 무엇이? 온달이, 온달이…….
_{온달이 죽은 줄 모르고 있었음을 알 수 있음}

장교: (그쪽을 보고 웃으며) 모르고 계셨습니까? 온달 장군은 한 달 전에 세상을 떠났
_{교활한 면모가 드러남}

습니다. / 온모: (쓰러진다. 비, 공주, 붙든다.) 온달이, 온달이…….
_{어려워하거나 조심스러워하는 태도가 없이 무례하고 건방짐}

공주: 이놈, 네 이 무슨 짓이냐? 네가 어떻게 죽고 싶어서 이다지 방자하냐?
_{온달의 어머니에게 온달이 죽은 것을 함부로 말한 것에 대한 분노}

장교: 방자? (껄껄 웃는다.) 세상이 바뀐 줄도 모르시오? 온달 없는 공주가 누구를 어
_{공주의 적대 세력이 권세를 잡았음을 알 수 있음}   _{온달이 없는 공주는 무기력하다는 말}

떻게 한다는 말이오?

대사: 이게 어찌 된 일이오? (장교에게) 지나치지 않는가?
_{장교의 행동을 꾸짖는 말}

장교: 가만히 비켜 서 있거라. / 대사: 오! / 장교: 아니, 이놈을 끌어가라.

병사들 일부, 대사를 끌고 퇴장.

감상 포인트
사건의 전개 과정을 바탕으로 인물 간의 갈등 양상과 인물의 태도 변화를 파악한다.

장교: (공주에게) 자 걸으시오. / 공주: 네가 정녕 내 말을 듣지 못하겠느냐?
_{강한 거부 의사를 드러냄}

장교: 내 말을? 왕명을 받들고 온 사람에게?

공주: 이놈이 정녕 실성했구나. 내가 돌아가면 어찌 될 줄을 모르느냐? 나는 이곳에
_{장교의 무례한 태도에 대한 추후 처분을 위협적으로 이야기함}

머물기로 하고 이미 아버님께도 여쭙고 오는 길, 누가 또 나를 지시한단 말이냐?
_{왕명을 듣고 왔다는 장교의 말을 반박하는 말}

정 그렇다면 근일 중에 내가 궁에 갈 것이니 오늘은 물러가라.
_{미래의 가까운 날}

장교: 정 안 가시겠소?
_{장교를 대하는 태도가 변하였음을 알 수 있음}

공주: (분을 누르며) 내가? 말을 어느 귀로 듣느냐? (타이르듯) 네가 아마 잘못 알고
_{장교가 온 근본적인 이유를 모르고 하는 말}

온 것이니, 그대로 돌아가면 오늘의 허물을 내가 과히 묻지 않으리라.
_{상대를 회유하는 방식으로 태도를 바꿈}

장교: (들은 체를 않고) 정 소원이라면 평안하게 모셔 오라는 명령이었다. 잡아라.
_{공주를 죽여도 좋다는 명령}

병사들, 공주의 팔을 좌우에서 잡는다. / 공주: 어머니. / 장교: 편하게 해 드려라.

「병사 1, 칼을 뽑아 공주를 앞에서 찌른다. 공주, 앞으로 쓰러진다. 붙잡았던 병사들,
_{권력 다툼에서 패배한 공주의 비극적 결말}

서서히 땅에 눕힌다.

장교, 손으로 지시한다. / 병사 2, 큰 비단 보자기로 공주의 시체를 싼다.

장교, 또 지시한다. / 병사들, 공주를 들고 퇴장. 장교, 뒤따라 퇴장. 공주의 살해에서

퇴장까지의 동작은 마치 의전(儀典) 동작처럼, 기계적으로 마디 있게 처리.」
_{「 」: 공주를 죽여 시체를 옮기기까지 일사분란하게 움직이는 것을 통해, 공주를 죽이는 일이 계획된 것임을 알 수 있음}

대사: 공주. 좋은 세상에서 또다시 만납시다.   ▶ 적대 세력에 의해 죽임을 당한 공주
_{불교의 윤회설에 의거하여 다시 만나기를 바람}

• 인물 간의 갈등 양상

공주		장교
자신을 데리러 온 장교 무리들이 자신의 말을 듣지 않는 것에 분노를 드러냄	갈등 ←→	공주의 노여움에도 아랑곳하지 않고 공주를 데려오라는 명을 수행하려 함

• 인물의 태도 변화

공주	명을 듣지 않고 불손한 언행을 하는 장교에게 화가 나 호통을 침 → 말을 듣지 않는 장교에게 분을 누르며 타이름
장교	공주의 신분을 고려하여 형식적으로 공주를 깍듯이 모시는 체함 → 죽여도 좋다는 명령을 받았음을 밝히며 공주를 함부로 대하며 죽임

• 비극적 결말

공주	적대 세력의 명을 받은 장교에게 살해를 당함

↓

• 온달을 죽인 적대 세력에 대한 복수의 좌절을 드러냄
• 작품이 비극적 결말로 끝나고 있음을 보여 줌

온모, 사건이 진행되는 동안 전혀 움직이지 않고 서 있다가 모두 퇴장한 다음 무대 정

추울 때에 저고리 위에 덧입는, 주머니나 소매가 없는 옷

면으로 조금씩 움직여 나온다. 밝은 진홍빛 배자와 성성한 백발이 강하게 대조되게, 날

색채 대비를 통해 공주의 비극적 죽음을 강조함

이 저물 무렵, 이 조금 전, 병사들의 퇴장 무렵부터 눈이 조금씩 내리기 시작. 흰 눈, 진

홍빛 배자, 백발이 이루는 색채의 덩어리를 인상적으로 나타낼 수 있도록 조명을. 온모

소리는 없이 입속에서 중얼거리는 표정.

온모: (얼굴을 약간 쳐들어 눈발을 보며) 눈이 오는군…… 오늘은…… 산에서…… 자

온달이 죽었음을 알고 실성한 채 온달을 기다리는 모습 → 비극성 강조

는 날도 아닌데……왜…… 이렇게 늦는구? (계속 내리는 눈발 속에)

▶ 온달을 기다리는 온모

• 이 작품의 결말과 주제 의식

이 작품의 결말 부분은 공주가 궁을 떠나 온달 모친과 함께 여생을 보내려 하지만 군사들에게 살해를 당하는 것으로 마무리되고 있다. 이는 원작인 〈온달 설화〉에는 없는 새로운 내용으로 작가는 이러한 원작의 변형과 재해석을 통해 정치적으로 희생되는 개인의 비극을 그림으로써 새로운 주제 의식을 구현하고 있다.

핵심 포인트 1 ── 인물의 심리 및 태도 파악

이 작품은 온달과 평강 공주의 신분을 초월한 사랑과 비극적 죽음을 그리고 있다. 따라서 중심인물들의 대사나 행동을 바탕으로 인물의 심리 및 태도를 파악하도록 한다.

+ '온달'과 '평강 공주'의 태도

온달	평강 공주
• 산골에서 홀어머니와 함께 살던 순박한 인물로, 바보 온달로 불리지만, 평강 공주와 만난 뒤 공주의 노력으로 장군이 됨 • 공주를 하늘이자 고구려 그 자체로 여김 → 공주를 절대적 존재라 생각하며 신뢰함	• 고구려의 공주로, 권력 싸움에서 밀려나 출가함. 우연히 만난 온달과 혼인한 뒤 온달을 고구려의 장군으로 만듦. 온달을 통해 정치적 힘을 키우려 함 • 온달을 방패이면서 울타리, 자신을 든든히 지키는 보호자로 여김

↓

온달과 평강 공주 모두 서로에 대해 존중하며 신뢰하는 태도를 보임

핵심 포인트 2 ── 소재의 의미와 기능 파악

이 작품에서는 인물들이 꾸는 '꿈', 즉 온달이 꾸는 꿈, 공주가 꾸는 꿈, 온달의 모친이 꾸는 꿈을 통해 사건이 전개되고 있다. 따라서 작품의 전개 과정을 고려하여 '꿈'의 의미를 파악하도록 한다.

+ 인물이 꾸는 '꿈'의 내용과 의미

	온달	평강 공주	온달의 모친
꿈의 내용	구렁이에게 죽임을 당할 뻔함	온달의 승전보를 기다리던 중, 온달의 혼이 찾아옴	온달이 눈부신 관을 쓰고 있지만 피를 흘리고 있음
꿈의 의미	새로운 세계로 나아갈 통과 제의를 의미함	의지했던 온달의 죽음과 비극적 결말을 암시함	온달의 결혼과 죽음을 암시함

+ '공주'의 꿈에 '온달'이 나타난 이유

꿈의 내용	• 온달이 자신이 죽었음을 알림 • 공주의 은혜에 감사하고 공주에 대한 자신의 마음을 전함 • 자신이 죽은 뒤 적대 세력이 공주를 해칠 것을 염려함

↓

공주에 대한 사랑과 염려의 마음을 전하기 위해 공주의 꿈에 나타난 것임

핵심 포인트 3 ── 다른 작품과의 비교 감상

이 작품은 〈온달 설화〉를 바탕으로 새롭게 창작된 희곡이다. 따라서 〈온달 설화〉와 비교하여 이 작품이 지닌 특징적인 면을 파악하도록 한다.

+ 〈온달 설화〉와 〈어디서 무엇이 되어 만나랴〉의 비교

〈온달 설화〉	〈어디서 무엇이 되어 만나랴〉
• 순박하지만 바보 같은 온달이 평강 공주를 만나 장수로 성장하게 됨 • 장군으로 성공한 온달은 신라와의 전쟁에 나가 장렬한 죽음을 맞이함	• 온달은 순박하고 바보 같지만 호랑이를 맨손으로 잡을 정도로 이미 비범한 장수의 면모를 갖추었음 • 권력 암투 속에서 온달은 왕자의 사주를 받은 자국(고구려)의 병사에게 죽임을 당함

↓

설화와 달리 〈어디서 무엇이 되어 만나랴〉는 정치적 대결과 권력 투쟁의 구도 안에서 온달과 공주의 운명적인 만남과 결혼, 그리고 이 둘의 비극적 죽음을 그려 내고 있음. 또한 산속에서 평온하게 살던 온달이 결국 권력 다툼으로 인해 희생된다는 점에서 사회적, 역사적인 권력 다툼 속에서 희생되는 민중, 개인의 모습을 그려 낸 것이라고도 볼 수 있음

작품 한눈에

• **해제**

〈어디서 무엇이 되어 만나랴〉는 〈온달 설화〉를 재해석한 작품으로, 평강 공주의 주체적인 의지와 평강 공주에 대한 온달의 헌신적 사랑, 그리고 비극적 죽음을 그리고 있다. 이 작품은 설화에서 기본적인 모티프를 가져왔지만, 설화와 달리 평강 공주의 정치적 욕망과 공주에 대한 온달의 헌신적 사랑이 두드러지게 나타나고 있다. 한편 온달과 평강 공주가 외적이 아닌 내부의 적대 세력에 의해 죽임을 당하는 비극적 결말을 제시하여, 권력 다툼으로 인한 냉혹적 정치 현실을 드러내고 있다.

• **제목 〈어디서 무엇이 되어 만나랴〉의 의미**
─ 온달과 평강 공주의 비극적 사랑이 이루어지기를 바라는 마음

이 작품은 온달과 평강 공주의 만남과 사랑, 그리고 비극적 죽음을 그려 내고 있다. 따라서 제목인 '어디서 무엇이 되어 만나랴'는 이러한 온달과 평강 공주의 만남의 신비로움과 비극적 죽음으로 인해 다시 만날 수 없는 상황에서 둘의 사랑이 이루어지기를 바라는 작가의 마음을 담고 있다고 할 수 있다.

• **주제**
온달과 평강 공주의 순수한 사랑과 비극적 죽음

기출 확인

2011학년도 9월 평가원

[작품의 내용 파악]
• 공주는 장군의 죽음에 반역자가 연루되었다고 생각함
• 장수들은 부장의 머리 상처의 진실이 밝혀지는 것을 염려하고 있음
• 부장은 공주와의 싸움에서 승리할 것이라고 예상함
• 병사들은 장교의 명령에 복종하고 있음

한 줄 평 | 개인의 비극적인 삶 속에 현대사의 고난을 녹여 낸 작품

한씨 연대기 ▸ 황석영 원작, 김석만 · 오인두 각색

💬 전체 줄거리

제이차 세계 대전이 한창이던 1943년, 미국의 루스벨트 대통령과 영국의 이튼 외상이 참석한 워싱턴 회담에서 처음으로 한국에 대한 강대국들의 신탁 통치 문제가 제기된다. 이후 카이로, 얄타, 포츠담 등에서 열린 각종 국제 회담에서도 계속해서 한반도 신탁 통치에 관한 문제가 거론되던 중, 당시 미국 육군 참모 총장이던 마셜이 그의 참모와 함께 한반도를 둘러싼 정세에 관해 의논한다. 마셜은 일본이 항복한 이후에는 소련과 한반도에서 부딪치게 될 상황을 염려한다. 이를 막기 위해 한반도에 적당한 경계선을 구축하고자 한 결과, 한반도를 반로 가르는 38선을 기준으로 남과 북의 경계가 나뉘게 된다. 1945년 8월 14일 마침내 일본이 패망하자 미국은 태평양 지역 연합군 최고 사령관 맥아더에게 38선 이남 지역을 통치하라고 명령한다. 이로써 38선 이남은 미군정의, 이북은 사회주의 체제의 영향력 아래에서 여러 정치적 사건들이 뒤얽히는 혼란의 시기가 계속된다. 그러던 중, 1950년 6월 25일 한국 전쟁이 발발한다.
　　　　　　▸ 남북 분단에 얽힌 역사적 사건이 요약적으로 제시됨
남한 영토를 하나하나 장악하면서 마침내 낙동강까지 다다른 인민군의 공세는, 한국군과 유엔군의 반격으로 인해 잠시 주춤하게 된다. 그즈음 평양에 있는 중앙 인민 병원은 의학부 교수들에게 집합 명령을 내린다. 김일성 대학 의학부 산부인과 교수였던 한영덕도 다른 동료 의사들과 함께 집합 장소로 향한다. 그곳에서 한 공산당원이 전선에서 피 흘리며 싸우고 있는 인민 전사들의 희생과 의무군관이 절대적으로 부족한 현실을 언급하며, 대학교수인 그들도 전선으로 나가야 함을 주장한다. 그런데 총동원령에 따른 입영 대상에서 한영덕과 그의 동료 의사 서학준은 제외된다. 원장은 그들이 자격을 갖추지 못했기 때문이라고 그 이유를 설명한다. 두 사람의 평소 정치적 성향을 평가한 결과 당을 향한 신념이 충실하지 않은 이들이라고 판단을 내렸다는 것이다. 원장은 그들에게 교수 자격을 박탈하고 노동 전선으로 보내는 대신 인민 병원에서 근무하도록 조치한 것이니 더욱 분발해서 당에 충성하라고 충고한다.
　　　　　　▸ 총동원령에서 제외된 한영덕이 인민 병원에서 근무하게 됨
한영덕은 당원과 군인만을 치료하는 인민 병원 특병동에서 근무하게 되는데, 하루는 병원 규정을 어기고 복부에 파편상을 입은 어린 아이를 몰래 수술하려고 한다. 수술 준비를 하던 중, 한 손에 옷 보따리를 챙긴 서학준이 그를 찾아온다. 그는 국군이 평양으로 향해 오고 있다는 소식을 전하며 한영덕에게 자신과 함께 몸을 피할 것을 제안한다. 하지만 한영덕은 의사가 필요한 바깥의 수많은 환자를 두고 이대로 떠날 수는 없다고 하며 거절한다. 결국 한영덕을 설득하는 데 실패한 서학준은 홀로 몸을 피하고, 한영덕은 도구마저 충분치 않은 열악한 환경에서도 아이를 살리고자 수술을 시작한다. 한창 수술이 진행되던 중, 원장이 들어와 한영덕에게 당장 수술을

멈출 것을 지시한다. 원장은 전투 중 관통상을 입은 경무원을 치료하라고 지시하지만, 한영덕은 파편상을 입은 아이의 상태가 더 위중함을 이유로 그 명령을 거부한다.
이후 한영덕은 서학준의 도주를 방조한 죄에 원장의 지시를 불이행한 죄까지 더해져 심문을 당하게 된다. 하지만 모진 심문에도 한영덕은 자신이 지닌 의사로서의 신념을 굽히지 않는다. 이에 원장은 그가 사회주의적 가치관에 반하는 존재라고 판단하고, 당의 합리적인 지시를 거부한 한영덕의 행위를 반역으로 규정한다. 결국 한영덕은 처형장으로 끌려가 총살형을 당하는데, 확인 사살을 하지 않은 인민군의 실수 덕분에 기적적으로 목숨을 건지게 된다.
　　　▸ 원장의 지시를 어긴 후 반역자로 규정되어 총살형을 당한 한영덕이 기적처럼 목숨을 건짐
연합군의 공세에 밀린 인민군이 평양에서 후퇴한 후, 미국의 트루먼 대통령과 연합군 총사령관 맥아더는 전쟁의 향방을 놓고 의견 대립을 보인다. 트루먼은 더 이상 전쟁이 확대되지 않도록 하루빨리 끝을 맺어야 한다는 입장인데 반해, 맥아더는 한반도 통일을 목표로 북진을 주장했던 것이다. 이렇게 전쟁이 계속되는 동안 어느새 겨울이 되고, 사람들은 하나둘 집과 고향을 버리고 피난을 떠나기 시작한다. 1951년 1월, 한영덕도 가족들과 함께 피난길에 오른다. 하지만 쇠약한 그의 어머니는 남편의 묘소가 있는 평양에 남길 택하고, 이어서 한영덕의 아내와 아들 창빈도 피난을 포기한다. 결국 더는 평양에 남아 있을 수 없는 처지였던 한영덕만 홀로 이남으로 떠나게 된다.
　　　　　　▸ 가족들을 평양에 남겨 둔 채 한영덕 홀로 피난을 떠남

지면 포인트 ① 311P

월남한 이후 대구에서 거처하고 있던 한영덕은 1951년 11월, 포로수용소 캠프 근처를 배회하다가 간첩으로 오해를 받아 체포당하게 된다. 심문관이 한영덕의 수상한 행동에 대해 추궁하자, 그는 아들을 만나기 위해서였다고 답한다. 얼마 전 지인에게서 부산행 포로 수송 열차에 창빈이 타고 있는 것을 보았다는 말을 들었기 때문이다. 심문관의 질문은 계속되고, 한영덕은 평양에 있을 당시 인민 병원 특병동에서 근무했던 이력 때문에 의심을 받는다. 결국 간첩 혐의를 완전히 벗지 못한 한영덕은 대구 경찰서로 옮겨져 옥고를 치르게 된다.
　　　　　　▸ 아들을 만나려다 간첩으로 몰린 한영덕이 옥살이를 하게 됨
한 달 만에야 풀려난 한영덕은 월남한 뒤 수도 육군 병원에서 장교로 복무하고 있던 서학준의 도움을 받아 동생 한영숙과 만나게 된다. 이후 한영숙의 집에 얹혀살게 된 그는 재봉 일을 하면서 혼자 생계를 꾸려 나가는 동생에게 미안함을 느낀다. 이에 자신도 생활비를 벌기 위해 무면허 의사인 박가와 동업을 시작한다. 그러던 어느날, 박가가 무리하게 낙태 수술을 감행하다가 사고를 일으키고, 한영덕은 환자를 살리기 위해 어쩔 수 없이 사고의 뒷수습을 맡게 된다. 이후 서학준, 한영숙과 함께한 자리에서, 한영덕은 돈을 벌기 위해

불법으로 낙태 수술을 하며 느끼는 괴로운 심정을 털어놓는다. 계속해서 술만 들이키는 모습을 보다 못한 서학준이 그에게 남한에서 새장가를 들라고 권유하며 화제를 바꾼다. 이에 한영숙도 북에 두고 온 가족은 그만 잊고 새출발을 하라며 동조한다. 그들의 말을 듣고 잠시 주저하던 한영덕은 최근 한 여자와 교제 중이라는 사실을 밝힌다. 얼마 지나지 않아 한영덕은 윤미경이라는 그 여자와 결혼식을 치른다.

▶ 생활비를 벌기 위해 무면허 의사 박가와 동업한 한영덕이 이로 인해 괴로워함

장면 포인트 ❶ 311P

한편 한영덕의 동업자였던 박가의 병원에는 의료 감시원이 들이닥친다. 무면허 영업과 면허증 위조 등 박가가 병원을 운영하는 과정에서 저질러 온 죄가 발각되었기 때문이다. 감시원에게 뇌물을 주어서 겨우 사건을 무마한 박가는 모든 일이 한영덕의 고발 때문에 벌어진 것이라고 생각하여 보복을 결심한다. 곧 박가가 한영덕의 과거 행적에 교묘하게 거짓을 섞어 그를 남파 간첩으로 고발하는 투서를 작성하기 시작한다.

당시는 대통령 선거를 직선제로 개헌하려는 움직임으로 인해 정치적으로 매우 혼란스러운 시기였다. 집권 연장을 꾀한 이승만은 대통령 직선제에 반대하는 국회 의원들을 모두 빨갱이로 몰며 탄압하였다. 그러한 사회적 분위기 속에서 박가의 거짓 투서로 인해 간첩으로 지목된 한영덕도 여지없이 체포당하고 만다.

▶ 한영덕에게 앙심을 품은 박가의 거짓 투서 때문에 한영덕이 체포당하게 됨

한영덕을 간첩으로 확신한 심문관은 그에게 모든 혐의를 인정하라고 강요하며 모진 고문을 가한다. 이후 **주목** 서대문 형무소에 수감된 한영덕을 면회하러 한영숙이 찾아온다. 몹시 초췌한 모습을 한 한영덕은 동생의 얼굴도 알아보지 못한 채 자신은 살기 위해서 월남한 피난민일 뿐 간첩이 아니라는 말만 반복한다. 이어서 서학준도 그를 면회하러 온다. 그는 간첩 혐의는 다행히 재판으로 넘어가지 않고 불기소 처분될 예정이지만, 검사 측에서 불법 낙태 수술 중 사고가 있었던 일을 새롭게 문제 삼으려 한다는 소식을 전한다. 마

장면 포인트 ❷ 317P

지막으로 재혼한 아내 윤미경이 한영덕을 면회 온다. 얼마 전 낳은 아기와 함께 찾아온 윤미경에게 한영덕은 자신이 직접 지은 아이의 이름 석 자를 알려 준다. 한혜자라는 이름을 따라 읊던 윤미경은 한영덕에게 휴전 소식을 전한다. 이를 들은 한영덕은 허탈한 심정이 되어 그 자리에서 맥없이 무릎을 꿇고 쓰러진다. 이후 한영덕의 의료법 위반 혐의에 관해 징역 1년과 자격 정지 3년의 판결이 내려진다.

▶ 간첩 혐의가 해결되자마자 한영덕은 불법 의료 행위로 재판을 받게 됨

세월이 흘러 1972년 서울, 한영덕의 부고 소식을 들은 한혜자가 아버지에 대해 회상하기 시작한다. 한혜자의 기억 속에 아버지는 날마다 허리를 앓거나 폭음을 일삼던 술꾼의 모습으로만 남아 있다.

자라는 동안 일가친척과 거의 왕래하지 않았던 탓에 아버지가 의사라는 사실조차 알지 못하였다. 그런 한혜자의 회상과 말년에 장의사에서 죽은 이를 염하는 일을 하며 여생을 보냈던 한영덕의 모습이 교차된다. 한혜자는 어느 날 아침 아무런 말도 없이 집을 떠난 후로 다시는 돌아오지 않았던 아버지를 떠올린다. 한편 말년의 한영덕은 장의사에서 함께 일하는 강 노인에게 어쩌다 목수가 관 짜는 일을 하게 되었는지 물으며 강 노인이 훗날 자신의 관도 짜 주기를 바란다. 다시 한혜자가 아버지가 사망했다는 전보를 받고도 울음이 나오지 않았던 자신의 심정을 고백한다. 아버지 한영덕이 살았던 시대를 새롭게 실감한 한혜자는 그의 매장은 아직 끝나지 않았다고 말한다.

▶ 아버지의 부고 소식을 들은 한혜자가 한영덕을 회상하다가 그가 살아온 시대의 굴곡을 실감하게 됨

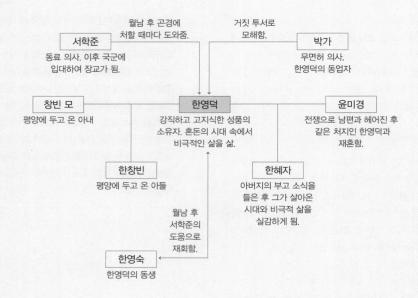

서학준
동료 의사. 이후 국군에
입대하여 장교가 됨.

월남 후 곤경에
처할 때마다 도와줌.

거짓 투서로
모해함.

박가
무면허 의사.
한영덕의 동업자

창빈 모
평양에 두고 온 아내

한영덕
강직하고 고지식한 성품의
소유자. 혼돈의 시대 속에서
비극적인 삶을 삶.

윤미경
전쟁으로 남편과 헤어진 후
같은 처지인 한영덕과
재혼함.

한창빈
평양에 두고 온 아들

한혜자
아버지의 부고 소식을
들은 후 그가 살아온
시대와 비극적 삶을
실감하게 됨.

월남 후
서학준의
도움으로
재회함.

한영숙
한영덕의 동생

〈보기〉로 나오는 작품 외적 준거

서사극의 특징을 지닌 〈한씨 연대기〉

희곡 〈한씨 연대기〉는 황석영의 원작 소설에 바탕을 두고 있는데, 저자가 직접 각색한 1차 대본을 연출가 김석만을 중심으로 한 극단 창작팀이 다시 한 번 각색하면서 지금과 같은 서사극의 특징을 지니게 되었다. 이 각색본은 원작의 흐름에서 주인공 한영덕의 삶과 직접적으로 관련되지 않는 사건들은 과감히 삭제하는 대신 당대의 국내외적 정치 상황을 반영한 세 개의 다큐멘터리 장을 추가한 것이 특징이다.

다큐멘터리 Ⅰ은 한반도 신탁 통치가 거론된 국제 회담을 시작으로 분단의 기원을 살펴볼 수 있는 여러 역사적 사건들을 다루는 데 초점을 맞추고 있다. 또한 다큐멘터리 Ⅱ는 인천 상륙 작전 이후 38선 이북으로의 진격을 놓고 서로 다른 견해를 보인 맥아더 장군과 트루먼 대통령을 등장시켜 한국 전쟁에서의 미국의 역할과 관련한 비판 의식을 드러낸다. 마지막으로 다큐멘터리 Ⅲ은 당시의 국내 정치 상황으로 시선을 돌려 그 문제점을 보여 준다.

이처럼 〈한씨 연대기〉는 주인공 한영덕의 개인사에 다큐멘터리의 형식을 빌린 시대적 상황을 교차시킴으로써 관객으로 하여금 한영덕의 불행이 어디에서 비롯되었는지를 탐구하도록 이끈다. 따라서 개방 희곡의 성격을 띤다고 볼 수 있는데, 개방 희곡은 극 중에서 드러나는 현재의 상황보다는 현재를 존재하게 한, 일종의 역사적 개념으로서의 과거를 중요시한다는 점이 특징이다. 이를 통해 관객이 극의 내용을 비판적으로 인식하면서 새로운 깨달음을 얻을 수 있도록 하는 것이다. 이러한 개방 희곡을 대표하는 양식이 서사극이므로, 〈한씨 연대기〉는 서사극의 특징이 분명히 드러나는 작품임을 알 수 있다.

덧붙여 이 작품이 지닌 서사극의 특징은 다섯 명의 등장인물 모두가 해설자로 등장해 사건 진행은 물론 해설까지 하는 모습을 보인다는 점에서도 확인할 수 있다. 이는 기존의 전통극에서는 금기시되어 왔던 방식으로, 이 역시 그 목적은 관객이 극에 일정한 거리감을 느끼게 만듦으로써 비판적인 태도를 취하도록 유도하는 데에 있다.

– 임기현, 《한씨 연대기》의 연극화 과정 연구, 2015

- 이 작품은 북한 대학 병원의 의사인 한영덕이 6·25 전쟁으로 인해 수난을 겪는 과정을 통해 역사 속 개인의 비극을 그린 희곡이다.
- 해당 장면은 한영덕이 북한에서 월남한 인물이라는 이유로 수사 대상이 되고, 생계를 유지하기 위해 무면허 의사인 박가와 동업하지만 그의 배신으로 인해 고발당하게 되는 상황이다.
- 대화를 통해 드러나는 한영덕이라는 인물의 성격을 파악하고, 서사극의 특징을 중심으로 사건 전개 방식을 이해하도록 한다.

[앞부분의 줄거리] 6·25 전쟁이 발발하자 북한의 대학 병원 의사인 한영덕은 특별 병동의 환자를 치료하지 않고 일반 병동 환자를 치료하였다는 이유로 반역자로 몰려 처형장으로 끌려간다. 처형장에서 기적적으로 살아난 한영덕은 잠시 피신할 목적으로 가족을 북한에 남겨 두고 남한으로 내려온다.

제8장 수사

「소리: (타자 치는 소리와 함께) 정보 보고서. 수신. 미국 제2 기지 한국군 파견대 조사
_{타자로 작성하는 문서의 내용을 알려 줌}

반장. 제목. 적성 용의자에 관한 건.
_{공산주의 사상을 가진 것으로 의심되는 인물}

1. 입건 일시 및 장소. 1951년 11월 23일 15시 20분경. POW 캠프 부근.
_{prisoner of war. 포로수용소}

2. 인적 사항. 성명. 한-영-덕. 생년월일. 1911년 5월 18일생(당 40세). 직업. 의
_{『 』: 수사 보고서 형식을 통해 한영덕에 대한 정보와 현재 상황을 전달함}

사. 평안남도 평양시. 현주소. 경상북도 대구시 덕상동.」
_{한영덕이 북에서 월남한 인물임을 알 수 있음}

(조명 밝아지면, 무대 전면에는 오른쪽부터 배우 3, 1, 2가 일렬로 서 있다. 오른쪽 무

대 위에는 MP 완장을 두른, 한국군(심문관)과 미국 장교가 트럼프 놀이를 하고 있다. 이
_{military police. 헌병}

들은 트럼프 놀이를 하면서 심문을 한다.)
_{카드 놀이를 하면서 한영덕을 심문하는 한국군 심문관과 미군 장교 → 한영덕의 수난을 부각함}

미군 장교(5): (정보 보고서를 내던지고 나서) O.K. Let's go!

심문관(4): 이상 사실과 맞습니까?

한영덕: 예.

<u>(이하 심문 과정에서 한영덕을 비롯한 배우 세 명은 군대의 제식 훈련, 단체 기합을 받</u>
_{집단적이면서도 통일성이 필요한 군인에게 절도와 규율을 익히게 하는 훈련}
_{한영덕과 배우들이 일사불란하게 기합을 받는 동작과 재즈 가락의 대비를 통해 상황의 비극성을 부각함}
<u>는 동작을 일사불란하게 수행한다. 라디오에선 당시 미군이 잘 듣던 재즈 가락이 흘러나</u>

<u>온다.)</u>
▶ 심문을 받는 한영덕

심문관: 1951년 11월 20일부터 23일 사이에 포로 캠프 근처에서 배회한 적이 있지요?

한영덕: 예.

심문관: 무슨 목적으로 캠프에 왔습니까?

한영덕: <u>아들을 만나기 위해서였습니다.</u> 평양 태생, 당년 18세, 한창빈입니다.
_{한영덕이 포로 캠프를 배회한 목적}

심문관: 포로 명단을 조사했더니 그런 자는 없다는데, 누구에게서 언제 그런 사실을

들었습니까?

한영덕: 고향 사람이, 지난 10월 부산으로 오는 포로 수송 열차에 <u>그 애가</u> 타고 있는
_{한영덕의 아들, 한창빈}

것을 먼 데서 본 것 같다고 했습니다.

심문관: 캠프 지역에 민간인의 접근이 금지되어 있다는 걸 알고 있었지요?

한영덕: 예.

- '소리'의 기능
  - 타자로 작성하는 문서의 내용을 알려 줌
  - 수사 보고서 형식을 통해 한영덕에 대한 정보와 '적성 용의자'로 체포된 현재 상황을 드러냄

- 등장인물과 배역
  - 배우(해설자) 1: 한영덕, 참모, 트루먼, 국회 의원
  - 배우(해설자) 2: 서학준, 마셜, 감시원, 조사관, 깡패, 기관원
  - 배우(해설자) 3: 박가, 맥아더, 원장, 한창빈, 강 노인, 깡패, 기관원
  - 배우(해설자) 4: 한영숙, 당원, 할머니, 심문관, 깡패들, 깡패, 기관원
  - 배우(해설자) 5: 한혜자, 간호원, 창빈 어머니, 미군 장교, 윤미경, 깡패, 기관원

  ↓

  한 인물이 여러 배역을 맡아 연기함 → 서사극의 특징을 보여 줌

심문관: 왜, 근무자의 정지 명령에 불응하고 도주했습니까?

한영덕: 잡상인이 달아나길래 저도 같이 섞여서 달아났습니다.

미군 장교: <u>Son of a bitch!</u>
개자식이라는 뜻의 비속어

(세 명의 배우는 엎드려뻗쳐 자세를 취한다.)　　　▶ 포로수용소로 아들을 찾으러 왔다가 체포된 한영덕

심문관: 피의자는 언제 월남했습니까?

한영덕: 51년 1월입니다.

심문관: <u>속이지 마시오! (발을 구른다.)</u>
　　　한영덕의 말을 믿지 않음

<u>(배우들은 옆으로 쓰러진다. 이후 온갖 종류의 기합을 받는다.)</u>
　　　포로들에 대한 인권 유린

피의자가 51년 1월에 월남했다면 어째서 아직도 <u>인민복</u>을 입고 있습니까?
　　　　　　　　　　　　　신해혁명 이후 쑨원(孫文)이 입던 것과 같은 모양의 중국의 국민복

한영덕: <u>인민복은 마구 입기가 좋고 목에까지 단추가 달려 있어 추위를 막는 데 적합</u>
<u>한 옷입니다.</u>
　　　월남 후에도 북한에서 입는 인민복을 입고 있는 이유를 설명함

심문관: <u>의사가 옷이 없다니 말이 됩니까?</u> 인민복을 입어야만 <u>포로들과 접선이 수월</u>
　　　한영덕의 남한에서의 삶을 이해하지 못하는 심문관의 반응　　　　한영덕을 공산주의자로 몰아가고자 하는 의도
<u>했던 게 아닙니까?</u>

한영덕: 아닙니다. 단지 버리기가 아까워 그냥 입었을 뿐입니다.

미군 장교: Oh, my gosh! Go on!　　　　　　　　▶ 인민복을 입고 있는 한영덕에 대한 심문관의 불신
　　　한영덕의 말을 믿기 어렵다는 반응

(세 명의 배우, 낮은 포복 자세로 바꾸어 기어간다.)

심문관: 이남에 친척이 있습니까?
남한. 남북으로 분단된 대한민국의 휴전선 남쪽 지역을 가리키는 말
한영덕: 예, 전쟁 전에 남하한 <u>손아래 누이</u>가 서울 어딘가에 살고 있다는 소식을 들
　　　　　　　　　　　　　　　한영숙
었습니다.　　　　　　　　　　　　　▶ 전쟁 전에 남하한 한영덕의 가족에 대한 심문

「심문관: 피의자는 이북에서도 의업에 종사했습니까?
북한. 남북으로 분단된 대한민국의 휴전선 북쪽 지역을 가리키는 말
한영덕: 예, 처음엔 대학에 있다가 인민 병원에서 반년간 근무했습니다.

심문관: 대학이라면 소위 김일성 대학 의학부를 말하는가요? 직책과 전공은?

한영덕: <u>산부인과학 교수였습니다.</u>
　　　지식인인 한영덕의 면모
심문관: 인민 병원서 직책은?

한영덕: <u>특병동</u> 담당 의사였습니다.
　　　특별 병동
심문관: 특병동이란 무엇을 하는 곳인가요?

한영덕: <u>군인과 준군인, 당원, 행정 요원과 그들의 가족</u>을 치료하는 병원이었습니다.
　　　　　　　特별 병동의 치료 대상자
심문관: 그렇다면, <u>그것은 피의자가 공산주의자들로부터 절대적으로 신임을 받았다</u>
　　　　　　　　　북한의 고위직 인사들을 치료하였음을 근거로 북한에서 한영덕의 위상을 추측함
<u>는 증거 같은데…….</u>

한영덕: 그때의 북한 상황을 모른다면 내 입장을 이해할 수가 없을 겁니다. <u>오히려</u>
<u>징집된 자들보다도 더 나쁜 환경 아래서 혹사당했으니까요.</u>
　　　　　　　열악한 환경에서 부상자들을 치료해야 했음
심문관: 믿을 수가 없소. 후방 근무가 전방 근무보다 더 위험하고 곤란하다는 건 이

• '한영덕'이 수사를 받게 된 이유와 과정

| 한영덕이 체포된 경위 |
민간인인 한영덕이 아들을 찾기 위해 포로수용소 근처를 배회함 → 정지하라는 명령을 듣지 않고 도주하다 체포됨

↓

| 심문 과정 |
• 심문관은 한영덕이 월남한 인물이라는 이유로 한영덕을 공산주의자로 의심함
• 심문에 대한 한영덕의 대답을 신뢰하지 않음 → 한영덕의 과거는 모두 그를 공산주의 첩자로 의심하게 하는 계기로 작용함

↓

| 심문관의 회유와 한영덕의 거절 |
심문관은 한영덕이 군의관으로 입대하면 체포하지 않겠다는 의도를 드러냄 → 한영덕이 심문관의 제의를 거절함

↓

| 결과 |
한영덕은 교도소에 수감됨 → 자신의 소신에 따라 행동하지만 처세에 능하지 못하고 고지식한 한영덕의 성격이 수난을 초래하는 계기로 작용함

해할 수가 없어요. 그건 바로 적의 정수분자들과 접촉, 교류했다는 말이 아닙니까?

한영덕: (기합으로 기진맥진한 상태로) 몇 번을 얘기해야 합니까? 난 살기 위해 월남
군대나 학교 따위의 단체 생활을 하는 곳에서 잘못된 사람을 단련한다는 뜻에서 정신적·육체적 고통을 가하는 것

했을 뿐이오.
한영덕이 월남한 이유가 드러남 – 처형장에서 기적적으로 살아난 한영덕이 잠시 피신하기 위해 남하하였음

심문관: 그래요? 좋습니다. 지금까지 진술한 내용은 모두 사실이지요?

한영덕: 예.
┌ ♪: 심문을 통해 한영덕이 월남하기 전 북한에서의 삶이 드러남

  (배우, 세 명 모두 바닥에 엎드리거나 누워 쓰러져 있다.)
                                        ▶ 월남 전 북한에서 특병동을 담당한 한영덕의 과거

심문관: (카드 놀이를 그만두고 일어나 한영덕을 쳐다보며) 지금은 전쟁 중이오. 이번

  전쟁은 어느 편이 이길 거라고 생각합니까?

한영덕: ······.

심문관: 전시에는 사람의 생명을 구하는 의술이야말로 커다란 효용 가치를 가지고

  있습니다. 살기 위해서 월남했다면 군의관으로 입대할 생각은 없습니까?
                    군의관으로 입대한다면 살려 줄 수 있다는 의미가 담겨 있음

한영덕: 전쟁을 돕는다는 명목으로 신분 보장이나 바라고 싶지는 않습니다.
          심문관의 제의를 거절함 → 한영덕의 고지식한 성격이 드러남

  (잠시, 침묵)

심문관: (미군 장교 앞에 부동자세를 취하며) 이상과 같이 심문했음. 아직은 공작 첩자
          움직이지 아니하고 똑바로 서 있는 자세   공산주의자들이 꾸미는 일의 스파이

  여부를 밝힐 수는 없으나 요시찰 인물로 추정되므로 민간 경찰에 이첩함이 가하다
      사상·보안 문제 따위와 관련하여 행정 당국이나 경찰의 감시가 필요한 사람   다른 부서로 넘김

  고 사료됨. 조사 반장, 대위 박, 윤, 구!(거수경례를 한다.)
                                  ▶ 군의관으로 입대하면 신분을 보장하겠다는 심문관의 제의를 거절하는 한영덕
                                        (중략)

제9장 낙태 수술
한영덕이 남한에서 생계를 위해 선택한 일

해설자 2: (무대 전면 중앙으로 나와서) 1951년 6월 소련의 제의를 미국이 받아들여서
당시의 시대적 상황과 한영덕의 상황을 설명함   포로 교환 문제로 인해 휴전 회담이 지연되던 당시의 시대적 상황

  시작된 휴전 회담은 포로 교환 문제를 놓고 오랫동안 지연되고 있었습니다. 한편,

  대구 경찰서에서 한 달간 옥고를 치르고 나온 한영덕은 수도 육군 병원에서 영관
  아들을 찾기 위해 포로수용소 근처를 배회하다 잡힌 한영덕이 북한 첩자로 의심받고 수감됨

  급 장교로 복무하는 서학준을 통해, 이남에 먼저 월남하여 살고 있던 누이동생 한

  영숙을 만날 수 있었습니다. 그녀의 집에 얹혀살면서 겨우 안정을 찾아 가던 한영

  덕은 자기도 생활비를 벌어야 한다는 생각에서 무면허 의사 박가와 함께 (무대 왼
                          생계를 위해 무면허 의사 박가와 동업하여 주로 낙태 수술을 함

  편을 가리키면 의사 가운을 입은 박가가 황급히 들어온다.) 내키지 않는 동업을 시작

  했습니다.

  (수술대를 박가와 함께 무대 전면 우측으로 옮긴다.)
                          ▶ 옥고를 치르고 나와 생계를 위해 박가와 동업을 시작한 한영덕

해설자 2: (차트를 넘기고) 1952년 서울에서 일어난 일이었습니다. (퇴장)
          무면허인 박가가 낙태 수술을 하다가 일으킨 의료 사고가 일어난 배경을 제시함

차트 11: 1952년 서울
시간적, 공간적 배경을 명확하게 제시함

  (라디오에서 〈닐리리 맘보〉가 흘러나온다.)

박가(3): (한참 동안, 환자를 매만지다가, 흠칫 놀라 두리번거리다가) 한 선배님, 한 선

• '심문'의 기능

한영덕에 대한 심문
• 정보 보고서의 내용을 한영덕에게 확인함
• 월남 후에도 한영덕이 인민복을 입고 있는 이유에 대해 심문함
• 전쟁 전에 남하한 한영덕의 가족에 대해 심문함
• 월남 전에 북한에서 특병동을 담당한 한영덕의 과거에 대해 심문함

↓

심문의 기능
• 북한 의사인 한영덕의 과거 삶을 드러냄
• 심문관에게는 특병동을 담당한 한영덕의 사회적 위치를 추측하여 북한의 핵심 인사들과 교류했다고 판단하는 근거로 작용함

배님, 한 선배님!

한영덕: (뛰어 들어오며) 무슨 일요?

박가: 큰일 났습니다. 유산입니다.

한영덕: 몇 개월이었소?

박가: 5개월이었습니다. 애가 죽은 대로 나오긴 했는데 출혈이 그치질 않습니다.

한영덕: <u>자궁 천공을 일으켰거나 경관이 파열되어 내출혈을 일으킨 게요.</u>
　　　　　　　　　　　의사인 한영덕의 전문성이 드러남

박가: 제발 어떻게든 좀 도와주십시오. 선배님.

한영덕: 나도 자신이 없어요. 정당한 사유가 있는 중절이라믄 책임을 개지구 최선을

다해 보갔지만.「만약 이런 <u>만용</u>으루 환자가 죽는다믄 누구레 그 책임을 져야 되갔
　　　　　　　　　　분별이 함부로 날뛰는 용기

소.」「 무면허인 박가가 수술을 한 데 대한 질책

박가: 그럼, 어떡합니까? 애당초 선배님을 모시기로 한 건 이런 <u>불상사</u>를 위해서가
　　　　　　　　　　　　　　　　　　　　　　　　　　　　상서롭지 못한 일

아니었습니까?

한영덕: 불상사? 그러니까, <u>박씨는 손대지 말라고 기렇게 내 당부하지 않았소?</u> (사
　　　　　　　　　　한영덕은 무면허 의사인 박가가 낙태 수술을 해서는 안 된다고 주의를 줌

이) 우선, 수혈을 해 놓구 환자레 가족을 부릅시다. 때에 따라선 자궁 <u>적출(摘出)</u>을
　　　　　　　　　　　　　　　　　　　　　　　　　　　　　　꺼집어내거나 도려냄

해야 할지도 모르니깐.

박가: (놀라서) <u>제발 생존 조치나 해 주십시오.</u> 환자가 죽으면, 전 끝장입니다. 선배
　　　　　　　　　환자를 살려 줄 것을 당부함

님. (사이)

한영덕: 휴, 이 짓도 더 이상 못해 먹갔구만. <u>날래</u> 환자부터 옮깁시다.
　　　　　　　　　　　　　　　　　　　　　빨리

　(둘은 수술대를 옮겨 놓고 퇴장.)　　　▶ 무면허 의사인 박가가 일으킨 의료 사고를 수습하는 한영덕

제11장 취체
　　　　단속

　(무대 조명이 밝게 들어오면, 가죽점퍼를 입고 서류철을 든 의료 감시원이 두리번거리

며 병원을 조사한다.)

감시원(2): 흥. 꼴에 병원 하나는 번듯하게 차려 놨군. <u>많이 해 처먹었겠어.</u>
　　　　　　　　　　　　　　무면허 의사인 박가가 부당하게 많은 돈을 벌었으리라고 추측하고 비난함

　(손과 발로 여기저기를 툭툭 건드린다.)

박가(3): (무대 오른쪽에서 나오며 자신 있게) 이거 보시오! <u>도대체 무슨 죄를 졌다고</u>
　　　　　　　　　　　　　　　　　　　　　　　　의료 감시원에게 오히려 큰소리를 치는 박가의 뻔뻔함이 드러남

<u>남의 병원을 들쑤시고 그래요!</u>

감시원: 이 양반아. <u>무면허 영업은 최고 5년 이하의 징역이야.</u>
　　　　　　　　　　　　　　박가가 무면허 의사임을 알고 왔음을 보여 줌

박가: 아니 무면허라니. 당신이 의료 감시원이면 다요? <u>나도 면허증이 있는 사람이</u>
　　　　　　　　　　　　　　　　　　　　　　　　　　가짜 의사 면허증을 제시함

<u>에요.</u> (면허증을 내보인다.) 자. 똑똑히 보시오. 똑똑히!
　　　　　　　　　　　　　　　　　▶ 의료 감시원에게 가짜 면허증을 내보이는 박가

감시원: 가짜 면허증? 돈이면 다 되는 줄 아는 모양이지? (면허증을 내던진다.)
　　　　　　박가가 감시원에게 제시한 것은 돈을 주고 만든 가짜 면허증임 → 당대 혼란한 남한의 사회상을 드러냄

• '차트 11'의 기능

차트 11의 내용
1952년 서울에서 무면허 의사인 박가가 낙태 수술을 하다가 의료 사고를 일으키자 이를 한영덕이 수습한 내용을 담고 있음

↓

차트 11의 기능
• 시간적, 공간적 배경을 관객들에게 명확하게 제시함 • 관객이 극에 몰입하는 것을 방해하고 사건을 객관적으로 바라보게 함

박가: (땅에 떨어진 면허증을 황당하게 보면서) 이거 당신네 과장 허가 아래서 나온 거
야, 이 사람아. (면허증을 주워서 소중하게 다루는데)
　　뇌물을 주고 과장에게 받은 가짜 면허증임을 알 수 있음

감시원: 흥. 당신이 알던 과장? 벌써 전출 가서 없어!

박가: (당황하며) 글쎄, 난 전쟁 전에 이북에서 개업까지 하고 살던 사람이에요, 뭔가
　　　　　　　　　　　북한에서 개업한 의사라고 항변하는 박가
착각하신 모양인데 나중에 관계처로 항의하겠소.

감시원: 맘대로 하쇼. 면허 등록 대장엔 당신에 관한 사항이 없으니까, 당신 면허증
은 유령 번호를 달고 있다 이 말씀이야. 이번엔 혼 좀 날걸. 살맛 날 거야.
　　박가의 면허증이 가짜 면허증임을 분명히 함　　　　　처벌이 가볍지 않을 것임
　　　죽을맛이라는 의도를 드러내는 반어적 표현

박가: (망설이다가 돈을 꺼내어 세어 본 뒤에 다가가서) 자, 저, 저, 형씨. 저 좀 봅시
　　　의료 감시원에게 뇌물을 주려는 박가
다. 전쟁 통에 다 알 만한 사람들끼리 이럴 거 없잖수?

감시원: 이거 봐요, 괜히 얼렁뚱땅하지 마쇼.

박가: 글쎄 안다구요. 당신네 심정을 모르는 게 아니라구. 우리 툭 까놓구 얘기합시다.

감시원: 까긴 뭘 깐단 말이요?

박가: 에헤, 정말 같은 동포끼리 매정하게 할 겁니까?

감시원: 매정하긴 뭐가 매정하단 말요? 무면허 영업을 하지 말아야지.

박가: 글쎄. 그걸 누가 모릅니까? 우리 같은 사람들이 있으니까 형씨들도 먹고살게
　　　　　　　　　　　　　　　　부도덕하고 비양심적이며 뻔뻔한 박가의 성격이 드러남
마련 아니오. 그리고 사귀다 보면 서로 편리하게 주고받으며 지내는 거 아니겠소.
(돈을 건네주고) 우리 트고 지냅시다.

감시원: (액수를 파악하고 정색을 하며) 감방 생활 5년이면 짧은 세월이 아닐 텐데……
　　　　　　　　　　　　　　　　박가가 건넨 돈의 액수가 흡족하지 않음

박가: (호락호락하지 않은 상대를 만난 듯) 에이, 무슨 말씀, 나 하나 처넣어 봤자 형씨
가 신통할 게 뭐 있소? (돈을 꺼내 일부를 떼어 내고) 어려울 때 서로 도와 가며 살
　　　　　　　　　　　　　　　　뇌물을 받고 자신의 불법을 눈감아 달라는 의미
이야지. (돈을 건네주고 악수를 청한다.)

감시원: 이 양반. 그러고 보니까 덩치보다 소심하구만. (박가의 주머니에서 나머지 돈
　　　　　　　박가가 돈을 꺼내 일부를 떼어 내고 준 것을 비꼬려는 의도　　　박가가 떼어 낸 돈마저 챙김
을 꺼내며) 하지만 수완이 보통은 아니야. 돈 많이 버슈.
　　　　　　　　　돈으로 문제를 해결하는 박가에 대한 비난. 반어적

박가: 아, 네, 안, 안녕히 안녕히 가십시오.

감시원: (나가다 말고) 아, 또 봅시다. ▶ 의료 감시원에게 뇌물을 주고 무면허 영업을 무마한 박가

박가: 아, 네. 조심히 가십시오……. (감시원이 안 보일 때까지 인사를 하다가) 아—이
　　　　　　　　　　　　　　　　　　　　　　박가의 비굴한 태도
런 니기미, 씨……. 아, 지난번에 면허증 내면서 들어간 돈이 얼만데 한 달도 못
　　가짜 면허증을 만드느라 돈을 많이 썼는데 의료 감시원이 찾아와 무면허 영업을 적발하려 하는 상황에 대한 박가의 분노
돼서 이 꼴이야, 그래, 아, 씨……. (사이) 아, 가만. 그러고 보니까. 한영덕이. 그
새끼가 그만둔 지 일주일도 안 돼서 저 치가 들이닥쳤단 말야. 아. 아무래도 한영
　　　　　한영덕이 자신을 고발했을 것이라 의심하는 박가
덕이가 고발한 거 같은데. 아, 이 새끼, 아. 지가 싫어서 그만뒀으면 됐지. 아, 고
발할 건 또 뭐야. 아, 이 자식이 밥 멕여 준 은공도 모르고 말야. 좋아, 이 새끼.
　　　　　　　불법으로 낙태 수술을 하는 것이 괴로워 박가의 병원을 그만둔 한영덕
　　　　　　　　　　　한영덕이 자신의 병원에서 일한 덕분에 먹고살았다고 생각하는 박가
아, 학교 나온 녀석들이 잘 해 처먹나 못 나온 놈들이 잘 해 처먹나 어디 두고 보
　　배짱　　　　　　　　　　의사 면허를 가지고 있는 의사에 대한 박가의 반감이 드러남
자구. 나도, 배알이 있는 놈이라 이거야, 개새끼!
　　　한영덕에게 되갚아 주겠다는 태도　　　한영덕에 대한 분노

• '한영덕'과 '박가'의 갈등

불법 낙태 수술
• 생계를 위해 한영덕은 박가의 병원에서 근무하며 불법 낙태 수술을 함 • 한영덕은 무면허 의사인 박가에게 수술을 하지 말라고 하나 박가가 수술하다 의료 사고가 남

↓

• 박가가 한영덕에게 환자를 살려 달라며 도움을 청함 → 한영덕이 환자를 구함 • 한영덕이 박가의 병원을 그만둠

↓

취체
• 한영덕이 병원을 그만둔 후 박가의 병원에 의료 감시원이 단속을 나옴 • 박가는 감시원에게 뇌물을 주고 위기를 모면함

↓

• 박가는 한영덕이 그만둔 후 단속이 나온 것이 한영덕의 고발에 의한 것이라 판단함 • 한영덕을 간첩이라며 기관에 고발하는 투서를 넣음

↓

한영덕	박가
무면허인 박가가 불법 낙태 수술을 하는 것에 반대함	한영덕이 자신을 고발한 것이라고 생각해 한영덕을 간첩으로 고발함
	갈등 ↔

• '제11장 취체'를 통해 알 수 있는 내용

인물의 모습
• 박가는 돈을 주고 가짜 면허증을 발급받음 • 박가는 병원 단속을 나온 의료 감시원에게 돈을 주고 무면허 영업에 대한 처벌을 무마함

↓

알 수 있는 내용
• 1950년대 불법과 뇌물이 판치는 혼란한 시대상이 드러남 • 박가의 비양심적이고 불법적인 면모와 돈을 이용한 처세술이 드러남

(박가는 바닥에 엎드려 투서를 쓴다. 그와 동시에 스피커에서 박가의 음흉한 목소리가
드러나지 않은 사실의 내막이나 남의 잘못을 적어서 어떤 기관이나 대상에게 몰래 보내는 일. 또는 그런 글. 한영덕이 구속되는 계기가 됨
흘러나온다. 조명은 서서히 어두워진다.)
박가는 체제와 이데올로기를 악용하는 인간의 전형임

소리(3): 대한민국의 온건한 사상을 지닌 국민으로서 삼가, 귀중한 정보 사실을 알려
박가의 투서 내용을 알려 줌   한영덕이 불온한 사상을 가졌음을 고발하고자 하는 의도가 담김
드리는 바입니다. 현재 부산 시립 병원에서 의사로 근무하고 있는 한영덕은 1948

년 김일성 대학 의학부 산부인과학 교수직에 취임한 뒤. 1950년부터는 당의 배려

아래 특별한 대우를 받으며 부역한 사실이 있습니다.
                        국가에 반역하는 일에 동조하거나 가담함

(투서가 계속되는 동안 어둠 속에서 플래시 라이트를 비추며 배우 2, 4, 5가 등장한다.

이들은 무대 바닥이나 극장 천정을 비추며 수색하고 있다.)
      불온한 사상을 지닌 자들을 색출하는 당대의 시대 상황을 보여 줌
(계속) 한영덕은 1950년 12월에 군사 기밀 수집과 불평 분자 포섭의 임무를 띠고
          피난민인 한영덕이 월남한 이유를 조작하여 무고함
피난민으로 가장하여 남파되었으며, 1951년도엔 대구 미군 제2 기지 군사 정보대에
        아들의 소식을 듣기 위해 포로수용소 근처를 배회하다 체포된 일을 간첩 혐의로 체포된 것처럼 날조함
검거되었다가 대구 경찰서로 넘겨진 사실이 있습니다. 한영덕은 선량한 국민으로 가
                              남한에서 살아가기 위한 한영덕의 결혼을 간첩 임무 수행을 위한 것처럼 왜곡함
장하기 위하여 이남에서 결혼까지 했으며, 1개월 전에는 평양 의학 전문학교 동창회

를 구실로 모인 의사들을 포섭하는 데 성공했습니다. 그들은 제일 병원을 근거지로
          단순한 동창 친구들의 모임을 과장하여 한영덕을 불온한 인물로 몰아감
조직을 확대하고 있습니다. 특히 한영덕은 북한 방송을 계속 청취해 왔으며 지방 출

장이 잦고 직장을 여기저기 옮겨 다니며 주거가 안정되어 있지 않은 것으로 추측컨
        가족이 있는 북한의 소식을 알기 위해 북한 방송을 듣고 살기가 힘들어 직장을 옮긴 한영덕의 행동을 왜곡함
대 이번에 부산으로 직장을 옮긴 것도 적의 첩자와 접선하려는 게 분명합니다. 1952
        한영덕을 남파 간첩으로 단정하여 누명을 씌우는 박가
년 5월.
                                    ▶ 한영덕을 간첩이라고 고발하는 박가

• '박가'의 인물 유형

박가	• 가짜 의사 면허로 병원을 차려 한영덕을 이용해 병원을 운영함 • 낙태 수술을 하던 중 의료 사고를 일으키자 한영덕에게 도움을 받아 환자의 목숨을 살리나 한영덕이 병원을 그만두고 병원이 의료 단속을 받자 한영덕을 간첩으로 고발함

↓

인간성이 파괴된 악인의 전형

• '투서'의 극적 기능

투서의 내용

• 한영덕이 김일성 대학 의학부 산부인과학 교수직에 취임한 뒤 북한 공산당에 부역하였다고 함
• 한영덕이 군사 기밀 수집 및 불평 분자 포섭의 임무를 띠고 피난민으로 가장하여 남파된 후 간첩 혐의로 체포된 적이 있다고 전함
• 한영덕이 간첩 임무 수행을 위해 결혼을 했고 동창회에 모인 의사들을 포섭하였다고 말함
• 한영덕이 북한 방송을 청취하고 주거가 안정되어 있지 않다는 것을 근거로 간첩이라고 주장함

↓

극적 기능

• 비양심적이며 부도덕한 박가의 성격을 드러냄 → 체제와 이데올로기 대립을 이용하여 선량한 사람을 괴롭힘
• 한영덕이 혼란한 시대적 상황 속에서 수난을 겪게 되는 계기가 됨

• 해당 장면은 1952년 이승만이 재집권을 위해 대통령 직선제를 골자로 하는 개헌을 단행하고, 박가가 한영덕을 간첩 혐의로 고발해 한영덕이 경찰에 체포되어 심문을 받고 구속된 이후의 상황이다.

• 무대 위 사건을 전개하는 과정에서 나타나는 극적 형상화 방식과 효과를 파악하고, 한국 현대사를 관통하면서 희생당하는 한영덕의 삶을 통해 작가가 드러내고자 하는 의도를 이해하도록 한다.

★주목 ▶ 제14장 면회

무대 전면에 의자가 하나 놓여 있고, 한영덕은 죄수복을 입었다.
_{박가의 무고로 인해 구속된 한영덕}

소리: 158번 한영덕 면회, 158번 한영덕 면회.

(몹시 초췌한 모습의 한영덕이 의자 쪽으로 걸어온다. 하얀 한복을 입은 한영숙이 왼쪽 단 위로 올라간다.)

「한영숙: 오라바니!

한영덕: (기겁을 하고 몸을 사린다.)
_{심문 과정에서 심한 학대가 있었음을 암시함}

한영숙: 오라바니, 저야요. 영숙이야요.
_{한영덕에게 자신의 존재를 인식시키려 함}

한영덕: (실성한 채) 난 피난민이오…….
_{여동생인 한영숙을 알아보지 못하고 자신은 간첩이 아니라 단순한 피난민임을 드러냄}

한영숙: 아이고 하나님, 오라바니가 무슨 죄를 졌다고 이 모양입네까, 네?
_{오빠인 한영덕의 상황에 대한 안타까움이 드러남}

한영덕: 살기 위해서, 살기 위해서 월남했습니다. (바닥에 엎드려 벌벌 떤다.)
_{한영덕이 월남한 것은 생존을 위해서일 뿐 이데올로기와 무관한 것임}

한영숙: 나 영숙이야요. 오라바니 정신 차리시라요. 박가, 이놈의 새끼, 무고죄로 고
_{박가의 무고로 인해 한영덕이 구속되었다고 생각하고 분노하는 한영숙}
소하갔시오.

한영덕: 난 피난민일 따름이오.
_{박가}

한영숙: 그놈의 새끼 뼈를 갈아 한강 물에, 아니 그러면 한이 맺혀서 안 되지, 이다음
_{박가의 무고로 인해 한영덕이 구속된 데 대한 분노}
에 우리 고향 대동강에 개져다가 훌훌 뿌리갔시오.

한영덕: 나, 난 간첩이 아니오.
_{심문 과정에서 한영덕을 간첩으로 몰아세웠음을 알 수 있음}

한영숙: 우리가 누굴 믿고 남으로 남으로 내려왔갔시오. 무조건 빨갱이라고 몰아세
우면 우린 누굴 믿고 어드메로 가서 살란 말이야요?
_{분단 상황에서 이념적 대립으로 인해 남한 사회에서 빨갱이로 몰리며 쉽게 정착하지 못한 월남민의 상황을 드러냄}

한영덕: 난, 난…….」
_{「」: 실성한 한영덕의 모습 → 분단 상황에서 이념적 대립으로 인해 폭력적 현실에 희생된 개인의 모습을 드러냄}

한영숙: 오라바니, 오라바니, 오라바니!

(한영숙, 절규하며 쓰러져 운다. 한영덕은 더욱 겁에 질린다. 사이.)
▶ 박가의 투서로 수감된 한영덕을 면회하러 온 한영숙

(중략)

소리: 158번 한영덕 면회. 158번 한영덕 면회.

(오른쪽 무대 위로 아기를 업은 윤미경이 올라온다.)
_{한영덕이 남한에서 재혼한 아내. 한혜자를 낳음}

윤미경: 여보.

한영덕: 고생이 많구려.

• 등장인물에 대한 이해 ①

한영덕	• 북한 출신의 양심적이고 인도주의적인 의사 • 6·25 전쟁과 분단의 한국 현대사 속에서 희생당하는 비극적 개인
한영숙	• 한영덕의 여동생으로 전쟁 전에 월남함 • 한영덕과 재회한 후 한영덕을 돌보고 그의 처지를 안타깝게 여김
서학준	• 한영덕의 친구이자 의사 • 자신의 안위를 중시하여 살길을 찾아가는 현실주의적인 인물로 현실에 대한 적응력이 빠름 • 남한에서 한영덕과 재회함
윤미경	• 한영덕이 월남한 후 재혼한 아내로 한영덕과의 사이에서 딸을 낳음 • 한영덕이 출소한 후 집을 나가자 다른 남자와 재혼함

윤미경: 자주 못 와서 죄송해요. 애 때문에 쉽게 올 수가 있어야죠.

한영덕: 어디, 애 좀 봅시다레.

윤미경: (몸을 돌려 애를 보이며) 딸이에요.

한영덕: (고개를 끄덕이고 나서) 내 간밤에 이름을 지었소. 은혜, 혜, 혜자, 한혜자.

윤미경: 혜자? 한, 혜, 자? 예쁜 이름이에요.

감상 포인트

작품에 활용된 극적 형상화 장치의 기능을 중심으로 작품을 감상한다.

한영덕: (갑자기 기침을 한다.)

윤미경: 여보, 여보, 어디 아프세요?

한영덕: <u>(서둘러 진정하며) 몸살이 난 모양이오.</u>
　　　　감옥살이로 몸이 망가진 한영덕의 상태를 알 수 있음

윤미경: <u>서학준 씨 말로는 아무 일도 아니라고 그러시던데,</u>
　　　　서학준은 윤미경을 안심시키려는 의도에서 한영덕의 상태를 사실대로 전하지 않았음

한영덕: (진정하고 긍정한다.) ……
　　　　윤미경을 안심시키려는 의도에서 자신의 상태를 사실대로 전하지 않고 있음

윤미경: 당신 언제쯤 나오게 될까요?

한영덕: 글쎄, 나도 잘 모르갔소. (기침) 전쟁 통이라 좀 늦어질 수도 있고……. (기침)

　이제 가 봐요. 난 괜찮으니까. (기침)
　괜찮다는 말과 달리 감옥살이로 몹시 몸이 망가진 한영덕의 모습이 드러남

윤미경: 저…… 오늘 아침 열 시에, 휴전이 됐어요. 휴전이오, 휴전이 됐어요…….
　　　　　　　　휴전이 이루어진 소식을 수감된 한영덕에게 전해 줌

　(한영덕, 허탈해져서 맥이 풀려 그 자리에 무릎을 꿇고 쓰러진다.)　▶ 면회를 온 아내에게 휴전
　휴전으로 인해 고향인 북한으로 돌아갈 가능성이 더욱 멀어진 데 대한 한영덕의 절망감이 나타남　소식을 듣고 절망하는 한영덕

소리: <u>피고 한영덕, 의료법 위반, 환자의 위탁이나 승낙 없이 낙태 중 치상시킨 죄에</u>
　한영덕의 판결 내용을 알려 줌　박가가 낙태 수술 중 일으킨 의료 사고의 책임을 한영덕에게 물어 한영덕이 처벌을 받음

　해당하므로 징역 1년 자격 정지 3년에 처한다.
　　　　　　　　　　　　약식서에 도장을 찍음

　(망치 소리, 세 번. 조명, 암전. 휴전 협정 조인을 알리는 라디오 뉴스가 들린다. 1953
　　판결이 확정되었음　장면의 마무리와 전환의 기능　매체를 활용하여 역사적 상황을 드러냄 → 현실성을 부여함
년 7월 27일.)
　　　　　　　　　　　　　　　　　　　▶ 한영덕의 판결과 휴전 협정 조인

제15장 1972년 서울

차트 14: 1972년 서울
시간적, 공간적 배경의 변화를 알려 줌

　(모시 적삼을 입은 한영덕이 오른쪽 무대 아래에서 허리를 굽힌 채 염을 하고 있다. <u>수</u>
<u>술 장면에서 사용했던 수술대와 환자용 마네킹이 그대로 이용된다.</u> 허름한 옷차림의 강
　죽은 사람의 몸을 씻은 뒤에 수의를 입히고 염포로 묶는 일　다른 상황에 동일한 소품을 활용함 → 한영덕이 의사였음을 환기하는 기능
노인이 차트를 넘기고 관에 엎드려 잠을 잔다. <u>여고생 겨울 교복을 입은 한혜자, 한영덕</u>
<u>을 쳐다보면서 무대 오른쪽 위로 올라간다.</u>)　1953년에서 1972년으로의 시간의 변화 → 한혜자의 성장
　장면이 이중적으로 전개됨

<u>한혜자:</u> (전보를 보면서) 오늘 아침에 아버지가 돌아가셨다는 전보를 받았습니다. 난,
방백을 통해 아버지인 한영덕에 대한 회상과 평가를 전달함

아버지에 대해 아는 게 별로 없습니다. 「날마다 허리를 앓거나 날마다 폭음을 하던
　　　　　　　　　　　　　　　　　　　　　　　　　　　　술을 한꺼번에 많이 마심
술꾼이라는 기억뿐이에요. 아버지는 식구들과 말도 건네지 않고 항상 골이 난 사
람처럼 보였어요. 술이 깨면 무슨 이상한 소리가 들린다면서 솜으로 두 귀를 꼭 틀
「」: 감옥에서 출소한 이후 한영덕은 온전한 삶을 살지 못했음 → 한혜자는 한영덕의 삶의 관찰자, 목격자의 역할을 함
어막고 지냈죠.」<u>나는 자라는 동안, 양친의 일가친척 집에 거의 왕래를 하지 않고</u>
　　　　　　　　　　　　한혜자의 외로운 성장 과정
<u>살았습니다.</u> 어느 쪽에서도 혈육의 대접을 기대할 수가 없었거든요. 내가 태어나

- **'휴전 협정 조인'의 의미**

당시의 역사적 상황
1953년 7월 27일에, 6·25 전쟁을 휴전하기 위해 유엔군과 조선 인민군, 중국 인민 지원군 간에 휴전 협정이 체결됨

↓

한영덕의 상황
북한의 의사인 한영덕이 일반 병동의 환자를 치료한다는 이유로 반동 분자로 몰림 → 잠시 피신하기 위해 월남한 한영덕이 휴전 협정으로 인해 고향으로 돌아가기 어려운 절망적 상황에 놓이게 됨

↓

의미
이념 대립으로 인한 전쟁과 분단 현실의 시대 상황이 개인의 삶에 미치는 폭력성

- **극적 형상화 방식의 의미와 기능**

망치 소리	· 한영덕의 판결이 확정되었음을 알림 · 한영덕의 수난을 드러냄 · 한영덕의 안타까운 운명을 드러냄
암전	· 연극에서 장면을 바꿀 때, 막을 내리지 않고 어둡게 해 놓고 다음 장면으로 옮기는 일 · 조명을 활용하여 장면이 마무리되었음을 드러냄
라디오 뉴스	· 매체를 통해 역사적 상황을 생생하게 전달함 · 역사적 사실에 대해 현실성을 부여함

서 지금까지 아버지가 의사 노릇을 했었다는 기억이 없습니다. 난 아버지가 의사

인 줄도 몰랐으니까요.   ▶ 출소 후 한영덕의 삶에 대해 전해 주는 한혜자

한영덕: (염을 끝내고 흰 천을 씌우면서) 자, 이제 염은 끝났소. 이승에서 못다 한 일,
          _{의사인 한영덕이 장의 일을 하고 있음 → 몰락해 버린 한영덕의 삶을 드러냄}

          저승에 가서라도 꼭 이루시구려.

          (한영덕이 강 노인 쪽으로 걸어온다.)

강 노인: (인기척에 잠을 깨며) 일은 다 끝났수?

한영덕: 네.

강 노인: 내가 깜박 잠이 들었나 보이⋯⋯.

          (한영덕은 관 앞에서 소주를 마신다.)

한혜자: 「어느 날 아침에 아버지는 아무 얘기도 없이 집을 나가서 다시는 돌아오지 않

          았습니다. 우리 엄마 윤 마담은 내가 열다섯 살 때 여관업을 하던 홀아비 노인과
                    _{윤미경이 다방을 운영하여 붙여진 이름}   _{기독교 계열}

          다시 재혼해 버렸죠. 훨씬 뒤에 난 아버지의 소식을 들었습니다. 미션 계통의 지방

          대학 기숙사에서 관리인 노릇을 하신다구요. 첫 번째는 고모와 함께, 두 번째는 나
          _{의사인 한영덕의 삶이 점점 몰락해 가는 과정을 보여 줌}

          혼자서 아버지를 만났습니다. 그러나 세 번째 찾아갔을 때는 아버지가 거길 그만
                                                      _{가족과도 단절한 채 홀로 살아가는 한영덕의 삶을 짐작할 수 있음}

          두고 떠나 버린 다음이라 만날 수가 없었습니다.」
          _{「 」: 한혜자의 설명을 통해 한영덕의 삶이 드러남}

강 노인: (망치를 들며) 에구, 늙으면 죽어야지. 오래 살면 뭐하누. (관을 두드린다.)

          에휴, 관 짜는 노릇두 힘이 들어서 못 해 먹겠어.
                    _{강 노인은 장의 관련 일을 하는 인물임을 알 수 있음}

한영덕: 그럼, 좀 쉬었다가 하시구려. 술 한 모금 하시갔수?

강 노인: (거절하고) 또 술이야? 늘마에 무슨 꼴이야, 그래! 나야 워낙 팔자가 개팔자
                                        _{늘그막}

          라서 이러구 산다지만, 한 씨한테는 딸이 하나 있는 모양인데 이제 그만 집으로 들
                              _{한영덕의 처지에 대한 강 노인의 안타까움}

          어가지 않구.

          감상 포인트
          작품의 결말을 통해 작가가 드러
          내고자 한 주제 의식을 파악한다.

한영덕: 여기가 내 집이외다. 내레 갈 곳이 없시오.
          _{돌아갈 곳이 없는 한영덕 → 가족과의 관계가 해체됨}

강 노인: (혀를 차며) 필시 무슨 사연이 있을 게야. 하기사 한 씨가 우리 장의사에 처
                    _{한영덕의 과거에 대해 짐작만 할 뿐 잘 알지 못함}

          음 찾아왔을 때부터 무슨 기막힌 사연이 있는 줄 알았지. (사이) 근데, 거, 한 씨

          염하는 솜씨를 보니까 보통 솜씨가 아니던데 전에도 사람 몸 다뤄 본 적이 있소?
                    _{한영덕이 의사인 줄 모르는 강 노인 → 관객에게 한영덕이 의사였음을 환기함}

한영덕: (뭔가 얘기를 하려다 화제를 돌려서) 노인장은 집 짓던 목수가 어째 관을 짜게
                    _{자신의 사연을 궁금해하는 강 노인의 관심을 다른 곳으로 돌리기 위한 질문}

          되었수?

강 노인: (피식 웃으며) 나야 뭐, 늙어서 쉬운 일을 찾다 보니까 이렇게 되었지. 하지

          만 이 관으로 말할 것 같으면, 죽은 사람의 집이니까 마찬가지예요.

한영덕: 기왕이면 내 것도 하나 짜 주시구례.
                    _{자신의 죽음을 암시함}

강 노인: (어이없다는 듯이) 거 무슨 소리! 나보다 젊은 양반이 못 하는 소리가 없어.

          갈라면 이 늙은이가 먼저 가야지. (사이) 정말, 한 씨 염하는 솜씨가 내 맘에 꼭 들

• 무대 설정의 특징
이 작품에서는 장면이 이중적으로 전
개되는데, 무대의 오른쪽 위는 한혜자
가 등장하여 방백으로 현재의 상황을
전달하고, 무대에서는 강 노인과 한영
덕이 등장하여 과거의 상황을 전달하
고 있다. 즉 이러한 무대 설정을 통해
과거와 현재의 사건을 한 무대에서
중첩시켜 보여 주고 있다.

무대 오른쪽 위	무대
한혜자가 방백으로 아버지 한영덕에 대해 회상하며 그의 인생을 평가함	강 노인과 한영덕이 대사를 주고받으며 집을 나간 이후의 한영덕의 모습을 보여 줌

• 등장인물에 대한 이해 ②

한혜자	• 한영덕이 남한에서 낳은 딸로 늘 술에 취해 화가 난 듯한 아버지를 본 기억만 있음 • 아버지의 괴로운 삶에 대한 목격자 역할을 함
강 노인	• 관을 짜는 목수 • 한영덕이 집을 나와 떠돌다가 장의 일을 하며 지낼 때 만난 인물

어. 그러니까 내가 가거들랑 내 염을 해 주고 나서 뒤따라올 생각을 해도 늦지 않아요.

한영덕: 그럼, 내 관은 누가 짜 줍네까?

강 노인: (한영덕을 바라보다가 망치로 관을 두드린다.) ▶ 집을 나온 후 장의 일을 하며 살아가는 한영덕

한혜자: 한영덕 씨가 사망했다는 전보를 받고서도 울음이 나오지 않았습니다. 「난 그
　　　　아버지인 한영덕에 대한 한혜자의 심리적 거리감 → 객관적인 입장에서 아버지의 죽음을 전달함
가 살았던 시대를 새롭게 실감했기 때문이죠. 아버지 한영덕 씨는 시대와 더불어
　아버지인 한영덕의 비극적인 삶을 통해 시대를 새롭게 인식하게 됨
캄캄한 어둠 속에 박제될 거예요. 저 정지된 폐허 가운데 들꽃과 잡초에 뒤덮여 쓰
　아버지인 한영덕의 비극적인 삶은 시대와 함께 영원히 남게 될 것임
러진 녹슨 기관차처럼 그의 매장은 아직 끝나지 않았습니다.」　「　」: 한영덕의 삶에 대한 한혜자의
　분단이라는 역사적 현실 속에서 그의 죽음은 해결되지 않고 여전히 현재형으로 남아 있음　평가 → 관객이 현실의 문제
　　　　　　　　　　　　　　　　　　　　　　　　　　　　　　　　　　　　　　　점을 자각하도록 하는 역할로
(술에 취한 한영덕, 관 앞에 쓰러져 눕는다. 강 노인의 망치 소리가 계속된다. 음악이　작가의 목소리를 대변함
　시대의 비극에 희생된 한영덕의 비참한 모습
고조되면서 조명 서서히 어두워진다.) ▶ 아버지 한영덕의 삶에 대한 한혜자의 평가

핵심 포인트 1 갈등 양상에 대한 이해

이 작품은 6·25 전쟁과 민족 분단의 소용돌이 속에서 몰락해 가는 개인의 삶을 그리고 있으므로, 작품 속의 주된 갈등 양상을 파악하도록 한다.

+ 〈한씨 연대기〉에 나타난 갈등 양상

한영덕 ↔ 사회	• 6·25 전쟁 및 분단의 역사적 상황은 양심적이고 인도주의적인 한영덕의 인생을 말살하는 폭력으로 작용함 • 혼란한 시대 상황 속에서 도덕과 양심을 지키고자 하는 한영덕의 고지식한 성격은 자신의 삶을 더욱 힘들게 하는 요인으로 작용함
한영덕 ↔ 박가	박가가 체제와 이데올로기를 이용해 한영덕을 간첩으로 고발함으로써 한영덕의 삶이 망가지게 됨

핵심 포인트 2 등장인물에 대한 이해

이 작품 속 등장인물의 성격과 극적 기능을 파악하도록 한다.

+ 등장인물의 성격과 극적 기능

한영덕	• 북한 출신의 양심적이고 인도주의적인 의사 • 6·25 전쟁과 분단의 현대사 속에서 희생당하는 비극적 개인을 형상화함
박가	• 가짜 의사 면허로 병원을 차려 한영덕을 이용해 병원을 운영함 • 낙태 수술을 하던 중 의료 사고를 일으키고 한영덕에게 도움을 받아 환자의 목숨을 살리지만 한영덕이 병원을 그만두고 의료 감시원의 단속을 받자 한영덕을 간첩으로 고발함 • 자신의 이익을 위해 타인을 이용하거나 부도덕하고 불법적인 행동을 서슴지 않음 → 한영덕의 몰락을 초래하는 계기를 제공함
한혜자	• 한영덕이 남한에서 낳은 딸로 늘 술에 취해 화가 난 듯한 아버지를 본 기억만 있음 • 아버지의 괴로운 삶에 대한 목격자 역할을 함 • 한영덕이 출소한 이후의 삶과 죽음에 대한 정보를 전달함 • 아버지의 죽음을 통해 시대에 대한 인식을 새롭게 함 → 관객들에게 시대와 개인의 문제를 인식하고 성찰하게 하는 역할을 함

핵심 포인트 3 외적 준거에 따른 작품 감상

이 작품은 서사극의 방식을 활용하여 주제 의식을 전달하고 있으므로, 서사극의 개념과 이 작품에 나타나는 서사극의 특징을 파악하도록 한다.

+ 서사극의 특징과 〈한씨 연대기〉

서사극의 개념	• 브레히트의 연극 이론으로 무대 위에 도덕 문제와 현대의 사회 현실을 재현함 • 관객이 등장인물에 감정적으로 동화되는 것을 방해하고 관객의 이성에 호소함 • 관객들이 연극에 대하여 객관적으로 생각하게 하고 연극의 주제를 심사숙고하게 함

삽화적 구성	• 각 장들은 독립되어 있어 인과 관계에 의한 사건 전개보다 시간과 공간, 시대적인 상황의 변화에 따른 주인공의 삶의 변화에 초점을 둠 • 막간극의 형식으로 정치적 상황을 보여 주는 다큐멘터리가 삽입되어 사회 속에 한 개인인 한영덕의 삶을 투영시켜 시대와 사회의 영향에 의해 변화하는 인간의 모습을 그림 → 극의 흐름을 객관적으로 시각화할 수 있게 함
해설자 등장	• 국내외 정치 상황과 극의 시간적, 공간적 배경을 설명함 • 차트를 통해 시간의 흐름과 공간적 배경, 과거의 사건과 상황을 알려 줌 • 해설자가 극 중 인물로도 등장하여 소외 효과를 강화함
음향 효과의 사용	• 정보 수사대에서의 소리, 박가의 투석, 망치 소리 등 소리를 자주 사용함 → 관객의 상상력을 증대시키는 역할을 함
소외 효과	• 관객이 무대에서 일어나는 사건과 객관적 거리를 유지할 수 있도록 하는 수단이며 냉정하고 비판적인 입장을 갖도록 하는 데 목적이 있음 • 관객이 극에 몰입하거나 인물과 감정적으로 동화되는 것을 의도적으로 방해함 → 해설자가 등장하여 사건을 전달하거나 고문 장면은 마네킹을 사용하는 것 등

🎬 **작품 한눈에**

• **해제**

〈한씨 연대기〉는 황석영의 소설 《한씨 연대기》를 각색한 희곡이다. 북한 대학 병원의 산부인과 교수인 한영덕은 6·25 전쟁 당시 고위 인사들을 치료하는 특별 병동 담당 의사였지만 제대로 치료받지 못하고 죽어 가는 일반 병동 환자를 치료하였다는 이유로 반역자로 몰려 처형장으로 가게 된다. 그러나 처형장에서 기적적으로 살아난 한영덕은 잠시 피신할 목적으로 가족들과 헤어져 월남한다. 남한에서 한영덕은 생계를 위해 북한 출신인 박가가 차린 병원에서 동업하기로 한다. 무면허 의사인 박가가 낙태 수술을 하던 중 일으킨 의료 사고를 도와주고 한영덕은 박가의 병원을 나온다. 그 후 박가의 병원이 의료 단속을 받자 박가는 한영덕을 간첩 혐의로 무고한다. 한영덕은 조사 기관에서 고문을 당하고 간첩 누명은 벗지만 불법 낙태 수술을 한 혐의로 구속된다. 감옥에서 출소한 후 결국 집을 나가 떠돌던 한영덕은 장의 일을 하며 지내다 삶을 마친다. 이 작품은 서사극의 형태로 분단 현실이라는 역사적 상황과 이데올로기의 대립으로 인해 몰락해 가는 한영덕의 삶을 그려 내어 비극적 시대와 개인의 수난이라는 문제를 되돌아보게 한다.

• **제목 〈한씨 연대기〉의 의미**

– 주인공인 한영덕의 삶에서 일어난 중요한 사건에 대한 기록

'연대기'는 역사적으로 중요한 사건을 연대순으로 적은 기록을 뜻한다. 이 작품은 한영덕의 삶이 한국 현대사의 소용돌이 속에서 파괴되어 가는 비극적 과정을 그리고 있다.

• **주제**

분단 현실로 인한 개인의 수난과 비극

📝 **기출 확인**

2008학년도 6월 평가원

[작품의 내용 파악]

• 한영덕은 자신의 죽음을 예감하고 있었군.
• 한혜자는 아버지의 삶을 시대와 결부시켜 이해하고 있군.
• 강 노인은 한영덕의 과거에 대해 궁금증을 가지고 있었군.
• 한영덕은 딸에게도 자신의 인생 내력에 대해 말하지 않았군.

한 줄 평 | 창고지기의 삶을 통해 산업 사회의 문제점을 상징적으로 그려 낸 작품

북어 대가리 ▶ 이강백

💬 전체 줄거리

창문 하나 없는 직사각형 모양의 어두운 창고 안에는 사십 대쯤으로 보이는 두 명의 남자가 살고 있다. 그들은 창고지기인 자앙과 기임으로, 창고 안에서 먹고 자는 생활을 하면서 동시에 상자들을 보관하는 일을 하는, 생활과 직업이 분리되지 않은 삶을 살고 있다. 자앙은 침대를 비롯한 자신의 개인 도구는 물론 두 사람이 함께 쓰는 공용 살림 도구들을 항상 말끔하게 정돈해 놓는 데 반해, 기임의 침대와 그 주변은 그가 아무렇게나 벗어놓은 옷가지나 그 밖의 소지품들로 인해 늘 어지럽혀져 있다. 새벽 여섯 시 반이 되면 창고에는 화물 운반용 대형 트럭이 도착한다. 트럭은 매일같이 창고에 새로 보관할 상자들을 실어 와 내려놓고, 창고에 보관된 상자 중에서 그날 출고해야 할 상자들을 다시 실어 가져간다. 창고지기들은 트럭 운전수가 상자와 함께 가져온 서류를 보고, 그 내용대로 하루하루 똑같은 작업을 반복한다.

▶ 창고지기인 자앙과 기임은 매일 똑같은 일을 반복하며 창고 안에서 살아감

저녁 무렵까지도 두 명의 창고지기 자앙과 기임은 창고 문밖에 쌓여 있는 상자들을 창고 안으로 옮기는 작업을 계속하고 있다. 상자 옆면에 적힌 일련번호에 따라 각각의 상자를 정확한 위치에 옮겨 쌓는 작업을 하면서 자앙은 상자들이 뒤섞이거나 잘못된 위치에 보관되지 않도록 하고자 몇 번이고 확인을 거듭한다. 그런 꼼꼼하고 신중한 작업 태도 때문에 항상 작업 시간이 길어지자 기임은 짜증을 내며 자앙에게 불만을 토로한다. 다른 창고의 창고지기들은 트럭이 상자를 내려놓자마자 순식간에 일을 해치운 뒤 하루 종일 빈둥거리는데, 고지식하고 굼뜬 자앙 때문에 자신들만 새벽부터 저녁까지 계속 일을 한다는 것이다. 자앙은 다른 창고지기들이 성실하지 못한 것이며 그러한 방법은 옳지 않다고 말하지만, 기임은 상자를 잘못 쌓아 둔다고 해서 무슨 일이 벌어지지는 않을 것이라고 장담한다. 그러면서 자신이 일부러 잘못 쌓은 상자를 그대로 놓아둔 뒤 상황을 지켜보자며 자앙을 부추긴다. 자앙은 지난밤 꿈속에서 기임의 모습을 한 악마가 나와 지금과 똑같은 말로 자신의 꾀어내려 했는데, 이에 넘어가지 않고 상자를 제자리에 갖다 놓자 마음이 안정됐다는 이야기를 한다.

▶ 자앙의 꼼꼼하고 신중한 작업 태도가 마음에 들지 않는 기임이 불만을 드러냄

기임은 전날 저녁에 만나 함께 술을 마셨던 여자도 자신을 향해 악마라고 소리를 질렀다고 이야기한다. 그러자 자앙은 여자가 화를 낸 이유는 기임이 상대를 진실하게 대하지 않고 시험하려 들어서일 것이라고 한다. 기임은 그렇게 모든 것을 잘 안다면 정작 자앙 본인에게는 왜 만나는 여자가 없는 것이냐고 되묻다가, 외출 준비를 시작한다. 전날 만난 그 여자를 저녁에 다시 만나기로 했기 때문이다.

장면 포인트 ① 325P

주목 자앙은 기임이 입고 나갈 바지를 다려 주면서 저녁에 다시 만나기로 한 여자의 이름을 묻고, 기임은 사람들이 모두 그녀를 '마이 다링'으로 부른다고 답한다. 그가 어떤 사람인지도 모르는 여자를 쫓아다니는 것은 아닌가 하는 자앙의 걱정을 기임은 그저 듣기 싫은 잔소리로 받아들인다. 그러면서 늙기 전에 결혼하여 창고지기 생활에서 벗어나고 싶은 자신의 소망을 이야기한다. 이에 자앙은 사람은 누구나 세상의 수많은 창고 중 하나의 창고 속에서 살아가기 마련이므로 중요한 것은 자신이 있는 그 창고 속에서 열심히 일하며 성실하게 사는 것이라고 기임에게 충고한다. 그 사이 바지를 모두 다린 자앙은 깨끗한 손수건과 돈을 주면서 기임이 다링과의 만남에서 실망하지 않기를 바라는 마음으로 조언도 해 준다. 기임은 자신을 살뜰하게 챙겨 주면서도 동시에 마치 의붓어미처럼 잔소리를 늘어놓는 자앙의 태도를 이상하다고 생각한다.

▶ 자앙은 다링을 만나러 간다는 기임을 살뜰하게 챙기면서 조언을 해 줌

깊은 밤, 자앙은 잠들지 못하고 아직 돌아오지 않은 기임을 기다리고 있다. 잠시 후 술에 잔뜩 취해 정신을 잃은 기임이 다링의 부축을 받으며 창고 안으로 들어선다. 여자를 만나거든 이번에는 시끌벅적한 술집 말고 조용한 음식점에 가라고 한 자앙의 조언과는 달리, 기임은 또다시 술집으로 향했던 것이다. 기임을 창고까지 데려온 다링은 자앙에게 자신을 '미스 다링'이라고 소개한다. 다링은 기임에게서 언제나 성실하고 정확하게 창고지기 일을 수행한다는 자앙에 대한 이야기를 듣고는 그에게 호기심을 느끼고 있었다. 그래서 자앙을 유혹하며 자신에게서 사랑을 느낄 수 있을지 시험해 보라고 부추긴다. 하지만 자앙은 그녀의 꾐에 넘어가지 않고, 다링은 그런 자앙의 태도에 눈물을 흘린다.

▶ 술에 취한 기임을 창고로 데려온 다링이 자앙을 유혹함

새벽녘이 되자 여느 때처럼 상자를 실은 대형 트럭이 창고 앞에 도착한다. 창고 안으로 들어선 트럭 운전수는 숙취로 인해 여전히 침대에 누워 있는 기임을 보고는 그가 만난 여자가 자신의 딸이라는 사실을 이야기한다. 또한 딸이 근방의 창고지기들과 모두 만나고 다니는 바람둥이라고 말하는데, 이를 들은 기임이 자리에서 벌떡 일어나자 장인으로서 사위될 이의 됨됨이를 알아보아야겠으니 함께 돈내기 화투를 치자고 제안한다. 노름꾼인 운전수는 이전에 딸이 만났던 다른 남자들에게 그랬던 것처럼 이번에도 내기 화투를 통해 기임이 가진 돈을 잔뜩 뜯어낼 생각이었다.

잠시 후 자앙을 좇아 운반용 핸들 카에 상자를 실어 나르던 기임이 자앙 몰래 핸들 카에 올려져 있던 상자 하나를 주변에 있던 다른 상자와 바꿔 버린다. 그렇게 상자 하나가 잘못 실린 상태로 트럭은 창고를 떠난다. 다시 창고로 들어온 기임에게 자앙은 북어 대가리를 가지고 해장국을 끓여 준다. 기임은 펄펄 끓는 해장국 속에서도 입을 쩍 벌리고 웃는 모양새인 북어 대가리를 보고 아주 재밌다는 듯이 농담을 한다. 이에 자앙은 기임에게 그런 끔찍한 농담을 하

는 버릇은 고치라고 지적한다. 그러자 기임은 자양이 또 자신을 어린애 대하듯 야단친다고 하며, 그가 의붓어미와 다름없이 구는 점에 화를 내기 시작한다. 또한 지금처럼 화를 낼 때마다 창고의 상자를 언급하고 자신을 꼼짝 못하게 하려 드는 자양의 행태를 꼬집으며, 조금 전 자신이 상자 하나를 일부러 잘못 실어 보낸 사실을 밝힌다. ▶ 기임은 자양 몰래 상자 하나를 일부러 잘못 실어 창고 밖으로 내보냄

저녁 무렵, 기임은 일을 마치고 돌아온 트럭 운전수와 식탁 앞에 앉아 내기 화투를 하는 중이고, 자양은 잘못 실려 나간 상자의 번호를 알기 위해 창고 안에 쌓여 있는 상자들을 하나하나 서류와 대조하고 있는 중이다. 기임은 노름꾼인 운전수에게 한 번도 이기지 못한 채 계속해서 돈을 잃고 있다. 운전수는 기임이 돈을 잃을수록 그만큼 자신의 딸과는 잘 될 가능성이 커지고 있는 것이 아니겠냐고 하며 그가 내기를 계속 하도록 부추긴다. 그러는 사이 다링이 창고로 들어오는데, 아버지와 내기 화투 중인 기임을 보고 그에게 더 이상 돈을 걸지 말라고 조언한다. 운전수는 다링이 기임을 흔들며 내기 화투를 방해하자, 창고 구석으로 가서 자양과 함께 상자 찾는 일이나 하라고 한다. 이에 다링은 아침에 상자 하나가 잘못 실려 나간 것은 자신이 기임에게 그렇게 하도록 시켰기 때문이라고 이야기한다. 기임이 고지식한 자양 때문에 자신까지 힘들다며 다링에게 푸념을 늘어놓자, 상자 하나를 슬쩍 잘못 내보내 보라고 제안했던 것이다.

다링의 조언을 듣지 않고 남은 돈을 모두 내기 판에 건 기임은 운전수에게 또다시 돈을 잃게 된다. 운전수는 억울해 하는 기임에게 술을 사겠다며 그를 데리고 술집으로 향한다. 두 사람을 따라가지 않고 창고에 남은 다링은 잘못 나간 상자 때문에 걱정하는 자양에게 이런저런 조언을 해 준다. 하지만 뒤바뀐 상자 안의 내용물을 알 수 없고, 상자들이 어디에서 와서 어디로 가는지도 알 수 없기에 자양은 다링의 조언에도 걱정을 떨쳐 내지 못한다. 이에 다링은 신기한 수수께끼 같은 상자를 뜯어서 그 안의 내용물을 확인해 보자고 자양을 부추긴다. 자양은 주인의 허락을 받지 않았기에 상자를 뜯어볼 수는 없다며 주저하지만 그런 그를 다링이 계속 밀어붙여서 결국 상자를 열게 된다. 상자 안에는 어떤 기계의 부속품 같아 보이지만 정확한 용도를 알 수 없는 금속 물체가 들어 있었다. 다링은 그것이 굉장히 크고 특수한 어느 기계의 부속품일지도 혹은 굉장한 위력을 가진 폭탄의 부속품일지도 모르겠다며 상상의 나래를 펼친다. 그러는 동안 침묵하고 있던 자양은 물건을 다시 상자 속에 넣으며 상자를 뜯어본 것을 후회한다고 말한다. 다링은 상자를 마음대로 뜯어본 일이 겁난다면 자신과 함께 도망치자고 하며 소리 내어 웃는다.
▶ 다링이 자양의 앞에서 상자를 뜯고, 내용물을 확인한 자양은 상자를 뜯어본 일을 후회함

며칠이 지난 후, 늦은 밤이지만 자양과 기임은 모두 각자의 사정으로 잠들지 못하고 있다. 자양은 상자가 잘못 실려 나간 후 아직 아무런 연락이 없다는 점 때문에 불안과 두려움을 느끼고 있었다. 그는 그동안 자신이 세워 본 여러 가지 가설을 이야기하며 지금까지 아무런 연락이 없는 것은 그중 어떤 이유 때문일 것 같냐고 기임에게 묻는다. 기임은 며칠간 트럭 운전수에게서 내내 들었던 배짱을 운운하며, 그런 건 복잡하게 생각할 것 없이 자신의 배짱대로 정해서 생각하면 될 일이 아니냐고 답한다. 한편 기임은 지난 며칠 동안 잃은 돈 때문에 마음이 복잡하고 불안하여 잠에 들지 못하고 있는 상황이었다. 자양이 이를 꿰뚫어 보자, 기임은 그래도 다링만은 확실히 자신의 연인이 되었다고 항변한다. 그녀가 근처 창고지기들을 모두 만나며 시험하고 다닌 것은 알지만, 이제 그 시험은 끝났다는 것이다. 특히 며칠 전 창고에서 상자 하나가 잘못 나간 사건 이후로는 자양에 대한 생각도 바뀌어 그녀가 완전히 자신을 선택했다고 큰소리를 친다.

잠시 후 자양은 식탁 앞에 앉아 상자 주인에게 편지를 쓰기 시작한다. 상자가 바뀐 줄도 모르고 그대로 트럭에 실어 보낸 자신의 태만을 고백하며, 상자 주인에게 그러한 잘못을 침묵 속에 덮어 두지 말고 자신을 꾸짖어 달라는 내용이다. 편지 내용을 들은 기임은 자신도 상자 주인에게 편지를 보내야겠으니 자양에게 자신이 말하는 내용을 받아 적어 달라고 한다. 그 내용은 상자를 바꿔 놓은 것은 자신으로, 자양에게는 아무런 잘못이 없으며 오히려 그동안 성실하게 창고지기 일을 해 온 자양은 칭찬받아 마땅하다는 것이었다. 자양은 그러한 편지 내용에 감동하지만, 기임은 자신이 언젠가는 분명히 떠날 사람임을 강조하며 자양에게 선을 그으려 한다. 이후 기임이 먼저 잠자리에 들고, 자양은 상자 주인에게 전달할 편지를 다시금 써 내려간다. ▶ 자양이 상자 주인에게 자신의 잘못을 고백하는 내용의 편지를 씀

새벽녘이 되자 요란한 경적과 함께 창고 앞으로 트럭이 도착한다. 다른 날과는 달리 창고 문까지 두드리며 재촉하던 트럭 운전수는 기임을 보자마자 그에게 짐을 꾸리고 오늘부터 자신의 집으로 들어와 살라고 말한다. 운전수는 기임을 조수로 쓰다가 나중에는 그에게 트럭을 완전히 맡길 테니 이제부터 창고지기는 그만두고 트럭 운전을 배우기 시작하라는 말도 덧붙인다. 다링이 아버지가 누군지 모르는 아이를 임신한 상태였는데, 이를 알게 된 트럭 운전수가 기임을 다링과 결혼시키고자 마음먹게 되어 그러한 제안을 한 것이다. 창고지기 일에서 벗어날 수 있는 기회라는 운전수의 말에 기임은 심각하게 고민하기 시작한다. 그런 기임을 대신하여 잠시 동안 운전수가 자양과 함께 상자를 옮기기 시작하는데, 이때를 틈타 자양은 자신이 쓴 편지를 운전수에게 건네준다. 하지만 [장면 포인트 ❷ 327P] 편지가 상자 주인에게 전달될 수 있도록 해 달라는 자양의 간청을 운전수는 묵

청을 높여 가며 단호하게 거절한다. 잘못을 밝히는 편지를 굳이 보낼 필요는 없으며, 자신도 상자를 운반할 때 정거장에서 일하는 두 명의 작업반장하고만 마주칠 뿐이므로 상자 주인과 통할 방도는 없다는 것이다. 또한 부속품이 든 상자는 중간중간 수많은 갈래로 나뉘어 운반되므로 마지막에는 결국 한군데로 모여 상자 주인에게 닿을 것이라는 자양의 생각은 착각일 뿐이라고 말한다.

▶ 운전수는 편지가 상자 주인에게 전달될 수 있게 해 달라는 자양의 부탁을 거절함

그러는 사이 마침내 창고를 떠나기로 결정한 기임이 짐을 싸기 시작한다. **장면 포인트 ③ 329P** 기임은 자양에게 두 사람이 함께 쓰던 물건 중 무엇이 자신의 것인지 알지 못하니 대신 골라 달라고 하는데, 이에 자양은 쓸 만한 물건이 있다면 그냥 모두 가져가라고 말한다. 그러면서 기임의 생일날 주려고 마련해 두었던 화려한 색깔의 스웨터를 그에게

선물로 준다. 기임은 그런 자양에게 북어 대가리 하나를 건네주면서 자신이 떠나고 나면 그것을 항상 곁에 두고 보라고 이야기한다. 이윽고 매우 즐거워하는 기임의 환호성, 트럭 운전수와 다링의 웃음 소리와 함께 그들이 떠나자 창고는 조용해진다. 힘없이 식탁 의자에 주저앉은 자양은 식탁에 놓여 있는 북어 대가리를 바라본다. 쓸쓸하고, 허무한 생각으로 가득 찬, 머리만 덜렁 남은 북어 대가리를 보며 자양은 그동안 창고지기로서 성실하게 살아왔던 자신의 삶에 회의감을 느낀다. 하지만 그것도 잠시, 자양은 의심과 불안을 털어내고자 하며 다시금 상자를 제자리에 정확하게, 착오 없이 옮겨 쌓는 일에 열중하기 시작한다.

▶ 기임이 트럭 운전수와 다링을 따라 창고를 떠나고, 홀로 남은 자양은 자신의 삶에 회의감을 느끼지만 이내 마음을 다잡고 다시 일을 시작함

🎭 인물 관계도

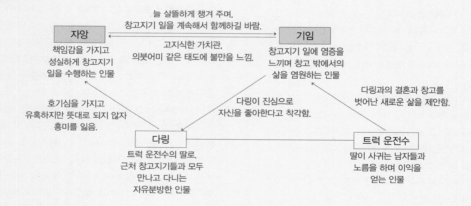

<보기>로 나오는 작품 외적 준거

위기에 빠진 내면의 형상화

이강백의 여러 희곡 작품에서는 개인을 무력한 존재로 만드는 외부적인 힘의 폭력성과 함께 이를 극복할 수 있는 대안으로 개인의 도덕성 회복과 같은 정신적인 측면을 강조하는 내용을 찾아볼 수 있다. 이렇듯 정신의 우위성을 강조하는 다른 작품들과는 달리 〈북어 대가리〉는 개인의 존재 의식이 위기에 빠진 상황을 보여 준다. 〈북어 대가리〉에서 무대의 배경으로 등장하는 창고는 한 개인의 내면 풍경을 그려 내는 우화적 공간에 해당한다. 그리고 그 안에서 살아가고 있는 두 명의 창고지기 자양과 기임은 각각 의식적인 존재, 육체적인 존재로 볼 수 있다. 작품 속에서 성실하고 꼼꼼한 자양이 기임에게 마치 의붓어미처럼 잔소리를 하면서도 그를 다방면으로 살뜰하게 챙기는 모습은 정신의 우위성이 강조되어 있는 한 존재의 내면세계를 구현한 것으로 볼 수 있다. 그런데 이처럼 안정된 내면 의식은 상자를 바꿔치기 한 기임의 반란으로 인해 위기에 직면하게 된다. 다른 상자를 잘못 내보냈음에도 창고 바깥의 세계로부터 어떠한 반응도 돌아오지 않는 상황을 통해 자양은 자신의 현실 인식에 대한 자신감을 상실하게 된다. 이에 더해 자양의 통제를 벗어난 기임이 창고 바깥의 세계로 떠나 버리면서 자양은 육체를 상실한 의식이라는 불완전한 자아로서 창고에 홀로 남게 되는 것이다.

– 신아영, 이강백의 〈북어 대가리〉와 〈통 뛰어넘기〉 연구, 2004

• 이 작품은 자신의 삶에 대한 자각을 잃은 채 기계의 부속품처럼 살아가는 인물의 삶을 보여 주며 삶의 진정한 가치가 무엇인가를 질문하게 하는 희곡이다.
• 해당 장면은 상자를 분류하여 트럭에 상자를 싣고 내리기를 반복하는 창고지기인 자앙과 기임이 대화하는 상황이다.
• 자앙과 기임의 대화에 주목하여 책임감이 강하고 자기가 맡은 일에 최선을 다하는 자앙과 반복된 일상을 지겨워하며 불만을 느끼는 기임의 성격을 파악하도록 한다.

★주목 **자앙:** 사람이란 하나를 보면 열을 알 수 있다구. 네 바지는 너무 더러워. 아무렇게
<u>기임의 조심성이 없는 태도가 기임의 단정하지 못한 차림새와 연관이 있다고 생각하는 자앙</u>
나 상자를 다루듯이, 옷을 함부로 입기 때문이지. 자주 세탁을 하구, 미리 깔끔하
게 손질해 두면 좀 좋아. 그런데 오늘 저녁 또다시 만나기로 한 여자, 어떻게 생겼어?
<u>트럭 운전수의 딸인 다링</u>

기임: 그런 건 네가 알 것 없어.

자앙: 나이는 몇 살인데?

기임: 알 것 없다니까.

자앙: 이름은? 설마 이름이야 가르쳐 주겠지?

기임: 다링이야.

자앙: 다링……?

기임: 응, 모두들 그 여자를 보면 마이 다링이라고 불러.
<u>다링이 여러 남자와 사귄다는 것을 알 수 있음</u>

자앙: <u>그건 본명이 아니라 별명 같은데?</u>
<u>다링이라는 이름을 미심쩍게 여김</u>

기임: 그러니까 알 것 없다구 했잖아!
<u>자앙의 추궁을 불쾌하게 여기고 짜증 섞인 반응을 보임</u>

자앙: 걱정이 돼서 그런 거야. 혹시 어떻게 생겼는지 잘 보지도 않고, 그저 여자니깐
쫓아다니는 건 아닌지 말야.

기임: 너 요즘 잔소리가 부쩍 심해졌어!
<u>기임은 잔소리가 심하다는 이유로 자앙을 '의붓어미'라고 부름</u>

자앙: 나도 그걸 느껴. 아마 나이 탓이겠지.

기임: 나이 탓이라구? 천만에! <u>난 너와 나이가 비슷한데 잔소리가 없잖아.</u>
<u>자앙의 생각에 동의하지 않는 기임</u>

자앙: 어쨌든 늙으면 잔소리가 많아져.

기임: 우리가 늙었다는 거야?

자앙: <u>젊었다곤 할 수 없지. 인정할 건 인정하자구.</u> 너와 나는 이제 젊진 않아. 여자
<u>보수적이면서 원칙주의인 자앙의 성격이 드러남</u>
뒤를 쫓아다니는 건 젊은 애들이나 하는 짓이야. 이젠 조용히 자기 자신을 생각해
야지.　　　　　　　　　　　　　　　　　▶ 자앙의 잔소리를 듣고 불평하는 기임

기임: 나도 생각이 있어. 난 아무 까닭 없이 여자를 쫓아다니는 게 아냐. 빌어먹을,
이 창고 속을 보라구! <u>상자들을 운반하고 보관하는 일이 지겨워 죽겠는데,</u> 먹고 자
<u>창고지기 생활에 회의와 불만을 표현하는 기임</u>
는 생활도 이 창고 속에서 하고 있잖아! 난 늙기 전에 결혼해서 이 창고 속을 빠져
<u>창고에서 탈출하고 싶어 하는 기임</u>
나가고 싶은 거야!

자앙: <u>일하는 것과 사는 것은 같은 거야. 그게 서로 다르면, 사람은 불행해져.</u>
<u>삶과 일을 동일시하는 자앙의 가치관이 드러남</u>

작품 분석 노트

• '자앙'과 '기임'의 성격과 태도

자앙과 기임이 처한 현실
창고 안에 사는 창고지기로, 매일 상자를 분류하여 트럭에 상자를 싣고 내리는 일을 반복하고 있음

자앙	기임
책임감을 가지고 자신의 일에 최선을 다해야 한다고 생각하는 인물	반복되는 일상에 회의와 불만을 느끼며 게으름을 부리는 인물

| 현실에 순응하여 자신의 임무를 성실하고 꼼꼼하게 수행하며 창고를 지키려 함 | 창고 밖에서는 새로운 삶이 펼쳐질 것이라 생각하고 창고 밖의 삶을 막연히 동경하며 창고를 떠나려 함 |

기임: 정말 고리타분한 소릴 하고 있군!
　　　　_{자양의 말을 못마땅하게 여기는 기임}

자양: 그리고 말야, 이 창고를 빠져나가면 또 뭐가 있을 것 같아? 저 하늘의 해와 달,
　　　　　　　_{소외된 노동의 현장}
별들이 빛나는 우주는 거대한 창고지. 「세상은 그 거대한 창고 속에 들어 있는 조
그만 창고이고, 우리의 이 창고는 그 조그만 창고 속에 들어 있는 수많은 창고 중
에 하나의 아주 작은 창고거든. 결국은 창고를 빠져나가도 또다시 창고에 지나지
않으니깐, 그 누구든지 완전하게 창고 밖으로 빠져나간다는 건 불가능해.」 만약 우
　　　「　」 _{인간을 소외시키는 분업화되고 단순화된 현대 산업 사회의 시스템에서 벗어나기는 어렵다는 인식}
리가 이 창고 속에서 행복할 수 없다면, 다른 창고에 들어가 본들 행복할 수는 없
어. 그래서 바로 이 창고, 이 창고 속에서 열심히 일하고 성실하게 사는 것이 중요
　　　_{자양이 창고에서의 삶에 성실하게 임하려는 이유}
한 거라구. (다림질을 마치고 바지를 기임에게 준다.) 바지 입어. 오늘 입고 나갔다
　　　　　_{현실에서 벗어날 수 없으므로 주어진 현실 속에서 열심히 성실하게 살아야 함을 강조하는 자양}
가 돌아와서는 벗어 놔. 내가 깨끗하게 빨아 줄게.
　　　_{기임을 따뜻하게 챙겨 주는 자양}

(기임, 잔뜩 찌푸린 표정으로 바지를 받아 입는다. 자양은 침대 밑 상자에서 깨끗한 손
　　　　　　　　　　　　　　　　　　　　　_{자양의 깔끔한 성격이 드러남}
수건을 꺼내 다림질로 곱게 다려 접는다.)

자양: 깨끗한 손수건 없지? 이걸 가져가. □: 기임을 따뜻하게 챙겨 주는 자양의 마음씨가 담긴 소재

기임: (손수건을 호주머니에 집어넣는다.)

자양: 돈은 있어?

기임: 걱정 마. 있으니깐.

자양: (자신의 상자에서 돈을 꺼내 기임에게 준다.) 「잘해 봐. 사람들이 북적거리는 술
　　　　　　　　　　　　　　　　「　」 _{다링을 만나기 위해 창고 밖으로 나가려는 기임에게 충고를 하는 자양}
집에 가지 말고, 오늘은 어디 조용한 음식점엘 가라구. 그리고는 절대로 여자 허
벅지를 만지면 안 돼. 점잖게 두 손은 식탁 위에 올려놓고, 다만 눈으로 그 여자의
눈을 바라보는 거야. 말할 때는 한마디, 한마디씩. 마치 상자를 정확하게 쌓듯이,
　　　　　　　　　　　　　　　　_{자양과 기임이 상자를 쌓는 일을 하므로 그러한 경험에 빗대어 말을 함}
정성 들여 자신의 진실을 말해. 아참, 한 가지 더 주의할 게 있어. 너는 식사할 때
음식 묻은 입을 손으로 쓱쓱 문질러 닦는데 말야. 꼭 손수건을 꺼내 닦으라구. 그
　　　　　　　　　　　　　　　　　　　　_{자양이 기임에게 준 손수건}
런 모습 하나하나가 여자한테는 매우 중요하게 보이는 법이야.
　　　　　　　　　　　　　　　▶ 창고지기 일에 성실한 자양과 불만을 갖고 있는 기임

• '창고'의 의미

창고
매일 같은 시각에 트럭이 와서 보관할 상자들은 내리고 출고할 상자들을 실어 가는 곳

↓

창고에 대한 자양의 말
• "세상은 그 거대한 창고 속에 들어 있는 조그만 창고이고, 우리의 이 창고는 그 조그만 창고 속에 들어 있는 수많은 창고 중에 하나의 아주 작은 창고거든." • "바로 이 창고, 이 창고 속에서 열심히 일하고 성실하게 사는 것이 중요한 거라구."

↓

• 분업화되고 개별화되고 획일화된 현대 산업 사회를 상징하는 공간
• 어둡고 조그만 공간으로 자양의 삶을 지배하는 세계

- 해당 장면은 상자를 잘못 보낸 것을 알게 되자 상자 주인에게 이를 알리는 편지를 전달하려는 자앙과 편지를 보내는 행위가 쓸모없다고 주장하는 운전수가 갈등하는 상황이다.
- 편지의 의미를 파악하고, 운전수와 자앙이 갈등하고 있는 상황을 이해하도록 한다.

[앞부분의 줄거리] 창고지기 일에 싫증이 난 기임은 상자 하나를 고의로 잘못 보내 놓고 자앙에게 이를 말한다. 자앙은 편지를 써서 상자 주인에게 이 사실을 알리려 하고, 기임은 다링과 함께 창고를 떠나려 한다.

★주목 (창고 밖으로 상자들을 옮기고 있던 자앙과 트럭 운전수 사이에 언쟁이 벌어진다. 자앙은 트럭 운전수에게 편지를 전달해 주도록 간청하고 운전수는 목청을 높여 가며 거절의 이유를 설명한다.)

운전수: 그건 미친 짓이야! 일부러 잘못했다고 편지를 보낼 필요는 없어!
_{상자를 잘못 보낸 일에 대해 사과하는 편지를 보내려는 자앙을 비판하는 운전수}

자앙: (편지를 운전수에게 내밀며) 제발 보내야 해요!
_{자앙의 성실성과 책임감, 고지식함을 드러내는 소재}

운전수: 여봐, 내가 상자를 운반하고 다니니깐 상자 주인과 통할 수 있다고 생각한

모양인데, 그건 큰 착각이야. 난 말이야, 뭐가 뭔지도 모르고 그냥 싣고 왔다가 그
_{기계의 부품처럼 같은 일을 반복하며 살아가는 현대인의 모습}

냥 실어 가는 거라구. 실제로 내가 아는 건, 정거장에서 여러 트럭들이 상자를 나

눠 받을 때 만나는 분배 반장 딸기코하고, 창고에 보관했다가 다시 나눠 싣고 정거
_{코끝이 빨갛게 된 코}

장에 가서 만나는 접수 반장 외눈깔, 그 둘뿐이라구. 딸기코와 외눈깔은 내가 붙인
_{'외눈'을 속되게 이르는 말}

별명인데, 물론 진짜 이름이야 있겠지. 하지만 그들이 내 이름을 부르지 않고 노
_{개인의 고유한 가치를 상실한 채 살아가는 현대인의 모습을 별명을 통해 드러냄(현대인의 익명성)}

름꾼이라 하듯이 나도 그들을 별명으로만 불러. 어쨌든 딸기코가 상자를 분배하는
_{분업화되고 파편화되어 소통이 단절된 현대인의 모습}

곳은 정거장의 왼쪽이고, 외눈깔이 상자를 접수하는 곳은 정거장의 오른쪽이야.

그래서 그들은 같은 정거장에서 둘 다 상자를 취급하면서도 서로 얼굴 한번 볼 수

조차 없어.

자앙: 별명이든 이름이든 상관없어요. (편지를 억지로 운전수 손에 쥐여 준다.) 상자를
_{자앙의 성실하고 정직한 성격이 드러남}

싣고 가는 곳에 내 편지를 갖다주면서, 다음 사람에게 전달하라고 하면 되거든요.
_{자앙의 의도가 드러남 → 현실에 대한 무지와 순진성}

운전수: ⌜내가 자네 편지를 외눈깔에게 주면, 외눈깔은 그다음 사람에게 전달하고, 그
_{⌜ ⌟: 자앙의 의도를 풀어 설명하여 그 의미를 확인함}

다음 사람은 또 다음 사람에게…… 계속해서 운반되는 상자들을 따라가 맨 나중엔
_{자앙은 부속품 상자들은 맨 나중에 다 모이게 될 것이라고 믿고 있음}

주인에게 전달되기를 바라는 거지?⌟

자앙: 네, 바로 그겁니다. / **운전수:** 그게 또 큰 착각이라구. 부속품이 든 상자들은

말야, 중간중간에서 여러 갈래로 수없이 나눠지거든.
_{현대 산업 사회의 복잡성 – 자앙의 의도대로 될 수 없음}

자앙: 부속품 상자들은 결국 한군데로 모아지는 것이 아닙니까?

운전수: 물론, 모아지는 곳도 있겠지. 상자들이 한군데에서 나와 여러 군데로 흩어지

느냐, 여러 군데에서 나와 한군데로 모아지느냐…… 그건 그럴 수도 있구, 그렇
_{창고 밖에서 상자들이 어떻게 처리되는지 확실하게 알 수 없음}

지 않을 수도 있어. 어쨌든 중간에 있는 우리가 어떻다고 확실하게 알 수는 없지.
_{생산 과정에서 주체가 되지 못하고 사회의 부속품처럼 살아가는 현대인의 모습}

작품 분석 노트

- **인물의 이름에 드러난 특징**

자앙, 기임	성씨(장, 김)만으로 이름을 대신함
운전수	직업으로 이름을 대신함
다링, 딸기코, 외눈깔	별명으로 이름을 대신함

↓

익명성
- 소통이 단절된 채 살아가는 현대인의 모습 - 기계의 부속품처럼 개성을 잃고 살아가는 자본주의 사회의 개인의 모습

- **'자앙'과 '운전수'의 갈등**

자앙
성실하고 책임감이 강한 인물로 상자가 뒤바뀐 사실을 편지를 보내 상자 주인에게 알려야 한다고 주장함

↕

운전수
맡은 일만 하고 세속적이고 현실적인 인물로 편지를 보내도 상자 주인에게 편지가 도착할 수도 없으므로 편지를 보낼 필요가 없다고 주장함

자양: 그래도 상자 주인에게는 반드시 알려 줘야죠. 엉뚱하게 바뀌어진 상자 하나 때
_{자양의 책임감과 성실한 면모가 드러남}
문에 뭔가 잘못 만들어지면 안 되잖아요.
_{자양이 편지를 반드시 전달하려는 이유}

운전수: 잘못 만들어진다니…… 그게 뭔데?
_{자양의 말이 이해되지 않아 의아해함}

다링: (멀리서 듣고 있다가 큰 소리로 외친다.) 어떤 굉장한 기계래요! 이 세상 모든 사
_{유익한 물건}
람들을 즐겁고 기쁘게 해 주는 신기한 기계죠! ▨ : 대상의 실체나 쓰임을 제대로 알지 못함

운전수: (다링에게 외친다.) 무슨 기계라구?

다링: (큰 소리로) 기계가 아니라 폭탄이래요! 이 세상 모든 사람들을 한꺼번에 죽여
_{위험한 물건}
요!
『♪ : 자신이 어떤 물건을 만드는 과정에 참여하는지 모르는 현대인의 모습을 다링의 말을 통해 풍자함

운전수: 도대체 무슨 소리인지 모르겠네! (자양에게) 어쨌든 상자 속의 부속품으로 뭘
_{다링의 말을 이해할 수 없다는 의미} _{기계적인 노동을 하고 있는 소외된 노동자의 모습}
만드는지 알 수는 없어. 만약 폭탄을 만든다면 오히려 상자가 바뀐 것이 사람들
의 목숨을 살릴 테니깐 잘된 일이잖아? (자양의 편지를 허공에 들고 두 조각으로 찢
으며) 여봐, 자넨 너무 배짱이 약해. 이 조그만 창고 속에서 모든 걸 성실하게 잘했
다는 것이, 창고 밖에서는 매우 큰 잘못이 된다고 생각해 봐. 그럼 상자 하나쯤 틀
_{창고 밖은 자양이 있는 창고 속과 다른 질서를 지닌 세계일 수 있음을 의미함. 자양의 성실함이 사회에 해를 끼칠 수도 있음}
렸다고 안절부절못하진 않을 거야. (두 조각으로 찢은 편지를 자양의 바지 양쪽 호주
머니에 쑤셔 넣는다.) 무슨 일이 생겨도 창고 밖으로 알릴 필요는 없어. 그게 잘한
일인지 못한 일인지 모를 바에야 그냥 덮어 두라구. 창고 속의 자네한테는, 그게
_{타인의 상황에 관심을 두지 않으려 함. 지극히 현실적인 운전수의 태도를 엿볼 수 있음}
배짱 편한 거야.

자양: (손에 들고 있는 서류를 가리키며) 그렇다면 이런 서류들은 뭡니까? 누군가 이
_{자양이 생각하는 업무 처리의 기준}
서류들을 보면, 상자가 잘못된 것을 알 수 있을 텐데요?
_{서류를 신뢰하는 자양의 태도}

운전수: 서류가 완전하다고 믿는 건 바보들뿐이지! 좋은 예가 있어. 내 아내는 옛날
_{서류를 신뢰하지 않는 운전수}
에 죽었는데 사망 신고를 안 했거든. 그래서 구청에서 호적을 떼어 보면 지금도 서
_{자신의 경험을 통해 서류의 허구성을 주장하는 운전수. 서류는 실제 상황을 제대로 반영하지 못함}
류상으로는 버젓하게 살아 있는 것으로 나온다구. 자, 굼벵이 양반, 꾸물대지 말
_{자양을 가리킴}
고 어서 상자들이나 옮겨! ▶ 잘못 보낸 상자에 대한 사과 편지를 보내 달라는 자양의 부탁을 거절하는 운전수

(자양과 트럭 운전수, 핸들 카에 실은 상자들을 창고 밖으로 운반해 간다. 침대에 앉아
있던 기임은 일어나서 자신의 담요를 둘둘 말아 걷는다. 그리고 침대맡의 낡은 트렁크를
_{창고를 떠나기로 결심한 기임}
꺼내 물건을 주워 담는다. 미스 다링, 기임의 곁으로 다가온다.)

다링: 마침내 결정한 거예요?

> **감상 포인트**
> 무대 공간과 등장인물, 소재의 상징적 의미를 작품의 주제 의식과 연결하며 작품을 감상한다.

기임: 그래, 함께 가서 살기로 했어.

다링: (살림 도구들이 있는 곳에서 접시, 그릇, 찻잔들을 가져와 낡은 트렁크에 담으며)
무조건 다 가져가요.
_{다링의 이기적인 면모}

기임: (다링이 담은 것들을 다시 꺼내 놓으며) 아냐, 절반만 내 것인걸!

다링: 둘이서 함께 쓰던 물건은 어쩌려구요? 반절로 나눌 수도 없잖아요.
▶ 창고를 떠나 다링과 함께 살기로 결심하고 짐을 싸는 기임

• '기계'와 '폭탄'의 의미

상자 속 부속품으로 만들어질 수 있는 것	
기계	폭탄
이 세상 모든 사람들을 즐겁고 기쁘게 해 주는 신기한 기계	이 세상 모든 사람들을 한꺼번에 죽이는 폭탄
↓	↓
유익한 물건	위험한 물건

운전수의 말
• 상자를 잘못 보낸 것이 어떤 결과가 될지 알 수 없음 • 자양이 성실하게 일하는 것은 의미가 없는 행동임

• '서류'에 대한 '자양'과 '운전수'의 인식 차이

자양
서류를 신뢰하여 판단과 행위의 기준이 된다고 생각함
↓
사회가 정상적으로 운영되고 있다는 믿음을 보여 주는 소재

운전수
서류를 믿는 사람은 바보라고 여기며 서류를 신뢰할 수 없다고 생각함
↓
사회가 부조리하다고 여기며 사회에 대한 불신을 드러내는 소재

- 해당 장면은 기임이 운전수와 그의 딸 다링과 함께 창고를 떠나고, 홀로 창고에 남게 된 자앙이 기임이 주고 간 북어 대가리를 보며 막이 내리는 상황이다.
- 홀로 남게 된 자앙이 북어 대가리를 바라보며 독백하는 장면을 중심으로 작품의 주제 의식을 파악하도록 한다.

(자앙과 운전수, 핸들 카에 상자를 싣고 창고 안으로 들어온다.)

운전수: 우린 트럭에 상자들을 다 옮겼어. 그런데 너희는 짐도 안 싸고 뭘 했지?
　　　자앙과 운전수　　　　　　　　　　　　　　　　　기임과 다링

자앙: 짐이라니……?
　　　기임이 창고를 떠나려고 짐을 싼다는 것을 이제 알게 됨

기임: 으음, 그렇게 됐어. 오늘 나는 이 창고 속을 떠난다구!
　　　　　　　　　　창고 일에 염증을 느낀 기임이 떠나겠다고 선언함

자앙: 정말 가는 거야? 이렇게 갑자기……?

기임: 미안해! 그런데 막상 떠나려니까 조금은 서운하군. (창고 안을 둘러보며) 너하
　　　　이별을 앞둔 기임의 심정

고 여기서 얼마나 살았더라…… 몇십 년은 훨씬 더 될 거야. 아마…….

자앙: 그래…… 우린 철부지 시절부터 이 창고지기였어.
　　　　　　두 사람이 오랜 세월 동안 함께했음을 알 수 있음

기임: 언제나 너는 나를 고맙게도 보살펴 줬지.
　　　　자앙의 보살핌에 대해 고마움을 느끼는 기임

자앙: 날 의붓어미라고 미워했으면서 뭘…….
　　　기임이 엄격한 자앙을 비꼬며 부르던 말

기임: 진짜로 미워한 건 아니잖아?
　　　　기임의 속마음

자앙: 나도 알아. (기임을 껴안는다.) 제발 가지 말아! 이 창고도, 나도, 전혀 달라진
　　　　　　　　　　　　　　　기임이 떠나는 것을 만류해 보려고 하는 말

게 없잖아?

기임: 그건 안 돼. 이 창고는 더 이상 내가 살 곳이 아냐.
　　　　창고를 떠나려는 자신의 뜻을 분명히 드러냄

운전수: 남자들끼리 헤어지면서 무슨 말이 그렇게 많아? (창고 밖으로 나가며) 시간

없어! 나 먼저 트럭에 가서 있을 테니까 너희는 어서 짐 싸 들고 나와!

다링: (놋쇠 국자로 소리 나게 두드리며) 그만하고, 서로 자기 물건들이나 골라 봐요.
　　　　　　　　　　이별하는 기임과 자앙의 심정을 고려하지 않는 태도

기임: (자앙의 포옹을 풀며) 난 내 물건을 잘 모르겠군. 굼벵아, 네가 골라 줘.
　　　　　　　　　　　　　　　　　　　　　자앙을 가리킴

자앙: 아냐, 쓸 만한 게 있거든 모두 네가 가져.
　　　기임에게 너그러운 자앙의 모습

기임: 너는 이 창고 속에서 혼자 살 텐데…….
　　　자앙을 염려하는 기임의 모습

자앙: 내 걱정은 말고 어서 먼저 골라 봐. 그리고 내가 너한테 줄 게 있어. (침대 밑의

상자들 중에서 화려한 색깔의 스웨터를 찾아낸다.) 너의 생일날 주려고 두었던 건데,
　　　　　　　　　　이별의 선물. 기임에 대한 자앙의 마음

헤어지는 날 선물이 됐군.

기임: (자앙에게서 스웨터를 받아 몸에 대본다.) 근사한데!

다링: (자앙의 침대 밑을 바라보며) 좋은 건 이 속에 다 있잖아요! 이걸 가져가도 돼요?
　　　　　　　　　　　　　　　　　　　　다링의 속물적인 성격

기임: 안 돼, 그건 손대지 마. / **자앙:** 가져가요.
　　　자앙에 대한 배려

다링: (자앙의 침대 밑에서 상자 하나를 꺼낸다.) 이건 뭐죠?

자앙: 북어 대가리죠. 그건 가져가세요. 꼭 필요할 겁니다. / **다링:** 북어 대가리……?
　　　자앙이 술을 마신 기임에게 끓여 주던 해장국의 재료

작품 분석 노트

- 창고를 떠나기로 한 '기임'

창고 안
기임은 창고 안에서의 기계적인 생활에 회의를 느끼면서 창고 밖의 생활에 대해 막연한 동경심을 가지고 있음

↓

창고를 떠나기로 결심을 함

↓

창고 밖
기임은 창고 밖의 세계에 대한 정확한 정보나 인식이 없이 떠나는 것이므로 창고 밖의 생활이 희망적이라고 장담할 수 없음

기임: 이게 왜 필요한지는 두고 보면 알게 될 거야. (상자를 열어서 북어 대가리를 하
_{자신을 잊지 말라는 의미}
나 꺼내 자앙에게 준다.) 난 너한테 이것밖에 줄 게 없군. 내 생각이 날 거야, 항상
곁에 두고 보라구.

자앙: (북어 대가리를 받으며) 그래, 언제나 내 곁에 두고 볼게.
_{기임과의 추억을 간직하겠다는 의미}

(창고 밖에서 트럭의 재촉하는 경음기가 울린다. 미스 다링은 서둘러서 물건들을 담요
_{자동차 따위에서, 주의 신호로서 소리를 낼 수 있게 만든 장치}
에 담는다.)

다링: 아버지가 재촉해요. (상자와 담요를 들며) 어서 들고 나가요.

기임: (트렁크를 들고, 자앙에게) 그럼 잘 있어.

자앙: (마지못해 대답한다.) 잘 가……. 가서 행복해.
_{기임과의 이별을 아쉬워하는 자앙}

(기임과 미스 다링, 창고 밖으로 나간다. 자앙은 북어 대가리를 식탁 위에 놓고, 떠나
는 기임을 바라본다. 창고 문 앞에서 자앙과 기임의 외치는 소리가 들린다.)

기임: (소리) 이 창고 앞의 상자들은 어쩔 거야? 내가 좀 창고 안에 옮겨 주고 갈까?
_{자앙에 대한 배려}   ▶ 다링 부녀와 함께 창고를 떠나는 기임
자앙: 괜찮아! 나 혼자서도 할 수 있어!

(창고 밖으로 떠나는 것이 즐겁다는 듯이 기임의 환호성이 들린다. 트럭 운전수와 다
링의 웃음소리도 들린다. 잠시 후, 트럭이 경음기를 울리며 떠나는 소리가 들린다. 창고
_{창고 안과 밖의 대비를 통해 자앙의 쓸쓸한 모습 부각}
는 조용해진다. 자앙, 식탁 앞에 힘없이 주저앉는다. 늙고 허약해진 모습이다. 그는 식탁
위에 놓여 있는 북어 대가리를 물끄러미 바라본다.)
_{몸뚱이를 잃고 굳어 버린 모습}

자앙: 그래, 나도 너처럼 머리만 남았군. 그저 쓸쓸하고…… 허무한 생각으로……
_{북어 대가리에 동질감을 느낌}   _{방향성을 상실하고 가치관의 혼란을 느끼는 무기력한 자앙의 모습}
가득 찬…… 머리만…… 덜렁…… 남은 거야. (두 손으로 북어 대가리를 집어서 얼
굴 가까이 마주 바라보며) 말해 보렴, 네 눈엔 내가 어떻게 보이는지? 그토록 오랜
나날…… 나는 이 어둡고 조그만 창고 속에서…… 행복했다. 상자들을 옮겨 오
_{자앙의 삶을 지배하는 세계}
고…… 내보내며…… 내가 맡고 있는 일을 성실하게 잘하고 있다는 뿌듯한…… 그
_{자신의 일에 사명감을 지니고 있음}
게 내 삶을 지탱해 왔었는데…… 그러나 만약에…… 세상이 엉뚱하게 잘못되고 있
는 것이라면…… 이 창고 속에서의 성실함이…… 무슨 소용 있는 거지? (사이) 북
_{성실하게 살아온 자신의 삶에 대한 회의가 나타남. 가치관의 혼란을 느끼는 현대인의 모습}
어 대가리야, 왜 말이 없어? 멀뚱멀뚱 바라만 볼 뿐 왜 대답이 없어? (북어 대가리
를 식탁 위에 내려놓는다.) ⌜아냐, 내 의심은 틀린 거야. 덜렁 남은 머릿속의 생각만
_{성실하게 살아온 자신의 삶을 회의하는 태도가 잘못되었다고 인식함}
으로 세상을 잘못됐다구 판단해선 안 돼. (핸들 카에 실린 상자를 서류와 대조하며
_{삶의 태도와 추구하는 바가 달라지지 않는 자앙}
혼자서 쌓기 시작한다.) 제자리에 상자들을 옮겨 놓아라! 정확하게 쌓아! 틀리면 안
돼! 단 하나의 착오도 없게, 절대로 틀려서는 안 된다!⌟
_{⌜ ♪: 냉철한 성찰 없이 기계적으로 일함으로써 자신의 존재 이유를 찾으려 함}

(자앙, 느릿느릿 정성을 다해 상자들을 쌓는다. 무대 조명, 서서히 자앙에게 압축되면
서 암전한다.   ▶ 창고지기 일에 회의를 느끼지만 마음을 다잡고 다시 일을 하는 자앙
_{연극에서, 무대를 어둡게 한 상태에서 무대 장치나 장면을 바꾸는 일}

• '자앙'의 내적 갈등

자앙의 갈등 과정
맡은 일을 성실하게 잘하고 있다는 뿌듯한 감정이 삶을 지탱해 옴
↓
세상이 엉뚱하게 잘못된 것이라면 창고 속에서 성실하게 사는 것이 소용 없다고 생각하며 회의감을 느낌
↓
자신의 의심은 틀린 것이라고 단정하며 상자를 쌓기 시작함
↓
세계에 대한 인식을 상실하고 분업화된 사회를 살아가는 개인의 모습을 보여 줌

• '북어 대가리'의 의미

북어 대가리
몸뚱이를 잃고 머리만 남음
↓
• 몸뚱이를 잃음: 실천력과 방향성을 상실함 • 머리만 남음: 쓸쓸하고 허무한 생각으로 가득 참
↓
방향성을 상실하고 가치관의 혼란을 겪는 현대인의 모습

인물의 성격 파악

대사와 행동으로 사건과 인물이 제시되는 희곡의 특성을 바탕으로 인물의 성격을 파악하도록 한다.

+ 인물의 성격 및 인물에 반영된 현대인의 모습

자양	• 창고 안에 살고 있는 창고지기로 동료인 기임과 오랜 세월 동안 창고지기 일을 해 온 인물 • 창고 밖의 세계로 가고자 하는 기임과 상반된 삶의 태도와 가치관을 보여 줌 • 창고지기 일에 사명감을 가지고 일을 처리하며 신념을 지켜 나가는 보수적이고 고지식한 원칙주의자 • 기임에게 '의붓어미'라 불릴 정도로 잔소리를 하면서도 기임을 따뜻하게 챙겨 주는 인물
기임	• 창고지기로 창고 안에 살지만 자양의 삶의 방식을 이해하지 못하며 창고 밖 세상을 동경하는 인물 • 현실에 대한 회의와 불만으로 요령을 부리며 쾌락을 추구함 • 믿을 것은 자기 배짱뿐이라고 생각하며 창고 밖으로 나가는 인물
운전수	• 딸이 사귀는 남자들과 노름을 하며 이익을 얻는 등 세속적이며 현실적인 인물 • 자양과 기임에 비해 다양한 일을 경험함
다링	• 트럭 운전수의 딸. 쾌락을 추구하는 인물로 근처 모든 창고지기와 사귈 정도로 자유분방함 • 주변의 창고지기들과 다른 면을 보이는 자양에게 관심을 갖지만 자양이 유혹에도 흔들리지 않자 결국 기임을 꼬드겨 함께 창고 밖으로 떠남
딸기코, 외눈깔	• 무대에 등장하지는 않고 별명으로 불리는 인물들 • 현대인의 익명성을 드러내며, 자신의 고유한 가치를 상실한 채 살아가는 현대인의 모습을 상징함

소재의 상징적 의미 파악

작품의 제목이기도 한 '북어 대가리'와 그 외의 소재가 상징하는 의미를 문맥을 통해 파악하도록 한다.

+ 소재의 상징적 의미

상자 속 부속품	현대 산업 사회에서 부속품으로 전락해 버린 현대인
찢긴 편지	문제점이 있어도 아무도 책임을 지려 하지 않는 무책임한 현대 사회의 모습
북어 대가리	방향성을 상실하고 가치관의 혼란을 겪는 현대인의 모습

공간의 상징적 의미 파악

작품의 주제 의식을 구현하는 공간인 '창고'와 이와 대비되는 '창고 밖'의 상징적 의미를 파악하도록 한다.

+ '창고'와 '창고 밖'의 상징적 의미

창고	창고 밖
• 매일 같은 시각에 트럭이 와서 보관할 상자들은 내리고 출고할 상자들을 실어 가는 곳 → 분업화·개별화·획일화된 현대 산업 사회를 상징하는 공간 • 어둡고 조그만 공간으로 자양의 삶을 지배하는 세계. 자양이 현재의 창고 안에서 행복할 수 없다면 다른 곳에서도 행복할 수 없다고 여기는 공간	• 자양에게는 현재의 창고를 벗어난 창고 밖도 또 다른 창고에 지나지 않는 곳임 • 기임에게는 현재의 창고와는 다른 삶이 기다리고 있을 것이라고 생각되는 공간임

⟐ 작품 한눈에

• **해제**
〈북어 대가리〉는 세계에 대한 인식이나 자신의 삶에 대한 자각이 결여된 채 기계의 부품처럼 살아가는 인물의 삶을 통해 삶의 진정한 가치가 무엇인가를 되돌아보게 하는 희곡이다. 이 작품의 주요 인물인 '자양'과 '기임'은 창고에서 매일 상자를 쌓아 올리고 트럭에 실어 보내는 일을 하는 부속품과 같은 생활을 하고 있다. 작가는 두 창고지기를 통해 획일화되고 기계적으로 분업화된 현대 산업 사회의 문제점을 비판하고 있다. 또한 마지막 부분에서 자신의 신념에 의혹을 품게 되는 자양의 인식을 '북어 대가리'를 통해 드러내면서 현대 산업 사회에서 진정한 삶의 가치를 상실하고 소외되어 가는 인간의 모습을 상징적으로 표현하고 있다.

• **제목 〈북어 대가리〉의 의미**
  – 방향성을 상실한 채 가치관의 혼란을 겪고 있는 현대인의 모습

제목인 '북어 대가리'는 작품 내에서는 생각이 너무 많은 자양의 모습을 나타내면서 동시에 쓸모 있는 몸뚱이를 상실하고 허무한 생각으로 가득 찬 현대인의 모습을 상징한다. 즉, 방향성을 상실한 채 가치관의 혼란을 겪고 있는 현대인의 모습을 나타낸다고 볼 수 있다.

• **주제**
산업 사회에서 방향성을 상실한 채 기계적으로 살아가는 현대인의 삶과 인간 소외에 대한 비판

07 인어 공주 ▸ 송혜진·박흥식

한 줄 평 | 시간을 뛰어넘어 엄마의 젊은 시절을 함께한 딸의 이야기를 담은 작품

💬 전체 줄거리

어느 겨울 오후, 우체국 직원으로 일하는 나영이 뉴질랜드의 아름다운 자연 풍경이 담긴 사진을 보고 있다. 곧 뉴질랜드로 여행을 앞둔 나영은 기대감에 한껏 부풀어 있다. 나영의 엄마 연순은 대중목욕탕에서 때밀이 일을 한다. 손님이 없는 틈을 타 냉탕 욕조에서 잠수를 즐기던 연순이 물 밖으로 고개를 내민 후 습관처럼 욕조 밖에 침을 뱉는다. 때마침 때밀이 손님과 함께 욕탕으로 들어서던 주인이 이를 보고 질색하는 티를 낸다. 한편 나영은 우체국 화장실 앞에서 어수룩한 모습의 김 주사와 마주치는데, 두 사람 사이에는 어색한 기류가 흐른다.

한창 일하는 중인 나영 앞으로 커다란 꽃다발이 하나 배달된다. 자신을 부르는 퀵서비스 맨을 보고 어쩐지 당황한 기색을 보이던 나영은 꽃다발을 받자마자 이를 얼른 의자 밑으로 치워 버린다. 잠시 뒤 한 대형 마트에 나영이 그 퀵서비스 맨과 함께 나타난다. 꽃다발을 건네주었던 퀵서비스 맨의 정체는 바로 나영의 남자 친구인 도현이었던 것이다. 두 사람이 대화를 나누는 과정에서 나영과 함께 일하는 우체국의 김 주사가 바로 그녀의 아버지라는 사실이 드러난다. 나영은 가방 코너에서 여행용 가방을 하나 고르는데, 이를 본 도현은 그녀가 여행을 가는 게 아니라 마치 도망가는 사람 같아 보인다고 말한다.

목욕탕 탈의실에서 그날 번 돈을 세고 있는 연순을 향해 목욕탕 주인이 불만을 늘어놓기 시작한다. 벌써 몇 번이나 연순의 침 뱉는 행동에 대해 주의를 주었는데도, 그날 또다시 침 뱉는 모습을 목격한 까닭이다. 하지만 연순은 주인의 잔소리를 건성으로 흘려들으며 돈세는 일에 집중할 뿐이다.

▸ 뉴질랜드 여행을 앞둔 우체국 직원 나영과 때밀이 일을 하는 엄마 연순의 일상이 그려짐

도현과 함께 집으로 온 나영은 자신의 어릴 적 사진을 모아 놓은 앨범을 꺼내어 본다. 사진을 넘겨 보던 나영이 그중 한 장을 도현에게 보여 준다. 초등학교 운동회 때 찍은 사진 속에는 나영의 뒤로 함께 찍힌 도현의 모습이 보인다. 또한 초등학교 졸업식 때 찍은 사진에서도 뒷배경에 도현의 모습이 작게 찍혀 있는 것을 확인한다. 나영이 신기해하는 사이 도현은 또 다른 앨범을 가져다 보기 시작

[장면 포인트 ❶ 335P]

주목 한다. 거기서 연순의 젊은 시절 사진을 본 도현은 그 모습이 지금의 나영과 똑같이 생겼다고 말한다. 이를 연신 부정하던 나영은 자신을 찾는 엄마의 전화를 받고 집을 나선다.

길가에 버려진 낡은 서랍장 옆에 앉아 폐기물 처리 스티커를 떼고 있던 연순 곁으로 나영이 다가선다. 연순이 나영을 부른 건 아직 멀쩡해 보이는 그 서랍장을 집으로 가져가기 위해서다. 이후 힘겹게 주워 온 서랍장을 연순이 나영의 방에 들여놓으려고 하자 나영은 신경질을 낸다.

▸ 도현과 함께 앨범을 보던 나영이 자신과 똑같이 생긴 엄마의 젊은 시절 사진을 보게 됨

어느 날, 나영은 모두가 퇴근한 우체국에서 홀로 남아 있는 아버지의 쓸쓸한 뒷모습을 보게 된다. 이후 집에서 서툰 솜씨로나마 저녁 식사를 준비하려던 아버지가 국을 엎질러 손목을 데는 일이 벌어진다. 나영은 그런 아버지를 보고 답답한 심정에 화를 낸다. 그러던 중 일을 마친 연순이 집으로 들어서자, 나영은 외식을 핑계로 가족들을 데리고 고깃집으로 향한다. 하지만 아버지는 도통 입맛이 없는 듯 고기는 먹지 않고 술만 마시고, 이를 아랑곳하지 않던 연순은 밑반찬을 더 주지 않으려는 종업원과 한차례 실랑이를 벌인다.

그사이 취기가 오른 아버지가 갑자기 눈물을 흘리기 시작한다. 이제는 좀 쉬고 싶다고 하며 울던 아버지는 다음 날 새벽 집을 나가 버린다. 아버지가 우체국까지 그만두고 떠났다는 사실을 알게 된 나영은 불현듯 얼마 전 아버지가 병원 검진을 받았던 일을 떠올린다. 병원을 찾은 나영은 비로소 아버지의 깊은 병세에 대해 알게 된다. 그길로 연순을 만나러 간 나영이 그 사실을 이야기하지만, 연순은 대수롭지 않게 여기며 아버지를 답답한 사람으로 취급할 뿐이다. 이에 말문이 막힌 나영은 그대로 자리를 뜬다. 이후 도현이 나영을 찾아와 아버지 찾는 일을 함께 돕겠다며 위로하지만, 나영은 아버지를 찾지 않고 다음 날 예정대로 뉴질랜드행 비행기를 탈 것이라고 한다. 자신의 아버지, 어머니는 모두 부모 될 자격이 없는 사람들이라고 냉정하게 말한 나영은 훗날 그들처럼 될까 봐 도현과 결혼하는 일에 확신이 서지 않는 속내를 고백한다.

▸ 아버지의 갑작스러운 가출 이후, 나영이 아버지의 병세에 대해 알게 됨

다음 날, 나영은 공항으로 향하기 전 외삼촌을 만나 아버지의 가출 소식을 전한다. 이에 외삼촌은 아버지가 가 있을 만한 곳을 알려 주면서 걱정하지 말라는 말을 덧붙인다. 이윽고 공항에 도착한 나영은 고민 끝에 뉴질랜드가 아닌 제주행 비행기에 몸을 싣는다. 여행은 나중에도 갈 수 있다고 혼잣말을 중얼거리던 나영은 문득 과거의 기억 하나를 떠올린다. 나영이 고등학생이던 시절, 아버지가 보증을 서 주었던 이가 갑작스럽게 사망하면서 나영의 집은 경제적으로 어려움을 겪었었다. 나영의 대학교 등록금은 물론 전세금까지 모두 잃어 원치 않게 이사를 가야 했던 상황에서, 연순은 대학교 공부는 나중에도 할 수 있다는 말로 나영을 위로했었다. 그때 엄마가 했던 말과 비슷한 혼잣말을 연신 중얼거리면서 나영은 아버지를 찾아 부모님의 고향인 제주도로 향한다.

▸ 나영이 뉴질랜드 여행을 포기하고 아버지를 찾아 제주도로 향함

제주도에 도착하여 하리라는 마을을 찾아가던 중, 나영은 별안간 나타난 오토바이에 놀라 넘어지고 만다. 그런데 나영이 자리를 털고 일어나는 사이 오토바이는 온데간데없어지고 자전거를 탄 우체부가 저 멀리 멀어져 가는 모습만 보일 뿐이다. 다시 길을 나선 나영은 날이 어둑해져서야 하리에 도착한다. 나영은 불빛이 켜진 어

느 집에 들어서며 아버지를 찾자, 그 소리를 듣고 부엌에서 나영과 똑같은 모습을 한 젊은 여자가 나온다. 이를 보고 놀란 나영은 그 여자가 젊은 시절의 연순이라는 사실을 깨닫는다.

다음 날 아침, 잠에서 깬 나영에게 젊은 연순이 밥상을 차려 준다. 자신을 언니라고 부르면서 살갑게 대하는 젊은 연순의 모습에 나영은 혼란스러워한다. 그때 밖에서 우체부의 자전거 소리가 들린다. 이에 연순이 밝은 표정으로 우체부를 만나러 나가는데, 그 모습을 문 사이로 내다보던 나영은 또 한 번 놀라고 만다. 우체부가 아버지의 젊은 시절 모습과 똑같았기 때문이다. 연순은 매우 수줍어하면서 우체부인 아버지에게서 편지를 건네받는다. 그렇게 부모님이 젊은 시절을 보냈던 하리에서 그때의 엄마와 함께 생활하게 된 나영은 해녀 일을 하면서 씩씩하게 생계를 꾸려 나가는 연순의 모습과 우체부 진국을 짝사랑하는 연순의 수줍은 마음 등을 가까이서 지켜보게 된다.
　　　　▶ 아버지를 찾으러 간 하리에서 나영은 과거로 시간을
　　　　이동해 부모님의 젊은 시절 모습을 보게 됨

하루는 육지에서 학교를 다니는 연순의 동생 영호가 방학을 맞아 하리로 돌아온다. 그 탓에 연순은 우체부인 진국의 얼굴을 보기 힘들어진다. 그동안은 뭍에 있는 동생더러 날마다 집으로 편지를 쓰도록 시킨 덕분에 이를 배달해 주는 진국과 만날 수 있었는데, 당분간은 그럴 수 없게 된 것이다. 연순은 멀리서 자전거 소리만 들리면 진국의 모습부터 찾으며 가슴앓이를 한다.

[장면 포인트 ❷] 337P
그러던 중 이웃의 한 할머니 집에서 육지에 있는 가족에게 전보를 보낼 일이 생긴다. 나영은 진국과 자연스럽게 만날 구실이 필요했던 연순이 그 일을 맡을 수 있도록 연순을 돕는다. 까막눈인 연순은 전보 내용을 입으로 달달 외우면서 설레는 마음으로 우체국을 찾아간다. 오랜 기다림 끝에 연순은 마침내 진국을 보게 되고, 그의 도움을 받아 전보를 보낸다. 이후 하리로 돌아가는 연순에게 진국은 초등학교 1학년 교과서와 공책, 책받침, 연필이 포장된 소포를 선물로 준다. 연순이 까막눈임을 알고 있었던 진국은 자신이 직접 한글을 가르쳐 주겠다고 말하고, 이에 감동한 연순은 눈물을 흘린다.
　　　　▶ 진국을 향한 짝사랑으로 가슴앓이 하던 연순이 그에게서 한글을 배우게 됨

연순은 진국의 가르침에 따라 열심히 한글을 공부하는데 받아쓰기 시험을 앞두고서는 진국에게 잘 보이고 싶은 마음 때문에 잔뜩 긴장하기도 한다. 이렇게 한글 공부를 계기로 자주 만나 함께 시간을 보내게 되면서 두 사람은 점점 친밀한 사이로 발전한다. 처음 받았던 공책 세 권을 모두 다 써서 진국이 새로 공책을 선물할 만큼 시간이 흐른 어느 날, 연순에게 받아쓰기 문제를 불러 주던 진국은 잠시 머뭇거리다가 자신이 뭍으로 전근을 가게 되었다는 사실을 알린다. 진국은 연순에게 공책과 연필, 《인어 공주》 동화책을 마지막 선물로 건넨다. 아무 말도 하지 못하고 진국을 바라만 보던 연순은 눈

물을 뚝뚝 흘리면서 홀로 집으로 돌아간다.

얼마 후 자신을 대신할 새로운 우체부를 만나 업무에 관해 알려 주던 진국이 물질 나가는 해녀 무리와 마주친다. 진국이 그 속에서 연순을 발견하지만 연순은 그와 눈을 마주치지 않고 그대로 멀어진다. 이후 바다로 들어간 연순은 평소보다 심하게 물질을 하고, 이를 지켜보는 나영은 걱정스러워한다. 입수한 지 한참이 지났는데도 연순이 물 밖으로 나오지 않자 주변 해녀들이 심상치 않음을 느끼고 연순을 부르기 시작한다. 그 순간 물 위로 잠시 올라왔던 연순의 몸이 그대로 힘을 잃은 채 다시 물속으로 스르르 빠져 버린다. 멀리서 이를 목격한 진국이 바다를 향해 미친 듯이 달려 나가고, 나영도 목 놓아 엄마를 외친다.
　　　　▶ 한글 공부를 계기로 진국과 가까워졌던 연순이
　　　　그의 전근 소식을 듣고 크게 상심함

해녀들이 합심하여 연순을 무사히 구조해 내지만 연순은 정신을 차리지 못하고 한참을 앓는다. 그런 연순을 위해 진국은 아픈 곳을 낫게 해 주는 용한 바닷물이 있다는 곳으로 가서 양동이 가득 물을
[장면 포인트 ❸] 339P
길어 온다. 나영은 그 물을 데워 누워 있는 연순의 몸을 정성스럽게 닦기 시작한다. 그 덕분인지 얼마 지나지 않아 연순이 정신을 차린다. 연순은 꿈에서 어머니를 본 이야기를 하며 눈물을 흘리다가 금세 다시 잠이 드는데, 나영은 그런 연순을 바라보다가 조용히 엄마를 향한 자신의 마음을 고백하기 시작한다. 나영은 억척스럽게 일하면서 돈만 중요하게 생각하고 평소 아버지한테 모질게 대하던 엄마를 싫어했었다. 그래서 절대 엄마처럼 살지는 않겠다고 항상 다짐해 왔는데, 지금은 왠지 모르게 엄마가 자꾸만 가엽게 여겨지고 보고 싶은 생각이 든다며 나영은 눈물을 흘린다.

다음 날 아침, 연순이 없는 방에서 홀로 눈을 뜬 나영은 그녀가 진국에게 쓴 편지 한 통을 발견한다. 나영은 이를 진국에게 전하기 위해 우체국으로 향한다. 편지를 부친 후 우체국을 나서던 나영은 문득 신발 양쪽을 서로 바꿔 신어 보더니 엄마와의 어린 시절 기억하나를 회상한다. 지금처럼 왼쪽과 오른쪽 신발을 바꿔 신은 어린 나영에게 엄마가 아주 부드러운 목소리로 신발을 바르게 신는 법을 가르쳐 주었던 기억이다. 나영이 기억 속 엄마의 말대로 신발을 고쳐 신자, 엄마는 이제 아무 걱정 말고 앞으로 쭉 나아가라며 나영의 등을 힘껏 밀어 준다. 그대로 휘익 하고 밀려난 나영 옆으로 버스 한 대가 빠르게 지나가는데, 이를 잡기 위해 뛰어가던 나영은 어느 순간 자신이 다시 과거에서 현실로 돌아왔음을 깨닫는다.
　　　　▶ 연순을 간호하던 나영이 엄마를 향한 자신의 마음을 고백한 이후 현실로 돌아옴

나영이 다시 연순의 집으로 향하자, 외삼촌이 나와서 그녀를 맞는다. 외삼촌은 짐만 덩그러니 가져다 놓은 채 며칠 동안 보이지 않던 나영을 타박한다. 나영은 홀로 바다를 보고 있던 아버지와 짧은 인사를 마친 후, 연순을 그곳으로 데려오기 위해 수차례 전화를 걸

어 설득하기 시작한다. 하지만 연순의 태도는 완강했고, 그 사이 아버지는 무리하게 바닷바람을 쐬다가 쓰러지길 반복한다. 나영은 결국 도현에게 전화를 걸고, 그의 도움으로 마침내 연순이 제주로 향하는 배에 오른다.

그 시각 언덕 위에 앉아 먼바다를 응시하던 아버지는 연순이 자신에게 썼던 옛 편지 내용을 회상한다. 연순이 아직 서툰 한글 실력이지만 자신을 향한 고마움과 그리움을 담아 써 내려갔던 편지이다. 이후 젊은 시절 추억이 깃든 하리의 옛집에서 연순과 진국이 재회하고, 두 사람은 그동안의 해묵은 감정을 모두 털어 낸다.

▶ 나영과 도현의 설득으로 연순이 진국을 보기 위해 하리로 감

시간이 흘러 도현과 결혼해 가정을 꾸린 나영이 딸과 함께 앨범을 넘겨 본다. 나영은 뒷배경에 도현이 작게 찍혀 있는 여러 장의 사진

을 가리키며, 그렇게나마 좋아하는 사람과 한 사진에 담기고 싶어 하던 도현의 어릴 적 일화를 이야기해 준다. 그러던 중 나영은 연순의 젊은 시절 사진 속에서도 뒷배경에 아버지 진국이 함께 찍혀 있는 모습을 보게 된다. 너무 작아서 그 표정까지는 정확히는 알 수 없는 사진 속 아버지의 모습을 보다가 나영은 연순에게 전화를 건다. 사진에 아버지가 함께 찍힌 사실을 알고 있었는지 묻는 나영에게 연순은 실없는 걸 질문한다고 타박하면서도 그렇다고 말한다. 그리고 그때 아버지의 표정이 어떠했는지를 묻는 질문에는 당연히 웃었을 것이라고 대답한다. 전화를 끊은 뒤 사진을 찍던 그때를 회상하는 연순의 얼굴 위로 잔잔한 미소가 번진다.

▶ 시간이 흘러 나영은 도현과 결혼하여 가정을 꾸림

🎭 인물 관계도

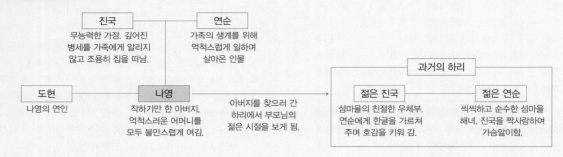

<보기>로 나오는 작품 외적 준거

영화 〈인어 공주〉의 서사 구조와 상징성

영화 〈인어 공주〉는 나영과 도현의 사랑담 안에 연순과 진국의 사랑담이 있고, 다시 그 안에 인어 공주와 왕자의 사랑담이 들어가 있는 액자식 구성을 취하고 있다. 이를 통해 인어 공주의 사랑이 연순의 사랑에 영향을 미치고, 연순의 사랑은 나영의 사랑에 영향을 미치는 모습을 확인할 수 있다.

안데르센의 동화 〈인어 공주〉 이야기는 진국이 연순에게 뭍으로의 전근 사실을 알리는 시점에서 등장한다. 인간이 되어 왕자와의 사랑을 이루기 위해 인어로서의 정체성과 목소리를 포기한 인어 공주처럼, 연순 역시 뭍으로 떠난 진국과의 사랑을 이어 나가기 위해 해녀로서의 삶을 포기한다. 이는 연순이 동화 속 인어 공주의 모습을 통해서 자신의 소중한 것을 포기할 줄 아는 용기를 깨달았다는 의미로 이해할 수 있다.

그리고 연순의 사랑은 과거로 시간을 이동하여 이를 직접 목격한 나영에게도 영향을 미친다. 성장 과정에서 부모의 불화를 지속적으로 경험해 온 나영은 이로 인해 연인인 도현과의 관계에서도 확신을 갖지 못하고 두려워하는 모습을 보인다. 하지만 젊은 연순과 진국이 보여 준 아름다운 사랑을 경험하고 돌아온 뒤, 작품 결말에서의 나영은 도현과 결혼하여 안정적인 가정을 꾸린 모습으로 그려진다. 이는 연순이 보여 준 용기와 사랑이 평소 나영이 지니고 있던 가정에 대한 부정적 인식을 깨뜨리는 역할을 했기 때문으로 볼 수 있다.

한편 극 중 서사의 흐름이 '겨울(현재) → 여름(과거) → 겨울(현재) → 봄(미래)'과 같은 계절의 변화와 함께 나타나는 점도 주목할 만하다. 이는 젊은 연순과 진국의 사랑은 여름처럼 따뜻했지만 그들이 처한 현재의 상황은 냉혹한 겨울과 같음을 보여 주고, 이후 새로 가정을 꾸린 나영에게 다가올 미래는 봄처럼 희망적이라는 상징적 의미가 담긴 장치로 볼 수 있다.

– 윤일수, 대인 관계 개선을 위한 영화 치료 – 박흥식 감독의 〈인어공주〉를 중심으로, 2009

• 이 작품은 어머니를 이해하지 못하던 주인공이 과거로 돌아가 부모의 젊은 시절을 지켜보면서 어머니와 화해하는 과정을 그린 시나리오이다.
• 해당 장면은 현재의 나영이 억척스러운 어머니 연순을 이해하지 못하고 못마땅하게 여기는 상황이다.
• 지시문의 기능에 대한 이해를 바탕으로 하여 각 지시문의 의도와 인물의 행동을 중심으로 작품의 내용을 파악하도록 한다.

★주목 ▶ S# 7. 나영네 집 → 현재

도현: 어머니 해녀셨어?
　　　　　　　　→ 연순의 딸. 힘들게 살아가는 부모를 보면서 엄마처럼 살지 않겠다고 생각하는
나영: 그랬나 봐.　20대의 여성. 과거로 돌아가 엄마의 삶을 지켜보고 그녀를 이해하게 됨
어머니에 대해 묻는 도현의 질문에 나영은 못마땅한 듯 대답함

도현: 와아…… 멋지다. 왜 말 안 했어?

나영: 뭐든지 다 말해야 되냐?
　　　현재 어머니에 대해 나영이 좋지 않은 감정을 갖고 있음을 알 수 있음

도현: 당연하지. 어? 너랑 많이 닮았다.

나영: (엄마의 사진을 본다. 바다를 배경으로 수줍게 웃는 엄마 연순의 젊은 모습)

도현: 와…….

나영: (안 닮았다는 뜻으로) 어디이…….

도현: 원래 자기는 몰라. 닮았어. (나영의 얼굴에 대보고) 닮은 게 아니라 진짜 똑같

아. 너 나이 들면 어머니하고 똑같겠다.

나영: (사진을 확 낚아채며) 안 닮았어. 하나도 안 닮았어.
　　　　　어머니와 닮았음을 부정하며 어머니에 대한 부정적 정서를 드러냄

핸드폰 벨이 울린다.

나영, 발신자를 확인, 반갑지는 않다. 핸드폰을 열어 두고 딴짓.
　　　발신자가 어머니임을 확인하고 반갑지 않아 함
여보시오– 이게 짐 왜 이러냐 여보시오 — 여보시오 —.

전화기 너머에서 소리가 들리면 그제야 핸드폰을 드는 나영.

나영: 어. 왜요. 소리 좀 지르지 마아…… 아이…… 참…… 그냥 두고 와아……. (자

기 할 말만 하고 일방적으로 전화를 끊은 모양이다.) 엄마! 엄마! …… 아이 참…….
　　　어머니인 연순이 일방적으로 전화를 끊고　▶ 어머니와 닮았다는 말을 부정하며, 어머니와의 소통에 어려움을 겪는 나영
　　　나영이 이에 당황함

S# 8. 아파트 앞 → 현재

구청에서 발급한 노란색 폐기물 처리 딱지. / 연순은 길가에 앉아 낡은 서랍장 옆면에
　　　　　　　　　남이 버린 낡은 서랍장을 가져가려는 연순 – 연순의 억척스러움이 드러남
붙은 폐기물 처리 노란 딱지를 떼고 있다.

나영이 오는 것을 확인하고 캬악~ 하고 침을 뱉는다.
　　　　　　　　　　연순의 괄괄한 성격이 드러남

나영: (찡그리고) 아이 참! 아무 데나 뱉으면 어떡해.
　　　　연순의 행동에 대한 부정적인 반응

연순: 아이고. 올 거면 기분 좋게 오지. (나영을 가로등 빛이 있는 쪽으로 끌며) 보자,
　　　　　　　　　　　　→ 나영의 어머니. 젊을 때는 해녀로 혼자서 남동생을 키운 씩씩하고 억척
주딩이 얼마나 부었나.　스러운 여인. 우체부 진국과 결혼했으나 남편의 빚보증으로 생계가 어
　　　　　　　　　　　려워지자 때밀이를 하며 억척스럽게 사는 여인

나영, 대답하지 않고 서랍장 한쪽을 든다.

연순, 서랍장이 썩 마음에 드는지, 침을 탁 뱉고 일어서며 서랍장을 탁탁 친다.

작품 분석 노트

• '사진'의 기능

연순의 젊은 시절 사진
• 바다를 배경으로 수줍게 웃는 젊은 시절 연순의 모습이 담김 • "어머니 해녀셨어?"라는 도현의 대사로 볼 때 해녀복을 입고 있음을 알 수 있음 • 도현의 대사로 볼 때 딸인 나영과 닮았음을 알 수 있음

↓

나영의 반응
• 연순에 대한 도현의 질문에 나영이 못마땅하게 반응함 • 닮았다고 하는 도현의 말에 나영이 하나도 안 닮았다고 부정함

기능
어머니 연순에 대해 부정적으로 인식하는 나영의 태도가 드러남

• 장면 간의 연결 ①

S# 7
연순이 나영에게 전화하여 버려진 서랍장을 같이 집으로 들고 가자고 제안함

↓

S# 8
나영은 연순을 만나자마자 연순의 행동에 불쾌감을 표현함

S# 7의 전화 통화 내용이 서랍장을 둘러싼 연순과 나영의 갈등과 관련 있음을 알 수 있음

연순: 내 눈이 귀신이지, 멀쩡한데도 보니께 딱 좋은 거더라고, <u>내가 부로 저그다 숨</u>
<u>켜 놨으니께 있지, 암만, 암만, 그냥 냅뒀으면 누가 실어 갔어도 발싸 실어 갔지,</u>
<u>암만.</u>
억척스럽고 생활력이 강한 연순의 성격이 드러남

나영: 아, 됐어. 빨리 가.

<u>흐뭇한 연순과 불만에 찬 나영이 낑낑 어설프게 서랍장을 들고 걸어온다.</u> <u>서로 발이</u>
두 사람의 갈등 상황을 얼굴 표정을 통해 드러냄
<u>맞지 않아 스텝이 엉키고 힘이 더 들자</u>
서랍장을 둘러싼 갈등이 행동으로 드러남

연순: 아, 발 좀 맞춰 봐. 자꾸 엉키잖어. 내가 하나 하면 오른짝이고 두울 하면
왼짝이다이.

<u>연순이 하나아 두울 하는 소리가 반복된다.</u> <u>발맞추어 걷기 시작한다.</u> <u>나영의 얼굴이</u>
주위를 신경 쓰지 않는 연순과 그런 연순의 태도에 불만을 표출하는 나영
<u>더 찌푸려진다.</u>   ▶ 남이 버린 서랍장을 가져가려는 연순과 이를 못마땅하게 여기는 나영

S# 9. 나영의 집 → 현재

나영 들어오다 빨랫줄에 걸린다. 짜증스런 표정.

아버지는 텔레비전을 보고 있고, 엄마는 나영 방으로 서랍장을 넣으려고 낑낑대고 있다.

연순: 잘 왔다, 이것 좀 들어 봐. <u>말만헌 년이 다 늦게 워딜 그리 쏘댕기냐……</u>.
시집갈 나이가 다 된 성숙한 처녀
나영: <u>엄마! 뭐 하는 거야, 하지 마.</u>
서랍장을 자신의 방에 넣으려는 연순의 행동에 거부감을 표현함
연순: 뭘 하지 마.

나영: 싫어. 뭐 하는 거야, 남의 방에서.

연순: <u>넘의 바앙?</u> 말뽄새 하고는…….
말본새 – 말하는 태도나 모양새
<u>나영, 서랍장을 다시 끄집어낸다. 실랑이.</u>   ▶ 가져온 서랍장을 나영의 방에 넣으려는 연순과 이를 말리는 나영
나영과 연순의 갈등

· '서랍장'의 의미

서랍장	폐기물로 버려진 가구

↓

연순과 나영의 반응
- 연순은 길가에서 주운 서랍장을 흐뭇하게 옮기고 나영은 이러한 연순의 행동을 못마땅하게 생각함
- 연순은 서랍장을 나영의 방에 옮기려 하고 나영은 이를 거부함

↓

서랍장의 의미
- 억척스럽고 생활력이 강한 연순의 면모가 드러나는 소재
- 어머니 연순과 딸 나영의 갈등이 표면적으로 드러나게 하는 소재

· 인물 간의 갈등

나영의 처지

무능력한 아버지와 억척스러운 어머니의 딸로 태어난 자신의 신세를 한탄하며 살아감

↓

나영		연순
엄마를 닮았다는 말에 불쾌해하고 버려진 서랍장을 자기 방에 들이려 하는 엄마의 억척스러움을 못마땅하게 여김	갈등 ↔	자신을 퉁명스럽게 대하고 자신이 말하는 바를 잘 따르지 않는 딸의 말과 행동을 못마땅하게 여김

• 해당 장면은 아버지를 찾으러 제주도에 갔다가 어머니와 아버지의 과거 시절로 돌아간 나영이 아버지인 진국을 짝사랑하는 어머니 연순을 도와주는 상황이다.
• 진국을 짝사랑하는 연순의 모습에 주목하여 연순을 도와주려고 하는 나영의 심리를 파악하도록 한다.

[앞부분의 줄거리] 어느 날 아버지가 집을 나간 뒤 나영은 아버지가 병에 걸린 사실을 알게 되고 아버지를 찾아 제주도로 떠나는데, 갑자기 시간이 과거로 이동하여 그곳에서 자신과 같은 모습을 하고 있는 젊은 시
_{시간 여행 모티프 – 현재의 나영이 과거의 연순을 만나 연순을 이해하게 되는 기능을 함}
절의 어머니(연순)와 아버지(진국)를 만나게 된다. 나영은 착하고 잘생긴 우체부 진국을 짝사랑하며 가슴앓
_{배우가 1인2역을 하게 됨을 알 수 있음}
이하는 해녀 연순의 모습을 지켜본다.

★주목 S# 53. 연순의 방 → 과거

파도 소리만 들리는 밤.

나영과 연순, 얇은 이불을 덮고 각기 누워 있다.

뒤척거리며 잠을 이루지 못하는 연순.
_{과거의 연순이 진국을 짝사랑하는 상황임}

나영: 연순 씨, 잠이 안 와요?

대답 없이 돌아눕는 연순.
_{나영과 대화를 이어 가지 않으려 하는 연순}
그런 연순을 보다 한숨을 쉬며 돌아눕는 나영.
_{짝사랑하는 연순에 대한 안타까움 때문에} ▶ 진국을 짝사랑하여 가슴앓이를 하는 연순과 이를 보며 안타까워하는 나영

S# 54. 길 → 과거

나영, 주위를 둘러보며 연순을 찾는다.

연순은 보이지 않고 멀리 진국의 자전거가 온다.
_{나영의 아버지. 착하고 따뜻한 마음씨를 지닌 우체부로, 이후에 연순과 결혼함. 지인들의 빚보증으로 인해 월급도 번번이 못 받는 신세가 되면서 무능한 가장으로 살아감}

나영과 진국, 가볍게 목례를 한다.

나영: (지나쳐서 저만큼 간 진국에게) 저기요…….
_{짝사랑하는 연순을 돕기 위해 진국에게 말을 붙이는 나영}

진국: (자전거를 세우고 나영을 본다.)

나영: 저 시간 있으시면…… 아니에요. 안녕히 가세요.
_{연순에 대한 이야기를 차마 못하고 주저함}

진국, 어색하게 웃고는 돌아서 길을 간다.

나영, 조금 걷다가 돌아보면 진국의 자전거가 멀어지다 얼추 사라진다. 나영이 다시 걷기 시작하는데 샛길에서 해녀 2가 이리저리 길을 둘러보며 황급히 걸어온다.

해녀 2: (급한 목소리로) 아, 연순네 샥시이…….

나영: (인사를 하며) 밭에 가세요?

해녀 2: (길을 둘러보며) 자전차 못 봤능가아, 우체부 자전차아. / 나영: 방금…….
_{진국이 탄 자전거   '우편집배원'을 일상적으로 이르는 말}

해녀 2: (너무 급해서 숨 쉬느라 나영의 말을 듣지 못하고 이어서 말한다.) 이를 워 째…… 아이고 이를 워째…… 큰일 났네에…… 관씨네 할매가 오락가락하는데…… 자
_{우체부에게 소식을 빨리 전해야 하는 상황임}
전차 못 봤지?

작품 분석 노트

• 젊은 시절의 '연순'이 '나영'과 같은 모습을 한 효과

연순과 나영의 외적 유사성
S# 7에서 과거 해녀였던 연순의 모습이 나영과 유사함

↓

효과
• 작품 후반부에 1인2역으로 제시되는 상황에 개연성을 제공함 • 젊은 시절의 연순과 나영의 외모의 유사성을 통해 나영이 어머니 연순과 자신의 동질성을 발견하게 됨을 강조함

• 장면 간의 연결 ②

S# 53
연순이 우체부인 진국을 짝사랑하여 가슴앓이를 하자 나영이 연순을 염려함

↓

S# 54
연순이 우체부 진국과 만날 수 있도록 하기 위해 나영이 우체부 진국에게 말을 건넴

↓

가슴앓이를 하는 연순을 도와주기 위해 나영이 노력하고 있다는 것을 알 수 있음

나영: (나영의 표정에 밝은 빛이 스친다.) 아아까…… 저기…… 아아까 지나갔어요. 한

참 됐는데…….

해녀 2: 아이고…… 그라지…… 아이고…… 큰일 났네에…… 우체국꺼지 가야겄

네…….

나영: 저기 제가 갔다 올까요.

해녀 2: (화들짝 반가워서 고마워서 어쩔 줄을 모르며) 그라 줄랑가, 고마워서 워쩐디

아…….

나영, 쪽지를 들고 뛰기 시작한다.   ▶ 연순과 진국을 만나게 해 주기 위해 기회를 마련하려는 나영

S# 55. 조밭이 보이는 들 → 과거

조밭 끝에 김매는 연순이 보인다.

나영: 연순 씨! 조연순 씨이!

S# 56. 조밭 가장자리 → 과거

화면 가득 삐뚤삐뚤 주소가 쓰여진 종이

그 위로 들리는

나영: (소리) 한 번 더 해 봐요.

연순: (자신 없는 목소리) 경기도 시흥군 군곡면…….

나영: 연순 씨 안되겠다. 이거 아주 중요한 전보 같던데. 제가 갔다 올게요. 주세요.

연순: 아, 아니요! 경기도 시흥군 군곡면 박. 달. 리 24에 5 관. 석. 용 씨 댁. 모친

위독 빨리 오라이. 딩겨올께요이!

급하게 뛰어가는 연순.

그 뒷모습에 기대와 설렘이 묻어 있다.

나영, 그 모습을 보고 돌아서서 한 번 뿌듯하게 호, 하고 숨을 뱉는다.
                                                    ▶ 연순이 진국을 만날 수 있게 된 것을 뿌듯해하는 나영

감상 포인트

시간 여행 모티프를 통해 전달하고자 하는 작품의 주제를 파악한다.

• '전보'의 역할

| 전보 | • 해녀가 우체부 진국에게 전해 주려는 것
• 관씨네 할머니가 위독하다는 내용을 담고 있음 |

↓

| 나영의 반응 | • 우체국 용무를 자원하고 쪽지를 들고 뛰기 시작함
• 연순을 찾아 쪽지를 건넴 |

| 전보의 역할 | • 나영이 진국을 짝사랑하는 연순에게 전보를 전달함으로써 연순과 진국이 만날 수 있는 기회가 생김
• 연순과 진국의 사랑을 도와주는 나영의 조력자로서의 역할을 드러냄 |

• '나영'의 행동에 나타난 의도

| 나영의 행동 | • 자전거를 타고 오는 진국에게 말을 건넴
• 전보를 보내겠다고 해녀에게 쪽지를 받음
• 쪽지의 내용을 연순에게 외우게 함 |

↓

| 의도 | 진국을 짝사랑하는 연순에게 진국과 만날 수 있는 기회를 만들어 줘서 연순과 진국을 연결시키려 함 |

• 인물의 태도 변화

| 나영 | 현재에서는 어머니인 연순의 말과 행동을 못마땅해하지만 과거로 와서는 우체부 진국을 짝사랑하여 가슴앓이하는 연순을 안타까워하며 도와주려 함 |
| 연순 | 현재에서는 억척스럽고 괄괄하지만 과거에서는 부끄러움이 많고 짝사랑하는 우체부 진국을 보고 싶어 하며 가슴앓이를 함 |

• 해당 장면은 연순이 물질을 하다가 사고가 나자 진국과 나영이 연순을 보살피다가 나영이 연순의 어린 시절 이야기를 듣는 상황이다.
• 나영이 연순의 어린 시절 이야기를 듣는 상황과 나영이 과거의 연순에게 현재의 연순, 즉 자신의 어머니 이야기를 하는 상황에 주목하여 인물의 심리가 어떻게 변했는지 파악하도록 한다.

S# 93. 연순의 집 → 과거

가마솥에 물을 붓고 군불을 지피는 진국. 이제 새벽이다. 나영, 부엌문 밖에서 지켜보
<u>음식을 하기 위해서가 아니라 오로지 방을 덥히려고 아궁이에 때는 불</u>
고 있다.

진국: (잠깐 동안 현실의 아버지 모습으로) 연순 씨 좀…… 부탁드려요. 잘 좀…….

나영: (고개를 끄덕인다.)

진국이 가고 부엌으로 들어가던 나영의 눈에 보자기가 들어온다. 보자기를 풀어 보는

나영. 공책, 연필들 위에 놓인 동화책 《인어 공주》. 나영, 울지도 못하고 참지도 못하겠
<u>연순에 대한 진국의 마음이 드러나는 소재</u>
어서 숨소리만 고통스럽다. 동화책을 넘겨 보는 나영.　　　　▶ 사고가 난 연순을 보살피다가 동화책
<u>부모의 젊은 시절의 애틋한 사랑에 대한 안타까움과 사고가 난 연순에 대한 연민 때문에</u>　《인어 공주》를 보게 된 나영

S# 94. 나영의 회상 → 과거(나영의 어린 시절)

연순: (소리) 옛날에 인어 공주가 살았는디 어느 날 물에 빠진 왕자님을 살려 줬어.

인어 공주니께 다리는 엄꼬 물꾀기걸이 지느러미가 달렸겄지? 그러니께 헤엄도
　　　　　　　　　　　　　　　　　<u>해녀인 연순과 동일시됨</u>
<u>잘 쳤겄재이……</u>. 이? 이? 이, 근디 왕자님은 딴 사람이 구해 준 줄 알았어, 그것

도 또 공준디 뭍에 사는 공주여, 진짜로 구해 준 거슨 인어 공주고이……. 자 인제

기억이 나쟈?

누워서 듣고 있는 어린 나영.

연순: (소리) 「자 그러믄 여그서부텀은 책으로 읽어 줄 것잉께 잘 들어 봐라이. 우리

나영이, 자쟈? 안 자지? 아부지 오믄 자야지이, 잉.」
　　　　　　　　「ㅣ: 남편을 기다리며 자신에게 책을 읽어 주는 젊은 날의 연순의 모습을 떠올리는 나영.
　　　　　　　　　　　남편을 사랑하고 존중하는 연순의 태도가 드러남
<u>(인서트)</u>
화면의 특정 동작이나 상황을 강조하기 위해 삽입한 화면, 또는 삽입하는 것
낡은 《인어 공주》 동화 책장에 나오는, 크레용으로 그려진 그림들, 천천히 또박또박 읽

어 내려가는 연순의 목소리.

연순: <u>인어 공주는 슬펐습니다. 매일 바닷속 왕인 아버지를 속이고 물 위로 올라갔어</u>
　　　　　　　　<u>왕자에 대한 인어 공주의 애틋한 마음을 통해 진국에 대한 연순의 애정을 드러냄</u>
<u>요. 바위에 앉아 인어 공주는 왕자님을 바라보았습니다. 기다리고 기다리고 또 기</u>

<u>다렸습니다.</u>

어느 순간 연순의 낭독과 어울려 <u>동화책의 그림들은 해녀 연순과 우체부 옷을 입은 진</u>
<u>동화책의 주인공들과 연순과 진국을 동일시함 – 연순도 과거에는 동화 속 인어 공주처럼 진국을 애틋한 마음으로 사랑했음을 극적으로 보여 줌</u>
<u>국의 모습으로 대체된다.</u>　　　　　　▶ 어린 시절 《인어 공주》를 읽어 주던 연순의 모습을 떠올리는 나영

작품 분석 노트

• 동화책 《인어 공주》의 기능

| 《인어 공주》 동화책 | • 진국이 연순을 위해 가져온 보자기에 담겨 있음
• 나영이 보자기를 풀어 공책, 연필들과 함께 발견하게 됨 |

↓

기능
나영으로 하여금 연순이 자신에게 이야기를 들려주던 어린 시절을 회상하게 함

• '인어 공주 이야기'의 기능

극 중 상황
연순이 어린 나영에게 인어 공주 이야기를 들려줌

↓

이야기 속 인어 공주
• 헤엄을 잘 침 → 연순이 인어 공주와 자신을 동일시함 • 슬퍼하며 왕자를 기다리고 기다림 → 연순이 진국에 대한 애정을 드러냄

↓

| 동화책의 그림들이 해녀 연순과 우체부 옷을 입은 진국의 모습으로 대체됨 → 연순과 진국의 애틋한 사랑을 극적으로 보여 줌 |

S# 95. 연순의 방(밤) → 과거

연순의 몸을 정성스럽게 닦아 주는 나영, 울고 있다. (중략)
　　　　　연순에 대한 나영의 애정과 연민이 드러남
연순 가늘게 눈을 뜬다. 나영, 땀 때문에 젖어 이마에 붙은 연순의 머리를 옆으로 넘겨 준다.

연순: 나가 짬 아프다고 호강이네요이.
　　　누구의 보살핌도 받지 못하고 억척스럽게 살아온 연순의 삶을 알 수 있음

나영: 더 자요.

연순: 고마워요. 언니. (나영의 손을 꼭 잡는다.)
　　　연순은 미래의 딸인 나영을 알아보지 못함

나영: 그냥 나영이라고 해요. 그래야 내가 맘이 편해요.
　　　　　　　　　　연순은 나영 어머니의 어릴 적 모습이기 때문

연순: 꿈에서 엄니를 봤어라.

나영: ……

연순: 「지는 주워 왔대요. 지도 몰랐는디 아지메들이 말하는 거 듣고 알았어요. 첨엔
　　　연순의 불우한 처지를 알 수 있음. 연순의 강인하고 억척스러운 면모 뒤에 숨어 있는 슬픔과 고독감을 보여 줌
놀랐는디……. 가끔씩 이상허니 맴이 허하고 짠하게 슬픈 것이 그래서 그랬던 거구나. 나가 첨부터 버림받은 아이라서. 그랬었는데 그게 아니었어요.

나영: ……

연순: 보고 잡아서 그랬던 거예요. 그냥 보고 잡아서. 엄니 얼굴이. (까맣게 그은 볼
　　　어머니에 대한 그리움을 안고 살아가는 연순의 모습
을 타고 눈물이 흐른다.) 나가 말여요 다시 태어난다면…… 엄니하고 헤어지고 싶덜 않아요. 물질도 하고 싶덜 않아요. 그냥 넘들맨키로 핵교도 다니고…… 그라구……」
연순의 소박한 소망 – 연순의 고달팠던 삶과 순수함이 드러남
「♪ 연순이 나영에게 자신의 삶에 대해 솔직하게 고백함 → 나영이 어머니인 연순에 대해 이해하게 되는 계기가 됨

나영: (눈물이 나올 것 같지만 참고 있다.)

연순: (나영이 품으로 파고든다.) 고마워요. 고마워요.

연순, 나영의 품속에서 다시 잠이 든다. 한동안 연순을 바라보던 나영.

나영: 우리 엄마는 때밀이예요. 매일 목욕탕에서 젊은 여자들 때 밀어 주고 돈을 받
　　　현재 연순의 모습. 생활에 찌들어 변해 버렸음을 드러냄. 억척스러운 면모만 남은 연순
아요. 한 명 밀어 주면 만 원. 10명이면 10만 원. 돈이 제일 중요하죠. 엄마한텐. 욕도 잘해요. 챔피한 것도 모르죠. 아버지한테도 모질게 대해요. 그게 우리 엄마
　　　　　　　　　　　　　　　　　젊은 날 진국에게 가졌던 마음도 생활에 찌들어 변해 버림
예요. 나는 엄마를 싫어해요. 절대로 엄마처럼은 살지 않겠다고 생각하고 또 생각
　　　　　　　　　　　현재의 엄마 연순에 대한 나영의 마음
했어요. 근데 왜 이러지…… 엄마…… 엄마가 가엽고 엄마가 불쌍하고 자꾸 엄마
연순에 대한 나영의 심리적 변화 – 젊은 날의 연순을 보고 엄마를 이해하고 엄마에게 연민을 가지게 된 나영의 모습
생각이 나요. 이렇게 엄마를 보고 있는데도 자꾸 엄마 생각이 나.

나영, 잠든 연순의 손을 잡고 참았던 눈물을 흘린다. ▶ 연순의 삶을 이해하고 눈물을 흘리는 나영
　나영이 그동안 연순에게 가졌던 미움과 원망에 대한 회한의 눈물

• 작품에 나타난 시간 여행 모티프

현재의 나영
• 어머니인 연순을 못마땅하게 여기며 연순처럼 살지 않겠다고 생각함 • 생활에 시달려 다투는 부모의 모습에 실망함

↓ 과거로 시간 여행

과거의 나영
• 젊은 시절 부모의 사랑하는 모습을 통해 두 사람의 사랑을 이해함 • 어머니의 불우한 처지를 듣고 어머니에게 연민을 느끼며 어머니의 삶을 이해하게 됨

↓

현실에서 겪는 갈등을 시간 여행이라는 환상적인 장치를 통해 극복함

이 작품은 시나리오로 지시문을 통해 등장인물의 행동과 심리를 지시하고 있다. 따라서 작품 속에 나타나 있는 지시문의 내용을 파악하며 연출자가 어떻게 배우에게 지시할 것인지, 그리고 배우가 어떻게 연기할 것인지를 상상하며 작품을 감상하도록 한다.

+ 작품에 제시된 지시문과 그 기능

등장인물의 행동 지시	• '나영, 발신자를 확인, 반갑지는 않다. 핸드폰을 열어 두고 딴짓.' → 전화의 발신자를 확인하고 전화를 받지 않으려는 나영의 모습을 표현하도록 함 • '서로 발이 맞지 않아 스텝이 엉키고 힘이 더 들자' → 연순과 나영이 서랍장을 옮기는 모습을 표현하도록 함 • '나영, 쪽지를 들고 뛰기 시작한다.' → 연순에게 전달할 쪽지를 가지고 나영이 뛰는 행동을 표현하도록 함
등장인물의 감정 표현 지시	• '사진을 확 낚아채며' → 자신과 어머니인 연순이 닮았다는 도현의 말에 나영이 불쾌한 감정을 표현하도록 함 • '자기 할 말만 하고 일방적으로 전화를 끊은 모양이다.' → 일방적으로 전화를 끊은 연순의 행동에 대한 나영의 당황스러움을 표현하도록 함 • '찡그리고' → 아무 데나 침을 뱉는 연순의 행동에 대한 나영의 못마땅한 감정을 표현하도록 함 • '흐뭇한 연순과 불만에 찬 나영이 낑낑 어설프게 서랍장을 들고 걸어온다.' → 서랍장을 주운 연순의 흐뭇한 감정과 이를 못마땅하게 여기는 나영의 감정을 표현하도록 함 • '뒤척거리며 잠을 이루지 못하는 연순.' → 연순이 우체부 진국을 만나고픈 마음으로 가슴앓이를 하고 있음을 표현하도록 함

시나리오에서는 주제를 효과적으로 전달하기 위해 다양한 영화적 장치를 활용할 수 있다. 따라서 이 작품에 등장하는 시간 여행 모티프 기법이 지니는 기능과 그 효과를 파악하도록 한다.

+ 시간 여행 모티프 – 이해와 화해의 장치

〈인어 공주〉에 나타나는 시간 여행 모티프	• 현재의 나영이 시간을 뛰어넘어 과거로 돌아가 사건을 전개함 • 시간적 배경에 변화를 주거나 독특한 영상 처리 기법을 통해 과거와 현재가 자연스럽게 연결되도록 함

현재	나영의 시간 여행	과거
• 나영은 어머니인 연순을 못마땅하게 여기며 연순처럼 살지 않겠다고 생각함 • 나영은 억척스러운 어머니와 무능력한 아버지가 다투는 모습에 부모와 함께 지내는 일상을 벗어나고 싶어 함	• 젊은 시절 부모의 사랑하는 모습을 통해 두 사람의 사랑을 이해함 • 어머니의 불우한 처지를 듣고 어머니에게 연민을 느끼며 어머니의 삶을 이해하게 됨	• 나영이 젊은 날의 연순과 진국의 풋풋한 사랑을 엿보게 됨 • 나영은 연순의 고백을 통해 어머니 없이 자란 연순의 고달픈 과거사와 연순이 지닌 한을 알게 됨

원작인 안데르센의 동화 〈인어 공주〉가 이 작품 속에서 어떻게 재해석되었는지를 작품의 주제와 연관하여 비교 감상하도록 한다.

+ 원작 〈인어 공주〉와 시나리오 〈인어 공주〉

원작 〈인어 공주〉	시나리오 〈인어 공주〉
• 바닷속의 인어 • 바닷속 고귀한 신분의 공주 • 왕자님에 대한 애틋한 인어 공주의 사랑 • 비극적 운명에 의한 갈등	• 바닷속에서 물질하는 해녀 연순 • 부모에게 버림받은 불행한 처녀 • 진국에 대한 애틋한 연순의 사랑 • 가난한 현실로 인한 모녀간의 갈등

작품 한눈에

• **해제**

〈인어 공주〉는 현실에서 어머니를 이해하지 못하며 어머니처럼 살지 않겠다고 다짐하던 주인공 나영이 과거로 돌아가 부모의 젊은 시절을 지켜보면서 어머니와 화해하는 과정을 그린 시나리오이다. 현재의 나영은 억척스럽고 생활력이 강한 어머니 연순에게 불만을 갖고 살면서 갈등을 겪고 있다. 아버지의 가출로 제주도로 가게 된 나영이 어머니와 아버지의 젊은 시절인 과거로 시간 여행을 하게 되면서 나영은 어머니의 삶과 사랑을 관찰하게 된다. 이를 통해 나영은 어머니에게 연민을 느끼면서 어머니의 삶을 이해하게 된다.

• **제목 〈인어 공주〉의 의미**

– 동화 속 주인공과는 또 다른 삶을 살게 된 어머니의 이야기

이 작품은 나영의 회상 장면에서 안데르센의 동화책 《인어 공주》를 나영에게 읽어 주는 연순의 모습을 보여 준다. 그러면서 동화책의 그림들이 해녀인 연순과 우체부인 진국의 모습으로 바뀌는 장면이 연출된다. 이를 통해 〈인어 공주〉는 동화책 내용으로 머물던 '인어 공주의 이야기'가 아니라 현실 속에 살고 있는 나영의 어머니 연순의 삶임을 드러내게 된다.

• **주제**

부모의 젊은 시절 사랑을 통한 모녀간의 화해

한 줄 평 | 전쟁의 포화로부터 동막골을 지켜 낸 남북 군인들의 이야기를 담은 작품

웰컴 투 동막골 ▸ 장진

💬 전체 줄거리

강원도에 있는 동막골이라는 한 산골 마을의 푸른 들판 위로 전투기 한 대가 추락한다. 이와 조금 떨어진 한 산골짜기에서는 인민군 부대원 10여 명이 계곡을 따라 지친 발걸음을 옮기는 중이다. 대다수가 부상자인 탓에 좀처럼 이동하는 데 속도가 붙지 않자, 부관은 중대장인 동치성에게 부상자를 모두 사살해야 한다고 주장한다. 그때 매복 중이던 국군이 인민군을 향해 총격을 시작하고, 그 속에서 살아남은 몇몇 인민군은 국군을 피해 깊은 산속으로 도망친다.

한편 산 너머의 갈대숲에서는 국군 위생병 문상상이 누군가에게 쫓기는 듯 겁에 질린 표정으로 뛰어가고 있다. 깊은 산중에 들어선 뒤에야 멈춰 선 상상은 그곳에서 국군 소위 표현철과 마주친다. 살기 띤 눈으로 총을 겨누는 현철에게 상상은 울면서 빌기 시작한다. 자신은 길을 잃은 것일 뿐 탈영한 것이 아니라고 애처롭게 말하는 그 모습에 현철은 총을 거두고는 그대로 상상을 지나쳐 간다.

▸ 인민군과 국군이 각자의 사정으로 인해 강원도의 깊은 산골짜기로 들어감

그 시각 국군의 추격을 피해 도망치던 인민군 무리가 뱀바위에 이른다. 부대원은 이제 중대장 동치성, 하사 장영희, 소년병 서택기 이렇게 셋밖에 남지 않았다. 바위 옆에 짐을 풀고 잠시 한숨을 돌리던 이들은 총알도 다 떨어져 가는 상황에서 어딘지도 모르는 산속을 헤매고 있는 자신들의 처지를 한탄한다. 이후 불안한 마음을 다잡으며 애써 잠을 청했던 인민군들이 누군가의 기척을 느끼곤 황급히 눈을 뜬다. 기척의 정체는 동막골 주민 이연이었는데, 그녀는 인민군에게 근방에서 뱀이 자주 출몰하니 바위 옆에서 자면 안 된다는 말을 해 준다. 인민군은 그런 이연을 경계하면서 위협적인 태도를 보이지만, 곧 그녀의 정신이 온전치 않다는 사실을 깨닫고는 허탈함을 느낀다. 그들은 이연을 따라 동막골로 향하기 시작한다.

한편 그 근처의 어느 숲속에서는 약초를 캐고 있던 동막골 주민 달수가 두 명의 국군과 마주치게 된다. 달수를 따라 현철과 상상도 동막골로 향하는데, 이들은 어쩐지 전쟁 상황에 관해 잘 알지 못하는 듯한 달수의 모습을 보고 의아함을 느낀다. 세 사람은 동막골 주민들이 대대로 죽은 조상을 모셔 온 장소인 허수아비 길을 지나 마침내 마을로 들어선다. 나무 사이로 작은 집들이 옹기종기 모여 있고, 정겨운 대화 소리, 아이들의 웃음소리가 가득한 동막골 풍경을 보고 현철과 상상은 놀라움을 감추지 못한다. 부락민들 역시 외지인의 방문을 신기해하며 두 사람 주위로 모여든다.

▸ 깊은 산중에서 동막골 주민을 만난 인민군과 국군이 각각 동막골로 향함

그 시각 촌장집 마당에서는 낡은 영어 교과서를 손에 든 김 선생이 부상을 당한 미국인 조종사 스미스와 대화를 시도하고 있다. 하지만 좀처럼 말이 통하지 않아 김 선생은 진땀을 흘리고, 스미스도 답답함을 드러낸다. 그러던 중 부락민이 찾아와 외지인의 방문 소식을 전하고 마을 광장의 정자나무로 향한 촌장은 마을에 하루만 머

물 수 있게 해 달라는 현철과 상상의 요청을 받아들여 그들을 자신의 집으로 데려간다.

장면 포인트 ① 345P

이후 저녁 식사를 마친 상상은 부락민들에게 바깥의 전쟁 상황을 이야기해 주지만 그들은 상상의 말을 좀처럼 이해하지 못한다.

그때 세 명의 인민군이 촌장집 마당으로 들어선다. 앞서 이연을 따라나섰던 치성, 영희, 택기가 마침내 동막골에 도착한 것이다. 불시에 적과 마주하게 된 양측 군인들은 재빠르게 서로를 향해 총구를 겨누며 대치한다. 주목 총알 없는 빈총으로 국군과 대치하던 인민군들이 수류탄을 꺼내 들면서 상황은 점점 더 험악해져 간다. 그 사이에 낀 부락민들은 영문을 몰라 어리둥절해하면서도 인민군과 군인들의 지시를 따르는 순박한 모습을 보인다. 그런데 그때 부락민 한 명이 급하게 마당으로 뛰어 들어오더니 멧돼지 때문에 마을 감자밭이 엉망이 되었다는 소식을 전한다. 이에 부락민들은 감자밭 걱정으로 웅성거리기 시작한다. 무기를 든 자신들은 더 이상 안중에도 없는 그 모습에 양측 군인들은 모두 당황스러워한다. 이후 방 안에서 동태를 살피던 스미스가 중심을 잃고 문밖으로 굴러떨어지면서 촌장집 마당에는 숨 막히는 대치가 계속되지만, 부락민들은 전혀 위기감을 느끼지 않는다.

▸ 동막골에 도착한 양측 군인들이 촌장집 마당에서 무기를 든 채 서로 대치함

국군과 인민군은 서로에게 무기를 겨눈 그 자세 그대로 밤을 꼬박 지새운다. 다음 날 아침 이를 본 촌장의 노모는 작은 바가지에다 물을 떠서 군인들의 얼굴을 하나하나 씻겨 준다. 그 사이 초원으로 추락했던 전투기 잔해 사이에서 무전 소음이 울린다. 또한 동막골 근처에서 군수품을 실은 연합군 수송기 한 대가 추락하는 일이 발생한다.

시간이 얼마나 흘렀는지도 모를 만큼 대치 상황이 길어지면서 양측 군인들은 모두 지쳐 간다. 이를 틈타 택기의 손에 들린 수류탄을 만져 보던 이연이 안전핀 고리에 손가락을 낀 상태에서 그대로 핀을

장면 포인트 ② 349P

뽑아 버린다. 이후 쏟아지는 졸음을 견디지 못한 택기가 핀이 뽑힌 수류탄을 손에서 놓쳐 버리는데, 다행히 불발탄이었던 수류탄은 터지지 않는다. 이를 주워 든 현철은 인민군을 비웃으며 수류탄을 뒤로 내던진다. 그런데 옥수수를 모아 둔 곳간에 떨어진 수류탄이 그제야 폭발하면서, 촌장집 마당으로는 팝콘이 된 옥수수 알갱이들이 비처럼 우수수 쏟아져 내린다. 그 아래에서 이연이 웃음 띤 얼굴로 춤추기 시작하고, 군인들은 그 모습을 홀린 듯 바라보다가 그대로 쓰러져 잠이 든다.

▸ 인민군의 수류탄이 마을 곳간에서 폭발한 뒤에야 양측 군인들의 대치 상황이 끝을 맺음

한편 연합군 막사에서는 참모들의 보고를 들은 사령관이 지도에서 동막골이 위치한 지점을 가리키며 무언가를 지시한다.

다음 날 아침, 국군과 인민군이 한 방에서 눈을 뜬다. 이들은 여전

히 서로를 경계하며 날을 세우지만, 더 이상 동막골에 피해를 입혀서는 안 된다는 점에서는 같은 생각을 보인다. 이에 망가진 곡간을 수리하고, 그 안에 다시 식량을 채워 넣는 일을 거들기로 한다. 그

장면 포인트 ❷ 349P

렇게 국군, 인민군이 동막골 주민들과 함께 옥수수를 따는 일을 하며 한 마을에서 기거하는 기묘한 생활이 시작된다. 양측 군인들이 동막골의 평화로운 전원생활에 점차 녹아 들어가는 사이, 스미스 역시 마을 소년 동구와 교류하면서 동막골 사람들과 점점 가까워진다. 그러던 어느 날, 초원에 나갔던 스미스와 동구, 이연이 멧돼지에게 쫓기면서 위험한 상황에 처한다. 이를 본 국군과 인민군 일행이 서로 합심하여 멧돼지를 잡고 사람들을 구한다. 그날 밤 직접 잡은 멧돼지 고기를 함께 구워 먹으면서 양측 군인들은 서로를 향한 마음의 벽을 허물게 된다. 어느새 이들은 서로에게 장난도 치고, 한데 어울려 풋볼도 하는 등 한 마을 주민처럼 가까워진다.

▶ 동막골에서 주민들의 옥수수 수확을 도우며 함께 생활하던 양측 군인이 서로를 향해 마음을 열게 됨

어느 깊은 밤 동막골 상공으로 정찰기 한 대가 지나간다. 잠시 후 연합군 사령부 막사 앞으로 특수 부대원들이 탄 트럭이 도착한다. 사령부는 이들에게 동막골로 향해 스미스 대위를 구출하고 그곳에 있는 적의 대공포를 무력화시키라는 작전 지시를 내리면서 동막골에 가해질 폭격 계획을 전달한다. 잇따른 전투기, 수송기 추락 사건으로 인해 사령부는 동막골을 적들의 군사 거점으로 오해하고 있었다. 이러한 사실을 알지 못한 채 촌장집에 둘러앉은 군인들은 곧 마을을 떠나야 한다는 생각에 아쉬워하면서 앞으로의 일을 걱정한다. 이를 떨쳐 내기라도 하려는 듯 영희가 상상에게 노래 한 소절을 불러 보라고 요청하자 상상이 노래 실력을 뽐내기 시작한다. 이는 곧 마을 축제로 이어지고, 정자나무 밑에 모인 부락민들이 저마다 박자를 맞추고 음악을 연주하면서 분위기는 흥겹게 무르익는다. 그런 분위기 속에서 치성과 현철도 함께 술을 마시면서 처음으로 서로에 관한 이야기를 주고받는다. 치성은 해방 전 일하던 공장의 일본인 감독을 폭행한 죄로 감옥에 갔던 일을 이야기하고, 현철은 자신이 탈영병이라는 사실을 밝힌다. 그렇기에 동막골에서 각자 길을 떠난 뒤에도 다시 전쟁터에서 만나 총을 겨눌 일은 없을 것이라는 그의 말에 치성은 아무런 대답도 하지 못한다.

▶ 연합군 사령부가 동막골에 폭격 지시를 내리고, 이를 알지 못하는 동막골 주민과 군인들은 흥겹게 축제를 즐김

그 시각 동막골 인근 상공에서 낙하산을 타고 내려오던 특수 부대원들이 갑작스러운 나비 떼의 습격을 받고 추락한다. 이에 특수 부대원 일부가 목숨을 잃고, 살아남은 대원들은 잔뜩 격앙된 상태로 축제가 한창이던 동막골로 들이닥친다. 매우 위협적인 태도로 부락민 전체를 제압한 특수 부대원들은 유난히 머리가 짧은 치성 등을 의심의 눈초리로 바라본다. 이에 부락민들은 양측 군인들이 모

두 자신의 가족이라고 거짓말하며 보호한다. 그러던 중 특수 부대원 하나가 이연에게 폭력적으로 굴자, 평소 그녀를 흠모하고 있던 택기가 발끈하며 나선다. 하지만 이연을 보호하기 위해서 그녀의 온전치 않은 정신을 언급한 것이 오히려 문제를 일으키고 만다. 그 말에 상처를 받은 이연이 며칠 전 택기에게서 받은 인공기를 꺼내 돌려주는 모습을 특수 부대원들이 목격하고 만 것이다. 인민군이라는 외침과 함께 특수 부대원의 총격이 시작되고, 이를 막기 위해 국군과 인민군이 무기를 들고 달려들면서 마을은 금세 아수라장이 된다. 곧 양측 군인들이 모든 특수 부대원을 제압하는 데 성공하지만, 그 난리통 속에서 총을 맞은 이연이 숨을 거두고 만다.

이후 생포한 한국군 무전병을 심문한 이들은 연합군 사령부가 동막골을 적진으로 오해하여 폭격 지시를 내렸다는 사실을 알게 된다. 군인들은 죄 없는 동막골 주민들이 모두 죽게 생긴 상황에 절망하는데, 이를 본 스미스가 며칠 전 추락한 수송기 잔해를 목격했던 곳으로 그들을 데려간다. 그곳에서 수송기가 싣고 있던 총기와 화약 등의 각종 무기를 보게 된 이들은 이를 활용하여 동막골이 아닌 다른 곳으로 폭격을 유도하고자 계획한다.

▶ 특수 부대원들의 습격으로 마을은 아수라장이 되고, 양측 군인들이 동막골 폭격 계획에 대해 알게 됨

다음 날 아침, 동막골에서는 이연의 장례식이 치러진다. 허수아비 길에 이연의 옷을 입힌 새로운 허수아비가 세워지고, 마을 사람들은 모두 눈물을 감추지 못한다. 장례식이 끝난 후 부락민들에게 작별 인사를 남긴 군인들이 마을을 떠나 다급하게 길을 나서기 시작한다. 서둘러 폭격 유도 작전을 준비해야 했기 때문이다. 혹시 모를 2차 공격을 방지하고자 스미스와 무전병은 도중에 연합군 부대 쪽으로 목적지를 틀고, 남은 다섯 명의 군인들은 계속해서 산길을 나

장면 포인트 ❸ 351P

아간다. 마침내 최후의 작전지인 산 중턱에 다다른 이들은 현철의 주도하에 작전을 준비한다. 모든 준비가 끝나자 치성은 현철의 뛰어난 지휘 능력을 칭찬한다. 이에 현철은 어린 시절부터 장교를 꿈꿔 왔지만, 임관 후 첫 임무로 수백 명의 민간인을 희생시키는 작전을 직접 수행해야 했던 자신의 과거를 이야기한다.

▶ 동막골 주민들과 작별 인사를 나눈 양측 군인이 연합군의 폭격 계획을 저지하기 위해 길을 나섬

그런 현철을 치성이 말없이 위로하는 사이 먼 산에서부터 폭격기의 진동이 울려 온다. 폭격기와 이를 호위하는 전투기 편대가 아주 가까워지자, 다섯 명의 군인들은 상공을 향해 총격과 포격을 가한다. 이에 주변을 살핀 전투기 조종사는 군인들이 미리 세워 놓은 허수아비 무리를 적군으로 여겨 공격한다. 이로 인해 영희와 상상이 목숨을 잃는다. 한 차례 교전 이후 전투기 조종사는 본부에 적의 공격과 그 발생 위치를 보고하며, 예정된 폭격 위치를 다시 한번 검토해 달라고 요청한다.

교전이 계속되던 중 조명탄이 터지자 지상에 있는 것이 적군이 아님을 알게 된 연합군 편대는 그대로 군인들을 지나쳐 동막골로 날아간다. 이에 절망한 현철이 눈물을 흘리며 주저앉는데, 바로 그때 본부의 교신을 받은 폭격기와 전투기가 다시 군인들 쪽으로 방향을 틀어 날아온다. 서서히 다가온 폭격기는 마침내 군인들 주변으로 포탄을 비처럼 쏟아 내기 시작한다. 그 밑에서 세 명의 군인은 눈물이 잔뜩 맺힌 눈으로 행복한 미소를 짓는다. 같은 시각 숲속 어딘가

<장면 포인트 ❸ 351P>

에 주저앉아 소리도 내지 못한 채 오열하는 스미스를 무전병이 아무 말 없이 바라본다.

다음 날 아침, 수색을 나온 토벌대가 눈 속에 나란히 파묻혀 있는 인민군 군복과 국군 군복을 발견한다. 그 주위로 나비 다섯 마리가 날아오르는데, 그 모습과 함께 동막골을 지켜 낸 자신들의 승리를 자축하는 다섯 군인의 정다운 대화 소리가 울려 퍼진다.

▶ 연합군의 폭격으로부터 동막골을 지켜 내고 죽음을 맞이한 다섯 군인이 나비가 되어 날아오름

🎭 인물 관계도

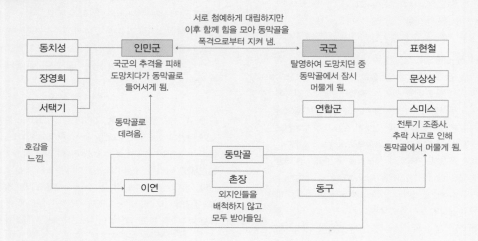

<보기>로 나오는 작품 외적 준거

〈웰컴 투 동막골〉에 나타난 무위의 공동체

일반적으로 공동체는 구성원 사이의 동질성을 바탕으로 내부의 결속을 다지면서, 이질성을 지닌 다른 공동체를 향해서는 배타적이고 폐쇄적인 태도를 취하는 특징이 있다. 프랑스 철학자 낭시는 이러한 전통적 개념의 공동체가 지닌 한계를 지적하면서 그 대안으로 '무위의 공동체'라는 개념을 제안한다. '무위의 공동체'는 어떠한 목적 달성을 위한 관계가 아니라, '함께 있음' 그 자체의 가치를 중시하며 구성원 간의 인간적 관계를 지향하는 공동체를 말한다.

영화 〈웰컴 투 동막골〉의 배경인 동막골은 이 '무위의 공동체'가 지닌 특성을 닮은 공간이다. 영화는 국군, 인민군, 연합군 등 이념은 물론 인종과 언어마저 다른 외부인들이 동막골이라는 공간 안에서 '함께함'으로써 하나의 공동체를 이루어 가는 모습을 보여 준다. 동막골 주민들의 삶이 외부인들이 지닌 배타성에 균열을 가져온 것이다. 국군과 인민군이 서로 첨예하게 대치하는 상황에서 동막골 주민들이 보이는 무심한 반응은 그러한 균열의 시작을 보여 주는 장면이다. 군인들의 위협에도 아랑곳없이 식량 이야기로 소란스러운 주민들이나, 군인들 사이를 천진난만하게 맴도는 어린아이들은 모두 세상을 바라보는 관념이 외부인과는 다른 존재들이다. 특히나 이연, 촌장의 노모, 동구는 각각 인민군, 국군, 연합군에게 내재되어 있던 견고한 배타성을 뒤흔드는 역할을 하여, 마침내 이들이 서로를 향한 모든 경계를 허물고 '함께하는' 공동체를 이루도록 만든다.

– 김상철, 영화 〈웰컴 투 동막골〉에서 나타난 공동체의 특징, 2015

장면 포인트 ①

- 이 작품은 6·25 전쟁 중 강원도 동막골이라는 마을에 국군, 인민군, 연합군이 모여들어 갈등을 빚다가 순수한 마을 사람들에게 동화되어 가는 과정을 그린 시나리오이다.
- 해당 장면은 동막골 촌장의 집에 와 있던 국군과 이후에 온 인민군이 대치하는 상황에서 순수한 부락민들이 상황의 심각성을 모르고 감자밭을 망친 멧돼지에 대해 걱정하는 부분이다.
- 국군과 인민군의 대치 상황과 이에 대한 부락민들의 반응에 주목하여 갈등 양상을 파악하도록 한다.

[앞부분의 줄거리] 강원도 산골의 동막골 부락민들은 전쟁 상황을 이해하지 못한 채 순박하게 살고 있다. 어느 날 연합군의 전투기가 추락하여 미군 조종사가 동막골에 들어오고, 국군 병사인 현철과 상상도 동막골 촌장의 집에 들어서게 된다.

S# 21. 촌장집 마당 N / EXT
Night, 밤 장면   Exterior, 실외 장면

혼자 떨어져 앉아 있는 <u>현철……</u> <u>주변 소리에 민감해진다.</u>
국군   전쟁 상황에서 적군을 마주치지 않을까 경계함

(부엌에서 난 소리, <u>부락민들……</u> <u>상상</u> 수다, 누렁이 하품 소리, 모기 소리 등……)
동막골 사람들   국군

달수: 전쟁이요? 진짜 전쟁이 났다 말이래요?

촌장: 아니…… 어데서 쳐들어온 거래요? <u>왜놈이나…… 떼놈이나……?</u>
일본인이나 중국인이 남한을 쳐들어왔다고 생각함

상상: 그게…… 딴 나라서 쳐들어온 게 아니구요…… 가만 딴 나란가……? 설명하기

힘드네……. <u>그러니까 우리 국군하고 이북의 괴뢰들하고 싸우는 거죠.</u>
6·25 전쟁 발발

<u>부락민들 무슨 말인지 좀처럼 이해가 되지 않는데.</u>
6·25 전쟁의 의미를 이해하지 못하는 순수한 동막골 사람들

달수 처: (스미스 방을 가리키며) 그리믄 저짝 방에 <u>코 이래 큰 저이</u>는 누구 편이래요?
연합군 스미스

달수: 아…… 이짝 편이니 딱 보고 아는 척을 하지!

달수 처: <u>그름…… 2대 1이네요…… 이 사람들 치사하네.</u>
국군과 연합군의 관계를 이해하지 못함

상상: 그게요…… 그렇게 보시면 안 되고요…….

현철: (저만치 앉아 있다가 상상의 말을 자르며) 저희는 내일 바로 떠나겠습니다.

촌장: 뭐이 그리 급해요…… 올겨울 여서 나고 가시지…….

상상: (눈치를 보며) 그…… 그래요…… 당분간 여기 있죠?

그때…… 멀리부터 노랫소리가 들린다. 아이들이다.

달수: 아―들이네…….

달수 처: 이래……? 왜 일루들 다 오나? 집에 안 가고?

촌장: (환해지는 얼굴로) 어……! 마치맞게 김 선상이 오시네.

<u>두 손을 번쩍 들고 잔뜩 우거지상이 된 채 마당에 들어선 김 선생</u>…… 엉거주춤 서서
인민군의 위협을 받았기 때문에

부들부들 떨고 있다.

촌장: (현철을 소개하듯) 김 선상…… 서로 인사들 하게…… <u>배컽</u>에서 <u>손님</u>이 오셨어.
'바깥'의 방언   국군인 현철과 상상

김 선생: (울먹이며) 뒤에도 <u>손님</u>이 왔걸랑요…….
인민군

작품 분석 노트

• 주요 등장인물

현철	국군 소위로, 부대에서 탈영하여 동막골에 들어옴. 인민군에 대한 적대감과 경계심을 가장 늦게 푸는 인물
상상	국군으로 인민군에게 인간적으로 다가가는 인물
치성	인민군 중대장으로 자신들을 적대시하는 현철과 갈등하나 동막골 사람들의 인정에 제일 먼저 감화되는 인물
영희	인민군 하사로, 감정을 솔직하게 표현하고 특유의 넉살로 국군에게 다가가는 인물
택기	인민군 소년병
촌장	동막골의 지도자로, 동막골을 찾아온 국군과 인민군들을 화해하도록 이끄는 인물
스미스	미국 연합군 병사로, 예기치 못한 비행기 추락으로 동막골로 오게 되는 인물

김 선생이 몸을 돌리자 등잔불에 스윽 어둠이 거치면…… 아이들 사이에 경중하게 선 인민군이 보인다. / 잠시 멍하니 서로 보고만 있다가……

<u>순간 눈이 휘둥그래져 잽싸게 총을 들어 겨누는 현철.</u>
　　　　　　　<small>적군인 인민군에게 총을 겨눔</small>

군화를 벗고 마루에 앉았던 <u>상상은 양말 바람으로 뛰어 내려와 다급하게 총을 든다.</u>
　　　　　　　　　　　　<small>예상하지 못했던 인민군 출현에 대한 반응</small>

인민군 역시, 생각지도 못한 국군을 발견하고 놀라서 총을 겨눈다.

「누가 먼저랄 것도 없이 핏발 선 눈을 부릅뜨고 살벌한 말들을 토해 내며 서로를 위협하는 양측 군인들.

"총 내려놔!!!" "움직이지 말앗!!!" "다 죽여 버린다!! 빨리 총 버려."
　　　　　　　　<small>상대방을 제압하기 위한 말들</small>

"아가리 닥치고 엎디라!!!"　　　　　　　▶ <small>동막골에서 우연히 만나 대치하는 국군과 인민군</small>
「♪ 6·25 전쟁 중이므로 전쟁터가 아니더라도 국군과 인민군이 대치하는 상황

(중략)

★주목 ▶ S# 22. 조종사가 누워 있는 방 N / INT
　　　　　　　　　　　　　<small>Interior, 실내 장면</small>

<u>갑자기 소란스러워진 밖이 궁금한 조종사,</u> 부상당한 몸을 간신히 움직여 머리로 문을
<small>국군과 인민군의 대립으로 소란스러워짐　　미군 조종사 스미스</small>
밀어낸다.

겨우 열려진 틈으로 밖을 내다본다. "저건 또 뭐하는 짓들이지……?"

<u>평상 위에 부락민들이 죽 올라서 있는 이상한 행동을 보며 머리를 갸웃거리는 조종사.</u>
　　　　　　　　　　<small>부락민들의 행동을 이해하지 못함</small>

S# 23. 다시 촌장집 마당 N / EXT

부락민들 사이사이로 간간이 보이는 <u>적군의 모습들…… 싸늘한 기운이 흐르고…….</u>
　　　　　　　　　　　　　<small>남북한 군인들의 대치 상황을 나타냄</small>

영희: (겁에 질린 투로) 상위 동지…… 아니 군대 없대서 왔는데…… 결정하는 것마다
<small>인민군</small>　　　　　　<small>치성에 대한 영희의 원망과 불신이 드러남. 과거에도 치성의 결정에 문제가 있었음이 드러남</small>
<u>와 이럽네까?</u>

치성: (이를 악문다.) ……!!
<small>인민군　부하의 질타를 참고 있음</small>

택기: 열 발 안짝에 있습니다…… 우린 셋이고 저게는 둘입니다…… <u>확 까 치웁시다!</u>
<small>인민군</small>　　　　　　　　　　　　　　　　　　<small>국군을 없애 버릴 것을 제안함</small>

치성: 전사 동무, 그냥 내 뒤에 있으라우……!
　　　<small>택기의 섣부른 행동을 만류하는 말</small>

영희: 아새끼래…… 쫄랑거리며 일 맨들디 말구 가만 좀 있수라우…….
　　　　<small>택기의 섣부른 제안에 대한 핀잔</small>

상상: <u>수적으로 우리가 밀리는데 어떡해요?</u> 그러게…… 그냥 지나쳐 가자니까……
<small>인민군은 3명이고 국군은 2명임</small>　　　　　　　<small>동막골에 들어오자는 결정을 한 현철을 원망함</small>
<u>왜 여기까지 와 가지구</u>…… 씨바…… 난 되는 게 없어…… 니미…….

현철: (무섭게 인민군을 노려보다 소리 지른다.) 야—!!

인민군 셋…… 침묵……. / 마을 사람들…… 인민군과 국군을 번갈아 보다가…….

달수: (인민군들에게) 안 들려요? 부르는 거 같은데…….
<small>현철이 인민군을 향해 지르는 소리를 듣고 인민군이 침묵하자 달수가 인민군에게 하는 말로 희극적 분위기를 자아냄</small>

달수 처: (현철에게) 우리한테 말해요, 전해 줄 테니…….
　　　　<small>군인들의 대치 상황을 이해하지 못하고 군인들의 말을 전해 주려고 하는 희극적 상황임</small>

치성: 와?…… 방아쇠에 손가락 집어넣었으면 땡겨야지…… 다른 볼일 있네?
　　　상대방의 심리를 알아보려고 하는 의도가 담겨 있음

영희: 상위 동지…… 거 괜히 세게 나가다 마시라요…… 우린 총알도 없는데…….

현철: 여기서 이러지 말고 나가서 제대로 한번 붙자!!
　　　마을 사람들에게 피해를 주지 않으려는 의도

상상: 미쳤어요…… 수적으로 밀린다니까…….

현철: 죄 없는 부락 사람들 피해 주지 말고 일단 나가자……!
　　　부락민의 안전을 우선으로 생각함

석용: 우리 때문이면 괜찮아요…….
　　　자신들의 안전을 생각하지 않아도 된다는 의미로, 현재 사태를 파악하지 못해서 하는 말

촌장: (지긋이) 석용아…….
　　　상황을 이해하지 못하고 국군과 인민군 사이에 개입하는 석용의 행동을 만류함

　치성…… 자신의 빈총이 의식됐는지 고민하다 이를 악물고 수류탄을 빼 든다.

치성: 내 말 잘 딛으라우……! 괴뢰군 아새끼나 부락 사람이나 조금만 허튼짓했단 그
　　　　　　　　　　　　　　　국군
즉시 직살하는 거야……! 지금 한 말 허투루 딛디 말라!
　　　　　죽는

　영희와 택기도 눈치챘다…… 옆으로 총을 집어 던지고 모두 수류탄을 꺼내 든다.

　부락민들 치성의 말뜻을 전혀 이해하지 못했는지 그저 수군거리고만 있다.
　　　수류탄이 무엇인지 알지 못하여 상황의 심각성을 모름

치성: 뭐 이런 것들이…… 야 말 같디 않네!! (버럭) 전체 손 버쩍 들라우!!
　　　적들이 대치하고 있는 심각한 상황을 이해하지 못하는 것을 보고 어이없어함

　부락민들 서로 눈치를 보다 하나둘…… 손 올린다. 왼손을 드는 사람…… 오른쪽 손을
　　　　　　　　　　　　　　　　　　　　전쟁 상황에 물들지 않은 동막골 사람들 → 해학적 분위기
드는 사람…….
　　　카메라의 위치를 바꾸지 않고 카메라를 좌우로 움직이는 촬영 기법
　현철의 소총 가늠자로 보이는 흥분한 치성의 얼굴…… 옆으로 팬하면 손에 들린 수류
　　　총을 목표물에 조준할 때 이용하는 장치의 하나. 인민군에 대한 국군의 적대적 태도를 나타냄
탄이 보인다. / 무슨 이유에선지 불안한 표정이 되는 현철…….
　　　　　　　　　　　　　　　　　　　▶ 국군과 인민군의 대치 상황과 그 심각성을 모르는 부락민들

　이때, 밖에서 용봉이 뛰어 들어온다. / 용봉: 촌장님!!
　　　　새로운 인물의 등장으로 사건이 전환됨

　일제히 용봉을 향해 총과 수류탄을 겨누는 군인들. 무슨 상황인지 몰라 잠시 멍하게
서 있는 용봉.

부락민 모두: 거 섰지 말고 얼른 일루 올라와. 이 사람들 부애가 마이 났어.
　　　　　　　　　　　　　　　　　　　　　'부아'(노엽거나 분한 마음)의 방언

치성: 올라 가라우.

택기: 썅!! 빨리 게바라 올라가간!!

　소리치는 바람에 깜짝 놀라…… 평상 위로 올라서는 용봉.

촌장: 용봉아 우터 이리 늦었나?
　　　　　　'어찌'의 방언

용봉: 벌토으— 좀 보고 오느라고요…… 아 그보다 짐 난리 났어요!
　　　　　　　　　　　　　　　　　　　　화제 전환 → 긴장감의 일시적 완화

달수 처: 용봉 아재…… 소느— 들고 얘기하래요…….
　　　　　　　　　　　해학적 분위기 연출

　어색하게 손 하나 드는 용봉…… "아…… 예……."
　　군인과 인민군이 무력으로 대치하는 상황임을 모르는 순진한 모습

용봉: 그 뭐냐…… 실천 위 감자밭 있잖아요…… 새로 심군 데…… 그 밭 초입부터

멧돼지가 길을 내 버렸어요!! 길 크기를 보아 그기 한두 마리가 아인 거 같애요.
　부락민들의 생계를 위협하는 존재

감상 포인트

등장인물 사이에 일어나는 갈등의 양상과 그에 따른 심리를 이해한다.

• 작품의 전체 구성

발단	강원도 동막골에 연합군인 스미스의 비행기가 추락함. 이후 국군 현철과 상상, 인민군 치성, 영희, 택기가 우연히 동막골에서 만나 대치함
전개	실수로 마을의 곡간을 폭발시킨 국군과 인민군은 휴전을 하고, 부락민들과 함께 옥수수밭에서 농사를 지으며 서로에 대한 경계를 풂
절정	국군 조사관이 동막골에 찾아와 연합군 비행기가 추락한 원인을 조사함. 부락민들은 군인과 인민군을 부락민인 것처럼 속이지만 그들의 정체가 발각되고, 군인들이 싸우는 과정에서 이연이 목숨을 잃음
하강	연합군이 동막골을 폭격하기로 하자 스미스는 본부로 가서 폭격을 막으려 하고, 국군과 인민군은 협력하여 동막골을 지키려 함
대단원	국군과 인민군은 동막골과 떨어진 곳으로 연합군의 폭격을 유도하는 과정에서 목숨을 잃게 됨

• 소재의 의미와 기능

평상	국군과 인민군을 공간적으로 분리함
총	6·25 전쟁 상황에서 국군과 인민군의 갈등을 드러냄
소총 가늠자	총을 목표물에 조준할 때 이용하는 장치로, 인민군에 대한 국군의 적대적 태도를 나타냄
수류탄	인민군이 국군과 부락민을 위협하는 도구로, 서사적 긴장감을 높임
멧돼지	부락민의 생계를 위협하는 존재로 외부인의 존재가 동막골을 위험에 처하게 할 수 있음을 암시함

부락민들, 그 말에 모두 놀라고…….

마님: 우터 거다 길을 냈데…….

응식: 재작년에도 옥시기밭을 헤집고 돌아댕기미 싹 마호나서 <u>겨울 한 달을 굶었는</u>
　　　　　　　　'옥수수'의 방언　　　　　　　　　　　<u>옥수수가 동막골 사람들의 주된 식량임을 알 수 있음</u>
<u>데…….</u>

촌장: (아주 근심스럽게) <u>흥분하지들 말고 차근차근 애기르— 해 보자고…….</u>
　　　　　　　　　　<u>국군과 인민군이 대치하는 상황보다 멧돼지 문제를 더 걱정함</u>

석용: 감재나 캐믄 그리지…… 우리 천식이 좋아하는 감재 인제 엄따.
　　　'감자'의 방언

아쉬워하는 꼬마 천식…… 사람들 모두 한숨…… 휴—.

<u>군인들은 안중에도 없고 모두들 멧돼지 문제로 걱정이 태산이다.</u>
　　　　　　　　<u>동막골 사람들의 순수함이 부각됨</u>

치성: <u>이보라우……! (수류탄 치켜들며) 이거이 안 보이네? 까딱하면 다 죽을 판</u>
　　　　　　　　　　<u>군인들의 대치에도 별다른 반응을 보이지 않는 부락민들을 위협함</u>
<u>에…… 그깟 돼지 길이 뭐이가 걱정이가……!!</u> (여전히 반응은 없고) <u>이놈 까문 이</u>
<u>마당에 송장 길 생게!!</u>
<u>자신이 수류탄을 터뜨리면 모두 죽을 수 있다고 부락민들을 위협함 → 부락민들을 통제하려는 의도</u>

<u>버럭 겁을 줘도 심각하게 논의를 하는 건지…… 수군수군…… 시끄럽다.</u>
　　　　<u>치성의 위협에도 멧돼지 문제에 대해 이야기를 나누는 부락민들</u>

영희: (혼란스러운) 기리니까니…… <u>이 부락…… 뭐이래 좀…… 이상하디 않습네</u>
<u>까……?</u>
　　　　　　　　<u>일반적인 마을과는 다른 동막골의 분위기</u>
　　　　　　　　▶ 감자밭에 길을 낸 멧돼지로 인해 근심하는 부락민들

• 이 작품의 배경

시간적 배경	1950년 겨울(6 · 25 전쟁 중)
공간적 배경	태백산맥 깊숙이 자리 잡아 외부와 단절된 동막골 → 현실과 동떨어진 평화로운 순수의 세계를 그려 내기 위한 필연적 배경

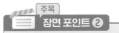
- 해당 장면은 국군과 인민군이 대치하다가 실수로 수류탄을 터뜨려 마을의 식량 창고인 곡간이 사라지고, 이를 보상하기 위해 군인들이 함께 옥수수밭을 일구다가 마을로 돌아오며 전쟁 상황에 대해 이야기를 나누는 부분이다.
- '수류탄'으로 인해 긴장감이 조성되고 '팝콘 비'가 내리며 긴장감이 해소되는 과정에 주목하여 인물의 심리 및 태도를 파악하도록 한다.

★주목 S# 28c. 촌장집 마당 D / EXT (시간 경과)

낮 장면

쨍하게 내리쬐는 햇볕. / 이제 군인들은 지칠 대로 지쳐 사물이 일렁이며 보인다. 피로
└심리적 긴장감을 느슨하게 하는 날씨   └시간의 경과를 드러냄. 대치 상태가 지속되어 지쳐 가고 있음

와 졸음이 그들을 괴롭히고 있다. / 이 와중에도 김 선생은 심각한 얼굴로 아이들에게 글
                              └이념 대립에 무관심한 모습

을 가르치고…… 부락민은 자연스레 일상을 보내고…… 이제 군인들도 선 채로 눈을 감

고 있다.

수류탄을 쥐고 있는 택기만이 잔뜩 인상을 찌푸린 채 군인들을 둘러본다…… 야속하지

만 어쩔 수 없다. / 이제 손도 저리고, 졸음도 밀려오고……. / 끝내 졸음을 참지 못하고

스르르 감기는 택기의 눈. 손에 힘이 풀리면서 수류탄이 떨어진다. / 수류탄이 굴러가는
                                                    └동막골의 소녀. 정신이 온전하지 않음

대로 이연의 시선도 따라간다…… 배시시 웃는 이연. / 평상 밑을 굴러 현철의 발에 맞고
                     └수류탄의 위험성을 알지 못함

멈춰 서는 수류탄. 뭔가 부딪히는 느낌에 눈을 뜨는 현철…….

현철: (화들짝 놀라서) 위험해!! 모두 피해!!

감상 포인트
인물 간의 긴장감이 해소되고 환상적인 분위기가 형성되는 장면을 이해한다.

악!! 소리를 지르며 급하게 수류탄을 끌어안고 엎드리는 현철. 놀란 군인들 사방으로
        └현철의 희생정신 – 주위 사람들을 살리고자 함

피한다. 폭발 일보 직전…… 이를 악무는 현철……. / ……. / ……. / 잠잠하다…… 불발
                                              └발사되지 않았거나 발사되었어도 터지지 않은 폭탄

탄……. / 하나둘 고개를 들고…… 잔뜩 웅크렸던 현철도 슬며시 눈을 뜨며 수류탄을 살

핀다. / 그런 현철을 예의 주시하는 치성의 눈빛. / 겨우 안심이 되는 현철…… 불발탄을
           └주위 사람들을 살리려고 한 현철의 희생적 행동을 인상 깊게 봄

집어 들고는 인민군을 본다. 비웃듯 코웃음을 치고는 불발탄을 뒤로 던진다.
          └인민군의 수류탄이 터지지 않은 것에 대해 비웃음

현철: (조롱 섞인) 뭐 하나 제대로 된 것도 없는 것들…….

영희: 뭐…… 좀 종종 그 따우메두 있을 수 있디 뭐…… 아새끼 노골적으루다…….
        └수류탄이 터지지 않은 것을 노골적으로 조롱한 현철에 대한 불만┘   ▶불발탄이 된 택기의 수류탄

인민군들…… 좀 쪽팔리다…… 자신이 들고 있는 수류탄도 한번 보고는…… "혹시 이
└자신들이 가진 수류탄이 불발탄이었기 때문에

것도……?"
└자신들의 수류탄도 불발탄이 아닌지 의심함

갑자기, 엄청난 폭발음과 함께 곡간의 지붕이 날아간다. 놀란 군인들, 몸을 날려 엎드
└현철이 뒤로 던진 수류탄으로 인해 동막골 사람들의 식량 창고가 터져서 사라짐

린다. / 거대한 불길과 함께 치솟는 곡물들…… 하늘로 치솟았던 노란색 옥수수들……
                     └국군과 인민군 간의 대치 상황을 종결짓는 환상적 장면 – 고조되었던 긴장이 이완됨

내려올 때 하나씩 터져 팝콘이 된다.

(그 광경이 아이러니하게도 벚꽃이 날리는 것처럼 너무나 아름답다.)
           └상황과 대조적인 환상적인 분위기 → 인민군과 국군의 갈등 해소 암시

「눈이다…….」 웃음 띤 얼굴로 팝콘 비 사이로 걸어 들어가는 이연……. / 그리곤 이상
└수류탄이 터져 곡간 속의 옥수수가 팝콘으로 변함 → 긴장 관계를 변화시킴

한 몸짓으로 춤을 추기 시작한다. 엎드린 채 그 모습을 보는 군인들. / 조종사도, 내리는

팝콘 비를 물끄러미 본다. / 이연의 몸짓에 신비로운 음악이 덧씌워지면서 촌장집 마당
                    └환상적인 분위기가 고조됨

은 묘한 기운으로 출렁인다.

작품 분석 노트

- '현철'의 심리 및 태도 변화

인민군과 대치함	대치 상태가 계속되며 지치고 피로해짐

↓

수류탄을 끌어안음	주위 사람들을 보호하기 위해 희생정신을 보임

↓

수류탄이 터지지 않음	인민군을 비웃으며 조롱함

↓

불발탄이 터짐	자신이 던진 불발탄이 터져 마을 곡간의 지붕이 날아가자 놀람

↓

옥수수들이 팝콘 비가 되어 떨어짐	긴장감이 해소됨

- '동막골' 사람들의 특징

동막골 사람들의 모습
• 남북이 전쟁을 하는 이유와 이념 대립에 무지한 순수한 모습을 보임 • '왼손을 드는 사람…… 오른손을 드는 사람.' → 수류탄을 빼들며 손을 들라고 한 치성의 말을 이해하지 못함 • '부락민은 자연스레 일상을 보내고……' → 국군과 인민군이 대치하는 상황에 무관심함 • '웃음 띤 얼굴로 팝콘 비 사이로 걸어 들어가는 이연……' → 곡간이 터져 동막골 사람들의 식량이 사라진 상황을 제대로 인식하지 못함

↓

순박하고 순수함

사방이 조용해지고…… 오직 신비한 음악 소리와…… / 이연의 몸짓……. / 서서히 환

각에 휩싸이는 군인들…… 정신이 혼미해지고…… / 한 명씩 두 명씩 자신도 모르게 스

르르 눈이 감긴다. / 누렁이도 쩍 하품을 한다.
<small>국군과 인민군 간의 갈등 해소 암시</small>

엎어진 채로 아이처럼 잠이 드는 군인들……. / 마지막까지 안간힘을 쓰며 잠들지 않

으려는 현철…… 퀭한 눈으로 이연을 보다가…… / 스르르 빨려 들어가듯 잠이 든다. /

바닥에 떨어지는 팝콘이 점점 흐릿하게 보인다. 아주 천천히 F.O.

<small>「긴장감이 해소되는 장면</small>　　　　　<small>화면이 처음에 밝았다가 점차 어두워짐</small>
<small>▶ 수류탄 때문에 팝콘이 되어 터진 곡간의 옥수수들과 잠이 드는 군인들</small>

[중략 부분의 줄거리] 동막골의 곡간에 있던 일 년치 양식을 날린 군인들은 옥수수를 채우기 위해 부락민들
과 함께 밭에서 옥수수를 딴다.

S# 36. 허수아비 길 해 질 녘 / EXT

일을 끝내고 돌아가는 부락민과 군인들…….

군인들의 긴장감은 좀처럼 수그러들지 않는다. 서로 간의 냉랭한 기운이 차갑게 흐른다.
<small>국군과 인민군 사이에 조성된 긴장감</small>

치성: 이보라우……! / **현철:** (치성을 쏘아본다.)

치성: 곡간…… 님자가 날렸음에도 불구하고 우리가 채울 테니 님자네들은 그냥 내
<small>택기가 떨어뜨린 수류탄을 현철이 곡간으로 던져 곡간이 터짐</small>　　　<small>국군인 현철과 상상</small>
려가라우. 섞여 있어 봤자 좋을 게 뭐이가 있간.

현철: 웃기지 말고 니들이나 내려가라.

치성: 왜 안 내려갈라 기네……? 저 양키 새끼 데리구 내려가문 훈장감일 텐데.
<small>연합군인 스미스</small>

현철: (순간, 인상 굳어진다.) ……!!

택기: 내려갈 때 조심하는 게 좋겠소 동무……! 산 아래 우리 인민군이 쫙 깔렸을 게야.
<small>인민군이 전쟁에서 이기고 있을 것으로 짐작함</small>

현철: 이 산 통틀어…… 빨갱이 새끼들은 니들 셋이 전부일 거다.
<small>국군이 전쟁에서 이기고 있을 것으로 짐작함</small>

택기: (피식) 쌍간나새끼 우리 놀리나?

현철: 니놈들…… 왜 여기까지 쫓겨 왔는지 아직도 모르겠냐? 뭔가를 기대하고 있다
<small>강원도 동막골</small>　　　　　　　　　<small>인민군의 승리</small>
면 하지 마라……. 인천에 연합군 상륙해서 이미 평양까지 밀고 올라갔어……. 조
<small>국군이 전쟁에서 이기고 있는 상황</small>
만간 이 전쟁 끝난다. 조심할 게 있다면 니놈들이 해야지……!
<small>국군의 승리가 예상되는 상황</small>

표정이 확 굳어지는 인민군들.
<small>예상치 못한 인민군의 패전 소식에 당황함</small>

영희: 상위 동지…… 데거이 웬 소립네까? / **치성:** ……!!

택기: (확 달려들며) 이 쫑간나새끼!!! 개나발 집어치우라!!!
<small>인민군이 지고 있다는 현철의 이야기를 믿고 싶지 않아 함</small>

달려드는 택기를 가로막는 치성…… 분이 풀리지 않아 식식대는 택기…… 그들을 빤히

보는 부락민들.

날카롭게 서로를 쏘아보는 치성과 현철…… 그 중간에 쪼그리고 앉아 웃고 있는 이연.
<small>국군과 인민군이 대립하는 상황을 이해하지 못하는 순수한 모습</small>
<small>▶ 북한이 전쟁에서 지고 있다는 사실을 알게 된 인민군</small>

• '팝콘 비'가 내리는 장면이 갖는 의미

극 중 상황
수류탄이 곡간에 날아들고 그곳에 쌓여 있던 옥수수가 터지면서 하늘에서 팝콘 비가 내림

↓

의미
• 남북한 군인들의 대치 상황을 종결짓기 위한 환상적인 장면임 • 남북한 군인들의 대립이 이 장면 이후 급속도로 반전되기 시작함 • 비현실적이고 환상적인 분위기를 표현하여 '전쟁'이라는 냉혹한 현실 속 분위기를 완화함

- 해당 장면은 동막골을 적진으로 오인하여 공격하려는 연합군의 폭격기를 국군과 인민군이 유인하기 위해 합동 작전을 펼치는 부분과 작전을 성공시키고 마을을 구한 후 일행이 그곳에서 죽음을 맞이하는 부분이다.
- 서로 대립하던 국군과 인민군이 연합군의 폭격을 유도하기 위해 합심하는 모습에 주목하여 작품의 주제 의식을 파악하도록 한다.

[앞부분의 줄거리] 동막골에 들어온 군인들은 부락민들의 순박함에 동화되어 서로 친해진다. 그러던 중 동
　　　　　　　　　　　　　국군과 인민군
막골을 적진으로 오인하여 폭격하려는 연합군의 계획을 알게 되고, 이를 막기 위해 스미스를 연합군 기지로
보낸 후 국군과 인민군은 마을에서 먼 곳에 가짜 기지를 만들어 폭격을 유도한다.

S# 111. 산등성 오후 4시경 / EXT (최후의 작전지)

　<u>고도가 높은 산 중턱 분지에 도착한 5인</u>…… 그들의 뒤편으로 동막골이 있는 함백산이
　　국군과 인민군이 연합군을 유도하기 위해 가짜 기지를 만든 곳
보인다. / 그 자리에 쓰러져 죽을 듯 숨을 토해 내는 5인.

현철: (일어나 시계를 보고) 4시간 후면 이 위를 지나게 될 겁니다.

　모두들 겁먹은 표정들이다. 서로의 눈치만 볼 뿐 말이 없다.

치성: 자자 시간이 없어. 힘들 내자우…….

상상: 구름 위로 가는 <u>폭격기</u>를 어떻게 잡으려고 그래요?
　　　　　　　　동막골을 적진으로 오해하여 폭격하려는 연합군의 군용 비행기
현철: 이 산 높이라면 <u>위협사격</u>이 가능해. 놈들을 유인할 방법이 있어.
　　　　　　　　　　　상상의 의도는 없이 단순히 겁을 줄 목적으로 하는 사격
　지도와 지형을 비교해 가며 <u>작전</u> 계획을 설명하는 현철…… 모두들 진지한 표정으로
　　　　　　　　　　　　　연합군의 폭격기를 유도하려는 작전
설명을 듣는다. / 현철의 작전 설명을 유심히 듣는 치성……. / 박스를 깨고 무기를 꺼내
는 현철…… 대공포와 로켓포의 위치를 잡고…… 지시를 한다. / 땅을 파서 풀 더미를 사
지상이나 해상에서 공중 목표를 겨냥하여 쏘는 포　　　　　　　　　연합군의 폭격기를 유도하기 위한 장치 ①
<u>방에 두르고는 나무들을 잘라 총처럼 배치한다.</u> / <u>그 주변에 위장망을 쳐 군부대처럼 보</u>
　　　　　　　　　　　　　　　　　　　　　　　　연합군의 폭격기를 유도하기 위한 장치 ②
이게 한다.

　다른 상자 열자 허수아비가 들어 있다. 꺼내면서 씩 웃는 영희. / <u>허수아비를 곳곳에</u>
　　　　　　　　　　　　　　　　　　　　　　　　　연합군의 폭격기를 유도하기 위한 장치 ③
배치하는 영희. 기관총을 장착하고 방아쇠에 굵은 실을 연결한다. / 둔덕 위에는 폭약을
묻고 도화선을 깐다. 이런 일에는 의외로 날렵한 영희. / 서서히 해가 지고 있다. / 준비
를 마치자 긴장된 표정으로 모두를 한번 둘러보는 현철.

영희: (불안한……) 성공할 수 있갔디?

현철: 놈들이 나타나면 <u>최대한 우리를 노출시켜야 돼요.</u> 만약 놈들이 우릴 못 보고
　　　　　　　　　　　가짜 기지를 적진으로 보이도록 하기 위함
　<u>가면 그땐 진짜 방법이 없어요.</u>
　　연합군이 동막골을 적진으로 오해하고 폭격할 것임
상상: …… <u>스미스는 어디쯤이나 갔을까</u>……?
　　　　　　연합군의 동막골 폭격을 막기 위해 연합군 기지로 향함
현철: 늦을 거다…….

택기: 그쪽 일은 잊어버리기요.

상상: 니미…….

치성: <u>위협사격을 하는데 놈들이 우릴 못 보간</u>……? 그땐 날쌔게 탈출하문 되지 않
　　　　위협사격을 통해 연합군의 관심을 끌 수 있음

작품 분석 노트

- '국군'과 '인민군'의 합동 작전

> 연합군이 스미스가 타고 있던 미군 비행기가 인민군에 의해 폭격했다고 오인하고, 동막골을 적진으로 판단함
>
> ↓
>
> 연합군은 동막골을 폭격하려는 계획을 세움
>
> ↓
>
> 스미스는 연합군의 오해를 풀기 위해 연합군 기지로 향함
>
> ↓
>
> 국군과 인민군은 연합군 폭격기를 유도하기 위해 동막골에서 멀리 떨어진 곳에 가짜 기지를 만듦
>
> ↓
>
> 국군과 인민군은 동막골 사람들을 지키는 데 성공하지만 목숨을 잃음

간? <u>죽을 수 있으면 살 수도 있는 거야.</u>
작전을 성공시키고 생존할 수 있다며 전의를 북돋움

현철: (다시 시계를 보며) 한 시간 정도 남았어요.

불안한 표정으로 말없이 먼 산을 보는 5인…… 서로 두려움을 드러내지 않기 위해 간혹 눈이 마주치면 웃어 보인다. 모두 말이 없다. …… 숨이 막힐 것 같은 적막감.

영희: 와 이렇게 조용하네……?

택기: (조용히 영희에게) 쉬…… 마렵지 않소?　▶ 연합군의 폭격기를 유도하기 위해 작전을 펼치는 군인들

[중략 부분의 줄거리] 국군과 인민군이 합심하여 연합군의 폭격을 유도하던 중 영희와 상상이 폭격에 맞아 사망하고, 작전을 이어 가던 치성, 현철, 택기 위로 포탄들이 떨어진다.

「**S# 122. 산등성 N / EXT**」 ▶ 동막골을 보호하기 위해 군인들이 희생되는 사건에 대해
서로 다른 공간의 인물들이 보이는 상이한 반응을 제시함

그들을 향해 떨어지고 있는 거대한 포탄 밑에서 서로를 보는 세 사람…… 치성, 현철, 택기…… <u>그렁그렁 눈물 맺힌 눈으로 행복한 미소를 짓고 있는 주인공들.</u> "우리 잘한 거
동막골 사람들을 지키기 위해 희생하는 것을 가치 있게 여김
<u>지……?"</u>
　　　　　　　　　　　　　　　　　　　▶ 동막골을 지키기 위해 희생하는 군인들

S# 123. 동막골 N / EXT

<u>산 너머 먼 하늘에 섬광이 일고 있다.</u> 신비한 듯 보고 있는 동막골 사람들. / 멍한 표정
자신들을 지키기 위해 군인들이 희생한 사실을 알지 못함
연합군이 치성, 현철, 택기를 향해 포탄을 떨어뜨리는 상황
의 김 선생…… 뒤돌아서며 욕지거리를 하는 노모……. / 표정 없이 보는 촌장……. / <u>천</u>
<u>진난만한 아이들이 깔깔거리며 뛰어다니는 평화로운 동막골.</u>
전쟁과 대비되는 순진무구한 아이들의 모습 → 순수한 인간애가 있는 공간인 동막골
　　　　　　　　　　　　　　　　　　▶ 연합군의 폭격을 알지 못하는 동막골 사람들의 천진난만한 모습

S# 124. 숲 어딘가 N / EXT

그 자리에 주저앉아 소리도 내지 못하고 <u>들풀을 쥐어뜯으며 울음을 터뜨리고 있는 스</u>
동막골을 지키기 위해 군인들이 희생되는 것을 슬퍼하는 모습 → 전쟁의 비인간성을 간접적으로 비판함
<u>미스.</u> 그 모습을 보는 한국군 2……. / (F.O.)
Fade Out, 화면이 차츰 어두워짐

S# 125. 산등성 아침 / EXT (눈이 내린……)

다음 날 아침……. / 간밤에 내린 눈으로 <u>전날 밤의 치열했던 흔적은 보이지 않는다.</u>
국군과 인민군이 연합군을 유도한 현장과 연합군의 폭격
간혹 허수아비만이 비죽 튀어나와 있다. / 짙게 깔린 안개……. / 안개 속에서 점차로 드
국군과 인민군이 연합군을 유인하기 위해 사용한 것
러나는 형태들…… <u>수색 나온 토벌대다.</u>
무력으로 적을 응징하는 임무를 맡은 부대
폭격 지점으로 조심스럽게 이동하는 군홧발들……. / 문득, 그들 중 누군가의 시
선…… <u>눈 속에 파묻힌 인민군 군복이 얼핏 보인다.</u> / 그런데…… <u>그 옆에는 국군의 군복</u>
동막골을 위해 희생한 인민군의 흔적을 발견함　　　동막골을 위해 인민군과 국군이 함께 희생했음을 알 수 있음
<u>도 보인다.</u> / 알 수 없다는 듯 갸웃거리는 그의 표정에서 카메라 서서히 빠져 공중으로 올라간다.

…… 여기에 나비 다섯 마리가 스윽 날아오른다.

동막골의 군인들을 상징하는 존재. 동막골 부락민들에 대한 군인들의 희생정신을 암시함

현철(소리): 우리가 이긴 거…… 맞죠?

화면에는 인물의 얼굴이 등장하지 않고 목소리만 나옴

치성(소리): 고럼…… 완전히 대승이디…… 하하하…….

상상(소리): 나 솔직히…… 아까는 도망가고 싶었어요……. 노을이 딱 지는데…… 미

죽음에 대한 두려움 때문

치겠더라구.

택기(소리): 지금 생각해 보니까 잘했다고 생각되지비……?

상상(소리): 도망갔으면 자세 안 나오지…….

영희(소리): 아새끼래…… 아까 우는 거 다 봐서야…….

상상(소리): 이 아저씨가 정말…… 울기는 누가 울었다고…….

영희(소리): 창가나 한번 더 불러 보라우…….

상상(소리): 지금 노래할 기분인 거 같아요?

▶ 토벌대가 동막골 군인들의 흔적을 발견함

• '나비 다섯 마리'의 의미

나비 다섯 마리
토벌대가 희생된 동막골 군인들의 흔적을 발견한 곳에서 나비 다섯 마리가 날아오름

↓

| 동막골의 군인들을 상징하는 존재로 동막골 부락민들에 대한 군인들의 희생정신을 암시함 |

감상 포인트

연합군의 폭격기를 유도하는 작전을 펼친 국군과 인민군이 어떤 결말을 맞이했는지 이해한다.

핵심 포인트 1 　**인물 간의 갈등 양상 파악**

이 작품에서는 6 · 25 전쟁 중 동막골에 모인 국군과 인민군의 갈등과 대립, 해소의 과정을 그리고 있다. 따라서 작품 속에 나타나는 갈등 양상을 파악하도록 한다.

+ 〈웰컴 투 동막골〉에 나타난 갈등 양상

국군		인민군
• 현철, 상상	갈등	• 치성, 영희, 택기
• 총을 겨누며 인민군들을 위협함	↔	• 수류탄으로 국군과 동막골 사람들을 위협함

해소

- • 동막골 사람들의 인정과 순박함에 서로에 대한 경계심을 풀게 됨
- • 곡간을 망가뜨린 죄로 함께 농사를 지으면서 서로에게 정이 들게 됨
- • 동막골을 폭격하려는 연합군의 폭격기를 가짜 기지로 유도하기 위해 합동 작전을 펼침

핵심 포인트 2 　**극적 공간의 이해**

이 작품에서 '동막골'이라는 공간적 배경은 다양한 의미를 갖는다. 따라서 '동막골'이 작품 속에서 가지는 상징적 의미와 그 의미 변화를 이해하도록 한다.

+ '동막골'의 의미

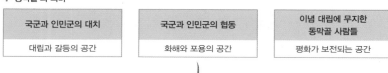

국군과 인민군의 대치	국군과 인민군의 협동	이념 대립에 무지한 동막골 사람들
대립과 갈등의 공간	화해와 포용의 공간	평화가 보전되는 공간

↓

동막골
이념 대립과 정치적 목적이 제거된 평화와 인간애의 공간 → 전쟁의 모순을 정면으로 다루지 않음으로써 전쟁의 비인간성을 부각함

핵심 포인트 3 　**다른 작품과의 비교 감상**

이 작품은 6 · 25 전쟁을 배경으로 삼고 있다는 점에서 남북한 대립 상황과 전쟁이라는 극한 상황을 제재로 삼고 있는 다른 작품과 비교하여 감상할 수 있어야 한다.

+ 장진의 〈웰컴 투 동막골〉과 오상원의 〈유예〉 비교

	장진의 〈웰컴 투 동막골〉	오상원의 〈유예〉
상황	6 · 25 전쟁이 벌어지던 와중 강원도 동막골에 연합군, 국군, 인민군이 들어오면서 벌어지는 사건을 다룸	인민군을 피해 남하하던 국군 소대장이 소대원을 잃어버리고, 포로를 구해 주다가 인민군에게 잡혀 처형당하는 사건을 다룸
서술상 특징	• 개성적인 인물과 희극적인 상황을 통해 웃음을 유발함 • 사투리를 사용하여 토속적이고 순박한 삶의 모습을 그림	• 현재형 진술을 활용하여 현장감을 부각함 • 의식의 흐름 기법을 통해 주인공의 심리를 서술함
주제	이념 대립을 뛰어넘은 인간애와 희생정신	• 전쟁의 비인간성에 대한 비판 • 전쟁 상황 속에서의 인간 실존에 대한 고뇌

◎ 작품 한눈에

• **해제**
　〈웰컴 투 동막골〉은 6 · 25 전쟁이 일어났는지도 모를 만큼 깊은 두메산골에 국군, 인민군, 연합군이 한데 모이며 일어난 갈등과 화해의 과정을 그리고 있다. 순박한 동막골 사람들 덕분에 서로 반목하던 국군과 인민군, 연합군은 자신들을 감싸고 있던 이데올로기와 국적의 굴레를 벗어던지고 친구가 된다. 이 작품은 서로를 증오하던 군인들의 마음을 서서히 녹인 동막골 사람들의 순수함을 통해 반전(反戰)의 의미를 되새기고 있다.

• **제목 〈웰컴 투 동막골〉의 의미**
　– 민족 분단의 극복과 인간애 회복의 가능성
　작품에 등장하는 '동막골'은 남과 북의 이념과 정치적 목적이 제거된 평화와 인간애가 가득한 공간이다. 이러한 공간에 국군, 인민군, 연합군이 모이게 되고, 동막골 주민에 의해 서로 인간적인 교감을 나누게 된다는 이야기는 곧 이 작품이 민족 분단의 극복 가능성과 인간애 회복에 대한 희망을 그리는 것이라고 볼 수 있다.

• **주제**
　이념 대립을 뛰어넘은 인간애와 희생정신

한 줄 평 '참새'에 대한 상념과 삭막해진 현대 사회에 대한 비판적 인식을 담은 수필

참새 ▶ 윤오영

→ 교과서 수록 문학 비상

「짹짹 짹, 짹 짹. 뭇 참새의 조잘대는 소리. 반가운 소리다. 벌써 아침나절인가. 오
　　　　　　　　　　　　　　글쓴이가 아침나절이라고 여긴 이유　　　　: 참새에 대한 글쓴이의 우호적인 태도를 엿볼 수 있음
늘도 맑고 고운 아침. 울타리에 햇발이 들어 따스하고 명랑한 하루를 예고해 주는
「♪ 참새 소리에 글쓴이가 잠을 깸 – 참새에 대한 상념에 잠기는 계기
귀여운 것들의 조잘대는 소리다. 기지개를 펴며 눈을 비빈다.」「캄캄한 밤이 아닌가.
　　　　　　　　　　　　　　　　　　참새 소리에 잠에 깬 글쓴이
전등의 스위치를 누르고 책상 위의 시계를 보니, 새로 세 시다. 형광등만 훤하다. 다
시 눈을 감아도 금방 들렸던 참새 소리는 없다.」눈은 멀거니 천정을 직시한다.
「♪ 참새 소리가 실제 들린 것이 아니라 꿈에서 들린 것임을 알 수 있음　　　▶ 잠결에 참새 소리를 듣고 잠에서 깨어남
「참새는 공작같이 화려하지도, 학같이 고귀하지도 않다. 꾀꼬리의 아름다운 노래
「♪ 참새와 다른 새 대비 – 참새의 외양과 소리가 특별하지 않음
도, 접동새의 구슬픈 노래도 모른다.」시인의 입에 오르내리지도, 완상가에게 팔리
　　　　　　　　　　　　　　　　　　　　시인이 인기 있는 새가 아님
지도 않는 새다.「그러나 그 조그만 몸매는 귀엽고도 매끈하고, 색깔은 검소하면서도
　　　　　참새, 직유법　　　　　「♪ 참새의 특징을 나열하여 제시함　　　　참새의 특징 ① 외양
조촐하다. 어린 소녀들처럼 모이면 조잘댄다. 아무 기교 없이 솔직하고 가벼운 음성
　　　　　　　　　　　　　　음성 상징어　　　　　　　참새의 특징 ② 소리
으로 재깔재깔 조잘댄다. 쫓으면 후루룩 날아갔다가 금방 다시 온다. 우리나라 방방
　　　　　　　　　　　　　　　참새의 특징 ③ 행동
곡곡, 마을마다 집집마다 없는 곳이 없다.」
　　참새의 특징 ④ 우리나라에서 흔히 볼 수 있는 새임　　　　　▶ 참새의 평범함과 특징

「진달래꽃을 일명 참꽃이라 부르는 것은 무슨 까닭인가. 삼천리강산 가는 곳마다
빛이 엷고 산뜻하며 고운　　「♪ 문답법 – 독자의 흥미를 유발
이 연연한 꽃이 봄소식을 전해 주지 않는 데가 없어 기쁘든 슬프든 우리의 생활과 떠
　　　　　　　　　　　　　　진달래꽃을 '참꽃'이라 부르는 이유 – 우리의 생활과 밀접하게 관련 있음
날 수 없이 가까웠던 까닭이다.」

　민요 시인 김소월이 다른 꽃 다 버리고 오직 약산의 진달래를 노래한 것도 다 이
　　　　　　　　김소월도 우리의 삶의 방식과 밀접한 진달래를 소재로 시를 지음
나라의 시인인 까닭이다. 하고한 새가 많건만 이 새만을 참새라 부르는 것도 같은
　　　　　　　　　　　　많고 많은　　　　　　참새라고 부르는 것도 참새가 우리 생활과 밀접하게 관련되어 있어서임
뜻에서이다. 이 나라의 민요 시인이 새를 노래한다면 당연히 이 새가 앞설 것이다.
「우리 집 추녀에서 보금자리를 하고 우리 집 울타리에서 자란 새가 아닌가. 이 새 울
「♪ 참새가 우리의 삶과 밀접함을 드러냄
음에 동창에 해가 들고 이 새 울음에 지붕에 박꽃이 피었다.」

　미물들도 우리와 친분이 같지가 않다.「제비는 반갑고 부엉새는 싫다. 까치 소리는
　　　　　　　　　　　　　　　　　　　　「♪ 대조를 통해 미물에 대한 사람들의 친분이 다름을 드러냄
반갑고 까마귀 소리는 싫다.」이 참새처럼 한집안 식구같이 살아온 새도 없고, 이 참
　　　　　　　　　　　　　　　참새가 우리와 친분이 매우 두터움을 드러냄
새 소리처럼 아침에 반가운 소리도 없다.
　　　　　　　　　　　　　　▶ 우리의 생활과 밀접하며 친분 있는 참새

　"위혀어, 위혀어" 긴 목소리로 새 쫓는 소리가 가을 들판에 메아리친다. 들곡식을
축내는 새들을 쫓는 소리다. 그렇게 보면 참새도 우리에게 해로운 새일지 모르지만
　　　　　　　　　　　　　　　가을 들판의 곡식을 축내기 때문에　　　　「 '벼'를 이르는 말
봄여름에는 벌레를 잡는다. 논에 허수아비를 해 앉히고 새를 쫓아, 나락 먹는 것을
　참새가 지닌 이로움　　　　　　　　　　참새를 대하는 우리 민족의 태도 ①
금하기는 하지만 쥐 잡듯 잡아 없애지는 않는다. 만일 참새를 없애자면 그리 불가능
　　　　　　　　　　참새를 없애는 것이 불가능한 일이 아닌 이유
한 일은 아니다. 반드시 추녀 끝에 서식하기 때문이다. 그러나 그렇게 매몰하지도
　　　　　　　　　　　　　　　짚이나 풀 따위가 함부로 뒤섞여 엉클어진 뭉텅이
않았고, 이삭이나 북데기까리나 겻속의 낟알, 수채의 밥풀에까지 인색하지는 아니했
　　　　　　　　　　　　참새를 대하는 우리 민족의 태도 ②　　　　　인색하지 않음
다. "새를 쫓는다."고 하지 않고 "새를 본다."고 하는 것도 애기같이 귀엽게 여긴 부
　　　　　　　　　　　참새를 대하는 우리 민족의 태도 ③

작품 분석 노트

• '참새'의 특징과 '참새'에 대한 글쓴이의 태도

다른 새와의 비교
• 공작이나 학, 꾀꼬리, 접동새와 달리 외양과 소리가 평범한 새임 • 사람들에게 인기가 있는 새도 아님

참새의 특징
• 몸매는 귀엽고 매끈하며 색깔은 검소함 • 솔직하고 가벼운 소리로 지저귐 • 우리나라 어디든 없는 곳이 없음 • 우리의 삶과 밀접하여 친분이 매우 두터움

↓

'참새'에 대해 긍정적으로 인식하는 글쓴이의 태도를 엿볼 수 있음

• 글쓴이가 '진달래꽃'을 언급한 이유

진달래꽃이 우리 생활과 밀접하게 연관되어 '참꽃'이라 부름

↓

참새 역시 우리 생활과 밀접하게 연관되어 '참새'라고 부르는 것임을 강조함

• '참새'를 대하는 우리 민족의 태도

• 쥐 잡듯 잡아 없애지는 않음 • 이삭이나 북데기까리, 낟알, 수채의 밥풀에 인색하지 않음 • 애기같이 귀엽게 여긴 부드러운 말씨로 '새를 본다'고 함 • 저녁 때가 되면 참새와 함께 집으로 돌아옴

↓

'참새'에 대해 너그러운 태도를 보이며 '참새'를 한집안 식구같이 여김

드러운 말씨다. 그리하여 저녁때는 다 같이 집으로 돌아온다.

참새를 대하는 우리 민족의 태도 ④ 참새와 더불어 살아가는 모습 ─── ▶ 참새에게 너그러운 태도를 보인 우리 민족

지금 생각하면 황금빛 들판에서 푸른 하늘을 향하여 "위혀어, 위혀어" 새 좇는 소

급하지 않고 느릿하기만   글쓴이가 '참새 소리'를 듣고 과거를 회상함

리도 유장하기만 하다. 새 보는 일은 대개 소녀들의 일이다. 문득 목단이 모습이 떠

글쓴이가 과거를 회상하며 떠올린 대표적 인물

오른다. 목단이는 우리 집 앞 논에 새를 보러 매일 오는 아랫말 처녀다. 나는 웃는

목단이와 관련된 정보 ①

목단이가 공주 같다고 생각한 일이 있다. 나보다 네댓 살 손위라 누나라고 불러 달

목단이에 대한 글쓴이의 호감을 엿볼 수 있음   목단이와 관련된 정보 ②

라고 했지만, 나는 굳이 목단이라고 부르고 누나라고 불러주지 아니했다. 그는 가끔

삶은 밤을 까서 나를 주곤 했다. 혼자서는 종일 심심한 까닭에 내가 날마다 와서 같

목단이가 나에게 삶은 밤을 까 준 이유

이 놀아 주기를 바라는 것이었다. 그도 만일 지금 살아 있다면 물론 할머니가 되었

현재 나이가 많은 글쓴이가 과거를 회상하고 있음을 드러냄

을 것이다.

▶ 새를 보던 목단이와의 어린 시절의 추억

재산을 다 써 버려 집안을 망친

「패가한 집을 가리켜 "참새 한 마리 안 와 앉는 집"이라고 한다. 또 참새 많이 모이

『 』 참새가 먹을 것이 없는 곳에 오지 않기 때문임

는 마을을 복마을이라고도 한다.」 후덕스러운 말이요, 이유 있는 말이기도 하다. 참

보기에 덕이 후한 데가 있는

새는 양지바르고 잔풍한 곳을 택한다. 여러 집이 오밀조밀 모인 대촌(大村)을 택하

고요하고 잔잔한 바람이 부는 듯한   참새가 주로 살아가는 공간 − 낟알이 풍족한 부유한 공간

고 낟알이 풍족하고 방앗간이라도 있는 부유한 마을을 택하니 복지일 법도 하다. 풍

낟알이 풍족하여 먹을 걱정이 없는 땅

족한 마을에서는 새한테도 각박하지가 않다. 언제인가 나는 어느 새 장수와 만난 적

새가 먹을 수 있는 낟알이 풍부하기 때문임

이 있었다. 조롱(鳥籠) 안에는 십자매, 잉꼬, 문조, 카나리아 기타 이름 모를 새들도

새장   조롱에 갇혀 있는 새들

많았다. 나는 "참새만 없네." 하다가, 즉시 뉘우쳤다. 실은 참새가 잡히지 아니해서

참새에 대한 글쓴이의 애정을 엿볼 수 있음

다행인 것을……. 나는 어려서 조롱을 본 일이 없다. 시골서 새를 조롱에 넣어 기르

어린 시절 시골 사람들이 새를 함부로 대하지 않음

는 사람은 한 사람도 없었다. 「제비는 찾아와서 《논어》를 읽어 주고, 까치는 찾아와

《논어》 위정편의 '지지위지지 부지위부지, 시지야'를 빨리 읽으면 제비 소리처럼 들림

서 반가운 소식을 전해 주고, 꾀꼬리는 문 앞 버들가지로 오르내리며 "머리 곱게 빗

『 』 시골에서 조롱이 필요하지 않은 이유 − 새들이 사람들의 삶과 밀접하다고 여겼기 때문

고 담배 밭에 김매러 가라."고 일깨워 주고, 또한 참새는 한집의 한 식구인데, 」조롱이

참새가 우리 민족과 친숙한 새임

무엇이 필요하랴. 「뒷문을 열면 진달래 개나리가 창으로 들어오고, 발을 걷으면 복사

『 』 자연 그대로의 아름다움 − 자연과 더불어 살아간 과거의 삶의 방식

꽃 살구꽃 가지각색 꽃이 철따라 날고, 뜰 앞에 괴석에는 푸른 이끼가 이슬을 머금

괴상하게 생긴 돌

고 있다. 「여기에 만일 꽃꽂이를 한다고 꽃가지를 꺾어 방 안에서 시들리고, 돌을 방

『 』 자연의 생태를 거스르고 소유하려는 모습 − 자연을 대하는 현대인의 모습

구석에 옮겨 놓고 먼지를 앉혀 이끼를 말리고 또 새를 잡아 가두어 놓고 그 비명을

보잘것없이 메마르고 스산한 풍경

향락하는 자가 있다면,」그는 분명 악취미요, 그것은 살풍경이었을 것이다.

글쓴이의 비판적 태도가 드러남 ─── ▶ 참새의 복스러움과 자연의 생태를 거스르는 것에 대한 비판적 인식

그런데 이제는 이 참새도 씨가 져서 천연 기념조로 보호 대책이 시급하다는 이야

과거에 흔하던 참새가 사라져 버린 오늘날의 현실

기다. 세상에 참새들조차 명맥을 보존할 수가 없게 되었는가. 그동안 이렇게 세상이

참새가 사라진 상황에 대한 글쓴이의 안타까움

변했는가. 생각하면 메마르고 삭막하고 윤기 없는 세상이다.

참새가 사라진 현대 사회에 대한 부정적 인식

달 속의 돌멩이까지 캐내도록 악착같이 발전해 가는 인간의 지혜가 위대하다면

과학 기술의 발전

무한히 위대하지만, 한편 인간의 행복을 위하여 한 마리의 참새나마 다시금 아쉽고

참새가 사라진 현대 사회에 대한 글쓴이의 아쉬움

그립지 아니한가.

▶ 참새가 사라져가는 현실에 대한 비판과 참새에 대한 그리움

많이 겪은 세상의 어려움과 고생을 비유적으로 이르는 말

연화봉(蓮花峯)에서 하계로 쫓겨난 양소유(楊少遊)가 사바 풍상을 다 겪고 또 부

괴로움이 많은 인간 세계

귀공명을 한껏 누리다가, 석장(錫杖) 짚은 노승의 "성진아." 한마디에 황연대각, 옛

승려가 짚고 다니는 지팡이   환하게 모두 깨달음

'참새 소리'의 역할

| 참새 소리 | 어린 시절 논에서 새를 보던 목단이와의 추억을 떠올림 |

↓

| 과거를 회상하게 해 주는 매개체로서의 역할을 함 |

'조롱'의 역할과 그에 대한 글쓴이의 태도

| 조롱 | 십자매, 잉꼬 등의 새를 가두어 놓은 새장 |

↓

| 꽃꽂이를 한다고 자연 그대로의 꽃을 꺾어 방안에서 시들게 하는 것과 유사함 |

↓

| 악취미이며 살풍경임 |

↓

| 자연 생태를 거스르고 소유하려는 인간의 행태에 대한 비판적 태도를 드러냄 |

과거와 현재에 대한 글쓴이의 인식과 태도

| 과거 | 우리나라 방방곡곡 참새가 있었음 |
| 현재 | 참새가 씨가 져서 보호 대책이 시급함 |

| 과거에 우리 민족은 자연과 더불어 사는 후덕한 정서를 지녔으나, 현재 자연의 생태를 거스르는 메마른 사회가 되었다. 글쓴이는 과거에 대해 우호적 태도, 현재에 대해 비판적 태도를 드러냄 |

연화봉이 그리워 다시 연화봉으로 돌아갔다.

짹 짹 짹. 잠결에 스쳐 간 <u>참새 소리는 나에게 무엇을 깨우쳐 주려는 것인가.</u> 나더
_{참새 소리를 글쓴이에게 깨달음을 주려는 소리로 인식}
러 어디로 돌아가라는 것인가. 사십 년간 꿈에도 생각해 본 적이 없는 네 소리. 무슨
인연으로 <u>사십 년 전 옛 추억-. 가 버린 소년 시절, 고향 풍경을 이 오밤중에 불러일</u>
_{참새 소리가 과거의 추억을 떠올리게 해 줌}
<u>으켜 놓고 어디로 자취를 감춘 것이냐.</u> <u>잠결에 몽롱하던 두 눈은 이제 씻은 듯 깨끗</u>
_{잠이 다 달아나고 맑은 정신 상태가 됨}
<u>하다.</u>

나는 문득 일어나 불을 피워 차를 달이며 고요히 책상머리에 앉는다.
▶ 참새 소리로 인한 상념과 어린 시절에 대한 그리움

감상 포인트
글쓴이가 참새 소리를 계기로 떠올린
상념과 참새를 대하는 태도에 주목하
여 작품을 감상하도록 한다.

• 《구운몽》을 언급한 이유

성진의 깨달음: 성진이 꿈속에서 양
소유가 되어 부귀공명을 누린 뒤에
노승의 한 마디를 통해 부귀영화와
욕망의 덧없음을 깨닫고 참된 삶을
회복함

↓

글쓴이의 깨달음: 글쓴이가 참새 소
리를 통해 자연과 더불어 살아가는
삶의 중요성에 대해 깨달음
→ 구운몽의 주인공 성진이 노승의
한 마디를 통해 깨달음을 얻은 것처
럼, 글쓴이가 참새 소리를 통해 깨달
음을 얻었다는 것을 강조하기 위해
구운몽의 내용을 언급함

• 구절의 의미

'참새 소리는 나에게 무엇을
깨우쳐 주려는 것인가'

참새 소리를 글쓴이에게 깨달음을 주
려는 소리라고 인식함

↓

• 글쓴이는 참새 소리를 통해 우리
민족의 후덕한 정서와 어린 시절을
떠올린 뒤, 자연 생태를 거스르는
현대 사회의 모습을 비판함
• 참새 소리는 글쓴이로 하여금 '자
연과 더불어 살아가는 삶의 중요
성'에 대한 철학적 깨달음을 얻게
해 줌

이 작품에는 '참새'에 대한 글쓴이의 인식과 상념이 드러나 있다. 따라서 참새에 대한 글쓴이의 인식을 바탕으로 작품 내에서 참새의 역할을 파악해야 한다. 또한 현대 사회에 대한 글쓴이의 정서와 태도를 파악해야 한다.

+ 참새에 대한 글쓴이의 인식

'참새'의 특징	'참새'라 불린 이유
• 몸매는 귀엽고 매끈하며 색깔은 검소하고 조촐함 • 솔직하고 가벼운 소리로 지저귐 • 우리나라 어디든 없는 곳이 없음	진달래꽃이 우리 삶과 밀접한 관련이 있어서 '참꽃'이라 불린 것처럼, 참새도 우리의 삶과 밀접한 관련이 있어서 '참새'라 불림
'참새'를 대하는 우리 민족의 태도	'참새'와 관련된 추억
'참새'에 대해 너그러운 태도를 보이며 참새를 한집안 식구라고 여김	논에서 새를 보던 목단이와 놀았던 어린 시절의 추억

↓

'참새'를 우리의 삶과 함께 하는 동반자적 관계로 여기며 우호적이고 긍정적으로 인식함

+ '참새'의 역할

참새 소리에 잠을 깨어 참새에 대해 생각하게 되는 계기	글쓴이의 잠을 깨우고 상념을 불러일으키는 매개물
어린 시절 목단이와의 추억을 회상하는 계기	과거를 회상하게 해 주는 매개체의 역할을 함
현대 사회의 삶을 비판하면서 《구운몽》을 떠올림	글쓴이로 하여금 철학적 깨달음을 얻게 해 줌

+ 글쓴이의 정서와 태도

참새도 씨가 저서 천연 기념조로 보호 대책이 시급한 현실

• 자연 생태 그대로를 거스르고 소유하려는 인간의 모습
• 참새들조차 명맥을 보존할 수가 없게 된 세상

→

정서	사라져 가는 참새에 대한 안타까움과 그리움
태도	현대 사회에 대한 부정적, 비판적 태도

↓

자연과 함께 살아온 과거와 달리 자연의 생태를 거스르는 오늘의 사회를 비판함

이 작품과 이제현의 〈사리화〉는 모두 '참새'를 중심 제재로 삼고 있다. '참새'에 대한 글쓴이의 태도를 중심으로 두 작품을 비교·감상해야 한다.

+ 이제현의 〈사리화〉와 비교

黃雀何方來去飛	참새야 어디서 오가며 나느냐
一年農事不曾知	일 년 농사는 아랑곳하지 않고
鰥翁獨自耕耘了	늙은 홀아비 홀로 갈고 맸는데
耗盡田中禾黍爲	밭의 벼며 기장을 다 없애다니

→ 〈참새〉에서 글쓴이는 우리 민족의 삶과 함께하는 참새의 모습을 언급하며 참새에 대해 우호적이고 긍정적인 태도를 드러내고 있다. 반면에 〈사리화〉의 화자는 '참새'가 늙은 홀아비가 지은 '벼'와 '기장'을 다 없앤다며 참새에 대해 부정적인 태도를 드러내고 있다. 〈사리화〉가 우의적인 작품임을 고려할 때, '참새'는 백성의 재물을 약탈하는 관리들을 상징적으로 나타낸다.

• 해제

〈참새〉는 한밤중에 들린 참새 소리를 계기로 참새에 대한 글쓴이의 상념과 과거에 대한 회상, 현대 사회에 대한 인식을 드러낸 수필이다. 글쓴이는 '참새'의 특징과 '참새'라 불린 이유, '참새'를 대하는 우리 민족의 태도, '참새'와 관련된 추억을 통해 참새에 대한 우호적이고 긍정적인 인식을 드러낸다. 또한 자연 생태를 거스르는 현대 사회의 모습을 비판하면서, 참새가 사라져 가는 현실에 대한 안타까움과 참새에 대한 그리움을 드러낸다. 이처럼 이 작품은 '참새'라는 소재를 활용하여 자연과 더불어 사는 삶의 중요성이라는 깨달음을 전달하고 있다.

• 제목 〈참새〉의 의미
– 참새 소리가 계기가 되어 떠오른 상념

'참새'는 과거 우리의 삶과 밀접한 관련이 있는 자연물로, 글쓴이는 이러한 참새를 통해 과거에 대한 그리움과 오늘날의 현실에 대한 비판 의식을 효과적으로 전달하고 있다. '참새'는 상념의 계기가 되는 대상이자 과거를 회상하는 매개체로서의 역할을 한다.

• 주제

어린 시절을 떠올리게 해 주는 참새에 대한 상념

한 줄 평 | '게'를 화제로 선택하는 이유를 밝히며 인간 세태를 풍자한 수필

게 ▶ 김용준

… 기출 수록 수능 2004

난초의 뿌리를 그리지 않는 것으로 원나라에게 국토를 빼앗긴 울분을 표현하여 송나라에 대한 충정을 드러냄

정소남이란 사람이 난초를 그리는데 반드시 그 뿌리를 흙에 묻지 아니하니 타족
송말 원초 때 시인이자 화가로 원나라에 의해 송나라가 패망한 뒤에도 고국인 송나라를 잊지 못한 인물   이민족, 원나라

에게 짓밟힌 땅에 개결(慨潔)한 몸을 더럽히지 않으려 함이란다.
분노하며 홀로 깨끗한   ▶ 난초 그림을 통해 송나라에 대한 절개를 지킨 정소남

붓에 먹을 찍어 종이에다 환을 친다는 것이 무엇이 그리 대단한 노릇이리오마는
'그림을 그리다'를 낮추어 표현함

「사물의 형용을 방불하게 하는 것만으로 장기(長技)로 치는 데 그치지 않고, 자연을
「↲ 글쓴이의 예술관   유사하게 그리는   가장 잘 하는 재주

빌려 작가의 청고(淸高)한 심경을 호소하는 한 방편으로 삼는다는 데서 비로소 환이
맑고 고결한

예술로 등장할 수 있고 예술을 위하여 일생을 바치기도 하는 것이다.」
▶ 자연물을 통해 작가의 청고한 심경을 드러내는 것을 예술로 여기는 글쓴이의 예술관

그런데 나란 사람이 일생을 거의 3분의 2나 살아온 처지에 아직까지 나 자신 환쟁인
환쟁이. '화가'를 낮잡아 이르는 말

지 예술가인지까지도 구별하지 못한다는 것은 딱하고도 슬픈 내 개인 사정이거니와,

되든 안 되든 그래도 예술가답게나 살아 보다가 죽자고 내 딴엔 굳은 결심을 한 지도
지위가 높고 귀하게 됨

이미 오래다. 되도록 물욕과 영달에서 떠나자, 한묵(翰墨)으로 유일한 벗을 삼아 일
자연을 그림으로써 청고한 심경을 드러내며 욕심 없이 사는 예술가가 되고자 함   └ 글을 짓거나 쓰는 것

생을 담박(淡泊)하게 살다 가자 하는 것이 내 소원이라면 소원이라 할까.
욕심이 없고 마음이 깨끗하게   ▶ 예술가답게 그림을 그리며 욕심 없이 살기를 소원함

이 오죽잖은 나한테도 아는 친구 모르는 친구한테로부터 시혹(時或) 그림 장이나
'혹시'의 옛말

그려 달라는 부질없는 청을 받는 때가 많다. 내 변변치 못함을 모르는 내가 아닌지
제대로 갖추어지지 못하여 부족한 점이 있음

라 대개는 거절하고 마는 것이나, 그러나 경우에 따라서는 할 수 없이 청에 응하는

수도 있고, 또 가다가는 자진해서 도말(塗抹)해 보내는 수도 없지 아니하니, 이러한
이리저리 임시변통으로 발라맞추거나 꾸며 댐, 즉 그림을 대충 그림

경우에 택하는 화제(畫題)란 대개가 두어 마리의 게를 그리는 것이다.
① 그림의 이름 또는 제목 ② 그림 위에 쓰는 시문

게란 놈은 첫째, 그리기가 수월하다. 긴 양호(羊毫)에 수묵을 듬뿍 묻히고 호단(毫
글쓴이가 게를 화제로 택하는 이유   양털로 촉을 만든 붓   붓의 끝

端)에 초묵을 약간 찍어 두어 붓 좌우로 휘두르면 앙버티고 엎드린 꼴에 여덟 개의
진한 먹   끝까지 대항하여 버팀

긴 발과 앙증스런 두 개의 집게발이 즉각에 하얀 화면에 나타난다. 내가 그려 놓고
붓으로 글을 쓰거나 그림을 그리는 일을 낮잡아 이르는 말

보아도 붓장난이란 묘미가 있는 것이로구나 하고 스스로 기뻐할 때가 많다.
자신이 그린 '게' 그림에 만족함   ▶ 친구의 청으로 그림을 그릴 때 '게'를 선택하는 이유

그리고는 화제를 쓴다.

滿庭寒雨滿汀秋   뜰에 가득 차가운 비 내려 물가에 온통 가을인데
만 정 한 우 만 정 추
得地縱橫任自由   제 땅 얻어 종횡으로 마음껏 다니누나.
득 지 종 횡 임 자 유
公子無腸眞可羨   창자 없는 게가 참으로 부럽도다.
공 자 무 장 진 가 선
平生不識斷腸愁   한평생 창자 끊는 시름을 모른다네.」
평 생 불 식 단 장 수
「↲ 조선 후기 한문 학자인 윤우당(윤희구)의 한시 〈무장공자〉를 인용함

역대로 게를 두고 지은 시가 이뿐이랴만 내가 쓰는 화제는 십중팔구 윤우당의 작

이라는 이 시구를 인용하는 것이 항례다.
보통 있는 일

작품 분석 노트

• '정소남'과 글쓴이의 예술관 비교

| 정소남 | 송나라에 대한 지조를 지키기 위해 난초를 그릴 때 뿌리를 흙에 묻지 않음 |
| 글쓴이 | 자연을 빌려 청고한 심경을 드러내며, 물욕과 영달에서 떠나 예술가답게 살고자 함 |

↓

| 공통점 | 그림에 자신의 심경을 담는 예술관을 지님 |

• 글쓴이가 '게'를 그리는 이유

• '게'는 그리기가 수월하며 그리는 묘미가 있음
• 다양한 속성을 지니고 있기에 좋은 화제가 됨

중국 명나라의 문학자
왕세정의 "橫行能幾何 終當墮人口 마음껏 횡행하기를 얼마나 하겠는가. 결국에는
　　　　　 횡 행 능 기 하 종 당 타 인 구　└ 옆으로 걷는 게의 속성
사람 입에 떨어질 신세인 것을." 하는 대문도 묘기기는 하나 무장공자(無腸公子)로
■■■: 창자가 없는 동물이라는 뜻으로, '게'를 이르는 말. 창자가 없으므로 창자가 끊어지는 듯한 슬픔을 느끼지 못함
서 단장(斷腸)의 비애를 모른다는 대문이 더 내 심금을 울리기 때문이다.
　　글쓴이는 왕세정의 대문보다 윤우당의 한시에 더 공감함　　　　　　　▶ '게'를 화제로 선택하는 이유
　이 비애의 주인공은 실로 나 자신이 아닌가. 단장의 비애를 모르는 놈, 약고 영리
　　　　윤우당의 시구에 더 공감하는 이유: '게'와 글쓴이의 특성이 유사하기 때문임
하게 처세할 줄 모르는 눈치 없는 미물! 아니 나 자신만이 아니라 우리 민족 중에는
이러한 인사(人士)가 너무나 많지 않은가. 자신에 대한 인식을 공동체 전체에 대한 인식으로 확장함
　　　　　　　　　　　　　　　　　　　　　　　　　　　　▶ '게'와 글쓴이의 유사성

　맑은 동해 변 바위틈에서 미끼를 실에 매어 달고 이 해공(蟹公)을 낚아 본 사람은
　　　　　　　　　　　　　　　　　　　　　　　　'게'를 칭하는 말
대개 짐작하리라. 「처음에는 제법 영리한 듯한 놈도 내다본 체 않다가 콩알만큼씩한
　　　　　　『 』: '게'의 특성, 행태
새끼 놈들이 먼저 덤비고 그 곁두리를 보아 가면서 차츰차츰 큰 놈들이 한꺼번에 몰
려나와 미끼를 뺏느라고 수십 마리가 한 덩어리가 되어 동족상쟁을 하는,바람에 그
　　　　　　　　　　　　　　　　　　　　　　같은 겨레끼리 다툼
때 실을 번쩍 추켜올리면 모조리 잡혀서 어부의 이(利)가 되게 하고 마는 것이다.
　　　어부지리, 두 사람이 이해관계로 서로 싸우는 사이에 엉뚱한 사람이 애쓰지 않고 가로챈 이익을 이르는 말
　어리석고 눈치 없고 꼴에 서로 싸우기 잘하는 놈!　　　▶ '게'의 어리석은 행태
　　　　　　　　　　　　　　　　　　　　　　　　　　　개씸하고 얄미움
　귀엽게 보면 재미나고, 어리석게 보면 무척 동정이 가고, 밉살스레 보면 가증(可
　　　　　　긍정적인 면과 부정적인 면을 두루 지닌 '게'에 대한 글쓴이의 인식이 드러남
憎)하기 짝이 없는 놈!

　「게는 확실히 좋은 화제다. 내가 즐겨 보내고 싶은 친구에게도 좋은 화제가 되거니
　　『 』: '게'는 다양한 속성을 지니고 있기 때문에 상황에 어울리는 의미를 전달할 수 있어 좋은 화제다.
와 또 뻔뻔스럽고 염치 없는 친구에게도 그려 보낼 수 있는 확실히 좋은 화제다.」
　　　　　　　　　　　　　　　　　　　　　　　　　　　▶ 다양한 속성을 지녀 좋은 화제가 되는 '게'

■ 대문: 이야기나 글 따위의 특정한 부분.
■ 단장의 비애: 단장지애(斷腸之哀). 창자가 끊어질 듯한 슬픔. 자식을 잃은 부모의 슬픔을 이르는 말. 중국 진나라의 환온 장군이
　촉나라를 정벌하기 위해 가던 중 한 군사가 원숭이 새끼를 잡아 배에 태우자 그 어미가 슬피 울며 따라오다가 배 안으로 뛰어내
　려 죽고 말았는데, 어미 원숭이의 배를 갈라 보니 장이 조각조각 끊어졌다고 하는 이야기에서 유래됨.

감상 포인트
작품에 제시된 주요 소재의 속성과 이
에 대한 글쓴이의 인식을 파악한다.

· '게'에 대한 다양한 인식

윤우당	창자가 없어 창자가 끊어지는 아픔, 즉 단장의 비애를 모르는 존재
왕세정	마음껏 횡행해도 사람의 입에 떨어질 존재
글쓴이	눈앞의 이익을 좇으며 욕심을 부려 서로 싸우다가 모두 어부에게 잡히는 어리석고 눈치 없는 존재

· '게'의 어리석은 행태를 통한 인간 세태 풍자

새끼 놈들이 먼저 덤비고 ~ 큰 놈들이 한꺼번에 몰려나와 미끼를 뺏느라고 수십 마리가 한 덩어리가 되어 동족상쟁을 하는 바람에 그때 실을 번쩍 추켜올리면 모조리 잡혀서	욕심을 부리다가 어부에게 한꺼번에 잡히는 '게'들의 모습

↓

'게'의 어리석은 모습을 통해 욕심을 부리다가 자멸하고 마는 인간의 세태를 풍자함

이 작품에 나타난 서술상 특징 및 그 효과와 '게'에 대한 글쓴이의 인식을 종합적으로 파악할 수 있어야 한다.

+ 서술상 특징과 효과

일화 제시	난초 그림을 통해 고국에 대한 자신의 지조를 드러낸 '정소남'의 일화를 제시하여 글쓴이의 예술관을 부각함 → '정소남이란 사람이 난초를 그리는데 반드시 그 뿌리를 흙에 묻지 아니하니 타족에게 짓밟힌 땅에 개결한 몸을 더럽히지 않으려 함이란.'
옛 문인의 글 인용	'윤우당'의 한시, '왕세정'의 대문을 인용하여 '게'의 속성을 드러냄
영탄적 표현	영탄적 표현을 사용하여 '게'에 대한 글쓴이의 인식을 부각함 → '단장의 비애를 모르는 놈, 약고 영리하게 처세할 줄 모르는 눈치 없는 미물!', '어리석고 눈치 없고 꼴에 서로 싸우기 잘하는 놈! / 귀엽게 보면 재미나고, 어리석게 보면 무척 동정이 가고, 입살스레 보면 가증하기 짝이 없는 놈!'

+ '게'에 대한 글쓴이의 인식

무장공자	• '단장의 비애를 모르는 놈' → 아픔, 슬픔을 느끼지 못하는 '게'의 속성 • '약고 영리하게 처세할 줄 모르는 눈치 없는 미물' • '나 자신만이 아니라 우리 민족 중에는 이러한 인사가 너무나 많지 않은가.' → 세사에 무딘 글쓴이 자신과 우리 민족에 대한 자조적 태도
해공	'콩알만큼씩한 새끼 놈들이 먼저 덤비고 ~ 그때 실을 번쩍 추켜올리면 모조리 잡혀서 어부의 이가 되게 하고 마는 것이다.' → 어리석고 눈치 없으며 서로 싸우기 잘하는 '게'의 속성

이 작품과 〈두꺼비 연적을 산 이야기〉는 모두 김용준의 수필로 주요 소재에 대한 글쓴이의 인식과 태도를 중심으로 두 작품을 비교하여 감상할 수 있어야 한다.

+ 김용준의 〈두꺼비 연적을 산 이야기〉와의 비교

나는 너를 만든 너의 주인이 조선 사람이란 것을 잘 안다.
네 눈과, 네 입과, 네 코와, 네 발과, 네 몸과, 이러한 모든 것이 그것을 증명한다.
너를 만든 솜씨를 보아 너의 주인은 필시 너와 같이 어리석고, 못나고, 속기 잘하는 호인(好人)일 것이리라.
그리고 너의 주인도 너처럼 웃어야 할지 울어야 할지 모르는 성격을 가진 사람일 것이리라.
내가 너를 왜 사랑하는 줄 아느냐.
그 못생긴 눈, 그 못생긴 코 그리고 그 못생긴 입이며 다리며 몸뚱어리들을 보고 무슨 이유로 너를 사랑하는지를 아느냐.
거기에는 오직 하나의 커다란 이유가 있다.
나는 고독한 사람이기 때문이다!
나의 고독함은 너 같은 성격이 아니고서는 위로해 줄 수 없기 때문이다.

	〈게〉	〈두꺼비 연적을 산 이야기〉
대상	게	두꺼비 연적
대상에 대한 글쓴이의 인식	• '게'는 단장의 비애를 모르며, 약고 영리하게 처세할 줄 모르는 눈치 없는 미물임 • '게'는 글쓴이 자신이나 우리 민족과 유사함 • 다양한 속성을 지닌 '게'는 좋은 화제에 해당함	• '두꺼비 연적'은 조선 사람, 어리석고 못나고 속기 잘하는 호인(好人)이 만들었을 것임 • 못생긴 '두꺼비 연적'을 사랑함 • 볼품없는 모습의 '두꺼비 연적'이 고독한 자신을 위로해 줌

• **해제**
〈게〉는 화가이자 수필가인 글쓴이가 친구들에게 그림을 부탁받았을 때 자주 화제(畫題)로 삼은 '게'에 대한 자신의 독특한 관점을 드러낸 수필이다. 글쓴이는 '정소남'의 일화를 제시하며 욕심 없이 예술가답게 살고자 하는 자신의 소망을 밝히고 있다. 또한 '게'의 속성에 관한 옛 문인의 글을 인용하고 자신의 경험을 제시하여 인간 세태에 대한 비판적 인식을 드러내고 있다.

• **제목 〈게〉의 의미**
– 다양한 속성을 지니고 있어 글쓴이가 좋은 화제라고 여기는 대상
'게'는 그리기가 수월하고 그리는 묘미가 있으며 다양한 속성을 지녀 글쓴이가 자주 화제로 삼는 대상이다. 글쓴이는 자신의 예술관을 밝히며 '게'에 대한 독특한 관점을 보여 주고 있다.

• **주제**
① 게를 화제로 선택하는 이유
② 게의 속성을 통한 인간 세태 풍자

2004학년도 수능

[감상의 적절성 평가]

• 정소남이 난초 그림으로 자신의 심경을 표현한 것처럼, 글쓴이도 게 그림을 통해 자신의 심경을 표현하고자 했겠지.
• 글쓴이가 윤우당의 시를 인용한 것은 게의 형상만으로는 자신의 진의를 표현하기 어려웠기 때문일 거야.
• 게를 어리석은 미물이라고 하면서도 스스로를 그런 게와 동일시한다는 점에서, 이 글은 글쓴이의 삶에 대한 반성을 담고 있는 것 같아.
• 게를 그린 그림을 남에게 주는 데에는 자신이 깨달은 바를 담아 다른 사람에게 전하고자 하는 의도가 깔려 있는 것 같아.

[구체적 상황에의 적용]

• 글쓴이가 '무장공자'에 대해 재인식하게 되는 과정

과정	내용
명명 동기	창자가 없다는 물리적 속성
일반적 인식	속이 없는 놈
새로운 의미 발견	창자가 없어 창자가 끊어지는 아픔을 모름
재인식	평생 아픔을 몰라 부러운 존재

한 줄 평 | 젊은이들에게 꿈을 향해 끝없이 도전하기를 당부하는 내용의 수필

그때 알았더라면 좋았을 것들 ▸ 정여울

★주목 어린 시절 가장 많이 받은 질문. "너 커서 뭐가 될래?"

내 꿈은 계절마다 바뀌어서, 지금은 기억조차 가물가물하다. 하지만 초등학교 시
〔꿈이 자주 바뀌었음〕
절까지 가장 오래 간직했던 꿈은, 부끄럽지만 피아니스트였다. 사실 피아니스트의
〔글쓴이의 어릴 적 꿈〕
삶이 어떤 건지도 잘 몰랐지만 나는 그저 피아노가 좋았다. 「내가 피아노를 치면 웃

어 주는 아빠의 미소가 좋았고, 나 몰래 숨어서 내가 치는 피아노곡을 조용히 연습
「♪ 글쓴이가 피아노를 좋아하게 된 이유
하는 동생의 귀여운 모방 심리도 좋았고, 내 피아노 소리에 맞춰서 춤추고 노래하는

막냇동생의 재롱이 좋았다. 합창단의 반주를 하는 일도 재미있었고, 대회에 나가기
★주목 위해 한 곡만 죽어라 쳐대는 것조차 좋았다.」피아노를 '잘 쳐서' 좋은 것이 아니라,
                                          글쓴이가 피아니스트의 꿈을 갖게 된 이유
'그냥 좋아서' 좋아했다. 특출한 재능이 있는 것은 아니었다. 하지만 그렇게 앞뒤를

재지 않고 무언가를 순수하게 좋아하는 일은 인생에 다시 없을 것만 같다.
                                    ▸ 어릴 적 피아니스트의 꿈을 가졌던 글쓴이
★주목 꿈의 불꽃이 타오르기 시작한 순간은 이상하게도 잘 기억하지 않는데, 꿈의 불꽃
     〔꿈을 향한 열정〕
이 사그라지던 순간은 정확히 기억이 난다. 어린 시절 우리 집에서 같이 살던 이모
〔피아니스트의 꿈을 접은 순간〕   〔꿈을 접어야 하는 순간의 충격이 큼〕
와 곧잘 수다를 떨었는데, 이모가 하루는 나에게 이런 질문을 했다.

"여울아, 넌 커서 뭐가 될래?"
〔글쓴이의 이름〕
난 또 아무 대책 없이 해맑게 대답했다.

"뭘 물어, 피아니스트지."

이모는 걱정스런 얼굴로 물었다.

"아직도? 그거 돈 엄청 많이 드는 거, 알아?"

"응? 돈?"

난 무슨 말인지 몰라, 눈을 깜빡거리며 물었다. 난 그저 피아노만 있으면 되는데,

돈이 더 필요하다니?

"그거 부잣집 딸들이나 하는 거다. 뒷바라지하는 거, 엄청 힘들어."
            〔피아니스트가 되는 데에 돈이 많이 들기 때문에 부모님께 부담이 될 수 있다는 의미〕
★주목 난 할 말을 잃었다. 내가 그저 어떤 꿈을 꾼다는 것이 부모님께 부담이 된다는 것
     〔이모의 말을 듣고 글쓴이가 충격을 받음〕   〔글쓴이가 피아니스트라는 꿈을 포기하게 된 이유〕
을 미처 헤아리지 못했던 것이다. 하지만 조숙한 척만 했지 전혀 철들지 못했던 초
                              〔꿈을 이루는 데 현실적 제약이 있음을 깨달음〕
등학생에게 이 사실은 커다란 충격이었다.

그다음부터 나는 피아노 연습을 게을리하기 시작했다. 피아노를 보는 눈이 달라
〔피아니스트의 꿈을 포기함〕
졌다. 이제 피아노는 '꿈'이 아니라, '취미'가 되어 버렸다. "넌 공부도 잘하니까, 너

무 피아노만 좋아하진 마라."라고 말씀하시던 어른들의 충고가 그제야 들리기 시작

했다. 피아노보다는 공부에 집중하는 것이 부모님을 기쁘게 해 드리는 것임을 깨닫

기 시작했다.

작품 분석 노트

• 피아니스트를 꿈꾼 글쓴이

피아니스트의 꿈을 갖게 된 이유
그냥 피아노가 좋아서

↓

피아노를 좋아하게 된 이유
• 내가 피아노를 치면 웃어 주는 아빠의 미소가 좋았음 • 내가 치는 피아노곡을 연습하는 동생의 모방 심리도 좋았음 • 내 피아노 소리에 맞춰서 춤추고 노래하는 막냇동생의 재롱이 좋았음 • 합창단의 반주를 하는 일도 재미있었음 • 대회에 나가기 위해 한 곡만 연습하는 것조차 좋았음

감상 포인트
작품에 나타난 일화를 통해 '꿈'에 대한 글쓴이의 생각 변화를 파악한다.

부모님과는 그런 이야기를 한 번도 직접적으로 해 본 적이 없다. 그런데 시간이
지날수록 부모님이 나 때문에 마음 아파하신다는 것을 알게 되었다. 정작 나는 중학
생이 되면서 피아노에 대한 꿈은 완전히 접었는데, 부모님은 오랫동안 나를 예고에
보내지 못하신 걸 미안해하셨다. 게다가 내가 공부 때문에 스트레스를 받을 때마다,
부모님은 악기를 사 주셨다. 중학교 때는 멋진 통기타를 사 주셨고, 고등학교 때는
전자 키보드를 사 주셨다. 그리고 내 방에서는 항상 일곱 살 때 아빠가 사 주신 낡은
피아노가 수호천사처럼 나를 지켜 주었다.

나는 음악 시간이나 수련회나 합창 대회가 있을 때 단골 반주자가 되었고 그 역할
에 100퍼센트 만족했다. 사춘기 시절 내 별명은 '딴따라'였다. 그리고 그 별명의 뉘앙
스는 '샌님 같은 범생이가 의외로 놀 줄 안다'는 것이었다. ▶ 피아니스트의 꿈을 포기하게 된 사연

★주목 그 이후로도 나는 꿈을 여러 번 포기했다. 때로는 성적이 모자라서, 때로는 사람
들의 평가가 두려워서, 때로는 그저 꿈만 꾸는 것이 싫증 나서 수도 없이 꿈을 포기
했다. 내 꿈의 역사는 '포기의 역사'였다. 그런데 그 수많은 꿈들을 포기하며 살아가
다 보니, 정말 인정하기 싫지만 나의 진짜 문제를 알게 되었다. 실패가 두려워 한 번
도 제대로 된 도전을 해 보지 못했다는 것을. 아무리 이모의 말이 충격적이었더라
도, 내가 피아노를 좀 더 뜨겁게 사랑했더라면, 좀 더 세상과 싸워 볼 용기가 있었다
면, 그렇게 쉽게 포기하진 않았을 것이다.

나는 달걀로 바위를 치는 심정으로, 자신의 꿈을 향해 도전하며 처절하게 실패하
는 사람들을 마음속 깊이 질투하고 존경한다. 「이제야 알았기 때문이다. 포기의 역사
보다는 실패의 역사가 아름답다는 것을. 제대로 부딪혀 보지도 않은 채 포기하는 것
보다는, 멋지게 도전하고 처참하게 실패하는 사람들이 훨씬 많은 것을 배운다는 것
을. 꿈을 이루는 데 실패하더라도, 삶에서 실패하는 것은 아님을.」

얼마 전 내 소중한 벗이 불쑥 물었다.

"넌 왜 그렇게 매사에 자신감이 없냐?"

나는 아무렇지도 않다는 듯 적당히 둘러대긴 했지만, 그 말이 오랫동안 아팠다.
가슴에 날카로운 사금파리가 박힌 것처럼, 시리게 아팠다. 내 삶의 치명적인 허점을
건드리는 말이었기 때문이었다. 나를 오래 알아 온 사람만이 알아볼 수 있는 내 아
픔이었기 때문이다. 어린 시절 엄마는 늘 나를 걱정했다. '꿈속에 사는 사람'이라고.
나는 꿈을 포기하는 것이 좀 더 현실적인 사람이 되는 법이라 믿었다. 내 꿈은 늘 허
황했으므로. 내 꿈은 늘 나와 어울리지 않았으므로.

★주목 나는 이제야 깨닫는다. 피아노를 포기한 것이 문제가 아니라, 그때부터 '포기하는
버릇'을 가슴 깊이 내면화한 것이 문제라는 것을. 도전하기 전에, 미리 온갖 잔머리
를 굴려 내 인생을 머릿속으로 그려 보고, 안 되겠구나 싶어 지레 포기하는 것.

[본문 주석]

- 피아니스트의 꿈을 지켜 주지 못해서
- 예술 고등학교
- 공부 스트레스로 힘들어하는 글쓴이에 대한 부모님의 위로
- 피아노를 취미로 치는 것에 만족함
- 얌전한 모범생
- 꿈을 포기하는 것이 습관화되었음
- 꿈을 포기한 다양한 이유
- 실패가 두려워 도전하지 않음
- 꿈을 포기함 = 도전을 해 보지 못함
- 글쓴이의 때늦은 후회
- 실패할 것을 예상하고도 도전하는 마음(풍유법)
- 꿈을 향해 도전하는 사람들을 높이 평가함
- 「」: 도치법, 열거법
- 그때 알았더라면 좋았을 것. 글쓴이가 전하고 싶은 말 ①
- 그때 알았더라면 좋았을 것. 글쓴이가 전하고 싶은 말 ②
- 그때 알았더라면 좋았을 것. 글쓴이가 전하고 싶은 말 ③
- 글쓴이의 허점을 정확히 파악해 충고함
- 자주 포기하는 이유
- 사기그릇의 깨어진 작은 조각
- 자신의 치명적인 허점을 친구가 정확하게 건드렸기 때문
- 직유법, 촉각적 이미지를 통해 심리적 고통을 형상화함
- 불충분하거나 허술한 점. 또는 주의가 미치지 못하거나 틈이 생긴 구석
- 도전을 하지 않고 꿈을 포기한 이유
- 벗의 말을 들은 후에 글쓴이가 얻은 깨달음(도치법)

[여백 주석]

- 글쓴이가 말하는 '그때 알았더라면
  좋았을 것들'

  - 포기의 역사보다는 실패의 역사가
    아름답다는 것
  - 멋지게 도전하고 처참하게 실패하
    는 사람들이 훨씬 많은 것을 배운
    다는 것
  - 꿈을 이루는 데 실패하더라도 삶에
    서 실패하는 것은 아니라는 것

- 글쓴이에게 꿈을 포기하는 버릇이 생
  긴 이유

피아니스트의 꿈을 포기한 상황
• 내 꿈은 늘 허황하다고 생각함 • 내 꿈은 늘 나와 어울리지 않다고   생각함

↓

피아니스트의 꿈을 포기한 이후의 상황
• 도전하기 전에 미리 잔머리를 굴려   지레 포기함 • 나도 모르게 포기하는 버릇이 생김 • 포기하는 버릇이 가슴 깊이 내면화됨

아주 어릴 때부터 <u>나도 모르게 생긴 버릇</u>이라 쉽게 고칠 수도 없었다.

내게 주어진 현실을 실제 상황보다 훨씬 나쁘게 인식하는 것. 내가 가진 것을 실제보다 훨씬 작게 생각하는 버릇. 가슴 깊이 감추어진, 생에 대한 뿌리 깊은 비관. 그것은 금속에 슬기 시작한 '녹' 같다. 처음에는 아주 하찮아 보이지만 나중에는 가득 덮인 녹 때문에 원래 모습조차 알 수 없게 되어 버리는. 나는 진로에 대한 공포 때문에, 미래에 대한 비관 때문에, 나의 원래 모습마저 잃어버린 것 같았다.

▶ 포기하는 버릇에 대한 후회와 반성

「나의 글을 읽어 주는 젊은이들은 <u>나 같은 실수를 반복하지 말았으면 한다.</u>」진로를 생각할 때 '<u>실현 가능성</u>'부터 생각하지 말자. 진로를 생각할 때 곧바로 '<u>직업</u>'과 연결시키지도 말자. 미래를 생각할 때 <u>생활의 안정</u>을 1순위로 하지 말자.

하지만 이런 건 괜찮다. 예컨대, <u>내가 얼마나 그 꿈에 몰두해 있을 수 있는지 실험해 보는 것.</u> 밥 먹는 것도 잊고, 잠자는 것도 잊고, 약속 시간도 잊고, 무언가에 몰두해 본 적이 있는가. 그게 바로 <u>우리들의 가슴을 뛰게 만드는 것</u>이다. 그것이 무엇이든, 밥이 되든 안 되든, 그런 것은 우리의 짐작만큼 중요하지 않다.

아이들의 장래 희망 1순위가 '연예인'인 시대도 문제였지만, 이제 아이들의 장래 희망 1순위가 '공무원'인 시대는 더욱 앞이 캄캄하다. 희망의 직종이 문제가 아니라 희망의 획일성이 문제다. 그것은 '장래 희망'이 아닌 '장래를 향한 강박'으로 느껴진다.

▶ 글쓴이가 젊은이들에게 해 주고 싶은 말

- 포기하는 버릇으로 인해 생겨나는 것들

  - 내게 주어진 현실을 실제 상황보다 훨씬 나쁘게 인식하는 버릇
  - 내가 가진 것을 실제 가진 것보다 훨씬 작게 생각하는 버릇
  - 생에 대한 뿌리 깊은 비관

- 글쓴이가 젊은이들에게 해 주고 싶은 말
  글쓴이는 젊은이들에게 포기하는 버릇을 버리고 도전하는 삶을 살라는 당부의 말을 전하고 있다.

꿈을 선택할 때 경계해야 할 것
• 진로를 생각할 때 '실현 가능성'부터 고려하는 것 • 진로를 생각할 때 곧바로 '직업'과 연결시키는 것 • 미래를 생각할 때 생활의 안정을 1순위로 삼는 것

↕

꿈을 선택할 때 지향해야 할 것
• 실패를 예상하고도 자신의 꿈을 향해 도전하기 • 내가 얼마나 그 꿈에 몰두해 있는가를 실험해 보기 • 가슴을 뛰게 하는 것에 도전하기

〈그때 알았더라면 좋았을 것들〉은 글쓴이 정여울의 어린 시절 경험이 담겨 있는 수필이다. 글쓴이는 어린 시절 피아니스트의 꿈을 포기했던 경험으로 인해 포기하는 버릇이 생겼음을 고백하면서 젊은이들에게 자신과 같은 실수를 하지 말고 꿈을 향해 도전하기를 당부하고 있다. 따라서 글쓴이가 이 작품을 통해 전하고 싶은 말이 무엇인지 파악하도록 한다.

+ 글쓴이가 전하고 싶은 말

그때 알았더라면 좋았을 것들	• 포기의 역사보다는 실패의 역사가 아름다움 • 멋지게 도전하고 처참하게 실패하는 사람이 훨씬 많은 것을 배움 • 꿈을 이루는 데 실패하더라도 삶에서 실패하는 것은 아님
글쓴이의 당부	• 진로를 생각할 때 '실현 가능성'부터 생각하지 말 것, 곧바로 '직업'과 연결시키지 말 것, 생활의 안정을 1순위로 생각하지 말 것 • 진정한 꿈은 밥 먹는 것도 잊고 잠자는 것도 잊고 약속 시간도 잊고 무언가에 몰두하게 함 → 우리들의 가슴을 뛰게 만드는 것임 ⇒ 자신과 같이 꿈을 쉽게 포기하지 말고 꿈을 향해 도전하기를 당부함

이 작품에서 글쓴이는 자신의 '쉽게 포기하는 버릇'을 금속의 '녹'에 비유하여 제시하고 있다. 따라서 '쉽게 포기하는 버릇'과 '녹'의 의미를 통해 둘의 연관성을 파악하도록 한다.

+ '녹'과 '쉽게 포기하는 버릇'

금속의 '녹'		쉽게 포기하는 버릇
처음에는 하찮아 보이다가 나중에는 가득 덮인 녹 때문에 원래 모습조차 알 수 없게 되어 버림	=	나도 모르게 포기하는 버릇이 가슴 깊이 내면화되면서 자신의 본래 모습마저 잃어버림

이 작품에는 글쓴이의 경험과 함께 젊은이들에게 전하는 글쓴이의 당부와 조언이 직접적으로 드러나 있다. 따라서 이를 중심으로 작품에 나타난 서술상의 특징을 파악하도록 한다.

+ 〈그때 알았더라면 좋았을 것들〉에 나타난 서술상 특징

진솔한 표현	어린 시절 꿈을 포기한 글쓴이의 경험을 진솔하게 드러냄
비유적 표현	• 글쓴이의 쉽게 포기하는 버릇을 금속에 슨 '녹'에 비유함 • '달걀로 바위를 치는 심정'에서 풍유법을 통해 실패할 것을 예상하고도 도전하는 마음을 표현함
직설적인 어조	젊은이들에 대한 당부와 조언을 돌려 말하지 않고 직설적으로 제시함
열거법, 도치법	열거법과 도치법을 활용하여 주제를 효과적으로 드러냄

• 해제

〈그때 알았더라면 좋았을 것들〉은 글쓴이가 자신의 경험을 통해 얻게 된 깨달음을 바탕으로 젊은이들에게 당부의 말을 전하고 있는 글이다. 글쓴이는 어린 시절 피아니스트를 꿈꾸었지만 그 꿈이 부모님을 힘들게 할 것이라는 이모의 말을 듣고 피아니스트의 꿈을 포기한다. 그 이후 여러 꿈들을 포기했던 글쓴이는 '자신감'이 없다는 친구의 충고를 듣고 난 후 자신에게 포기하는 버릇이 생긴 것을 알게 된다. 어른이 된 글쓴이는 젊은이들이 자신처럼 포기하는 버릇을 가지지 말기 바라며, 달걀로 바위를 치는 심정으로 꿈을 향해 도전하기를 당부하고 있다.

• 제목 〈그때 알았더라면 좋았을 것들〉의 의미

– 글쓴이가 어른이 되어 깨닫게 된 것들

글쓴이는 자신이 꿈을 쉽게 포기하는 버릇을 가지고 있었음을 고백하고 젊은이들에게 자신과 같은 실수를 하지 말라고 당부하고 있다.

• 주제

꿈을 포기하는 것에 대한 경계와 꿈을 향해 도전하는 것에 대한 당부

한 줄 평 | 두물머리를 바라보며 깨달은 삶의 이치를 담은 수필

두물머리 ▸ 유경환

사람들은 이곳을 두물머리라고 부른다. 한자로 표기되면서 양수리(兩水里)가 된
_{이 글의 소재. 북한강과 남한강이 서로 만나는 합수 지점}
것이나, 사람들은 여전히 두물머리라 일컫는다. 두물머리. 입속으로 가만히 뇌어 보
_{한 번 한 말을 여러 번 거듭 말해 보면}
면, 얼마나 정이 가는 말인지 느낄 수 있다.
_{'두물머리'라는 말이 주는 느낌}

그토록 오래 문서마다 양수리로 기록되어 왔어도, 두물머리는 시들지 않고 살아
_{한자어로 기록되어 왔어도}
우리말의 혼을 전해 준다. 끈질기고 무서운 힘이기도 하다.
_{'두물머리'라는 우리말로 여전히 불리고 있음}

두물머리를 시원스럽게 볼 수 있는 곳은, 물가가 아닌 산 중턱이다. 가까운 운길
_{두물머리는 높은 곳에서 잘 보임}
산, 남양주 운길산에 이르는 산길에 올라 보면, 눈앞에 두물머리가 좌악 펼쳐진다.
_{글쓴이가 두물머리를 바라보고 있는 곳. 글쓴이의 여행지}
두 물줄기 만나는 모습이 한눈에 들어온다.
_{두물머리에서는 북한강과 남한강이 서로 만나는 모습을 볼 수 있음}

교통 체증에 걸리지 않는다면 서울에서 불과 한 시간. 그래 주말은 피하고, 날씨
_{서울에서 두물머리까지의 이동 시간}
가 고우면 오늘처럼 주중에 온다. 주위엔 볼거리가 여러 곳에 있다. 다산 선생의 유
적지, 차 맛을 제대로 맛볼 수 있는 수종사, 연꽃이 볼 만한 세미원, 또 종합 영화 촬
_{구체적인 장소를 열거하여 두물머리 근처 볼거리를 제시함}
영소도 있다.
▸ 두물머리에 대한 소개

만나면 만날수록 큰 하나가 되는 것이 물이다. 두 물줄기가 만나 큰 흐름이 되는
_{물의 속성}
모습을 내려다보노라면, '물이 사는 방법이 저것이로구나.' 하는 생각이 절로 든다.
만나고 만나서 줄기가 커지고 흐름이 느려지는 것. 이렇게 불어난 폭으로 바다에 이
_{두물머리를 보고 깨달은 물이 사는 방법}
르는 흐름이 되는 것.

바다에 이르면 엄청난 힘을 지닌 승천이 가능해진다. 물의 승천이야말로 새롭게
_{물이 수많은 만남을 거듭하여 큰 하나가 된 결과}
다시 사는 실제 방법이다. 만약 큰 하나가 되지 못하고 갈라지게 되면, 「지천이나 웅
_{강의 원줄기로 흘려가거나 원줄기에 갈려 나온 물줄기}
덩이로 빠져들어 말라 버리게 된다.」이것은 물의 실종이거나 죽음인 것이다.
_{「 」: 물의 실종이거나 죽음}

두 물이 만나서 하나의 물이 되는 것을 글자로 표기할 때 '한'은 참으로 크고 넓다
는 뜻을 지닌다. 두 물줄기가 서로 껴안듯 만나, 비로소 '한강'이 된다. 운길산 산길
_{북한강과 남한강}　_{의인법}　　_{크고 넓은 강}
에서 내려다보면, 이 모든 것을 실감하게 된다.

한강을 발견하는 곳이 운길산이라고 말하고 싶다. 만나도 격정이 없는 다소곳한
흐름, 서로가 서로를 편안하게 받아들이는 모습은 정말 아름다운 풍광이다. 만나서
_{운길산에서 한강을 바라본 글쓴이의 감상. 의인법을 활용하여 두물머리의 조화로운 인상을 드러냄}
큰 하나가 되는 것이 어디 이곳의 물뿐이랴.
_{설의법}　　　　　　　　　　　　　　　　　　▸ 만나서 더 큰 하나가 되는 물의 미덕

살펴보면 우주 만물이 거의 다 그렇다. 들꽃도 나무도 꽃술의 꽃가루로 만난다.
_{거의 모든 것이 만남을 통해 큰 하나가 됨. 물의 미덕을 우주 만물로 확장하여 생각함}
그리하되, 서로 만나서 하나 되는 기간이 봄 여름 가을 겨울의 네 철 안에 이루어지
도록 틀 잡혀 있어 짧은 편인데, 다만 사람의 경우엔 이 계절의 틀이 무용이다. 계절
_{쓸모가 없음}
의 틀을 벗어날 능력이 사람에겐 주어져 있다.
_{사람의 경우 '서로 만나서 하나가 되는 기간'이 우주 만물에 비해 길다는 의미}

감상 포인트
'두물머리'에 대한 글쓴이의 감상을 통해
작품의 주제 의식을 파악한다.

작품 분석 노트

• '두물머리'에 대한 소개

　• 한자어로 양수리(兩水里)라고 함
　• 북한강과 남한강이 만나는 곳임
　• 남양주 운길산에서 잘 보임
　• 서울에서 불과 한 시간 거리에 있음
　• 다산 유적지, 수종사, 세미원, 종합
　　영화 촬영소 등 주위에 볼 것이 많음

하나가 다른 하나를 만나서 새로운 하나를 만들지 못하면, 그 끝 간 데까지 외로울 수밖에 없다. 외롭지 않을 수 없는 이치가 거기 잠재해 있다. 다른 하나를 선택
외로움을 숙명이라고 생각함
하기 위한 기다림. 선택을 결정하기까지, 채워지지 아니하는 목마름이 자리 잡기에, 외로울 수밖에 없는 노릇이다. 원래 거기 자리 잡고 있는 바람은, 완성을 기다리는 바람인 것이다.

이 외로움을 견디면서 참아 내느라 스스로 생각하고 또 생각하다가 때로는 뒤를 돌아보게 된다. 여기 반성과 성찰의 기회가 오면, 명상도 따르게 마련이다. 명상은
외로움을 참아 내는 과정에서 반성과 성찰의 기회가 오며 명상도 따라옴
해답을 찾는 노력의 사색이다.
외로움으로 인한 물음의 대답
해답을 얻는다 하여도, 그것은 물음표인 갈고리 모양 또 다른 물음을 이어 올리고
완전히 해소되기는 어려운 외로움
끌어올리기 일쑤다. 이런 과정을 통해 삶을 진지하게 짚어 보는 기회와 만난다. 곧
외로움에 대응하는 과정에서 성숙에 도달할 수 있음
자기와의 만남이 가져오는 성숙인 것이다. ▶ 외로움을 견뎌 내는 과정을 통해 성숙에 도달할 수 있다는 생각
반성, 성찰, 명상을 통해 경험할 수 있음
물은 개체(個體)라는 것을 만들지 않는다. 스스로 그것을 받아들이지 않기에, 큰
전체나 집단에 상대하여 하나하나의 낱개를 이르는 말   개체를 허용하지 않고 큰 하나를 이루는 물
하나를 만들 수 있다. 개체를 부정하기 때문에, 새로운 하나에로의 융합이 가능하다.

개체를 허용치 않으므로 큰 하나일 수 있다는 사실, 이는 큰 하나가 되기 위한 순명일 수도 있다. 다른 목숨들이 못 따를 뜻을 물이 지니고 있음을 이렇게 안다.
천명(天命)에 순응함   물의 숭고함
「사람이 그 어떤 목숨보다 길고 긴 사색을 한다지만, 물이 바다에 이르기까지 맞고
「 」 당위적 표현을 통해 물이 숭고하다는 인식을 드러냄
또 겪는 것에 비하면, 입을 다물어야 옳다. 흐르면서 부딪혀야 하고, 나뉘었다 다시
말을 하지 아니하거나 하던 말을 그쳐야   물이 바다에 이르기까지 겪는 긴 인고의 시간들
만나야 하고, 갇히면 기다렸다 넘어야 한다. 이러기를 얼마나 되풀이하는가. 그러면
서도 상선약수(上善若水)의 본을 잃지 않는다.   ▶ 물의 숭고함에 대한 예찬
인간이 본받아야 할 것
최고의 선은 물과 같다는 뜻으로, 물을 이 세상에서 으뜸가는 선의 표본으로 여기는 노자의 관점이 반영되어 있음
두물머리를 내려다보면 이곳에 이르기까지 얼마나 많은 만남이 있었던가를 짐작
두물머리에 이르기까지 작은 물줄기가 합쳐지고 큰 흐름이 되는 과정을 떠올림
해 본다. 수없이 거친 만남. 하나, 작은 만남은 이름을 얻지 못하고, 큰 것만 이름을 얻는다. 작은 것들이 있기에 큰 것이 있거늘, 큰 것에만 이름이 붙은 것을 어쩌랴.

산전수전 다 겪은 사람이 지닌 인품의 향기처럼, 두물머리에서부터 물은 유연한
직유법을 활용하여 물의 유연한 속성을 드러냄
흐름을 지닌다. 여기 비끼는 햇살이 비치니, 흐름이 반짝이기 시작한다. 두물머리는 그 어느 곳보다 아름답다. 보기에 아름다운 것보다 깊이 지니고 있는 뜻이 아름답다.
물의 덕성 ▶ 물의 덕성과 아름다움
낮에는 꽃들이 앉고 밤에는 별들이 앉는 숲이 아름답다고 여겼는데, 오늘 보니 두
두물머리를 보기 전 글쓴이의 생각
물머리는 그 이상이다. 조용한 물고기들 삶터에 날이 저물자, 하늘의 별이 있는 대
숲보다 더욱 아름다움   사색의 결과 다른 것을 끌어안을 수 있는 포용력을 지닌 물
로 다 내려와 쉼터가 된다. 만나서 깊어진 편안한 흐름, 이 흐름이 그 위의 모든 것
두물머리의 모습
다 받아 안을 수 있는 넉넉한 품까지 여니, 이런 수용이 얼마나 황홀한지 어느 시인
두물머리에서 느끼는 감동
이 이를 다 전해 줄 수 있을까 묻고 싶다.   ▶ 두물머리의 황홀한 아름다움
글로는 다 전달할 수 없을 만큼의 깊은 감동을 받은 글쓴이

• 인간이 외로움에 대응하다 성숙에 이르는 과정

외로움	
기다림	목마름

↓ 견딤

반성과 성찰, 명상

↓ 반복

자기와의 만남을 통한 성숙

• '상선약수(上善若水)'의 의미

上	善	若	水
위 상	착할 선	같을 약	물 수
최고의 선은 물과 같다.			

물은 세상 만물을 성장하게 하는 자양분이다. 본연의 성질대로 위에서 아래로 흐르면서 막히면 돌아가고 기꺼이 낮은 곳에 머문다. 이로 인해 도가(道家)에서 물을 으뜸가는 선의 경지로 여긴다. 둥근 그릇에 담으면 둥근 모양으로, 네모난 그릇에 담으면 네모난 모양으로 담기듯, 물은 늘 변화에 능동적인 유연성을 보이며 어떤 상대와도 다툼이 없기 때문에 모든 생명이 있는 것들을 유익하게 해 준다. 그러므로 물은 무위(無爲) 속에 자연과 하나되고 자연과 같이 살아가는 것을 중시하는 도가의 가장 이상적인 선의 표본이다.

작품의 내용 파악

〈두물머리〉는 글쓴이 유경환이 두물머리를 바라보며 깨달은 삶의 이치를 담은 수필이다. 이 작품에서 글쓴이는 북한강과 남한강이 만나 한강을 이루는 모습을 바라보면서, 우주 만물의 이치와 만남의 이치를 이끌어 냄과 동시에 '물'이 지닌 미덕을 예찬하고 있다. 따라서 '물'의 순환, '물'의 속성을 바탕으로 작품을 감상하도록 한다.

＋ 글쓴이가 '두물머리'를 통해 살펴본 '물'의 순환

물이 사는 방법		물이 죽는 방법
만날수록 큰 하나가 됨	대비 ↔	큰 하나가 되지 못함
만나고 만나서 큰 줄기를 이룸		만나지 않고 서로 갈라짐
바다에 이르는 흐름이 됨		지천이나 웅덩이로 빠져들어 말라 버림

＋ 글쓴이가 생각하는 '물'의 속성

물의 속성	• 개체를 만들지 않고 융합을 통해 새로운 큰 하나가 됨 • 바다에 이르기까지 긴 인고의 시간을 보내기를 반복함 • 다른 것을 끌어안을 수 있는 포용력을 지님

서술상 특징 파악

이 작품은 다양한 서술 방식을 활용하여 '두물머리'를 바라본 후의 감상을 드러내고 있다. 따라서 이 작품에 사용된 서술상 특징을 파악하도록 한다.

＋ 〈두물머리〉에 나타난 서술상 특징

열거법	구체적인 장소를 열거하여 두물머리의 위치와 관련된 정보를 드러냄 → '다산 선생의 유적지, 차 맛을 제대로 맛볼 수 있는 수종사, 연꽃이 볼 만한 세미원, 또 종합 영화 촬영소도 있다.'
의인법	자연물에 인격을 부여하여 두물머리에서 느끼는 조화로운 인상을 드러냄 → '두 물줄기가 서로 껴안듯 만나', '서로가 서로를 편안하게 받아들이는'
당위적 표현	당위성을 드러내는 표현을 통해 물이 숭고하다는 인식을 드러냄 → '사람이 그 어떤 목숨보다 길고 긴 사색을 한다지만, 물이 바다에 이르기까지 맞고 또 겪는 것에 비하면, 입을 다물어야 옳다.'
직유법	직유적 표현을 통해 물이 지닌 유연한 속성을 드러냄 → '산전수전 다 겪은 사람이 지닌 인품의 향기처럼, 두물머리에서부터 물은 유연한 흐름을 지닌다.'

다른 작품과의 비교 감상

이 작품의 글쓴이는 생활 속의 경험을 바탕으로 삶의 이치에 대한 깨달음을 드러내고 있다. 따라서 글쓴이가 쓴 다른 작품과의 비교를 통해 작품의 의미를 파악하도록 한다.

＋ 〈돌층계〉와의 비교

유경환의 〈돌층계〉는 우리 주변에서 흔히 볼 수 있는 평범한 소재인 '돌층계'를 인생의 과정에 비유하여 성실한 삶의 중요성을 깨닫게 하는 작품이다. 글쓴이는 경복궁에 들러 돌층계를 바라보면서 자신의 삶을 반성한다. 그리고 돌층계의 계단 하나하나가 우리 인생의 단계라고 말하면서 최선을 다하며 사는 삶의 중요성을 강조하고 있다.

→ 〈두물머리〉는 운길산에서 두물머리를 바라본 경험을, 〈돌층계〉는 경복궁에 들러 국립 중앙 박물관 돌층계를 바라본 경험을 바탕으로 하고 있다. 또한 〈두물머리〉와 〈돌층계〉 모두 비유적 표현을 적절하게 활용하여 인간의 삶에 대한 글쓴이의 통찰을 잘 보여 주고 있다.

작품 한눈에

• **해제**
〈두물머리〉는 글쓴이가 남양주의 운길산에서 두물머리를 보고 느낀 감상을 기록한 기행 수필이다. 글쓴이는 두물머리에서 북한강과 남한강이 만나는 모습을 통해 우주 만물의 만남의 이치에 대한 깨달음을 얻고 있다. 아울러 글쓴이는 만남의 이치에 대한 사색을 통해 인간에 비해 물이 얼마나 큰 미덕을 지녔는지 깨닫고 두물머리의 아름다움을 예찬하고 있다.

• **제목 〈두물머리〉의 의미**
– 글쓴이가 삶에 대한 깨달음을 얻은 장소
'두물머리'는 북한강과 남한강이 만나 한강을 이루는 첫 시작인 곳으로, 글쓴이는 두물머리를 바라보며 삶의 이치를 깨닫고 있다.

• **주제**
두물머리를 바라보며 깨달은 삶의 이치

다락 ▶ 강은교

예전엔 집집마다 다락들이 있었다. 하긴 지금도 한옥이라든가 하는 집들엔 다락
이 있겠지만 양옥 혹은 아파트가 주거 생활의 많은 부분을 차지하고, 도시가 점점
　　　　　　　　　　　　　　주거 공간의 변화　　　　　　　　　　　　　　『: 대비를 통한 전개
위로 솟아만 가는 동안 옆으로 푸근하게 펼쳐 앉았던 한옥들은 어느새 사라졌고 그
　　　　　　　　　　　　　　한옥에 대한 글쓴이의 긍정적인 태도
속 가장 깊은 곳에 있던 다락들도 사라져 갔다.

　그때 다락 속의 어둠에선 향내가 났다. 그것은 무수한 것들을 '품던 공간'의 향
　　　　　　　글쓴이가 떠올린 다락에 대한 인상　　　　　글쓴이가 생각하는 다락의 의미
내이기도 했다. 그건 좀 해지고 허접스러운, 그러나 가장 우리의 삶에 가까운 것들
　　　　　　　　　닳아서 떨어지고
에게서 풍기는 향내—다락엔 무엇인가 보여 주고 싶지 않은 그 집의 비밀스러운 것
　　　　　　　　　　　　　　　　　'품던 공간'으로서의 다락의 의미
들이 많이 있었으니까—이기도 했다.

　'품는다'는 것이야말로 모든 집의 출발점이다. 거기서부터 사람들은 자기들이 어
　　　　　　　　　　　　　　　　　　　'보호소'로서의 다락의 의미
느 곳에선가 보호받고 있음을 느낀다. 그 (보호소)에서 어둡고 천장이 낮은 그리고
　　　　　　　　　　　　　　　　　○: 글쓴이가 생각하는 '다락'의 역할
가장 깊숙한 곳에 자리 잡았던 다락. 그 안온함은 마치 생명이 품어지는 자궁과도
　　　　　　　　　　　　　　　　　조용하고 편안함
같다고나 할는지. 그뿐만 아니라 사람들에겐 간혹 자기의 삶을 숨기고 홀로 충만한
누군가로부터 보호받는 듯한 안온함을 느끼게 하는 공간이기 때문에. 직유법
존재감을 느끼고 싶은 (구석)이라는 공간이 필요한 법인데, 다락은 이런 역할을 충분
'구석'으로서의 다락의 의미 – 정서적 측면에서 다락이 가진 가치
히 하는 것이었다고 생각한다.

　하긴 다락의 내음을 향기라고 표현하는 것에 반발하는 사람도 있으리라. 거기선
　　　　　　　　　다락에 대해 부정적으로 인식하는 사람 있음
오랫동안 방치된 어둠 속으로부터 혹은 낡고 곰팡이 낀 것들로부터 풍기는 음습한
　　　　　　　　　　　　　　　　　　　　　　　　　　　　　　그늘지고 축축한
습기 같은 것이 다락에 들어가는 이의 살을 건드려 움츠리게 한다고 말이다. 그러나
다락의 그 음습함을 음습함으로만 돌릴 수는 없다. 거기엔 곰삭은 것들에게서만 풍
기는 향내, 어떤 이에게는 악취로밖에 생각되지 않는 것을 어떤 이들은 기가 막힌,
　　　　　다락의 냄새를 부정적으로 느끼는 사람　　　　　　　다락의 냄새를 긍정적으로 느끼는 사람
아무 데서도 맡을 수 없는 향내로 인식하는, 어떤 젓갈의 냄새와도 같은 향기를 풍긴다.
『: 다락에 대한 상반된 인식을 '악취'와 '향내'라는 말을 통해 드러냄　　　▶무수한 것들을 품은 공간이었던 다락
　어린 시절 우리 집엔 다락이 안방에 붙어 있었다. 사다리처럼 높은 곳에 달린 문
　　　　　　다락과 관련된 추억을 회상함
을 열고, 기어 올라가야 하는 다락, 나는 거기서 많은 것들을 찾아내곤 하였다. 온갖
　　　　　　　온갖 물건이 있었던 다락은 글쓴이에게는 추억 속의 물건이 담긴 공간임. 글쓴이가 알지 못했던 것들을 발견한 장소
귀한 것들이 거기 있었다. 아버지가 돌아가신 다음엔 다락을 정리하던 끝에 아버지
의 새 모자가 거기서 나오기도 했다. 반짝반짝 윤이 나는, 첨 보는 회색 중절모였다.
아까워서 한 번도 쓰시지 않으셨던 것이다. "한 번 써 보시지도 못하고……." 어머
　　　　　　　　　　모자가 아까워서 한 번 써 보지도 못하고 돌아가신 아버지에 대한 안타까움을 표현함
니는 살그머니 눈물을 훔치셨다. 우리들이 함부로 못 꺼내게 감춰 놓은 수밀도 캔도
　　　　　　　　　　　　　　　　　　글쓴이의 어린 시절에는 수밀도 캔이 귀한 물건이었음
있었다. 하긴 '복숭아 깡통'이라고 해야 그 시절의 기분이 난다. 그때 '복숭아 깡통'이
준 거부의 경험 때문에 결혼하자마자 내 돈으로 맨 처음 실컷 사 먹은 것이 그것이었
　　　　　　　　어렸을 적에는 복숭아 깡통을 함부로 꺼내 먹지 못했기 때문에
다. 그런가 하면 아주 낡은 사진첩도 있었다. 어느 날 다락 속으로 올라가 잔뜩 몸을
　　　　　　　　젊은 시절 아버지와 어머니의 모습이 담김

작품 분석 노트

• '다락'의 공간적 의미

다락
• 집의 가장 깊은 곳에 있는 공간 • 우리의 삶에 가까운 것들로 채워진 공간 • 무엇인가 보여 주고 싶지 않은 그 집의 비밀스러운 것들이 많은 공간 • 보호받는 듯한 안온한 느낌을 주는 공간 • 충만한 존재감을 느낄 수 있는 은밀한 공간

↓

보호소, 생명이 품어지는 자궁(생명의 자궁), 집의 혼, 집의 구석에 달린 심장으로 비유됨

• '다락'에 얽힌 글쓴이의 추억

어린 시절 글쓴이의 집에는 다락이 안방에 붙어 있었음	
아버지의 회색 중절모, 수밀도 캔, 어머니와 아버지의 젊은 시절의 사진이 들어 있는 아주 낡은 사진첩 등 다락에서 많은 물건을 찾아냄	가족들로부터 깊은 소외감을 느끼고 다락에 숨었다가 어머니에게 들켜 발견된 후 세상에서 가장 다정한 힘을 경험함
↓	↓
그동안 알지 못했던 것들을 발견하는 장소인 다락	도피처이자 어머니의 다정함을 경험하게 한 장소인 다락

웅크리고 그 사진첩을 넘기니, 어머니와 아버지의 젊은 시절의 사진이 있었다. 두 분이 어떤 바위 앞에서 찍은 사진이었다. <u>어머니와 아버지에게도 이런 시절이 있으셨나 내심 어둠에 뒤통수라도 한 대 맞은 듯 놀라면서 사진첩을 넘겼던 기억이 난다.</u>
부모님의 젊은 시절이 담긴 사진을 본 놀라움

또 이런 일도 생각난다. 어느 날 나는 가족들로부터 깊은 소외감을 느끼고 <u>다락에 숨었다.</u> 다락의 어두운 한구석에 웅크리고 앉아 나를 찾아 집의 이곳저곳을 살피는
글쓴이에게 도피처가 된 공간
식구들의 발걸음 소리를 들었다. <u>드디어 어머니에게 들켜 화가 나신 어머니의 손을 잡으며 다락에서 끌어내려질 때 나는 세상에서 가장 다정한 힘을 경험했다.</u> 아, 그
가족들을 피해 숨었지만, 어머니가 자신을 찾게 되자 가족으로부터 버려지지 않았다는 안도감을 느낌
것이야말로 다정함이다. '버려지지 않았다'는 안도감이 나의 숨에서는 그대로 흘러나왔다.

<u>그 집의 가장 깊은 곳에 있으며 그 집의 많은 비밀을 품고 있기 마련인 다락은 집의 혼이다.</u> 집의 구석에 달린 심장이다. 그것이 두근거릴 때 그 집에 살고 있는 이들
그 집의 추억과 비밀을 담은 물건이 들어 있는 공간이므로
은 모두 가슴이 두근거린다. ▶ 다락과 관련한 어린 시절의 추억

<u>요즘의 아파트들은 그 깊은 자궁, 다락을 잃어버린 셈이다.</u> 아파트의 집들을 방문
다락이 없는 아파트에 대해 글쓴이가 느끼는 안타까움
하면 실은 우리는 그 집의 나신(裸身)과 만난다. 없어진 문패라는 것에서부터 시작
아파트에서는 비밀스러운 공간이 없이 내부 전체가 한눈에 보임
하여 문을 열고 들어서면 바로 그 집 사람들이 사는 <u>벌거벗은 공간과 한 치의 가림도 없이 맞닥뜨리는 것이다.</u> 옛날 마당을 지나 댓돌을 밟고 올라서야 했던 그런 휴지기
아파트에는 감출 수 있는 공간이 없음   잠시 여유를 갖고 쉬어 가는 기간
(休止期)가 없이 곧바로 그 집의 내부와 부딪히는 것이다. 하긴「아파트에도 다락과 같은 역할을 일정 부분 한다고 할 수 있는 <u>다용도실이 있긴 하지만, '구석'이라는 것</u>
자기의 삶을 숨기고 홀로 충만한 존재감을 느끼고 싶은 '구석'이라는 공간이 없음
<u>이 없이 온몸을 일시에 노출하기 마련인 아파트의 다용도실과 다락을 어떻게 비견하랴.」</u>
설의적 표현
「 」: 아파트의 다용도실과 한옥의 다락을 비교함
이제 한 해도 저물어 간다. 우리의 이 생명이라는 다락 앞에서, 생명의 자궁인 다
다락은 생명이 품어지는 자궁과 같이 누군가로부터 보호받는 듯한 안온함을 주는 공간임
락 앞에서, <u>잠시 합장하고 뒤를 돌아봐야 하는 시점이다.</u> ▶ 다락을 잃어버린 안타까움
독자에게 반성적 성찰을 유도함

감상 포인트
'다락'에 대한 글쓴이의 생각을 중심으로 작품의 내용을 파악한다.

• '아파트'의 공간적 의미

아파트
• 다락을 잃어버린 공간 • 한 치의 가림도 없는 벌거벗은 공간 • 휴지기가 없이 곧바로 집의 내부와 부딪히는 공간 • '구석'이 없어서 온몸이 일시에 노출되는 공간

↓

다락이 사라지고 있는 현실에 대한 안타까움

핵심 포인트 1 　작품의 내용 파악

이 작품에서 글쓴이는 다락과 관련한 추억을 이야기하며 다락의 의미를 되새기고 있다. 따라서 이 작품에서 다락과 관련된 글쓴이의 추억과 다락에 대한 글쓴이의 생각을 파악하도록 한다.

✛ '다락'과 관련된 글쓴이의 추억과 '다락'에 대한 글쓴이의 생각

'다락'과 관련된 글쓴이의 추억	• 어린 시절 글쓴이의 집에는 다락이 안방에 붙어 있었음 • 아버지가 돌아가신 다음 다락에서 한 번도 안 쓴 아버지의 회색 중절모를 찾아냄 • 다락에서 함부로 못 꺼내게 감춰 놓은 수밀도 캔과 아버지와 어머니의 젊은 시절 사진이 담긴 아주 낡은 사진첩을 발견함 • 가족들에게 깊은 소외감을 느끼고 다락에 숨었다가 들켜서 끌어내려진 후 어머니의 다정함을 경험했음
'다락'에 대한 글쓴이의 생각	• '보호소'와 같이 어느 곳에선가 보호받고 있다고 느끼게 함 • 생명이 품어지는 자궁과 같은 안온함을 느끼게 함 • 간혹 자기의 삶을 숨기고 홀로 충만한 존재감을 느끼고 싶은 '구석'이라는 공간이 있음

핵심 포인트 2 　소재의 의미와 기능 파악

이 작품에서는 다락에 대한 추억과 그리움을 다루고 있으므로 다락의 의미와 기능을 작품의 주제 의식과 연관하여 파악하도록 한다.

✛ '다락'의 의미와 기능

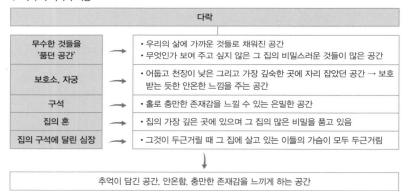

다락	
무수한 것들을 '품던 공간'	• 우리의 삶에 가까운 것들로 채워진 공간 • 무엇인가 보여 주고 싶지 않은 그 집의 비밀스러운 것들이 많은 공간
보호소, 자궁	• 어둡고 천장이 낮은 그리고 가장 깊숙한 곳에 자리 잡았던 공간 → 보호받는 듯한 안온한 느낌을 주는 공간
구석	• 홀로 충만한 존재감을 느낄 수 있는 은밀한 공간
집의 혼	• 집의 가장 깊은 곳에 있으며 그 집의 많은 비밀을 품고 있음
집의 구석에 달린 심장	• 그것이 두근거릴 때 그 집에 살고 있는 이들의 가슴이 모두 두근거림

↓

추억이 담긴 공간, 안온함, 충만한 존재감을 느끼게 하는 공간

핵심 포인트 3 　글쓴이의 관점 및 태도 파악

글쓴이는 아파트 문화의 확산으로 인해 다락이 점점 사라져 가는 현실을 안타까워하고 있으므로, 아파트에 대한 글쓴이의 관점과 태도를 파악하도록 한다.

✛ '아파트'의 문제점과 이에 대한 글쓴이의 관점 및 태도

아파트의 문제점	글쓴이의 관점 및 태도
• 깊은 자궁인 다락을 잃어버림 • 한 치의 가림도 없는 벌거벗은 공간을 지님 • 휴지기가 없이 곧바로 집의 내부와 부딪히는 공간을 지님 • 다용도실이 있지만 '구석'이 없어서 온몸을 일시에 노출함	• 아파트의 다용도실과 한옥의 다락은 비교할 수 없음 → 다락의 의의를 분명하게 밝힘 • 다락이 사라지고 있는 현실에 대해 안타까움을 드러냄

한 줄 평 | 어릴 적 생긴 흉터에 대한 글쓴이의 인식 변화를 보여 주는 수필

아름다운 흉터 ▸ 이청준

나의 두 손등과 손가락들에는 세 종류의 흉터가 선명하게 남아 있다.
글쓴이 ·· 이 글의 제재

초등학교 일 학년 때 첫 소풍을 가기 전날 오후 마음이 들뜨다 못해 토방 아래에
첫 소풍에 대한 설렘 ·· 방에 들어가는 문 앞에 좀 높이 편평하게 다진 흙바닥

엎드려 있는 누렁이 놈의 목을 졸라 대다 졸지에 숨이 막힌 녀석이 내 왼손을 덥석
첫 번째 흉터가 생긴 이유 - 첫 소풍에 대한 설렘으로 무심코 했던 행동 때문

물어뜯어 생긴 세 개의 개 이빨 자국 세트가 하나, 역시 초등학교 오 학년 때쯤 남의
도둑질로 하는 톱질, 재빨리 끝내야 하는 톱질

산으로 나무를 하러 갔다가 조급한 도둑 톱질 끝에 내 쪽으로 쓰러져 오는 나무둥치
두 번째 흉터가 생긴 이유 - 가난한 형편 때문

를 피하려다 마른 가지 끝에 손등을 찍혀 생긴 기다란 상처 자국이 그 둘, 고등학교

엘 다닐 때까지 방학이 되면 고향 집으로 내려가 논밭걷이와 푸나무를 하러 다니며
풀과 나무를 아울러 이르는 말

낫질을 실수할 때마다 왼손 검지와 장지 손가락 겉쪽에 하나씩 더해진 낫 상처 자국

이 나중엔 이리저리 이어지고 뒤얽히며 풀려 흐트러진 실타래의 형국을 이루고 있는
세 번째 흉터가 생긴 이유 - 가난한 형편 때문

것이 그 세 번째 흉터의 꼴이다.

그런데 나는 시골에서 광주로 중학교 진학을 나오면서 한동안 그 흉터들이 큰 부끄
도회지의 학교로 진학을 한 글쓴이

러움거리가 되고 있었다. 도회지 아이들의 희고 깨끗하고 부드러운 손에 비해 일로 거
중학교 시절 흉터에 대한 글쓴이의 인식 ·· 글쓴이에게 열등감을 불러일으킴

칠어지고 흉터까지 낭자한 남루하고 못생긴 내 손 꼴새라니.
자신의 흉터에 대한 글쓴이의 생각. 가난한 형편 때문에 생긴 흉터를 부끄럽게 생각함 ▸ 어린 시절에 생긴 세 종류의 흉터와 그로 인한 열등감

그러나 「그후 세월이 흘러 직장 일을 다니는 청년기가 되었을 때 그 흉터들과 볼품
「ʃ: 흉터에 대한 글쓴이의 인식 변화

없는 손꼴이 거꾸로 아름답고 떳떳한 사랑과 은근한 자랑거리로 변해 갔다.」
청년기 때 흉터에 대한 글쓴이의 인식

"아무개 씨도 무척 어려운 시절을 힘차게 살아 냈구만. 나는 그 흉터들이 어떻게
흉터를 자랑거리로 여기는 선배의 말 - 흉터가 어려운 시절을 성실하게 살아온 증거임을 일깨움

생긴 것인 줄을 알지."
직장의 선배도 글쓴이와 비슷한 흉터를 가지고 있기 때문에, 흉터가 어떻게 생긴 것인지 알고 있음

직장의 한 나이 많은 선배님이 어떤 자리에서 내 손등의 흉터를 보고 그의 소중스

런 마음속 비밀을 건네주듯 자신의 손을 내게 가만히 내밀어 보였을 때, 그리고 그
흉터가 생긴 어린 시절의 경험 ·· 글쓴이가 동질감을 느끼는 대상

손등에 나보다도 더 많은 상처 자국들이 수놓여 있는 것을 보았을 때부터였다.
손등의 흉터가 아름답고 떳떳한 사랑과 은근한 자랑거리로 여겨지게 된 계기 ▸ 부끄럽던 흉터가 자랑거리가 된 글쓴이

그렇다. 그 흉터와, 흉터 많은 손꼴은 내 어려웠던 어린 시절의 모습이요, 그것
글쓴이의 깨달음의 매개 ·· 흉터가 부끄러웠던 이유

을 힘들게 참고 이겨 낸 떳떳하고 자랑스런 내 삶의 한 기록일 수 있었다. 그 나이
흉터가 아름답고 떳떳한 자랑거리가 된 이유. 어린 시절 가난으로 인한 고통의 흔적을 긍정적으로 수용함

든 선배님의 경우처럼, 「우리 누구나가 눈에 보이게든 안 보이게든 삶의 쓰라린 상처

들을 겪어 가며 그 흉터를 지니고 살아가게 마련이요, 어떤 뜻에서는 그 상처의 흔
「ʃ: 흉터에 대한 글쓴이의 생각 변화가 드러남. 외형적 흉터뿐만 아니라 심리적 상처까지 깨달음 확대 → 보편적 차원의 진술 제시

적이야말로 우리 삶의 매우 단단한 마디요 숨은 값이라 할 수도 있을 것이기 때문
숨겨진 가치

이다.」

그렇다면, 그것은 오직 나만의 자랑이나 내세움거리로 삼을 수는 없으리라. 그것
흉터 ·· 자랑거리

은 오히려 우리 누구나가 자신의 삶을 늘 겸손하게 되돌아보고, 참삶의 뜻과 값이
글쓴이가 생각하는 흉터의 역할과 가치

무엇인가를 새롭게 비춰 보는 거울로 삼음이 더 뜻있는 일일 것이다.
▸ 흉터가 주는 삶의 교훈과 깨달음

작품 분석 노트

· '흉터'가 생긴 이유

첫 번째 흉터	초등학교 1학년 첫 소풍 전날, 들뜬 마음에 누렁이 목을 조르다 물린 세 개의 개 이빨 자국 세트
두 번째 흉터	초등학교 5학년 남의 산으로 나무를 하러 갔다가 조급한 도둑 톱질에 쓰러지는 나무둥치를 피하려다 마른 가지 끝에 손등을 찍혀 생긴 기다란 상처 자국
세 번째 흉터	고등학교 때 방학을 하고 고향 집에 내려가 논밭걷이와 푸나무를 하러 다닐 때 낫질 실수로 생긴 낫 상처 자국

· '흉터'에 대한 글쓴이의 인식 변화

중학교 시절 – 부끄러움

도회지 아이들의 희고 깨끗하고 부드러운 손에 비해 거칠고 흉터까지 있는 자신의 손이 남루하고 못생겨 보여 흉터를 부끄럽게 생각함

↓

청년기 시절 – 자랑스러움

· 직장 선배의 "아무개 씨는 무척 어려운 시절을 힘차게 살아 냈구만. 나는 그 흉터들이 어떻게 생긴 것인 줄을 알지."라는 말을 들음
· 직장 선배의 흉터 많은 손을 봄
· 손등의 흉터가 어려웠던 어린 시절을 힘들게 참고 이겨 낸 흔적임을 깨닫고 흉터를 떳떳하고 자랑스러운 삶의 기록으로 여김

· '흉터'의 의미

흉터의 의미

· 나의 어려웠던 어린 시절의 모습
· 어려웠던 시절을 힘들게 참고 이겨 낸 떳떳하고 자랑스러운 내 삶의 한 기록

↓ 깨달음의 확대

· 우리 삶의 단단한 마디요, 숨은 값
· 자신의 삶을 늘 겸손하게 되돌아보고 참삶의 뜻과 값이 무엇인가를 새롭게 비춰 보는 거울

이런 생각 속에서도 때로 아쉽게 여겨지는 일은 요즘 사람들 가운데엔 작은 상처

　　　　　　　　　　　　　　　　　　　　작은 흉터도 갖지 않으려는 현대인에 대한 비판

나 흉터 하나 지니지 않으려 함은 물론, 남의 아픈 상처 또한 거기 숨은 뜻이나 값을

한 대목도 읽어 주지 못하는 이들이 흔해 빠진 현상이다.

　　　　타인의 흉터를 이해하지 못하는 현대인에 대한 비판　　　▶ 현대인의 모습에 대한 비판

　　아무쪼록 「자기 흉터엔 겸손한 긍지를, 남의 흉터엔 위로와 경의를, 그리고 흉터

　　　　　　　「 」: 글쓴이의 당부 → 긍정적 삶의 태도가 드러남

많은 우리 삶엔 찬가를 함께할 수 있기를!」

　　　　　　　　찬양하는 노래　　　　　　　　　　　　▶ 고난 극복으로 이루어지는 삶에 대한 애정

감상 포인트

'흉터'를 바라보는 글쓴이의 인식이
어떻게 변화하고 있는지에 주목하여
작품을 감상한다.

• 현대인에 대한 비판

현대인에 대한 비판 ①
요즘 사람들은 작은 상처나 흉터 하나 지니지 않으려 함 → 어렵고 힘든 삶을 견디고 이겨 내려 하지 않음

+

현대인에 대한 비판 ②
남의 아픈 상처에 숨은 뜻이나 값을 한 대목도 읽어 주지 못함 → 다른 이의 고된 삶을 위로하지 않고 그것을 참고 이겨 낸 행위에 경의를 표하지 않음

이 작품은 어린 시절 손에 생긴 세 가지 흉터를 바라보는 글쓴이의 인식 변화를 드러내고 있다. 따라서 흉터에 대한 글쓴이의 인식 변화에 주목하여 작품의 주제 의식을 파악하도록 한다.

+ 글쓴이의 인식 변화와 주제 의식

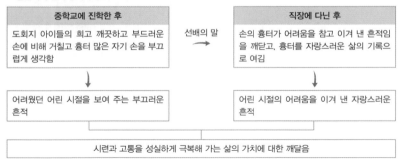

중학교에 진학한 후		직장에 다닌 후
도회지 아이들의 희고 깨끗하고 부드러운 손에 비해 거칠고 흉터 많은 자기 손을 부끄럽게 생각함	선배의 말 →	손의 흉터가 어려움을 참고 이겨 낸 흔적임을 깨닫고, 흉터를 자랑스러운 삶의 기록으로 여김

| 어려웠던 어린 시절을 보여 주는 부끄러운 흔적 | | 어린 시절의 어려움을 이겨 낸 자랑스러운 흔적 |

| 시련과 고통을 성실하게 극복해 가는 삶의 가치에 대한 깨달음 |

이 작품에서 글쓴이는 자신의 흉터에 대한 인식이 변하면서 다른 사람의 흉터까지도 다른 시각으로 바라보는 인식의 확장을 보여 주고 있다. 따라서 이 작품에서 글쓴이의 인식 확장이 어떻게 이루어지고 있는지 파악하도록 한다.

+ 글쓴이의 인식 확장

개인적 차원		보편적 차원
'흉터 많은 손꼴'을 매개로, 자신의 흉터가 어려웠던 어린 시절의 모습이자 그것을 힘들게 참고 이겨 낸 떳떳하고 자랑스러운 삶의 기록임을 깨달음	확대 적용 →	눈에 보이게든 안 보이게든 삶의 쓰라린 상처들을 겪을 수밖에 없는 것이 인생이라는 생각을 드러냄

이 작품은 진리나 삶에 대한 느낌이나 사상을 간결하고 날카롭게 표현하는 말을 뜻하는 경구를 사용하여 글을 마무리하고 있다. 따라서 이러한 경구 사용의 효과를 파악하도록 한다.

+ 경구 사용의 효과

구절		효과
'아무쪼록 자기 흉터엔 겸손한 긍지를, 남의 흉터엔 위로와 경의를, 그리고 흉터 많은 우리 삶엔 찬가를 함께할 수 있기를!'	→	• 주제를 압축하여 전달함 • 일면적 의미를 보편적 의미로 확대함 • 인상적인 여운을 남김

작품 한눈에

• 해제
〈아름다운 흉터〉는 어릴 적 생긴 흉터에 대한 글쓴이의 인식 변화를 통해 인생의 참된 가치와 삶에 대한 올바른 태도를 전하고 있다. 사춘기 시절 자신의 흉터에 부끄러움을 느꼈던 글쓴이는 청년기가 되었을 때 자신처럼 손에 흉터가 있는 직장 선배의 말을 듣고 난 후 흉터에 대한 자부심을 느끼게 된다. 즉, 흉터는 시련과 고난의 상징이 아니라 그것을 극복하는 과정에서 더욱 단단해진 우리의 삶을 보여 주는 흔적임을 깨닫게 된 것이다. 글쓴이는 이러한 깨달음을 바탕으로 자신과 타인의 삶, 나아가 흉터 많은 모든 인간의 삶에 사랑의 찬가를 보내며 올바른 삶의 자세가 무엇인지를 전달하고 있다.

• 제목 〈아름다운 흉터〉의 의미
– 어려운 시절을 힘들게 참고 이겨 낸 떳떳하고 자랑스러운 삶의 기록

흉터는 상처가 아물고 남은 자국으로, 흉한 모습으로만 인식된다. 하지만 이 작품에서는 흉터를 상처를 이겨 낸 아름다운 흔적이라고 역설적으로 표현하고 있다. 따라서 제목 '아름다운 흉터'란 흉터는 어려운 시절을 힘들게 참고 이겨 낸 떳떳하고 자랑스러운 삶의 기록이므로, 부끄러운 것이 아니라 아름답고 자랑스러운 것이라는 의미를 담고 있다.

• 주제
시련과 고통을 성실히 극복해 가는 삶의 아름다움

한 줄 평 | 연경당의 아름다움과 문화적 가치를 알려 주는 수필

연경당에서 ▸ 최순우

★주목 연경당 넓은 대청에 걸터앉아 세상을 바라보면 마치 연보랏빛 필터를 낀 카메라
_{연경당의 아름다움이 연경당의 지나온 세월과 결부되어 아름답게 느껴짐 – 색채 이미지와 비유적 표현 사용}

의 눈처럼 세월이 턱없이 아름다워만 보인다. 이렇게「담담하고 청초하게 때를 활짝
_{화려하지 않으면서 맑고 깨끗하게}

벗은 우리 것의 아름다움」앞에 마주 서면, 아마 정말 마음이 통하는 좋은 친구를 만
_{「 」: 연경당의 한국적 아름다움}

났을 때처럼 세상이 저절로 즐거워지는 까닭인지도 모른다.

　　아마도 왕자의 금원 속에 깊숙이 자리 잡고 있으니 어딘가 거추장스러운 위엄이
_{예전에, 궁궐 안에 있던 동산이나 후원　　　　　　　　　　궁궐에 속한 정원이지만 화려하지 않음}

나 호사가 물들었을 것 같기도 하고 궁원다운 요염이 깃들일 성도 싶지만 연경당

에는 도무지 그러한 티가 없다. 다만「그다지 넓지도 크지도 않은 조촐한 서재 차림
_{「 」: 연경당의 모습 – 소박하고 편안함}

의 큰 사랑채 하나가 조용하고 밝은 뜰에 감싸여 이미 태곳적부터 있었던 것처럼 편

안하고 자연스럽게 놓여 있을 뿐이다.」여기에는 수다스러운 공포도 단청도 그리고
_{처마 끝의 무게를 받치기 위하여 기둥머리에 짜맞추어 댄 나무쪽}

주책없는 니스 칠도, 일체 속악한 것이 발을 붙일 수 없는 곳이다.
_{전통 건물에는 니스 칠이 어울리지 않으므로 주책없다고 한 것임　　　┌─ 네모진 기둥}

　　「다만 미끈한 굴도리 팔작집에 알맞은 방주, 간결한 격자 덧문과 용자(用子) 미닫
_{둥글게 만든 도리 네 귀에 모두 추녀를 달아 지은 집}

이, 그리고 순후하게 다듬어진 화강석 댓돌들의 부드러운 감각이 조화되어서 이 건
_{온순하고 인정이 두텁게　　　집채의 낙숫물이 떨어지는 곳 안쪽으로 돌려 가며 놓은 돌}

물 전체의 통일된, 간결한 아름다움을 가누어 주고 있는 듯싶다.」
_{「 」: 건축물을 구성하는 요소를 열거하고 촉각적 이미지를 사용하여 건물 전체의 통일된 아름다움을 강조함}

　　정면 여섯 칸, 측면 두 칸의 큼직한 이 남향판 대청마루에 앉아서 보면 동에는

석주를 세운 높직한 마루방, 서에는 주실인 널찍한 장판방, 서재가 있어서 복도를
_{돌을 다듬어서 만든 기둥}

거치면 안채로 통하게 된다.「지금은 모두 빈방이 되었지만 보료와 의자 등속, 그리
_{앉는 자리에 늘 깔아 두는 두툼하게 만든 요}

고 문갑·연상·사방탁자·책탁자·수로 같은 세련된 문방 가구들이 알맞게 이 장
_{문서나 문구 따위를 넣어 두는 방세간　　　손을 쬐게 만든 조그마한 화로}

판방에 곁들여졌을 것을 생각하면 연경당의 아름다움은 지금, 아마 그만치 반실이
_{절반가량 잃거나 손해를 봄}

되어 버린 것인지도 모른다.」
_{「 」: 원래 있던 세련된 문방 가구들이 배치되어 있지 않기 때문에 연경당의 아름다움이 반감된 것임}

　　이 연경당이 세워진 것은 순조 28년(1828)이다. 이 무렵은 추사 선생이 40대에
_{연경당이 세워진 시기　　　　　　　김정희, 조선 후기의 문신·서화가}

갓 들어선 창창한 시절이었고, 바야흐로「지식인 사회는 주택의 세련과 문방 정취에
_{서재를 꾸미는 흥과 취미}

신경을 쓰던 시대였으니, 이 연경당의 아름다움은 이만저만한 만족이 아님을 알 수
_{「 」: 조선 후기 지식인들의 취향이 당대 주택 문화에 영향을 끼쳤음 → 연경당이 아름다운 이유를 알 수 있음}

있다.」　　　　　　　　　　　　　　　　　▸ 연경당의 소박하고 편안하면서도 간결한 조화미

　　으레 지내보면 이 연경당의 아름다움은 5월보다 11월이 더 좋다. 어쩌다가 가을

소리 빗소리에 낙엽이 촉촉이 젖는 하오, 인적도 새소리도 끊긴 비원을 찾으면 빈숲
_{계절적, 시간적 배경 – 가을 오후　　　　　　　　　　창덕궁의 금원으로 여기에 연경당이 있음}

을 등진 연경당은 마치 젊은 미망인처럼 담담하고 외롭다. 알맞게 무겁고 미끄러운
_{인적과 새소리가 끊긴 고요한 연경당}

기와지붕의 곡선,「사뿐히 고개를 든 두 처마 끝이 그의 지붕 밑에 배꽃처럼 소박하
_{「 」: 의인화　　　　　　　　　　소박하고 무던한 한국인의 정서가 반영됨}

고 무던한 한국의 마음씨들을 감싸안고 있다.」밝고 은은한 창과 창살엔 쾌적한 비율

이 깃을 드리웠고 장대(壯大)나 화미(華美) 따위는 발을 붙일 수도 없는 질소(質素)
_{웅장하고 씩씩함　　환하게 빛나며 곱고 아름다움　　　　　　　꾸밈이 없고 수수함}

작품 분석 노트

• 색채 이미지과 비유적 표현의 사용

색채 이미지와 비유적 표현
'마치 연보랏빛 필터를 낀 카메라의 눈처럼 세월이 턱없이 아름다워만 보인다.'

↓

• '마치 ~ 카메라의 눈처럼'에서 직유법을 사용함 • '연보라빛 필터'에서 색채 이미지를 사용함

↓

효과
글쓴이가 연경당 대청에서 바라본 풍경의 아름다움을 감각적으로 묘사함

• 촉각적 이미지와 열거 활용

촉각적 이미지와 열거
'다만 미끈한 굴도리 팔작집에 알맞은 방주, 간결한 격자 덧문과 용자(用子) 미닫이, 그리고 순후하게 다듬어진 화강석 댓돌들의 부드러운 감각이 조화되어서 이 건물 전체의 통일된, 간결한 아름다움을 가누어 주고 있는 듯싶다.'

↓

• '팔작집, 방주, 격자 덧문, 용자 미닫이, 화강석 댓돌들'로 연경당을 구성하는 부분들을 열거함 • '미끈한 굴도리', '화강석 댓돌들의 부드러운 감각'에서 촉각적 이미지를 사용함

↓

효과
건물 전체의 통일된, 아름다움을 강조하여 드러냄

의 미덕이 시새움도 없이 여러 궁전들과 함께 가을비를 맞는다.」

　자연에서 번져 와서 자연 속으로 이어진 것 같은 이 연경당의 고요 속엔 아마도 가을의 정기가 주름을 잡는 것일까. 낙엽을 밟고 뜰 앞에 서면 누구의 슬픔인지도 모를 적요가 나를 엄습해 온다. 춘녀사 추사비(春女思秋士悲)라 했는데 나의 이 슬
적적하고 고요함 ／ 봄에 여인들은 사모하는 마음이 생기고 가을에 선비들은 슬픔을 느낌
픔은 아마도 뜻을 못 이룬 한 범부의 쓸쓸한 눈물일 수만 있을 것인가.
평범한 사내

　나는 가끔 이 연경당이 내 것이었으면 하는 공상을 할 때가 있다. 그리고 친구들에게 곧잘 나의 평생소원은 연경당 같은 집을 짓고 그 속에 담겨 보는 것이라는 농담을 해 본다. 그러나 이것은 진정 숨김없는 나의 현실적인 소망이면서도 또한 영원히
이루어질 수 없는 허전한 꿈이기도 하다. 세상에 진정 잊을 수 없는 연인이 두 번 다
연경당만큼 애정을 느낄 집이 없음 ／ 연경당에 대한 애정을 강조하기 위해 비유한 대상
시 있을 수 없는 것과 같이 아마 세상에는 정말 못 잊을 집도 다시 있기는 힘들지도
모른다.
치맛단에 금박을 박아 선을 두른 것을 단 긴치마
　「그 육간대청에 스란치마를 끌고 싶었던 심정과 그 밝고 조용한 서재의 창가에서
여섯 칸이 되는 넓은 마루
책장을 부스럭이고 싶은 심정이 이제 모두 다 지나간 꿈이라면 나는 아마도 평생 잊
「♪: 연경당 같은 집에서 사는 것은 이루어질 수 없는 꿈임
을 수 없는 여인과 연경당의 영상을 안고 먼 산을 바라보며 살아가야 된다는 말이 되
연경당에 대한 애정을 강조하기 위해 비유한 대상
는지도 모른다.」
▶ 가을에 느끼는 연경당의 아름다움과 연경당에 대한 애정

　어쨌든 연경당은 충분히 아름답고 또 한국 문화의 결정 같은 것이라고 나는 생각
애써 노력하여 보람 있는 결과를 이루는 것이나 그 결과를 비유적으로 이르는 말
한다. 한국과 한국 사람이 낳은 조형 문화 중에 우리가 몸을 담고 살아온 이 주택 문
화처럼 실감 나게 한국의 개성을 드러내는 것이 또 없고, 그중에서도 가장 세련된
주택 문화에는 한국인의 생활 양식과 정서가 담겨 있음
예의 하나가 바로 이 연경당인 것이다. 민족의 이름으로 세련시켜 온 한국의 주택 2천
년 역사는 아마도 이 아름다운 결정체 하나를 낳기 위해서 존재했던 것인지도 모른다.
연경당 – 한국의 개성을 가장 세련되게 잘 드러낸 건축 문화재임
　다른 부문의 미술도 그러하지만 조선 시대에 들어서면서부터 한국의 주택은 한층
한국적인 양식을 갖추게 되었고, 한국의 아름다움이 마치 한국인의 체취처럼 자연스
럽게 몸에 배게끔 되었던 것이라고 믿는다.

　그러나 19세기 말 이후 한국에는 문명개화의 구호와 함께 밀려든 어중간한 왜
조선의 주택 문화가 어중간한 외국의 생활 양식의 침투로 발전하지 못함 → 글쓴이의 비판적 태도가 드러남
식·양식의 생활 양식이 분별없이 스며들어 오면서부터 아름다운 조선의 주택 문화
는 발육을 멈춘 것이다.
아름다운 우리나라의 전통 양식
　추한 것이 진정 아름다운 것들을 짓밟는 행패 속에 얼마 안 남은 우리 주택 건축
어중간한 왜식·양식의 생활 양식
사의 결정들은 지금 이 순간에도 하나하나 그 아름다운 자취를 감추어 가고 있다.
아름다운 우리나라의 전통 건축물들이 사라지고 있는 현실에 대한 안타까움
물론 세계의 각 지역 간에 문화 교류가 활발해지고 있는 오늘날 현대 한국인의 생활
에서 오로지 주택 문화만은 고격을 고수하자는 것은 아니다. 그러나 비판 없이 남의
옛 격식
것만을 새롭고 곱게 보려는 풍조는 우리 민족처럼 틀이 잡힌 문화 전통을 가진 사회
무비판적으로 외국 것만을 숭상하는 풍조 → 글쓴이의 비판적 태도가 드러남
에서는 있을 수 없는 일이라고 생각한다.

　우리의 일반 미술이나 문화가 당당한 관록을 보여 왔듯이 우리의 조선 시대 주택
우리 문화에 대한 글쓴이의 자부심이 엿보임

- '연경당'에 대한 글쓴이의 공상

연경당에 대한 글쓴이의 공상
• 연경당이 자신의 것이었으면 함 • 연경당 같은 집을 짓고 그 속에 담겨 보고 싶음

↓

• 현실적인 소망이면서도 영원히 이루어질 수 없는 허전한 꿈임 • 세상에는 연경당과 같이 정말 못 잊을 집이 다시 있기 힘들지 모름 • 연경당의 영상을 안고 먼 산을 바라보며 살아가야 함

연경당에 대한 글쓴이의 애정이 드러남

- '연경당'을 비유한 표현

연경당	• 진정 잊을 수 없는 연인 • 평생 잊을 수 없는 여인

↓

연경당에 대한 글쓴이의 애정을 강조함

- 한국 주택 문화에 대한 글쓴이의 생각 ①

현실 세태
• 19세기 말 이후 문명개화의 구호와 함께 어중간한 왜식·양식의 생활 양식이 분별없이 들어오면서 조선의 주택 문화가 발육을 멈춤 • 우리 주택 건축사의 결정들이 지금 이 순간에도 자취를 감추어 가고 있음

↓

글쓴이의 생각
• 전통 건축이 사라져 가는 데에 대한 안타까움을 드러냄 • 비판 없이 남의 것(일본식, 서양식 문화)만을 새롭고 곱게 보려는 풍조를 비판함

은 우리 민족이 쌓아 온 생활 문화의 기념탑이라고 할 수 있는 것이다. 그리고 이 조

조선 시대 주택의 가치 ①: 함축적인 표현으로 조선 시대 주택이 오래도록 기념하면서 후대에 전할 만한 가치가 있음을 드러냄

선 주택은 아직도 <u>우리의 생활에 가장 가까울 뿐만 아니라</u> <u>아직도 새롭고 또 앞으로</u>

조선 주택의 가치 ②   조선 주택의 가치 ③

도 새로울 수 있는 한국미의 요소를 담뿍 지니고 있다. 「이 고유한 한국 주택의 풍성

한 아름다움은 우리의 현대 주택에 충분히 도입되어야 하고, 또 뛰어난 재래 주택들

「 」: 당위적 표현을 활용하여 한국 건축의 문화적 가치를 계승해야 한다는 글쓴이의 생각을 드러냄

은 살아 있는 민족 문화재로서 길이 보존되어야 마땅하다.」한국은 미국이 아니며 또

한국은 한국만의 개성과 주체성이 있는 문화가 있음

일본이 아닌 것이다. 장미는 영국에서 피어야 곱고 국화는 한국에서 피어야 제격이

듯이 장미꽃으로 세계를 뒤덮을 수도 없고 국화꽃으로 세계를 뒤덮을 수도 없는 일

각 나라의 문화가 세계 모두의 문화가 될 수는 없음 – 문화의 주체성을 강조함

이 아닌가 생각한다.

　　연경당 말고도 아름다운 조선 시대의 주택들이 아직도 적잖이 남아 있다. 그러나

나는 이 연경당 예찬이 지나쳤다고도 그릇됐다고도 생각하지 않는다. 오히려 연경당

같은 문화재는 국보로 지정된 어느 궁전이나 어느 절간보다도 우리의 민족 문화재로

우리의 생활에 가장 가까울 뿐만 아니라 아직도 새롭고 또 앞으로도 새로울 수 있는 한국미의 요소를 담뿍 지니고 있으므로

서는 앞서야 할 막중한 가치를 지녔다고 나는 믿어 의심치 않는다.

★주목 ▶ 조선의 주택, 그중에서도 가장 매력적인 것은 사랑채의 효용과 그 평면의 묘에 있

집의 안채와 떨어져 있는, 바깥주인이 거처하며 손님을 접대하는 곳에 쓰이는 집

다. 이 연경당이야말로 서재풍으로 된 가장 전형적인 큰 사랑채 하나의 부분으로는

서재와 같은 양식으로 만들어진

절묘한 작품이라고 해야겠다.「동쪽 뜰 기슭으로 선향재라는 나지막한 서고를 거느렸

「 」: 연경당 주변의 지형 및 서고, 정자 등의 건물 배치 → 연경당 분위기에 풍류를 더함

고, 또 이 선향재의 뒤 언덕 위에는 난간을 두른 아기자기한 단칸 정자 농수정을 둔

연경당 후원 높은 곳에 있는 정자

것은 담담하기만 한 이 연경당의 분위기에 한 가닥의 풍류를 더하기 위한 것이라고

할까.」어쨌든 설계자는 이 연경당 한 채가 주위의 자연 속에서 어떻게 멋지게 바라

글쓴이의 추측 – 연경당을 설계한 사람은 의도적으로 연경당 주위에 선향재와 농수정을 배치한 것임

보일까를 먼저 계산하고 있는 것이다.

　　지금 우리는 이 연경당을 설계하고 감역한 건축가의 이름을 모른다. 그러나 우리

토목이나 건축 따위의 공사를 감독한

는 19세기에 있어서 어느 나라 어느 민족의 뛰어난 건축가의 심미안에도 뒤설 수 없

19세기에 지어진 연경당의 아름다움이 세계 어느 나라의 건축물에도 뒤지지 않음을 표현함

는 멋진 눈의 주인공들을 적잖게 가졌던 것을 자랑해야겠다.

　　한국미의 증징, 그리고 한국미의 주체, 이것은 에누리 없이 우리 조선 주택 속에

증명이 될 만한 사물

너무나 뚜렷하게 너무나 멋지게 표현되어 있는 것이다. 비록 목조 건축의 전통이 2천

년 전 한족의 중국 문화에서 받아들였다고는 하지만 한국의 주택은 벌써 제 발걸음

한국 주택 문화는 독창성을 지니고 있음

을 한 지 오래인 것이다. 그리고 이 속에서 한국 사람들의 꿈이 자라나고 노래가 자

'자라나고'를 반복하여 한국 주택이 지닌 전통을 강조함

라나고 또 아들딸들이 자라났다. 연경당, 이것은 우리 주택 문화의 영원한 상징이

아닐 수 없다.

▶ 한국 주택 문화와 연경당의 가치에 대한 성찰

　　비록 비원의 깊숙한 숲속에 자리 잡았지만 어느 왕자의 절절한 염원, 인간에의 향

수를 사무치게 품은 채 너는 오늘도 담담하고 값진 미소를 오월의 하늘 아래 말없이

연경당

풍기고 있다.

▶ 비원의 깊숙한 숲속에서 아름다움을 간직한 연경당

감상 포인트
'연경당'에 대한 글쓴이의 생각과 우리 문화를
대하는 글쓴이의 태도를 파악한다.

전통 주택의 가치
・조선 시대 주택은 우리 민족이 쌓아 온 생활 문화의 기념탑임 ・우리의 생활에 가장 가까움 ・아직도 새롭고 앞으로도 새로울 수 있는 한국미의 요소를 담뿍 지니고 있음

↓

전통 주택의 계승
・고유한 한국 주택의 풍성한 아름다움이 현대 주택에 충분히 도입되어야 함 ・뛰어난 재래 주택들은 민족 문화재로 길이 보존해야 함

이 작품의 글쓴이는 창덕궁의 후원에 있는 건물인 연경당을 보며 연경당의 아름다움과 그 가치를 드러내고 있다. 따라서 이를 위해 글쓴이가 작품에서 사용한 서술 방식과 그 효과를 파악하도록 한다.

+ 서술상 특징과 효과

다양한 감각적 이미지	• '연보랏빛 필터' – 시각적 이미지 • '미끈한 굴도리', '화강석 댓돌들의 부드러운 감각' – 촉각적 이미지	→ 연경당의 모습을 생생하게 표현함
열거법	• '팔작집, 방주, 격자 덧문, 용자 미닫이, 화강석 댓돌들'로 연경당을 구성하는 부분들을 열거함	→ 연경당의 조화롭고 통일되면서도 간결한 아름다움을 드러냄
비유법, 의인법	• '마치 연보랏빛 필터를 낀 카메라의 눈처럼' • '사뿐히 고개를 든 두 처마 끝이 그의 지붕 밑에 배꽃처럼 소박하고 무던한 한국의 마음씨들을 감싸안고 있다.' • '인간에의 향수를 사무치게 품은 채 너는 오늘도 담담하고 값진 미소를 오월의 하늘 아래 말없이 풍기고 있다.'	→ • 연경당의 아름다움을 드러냄 • 연경당의 수수한 분위기를 드러냄 • 연경당에 대한 애정을 드러내며 아름다움을 예찬함
계절을 나타내는 표현	• '가을 소리 빗소리에 낙엽이 촉촉이 젖는 하오' • '가을비'	→ 연경당의 수수한 분위기를 환기함

이 작품의 주요 소재인 '연경당'이 글쓴이에게 어떤 의미와 가치를 지니고 있는지를 파악하도록 한다.

+ 연경당의 의미와 가치

연경당	• 소박하고 편안하며 간결한 아름다움을 지님 • 한국인의 생활과 정서가 담긴 한국 문화의 결정체임 • 한국의 개성을 가장 세련되게 잘 드러낸 건축 문화재임	→ 우리 주택 문화의 영원한 상징

연경당에 대한 이해를 바탕으로 한국 주택 문화를 바라보는 글쓴이의 관점을 이해하고 이를 토대로 작품의 주제 의식을 파악하도록 한다.

+ 한국 주택 문화에 대한 글쓴이의 생각과 태도

전통 건축이 가지는 위상을 돌아봄	조선 시대 주택은 우리 민족이 쌓아 온 생활 문화의 기념탑으로서 우리의 생활에 가장 가까우며 한국미의 요소를 담뿍 지니고 있음	→ 고유한 한국 주택의 풍성한 아름다움이 현대 주택에 도입되어야 하며, 뛰어난 재래 주택들을 민족 문화재로 길이 보존해야 한다는 생각을 드러냄
사회 구성원들이 주택 문화를 대하는 태도를 비판함	19세기 말 이후 왜식·양식의 생활 양식이 분별없이 들어오면서 조선의 주택 문화가 발육을 멈추었으며 우리 건축사의 결정들이 자취를 감추어 가고 있음	→ 전통 건축이 사라져 가는 데에 대한 안타까움을 드러내며 비판 없이 남의 것만을 새롭고 곱게 보려는 풍조를 비판함

• **해제**
〈연경당에서〉는 우리나라 전통 미술에 대한 글을 담은 수필집인 《무량수전 배흘림기둥에 기대서서》에 실려 있는 수필로, 창덕궁 비원에 있는 연경당에 대한 글쓴이의 애정과 사색이 담겨 있다. 글쓴이는 연경당을 보며 그 속에 담겨 있는 청초함, 자연스러움, 조화로움, 수수함 등의 한국적인 아름다움에 대해 이야기하고 있다. 또한 글쓴이는 우리의 전통 주택 문화가 잘 계승되지 않고 있는 현실을 비판하면서 예전부터 내려온 한국 전통 주택의 아름다움을 현대에도 수용해야 한다는 생각을 드러내고 있다.

• **제목 〈연경당에서〉의 의미**
– 글쓴이가 한국의 아름다움과 문화적 가치를 느낀 장소
'연경당'은 창덕궁의 후원에 있는 궁궐의 부속 건물로 궁궐 양식으로 지어진 집이 아니라 사대부 집의 양식으로 지어진 집이다. 글쓴이는 연경당을 보며 한국의 아름다움이 화려한 궁궐의 전각보다는 소박한 듯하면서도 절제된 조화가 있는 연경당과 같은 건축물에 있음을 이야기하고 있다.

• **주제**
연경당으로부터 느끼는 한국의 아름다움과 문화적 가치

16

한 줄 평 | 시와 그림의 공통점을 통해 한시의 본질을 제시하는 수필

그림과 시 ▸ 정민

★주목 시와 그림은 전통적으로 서로 연관이 깊다. 시는 '소리 있는 그림(有聲之畵)'이요,
<u>시와 그림의 관련성을 제시하여 독자의 궁금증을 유발함</u>　　　　　　　　따뜻한 마음과 참된 의사
그림은 '소리 없는 시(無聲之詩)'란 말도 있다. 특히 한시는 경물의 묘사를 통한 정의
　　　　　　　　　한시는 경물 묘사를 통해 작가의 감정과 시의 의미를 드러내는 것을 중요시함
(情意)의 포착을 중시한다. 이는 마치 화가가 화폭 위에 자신의 마음을 담아 표현하
는 것과 같다. 경물은 객관적 물상에 지나지 않는다. 여기에 어떻게 자신의 마음을
　　　　　　　　　　인간의 주관적 정서와 무관한 사물
얹을 수 있는가. 화가는 말을 할 수 없으므로 경물이 직접 말하게 하지 않으면 안 된
　　　　　　　　　　　　　　그림 속 경물이 말을 해야 하는 이유
다. 이를 '사의전신(寫意傳神)'이라 한다. 말 그대로 경물을 통해 '뜻을 묘사하고 정
　　　　　　　　　　　　　　　　　　'사의전신'의 의미
신을 전달'해야 한다. 그 구체적 방법은 '입상진의(立像盡意)'이니, 상세한 설명 대신
형상을 세워 이를 통해 뜻을 전달한다. 이제 몇 가지 실례를 들어 보기로 하자.
　'입상진의'의 의미　　　　　　　　'입상진의'의 사례 ──▸ 경물의 묘사를 통해 정의를 포착하는 한시와 그림
　　송나라 휘종(徽宗) 황제는 그림을 몹시 좋아하는 임금이었다. 그는 곧잘 유명한
시 가운데 한두 구절을 골라 이를 화제(畫題)로 내놓곤 했다. 한번은 "<u>어지러운 산</u>
　　　　　　　　　① 그림의 이름 또는 제목 ② 그림 위에 쓰는 시문　　　　■ : 전달해야 하는 뜻
<u>이 옛 절을 감추었네.(亂山藏古寺)</u>"란 제목이 출제되었다. <u>깊은 산속의 옛 절을 그리</u>
<u>되, 드러나게 그리면 안 된다</u>는 주문이었다. 화가들은 <u>무수한 봉우리와 계곡, 그리</u>
　　　　　　　　　　　　　　　　　　　■ : 뜻을 전달하는 형상
<u>고 그 구석에 보일 듯 말 듯 자리 잡은 퇴락한 절의 모습</u>을 그리느라 여념이 없었다.
그런데 1등으로 뽑힌 그림은 화면 어디를 둘러보아도 절을 찾을 수가 없었다. 그 대
　　　　　　　　　　　　　　　　화폭에 절을 그리지 않음
신 <u>숲속 작은 길에 중이 물동이를 지고 올라가는 장면</u>을 그렸다. 중이 물을 길러 나
왔으니 가까운 곳 어딘가에 분명히 절이 있겠는데, 어지러운 산에 가려 보이지 않는
　　　　　관객이 그림을 보고 짐작해야 하는 내용
다. 절을 그리라고 했는데, 화가는 <u>물 길러 나온 중</u>을 그렸다. 화제에서 요구하고 있
는 '장(藏)'의 의미를 화가는 이렇게 포착했던 것이다.　　　　　　　▸ '입상진의'의 실례 ①
'드러나게 그리면 안 된다는 주문'
　　유성(俞成)의 『형설총설(螢雪叢說)』에도 이런 이야기가 보인다. 한번은 그림 대회
에서 "<u>꽃 밟으며 돌아가니 말발굽에 향내 나네.(踏花歸去馬蹄香)</u>"라는 화제가 주어
졌다. <u>말발굽에서 나는 꽃향기</u>를 그림으로 그리라는 희한한 요구였다. 모두 손대지
못하고 끙끙대고 있을 때, 한 화가가 그림을 그려 제출하였다. <u>달리는 말의 꽁무니</u>
<u>로 나비 떼가 뒤쫓는 그림</u>이었다. 말발굽에서 향기가 나므로 <u>나비</u>는 꽃인 줄 오인하
여 말의 꽁무니를 따라간 것이다.　　　　　　　　　　　　　　　　▸ '입상진의'의 실례 ②
　　"<u>여린 초록 가지 끝에 붉은빛 한 점, 설레는 봄빛은 굳이 많을 것이 없네.(嫩綠枝</u>
<u>頭紅一點, 動人春色不須多)</u>"라는 시가 출제된 적도 있었다. 화가들은 너나없이 <u>초록</u>
<u>빛 가지 끝에 붉은 꽃잎 하나</u>를 그렸다. 모두 등수에는 들지 못했다. 어떤 사람은 푸
른 산허리를 학 한 마리가 가르고 지나가는데, 그 학의 이마 위에 붉은 점 하나를 찍
어 '홍일점(紅一點)'을 표현하였다. 그런데 정작 1등으로 뽑힌 그림은 화면 어디에서

작품 분석 노트

• '정민'에 대한 이해
　〈한시 미학 산책〉을 출간하여 크게 호
평을 받은 한양대 국문과 교수이다.
그는 이 책에서 동아시아의 한시 이
론을 빌려 중국과 한국 한시를 주제,
형식, 작법에 따라 24개의 테마로 분
석했는데, 중국의 두보, 이백뿐만 아
니라 신라의 최치원, 고려의 정지상
등 문학사를 장식한 대시인의 작품을
다루었다. 편안한 문장으로 개인적인
경험과 다양한 사례를 제시함으로써
대중에게 한시를 쉽게 설명하여 한시
입문서로 평가받는다.

• 입상진의(立象盡意)의 사례 ①

형상		뜻
숲속 작은 길에 물동이를 지고 올라가는 중	→	깊은 산속의 옛 절
달리는 말의 꽁무니를 뒤쫓는 나비 떼	→	말 발 굽 에 서 나는 꽃향기

도 붉은색을 쓰지 않았다. 다만 버드나무 그림자 은은한 곳에 자리 잡은 정자 위에 한 소녀가 난간에 기대어 서 있는 모습을 그렸을 뿐이었다. 중국 사람들은 흔히 여성을 '홍(紅)'으로 표현한다. 화가는 그 소녀로써 '홍일점'을 표현했던 것이다. 진선(陳善)의 『문슬신어(捫蝨新語)』에 나온다.

▶ '입상진의'의 실례 ③

"들 물엔 건너는 사람이 없어, 외로운 배 하루 종일 가로걸렸네.(野水無人渡, 孤舟盡日橫)" 적막한 강나루엔 하루 종일 건너는 사람 하나 없다. 할 일 없는 빈 배만 가로놓여 강물에 흔들린다. 이 제목이 주어졌을 때, 2등 이하로 뽑힌 사람 가운데 어떤 이는 물가에 매여 있는 빈 배의 뱃전에 백로가 한쪽 다리로 서서 잠자고 있는 장면을

> 배의 양쪽 가장자리 부분

그렸다. 또 어떤 이는 아예 배의 뜸 위에 까마귀가 둥지를 튼 모습을 그렸다. 그런데

> 물에 띄워서 그물, 낚시 따위의 어구를 위쪽으로 지탱하는 데에 쓰는 물건

1등 한 그림은 그렇지가 않았다. 사공이 뱃머리에 누워 피리를 빗겨 불고 있었다. 시는 어디까지나 건너는 사람이 없다고 했지 사공이 없다고 하지는 않았던 것이다. 아예 사공도 없이 텅 빈 배보다는 하루 종일 기다림에 지친 사공이 드러누워 있는 배가 오히려 이 시의 무료하고 적막한 분위기를 드러내기에는 제격일 듯싶다. 이 화가는 상식을 뒤집어 의표를 찌른 것이다. 등춘(鄧椿)의 『화계(畫繼)』에 나오는 이야기다.

> 생각 밖이나 예상 밖

(중략)

감상 포인트
작품에 제시된 개념과 예시를 연관 지어 이해한다.
▶ '입상진의'의 실례 ④

지금까지 살펴본 여러 예화는 모두 같은 원리를 전달한다. 즉 그리려는 대상을 직

> 그리려는 대상을 직접 보여 주는 대신 형상을 세워 뜻을 전달함 = 입상진의

접 보여 주는 대신, 물 길러 나온 중, 말의 꽁무니를 쫓아가는 나비, 난간에 기댄 소

> 뜻을 전달하기 위한 형상들

녀, 피리 부는 뱃사공, 남녀의 신발 한 컬레로 대신 전달하고 있다는 점이 그것이다. 동양화의 화법 가운데 '홍운탁월법(烘雲托月法)'이란 것이 있다. 수묵으로 달을 그릴 때 달은 희므로 색칠할 수 없다. 달을 그리기 위해 화가는 달만 남겨 둔 채 그 나머지 부분을 채색한다. 이것을 드러내기 위해 저것을 그리는 방법이다. 시에서 시인이 말하는 법도 이와 같다. '성동격서(聲東擊西)'라는 말처럼 소리는 이쪽에서 지르면서

> 동쪽에서 소리를 치고 서쪽에서 적을 침

정작은 저편을 치는 수법이다. 나타내려는 본질을 감춰 두거나 비워 둠으로써 오히려 더 적극적으로 그 본질을 설명할 수 있다는 것이다.

★주목 화가가 그리지 않고 그리는 방법과 시인이 말하지 않고 말하는 수법 사이에는 공

> 홍운탁월법   성동격서

통의 정신이 있다. 구름 속을 지나가는 신룡(神龍)은 머리와 꼬리만 보일 뿐 몸통은

> 나타내려는 본질을 감춰 두거나 비워 둠으로써 본질을 드러내는 것

다 보여 주지 않는다. "한 글자도 덧붙이지 않았으나 풍류를 다 얻었다.(不著一字, 盡得風流)"는 말이 있다. 또 "단지 경물을 묘사했는데도 정의(情意)가 저절로 드러

> 사의정신, 입상진의

난다.(只須述景, 情意自出)"고도 말한다. 요컨대 한 편의 훌륭한 시는 시인의 진술을 통해서가 아니라 대상을 통한 객관적 상관물(objective correlative)의 원리로써 독

> 시에서 정서와 사상을 표현하기 위하여 찾아낸 사물, 정황, 사건

자와 소통한다. 시인은 하고 싶은 말을 직접 건네는 대신, 대상 속에 응축시켜 전달

> 함축성, 응축성

한다. 그래서 "산은 끊어져도 봉우리는 이어진다.(山斷雲連)"라는 말이 나왔다. 지금

> 전체를 그리지 않아도 의미가 전달됨

눈앞에 구름 위로 삐죽 솟은 봉우리의 끝만 보인다 해서 그 아래에 봉우리가 없는 것

- '홍일점'의 유래
  중국 북송의 정치가이자 학자인 왕안석이 읊은 '만록총중홍일점(萬綠叢中紅一點)'에서 유래된 말로, 푸른 잎 가운데 피어 있는 한 송이의 붉은 꽃이라는 뜻이다. 많은 남자 사이에 끼어 있는 한 사람의 여자를 비유적으로 이르는 말로도 쓰인다.

- 입상진의(立象盡意)의 사례 ②

형상		뜻
버드나무 그림자 은은한 곳에 자리 잡은 정자 위 난간에 기대어 서 있는 한 소녀	→	여린 초록 가지 끝에 붉은 빛 한 점, 설레는 봄빛은 굳이 많을 것이 없네.(홍일점)
뱃머리에 누워 피리를 빗겨 불고 있는 사공	→	들 물엔 건너는 사람이 없어, 외로운 배 하루 종일 가로걸렸네.

- 객관적 상관물
  시에서 정서와 사상을 표현하기 위하여 찾아낸 사물, 정황, 사건을 이르는 말로, 영국의 작가이자 평론가 엘리엇(Eliot, T. S.)이 처음 사용하였다. 가령 사랑하는 이와 헤어져 슬픔을 느끼는 이의 정서를 문학적으로 드러내고 싶다면, '슬프다.'라고 직접 표현하기보다는 '새가 운다.'라고 표현한다. 새소리가 임과 이별한 자신의 슬픔과 연관이 있다고 여겨 이렇게 표현하면 이는 비로소 문학적으로 작가의 정서를 표현한 것이 되며, 이때 '새'가 객관적 상관물이 된다. 또한 '훨훨 나는 저 꾀꼬리 / 암수 정답게 노니는데 / 외로울사 이 내 몸은 / 누구와 함께 돌아갈꼬'(〈황조가〉)에서는 '꾀꼬리'가 객관적 상관물에 해당한다.

이 아니다. 다만 가려져 보이지 않을 뿐이다. 이와 같이 시 속에서는 "말은 끊어져도 뜻은 이어진다.(辭斷意屬)" 시인이 말하고 있는 것은 구름 위에 솟은 봉우리의 끝뿐

<small>시인은 하고 싶은 말을 직접 건네는 대신 대상 속에 응축시켜 전달함 – 말하지 않고 말하는 방법</small>

이지만, 그것이 결코 전부는 아니다. 시인이 진정으로 하고 싶은 말은 구름 아래 감춰져 있다.

▶ 그림과 시의 공통점

1920년대 이미지즘 시인 아치볼드 매클리시(Archibald MacLeish)는 〈시의 작법 (Ars Poetica)〉이란 시에서 "시는 의미해서는 안 된다. 다만 존재할 뿐이다.(A Poem should not mean / But be)"라고 했다. 그는 또 "시는 사실 그 자체를 진술해서는 안 되고 등가적이어야 한다.(A Poem shuold be equal to / Not true)"고 했다. 시

<small>같은 값이나 가치</small>

는 이미지를 통해 간접적으로 의경(意境)을 전달해야 함을 말한 것이다.

<small>작가의 주관적인 감정, 인식이 객관적인 사물과 만나 새롭게 형성되는 의미   ▶ 아치볼드 매클리시가 말하는 '시'</small>

한시에서 이러한 원칙은 이미 천 년이 넘는 문학 전통 속에서 불변의 준칙으로 엄

<small>준거할 기준이 되는 규칙이나 법칙</small>

격하게 지켜져 왔다. 다시 말해 시인은 할 말이 있어도 직접 말하지 않고 사물을 통

해 말한다는 것이다. 아니, 사물이 제 스스로 말하게 한다. 시는 어떤 사실이나 사물

<small>글쓴이가 시와 그림의 공통점으로 제시한 것: 사의전신</small>

에 대한 정보를 전달하는 데 그 목적이 있지 않다. 시는 언어 그 자체로 살아 숨 쉬

는 생물체여야 한다. 시인은 외롭다는 말을 해서는 안 된다. 그러면서 독자를 외로

<small>글쓴이가 생각하는 시의 조건</small>

움에 젖어 들게 해야 한다. 괴롭다는 말을 해서도 안 된다. 그래도 독자가 그 마음을

읽을 수 있어야 한다. 만약 시인이 적접 나서서 시시콜콜한 자신의 감정을 죽 늘어

놓는다면 넋두리나 푸념일 뿐, 시일 수는 없다.

▶ 사물이 스스로 말하게 하는 한시의 원칙

돌아가던 개미가 구멍 찾기 어렵겠고 ⎫ 대구	返蟻難尋穴 <small>반 의 난 심 혈</small>
돌아오던 새들이 둥지 찾기 쉽겠구나. ⎭	歸禽易見巢 <small>귀 금 이 견 소</small>
복도에 가득해도 스님네는 싫다 않고 ⎫ 대구	滿廊僧不厭 <small>만 랑 승 불 염</small>
하나로도 속객은 많다고 싫어하네. ⎭	一個俗嫌多 <small>일 개 속 혐 다</small>

위 시는 무엇을 노래한 것인가. 개미는 왜 구멍을 찾지 못하며, 새는 둥지를 왜 쉽

게 찾는가. 복도에 가득한데도 스님네가 싫어하지 않는 것은 무엇일까. 속객은 왜

<small>제재   속세에서 온 손님</small>

이것을 싫어할까. 이것은 당나라 때 시인 정곡(鄭谷)이 낙엽을 노래한 시이다. 낙엽

이 쌓이는 형상을 염두에 두고 읽으면, 시의 모든 상황은 석연해진다. 그러나 어디

<small>의혹이나 꺼림칙한 마음이 없이 환해지다</small>

에도 낙엽과 관계되는 말은 조금도 비치지 않았다. 낙엽귀근(落葉歸根)이라 했다.

<small>잎이 떨어져 뿌리로 돌아간다는 뜻으로, 결국은 자기가 본래 났거나 자랐던 곳으로 돌아감을 이르는 말</small>

한 인연이 끝나면 다시 흙으로 돌아가는 것은 낙엽만이 아니다. 우리네 인생도 또

한 그러하지 아니한가. 그러므로 스님네가 이를 싫어하지 않는다 함은 담긴 뜻이

유장하다. 하지만 한 잎 낙엽을 속객이 싫어하는 까닭은 세시이변(歲時移變)에 초조

<small>① 길고 오래다 ② 급하지 않고 느릿하다   세상의 많은 변화</small>

한 상정(常情)의 속태(俗態)를 내보임이 아니겠는가. 이러한 정황 속에 쓸쓸한 가을

<small>사람에게 공통적으로 있는 보통의 인정 ┗ 고상하거나 아담스럽지 못한 모습</small>

날의 풍경이 어느덧 가슴을 가득 메운다.

▶ 정곡의 작품에 드러난 한시의 원칙

• 아치볼드 매클리시의 〈시의 작법(Ars Poetica)〉

시는 만질 수 있고 잠잠해야 한다
둥근 과일처럼.

소리가 없어야 한다
엄지손가락으로 느끼는 오래된 메달
처럼.

침묵해야 한다. 이끼가 자라는 창틀의,
소매가 닳아진 돌처럼

말이 없어야 한다
새가 날아가는 것처럼.

시는 시간 속에서 움직이지 않아야
한다
달이 떠오르듯이.

달이 밤에 얽매인 나무들의
가지를 하나하나 풀어 주듯이

겨울 잎에 가린 달처럼
기억 하나하나를 되새기며 마음을 놓
아주어야 한다

시는 시간 안에서 움직이지 않아야
한다
달이 떠오르듯이.

시는 등가적이어야 한다
사실 그 자체를 진술해서는 안 되고.

슬픔의 모든 역사가
텅 빈 문 입구와 단풍잎 하나로.

사랑이
바람에 눕는 풀들과 바다 위 두 불빛
으로 그려지듯이

시는 의미해서는 안 된다
다만 존재할 뿐이다.

흔히 시인이 시를 짓는 것은 무엇을 말하는 과정이 아니라 하고 싶은 말 가운데
서 불필요한 것을 덜어 내는 과정이라고 한다. 시인이 200자의 할 말이 있다면, 그
는 이것을 어떻게 20자로 줄여 말할 것인가로 고민하는 것이 아니라, 어떻게 180자
를 걷어 낼 것인가로 고민한다는 말이다. 반대로 독자는 시인이 하고 싶었지만 절제
하고 걸러 낸 말, 즉 행간에 감추어 둔 뜻을 어떻게 충분히 이해하고 깨닫느냐의 문
제가 주요한 관심사가 된다. 다음은 두보(杜甫)의 유명한 〈춘망(春望)〉이란 시이다.

나라는 망했어도 산하는 남아 　　　　　國破山河在
　　　　　　　　　　　　　　　　　　　　　　국 파 산 하 재
봄 성엔 초목만 우거졌구나. 　　　　　城春草木深
　　　　　　　　　　　　　　　　　　　　　　성 춘 초 목 심
시절 느껴 꽃 보아도 눈물이 나고 　　感時花濺淚
　　　　　　　　　　　　　　　　　　　　　　감 시 화 천 루
이별을 한해 새소리에 마음 놀라네. 　恨別鳥驚心
　　　　　　　　　　　　　　　　　　　　　　한 별 조 경 심

　이 시를 지을 당시 두보는 안녹산의 난리 중에 반군의 손에 사로잡혀 경성에 갇
혀 있는 처지였다. 만신창이가 된 종묘사직과 도탄에 빠진 백성의 생활은 그로 하여
금 무한한 감개에 젖어 들게 했다. 그는 이러한 감개를 흐드러진 봄날의 경물에 얹
어 노래하고 있다. 사마광(司馬光)은 이 시를 평하며 『온공속시화(溫公續詩話)』에서
이렇게 적었다. "산하가 남아 있다고 했으니 나머지 물건은 없는 것이 분명하다. 초
목이 우거졌다 했으니 사람이 없는 것이 분명하다. 꽃과 새는 평상시에는 즐길 만한
것인데, 이를 보면 눈물 나고, 이를 들으면 슬프다 하였으니 그 시절을 알 수 있겠
다." 즉 시인의 기억 속에 남아 있던 태평성대는 무참히 사라지고, 세상은 어느새 폐
허로 변하여 시인으로 하여금 무한한 감개와 슬픔 속으로 젖어 들게 한다.
　시인이 말한 것은 '나라는 망했지만 산하만은 남아 있다.'는 것인데, 시인이 말하
려 한 것은 '나라가 망하고 보니 남은 것은 산하뿐이다.'이다. 시인이 말한 것은 '봄
날 성에는 풀과 나무가 우거졌다.'는 것이지만, 시인이 말하고자 하는 것은 '사람들
로 붐비던 성에는 사람의 자취를 찾을 길 없고, 단지 잡초만 우거져 있다.'는 것이
다. 만일 이러한 것들을 일일이 다 설명한다면 여기에 무슨 여운이 남겠는가. 그래
서 사마광은 윗글에 이어 "옛사람은 시를 지음에 뜻이 말 밖에 있는 것을 귀하게 여
겨, 사람으로 하여금 생각하여 이를 얻게 하였다." 시인이 다 말해 버려서 독자가 더
는 생각할 여지가 없는 것은 시가 아니다.

▶ 두보의 〈춘망〉에 드러난 한시의 원칙

시 창작의 과정
시인의 고민
독자의 관심사
① 봄에 보는 경치 ② 봄날의 소망
산과 내라는 뜻으로, '자연'을 이르는 말
왕실과 나라
진구렁에 빠지고 숯불에 탄다는 뜻으로, 몹시 곤궁하여 고통스러운 지경을 이르는 말
마음 깊은 곳에서 배어 나온 감동이나 느낌
중국 북송 때의 학자이자 정치가
어진 임금이 잘 다스려 태평한 세상이나 시대
입상진의: 형상을 세워 이를 통해 뜻을 전달함
시의 뜻을 이해하고 깨닫게 함

• 시을 짓고 이해하는 법

시인
시 속에서 말은 끊어져도 뜻은 이어진다.
시인은 할 말이 있어도 직접 말하지 않고 사물을 통해 말한다.
시를 짓는 것은 무엇을 말하는 과정이 아니라, 하고 싶은 말 가운데서 불필요한 것을 덜어 내는 과정이다.

↓

시

↓

독자
시인이 행간에 감추어 둔 뜻을 충분히 이해하고 깨달아야 한다.

• 두보, 〈춘망(春望)〉

나라는 망했어도 산하는 남아
봄 성엔 초목만 우거졌구나.
시절 느껴 꽃 보아도 눈물이 나고
이별을 한해 새소리에 마음 놀라네.
봉홧불이 석 달이나 계속되니
집에서 온 편지는 만금만큼 소중하네.
흰머리는 긁으니 더욱 짧아져
(남은 머리카락을 다 모아도) 거의 비
녀를 꽂을 수 없을 지경이네.

〈춘망〉의 화자는 반군에게 함락된 경
성에서 참혹한 광경을 지켜보며 봄이
찾아오는 것을 슬퍼하고 있다. 만물이
소생하는 봄에 초록 잎은 무성해지고
꽃도 피어나는 상황에서 사람들의 죽
음을 지켜봐야 했던 작가의 비통한
심정이 담겨 있다.

핵심 포인트 **1** 　작품의 종합적 이해

이 작품은 경물을 통해 뜻을 묘사하고 정신을 전달하는 '사의전신'의 개념과 그 구체적인 방법인 '입상진의'의 개념과 실례를 설명하고 있으므로 이에 대해 이해할 수 있어야 한다.

+ '사의전신'과 '입상진의'의 관계

수단	입상진의	형상을 세워 뜻을 전달함
	객관적 상관물	시에서 정서와 사상을 표현하기 위하여 찾아낸 사물, 정황, 사건

↓

목적	사의전신	경물을 통해 뜻을 묘사하고 정신을 전달함

+ '입상진의'를 보여 주는 실례

형상	뜻
숲속 작은 길에 물동이를 지고 올라가는 중	• 어지러운 산이 옛 절을 감추었네. • 깊은 산속의 옛 절
달리는 말의 꽁무니를 뒤쫓는 나비 떼	• 꽃 밟으며 돌아가니 말발굽에 향내 나네. • 말발굽에서 나는 꽃향기
버드나무 그림자 은은한 곳에 자리 잡은 정자 위 난간에 기대어 서 있는 한 소녀	• 여린 초록 가지 끝에 붉은빛 한 점, 설레는 봄빛은 굳이 많을 것이 없네. • 홍일점
뱃머리에 누워 피리를 빗겨 불고 있는 사공	들 물엔 건너는 사람이 없어, 외로운 배 하루 종일 가로걸렸네.

핵심 포인트 **2** 　소재의 특징 파악

이 작품에서는 '시'와 '그림'의 특징과 공통점을 밝히고 있으므로 이를 파악할 수 있어야 한다.

+ '시'와 '그림'의 특징 및 공통점

	시	그림
특징	• 소리 있는 그림 • 시인이 말하지 않고 말하는 수법을 사용함 → 성동격서(소리는 이쪽에서 지르면서 정작 저편을 치는 수법) • 시인이 하고 싶은 말을 직접 건네는 대신 대상 속에 응축시켜 전달함	• 소리 없는 시 • 화가가 그리지 않고 그리는 방법을 사용함 → 홍운탁월법(이것을 드러내기 위해 저것을 그리는 방법) • 화가가 말을 할 수 없으므로 경물이 직접 말하게 함
공통점	• 사의전신(경물을 통해 뜻을 묘사하고 정신을 전달함) • 입상진의(형상을 세워 이를 통해 뜻을 전달함)	

핵심 포인트 **3** 　서술상 특징 파악

이 작품에서 '시'와 '그림'의 연관성을 밝히고, 그 공통점을 설명하기 위해 사용한 서술상 특징과 그 효과를 파악할 수 있어야 한다.

예시	다양한 예를 들어 글쓴이가 소개한 개념('입상진의')을 구체적으로 설명함
정의	특정 용어의 의미를 밝혀 독자의 이해를 도움 → '화가는 말을 할 수 없으므로 경물이 직접 말하게 하지 않으면 안 된다. 이를 '사의전신'이라 한다. ~ 상세한 설명 대신 형상을 세워 이를 통해 뜻을 전달한다.'
대구	대구적 표현을 통해 대상의 특징을 강조함 → '시는 '소리 있는 그림'이요, 그림은 '소리 없는 시'란 말도 있다.'

산정무한 ▶ 정비석

⋯ 기출 수록 교육청 2019 3월

산길 걷기에 알맞도록 간편히만 차리고 떠난다는 옷치장이, 정작 푸른 하늘 아래
서 떨치고 나서니 멋은 제대로 들었다. 스타킹과 니커팬츠와 점퍼로 몸을 거뿐히 단
<u>무릎 근처에서 졸라매는 품이 넓고 느슨한 바지</u>
속한 후, 등산모 젖혀 쓰고 바랑을 걸머지고 고개를 드니, <u>장차 우리의 발밑에 밟혀</u>
<u>배낭</u> <u>맑고 푸른 하늘</u> <u>금강산 등반을 앞둔 기대감</u>
야 할 일만 이천 봉이 천리로 트인 창공에 뚜렷이 솟아 보이는 듯하다.

그립던 금강으로, 그리운 금강산으로! 떨치고 나선 산장에서는 어느새 산의 향기
가 서리서리 풍긴다. 산뜻한 마음으로 활개 쳐 가며 산으로 떠나는 <u>지완(之完)</u>과 나
<u>지식이나 학문, 교양을 갖춘 사람</u> <u>등산에 글쓴이와 동행하는 인물</u>
는 이미 진고개에 방황하던 창백한 인텔리가 아니라, <u>역발산기개세(力拔山氣蓋世)</u>의
<u>교양이 없고 예절을 모르는 사람</u> <u>힘은 산을 뽑을 만큼 매우 세고 기개는 세상을 덮을 만큼 웅대함</u>
기개(氣槪)를 가진 갈데없는 야인(野人) 문서방(文書房)이요, 정생원(鄭生員)이었다.
<u>몸가짐, 모양</u> ▶ 금강산 등반에 대한 기대감
차 안에서 무슨 <u>홀게</u> <u>빠진</u> 체모란 말이냐? 우리 조상들의 본을 떠서 우리도 할 소
<u>정신이 똑똑하지 못하고 흐릿하거나 느릿느릿함</u>
리 못할 소리 남 꺼릴 것 없이 성량(聲量)껏 떠들었으면 그만이 아닌가?

「스스로 야인의 긍지에 도취되어서 뒤로 흘러가는 창밖의 경개(景槪)를 우리는 호
<u>산이나 들, 강, 바다 등의 자연이나 지역의 모습</u>
화로운 심정으로 영접하였다. 고리타분한 생활을 항간에 남겨 두고, 잠시나마 자연
「♪ 답답한 생활을 세속에 두고 금강산에 가서 자연을 즐기고자 함
인으로 돌아간다는 것이 이처럼 <u>쾌사(快事)</u>였던가?」인간 생활이 <u>코답지근하고</u> 답답
<u>통쾌하고 기쁜 일</u> <u>'고리타분하다'의 방언</u>
하기 한없음을 이제서 깨달은 듯하였다. 「잠시나마 악착스러운 생활을 벗어나 순수한
「♪ 자연 유람의 필요성 제시
자연의 품 안에 들어 본다는 것은, 항상 오만한 인간 생활의 순화를 위하여 얼마나
긴요한 일일까?」

허심탄회 인화지와 같은 마음으로 앞으로 전개될 자연들을 우리는 해면(海綿)처
럼 흡수했으면 그만이었다.
▶ 금강산 등반을 앞둔 마음가짐

■■■ : 시간의 흐름
철원서 금강 전철로 차를 바꿔 탄 것이 저무는 <u>일곱 시쯤</u>—「먼 시골에는 황혼이 어
「♪ 해가 지는 저녁 풍경을 묘사함
리고, 대지는 <u>각일각</u> 회색으로 용해되어 가는데, 개성을 추상(抽象)당한 <u>산령</u>들이
<u>시간이 지나감</u> <u>산에서 뾰족하게 높이 솟은 부분</u>
묵직한 윤곽만으로 서녘 하늘에 웅크렸다.」

「고요하기 <u>태고</u> 같은 이 풍경 속에서 <u>순시</u>도 멈춤 없이 변화를 조종하는 기막힌 조
<u>아득한 옛날</u> <u>매우 짧은 시간</u>
화는 대체 누가 부리는 요술이던가?」<u>창명(愴冥)</u>히 저무는 경개에 심취하여 창가에
「♪ 해가 지는 저녁 풍경에 대한 감탄 <u>빛이 환하게 밝은 정도로</u>
기대인 채 마음의 평화를 즐기다가, 우리는 어느덧 저 모르게 가슴 깊이 지녔던 비
밀들을 서로 이야기하고 있었다. 보배로 여기던 비밀을 아낌없이 털어놓도록 그만큼
우리를 에워싼 분위기는 순수했던 것이다. ▶ 해가 지는 풍경을 바라보고 동행자와 이야기를 나눔

유리창 밖으로 비치는 지완의 얼굴을 하염없이 바라보며, 그의 청춘사(靑春史)에
서도 가장 깨끗하고 아름다웠을 사랑담(談)을 <u>허심히</u> 들어 넘기며, 나는 몇 번이고
<u>마음에 거리낌이 없이</u>
담배를 바꿔 피웠다. 침착한 여인네가 장롱에 옷가지 챙겨 넣듯 차근차근 조리 있게

■ 작품 분석 노트

• 작가 '정비석'에 대한 이해

1936년 소설 〈졸곡제〉로 동아일보 신
춘문예에 입선하고, 1937년 소설 〈성
황당〉이 조선일보 신춘문예에 당선되
었다. 1950~1980년대까지 주로 신
문 연재 소설을 통해 대중 작가로 사
랑받았다. 1954년에 쓴 장편소설 〈자
유부인〉은 당대 최대의 베스트셀러였
다. 1940년대 초 금강산을 여행하고
돌아와 쓴 수필인 〈산정무한〉은 화려
한 표현으로 우리 수필 문학의 수준
을 한 단계 끌어올렸다는 평가를 받
았다.

• 기행문의 3요소

여정	여행의 일정(일시, 장소, 과정)
견문	여행 중에 직접 보거나 들은 것
감상	여행하면서 느낀 점이나 생각

↓

이 작품은 금강산을 기행한 경험을
기록한 기행 수필이므로 여정, 견문,
감상을 갖추고 있음

얽어 나가는 지완의 능숙한 화술은, 맑은 그의 음성과 어울려서 귓가에 도란도란 향
_{말재주}

기로웠다.
추상적 대상의 구체화 – '화술'이 '향기로웠다'고 추상적 대상을 후각적 이미지를 통해 표현함

　사랑이 그처럼 담담할 수 있을까? 세상에 사랑처럼 쓰라린 것, 매운 것은 없다는
_{어떤 까닭으로 생긴 일}

데, 지완의 것은 아침 이슬같이 담결(淡潔)했다니, 그도 그의 성격의 소치일까? 창밖
_{맑고 깨끗함}　　　　　　　　　_{인격이나 품성, 학식, 재질 따위가 높고 빼어남}

에 금풍(金風)이 소슬해서, 그 사람이 유난히 고매하게 느껴졌다.
_{가을바람}　_{으스스하고 쓸쓸함}　　　　▶ 지완이 들려준 사랑 이야기와 그에 대한 생각

　내금강역에 닿으니, 밤 열 시!「어느 사찰을 연상시키는 순 한국식 거하(巨廈)가 달
_{□: 글쓴이의 여정}　　　　　_{『♪』: '내금강역'을 의인화한 표현}　　_{크고 웅장한 집 = 내금강역}

빛 속에 우리를 반기는 듯 맞는다.」

　내금강 역사(驛舍)다.
_{서양식으로 지은 건물}

　어느 외국인의 산장을 그대로 떠다 놓은 듯이 멋진 양관(洋館) 외금강역과 아울러
　　　　　　　　　　　　　　　　　_{좋은 대조를 이룸}

이 한국식 내금강역은 산을 찾아오는 사람에게 무한 정겨운 호대조(好對照)의 두 건
　　　　　　　　　　　　　　　　　　　　　_{내금강 역사, 외금강 역사}

물이다. 내(內)와 외(外)를 여실히 상징한 것이 더 좋았다.
　　　　　　　　　　　　　　　　　　　▶ 내금강역의 모습

　「십삼 야월(夜月)의 달빛 차갑게 넘실거리는 역 광장에 나서니, 심산의 밤이라
　　　　　　　　　　　　　　　　　　　　　　　　　_{깊은 산}

과시 바람은 세찬데, 별안간 계간(溪澗)을 흐르는 물소리가 정신을 빼앗을 듯 소란
_{아닌 게 아니라 정말로}　　_{산골짜기에 흐르는 시냇물}

해서 추위는 한층 뼈에 스민다. 장안사(長安寺)로 향하여 몇 걸음 걸어가며 고개를

드니, 산과 산들이 병풍처럼 사방에 우쭐우쭐 둘러선다. 기쓰고 찾아온 바로 저 산
　　　　_{비유적 표현 – 글쓴이를 둘러선 산의 모습을 묘사함}

이 아니었던 가고 금세 어루만져 보고 싶은 충동을 느끼며, 힘껏 호흡을 들이마시
　　　　　　　　　_{산에 대한 애착}

니, 어느덧 간장도 청수(淸水)에 씻기운 듯 맑아 온다. 청계를 끼고 물소리를 즐기며
　　　　　　　_{비유적 표현, 과장된 표현}

걸어가기 10분쯤, 문득 발부리에 나타나는 단청된 다리는 이름부터 격에 어울려 함
　　　　　　　　　　　　　　　_{옛날식 집의 벽, 기둥, 천장 등에 여러 가지 빛깔로 그린 무늬}

부로 건너기조차 외람된 문선교(問仙橋)!」_{「♪: 현재형 진술을 사용해 문선교에 이르는 과정을 현장감 있게 전달}
　　　　　　　_{하는 짓이 분수에 지나침}　_{'신선에게 묻는 다리'라는 의미}

　「어느 때 어떤 은사(隱士)가 예까지 찾아와서, 선경(仙境)이 어디냐고 목동에게
　　　　　　_{은거하는 선비}　　　　_{신선이 사는 곳}

차문(借問)한 고사(故事)라도 있었던가? 있을 법한 일이면서 깜짝 소문에조차 듣지
_{모르는 것을 물음}

못한 것은, 역시 선경과 속계가 스스로 유별한 탓이었던가? '차문주가하처재(借問
　　　　　　　　　　　　　　　　　　　　『♪: '문선교'라는 다리 이름에 대한 글쓴이의 생각

酒家何處在) / 목동요지행화촌(牧童遙指杏花村)'은 속계의 노래로, 속계에서는 이만
_{한시의 구절로 '술집이 어느 곳에 있는지 물으니 목동은 살구꽃 핀 마을을 가리키네.'라는 의미}

하면 풍류객이렷다. 동양류의 선경이란 풍류객들이 사는 고장을 이름이니, 선경과

속계는 백지 한 겹밖에 아닐 듯이 믿어지니, 이미 세진을 떨치고 나선 몸이라 서슴
　　_{신선 세계와 속세의 차이가 매우 작음}　　　　　_{속세의 티끌}

지 않고 문선교를 건너기로 하였다.
　　　　　　　　　　　　▶ 밤에 내금강 역에서 출발하여 문선교에 이름

　이튿날 아침 고단한 마련해선 일찌거니 눈이 떠진 것은 몸에 지닌 기쁨이 하도 컸
　　　　　　_{피곤함에도 불구하고}　　　　　　　　　　　　_{금강산 유람에 대한 기대감}

던 탓이었을까? 안타깝게도 간밤에 볼 수 없었던 영봉(靈峰)들을 대면하려고 새댁같
　　　　　　　　　　　　　　　　　　　_{신령스러운 산봉우리}

이 수줍은 생각으로 밖에 나섰으나, 계곡은 여태 짙은 안개 속에서, 준봉은 상기 깊
_{비유적 표현 – 금강산의 '영봉'을 처음 보는 설렘과 기대감을 '새댁'의 수줍음에 비유함}　　_{높고 험한 봉우리}　_{아직}

은 구름 속에서 용이하게 자태를 엿보일 성싶지 않았고, 다만 가까운 데의 전나무 ·

잣나무들만이 대장부의 기세로 활개를 쭉쭉 뻗고, 하늘을 찌를 듯이 솟아 있는 것이
　　　　　　　　　　　_{의인화}

눈에 띌 뿐이었다.
_{■: 전나무, 잣나무를 나타내는 표현}　　　　　　　　　_{나무 따위가 거침없이 잘 자라는 모양}

　「모두 근심 없이 자란 나무들이었다. 청운(靑雲)의 뜻을 품고 하늘을 향하여 문실
　　　　　　　　　　　　　　　_{큰 꿈을 이루려는 듯이 하늘을 향해 우뚝 선 나무들}

• 여정과 감상 ①

내금강역	• 내금강 역사는 외금강과 좋은 대조를 이루는 한국식 건물 • 병풍처럼 둘러선 산을 보며 간장이 씻김을 느낌

↓

문선교	• '신선에게 묻는 다리'라는 의미를 지닌 단청된 다리 • 선경을 묻는 고사가 있으리라고 생각될 정도로 아름답다고 느낌

• 작품에 인용된 한시 ①

청명절에 비가 부슬부슬 내리니
　　清明時節雨紛紛
길 가는 나그네는 애간장이 끊어지네.
　　路上行人欲斷魂
술집은 어느 곳에 있는지 물으니
　　借問酒家何處在
목동은 살구꽃 핀 마을을 가리키네.
　　牧童遙指杏花村
　　　– 두목, 〈청명(淸明)〉

이 작품은 중국 당나라의 시인 두목이 지은 한시로 타향에서 명절인 청명절을 맞이한 나그네의 안타까운 마음을 그려 냈다.

문실 자란 나무들이었다. 꼬질꼬질 뒤틀어지고 외틀어지고 야산 나무밖에 보지 못한

눈에는 귀공자와 같이 기품이 있어 보이는 나무들이었다. ▶ 이른 아침 바라본 나무들의 자태

조반 후 단장 짚고 험난한 전정(前程)을 웃음경 삼아 탐승의 길에 올랐을 때에는

어느덧 구름과 안개가 개어져 원근 산악이 열병식하듯 점잖이들 버티고 서 있는데,

첫눈에 동자(瞳子)를 시울리게 하는 만산의 색소는 홍(紅)! 이른바 단풍이란 저런 것

인가 보다 하였다.

만학천봉(萬壑千峯)이 한바탕 흔들리게 웃는 듯, 산색은 붉을 대로 붉었다.

자세히 보니 홍(紅)만도 아니었다. 청(靑)이 있고, 녹(綠)이 있고, 황(黃)이 있고,

등(橙)이 있고, 이를테면 산 전체가 무지개와 같이 복잡한 색소로 구성되었으면서

도, 얼핏 보기에 주홍만으로 보이는 것은 스펙터클의 조화던가?

복잡한 것은 색만이 아니었다. 산의 용모는 더욱 다기(多岐)하다. 혹은 깎은 듯이

준초(峻峭)하고, 혹은 그린 듯이 온후하고, 혹은 막 잡아 빚은 듯이 험상궂고, 혹은

틀에 박은 듯이 단정하고……, 용모 풍취가 형형색색인 품이 이미 범속(凡俗)이 아

니다.

산의 품평회를 연다면 여기서 더 호화로울 수 있을까? 문자 그대로 무궁무진이

다. 장안사 맞은편 산에 울울창창 우거진 것은 모두 잣나무뿐인데, 도시 이등변 삼

각형(二等邊 三角形)으로 가지를 늘어뜨리고 섰는 품이, 한 그루 한 그루의 나무가

흡사히 고여 놓은 차례탑(茶禮塔) 같다. 부처님은 예불상(禮佛床)만으로는 미흡해

서, 이렇게 자연의 진수성찬을 베풀어 놓으신 것일까? 얼른 듣기에 부처님이 무엇을

탐낸다는 것이 천만부당한 말 같지마는 탐내는 그것이 물욕(物欲) 저편의 존재인 자

연이고 보면, 자연을 탐낸다는 것이 이미 불심(佛心)이 아니고 무엇이랴!

▶ 단풍의 아름다움과 장안사에 이르는 여정의 풍경

장안사는 앞으로 흐르는 계류를 끼고 돌며 몇 굽이의 협곡을 거슬러 올라가니, 산

과 물이 어울리는 지점에 조그마한 찻집이 있다.

다리도 쉴 겸, 스탬프북을 한 권 사서 옆에 구비된 기념인장을 찍으니, 그림과 함

께 지면에 나타나는 세 글자가 명경대(明鏡臺)! 부앙(俯仰)하여 천지에 참괴(慙愧)

없는 공명한 심경을 명경지수(明鏡止水)라고 이르나니, 명경대란 흐르는 물조차 머

무르게 하는 곳이란 말인가! 아니면, 지니고 온 악심(惡心)을 여기서만은 정(淨)하게

하지 아니치 못하는 곳이 바로 명경대란 말인가? 아무려나 아름다운 이름이라고 생

각하며 찻집을 나와 수십 보를 바위로 올라가니, 깊고 푸른 황천담(黃泉潭)을 발밑

에 굽어보며 반공에 위연(威然)히 솟은 층암절벽이 우뚝 마주 선다. 명경대였다. 틀

림없는 화장경(化粧鏡) 그대로였다. 옛날에 죄의 유무(有無)를 이 명경에 비치면, 그

밑에 흐르는 황천담에 죄의 영자(影子)가 반영되었다고, 길잡이는 말한다.

명경! 세상에 거울처럼 두려운 물품이 다신들 있을 수 있을까? 인간 비극은 거울

• 글쓴이가 생각하는 '명경대'의 의미

| 명경대 | 흐르는 물조차 머무르게 하는 곳 |
| | 악한 마음을 맑고 깨끗하게 하는 곳 |

이 발명되면서 비롯했고, 인류 문화의 근원은 거울에서 출발했다고 하면 나의 지나

친 억설일까? 백 번 놀라도 <u>유부족(猶不足)</u>일 거울의 요술을 아무런 두려움도 없이
　　　　　　　　　　　　근거도 없이 억지로 고집을 세워서 우기는 말　　아직도 부족함

일상으로 대하게 되었다는 것은 또 얼마나 <u>가경(可驚)</u>할 일인가?
　　　　　　　　　　　　　　　　　　　　　놀랄 만한　　▶ 명경대의 장관과 그곳에서의 감회

　　신라조(新羅朝) 최후의 왕자인 <u>마의 태자(麻依太子)</u>는, 시방 내가 서 있는 바로 이
　　　　　　　　　　　　　　　　　신라 경순왕의 태자

바위 위에 꿇어 엎드려 명경대를 우러러보며 오랜 세월을 두고 나무아미타불을 염송
　　　　　　　　　　　　　　　　　　　　　　　마음속으로 부처를 생각하고 불경을 읽음

했다니, 태자도 당신의 <u>업죄(業罪)</u>를 명경에 <u>영조(映照)</u>해 보시려는 뜻이었을까?「운
　　　　　　　　　　전생에 지은 죄　　　　　　밝게 비춤

상기품(雲上氣稟)에 무슨 죄가 있으랴마는 등극하실 몸에 <u>마의(麻衣)</u>를 감지 않으면
세속됨을 벗어난 고상한 기질과 성품　　　　　　　　　　임금의 자리에 오름　　삼베로 만든 옷

안 되었다는 것이, 이미 <u>불법(佛法)</u>이 말하는 전생의 연(緣)일는지 모른다.」
『 』: 글쓴이의 숙명론적 세계관　　불교　　　　　　　　　　　　　▶ 명경대에서 마의 태자를 떠올림

　　두고 떠나기 아쉬운 마음에 몇 번이고 뒤를 돌아다보며 계곡을 돌아 나가니, 앞으

로 <u>염마(閻魔)</u>처럼 막아서는 웅자가 석가봉(釋迦峯), 뒤로 맹호같이 덮누르는 <u>신용</u>
　　저승에서 지옥에 떨어지는 사람이 지은 생전의 선악을 심판하는 왕　　　　　웅장한 자태　　　　　　거룩한 용모

<u>(神容)</u>이 천진봉(天眞峯)! 전후좌우를 살펴봐야 <u>협착(狹窄)</u>한 골짜기는 그저 그뿐인
　　　　　　　　　　　　　　　　　　　　　　차지하고 있는 자리가 매우 좁음

듯, <u>진퇴유곡</u>의 절박감을 느끼며 그대로 걸어 나가니 간신히 트이는 또 하나의 협곡!
이러지도 저러지도 못하고 꼼짝할 수 없는 궁지

　　몸에 감길 듯이 정겨운 황천강(黃泉江) 물줄기를 끼고 돌면, 길은 막히는 듯 나타

나고 나타나는 듯 막히고, 이 산에 흩어진 전설과 저 봉에 얽힌 유래담을 길잡이에

게 들어가며, 쉬엄쉬엄 걸어 나가는 동안에 몸은 어느덧 심해(深海)같이 <u>유수(幽邃)</u>
　　　　　　　　　　　　　　　　　　　　　　　　　　　　　　깊숙하고 그윽함

한 수목(樹木) 속을 거닐고 있음을 깨닫게 된다.

　　천하에 수목이 이렇게도 지천으로 많던가! 박달나무·엄나무·피나무·자작나

무·고로쇠나무……. 나무의 종족은 하늘의 별보다도 많다고 한 어느 시의 구절을 연

상하며 고개를 드니, 보이는 것이라고는 그저 단풍뿐, 단풍의 산이요 단풍의 바다.
　　　　　　　　　　■ : 단풍으로 가득 찬 금강산을 비유한 표현

　　산 전체가 <u>요원(燎原)</u>한 화원이요, 벽공에 <u>외연히</u> 솟은 봉봉(峯峯)은 그대로가
　　　　　　　불타고 있는 벌판　　　　　푸른 하늘　　산 따위가 매우 높고 우뚝하게

활짝 피어오른 한 떨기 한 떨기의 꽃송이다. 산은 때아닌 때에 다시 한 번 봄을 맞아

<u>백화요란</u>한 것일까? 아니면, 불의의 신화(神火)에 이 봉 저 봉이 송두리째 붉게 타고
온갖 꽃이 불이 타오르듯이 피어 매우 화려함　　까닭 없이 저절로 일어나는 불

있는 것일까? <u>진주홍(津朱紅)</u>을 함빡 빨아들인 해면같이 우러러볼수록 찬란하다.

　　산은 언제 어디다 이렇게 많은 색소를 간직해 두었다가, 일시에 지천으로 내뿜은

것일까?

　　단풍이 이렇게까지 고운 줄은 몰랐다. 지완 형은 몇 번이고 탄복하면서, 흡사히

동양화의 화폭 속을 거니는 감흥을 그대로 맛본다는 것이다.「정말 우리도 한 떨기

단풍에 지나지 않아 보인다. 다리는 줄기요, 팔은 가지인 채, 피부는 단풍으로 물들
　　　　　　　　『 』: 단풍 든 금강산을 보며 경험한 물아일체의 경지

어 버린 것 같다. 옷을 훨훨 벗어 꽉 쥐어짜면, 물에 헹궈 낸 빨래처럼 진주홍 물이

주르르 흘러내릴 것만 같다.」
　　　　　　　　　　　　　　　　　　　　▶ 금강산 협곡의 단풍을 감상함

　　그림 같은 <u>연화담(蓮花潭) 수렴폭(垂簾瀑)</u>을 완상하며, 몇십 굽이의 <u>석계(石階)</u>와
　　　　　　　　금강산의 연못과 폭포　　　　　　　　　　　　　　　　돌층계

<u>목잔(木棧)</u>과 <u>철삭(鐵索)</u>을 <u>답파(踏破)</u>하고 나니, 문득 눈앞에 막아서는 무려 3백 단
나무로 사다리처럼 놓은 길　쇠로 만든 밧줄　└ 험한 길이나 먼 길을 끝까지 걸어서 돌파하고

의 가파른 사닥다리—한 층계 한 층계 한사코 기어오르는 마지막 발걸음에서 시야는

• 여정과 감상 ②

장안사 주변	장안사 주변에서 본 아름다운 풍경(전나무, 잣나무, 단풍)과 그에 대한 글쓴이의 생각

↓

찻집	• 장안사에서 명경대 가는 길에 위치해 있음 • 글쓴이가 스탬프북 한 권을 구매하여 기념인장을 찍음

↓

명경대	• 허공에 솟은 층암절벽을 보며 거울과 같다고 생각함 • 업죄를 돌아보는 명경대에서 염송했을 마의 태자를 떠올림

↓

협곡	단풍으로 가득 찬 금강산 풍경을 보며 물아일체를 느낌

• 마의 태자

통일 신라의 마지막 왕인 경순왕의 태자로 이름은 역사에 전하지 않는다. 935년(경순왕 9년) 신라의 국세가 약해지자 고려 태조 왕건에게 나라를 양도할 것을 논의하는 군신 회의가 열렸는데, 태자는 천년 사직을 버릴 수 없다며 반대하였다. 그러나 결국 경순왕이 고려에게 항복하는 국서를 전달하자, 태자는 통곡하며 금강산으로 들어갔다. 이후 태자는 바위 아래에 집을 짓고 마의(麻衣)를 입은 채 풀뿌리와 나무껍질을 먹으며 여생을 보냈다고 한다.

• 작품에 사용된 문체

'산 전체가 요원한 화원이요 ~ 진주홍을 함빡 빨아들인 해면같이 우러러볼수록 찬란하다'
→ 다양한 수식어, 표현법을 활용해 금강산의 정경을 감각적으로 표현함

'몸에 감길 듯이 정겨운 황천강 물줄기를 ~ 유수한 수목 속을 거닐고 있음을 깨닫게 된다.'
→ 금강산을 기행한 경험을 표현할 때 문장의 호흡을 길게 해 세밀하게 표현함

일망무제(一望無際)로 탁 트인다. 여기가 해발 5천 척의 <u>망군대(望軍臺)</u>—「아아, 천
한눈에 바라볼 수 없을 정도로 아득하게 멀고 넓어서 끝이 없음
하는 이렇게도 광활하고 웅장하고 <u>숭엄하던가</u>!」『」: 영탄적 표현 – 망군대에서 느낀 감동을 드러냄
높고 고상하며 범할 수 없을 정도로 엄숙함
「이름도 정다운 백마봉(白馬峰)은 바로 <u>지호지간(指呼之間)</u>에 서 있고, 내일 오르
『」: 망군대에서 바라본 봉우리들   손짓하여 부를 만큼 가까운 거리
기로 예정된 비로봉(毗盧峰)은 단걸음에 건너뛸 정도로 가깝다.」그 밖에도 유상무상
우주에 존재하는 모든 물체
(有象無象)의 허한 봉(奉)들이 전시에 할거하는 영웅들처럼 여기에서도 불끈 저기
땅을 나누어 차지하고 굳게 지킴
에서도 불끈, 시선을 낮춰 아래로 굽어보니, 발밑은 <u>천인단애(千仞斷崖)</u>, 무한제(無
천 길이나 되는 높은 낭떠러지   끝이 없음
限際)로 뚝 떨어진 황천 계곡에 단풍이 <u>선혈(鮮血)</u>처럼 붉다.
＿＿: 단풍의 비유적 표현

    우러러보는 단풍이 <mark>신부 머리의 칠보단장</mark> 같다면, 굽어보는 단풍은 <mark>치렁치렁 늘</mark>
여러 가지 패물로 몸을 꾸밈
<mark>어진 규수의 붉은 스란치마폭</mark> 같다고나 할까? 수줍어 수줍어 생글 돌아서는 낯 붉은

아가씨가 어느 구석에서 금방 뛰어나올 것도 같구나!
▶ 망군대에서 바라본 산봉우리들의 모습과 황천 계곡의 단풍

    저물 무렵에 <u>마하연(摩訶衍)의 여사(旅舍)</u>를 찾았다. 산중에 사람이 귀해서였던가
내금강에 있는 절   여관
어서 오십사고 상냥한 안주인의 환대도 은근하거니와, 문고리 잡고 말없이 맞아 주
"어서 오십시오."라고 하는
는 여관집 아가씨의 정성은 <u>무르익은 머루알같이</u> 고왔다.   ▶ 마하연 여관에서 받은 환대
비유적 표현

    여장을 풀고 <u>마하연사(摩訶衍寺)</u>를 찾아갔다. 여기는 <u>선원(禪院)</u>이어서 불경 공부
여행할 때의 차림   선종의 절
하는 승려뿐이라고 한다. 크지도 않은 절이건만 승려 수는 실로 30명은 됨직하다.

이런 심산에 웬 승려가 그렇게도 많을까?

<u>무한청산행욕진(無限靑山行欲盡)</u>┐
끝없는 청산도 갈 길이 막혔는데   ├ 한시 인용 효과
<u>백운심처다노승(白雲深處多老僧)</u>┘   ① 한시에서 전하는 것처럼 마하연사에 승려가 많음을 전달
흰 구름 깊은 곳에 노승도 많다.   ② 시를 삽입해 글의 단조로움에서 벗어남

옛글 그대로다.

    노독을 풀 겸 식후에 바둑이나 두려고 <u>남포등</u> 아래에 앉으니, <u>온고지정</u>이 불현듯
먼 길에 지치고 시달려서 생긴 피로나 병   추억 회상의 매개체   옛일을 돌이켜 생각하고 그리는 마음이나 정
새로워졌다.

"남포등은 참말 오래간만인데."

하며 불을 바라보는 지완 형의 말씨가 하도 따뜻해서, 나도 장난삼아 심지를 돋우었

다 줄였다 하며 까맣게 잊었던 옛 기억을 되살렸다. 그리운 얼굴들이 흐르는 물에

낙화 송이같이 떠돌았다.   ▶ 남포등을 바라보며 떠올린 옛 기억

    밤 깊어 뜰에 나가니, 날씨는 흐려 달은 구름 속에 잠겼고, <u>음풍(陰風)</u>이 몸에
흐린 날씨에 음산하고 싸늘하게 부는 바람
<u>신산</u>하다. 어디서 쏴쏴 소란히 들려오는 소리가 있기에 바람 소린가 했으나, 가만히
맛이 맵고 쓰다
들어 보면 바람 소리만도 아니요, 물소리인가 했더니 물소리도 아니요, 나뭇잎 갈

리는 소린가 했더니 나뭇잎 갈리는 소리만도 더구나 아니다. 아마 필시 <u>바람 소리와</u>

<u>물소리와 나뭇잎 갈리는 소리가 함께 어울린 교향악</u>인 듯싶거니와 어쩌면 곤히 잠든
무질서한 자연의 소리를 조화로운 음악으로 인식함
산의 호흡인지도 모를 일이다.   ▶ 뜰에서 나는 소리에 대해 생각함

394 국어 영역_문학

• 여정과 감상 ③

망군대	• 망군대 주변의 백마봉, 비로봉 그리고 그 외의 봉우리들을 보며 땅을 지키는 영웅들처럼 서 있다고 여김 • 망군대에서 바라본 황천 계곡의 단풍이 붉게 물든 풍경을 보며 감탄함

• 작품에 인용된 한시 ②

고요한 달빛에 끌려 호계를 지나니
　　虎溪閒月引相過
눈 덮인 솔가지에 덩굴이 걸려 있네.
　　帶雪松枝掛薜蘿
끝없는 청산도 갈 길이 막혔는데
　　無限靑山行欲盡
흰 구름 깊은 곳에 노승도 많다.
　　白雲深處多老僧
　　　　　– 석영일, 〈승원(僧院)〉

중국 당나라 시인인 석영일이 지은 한시로 속세와 단절된 절의 정경을 묘사하고 있다. 작품에서 언급된 '호계(虎溪)'는 중국 여산의 동림사 경내를 흐르는 계곡이다. 승려들이 손님을 배웅할 때 이 계곡을 넘어가지 않도록 되어 있다. 진나라의 고승 혜원이 시인 도연명과 도인 육정수를 배웅하다가 이들과의 대화에 몰입한 나머지 무심코 호계를 건너 버려 세 사람이 크게 웃었다는 고사가 전해진다.

• 마하연 여사에서의 감상

여행은 평소 지내던 곳을 떠나 낯선 곳을 돌아본다는 점에서 일상에서 벗어나는 경험이다. 이로 인해 여행 중에만 느낄 수 있는 감정이 촉발되는데, 객지에서 느끼는 쓸쓸함과 시름, 낯섦, 고향에 대한 그리움 등이 그것이다.
이 작품에서 글쓴이는 마하연 여사에서 동행자와 함께 남포등 아래에 앉아 대화하며 문득 온고지정을 새롭게 느끼고, 등의 심지를 돋우었다 줄였다 하며 그리운 얼굴들을 떠올리고 있다.

뜰을 어정어정 거닐다 보니, 여관집 아가씨가 등잔 아래에 오롯이 앉아서 책을 읽고 있다. 무슨 책일까? 밤 깊은 줄조차 모르고 골똘히 읽는 품이 춘향이 태형 맞으며 _{〈춘향전〉의 대목} 백으로 아뢰는 대목일 것도 같고, 누명 쓴 장화가 자결을 각오하고 원한을 하늘에 _{천지신명에게 고하여 빎} _{죄인을 유배시킴} _{〈장화홍련전〉의 대목} 고축하는 대목일 것도 같고, 시베리아로 정배 가는 카츄샤의 뒤를 네플 백작이 좇아 _{톨스토이의 〈부활〉 대목} 가는 대목일 것도 같고…… 궁금한 판에 제멋대로 상상해 보는 동안에 산속의 밤은 처량히 깊어 갔다. ▸ 여관집 아가씨가 읽는 책에 대해 상상함

★주목 ▸ 자꾸 깊은 산속으로만 들어갔기에, 어느 세월에 이 골[谷]을 다시 헤어나 볼까 두렵다. 이대로 천지와 처자를 버리고 중이 되는 수밖에 없나 보다고 생각하며 고개를 돌이키니, 몸은 어느새 구름을 타고 두리둥실 솟았는지, 군소봉(群小峰)이 발밑 _{여러 개의 작은 봉우리} _{의인화} 에 절하여 아뢰는 비로봉 중허리에 나는 서 있었다. 여기서부터 날씨는 급격히 변화되어, 이 골짝 저 골짝에 안개가 자욱하고 음산한 구름장이 산허리에 감기더니, 은제(銀梯) 금제(金梯)에 다다랐을 때 기어이 비가 내렸다. 젖빛 같은 연무(煙霧)가 _{구룡연에서 비로봉으로 가는 길에 있는 흰 이끼가 낀 고갯길} _{연기와 안개} 짙어서 지척을 분별할 수 없다. 우장 없이 떠난 몸이기에 그냥 비를 맞으며 올라가 _{비를 맞지 않기 위한 복장} 노라니까 돌연 일진광풍(一陣狂風)이 어디서 불어왔는가, 획 소리를 내며 운무(雲 _{한바탕 몰아치는 사나운 바람} _{구름과 안개} 霧)를 몰아가자, 은하수같이 정다운 은제와 주홍 주단(朱紅紬緞) 폭같이 늘어놓은 붉은 진달래 단풍이 몰려가는 연무 사이로 나타나 보인다. 은제와 단풍은 마치 이랑 _{은제와 단풍이 어우러진 아름다운 풍경을 생동감 있게 묘사함} 이랑으로 엇바꾸어 가며 짜 놓은 비단결같이 봉에서 골짜기로 퍼덕이며 흘러내리는 듯하다. 진달래는 꽃보다 단풍이 배승(倍勝)함을 이제야 깨달았다. _{갑절이나 나음} ▸ 은제와 금제의 아름다운 풍경

오를수록 우세(雨勢)는 맹렬했으나, 「광풍이 안개를 헤칠 때마다 농무(濃霧) 속에 _{비가 내리는 기세} _{짙은 안개} 서 홀현홀몰(忽顯忽沒)하는 영봉(靈峯)을 영송하는 것도 가히 장관이었다. _{문득 나타났다가 문득 없어짐} _{신령한 봉우리} 「 」: 바람으로 안개가 잠깐 걷혀 산봉우리가 보였다가 안 보였다 하는 모습 산마루가 가까울수록 비는 폭주(暴注)로 내려붓는다. 일만 이천 봉을 단박에 창해 _{산등성이의 가장 높은 곳} _{비가 갑작스럽게 많이 쏟아짐} _{넓고 큰 바다} (滄海)로 변해 버리는 것일까? 우리는 갈데없이 물에 빠진 쥐 모양을 해 가지고 비로 봉 절정에 있는 찻집으로 찾아드니, 유리창 너머로 내다보고 섰던 동자가 문을 열어 우리를 영접하였고, 벌겋게 타오른 장독 같은 난로를 에워싸고 둘러앉았던 선착객 _{비유적 표현 – 포근한 찻집 분위기} _{먼저 도착한 손님} 들이 자리를 사양해 준다. 인정이 다사롭기 온실 같은데, 밖에서는 몰아치는 빗발이 _{비유적 표현 – 선착객들에게 인정을 느낌} 어느덧 우박으로 변해서, 「창을 때리고 문을 뒤흔들고 금시로 천지가 뒤집히는 듯하 _{기상 변화를 역동적 이미지로 표현함} 다. 용호(龍虎)가 싸우는 것일까? 산신령이 대로하신 것일까? 경천동지(驚天動地)도 「 」: 비유적 표현. 물음의 방식 – 기상 현상에 대한 놀라움 _{하늘을 놀라게 하고 땅을 뒤흔듦} 유만부동이지 이렇게 만상(萬象)을 뒤집을 법이 어디 있으랴고, 간담을 죄는 몇 분 _{정도에 넘침} _{온갖 사물의 형상} 이 지나자, 날씨는 삽시간에 잠든 양같이 온순해진다. 변환(變幻)도 이만하면 극치 _{종잡을 수 없이 빠른 변화} 에 달한 듯싶다. ▸ 급변하는 기상 현상에 감탄함

비로봉 최고점이라는 암상(岩床)에 올라 사방을 조망했으나, 「보이는 것은 그저 뭉 「 」: 비로봉 암상에 올랐으나 구름 때문에 아무것도 보이지 않는 상황 게이는 운해(雲海)뿐—운해는 태평양보다도 깊으리라 싶다. 내·외·해(內外海) 삼 _{산꼭대기나 비행기에서 내려다보았을 때 바다처럼 널리 깔린 구름} 금강(三金剛)을 일망지하(一望之下)에 굽어 살필 수 있다는 일지점(一地點)에서 허무 _{한눈에 다 바라볼 수 있는 아래}

• 여정과 감상 ④

| 마하연 여사, 마하연사 | • 상냥하고 정성스러운 여관 사람들의 태도에 고마워함 • 남포등을 보며 옛 기억, 그리운 얼굴들을 떠올림 • 뜰에서 나는 소리를 조화로운 음악으로 인식함 |

• 여정과 감상 ⑤

| 비로봉 중허리 | • 여러 개의 작은 봉우리가 절하여 아뢰는 듯한 비로봉 중허리를 지남 • 날씨가 급격히 변함 |

↓

| 은제 금제 | • 비가 내리기 시작함 • 안개로 인해 지척을 분별할 수 없게 됨 • 은제와 단풍이 어우러져 비단결같이 흘러내리는 모습을 봄 • 연무 속에서 산봉우리가 나타났다 가려졌다 하는 장관을 목격함 |

• 여정과 감상 ⑥

| 비로봉 찻집 | • 폭주하는 비를 피해 비로봉 절정에 있는 찻집을 찾아감 • 자리를 사양해주는 선착객들에게 인정을 느낌 • 천지를 뒤집는 것 같던 기상 현상이 순식간에 잠잠해지는 것을 보며 감탄함 |

한 운해밖에 볼 수 없는 것이 <u>가석(可惜)</u>하나,「돌이켜 생각건대 해발 6천 척에 다시
　　　　　　　　　　　　　　몹시 아까우나　　『♩: 비로봉 정상에서 느끼는 만족감 – 자연을 정복한 우월함
<u>신장(身長)</u> 5척을 가하고 오연히 <u>저립(佇立)</u>해서, 만학천봉을 발밑에 꿇어 엎드리게
태도가 거만하거나 그렇게 보일 정도로 담담하게　　우두커니 머물러 서서
하였으면 그만이지 더 바랄 것이 무엇이랴. 마음은 천군만마에 군림하는 <u>쾌승장군</u>
　　　　　　　　　　　　　　　　　　　　　　　　　　싸움에서 통쾌하게 이긴 장군
<u>(快勝將軍)</u>보다도 교만해진다.」　　▶ 비로봉 암상에 올라 바라본 운해와 그곳에서 느끼는 호연지기

　　비로봉 동쪽은 아낙네의 살결보다도 흰 자작나무의 <u>수해(樹海)</u>였다. 설 자리를 삼
　　　　　　　　　　　　　　　　　　　　　'나무의 바다'라는 뜻으로 울창한 삼림의 광대함을 이르는 말
가 <u>구중심처(九重深處)</u>가 아니면 살지 않는 자작나무는 무슨 <u>수중(樹中)</u> <u>공주(公主)</u>
　　밖으로 잘 드러나지 않는 깊숙한 곳　　　비유적 표현 – 깊은 산중에만 사는 귀한 자작나무를 공주에 빗댐
이던가? 길이 저물어 지친 다리를 끌며 찾아든 곳이 <u>애화(哀話)</u> 맺혀 있는 <u>용마석(龍</u>
　　　　　　　　　　　　　　　　　　　　　　　슬픈 이야기
<u>馬石)</u>——마의 태자의 무덤이 황혼에 고독했다. 능(陵)이라기에는 너무 초라한 무덤—
마의 태자의 말이 변한 것이라고 전해지는 바위
철책도 <u>상석(床石)</u>도 없고, <u>풍림(風霖)</u>에 시달려 비문조차 읽을 수 없는 화강암 비석
무덤 앞에 제물을 차려 놓기 위해 만든 돌상　　└─ 바람과 비
이 오히려 처량하다.

　　무덤가 비에 젖은 두어 평 잔디밭 테두리에는 잡초가 우거지고, <u>창명히</u> 저무는 서
　　　　　　　　　　　　　　■: 글쓴이의 감정 이입　　　　　　　　빛이 환하게 밝은 정도로
녘 하늘에 <u>화석(化石)된 태자의 애기(愛騎) 용마(龍馬)의 고영(孤影)이 슬프다.</u> 무심
　　　　　　　　　　　　　　사랑하는 말　　　　　　　외롭고 쓸쓸해 보이는 모습. 또는 그런 그림자
히 떠도는 구름도 여기서는 잠시 머무는 듯, <u>소복한 백화(白樺)는 한결같이 슬프게</u>
　　　　　　　　　　　　　　　　　　　　　　상복(喪服)　　자작나무
<u>서 있고 눈물 머금은 초저녁달이 중천에 서럽다.</u>『♩: 의인화　　▶ 마의 태자 무덤에서 느낀 슬픔

　　태자의 몸으로 마의를 걸치고 스스로 <u>험산</u>에 들어온 것은, 천 년 <u>사직</u>을 망쳐 버
　　　　　　　　　　　　　　　삼베옷　　　　　　　　　　　　　　나라 또는 조정
린 비통을 한 몸에 짊어지려는 고행이었으리라. 울며 소맷귀 부여잡는 낙랑 공주(樂
浪公主)의 <u>섬섬옥수</u>를 뿌리치고 돌아서 입산할 때에 대장부의 <u>흉리(胸裏)</u>가 어떠했
　　　　　　　가냘프고 고운 손　　　　　　　　　　　　　　　　　　　　마음속
을까?「<u>흥망이 재천이라,</u> 천운을 슬퍼한들 무엇하랴마는, 사람에게는 스스로 신의가
　　　　　흥하고 망함이 하늘에 달렸음　　『♩: 글쓴이의 운명론적 가치관이 드러남
있으니, 태자가 고행으로 <u>창맹(蒼氓)</u>에 베푸신 <u>도타운 자혜</u>가 천 년 후에 따습다.
　　　　　　　　　　세상의 모든 사람　　　　자애롭게 베푸는 은혜
　　천년 사직이 <u>남가일몽</u>이었고, 태자 가신 지 또다시 천 년이 지났으니, <u>유구한</u>
　　　　　　　　　　꿈과 같이 헛된 한때의 부귀영화　　　　　　　　　　　　　　　　길고 오램
<u>영겁</u>으로 보면 천 년도 <u>수유(須臾)</u>던가!
영원한 세월　　　　　　　짧은 시간
　　고작 칠십 생애에 희로애락을 싣고 <u>각축(角逐)</u>하다가 <u>한 움큼 부토(腐土)로 돌</u>
　　　　　　　　　　　　　　　　　서로 이기려고 다투며 덤벼듦　　슬프고 침울하게
<u>아가는 것이 인생이라 생각하니,</u>「의지 없는 나그네의 마음은 <u>암연(暗然)히</u> <u>수수(愁</u>
　■: 인생무상(인생이 덧없음)　　　　　　　　　　　　　　　　　　　마음이 서글프고 산란함
<u>愁)롭다.</u>」　　　　　　　　　　　　　　　　　▶ 마의 태자를 떠올리며 느낀 인생무상
『♩: 글쓴이의 감정이 집약적·직접적으로 드러남. 여행객이 느끼는 쓸쓸한 정서가 드러남

> **감상 포인트**
> 금강산 기행 수필이라는 점을 고려하여 공간의 이동
> 에 따른 글쓴이의 여정·견문·감상을 파악한다.

- 여정과 감상 ⑦

| 비로봉
암상 | · 비로봉 최고점에 올
라 운해를 바라봄
· 비로봉 정상에서 자
연을 정복한 듯한 감
정을 느낌 |

↓

| 흰 자작나무가 울창한 비로봉 동쪽을
지남 |

↓

| 마의 태자
의 무덤 | · 처량한 마의 태자 무
덤을 보며 슬픔, 쓸쓸
함을 느낌
· 마의 태자의 사연을
생각하며 인생무상을
느낌 |

- '금강산'이 주요 소재로 등장하는 기
행 문학

- 이곡, 〈동유기〉
고려 후기의 문신 이곡이 금강산과
동해안 일대를 유람하고 쓴 기행문
이다. 경물을 객관적으로 묘사하기
보다는 자신의 감상과 함께 경물과
관련된 역사적 정보, 설화의 내용을
주로 기록하였다.

- 정철, 〈관동별곡〉
조선의 문신 정철이 강원도 관찰사
로 부임하여 관동 팔경을 두루 유
람한 후 그 풍경과 자신의 소회를
읊은 기행 가사이다. 김만중이 '동
방의 이소'라고 평가할 만큼 뛰어난
작품으로 금강산을 유람한 감회를
다양한 표현법을 활용하여 드러내
었다.

- 이광수, 〈금강산유기〉
〈무정〉을 쓴 소설가 이광수가 서울
에서 출발하여 금강산을 여행하고
쓴 기행 수필이다. 금강산의 절경과
역사, 자연의 숭고함 등에 대해 서
술하였으며 수필 내에 여행의 감회
를 담은 시가 포함되어 있다.

이 작품은 기행 수필로 여정에 따른 공간적 배경의 변화와 글쓴이의 감상을 파악할 수 있어야 한다.

➕ 여정과 견문 · 감상

여정			견문과 감상
1일차	내금강 역사		• 한국식 건축물에 대한 반가움 • 내금강 역사와 외금강 역사가 좋은 대조를 이룸
	문선교		'문선교'라는 다리의 이름에 대해 생각함
2일차	명경대		마의 태자가 명경대를 우러러보았다는 고사를 떠올림
	망군대		• 전시에 할거하는 영웅들과 같은 봉우리 • 황천 계곡에 진 단풍의 아름다움
	마하연	마하연사	승려의 수가 많음
		마하연 여사	• 남포등을 바라보며 옛 기억을 떠올림 • 뜰에서 나는 소리가 어떤 소리인지 생각함
3일차	은제 금제		운무 사이로 보이는 은제와 단풍의 아름다움
	비로봉	찻집	급변하는 날씨에 대한 감탄
		최고점(암상)	운해밖에 보지 못한 아쉬움, 만학천봉을 발밑에 두었다는 만족감
	마의 태자의 무덤		마의 태자의 무덤에서 느낀 슬픔과 인생무상

이 작품은 다양한 서술상 특징을 통해 금강산의 절경과 글쓴이의 감상을 다채롭게 표현하고 있으므로 서술상 특징과 그 효과에 대해 파악할 수 있어야 한다.

➕ 서술상 특징과 효과

시간의 흐름과 공간의 이동에 따른 전개	시간의 흐름과 공간의 이동에 따라 글쓴이의 여정과 견문, 감상을 서술함
의인화	대상을 의인화하여 자연 풍경을 묘사함 → '원근 산악이 열병식하듯 ~ 버티고 서 있는데', '군소봉이 발밑에 절하여 아뢰는'
비유적 표현	비유적 표현을 사용하여 금강산 풍경과 변화된 기상 현상을 표현함 → '산 전체가 요원한 화원이요 ~ 진주홍을 함빡 빨아들인 해면같이', '간담을 죄는 몇 분이 지나자 날씨는 삽시간에 잠든 양같이 온순해진다.'
감정 이입	자연물에 감정을 이입하여 글쓴이의 애상감을 효과적으로 드러냄 → '용마의 고영이 슬프다.', '소복한 백화는 한결같이 슬프게 서 있고 눈물 머금은 초저녁달이 중천에 서럽다.'

동일한 대상('비로봉')에 대한 두 작가의 관점과 태도가 드러난 정비석의 〈산정무한〉과 박지원의 〈통곡할 만한 자리〉를 비교하여 감상할 수 있어야 한다.

➕ 박지원의 〈통곡할 만한 자리〉와의 비교

> "갓난아이의 거짓과 조작이 없는 참소리를 응당 본받는다면, 금강산 **비로봉**에 올라 동해를 바라봄에 한바탕 울 적당한 장소가 될 것이고, 황해도 장연(長淵)의 금 모래사장에 가도 한바탕 울 장소가 될 것이네. 지금 요동 들판에 임해서 여기부터 산해관(山海關)까지 일천이백 리가 도무지 사방에 한 점의 산이라고는 없이, 하늘 끝과 땅끝이 마치 아교로 붙인 듯, 실로 꿰맨 듯하고 고금의 비와 구름만이 창창하니, 여기가 바로 한바탕 울어 볼 장소가 아니겠는가?"
>
> – 박지원, 〈통곡할 만한 자리〉

→ 〈산정무한〉에서는 '비로봉'을 만학천봉을 발밑에 꿇어 엎드리게 하는 최고점으로 여기고, 자연을 정복한 인간으로서의 우월감을 드러내고 있다. 〈통곡할 만한 자리〉에서는 '비로봉'을 한바탕 울 적당한 장소라고 여기고 있다. 즉, 비로봉을 넓은 세상을 관망하게 하는 곳으로 인식하여 자신의 참신한 발상을 드러내고 있는 것이다.

• 해제

〈산정무한〉은 글쓴이가 금강산을 등반한 여정과 금강산의 절경에 대한 감상을 서술한 기행 수필이다. 금강산을 오르면서 바라본 풍경과 비로봉 정상에서 조망한 풍경, 마의 태자와 관련된 이야기 등을 다양한 표현법을 활용한 화려하고 섬세한 문체로 서술하였다. 특히 서경(자연의 경치를 담은 글)과 서정(감정이나 정서를 그림)을 조화롭게 담아내고, 마의 태자에 대한 서술에서는 삶에 대한 성찰까지 표현했다는 점에서 단순한 기행문을 뛰어넘은 기행 수필의 명작으로 평가받는다.

• 제목 〈산정무한〉의 의미

– '산에서 느끼는 정취가 한없이 많다'라는 의미로, 금강산 기행의 여정과 견문, 감상을 기록한 글

글쓴이는 금강산 기행을 하며 자연의 아름다움에 감탄하고 황홀함, 그리움, 호연지기, 인생무상 등을 느낀다. 글쓴이는 수필의 제목을 '산정무한'이라고 지음으로써 금강산을 등반하며 느낀 다양한 감회를 전달하고자 했다.

• 주제

금강산을 등반하며 감상한 절경과 감회

찾아보기

ㄱ

가을 떡갈나무 숲 ▶ 이준관 054
개는 왜 짖는가 ▶ 송기숙 208
거문고 ▶ 김영랑 014
게 ▶ 김용준 360
고고 ▶ 김종길 048
곡예사 ▶ 황순원 112
과목 ▶ 박성룡 050
귤동리 일박 ▶ 곽재구 078
그때 알았더라면 좋았을 것들 ▶ 정여울 364
그림과 시 ▶ 정민 384
꽃을 위한 서시 ▶ 김춘수 080

ㄴ

나무 속엔 물관이 있다 ▶ 고재종 032
나비와 철조망 ▶ 박봉우 018
낙화 ▶ 이형기 066
낙화, 첫사랑 ▶ 김선우 072
날개 또는 수갑 ▶ 윤흥길 198
노정기 ▶ 이육사 008
누에 ▶ 최승호 060

ㄷ

다락 ▶ 강은교 372
단독 강화 ▶ 선우휘 130
두물머리 ▶ 유경환 368
들길에 서서 ▶ 신석정 038
등꽃 아래서 ▶ 송수권 046
등산 ▶ 오세영 044

ㅁ

마당 깊은 집 ▶ 김원일 138
만무방 ▶ 김유정 094
만선 ▶ 천승세 288
만세전 ▶ 염상섭 084
명일 ▶ 채만식 102
모래톱 이야기 ▶ 김정한 226
모범 동화 ▶ 최인호 188
무의도 기행 ▶ 함세덕 268

ㅂ

봄비 ▶ 이수복 068
북방에서 – 정현웅에게 ▶ 백석 016
북어 대가리 ▶ 이강백 322
비 오는 날이면 가리봉동에 가야 한다 ▶ 양귀자 236

ㅅ

산 ▶ 김광섭 052
산정무한 ▶ 정비석 390
살아 있는 이중생 각하 ▶ 오영진 278
상한 영혼을 위하여 ▶ 고정희 036
새 1 ▶ 박남수 028
서울 사람들 ▶ 최일남 218
서울 1964년 겨울 ▶ 김승옥 178
설일 ▶ 김남조 042
성탄제 ▶ 오장환 026
속삭임, 속삭임 ▶ 최윤 150

ㅇ

아름다운 흉터 ▶ 이청준 376
아버지의 땅 ▶ 임철우 168
어느 날 고궁을 나오면서 ▶ 김수영 022
어디서 무엇이 되어 만나랴 ▶ 최인훈 298
연경당에서 ▶ 최순우 380
우라지오 가까운 항구에서 ▶ 이용악 010
웰컴 투 동막골 ▶ 장진 342
이별가 ▶ 박목월 064
인어 공주 ▶ 송혜진 · 박흥식 332

ㅈ

장곡리 고욤나무 ▶ 이문구 256
장수산 1 ▶ 정지용 012
장자를 빌려 – 원통에서 ▶ 신경림 040
제3 인간형 ▶ 안수길 160
질투는 나의 힘 ▶ 기형도 030
찔레 ▶ 문정희 070

ㅊ

참새 ▶ 윤오영 356
청산행 ▶ 이기철 056
초토의 시 · 8 – 적군 묘지 앞에서 ▶ 구상 020
초혼 ▶ 김소월 062
추일서정 ▶ 김광균 074

ㅎ

한씨 연대기 ▶ 황석영 원작, 김석만 · 오인두 각색 308
해방 전후 ▶ 이태준 122
해산 바가지 ▶ 박완서 246
화체개현 ▶ 조지훈 058
흑백 사진 – 7월 ▶ 정일근 076
희미한 옛사랑의 그림자 ▶ 김광규 034

memo

memo